HEYNE BÜCHER

BIBLIOTHEK DER SCIENCE FICTION LITERATUR

Herausgegeben von Wolfgang Jeschke

ISAAC ASIMOV

DIE FOUNDATION-TRILOGIE

Ungekürzte Neuübersetzung von
Rosemarie Hundertmarck

Mit einem Anhang
›Einführung in die Psychohistorik‹
von Michael F. Flynn
übersetzt von Heinz Nagel,
mit Tabellen und Grafiken
gezeichnet von
Mirjam Wehner

Sonderausgabe

Herausgegeben von
Wolfgang Jeschke

WILHELM HEYNE VERLAG
MÜNCHEN

BIBLIOTHEK DER SCIENCE FICTION LITERATUR
Band 06/79

Titel der amerikanischen Originalausgabe
THE FOUNDATION TRILOGY

Deutsche Übersetzung von Rosemarie Hundertmarck
Das Umschlagbild malte Giuseppe Mangoni
Den Anhang übersetzte Heinz Nagel
Wissenschaftliche Beratung: Bernd Grosche
Die Tabellen und Grafiken
im Anhang zeichnete Mirjam Wehner

Ungekürzte Neuübersetzung der Romane
FOUNDATION/FOUNDATION AND EMPIRE/SECOND FOUNDATION,
die ursprünglich in gekürzter Fassung
auf deutsch unter den Titeln
DER TAUSENDJAHRESPLAN/DER GALAKTISCHE GENERAL/
ALLE WEGE FÜHREN NACH TRANTOR
(HEYNE-BUCH Nr. 06/3080, 3082, 3084) erschienen,
München 1966

Redaktion: Wolfgang Jeschke

Printed in Germany 1991
Umschlaggestaltung: Atelier Ingrid Schütz, München
Satz: Schaber, Wels
Druck und Bindung: Ebner Ulm

ISBN 3-453-04265-4

ERSTES BUCH

FOUNDATION

ERSTER TEIL

DIE PSYCHOHISTORIKER

ZWEITER TEIL

DIE ENZYKLOPÄDISTEN

DRITTER TEIL

DIE BÜRGERMEISTER

VIERTER TEIL

DIE HÄNDLER

FÜNFTER TEIL

DIE HANDELSFÜRSTEN

ERSTER TEIL

Die Psychohistoriker

— 1 —

Eine Einladung nach Trantor

HARI SELDON — *geboren im 11 988. Jahr der Galaktischen Ära, gestorben 12 069. Üblicher ist es, die Daten in den Begriffen der gegenwärtigen Foundation-Ära als -79 bis zum Jahr 1 F.Ä. anzugeben. Seine Eltern gehörten dem Mittelstand an und lebten auf Helicon, Arcturus-Sektor (wo sein Vater laut einer Legende zweifelhafter Glaubwürdigkeit Tabakpflanzer in den hydroponischen Anlagen des Planeten gewesen sein soll). Schon früher zeigte er eine erstaunliche Begabung für die Mathematik. Es gibt darüber zahllose zum Teil widersprüchliche Anekdoten. Im Alter von zwei Jahren soll er…*

… Zweifellos liegen seine größten Leistungen auf dem Gebiet der Psychohistorie. Seldon fand hier wenig mehr als einen Satz vager Axiome vor und ließ eine gesicherte statistische Wissenschaft zurück…

Die erste Autorität, die es für die Einzelheiten seines Lebens gibt, ist die Biographie von Gaal Dornick. Als junger Mann lernte er Seldon zwei Jahre vor dem Tod des großen Mathematikers noch persönlich kennen. Die Geschichte ihrer Begegung…

ENCYCLOPAEDIA GALACTICA*

Sein Name war Gaal Dornick, und er war nichts als ein Junge vom Lande, der Trantor noch nie gesehen hatte. Das heißt, nicht im wirklichen Leben. *Gesehen* hatte er es viele Male im Hypervideo und gelegentlich in packenden dreidimensionalen Übertragungen von einer Kaiserkrönung oder der Eröffnung des Galaktischen Rates. Obwohl er sein ganzes Leben auf dem Planeten Synnax verbracht hatte, der einen Stern am Rand der Blauen Drift umkreist,

---

* Alle hier angeführten Zitate aus der ENCYCLOPAEDIA GALACTICA wurden mit Erlaubnis des Verlages der 116. Ausgabe, Encyclopaedia Galactica Publishing C., Terminus, 1020 F.Ä., entnommen.

war er nicht von der Zivilisation abgeschnitten gewesen. Zu jener Zeit war das kein Ort in der Galaxis.

Damals gab es nahezu fünfundzwanzig Millionen bewohnte Planeten, und jeder einzelne von ihnen war dem Kaiser untertan, der seinen Sitz auf Trantor hatte. Es war das letzte halbe Jahrhundert, in dem das behauptet werden konnte.

Für Gaal stellte diese Reise den unbestrittenen Höhepunkt seines jungen Gelehrtenlebens dar. Er war zuvor schon im All gewesen, so daß der Raumflug als solcher ihm wenig bedeutete. Sicher, weiter als bis zu Synnax' einzigem Satelliten, wo er sich die für seine Dissertation benötigten Daten über Meteor-Abdriften besorgt hatte, war er bisher noch nicht gekommen, aber es war alles eins, ob man über eine halbe Million Meilen oder ebenso viele Lichtjahre reiste.

Er hatte ein kleines bißchen vor dem Sprung durch den Hyperraum gebangt, ein Phänomen, das man bei einfachen interplanetaren Flügen nicht erlebt. Der Sprung bleibt die einzige praktizierbare Methode für den Verkehr zwischen den Sternen und wird es wahrscheinlich immer bleiben. Der normale Raum läßt sich mit keiner größeren Geschwindigkeit als der des Lichts durchqueren (eins der wenigen Stückchen Wissen, die seit der längst vergessenen Morgendämmerung der menschlichen Geschichte erhalten geblieben sind), und mit ihr würde eine Reise selbst zwischen den sich nächstliegenden bewohnten Systemen Jahre dauern. Durch den Hyperraum, diese unvorstellbare Region, die weder Raum noch Zeit, weder Materie noch Energie, weder etwas noch nichts ist, kommt man zwischen zwei sich benachbarten Augenblikken von einem Ende der Galaxis zum anderen.

Beim Warten auf den ersten dieser Sprünge hatte ein wenig Angst in Gaals Magen rumort, und dann kam nichts als ein kaum merklicher Ruck, ein kleiner innerer Fußtritt, der schon vorbei war, bevor Gaal sicher war, daß er ihn gespürt hatte. Das war alles.

Und danach war da nichts mehr als das Schiff, groß und glitzernd, das kühle Produkt von 12 000 Jahren Fortschritt im Reich, und er selbst mit seinem frisch erworbenen Doktor der Mathematik und einer Einladung des großen Hari Seldon, nach Trantor zu kommen und an dem weitgespannten und irgendwie geheimnisvollen Seldon-Projekt mitzuarbeiten.

Nach der Enttäuschung, die der Sprung ihm bereitet hatte, wartete Gaal auf den ersten Blick auf Trantor. Ständig spukte er im Aussichtsraum herum. Die stählernen Läden wurden zu angekündigten Zeiten zurückgerollt, und er war dann immer da, betrachtete das harte Gleißen der Sterne, erfreute sich an dem unglaublichen dunstigen Schwarm eines Sternenhaufens, anzusehen wie eine riesige Wolke von Glühwürmchen, die man mitten in der Bewegung eingefangen und für immer zum Stillstand gebracht hatte. Einmal kam das Schiff bis auf fünf Lichtjahre an den kalten, blauweißen Rauch eines Gasnebels heran, der sich wie ferne Milch über die Fenster ausbreitete, den Raum mit einem eisigen Hauch erfüllte und zwei Stunden später, nach einem weiteren Sprung außer Sicht verschwand.

Trantors Sonne zeigte sich zuerst als ein harter weißer Fleck, der in einer Myriade gleichartiger völlig verlorenging und nur zu identifizieren war, weil das Handbuch seine Lage kenntlich machte. Die Sterne standen hier im galaktischen Zentrum dicht. Aber mit jedem Sprung leuchtete sie heller, überstrahlte die übrigen, ließ sie verblassen und lichtete ihre Schar.

Ein Offizier kam durch und sagte: »Der Aussichtsraum wird für den Rest der Reise geschlossen. Bereiten Sie sich auf die Landung vor.«

Gaal folgte ihm und faßte den Ärmel der weißen Uniform, der das Raumschiff-und-Sonne-Emblem des Imperiums trug.

»Wäre es nicht möglich, mich hierzulassen?« bat er. »Ich würde zu gern Trantor sehen.«

Der Offizier lächelte, und Gaal errötete ein bißchen. Es kam ihm zu Bewußtsein, daß er mit provinziellem Akzent sprach.

»Wir werden morgen früh auf Trantor landen«, sagte der Offizier.

»Ich meine, ich würde Trantor gern vom Raum aus sehen.«

»Tut mir leid, mein Junge. Wenn das hier eine Raumyacht wäre, ließe es sich bewerkstelligen. Aber wir gehen sonnenwärts in einer Spirale hinunter. Sie möchten doch nicht gleichzeitig Brandwunden und Strahlungsnarben bekommen und dazu noch das Augenlicht verlieren?«

Gaal wandte sich zum Gehen.

Der Offizier rief ihm nach: »Trantor wäre sowieso nur ein verwischter grauer Fleck, Junge. Machen Sie doch eine Raum-Tour, sobald Sie dort sind. Das kostet nicht viel.«

Gaal blickte zurück. »Danke vielmals.«

Es war kindisch, sich enttäuscht zu fühlen, aber es ist für einen Mann fast ebenso natürlich wie für ein Kind, kindisch zu empfinden, und in Gaals Kehle saß ein Klumpen. Noch nie hatte er Trantor in seiner ganzen Unglaublichkeit lebensgroß vor sich ausgebreitet gesehen, und er war nicht darauf gefaßt gewesen, daß er noch länger warten mußte.

— 2 —

Das Zentrum der Galaxis

Eine Vielfalt von Geräuschen begleitete die Landung des Schiffes. Man hörte das ferne Zischen der am Metall des Rumpfes vorbeigleitenden Atmosphäre. Man hörte das gleichmäßige Dröhnen der Klimaanlagen, die gegen die Reibungswärme ankämpften, und das langsame Grollen der Motoren, die das Schiff abbremsten. Man hörte die menschlichen Laute der Männer und Frauen, die sich in den Ausschiffungsräumen versammelten, und das Schleifen der Lastenaufzüge, die Gepäck, Post und Frachtstücke auf die Längsachse des Schiffes hoben, von wo sie später zu den Entladungsplattformen geschafft werden würden.

Ein leichter Stoß zeigte an, daß das Schiff sich nicht mehr aus eigener Kraft bewegte. Schon vor Stunden war die Schiffsschwerkraft von der planetaren Schwerkraft abgelöst worden. Tausende von Passagieren hatten geduldig in den Ausschiffungsräumen gesessen, die, in nachgebenden Kraftfeldern leicht schaukelnd, die Orientierung an die wechselnde Richtung der Gravitation anpaßten. Jetzt krochen die Leute über geschwungene Rampen zu den großen, gähnenden Schleusen hinunter.

Gaals Gepäck war nicht der Rede wert. Er stand vor einem Schreibtisch, während es schnell und fachmännisch auseinandergenommen und wieder zusammengefügt wurde. Sein Visum wurde geprüft und gestempelt. Nichts davon fand seine Aufmerksamkeit.

Das also war Trantor! Die Luft mußte hier ein bißchen dichter, die Schwerkraft ein bißchen höher als auf seinem Heimatplaneten Synnax sein. Daran würde er sich gewöhnen — doch auch an die riesigen Ausmaße?

Das Ausschiffungsgebäude war gewaltig, das Dach so hoch, daß man es beinahe kaum sehen konnte. Gaal konnte sich recht gut vorstellen, daß sich unter ihm Wolken bildeten. Die gegenüberliegende Wand war nicht zu erkennen; er sah nur Männer und Schreibtische und einen Fußboden, der konvergierte, bis er sich im Dunst verlor.

Der Mann am Schreibtisch sprach ihn von neuem an. Es klang gereizt. »Weitergehen, Dornick.« Er mußte den Paß aufschlagen und nachsehen, um sich an den Namen zu erinnern.

»Wo … wohin …?« begann Gaal.

Der Mann hinter dem Schreibtisch wies mit dem Daumen. »Zu den Taxis nach rechts und dann dritte links.«

Gaal setzte sich in Bewegung. Er entdeckte in der Luft

hängende glühende Buchstaben und las: ›TAXIS IN ALLE RICHTUNGEN.‹

Eine Gestalt löste sich aus der Anonymität und blieb vor dem Schreibtisch stehen. Der Mann dahinter hob den Kopf und nickte kurz. Die Gestalt nickte zurück und folgte dem jungen Einwanderer.

Gaal fand sich gegen ein Geländer gedrückt wieder.

Auf dem kleinen Schild stand ›Aufseher‹. Der Mann, der damit gemeint war, blickte nicht auf. Er fragte: »Wohin?«

Gaal war sich nicht sicher, und schon die paar Sekunden des Zögerns ließen eine Warteschlange hinter ihm entstehen. »Wohin?« wiederholte der Aufseher.

Gaals Mittel waren gering, aber es war nur für diese eine Nacht, und dann würde er eine Stellung haben. Er versuchte, nonchalant zu sprechen. »Zu einem guten Hotel, bitte.«

Es beeindruckte den Aufseher nicht. »Sie sind alle gut. Nennen Sie eins.«

Gaal antwortete verzweifelt: »Das nächste, bitte.«

Der Aufseher drückte einen Knopf. Eine dünne Lichtlinie bildete sich auf dem Fußboden und wand sich zwischen anderen dahin, die in verschiedenen Farbtönen aufleuchteten und wieder verblaßten. Gaal wurde eine Karte in die Hand gedrückt. Sie glühte schwach.

»Einen Credit zwölf«, verlangte der Aufseher.

Gaal suchte nach den Münzen. »Wie muß ich gehen?«

»Folgen Sie dem Licht. Die Karte glüht, solange Sie die richtige Richtung verfolgen.«

Gaal marschierte los. Hunderte wanderten über den weiten Fußboden, folgten ihren Pfaden und fädelten sich durch Kreuzungspunkte, um an ihre individuellen Zielorte zu gelangen.

Gaals Pfad endete. Ein Mann in einer grellen blau-gelben Uniform, glänzend und neu aus schmutzabweisendem Plastotextil, faßte nach seinen beiden Koffern.

»Direkte Verbindung zum Luxor«, sagte er.

Das hörte der Mann, der Gaal folgte. Er hörte auch, wie Gaal antwortete: »Fein«, und sah ihn in das stumpfnasige Fahrzeug einsteigen.

Das Taxi stieg senkrecht in die Höhe. Gaal sah aus dem gebogenen transparenten Fenster, konnte sich über einen Atmosphäreflug innerhalb eines geschlossenen Gebäudes nicht genug wundern und hielt sich instinktiv an der Rückenlehne des Fahrersitzes fest. Die Weite zog sich zusammen, und die Menschen wurden zu zufällig verteilten Ameisen. Das Bild zog sich noch mehr zusammen und rutschte allmählich nach hinten.

Vor ihnen war eine Wand. Sie begann hoch in der Luft und wuchs in die Höhe, bis sie außer Sicht verschwand. Die Löcher, mit denen sie durchsiebt war, stellten Tunnelmündungen dar. Gaals Taxi flog auf eins davon zu und stürzte sich hinein. Gaal schoß die Frage durch den Kopf, wie es seinem Fahrer möglich war, eins von so vielen auszuwählen.

Jetzt gab es nichts mehr zu sehen als Schwärze, die nur von vorbeiflitzenden farbigen Lichtsignalen erhellt wurde. Ein Rauschen erfüllte die Luft.

Dann stemmte sich Gaal gegen die Abbremsung nach vorn. Das Taxi flog aus dem Tunnel und senkte sich auf Bodenniveau nieder.

»Das Luxor-Hotel«, verkündete der Fahrer unnötigerweise. Er half Gaal mit seinem Gepäck, nahm als selbstverständlich ein Trinkgeld von einem Zehntel Credit entgegen, ließ einen wartenden Fahrgast einsteigen und stieg von neuem in die Höhe.

Bei all dem war vom Augenblick der Ausschiffung an niemals das kleinste Stückchen Himmel zu sehen gewesen.

— 3 —

Eine Welt aus Metall

TRANTOR — *... Zu Beginn des 13. Jahrtausends erreichte diese Entwicklung ihren Höhepunkt. Trantor, für Hunderte von Generationen ohne Unterbrechung Sitz der kaiserlichen Regierung und im Zentrum der Galaxis zwischen den am dichtesten bevölkerten und industriell fortgeschrittensten Welten gelegen, konnte kaum umhin, die dichteste und reichste Ballung menschlicher Bevölkerung zu werden, die die Rasse jemals gesehen hatte.*

Die stetig fortschreitende Verstädterung hatte schließlich den höchstmöglichen Stand erreicht. Die gesamte Landoberfläche Trantors — 75 000 000 Quadratmeilen — stellte eine einzige Stadt dar. Die Einwohnerzahl überstieg auf ihrem höchsten Stand die Vierzig-Milliarden-Grenze um ein Beträchtliches. Diese enorme Bevölkerung widmete sich fast vollständig den verwaltungstechnischen Notwendigkeiten des Kaiserreichs und vertrat die Ansicht, es mangele für eine Aufgabe von derartiger Komplexität an Personal. (Es muß daran erinnert werden, daß die Unmöglichkeit, das galaktische Imperium der schwunglosen Führung der späteren Kaiser ordnungsgemäß zu verwalten, ein wesentlicher Faktor für den Zusammenbruch war.) Täglich brachten Flotten aus Zehntausenden von Schiffen die Produktion von zwanzig landwirtschaftlichen Welten für die Tische Trantors ...

Die Abhängigkeit von den äußeren Welten, was Nahrungsmittel und im Grunde alle lebensnotwendigen Dinge betraf, machte Trantor immer verwundbarer dafür, durch eine Belagerung erobert zu werden. Die monoton zahlreichen Aufstände im letzten Jahrtausend des Reichs brachten dies einem Herrscher nach dem anderen zu Bewußtsein, und die kaiserliche Politik war kaum noch mehr als der Schutz von Trantors empfindlicher Drosselvene ...

ENCYCLOPAEDIA GALACTICA

Gaal hatte keine Ahnung, ob die Sonne schien oder überhaupt, ob es Tag oder Nacht war. Zu fragen genierte er sich. Offenbar lebte der ganze Planet unter Metall. Die Mahlzeit, an der er soeben teilgenommen hatte, wurde Luncheon genannt, aber auf vielen Planeten lebte man nach einer Standard-Zeiteinteilung, die auf den vielleicht unbequemen Wechsel von Tag und Nacht keine Rücksicht nahm. Die Dauer einer planetaren Umdrehung war unterschiedlich, und Gaal kannte die von Trantor nicht.

Als er die Schilder ›Zum Sonnenraum‹ entdeckte, war er ihnen eifrig gefolgt. Doch er hatte nichts weiter als einen Saal gefunden, in dem man sich unter künstlicher Strahlung bräunen konnte. Er verweilte einen Augenblick oder zwei und kehrte dann in das Foyer des Luxor zurück.

Er erkundigte sich beim Empfangschef: »Wo bekomme ich eine Karte für eine Planetenbesichtigung?«

»Gleich hier.«

»Wann geht sie los?«

»Sie haben sie gerade verpaßt. Morgen startet wieder eine. Kaufen Sie Ihre Karte jetzt, und wir werden einen Platz für Sie reservieren.«

»Oh.« Morgen war es zu spät, da mußte er in der Universität sein. »Gibt es vielleicht einen Aussichtsturm — oder so etwas?« fragte er. »Ich meine, im Freien.«

»Natürlich! Ich verkaufe Ihnen eine Karte dafür, wenn Sie möchten. Doch lassen Sie mich besser nachprüfen, ob es regnet oder nicht.« Er schloß einen Kontakt neben seinem Ellbogen und las die fließenden Buchstaben, die über einen mattierten Schirm rasten. Gaal las mit.

Der Empfangschef erklärte: »Gutes Wetter. Ich glaube, wir sind jetzt in der Trockenzeit.« Im Gesprächston setzte er hinzu: »Ich selbst kümmere mich nicht um die Welt draußen. Es ist drei Jahre her, daß ich das letztemal im Freien war. Hat man das einmal gesehen, kennt man es, und mehr ist nicht daran. — Hier ist Ihre Karte. Eigener Aufzug hinten. ›Zum Turm‹ steht daran. Den nehmen Sie.«

Der Aufzug war von der neuen Sorte, die durch Antigravitation betrieben wurde. Gaal stieg ein, und andere folgten ihm. Der Fahrstuhlführer schloß einen Kontakt. Die Schwerkraft fiel auf Null. Gaal hing im Raum, der Fahrstuhl beschleunigte nach oben, und er hatte wieder ein bißchen Gewicht. Dann kam das Abbremsen, und Gaals Füße verließen den Fußboden. Gegen seinen Willen schrie er auf.

Der Fahrstuhlführer rief: »Stecken Sie die Füße unter eine Schiene! Können Sie das Schild nicht lesen?«

Die anderen hatten es getan. Sie lächelten über ihn, als er wie verrückt und doch vergeblich versuchte, die Wand wieder hinabzuklimmen. Ihre Schuhe drückten aufwärts gegen die Chromschienen, die sich in parallelen Reihen mit zwei Fuß Abstand voneinander über den Fußboden zogen. Gaal hatte diese Schienen beim Eintreten wohl bemerkt, aber sich nichts dabei gedacht.

Dann streckte sich eine Hand nach ihm aus und zog ihn herunter.

Er keuchte seinen Dank. Der Aufzug hielt.

Gaal trat auf eine offene Terrasse hinaus, die von weißem Glanz übergossen dalag. Es tat seinen Augen weh. Der Mann, der ihm eben geholfen hatte, kam unmittelbar hinter ihm.

Der Mann sagte freundlich: »Eine Menge Sitze.«

Gaal schloß den Mund, der ihm offengestanden hatte, und antwortete: »Sieht ganz so aus.« Automatisch ging er auf die Sitze zu und blieb wieder stehen.

»Wenn es Ihnen nichts ausmacht«, sagte er, »möchte ich nur einen Augenblick am Geländer stehenbleiben. Ich ... ich möchte mich ein bißchen umsehen.«

Der Mann winkte ihm gutmütig zu, das zu tun. Gaal beugte sich über das schulterhohe Geländer und badete sich in dem Panorama.

Er konnte den Boden nicht erkennen, der sich in der zunehmenden Komplexität der von Menschenhand geschaffenen Strukturen verlor. Er konnte keinen anderen

Horizont erkennen als den von Metall vor dem Himmel, der sich zu beinahe gleichförmigem Grau ausdehnte, und er mußte sich sagen, daß es so auf der gesamten Landoberfläche des Planeten aussah. Es war kaum irgendeine Bewegung zu entdecken. Ein paar Vergnügungsboote gondelten über den Himmel, aber der ganze rege Verkehr von Milliarden Menschen wickelte sich unter der metallenen Haut der Welt ab.

Nirgendwo gab es etwas Grünes; kein Grün, keine Erde, kein anderes Leben als menschliches. Irgendwo auf der Welt, ging es Gaal durch den Kopf, stand der Palast des Kaisers inmitten einhundert Quadratmeilen natürlichen Bodens, grün von Bäumen, in allen Regenbogenfarben von Blumen prangend. Das war eine kleine Insel in einem Ozean aus Stahl, doch von da, wo Gaal stand, war sie nicht sichtbar. Sie mochte zehntausend Meilen entfernt sein. Er wußte es nicht.

Bald, bald mußte er eine wichtige Besichtigungstour machen!

Er seufzte geräuschvoll, und endlich erfaßte er, daß er auf Trantor war, auf dem Planeten, der den Mittelpunkt der ganzen Galaxis und den Kern der menschlichen Rasse darstellte. Er sah keine seiner Schwächen. Er sah keine Schiffe mit Lebensmitteln landen. Er führte sich nicht vor Augen, daß eine verletzliche Drosselader die vierzig Milliarden Bewohner Trantors mit dem Rest der Galaxis verband. Er war sich nur der gewaltigsten Tat des Menschen bewußt, der vollständigen und beinahe verächtlich endgültigen Eroberung einer Welt.

Er trat zurück, und die Überwältigung stand ihm ins Gesicht geschrieben. Sein Freund aus dem Aufzug deutete auf den Platz neben sich, und Gaal folgte der Aufforderung.

Der Mann lächelte. »Mein Name ist Jerril. Zum erstenmal auf Trantor?«

»Ja, Mr. Jerril.«

»Habe ich mir gedacht. Jerril ist mein Vorname. Trantor

packt einen, wenn man das poetische Temperament hat. Aber die Trantorianer kommen nie hier herauf. Das mögen sie nicht. Macht sie nervös.«

»Nervös! — Mein Name ist übrigens Gaal. Warum macht es sie nervös? Es ist herrlich.«

»Das liegt an der subjektiven Beurteilung, Gaal. Wenn einer in einer Wabe geboren wird und in einem Korridor aufwächst und in einer Zelle arbeitet und seine Freizeit in einem überfüllten Sonnenraum verbringt und dann ins Freie kommt, wo er nichts als den Himmel über sich hat, kann er durchaus einen Nervenzusammenbruch erleiden. Man schickt die Kinder einmal im Jahr herauf, nachdem sie fünf geworden sind. Ich weiß nicht, ob das gut für sie ist. Es reicht ja nicht, und die ersten paar Male brüllen sie sich in einen hysterischen Anfall hinein. Man müßte damit anfangen, sobald sie entwöhnt sind, und den Ausflug einmal in der Woche veranstalten.«

Er fuhr fort: »Natürlich kommt es im Grunde nicht darauf an. Was wäre, wenn sie überhaupt niemals nach draußen kommen würden? Sie sind glücklich da unten, und sie verwalten das Reich. Was meinen Sie, wie hoch oben wir sind?«

»Eine halbe Meile?« gab Gaal zurück und fürchtete, es klang naiv.

Das mußte es wohl, denn Jerril lachte ein bißchen. »Nein. Nur fünfhundert Fuß.«

»Was? Aber der Aufzug hat ungefähr...«

»Ich weiß. Die meiste Zeit brauchte er jedoch dazu, auf Bodenniveau zu kommen. Trantor ist auf mehr als eine Meile nach unten untertunnelt. Es ist wie ein Eisberg. Neun Zehntel davon sind außer Sicht. Es arbeitet sich sogar ein paar Meilen in das vor, was einmal der Meeresgrund entlang der Küste war. Tatsächlich leben wir so weit unten, daß wir den Unterschied in der Temperatur zwischen dem Bodenniveau und ein paar Meilen darunter zur Gewinnung aller Energie nutzen können, die wir brauchen. Haben Sie das gewußt?«

»Nein, ich habe gedacht, Sie hätten Atomgeneratoren.«

»Früher einmal. Aber das ist billiger.«

»Das kann ich mir vorstellen.«

»Was halten Sie von dem allen?« Für einen Augenblick wich die Gutmütigkeit des Mannes dem Ausdruck von Schlauheit. Er wirkte beinahe listig.

Gaal zögerte. »Es ist herrlich«, sagte er zum zweitenmal.

»Auf Urlaub hier? Sie machen Reisen? Besichtigungen?«

»Eigentlich nicht. — Allerdings habe ich mir immer gewünscht, Trantor zu besuchen, aber ich bin hauptsächlich einer Stellung wegen hergekommen.«

»Oh?«

Gaal fühlte sich zu weiteren Erklärungen verpflichtet. »Bei Dr. Seldons Projekt an der Universität von Trantor.«

»Bei Rabe Seldon?«

»Was? Nein. Der, den ich meine, ist Hari Seldon — der Psychohistoriker Seldon. Von irgendeinem Rabe Seldon weiß ich nichts.«

»Ich spreche auch von Hari. Man nennt ihn den Raben. Slang, verstehen Sie. Immerfort sagt er Katastrophen voraus.«

»Tatsächlich?« Gaal war ehrlich erstaunt.

»Sicher, das müssen Sie doch wissen.« Jerril lächelte nicht. »Sie wollen doch bei ihm arbeiten, oder?«

»Nun, ja, ich bin Mathematiker. Warum sagt er Katastrophen voraus? Was für Katastrophen?«

»An was für Katastrophen würden Sie denken?« fragte Jerril.

»Leider habe ich nicht die geringste Ahnung. Ich habe die Artikel gelesen, die Dr. Seldon und seine Gruppe veröffentlicht haben. Sie befassen sich mit mathematischen Theorien.«

»Ja, diejenigen, die sie veröffentlichen.«

Das ärgerte Gaal. »Ich werde jetzt wohl mein Zimmer

aufsuchen. Sehr erfreut, Sie jetzt kennengelernt zu haben.«

Jerril schwenkte zum Abschied gleichgültig den Arm.

In seinem Zimmer fand Gaal einen Mann vor, der auf ihn wartete. Für einen Augenblick war Gaal so verblüfft, daß es ihm nicht gleich gelang, die unvermeidliche Frage: »Was machen Sie hier?« zu formulieren.

Der Mann stand auf. Er war alt, und sein Kopf war beinahe kahl, und er hinkte, aber seine Augen waren sehr klar und blau.

»Ich bin Hari Seldon«, sagte er, noch ehe Gaals verwirrtes Gehirn das Gesicht mit der Erinnerung an die vielen Male, die er es auf Bildern gesehen hatte, vergleichen konnte.

— 4 —

Ein umstrittenes Projekt

PSYCHOHISTORIE — *... Gaal Dornick hat die Psychohistorie unter Benutzung mathematischer Konzepte als den Zweig der Mathematik definiert, der sich mit den Reaktionen menschlicher Konglomerate auf bestimmte soziale und ökonomische Stimuli befaßt ...*

... Alle diese Definitionen setzen voraus, daß das untersuchte menschliche Konglomerat groß genug für eine gültige statistische Aussage ist. Die erforderliche Größe eines solchen Konglomerats kann mittels Seldons Erstem Theorem bestimmt werden, das ... Eine weitere notwendige Annahme ist, daß das menschliche Konglomerat sich der psychohistorischen Analyse nicht bewußt ist, damit seine Reaktionen wirklich vom Zufall bestimmt werden ...

Die gesamte ernstzunehmende Psychohistorie basiert auf der Entwicklung der Seldon-Funktionen, deren Merkmale bestimmten sozialen und ökonomischen Kräften kongruent sind, wie zum Beispiel ...

ENCYCLOPAEDIA GALACTICA

»Guten Tag, Sir«, sagte Gaal. »Ich ... ich ...«

»Sie dachten, wir würden uns erst morgen sehen? Das hätten wir normalerweise auch. Es ist nur so, wenn wir von Ihren Diensten Gebrauch machen wollen, müssen wir schnell handeln. Es wird ständig schwerer, Mitarbeiter zu rekrutieren.«

»Das verstehe ich nicht, Sir.«

»Sie haben auf dem Aussichtsturm mit einem Mann gesprochen, nicht wahr?«

»Ja. Sein Vorname ist Jerril. Mehr weiß ich nicht über ihn.«

»Sein Name ist gleichgültig. Er ist Agent der Kommission für öffentliche Sicherheit und ist Ihnen vom Raumhafen aus gefolgt.«

»Aber warum? Ich muß gestehen, daß ich ganz verwirrt bin.«

»Hat der Mann auf dem Turm nichts über mich gesagt?«

Gaal zögerte. »Er sprach von Ihnen als Rabe Seldon.«

»Hat er auch erklärt, warum?«

»Er meinte, Sie sagten Katastrophen voraus.«

»Das tue ich. — Wie finden Sie Trantor?«

Anscheinend wollte jedermann seine Meinung über Trantor hören! Gaal sah sich zu keiner anderen Antwort imstande als dem einzigen Wort: »Herrlich.«

»Das sagen Sie, ohne nachzudenken. Was ist mit der Psychohistorie?«

»Ich habe nicht daran gedacht, sie auf das Problem anzuwenden.«

»Bevor ich Sie laufenlasse, junger Mann, werden Sie lernen, die Psychohistorie mit Selbstverständlichkeit auf alle Probleme anzuwenden — passen Sie auf.« Seldon zog einen Taschenrechner aus dem Beutel an seinem Gürtel. Es hieß, er habe für Augenblicke der Schlaflosigkeit einen unter dem Kopfkissen liegen. Die graue, glänzende Oberfläche war leicht abgenutzt vom Gebrauch. Seldons geschickte, altersfleckige Finger spielten auf dem harten Plastik-Rand. Rote Symbole leuchteten in dem Grau auf.

»Das repräsentiert den gegenwärtigen Zustand des Reichs«, sagte Seldon.

Er wartete.

Schließlich meinte Gaal: »Das ist doch sicher keine vollständige Repräsentation.«

»Nein, keine vollständige«, räumte Seldon ein. »Ich freue mich, daß Sie mein Wort nicht blindlings akzeptieren. Dies ist jedoch eine Annäherung, die genügt, die Behauptung zu beweisen. Sind Sie damit eigentlich einverstanden?«

»Ja, unter dem Vorbehalt, daß ich die Ableitung der Funktion später verifizieren werde.« Gaal würde sich hüten, in eine mögliche Falle zu tappen.

»Gut. Fügen Sie dem hier die Wahrscheinlichkeiten hinzu, die bekannt sind für: ein Attentat auf den Kaiser, den Aufstand eines Vizekönigs, das Zusammentreffen von Zeiten wirtschaftlicher Depression, die fallende Rate von Planetenerkundungen, die ...«

Er sprach weiter. Bei jedem Punkt, den er erwähnte, erwachten unter seiner Berührung neue Symbole zum Leben und verschmolzen mit der ursprünglichen Funktion, die sich erweiterte und veränderte.

Gaal unterbrach ihn ein einziges Mal. »Ich erkenne die Gültigkeit dieser Umwandlung nicht.«

Seldon wiederholte sie langsamer.

Gaal sagte: »Aber das geschieht mittels einer verbotenen Sozio-Operation.«

»Gut. Sie sind schnell, aber noch nicht schnell genug. In diesem Zusammenhang ist sie nicht verboten. Lassen Sie es mich durch Expansionen machen.«

Die Prozedur dauerte viel länger, und als sie zu Ende war, erklärte Gaal demütig: »Ja, jetzt verstehe ich es.«

Schließlich war Seldon fertig. »Das ist Trantor in fünf Jahrhunderten. Wie interpretieren Sie das? He?« Er neigte den Kopf zur Seite und wartete.

Gaal sagte ungläubig: »Als völlige Zerstörung! Aber... aber das ist unmöglich. Trantor ist noch nie ...«

Seldon war von der heftigen Erregung eines Mannes erfüllt, bei dem allein der Körper alt geworden ist. »Na, na. Sie haben gesehen, wie wir zu diesem Ergebnis gekommen sind. Fassen Sie es in Worte. Vergessen Sie für einen Augenblick den Symbolismus.«

Gaal antwortete: »Je spezialisierter Trantor wird, desto verwundbarer wird es, desto weniger kann es sich selbst verteidigen. Außerdem wird es als Beute um so wertvoller, je stärker es sich zum Verwaltungszentrum des Reiches entwickelt. Da die kaiserliche Nachfolge immer ungewisser wird und die Fehden unter den großen Familien an Zügellosigkeit zunehmen, verschwindet die soziale Verantwortlichkeit.«

»Das reicht. Und was ist mit der numerischen Wahrscheinlichkeit einer völligen Zerstörung innerhalb von fünf Jahrhunderten?«

»Das kann ich nicht sagen.«

»Sie können doch sicher eine Feldableitung durchführen?«

Gaal fühlte sich unter Druck gesetzt. Seldon gab ihm den Taschenrechner nicht, sondern hielt ihn einen halben Meter von seinen Augen entfernt. Gaal rechnete wie ein Wahnsinniger. Seine Stirn wurde feucht vom Schweiß.

»Etwa 85 %?« fragte er.

»Nicht schlecht.« Seldon schob die Unterlippe vor. »Aber auch nicht gut. Der tatsächliche Wert ist 92,5 %.«

»Und deshalb werden Sie Rabe Seldon genannt?« fragte Gaal. »Ich habe in den Zeitschriften nichts darüber gefunden.«

»Natürlich nicht. Das läßt sich nicht drucken. Glauben Sie, das Reich könne auf diese Weise enthüllen, wie wakkelig es steht? Das ist eine sehr einfache Demonstration in Psychohistorie. Aber einige unserer Ergebnisse sind in die Aristokratie durchgesickert.«

»Das ist schlimm.«

»Nicht unbedingt. Alles wird mit einberechnet.«

»Ist denn das der Grund, weshalb über mich Nachforschungen angestellt werden?«

»Ja. Über alles, was mit meinem Projekt zusammenhängt, werden Nachforschungen angestellt.«

»Sind Sie in Gefahr, Sir?«

»O ja. Es besteht eine Wahrscheinlichkeit von 1,7 %, daß man mich hinrichtet, doch natürlich würde das Projekt dann trotzdem weitergeführt werden. Wir haben auch das mit einberechnet. Nun gut. Sie werden doch morgen zu mir in die Universität kommen?«

»Das werde ich«, antwortete Gaal.

— 5 —

Die Vernehmung

KOMMISSION FÜR ÖFFENTLICHE SICHERHEIT — *... Die aristokratische Clique kam nach der Ermordung von Cleon I., dem letzten der Entuns, zur Macht. In den Jahrhunderten der Instabilität und Unsicherheit stellte sie in der Hauptsache ein Element der Ordnung im Imperium dar. Für gewöhnlich unter der Kontrolle der großen Familien der Chens und der Divarts, degenerierte sie allmählich zu einem Instrument, mit dem blindlings der Status quo aufrechterhalten werden sollte ... Als Macht im Staate wurde sie erst nach der Ermordung Cleons II., des letzten starken Kaisers, vollständig beseitigt. Der erste Hauptkommissar ...*

... In gewisser Hinsicht läßt sich der Verfall der Kommission bis zu dem Prozeß gegen Hari Seldon zurückverfolgen, der zwei Jahre vor dem Beginn der Foundation-Ära stattfand. Gaal Dornick beschreibt diesen Prozeß in seiner Biographie Hari Seldons ...

ENCYCLOPAEDIA GALACTICA

Gaal konnte sein Versprechen nicht halten. Am nächsten Morgen wurde er von einem Summer geweckt. Er meldete sich, und die Stimme des Empfangschefs teilte ihm so gedämpft, höflich und entschuldigend, wie man sie sich nur wünschen konnte, mit, er sei auf Befehl der Kommission für öffentliche Sicherheit vorläufig festgenommen.

Mit einem Satz war Gaal an der Tür und entdeckte, daß sie sich nicht länger öffnen ließ. Ihm blieb nichts übrig, als sich anzuziehen und zu warten.

Man holte ihn und brachte ihn anderswohin, aber es war immer noch eine vorläufige Festnahme. Ihm wurden außerordentlich höflich Fragen gestellt. Es war alles sehr zivilisiert. Er erklärte, er stamme aus der Provinz Synnax, er habe diese und jene Schulen besucht und an dem und dem Datum den Grad eines Doktors der Mathematik verliehen bekommen. Er habe sich um eine Stellung in Dr. Seldons Stab beworben und sei angenommen worden. Immer wieder und wieder nannte er diese Einzelheiten, und immer wieder und wieder kehrten sie zu der Frage seiner Mitarbeit am Seldon-Projekt zurück. Wie hatte er davon gehört? Welche Pflichten hätte er übernehmen sollen? Welche geheimen Anweisungen hatte er erhalten? Um was ging das alles?

Gaal antwortete, er wisse es nicht. Er hatte keine allgemeinen Anweisungen erhalten. Er war Wissenschaftler, er war Mathematiker. Er interessierte sich nicht für Politik.

Und schließlich fragte der freundliche Inquisitor: »Wann wird Trantor zerstört werden?«

Gaal stammelte: »Das könnte ich aus eigenem Wissen nicht sagen.«

»Könnten Sie es aus aus dem Wissen eines anderen sagen?«

»Wie kann ich für einen anderen sprechen?« Ihm wurde heiß, sehr heiß.

Der Inquisitor fragte: »Hat irgend jemand Ihnen von einer solchen Zerstörung erzählt, ein Datum genannt?« Und als der junge Mann zögerte, fuhr er fort: »Man ist Ihnen gefolgt, Doktor. Wir waren am Flughafen, als Sie ankamen, auf dem Aussichtsturm, als Sie auf Ihre Verabredung warteten, und natürlich waren wir imstande, Ihr Gespräch mit Dr. Seldon abzuhören.«

»Dann kennen Sie seine Ansicht in dieser Sache«, stellte Gaal fest.

»Mag sein. Aber wir würden sie gern von Ihnen hören.«

»Dr. Seldon ist der Meinung, Trantor werde innerhalb von fünf Jahrhunderten vernichtet.«

»Er hat das ... äh ... mathematisch bewiesen?«

»Ja, das hat er!« (Trotzig.)

»Sie halten diesen ... äh ... mathematischen Beweis für gültig, nehme ich an.«

»Wenn Dr. Seldon sich dafür verbürgt, ist er gültig.«

»Dann wollen wir von vorn anfangen.«

»Einen Augenblick. Ich habe das Recht auf einen Anwalt. Ich bestehe auf meinen Rechten als Bürger des Imperiums.«

»Sie sollen sie bekommen.«

Und er bekam sie.

Der Mann, der schließlich eintrat, war groß. Sein Gesicht bestand ganz aus senkrechten Linien und war so dünn, daß man sich fragte, ob darauf auch Platz für ein Lächeln sei.

Gaal blickte auf. Er fühlte sich aufgelöst und verwelkt. So viel war geschehen, und doch befand er sich erst dreißig Stunden auf Trantor.

Der Mann sagte: »Ich bin Lors Avakim. Dr. Seldon hat mich beauftragt, Sie zu vertreten.«

»So? Dann hören Sie. Ich verlange eine sofortige Eingabe an den Kaiser. Ich werde hier ohne Grund festgehalten. Ich habe nichts verbrochen. *Gar nichts.*« Er stieß die Hände vor, die Handflächen nach unten gerichtet. »Sie müssen eine Anhörung beim Kaiser erwirken, auf der Stelle.«

Avakim leerte sorgfältig den Inhalt einer flachen Aktentasche auf den Fußboden: Wenn Gaal in der Stimmung dazu gewesen wäre, hätte er juristische Cellomet-Formulare erkannt, dünne Metallbänder, dazu gedacht, in eine kleine Kapsel eingelegt zu werden. Vielleicht wäre ihm auch ein Taschenrecorder aufgefallen.

Avakim beachtete Gaals Ausbruch nicht. Er blickte schließlich auf und sagte: »Die Kommission hat natürlich einen Spionstrahl auf unser Gespräch gerichtet. Das ist gegen das Gesetz, aber es geschieht trotzdem.«

Gaal knirschte mit den Zähnen.

»Der Recorder, den ich auf den Tisch gelegt habe ...« — Avakim setzte sich bedachtsam — »sieht zwar äußerlich ganz wie ein gewöhnlicher Recorder aus und erfüllt seine Aufgabe auch bestens. Er hat jedoch die zusätzliche Eigenschaft, daß er den Spionstrahl völlig ausblendet. Aber das wird man nicht gleich herausfinden.«

»Dann kann ich sprechen.«

»Natürlich.«

»Dann will ich eine Anhörung beim Kaiser.«

Avakim lächelte frostig — es war auf seinem dünnen Gesicht also doch Platz dafür. Seine Wangen falteten sich, um den Platz zu schaffen. Er sagte: »Sie kommen aus der Provinz.«

»Ich bin trotzdem ein Bürger des Imperiums. Ein ebenso guter wie Sie oder einer der Männer aus dieser Kommission für öffentliche Sicherheit.«

»Zweifellos, zweifellos. Es ist nur so, daß Sie, der Sie aus der Provinz kommen, nicht verstehen, wie es auf Trantor zugeht. Es gibt keine Anhörungen vor dem Kaiser.«

»Bei wem sonst kann man sich über diese Kommission beschweren? Gibt es eine andere Prozedur?«

»Nein. Es gibt im praktischen Sinn keine Zuflucht. Rein juristisch betrachtet, könnten Sie an den Kaiser appellieren, aber Sie würden nicht vorgelassen werden. Der Kaiser von heute ist kein Kaiser der Entun-Dynastie, verstehen Sie. Trantor befindet sich leider in der Gewalt der adligen Familien, aus deren Mitgliedern sich die Kommission für öffentliche Sicherheit zusammensetzt. Diese Entwicklung wurde von der Psychohistorie genauso vorhergesagt.«

»Tatsächlich?« erwiderte Gaal. »In diesem Fall, wenn Dr. Seldon die Geschichte Trantors auf fünfhundert Jahre voraussagen kann ...«

»Er kann sie auf eintausendfünfhundert Jahre voraussagen.«

»Von mir aus auf fünfzehntausend. Warum konnte er gestern nicht voraussagen, was heute morgen passieren würde, und mich warnen? — Nein, entschuldigen Sie.« Gaal setzte sich und stützte den Kopf in eine schwitzende Handfläche. »Ich weiß ja, daß die Psychohistorie eine statistische Wissenschaft ist und die Zukunft eines einzelnen Menschen nicht mit einiger Genauigkeit voraussagen kann. Sie werden verstehen, daß ich aufgeregt bin.«

»Aber Sie irren sich. Dr. Seldon war der Meinung, Sie würden heute morgen festgenommen werden.«

»Was?«

»Es ist traurig, aber wahr: Die Kommission hat gegenüber seinen Aktivitäten eine immer feindseligere Haltung eingenommen und sich immer stärker mit neuen Mitgliedern beschäftigt, die zu der Gruppe stoßen. Die Graphiken zeigten, daß es für uns am besten sei, die Entwicklung jetzt auf den Höhepunkt zu bringen. Die Kommission selbst bewegte sich etwas langsam, so daß Dr. Seldon Sie gestern zu dem Zweck besuchte, sie zum Handeln zu zwingen. Aus keinem anderen Grund.«

Gaal stockte der Atem. »Ich bedauere ...«

»Bitte. Es war notwendig. Sie sind nicht aus irgendwelchen persönlichen Gründen ausgewählt worden. Sie müssen einsehen, daß Dr. Seldons Pläne, die mit der in achtzehn Jahren entwickelten Mathematik aufgestellt wurden, alle Eventualitäten mit signifikanten Wahrscheinlichkeiten einschließen. Dies ist eine davon. Ich bin allein deswegen hergeschickt worden, um Ihnen zu versichern, daß Sie keine Angst zu haben brauchen. Es wird gut ausgehen, fast mit Sicherheit für das Projekt und mit zumutbarer Wahrscheinlichkeit für Sie.«

»Wie lauten die Zahlen?« verlangte Gaal zu wissen.

»Für das Projekt: über 99,9 %.«

»Und für mich?«

»Mir wurde gesagt, diese Wahrscheinlichkeit liege bei 77,2 %.«

»Das bedeutet eine höhere Quote als eins zu fünf, daß ich zu einer Gefängnisstrafe oder zum Tod verurteilt werde.«

»Letzteres liegt unter einem Prozent.«

»Was Sie nicht sagen! Für einen einzigen Menschen angestellte Berechnungen haben überhaupt keine Bedeutung. Schicken Sie Dr. Seldon zu mir.«

»Unglücklicherweise kann ich das nicht. Dr. Seldon ist selbst festgenommen worden.«

Die Tür wurde aufgestoßen, bevor der aufspringende Gaal mehr als den Ansatz zu einem Schrei fertigbrachte. Ein Wachposten trat ein, ging zum Tisch, nahm den Recorder, sah ihn sich von allen Seiten an und steckte ihn in die Tasche.

Avakim sagte ruhig: »Ich brauche dieses Gerät.«

»Wir werden Sie mit einem ausstatten, Herr Rechtsanwalt, das kein statisches Feld erzeugt.«

»In dem Fall ist mein Gespräch beendet.« Er ging, und Gaal war allein.

— 6 —

Der Prozeß

Der Prozeß (Gaal nahm an, es handele sich um einen solchen, obwohl er juristisch wenig Ähnlichkeit mit den ausgefeilten Techniken besaß, von denen er gelesen hatte) dauerte nicht lange. Heute war erst der dritte Tag. Doch schon gelang es Gaal nicht mehr, sich an seinen Anfang zu erinnern.

Auf ihm war nur ein bißchen herumgehackt worden. Die schweren Geschütze richteten sich gegen Dr. Seldon persönlich. Hari Seldon saß jedoch seelenruhig da. Für Gaal war er der einzige feste Punkt, der in der Welt übrigblieb.

Die wenigen Zuschauer setzten sich ausschließlich aus Baronen des Reiches zusammen. Presse und allgemeines Publikum waren ausgeschlossen, und es war zu bezweifeln, ob eine wesentliche Zahl von Außenseitern auch nur wußte, daß Seldon vor Gericht stand. Es herrschte eine Atmosphäre uneingeschränkter Feindseligkeit gegen die Angeklagten.

Fünf Mitglieder der Kommission für öffentliche Sicherheit saßen hinter dem erhöhten Pult. Sie trugen Uniformen in Scharlach und Gold und die glänzenden, engsitzenden Plastik-Kappen, die das Zeichen ihres Richteramtes waren. In der Mitte saß der Hauptkommissar Linge Chen. Gaal hatte noch nie zuvor einen so hohen Herrn gesehen und betrachtete ihn fasziniert. Chen sprach während des Prozesses selten ein Wort. Er machte ganz deutlich, daß es doch unter seiner Würde war, viel zu sprechen.

Der Anwalt der Kommission zog seine Notizen zu Rate, und die Befragung — Seldon war immer noch auf dem Zeugenstand — wurde fortgesetzt.

Frage: Wie ist das nun, Dr. Seldon — wie viele Leute befassen sich im Augenblick mit dem Projekt, dessen Leiter Sie sind?

Antwort: Fünfzig Mathematiker.

F.: Einschließlich Dr. Gaal Dornick?

A.: Dr. Dornick ist der einundfünfzigste.

F.: Oh, dann haben wir also einundfünfzig? Forschen Sie in Ihrem Gedächtnis, Dr. Seldon. Vielleicht sind es zweiundfünfzig oder dreiundfünfzig? Oder vielleicht noch mehr?

A.: Dr. Dornick ist noch nicht offiziell in meine Organisation aufgenommen. Wenn das geschieht, wird sich die

Mitgliederzahl auf einundfünfzig erhöhen. Jetzt beträgt sie fünfzig, wie ich gesagt habe.

F.: Nicht vielleicht nahezu hunderttausend?

A.: Mathematiker? Nein.

F.: Ich habe nicht ›Mathematiker‹ gesagt. Sind es hunderttausend in allen Bereichen?

A.: In allen Bereichen mag Ihre Zahl korrekt sein.

F.: *Mag* korrekt sein? Ich sage, sie ist korrekt. Ich sage, daß Sie achtundneunzigtausendfünfhundertundzweiundsiebzig Leute bei Ihrem Projekt beschäftigen.

A.: Ich glaube, Sie zählen die Frauen und Kinder mit.

F. (mit erhobener Stimme): Achtundneunzigtausendfünfhundertundzweiundsiebzig Personen habe ich gesagt. Es ist nicht notwendig, Haare zu spalten.

A.: Ich akzeptiere die Zahl.

F. (mit Blick auf die Notizen): Lassen wir das für den Augenblick und greifen wir noch einmal ein Thema auf, das wir bereits in einiger Ausführlichkeit diskutiert haben. Würden Sie, Dr. Seldon, bitte Ihre Gedanken über die Zukunft Trantors wiederholen?

A.: Ich habe gesagt, und ich sage es von neuem, daß Trantor innerhalb der nächsten fünf Jahrhunderte in Trümmer fallen wird.

F.: Sie halten Ihre Behauptung nicht für illoyal?

A.: Nein, Sir. Die wissenschaftliche Wahrheit steht jenseits von Loyalität und Illoyalität.

F.: Sie sind sicher, daß Ihre Behauptung eine wissenschaftliche Wahrheit darstellt?

A.: Das bin ich.

F.: Auf welcher Basis?

A.: Auf der Basis der Mathematik der Psychohistorie.

F.: Können Sie beweisen, daß diese Mathematik gültig ist?

A.: Nur einem anderen Mathematiker.

F. (mit einem Lächeln): Damit sagen Sie, Ihre Wahrheit sei von so esoterischer Natur, daß sie über das Begriffsvermögen eines einfachen Menschen hinausgeht. Mir scheint es, eine Wahrheit sollte klarer sein als das, weniger geheimnisvoll, leichter zu fassen.

A.: Sie bedeutet für den Verstand bestimmter Menschen keine Schwierigkeiten. Die Physik der Energieumwandlung, die wir als Thermodynamik kennen, ist in der ganzen Menschheitsgeschichte von dem mythischen Zeitalter an klar und wahr gewesen, und doch mag es unter den heute Lebenden solche geben, die es unmöglich finden, eine Kraftmaschine zu entwerfen. Auch unter Leuten von hoher Intelligenz. Ich bezweifele, ob die gelehrten Kommissare ...

An dieser Stelle beugte sich einer der Kommissare zu dem Anwalt hinüber. Seine Worte waren nicht zu verstehen, aber das Zischen der Stimme vermittelte eine gewisse Schärfe. Der Anwalt bekam einen roten Kopf und unterbrach Seldon.

F.: Wir sind nicht hier, um uns Reden anzuhören, Dr. Seldon. Sie sollen in diesem Punkt recht haben. Doch möchte ich der Vermutung Ausdruck geben, daß Sie mit dem Prophezeien von Katastrophen die Absicht verfolgen, das öffentliche Vertrauen in die kaiserliche Regierung zu zerstören, um selbst daraus Nutzen zu ziehen.

A.: Das ist nicht der Fall.

F.: Behaupten Sie nicht, daß dem sogenannten Untergang von Trantor eine Zeit vorausgehen wird, in der es Unruhen verschiedener Art geben wird?

A.: Das ist richtig.

F.: Und wollen Sie diese Zeit nicht durch die bloße Vorhersage herbeiführen und dann, wenn sie kommt, eine Armee von hunderttausend Mann zur Verfügung haben?

A.: Erstens einmal ist das nicht der Fall. Und selbst wenn: eine Untersuchung würde Ihnen zeigen, daß kaum zehntausend Männer im militärfähigen Alter sind und daß nicht einer von ihnen mit der Waffe ausgebildet ist.

F.: Handeln Sie als Agent eines anderen?

A.: Ich stehe nicht im Sold irgendeines Menschen, Herr Anwalt.

F.: Sie verfolgen überhaupt keine eigenen Interessen? Sie dienen lediglich der Wissenschaft?

A.: Das tue ich.

F.: Dann wollen wir einmal sehen, wie. Kann die Zukunft verändert werden, Dr. Seldon?

A.: Offensichtlich. Dieser Gerichtsraum mag in den nächsten paar Stunden explodieren oder auch nicht. Wenn er es täte, würde die Zukunft zweifellos in einigen nebensächlichen Punkten verändert.

F.: Das ist Haarspalterei, Dr. Seldon. Kann die Geschichte der menschlichen Rasse im Ganzen verändert werden?

A.: Ja.

F.: Leicht?

A.: Nein. Mit großer Schwierigkeit.

F.: Warum?

A.: Der psychohistorische Trend einer Menschenmasse, die einen ganzen Planeten füllt, besitzt eine große Trägheit. Um ihn zu verändern, bedarf es einer ebenso großen Trägheit. Entweder muß es durch eine gleiche Zahl von Personen bewirkt werden, oder, wenn die Zahl klein ist, muß man der Veränderung sehr viel Zeit zubilligen. Verstehen Sie das?

F.: Ich glaube schon. Trantor braucht nicht unterzugehen, wenn eine große Zahl von Menschen sich entschließt, so zu handeln, daß es nicht geschieht.

A.: Das ist richtig.

F.: Zum Beispiel hunderttausend Personen?

A.: Nein, Sir. Das ist bei weitem zu wenig.

F.: Sind Sie sicher?

A.: Bedenken Sie, daß Trantor eine Bevölkerung von mehr als vierzig Milliarden hat. Bedenken Sie weiter, daß der zum Untergang führende Trend sich nicht auf Trantor allein bezieht, sondern auf das Reich als Ganzes — und das bedeutet fast eine Quadrillion menschlicher Wesen.

F.: Ich verstehe. Vielleicht können dann hunderttausend Menschen den Trend verändern, wenn sie und ihre Nachkommen fünfhundert Jahre daran arbeiten.

A.: Nein, tut mir leid. Fünfhundert Jahre sind eine zu kurze Zeit.

F.: Ah! In dem Fall, Dr. Seldon, sind wir gezwungen, diese Folgerung aus Ihren Ausführungen zu ziehen: Sie haben im Rahmen Ihres Projekts einhunderttausend Leute zusammengezogen. Diese genügen nicht, um die Geschichte Trantors innerhalb von fünfhundert Jahren zu verändern. Mit anderen Worten, sie können die Zerstörung Trantors nicht verhindern, ganz gleich, was sie tun.

A.: Unglücklicherweise haben Sie recht.

F.: Und andererseits verfolgen Sie mit Ihren hunderttausend Leuten kein illegales Ziel.

A.: Genau.

F. (langsam und mit Befriedigung): In diesem Fall, Dr. Seldon — nun passen Sie sehr genau auf, Sir, denn wir möchten eine wohlerwogene Antwort haben. Was ist der Zweck Ihrer hunderttausend Leute?

Die Stimme des Anwalts war schneidend geworden. Er hatte seine Falle zuschnappen lassen, er hatte Seldon in die Enge getrieben, hatte ihm raffiniert jede Möglichkeit zu einer Antwort genommen.

Das Gemurmel, das durch die Bänke der Peers im Zuschauerraum gelaufen und sogar in die Reihe der Kommissare vorgedrungen war, stieg an. Die Richter in ihrem Scharlach und Gold beugten sich zueinander; nur der Hauptkommissar ließ sich nicht beeindrucken.

Hari Seldon bewahrte die Ruhe. Er wartete, daß das Stimmengewirr sich legte.

A.: Dem Zweck, die Wirkungen dieser Zerstörung zu minimieren.

F.: Und was genau meinen Sie damit?

A.: Die Erklärung ist einfach. Die kommende Zerstörung Trantors ist kein Ereignis, das isoliert innerhalb der menschlichen Entwicklung steht. Sie wird der Höhepunkt eines verwickelten Dramas sein, das vor Jahrhunderten begann und ständig schneller fortschreitet. Ich meine damit, Gentlemen, den sich entwickelnden Abstieg und Fall des galaktischen Imperiums.

Das Gemurmel wurde zu einem dumpfen Brausen, in dem der Aufschrei des Anwalts unterging: »Sie erklärem offen, daß ...« Er brach ab, weil der Ruf ›Verrat‹ laut wurde, was bewies, daß die Zuschauer schon verstanden hatten und er nicht mehr nachzufassen brauchte.

Langsam hob der Hauptkommissar seinen Hammer und ließ ihn einmal fallen. Der Klang war der eines melodischen Gongs. Mit dem Widerhall verstummte auch das Gebrabbel der Zuschauer. Der Anwalt holte tief Atem.

F. (theatralisch): Ist Ihnen klar, Dr. Seldon, daß Sie von einem Reich sprechen, das zwölftausend Jahre lang durch alle Wechselfälle der Generationen bestehen geblieben ist und das die guten Wünsche und die Liebe einer Trillion menschlicher Wesen hinter sich hat?

A.: Ich bin mir sowohl des gegenwärtigen Status als auch der Vergangenheit des Imperiums bewußt. Ohne jemandem zu nahe treten zu wollen, kann ich behaupten, darüber weit größere Kenntnisse zu besitzen als irgendein anderer in diesem Raum.

F.: Und Sie sagen seinen Untergang voraus?

A.: Diese Voraussage geschieht mittels der Mathematik. Ich fälle kein moralisches Urteil. Persönlich bedauere ich die zu erwartende Entwicklung. Selbst wenn man von der Voraussetzung ausginge, das Imperium sei etwas Schlechtes (was ich nicht tue), wäre der Zustand der Anarchie, der seinem Zusammenbruch folgen wird, schlimmer. Gegen diesen Zustand der Anarchie soll mein Projekt ankämpfen. Der Fall des Reichs, Gentlemen, ist jedoch etwas Gewaltiges, gegen das nicht leicht anzukämpfen ist. Er wird diktiert von einer immer mächtiger werdenden Bürokratie, einem Rückgang der Initiative, dem Erstarren der Kasten, dem Nachlassen der Neugier — und hundert anderen Faktoren. Er bahnt sich, wie ich gesagt habe, seit Jahrhunderten an und ist eine zu majestätische und gewaltige Bewegung, als daß man sie aufhalten könnte.

F.: Kann nicht jedermann erkennen, daß das Reich so stark ist wie eh und je?

A.: Alles rings um Sie macht den Eindruck von Stärke. Es hat den Anschein, als werde das Reich ewig währen. Aber, Herr Anwalt, der verfaulte Baumstamm scheint bis zu dem Augenblick, wenn der Sturm ihn fällt, die gleiche Kraft wie immer zu haben. Der Sturm pfeift jetzt durch die Zweige des Imperiums. Lauschen Sie mit den Ohren der Psychohistorie, und Sie werden das Krachen hören.

F. (unsicher): Wir sind nicht hier, Dr. Seldon, um zu lau ...

A. (fest): Das Reich wird verschwinden und alles, was Gutes an ihm ist, mit ihm. Dann verfällt sein angehäuftes Wissen, und die Ordnung, die es geschaffen hat, bricht zusammen. Endlos toben interstellare Kriege, der interstellare Handel kommt zum Erliegen, die Bevölkerung nimmt ab, Welten verlieren den Kontakt mit dem Hauptkörper der Galaxis. — Und so wird es bleiben.

F. (eine dünne Stimme inmitten tiefen Schweigens): Für immer?

A.: Die Psychohistorie, die den Fall voraussieht, kann auch Aussagen über das folgende dunkle Zeitalter machen. Das Reich, Gentlemen, besteht, wie eben gesagt wurde, seit zwölftausend Jahren. Das kommende dunkle Zeitalter wird nicht zwölf-, sondern dreißigtausend Jahre dauern. Ein Zweites Reich wird sich erheben, aber zwischen ihm und unserer Zivilisation werden eintausend Generationen einer leidenden Menschheit liegen. Das müssen wir verhindern.

F. (sich etwas erholend): Sie widersprechen sich. Vorhin

sagten Sie, Sie könnten die Zerstörung Trantors nicht verhindern und deshalb auch nicht den Fall — den *sogenannten* Fall des Imperiums.

A.: Ich sage nicht, daß wir den Fall noch verhindern könnten. Aber es ist noch nicht zu spät, das Interregnum, das ihm folgen wird, zu verkürzen. Es ist möglich, Gentlemen, die Dauer der Anarchie auf ein einziges Jahrtausend zu reduzieren, falls meiner Gruppe erlaubt wird, jetzt zu handeln. Wir sind an einem empfindlichen Augenblick der Geschichte angelangt. Die große, auf uns herabstürzende Masse der Ereignisse muß ein bißchen — nur ein kleines bißchen — abgelenkt werden. Es kann nicht viel sein, aber es mag genug sein, um neunundzwanzigtausend Jahre des Elends aus der menschlichen Geschichte zu entfernen.

F.: Was müßte Ihrem Vorschlag nach getan werden?

A.: Das Wissen der Rasse müßte gerettet werden. Die Summe des menschlichen Wissens geht über den Verstand eines einzelnen Menschen, über den von tausend Menschen hinaus. Mit der Zerstörung unseres sozialen Gefüges wird die Wissenschaft in eine Million Stücke zerbrechen. Einzelpersonen werden eine Menge über winzige Facetten dessen wissen, was es zu wissen gibt. Alleingelassen, werden sie hilflos und nutzlos sein. Das bedeutungslose bißchen an Lehre wird nicht weitergegeben. Im Laufe der Generationen geht es verloren. *Aber,* wenn wir jetzt eine gigantische Zusammenfassung *allen* Wissens vorbereiten, wird es niemals verlorengehen. Kommende Generationen werden darauf aufbauen und nicht gezwungen sein, es neu zu entdecken. Ein einziges Jahrtausend wird die Arbeit von dreißigtausend Jahren tun.

F.: All das …

A.: All das ist mein Projekt. Meine dreißigtausend Leute mit ihren Frauen und Kindern widmen sich der Vorbereitung einer ›Encyclopaedia Galactica‹. Sie werden sie nicht in ihrer Lebenszeit vollenden. Ich werde nicht einmal so lange am Leben bleiben, daß ich einen richtigen

Anfang sehe. Aber zu der Zeit, wenn Trantor fällt, wird sie fertig sein, und in jeder größeren Bibliothek der Galaxis wird es Kopien davon geben.

Der Hammer des Hauptkommissars hob sich und fiel. Hari Seldon verließ den Zeugenstand und setzte sich ruhig wieder auf seinen Platz neben Gaal.

Er lächelte. »Wie hat Ihnen die Show gefallen?«

»Sie haben sie ihnen gestohlen«, antwortete Gaal. »Aber was wird jetzt geschehen?«

»Man wird die Sitzung vertagen und versuchen, zu einer privaten Vereinbarung mit mir zu gelangen.«

»Woher wissen Sie das?«

»Ich will ehrlich sein«, sagte Seldon. »Ich weiß es nicht. Es hängt von dem Hauptkommissar ab. Ich habe ihn seit Jahren studiert. Ich habe versucht, sein Tun zu analysieren, aber Sie wissen, wie riskant es ist, die Kapricen eines Individuums in die psychohistorischen Gleichungen einzusetzen. Und doch habe ich Hoffnung.«

— 7 —

Das Urteil

Avakim näherte sich, nickte Gaal zu, beugte sich vor und flüsterte Seldon etwas zu. Die Vertagung wurde ausgerufen, und Wachposten trennten sie. Gaal wurde abgeführt.

Die Anhörungen des nächsten Tages waren völlig anders. Hari Seldon und Gaal Dornick waren mit der Kommission allein. Sie saßen zusammen an einem Tisch, und es war kaum eine Trennung zwischen den fünf Richtern und den beiden Angeklagten. Man bot ihnen sogar Zigarren an. Sie lagen in einer Kiste aus schillernder Plastik, die das Aussehen endlos fließenden Wassers hatte. Die Augen wurden getäuscht, Bewegung zu sehen, obwohl die Finger meldeten, daß das Material hart und trocken sei.

Seldon nahm sich eine Zigarre; Gaal lehnte ab.

Seldon stellte fest: »Mein Anwalt ist nicht anwesend.«

Ein Kommissar erwiderte: »Das ist keine Gerichtsverhandlung mehr, Dr. Seldon. Wir sind hier, um über die Sicherheit des Staates zu diskutieren.«

Linge Chen sagte: »*Ich* will sprechen«, und die anderen Kommissare lehnten sich auf ihren Stühlen zurück, bereit, zuzuhören. Stille bildete sich um Chen, in die er seine Worte fallen lassen konnte.

Gaal hielt den Atem an. Chen, mager und hart, älter aussehend, als er wirklich war, war der eigentliche Kaiser der ganzen Galaxis. Das Kind, das diesen Titel trug, war nur ein von Chen fabriziertes Symbol — übrigens nicht das erste.

Chen sagte: »Dr. Seldon, Sie stören den Frieden im Reich des Kaisers. Nicht einer von den Trillionen Menschen, die heute zwischen den Sternen der Galaxis leben, wird in einem Jahrhundert noch am Leben sein. Warum sollten wir uns dann den Kopf über Ereignisse zerbrechen, die fünf Jahrhunderte in der Zukunft liegen?«

»Ich werde schon in einem halben Jahrzehnt nicht mehr am Leben sein«, antwortete Seldon, »und doch ist es für mich ungeheuer wichtig. Nennen Sie es Idealismus. Nennen Sie es eine Identifizierung meiner Person mit dieser mystischen Verallgemeinerung, für die wir den Begriff ›Mensch‹ benutzen.«

»Ich habe nicht den Wunsch, mich um das Verstehen von Mystizismus zu bemühen. Können Sie mir sagen, warum ich mich nicht von Ihnen und einer unbequemen und unnötigen, fünf Jahrhunderte von uns entfernten Zukunft, die ich nicht mehr erleben werde, befreien soll, indem ich Sie heute nacht hinrichten lasse?«

»Vor einer Woche«, sagte Seldon unbeschwert, »hätten Sie das tun können, und es hätte vielleicht eine Wahrscheinlichkeit von eins zu zehn bestanden, daß Sie bis Jahresende am Leben bleiben. Heute beträgt diese Wahrscheinlichkeit kaum noch eins zu zehntausend.«

Die Anwesenden stießen den Atem aus und rückten voller Unbehagen hin und her. Gaal spürte, wie die Härchen auf seinem Nacken kribbelten. Chens Augenlider senkten sich ein bißchen.

»Wieso?« fragte er.

»Der Fall Trantors«, erklärte Seldon, »kann durch keine vorstellbare Anstrengung aufgehalten werden. Man kann ihn jedoch beschleunigen. Die Geschichte meines abgebrochenen Prozesses wird sich durch die Galaxis verbreiten. Eine Behinderung meiner Pläne, die Folgen der Katastrophe zu mildern, wird die Leute überzeugen, daß die Zukunft ihnen nichts mehr zu bieten hat. Schon jetzt denken sie mit Neid an das Leben ihrer Großväter. Sie werden erleben, daß es häufiger zu Revolutionen kommt und daß der Handel immer mehr stagniert. Die Galaxis wird von dem Gefühl durchdrungen werden, daß nur das zählt, was ein Mensch im Augenblick für sich selbst ergattern kann. Ehrgeizige Männer werden nicht warten, und skrupellose Männer werden nicht zögern. Mit jeder Ihrer Handlungen werden sie den Zerfall der Welten beschleunigen. Lassen Sie mich töten, und Trantor wird nicht in fünf Jahrhunderten, sondern in fünfzig Jahren fallen, und Sie, Sie selbst in einem einzigen Jahr.«

»Das sind Worte, um Kinder zu schrecken«, gab Chen zurück, »und doch ist Ihr Tod nicht die einzige Antwort, die uns zufriedenstellen kann.«

Er hob seine schlanken Hände von den Papieren, auf denen sie geruht hatten, so daß nur noch zwei Finger das oberste Blatt leicht berührten.

»Sagen Sie mir: Wird Ihre einzige Aktivität in der Vorbereitung dieser Enzyklopädie, von der Sie sprachen, bestehen?«

»Ja«, antwortete Seldon.

»Und muß das auf Trantor sein?«

»Trantor, mein Lord, besitzt die kaiserliche Bibliothek sowie die wissenschaftlichen Quellen der Universität von Trantor.«

»Und doch, wenn Sie anderswo wohnen würden, sagen wir, auf einem Planeten, wo die Gedanken eines Gelehrten nicht von der Hast und den Ablenkungen einer Metropole gestört werden, wo Ihre Leute sich völlig und ausschließlich ihrer Arbeit widmen könnten — hätte das nicht Vorteile?«

»Vielleicht kleine.«

»Eine solche Welt ist für Sie ausgewählt worden. Doktor, Sie können mit Ihren Hunderttausend um sich arbeiten, wie es Ihnen beliebt. Die Galaxis wird wissen, daß Sie gegen den Zusammenbruch arbeiten. Die Leute werden sogar gesagt bekommen, daß Sie den Zusammenbruch verhindern werden.« Er lächelte. »Da ich an so vieles nicht glaube, ist es nicht schwierig für mich, auch an den Zusammenbruch nicht zu glauben, und deshalb bin ich voll und ganz überzeugt, daß ich den Leuten die Wahrheit sagen werde. Und Sie, Doktor, werden Trantor inzwischen nicht beunruhigen, und der Friede des Kaisers wird nicht gestört werden.

Die Alternative ist Ihr Tod und der Tod so vieler Ihrer Gefolgsleute, wie es notwendig erscheint. Ihre vorhin geäußerten Drohungen sind für mich ohne Belang. Sie haben von diesem Augenblick an für eine Zeitspanne von fünf Minuten die Möglichkeit, zwischen dem Tod und dem Exil zu wählen.«

»Welches ist die ausgewählte Welt, mein Lord?« fragte Seldon.

»Sie wird, glaube ich, Terminus genannt«, antwortete Chen. Spielerisch drehte er die Papiere auf seinem Schreibtisch mit den Fingerspitzen um, so daß sie Seldon die Vorderseite zukehrten. »Sie ist unbewohnt, aber durchaus bewohnbar und kann so umgestaltet werden, daß sie den Bedürfnissen von Wissenschaftlern entspricht. Sie liegt etwas abgelegen ...«

Seldon unterbrach: »Sie liegt am Rand der Galaxis, Sir.«

»Wie ich sagte, etwas abgelegen. Das wird Ihrem Bedarf nach Konzentration entgegenkommen. Sie haben noch zwei Minuten.«

»Wir brauchen Zeit, um eine solche Reise vorzubereiten. Es sind zwanzigtausend Familien betroffen«, wandte Seldon ein.

»Sie werden die Zeit bekommen.«

Seldon dachte einen Augenblick lang nach. Die letzte Minute verrann. Er sagte: »Ich akzeptiere das Exil.«

Gaals Herz setzte bei diesen Worten aus. Ihn erfüllte hauptsächlich eine gewaltige Freude, daß er dem Tod entrann. Doch in all seiner Erleichterung fand er Platz für ein kleines Bedauern, daß Seldon geschlagen worden war.

— 8 —
Das Exil

Das Taxi heulte durch die Hunderte von Meilen wurmähnlicher Tunnel auf die Universität zu. Lange Zeit saßen sie schweigend nebeneinander. Und dann regte Gaal sich. Er fragte:

»War das, was Sie dem Kommissar gesagt haben, wahr? Hätte Ihre Hinrichtung den Fall tatsächlich beschleunigt?«

»Ich lüge niemals, was psychohistorische Erkenntnisse angeht«, erklärte Seldon. »Auch hätte es mir in dem Fall gar nichts genützt. Chen wußte, daß ich die Wahrheit sprach. Er ist ein sehr kluger Politiker, und die Art ihrer Arbeit bringt es mit sich, daß Politiker ein instinktives Gefühl für die Wahrheiten der Psychohistorie entwickeln.«

»Dann hätten Sie das Exil nicht zu akzeptieren brauchen«, sagte Gaal verwundert, aber Seldon antwortete nicht.

Als sie auf das Gelände der Universität hinausschossen, verweigerten Gaals Muskeln ihm den Gehorsam. Er mußte fast aus dem Taxi getragen werden.

Die ganze Universität lag in blendendem Licht. Gaal hatte beinahe vergessen, daß es eine Sonne gab. Aber die Universität stand nicht im Freien. Ihre Gebäude wurden von einer monströsen Kuppel überdacht, die Glas und doch kein Glas war. Sie war polarisiert, so daß Gaal direkt in den flammenden Stern oben blicken konnte. Und trotzdem wurde das Licht nicht gedämpft, und die metallenen Gebäude warfen es zurück, so weit das Auge reichte.

Sie waren nicht von dem harten Stahlgrau, wie der Rest Trantors es zeigte, sondern eher silberig. Der metallische Glanz hatte fast die Farbe von Elfenbein.

»Vermutlich Soldaten«, bemerkte Seldon.

»Was?« Gaal richtete seine Augen wieder auf den prosaischen Boden. Vor ihnen stand ein Wachposten.

Sie blieben stehen, und aus einem Eingang in der Nähe materialisierte ein Captain mit gewinnenden Manieren.

»Dr. Seldon?« fragte er.

»Ja.«

»Wir haben auf Sie gewartet. Sie und Ihre Leute stehen von jetzt an unter Kriegsrecht. Ich habe Anweisung, Ihnen mitzuteilen, daß Ihnen für die Vorbereitung Ihrer Reise nach Terminus sechs Monate zugebilligt werden.«

»Sechs Monate ...«, begann Gaal, aber Seldon legte die Finger mit leichtem Druck auf seinen Ellbogen.

»So lauten meine Anweisungen«, wiederholte der Captain.

Er ging, und Gaal wollte von Seldon wissen: »Was läßt sich in sechs Monaten denn schon schaffen? Das ist nichts als ein langsamer Mord.«

»Ruhig. Ruhig. Gehen wir erst in mein Büro.«

Es war kein großes Büro, aber es war völlig abhörsicher, und das war nicht einmal zu entdecken. Auf diesen Raum gerichtete Spionstrahlen empfingen weder eine verdächtige Stille noch weitaus verdächtigere statische Geräusche, sondern eine Unterhaltung, für die unter einem großen Vorrat aus unschuldigen Sätzen in verschiedenen Tönen und Stimmen eine Zufallsauswahl getroffen wurde.

»Sechs Monate genügen«, stellte Seldon in aller Gemütsruhe fest.

»Das kann ich mir nicht vorstellen.«

»Sehen Sie, mein Junge, bei einem Plan wie dem unseren werden die Handlungen anderer unseren Notwendigkeiten angepaßt. Habe ich Ihnen nicht bereits gesagt, daß Chens Wesensart genauer untersucht worden ist als die irgendeines anderen Menschen der Geschichte? Dem Prozeß wurde erst erlaubt zu beginnen, als wir Zeit und Umstände für passend hielten.«

»Aber konnten Sie es denn arrangieren ...?«

»Daß wir ins Exil nach Terminus geschickt würden? Warum nicht?« Er legte die Finger auf eine bestimmte Stelle seines Schreibtischs, und ein kleiner Abschnitt der Wand hinter ihm glitt zur Seite. Das konnte Seldon nur mit den eigenen Fingern bewerkstelligen, weil allein durch seine Fingerabdrücke der Scanner unter der Platte den Mechanismus freigab.

»Sie werden da drinnen verschiedene Mikrofilme finden«, sagte Seldon. »Nehmen Sie den, der den Buchtstaben ›T‹ trägt, heraus.«

Gaal tat das. Seldon legte den Film in den Projektor ein und reichte dem jungen Mann ein Paar Okulare. Gaal justierte sie und sah den Film vor seinen Augen ablaufen.

»Aber dann ...«, begann er.

»Was wundert Sie?« fragte Seldon.

»Bereiten Sie sich seit zwei Jahren auf die Abreise vor?«

»Seit zweieinhalb. Natürlich konnten wir nicht sicher sein, daß er Terminus wählen würde, aber wir hofften es, und wir handelten aufgrund dieser Annahme ...«

»Aber warum, Dr. Seldon? Wenn Sie selbst auf das Exil hingearbeitet haben — warum? Könnten die Ereignisse nicht weitaus besser hier auf Trantor kontrolliert werden?«

»Nun, es gibt verschiedene Gründe. Wenn wir auf Terminus arbeiten, bekommen wir kaiserliche Unterstützung, ohne jemals Ängste zu erregen, wir bedrohten die Sicherheit des Imperiums.«

»Aber Sie haben diese Ängste nur erregt, um die Verbannung zu bewirken«, wandte Gaal ein. »Ich verstehe es immer noch nicht.«

»Zwanzigtausend Familien würden vielleicht nicht freiwillig bis ans Ende der Galaxis reisen.«

»Aber warum sollen sie dazu gezwungen werden?« Gaal hielt inne. »Darf ich es nicht wissen?«

»Noch nicht«, sagte Seldon. »Im Augenblick brauchen Sie nur zu wissen, daß auf Terminus ein Zufluchtsort für Wissenschaftler errichtet werden wird. Und ein zweiter wird am anderen Ende der Galaxis errichtet werden, sagen wir ...« — und er lächelte — »auf Star's End. Und was alles übrige betrifft, ich werde bald sterben, und Sie werden mehr miterleben als ich. — Nein, nein. Ersparen Sie mir Ihren Schock und Ihre guten Wünsche. Meine Ärzte geben mir nur noch ein Jahr oder zwei. Aber dann habe ich in meinem Leben erreicht, was ich wollte, und unter welchen Umständen ließe es sich besser sterben?«

»Und danach, Sir?«

»Nun, es wird Nachfolger geben — vielleicht werden Sie selbst einer sein. Und diese Nachfolger werden letzte Hand an den Plan legen und zur richtigen Zeit und in der richtigen Art die Revolution auf Anakreon provozieren. Danach können die Ereignisse sich abwickeln, wie sie wollen.«

»Das verstehe ich nicht.«

»Sie werden es verstehen.« Seldons faltiges Gesicht wurde gleichzeitig friedlich und müde. »Die meisten werden nach Terminus reisen, aber einige werden bleiben. Das läßt sich leicht arrangieren. — Und was mich angeht«, fügte er so leise hinzu, daß Gaal es kaum verstehen konnte, »ich bin am Ende.«

Zweiter Teil

Die Enzyklopädisten

— 9 —

Terminus

TERMINUS — *... Seine Lage (siehe Karte) war merkwürdig für die Rolle, die der Planet in der galaktischen Geschichte spielen sollte, und doch war sie, wie viele Autoren es niemals müde wurden zu betonen, unbedingt notwendig. Am äußerste Rand der galaktischen Spirale gelegen, als einziger Planet einer isolierten Sonne, arm an Rohstoffen und unbedeutend an wirtschaftlichem Wert, wurde Terminus in den fünf Jahrhunderten nach seiner Entdeckung niemals besiedelt, bis die Enzyklopädisten landeten ...*

Es war unvermeidlich, daß aus Terminus mit dem Heranwachsen einer neuen Generation mehr wurde als ein Anhängsel der Psychohistoriker von Trantor. Mit der anakreontischen Revolution und dem Machtanstieg Salvor Hardins kam die erste große Linie der ...

ENCYCLOPAEDIA GALACTICA

Lewis Pirenne war in einer der gut beleuchteten Ecken des Raums eifrig an seinem Schreibtisch beschäftigt. Es gab Arbeit zu koordinieren, Unternehmungen zu organisiern, Fäden zu einem Muster zu verweben.

Fünfzig Jahre waren es jetzt, fünfzig Jahre, um sich einzurichten und die Foundation Nummer Eins zu einer reibungslos funktionierenden Einheit zu gestalten. Fünfzig Jahre, um das Rohmaterial zu sammeln. Fünfzig Jahre der Vorbereitung.

Es war geschafft. Noch einmal fünf Jahre, und der erste Band des monumentalsten Werkes, das in der Galaxis jemals in Angriff genommen worden war, konnte erscheinen. Und dann würde in regelmäßigen Abständen von zehn Jahren — wie ein Uhrwerk — ein Band nach dem anderen folgen. Und mit ihnen würden Ergänzungen geliefert, spezielle Artikel über Ereignisse von aktuellem Interesse, bis ...

Der gedämpfte Summer auf seinem Schreibtisch murmelte mürrisch und störte Pirenne. Beinahe hätte er den Termin vergessen. Er drückte auf den Knopf und sah aus dem Augenwinkel, wie die Tür sich öffnete und die breite Gestalt Salvor Hardins eintrat. Pirenne blickte nicht auf.

Hardin lächelte vor sich hin. Er war in Eile, aber es fiel ihm nicht ein, an der Rücksichtlosigkeit Anstoß zu nehmen, mit der Pirenne behandelte, was und wer auch immer ihn bei der Arbeit störte. Er vergrub sich in dem Sessel auf der anderen Seite des Schreibtischs und wartete.

Pirennes Stift flitzte mit leisem Kratzen über das Papier. Ansonsten gab es keinen Laut und keine Bewegung. Und dann zog Hardin eine Zwei-Credit-Münze aus der Westentasche. Er warf sie in die Höhe, und dabei reflektierte die Oberfläche aus rostfreiem Stahl das Licht. Er fing sie auf, warf sie von neuem und beobachtete müßig das Aufblitzen. Rostfreier Stahl ist ein gutes Tauschmittel auf einem Planeten, der alles Metall importieren muß.

Pirenne sah hoch und blinzelte. »Lassen Sie das!« verlangte er zänkisch.

»Wie?«

»Das höllische Münzenwerfen. Sie sollen das lassen!«

»Oh.« Hardin steckte die Metallscheibe in die Tasche. »Sagen Sie mir, wenn Sie fertig sind, ja? Ich habe versprochen, in die Sitzung des Stadtrats zurückzukehren, bevor das neue Aquädukt-Projekt zur Abstimmung kommt.«

Pirenne seufzte und schob sich vom Schreibtisch zurück. »Ich bin fertig. Aber ich hoffe, Sie wollen mich nicht mit Stadt-Angelegenheiten belästigen. Darum kümmern Sie sich bitte selbst. Die Enzyklopädie nimmt meine ganze Zeit in Anspruch.«

»Haben Sie die Nachricht schon gehört?« fragte Hardin phlegmatisch.

»Was für eine Nachricht?«

»Die Nachricht, die die Ultrawellen-Station von Terminus City vor zwei Stunden empfangen hat. Der königliche Gouverneur der Präfektur von Anakreon hat sich den Titel eines Königs zugelegt.«

»Na und?«

»Das bedeutet«, erläuterte Hardin, »daß wir von den inneren Regionen des Reichs abgeschnitten sind. Wir haben damit gerechnet, aber das macht es nicht angenehmer für uns. Anakreon liegt quer über dem, was unsere letzte noch vorhandene Handelsroute nach Santanni und Trantor und Wega selbst war. Woher soll jetzt unser Metall kommen? Seit sechs Monaten ist es uns nicht gelungen, eine Stahl- oder Aluminium-Lieferung durchzubringen, und nun werden wir überhaupt keine mehr erhalten — außer durch die Gnade des Königs von Anakreon.«

Pirenne gab ein ungeduldiges Zischen von sich. »Dann besorgen Sie sich das Metall über ihn.«

»Aber können wir das tun? Hören Sie zu, Pirenne. Die Charta, die unsere Foundation gründete, überträgt dem Kuratorium des Enzyklopädie-Komitees die Regierungsgewalt. Ich als Bürgermeister von Terminus City habe gerade genug Macht, um mir die eigene Nase zu schneuzen und vielleicht zu niesen, wenn Sie einen Befehl gegenzeichnen, der mir die Erlaubnis dazu gibt. Also ist es Ihre Sache und die Ihres Kuratoriums. Ich bitte Sie im Namen der Stadt, deren Wohlergehen von einem ungestörten Handel mit der Galaxis abhängt, eine Krisensitzung einzuberufen ...«

»Stop! Hier ist nicht der Ort für eine Wahlkampfrede. Hardin, das Kuratorium hatte nichts dagegen einzuwenden, daß auf Terminus eine städtische Regierung gegründet wurde. Wir wissen, sie ist notwendig, weil die Bevölkerung seit der Gründung der Foundation vor fünfzig Jahren zugenommen hat und weil immer mehr Personen mit Dingen beschäftigt sind, die nichts mit der

Enzyklopädie zu tun haben. Das ändert jedoch nichts daran, daß das erste und *einzige* Ziel der Foundation die Veröffentlichung einer Enzyklopädie des gesamten menschlichen Wissens ist und bleibt. Wir sind eine vom Staat subventionierte wissenschaftliche Institution, Hardin. Wir können ... ja, wir dürfen uns nicht in die lokale Politik einmischen.«

»Lokale Politik! Bei des Kaisers linker großer Zehe, Pirenne, hier geht es um Leben und Tod! Der Planet Terminus ist unfähig, aus eigener Kraft eine technische Zivilisation aufrechtzuerhalten. Es fehlt ihm an Metallen. Das wissen Sie. In dem Oberflächengestein findet sich nicht eine Spur von Eisen, Kupfer oder Aluminium und von allem anderen nur sehr, sehr wenig. Was wird Ihrer Meinung nach mit der Enzyklopädie geschehen, wenn dieser selbsternannte König von Anakreon über uns herfällt?«

»Über *uns?* Vergessen Sie, daß wir unmittelbar dem Kaiser unterstehen? Wir sind nicht Teil der Präfektur von Anakreon oder irgendeiner anderen. Merken Sie sich das! Wir sind Teil der persönlichen Domäne des Kaisers, und niemand tastet uns an. Das Reich ist fähig, die Seinen zu schützen.«

»Warum hat es dann nicht verhindert, daß der königliche Gouverneur von Anakreon über die Stränge geschlagen hat? Und handelt es sich nur um Anakreon? Mindestens zwanzig der äußeren Präfekturen der Galaxis, ja, die ganze Peripherie, hat begonnen, das Steuer nach eigenem Gutdünken zu führen. Ich sage Ihnen, ich habe ein verflixt unsicheres Gefühl, was das Reich und seine Fähigkeit, uns zu schützen, angeht.«

»Quatsch! Königliche Gouverneure, Könige — was ist der Unterschied? Im Reich gibt es immer ein gewisses Maß an politischen Machenschaften und Männer, die in entgegengesetzte Richtungen ziehen. Auch früher haben Gouverneure rebelliert, und Kaiser sind abgesetzt oder ermordet worden. Aber was hat das mit dem Reich selbst zu tun? Vergessen Sie es, Hardin. Es geht uns nichts an. Wir sind an erster und an letzter Stelle — Wissenschaftler. Und unser Anliegen ist die Enzyklopädie. Ach ja, das hätte ich beinahe vergessen. Hardin!«

»Ja?«

»Rufen Sie Ihre Zeitung zur Ordnung!« Pirennes Stimme klang zornig.

»Das *Terminus City Journal?* Das ist nicht *meine* Zeitung, sie ist in Pivatbesitz. Was hat sie eigentlich angestellt?«

»Seit Wochen empfiehlt sie, aus Anlaß des fünfzigsten Jahrestages der Gründung der Foundation sollten staatliche Feiertage eingeführt werden und ganz unangemessene Festlichkeiten stattfinden.«

»Und warum nicht? Die Radium-Uhr wird das Erste Gewölbe in drei Monaten öffnen. Ich würde das ein großes Ereignis nennen, Sie nicht?«

»Nicht für törichten Prunk, Hardin. Das Erste Gewölbe und seine Öffnung gehen allein das Kuratorium was an. Alles, was von Wichtigkeit ist, wird den Leuten mitgeteilt werden. Das ist endgültig, und, bitte, machen Sie das dem *Journal* klar!«

»Es tut mir leid, Pirenne, aber die Stadt-Charta garantiert eine gewisse Kleinigkeit, die als Pressefreiheit bekannt ist.«

»Mag sein. Das Kuratorium garantiert keine. Ich bin der Vertreter des Kaisers auf Terminus, Hardin, und habe in dieser Beziehung alle Vollmachten.«

Hardins Gesichtsausdruck wurde der eines Mannes, der im Geist bis zehn zählt. Er erklärte grimmig: »Dann habe ich für Sie in Ihrer Eigenschaft als Vertreter des Kaisers eine letzte Neuigkeit.«

»Über Anakreon?« Pirenne kniff die Lippen zusammen. Er ärgerte sich.

»Ja. Anakreon wird uns einen Sonderbevollmächtigten schicken. In zwei Wochen.«

»Anakreon? Einen Bevollmächtigten? Hierher?« Pirenne kaute darauf herum. »Zu welchem Zweck?«

Hardin stand auf und schob seinen Sessel an den Schreibtisch. »Einmal dürfen Sie raten.«

Und er ging — ganz formlos.

— 10 —

Der Anspruch Anakreons

Anselm haut Rodric — das ›Haut‹ bedeutete adliges Blut —, Unterpräfekt von Pluema und Sonderbevollmächtigter seiner Hoheit von Anakreon — plus einem halben Dutzend anderer Titel —, wurde von Salvor Hardin am Raumhafen mit dem ganzen imposanten Ritual einer Staatsaktion abgeholt.

Mit einem verkniffenen Lächeln und einer tiefen Verbeugung hatte der Unterpräfekt seinen Laser aus dem Halfter gezogen und Hardin mit dem Kolben voran gereicht. Hardin erwiderte das Kompliment mit einem Laser, den er sich eigens für diese Gelegenheit ausgeborgt hatte. Nun hatte man Freundschaft und guten Willen demonstriert, und falls Hardin die geringfügige Ausbuchtung an haut Rodrics Schulter bemerkte, war er so klug, geflissentlich darüber hinwegzusehen.

Der Bodenwagen, in den sie dann einstiegen — eine angemessene Wolke von kleineren Funktionären zog ihm voraus, flankierte ihn und folgte ihm —, fuhr langsam und feierlich zum Cyclopaedia-Platz. Eine schicklich begeisterte Menge jubelte ihm unterwegs zu.

Unterpräfekt Anselm haut Rodric ließ die Jubelrufe mit dem höflichen Gleichmut eines Soldaten und eines Edelmanns über sich ergehen.

»Und diese Stadt ist Ihre ganze Welt?« erkundigte er sich bei Hardin.

Hardin hob die Stimme, um über dem Lärm gehört zu

werden. »Wir sind eine junge Welt, Euer Eminenz. In unserer kurzen Geschichte haben erst wenige Mitglieder des höheren Adels unseren armen Planeten besucht. Daher unsere Begeisterung.«

Es steht fest, daß der ›höhere Adel‹ Ironie nicht erkannte, wenn sie ihm gegenübertrat.

Er meinte nachdenklich: »Vor fünfzig Jahren gegründet. Hm-mm! Sie haben sehr viel noch nicht ausgebeutetes Land hier, Herr Bürgermeister! Sie haben nie in Erwägung gezogen, es in Güter aufzuteilen?«

»Dazu besteht noch keine Notwendigkeit. Wir sind extrem zentralisiert. Das müssen wir sein, wegen der Enzyklopädie. Eines Tages vielleicht, wenn unsere Bevölkerung angewachsen ist ...«

»Eine seltsame Welt! Sie haben keinen Kleinbauernstand?«

Hardin dachte bei sich, großer Scharfsinn sei eben nicht erforderlich, um zu merken, daß seine Eminenz ihn auf plumpe Weise ausholen wollte. Er antwortete unbefangen: »Nein — und auch keinen Adel.«

Haul Rodrics Augenbrauen wanderten in die Höhe. »Und Ihr Führer — der Mann, der mir vorgestellt werden soll?«

»Sie meinen Dr. Pirenne? Ja! Er ist Vorsitzender des Kuratoriums — und der Vertreter des Kaisers.«

»*Doktor?* Kein anderer Titel? Ein *Wissenschaftler?* Und er steht im Rang über den Zivilbehörden?«

»Nun, gewiß«, antwortete Hardin liebenswürdig. »Wir sind alle mehr oder weniger Wissenschaftler. Wir sind ja eigentlich keine Welt, sondern die Foundation, eine Stiftung, ein Zusammenschluß von Wissenschaftlern, der unter der unmittelbaren Kontrolle des Kaisers steht.«

Die leichte Betonung auf dem letzten Satz rief bei dem Unterpräfekten Unbehagen hervor. Während der restlichen langsamen Fahrt zum Cyclopaedia-Platz verharrte er in nachdenklichem Schweigen.

Der folgende Nachmittag und Abend wurde für Hardin langweilig, doch wurde ihm zumindest die Genugtuung zuteil, daß Pirenne und haut Rodric — nachdem sie sich beide lautstark ihrer gegenseitigen Hochachtung und Wertschätzung versichert hatten — die Gesellschaft des jeweils anderen verabscheuten.

Haut Rodric hatte bei der Besichtigung des Enzyklopädie-Gebäudes mit glasigem Blick Pirennes Vortrag zugehört. Mit höflichem, leerem Lächeln hatte er das Schnellfeuer-Geplapper über sich ergehen lassen, während sie große Lagerhallen mit Literaturverzeichnis-Filmen und die zahlreichen Projektionsräume durchschritten.

Erst nachdem er Stockwerk auf Stockwerk die Setzereien, Redaktionen, Verlagsabteilungen und Filmabteilungen durchwandert hatte, gab er die erste umfassende Erklärung von sich.

»Das ist ja alles sehr interessant«, sagte er, »aber es scheint mir eine merkwürdige Beschäftigung für erwachsene Männer zu sein. Wozu ist es gut?«

Es war eine Bemerkung, stellte Hardin fest, auf die Pirenne keine Antwort fand, obwohl sein Gesichtsausdruck höchst beredt war.

Das Dinner dieses Abends glich den Ereignissen des Nachmittags fast wie ein Spiegelbild, denn haut Rodric bestritt die Unterhaltung ganz allein, indem er — in genauen technischen Einzelheiten und mit unglaublicher Begeisterung — seine eigenen Heldentaten als Bataillonschef in dem vor kurzem stattgefundenen Krieg zwischen Anakreon und dem benachbarten, jüngst proklamierten Königreich von Smyrno beschrieb.

Der Bericht des Unterpräfekten wurde erst vollendet, als das Dinner vorüber war und die kleineren Beamten sich einer nach dem anderen verdrückt hatten. Das letzte bißchen triumphierender Beschreibung von zerfetzten Raumschiffen kam, als er Pirenne und Hardin auf den Balkon begleitete und sich in der warmen Luft des Sommerabends entspannte.

»Und jetzt«, sagte er mit dick aufgetragener Fröhlichkeit, »zum Ernst des Lebens.«

»Nur zu«, murmelte Hardin, steckte sich eine lange Zigarre aus weganischem Tabak an — es waren nicht mehr viele übrig, überlegte er — und kippte seinen Stuhl auf zwei Beinen zurück.

Die Galaxis stand hoch am Himmel, und ihre neblige Linsenform streckte sich träge von einem Horizont zum anderen. Die wenigen Sterne hier am äußersten Rand des Universums waren im Vergleich dazu unbedeutende Pünktchen.

»Natürlich«, sagte der Unterpräfekt, »werden all die offiziellen Diskussionen — das Unterzeichnen von Dokumenten und solche langweiligen technischen Einzelheiten — vor dem ... wie nennen Sie Ihren Rat?«

»Das Kuratorium«, erwiderte Pirenne kalt.

»Komischer Name! Jedenfalls, dort wird es morgen stattfinden. Im Augenblick könnten wir jedoch etwas von dem Unterholz beseitigen, von Mann zu Mann. He?«

»Und das bedeutet ...?« fühlte Hardin sich vor.

»Genau das. Die Situation hat sich hier draußen an der Peripherie in gewisser Weise verändert, und der Status Ihres Planeten ist ein kleines bißchen ungewiß geworden. Es wäre sehr angenehm, wenn wir zu einer Verständigung darüber gelangen könnten, wie die Sache steht. Übrigens, Herr Bürgermeister, haben Sie noch eine von diesen Zigarren?«

Hardin fuhr zusammen und rückte widerstrebend eine heraus.

Anselm haut Rodric roch daran und schnalzte vor Vergnügen. »Weganischer Tabak! Woher haben Sie ihn?«

»Wir haben eine letzte Lieferung erhalten. Es ist kaum noch welcher übrig. Raum weiß, wann wir neuen bekommen — falls wir überhaupt noch einmal welchen bekommen.«

Pirennes Gesicht verfinsterte sich. Er rauchte nicht — und zudem verabscheute er den Geruch. »Gehe ich recht in der Annahme, Euer Eminenz, daß Ihre Mission lediglich eine Art Abklärung ist?«

Haut Rodric nickte durch den Rauch der ersten lustvollen Züge.

»In dem Fall ist sie schnell zu Ende geführt. Die Situation ist hinsichtlich der Enzyklopädie-Foundation Nummer Eins das, was sie immer gewesen ist.«

»Ah! Und was ist sie immer gewesen?«

»Nur dieses: eine staatlich subventionierte wissenschaftliche Institution und Teil der persönlichen Domäne seiner erhabenen Majestät, des Kaisers.«

Der Unterpräfekt blieb unbeeindruckt. Er blies Rauchringe. »Das ist eine hübsche Theorie, Dr. Pirenne. Ich kann mir vorstellen, daß Sie Dokumente mit dem kaiserlichen Siegel darauf besitzen — aber was ist die aktuelle Situation? Wie stehen Sie zu Smyrno? Sie sind keine fünfzig Parseks von Smyrnos Hauptstadt entfernt, wissen Sie. Und was ist mit Konom und Daribow?«

»Wir haben mit keiner Präfektur etwas zu tun«, antwortete Pirenne. »Als Teil der persönlichen Domäne des Kaisers …«

»Das sind keine Präfekturen«, erinnerte haut Rodric ihn. »Es sind jetzt Königreiche.«

»Dann also Königreiche. Wir haben nichts mit ihnen zu tun. Als wissenschaftliche Institution …«

»Zur Hölle mit der Wissenschaft!« fuhr ihm der andere dazwischen und hängte einen kräftigen soldatischen Fluch daran, der die Atmosphäre ionisierte. »Was, zum Teufel, hat das mit der Tatsache zu tun, daß wir jederzeit erleben können, wie Terminus von Smyrno eingenommen wird?«

»Und der Kaiser? Er würde dem einfach zusehen?«

Haut Rodric beruhigte sich und sagte: »Nun, Dr. Pirenne, Sie respektieren das Eigentum des Kaisers, und Anakreon tut es ebenfalls, aber Smyrno wird es vielleicht nicht tun. Denken Sie daran, wir haben gerade erst einen Friedensvertrag mit dem Kaiser unterzeichnet — ich werde diesem Kuratorium, das Sie da haben, morgen eine Kopie vorlegen —, der uns die Verantwortung auferlegt, für den Kaiser die Ordnung innerhalb der Grenzen der ehemaligen Präfektur von Anakreon aufrechtzuerhalten. Es ist also klar, was unsere Pflicht ist, nicht wahr?«

»Gewiß. Aber Terminus ist nicht Teil der Präfektur von Anakreon.«

»Und Smyrno …«

»Ebensowenig. Es gehört zu überhaupt keiner Präfektur.«

»Weiß Smyrno das?«

»Es kümmert mich nicht, was Smyrno weiß«, wehrte Dr. Pirenne ab.

»Uns schon. Wir haben soeben einen Krieg mit Smyrno beendet, und es hält immer noch zwei Sternensysteme besetzt, die uns gehören. Terminus nimmt eine strategisch extrem wichtige Stelle zwischen den beiden Nationen ein.«

Hardin bekam es satt. Er unterbrach: »Wie lautet Ihr Vorschlag, Euer Eminenz?«

Der Unterpräfekt mochte durchaus bereit sein, mit dem Geplänkel aufzuhören und zu direkteren Aussagen überzugehen. Er erklärte knapp: »Es liegt doch auf der Hand, daß Anakreon, weil Terminus sich nicht selbst verteidigen kann, die Aufgabe im eigenen Interesse übernehmen muß. Seien Sie versichert, daß wir nicht den Wunsch hegen, uns in die innere Verwaltung einzumischen …«

»Soso«, grunzte Hardin trocken.

»… aber wir glauben, es wäre für alle Betroffenen das beste, wenn man Anakreon eine militärische Basis auf dem Planeten errichten ließe.«

»Und das ist alles, was Sie wollen — eine militärische Basis in einem der großen, unbesetzten Gebiete —, und damit hätte es sich?«

»Nun, da wäre natürlich noch die Frage des Unterhalts der Schutztruppen.«

Hardins Stuhl krachte mit allen vier Beinen auf den Fußboden nieder, und seine Ellbogen senkten sich auf seine Knie. »Jetzt kommen wir zum Kern der Sache. Setzen wir ihn in Sprache um. Terminus soll ein Protektorat werden und Tribut zahlen.«

»Keinen Tribut. Steuern. Wir schützen Sie. Sie zahlen dafür.«

Pirenne schlug mit plötzlicher Heftigkeit die Hand auf den Stuhl. »Lassen Sie mich reden, Hardin. Euer Eminenz, ich habe nicht für einen rostigen Halb-Credit Interesse an Anakreon, Smyrno und allen Ihren lokalen provinziellen Machenschaften und erbärmlichen Kriegen. Ich sage Ihnen, dies ist eine vom Staat subventionierte steuerfreie Institution.«

»Vom Staat subventioniert? Aber *wir* sind der Staat, Dr. Pirenne, und *wir* subventionieren *nicht.*«

Pirenne stand zornig auf. »Euer Eminenz, ich bin der unmittelbare Vertreter...«

»... seiner erhabenen Majestät, des Kaisers«, fiel Anselm haut Rodric übellaunig ein. »Und ich bin der unmittelbare Vertreter des Königs von Anakreon. Anakreon liegt sehr viel näher, Dr. Pirenne.«

»Kommen wir wieder zur Sache«, drängte Hardin. »Wie würden Sie diese sogenannten Steuern erheben, Euer Eminenz? Würden Sie sie in Form von Weizen, Kartoffeln, Gemüse, Vieh nehmen?«

Der Unterpräfekt starrte ihn an. »Was soll das, zum Teufel? Was brauchen wir diese Dinge? Wir haben riesige Überschüsse darin. Gold natürlich. Chrom oder Vanadium wäre übrigens noch besser, wenn Sie große Mengen davon haben.«

Hardin lachte. »Große, Mengen! Wir haben nicht einmal Eisen in nennenswerten Mengen. Gold! Hier, werfen Sie einen Blick auf unsere Währung.« Er schob dem Bevollmächtigten eine Münze zu.

Haut Rodric warf sie herum und betrachtete sie verblüfft. »Was ist das? Stahl?«

»Richtig.«

»Ich verstehe nicht.«

»Terminus ist ein Planet praktisch ohne Metalle. Wir müssen alles importieren. Infolgedessen haben wir kein Gold und nichts, mit dem wir bezahlen könnten, es sei denn, Sie wollen ein paar Säcke Kartoffeln haben.«

»Nun — dann industrielle Erzeugnisse.«

»Ohne Metall? Aus was sollen wir denn Maschinen herstellen?«

Eine Pause trat ein, und dann versuchte Pirenne es von neuem. »Diese ganze Diskussion ist sinnlos. Terminus ist kein Planet, sondern eine wissenschaftliche Stiftung, die eine große Enzyklopädie vorbereitet. Raum, Mann, haben Sie keine Achtung vor der Wissenschaft?«

»Enzyklopädien gewinnen keine Kriege.« Haut Rodrics Stirn furchte sich. »Also eine vollkommen unproduktive Welt — und dazu noch praktisch unbewohnt. Dann könnten Sie mit Land bezahlen.«

»*Was* meinen Sie?« fragte Pirenne.

»Diese Welt ist so gut wie leer, und der unbesiedelte Boden ist wahrscheinlich fruchtbar. Unter dem Adel von Anakreon sind viele, die eine Erweiterung ihres Grundbesitzes begrüßen würden.«

»Diesen Vorschlag können Sie doch unmöglich im Ernst ...«

»Es besteht kein Grund, so beunruhigt dreinzublicken, Dr. Pirenne. Es ist reichlich für uns alle da. Wenn eintritt, was unvermeidlich ist, und Sie kooperieren, läßt es sich wahrscheinlich so deichseln, daß es nicht zu Ihrem Schaden ist. Titel können verliehen, Grundbesitz kann übertragen werden. Sie verstehen mich, denke ich.«

»Nein, danke!« höhnte Pirenne.

Und dann stellte Hardin die geniale Frage: »Könnte Anakreon uns mit ausreichenden Mengen Plutonium für unser Atomkraftwerk beliefern? Unser Vorrat reicht nur noch für wenige Jahre.«

Man hörte ein Keuchen von Pirenne, und dann

herrschte minutenlang Totenstille. Als haut Rodric sprach, klang seine Stimme ganz anders als vorhin.

»Sie besitzen Atomkraft?«

»Gewiß. Was ist daran ungewöhnlich? Ich glaube, es gibt sie inzwischen seit fünfzigtausend Jahren. Warum sollten wir sie nicht besitzen? Die einzige Schwierigkeit ist die Beschaffung von Plutonium.«

»Ja ... ja.« Der Bevollmächtigte hielt inne und setzte verlegen hinzu: »Nun, Gentlemen, über das Thema werden wir morgen weitersprechen. Sie werden mich entschuldigen ...«

Pirenne sah ihm nach und murmelte durch die Zähne: »Dieser unerträgliche, stumpfsinnige Esel! Dieser...«

Hardin fiel ein: »Das ist er keineswegs. Er ist bloß das Produkt seiner Umgebung. Er versteht nicht viel außer: ›Ich habe ein Gewehr, und du hast keins.‹«

Pirenne fuhr auf ihn los: »Was, im Raum, haben Sie mit dem Gerede über militärische Basen und Tributzahlungen gemeint? Sind Sie wahnsinnig?« Er war außer sich.

»Nein. Ich habe ihm nur Leine gelassen und ihn reden lassen. Es wird Ihnen aufgefallen sein, daß er mit Anakreons wirklichen Absichten herausplatzte — das ist die Aufteilung von Terminus in Großgrundbesitze. Natürlich habe ich nicht die Absicht, das zuzulassen.«

»*Sie* haben nicht die Absicht. *Sie* nicht. Und wer sind Sie? Und darf ich fragen, was Sie gemeint haben, als Sie den Mund über unser Atomkraftwerk aufrissen? Genau das macht uns doch zu einem militärischen Ziel!«

»Ja«, erwiderte Hardin grinsend. »Zu einem militärischen Ziel, von dem man sich fernhält. Liegt es nicht auf der Hand, warum ich das Thema angeschnitten habe? Zufällig bestätigte es einen sehr starken Verdacht, der mir gekommen war.«

»Und was war das für ein Verdacht?«

»Daß Anakreons nicht länger eine auf Atomkraft basierende Wirtschaft hat. Wenn sie eine hätten, wäre unserem Freund zweifellos bekannt gewesen, daß man in

Atomkraftwerken seit Jahrtausenden kein Plutonium mehr verwendet, außer vielleicht da und dort aus alter Tradition. Und daraus folgt, daß auch die übrige Peripherie keine Atomkraft mehr hat. Ganz bestimmt hat Smyrno keine, sonst hätte Anakreon in dem jüngsten Krieg nicht die meisten Schlachten gewonnen. Interessant, finden Sie nicht?«

»Bah!« Pirenne ging in teuflischer Laune, und Hardin lächelte sanft.

Er warf seine Zigarre weg und blickte zu der ausgestreckten Galaxis hoch. »Sie sind also zu Öl und Kohle zurückgekehrt, wie?« murmelte er — und den Rest seiner Gedanken behielt er für sich.

— 11 —

Die Enzyklopädie zuerst — immer!

Als Hardin leugnete, Eigentümer des *Journals* zu sein, war das rein formal vielleicht die Wahrheit, mehr aber auch nicht. Hardin war die treibende Kraft bei dem Bestreben gewesen, Terminus als autonome Stadt zu gründen, und zu ihrem ersten Bürgermeister gewählt worden. So war es nicht verwunderlich, daß zwar keine einzige Aktie des *Journals* auf seinen Namen lautete, er aber trotzdem auf indirekte Art einige sechzig Prozent kontrollierte.

Dafür gibt es Möglichkeiten.

Als nun Hardin bei Pirenne vorstellig wurde, man solle ihm die Teilnahme an den Sitzungen des Kuratoriums erlauben, war es deshalb kein reiner Zufall, daß das *Journal* eine ähnliche Kampagne begann. Außerdem wurde auf der ersten in der Geschichte der Foundation abgehaltenen Massenversammlung verlangt, daß die Stadt in der ›Staats‹-Regierung vertreten werde.

Schließlich kapitulierte Pirenne widerwillig.

Hardin saß unten am Tisch und spekulierte müßig darüber, was eigentlich Naturwissenschaftler zu so armseligen Verwaltungsbeamten macht. Es mochte lediglich daran liegen, daß sie zu sehr an unabänderliche Tatsachen und zu wenig an beeinflußbare Menschen gewöhnt sind.

Jedenfalls saßen Tomaz Sutt und Jord Fara links, Lundin Crast und Yate Fulham rechts von ihm, während Pirenne den Vorsitz innehatte. Hardin kannte sie natürlich alle, aber er hatte den Eindruck, sie hätten für diese Gelegenheit jeder eine Extraportion Pomphaftigkeit aufgelegt.

Während der Anfangsformalitäten döste Hardin halb, und dann wurde er hellwach, als Pirenne zur Vorbereitung einen Schluck aus dem Wasserglas vor ihm nahm und sagte:

»Ich freue mich sehr, eine Nachricht an das Kuratorium weitergeben zu können, die ich seit unserer letzten Sitzung erhalten habe. Lord Dorwin, Kanzler des Reichs, wird in zwei Wochen auf Terminus eintreffen. Sicher dürfen wir uns darauf verlassen, daß die Schwierigkeiten, die wir in unseren Beziehungen zu Anakreon haben, zu unserer vollständigen Zufriedenheit aus dem Weg geräumt werden, sobald dem Kaiser über die Situation berichtet worden ist.«

Er lächelte und wandte sich über die ganze Länge des Tisches hinweg an Hardin. »Das *Journal* hat die entsprechenden Informationen erhalten.«

Hardin lachte unhörbar vor sich hin. Es lag auf der Hand, daß Pirennes Wunsch, ihm diese Nachricht wirkungsvoll zu präsentieren, einer der Gründe für seine Zulassung ins Allerheiligste gewesen war.

Er meinte gleichmütig: »Wenn wir von vagen Ausdrükken absehen, was erwarten Sie sich von Lord Dorwin?«

Die Antwort darauf gab Tomaz Sutt. Wenn er in der Stimmung war, sich aufzublasen, hatte er die ungezogene Gewohnheit, den Gesprächspartner in der dritten Person anzureden.

»Ganz offensichtlich«, erklärte er, »ist Bürgermeister Hardin ein professioneller Zyniker. Er wird nicht umhin können, einzusehen, wie äußerst unwahrscheinlich es ist, daß der Kaiser einen Übergriff auf seine persönlichen Rechte zuläßt.«

»Wieso? Was könnte er im Fall eines Übergriffs tun?«

Verärgerung machte sich breit. Pirenne sagte: »Ich entziehe Ihnen das Wort.« Dann fiel ihm noch etwas ein: »Und außerdem reichen Ihre Ausführungen nahe an Staatsverrat heran.«

»Soll ich das als Antwort auf meine Frage betrachten?«

»Ja! Wenn Sie weiter nichts zu sagen haben ...«

»Ziehen Sie ja keine voreiligen Schlüsse! Ich würde gern eine Frage stellen. Ist abgesehen von diesem diplomatischen Geniestreich — bei dem sich erst noch herausstellen muß, ob er irgendeine Bedeutung hat — irgend etwas Konkretes unternommen worden, um der Bedrohung durch die Anakreoner Herr zu werden?«

Yate Fulham strich sich über seinen wilden roten Schnurrbart. »Sie sehen eine Bedrohung?«

»Sie nicht?«

»Durchaus nicht.« Das klang herablassend. »Der Kaiser...«

»Großer Raum!« Hardin wurde wütend. »Was soll das? Immer wieder sagt einer ›Kaiser‹ oder ›Reich‹, als handele es sich um Zauberformeln. Der Kaiser ist fünfzigtausend Parseks entfernt, und ich bezweifele, ob er sich einen Deut um uns kümmert. Und falls doch, was kann er tun? Was sich von der kaiserlichen Raummarine in diesen Regionen aufhielt, befindet sich jetzt in der Gewalt der vier Königreiche, und Anakreon hat seinen Anteil bekommen. Hören Sie, wir müssen mit Waffen kämpfen, nicht mit Worten.

Überlegen Sie folgendes. Wir haben bis jetzt eine Gnadenfrist von zwei Monaten gehabt, hauptsächlich, weil wir Anakreon auf den Gedanken gebracht haben, wir hätten Atomwaffen. Nun, wir alle wissen, daß das eine Notlüge war. Wir haben Atomkraft, aber nur für friedliche Zwecke, und außerdem verflixt wenig. Das werden die Anakreoner bald herausfinden, und wenn Sie meinen, es macht ihnen Spaß, an der Nase herumgeführt zu werden, irren Sie sich.«

»Mein lieber Herr...«

»Warten Sie, ich bin noch nicht fertig.« Hardin lief zu Höchstform auf; das hier gefiel ihm. »Es ist schön und gut, Kanzler heranzuziehen, aber viel zweckmäßiger wäre es, ein paar große, dicke Kanonen heranzuziehen, die mit schönen atomaren Geschossen geladen werden könnten. Wir haben zwei Monate verloren, Gentlemen, und vielleicht bleiben uns keine weiteren zwei Monate mehr. Was schlagen Sie vor?«

Lundin Crast rümpfte ärgerlich seine lange Nase. »Falls Sie vorschlagen, die Foundation zu militarisieren, will ich kein Wort davon hören. Damit würden wir dokumentieren, daß wir offen das Feld der Politik betreten. Wir, Herr Bürgermeister, sind die Foundation, ein Zusammenschluß von Wissenschaftlern, und sonst nichts.«

Sutt setzte hinzu: »Er macht sich außerdem nicht klar, daß das Aufrüsten Arbeitskräfte — wertvolle Arbeitskräfte — von der Enzyklopädie abziehen würde. Das darf nicht sein, geschehe, was da wolle.«

»Sehr richtig«, pflichtete Pirenne ihm bei. »Die Enzyklopädie zuerst — immer!«

Hardin stöhnte im Geist. Das Kuratorium mußte heftig an Enzyklopädie im Gehirn leiden.

Er erklärte eisig: »Ist diesem Kuratorium jemals in den Sinn gekommen, daß Terminus auch andere Interessen als die Enzyklopädie haben könnte?«

»In meinen Augen«, erwiderte Pirenne, »kann das Interesse der Foundation doch nur allein die Enzyklopädie sein.«

»Ich habe nicht von der Foundation gesprochen, sondern von *Terminus.* Es tut mir leid, aber Sie verstehen die Situation nicht. Wir sind hier auf Terminus eine gute Million Menschen, und nicht mehr als hundertundfünfzigtausend arbeiten unmittelbar an der Enzyklopädie. Für uns übrige ist Terminus die Heimat. Wir sind hier geboren.

Wir leben hier. Verglichen mit unseren Farmen und unseren Häusern und unseren Fabriken bedeutet uns die Enzyklopädie wenig. Wir möchten, daß das, was uns gehört, geschützt wird ...«

Er wurde niedergebrüllt.

»Die Enzyklopädie zuerst«, wiederholte Crast. »Wir haben eine Mission zu erfüllen.«

»Zum Teufel mit der Mission!« schrie Hardin. »Das mag vor fünfzig Jahren richtig gewesen sein. Aber dies ist eine neue Generation.«

»Das hat nichts damit zu tun«, behauptete Pirenne. »Wir sind Wissenschaftler.«

Hardin nutzte die Blöße für einen Angriff. »Das denken Sie, doch es ist nichts als ein schöner Traum! Euer Haufen hier ist ein perfektes Beispiel für das, was seit Tausenden von Jahren mit der ganzen Galaxis nicht stimmt. Was ist denn das für eine Wissenschaft, die seit Jahrhunderten hier draußen hockt und die Arbeit der Wissenschaftler des letzten Jahrtausends katalogisiert? Haben Sie je daran gedacht, weiterzumachen, ihr Wissen zu erweitern und darauf aufzubauen? Nein! Sie sind es vollkommen zufrieden, zu stagnieren. Die ganze Galaxis ist es seit Raum weiß wie lange. Darum revoltiert die Peripherie, darum bricht die Kommunikation zusammen, darum ziehen sich kleine Kriege endlos in die Länge, darum verlieren ganze Systeme die Atomkraft und kehren zu den barbarischen Techniken chemischer Energie zurück.

Wenn Sie mich fragen«, rief er, *»so ist bald die ganze Galaxis im Eimer!«*

Er verstummte, ließ sich auf seinen Stuhl fallen und holte tief Atem, ohne auf die zwei oder drei Herren zu achten, die gleichzeitig versuchten, ihm zu antworten.

Crast erhielt das Wort. »Ich weiß nicht, was Sie mit Ihren hysterischen Behauptungen erreichen wollen, Herr Bürgermeister. Bestimmt tragen Sie nichts Konstruktives zu der Diskussion bei. Ich beantrage, Herr Vorsitzender, daß die Bemerkungen des Sprechers aus dem Protokoll gestrichen und die Diskussion an dem Punkt wiederaufgenommen wird, wo sie unterbrochen wurde.«

Jord Fara rührte sich zum erstenmal. Bis jetzt hatte Fara sich an dem Streit, so hitzig er geworden war, nicht beteiligt. Aber jetzt ertönte seine Baßstimme, und sie war ebenso gewichtig wie sein Drei-Zentner-Körper.

»Haben wir nicht etwas vergessen, Gentlemen?«

»Was?« fragte Pirenne betont naiv.

»Daß wir in einem Monat unseren fünfzigsten Jahrestag feiern.« Fara hatte den Bogen heraus, die Plattheiten als tiefschürfende Erkenntnisse zu verkünden.

»Was ist damit?«

»Und bei diesem Jahrestag«, fuhr Fara selbstgefällig fort, »wird sich Hari Seldons Gewölbe öffnen. Haben Sie je darüber nachgedacht, was sich in dem Gewölbe befinden mag?«

»Ich weiß es nicht. Altbekanntes. Vielleicht eine gespeicherte Glückwunsch-Ansprache. Ich glaube nicht, daß wir dem Gewölbe irgendwelche Bedeutung beimessen sollten, obwohl das *Journal* ...« — er schoß Hardin einen Blick zu, und Hardin grinste zurück — »das tatsächlich versucht hat. Ich habe dem einen Riegel vorgeschoben.«

»Ah«, sagte Fara, »aber vielleicht irren Sie sich. Fällt Ihnen nicht auf ...« — er hielt inne und legte einen Finger an sein rundes Näschen — »daß sich das Gewölbe zu einem sehr gelegenen Zeitpunkt öffnet?«

»Zu einem sehr *un*gelegenen, meinen Sie«, murmelte Fulham. »Wir müssen uns Sorgen über ganz andere Dinge machen.«

»Wichtigere Dinge als eine Botschaft von Hari Seldon? — Das glaube ich nicht.« Fara wurde mit jedem Wort feierlicher, und Hardin betrachtete ihn nachdenklich. Worauf wollte er hinaus?

»Offenbar vergessen Sie alle«, erklärte Fara glücklich, »daß Seldon der größte Psychologe unserer Zeit und der Gründer unserer Foundation war. Es ist doch nur vernünftig, davon auszugehen, daß er seine Wissenschaft dazu benutzt hat, den wahrscheinlichen Verlauf der unmittelbaren Zukunft zu bestimmen. Wenn er das getan hat, was, ich wiederhole, ja wahrscheinlich ist, hat er bestimmt einen Weg gefunden, uns vor Gefahren zu warnen und uns möglicherweise eine Lösung zu zeigen. Die Enzyklopädie lag ihm sehr am Herzen, wie Sie wissen.«

Verwirrung und Zweifel machten sich breit. Pirenne druckste herum: »Nun ja, ich weiß nicht. Die Psychologie ist eine großartige Wissenschaft, aber — im Augenblick haben wir keine Psychologen unter uns, glaube ich. Mich dünkt, wir befinden uns auf unsicherem Boden.«

Fara wandte sich an Hardin. »Haben Sie nicht bei Alurin Psychologie studiert?«

Hardin antwortete beinahe verträumt: »Ja, aber ich habe mein Studium nie abgeschlossen. Ich bekam die Theorie satt. Ich hätte gern praktisch gearbeitet, aber dazu fehlte es uns an Möglichkeiten, und deshalb tat ich das Nächstbeste — ich ging in die Politik. Das ist im Grunde das gleiche.«

»Nun, was denken Sie über das Gewölbe?«

»Ich weiß es nicht«, antwortete Hardin vorsichtig.

Bis zum Schluß der Sitzung sprach er kein Wort mehr — obwohl die Diskussion nochmals auf den Besuch des Kanzlers zurückkehrte.

Tatsächlich hörte er nicht einmal zu. Er war auf eine neue Fährte gesetzt worden, und die Puzzleteile rückten sich zurecht — wenigstens ein bißchen. Winkel fügten sich aneinander — zwei oder drei.

Und der Schlüssel war die Psychologie. Dessen war er sich gewiß.

Er versuchte verzweifelt, sich an die psychologische Theorie zu erinnern, die er einmal gelernt hatte — und das brachte ihn zu der Erkenntnis: Ein großer Psychologe wie Seldon war fähig, menschliche Emotionen und Reaktionen genugsam zu entwirren, um den zukünftigen Verlauf der Geschichte weitgehend vorherzusagen.

Und das bedeutete — hm-m-m!

— 12 —
Provinzpolitik

Lord Dorwin schnupfte Tabak. Sein langes Haar war kompliziert und ganz offensichtlich künstlich gelockt. Ihm gesellten sich ein Paar flaumiger blonder Koteletten zu, die der Lord zärtlich streichelte. Zudem formulierte er seine Aussagen übermäßig präzise und ließ alle R's weg.

Im Augenblick hatte Hardin keine Zeit, über weitere Gründe dafür nachzudenken, warum der edle Kanzler ihm auf der Stelle Abscheu einflößte. Ach ja, die eleganten Gesten der einen Hand, mit der er seine Bemerkungen begleitete, und die gewollte Herablassung, mit der er selbst die einfachste Bestätigung aussprach.

Wie dem auch sein mochte, das Problem hieß jetzt, ihn zu finden. Er war vor einer halben Stunde mit Pirenne verschwunden — einfach abgehauen, zum Kuckuck mit ihm!

Hardin war überzeugt, daß auch seine Abwesenheit während der einleitenden Gespräche Pirenne nur recht sein würde.

Aber Pirenne war in diesem Flügel und in diesem Stockwerk gesehen worden. Es war weiter nichts zu tun, als jede Tür aufzumachen. Halbwegs den Flur hinunter, sagte er: »Ah!« und trat in den verdunkelten Raum. Von dem erhellten Bildschirm hob sich unverwechselbar das Profil von Lord Dorwins verwickelter Frisur ab.

Lord Dorwin blickte auf und sagte: »Ah, Haadin. Sicheä suchen Sie nach uns?« Er hielt Hardin seine Schnupftabakdose hin. Diesem fiel auf, daß sie übermäßig verziert, aber von schlechter Handwerksarbeit war. Er lehnte höflich ab, woraufhin der Kanzler sich eine Prise nahm und gnädig lächelte.

Pirenne sah den Bürgermeister finster an, und Hardin begegnete dem mit einem völlig gleichmütigen Gesicht.

Das folgende kurze Schweigen wurde nur von dem

Klicken unterbrochen, mit dem sich der Deckel von Lord Dorwins Schnupftabakdose schloß. Dann steckte der Kanzler sie weg und sagte:

»Eine goße Eäungenschaft, diese Ihäe Enzyklopädie, Haadin. Eine Goßtat, füäwah, die den majestätischsten Leistungen alleä Zeiten an die Seite gestellt weäden kann.«

»So denken die meisten von uns, Milord. Es ist jedoch eine noch nicht ganz vollbrachte Leistung.«

»Nach dem bißchen, was ich von Ihäeä Foundation gesehen habe, ist miä da-um gaa nicht bange.« Er nickte Pirenne zu, der entzückt mit einer Verbeugung antwortete.

Ein richtiges Liebesfest, dachte Hardin. »Ich hatte nicht einen Mangel an Tüchtigkeit bei der Foundation im Sinn, Milord, sondern ein Übermaß an Tüchtigkeit bei den Anakreonern — obwohl sie in ihrem Fall in eine andere und zerstörerischere Richtung geht.«

»Ah ja, Anakeon.« Ein nachlässiges Winken. »Ich komme soeben von da. Ein äußeäst baba-ischa Planet. Es ist ganz unvoästellbaa, daß menschliche Wesen hieä in deä Pe-iphe-ie leben können. Nicht einmal die elementaasten Bedüäfnisse eines kultivieäten Gentleman können befiedigt weäden, es mangelt an den Gundlagen für Komfoa und Bequemlichkeit — die Pimitivität, in die sie ...«

Hardin unterbrach trocken: »Unglücklicherweise besitzen die Anakreoner alle elementaren Einrichtungen zur Kriegführung und alle Grundlagen zur Zerstörung.«

»Das schon, das schon.« Lord Dorwin war verärgert, vielleicht deswegen, weil man ihn mitten im Satz unterbrochen hatte. »Abeä wiä wollen jetzt doch nicht übeäs Geschäft spechen. Im Eänst, mich beun-uhigt etwas ande-es. Doktoa Pi-enne, würden Sie miä bitte den zweiten Band zeigen?«

Die Lampen gingen aus, und für die nächste halbe Stunde hätte Hardin gemessen an der Aufmerksamkeit, die sie ihm schenkten, ebensogut auf Anakreon sein können. Das Buch auf dem Schirm ergab für ihn wenig Sinn, und er bemühte sich auch gar nicht, dem Text zu folgen. Aber Lord Dorwin wurde zuweilen ganz menschlich aufgeregt. Hardin bemerkte, daß der Kanzler in diesen Augenblicken die R's aussprach.

Als die Lampen wieder angingen, sagte Lord Dorwin: »Wundeäbaa. Wiäklich wundeäbaa. Sie inteäessi-en sich nicht vielleicht zufällig füä Aachäologie, Haadin?«

»Wie?« Hardin riß sich aus seiner geistesabwesenden Träumerei. »Nein, Milord, das kann ich nicht sagen. Ich bin nach meiner ursprünglichen Absicht Psychologe und nach meinem letztlichen Entschluß Politiker.«

»Ah! Zweifellos inteäessante Studien. Ich selbst, wissen Sie« — er bediente sich mit einer riesigen Prise Schnupftabak —, »befasse mich etwas mit deä Aachäologie.«

»Ach ja?«

»Seine Lordschaft«, unterbrach Pirenne, »ist ein sehr gründlicher Kenner der Materie.«

»Nun, vielleicht bin ich das«, gab seine Lordschaft selbstzufrieden zu. »Ich habe tatsächlich eine Menge Aabeit in dieseä Wissenschaft geleistet. Ich bin außeäoadentlich gut belesen; Jawdun, Obijasi, Kwomwill ... oh, die alle habe ich duäch.«

»Von denen habe ich natürlich gehört«, sagte Hardin, »aber gelesen habe ich sie nie.«

»Das sollten Sie eines Tages tun, guteä Mann. Sie wüäden gooßen Gewinn da-aus ziehen. Füä mich hat sich die Eise hieäheä an die Pe-iphe-ie schon aus dem Gund gelohnt, daß ich dieses Buch von Lameth zu sehen bekommen habe. Wüäden Sie es glauben, in meineä Bibliothek gibt es kein Exemplaa. Übigens, Doktoa Pi-enne, Sie haben Ihä Veäspechen, miä voa meineä Abeise eine Kopie machen zu lassen, doch nicht veägessen?«

»Es wird mir ein Vergnügen sein.«

»Lameth, müssen Sie wissen«, fuhr der Kanzler wichtigtuerisch fort, »bingt einen neuen und höchst inteäessanten Zusatz zu meinem bisheä-igen Wissen übeä die Uaspungsfaage.«

»Welche Frage?« vergewisserte sich Hardin.

»Die Uaspungsfaage. Von welchem Oat die menschliche Spezies stammt, wissen Sie. Es wiäd Ihnen doch bekannt sein, daß behauptet wiäd, die menschliche Asse habe uaspünglich nuä ein einziges planetaaes System bewohnt.«

»Doch ja, das ist mir bekannt.«

»Natüälich weiß niemand, genau welches System es ist — das ist im Nebel der Voazeit vealoa-engegangen. Es gibt jedoch Theo-ien. Si-ius, sagen einige. Ande-e bestehen auf Alpha Centau-i odeä auf Sol odeä auf 61 Cygni — alle im Si-ius-Sektoa, sehen Sie.«

»Und was sagt nun Lameth?«

»Nun, eä veäfolgt eine völlig neue Fähte. Eä legt daa, aachäologische Übeä-este auf dem ditten Planeten des Aactu-us-Systems zeigten, daß die Menschheit doat existieät hat, bevoa es iägendwelche Anzeichen von Raumfaht gab.«

»Und das bedeutet, der Planet ist der Geburtsort der Menschheit?«

»Vielleicht. Ich muß es genau lesen und die Beweise abwägen, bevoa ich es mit Sicheäheit sagen kann. Es ist nachzupüfen, wie zuveälässig seine Beobachtungen sind.«

Hardin blieb kurze Zeit stumm. Dann fragte er: »Wann hat Lameth sein Buch geschrieben?«

»Oh — ich wüäde sagen, voa ungefäh achthundeät Jah-en. Natüälich baut eä es weitgehend auf dem voaheägehenden Weäk von Gleen auf.«

»Wieso verlassen Sie sich dann auf ihn? Warum reisen Sie nicht nach Arcturus und studieren die Überreste selbst?«

Lord Dorwin hob die Augenbrauen und nahm eilends eine Prise. »Aus welchem Gund sollte ich das tun, guteä Mann?«

»Um die Information aus erster Hand zu erhalten natürlich.«

»Abeä wo liegt die Notwendigkeit? Das dünkt mich eine ungewöhnlich umständliche und hoffnungslos dilettantische Methode zu sein. Höä-en Sie, ich besitze die Weäke sämtlicheä alten Meisteä — deä gooßen Aachäologen deä Veägangenheit. Ich wiege sie gegeneinandeä ab — gleiche die Unstimmigkeiten aus — analysieä-e die sich wideäspechenden Aussagen — entscheide, welche waahscheinlich ko-ekt ist — und komme zu eineä Schlußfolge-ung. Das ist die wissenschaftliche Methode. Wenigstens ...«— von oben herab — »wie *ich* es sehe. Wie uneätäglich pimitiv wä-e es, zum Beispiel zum Aactu-us zu eisen odeä zum Sol und heä-umzutappen, wenn die alten Meisteä schon eine viel gündlicheä-e Suche duachgefühät haben, als es uns jemals möglich wä-e.«

»Ich verstehe«, murmelte Hardin höflich.

Die wissenschaftliche Methode, Teufel! Kein Wunder, daß die Galaxis bald im Eimer sein würde.

»Ich glaube, Milord«, schlug Pirenne vor, »wir sollen besser zurückgehen.«

»Ah, ja. Das sollten wiä vielleicht.«

Sie wandten sich zur Tür. Hardin bat plötzlich: »Milord, darf ich eine Frage stellen?«

Lord Dorwin lächelte verbindlich und gab seiner Antwort mit einem anmutigen Flattern der Hand Nachdruck. »Natüälich, mein guteä Mann. Bin Ihnen nua zu geän zu Diensten. Wenn ich Ihnen mit meinem aamseligen Voaaat an Wissen helfen kann ...«

»Es geht eigentlich nicht um Archäologie, Milord.«

»Nicht?«

»Nein, um folgendes: Letztes Jahr erhielten wir hier in Terminus Nachrichten über die Explosion eines Atomkraftwerks auf Planet V von Gamma Andromeda. Wir erfuhren nur in den knappsten Umrissen von dem Unglück — überhaupt keine Einzelheiten. Könnten Sie mir wohl erzählen, was sich da genau abgespielt hat?«

Pirenne verzog den Mund. »Ob sich seine Lordschaft nicht durch Fragen über völlig irrelevante Themen belästigt fühlt?«

»Duächaus nicht, Dokteä Pi-enne«, fiel der Kanzler ein. »Das geht in Oodnung. Und es gibt sowieso wenig daüber zu sagen. Das Atomkaftweäk ist tatsächlich explodieät, und es waa eine ziemliche Katastoophe, wissen Sie. Ich glaube, meh-äe-äe Millionen Menschen kamen ums Leben, und mindestens deä halbe Planet wuade in Tümmer gelegt. Die Egie-ung eäwägt eänsthaft, die uateilslose Benutzung von Atomkaaft duach Gesetze einzuschänken — obwohl das kein Thema zua allgemeinen Bekanntgabe ist, wissen Sie.«

»Ich verstehe«, sagte Hardin. »Aber was stimmte mit dem Atomkraftwerk nicht?«

»Tja, weä weiß?« gab Lord Dorwin gleichgültig zurück. »Es hatte ein paa Jah-äe früheä schon einmal veäsagt, und man nimmt an, daß die Eäsatzteile und Epa-a-tuaabeiten mindeäweätig wa-en. Es ist heutzutage *so* schwie-äig, Leute zu finden, die die technische-äen Details unse-eä Nukleaasysteme *wiäklich* veastehen.« Und er nahm kummervoll eine Prise.

»Sie wissen doch«, sagte Hardin, »daß die unabhängigen Königreiche der Peripherie alle die Atomkraft verloren haben?«

»So? Das übeä-ascht mich gaa nicht. Baaba-ische Planeten — Oh, abeä mein guteä Mann, nennen Sie sie nicht unabhängig. Das sind sie nämlich nicht, wissen Sie. Das beweisen die Veätäge, die wiä mit ihnen abgeschlossen haben. Sie eäkennen die Souve-änität des Kaiseäs an. Das mußten sie natüälich tun, weil wiä sonst keine Veätäge mit ihnen abgeschlossen hätten.«

»Das mag ja sein, aber sie haben einen beträchtlichen Handlungsspielraum.«

»Ja, das glaube ich auch. Einen betächtlichen. Aber daauf kommt es kaum an. Füä das Eich ist es nua von Nutzen, wenn die Pe-iphe-ie auf ih-äe eigenen Hilfsmittel zurückgeifen muß — wie es ja mehä odeä wenigeä deä Fall ist. Wir legen keinen Weät auf sie, wissen Sie. *Äußeäst* baaba-ische Planeten. Kaum zivilisieät.«

»Sie sind in der Vergangenheit zivilisiert gewesen. Anakreon war eine der reichsten am Rand liegenden Provinzen. Soviel ich weiß, ließ sie sich durchaus mit Wega selbst vergleichen.«

»Oh, abeä, Haadin, das ist Jahhundeäte heä. Da-aus können Sie kaum Schlüsse ziehen. In deä gooßen alten Zeit waa alles andeäs. Wiä sind nicht meah die Männeä, die wiä einmal wa-en, wissen Sie. Abeä was sind Sie doch füä ein haatnäckigeä Mensch, Haadin! Ich habe Ihnen doch gesagt, daß ich heute nicht übeä das Geschäft spechen will. Doktoä Pi-enne hat mich auf Sie voabe-eitet. Eä sagte, Sie wüäden miä zusetzen, abeä dazu bin ich ein viel zu alteä Fuchs. Veäschieben Sie es auf moagen.«

Und das war das.

— 13 —
Ein Ultimatum

Es war die zweite Sitzung des Kuratoriums, an der Hardin teilnahm, wenn man die informellen Gespräche nicht mitrechnete, die die Kuratoriumsmitglieder mit dem inzwischen abgereisten Lord Dorwin geführt hatten. Aber der Bürgermeister war so gut wie sicher, daß wenigstens eine und möglicherweise zwei oder drei Sitzungen stattgefunden hatten, für die niemals eine Einladung bei ihm eingegangen war.

Auch diesmal hätte man ihn, wie er glaubte, nicht benachrichtigt, wäre da nicht das Ultimatum gewesen.

Wenigstens lief es auf ein Ultimatum hinaus, obwohl man bei oberflächlichem Lesen des visigraphierten Dokuments zu der Annahme hätte verleitet werden können, es sei ein Austausch von freundlichen Grüßen zwischen zwei Potentaten.

Hardin befingerte es vorsichtig. Es begann mit einer blumenreichen Anrede von ›Seiner hochmächtigen Majestät, des Königs von Anakreon, an seinen Freund und Bruder Dr. Lewis Pirenne, Vorsitzender des Kuratoriums der Enzyklopädie-Foundation Nummer Eins‹, und es endete noch überschwenglicher mit einem gigantischen vielfarbigen Siegel mit äußerst kompliziertem Symbolismus.

Ein Ultimatum war es trotzdem.

Hardin sagte: »Wie sich herausstellte, hatten wir also doch nicht viel Zeit — nur drei Monate. Und diese Spanne war nicht nur kurz, wir haben sie auch noch ungenützt verstreichen lassen. Das Ding hier läßt uns eine Woche. Was machen wir jetzt?«

Pirenne runzelte besorgt die Stirn. »Es muß ein Schlupfloch geben. Ich halte es für ausgeschlossen, daß sie angesichts dessen, was Lord Dorwin uns bezüglich der Einstellung des Kaisers und des Reichs versichert hat, zum Äußersten gehen werden.«

Hardin reckte den Kopf. »Aha! Sie haben den König von Anakreon über diese angebliche Einstellung informiert?«

»Jawohl — nachdem das Kuratorium, dem ich den Entwurf meiner Note zur Abstimmung vorlegte, mir sein einstimmiges Einverständnis erklärt hatte.«

»Und wann hat diese Abstimmung stattgefunden?«

Pirenne rüstete sich mit seiner Würde. »Ich glaube nicht, daß ich Ihnen Rede und Antwort schuldig bin, Bürgermeister Hardin.«

»In Ordnung. So brennend interessiert es mich nicht. Ich bin nur der Meinung, die direkte Ursache dieser freundlichen kleinen Note war, daß Sie Lord Dorwins wertvollen Beitrag zu der Situation« — sein einer Mundwinkel hob sich zu einem sauren Halblächeln — »auf diplomatischem Wege weitergegeben haben. Andernfalls hätten die Anakreoner vielleicht länger gewartet —, obwohl ich nicht glaube, die zusätzliche Zeit hätte Terminus bei dieser Haltung des Kuratoriums irgendwie genützt.«

Yate Fulham fragte: »Und wie gelangen Sie zu dieser bemerkenswerten Schlußfolgerung, Herr Bürgermeister?«

»Auf ziemlich einfache Weise. Es war nichts weiter erforderlich, als diesen schlimm vernachlässigten Artikel zu benutzen — den gesunden Menschenverstand. Wissen Sie, ein bestimmter Zweig des menschlichen Wissens ist als symbolische Logik bekannt, und damit kann man alle Arten von totem Holz wegschneiden, das die menschliche Sprache verfilzt.«

»Und was ist damit?« faßte Fulham nach.

»Ich habe die symbolische Logik angewendet, unter anderem auch auf dieses Dokument hier. Für meine eigene Person hatte ich es eigentlich nicht nötig, weil ich wußte, auf was das alles hinausläuft. Aber ich kann es fünf Naturwissenschaftlern vielleicht eher mit Symbolen als mit Worten erklären.«

Hardin riß ein paar Blätter von dem Block unter seinem Arm und breitete sie aus. »Übrigens habe ich es nicht selbst gemacht«, berichtete er. »Muller Holk von der Logik-Abteilung hat die Analyse mit seinem Namen unterschrieben. Überzeugen Sie sich.«

Pirenne beugte sich über den Tisch, um besser sehen zu können, und Hardin fuhr fort: »Die Botschaft von Anakreon stellte natürlich eine einfache Aufgabe dar, weil ihre Verfasser eher Männer der Tat als des Wortes sind. Der leicht herauszuschälende Kern läßt sich aus der symbolischen Niederschrift ungefähr so übersetzen: ›Ihr gebt uns innerhalb einer Woche, was wir wollen, oder wir schlagen euch zusammen und nehmen es uns.‹«

Stille trat ein. Die fünf Mitglieder des Kuratoriums gingen die Reihe der Symbole durch, und dann ließ Pirenne sich auf seinen Sitz zurücksinken und hustete verlegen.

Hardin sagte: »Es gibt kein Schlupfloch, nicht wahr, Dr. Pirenne?«

»Sieht so aus.«

»Gut.« Hardin legte andere Blätter auf den Tisch. »Vor sich sehen Sie jetzt eine Kopie des Vertrages zwischen dem Reich und Anakreon — den übrigens im Namen des Kaisers derselbe Lord Dorwin unterzeichnet hat, der letzte Woche hier war — und dazu eine symbolische Analyse.«

Der Vertrag bestand aus fünf Seiten Kleingedrucktem, und die Analyse nahm nicht einmal eine halbe Seite ein.

»Wie Sie sehen, Gentlemen, verdampfen ungefähr neunzig Prozent des Vertrages als bedeutungslos, und was übrigbleibt, kann auf folgende interessante Weise beschrieben werden:

Verpflichtungen Anakreons gegenüber dem Reich: *Keine!*

Autorität des Reichs gegenüber Anakreon: *Keine!«*

Wieder sahen die fünf sich sorgfältig die Beweisführung an und verglichen sie dann mit dem Vertrag. Als sie fertig waren, meinte Pirenne bekümmert: »Das scheint richtig zu sein.«

»Sie geben also zu, daß der Vertrag nichts weiter ist als eine Erklärung der vollständigen Unabhängigkeit von Anakreon und die Anerkennung dieses Status durch das Reich?«

»Es sieht so aus.«

»Muß das den Anakreonern nicht auch klar sein, und werden sie ihre Unabhängigkeit nicht mit allem Eifer betonen? Es liegt auf der Hand, daß sie mit Verärgerung auf jede vom Reich ausgehende Drohung reagieren werden, besonders dann, wenn es offensichtlich ist, daß das Reich nicht die Macht hat, eine solche Drohung in die Tat umzusetzen, denn andernfalls hätte es Anakreon die Unabhängigkeit gar nicht erst zugestanden.«

»Aber wie«, fiel Sutt ein, »fügt Bürgermeister Hardin die uns von Lord Dorwin zugesicherte Hilfe ins Bild ein? Seine Zusagen ...« Er zuckte die Achseln. »Nun, ich fand sie zufriedenstellend.«

Hardin warf sich in seinem Sessel zurück. »Wissen Sie, das ist der interessanteste Teil der ganzen Geschichte. Ich gestehe, ich hielt Seine Lordschaft auf den ersten Blick für den allerdümmsten Esel — aber es stellte sich heraus, daß er in Wirklichkeit ein mit allen Wassern gewaschener Diplomat und ein äußerst kluger Mann ist. Ich habe mir die Freiheit genommen, alle seine Aussagen aufzuzeichnen.«

Unruhe entstand, und Pirenne klappte vor Entsetzen der Mund auf.

»Na und?« fragte Hardin. »Ich weiß, es war eine grobe Verletzung der Gastfreundschaft und etwas, das kein sogenannter Gentleman tun würde. Dazu hätte es unangenehm werden können, wenn Seine Lordschaft es gemerkt hätte. Aber er hat es nicht gemerkt, und ich habe die Aufzeichnung, und das wär's dann. Ich habe eine Kopie davon hergestellt und Holk ebenfalls zur Analyse eingesandt.«

Lundin Crast wollte wissen: »Und wo ist die Analyse?«

»Das ist ja gerade das Interessante«, erwiderte Hardin. »Die Analyse war von allen dreien die schwierigste. Als es Holk nach zwei Tagen ununterbrochener Arbeit gelungen war, bedeutungslose Aussagen, vages Geschwätz und nutzlose Erklärungen zu eliminieren — kurz, das ganze Geseire —, stellte er fest, daß *nichts* mehr übrig war. Es war alles durch den Raster gefallen.

Gentlemen, Lord Dorwin hat fünf Tage lang geredet und dabei, verdammt noch mal, *nichts* gesagt, und er hat es so gesagt, daß Sie überhaupt nichts davon merkten. *Das* sind die Zusagen, die Sie von Ihrem hochgepriesenen Reich bekommen haben.«

Die Aufregung hätte nicht größer sein können, wenn Hardin eine Stinkbombe abgezogen und auf den Tisch geworfen hätte. Hardin wartete mit müder Geduld, bis sie sich gelegt hatte.

Er kam zum Schluß. »Als Sie nun drohten — denn das taten Sie mit Ihrer Note —, das Reich werde gegen Anakreon vorgehen, erreichten Sie nichts weiter, als daß Sie einen Monarchen, der es besser weiß, verärgerten. Natürlich verlangte sein Ego daraufhin sofortiges Handeln, und das Ergebnis ist das Ultimatum — was uns zu meinen eingangs geäußerten Bedenken zurückführt. Wir haben eine einzige Woche Zeit, und was machen wir jetzt?«

»Anscheinend«, sagte Sutt, »haben wir keine andere Wahl, als den Anakreonern die Errichtung einer militärischen Basis auf Terminus zu erlauben.«

»Darin stimme ich mit Ihnen überein«, gab Hardin zurück, »aber wie sollen wir es anstellen, sie bei der nächsten Gelegenheit mit einem Fußtritt wieder hinauszubefördern?«

Yate Fulhams Schnurrbart zuckte. »Das klingt, als seien Sie zu dem Schluß gekommen, es müsse Gewalt gegen sie angewendet werden.«

»Gewalt«, lautete die Erwiderung, »ist die letzte Zuflucht des Unfähigen. Ich habe jedoch gewiß nicht die Absicht, die Willkommensmatte für sie hinzulegen und die besten Möbel zu ihrer Benutzung abzustauben.«

»Mir gefällt die Art, wie Sie das ausdrücken, immer noch nicht«, beharrte Fulham auf seiner Meinung. »Es ist eine gefährliche Haltung und um so gefährlicher, als wir vor kurzem bemerkt haben, daß ein beträchtlicher Teil der Bevölkerung Ihren Ideen zugänglich sein mag. Da muß ich Ihnen sagen, Bürgermeister Hardin, daß das Kuratorium nicht blind für Ihre neuesten Aktivitäten ist.«

Er hielt inne. Allgemeine Zustimmung wurde laut. Hardin zuckte die Achseln.

Fulham fuhr fort: »Falls Sie die Stadt zu einem Akt der Gewalttätigkeit aufhetzen, würde das Selbstmord auf komplizierte Weise bedeuten — und wir haben nicht die Absicht, Ihnen das zu gestatten. Unsere Politik verfolgt ein einziges Ziel, und das ist die Enzyklopädie. Ganz gleich, was zu tun oder zu unterlassen wir uns entscheiden, es wird so entschieden werden, weil es die erforderliche Maßnahme ist, die die Sicherheit der Enzyklopädie gewährleistet.«

»Somit sind Sie zu dem Schluß gekommen«, stellte Hardin fest, »daß wir unsere intensive Kampagne des Nichtstuns fortsetzen müssen.«

Pirenne sagte bitter: »Sie haben selbst bewiesen, daß das Reich uns nicht helfen kann, obwohl ich nicht verstehe, warum das so ist. Wenn ein Kompromiß notwendig ist...«

Hardin hatte das alptraumhafte Gefühl, mit Höchstgeschwindigkeit zu laufen und nirgendwohin zu kommen. »Es *gibt* keinen Kompromiß! Begreifen Sie nicht, daß all dieses Gerede über Militärbasen nichts als dummes Zeug ist? Haut Rodric hat uns gesagt, was die Anakreoner wollen — sie wollen uns annektieren und uns ihr eigenes Feudalsystem von Großgrundbesitzern und einer Bauern-Aristokratie-Wirtschaft aufzwingen. Was von unserem Bluff mit der Atomkraft noch übrig ist, mag sie veranlassen, ein bißchen langsamer anzurücken, aber anrücken werden sie auf jeden Fall.«

In seiner Entrüstung sprang er auf, und die übrigen erhoben sich mit ihm — ausgenommen Jord Fara.

Und dann ergriff Jord Fara das Wort. »Ich bitte alle, sich wieder zu setzen. Ich glaube, das ist jetzt weit genug gegangen. Kommen Sie, Bürgermeister Hardin, es hat keinen Zweck, so wütend dreinzublicken. Keiner von uns hat Landesverrat begangen.«

»Davon müssen Sie mich erst überzeugen!«

Fara lächelte mild. »Das ist doch nicht Ihr Ernst! Lassen Sie mich ausreden.«

Seine schlauen Äuglein waren halb geschlossen. Schweiß schimmerte auf der glatten Wölbung seines Kinns. »Es ist sinnlos, ein Geheimnis aus dem Schluß des Kuratoriums zu machen, uns werde heute in sechs Tagen, wenn sich das Gewölbe öffnet, eine Lösung des anakreonischen Problems enthüllt werden.«

»Ist das Ihr Beitrag zu dem Thema?«

»Ja.«

»Wir sollen nichts tun, ist das richtig, außer daß wir in stiller Gelassenheit und unerschütterlichem Glauben darauf warten, daß der *deus ex machina* aus dem Gewölbe hopst?«

»Ihrer emotionalen Redewendungen entkleidet, ist das der Gedanke.«

»Welch plumper Eskapismus! Wirklich, Dr. Fara, eine solche Torheit riecht nach Genie. Ein geringerer Verstand wäre dessen nicht fähig.«

Fara lächelte nachsichtig. »Ihre Vorliebe für Epigramme ist amüsant, Hardin, hier aber unangebracht. Ich glaube doch, daß Sie sich daran erinnern, was ich vor drei Wochen bezüglich des Gewölbes ausgeführt habe.«

»Ja, ich erinnere mich. Ich leugne nicht, daß es vom Standpunkt der deduktiven Logik allein alles andere als eine dumme Idee war. Sie sagten — unterbrechen Sie mich, wenn ich einen Fehler mache —, Hari Seldon sei der größte Psychologe des Systems gewesen, folglich habe er die Klemme voraussehen können, in der wir jetzt stecken, und folglich habe er mit dem Gewölbe einen Weg geschaffen, uns den Ausweg zu zeigen.«

»Sie haben den Kern der Sache erfaßt.«

»Würde es Sie überraschen, wenn ich Ihnen sage, daß ich darüber in diesen letzten Wochen viel nachgedacht habe?«

»Sehr schmeichelhaft.«

»Mit dem Ergebnis, daß reine Deduktion hier nicht ausreicht. Wieder ist ein Fünkchen gesunder Menschenverstand vonnöten.«

»Zum Beispiel?«

»Zum Beispiel, wenn er diese böse Geschichte mit Anakreon vorausgesehen hat, warum ließ er uns nicht auf einen anderen Planeten schicken, der dem galaktischen Zentrum näher ist? Wie uns wohlbekannt ist, manipulierte Seldon die Kommissare auf Trantor so, daß sie die Gründung der Foundation auf Terminus befahlen. Aber warum hat er es getan? Warum wurden wir hier draußen angesiedelt, wenn er alles voraussehen konnte: den Zusammenbruch der Kommunikation, unsere Isolierung von der Galaxis, die Bedrohung durch unsere Nachbarn — und unsere Hilflosigkeit, weil es auf Terminus an Metallen mangelt? Das vor allem! Oder wenn er es voraussah, warum warnte er die ersten Siedler dann nicht im voraus, so daß sie Zeit gehabt hätten, sich vorzubereiten, statt, wie er es tut, so lange zu warten, bis ein Fuß schon über dem Abgrund schwebt?

Und vergessen Sie eines nicht. Wenn er *damals* fähig war, das Problem vorauszusehen, müßten wir fähig sein, es *heute* zu erkennen. Schließlich war Seldon kein Hexenmeister. Es gibt keine trickreichen Methoden, sich einem Dilemma zu entziehen, die ihm offenbar waren, es uns aber nicht sind.«

»Aber, Hardin«, erinnerte Fara ihn, »wir sehen eben keinen Ausweg.«

»Sie haben es nicht *versucht.* Nicht ein einziges Mal. Erst weigerten Sie sich, einzugestehen, daß wir überhaupt bedroht werden. Dann setzten sie in blindem Glauben auf den Kaiser. Jetzt haben Sie diesen Glauben auf Hari Seldon übertragen. Immerzu haben Sie sich auf eine Autorität oder die Vergangenheit verlassen — niemals auf sich selbst.«

Seine Hände ballten sich zu Fäusten. »Es läuft auf eine krankhafte Haltung hinaus — auf einen anerzogenen Reflex, der Sie immer, wenn es notwendig wäre, sich einer Autorität entgegenzustellen, am selbständigen Denken hindert. Sie zweifeln niemals daran, daß der Kaiser mächtiger und daß Hari Seldon klüger ist als Sie. Und das ist falsch, begreifen Sie das nicht?«

Aus irgendeinem Grund lag niemandem daran, ihm zu antworten.

Hardin fuhr fort: »Sie sind nicht allein so. Die ganze Galaxis ist es. Pirenne hat gehört, was sich Lord Dorwin unter wissenschaftlicher Forschung vorstellt. Lord Dorwin meinte, ein guter Archäologe sei man, wenn man alle Bücher über das Thema lese — geschrieben von Männern, die seit Jahrhunderten tot sind. Er meinte, archäologische Rätsel löse man, indem man sich widersprechende Urteile der Fachleute gegeneinander abwägt. Und Pirenne hörte dem zu und hatte nichts dagegen einzuwenden. Sehen Sie nicht, daß da etwas nicht stimmt?«

Wieder klang seine Stimme beinahe bittend. Wieder erhielt er keine Antwort.

»Und Sie und mit Ihnen halb Terminus sind genauso schlimm. Wir sitzen hier und haben nichts als die Enzyklopädie im Kopf. Wir meinen, das höchste Ziel der Wissenschaft sei die Klassifizierung von Daten aus der Vergangenheit. Sicher ist das wichtig, aber gibt es sonst keine Arbeit zu tun? Wir machen Rückschritte und vergessen, sehen Sie das nicht? Hier an der Peripherie ist der Menschheit die Atomenergie verlorengegangen. Auf Gamma Andromeda ist ein Kraftwerk explodiert, weil es nicht richtig gewartet wurde, und der Kanzler des Reichs klagt, Nukleartechniker seien rar. Und die Lösung? Werden neue ausgebildet? Nein! Statt dessen wird die Atomenergie beschränkt.«

Und zum drittenmal: »Sehen Sie das nicht? Es zieht sich über die ganze Galaxis hin. Es ist die Anbetung der Vergangenheit. Es ist *Stagnation!*«

Er blickte von einem zum anderen, und sie starrten wie gebannt zurück.

Fara erholte sich als erster. »Nun, mystische Philosophie hilft uns nicht weiter. Kommen wir zur Sache! Leugnen Sie, daß Hari Seldon mittels einfacher psychologischer Techniken historische Entwicklungen mühelos in die Zukunft hätte extrapolieren können?«

»Das leugne ich natürlich *nicht!*« rief Hardin. »Wir dürfen uns nur nicht darauf verlassen, daß er uns eine Lösung präsentiert. Bestenfalls bezeichnet er das Problem, aber wenn es jemals eine Lösung geben soll, müssen wir sie selbst ausarbeiten. Er kann das nicht für uns tun.«

Fulham fragte plötzlich: »Was meinen Sie damit, er werde das Problem ›bezeichnen‹? Wir *kennen* das Problem.«

Hardin fuhr zu ihm herum. »Sie glauben, Sie kennen es? Sie glauben, Hari Seldon brauchte sich um nichts anderes als Anakreon Sorgen zu machen? Da bin ich anderer Meinung! Ich sage Ihnen, Gentlemen, bisher hat noch keiner von Ihnen die leiseste Ahnung, was in Wirklichkeit vor sich geht.«

»Und Sie wissen es?« fragte Pirenne feindselig.

»Ich denke doch!« Hardin sprang von neuem auf und schob seinen Sessel zurück. Seine Augen waren kalt und hart. »Eins steht fest: Die ganze Situation stinkt. Dahinter steckt etwas, das größer ist als alles, worüber wir hier geredet haben. Stellen Sie sich selbst diese Frage: Warum gehörte zu den ursprünglichen Mitgliedern der Foundation kein einziger erstklassiger Psychologe, abgesehen von Bor Alurin? Und der hütete sich sorgfältig davor, seinen Schülern mehr als die Grundbegriffe beizubringen.«

Nach kurzem Schweigen sagte Fara: »Na schön. Warum?«

»Vielleicht weil ein Psychologe erkannt hätte, um was das alles geht — und eher, als es Hari Seldon paßte. Wie die Dinge lagen, sind wir herumgestolpert, haben undeutliche Blicke auf die Wahrheit erhascht und sonst nichts. Und das ist es, was Hari Seldon wollte.«

Er lachte hart auf. »Guten Tag, Gentlemen!«

Er stolzierte aus dem Raum.

— 14 —

Ein Coup d'état

Bürgermeister Hardin kaute am Ende seiner Zigarre. Sie war ausgegangen, aber er war darüber hinaus, so etwas zu bemerken. In der vergangenen Nacht hatte er nicht geschlafen, und er hegte den begründeten Verdacht, daß er auch in der kommenden Nacht nicht schlafen würde. Man sah es an seinen Augen.

Müde fragte er: »Und das wäre dann alles?«

»Ich denke doch.« Yohan Lee faßte sich ans Kinn. »Wie klingt es?«

»Gar nicht schlecht. Es muß mit Frechheit durchgezogen werden, verstehen Sie. Das heißt, es darf kein Zögern geben. Wir dürfen ihnen keinen Augenblick Zeit lassen, die Situation zu begreifen. Sobald wir in der Lage sind, Befehle zu geben, müssen wir uns verhalten, als seien wir dazu geboren, und sie werden aus Gewohnheit gehorchen. Das ist der wesentliche Bestandteil eines Coups.«

»Wenn die Unentschlossenheit des Kuratoriums auch nur für...«

»Das Kuratorium können Sie vergessen. Ab morgen ist seine Bedeutung für die Angelegenheiten von Terminus keinen rostigen Halb-Credit mehr wert.«

Lee nickte bedächtig. »Trotzdem ist es merkwürdig, daß die Kuratoriumsmitglieder bisher nichts getan haben, um uns aufzuhalten. Sie meinten doch, daß sie nicht vollständig im dunkeln tappen.«

»Fara stolpert am Rand des Problems umher. Manchmal macht er mich nervös. Und Pirenne betrachtet mich mit Mißtrauen, seit ich gewählt worden bin. Aber, sehen Sie, an einem richtigen Verständnis für das, was im Gange ist, hat es ihnen immer gefehlt. Sie sind im Glauben an die Autorität erzogen worden. Sie sind überzeugt, der Kaiser sei allmächtig, nur weil er der Kaiser ist. Und sie sind überzeugt, allein weil das Kuratorium das Kuratorium ist, das im Namen des Kaisers handelt, könne es nicht in eine Lage geraten, in der es nicht zu befehlen hat. Diese Unfähigkeit, die Möglichkeit einer Revolte zu begreifen, ist unser bester Verbündeter.«

Er hievte sich aus seinem Sessel und ging an den Wasserkühler. »Diese Leute sind gar nicht übel, Lee, wenn sie sich an ihre Enzyklopädie halten — und wir werden dafür sorgen, daß sie sich in Zukunft allein daran halten werden. Hoffnungslos unfähig sind sie jedoch, wenn es darum geht, Terminus zu regieren. Gehen Sie jetzt und bringen Sie die Dinge ins Rollen. Ich möchte allein sein.«

Er setzte sich auf eine Ecke des Schreibtischs und starrte seinen Wasserbecher an.

Raum! Wenn er nur so zuversichtlich wäre, wie er tat!

Die Anakreoner würden in zwei Tagen landen, und er wollte handeln, obwohl er nichts hatte als ein paar Ideen und Mutmaßungen, worauf Hari Seldon in den letzten fünfzig Jahren hinausgewollt hatte! Er war nicht einmal ein richtiger, ordnungsgemäßer Psychologe — nur ein Amateur mit ein bißchen Ausbildung, der versuchte, besser zu raten als der größte Geist des Zeitalters.

Wenn Fara recht hatte, wenn Anakreon das ganze Problem darstellte, das Hari Seldon vorausgesehen, wenn er kein anderes Interesse gehabt hatte, als die Enzyklopädie zu sichern — was sollte dann der *coup d'état?*

Er zuckte die Achsln und trank das Wasser.

— 15 —

Das erste Erscheinen Hari Seldons

Das Gewölbe war mit weit mehr als sechs Stühlen ausgestattet, als sei eine größere Gesellschaft erwartet worden. Das stellte Hardin nachdenklich fest. Müde setzte er sich in eine Ecke, so weit weg von den anderen wie möglich.

Die Kuratoriumsmitglieder hatten offenbar nichts dagegen einzuwenden. Das Gespräch, das sie im Flüsterton miteinander führten, sank zu einzelnen gezischten Silben ab und verstummte dann ganz. Von ihnen allen machte nur Jord Fara einen halbwegs ruhigen Eindruck. Er zog eine Uhr hervor und betrachtete sie düster.

Hardin sah auf seine eigene Uhr und dann auf den — absolut leeren — Glaswürfel, der die Hälfte des Raums beherrschte. Er stellte den einzigen ungewöhnlichen Gegenstand dar, denn ansonsten gab es keinen Hinweis darauf, daß irgendwo ein Stäubchen Radium auf den genauen Augenblick hin zerfiel, wo ein Schalter kippte, eine Verbindung hergestellt wurde und …

Die Lampen wurden dunkel!

Sie gingen nicht ganz aus, sondern wurden nur gelb,

und das mit einer Plötzlichkeit, die Hardin zusammenzucken ließ. Er sah erschrocken zur Decke hoch, und als er die Augen wieder auf den Glaswürfel richtete, war dieser nicht länger leer.

Ein Mann besetzte ihn — ein Mann in einem Rollstuhl!

Eine Weile sagte er gar nichts, aber er schloß das Buch auf seinem Schoß und fuhr müßig mit den Fingern darüber hin. Und dann lächelte er, und sein Gesicht wurde lebendig.

Er sagte: »Ich bin Hari Seldon.« Die Stimme klang alt und leise.

Hardin hätte auf die Vorstellung beinahe mit Aufstehen reagiert und konnte die Bewegung gerade noch abbremsen.

Die Stimme fuhr im Gesprächston fort: »Wie Sie sehen, bin ich auf diesen Rollstuhl beschränkt und kann nicht aufstehen, um Sie zu begrüßen. Ihre Großeltern sind vor ein paar Monaten meiner Zeit nach Terminus abgereist, und ich bin seitdem von einer recht lästigen Lähmung befallen worden. Ich kann Sie nicht sehen, und deshalb kann ich Sie nicht begrüßen, wie es sich gehört. Ich weiß nicht einmal, wie viele von Ihnen anwesend sind. Deshalb muß dies alles formlos erfolgen. Falls einige von Ihnen stehen, sollen sie sich bitte setzen, und wenn Sie rauchen möchten, habe ich nichts dagegen.« Er lachte leise auf. »Warum sollte ich auch? Ich bin nicht wirklich hier.«

Hardin tastete beinahe automatisch nach einer Zigarre, überlegte es sich dann jedoch anders.

Hari Seldon legte sein Buch weg — als lege er es auf einen neben ihm stehenden Schreibtisch —, und als seine Finger es losließen, verschwand es.

Er sagte: »Es ist jetzt fünfzig Jahre her, daß diese Foundation gegründet wurde — fünfzig Jahre, in denen die Mitglieder der Foundation nicht gewußt haben, auf welches Ziel sie zuarbeiteten. Es war notwendig, sie in Unwissenheit zu lassen, aber jetzt ist es das nicht mehr.

Als erstes möchte ich Ihnen sagen, daß die Enzyklopädie-Foundation von Anfang an ein Schwindel gewesen ist.«

Hinter Hardin war ein Scharren zu hören und ein oder zwei erstickte Ausrufe, aber er drehte sich nicht um.

Hari Seldon ließ sich natürlich nicht aus der Ruhe bringen. Er fuhr fort: »Sie ist in dem Sinne ein Schwindel, daß es weder mich noch meine Kollegen kümmert, ob jemals ein einziger Band der Enzyklopädie veröffentlicht wird. Sie hat ihren Zweck erfüllt. Für uns war sie das Mittel, dem Kaiser eine Charta abzuluchsen, sie war das Mittel, hunderttausend Menschen anzuziehen, die für unseren Plan notwendig waren, und sie war das Mittel, diese Menschen beschäftigt zu halten, während bestimmte Ereignisse Gestalt annahmen, bis es für jeden von ihnen zu spät war, wieder auszusteigen.

In den fünfzig Jahren, die sie an diesem Schwindelprojekt gearbeitet haben — es hat keinen Sinn, die Sache zu beschönigen —, wurde ihnen jede Rückzugsmöglichkeit abgeschnitten, und auch Sie haben jetzt keine andere Wahl mehr, als mit dem unendlich wichtigeren Plan weiterzumachen, der unser eigentlicher Plan war und ist.

Wir haben den Planeten und den Zeitpunkt für Ihre Ansiedlung so ausgewählt, daß Sie in fünfzig Jahren an einen Punkt manövriert worden sind, von dem aus Sie keine Handlungsfreiheit mehr haben werden. Von jetzt an ist Ihnen der Weg für die nächsten Jahrhunderte vorgezeichnet. Sie werden es mit einer Reihe von Krisen zu tun bekommen, von denen diese die erste ist, und jedesmal wird Ihre Handlungsfreiheit auf ähnliche Weise eingeschränkt werden, so daß Sie zwangsläufig einen einzigen Weg einschlagen müssen.

Diesen Weg hat unsere Psychologie ausgearbeitet, und zwar aus einem bestimmten Grund.

Seit Jahrhunderten stagniert und verfällt die galaktische Zivilisation, obwohl das im Laufe der Zeit nur wenigen Menschen aufgefallen ist. Wenigstens reißt sich jetzt die Peripherie los, und die politische Einheit des Reiches wird erschüttert. Die Historiker der Zukunft werden irgendwo in den soeben vergangenen fünfzig Jahren eine Grenzlinie ziehen und sagen: ›Dies kennzeichnet den Zusammenbruch des galaktischen Imperiums.‹

Sie werden recht haben, obwohl noch in weiteren Jahrhunderten kaum jemand den Zusammenbruch erkennen wird.

Und nach dem Zusammenbruch kommt es unvermeidlich zu einer Periode der Barbarei, die unter normalen Umständen, wie unsere Psychohistoriker uns sagen, dreißigtausend Jahre dauern würde. Wir können den Zusammenbruch nicht verhindern. Wir wollen das auch gar nicht; die Kultur des Kaiserreichs hat alles verloren, was sie an Kraft und Wert einmal besessen hat. Aber wir können diese Periode verkürzen — auf ein einziges Jahrtausend.

Wie sich das im einzelnen abspielen wird, dürfen wir Ihnen nicht sagen, ebensowenig wie wir Ihnen vor fünfzig Jahren die Wahrheit über die Foundation sagen durften. Sollten Sie diese Details entdecken, könnte unser Plan fehlschlagen, ebenso wie er fehlgeschlagen wäre, hätten Sie den Schwindel mit der Enzyklopädie früher durchschaut. Denn das Wissen hätte Ihnen mehr Handlungsfreiheit gegeben, und es wären zu viele Variable zusätzlich eingeführt worden, als daß unsere Psychologie noch damit hätte fertigwerden können.

Aber Sie werden nicht dahinterkommen, denn es gibt keine Psychologen auf Terminus, und es hat nie welche gegeben bis auf Alurin — und der war einer von uns.

Soviel kann ich Ihnen jedoch sagen: Terminus und die Foundation, die am anderen Ende der Galaxis sein Gegenstück bildet, sind die Samen der Renaissance und die zukünftigen Gründer des Zweiten galaktischen Reichs. Und die augenblickliche Krise bringt Terminus auf den Weg zu diesem Höhepunkt.

Übrigens ist dies eine recht fadengerade Krise, viel einfacher als so manche, die noch vor Ihnen liegen. Auf den einfachsten Nenner gebracht, handelt es sich um folgendes: Ihr Planet wurde plötzlich von den immer noch zivilisierten Zentren der Galaxis abgeschnitten, und Ihre stärkeren Nachbarn bedrohen Sie. Ihre kleine, von Wissenschaftlern bewohnte Welt ist von großen, sich rasch ausdehnenden barbarischen Regionen umgeben. Sie ist eine Insel der Atomkraft innerhalb eines wachsenden Ozeans primitiverer Energieformen, aber dessen ungeachtet hilflos, weil es ihr an Metallen fehlt.

Sie sehen sich also einer harten Notwendigkeit gegenüber und werden zum Handeln gezwungen. Es liegt ja auf der Hand, welche Maßnahmen Sie ergreifen müssen, um Ihr Problem zu lösen.«

Das Bild Hari Seldons faßte in die leere Luft, und von neuem erschien das Buch in seiner Hand. Er schlug es auf und sagte:

»Welche verschlungenen Pfade Ihre zukünftige Geschichte auch nehmen mag, prägen Sie Ihren Nachkommen immer ein, daß es ein abgesteckter Weg ist, der letzten Endes zu einem neuen und größeren Reich führt!«

Er richtete die Augen auf das Buch und verschwand im Nichts. Die Lampen wurden wieder hell.

Hardin hob den Kopf und begegnete dem Blick Pirennes. Trauer lag auf dem Gesicht des Vorsitzenden. Seine Lippen zitterten.

Seine Stimme klang fest, aber tonlos. »Es sieht aus, als hätten Sie recht gehabt. Wenn es Ihnen um sechs Uhr heute abend paßt, wird sich das Kuratorium mit Ihnen wegen der zu unternehmenden Schritte beraten.«

Sie schüttelten Hardin die Hand, jeder einzelne von ihnen, und gingen. Hardin lächelte vor sich hin. Im Grunde waren sie vernünftige Menschen, und als echte Wissenschaftler gaben sie zu, daß sie sich geirrt hatten — aber für sie war es zu spät.

Hardin sah auf die Uhr. Jetzt war schon alles vorüber. Lees Männer hatten die Macht übernommen, und das Kuratorium gab keine Befehle mehr.

Die ersten Raumschiffe der Anakreoner würden morgen landen, aber auch das ging in Ordnung. In sechs Monaten würden auch sie keine Befehle mehr geben.

Wie Hari Seldon gesagt und wie Salvor Hardin es sich seit dem Tag gedacht hatte, als sie durch Anselm haut Rodric erfuhren, daß Anakreon nicht über Atomenergie verfügte: Der Ausweg aus dieser ersten Krise war offensichtlich.

Dritter Teil

Die Bürgermeister

— 16 —

Gewalt ist die letzte Zuflucht der Unfähigen

DIE VIER KÖNIGREICHE – *Diesen Namen gab man jenen Teilen der Provinz Anakreon, die sich in den ersten Jahren der Foundation-Ära von dem Ersten Imperium lösten und unabhängige Königreiche von kurzer Lebensdauer bildeten. Das größte und mächtigste von ihnen war Anakreon selbst, das der Ausdehnung nach …*

… In der Geschichte der Vier Königreiche ist zweifellos der interessanteste Aspekt die merkwürdige Gesellschaftsform, die den Bewohnern von Terminus während der Regierungszeit von Bürgermeister Salvor Hardin vorübergehend aufgezwungen wurde …

ENCYCLOPAEDIA GALACTICA

Eine Abordnung!

Salvor Hardin hatte es kommen sehen, aber das machte es nicht erfreulicher. Im Gegenteil, er fand das Vorauswissen entschieden ärgerlich.

Yohan Lee riet zu extremen Maßnahmen. »Ich finde, wir haben es nicht nötig, Zeit auf sie zu verschwenden, Hardin«, sagte er. »Bis zur nächsten Wahl können diese Leute nichts unternehmen — jedenfalls nicht auf legale Weise —, und das gibt uns einen Spielraum von einem Jahr.«

Hardin schürzte die Lippen. »Lee, Sie begreifen es einfach nicht. In den vierzig Jahren, die ich Sie kenne, haben Sie die sanfte Kunst, sich von hinten anzuschleichen, immer noch nicht gelernt.«

»Das ist nicht meine Art zu kämpfen«, brummte Lee.

»Ja, das weiß ich. Deshalb sind Sie wohl auch der einzige, dem ich vertraue.« Hardin hielt inne und langte nach einer Zigarre. »Wir haben einen langen Weg zurückgelegt, Lee, seit wir damals unseren Coup gegen die Enzyklopädisten landeten. Ich werde alt. Zweiundsechzig. Haben Sie je darüber nachgedacht, wie schnell diese dreißig Jahre verflogen sind?«

Lee schnaubte: »*Ich* fühle mich nicht alt, und ich bin sechsundsechzig.«

»Ja, aber ich habe keine solche gesunde Verdauung wie Sie.« Hardin zog gemächlich an seiner Zigarre. Er hatte schon lange aufgehört, sich nach dem milden weganischen Tabak seiner Jugend zu sehnen. Jene Zeit, als der Planet Terminus in Verbindung mit jedem Teil des galaktischen Reiches gestanden hatte, war in dem Limbus verschwunden, in den alle guten Zeiten gehen. In demselben Limbus, auf den das galaktische Reich zusteuerte. Wer wohl der neue Kaiser war? Gab es überhaupt einen neuen Kaiser — gab es noch ein Reich? Raum! Dreißig Jahre lang, seit dem Zusammenbruch der Kommunikation hier am Rand der Galaxis, hatte das ganze Universum von Terminus aus sich selbst und den vier es umgebenden Königreichen bestanden.

Wie die Mächtigen gestürzt waren! *Königreiche!* Früher waren das Präfekturen gewesen, allesamt Teil der gleichen Provinz, die wiederum Teil eines Sektors gewesen war, der wiederum Teil des allumfassenden galaktischen Reiches gewesen war. Und nun hatte das Imperium die Kontrolle über die entlegeneren Regionen der Galaxis verloren, diese kleinen Splittergruppen von Planeten waren zu Königreichen geworden — mit Königen und Adligen wie aus einer komischen Oper, mit dummen, bedeutungslosen Kriegen und einem Leben, das kläglich in den Ruinen fortgeführt wurde.

Eine zerfallende Zivilisation. In Vergessenheit geratene Atomenergie. Zur Mythologie verblassende Wissenschaft — bis die Foundation eingeschritten war. Die Foundation, die Hari Seldon zu eben diesem Zweck hier auf Terminus gegründet hatte.

Lee stand am Fenster, und seine Stimme riß Hardin aus seiner Träumerei. »Sie sind im neuesten Modell eines Bodenwagens gekommen, die jungen Schnösel.« Er machte ein paar unsichere Schritte in Richtung Tür und sah dann zu Hardin hin.

Hardin lächelte und winkte ihn zurück. »Ich habe Befehl gegeben, sie hier heraufzubringen.«

»Hierher! Warum? Sie nehmen sie zu wichtig.«

»Warum alle Zeremonien einer offiziellen Audienz beim Bürgermeister durchgehen? Ich werde zu alt für den Amtsschimmel. Außerdem ist Schmeichelei im Umgang mit jungen Leuten nützlich — vor allem, wenn sie einen zu gar nichts verpflichtet.« Er zwinkerte. »Setzen Sie sich, Lee, und geben Sie mir moralische Unterstützung. Ich werde sie bei diesem jungen Sermak brauchen.«

»Der Kerl — ich meine Sermak — ist gefährlich«, erklärte Lee mit Nachdruck. »Er hat eine Gefolgschaft, Hardin, also unterschätzen Sie ihn nicht.«

»Habe ich jemals irgendwen unterschätzt?«

»Nun, dann nehmen Sie ihn fest. Sie können nachträglich auch diese oder jene Anklage gegen ihn erheben.«

Hardin ignorierte diesen letzten guten Rat. »Da sind sie, Lee.« In Beantwortung des Signals trat er auf das Pedal unter seinem Schreibtisch, und die Tür glitt zur Seite.

Einer nach dem anderen marschierten die vier, die die Abordnung bildeten, herein. Hardin winkte sie freundlich zu den Sesseln, die seinem Schreibtisch in einem Halbkreis gegenüberstanden. Die jungen Männer verbeugten sich und warteten darauf, daß der Bürgermeister als erster spreche.

Hardin klappte den eigentümlich verzierten silbernen Deckel der Zigarrenkiste auf, die in den längst vergangenen Tagen der Enzyklopädisten einmal Jord Fara vom Kuratorium gehört hatte. Sie war ein echtes Imperiumsprodukt von Santanni, obwohl die Zigarren, die sie jetzt enthielt, Eigenbau waren. Mit feierlichem Ernst nahmen die vier Mitglieder der Abordnung einer nach dem anderen eine der angebotenen Zigarren und steckten sie wie bei einem Ritual in Brand.

Sef Sermak, der zweite von rechts, war der jüngste in der jungen Gruppe — und mit seinem exakt geschnittenen, borstigen gelben Schnurrbart und seinen tiefliegenden Augen von unbestimmbarer Farbe der Interessanteste. Die anderen drei tat Hardin fast auf der Stelle ab; sie waren nichts als Mitläufer. Er konzentrierte sich auf Sermak, den Sermak, der während seiner ersten Amtsperiode als Mitglied des Stadtrats diese gesetzte Körperschaft schon mehr als einmal in heillose Verwirrung gestürzt hatte, und an Sermak richtete er seine Worte:

»Ich habe mir seit Ihrer ausgezeichneten Rede letzten Monat gewünscht, mit Ihnen zu sprechen, Ratsherr. Ihr Angriff auf die Außenpolitik dieser Regierung war sehr geschickt.«

In Sermaks Augen schwelte es. »Ihr Interesse ehrt mich. Ob der Angriff nun geschickt war oder nicht, jedenfalls war er gerechtfertigt.«

»Mag sein! Natürlich steht Ihnen eine eigene Meinung zu. Immerhin sind Sie noch recht jung.«

Trocken: »Das ist ein Fehler, dessen die meisten Menschen in einer bestimmten Periode ihres Lebens schuldig sind. Sie wurden Bürgermeister der Stadt, als Sie zwei Jahre jünger waren, als ich es jetzt bin.«

Hardin lächelte vor sich hin. Der Knabe war ein kühler Kunde. »Ich nehme an, Sie wollen mich wegen eben dieser Außenpolitik sprechen, die Sie in der Ratskammer so ärgert. Sprechen Sie für Ihre drei Kollegen, oder muß ich mir jeden von Ihnen getrennt anhören?«

Zwischen den vier jungen Männern wurden rasche Blicke getauscht, ein leichtes Flackern der Augenlider.

Sermak erklärte grimmig: »Ich spreche für das Volk von Terminus — ein Volk, das in dem stempelschwingenden Verein, den man den Rat nennt, im Augenblick nicht richtig vertreten ist.«

»Aha. Sprechen Sie weiter!«

»Es läuft darauf hinaus, Herr Bürgermeister. Wir sind unzufrieden ...«

»Mit ›wir‹ meinen Sie das ›Volk‹, nicht wahr?«

Sermak starrte ihn feindselig an, witterte eine Falle und erwiderte kalt: »Ich glaube, daß meine Ansichten diejenigen der Mehrheit der Wähler auf Terminus widerspiegeln. Genügt Ihnen das?«

»Nun, eine derartige Behauptung müßte erst noch nachgeprüft werden, aber wie dem auch sei, fahren Sie fort! Sie sind unzufrieden.«

»Ja, unzufrieden mit der Politik, die Terminus seit dreißig Jahren aller Verteidigungen gegen den unvermeidlichen Angriff von außerhalb beraubt hat.«

»Aha. Und deshalb? Weiter, weiter.«

»Nett von Ihnen, daß Sie mir vorgreifen. Und deshalb bilden wir eine neue politische Partei, eine, die für die unmittelbaren Bedürfnisse von Terminus eintritt, und nicht für ein mystisches ›offenbartes Schicksal‹ eines zukünftigen Reiches. Wir werden Sie und Ihre speichelleckerische Clique von Beschwichtigungspolitikern aus dem Rathaus werfen — und zwar bald.«

»Es sei denn? Es gibt immer ein ›Es sei denn‹, wissen Sie.«

»In diesem Fall nur eins: Es sei denn, Sie treten auf der Stelle zurück. Ich bitte Sie nicht, Ihre Politik zu ändern — soweit vertraue ich Ihnen nicht. Ihre Versprechungen sind nichts wert. Wir werden nichts anderes akzeptieren als einen vorbehaltlosen Rücktritt.«

»Aha.« Hardin schlug die Beine übereinander und kippte seinen Sessel auf zwei Beinen zurück. »Das ist Ihr Ultimatum. Sehr freundlich, daß Sie mich warnen. Aber, sehen Sie, ich glaube, ich werde Ihre Warnung ignorieren.«

»Glauben Sie nicht, daß es eine Warnung ist, Herr Bürgermeister. Es war eine Bekanntgabe von Prinzipien und von Geschehnissen. Die neue Partei ist bereits gegründet, und sie wird morgen offiziell ihre Tätigkeit aufnehmen. Es ist weder Raum für einen Kompromiß, noch besteht der Wunsch danach, und, offen gesagt, wir bieten Ihnen nur deswegen einen leichten Ausweg, weil wir Ihre der Stadt geleisteten Dienste anerkennen. Ich war nicht der Meinung, daß Sie ihn beschreiten würden, aber mein Gewissen ist rein. Die nächste Wahl wird Sie auf gewaltsamere und ganz unwiderstehliche Art darauf aufmerksam machen, daß Sie zurücktreten müssen.«

Er erhob sich und gab den anderen ein Zeichen, ebenfalls aufzustehen.

Hardin hob den Arm. »Halt! Setzen Sie sich!«

Sef Sermak setzte sich eine Spur zu eilfertig, und Hardin lächelte hinter der Maske eines unbewegten Gesichtes. Ungeachtet seiner Worte wartete Sermak auf ein Angebot.

Hardin fragte: »Auf genau welche Weise soll unsere Außenpolitik Ihrer Vorstellung nach geändert werden? Möchten Sie, daß wir die Vier Königreiche jetzt, sofort und alle vier gleichzeitig angreifen?«

»Ich mache keinen derartigen Vorschlag, Herr Bürgermeister. Wir wollen nichts weiter, als daß sofort mit der Beschwichtigungspolitik aufgehört wird. Während Ihrer ganzen Amtszeit sind Sie bestrebt gewesen, den Königreichen wissenschaftliche Unterstützung zu leisten. Sie haben ihnen die Atomenergie gegeben. Sie haben ihnen geholfen, neue Atomkraftwerke auf ihren Planeten zu bauen. Sie haben ihnen Krankenhäuser, Chemie-Laboratorien und Fabriken eingerichtet.«

»Und? Was haben Sie dagegen einzuwenden?«

»Sie haben das getan, damit sie uns nicht angreifen. Mit diesen Bestechungsgeschenken haben Sie die Rolle des Trottels in einem kolossalen Erpressungsspiel übernommen, Sie haben es zugelassen, daß Terminus ausgesaugt wurde — und das Ergebnis ist, daß wir diesen Barbaren jetzt auf Gnade und Ungnade ausgeliefert sind.«

»In welcher Beziehung?«

»Da Sie ihnen Energie und Waffen gegeben und sogar die Schiffe ihrer Marine überholt haben, sind sie unendlich viel stärker, als sie es noch vor drei Jahrzehnten waren. Ihr Bedarf wächst, und mit ihren neuen Waffen werden sie ihren gesamten Bedarf demnächst mit einem Schlag befriedigen, indem sie Terminus annektieren. Endet Erpressung nicht für gewöhnlich so?«

»Und was läßt sich Ihrer Meinung nach dagegen tun?«

»Hören Sie mit dem Bestechen auf, sofort und solange Sie es noch können. Verwenden Sie Ihre Kräfte dazu, Terminus selbst zu stärken — und greifen Sie zuerst an!«

Hardin betrachtete das blonde Schnurrbärtchen des jungen Burschen mit einem beinahe krankhaften Interesse. Sermak war sich seiner selbst sicher, sonst würde er nicht soviel reden. Zweifellos spiegelten seine Ausführungen die Gedanken eines beträchtlichen Teils der Bevölkerung wider, eines recht beträchtlichen.

Seine Stimme verriet nichts von der leisen Unruhe in seinem Inneren. Sie klang beinahe lässig. »Sind Sie fertig?«

»Im Augenblick ja.«

»Gut. Sehen Sie die eingerahmte Erklärung an der Wand hinter mir? Lesen Sie sie vor, wenn Sie möchten!«

Sermaks Lippen zuckten. »Dort steht: ›Gewalt ist die letzte Zuflucht des Unfähigen.‹ Das ist eine Alte-Männer-Doktrin, Herr Bürgermeister.«

»Ich habe mich als junger Mann danach gerichtet, Herr Stadtrat — und zwar mit Erfolg. Sie waren eifrig damit beschäftigt, geboren zu werden, als es geschah, aber vielleicht haben Sie etwas darüber in der Schule gelesen.«

Er musterte Sermak scharf und fuhr in gemäßigtem Ton fort: »Als Hari Seldon unsere Foundation gründete, geschah es allem Anschein nach zu dem Zweck, eine große Enzyklopädie zu erstellen, und fünfzig Jahre lang folgten wir diesem Irrlicht, bis wir entdeckten, was sein eigentliches Ziel war. Da war es fast schon zu spät. Als die Kommunikation mit den zentralen Regionen des alten Reiches zusammenbrach, fanden wir uns als eine Welt aus Wissenschaftlern wieder, die sich auf eine einzige Stadt konzentrierte, keine Industrie besaß und von neugeschaffenen, ihr feindlich gesonnenen und in vieler Beziehung barbarischen Königreichen umgeben war. Wir stellten ein Inselchen der Atomkraft in diesem Ozean der Barbarei und eine unendlich wertvolle Beute dar.

Anakreon, damals wie heute das mächtigste der Vier Königreiche, verlangte eine Militärbasis auf Terminus und errichtete sie dann auch. Die seinerzeitigen Beherrscher der Stadt, die Enzyklopädisten, wußten genau, daß dies nur der erste Schritt zur Annektierung des ganzen Planeten war. So stand die Sache, als ich ... äh ... die Regierung übernahm. Was hätten Sie nun getan?«

Sermak zuckte die Achseln. »Das ist eine rein akademische Frage. Ich weiß natürlich, was *Sie* getan haben.«

»Trotzdem will ich es wiederholen. Vielleicht haben Sie noch nicht erkannt, worauf ich hinauswill. Die Versuchung war groß, an Kräften aufzubieten, was wir konnten, und uns zum Kampf zu stellen. Das ist der einfachste Ausweg und für die Selbstachtung der befriedigendste, aber fast in jedem Fall der dümmste. *Sie* hätten ihn gewählt, Sie mit Ihrem Gerede von ›zuerst angreifen‹. Ich dagegen habe die drei übrigen Königreiche besucht, eins nach dem anderen. Ich habe jedes darauf hingewiesen, daß es die sicherste Methode sei, sich die eigene Kehle durchzuschneiden, wenn sie zuließen, daß das Geheimnis der Atomkraft in die Hände der Anakreoner fiele, und behutsam angeregt, die auf der Hand liegenden Maßnahmen zu ergreifen. Das war alles. Einen Monat, nachdem die anakreonische Streitmacht auf Terminus gelandet war, erhielt der König von Anakreon ein gemeinsames Ultimatum seiner drei Nachbarn. Innerhalb von sieben Tagen hatte der letzte Anakreoner Terminus verlassen.

Nun sagen Sie mir, wo war hier Gewalt notwendig?«

Der junge Stadtrat betrachtete nachdenklich seinen Zigarrenstummel und warf ihn in den Verbrennungsschacht.

»Ich sehe keine Analogie. Insulin versetzt einen Diabetiker in normalen Zustand, und ein Messer wird dabei absolut nicht gebraucht, aber bei einer Blinddarmentzündung ist eine Operation notwendig. Es läßt sich nicht ändern. Wenn andere Methoden versagt haben, was bleibt dann übrig als ›die letzte Zuflucht‹, wie Sie es nennen? Es ist Ihre Schuld, daß wir dazu getrieben werden.«

»Meine? Ach ja, das ist wieder meine Beschwichtigungspolitik. Anscheinend begreifen Sie die unabänderlichen Tatsachen, die unsere Position kennzeichnen, immer noch nicht. Unser Problem war mit dem Abzug der Anakreoner nicht gelöst. Jetzt begannen die Schwierigkeiten erst. Die Vier Königreiche waren uns feindlicher gesonnen als je zuvor, denn jedes wollte die Atomenergie — und jedes ging uns nur aus Furcht vor den drei anderen nicht an die Kehle. Wir balancieren auf der Spitze eines sehr scharfen Schwertes, und das leiseste Schwanken in irgendeine Richtung — wenn zum Beispiel eins der Königreiche zu stark wird oder zwei eine Koalition bilden — Sie verstehen?«

»Gewiß. Das war der Zeitpunkt, zu dem umfassende Kriegsvorbereitungen getroffen werden mußten.«

»Im Gegenteil. Das war der Zeitpunkt, umfassende Maßnahmen zur *Verhinderung* eines Krieges zu treffen. Ich spielte einen gegen den anderen aus. Ich half ihnen umschichtig. Ich bot ihnen Wissenschaft, Handel, Bildung, Medizin an. Ich brachte es dahin, daß es für sie einen höheren Wert hatte, wenn Terminus eine blühende Welt war, als wenn sie uns durch eine Kampfhandlung erobert hätten. Das hat dreißig Jahre lang funktioniert.«

»Ja, aber Sie waren gezwungen, diese Geschenke aus dem Gebiet der Wissenschaft mit dem ungeheuerlichsten Mummenschanz zu umgeben. Sie haben halb eine Religion, halb einen Blödsinn daraus gemacht. Sie haben eine Hierarchie von Priestern gegründet und komplizierte, sinnlose Rituale eingeführt.«

Hardin runzelte die Stirn. »Na und? Das hat mit der

Streitfrage doch überhaupt nichts zu tun! Ich habe damit angefangen, weil die Barbaren unsere Wissenschaft als eine Art von Zauberei betrachteten und es ihnen am leichtesten fiel, sie auf dieser Basis zu akzeptieren. Die Priesterschaft hat sich selbst aufgebaut, und wenn wir ihr weiterhelfen, so folgen wir nur dem Weg des geringsten Widerstandes. Das ist eine Sache von untergeordneter Bedeutung.«

»In den Händen dieser Priester liegt die Leitung der Atomkraftwerke. Das ist *nicht* von untergeordneter Bedeutung.«

»Sicher, aber *wir* haben sie ausgebildet. Sie besitzen nur empirisches Wissen über ihre Werkzeuge, und sie glauben fest an den Mummenschanz, der sie umgibt.«

»Und wenn einer den Mummenschanz durchschaut und den Verstand hat, den Empirismus beiseitezuschieben, was soll ihn daran hindern, die wirklichen Techniken zu lernen und an den Höchstbietenden zu verkaufen? Wie hoch stehen wir dann noch bei den Königreichen im Preis?«

»Die Wahrscheinlichkeit ist gering, Sermak. Sie denken zu oberflächlich. Die besten Männer von den Planeten der Königreiche werden jedes Jahr hierher in die Foundation geschickt und zu Priestern erzogen. Und von ihnen bleiben wiederum die besten als Forscher hier. Denjenigen, die in ihre Heimat zurückkehren, fehlen nicht nur jegliche wissenschaftlichen Grundkenntnisse, sie haben, noch schlimmer, den Kopf voll von den verzerrten Informationen, die die Priester erhalten. Wenn Sie meinen, einer von ihnen könne mit einem gewaltigen Sprung zur Atomenergie, zur Elektronik, zur Theorie der Hyperraumkrümmung vordringen — dann haben Sie eine sehr romantische und sehr törichte Vorstellung von der Wissenschaft. Es erfordert ein lebenslanges Studium und ein ausgezeichnetes Gehirn, um so weit zu kommen.«

Yohan Lee war während dieser Worte abrupt aufgestanden und hinausgegangen. Jetzt kehrte er zurück, und als Hardin aufhörte zu sprechen, beugte er sich zu dem Ohr seines Vorgesetzten nieder. Ein Flüstern wurde ausgetauscht und dann ein bleierner Zylinder. Mit einem kurzen, feindseligen Blick auf die Abordnung setzte Lee sich wieder auf seinen Platz.

Hardin drehte den Zylinder in der Längsrichtung und beobachtete die Abordnung durch die Wimpern. Dann öffnete er den Behälter mit einer plötzlichen heftigen Drehung. Allein Sermak war so gescheit, keinen raschen Blick auf das zusammengerollte Papier zu werfen, das herausfiel.

»Kurz gesagt, Gentlemen«, erklärte Hardin, »die Regierung ist der Meinung, daß sie weiß, was sie tut.«

Dabei las er die Mitteilung. Sie bestand aus drei mit Bleistift geschriebenen Wörtern in der einen Ecke. Ansonsten war die Seite mit Reihen einer kompliziert wirkenden, bedeutungslosen Code-Schrift bedeckt. Nach einem flüchtigen Blick warf Hardin das Blatt lässig in den Verbrennungsschacht.

»Es tut mir leid, aber damit ist das Gespräch beendet. Freut mich, Sie alle kennengelernt zu haben. Danke für Ihren Besuch.« Er reichte jedem flüchtig die Hand, und sie marschierten einer nach dem anderen hinaus.

Hardin hatte sich das Lachen beinahe abgewöhnt, aber nachdem Sermak und seine drei stummen Partner außer Hörweite waren, gestattete er sich ein trockenes Kichern und warf Lee einen belustigten Blick zu.

»Wie hat Ihnen dieses Duell mit Bluffs gefallen, Lee?«

Lee schnaubte mißmutig. »Ich bin mir nicht sicher, ob er geblufft hat. Fassen Sie ihn mit Glacéhandschuhen an, und er bringt es fertig, die nächste Wahl zu gewinnen, ganz wie er behauptet.«

»Oh, durchaus wahrscheinlich, durchaus wahrscheinlich — wenn nicht zuerst etwas anderes geschieht.«

»Passen Sie bloß auf, daß es diesmal nicht in der falschen Richtung passiert, Hardin. Ich sage Ihnen, dieser Sermak hat eine Gefolgschaft. Wenn er nun nicht bis zur nächsten Wahl wartet? Es hat eine Zeit gegeben, als Sie und ich uns mit Gewalt durchgesetzt haben, ungeachtet Ihres Wahlspruchs darüber, was Gewalt ist.«

Hardin hob eine Augenbraue. »Sind Sie heute aber pessimistisch, Lee. Und dazu ungewohnt aufsässig, sonst würden Sie nicht von Gewalt sprechen. Unser kleiner Putsch hat kein einziges Menschenleben gekostet, wie Sie sich erinnern werden. Er war ein notwendiger Schritt, der im richtigen Augenblick schmerzlos und ohne jede Anstrengung getan wurde. Sermak dagegen steht vor einer völlig anderen Situation. Sie und ich, Lee, sind nicht die Enzyklopädisten. *Wir* sind vorbereitet. Setzen Sie Ihre Männer in netter Art auf diese jungen Leute an, alter Freund. Sie sollen sie nicht merken lassen, daß sie beobachtet werden — aber die Augen offenhalten, Sie verstehen.«

Lee zeigte säuerliche Belustigung. »Ich wäre der Rechte, wenn ich erst auf Ihre Befehle warten würde, was, Hardin? Sermak und seine Leute stehen schon seit einem Monat unter Beobachtung.«

Der Bürgermeister lachte vor sich hin. »Immer der erste, was? In Ordnung. Übrigens«, setzte er leise hinzu, »Botschafter Verisof kommt wieder nach Terminus. Vorübergehend, hoffe ich.«

Das entsetzte Lee ein wenig. Nach kurzem Schweigen fragte er: »War das die Nachricht? Kommt es bereits zum Knall?«

»Weiß nicht. Das werde ich erst wissen, wenn ich gehört habe, was Verisof zu sagen hat. Es mag jedoch sein. Schließlich muß das vor der Wahl passieren. Warum gukken Sie denn so trostlos?«

»Weil ich nicht weiß, wie es auslaufen wird. Sie stecken zu tief drin, Hardin, und Ihr Einsatz in diesem Spiel ist gefährlich hoch.«

»Auch du, Brutus«, murmelte Hardin. Laut sagte er: »Soll das heißen, daß Sie sich Sermaks neuer Partei anschließen werden?«

Lee mußte gegen seinen Willen lächeln. »Schon gut. Sie gewinnen. Wie wäre es jetzt mit einem Lunch?«

— 17 —

Die Priester der Wissenschaft

Hardin werden zahlreiche Epigramme zugeschrieben, und es ist bekannt, daß er sich in Epigrammen gefiel, aber wahrscheinlich sind viele davon erfunden. Wie dem auch sei, es wird berichtet, daß er bei einer bestimmten Gelegenheit sagte:

»Es ist von Vorteil, ohne jede Geheimniskrämerei zu handeln, besonders wenn man den Ruf hat, gerissen zu sein.«

Poly Verisof hatte mehr als einmal Gelegenheit gehabt, diesen Rat zu beherzigen, denn er weilte jetzt das vierzehnte Jahr in doppelter Eigenschaft auf Anakreon — und bei der Mühe, die es ihn kostete, seinen Status aufrechtzuerhalten, drängte sich ihm oft und unangenehm der Vergleich auf, er tanze barfuß auf glühendem Metall.

Für das Volk von Anakreon war er der Hohepriester, der Vertreter der Foundation. Für die ›Barbaren‹ bedeutete sie den Gipfel des Geheimnisvollen und das physische Zentrum der Religion, die — mit Hardins Hilfe — in den letzten drei Jahrzehnten entstanden war. Verisof wurde deshalb eine Ehrerbietung entgegengebracht, die er schrecklich sattbekommen hatte, denn er verabscheute das sich um seine Person abspielende Ritual aus tiefstem Herzen.

Aber für den König von Anakreon — den früheren wie auch dessen jungen Enkel, der jetzt auf dem Thron saß — war er einfach der Botschafter einer Macht, auf die man ebenso mit Furcht wie mit Verlangen blickte.

Alles in allem war es eine unbequeme Aufgabe, und als er zum erstenmal nach drei Jahren wieder in die Foundation reiste, kam ihm das trotz des störenden Vorfalls, der es notwendig gemacht hatte, beinahe wie ein Urlaub vor.

Und da es nicht das erstemal war, daß seine Reise absolut geheimgehalten werden mußte, hielt er sich wieder an Hardins Epigramm, daß es von Vorteil sei, ohne jede Geheimniskrämerei zu handeln.

Er zog seine Zivilkleidung an — was schon an sich wie Urlaub war — und buchte einen Platz zweiter Klasse auf einem Linienschiff zur Foundation. Auf Terminus angekommen, bahnte er sich einen Weg durch die Menge am Raumhafen und rief von einem öffentlichen Visifon aus das Rathaus an.

Er sagte: »Mein Name ist Jan Smite. Ich bin für heute nachmittag mit dem Bürgermeister verabredet.«

Die mit einer leblosen Stimme geschlagene, aber tüchtige junge Dame am anderen Ende stellte eine zweite Verbindung her, wechselte ein paar schnelle Worte und sagte dann in trockenem, mechanischem Ton zu Verisof: »Bürgermeister Hardin wird Sie in einer halben Stunde empfangen, Sir.« Der Schirm wurde leer.

Daraufhin kaufte der Botschafter die letzte Ausgabe des *Terminus City Journals,* schlenderte gemächlich in den Rathaus-Park, setzte sich auf die erste leere Bank, die er entdeckte, und las, während er wartete, den Leitartikel, die Sportbeilage und den Comic-Strip. Nach einer halben Stunde klemmte er sich die Zeitung unter den Arm, betrat das Rathaus und meldete sich im Vorzimmer.

Bei all dem blieb sein Incognito gewahrt, denn da er sich so völlig ohne Geheimniskrämerei benahm, widmete ihm niemand einen zweiten Blick.

Hardin blickte zu ihm hoch und grinste. »Eine Zigarre gefällig? Wie war die Reise?«

»Interessant. In der Nachbarkabine war ein Priester nach hier unterwegs, der an einem Fortbildungskurs in der Herstellung radioaktiver synthetischer Stoffe teilnehmen soll — zur Behandlung von Krebs, wissen Sie ...«

»Er hat das doch sicher nicht radioaktive synthetische Stoffe genannt?«

»Natürlich nicht! Für ihn war es die Heilige Nahrung.«

Der Bürgermeister lächelte. »Fahren Sie fort!«

»Er verwickelte mich in eine theologische Diskussion und tat sein Äußerstes, mich aus meinem schmutzigen Materialismus herauszureißen.«

»Und er hat seinen eigenen Hohenpriester nicht erkannt?«

»Wenn ich meine karmesinrote Robe nicht trug? Außerdem war er ein Smyrnier. Auf jeden Fall war es eine interessante Erfahrung. Es ist doch wirklich bemerkenswert, Hardin, wie die Religion der Wissenschaft Wurzeln geschlagen hat. Ich habe einen Essay über das Thema geschrieben — einzig und allein zu meinem eigenen Vergnügen, es wäre ein Unding, ihn zu veröffentlichen. Soziologisch betrachtet, ist es doch so, daß die Wissenschaft, als das alte Reich an den Rändern zu verfaulen begann, die äußeren Welten im Stich ließ. Wollte sie von neuem akzeptiert werden, mußte sie sich in einem anderen Gewand präsentieren — und genau das hat sie getan. Man kommt zu einer wunderschönen Lösung, wenn man die symbolische Logik zu Hilfe nimmt.«

»Interessant!« Der Bürgermeister legte die Hände in den Nacken und verlangte plötzlich: »Berichten Sie über die Lage auf Anakreon!«

Der Botschafter runzelte die Stirn und nahm die Zigarre aus dem Mund. Er betrachtete sie angewidert und legte sie hin. »Nun, es steht ziemlich schlimm.«

»Andernfalls wären Sie nicht hier.«

»Kaum. Die Situation ist folgende: Die Schlüsselfigur auf Anakreon ist Wienis, der Prinzregent. Er ist König Lepolds Onkel.«

»Ich weiß. Aber Lepold wird nächstes Jahr volljährig, nicht wahr? Ich glaube, im Februar wird er sechzehn.«

»Ja.« Pause, und dann kam ein sarkastischer Zusatz. »Falls er so lange am Leben bleibt. Der Vater des Königs starb unter verdächtigen Umständen. Ein Nadelgeschoß traf ihn bei einer Jagd in die Brust. Man nannte es einen Unfall.«

»Hmpf. Ich muß Wienis bei meinem Besuch auf Anakreon kennengelernt haben, damals, als wir die Anakreoner von Terminus verjagten. Das war noch vor Ihrer Zeit. Augenblick mal! Wenn ich mich recht erinnere, war er ein dunkler junger Bursche mit schwarzem Haar. Er schielte auf dem rechten Auge, und seine Nase hatte einen komischen Höcker.«

»Genau, das ist er. Der Höcker und das Schielen sind noch vorhanden, nur sein Haar ist jetzt grau. Er spielt schmutzig. Glücklicherweise ist er der größte Narr auf dem ganzen Planeten. Hält sich außerdem für einen gerissenen Hund, was seine Torheit um so durchsichtiger macht.«

»Das ist üblicherweise so.«

»In seinen Augen ist die richtige Methode, ein Ei aufzuschlagen, daß man einen atomaren Sprengkopf darauf abschießt. Ein Beispiel ist die Steuer auf Tempeleigentum, die er gleich nach dem Tod des alten Königs vor zwei Jahren einzuführen versuchte. Erinnern Sie sich?«

Hardin nickte nachdenklich, dann lächelte er. »Die Priester erhoben ein gewaltiges Geheul.«

»Man konnte es bis Lucreza hören. Er läßt seitdem im Umgang mit der Priesterschaft mehr Vorsicht walten, aber er bringt es immer noch fertig, Dinge auf die harte Weise zu erledigen. In mancher Beziehung ist das schlecht für uns: er hat unbegrenztes Selbstvertrauen.«

»Wahrscheinlich ein überkompensierter Minderwertigkeitskomplex. Jüngere Söhne von königlichen Hoheiten werden manchmal so, wissen Sie.«

»Ob Selbstvertrauen oder Minderwertigkeits-Komplex, es läuft auf dasselbe hinaus. Er hat Schaum vor dem Mund in seinem Eifer, die Foundation anzugreifen, und er gibt sich kaum Mühe, das zu verbergen. Was die Rüstung angeht, ist er sogar in der Lage dazu. Der alte König hat eine großartige Marine aufgebaut, und Wienis hat in den letzten beiden Jahren auch nicht geschlafen. Die Steuer auf Tempeleigentum war ursprünglich für eine weitere Aufrüstung bestimmt, und als daraus nichts wurde, hat er zweimal die Einkommenssteuer erhöht.«

»Hatte das kein Murren zur Folge?«

»Keines von wirklicher Bedeutung. Gehorsam gegenüber der Obrigkeit war wochenlang der Text jeder einzelnen Predigt im Königreich. Nicht etwa, daß Wienis irgendwelche Dankbarkeit gezeigt hätte.«

»Gut. Der Hintergrund ist mir klar. Und was ist jetzt geschehen?«

»Vor zwei Wochen fand ein anakreonisches Handelsschiff einen aufgegebenen Schlachtkreuzer der alten kaiserlichen Marine. Er muß mindestens drei Jahrhunderte im Raum getrieben haben.«

Interesse flackerte in Hardins Augen. Er richtete sich auf. »Ja, davon habe ich gehört. Das Navigationsamt hat bei mir den Antrag eingereicht, das Schiff zu Studienzwecken zu erwerben. Es soll in gutem Zustand sein.«

»In zu gutem Zustand«, stellte Verisof trocken fest. »Als Wienis letzte Woche Ihre Bitte erhielt, das Schiff der Foundation zu überlassen, hätte er beinahe Krämpfe bekommen.«

»Er hat noch nicht geantwortet.«

»Er wird auch nicht antworten, außer mit Kanonen — jedenfalls stellt er sich das so vor. An dem Tag, als ich Anakreon verließ, kam er zu mir und verlangte, die Foundation solle diesen Schlachtkreuzer wieder kampfbereit machen und ihn der anakreonischen Marine übergeben. Mit teuflischer Bosheit behauptete er, Ihre Note der letzten Woche verrate, daß die Foundation einen Angriff auf Anakreon plane. Eine Weigerung, den Schlachtkreuzer zu reparieren, werde seinen Verdacht bestätigen, und er sei gezwungen, Maßnahmen zur Verteidigung Anakreons zu treffen. Genau so drückte er sich aus. Er sei *gezwungen!* Und aus diesem Grund bin ich hier.«

Hardin lachte leise.

Verisof fuhr lächelnd fort: »Natürlich erwartet er eine Weigerung, die — in seinen Augen — ein perfekter Vorwand für einen sofortigen Angriff wäre.«

»Das ist mir klar, Verisof. Nun, uns bleiben noch mindestens sechs Monate, um das Schiff herzurichten und es ihm mit den besten Grüßen zu übergeben. Als Zeichen unserer Achtung und Zuneigung wollen wir ihm den neuen Namen ›Wiemis‹ geben.«

Wieder lachte er.

Und wieder reagierte Verisof mit einer ganz leichten Andeutung eines Lächelns. »Ich nehme an, das ist der logische Schritt, Hardin — aber ich mache mir Sorgen.«

»Worüber?«

»Es ist ein *Schiff!* Damals verstand man es noch, zu bauen. Sein Rauminhalt beträgt das Anderthalbfache der gesamten anakreonischen Marine. Seine Atomwaffen können einen Planeten zerstäuben, und sein Abschirmfeld schluckt einen Q-Strahl, ohne daß sich Strahlung bemerkbar macht. Das ist zuviel des Guten, Hardin ...«

»Nur oberflächlich betrachtet, Verisof. Sie und ich wissen beide, daß die Rüstung, über die Wienis im Augenblick verfügt, Terminus leicht schlagen könnte, lange bevor wir den Kreuzer zu unserem eigenen Gebrauch repariert hätten. Was kommt es also darauf an, ob wir ihm den Kreuzer noch draufgeben? Zu einem wirklichen Krieg wird es doch nicht kommen.«

»Sie haben wohl recht. Ja.« Der Botschafter blickte auf. »Aber, Hardin ...«

»Nun? So sprechen Sie doch!«

»Hören Sie. Das schlägt nicht in mein Fach. Aber ich habe die Zeitung gelesen.« Er legte das *Journal* auf den Tisch und zeigte auf die Titelseite. »Was hat das alles zu bedeuten?«

Hardin warf einen flüchtigen Blick auf die Zeitung. »Eine Gruppe von Stadträten gründet eine neue politische Partei.«

»So steht es hier.« Verisof konnte nicht stillsitzen. »Ich weiß, Sie haben einen besseren Draht zu internen Angelegenheiten als ich, aber diese Leute gehen mit Ihren Angriffen gegen Sie bis knapp an die Grenze körperlicher Gewalt. Wie stark sind sie?«

»Verdammt stark. Wahrscheinlich werden sie den Rat nach der nächsten Wahl kontrollieren.«

»Nicht schon eher?« Verisof sandte dem Bürgermeister einen schrägen Blick zu. »Es gibt andere Möglichkeiten als eine Wahl, die Kontrolle zu gewinnen.«

»Halten Sie mich für Wienis?«

»Nein. Aber es wird Monate dauern, das Schiff zu reparieren, und danach wird Wienis uns angreifen. Unser Nachgeben wird er als ein Zeichen verächtlicher Schwäche werten, und wenn er dann noch den kaiserlichen Kreuzer bekommt, hat er die Schlagkraft seiner Marine ungefähr verdoppelt. Der Angriff ist ebenso sicher, wie ich Hoherpriester bin. Warum das Risiko eingehen? Sie haben zwei Möglichkeiten. Entweder informieren Sie den Stadtrat über den Feldzugsplan, oder Sie kämpfen die Sache mit Anakreon auf der Stelle aus!«

Hardin runzelte die Stirn. »Auf der Stelle? Bevor die Krise eintritt? Das ist genau das, was ich nicht tun darf. Sie wissen doch — Hari Seldon und sein Großer Plan.«

Verisof zögerte, dann murmelte er: »Sie sind sich also absolut sicher, daß es einen Großen Plan gibt?«

»Es läßt sich kaum dran zweifeln«, lautete die steife Antwort. »Ich war bei der Öffnung des Zeitgewölbes anwesend, und damals weihte Seldons Aufzeichnung uns darin ein.«

»Das habe ich nicht gemeint, Hardin. Ich verstehe nur nicht, wie es möglich sein kann, die geschichtliche Entwicklung für tausend Jahre im voraus zu planen. Vielleicht hat Seldon sich überschätzt.« Er schrumpfte unter Hardins ironischem Lächeln ein bißchen zusammen und setzte hinzu: »Na ja, ich bin kein Pychologe.«

»Genau. Das ist keiner von uns. Aber ich habe in meiner Jugend so etwas wie eine Grundausbildung bekommen — genug, um zu wissen, wozu die Psychologie fähig ist, auch wenn ich selbst ihre Möglichkeiten nicht ausschöpfen kann. Es gibt keinen Zweifel daran, daß Seldon genau das getan hat, was er behauptet. Die Foundation wurde als ein Zufluchtsort für Wissenschaftler gegründet — als das Mittel, mit dem Wissenschaft und Kultur des sterbenden Reiches durch die Jahrhunderte der Barbarei, die inzwischen begonnen haben, erhalten und am Ende in einem Zweiten Reich zu neuem Leben entfacht werden sollen.«

Verisof nickte. Er war ein bißchen nachdenklich geworden. »Jeder weiß, so *soll* es sich entwickeln. Doch können wir es uns leisten, ein Risiko einzugehen? Können wir die Gegenwart einer nebelhaften Zukunft willen aufs Spiel setzen?«

»Das müssen wir — weil die Zukunft nicht nebelhaft ist. Sie ist von Seldon berechnet und geplant worden. Jede der aufeinander folgenden Krisen unserer Geschichte ist verzeichnet, und jede hängt in gewissem Maß von der erfolgreichen Lösung der vorhergehenden ab. Dies ist erst die zweite Krise, und Raum weiß, welche Wirkung schon eine winzige Abweichung am Ende haben würde.«

»Das ist eine ziemlich leere Spekulation.«

»*Nein!* Hari Seldon sagte im Zeitgewölbe, bei jeder Krise werde unsere Handlungsfreiheit so weit eingeschränkt, daß uns nur noch ein einziger Weg offenstehe.«

»Um uns auf dem engen, geraden Pfad zu halten?«

»Um uns vor einer Abweichung zu bewahren, ja. Aber umgekehrt gilt, solange uns *mehr* als ein Weg offensteht, ist die Krise noch nicht erreicht. Wir *müssen* die Dinge so lange treiben lassen, wie es uns möglich ist, und, beim Raum, genau das ist meine Absicht!«

Verisof antwortete nicht. Er kaute in mürrischem Schweigen auf der Unterlippe. Vor einem Jahr hatte Hardin das Problem schon einmal mit ihm diskutiert — das echte Problem, das Problem, Maßnahmen gegen Anakreons Kriegsvorbereitungen zu treffen —, aber nur, weil er, Verisof, sich gegen eine weitere Beschwichtigungspolitik gesträubt hatte.

Es war, als lese Hardin die Gedanken des Botschafters. »Mir wäre es weitaus lieber gewesen, ich hätte Ihnen nie etwas davon erzählen müssen.«

»Warum denn das?!« rief Verisof überrascht.

»Weil es jetzt sechs Personen gibt — Sie und ich, die anderen drei Botschafter und Yohan Lee —, die eine ziemlich genaue Vorstellung davon haben, was die Zukunft bringt. Und ich, verdammt noch mal, fürchte, nach Seldons Plan hätte niemand es wissen dürfen.«

»Warum nicht?«

»Weil sogar Seldons fortgeschrittene Psychologie ihre Grenzen hatte. Allzu vielen unabhängigen Variablen war sie nicht gewachsen. Individuen konnte er über einen längeren Zeitablauf hinweg nicht in seine Gleichungen einbeziehen, ebensowenig, wie man die kinetische Theorie der Gase auf einzelne Moleküle anwenden könnte. Er arbeitete mit Massen, mit den Bevölkerungen ganzer Planeten, und zwar ausschließlich mit *blinden* Massen, die keine Kennntnis von den Ergebnissen ihrer eigenen Handlungen besitzen.«

»Das leuchtet mir nicht ein.«

»Ich kann es nicht ändern. Ich bin nicht Psychologe genug, um es wissenschaftlich erklären zu können. Aber soviel wissen Sie. Es gibt keine ausgebildeten Psychologen auf Terminus und keine mathematischen Lehrbücher über die Wissenschaft. Offenbar wollte Seldon nicht, daß irgend jemand auf Terminus imstande sein würde, die Zukunft vorauszuberechnen. Wir sollten blind vorgehen und so den Gesetzen der Massenpsychologie folgen. Wie ich Ihnen schon einmal erzählt habe, ich wußte nicht, wohin wir steuerten, als ich die Anakreoner das erstemal verjagte. Meine Absicht war es gewesen, das Gleichgewicht der Kräfte aufrechtzuerhalten, mehr nicht. Erst danach meinte ich, ein Muster in den Ereignissen zu erkennen, aber ich habe mich nach Kräften bemüht, nicht nach diesem Wissen zu handeln. Eine auf Voraussehen gegründete Einmischung hätte den Großen Plan scheitern lassen.«

Verisof nickte nachdenklich. »Beinahe ebenso komplizierte Beweisführungen habe ich in den Tempeln auf Anakreon gehört. Wie wollen Sie den richtigen Augenblick zum Handeln erkennen?«

»Ich habe ihn bereits erkannt. Sie sagen ja selbst, sobald wir den Schlachtkreuzer repariert haben, wird nichts Wienis davon abhalten, uns anzugreifen. Es wird in dieser Beziehung keine Alternative mehr geben.«

»Ja.«

»Gut. Das ist der Aspekt der äußeren Angelegenheiten. Sie werden weiter zugeben, nach der nächsten Wahl werden wir einen neuen und feindseligen Rat haben, der Maßnahmen gegen Anakreon erzwingen wird. Eine Alternative wird es nicht geben.«

»Ja.«

»Und sobald alle Alternativen verschwunden sind, ist die Krise da. Trotzdem — ich mache mir Sorgen.«

Er hielt inne, und Verisof wartete. Langsam, beinahe widerwillig fuhr Hardin fort: »Mir ist der Gedanke gekommen — es ist nur so eine vage Vorstellung —, daß der äußere und der innere Druck dem Plan entsprechend gleichzeitig wirksam werden sollten. So, wie die Dinge stehen, liegen sie ein paar Monate auseinander. Wienis wird wahrscheinlich vor dem Frühling angreifen, und bis zu den Wahlen ist es noch ein Jahr.«

»Das kann doch keine Rolle spielen.«

»Ich weiß nicht. Es mag lediglich auf unvermeidliche Rechenfehler zurückzuführen sein, vielleicht aber auch auf die Tatsache, daß ich zuviel wußte. Ich habe versucht, meine Handlungen niemals von meiner Voraussicht beeinflussen zu lassen, aber wer kann es sagen? Und welche Wirkung wird die Diskrepanz zeitigen? Jedenfalls ...« — er blickte auf — »zu einem Entschluß bin ich gekommen.«

»Und der wäre?«

»Wenn die Krise tatsächlich beginnt, werde ich nach Anakreon reisen. Ich möchte an Ort und Stelle sein ... Oh, das reicht, Verisof. Es wird spät. Gehen wir aus, und schlagen wir uns die Nacht um die Ohren. Ich brauche etwas Entspannung.«

»Dann sehen Sie zu, daß Sie sie hier bekommen«, riet ihm Verisof. »Ich möchte nicht erkannt werden — Sie können sich ja denken, was diese neue Partei, die Ihre hochzuschätzenden Stadträte gründen, sonst sagen würde. Lassen Sie den Brandy bringen.«

Hardin ließ ihn bringen — aber nicht zuviel.

— 18 —

Die Macht der Atomkraft

In der alten Zeit, als das Kaiserreich die Galaxis umfangen hielt und Anakreon die reichste der Präfekturen an der Peripherie gewesen war, hatte mehr als ein Kaiser einen Staatsbesuch im Palast des Vizekönigs gemacht. Und nicht einer war wieder abgereist, ohne wenigstens einen Versuch zu machen, sein Geschick mit dem Luftflitzer und dem Nadelgewehr an der gefiederten fliegenden Festung zu beweisen, die man den Nyakvogel nennt.

Der Ruhm Anakreons war mit dem Lauf der Zeit verwelkt. Der vizekönigliche Palast war eine zugige Masse aus Ruinen, den einen Flügel ausgenommen, den Foundation-Arbeiter restauriert hatten. Und seit zweihundert Jahren hatte sich kein Kaiser mehr auf Anakreon sehen lassen.

Aber die Nyak-Jagd war immer noch der königliche Sport und ein gutes Auge beim Schießen mit dem Nadelgewehr die erste Forderung, die man an Anakreons Könige stellte.

Lepold I., König von Anakreon und — wie unveränderlich, aber nicht der Wahrheit entsprechend hinzugefügt wurde — Herr der Äußeren Dominions, hatte, wenn auch noch keine sechzehn Jahre alt, sein Geschick bereits viele Male bewiesen. Er hatte seinen ersten Nyak heruntergeholt, als er kaum dreizehn war; er hatte seinen zehnten in der Woche nach seiner Thronbesteigung geschossen, und er kehrte jetzt von der erfolgreichen Jagd auf seinen sechsundvierzigsten zurück.

»Fünfzig, bevor ich volljährig werde!« hatte er jubiliert. »Wer wettet dagegen?«

Aber Höflinge wetten nicht gegen das Geschick des Königs. Es besteht das tödliche Risiko, daß sie gewinnen. Deshalb meldete sich keiner, und der König ging in bester Stimmung, sich umzukleiden.

»Lepold!«

Der König blieb mit einem Fuß in der Luft stehen, als er die einzige Stimme hörte, die ihn dazu veranlassen konnte. Verdrossen drehte er sich um.

Wienis stand auf der Schwelle seiner Gemächer und sah seinen jungen Neffen finster an.

»Schick sie weg!« Er machte eine ungeduldige Handbewegung. »Schaff sie dir vom Hals!«

Der König nickt kurz. Die beiden Kammerherren verbeugten sich und zogen sich rückwärtsgehend über die Treppe zurück. Lepold betrat die Suite seines Onkels.

Wienis musterte mürrisch den Jagdanzug des Königs. »Du wirst dich bald um wichtigere Dinge als die Nyak-Jagd zu kümmern haben.«

Er kehrte seinem Neffen den Rücken und stapfte zu seinem Schreibtisch. Seit er zu alt war, um durch die Luft zu rasen, einen gefährlichen Sturzflug in Flügelreichweite des Nyak zu vollführen, den Flitzer mit der Bewegung eines Fußes zur Rolle und zum Steigflug zu bringen, war ihm der ganze Sport zuwider geworden.

Lepold erkannte die Saure-Trauben-Haltung seines Onkels, und nicht ohne Bosheit legte er begeistert los: »Du hättest heute mit dabei sein sollen, Onkel. Wir scheuchten einen in der Wildnis von Samia auf, der war ein richtiges Ungeheuer. Und mutig! Der Kampf dauerte zwei Stunden lang und ging über mindestens siebzig Quadratmeilen Boden. Und dann steuerte ich sonnenwärts ...« — er gestikulierte, als sitze er von neuem in seinem Flitzer — »und stieß in einer Spirale nieder. Erwischte ihn beim Hochsteigen unter dem linken Flügel ins Hinterteil. Das machte ihn wütend, er drehte und kam auf mich zu. Ich nahm die Herausforderung an, schwenkte nach links und wartete auf den Sturzflug. Und schon kam er. Ich ließ ihn bis auf Flügelreichweite herankommen, bevor ich mich bewegte, und dann ...«

»Lepold!«

»Nun — ich habe ihn erwischt.«

»Davon bin ich überzeugt. Willst du jetzt *bitte* zuhören?«

Der König zuckte die Achseln, strebte einem Tischchen zu und knabberte in unköniglichem Schmollen eine Lera-Nuß. Er wagte es nicht, dem Blick seines Onkels zu begegnen.

Wienis erklärte als Präambel: »Ich bin heute auf dem Schiff gewesen.«

»Auf was für einem Schiff?«

»Es gibt nur ein Schiff. *Das* Schiff. Das Schiff, das die Foundation für die Marine repariert. Der alte kaiserliche Kreuzer. Mache ich mich hinreichend verständlich?«

»*Das* Schiff? Siehst du wohl, ich habe dir gesagt, die Foundation werde es reparieren, wenn wir sie darum bäten. Es ist ja alles Quatsch, was du davon erzählst, sie wolle uns angreifen. Denn wenn sie das wollte, würde sie doch kaum das Schiff in Ordnung bringen, oder? Das wäre unlogisch.«

»Lepold, du bist ein Dummkopf!«

Dem König, der gerade die Schale der Lera-Nuß weggeworfen hatte und eine zweite Nuß an die Lippen führte, errötete.

»Jetzt hör einmal zu!« Sein Zorn war kaum mehr als

üble Laune. »Ich finde, so darfst du mich nicht nennen. Du vergißt dich. In zwei Monaten werde ich volljährig, weißt du.«

»Ja, und du bist bestens geeignet, die Verantwortung eines Königs zu übernehmen. Würdest du die Hälfte der Zeit, die du auf der Nyak-Jagd verbringst, den Angelegenheiten des Staates widmen, könnte ich die Regentschaft sofort mit ruhigem Gewissen niederlegen.«

»Das ist mir egal. Es hat überhaupt nichts damit zu tun. Tatsache ist, auch wenn du der Regent und mein Onkel bist, so bleibe ich doch der König, und du bleibst mein Untertan. Du darfst mich nicht Dummkopf nennen, und du darfst übrigens in meiner Anwesenheit auch nicht sitzen. Du hast mich nicht um Erlaubnis gebeten. Ich finde, du solltest vorsichtiger sein, oder ich könnte etwas dagegen unternehmen — und zwar bald.«

Wienis sah ihn kalt an. »Darf ich Sie mit ›Euer Majestät‹ anreden?«

»Ja.«

»Gut! Sie sind ein Dummkopf, Euer Majestät!«

Seine dunklen Augen flammten unter den ergrauten Brauen hervor, und der junge König setzte sich langsam hin. Eine Sekunde lang lag ein Ausdruck hämischer Befriedigung auf dem Gesicht des Regenten, doch er verblaßte schnell. Seine dicken Lippen teilten sich zum Lächeln, und seine Hand legte sich auf die Schulter des Königs.

»Reg dich nicht auf, Lepold. Ich hätte nicht so grob mit dir sprechen sollen. Es ist manchmal schwierig, sich schicklich zu benehmen, wenn die Ereignisse einen dermaßen unter Druck setzen — du verstehst?« Doch wenn die Worte auch versöhnlich klangen, seine Augen blickten weiterhin hart.

Lepold erwiderte unsicher: »Ja. Staatsangelegenheiten sind verflixt schwierig.« Er fragte sich — nicht ohne böse Vorahnungen —, ob er sich auf eine langweilige Belagerung mit bedeutungslosen Einzelheiten über den in diesem Jahr abgewickelten Handel mit Smyrno und das ewige Gezänk über die spärlich besiedelten Welten im Roten Korridor gefaßt machen müsse.

Wienis sagte: »Mein Junge, ich hatte eigentlich vorgehabt, schon früher mit dir darüber zu reden, und vielleicht hätte ich das auch tun sollen. Aber ich weiß, daß du mit deinem jugendlichen Temperament keine Geduld für die trockenen Einzelheiten der Staatsgeschäfte hast.«

Lepold nickte. »Nun, das stimmt ...«

Sein Onkel unterbrach ihn entschlossen. »Du wirst jedoch in zwei Monaten volljährig, und du wirst in der schwierigen Zeit, die auf uns zukommt, eine tragende und aktive Rolle übernehmen müssen. Du wirst dann der *König* sein, Lepold.«

Wieder nickte Lepold, aber sein Gesicht war ganz ausdruckslos.

»Es wird Krieg geben, Lepold.«

»Krieg! Aber wir haben doch einen Friedensvertrag mit Smyrno ...«

»Nicht mit Smyrno wird es Krieg geben, sondern mit der Foundation.«

»Aber, Onkel, die Foundation hat sich bereiterklärt, das Schiff zu reparieren. Du hast gesagt ...«

Er verstummte, als sein Onkel die Lippen verzog.

»Lepold ...« — etwas von der Freundlichkeit war verschwunden — »wir müssen von Mann zu Mann miteinander reden. Es wird Krieg mit der Foundation geben, ob das Schiff repariert ist oder nicht. Tatsächlich wird der Krieg nur früher ausbrechen, *weil* es repariert wird. Die Foundation ist die Quelle von Energie und Macht. Die ganze Größe Anakreons, alle seine Schiffe und Städte und seine Bewohner und sein Handel hängen von den Brosamen an Energie ab, die die Foundation uns widerwillig zukommen läßt. Ich erinnere mich noch an die Zeit, als die Städte von Anakreon durch das Verbrennen von Kohle und Öl geheizt wurden. Aber lassen wir das; du kannst dir ja doch nichts darunter vorstellen.«

»Es sieht doch so aus«, meinte der König schüchtern, »daß wir dankbar...«

»Dankbar?« brüllte Wienis. »Dankbar, daß sie uns bloße Abfälle nicht gönnen, während sie Raum weiß was für sich selbst behalten — und zu welchem Zweck behalten? Natürlich nur zu dem Zweck, eines Tages die Galaxis zu beherrschen.«

Seine Hand senkte sich auf das Knie seines Neffen, und seine Augen verengten sich. »Lepold, du bist der König von Anakreon. Deine Kinder und deine Kindeskinder könnten Könige des Universums sein — wenn du über die Energie verfügen würdest, die die Foundation uns vorenthält!«

»Das leuchtet mir ein.« In Lepolds Augen trat ein Funkeln, und sein Rücken straffte sich. »Welches Recht hat sie schließlich, die Energie für sich selbst zu behalten? Das ist ungerecht. Anakreon ist auch noch da.«

»Siehst du, langsam begreifst du. Und wenn nun, mein Junge, Smyrno sich entschließt, die Foundation von sich aus anzugreifen, und so diese ganze Energie gewinnt? Wie lange wird es deiner Meinung nach dauern, bis wir ein Vasallenstaat geworden sind? Wie lange würdest du deinen Thron behalten?«

Lepold wurde aufgeregt. »Raum, ja. Du hast absolut recht. Wir müssen zuerst zuschlagen. Das ist nichts als Selbstverteidigung.«

Wienis' Lächeln wurde etwas breiter. »Außerdem hat Anakreon einmal, gleich zu Beginn der Herrschaft deines Großvaters, eine Militärbasis auf Terminus, dem Planeten der Foundation, errichtet — eine für unsere nationale Verteidigung lebenswichtige Basis. Weißt du, warum wir sie aufgeben mußten? Nur wegen der Machenschaften des Leiters dieser Foundation, eines hinterlistigen Schweinehundes, eines Gelehrten, in dessen Adern kein Tropfen edlen Blutes fließt. Du verstehst, Lepold? Dein Großvater wurde von diesem Mann aus dem Volk gedemütigt. Ich erinnere mich noch an ihn! Er war kaum älter als ich, als er mit seinem Teufelslächeln und seinem Teufelsgehirn nach Anakreon kam — und er hatte die Macht der drei anderen Königreiche hinter sich, die sich feige gegen die Herrlichkeit Anakreons verbündet hatten.«

Lepold stieg das Blut ins Gesicht, und seine Augen flammten. »Bei Seldon, wenn ich mein Großvater gewesen wäre, ich hätte trotzdem gekämpft!«

»Nein, Lepold. Wir entschlossen uns zu warten — die Beleidigung zu einem geeigneteren Zeitpunkt zu sühnen. Dein Vater hegte vor seinem unzeitigen Tod die Hoffnung, er werde derjenige sein — Nun, wie es eben so geht.« Wienis wandte sich für einen Augenblick ab. Dann, als unterdrückte er eine Gefühlsaufwallung: »Er war mein Bruder. Doch wenn sein Sohn ...«

»Ich werde ihn nicht enttäuschen, Onkel! Mein Entschluß ist gefaßt. Es ist nichts als richtig, daß Anakreon dieses Nest von Unruhestiftern zerstört, und zwar sofort.«

»Nein, nicht sofort. Zuerst müssen die Reparaturen an dem Schlachtkreuzer abgeschlossen sein. Die bloße Tatsache, daß die Leute von der Foundation bereit sind, diese Arbeit zu leisten, beweist, welche Angst sie vor uns haben. Die Trottel versuchen, uns zu beschwichtigen, aber wir lassen uns auf keinen Fall von unserem Weg abbringen, nicht wahr?«

Lepold knallte die Faust in die Fläche der anderen Hand. »Nicht, solange *ich* König von Anakreon bin!«

Um Wienis' Lippen zuckte es hämisch. »Außerdem müssen wir warten, bis Salvor Hardin angekommen ist.«

»Salvor Hardin!« Der König bekam plötzlich ganz runde Augen, und die jugendlichen Umrisse seines bartlosen Gesichtes verloren die beinahe harten Linien, zu denen sie zusammengepreßt worden waren.

»Ja, Lepold, der Leiter der Foundation kommt zu deinem Geburtstag höchstpersönlich nach Anakreon — wahrscheinlich, weil er uns mit schönen Worten einlullen will. Aber das wird ihm nicht gelingen.«

»Salvor Hardin!« Es war ein ganz leises Flüstern.

Wienis runzelte die Stirn. »Fürchtest du dich vor dem Namen? Das ist derselbe Salvor Hardin, der uns bei seinem vorigen Besuch mit den Nasen in den Dreck gestoßen hat. Du wirst doch die dem königlichen Haus angetane tödliche Beleidigung nicht vergessen? Und von einem Mann aus dem Volk! Einem Kerl, der aus der Gosse stammt!«

»Nein, das werde ich nicht. Nie! Niemals! Wir werden es ihm heimzahlen — aber... aber — fürchten tue ich mich doch — ein bißchen.«

Der Regent erhob sich. »Du fürchtest dich? Wovor? Wovor, du junger...« Er verschluckte den Rest.

»Es wäre irgendwie ... äh ... blasphemisch, weißt du, die Foundation anzugreifen. Ich meine ...« Er hielt inne.

»Weiter!«

Leopold fuhr verwirrt fort: »Ich meine, wenn es *wirklich* einen Galaktischen Geist gäbe, könnte ... äh ... es ihm mißfallen. Glaubst du nicht auch?«

»Nein«, lautete die harte Antwort. Wienis setzte sich wieder, und seine Lippen verzogen sich zu einem merkwürdigen Lächeln. »Du zerbrichst dir also tatsächlich den Kopf über den Galaktischen Geist? Das kommt davon, daß ich dir zuviel Freiheit gelassen habe. Du hast vermutlich des öfteren Verisof zugehört.«

»Er hat mir eine Menge erklärt...«

»Über den Galaktischen Geist?«

»Ja.«

»Hör zu, du Säugling, Verisof glaubt an diesen Mummenschanz noch weniger als ich, und ich glaube überhaupt nicht daran. Wie oft hat man dir gesagt, daß dieses ganze Gerede Unsinn ist?«

»Nun, das weiß ich. Aber Verisof sagt ...«

»Zur Hölle mit Verisof! Es ist Unsinn.«

Nach einem kurzen, rebellischen Schweigen erklärte Lepold: »Trotzdem glaubt es jeder. Ich meine, all diese Geschichten über den Propheten Hari Seldon und wie er die Foundation beauftragte, seine Gesetze aufrechtzuerhalten, damit das Irdische Paradies eines Tages zurückkehren wird, und wie jeder, der seinen Gesetzen nicht gehorcht, in alle Ewigkeit vernichtet wird. Das Volk glaubt daran. Ich bin Vorsitzender bei Festveranstaltungen gewesen, und ich bin mir dessen sicher.«

»Ja, *das Volk* glaubt daran. Aber wir nicht. Und du kannst dankbar sein, daß das Volk daran glaubt, denn wegen dieser Torheit bist du König von Gottes Gnaden — und selbst zur Hälfte göttlich. Sehr praktisch. Das läßt keinen Raum für Aufstände und sichert den absoluten Gehorsam in allen Dingen. Und das ist der Grund, Lepold, warum du selbst den Krieg gegen die Foundation befehlen mußt. Ich bin nur der Regent und zur Gänze menschlich. Du bist der König und mehr als zur Hälfte ein Gott — für das Volk.«

»Aber angenommen, ich bin es nicht wirklich«, überlegte der König.

»Nein, wirklich bist du es nicht«, lautete die ironische Antwort. »Aber du bist es für jeden, bis auf die Leute von der Foundation. Hast du verstanden? Für jeden, bis auf die Leute von der Foundation. Sind die einmal beseitigt, gibt es niemanden mehr, der deine Göttlichkeit leugnet. Denke darüber nach!«

»Und dann werden wir selbst mit den Energie-Kästen der Tempel und den Schiffen, die ohne Besatzung fliegen, und der heiligen Nahrung, die Krebs heilt, und allem übrigen umgehen können? Verisof sagt, nur diejenigen, auf denen der Segen des Galaktischen Geistes ruht, seien fähig ...«

»Ja, Verisof sagt! Nach Salvor Hardin ist Verisof dein größter Feind. Halte du zu mir, Lepold, und mach dir um sie keine Gedanken. Zusammen werden wir ein größeres Reich schaffen als das Königreich Anakreon — ein neues Imperium, das jede einzelne der Milliarden Sonnen in der Galaxis umfaßt. Ist das nicht besser als das lange Gefasel von einem ›irdischen Paradies‹?«

»Ja-a.«

»Kann Verisof mehr versprechen?«

»Nein.«

»Gut.« Seine Stimme wurde befehlend. »Damit können wir die Angelegenheit wohl als erledigt betrachten.« Er wartete nicht auf eine Antwort. »Geh nur. Ich komme später nach unten. Und — noch eins, Lepold.«

Der junge König drehte sich auf der Schwelle um.

Wienis lächelte, doch seine Augen lächelten nicht. »Sei vorsichtig bei diesen Nyak-Jagden, mein Junge. Seit dem Unglück, das deinem Vater zustieß, habe ich manchmal deinetwegen die seltsamsten Ahnungen. Bei all dem Durcheinander, wenn die Luft voll ist von den Pfeilen der Nadelgewehre, kann man nie wissen. Du wirst vorsichtig sein, hoffe ich. Und was die Foundation betrifft, wirst du tun, was ich dir gesagt habe, nicht wahr?«

Lepold riß die Augen auf und wandte den Blick von dem seines Onkels ab. »Ja — gewiß.«

»Gut!« Wienis sah seinem sich entfernenden Neffen ausdruckslos nach. Dann kehrte er zu seinem Schreibtisch zurück.

Lepolds Gedanken waren unterdessen düster und nicht frei von Furcht. Vielleicht war es wirklich das beste, die Foundation zu schlagen und die Energie, von der Wienis sprach, zu gewinnen. Aber danach, wenn der Krieg vorüber war und er sicher auf dem Thron saß ... Scharf trat ihm die Tatsache ins Bewußtsein, daß Wienis und seine beiden arroganten Söhne augenblicklich in der Thronfolge die nächsten waren.

Aber er war der König. Und Könige konnten Leute erschießen lassen.

Sogar Onkeln und Vettern.

— 19 —
Die Macht der Religion

Abgesehen von Sermak selbst war Lewis Bort der Eifrigste darin, jene abweichlerischen Elemente aufzuspüren, die in die jetzt sehr lautstarke Aktionspartei eingesickert waren. Er hatte jedoch nicht zu der Abordnung gehört, die vor fast einem halben Jahr bei Salvor Hardin gewesen war. Nicht etwa, daß es seinen Bemühungen an Anerkennung gemangelt hätte, ganz im Gegenteil. Er hatte aus dem guten Grund gefehlt, daß er sich zu der Zeit auf der Hauptwelt Anakreons befunden hatte.

Er besuchte sie als Privatmann. Er sprach mit keiner Amtsperson, und er tat nichts von Bedeutung. Er beobachtete nur die dunklen Winkel des geschäftigen Planeten und steckte seine Knollennase in staubige Ritzen.

Gegen Ende eines kurzen Wintertages, der mit Wolken begonnen hatte und jetzt mit Schnee aufhörte, traf er wieder zu Hause ein. Innerhalb einer Stunde saß er an dem achteckigen Tisch in Sermaks Haus.

Die Stimmung der Versammelten war schon durch das von Schnee erfüllte zunehmende Dämmerlicht draußen reichlich deprimiert, und Borts erste Worte waren nicht dazu angetan, sie zu heben.

»Ich fürchte«, sagte er, »unsere Situation ist das, was man gemeinhin, melodramatisch ausgedrückt, eine verlorene Sache nennt.«

»Das glaubst du?« fragte Sermak düster.

»Das hat mit Glauben nichts mehr zu tun, Sermak. Es ist kein Platz mehr für irgendeine andere Meinung.«

»Die Rüstung ...«, begann Dokor Walto in amtlichem Ton. Bort unterbrach ihn sofort.

»Vergiß die Rüstung. Das ist eine alte Geschichte.« Sein Blick wanderte im Kreis von einem zum anderen. »Ich spreche vom Volk. Ja, ich gebe zu, es war ursprünglich meine Idee, wir sollten so etwas wie eine Palastrevolution anzetteln und jemanden als König einsetzen, der der Foundation wohlgesonnener ist. Es war eine gute Idee. Es ist immer noch eine gute Idee. Sie hat nur den einzigen kleinen Fehler, daß sie undurchführbar ist. Dafür hat der große Salvor Hardin gesorgt.«

Sermak verlangte mürrisch: »Wenn du uns Einzelheiten nennen wolltest, Bort ...«

»Einzelheiten? Es gibt keine! So einfach ist das nicht. Es ist die ganze verdammte Situation auf Anakreon. Es ist diese Religion, die die Foundation eingeführt hat. Sie funktioniert!«

»Und?«

»Ihr müßtet sehen, wie sie funktioniert, um die Sache richtig beurteilen zu können. Hier werdet ihr nichts anderes gewahr, als daß wir eine große Schule haben, die sich der Ausbildung von Priestern widmet, und daß gelegentlich zum Nutzen der Pilger in irgendeinem finsteren Winkel der Stadt eine spezielle Show abgezogen wird — das ist alles: Uns geht das im Grunde überhaupt nichts an. Aber auf Anakreon ...«

Lem Tarki glättete mit einem Finger seinen affektierten Van-Dyke-Bart und räusperte sich. »Was für eine Religion ist das? Hardin hat immer behauptet, das sei nichts als ein Hokuspokus, der das Volk dahin bringen soll, unsere Wissenschaft ohne Fragen zu akzeptieren. Du weißt doch, Sermak, als wir bei ihm waren, sagte er zu uns ...«

»Hardins Erklärungen«, erinnerte Sermak ihn, »haben an der Oberfläche oft nicht viel zu bedeuten. Aber was für eine Religion ist es denn nun, Bort?«

Bort überlegte. »Vom ethischen Standpunkt aus ist sie in Ordnung. Sie unterscheidet sich kaum von den verschiedenen Philosophien des alten Reiches. Hohe Moralbegriffe und all das. Dagegen ist nichts einzuwenden. Religion ist einer der großen zivilisierenden Einflüsse der Geschichte, und in dieser Hinsicht erfüllt sie ...«

»Das wissen wir«, unterbrach Sermak ihn ungeduldig. »Komm zum Kern der Sache!«

»Hier ist er.« Bort war ein wenig beunruhigt, zeigte es aber nicht. »Die Religion — die, vergeßt das nicht, von der Foundation eingeführt und gefördert worden ist! — baut auf strikten autoritären Prinzipien auf. Die Priester üben die alleinige Kontrolle über die Instrumente der Wissenschaft aus, die wir Anakreon gegeben haben, aber sie haben nur den empirischen Umgang mit diesen Instrumenten gelernt. Sie glauben fest an ihre Religion und an die ... äh ... spirituelle Qualität der Energie, mit der sie umgehen. Zum Beispiel pfuschte vor zwei Monaten ein Idiot an dem Kraftwerk im thessalekischen Tempel herum — einem der großen. Dabei gingen fünf Häuserblocks der Stadt in die Luft. Alle, auch die Priester, sahen darin einen Akt göttlicher Vergeltung.«

»Ich erinnere mich. Die Zeitungen brachten damals eine entstellte Version der Geschichte. Doch ich verstehe nicht, worauf du hinauswillst.«

»Dann hör zu!« erwiderte Bort steif. »Die Priesterschaft bildet eine Hierarchie, an deren Spitze der König steht, der als ein kleinerer Gott gilt. Er ist ein absoluter Monarch von Gottes Gnaden. Das Volk glaubt unerschütterlich daran, und die Priester auch. Einen solchen König kann man nicht stürzen. Verstehst du jetzt?«

»Mal langsam!« fiel Walto an dieser Stelle ein. »Was meintest du, als du sagtest, das alles habe Hardin bewerkstelligt? Wie kommt er ins Spiel?«

Bort warf dem Fragesteller einen erbitterten Blick zu. »Die Foundation hat diesen Irrglauben mit Fleiß gefördert. Wir haben den Schwindel mit all unserem wissenschaftlichen Rüstzeug gestützt. Führt der König den Vorsitz bei einem Fest, ist er jedesmal von einer radioaktiven Aura umgeben, die seinen ganzen Körper einhüllt und sich wie eine Krone über seinem Haupt erhebt. Jeder, der ihn berührt, trägt schwere Verbrennungen davon. In entscheidenden Augenblicken bewegt er sich durch die Luft von einem Ort zum anderen, angeblich vom göttlichen Geist inspiriert. Mit einer Geste erfüllt er den Tempel mit einem perlfarbenen inneren Licht. Diese ganz einfachen Tricks, die wir zu seinem Nutzen vollführen, sind ohne Ende. Aber sogar die Priester glauben daran, obwohl sie sie eigenhändig vollführen.«

»Schlimm!« Sermak biß sich auf die Lippe.

»Ich könnte wie der Springbrunnen im Rathauspark weinen«, erklärte Bort in allem Ernst, »wenn ich daran denke, welche Chance wir verschleudert haben. Wie war die Situation vor dreißig Jahren, als Hardin die Foundation vor Anakreon rettete? Damals hatte das anakreonische Volk noch keinen rechten Begriff von der Tatsache, daß es mit dem Reich bergab ging. Die Anakreoner hatten sich seit der zeonischen Revolte mehr oder weniger selbst verwaltet, aber auch, als die Kommunikation zusammenbrach und dieser Pirat, Lepolds Großvater, sich selbst zum König ernannte, machten sie sich nicht richtig klar, daß das Imperium in Trümmern lag.

Wenn der Kaiser die Nerven gehabt hätte, es zu versuchen, wäre es ihm leicht möglich gewesen, die Macht mit zwei Kreuzern und der Hilfe innerer Aufstände — denn zu denen wäre es todsicher gekommen — wieder an sich zu reißen. Und wir? Wir hätten das gleiche tun können. Aber Hardin mußte die Anbetung des Monarchen einführen. Das verstehe ich einfach nicht. Warum? Warum? Warum?«

»Und was«, fragte Jaim Orsy plötzlich, »tut eigentlich Verisof? Es hat eine Zeit gegeben, da war er ein extremer Aktionist. Was tut er dort? Ist auch er blind?«

»Ich weiß es nicht«, antwortete Bort kurz. »Für die Anakreoner ist er der Hohepriester. Anscheinend ist er nur als Berater der Priesterschaft in technischen Einzelheiten tätig. Eine Galionsfigur, verdammt soll er doch sein!«

Ringsum herrschte Schweigen, und aller Augen richteten sich auf Sermak. Der junge Parteiführer biß nervös an einem Fingernagel herum, und dann erklärte er laut: »Nicht gut. Das stinkt!«

Er sah sie an und setzte mit mehr Nachdruck hinzu: »Ist Hardin denn ein solcher Idiot?«

»Sieht so aus.« Bort zuckte die Achseln.

»Ausgeschlossen! Irgend etwas stimmt da nicht. Es würde eine kolossale Dummheit dazugehören, uns die eigene Kehle so gründlich und so hoffnungslos durchzuschneiden. Soviel Dummheit könnte Hardin nicht einmal aufbringen, wenn er ein Idiot wäre, was ich abstreite. Einerseits eine Religion zu begründen, die jede Möglichkeit innerer Unruhen im Keim erstickt und andererseits Anakreon mit allen Waffen zur Kriegführung auszurüsten! Das leuchtet mir nicht ein.«

»Die Sache ist tatsächlich ein bißchen dunkel, das gebe ich zu«, sagte Bort. »Aber die Fakten sind nun einmal so. Was läßt sich anderes denken?«

»Hochverrat«, stieß Walto hervor. »Er wird von Anakreon bezahlt.«

Sermak schüttelte ungeduldig den Kopf. »Auch das leuchtet mir nicht ein. Die ganze Geschichte ist so verrückt und sinnlos wie ... Sag mal, Bort, hast du etwas über einen Schlachtkreuzer gehört, den die Foundation angeblich zum Einsatz in der anakreonischen Marine überholen soll?«

»Einen Schlachtkreuzer?«

»Einen alten kaiserlichen Kreuzer ...«

»Nein, habe ich nicht. Aber das will nicht viel heißen. Die Marinewerften sind als religiöse Heiligtümer dem Laienpublikum verschlossen. Über die Flotte erfährt niemand etwas.«

»Nun, es sind Gerüchte durchgesickert. Parteigenossen von uns haben es im Rat zur Sprache gebracht. Hardin hat es nicht einmal geleugnet. Seine Sprecher verurteilten Gerüchtemacher und ließen es dabei bewenden. Es könnte von Bedeutung sein.«

»Es ist von der gleichen Sorte wie alles übrige«, meinte Bort. »Wenn es wahr ist, ist es absolut wahnsinnig. Aber es wäre nicht schlimmer als alles übrige.«

»Ich vermute«, sagte Orsy, »Hardin hat keine Geheimwaffe versteckt. Das könnte ...«

»Ja«, fiel Sermak bösartig ein, »einen riesigen Schachterlteufel, der im psychologisch richtigen Moment herausspringen und dem alten Wienis einen solchen Schreck einjagen wird, daß er in Krämpfe verfällt. Die Foundation könnte sich ebensogut selbst in die Luft sprengen und sich die Qual des Wartens ersparen, wenn sie sich auf irgendwelche Geheimwaffen verlassen muß.«

Orsy wechselte schleunigst das Thema. »Dann läuft alles auf die Frage hinaus: Wieviel Zeit bleibt uns? Nun, Bort?«

»Richtig. Das ist die Frage. Aber seht mich nicht an; ich weiß es nicht. In der anakreonischen Presse wird die Foundation niemals erwähnt. Im Augenblick ist sie voll von den bevorstehenden Feierlichkeiten und sonst nichts. Lepold wird nächste Woche volljährig, wißt ihr.«

»Also bleiben uns Monate.« Walto lächelte zum erstenmal an diesem Abend. »Das läßt uns Zeit ...«

»Das läßt uns Zeit, ach du meine Güte!« knirschte Bort ungeduldig. »Ich sage euch doch, der König ist ein Gott! Glaubt ihr, er muß einen Propagandafeldzug durchführen, um sein Volk in Kampfstimmung zu versetzen? Glaubt ihr, er muß uns der Aggression beschuldigen und bei allen billigen Gefühlen den Hahn aufdrehen? Wenn es Zeit zum Zuschlagen ist, gibt Lepold den Befehl, und das Volk kämpft. Einfach so. Das ist das Verdammte an dem System. Die Entscheidungen eines Gottes stellt man nicht in Frage. Soviel ich weiß, kann er den Befehl schon morgen geben, und ihr könnt Tabak darum wickeln und es rauchen.«

Alle versuchten, gleichzeitig zu reden, und Sermak hämmerte, Ruhe gebietend, auf den Tisch, als sich die Eingangstür öffnete und Levi Norast hereinstapfte. Er eilte die Treppe herauf, ohne den Mantel auszuziehen, und schleppte Schnee hinter sich her.

»Seht euch das an!« rief er und warf eine alte, schneebefleckte Zeitung auf den Tisch. »Die Fernsehnachrichten sind auch voll davon.«

Die Zeitung wurde entfaltet. Fünf Köpfe beugten sich darüber.

Sermak sagte mit gedämpfter Stimme: »Großer Raum, er reist nach Anakreon! *Er reist nach Anakreon!*«

»Das ist einwandfrei Hochverrat!« quietschte Tarki aufgeregt. »Ich will verdammt sein, wenn Walto nicht recht hat. Er hat uns verkauft, und jetzt geht er, seinen Lohn zu kassieren.«

Sermak war aufgestanden. »Uns bleibt nun keine Wahl mehr. Ich werde morgen im Rat beantragen, daß Hardin unter Amtsanklage gestellt wird. Und wenn das nichts nützt ...«

— 20 —

Die zweite Krise

Es hatte aufgehört zu schneien, aber der Schnee lag hoch auf dem Boden, und der schlanke Bodenwagen kam in den verlassenen Straßen nur mühsam voran. Das trübgraue Licht kurz vor der Morgendämmerung war nicht nur im poetischen, sondern auch im wörtlichen Sinne kalt — und sogar in diesen turbulenten politischen Zeiten brannte in der Foundation keiner, ob Aktionist oder Hardinist, darauf, sich so früh auf der Straße zu zeigen.

Yohan Lee gefiel das nicht, und sein Gebrumm wurde zu Worten. »Das wird einen schlechten Eindruck machen, Hardin. Die Leute werden sagen, Sie hätten sich weggeschlichen.«

»Sollen sie es sagen, wenn es ihnen Spaß macht. Ich muß nach Anakreon, und ich will das ohne großes Theater tun. Das reicht jetzt, Lee.«

Hardin lehnte sich auf dem kissenbelegten Sitz zurück. Er erschauerte leicht. Innerhalb des gutgeheizten Wagens war es nicht kalt, aber die schneebedeckte Welt hatte, noch durch ein Glasfenster gesehen, etwas Eisiges, das ihn ärgerte.

Nachdenklich meinte er: »Wir sollten irgendwann, wenn wir die Zeit dazu finden, das Wetter auf Terminus unter Kontrolle bringen. Möglich wäre es.«

»Mir«, gab Lee zurück, »wäre es lieber, wenn zuerst ein paar andere Dinge erledigt würden. Wie wäre es zum Beispiel damit, eine Wetterkontrolle für Sermak einzuführen? Eine hübsche, trockene Zelle, in der das ganze Jahr über fünfundzwanzig Grad herrschen, wäre genau das Richtige.«

»Und dann würde ich im Ernst Leibwächter brauchen«, sagte Hardin, »und nicht nur diese beiden.« Er wies auf zwei von Lees Gorillas, die vorn beim Fahrer saßen, die harten Augen auf die leere Straße gerichtet, die Hand am Atom-Laser. »Offenbar wollen Sie einen Bürgerkrieg anschüren.«

»*Ich?* Es liegen andere Scheite im Feuer, und groß angeschürt brauchen sie nicht zu werden, das lassen Sie sich gesagt sein.« Er zählte an den Fingern ab. »Erstens: Sermak hat gestern im Stadtrat Krach geschlagen und eine Amtsanklage verlangt.«

»Das ist sein gutes Recht«, erwiderte Hardin kühl. »Außerdem wurde sein Antrag mit 206 zu 184 Stimmen abgelehnt.«

»Sicher. Mit einer Mehrheit von zweiundzwanzig, während wir uns auf mindestens sechzig verlassen hatten. Leugnen Sie nicht; Sie *hatten* sich darauf verlassen.«

»Es war knapp«, gab Hardin zu.

»Jawohl. Und zweitens: Nach der Abstimmung erhoben sich die neunundfünfzig Mitglieder der Aktionisten-Partei auf die Hinterbeine und trampelten aus dem Sitzungssaal.«

Hardin blieb stumm, und Lee fuhr fort: »Und drittens: Bevor er den Raum verließ, heulte Sermak, Sie seien ein Verräter, Sie gingen nach Anakreon, um Ihre dreißig Silberlinge einzusammeln, die Mehrheit im Stadtrat, die gegen die Amtsanklage gestimmt habe, sei an dem Verrat beteiligt, und seine Partei trage nicht umsonst den Namen ›Aktionisten-Partei‹. Was läßt das erwarten?«

»Ärger, nehme ich an.«

»Und jetzt verdrücken Sie sich im Morgengrauen wie ein Verbrecher. Sie sollten sich ihnen stellen, Hardin — und wenn es sein muß, das Kriegsrecht verhängen, beim Raum!«

»Gewalt ist die letzte Zuflucht ...«

»... des Unfähigen. — Quatsch!«

»Nun gut. Wir werden sehen. Jetzt hören Sie mir genau zu, Lee! Vor dreißig Jahren öffnete sich das Zeitgewölbe, und am fünfzigsten Jahrestag der Foundation-Gründung erschien eine Hari-Seldon-Aufzeichnung, die uns eine erste Vorstellung davon vermittelte, was in Wirklichkeit vor sich ging.«

»Ich erinnere mich«, sagte Lee mit einem leichten Lächeln und nickte. »Es war der Tag, als wir die Regierung übernahmen.«

»Richtig. Es war die Zeit unserer ersten größeren Krise. Dies ist unsere zweite — und in drei Wochen ist der achtzigste Jahrestag der Foundation-Gründung. Legt das nicht einen bestimmten Gedanken nahe?«

»Sie meinen, er wird wiederkehren?«

»Ich bin noch nicht fertig. Seldon hat niemals etwas über eine Wiederkehr gesagt, aber so ist sein Plan nun einmal angelegt. Immer hat er sein Möglichstes getan, uns alles Wissen um die Zukunft vorzuenthalten. Auch ist es uns unmöglich, festzustellen, ob das Radium-Schloß auf weitere Öffnungen programmiert ist, die nicht in einer Demontage des Gewölbes bestehen — und wahrscheinlich würde es sich selbst zerstören, wenn wir das versuchten. Ich bin seit Seldons erstem Erscheinen zu jedem Jahrestag dort gewesen, nur um nichts zu versäumen. Er hat sich nie gezeigt, aber jetzt haben wir zum erstenmal wieder eine Krise.«

»Dann wird er kommen.«

»Vielleicht. Ich weiß es nicht. Was ich jedoch sagen wollte, ist folgendes. Wenn Sie bei der morgigen Ratssitzung verkündet haben, daß ich nach Anakreon abgereist bin, geben Sie anschließend offiziell bekannt, daß wir am 14. März durch eine weitere Hari-Seldon-Aufzeichnung eine Botschaft von größter Bedeutung bezüglich der vor kurzem erfolgreich bewältigten Krise erhalten werden. Das ist sehr wichtig, Lee. Sagen Sie nichts weiter, ganz gleich, wie viele Fragen Ihnen gestellt werden.«

Lee starrte ihn an. »Werden sie das glauben?«

»Darauf kommt es nicht an. Es wird sie verwirren, und mehr will ich gar nicht. Hin- und hergerissen zwischen den Überlegungen, ob es wahr ist und was ich damit beabsichtige, falls es nicht wahr ist, werden sie alle Aktionen auf die Zeit nach dem 14. März verschieben. Bis dahin bin ich längst wieder zurück.«

Lee blickte unsicher drein. »Aber das mit der ›erfolgreich bewältigten Krise‹ ist Blödsinn!«

»Äußerst verwirrender Blödsinn. Da sind wir am Flughafen.«

Das wartende Raumschiff ragte düster im grauen Licht vor ihnen auf. Hardin stapfte durch den Schnee darauf zu. An der offenen Luftschleuse drehte er sich mit ausgestreckter Hand um.

»Auf Wiedersehen, Lee. Es ist mir gar nicht recht, daß ich Sie auf diese Weise in der Bratpfanne zurücklassen muß, aber es gibt keinen anderen, dem ich vertrauen kann. Nun springen Sie bitte nicht ins Feuer.«

»Keine Bange. Die Bratpfanne ist mir heiß genug. Ich werde mich an meine Befehle halten.« Er trat zurück, und die Luftschleuse schloß sich.

— 21 —

Der Generalstreik

Salvor Hardin reiste nicht gleich zu dem Planeten Anakreon, von dem das Königreich seinen Namen hatte. Er traf dort erst einen Tag vor der Krönung ein, nachdem er acht der größeren Sternensysteme des Königreichs Stippvisiten abgestattet und sich dort immer nur lange genug aufgehalten hatte, um sich mit den Vertretern der Foundation zu beraten.

Die Reise hinterließ in ihm ein deprimierendes Gefühl, was die Größe des Königreichs betraf. Es war ein Splitter, ein unbedeutender Fliegendreck im Vergleich zu der unvorstellbaren Ausdehnung des Galaktischen Imperiums, von dem es einstmals einen so charakteristischen Teil bildete. Aber für jemanden, dessen Denkgewohnheiten sich rund um einen einzigen Planeten geformt hatten, und dazu noch um einen spärlich besiedelten, war Anakreons Größe nach Raumvolumen und Einwohnerzahl atemberaubend.

Den Grenzen der alten Präfektur Anakreon folgend, umfaßte es fünfundzwanzig Sternsysteme, von denen sechs mehr als eine bewohnbare Welt aufwiesen. Die Bevölkerung von neunzehn Milliarden lag zwar immer noch weit unter der Zahl, die sie auf dem Höhepunkt des Imperiums erreicht hatte, doch sie stieg Hand in Hand mit dem von der Foundation geförderten wissenschaftlichen Fortschritt rapide an.

Und erst jetzt erkannte Hardin die Ungeheuerlichkeit dieser Aufgabe. Nach dreißig Jahren war erst die Hauptwelt voll mit Atomenergie versorgt. In den äußeren Provinzen gab es immer noch große Bezirke, in denen sie noch nicht wiedereingeführt war. Sogar die tatsächlich erzielten Fortschritte wären ohne die immer noch funktionierenden Relikte, die die zurückweichende Flut des Imperiums hinterlassen hatte, unmöglich gewesen.

Als Hardin auf der Hauptwelt eintraf, stellte er fest, daß alle normalen Geschäfte zu einem absoluten Stillstand gekommen waren. In den äußeren Provinzen hatten Feiern stattgefunden, die immer noch andauerten, aber hier auf dem Planeten Anakreon ging der Volljährigkeit des Gottkönigs Lepold ein hektisches religiösen Gepränge voraus, und es gab keinen einzigen Menschen, der nicht fieberhaft daran teilnahm.

Hardin konnte einem abgehetzten und sorgenvollen Verisof gerade eine halbe Stunde seiner Zeit rauben, bevor sein Botschafter davonrasen mußte, um eine weitere Tempelfeierlichkeit zu überwachen. Aber die halbe Stunde war äußerst gewinnträchtig, und Hardin bereitete sich sehr zufrieden auf das nächtliche Feuerwerk vor.

Bei allem war er nur Beobachter, denn er fand keinen Geschmack an den religiösen Aufgaben, die man ihm todsicher aufgehalst hätte, wäre seine Identität bekanntgeworden. Als sich nun der Ballsaal des Palastes mit der glitzernden Horde füllte, die den allerhöchsten Adel des Königreichs darstellte, fand er sich an die Wand gedrückt wieder, wenig beachtet oder völlig ignoriert.

Er war Lepold als einer aus einer langen Reihe von Vorzustellenden vorgestellt worden, und das aus sicherer Entfernung. Denn der König stand in einsamer und eindrucksvoller Glorie abseits, umgeben von dem tödlichen Glanz seiner radioaktiven Aura. Und in weniger als einer Stunde würde eben dieser König auf dem massiven Thron aus einer Rhodium-Iridium-Legierung mit edelsteinbesetzten goldenen Lehnen Platz nehmen, und dann würde sich der Thron mitsamt Zubehör majestätisch erheben, langsam dahingleiten und in der Luft vor dem großen Fenster anhalten, durch das die Massen des gemeinen Volks ihren König sehen und sich bis an den Rand eines Schlaganfalls brüllen konnten. Der Thron mußte übrigens so massiv sein, weil ein atomgetriebener Motor in ihn eingebaut war.

Es war elf vorbei. Hardin, nervös, wie er war, stellte sich

auf die Zehen, damit er besser sehen konnte. Er widerstand dem Impuls, auf einen Stuhl zu steigen. Und dann sah er mit Erleichterung, daß sich Wienis durch die Menge auf ihn zuschlängelte.

Wienis kam nur langsam voran. Fast bei jedem Schritt mußte er einen freundlichen Satz mit irgendeinem würdigen Edelmann wechseln, dessen Großvater Lepolds Großvater geholfen hatte, sich das Königreich unter den Nagel zu reißen, und der dafür ein Herzogtum erhielt.

Und dann löste er sich von dem letzten uniformierten Peer und erreichte Hardin. Sein Lächeln verzog sich zum Grinsen, und seine schwarzen Augen lugten mit befriedigtem Glitzern unter den angegrauten Brauen hervor.

»Mein lieber Hardin«, sagte er mit leiser Stimme, »Sie müssen damit rechnen, daß Sie sich langweilen, wenn Sie darauf bestehen, Ihre Identität geheimzuhalten.«

»Ich langweile mich nicht, Euer Hoheit. Das ist alles äußerst interessant. Wie Sie wissen, haben wir auf Terminus keine vergleichbaren Schauspiele.«

»Natürlich nicht. Aber wäre es Ihnen recht, in meine Privaträume mitzukommen, wo wir ausführlicher und sehr viel ungestörter miteinander sprechen können?«

»Gewiß.«

Arm in Arm stiegen die beiden die Treppe hinauf, und mehr als eine Herzoginwitwe hob überrascht ihre Lorgnette und fragte sich, wer dieser unauffällig gekleidete und uninteressant wirkende Fremde sein mochte, dem von dem Prinzregenten eine solche Auszeichnung zuteil wurde.

In Wienis' komfortabler Suite machte Hardin es sich bequem und nahm mit einem Dankesmurmeln das Glas entgegen, das der Regent eigenhändig mit einem alkoholischen Getränk gefüllt hatte.

»Lokris-Wein, Hardin«, sagte Wienis, »aus dem königlichen Keller. Das ist das Wahre — zwei Jahrhunderte alt. Er wurde zehn Jahre vor der zeonischen Rebellion eingelagert.«

»Ein wahrhaft königliches Getränk«, stimmte Hardin höflich zu. »Auf Lepold I., den König von Anakreon.«

Sie tranken, und zwischendurch bemerkte Wienis obenhin: »Und bald Kaiser der Peripherie und darüber hinaus, wer weiß? Die Galaxis könnte eines Tages wiedervereinigt werden.«

»Zweifellos wird sie das. Durch Anakreon?«

»Warum nicht? Mit Hilfe der Foundation wären wir dem Rest der Peripherie wissenschaftlich weit überlegen.«

Hardin stellte sein leeres Glas ab. »Nun ja, nur daß die Foundation natürlich verpflichtet ist, jeder Nation zu helfen, die sie um wissenschaftliche Hilfe bittet. Der Idealismus unserer Regierung und das hohe Ziel unseres Gründers Hari Seldon machen es uns unmöglich, irgend jemanden zu begünstigen. Daran läßt sich nichts ändern, Euer Hoheit.«

Wienis' Lächeln wurde noch breiter. »Der Galaktische Geist, um die Sprache des Volkes zu benutzen, hilft denen, die sich selbst helfen. Ich weiß recht gut, daß die Foundation, sich selbst überlassen, niemals kooperieren würde.«

»Das möchte ich nicht sagen. Wir haben den kaiserlichen Kreuzer für Sie repariert, obwohl mein Navigationsministerium ihn zu Forschungszwecken haben wollte.«

Der Regent wiederholte ironisch: »Zu Forschungszwecken! Ja! Aber Sie hätten ihn nicht repariert, wenn ich nicht mit Krieg gedroht hätte.«

Hardin machte eine entschuldigende Geste. »Ich weiß es nicht.«

»Ich schon. Und diese Drohung hat immer bestanden.«

»Und besteht auch jetzt?«

»Jetzt ist es eigentlich schon zu spät, um von Drohungen zu sprechen.« Wienis hatte einen schnellen Blick auf seine Schreibtischuhr geworfen. »Hören Sie, Hardin, Sie sind schon einmal auf Anakreon gewesen. Sie waren damals noch jung; wir waren beide noch jung. Aber schon damals gingen wir von völlig verschiedenen Gesichtspunkten aus. Sie sind das, was man einen Mann des Friedens nennt, nicht wahr?«

»Ich glaube wohl. Wenigstens halte ich Gewaltmaßnahmen für eine unwirtschaftliche Methode zur Erreichung eines Ziels. Es gibt bessere, obwohl sie manchmal ein bißchen weniger direkt sein mögen.«

»Ja. Ich habe von Ihrem berühmten Spruch gehört: ›Gewalt ist die letzte Zuflucht des Unfähigen.‹ Und doch ...« — der Regent kratzte sich gedankenverloren das Ohr — »würde ich mich nicht gerade unfähig nennen.«

Hardin nickte höflich und schwieg.

»Trotzdem«, fuhr Wienis fort, »bin ich immer für die direkte Aktion gewesen. Meine Methode war es, mir einen geraden Weg zu meinem Ziel auszuhauen und diesem Weg zu folgen. Ich habe auf diese Weise viel erreicht und erwarte, noch mehr zu erreichen.«

»Ich weiß«, warf Hardin ein. »Ich glaube, Sie hauen einen solchen Weg für sich und Ihre Kinder aus, und er wird, wenn man bedenkt, daß der Vater des Königs — Ihr älterer Bruder — den Tod durch einen Unfall gefunden hat und der Gesundheitszustand des Königs bedenklich ist, direkt zum Thron führen. Lepolds Gesundheitszustand ist doch bedenklich, nicht wahr?«

Wienis reagierte auf diesen Schuß mit Stirnrunzeln, und seine Stimme klang härter. »Ich möchte Ihnen raten, Hardin, bestimmte Themen zu vermeiden. Als Bürgermeister von Terminus wiegen Sie sich vielleicht in dem Glauben ... äh ... unüberlegte Bemerkungen machen zu dürfen. Falls dem so ist, bitte, lösen Sie sich von dieser Vorstellung. Ich bin keiner, dem man mit Worten Angst einjagen kann. Meine Lebensphilosophie lautet, daß Schwierigkeiten verschwinden, wenn man ihnen kühn entgegentritt, und bisher habe ich noch keiner den Rücken gekehrt.«

»Davon bin ich überzeugt. Welcher speziellen Schwierigkeit wollen Sie im Augenblick nicht den Rücken kehren?«

»Der Schwierigkeit, die Foundation zum Kooperieren zu überreden, Hardin. Ihre Friedenspolitik hat Sie zu verschiedenen sehr ernsten Fehlern veranlaßt, einfach weil Sie die Kühnheit Ihres Gegners unterschätzten. Nicht jeder fürchtet ein direktes Vorgehen so wie Sie.«

»Zum Beispiel?« fragte Hardin.

»Zum Beispiel sind Sie allein nach Anakreon gekommen und haben mich allein in meine Räume begleitet.«

Hardin sah sich nach allen Seiten um. »Und was ist daran verkehrt?«

»Nichts«, sagte der Regent, »nur daß draußen vor der Tür fünf Polizeiposten stehen, gut bewaffnet und schußbereit. Ich glaube nicht, daß Sie wieder weggehen können, Hardin.«

Der Bürgermeister hob die Augenbrauen. »Ich habe gar nicht den Wunsch, auf der Stelle zu gehen. Haben Sie denn soviel Angst vor mir?«

»Ich habe überhaupt keine Angst vor Ihnen. Ich will Ihnen nur vor Augen führen, wie entschlossen ich bin. Sollen wir es eine Geste nennen?«

»Nennen Sie es, wie Sie wollen«, meinte Hardin gleichgültig. »So oder so regt es mich nicht auf.«

»Ich bin sicher, diese Haltung wird sich mit der Zeit ändern. Aber Sie haben einen weiteren Fehler begangen, Hardin, einen schlimmeren. Ist der Planet Terminus nicht völlig ohne Verteidigungen?«

»Natürlich. Was haben wir zu fürchten? Wir bedrohen niemandes Interessen, und unsere Dienste stehen jedermann gleichermaßen zur Verfügung.«

»Und während Sie selbst hilflos blieben«, fuhr Wienis fort, »halfen Sie uns freundlicherweise, uns zu bewaffnen. Sie unterstützten im besonderen die Entwicklung unserer Marine, einer großen Flotte. Tatsächlich ist es eine Flotte, die, seit Sie uns den kaiserlichen Kreuzer schenkten, unbesiegbar ist.«

»Euer Hoheit, Sie verschwenden Zeit.« Hardin tat, als wolle er aufstehen. »Falls das alles heißen soll, daß Sie uns den Krieg erklären, werden Sie mir erlauben, mich sofort mit meiner Regierung in Verbindung zu setzen.«

»Setzen Sie sich, Hardin. Das ist keine Kriegserklärung, und Sie werden auf keinen Fall mit Ihrer Regierung sprechen. Wenn der Krieg geführt wird — nicht erklärt, Hardin, *geführt* —, wird es die Foundation daran merken, daß die anakreonische Marine, angeführt von meinem eigenen Sohn auf dem Flaggschiff *Wienis,* vormals einem kaiserlichen Kreuzer, Terminus mit Atomgranaten beschießt.«

Hardin runzelte die Stirn. »Wann wird das geschehen?«

»Falls es Sie interessiert: Die Schiffe haben Anakreon vor genau fünfzig Minuten um elf Uhr verlassen, und der erste Schuß wird abgefeuert werden, sobald sie Terminus sichten, was morgen mittag der Fall sein wird. Sie können sich als Kriegsgefangenen betrachten.«

»Als genau das betrachte ich mich, Euer Hoheit.« Hardins Stirn blieb gerunzelt. »Aber ich bin enttäuscht.«

Wienis lachte verächtlich. »Ist das alles?«

»Ja. Ich hatte den Augenblick der Krönung — Sie wissen, Mitternacht — für den logischen Zeitpunkt gehalten, die Flotte loszuschicken. Offenbar wollten Sie den Krieg ja anfangen, solange Sie noch Regent waren. So wäre es dramatischer gewesen.«

Der Regent starrte ihn an. »Zum Raum, von was reden Sie?«

»Verstehen Sie nicht?« fragte Hardin liebenswürdig. »Ich hatte meinen Gegenschlag auf Mitternacht angesetzt.«

Wienis sprang von seinem Sessel auf. »Mich können Sie nicht bluffen! Es gibt keinen Gegenschlag. Falls Sie auf die Unterstützung der anderen Königreiche zählen, vergessen Sie es! Die Marine von allen zusammen ist der unseren nicht gewachsen.«

»Das weiß ich. Ich habe nicht die Absicht, einen einzigen Schuß abzufeuern. Es ist einfach so, daß vor einer Woche die Nachricht verbreitet worden ist, heute um Mitternacht trete auf Anakreon das Interdikt in Kraft.«

»Das Interdikt?«

»Ja. Falls Sie nicht wissen, was das ist, will ich Ihnen erklären, daß jeder einzelne Priester auf Anakreon in den Streik treten wird, bis ich den Befehl widerrufe. Das kann ich nicht, solange ich incommunicando gehalten werde, und auch wenn das nicht der Fall wäre, würde ich es nicht wollen.« Er beugte sich vor und setzte, plötzlich lebhaft werdend, hinzu: »Ist Ihnen denn nicht klar, Hoheit, daß ein Angriff auf die Foundation einem Sakrileg höchster Ordnung gleichkommt?«

Wienis rang sichtlich um Beherrschung. »Verschonen Sie mich mit dem Quatsch, Hardin! Heben Sie sich ihn für das Volk auf!«

»Mein lieber Wienis, was meinen Sie, für wen ich ihn aufspare? Ich sehe es vor mir, wie jeder Tempel auf Anakreon in der letzten halben Stunde Mittelpunkt einer lauschenden Volksmenge ist, der ein Priester genau dieses Thema auseinandersetzt. Jeder Mann und jede Frau auf Anakreon weiß jetzt, daß ihre Regierung einen bösartigen, durch nichts provozierten Angriff auf das Zentrum ihrer Religion führt. Aber es fehlen nur noch vier Minuten an Mitternacht. Sie gehen besser in den Ballsaal hinunter, um zu beobachten, was sich ereignet. Ich werde hier mit fünf Wachposten vor der Tür sicher sein.« Er lehnte sich in seinem Sessel zurück, goß sich noch einmal Lokris-Wein ein und blickte mit vollkommenem Gleichmut zur Decke hoch.

Wienis versengte die Luft mit einem erstickten Fluch und stürmte aus dem Raum.

Schweigen hatte sich über die Elite im Ballsaal niedergesenkt. Ein breiter Weg wurde für den Thron freigemacht, auf dem Lepold saß, die Hände fest auf den Armlehnen, den Kopf hoch erhoben, das Gesicht zur Maske erstarrt. Das Licht der riesigen Kronleuchter war gedämpft worden, und in der diffusen, vielfarbigen Beleuchtung von den winzigen Atomo-Glühbirnen, die die gewölbte Decke bestirnten, erstrahlte die königliche Aura in vollem Glanz. Sie erhob sich hoch über Lepolds Kopf und bildete eine flammende Krone.

Wienis blieb auf der Treppe stehen. Niemand bemerkte ihn, aller Augen waren auf den Thron gerichtet. Er ballte die Fäuste und blieb, wo er war. Hardin sollte es nicht gelingen, ihn zu einer törichten Handlung zu verleiten.

Der Thron bewegte sich. Geräuschlos stieg er nach oben — und trieb davon. Weg von der Plattform, langsam die Stufen hinunter, und dann flog er horizontal, sechs Zoll über dem Fußboden schwebend, auf das große offene Fenster zu.

Beim tiefen Klang der Glocke, die Mitternacht verkündete, hielt er vor dem Fenster an — und die Aura des Königs erstarb.

Einen Sekundenbruchteil lang war der König wie erstarrt, das Gesicht vor Staunen verzogen, ohne Aura, nichts als ein Mensch. Und dann wackelte der Thron und krachte auf den sechs Zoll tiefer liegenden Fußboden herunter, gerade als jedes Licht im Palast ausging.

Durch das Gekreisch und das allgemeine Durcheinander war Wienis Bullenstimme zu hören: »Holt die Fackeln! Holt die Fackeln!«

Mit Stößen nach rechts und links erzwang er sich einen Weg durch die Anwesenden zur Tür. Die Palastwachen draußen waren in der Dunkelheit verschwunden.

Man holte die Fackeln in den Ballsaal, die nach der Krönung bei dem gigantischen Fackelzug durch die Straßen der Stadt hätten verwendet werden sollen.

Wienis kehrte in den Ballsaal zurück, in dem es jetzt von Wachen mit Fackeln wimmelte. Das seltsame Licht — Blau, Grün und Rot — fiel auf verängstigte, verwirrte Gesichter.

»Es ist nichts passiert!« rief Wienis. »Bleiben Sie auf Ihren Plätzen. Der Strom wird gleich wieder da sein.«

Er wandte sich dem Hauptmann der Garde zu, der steif in Hab-acht-Haltung dastand. »Was hat das zu bedeuten, Hauptmann?«

»Euer Hoheit«, antwortete dieser, »der Palast ist von den Einwohnern der Stadt umringt.«

»Was wollen sie?« fauchte Wienis.

»Sie werden von einem Priester angeführt. Er ist als der Hohepriester Poly Verisof identifiziert worden. Er verlangt die sofortige Freilassung von Bürgermeister Salvor Hardin und die Einstellung des Krieges gegen die Foundation.« Das meldete er in dem ausdruckslosen Ton eines Soldaten, aber er rollte dabei nervös mit den Augen.

Wienis schrie: »Wer von diesem Mob versucht, in die Palasttore einzudringen, wird niedergeschossen! Das ist für den Augenblick alles. Laßt sie heulen! Die Abrechnung kommt morgen.«

Die Fackeln waren mittlerweile verteilt worden, und im Ballsaal war es wieder hell. Wienis eilte zum Thron, der immer noch am Fenster stand, und zerrte den schrekkensstarren, wachsgesichtigen Lepold auf die Füße.

»Komm mit!« Er warf einen Blick aus dem Fenster. Die Stadt lag in pechschwarzer Finsternis. Von unten kamen die heiseren, wirren Schreie der Menge. Nur rechts, wo der Argolid-Tempel stand, gab es Beleuchtung. Wienis fluchte zornig und zog den König weg.

Er stürmte in seine Suite, die fünf Wachposten ihm auf den Fersen. Lepold folgte mit weit aufgerissenen Augen, sprachlos vor Angst.

»Hardin«, stieß Wienis hervor, »Sie spielen mit Kräften, die zu groß für sie sind.«

Der Bürgermeister ignorierte ihn. Von dem perlfarbenen Licht der Taschen-Atomo-Glühbirne an seiner Seite beschienen, saß er ruhig da, ein leichtes ironisches Lächeln auf dem Gesicht.

»Guten Morgen, Euer Majestät«, sagte er zu Lepold. »Ich gratuliere Ihnen zu Ihrer Krönung.«

»Hardin!« schrie Wienis von neuem los, »befehlen Sie

Ihren Priestern, daß sie sofort auf ihre Posten zurückkehren!«

Hardin blickte kühl hoch. »Befehlen Sie es ihnen, Wienis, und es wird sich zeigen, wer mit Kräften spielt, die zu groß für ihn sind. Im Augenblick dreht sich kein einziges Rad auf Anakreon. Es brennt kein einziges Licht — außer in den Tempeln. Es läuft kein Tropfen Wasser — außer in den Tempeln. Auf der Winterhälfte des Planeten gibt es keine Kalorie Wärme — außer in den Tempeln. Die Krankenhäuser nehmen keine Patienten mehr auf. Die Kraftwerke haben den Betrieb eingestellt. Alle Schiffe sitzen am Boden fest. Wenn Ihnen das nicht gefällt, Wienis, können Sie den Priestern befehlen, auf ihre Posten zurückzukehren. Ich habe keine Lust dazu.«

»Beim Raum, Hardin, ich werde es tun! Wenn das ein Machtkampf ist, sollen Sie ihn haben. Wir werden sehen, ob die Priester sich der Armee widersetzen können. Heute nacht wird jeder einzelne Tempel auf dem Planeten unter die Aufsicht der Armee gestellt.«

»Sehr gut, aber wie wollen Sie die Befehle geben? Die gesamte Kommunikation auf dem Planeten ist zusammengebrochen. Sie werden feststellen, daß die Funkgeräte nicht funktionieren und die Fernsehsendeempfänger nicht funktionieren und die Ultrawellen nicht funktionieren. Tatsächlich ist das einzige Medium, das noch funktioniert — außerhalb der Tempel natürlich —, der Fernsehsendeempfänger hier im Zimmer, und ich habe ihn so präpariert, daß er nur noch empfängt.«

Wienis rang vergeblich nach Atem, und Hardin fuhr fort: »Wenn Sie wünschen, können Sie Ihre Armee in den Argolid-Tempel gleich neben dem Palast schicken und die dortigen Ultrawellengeräte benutzen, um sich mit anderen Teilen des Planeten in Verbindung zu setzen. Ich fürchte nur, wenn Sie das tun, wird die Truppe von der Menge in Stücke gerissen, und wer soll dann Ihren Palast schützen, Wienis? Und Ihr Leben, Wienis?«

Wienis erklärte mit schwerer Zunge: »Wir werden es

überdauern, Sie Teufel. Soll der Mob heulen, soll der Strom ausbleiben, wir werden es aushalten. Und wenn die Nachricht eintrifft, daß die Foundation erobert worden ist, wird der Mob, auf den Sie bauen, entdecken, daß seine Religion auf einem Vakuum aufgebaut ist, und er wird Ihre Priester verlassen und sich gegen Sie wenden. Sie werden bis höchstens morgen mittag triumphieren, Hardin, denn Sie können Anakreon die Energieversorgung abschneiden, *aber Sie können meine Flotte nicht aufhalten.*« Er krähte frohlockend: »Sie ist unterwegs, Hardin, mit dem großen Kreuzer an der Spitze, den Sie selbst haben reparieren lassen.«

Hardin antwortete unbekümmert: »Ja, das ist der Kreuzer, den ich selbst habe reparieren lassen — aber auf meine Weise. Sagen Sie, Wienis, haben Sie schon einmal von einem Ultrawellen-Relais gehört? Aha, ich sehe, das ist nicht der Fall. Nun, in ungefähr zwei Minuten werden Sie herausfinden, was damit bewerkstelligt werden kann.«

Während er sprach, erwachte das Fernsehgerät zum Leben, und er korrigierte sich: »Nein, in zwei Sekunden. Setzen Sie sich, Wienis, und hören Sie zu!«

— 22 —
Das verfluchte Schiff

Theo Aporat stand unter den Priestern Anakreons mit an der höchsten Stelle. Schon allein daher verdiente er seine Ernennung zum Bordpriester auf dem Flaggschiff *Wienis.*

Aber es lag nicht allein an seinem Rang. Er kannte das Schiff. Er hatte unter den heiligen Männern von der Foundation an der Reparatur mitgearbeitet. Er hatte unter ihrer Anleitung die Maschinen überholt. Er hatte die Aufnahmegeräte neu verdrahtet, das Kommunikationssystem aufpoliert, die durchlöcherte Hülle geschweißt, die Streben verstärkt. Ihm war sogar erlaubt worden mitzuhelfen, als die Weisen von der Foundation ein heiliges Gerät installierten, das es noch in keinem früheren Schiff gegeben hatte, sondern diesem herrlichen Koloß von einem Fahrzeug vorbehalten geblieben war — das Ultrawellen-Relais.

Kein Wunder, daß ihm das Herz bei dem Gedanken weh tat, welchem perversen Zweck dieses wunderbare Schiff dienen sollte. Er hatte es nicht glauben wollen, als Verisof ihm sagte, das Schiff solle für eine abscheuliche Tat eingesetzt und seine Kanonen auf die große Foundation gerichtet werden. Auf die Foundation, wo er als Jüngling ausgebildet worden war, auf die Foundation, von der aller Segen ausging.

Doch nach dem, was der Admiral ihm mitgeteilt hatte, konnte er jetzt nicht mehr zweifeln.

Wie konnte der König, auf dem der göttliche Segen ruhte, eine solche Greueltat erlauben? Aber war es der König? Hatte nicht vielleicht der verfluchte Regent Wienis ohne Wissen des Königs den Befehl gegeben? Und der Sohn eben dieses Wienis war der Admiral, der vor fünf Minuten zu ihm gesagt hatte:

»Kümmern Sie sich um Ihre Seelen und Ihren Segen, Priester. *Ich* werde mich um das Schiff kümmern.«

Aporat lächelte schief. Er würde sich um seine Seelen und seinen Segen kümmern — und ebenso um seinen Fluch, und Fürst Lefkin würde schon bald winseln.

Aporat betrat den allgemeinen Kommunikationsraum. Sein Akoluth ging ihm voran, und die beiden Offiziere vom Dienst dachten nicht daran, sich einzumischen. Der Bordpriester hatte das Recht, auf dem Schiff einzutreten, wo es ihm beliebte.

»Schließen Sie die Tür!« befahl Aporat und sah auf den Chronometer. Es fehlten noch fünf Minuten an zwölf. Er hatte die Zeit gut abgestimmt.

Mit schnellen, geübten Bewegungen betätigte er die kleinen Hebel, die alle Kommunikationskanäle öffneten, so daß sich jeder Teil des zwei Meilen langen Schiffes im Bereich seiner Stimme und seines Bildes befand.

»Achtung, Soldaten des königlichen Flaggschiffes *Wienis!* Hier spricht euer Bordpriester!« Seine Stimme erschallte von der Atomkanone ganz hinten im Heck bis zu den Navigationstischen im Bug.

»Euer Schiff«, rief er, »wird für eine Blasphemie verwendet. Ohne euer Wissen vollbringt es eine Handlung, die die Seele eines jeden von euch zu der ewigen Kälte des Raums verdammen wird! Hört zu! Die Absicht eures Kommandanten ist es, dieses Schiff zur Foundation zu bringen und dort die Quelle allen Segens zu bombardieren, um sie seinem sündigen Willen zu unterwerfen. Und da dies seine Absicht ist, entziehe ich ihm im Namen des Galaktischen Geistes den Befehl, denn es gibt keinen Befehl, wo es den Segen des Galaktischen Geistes nicht mehr gibt. Nicht einmal der göttliche König könnte seine Königswürde ohne die Zustimmung des Geistes behalten.«

Seine Stimme nahm einen tieferen Ton an. Der Akoluth lauschte mit Ehrerbietung, und die beiden Soldaten lauschten mit steigender Furcht. »Und da dieses Schiff dabei ist, einen teuflischen Auftrag auszuführen, ist auch das Schiff jetzt ohne den Segen des Geistes.«

Feierlich hob er die Arme, und vor tausend Fernsehgeräten überall im Schiff duckten sich die Soldaten, als das Bild des majestätischen Bordpriesters sprach:

»Im Namen des Galaktischen Geistes und seines Propheten Hari Seldon und seiner Ausleger, der heiligen Männer der Foundation, verfluche ich dieses Schiff. Die Fernsehkameras dieses Schiffes, die seine Augen sind, sollen blind werden. Die Greifer, die seine Arme sind, sollen gelähmt werden. Die Atomkanonen, die seine Fäuste sind, sollen versagen. Die Maschinen, die sein Herz sind, sollen aufhören zu klopfen. Die Kommunikationssysteme, die seine Stimme sind, sollen verstummen. Die Ventilation, die sein Atem ist, soll stillstehen. Die Lichter, die seine Seele sind, sollen verblassen. So verfluche ich dieses Schiff im Namen des Galaktischen Geistes!«

Und bei seinem letzten Wort, Punkt Mitternacht, öffnete eine Hand Lichtjahre entfernt im Argolid-Tempel ein Ultrawellen-Relais, das mit der Geschwindigkeit der Ultrawellen augenblicklich ein zweites auf dem Flaggschiff *Wienis* öffnete.

Und das Schiff starb!

Denn die wesentliche Eigenschaft der Wissenschaftsreligion ist, daß sie funktioniert und daß Flüche wie der von Aporat ausgesprochene in der Tat tödlich sind.

Aporat sah, wie sich Dunkelheit auf das Schiff niedersenkte, und hörte, wie das leise, ferne Schnurren der hyperatomaren Maschinen verstummte. Frohlockend zog er aus der Tasche seiner langen Robe eine mit eigener Energiequelle versehene Atomo-Birne, die den Raum mit perlfarbenem Licht erfüllte.

Er blickte auf die beiden Soldaten hinunter, die, obwohl zweifellos tapfere Männer, auf die Knie gesunken waren und sich in Todesangst wanden. »Retten Sie unsere Seelen, Ehrwürden, wir sind einfache Leute und wissen nichts von den Verbrechen unserer Anführer«, wimmerte der eine.

»Folge mir!« befahl Aporat streng. »Deine Seele ist noch nicht verloren.«

Das Schiff war chaotische Dunkelheit, in der die Furcht fast wie Gestank lag. Soldaten drängten sich herzu, wo immer Aporat und sein Lichtkreis vorüberkamen, versuchten, den Saum seiner Robe zu berühren, flehten um ein ganz winziges Stückchen Gnade.

Und immer lautete die Antwort: »Folge mir!«

Fürst Lefkin tastete sich durch die Offiziersunterkunft und verlangte laut fluchend nach Licht. Der Admiral starrte den Bordpriester mit haßerfüllten Augen an.

»Heda!« Die blauen Augen hatte Lefkin von seiner Mutter geerbt, aber die Krümmung der Nase und das

Schielen kennzeichneten ihn als Sohn Wienis'. »Was haben Ihre verräterischen Handlungen zu bedeuten? Geben Sie dem Schiff die Energie zurück. Ich bin hier der Kommandant.«

»Nicht mehr«, erwiderte Aporat finster.

Lefkin warf wilde Blicke um sich. »Ergreift diesen Mann! Nehmt ihn fest, oder, beim Raum, ich werde jeden, der sich in Reichweite meiner Stimme befindet, durch die Luftschleuse ins Nichts schicken.« Er hielt kurz inne und kreischte dann: »Es ist euer Admiral, der die Befehle gibt! Ergreift ihn!«

Dann verlor er völlig den Kopf. »Laßt ihr euch von diesem Scharlatan, diesem Hanswurst zum Narren halten? Duckt ihr euch vor einer Religion, die aus Wolken und Mondstrahlen zusammengesetzt ist? Dieser Mann ist ein Schwindler, und der Galaktische Geist, von dem er faselt, ein Betrug, der den Zweck hat ...«

Aporat unterbrach ihn zornig: »Ergreift den Lästerer! Wer ihm zuhört, bringt seine Seele in Gefahr.«

Prompt wurde der Admiral von zwei Dutzend Soldaten gepackt.

»Nehmt ihn mit und folgt mir!«

Aporat machte kehrt. Lefkin wurde ihm nachgezerrt, und die Korridore hinter ihm waren schwarz von Soldaten. Wieder im Kommunikationsraum, stellte er den Ex-Kommandanten vor den einzigen Fernsehsendeempfänger, der noch funktionierte.

»Befehlen Sie dem Rest der Flotte, auf Wendekurs zu gehen und sich auf die Rückkehr nach Anakreon vorzubereiten.«

Lefkin, zerzaust, blutend, geschlagen und halb betäubt, tat es.

»Und jetzt«, fuhr Aporat grimmig fort, »stehen wir über Ultrawelle mit Anakreon in Verbindung. Sagen Sie, was ich Ihnen befehle.«

Lefkin machte eine verneinende Geste, und die im Raum Anwesenden wie auch die anderen, die sich draußen auf dem Gang drängten, knurrten ganz furchterregend.

»Sprechen Sie!« sagte Aporat. »Beginnen Sie mit: Die anakreonische Marine ...«

Lefkin begann.

— 23 —
Der Sieg der Foundation

Absolute Stille herrschte in Wienis' Suite, als das Bild des Fürsten Lefkin im Fernsehsendeempfänger erschien. Das hohlwangige Aussehen und die zerfetzte Uniform seines Sohns hatten dem Regenten ein erschrockenes Keuchen entlockt. Dann war er in einem Sessel zusammengesunken, das Gesicht verzerrt vor Überraschung und bösen Vorahnungen.

Hardin hörte ungerührt zu, die Hände leicht im Schoß verschlungen, während der frisch gekrönte König Lepold zusammengeschrumpft in der dunkelsten Ecke saß und krampfhaft auf seinem mit goldenen Tressen besetzten Ärmel herumbiß. Sogar die Soldaten hatten den ausdruckslos starren Blick verloren, der vom Militär verlangt wird. Von ihrem Platz an der Tür, wo sie mit schußbereiten Atompistolen standen, warfen sie verstohlene Blicke zu der Gestalt auf dem Bildschirm hin.

Lefkin sprach zögernd mit müder Stimme und stockte immer wieder, als werde er — und zwar unsanft — zum Weiterreden gedrängt.

»Die anakreonische Marine ... sich der Art ihrer Mission bewußt ... und weigert sich, an einem verabscheuungswürdigen Sakrileg teilzuhaben ... kehrt nach Anakreon zurück ... folgendes Ultimatum stellt sie den blasphemischen Sündern ... die es gewagt hätten, profane Gewalt ... gegen die Foundation anzuwenden ... die Quelle allen Segens ... und gegen den Galaktischen Geist. Beendet sofort jede Kriegshandlung gegen ... den wahren

Glauben … und gewährleistet uns von der Marine, die wir von unserem Bordpriester Theo Aporat repräsentiert werden … auf eine Weise, die uns zufriedenstellt … daß ein solcher Krieg in Zukunft niemals mehr geführt … und daß …« — hier kam eine lange Pause — »und daß der vormalige Prinzregent Wienis … gefangengesetzt … und seiner Verbrechen wegen … vor ein geistliches Gericht gestellt wird. Andernfalls wird die königliche Marine … bei ihrer Rückkehr nach Anakreon … den Palast dem Boden gleichmachen … und alle sonstigen Maßnahmen ergreifen … die erforderlich sind … um die Sünder zu vernichten … die die Seelen der Menschen ins Verderben führen.«

Die Stimme endete mit einem halben Aufschluchzen, und der Schirm wurde leer.

Hardins Finger fuhren rasch über die Atomo-Birne, und ihr Licht verblaßte. Der bisherige Regent, der König und die Soldaten wurden zu unscharfen Schatten, und zum erstenmal konnte man sehen, daß Hardin von einer Aura umgeben war.

Es war nicht das gleißende Licht, das das Vorrecht der Könige war, sondern eine weniger spektakulärer, nicht so eindrucksvolle und doch auf ihre Art wirksamere und nützlichere Erscheinung.

Mit leicht ironischem Ton wandte sich Hardin an den gleichen Wienis, der ihn erst vor einer Stunde zum Kriegsgefangenen erklärt und behauptet hatte, Terminus stehe kurz vor seiner Zerstörung. Jetzt war er ein kauernder Schatten, gebrochen und stumm.

»Es gibt eine Fabel«, sagte Hardin, »die so alt wie die Menschheit sein mag, denn die ältesten Aufzeichnungen, in denen sie vorkommt, sind lediglich Kopien von noch älteren Aufzeichnungen. Vielleicht interessiert sie Sie. Sie lautet wie folgt:

Ein Pferd, das in einem Wolf einen mächtigen und gefährlichen Feind hatte, fürchtete ständig um sein Leben. In seiner Verzweiflung kam ihm der Gedanke, sich einen starken Verbündeten zu suchen. Also ging es zu einem Menschen und bot ihm unter Hinweis darauf, daß der Wolf ebenso ein Feind des Menschen sei, ein Bündnis an. Der Mensch ging sofort darauf ein und erbot sich, den Wolf zu töten, wenn sein neuer Partner ihm nur seine größere Schnelligkeit zur Verfügung stelle. Das Pferd war dazu bereit und erlaubte dem Menschen, ihm Zaum und Sattel anzulegen. Der Mann stieg auf, jagte dem Wolf nach und tötete ihn.

Voller Freude und Erleichterung dankte das Pferd dem Menschen und sagte: ›Jetzt, da unser Feind tot ist, nimm mir den Zaum und den Sattel ab und gib mir meine Freiheit wieder.‹

Daraufhin lachte der Mann laut und antwortete: ›Das könnte dir so passen. Hü, Dobbin!‹ Und er gab ihm kräftig die Sporen.«

Das Schweigen hielt an. Der Schatten, der Wienis war, regte sich nicht.

Hardin fuhr ruhig fort: »Ich hoffe, Sie erkennen die Analogie. In ihrem Bestreben, die völlige Herrschaft über ihre eigenen Völker für immer zu zementieren, akzeptierten die Könige der Vier Königreiche die Wissenschaftsreligion, die sie zu Göttern machte, und diese Wissenschaftsreligion war ihr Zaum und ihr Sattel, denn sie gab das Lebensblut der Atomkraft in die Hände der Priester — die, nebenbei bemerkt, ihre Befehle von uns, und nicht von euch erhielten. Der Wolf ist tot, aber wen ihr nicht loswerden konntet, war der M ...«

Wienis sprang auf die Füße. Seine Augen glühten wie die eines Wahnsinnigen aus der Dunkelheit. Seine Zunge war schwer, seine Sprache unzusammenhängend. »Und trotzdem werde ich mit Ihnen fertig! Sie können nicht fliehen. Sie werden verfaulen. Sollen sie uns bombardieren. Sollen sie alles im Trümmer legen. Sie werden verfaulen! Ich kriege Sie!

Soldaten!« schrie er hysterisch. »Schießt diesen Teufel nieder!«

Hardin drehte sich in seinem Sessel um, so daß er den Soldaten das Gesicht zuwandte, und lächelte. Einer hob sein Atomgewehr und senkte es wieder. Die anderen rührten sich nicht einmal. Salvor Hardin, der Bürgermeister von Terminus, der von dieser weichen Aura umgeben war und so zuversichtlich lächelte, der Mann, vor dem die gesamte Macht Anakreons zu Staub zerfallen war, war zu viel für sie, ungeachtet der Befehle des kreischenden Verrückten.

Fluchend stolperte Wienis auf den nächsten Soldaten zu und riß ihm das Atomgewehr aus den Händen. Er zielte damit auf Hardin, der nicht mit der Wimper zuckte, drückte den Hebel und hielt ihn fest.

Der helle, ununterbrochene Strahl traf auf das Kraftfeld, das den Bürgermeister von Terminus umgab, und wurde neutralisiert. Wienis drückte fester und lachte wild.

Hardin lächelte immer noch. Seine Kraftfeld-Aura wurde kaum heller, als sie die Energien der atomaren Entladung absorbierte. Lepold in seiner Ecke hielt sich die Hände vor die Augen und stöhnte.

Mit einem verzweifelten Aufschrei wechselte Wienis das Ziel und schoß von neuem. Sein Kopf verwandelte sich in eine Wolke aus Blut und Rauch. Sein Rumpf stürzte zu Boden.

Hardin zuckte bei dem Anblick zusammen. »Bis zum Ende ein Mann der direkten Aktion. Die letzte Zuflucht!«

— 24 —

Das zweite Erscheinen Hari Seldons

Das Zeitgewölbe war voll. Es waren mehr Leute da als Sitze, und an der hinteren Wand standen die Herren drei Reihen tief.

Salvor Hardin verglich diese große Gesellschaft mit den wenigen Menschen, die vor dreißig Jahren bei dem ersten

Erscheinen Hari Seldons dabeigewesen waren, sechs an der Zahl: die fünf alten Enzyklopädisten — jetzt alle tot — und er selbst, die junge Galionsfigur von einem Bürgermeister. An diesem Tag hatte er mit Yohan Lees Hilfe das ›Galionsfigur‹-Stigma von seinem Amt entfernt.

Heute war es ganz anders, anders in jeder Beziehung. Jedes Mitglied des Stadtrates wartete auf Seldons Erscheinen. Er selbst war immer noch Bürgermeister, aber nun allmächtig und seit der Schlappe, die Anakreon erlitten hatte, allgemein beliebt. Als er mit der Nachricht über den Tod Wienis, und dem neuen, von dem zitternden Lepold unterschriebenen Vertrag von Anakreon zurückgekehrt war, hatte man ihn mit einem einstimmigen Vertrauensvotum begrüßt. Ähnliche Verträge mit jedem der anderen drei Königreiche folgten schnell hintereinander. Die Foundation gewann dadurch eine Stellung, die Angriffe, wie Anakreon einen geplant hatte, in alle Zukunft ausschlossen. In sämtlichen Straßen von Terminus hatte man Fackelzüge veranstaltet. Nicht einmal Hari Seldons Name hatte mehr Jubelrufe bekommen.

Hardins Lippen zuckten. Nach der ersten Krise hatte er eine ebensolche Popularität genossen.

Auf der anderen Seite des Raums waren Sef Sermak und Lewis Bort, die von den jüngsten Ereignisse nicht hatten aus dem Rennen geworfen werden können, in eine lebhafte Diskussion vertieft. Auch sie hatten für das Vertrauensvotum ihre Stimmen abgegeben, hatten Ansprachen gehalten, in denen sie öffentlich zugaben, daß sie im Irrtum gewesen seien, hatten sich mit Anstand dafür entschuldigt, bei früheren Debatten bestimmte Ausdrükke benutzt zu haben, hatten die gute Ausrede vorgebracht, lediglich das getan zu haben, was ihnen ihr Urteilsvermögen und ihr Gewissen vorgeschrieben hätten — und sich auf der Stelle in einen neuen Wahlkampf für die Aktionisten gestürzt.

Yohan Lee berührte Hardins Ärmel und zeigte bedeutungsvoll auf seine Uhr.

Hardin blickte auf. »Hallo, Lee. Immer noch verärgert? Was ist denn jetzt schon wieder los?«

»Er ist in fünf Minuten fällig, nicht wahr?«

»Das nehme ich an. Das letztemal ist er um zwölf Uhr mittags erschienen.«

»Und wenn er nun nicht komrnt?«

»Wollen Sie mir Ihr ganzes Leben lang mit Ihrer Unkerei auf die Nerven gehen? Wenn er nicht kommt, dann kommt er nicht.«

Lee runzelte die Stirn und schüttelte langsam den Kopf. »Wenn diese Sache danebengeht, stecken wir in einer neuen Klemme. Ohne Seldons Rückendeckung für das, was wir getan haben, hat Sermak freie Hand, von neuem loszulegen. Er will, daß die Vier Königreiche annektiert werden. Die Foundation soll schleunigst expandieren — wenn nötig, mit Gewalt. Er hat schon mit seinem Werbefeldzug begonnen.«

»Ich weiß. Ein Feuerschlucker steht unter dem Zwang, Feuer zu schlucken, auch wenn er es selbst anzünden muß. Und Sie, Lee, stehen unter dem Zwang, sich Sorgen zu machen, auch wenn Sie sich selbst umbringen müssen, damit Sie etwas haben, um das Sie sich Sorgen machen können.«

Lee wollte ihm antworten, doch genau in diesem Augenblick stockte ihm der Atem. Das Licht wurde gelb und matt. Er hob den Arm, zeigte auf den Glaswürfel, der die Hälfte des Raums beherrschte, und sackte dann mit einem erbärmlichen Schnaufer in seinem Sessel zusammen.

Hardin dagegen reckte sich beim Anblick der Gestalt, die jetzt den Würfel füllte — einer Gestalt in einem Rollstuhl! Er allein unter allen Anwesenden konnte sich an den Jahrzehnte zurückliegenden Tag erinnern, als diese Gestalt zum erstenmal erschienen war. Damals war er jung gewesen und die Gestalt alt. Seit damals war die Gestalt nicht um einen Tag gealtert, aber er war inzwischen alt geworden.

Die Gestalt starrte geradeaus und befingerte ein Buch in ihrem Schoß.

Sie sagte: »Ich bin Hari Seldon.« Die Stimme klang alt und sanft.

Atemlose Stille herrschte im Raum. Hari Seldon fuhr im Gesprächston fort: »Dies ist das zweitemal, daß ich hier bin. Natürlich weiß ich nicht, ob jemand unter Ihnen beim erstenmal anwesend war. Tatsächlich kann ich nicht durch eine Sinneswahrnehmung feststellen, ob überhaupt jemand anwesend ist, aber darauf kommt es nicht an. Falls die zweite Krise erfolgreich gemeistert worden ist, gibt es keine andere Möglichkeit, als daß Sie gekommen sind. Sollte niemand gekommen sein, ist die zweite Krise zuviel für Sie gewesen.«

Er lächelte gewinnend. »Das bezweifele ich jedoch, denn meine Zahlen zeigen, daß es mit einer Wahrscheinlichkeit von 98,4 % in den ersten achtzig Jahren sicher keine wesentliche Abweichung von dem Plan geben wird.

Nach unseren Berechnungen haben Sie jetzt die Oberhand über die barbarischen Königreiche in der unmittelbaren Nachbarschaft der Foundation gewonnen. Während Sie sie in der ersten Krise durch Schaffung eines Kräftegleichgewichts von sich abgehalten haben, errangen Sie in der zweiten die Herrschaft durch Einsatz der geistlichen Kräfte gegen die weltlichen.

Ich möchte Sie hier jedoch vor zu großer Zuversicht warnen. Es ist nicht meine Art, Ihnen in diesen Aufzeichnungen Einblicke in die Zukunft zu gewähren, aber der Hinweis kann nicht schaden, daß Sie jetzt nichts weiter erreicht haben als ein neues Gleichgewicht — wenn auch eines, bei dem Ihre eigene Position beträchtlich besser ist. Die geistlichen Kräfte genügen zwar, um Angriffe der weltlichen abzuwehren, doch sie genügen nicht zu einem Gegenangriff. Wegen des unveränderlichen Wachstums der Opposition, die als Regionalismus oder auch Nationalismus bekannt ist, können die geistlichen Kräfte sich nicht für immer behaupten. Sicher sage ich Ihnen damit nichts Neues.

Übrigens, Sie müssen mir verzeihen, daß ich auf so vage Art zu Ihnen spreche. Die von mir benutzten Ausdrükke sind bestenfalls bloße Annäherungen, aber von Ihnen ist keiner qualifiziert, die wahre Symbologie der Psychohistorie zu verstehen, und deshalb muß ich es machen, so gut ich kann.

In diesem Fall steht die Foundation erst am Beginn des Weges, der zu dem Neuen Imperium führt. Die Königreiche der Nachbarschaft besitzen, mit Ihnen verglichen, an Menschen und Material immer noch ein überwältigendes Potential. Jenseits von ihnen überzieht der große, undurchdringliche Dschungel der Barbarei die ganze Galaxis. Nur innerhalb des Randes haben sich Reste des Galaktischen Imperiums erhalten — und mögen sie noch so geschwächt und dem Verfall preisgegeben sein, sie sind immer noch unvergleichlich mächtig.«

An dieser Stelle hob Hari Seldon sein Buch und öffnete es. Sein Gesicht wurde feierlich. »Und vergessen Sie niemals, daß vor achtzig Jahren eine zweite Foundation gegründet wurde, eine Foundation am anderen Ende der Galaxis, auf Star's End. Sie muß immer in die Überlegungen einbezogen werden. Gentlemen, vor Ihnen liegen neunhundertundzwanzig Jahre des Plans. Es ist Ihr Problem! Packen Sie's an!«

Er senkte den Blick auf das Buch und erlosch, während die Lampen wieder hell wurden. In dem eintretenden Stimmenwirrwarr beugte sich Lee zu Hardins Ohr hinüber. »Er hat nicht gesagt, wann er wiederkommen wird.«

Hardin antwortete: »Ich weiß — aber ich bin fest überzeugt, daß er erst dann wiederkommen wird, wenn Sie und ich mausetot sind!«

Vierter Teil

Die Händler

Die Händler

— 25 —

Agenten und Kaufleute

HÄNDLER — *... Der politischen Hegenomie der Foundation ständig voraus waren die Händler, die ihre feinen Fäden über die gewaltigen Entfernungen der Peripherie spannen. Monate oder gar Jahre mochten zwischen zwei Landungen auf Terminus vergehen; ihre Schiffe waren oft nichts als ein Flickenwerk hausgemachter Reparaturen und Improvisationen, ihre Ehrlichkeit war nicht von höchsten Standard, ihr Wagemut hingegen ...*

Damit schufen sie ein Imperium, das dauerhafter war als der pseudo-religiöse Despotismus der Vier Königreiche ...

Geschichten ohne Ende werden von diesen beeindrukkenden, einsamen Gestalten erzählt, die sich halb ernsthaft, halb spottend ein Motto aus einem von Salvor Hardins Epigrammen zu eigen gemacht hatten: »Laß dich von deiner Moral nie daran hindern, das zu tun, was richtig ist!« Heute läßt sich nur schwer unterscheiden, welche Anekdoten der geschichtlichen Wahrheit entsprechen und welche nicht. Wahrscheinlich gibt es keine unter ihnen, die nicht ein wenig übertrieben ist ...

ENCYCLOPAEDIA GALACTICA

Limmar Ponyets war von Kopf bis Fuß voller Seifenschaum, als der Anruf seinen Empfänger erreichte — ein Beweis, daß es mit dem bärtigen Witz über Telebotschaften und Badewannen sogar in dem dunklen, harten Raum der galaktischen Peripherie seine Richtigkeit hat.

Glücklicherweise wird der Teil eines Freihändlerschiffes, der nicht der Unterbringung der verschiedensten Waren dient, außerordentlich sauber gehalten, und die Dusche, einschließlich des warmen Wassers, ist in einer zwei mal vier Fuß großen Zelle untergebracht, zehn Fuß von den Kontrollpaneelen entfernt. Ponyets hörte das Stakkato-Rasseln des Empfängers ganz deutlich.

Seifenwasser und Flüche verspritzend, kam er heraus, um die Sprechverbindung einzuschalten. Drei Stunden später lag ein zweites Handelsschiff längsseits, und ein grinsender junger Mann kam durch das Luftrohr zwischen den Fahrzeugen.

Ponyets schob ihm seinen besten Sessel hin und hockte sich selbst auf den Drehstuhl.

»Was hast du denn gemacht, Gorm?« fragte er finster. »Hast du mich den ganzen Weg von der Foundation gejagt?«

Les Gorm nahm sich eine Zigarette und schüttelte entschieden den Kopf. »Ich? Das wäre ein Ding der Unmöglichkeit. Ich bin nur der Trottel, der zufällig einen Tag nach der Post auf Glyptal IV landete. Da hat man mich damit hinter dir hergeschickt.«

Die kleine schimmernde Kugel ging von einer Hand in die andere. Gorm setzte hinzu: »Das ist vertraulich, streng geheim. Kann dem Subäther nicht anvertraut werden und so weiter. So habe ich es jedenfalls mitgekriegt. Wenigstens ist es eine persönliche Kapsel, und niemand als du kann sie öffnen.«

Ponyet betrachtete die Kapsel angewidert. »Das sehe ich. Und ich habe noch nie eine bekommen, die eine gute Nachricht enthalten hätte.«

Sie öffnete sich in seiner Hand, und das dünne transparente Band rollte sich steif auseinander. Ponyets überflog die Botschaft schnell, denn wenn das letzte Stückchen Band hervorkam, war das erste bereits braun und kraus. In einer und einer halben Minute wurde es dann ganz schwarz und löste sich Molekül um Molekül auf.

Ponyets grunzte hohl: »Oh, *Galaxis!*«

Les Gorm fragte ruhig: »Kann ich irgendwie helfen? Oder ist es dafür zu geheim?«

»Das Erzählen wird es vertragen, da du zur Gilde gehörst. Ich muß nach Askone fliegen.«

»Ausgerechnet nach Askone? Wieso?«

»Man hat einen Händler ins Gefängnis gesteckt. Behalte das für dich.«

Gorms Gesicht verzog sich im Zorn. »Ins Gefängnis! Das ist gegen das Völkerrecht.«

»Einmischung in innere Angelegenheiten ebenso.«

»Oh! Das hat er getan?« Gorm überlegte. »Wer ist der Händler? Jemand, den ich kenne?«

»Nein!« antwortete Ponyets scharf. Gorm zog daraus seine Schlüsse und fragte nicht weiter.

Ponyets stand auf und starrte finster zum Sichtfenster hinaus. Murmelnd bedachte er die neblige Linse, die der Hauptkörper der Galaxis war, mit Kraftausdrücken und sagte dann laut: »Verdammter Mist! Ich bin weit hinter meiner Quote zurück.«

Plötzlich ging Gorm ein Licht auf. »He, Freund, Askone ist ein geschlossenes Gebiet.«

»Das stimmt. Auf Askone kann man nicht einmal ein Federmesser loswerden. Die Leute dort kaufen *überhaupt keine* atomaren Geräte. Bei meinem Rückstand in der Quote ist es Selbstmord, hinzufahren.«

»Kannst du dich nicht drücken?«

Ponyets schüttelte geistesabwesend den Kopf. »Ich kenne den Mann, den sie dort festhalten. Kann einen Freund nicht im Stich lassen. Na und? Ich bin in der Hand des Galaktischen Geistes und wandele fröhlich den Weg, den Er mir weist.«

»Hä?« fragte Gorm verständnislos.

Ponyets sah ihn an und lachte auf. »Ich vergaß. Du hast das ›Buch des Geistes‹ nie gelesen, oder?«

»Nie davon gehört«, erwiderte Gorm knapp.

»Das hättest du aber, wenn du eine religiöse Ausbildung genossen hättest.«

»Religiöse Ausbildung? Als Priester?« Gorm war bis ins Innerste schockiert.

»Ich muß gestehen, ja. Das ist mein schmachvolles Geheimnis. Doch die Ehrwürdigen Väter wurden nicht mit mir fertig. Sie warfen mich aus Gründen hinaus, die ausreichten, mich zu einer weltlichen Ausbildung in der Foundation zu befördern. Doch nun mache ich mich besser auf den Weg. Wie ist deine Quote in diesem Jahr?«

Gorm drückte seine Zigarette aus und schob seine Kappe zurecht. »Das ist jetzt meine letzte Fracht. Ich schaffe es.«

»Du Glückspilz«, knurrte Ponyets, und noch viele Minuten, nachdem Les Gorm gegangen war, saß er bewegungslos und in Gedanken versunken da.

Eskel Gorov war also auf Askone — und zwar im Gefängnis!

Das war schlecht! Tatsächlich war es noch viel schlimmer, als man auf den ersten Blick hätte glauben können. Eine solche Geschichte eignete sich dazu, sie einem neugierigen jungen Mann zu erzählen, um ihn vom Freihandel abzuschrecken, aber etwas ganz anderes war es, wenn man der Wahrheit gegenüberstand.

Denn Limmar Ponyets war einer der wenigen Leute, die zufällig wußten, daß Meisterhändler Eskel Gorov gar kein Händler war, sondern ganz im Gegenteil ein Agent der Foundation.

— 26 —

Eine Mission auf Askone

Zwei Wochen waren vergangen. Zwei Wochen waren verschwendet.

Eine Woche hatte Ponyets gebraucht, um Askone zu erreichen. An der äußersten Grenze des Systems kamen die patrouillierenden Kriegsschiffe angeschossen und begleiteten ihn in ständig zunehmender Zahl. Was für ein Überwachungssystem sie auch haben mochten, es funktionierte ausgezeichnet.

Sie eskortierten ihn langsam hinein, ohne ein Signal,

immer in kalter Distanz, und richteten ihn barsch auf die zentrale Sonne von Askone aus.

Im Notfall hätte Ponyets mit ihnen fertigwerden können. Diese Schiffe waren Überbleibsel des längst untergegangenen galaktischen Imperiums — aber es waren Sportkreuzer, keine Kriegsschiffe, und ohne Atomwaffen stellten sie nichts anderes als ebenso pittoreske wie hilflose Ellipsoide dar. Aber Eskel Gorov befand sich als Gefangener in ihren Händen, und Gorov war keine Geisel, die man ohne weiteres abschrieb. Die Askonier mußten das wissen.

Und dann eine weitere Woche — eine Woche, um sich mühsam einen Weg durch die Wolken subalterner Beamter zu bahnen, die den Puffer zwischen dem Großmeister und der Außenwelt darstellten. Jeder kleine Untersekretär mußte einzeln herumgekriegt werden, bis Ponyets die schwungvolle Unterschrift bekam, die ihm den Zutritt zu dem nächsthöheren Funktionär ermöglichte.

Zum erstenmal erlebte Ponyets, daß ihm seine Händler-Ausweise nichts nützten.

Endlich befand sich der Großmeister auf der anderen Seite der von Posten flankierten, vergoldeten Tür — und zwei Wochen waren vergangen.

Gorov saß immer noch im Gefängnis, und Ponyets' Fracht verfaulte in den Ladebuchten seines Schiffes.

Der Großmeister war ein kleiner Mann mit kahl werdendem Kopf und ganz verrunzeltem Gesicht. Der umfangreiche, schimmernde Pelzkragen um seinen Hals schien den Körper durch sein Gewicht zur Bewegungslosigkeit zu verdammen.

Er gab mit den Fingern beider Hände ein Zeichen. Die Reihe Bewaffneter wich zurück und gab eine Gasse frei, durch die Ponyets bis zum Fuß des Staatssessels vorschritt.

»Seien Sie still!« fuhr ihn der Großmeister an, und Ponyets Lippen, die sich hatten öffnen wollen, schlossen sich fest.

»So ist es gut.« Der askonische Herrscher entspannte sich sichtlich. »Ich ertrage sinnloses Geschwätz nicht. Sie können mich nicht bedrohen, und Schmeicheleien haben auf mich keine Wirkung. Ebensowenig ist Raum für Beschwerden. Ich kann gar nicht mehr zählen, wie oft ihr Wanderer gewarnt worden seid, daß eure Teufelsmaschinen nirgendwo auf Askome erwünscht sind.«

»Sir«, antwortete Ponyets ruhig, »ich will gar nicht versuchen, den in Rede stehenden Händler zu entschuldigen. Es ist nicht die Politik der Händler, sich aufzudrängen, wo sie nicht erwünscht sind. Aber die Galaxis ist groß, und es ist auch früher schon geschehen, daß jemand ahnungslos eine Grenze überschritten hat. Es war ein bedauerlicher Irrtum.«

»Bedauerlich sicher«, quiekte der Großmeister. »Aber ein Irrtum? Der Frevler war ergriffen worden, und schon zwei Stunden später fingt ihr Leute von Glyptal IV an, mich mit Bitten um Verhandlungen zu bombardieren. Ich war also vielfältig vor Ihrem Kommen gewarnt. Soll das eine wohlorganisierte Rettungskampagne sein? Sie haben zuviel vorausgesetzt — ein bißchen zuviel für Irrtümer, seien sie bedauerlich oder anderer Art.«

Verachtung stand in den schwarzen Augen des Askoniers zu lesen. Er tobte weiter: »Seid ihr Händler, die ihr von Welt zu Welt flattert wie verrückte Schmetterlinge, in solchem Ausmaß verrückt, daß ihr auf Askones größter Welt, im Zentrum des Systems landet und sie für eine Siedlung von ahnungslosen Bauerntölpeln haltet? Nein, das seid ihr sicher nicht.«

Ponyets ließ sich nicht anmerken, daß er innerlich zusammenzuckte. Hartnäckig erklärte er: »Wenn der Versuch, Handel zu treiben, mit Vorbedacht erfolgte, Verehrungswürdiger, war das äußerst unvernünftig und gegen die strengsten Vorschriften unserer Gilde.«

»Unvernünftig war es«, bestätigte der Askonier knapp. »So unvernünftig, daß Ihr Kamerad es wahrscheinlich mit dem Leben bezahlen wird.«

Ponyets Magen krampfte sich zusammen. Hier gab es keine Unschlüssigkeit. »Der Tod, Verehrungswürdiger, ist ein so absolutes und unwiderrufliches Phänomen, daß es unbedingt eine Alternative geben muß.«

Erst nach einer Pause erfolgte die vorsichtige Antwort: »Ich habe gehört, die Foundation sei reich.«

»Reich? Gewiß. Aber unser Reichtum besteht in Waren, die anzunehmen Sie sich weigern. Der Wert unserer atombetriebenen Geräte ...«

»Ihre Waren haben überhaupt keinen Wert, weil ihnen der Segen der Ahnen fehlt. Ihre Waren sind böse und verflucht, weil sie von den Ahnen verboten sind.« Er intonierte die Sätze wie bei einem Ritual.

Dann senkte der Großmeister die Augenlider und fragte bedeutungsvoll: »Habt ihr sonst nichts von Wert?«

Der Händler ging nicht darauf ein. »Ich verstehe Sie nicht. Was hätten Sie denn gern?«

Der Askonier spreizte die Finger. »Sie verlangen von mir, daß wir die Plätze tauschen und daß ich Ihnen meine Wünsche bekanntgebe. Das werde ich nicht tun. Ihr Kollege wird wohl die Strafe erleiden müssen, die das askonische Gesetz für ein Sakrileg vorsieht. Den Tod durch Gas. Wir sind ein gerechtes Volk. Der ärmste Bauer hätte im gleichen Fall nichts Schlimmeres zu gewärtigen, ich selbst nichts weniger Schlimmes.«

Ponyets murmelte hoffnungslos: »Verehrungswürdiger, wäre es erlaubt, daß ich mit dem Gefangenen spreche?«

»Das askonische Recht«, erwiderte der Großmeister kalt, »gestattet keine Kommunikation mit einem Verurteilten.«

Im Geist hielt Ponyets den Atem an. »Verehrungswürdiger, ich bitte Sie, Gnade für die Seele eines Mannes in der Stunde zu zeigen, in der sein Leben verwirkt ist. Die ganze Zeit, die sein Leben in Gefahr war, hat er keinen geistlichen Trost genossen. Jetzt eben muß er gewärtig sein, unvorbereitet vor dem Geist zu erscheinen, der alles regiert.«

Langsam und argwöhnisch fragte der Großmeister: »Sind Sie ein Pfleger der Seele?«

Ponyets senkte demütig den Kopf. »Ich bin dazu ausgebildet worden. In den leeren Weiten des Raums brauchen die wandernden Händler Männer wie mich, die sich der spirituellen Seite eines dem Handel und dem Erwerb weltlicher Güter gewidmeten Lebens annehmen.«

Der askonische Herrscher saugte nachdenklich an seiner Unterlippe. »Jeder Mensch sollte seine Seele auf die Reise zu den Geistern seiner Ahnen vorbereiten. Ich hätte jedoch nie gedacht, daß ihr Händler Gläubige seid.«

— 27 —
Pioniere und Patrioten

Limmar Ponyets betrat die Zelle, und die massiv verstärkte Tür fiel dröhnend hinter ihm ins Schloß. Eskel Gorov drehte sich auf seiner Pritsche herum und öffnete ein Auge. Er sprang auf die Füße und sprudelte hervor:

»Ponyets! Man hat dich geschickt?«

»Reiner Zufall«, stellte Ponyets bitter fest, »oder das Werk meines eigenen bösartigen Dämons. Erstens gerätst du auf Askone in die Scheiße. Zweitens führt mich meine Verkaufsroute, wie dem Handelsministerium wohlbekannt ist, just zur Zeit von Punkt eins bis auf fünfzig Parsek an das System heran. Drittens haben wir schon miteinander gearbeitet, und das Ministerium weiß es. Ist das nicht eine entzückende, unvermeidliche Zusammenstellung? Die Antwort flutscht aus dem Schlitz.«

»Sei vorsichtig«, warnte Gorov nervös. »Wir werden abgehört. Trägst du einen Feldverzerrer?«

Ponyets wies auf sein verziertes Armband, und Gorov entspannte sich.

Ponyets sah sich um. Die Zelle war kahl, aber geräumig. Sie war gut beleuchtet, und es fehlte ihr an unangenehmen Gerüchen. »Nicht schlecht«, sagte er. »Man faßt dich mit Glacéhandschuhen an.«

Gorov wischte die Bemerkung beiseite. »Hör zu, wie bist du hereingekommen? Ich werde seit beinahe zwei Wochen in strenger Einzelhaft gehalten.«

»Also seit meiner Ankunft! Es sieht ganz so aus, als habe der alte Knacker, der hier der Boss ist, seine schwachen Seiten. Er wird bei frommen Redensarten weich, deshalb hatte ich mit meinem Versuch Erfolg. Ich bin hier in der Eigenschaft deines geistlichen Beraters. Es ist schon etwas Eigentümliches an einem frommen Mann wie dem Verehrungswürdigen. Er wird dir fröhlich die Kehle durchschneiden, wenn es ihm so gefällt, aber er wird zögern, das Wohlergehen deiner immateriellen und problematischen Seele zu gefährden. Das ist nichts als ein Stückchen empirischer Psychologie. Ein Händler muß von allem ein bißchen wissen.«

Gorov lächelte ironisch. »Und auf einer theologischen Schule bist du auch gewesen. Du bist in Ordnung, Ponyets. Ich bin froh, daß man dich gesandt hat. Aber der Großmeister liebt nicht nur meine Seele. Hat er ein Lösegeld erwähnt?«

Der Händler kniff die Augen zusammen. »Er hat es ganz zart angedeutet. Und er hat auch mit dem Tod durch Gas gedroht. Ich bin auf Nummer Sicher gegangen und habe Ausflüchte gebraucht; es hätte leicht eine Falle sein können. Es läuft also auf Erpressung hinaus, nicht wahr? Was will er denn?«

»Gold.«

»Gold!« Ponyets runzelte die Stirn. »In Form von Metall? Wozu?«

»Es ist ihr Tauschmittel.«

»Ach ja? Und wo soll ich Gold bekommen?«

»Wo du kannst. Hör mir genau zu; dies ist wichtig. Man wird mir nichts tun, solange der Großmeister den Geruch von Gold in der Nase hat. Versprich es ihm; versprich ihm, soviel er verlangt. Dann reist du, wenn notwendig, in die Foundation zurück, um es zu holen. Sobald ich frei bin, wird man uns aus dem System geleiten, und dann trennen wir uns.«

Ponyets musterte ihn mißbilligend. »Und dann wirst du umkehren und es von neuem versuchen.«

»Es ist meine Aufgabe, Askone atombetriebene Geräte zu verkaufen.«

»Man wird dich erwischen, bevor du im Raum auch nur eine Parsek zurückgelegt hast. Ich nehme an, das weißt du.«

»Ich weiß es nicht«, sagte Gorov. »Und wenn ich es wüßte, würde es mein Verhalten nicht beeinflussen.«

»Beim zweitenmal wird man dich töten.«

Gorov zuckte die Achseln.

Ponyets sagte ruhig: »Wenn ich weitere Verhandlungen mit dem Großmeister führen soll, möchte ich die ganze Geschichte kennen. Bisher habe ich blind gearbeitet. Und der Verehrungswürdige hat wegen der paar harmlosen Bemerkungen, die ich machte, beinahe Krämpfe bekommen.«

»Es ist wirklich einfach«, sagte Gorov. »Die einzige Möglichkeit, etwas für die Sicherheit der Foundation hier in der Peripherie zu tun, besteht darin, ein von der Religion kontrolliertes kommerzielles Imperium zu schaffen. Wir sind immer noch zu schwach, als daß wir die politische Kontrolle erzwingen könnten. Uns gelingt es gerade eben, die Vier Königreiche zu halten.«

Ponyets nickte. »Das ist mir klar. Und wenn ein System keine atomar betriebenen Geräte annimmt, bekommen wir es nicht unter unsere religiöse Kontrolle ...«

»Und es kann so ein Brennpunkt für Unabhängigkeit und Feindseligkeit werden. Jawohl.«

»Na gut«, erwiderte Ponyets und nickte, »soweit die Theorie. Was ist es denn nun genau, das den Kauf verhindert? Ihre Religion? Der Großmeister ließ es durchblikken.«

»Ihre Religion ist eine Form des Ahnenkults. Die Überlieferungen berichten von einer bösen Vergangenheit, aus der sie durch die einfachen und tugendhaften Helden früherer Generationen errettet wurden. Es läuft auf eine verzerrte Darstellung der anarchistischen Periode vor einem Jahrhundert hinaus, als man die kaiserlichen Truppen vertrieb und eine unabhängige Regierung aufstellte. Fortgeschrittene Wissenschaft und im besonderen die Atomkraft wurden mit dem alten kaiserlichen Regime identifiziert, an das sie sich mit Schrecken erinnern.«

»Wirklich? Aber sie besitzen hübsche Schiffchen, die mich entdeckten, als ich noch zwei Parseks entfernt war. Das riecht doch nach Atomkraft!«

Gorov zuckte die Achseln. »Diese Schiffe sind zweifellos Überbleibsel des Imperiums, wahrscheinlich mit Atomantrieb. Was die Askonier einmal haben, behalten sie. Der springende Punkt ist, daß sie Neuerungen ablehnen und ihre innere Ökonomie völlig frei von Atomkraft ist. Das ist es, was wir ändern müssen.«

»Wie wolltest du es anfangen?«

»Ich beabsichtigte, den Widerstand an einem Punkt zu brechen. Einfach ausgedrückt, wenn ich es fertigkriegte, einem Adligen ein Federmesser mit Kraftfeldklinge zu verkaufen, würde es in seinem Interesse liegen, Gesetze zu erzwingen, die ihm seine Benutzung erlauben. Das klingt dumm, aber es ist psychologisch richtig. Strategische Verkäufe an strategischen Punkten würden eine pro-atomare Fraktion am Hof schaffen.«

»Und dazu hat man *dich* hergeschickt, während ich dich nur auslösen und wieder verschwinden soll, damit du es weiter versuchen kannst? Heißt das nicht, das Pferd vom Schwanz her aufzuzäumen?«

»Wieso?« fragte Gorov reserviert.

»Hör zu!« Ponyets geriet in Erregung. »Du bist Diplomat, kein Händler, und du wirst kein Händler dadurch, daß du dich einen nennst. Das ist ein Fall für einen, der das Verkaufen zu seinem Beruf gemacht hat — und hier bin ich mit einer Fracht, die sinnlos verschimmelt, und einer Quote, die ich, wie es aussieht, nie mehr erreichen kann.«

»Du meinst, du willst dein Leben für etwas aufs Spiel setzen, das nicht deine Angelegenheit ist?« Gorov lächelte dünn.

Ponyets gab zurück: »Du meinst, hier geht es um Patriotismus, und Händler seien keine Patrioten?«

»Das ist allgemein bekannt. Pioniere sind nie Patrioten.«

»Das gebe ich zu. Ich rase nicht durch den Raum, um die Foundation zu retten oder so etwas. Aber ich bin unterwegs, um Geld zu machen, und das hier ist meine Chance. Wenn es gleichzeitig der Foundation hilft, um so besser. Und ich habe mein Leben schon bei geringeren Chancen auf Erfolg riskiert.«

Ponyets stand auf, und Gorov folgte seinem Beispiel. »Was wirst du tun?«

Der Händler lächelte. »Gorov, ich weiß es nicht — noch nicht. Aber wenn alles davon abhängt, daß ein Verkauf zustandegebracht wird, bin ich der Richtige. Ich prahle im allgemeinen nicht, aber ich kann mit Recht behaupten: Bis jetzt ist meine Quote noch nie unerfüllt geblieben.«

Die Tür der Zelle öffnete sich beinahe sofort auf sein Klopfen, und zu beiden Seiten nahmen zwei Wachposten Haltung an.

— 28 —

Die Faszination des Goldes

»Das ist Theater!« stellte der Großmeister grimmig fest. Er rückte sich in seinen Pelzen zurecht, und eine dünne Hand umfaßte die eiserne Keule, die er als Stock benutzte.

»Und Gold, Verehrungswürdiger.«

»*Und* Gold«, stimmte der Großmeister desinteressiert

zu. Ponyets stellte den Kasten ab und öffnete ihn mit soviel zur Schau getragener Zuversicht, wie er aufbringen konnte. Er fühlte sich allein angesichts allgemeiner Feindseligkeit, ebenso wie er sich in seinem ersten Jahr draußen im Raum allein gefühlt hatte. Ein Halbkreis bärtiger Ältester starrte unfreundlich auf ihn herab. Unter ihnen war Pherl, der schmalgesichtige Favorit, der steif und voller Verachtung gleich neben dem Großmeister saß. Ponyets war bereits einmal mit ihm zusammengetroffen. Er setzte ihn im Geist sofort an die Spitze der Feinde und daher auch an die Spitze der Opfer.

Vor dem Saal harrte eine kleine Armee der Dinge, die da kommen sollten. Ponyets war wirksam von seinem Schiff isoliert. Er hatte keine Waffen bei sich, nur das Bestechungsgeschenk, und Gorov wurde immer noch als Geisel festgehalten.

Er besorgte die letzten Einstellungen an der klobigen Monstrosität, die ihn eine Woche an Einfallsreichtum gekostet hatte, und betete zum wiederholtenmal darum, daß der bleiummantelte Quarz die Beanspruchung aushalten werde.

»Was ist das?« fragte der Großmeister.

Ponyets trat zurück. »Das ist ein kleiner Apparat, den ich selbst konstruiert habe.«

»Offensichtlich. Aber das ist nicht die Information, die ich wünsche. Gehört er zu den Greueln der Schwarzen Magie auf Ihrer Welt?«

»Er ist atomarer Natur«, gestand Ponyets ernst, »aber keiner von Ihnen braucht ihn zu berühren oder irgend etwas damit zu tun zu haben. Er ist für mich allein, und wenn er Greuel enthält, so nehme ich die Sünde auf mich.«

Der Großmeister hob seinen Eisenstab mit drohender Gebärde der Maschine entgegen, und seine Lippen bewegten sich schnell in einer lautlosen Reinigungsbeschwörung. Der schmalgesichtige Älteste zu seiner Rechten beugte sich zu ihm hinüber, so daß sein wuchernder roter Schnurrbart sich dem Ohr des Großmeisters näherte. Der alte Askonier befreite sich gereizt mit einer Schulterbewegung.

»Und wie steht Ihr Instrument des Bösen in Verbindung mit dem Gold, das vielleicht das Leben Ihres Landsmannes retten kann?«

»Mit dieser Maschine«, begann Ponyets, legte die Hand leicht auf die zentrale Kammer und liebkoste ihre harten runden Flanken, »kann ich Eisen, das Sie wegwerfen, in Gold der besten Qualität verwandeln. Das ist die einzige der Menschheit bekannte Erfindung, die Eisen nimmt — das häßliche Eisen, Verehrungswürdiger, das den Stuhl, auf dem Sie sitzen, und die Wände dieses Gebäudes stützt — und es in glänzendes, schweres gelbes Gold verwandelt.«

Ponyets kam sich vor wie ein Stümper. Seine üblichen Verkaufsgespräche waren glatt, flüssig und einleuchtend, und das hier trudelte dahin wie ein in den Raum hochgeschossener Frachtbehälter. Doch der Großmeister interessierte sich für den Inhalt, nicht für die Form.

»Also Transmutation? Es hat Narren gegeben, die behaupteten, dessen fähig zu sein. Sie haben für ihre blasphemische Neugier bezahlt.«

»Hatten sie Erfolg?«

»Nein«, erklärte der Großmeister in kalter Belustigung. »Erfolg bei der Herstellung von Gold wäre ein Verbrechen gewesen, das die Absolution in sich trägt. Tödlich ist der Versuch plus dem Mißerfolg. Hier, was können sie mit meinem Stab anfangen?« Er stieß ihn auf den Boden.

»Sie werden mir verzeihen, Verehrungswürdiger. Mein Apparat ist ein kleines Modell, von mir selbst zusammengebaut, und Ihr Stab ist zu lang.«

Die glänzenden Äuglein des Großmeisters wanderten über die Anwesenden und hielten an. »Randel, Ihre Spangen. Los, Mann, Sie bekommen sie doppelt ersetzt, wenn es nötig sein sollte.«

Die Spangen wurden von einem Ältesten zum anderen

weitergegeben. Der Großmeister wog sie nachdenklich in der Hand.

»Hier.« Er warf sie auf den Fußboden.

Ponyets hob sie auf. Er mußte kräftig ziehen, bis der Zylinder sich öffnete. Blinzelnd und schielend vor Anstrengung placierte er die Spangen sorgfältig in die Mitte des Anodenschirms. Später würde es leichter sein, aber beim erstenmal durfte es keine Panne geben.

Der selbstgebastelte Umwandler knisterte zehn Minuten lang bösartig. Ein schwacher Ozongeruch machte sich bemerkbar. Die Askonier wichen tuschelnd zurück, und wieder flüsterte Pherl seinem Herrscher dringlich ins Ohr. Der Gesichtsausdruck des Großmeisters war steinern. Er rührte sich nicht.

Und die Spangen waren Gold.

Ponyets bot sie dem Großmeister mit einem gemurmelten: »Verehrungswürdiger!« dar. Der alte Mann zögerte, dann machte er eine ablehnende Geste. Sein Blick hing an dem Umwandler.

Ponyets erklärte rasch: »Meine Herren, das hier ist Gold. Massives Gold. Sie können es jedem bekannten physikalischen und chemischen Test unterziehen, wenn Sie einen Beweis wünschen. Es läßt sich in keiner Weise von Gold, wie es in der Natur vorkommt, unterscheiden. Jedes Eisen kann so behandelt werden. Rost stört nicht, auch hat ein geringer Anteil von Legierungsmetallen ...«

Er sprach nur, um ein Vakuum zu füllen. Die Spangen lagen in seiner ausgestreckten Hand, und das Gold war sein bestes Argument.

Endlich faßte der Großmeister langsam danach. Das zwang den schmalgesichtigen Pherl zu einem offenen Wort.

»Verehrungswürdiger, das Gold stammt aus einer vergifteten Quelle.«

Ponyets konterte: »Eine Rose kann aus dem Dreck wachsen, Verehrungswürdiger. Sie treiben Handel mit Ihren Nachbarn und kaufen von ihnen alle möglichen Dinge, ohne zu fragen, wie sie sie hergestellt haben, ob mit einer orthodoxen Maschine, auf der der Segen Ihrer gütigen Ahnen ruht, oder mit einer vom Raum gezeugten Abscheulichkeit. Hören Sie, es ist nicht die Maschine, die ich Ihnen anbiete, sondern das Gold.«

»Verehrungswürdiger«, fiel Pherl ein, »Sie sind nicht verantwortlich für die Sünden von Ausländern, die ohne Ihre Zustimmung und ohne Ihr Wissen arbeiten. Aber wenn Sie dieses fremde Pseudogold annehmen, das in Ihrer Anwesenheit und mit Ihrer Zustimmung sündigerweise aus Eisen hergestellt worden ist, beleidigen Sie die lebenden Geister Ihrer heiligen Ahnen.«

»Immerhin, Gold ist Gold«, meinte der Großmeister zweifelnd, »und es ist nichts als ein Tauschmittel für die heidnische Person eines überführten Verbrechers. Pherl, Sie sind zu kritisch.« Aber er zog seine Hand zurück.

Ponyets sagte: »Sie sind die Weisheit in Person, Verehrungswürdiger. Bedenken Sie — wenn Sie einen Heiden weggeben, verlieren Ihre Ahnen nichts dadurch, wohingegen Sie mit dem Gold, das Sie für ihn bekommen, die Schreine ihrer heiligen Geister verzieren können. Und wäre Gold an sich böse — falls so etwas möglich ist —, würde das Böse zwangsläufig aus ihm entfliehen, sobald Sie das Metall einem derartigen frommen Zweck zuführten.«

»Bei den Gebeinen meines Großvaters!« rief der Großmeister mit überraschender Heftigkeit aus. Seine Lippen teilten sich zu einem schrillen Lachen. »Pherl, was sagen Sie zu diesem jungen Mann? Was er sagt, gilt. Es gilt ebenso wie die Worte meiner Ahnen.«

Pherl erwiderte finster: »Immer vorausgesetzt, daß sich die Gültigkeit nicht als eine Erfindung des Bösen Geistes herausstellt.«

»Ich mache Ihnen ein noch besseres Angebot«, fuhr Ponyets dazwischen. »Nehmen Sie das Gold als Pfand. Legen Sie es als Opfergabe auf die Altäre Ihrer Ahnen und halten Sie mich dreißig Tage lang fest. Wenn es am

Ende dieser Zeit kein Zeichen des Mißvergnügens gibt — wenn keine Katastrophen eingetreten sind — das wäre dann doch ein sicherer Beweis, daß die Opfergabe angenommen wurde. Was kann ich mehr tun?«

Der Großmeister stand auf und forschte in den Gesichtern der Ältesten, und alle gaben ihre Zustimmung kund. Sogar Pherl kaute auf dem fransigen Ende seines Schnurrbarts herum und nickte kurz.

Ponyets dachte lächelnd über die Vorteile einer religiösen Erziehung nach.

— 29 —
Die Faszination der Macht

Eine weitere Woche verging, bis es zu einer Zusammenkunft mit Pherl kam. Die Situation war angespannt, aber Ponyets hatte sich mittlerweile an das Gefühl körperlicher Hilflosigkeit gewöhnt. Er hatte die Stadtgrenze unter Bewachung überschritten. Er befand sich in Pherls Vorstadt-Villa unter Bewachung. Da ließ sich nichts anderes tun, als es zu akzeptieren, ohne auch nur einmal über die Schulter zu blicken.

Pherl war außerhalb des Kreises der Ältesten größer und jünger. In seiner lässigen Kleidung sah er überhaupt nicht nach einem Ältesten aus.

»Sie sind ein seltsamer Mann«, erklärte er abrupt. Es war, als zitterten seine dicht beisammenstehenden Augen. »Sie haben in dieser letzten Woche und besonders in diesen letzten beiden Stunden immerfort durchblicken lassen, daß Sie davon ausgehen, ich brauchte Gold. Das ist doch sinnlos, denn wer braucht keins? Warum machen Sie nicht einen Schritt vorwärts?«

»Es ist nicht einfach Gold«, gab Ponyets taktvoll zurück. »Kein *einfaches* Gold. Nicht nur eine Münze oder auch zwei. Es handelt sich um all das, was hinter dem Gold steckt.«

»Was kann hinter Gold schon stecken?« reizte Pherl ihn. Seine Mundwinkel zogen sich beim Lächeln nach unten. »Das wird doch nicht die Vorrede zu einer weiteren unbeholfenen Demonstration sein.«

»Unbeholfen?« Ponyets runzelte leicht die Stirn.

»Und wie!« Pherl faltete die Hände und berührte sie leicht mit dem Kinn. »Ich kritisiere Sie nicht. Ich bin überzeugt, daß die Unbeholfenheit Absicht war. Wenn ich mir über das Motiv im klaren gewesen wäre, hätte ich den Verehrungswürdigen davor gewarnt. Also, ich an Ihrer Stelle hätte das Gold auf meinem Schiff hergestellt und es allein angeboten. Die Schau, die Sie vor uns abzogen, und die Feindseligkeit, die Sie dadurch provoziert haben, waren im Grunde überflüssig.«

»Schon«, gab Ponyets zu, »aber da ich ich war, ließ ich es auf die Feindseligkeit ankommen, um Ihre Aufmerksamkeit zu erregen.«

»So einfach war das?« Pherl gab sich keine Mühe, seine verächtliche Belustigung zu verbergen. »Und ich könnte mir vorstellen, daß Sie eine Reinigung von dreißig Tagen vorgeschlagen haben, damit Sie Zeit gewannen, die Aufmerksamkeit in etwas Substantielleres umzuwandeln. Aber wenn sich das Gold nun als unrein erweist?«

Ponyets erlaubte sich eine Spur von Ironie. »Wie das, wenn die Unreinheit von genau den Leuten festgestellt werden muß, die am meisten an der Reinheit des Goldes interessiert sind?«

Pherl musterte den Händler scharf. Gleichzeitig überrascht und befriedigt räumte er ein: »Ein vernünftiger Gedanke. Und jetzt sagen Sie mir, warum Sie *meine* Aufmerksamkeit erregen wollten.«

»Das will ich tun. In der kurzen Zeit, die ich hier bin, habe ich nützliche Tatsachen bemerkt, die Sie betreffen und mich interessieren. Zum Beispiel sind Sie jung — sehr jung für ein Mitglied des Ältestenrates, und noch dazu gehören Sie zu einer relativ jungen Familie.«

»Sie kritisieren meine Familie?«

»Durchaus nicht. Ihre Ahnen sind groß und heilig, das wird jeder zugeben. Aber es wird behauptet, Sie gehörten nicht zu einem der Fünf Stämme.«

Pherl lehnte sich zurück. »Mit allem Respekt für die Betroffenen«, erklärte er giftig, »die Fünf Stämme haben ausgedörrte Lenden und dünnes Blut. Es leben keine fünfzig Mitglieder mehr.«

»Trotzdem wird die Meinung vertreten, das Volk werde einen Mann, der nicht zu den Fünf Stämmen gehört, nicht zum Großmeister haben wollen. Und ein so junger und erst so kürzlich in sein Amt erhobener Favorit des Großmeisters muß sich ja Feinde unter den wichtigen Leuten des Staates machen — heißt es. Der Verehrungswürdige wird alt, und sein Schutz wird nicht über seinen Tod hinausgehen, wenn, wie zu erwarten ist, ein Feind von Ihnen derjenige sein wird, der die Worte seines Geistes interpretiert.«

Pherls Gesicht verfinsterte sich. »Für einen Ausländer hören Sie eine Menge. Solche Ohren sind wie geschaffen dazu, daß man sie stutzt.«

»Das kann später entschieden werden.«

»Lassen Sie mich Ihnen vorausgreifen.« Pherl rückte ungeduldig auf seinem Sitz herum. »Sie wollen mir mittels dieser bösen kleinen Maschinen, die Sie in Ihrem Schiff mitgebracht haben, Reichtum und Macht anbieten. Stimmt's?«

»Nehmen wir das einmal an. Was hätten Sie dagegen einzuwenden? Nichts als Ihre Begriffe von Gut und Böse?«

Pherl schüttelte den Kopf. »Durchaus nicht. Mein Herr Ausländer, ganz gleich, wie Sie mit Ihrem heidnischen Agnostizismus uns beurteilen, ich bin nicht völlig Sklave unserer Mythologie, auch wenn es den Anschein haben mag. Ich bin ein gebildeter Mann, Sir, und, wie ich hoffe, ein aufgeklärter. Unsere religiösen Bräuche, die man eher vom Standpunkt des Rituals als der Ethik aus betrachten muß, sind für die Massen.«

»Welchen Einwand haben Sie dann?« faßte Ponyets vorsichtig nach.

»Genau den. Die Massen. Ich selbst mag bereit sein, mit Ihnen Handel zu treiben, aber Ihre Maschinchen müssen benutzt werden, um nützlich zu sein. Wie sollte der Reichtum zu mir kommen, wenn ich — was haben Sie zu verkaufen? —, nun, sagen wir zum Beispiel einen Rasierapparat nur zitternd und im geheimen benutzen könnte? Selbst wenn mein Kinn glatter und sauberer rasiert wäre, wie soll ich davon reich werden? Und wie könnte ich dem Tod in der Gaskammer oder einer Ermordung durch einen aufgebrachten Mob entgehen, wenn ich dabei erwischt würde?«

Ponyets zuckte die Achseln. »Da haben Sie recht. Ich möchte nur darauf hinweisen, daß das Gegenmittel darin bestünde, Ihr Volk zu seiner eigenen Bequemlichkeit und zu Ihrem beträchtlichen Profit an die Benutzung atombetriebener Geräte zu gewöhnen. Es wäre eine gigantische Arbeit, das leugne ich nicht. Nur wäre der Lohn noch gigantischer. Aber es handelt sich hier um Ihre Bedenken, die im Augenblick nicht die meinen sind. Denn ich habe weder Rasierapparate noch Messer und auch keine mechanischen Müllbeseitiger anzubieten.«

»Was dann?«

»Gold. Das Gold selbst. Sie können die Maschine haben, die ich letzte Woche vorführte.«

Jetzt versteifte Pherl sich. Die Haut auf seiner Stirn zuckte. »Den Umwandler?«

»Genau. Ihre Versorgung mit Gold wird Ihrer Versorgung mit Eisen entsprechen. Das dürfte zur Befriedigung aller Ihrer Wünsche genügen, sogar für die Großmeisterwürde, ungeachtet Ihrer Jugend und Ihrer Feinde. Und Sie begeben sich dabei nicht in Gefahr.«

»Wieso nicht?«

»Wie Sie eben sagten, müssen Sie ein atombetriebenes Gerät in aller Heimlichkeit benutzen. Sie können den Umwandler im tiefsten Verlies der stärksten Festung auf ihrem am weitesten entfernten Besitz aufstellen, und er wird Ihnen trotzdem sofortigen Reichtum bringen. Sie kaufen das *Gold,* nicht die Maschine, und an diesem Gold haftet keine Spur seiner Herstellung, denn es kann von dem natürlichen Metall nicht unterschieden werden.«

»Und wer soll die Maschine bedienen?«

»Sie selbst. Mehr als fünf Minuten Unterweisung sind dazu nicht erforderlich. Ich werde die Maschine für Sie aufstellen, wo Sie es wünschen.«

»Und was verlangen Sie dafür?«

»Nun ...« Ponyets wurde vorsichtig. »Ich verlange einen Preis, und zwar einen ansehnlichen. Davon lebe ich. Sagen wir — denn es ist eine wertvolle Maschine — den Gegenwert eines Kubikfußes Gold in schmiedbarem Eisen.«

Pherl lachte, und Ponyets wurde rot. »Ich weise Sie darauf hin, Sir«, setzte er steif hinzu, »daß Sie Ihren Preis in zwei Stunden zurückbekommen können.«

»Sicher, und in einer Stunde könnten Sie verschwunden sein, und meine Maschine erweist sich dann plötzlich als nutzlos. Ich brauche eine Garantie.«

»Sie haben mein Wort.«

»Das ist eine sehr gute Garantie.« Pherl verbeugte sich ironisch. »Aber Ihre Anwesenheit wäre eine noch bessere. Ich gebe Ihnen mein Wort, daß Sie Ihre Bezahlung eine Woche, nachdem Sie die Maschine in funktionierendem Zustand abgeliefert haben, bekommen werden.«

»Unmöglich.«

»Unmöglich? Wenn Sie bereits die Todesstrafe verdient haben, indem Sie mir dieses Verkaufsangebot machten? Die einzige Alternative ist meine Versicherung, daß Sie andernfalls morgen in der Gaskammer sein werden.«

Ponyets' Gesicht blieb ausdruckslos, aber vielleicht flackerten seine Augen. Er sagte: »Das ist ein unfairer Vorteil. Werden Sie mir Ihr Versprechen wenigstens schriftlich geben?«

»Damit ich ebenfalls die Hinrichtung riskiere? Nein, Sir!« Pherl zeigte ein breites, zufriedenes Lächeln. »Nein, Sir! Nur einer von uns ist ein Trottel.«

Mit dünner Stimme sagte der Händler: »Also abgemacht.«

— 30 —

Die Erpressung

Gorov wurde am dreißigsten Tag freigelassen, und fünfhundert Pfund des gelbsten Goldes nahmen seine Stelle ein. Und mit ihm wurde die unter Quarantäne gestellte, unberührbare Abscheulichkeit freigegeben, die sein Schiff war.

Ebenso wie auf dem Weg in das askonische System wurden sie auf dem Weg hinaus von einem Zylinder schlanker kleiner Schiffe begleitet.

Ponyets betrachtete das matt von der Sonne angestrahlte Pünktchen, das Gorovs Schiff war, während Gorovs Stimme klar und dünn über den enggebündelten Ätherstrahl aus dem Entzerrer klang.

Er sagte: »Aber das war nicht unser Ziel, Ponyets. Ein Umwandler reicht nicht. Wo hast du ihn übrigens herbekommen?«

»Nirgends«, antwortete Ponyets geduldig. »Ich habe ihn mir aus einer Nahrungsmittelbestrahlungskammer selbst zusammengebastelt. Er taugt überhaupt nichts, wirklich. Der Energieverbrauch übersteigt den Wert der Produktion. Andernfalls würde die Foundation Umwandler benutzen, statt überall in der Galaxis nach Schwermetallen zu jagen. Es ist einer der Standard-Tricks, die jeder Händler benutzt, außer daß ich bisher noch nie ein Gerät gesehen habe, das Eisen in Gold umwandelt. Aber es ist eindrucksvoll, und es funktioniert — eine Weile.«

»Na gut. Aber dieser spezielle Trick nützt nichts.«

»Er hat dich aus einer verteufelten Lage befreit.«

»Das hat absolut nichts damit zu tun, zumal ich umkehren muß, sobald wir unsere fürsorgliche Eskorte abgeschüttelt haben.«

»Warum?«

»Du selbst hast es deinem Politiker auseinandergesetzt.« Gorovs Stimme klang gereizt. »Dein Argument war, daß der Umwandler ein Mittel zum Zweck darstelle, ohne an sich Wert zu besitzen; der Politiker kaufe das Gold, nicht die Maschine. Das war psychologisch geschickt, denn es hat geklappt, aber...«

»Aber?« fragte Ponyets begriffsstutzig.

Die Stimme aus dem Empfänger wurde schriller. »Aber wir wollen diesen Leuten Maschinen verkaufen, die an sich von Wert sind, Dinge, die sie gern offen benutzen möchten, so daß sie im eigenen Interesse gezwungen sind, für die Atomtechnik einzutreten.«

»Das verstehe ich alles«, sagte Ponyets freundlich. »Du hast es mir schon einmal erklärt. Aber überlege einmal, was mein Verkauf für Folgen nach sich ziehen wird. Solange der Umwandler funktioniert, wird Pherl Gold herstellen, und er wird lange genug funktionieren, um ihm bei der nächsten Wahl den Sieg zu erkaufen. Der augenblickliche Großmeister wird es nicht mehr lange machen.«

»Du verläßt dich auf Dankbarkeit?« fragte Gorov kalt.

»Nein — auf intelligentes Eigeninteresse. Der Umwandler verschafft ihm den Sieg, andere Mechanismen ...«

»Nein! Nein! Du gehst von falschen Voraussetzungen aus. Er wird nicht dem Umwandler den Verdienst zuschreiben, sondern dem guten, altmodischen Gold. Das versuche ich dir klarzumachen.«

Ponyets grinste und rückte sich bequemer zurecht. Gut. Er hatte dem armen Mann einen ausreichenden Köder hingereicht. Gorov wurde allmählich wild.

»Nicht so schnell, Gorov«, sagte der Händler. »Ich bin noch nicht fertig. Es sind bereits andere Geräte im Spiel.«

Eine kurze Pause folgte. Dann erkundigte Gorovs Stimme sich vorsichtig: »Was für andere Geräte?«

Ponyets machte eine automatische, aber sinnlose Geste. »Du siehst diese Eskorte?«

»Ich sehe sie«, antwortete Gorov kurz. »Erzähl mir von diesen Geräten.«

»Das werde ich — wenn du mir zuhörst. Wir werden von Pherls privater Flotte begleitet, eine ihm vom Großmeister gewährte besondere Ehre. Es ist ihm gelungen, das aus ihm herauszuquetschen.«

»Na und?«

»Was meinst du wohl, wohin er uns bringt? Zu seinen Bergwerken in den Außenbezirken von Askone.« Ponyets wurde plötzlich hitzig. »Ich habe dir doch gesagt, daß ich mitmache, um Geld zu verdienen, nicht, um Welten zu retten. Also gut. Ich habe diesen Umwandler für nichts verkauft. Nichts außer dem Risiko der Gaskammer, und das wird nicht auf die Quote angerechnet.«

»Bleib bei den Bergwerken, Ponyets. Wo kommen sie ins Spiel?«

»Beim Profit. Wir werden Zinn laden, Gorov. Soviel Zinn, wie wir in diesen alten Kahn hineinstopfen können, und dann packen wir deinen voll. Ich gehe mit Pherl hinunter, um die Fracht zu übernehmen, und du gibst mir mit all deinen Kanonen Deckung von oben — nur für den Fall, daß Pherl in der Sache nicht ganz so ehrlich ist, wie er behauptet. Dieses Zinn ist mein Profit.«

»Für den Umwandler?«

»*Für meine gesamte Ladung an atombetriebenen Geräten.* Berechnet zum doppelten Preis, plus einem Bonus.« Er zuckte beinahe entschuldigend die Achseln. »Ich gebe zu, ich habe ihn übervorteilt, aber ich muß schließlich meine Quote erfüllen, oder?«

Gorov kam nicht mehr mit. Er fragte schwach: »Würde es dir etwas ausmachen, mir das zu erklären?«

»Was gibt es da zu erklären? Es ist doch offensichtlich, Gorov. Paß auf! Der schlaue Fuchs glaubte, er habe mich in einer idiotensicheren Falle, weil sein Wort bei dem Großmeister mehr Gewicht haben würde als meins. Er nahm den Umwandler. Das ist in Askone ein Kapitalverbrechen. Aber er konnte jederzeit sagen, er habe mich aus den reinsten patriotischen Gefühlen in eine Falle gelockt, und mich als Verkäufer von verbotenen Waren denunzieren.«

»Das ist klar.«

»Sicher, aber es hätte nicht einfach Wort gegen Wort gestanden. Verstehst du, Pherl hat noch nie von einem Mikrofilm-Recorder gehört.«

Gorov lachte auf.

»Da meinte er nun, die Oberhand zu haben«, fuhr Ponyets fort. »Ich hatte die Züchtigung bekommen, die ich verdiente. Aber als ich unterwürfig den Umwandler für ihn aufstellte, baute ich den Recorder mit ein, und bei der Überholung am nächsten Tag entfernte ich ihn wieder. Nun besaß ich eine perfekte Aufnahme seines Allerheiligsten, wo er, der arme Pherl, eigenhändig den Umwandler bediente und über seinen ersten Klumpen Gold krähte, als habe er eben ein Ei gelegt.«

»Du hast ihm den Film gezeigt?«

»Zwei Tage später. Der arme Tropf hatte noch nie im Leben einen dreidimensionalen farbigen Tonfilm gesehen. Er behauptet, nicht abergläubisch zu sein, aber wenn ich je einen Erwachsenen gesehen habe, der so verängstigt wirkte wie er, darfst du mich einen Anfänger schimpfen. Dann sagte ich ihm, ich hätte einen Recorder auf dem Hauptplatz der Stadt angebracht, der sich mittags, wenn eine Million fanatischer Askonier zusähen, einschalten würde, und eine halbe Sekunde später schnatterte er zu meinen Knien. Er war bereit, jeden Handel mit mir abzuschließen.«

»Hast du das wirklich getan?« Gorovs Stimme klang nach unterdrücktem Gelächter. »Ich meine, hast du einen Recorder auf dem Hauptplatz angebracht?«

»Nein, aber darauf kam es nicht an. Er kaufte mir für

soviel Zinn, wie wir wegschaffen könnnen, sämtliche Geräte aus meinem und deinem Schiff ab. In dem Augenblick traute er mir alles zu. Der Vertrag wurde schriftlich niedergelegt, und du wirst als weitere Vorsichtsmaßnahme eine Kopie bekommen, bevor ich mit ihm lande.«

»Du hast sein Ego beschädigt«, gab Gorov zu bedenken. »Wird er die Geräte benutzen?«

»Warum denn nicht? Es ist für ihn die einzige Möglichkeit, seinen Verlust wettzumachen, und wenn er Geld damit verdient, wird das seinen Stolz wieder aufrichten. Und er wird bestimmt der nächste Großmeister — einen von unserem Gesichtspunkt aus besseren Mann können wir uns nicht wünschen.«

»Ja«, sagte Gorov, »du hast ein gutes Geschäft gemacht. Aber ich muß schon sagen, deine Verkaufstechnik macht mir angst. Kein Wunder, daß du aus dem Seminar hinausgeflogen bist. Hast du überhaupt keine Moral?«

»Spielt das eine Rolle?« fragte Ponyets gleichgültig. »Du weißt doch, was Salvor Hardin über die Moral gesagt hat.«

FÜNFTER TEIL

Die Handelsfürsten

— 31 —

Die Macht der Händler

HÄNDLER — *... Nach den psychohistorischen Gesetzen war es unvermeidbar, daß die Foundation ihre wirtschaftliche Kontrolle immer weiter ausdehnte. Die Händler wurden reich, und mit dem Reichtum kam die Macht ...*

Es wird manchmal vergessen, daß Hober Mallow sein Leben als einfacher Händler begann. Niemals wird vergessen, daß er es als der erste der Handelsfürsten beendete ...

ENCYCLOPAEDIA GALACTICA

Jorane Sutt legte die Spitzen seiner sorgfältig manikürten Finger zusammen. »Es hat etwas von einem Puzzle. Tatsächlich — und das sage ich Ihnen im strengsten Vertrauen — könnte es eine weitere Hari-Seldon-Krise sein.«

Der Mann ihm gegenüber suchte in der Tasche seiner kurzen smyrnischen Jacke nach einer Zigarette. »Ich weiß nicht, Sutt. Die Politiker schreien doch vor jeder Bürgermeisterwahl ›Seldon-Krise‹.«

Sutt lächelte dünn. »Ich führe keinen Wahlkampf, Mallow. Wir stehen Atomwaffen gegenüber, und wir wissen nicht, woher sie kommen.«

Hober Mallow von Smyrno, Meisterhändler, rauchte seelenruhig, beinahe gleichgültig. »Weiter. Wenn Sie mehr zu sagen haben, spucken Sie's aus!« Er beging niemals den Fehler, zu einem Vertreter der Foundation überhöflich zu sein. Sicher, er war Ausländer, aber ein Mann bleibt ein Mann.

Sutt wies auf die dreidimensionale Sternkarte auf dem Tisch. Er justierte die Kontrollen, und eine Gruppe aus einem halben Dutzend Sonnensystemen leuchtete rot auf.

»Das«, stellte er fest, »ist die korellische Republik.«

Der Händler nickte. »Ich bin dort gewesen. Ein stinkendes Rattenloch! Ich glaube, man kann es eine Republik nennen, aber jedesmal ist es einer von der Argo-Familie, der zum Commdor gewählt wird. Und wenn das jemandem nicht paßt — dann passiert ihm etwas.« Er verzog die Lippen und wiederholte: »Ich bin dort gewesen.«

»Aber Sie sind zurückgekommen, was nicht jedem gelungen ist. Drei Handelsschiffe, nach den Verträgen unverletzlich, sind letztes Jahr im Gebiet der Republik verschwunden. Und diese Schiffe waren mit allen üblichen Nuklear-Explosiv-Waffen und Kraftfeldverteidigungen ausgerüstet.«

»Was haben Sie als letztes von den Schiffen gehört?«

»Routinemeldungen. Sonst nichts.«

»Was hat Korell gesagt?«

Sutts Augen glitzerten ironisch. »Auf Korell Erkundigungen einzuziehen, ist für uns ein Ding der Unmöglichkeit. Der größte Aktivposten der Foundation an der ganzen Peripherie ist, daß sie als mächtig gilt. Glauben Sie, wir können drei Schiffe verlieren und nach ihnen *fragen?*«

»Dann wird es wohl das beste sein, Sie erzählen mir, was Sie von *mir* wollen.«

Jorane Sutt verschwendete keine Zeit damit, daß er sich den Luxus einer Verärgerung erlaubte. Als Sekretär des Bürgermeisters war er schon mit oppositionellen Ratsmitgliedern, Arbeitsuchenden, Reformern und Irren fertiggeworden, die behaupteten, den zukünftigen Verlauf der Geschichte, wie von Hari Seldon ausgearbeitet, zur Gänze enträtselt zu haben. Bei einem solchen Training brauchte es schon eine Menge, um Sutt aus der Ruhe zu bringen.

Er sagte methodisch: »Gleich. Natürlich kann es kein Zufall sein, wenn in einem Jahr drei Schiffe in demselben Sektor verlorgengehen, und Atomwaffen können nur von noch mehr Atomwaffen besiegt werden. Da erhebt sich die Frage: Wenn Korell Atomwaffen besitzt, woher bekommt es sie?«

»Na, woher denn?«

»Es gibt zwei Möglichkeiten. Entweder haben die Korellier sie selbst konstruiert ...«

»Unwahrscheinlich!«

»Sehr unwahrscheinlich! Aber die andere Möglichkeit ist, daß wir es hier mit einem Fall von Verrat zu tun haben.«

»Das glauben Sie?« Mallows Stimme klang kalt.

Der Sekretär erklärte ruhig: »Daran wäre nichts übermäßig Verwunderliches. Seit die Vier Königreiche die Foundation-Konvention übernommen haben, mußten wir uns mit beträchtlichen Dissidentengruppen in jedem Staat befassen. Jedes frühere Königreich hat seine Kronprätendenten und seine früheren Adligen, die nicht gut so tun können, als liebten sie die Foundation. Vielleicht werden einige von ihnen aktiv.«

Mallow stieg das Blut zu Kopf. »Ich verstehe. Wollen Sie mir damit etwas Bestimmtes beibringen? Ich bin Smyrnier.«

»Ich weiß. Sie sind Smyrnier — geboren in Smyrno, einem der früheren Vier Königreiche. Ein Mann der Foundation sind Sie nur durch Ihre Erziehung. Der Geburt nach sind Sie Ausländer. Zweifellos war Ihr Großvater zur Zeit der Kriege mit Anakreon und Loris ein Baron, und zweifellos wurde Ihrer Familie das Land weggenommen, als Sef Sermak den Grundbesitz neu verteilte.«

»Nein, beim schwarzen Raum, nein! Mein Großvater war der bettelarme Sohn eines Raumarbeiters, der in der Zeit vor der Foundation zu einem Hungerlohn Kohle lud. Ich schulde dem alten Regime nichts. Aber ich bin in Smyrno geboren, und, bei der Galaxis, ich schäme mich weder Smyrnos noch der Smyrnier. Ihre listigen Hinweise auf Verrat sollen mich wohl so bange machen, daß ich Foundation-Speichel lecke? Und jetzt sprechen sie entweder Ihre Befehle oder Ihre Beschuldigung aus. Mir ist es gleich, welches von beidem.«

»Mein lieber Meisterhändler, mich kümmert es kein Elektron, ob Ihr Großvater König von Smyrno oder der ärmste Bettler auf dem Planeten war. Ich habe mit dem Unsinn über Ihre Geburt und Ihre Abstammung doch nur zeigen wollen, daß sie mich nicht interessieren. Offenbar ist Ihnen die Pointe entgangen. Fangen wir noch einmal von vorn an: Sie sind Smyrnier. Sie kennen die Ausländer. Außerdem sind Sie Händler, und zwar einer der besten. Sie sind auf Korell gewesen, und Sie kennen die Korellier. Sie sollen nach Korell reisen.«

Mallow holte tief Luft. »Als Spion?«

»Durchaus nicht. Als Händler — aber mit offenen Augen. Wenn Sie herausfinden können, woher die Waffen stammen — da Sie Smyrnier sind, möchte ich Sie daran erinnern, daß zwei der verlorengegangenen Handelsschiffe eine smyrnische Besatzung hatten.«

»Wann soll ich starten?«

»Wann ist Ihr Schiff fertig?«

»In sechs Tagen.«

»Dann ist das der Zeitpunkt Ihres Starts. Alle Einzelheiten bekommen Sie von der Admiralität.«

»Gut.« Der Händler stand auf, schüttelte Sutt rauh die Hand und schritt hinaus.

Sutt wartete, spreizte vorsichtig die gequetschten Finger und rieb sie. Dann zuckte er die Achseln und kehrte ins Büro des Bürgermeisters zurück.

Der Bürgermeister schaltete den Bildschirm ab und lehnte sich zurück. »Was halten Sie davon, Sutt?«

»Er könnte ein guter Schaupieler sein.« Sutt sah nachdenklich ins Weite.

— 32 —
Die dritte Krise

Es war am Abend desselben Tages, und in Jorane Sutts Junggesellen-Appartement im 22. Stock des Hardin-Gebäudes nippte Publis Manlio an einem Glas Wein.

Publis Manlio vereinigte in seinem schmächtigen, alternden Körper zwei wichtige Ämter der Foundation. Er war Außenminister im Kabinett des Bürgermeisters, und für alle äußeren Sonnen, ausgenommen lediglich die Foundation selbst, war er zusätzlich Primat der Kirche, Lieferant der Heiligen Nahrung, Meister der Tempel und so weiter in einer fast unendlichen Folge von verwirrenden, aber wohlklingenden Silben.

Gerade sagte er: »Immerhin hat er zugestimmt, daß Sie diesen Händler hinschicken. Das ist doch ein Schritt voran.«

»Aber ein so kleiner«, antwortete Sutt. »Er führt uns im Augenblick nicht weiter. Wir starten doch nichts weiter als einen Versuch, denn wir haben keine Möglichkeit, das Ende vorauszusehen. Da lassen wir einfach Seil ab auf die Chance hin, daß sich irgendwo an ihm eine Schlinge gebildet hat.«

»Das ist wahr. Und dieser Mallow ist ein fähiger Mann. Wenn er nun kein leichtes Opfer für einen Betrug ist?«

»Das Risiko müssen wir eingehen. Wenn es sich wirklich um Verrat handelt, sind daran die fähigen Männer beteiligt. Wenn nicht, brauchen wir einen fähigen Mann, um die Wahrheit zu entdecken. Und Mallow wird unter Beobachtung stehen. Ihr Glas ist leer.«

»Nein, danke, ich habe genug gehabt.«

Sutt füllte sein eigenes Glas und wartete geduldig ab, bis sein Gesprächspartner aus unbehaglichem Nachsinnen erwachte.

Womit er sich dabei auch beschäftigt haben mochte,

zu einer Entscheidung war er nicht gelangt, denn der Primat fragte plötzlich — beinahe explosiv: »Sutt, was haben Sie auf dem Herzen?«

»Ich will es Ihnen sagen, Manlio.« Seine dünnen Lippen verzogen sich. »Wir befinden uns mitten in einer Seldon-Krise.«

Manlio starrte ihn an. Dann fragte er leise: »Woher wissen Sie das? Ist Seldon wieder in dem Zeitgewölbe erschienen?«

»Das ist nicht notwendig, mein Freund. Überlegen Sie. Seit das Galaktische Imperium die Peripherie im Stich ließ, so daß wir auf uns selbst angewiesen waren, haben wir nie einen Gegner gehabt, der über Atomwaffen verfügte. Jetzt haben wir einen, zum erstenmal. Das wäre an sich schon bedeutungsvoll. Und es ist nicht das allein. Zum erstenmal in mehr als siebzig Jahren sehen wir uns einer größeren politischen Krise im eigenen Haus gegenüber. Ich denke, das gleichzeitige Auftreten der beiden Krisen, der inneren und der äußeren, beseitigt jeden Zweifel.«

Manlio kniff die Augen zusammen. »Wenn das alles ist, ist es nicht genug. Es hat bisher zwei Seldon-Krisen gegeben, und beide Male war die Foundation in Gefahr, ausgelöscht zu werden. Nichts kann eine dritte Krise sein, bis diese Gefahr von neuem auftritt.«

Sutt ließ sich nie Ungeduld anmerken. »Diese Gefahr ist schon im Anzug. Jeder Dummkopf weiß, daß es sich um eine Krise handelt, wenn sie da ist. Wollen wir dem Staat wirklich einen Dienst erweisen, müssen wir sie im embryonalen Zustand erkennen. Manlio, wir bewegen uns auf einem vorausgeplanten Weg in die Zukunft. Wir *wissen,* daß Hari Seldon die Wahrscheinlichkeiten der Geschichte ausgearbeitet hat. Wir *wissen,* daß es uns bestimmt ist, eines Tages das Galaktische Imperium wiederaufzubauen. Wir *wissen,* daß es bis dahin ungefähr tausend Jahre sind. Und wir *wissen,* daß es in diesem Zeitabschnitt zu bestimmten Krisen kommen wird.

Die erste Krise entstand fünfzig Jahre nach der Gründung der Foundation, die zweite dreißig Jahre später. Seitdem sind beinahe fünfundsiebzig Jahre vergangen. Es ist Zeit, Manlio, es ist Zeit.«

Manlio rieb sich unsicher die Nase. »Und Sie haben Pläne fertig, wie diese Krise zu bewältigen ist?«

Sutt nickte.

»Und ich«, fuhr Manlio fort, »soll darin eine Rolle übernehmen?«

Wieder nickte Sutt. »Bevor wir uns der von außen kommenden Bedrohung durch Atomwaffen erwehren, müssen wir unser eigenes Haus in Ordnung bringen. Diese Händler...«

»Ah!« Der Primat setzte sich gerade hin, und sein Blick wurde scharf.

»Richtig. Diese Händler. Sie sind nützlich, aber sie sind zu stark — und sie entziehen sich zu sehr der Kontrolle. Sie sind Ausländer, außerhalb der Religion erzogen. Einerseits geben wir ihnen Wissen in die Hände, und andererseits haben wir sie nicht mehr in der Gewalt.«

»Wenn wir nun Verrat beweisen könnten?«

»Dann würden wir sofort und wirksam durchgreifen. Aber dafür gibt es nicht die geringsten Hinweise. Auch ohne Verräter unter ihnen bilden sie jedoch ein Element der Unsicherheit in unserer Gesellschaft. Sie fühlen sich nicht durch Patriotismus oder durch einfachen Anstand an uns gebunden, nicht einmal durch religiöse Ehrfurcht. Unter ihrer weltlichen Führerschaft könnten sich die äußeren Provinzen, die uns seit Hardins Zeit als den Heiligen Planeten betrachten, von uns lossagen.«

»Das leuchtet mir alles ein, aber welche Abhilfe ...?«

»Die Abhilfe muß schnell kommen, bevor die Seldon-Krise akut wird. Mit Atomwaffen von außen und Staatsverdrossenheit von innen könnte das Risiko zu groß werden.« Sutt stellte das leere Glas hin, mit dem er gespielt hatte. »Dies ist offensichtlich Ihre Aufgabe.«

»Meine?«

»Ich kann es doch nicht tun. Ich habe meinen Posten durch Ernennung bekommen und keine gesetzgeberischen Befugnisse.«

»Der Bürgermeister...«

»Unmöglich. Seine Persönlichkeit ist ganz und gar negativ. Energie entwickelt er nur, wenn er der Verantwortung ausweichen will. Doch sollte sich eine unabhängige Partei erheben, die seine Wiederwahl gefährdete, ließe er sich vielleicht willig führen.«

»Aber, Sutt, mir mangelt es an Begabung für die praktische Politik.«

»Überlassen Sie das mir. Wer weiß, Manlio? Seit Salvor Hardins Zeiten sind der Primat und das Bürgermeisteramt niemals in einer einzigen Person kombiniert gewesen. Dazu könnte es jetzt kommen — wenn Sie Ihre Arbeit gut tun.«

— 33 —
Geheime Geschäfte

Hober Mallow hatte am anderen Ende der Stadt in einer bescheideneren Umgebung eine zweite Verabredung. Er hatte lange zugehört, und jetzt meinte er vorsichtig: »Ja, ich habe von Ihrer Kampagne gehört, einen Vertreter der Händler in den Rat zu bekommen. Aber warum soll ich es sein, Twer?«

Jaim Twer, der einen jederzeit gefragt oder ungefragt daran erinnerte, daß er zu der ersten Gruppe von Ausländern gehörte, die in der Foundation eine weltliche Erziehung genossen hatten, strahlte.

»Ich weiß, was ich tue. Denken Sie daran, wie wir uns im letzten Jahr kennenlernten.«

»Das war beim Händler-Kongreß.«

»Richtig. Sie haben dieses Treffen geleitet. Diese rotnackigen Ochsen saßen da und hörten Ihnen atemlos zu, und Sie haben sie restlos eingewickelt. Das gelingt Ihnen mit den Massen der Foundation ebenso. Sie üben einen Zauber aus — oder jedenfalls wissen Sie, wie man die Leute packt, was auf das gleiche hinausläuft.«

»Na gut«, sagte Mallow trocken. »Warum jetzt?«

»Weil jetzt für uns der beste Augenblick ist. Wissen Sie, daß der Bildungsminister sein Rücktrittsgesuch eingereicht hat? Es ist noch nicht bekanntgemacht worden, aber das wird bald geschehen.«

»Und woher wissen *Sie* es?«

»Nun — lassen wir das.« Twer winkte angewidert ab. »Es ist so. Die Aktionisten-Partei spaltet sich, und wir können ihr den Garaus machen, indem wir ihr mit der Forderung gleicher Rechte für die Händler das Messer auf die Brust setzen — beziehungsweise die Frage stellen, ob sie für oder gegen die Demokratie ist.«

Mallow lehnte sich in seinem Sessel zurück und betrachtete seine dicken Finger. »Hm-hm. Tut mir leid, Twer. Ich reise nächste Woche in Geschäften ab. Sie werden sich jemand anders besorgen müssen.«

»In Geschäften?« wunderte sich Twer. »In was für Geschäften?«

»In äußerst geheimen. Drei-A-Priorität und so weiter, Sie wissen schon. Hatte eine Unterredung mit dem Sekretär des Bürgermeisters.«

»Mit Schlange Sutt?« regte Jaim Twer sich auf. »Ein Trick. Der Hundesohn will Sie nur loswerden. Mallow...«

»Langsam!« Mallow legte die Hand auf die geballte Faust des anderen. »Beruhigen Sie sich. Wenn es ein Trick ist, werde ich eines Tages zurückkommen und mit ihm abrechnen. Wenn nicht, spielt uns Ihre Schlange in die Hände. Hören sie, wir nähern uns einer Seldon-Krise.«

Mallow wartete auf eine Reaktion, doch es kam keine. Twer starrte ihn nur an. »Was ist eine Seldon-Krise?«

»Galaxis!« explodierte der enttäuschte Mallow. »Was, zum Kuckuck, haben Sie denn in der Schule gelernt?«

Twer runzelte die Stirn. »Wenn Sie mir erklären würden ...«

Es gab eine lange Pause. »Ich will es Ihnen erklären.« Mallows Augenbrauen senkten sich. Er sprach langsam. »Als das Galaktische Imperium an den Rändern abzubröckeln begann und die Enden der Galaxis in die Barbarei zurückfielen, gründeten Hari Seldon und seine Gruppe von Psychologen eine Kolonie, die Foundation, hier draußen inmitten des Zusammenbruchs, damit sich bei uns Kunst, Wissenschaft und Technologie erhalten und wir den Kern des Zweiten Kaiserreichs bilden würden.«

»O ja, ja ...«

»Ich bin noch nicht fertig«, sagte der Händler kalt. »Der Kurs, den die Foundation auf ihrem Weg in die Zukunft nehmen sollte, wurde mit der Wissenschaft der Psychohistorie, die damals hochentwickelt war, geplant, und die Bedingungen wurden so arrangiert, daß es zu einer Reihe von Krisen kommen muß, die uns mit Höchstgeschwindigkeit in Richtung des künftigen Imperiums befördern sollen. Jede Krise, jede Seldon-Krise markiert eine Epoche in unserer Geschichte. Im Augenblick nähern wir uns einer — unserer dritten.«

»Natürlich.« Twer zuckte die Achseln. »Ich hätte es wissen müssen. Aber ich bin schon lange aus der Schule — länger als Sie.«

»Das glaube ich auch. Vergessen Sie es. Worauf es ankommt, ist, daß man mich in das Zentrum der Entwicklung dieser Krise hinausschickt. Es läßt sich nicht sagen, was ich mitbringen werde, wenn ich zurückkomme, und eine Stadtratwahl findet jedes Jahr statt.«

Twer blickte auf. »Sind Sie irgendeiner Sache auf der Spur?«

»Nein.«

»Sie verfolgen einen bestimmten Plan?«

»Ich habe nicht die leiseste Andeutung eines Plans.«

»Nun, dann ...«

»Dann nichts. Hardin hat einmal gesagt: ›Um Erfolg zu haben, darf man nicht nur planen. Man muß auch improvisieren.‹ Ich werde improvisieren.«

Twer schüttelte zweifelnd den Kopf. Beide standen auf und sahen sich an.

Mallow sagte plötzlich, aber ganz sachlich: »Wissen Sie was? Kommen Sie mit! Glotzen Sie nicht, Mann! Sie sind doch Händler gewesen, bevor Sie zu dem Schluß gelangten, die Politik sei aufregender. Jedenfalls habe ich es so gehört.«

»Wohin reisen Sie? Sagen Sie mir das.«

»In Richtung des whassallischen Riffs. Genaueres kann ich Ihnen erst verraten, wenn wir draußen im Raum sind. Was meinen Sie?«

»Angenommen, Sutt will mich an einem Ort haben, wo er mich sehen kann.«

»Das ist unwahrscheinlich. Wenn er darauf brennt, mich loszuwerden, warum Sie nicht auch? Außerdem geht kein Händler in den Raum, wenn er sich seine Crew nicht selbst aussuchen darf. Ich nehme mit, wen ich will.«

Ein eigentümliches Glitzern trat in die Augen des älteren Mannes. »In Ordnung. Ich komme mit.« Er streckte die Hand aus. »Es wird meine erste Reise in drei Jahren sein.«

Mallow ergriff die Hand und schüttelte sie. »Gut! Ausgezeichnet! Und jetzt muß ich die Jungs zusammentreiben. Sie wissen doch, wo die *Ferner Stern* liegt, nicht wahr? Dann lassen Sie sich morgen dort blicken. Auf Wiedersehen.«

— 34 —
Der Missionar

Korell ist dieses häufige Phänomen in der Geschichte: die Republik, deren Herrscher jede Eigenschaft eines absoluten Monarchen hat, ausgenommen den Namen. Sie erfreute sich deshalb des üblichen Despotismus, der nicht einmal von den beiden mäßigenden Einflüssen in legitimen Monarchien, der königlichen ›Ehre‹ und der Hof-Etikette, gemildert wurde.

Der materielle Wohlstand war gering. Die Zeit des Galaktischen Imperiums war vorbei, und nur stumme Denkmäler und in Trümmern liegende Bauwerke zeugten noch davon. Die Zeit der Foundation war noch nicht angebrochen — und Commdor Asper Argo, der Herrscher, war fest entschlossen, sie mit Hilfe strenger Vorschriften für die Händler und einem noch strengeren Verbot für Missionare auch niemals anbrechen zu lassen.

Der Raumhafen selbst war alt und verfallen, und die Crew der *Ferner Stern* war sich dessen trübsinnig bewußt. Die vermodernden Hangars waren Ursache einer moderigen Atmosphäre. Jaim Twer saß zappelig bei einem Solitaire-Spiel.

Hober Mallow meinte nachdenklich: »Hier läßt sich gut Handel treiben.« Er sah ruhig aus dem Bullauge. Bisher gab es über Korrell wenig anderes zu sagen. Die Reise war ereignislos verlaufen. Bei der Staffel korellischer Schiffe, die herausgeschossen gekommen waren, um die *Ferner Stern* abzufangen, hatte es sich um kleine, hinkende Relikte früheren Glanzes oder verbeulte, unbeholfene Kähne gehandelt. Sie hatten ängstlich Abstand gehalten und hielten ihn, jetzt seit einer Woche, immer noch. Mallows Anträge auf eine Audienz bei der lokalen Regierung waren ohne Antwort geblieben.

Mallow wiederholte: »Hier läßt sich gut Handel treiben. Man könnte es ein jungfräuliches Territorium nennen.«

Jaim Twer blickte ungeduldig hoch und warf seine Karten beiseite. »Was, zum Teufel, haben Sie vor, Mallow? Die Mannschaft murrt, die Offiziere sind beunruhigt, und ich mache mir Gedanken ...«

»Gedanken worüber?«

»Über die Situation. Und über Sie. Was sollen wir tun?«

»Wir warten.«

Der alte Händler schnaubte. Das Blut stieg ihm zu Kopf. »Sie laufen blindlings ins Verderben, Mallow. Um das Landefeld stehen Wachen, und über uns sind Schiffe. Ich vermute, sie halten sich bereit, uns in ein Loch im Boden zu pusten.«

»Dazu hätten sie eine Woche Zeit gehabt.«

»Vielleicht warten sie auf Verstärkung.« Twers Augen waren scharf und hart.

Mallow setzte sich mit einem Plumps hin. »Ja, das ist mir auch schon durch den Kopf gegangen. Sehen Sie, das ist ein hübsches Problem. Zuerst gelangen wir ohne Schwierigkeiten her. Das braucht nichts zu bedeuten haben, denn letztes Jahr sind nur drei Schiffe von mehr als dreihundert verlorengegangen. Der Prozentsatz ist niedrig. Es kann jedoch bedeuten, daß die Zahl ihrer mit Atomwaffen ausgerüsteten Schiffe klein ist und daß sie es nicht wagen, sie ohne Not zu zeigen, bis es mehr geworden sind.

Andererseits könnte es auch bedeuten, daß sie überhaupt keine Atomwaffen besitzen. Oder vielleicht haben sie welche und verstecken sie aus Angst, daß wir etwas ahnen. Schließlich ist es nicht das gleiche, ob man leichtbewaffnete Handelsschiffe überfällt oder den akkreditierten Gesandten der Foundation, wenn die bloße Tatsache seiner Anwesenheit ein Hinweis darauf sein mag, daß die Foundation mißtrauisch wird.

Kombinieren Sie nun das ...«

»Hören Sie auf, Mallow, hören Sie auf!« Twer hob die

Hände. »Sie quasseln mich ja tot! Worauf wollen Sie hinaus? Lassen Sie die Zwischenstufen weg.«

»Ich *muß* Ihnen die Zwischenstufen darlegen, Twer, sonst verstehen Sie es nicht. Die Korellier warten, und ich warte. Sie wissen nicht, was ich hier tue, und ich weiß nicht, was sie hier haben. Aber ich bin in der schwächeren Position, weil ich nur einer bin, und sie sind eine ganze Welt — vielleicht mit Atomwaffen. Ich kann es mir nicht leisten, derjenige zu sein, der nachgibt. Sicher, das ist gefährlich. Sicher, es wartet vielleicht ein Loch im Boden auf uns. Aber das haben wir von Anfang an gewußt. Was könnten wir sonst tun?«

»Ich … Wer ist denn das?«

Mallow blickte geduldig auf und stellte den Empfänger ein. Auf dem Schirm erschien das zerklüftete Gesicht des Sergeanten der Wache.

»Sprechen Sie, Sergeant.«

Der Sergeant sagte: »Entschuldigung, Sir. Die Männer haben einen Missionar der Foundation hereingelassen.«

»Einen *was*?« Mallows Gesicht wurde bleich.

»Einen Missionar, Sir. Er braucht eine Krankenhausbehandlung, Sir …«

»Die wird für diesen Streich mehr als nur einer brauchen, Sergeant. Befehlen Sie die Männer auf die Gefechtsstationen!«

Der Aufenthaltsraum der Mannschaft war beinahe leer. Fünf Minuten nach Durchgabe des Befehls hatten sich sogar die Männer der Freiwache an die Geschütze begeben. In dem interstellaren Raum jener Regionen der Peripherie, in denen die Anarchie herrschte, kam es vor allem auf die Geschwindigkeit an, und vor allem in der Geschwindigkeit zeichnete sich die Crew eines Meisterhändlers aus.

Mallow trat langsam ein und musterte den Missionar von oben bis unten und ringsherum. Auf der einen Seite flankierte ihn der sich offensichtlich unbehaglich fühlenden Lieutenant Tinter, auf der anderen mit ausdruckslosem Gesicht der unerschütterliche Wach-Sergeant Demen.

Der Meisterhändler wandte sich Twer zu. »Bitte, Twer, holen Sie die Offiziere her, ausgenommen die Koordinatoren und den Flugbahnberechner. Die Männer sollen bis auf weiteres auf Gefechtsstation bleiben.«

Es gab eine Pause von fünf Minuten, in der Mallow die Türen zu den Waschräumen auftrat, hinter die Bar spähte und die Vorhänge über die dicken Fenster zog. Für eine halbe Minute verließ er den Raum, und als er zurückkehrte, summte er geistesabwesend vor sich hin.

Die Offiziere folgten ihm einer nach dem anderen, zum Schluß Twer, der leise die Tür schloß.

Mallow fragte ruhig: »Als erstes: Wer hat diesen Mann ohne Befehl von mir hereingelassen?«

Der Wachsergeant trat vor. Aller Augen richteten sich auf ihn. »Verzeihung, Sir. Das hat keine bestimmte Person getan. Es geschah sozusagen mit allgemeiner Zustimmung. Er ist einer von uns, könnte man sagen, und diese Fremden hier ...«

Mallow schnitt ihm das Wort ab. »Ich sympathisiere mit Ihren Gefühlen, Sergeant, und verstehe sie. Standen diese Männer unter Ihrem Befehl?«

»Jawohl, Sir.«

»Wenn das vorbei ist, bekommen sie eine Woche Arrest. Sie werden ebenso lange aller Aufsichtspflichten enthoben. Verstanden?«

Das Gesicht des Sergeanten veränderte sich nie, aber seine Schultern sackten ein kleines bißchen nach unten. Er antwortete zackig: »Jawohl, Sir.«

»Sie können gehen. Begeben Sie sich auf Ihre Gefechtsstation.«

Die Tür schloß sich hinter ihm. Stimmengewirr setzte ein.

Twer fragte: »Warum die Bestrafung, Mallow? Sie wissen doch, daß diese Korellier gefangene Missionare töten.«

»Wer gegen meine Befehle handelt, tut Unrecht, ganz gleich, welche anderen Gründe zu seinen Gunsten sprechen mögen. Niemand sollte das Schiff ohne Erlaubnis verlassen oder betreten.«

Lieutenant Tinter murmelte rebellisch: »Sieben Tage ohne Beschäftigung. Auf diese Weise können sie die Disziplin nicht aufrechterhalten.«

»Ich *kann*«, erwiderte Mallow eisig. »Disziplin unter idealen Umständen ist kein Verdienst. Ich verlange Disziplin im Angesicht des Todes, andernfalls ist es nicht weit her mit ihr. Wo ist dieser Missionar? Holt ihn her!«

Der Händler setzte sich, während die mit einem scharlachroten Mantel bekleidete Gestalt sorgsam nach vorn geführt wurde.

»Wie ist Ihr Name, Ehrwürden?«

»He?« Der Missionar drehte sich Mallow zu, wobei sich sein ganzer Körper als Einheit bewegte. Seine weit geöffneten Augen blickten leer. An der einen Schläfe war ein Bluterguß. Er hatte in der ganzen Zeit nicht gesprochen und, soweit Mallow es hatte beobachten können, sich auch nicht bewegt.

»Ihr Name, Ehrwürden.«

Der Missionar erwachte plötzlich zu fieberhaftem Leben. Er breitete die Arme aus. »Mein Sohn — meine Kinder. Möget ihr euch immer in den schützenden Armen des Galaktischen Geistes befinden.«

Twer trat vor. Er blickte besorgt, seine Stimme klang heiser. »Der Mann ist krank. Irgend jemand soll ihn zu Bett bringen. Schicken Sie ihn ins Bett, Mallow, und befehlen Sie, daß er versorgt wird. Er ist schwer verletzt.«

Mallow schob ihn mit seinem langen Arm zurück. »Mischen Sie sich nicht ein, Twer, oder ich lasse Sie hinauswerfen. Ihr Name, Ehrwürden?«

Der Missionar hob flehend die verschlungenen Hände. »Da ihr Erleuchtete seid, rettet mich vor den Heiden!« Die Worte überstürzten sich. »Rettet mich vor diesen Untieren, diesen Finsterlingen, die mich verschlingen wollen und den Galaktischen Geist mit ihren Verbrechen betrüben. Ich bin Jord Parma von den anakreonischen Welten. Ausgebildet in der Foundation, in der Foundation selbst, meine Kinder. Ich bin ein Priester des Geistes, eingeweiht in alle Mysterien, und ich bin an diesen Ort gekommen, weil meine innere Stimme mich sandte.« Er keuchte. »Ich habe unter den Händen der Finsterlinge gelitten. Da ihr Kinder des Geistes seid, bitte ich euch im Namen des Geistes, schützt mich vor ihnen.«

Eine Stimme brach über sie herein. Der Notalarm-Lautsprecher gellte metallisch:

»Feindliche Einheiten in Sicht! Instruktion gewünscht!«

Alle Anwesenden blickten automatisch zu dem Lautsprecher hoch.

Mallow fluchte heftig. Er legte den Schalter um und brüllte: »Haltet weiter Wache! Das ist alles!« Damit schaltete er wieder ab.

Er trat vor die dicken Vorhänge, die auf eine Berührung hin zur Seite raschelten, und sah grimmig nach draußen.

Feindliche Einheiten! Mehrere Tausend von ihnen in den Personen der individuellen Mitglieder eines korellischen Mobs. Der wogende Pöbelhaufen umgab den Hafen von einem Ende bis zum anderen, und die Vordersten drängten in dem kalten, harten Licht der Magnesium-Leuchtkugeln näher heran.

»Tinter!« Der Händler drehte sich nicht um, aber sein Nacken war rot. »Stellen Sie den Außenlautsprecher an und finden Sie heraus, was die Leute wollen. Fragen Sie, ob sie einen Vertreter des Gesetzes bei sich haben. Lassen Sie sich weder zu Versprechungen noch zu Drohungen hinreißen, sonst bringe ich Sie um.«

Tinter machte kehrt und ging.

Mallow spürte eine rauhe Hand auf seiner Schulter und schlug sie weg. Es war Twer, und er zischte dem Händler zornig ins Ohr: »Mallow, Sie müssen diesem Mann helfen. Eine andere Möglichkeit, Anstand und Ehre zu bewahren, gibt es nicht. Er ist von der Foundation, und schließlich ist er ein *Priester.* Diese Wilden da draußen — Hören Sie mich?«

»Ich höre Sie, Twer«, antwortete Mallow schneidend. »Ich habe hier mehr zu tun, als Missionare zu beschützen. Sir, ich werde tun, was mir beliebt, und — bei Seldon und der ganzen Galaxis! — wenn Sie versuchen, mich daran zu hindern, reiße ich Ihnen Ihre stinkende Luftröhre heraus. Kommen Sie mir nicht in die Quere, Twer, sonst ist es aus mit Ihnen!«

Er drehte sich um und ging weiter. »Sie! Ehrwürden Parma! Wußten Sie, daß laut Vertrag kein Missionar der Foundation korellisches Gebiet betreten darf?«

Der Missionar zitterte. »Ich kann nicht anders, als dahin gehen, wohin der Geist mich führt, mein Sohn. Wenn die Finsterlinge die Erleuchtung ablehnen, ist das nicht ein Beweis, wie nötig sie sie brauchen?«

»Darum geht es nicht, Ehrwürden. Ihre Anwesenheit hier ist gegen das Gesetz sowohl von Korell als auch der Foundation. Ich habe keine gesetzliche Handhabe, Sie zu schützen.«

Wieder hob der Missionar die Hände. Seine frühere Verwirrung hatte sich gelegt. Eine rauhe Stimme lärmte über das äußere Kommunikationssystem des Schiffes. Ihr antwortete das auf- und abschwellende Gebrabbel der wütenden Horde. Die Augen des Missionars flackerten.

»Hören Sie sie? Warum sprechen Sie vom Gesetz zu mir, von einem Gesetz, das Menschen geschaffen haben? Es gibt höhere Gesetze. Hat nicht der Galaktische Geist gesagt: Du sollst nicht untätig zusehen, wenn dein Nächster verletzt wird!? Und hat er nicht gesagt: Was du den Niederen und Schutzlosen tust, das soll dir getan werden!?

Haben Sie keine Kanonen? Haben Sie kein Schiff? Und steht nicht die Foundation hinter Ihnen? Und ist nicht über Ihnen und um Sie der Geist, der das Universum regiert?« Er hielt inne, um Atem zu schöpfen.

Und dann verstummte die laute Außenstimme der *Fer-*

ner Stern, und Lieutenant Tinter kam zurück. Er wirkte beunruhigt.

»Sprechen Sie!« forderte Mallow ihn kurz auf.

»Sir, sie verlangen, daß wir ihnen Jord Parma ausliefern.«

»Und wenn wir es nicht tun?«

»Sie äußerten verschiedene Drohungen. Es ist schwierig, sie zu verstehen. Es sind so viele — und sie gebärden sich wie wahnsinnig. Einer ist dabei, der behauptet, den Distrikt zu regieren und Polizeigewalt zu besitzen, aber er ist ganz offensichtlich nicht Herr seiner Entschlüsse.«

»Ob Herr oder nicht ...« — Mallow zuckte die Achseln — »er ist das Gesetz. Sagen Sie den Leuten, wenn dieser Gouverneur oder Polizeioffizier, oder was auch immer er ist, sich dem Schiff allein nähert, kann er den Ehrwürdigen Jord Parma haben.«

Und plötzlich hielt er eine Waffe in der Hand. Er setzte hinzu: »Ich weiß nicht, was Insubordination ist. Ich habe nie irgendwelche Erfahrungen damit gemacht. Aber wenn hier irgend jemand ist, der glaubt, er könne mich belehren, würde ich ihm sehr gern mein Gegenmittel zeigen.«

Die Waffe beschrieb einen langsamen Bogen und richtete sich auf Twer. Der alte Händler entspannte mit Mühe sein verzerrtes Gesicht, öffnete die Fäuste und senkte sie. Der Atem rasselte hart in seinen Nüstern.

Tinter ging, und fünf Minuten später löste sich eine kleine Gestalt von der Menge. Sie näherte sich langsam und zögernd, halbtot vor Angst und bösen Vorahnungen. Zweimal kehrte sie um, und zweimal zwangen die Drohungen des vielköpfigen Ungeheuers sie zum Weitergehen.

»In Ordnung.« Mallow winkte mit dem Handlaser, den er nicht wieder weggesteckt hatte. »Grun und Upshur, bringen Sie ihn hinaus.«

Der Missionar kreischte. Er hob die Arme und streckte die Finger steif in die Höhe. Seine weiten Ärmel fielen zurück und enthüllten dünne Arme mit hervortretenden Adern. Ganz kurz blinkte ein kleines Licht auf. Mallow blinzelte und winkte verächtlich noch einmal.

Der Missionar wehrte sich gegen die beiden Männer und schrie: »Verflucht sei der Verräter, der seinen Nächsten dem Bösen und dem Tod überläßt! Mit Taubheit geschlagen seien die Ohren, die taub sind für das Flehen der Hilflosen! Mit Blindheit geschlagen seien die Augen, die blind sind für die Unschuld! Auf ewig geschwärzt sei die Seele, die im Bund ist mit der Finsternis ...«

Twer preßte die Hände fest auf die Ohren.

Mallow senkte seinen Laser und steckte ihn weg. »Alle Mann auf ihre Posten«, befahl er gleichmütig. »Volle Wache bis zu sechs Stunden, nachdem die Menge sich zerstreut hat. Danach achtundvierzig Stunden lang Doppelposten. Weitere Instruktionen zu diesem Zeitpunkt. Twer, kommen Sie mit!«

Sie waren in Mallows Privatquartier allein. Mallow wies auf einen Stuhl, und Twer setzte sich. Sein stämmiger Körper wirkte eingeschrumpft.

Mallow fixierte ihn ironisch. »Twer«, sagte er, »ich bin enttäuscht. Anscheinend haben Sie während Ihrer drei Jahre in der Politik die Gewohnheiten eines Händlers abgelegt. Vergessen Sie nicht, ich mag in der Foundation ein Demokrat sein, aber mein Schiff kann ich nur mit Methoden führen, die nahe an die Tyrannei herankommen. Ich habe noch nie zuvor einen Laser auf meine Männer richten müssen, und es wäre auch jetzt nicht nötig gewesen, wären Sie nicht aus der Reihe getanzt.

Twer, Sie haben keine offizielle Position, sondern sind auf meine Einladung hier, und ich erweise Ihnen gern jede Höflichkeit — privat. In Anwesenheit meiner Offiziere oder Männer bin ich jedoch von nun an ›Sir‹ und nicht ›Mallow‹. Und wenn ich einen Befehl gebe, werden Sie schneller sausen als ein Rekrut dritter Klasse, oder ich lasse Sie noch schneller im Frachtraum in Eisen legen. Verstanden?«

Der Parteiführer schluckte. Zögernd sagte er: »Ich bitte um Verzeihung.«

»Akzeptiert. Wollen Sie mir die Hand geben?«

Twers schlaffe Finger verschwanden in Mallows Pranke. Der alte Händler sagte: »Mein Motiv war ehrenhaft. Es ist schwer, einen Mann hinauszuschicken, damit er gelyncht wird. Dieser Gouverneur, oder was er war, mit seinen weichen Knien kann ihn nicht retten. Es ist glatter Mord.«

»Das kann ich nicht ändern. Offen gesagt, die Sache roch zu schlecht. Ist es Ihnen nicht aufgefallen?«

»Was?«

»Dieser Raumhafen liegt inmitten eines verschlafenen fernen Sektors. Plötzlich flieht ein Missionar. Von wo? Er kommt hierher. Zufall? Eine riesige Menschenmenge versammelt sich. Von wo? Die nächste größere Stadt muß mindestens hundert Meilen weit entfernt sein. Aber die Leute sind in einer halben Stunde da. Wie?«

»Wie?« wiederholte Twer.

»Könnte man nicht den Missionar hergebracht und als Köder losgelassen haben? Unser Freund Ehrwürden Parma war auffallend verwirrt. Zu keiner Zeit machte er den Eindruck, im Vollbesitz seiner geistigen Kräfte zu sein.«

»Mißhandlungen ...«, murmelte Twer bitter.

»Vielleicht! Und vielleicht war der Gedanke dabei, wir sollten uns als edle Ritter gebärden und uns zu einer törichten Verteidigung des Mannes verleiten lassen. Er war gegen das Gesetz Korells und der Foundation hier. Hätte ich ihn im Schiff behalten, wäre das eine Kriegshandlung gegen Korell gewesen, und die Foundation hätte keine gesetzliche Handhabe gehabt, uns zu beschützen.«

»Das ... das ist ziemlich weit hergeholt.«

Der Lautsprecher plärrte und kam Mallows Antwort zuvor: »Sir, offizielle Kommunikation empfangen!«

»Sofort herschicken!«

Der schimmernde Zylinder traf mit einem Klicken in seinem Schlitz ein. Mallow öffnete ihn und schüttelte das darin befindliche silberimprägnierte Blatt heraus. Er rieb es anerkennend zwischen Daumen und Zeigefinger. »Direkt von der Hauptstadt teleportiert. Commdors privates Schreibpapier.«

Mit einem Blick hatte er den Brief überflogen und lachte kurz auf. »Mein Gedanke war also weit hergeholt, wie?«

Er warf das Blatt Twer zu. »Eine halbe Stunde, nachdem wir den Missionar ausgeliefert haben, bekommen wir endlich eine sehr höfliche Einladung, vor dem Angesicht des erhabenen Commdors zu erscheinen — nachdem wir sieben Tage gewartet haben. *Ich* glaube, man hat uns einer Prüfung unterzogen.«

— 35 —
Religion und Profit

Commdor Asper war, wie er zu betonen pflegte, ein Mann des Volkes. Die noch auf dem Hinterkopf vorhandene Franse grauen Haares fiel ihm schlaff auf die Schultern, sein Hemd mußte gewaschen werden, und er sprach schniefend.

»Hier wird nicht geprahlt, Händler Mallow«, sagte er. »Ich lege keinen Wert auf Prunk. In mir sehen Sie nichts als den ersten Bürger des Staates. Das ist die Bedeutung von Commdor, und das ist der einzige Titel, den ich trage.« Anscheinend erfreute ihn das alles außerordentlich. »Ich betrachte diese Tatsache als eins der stärksten Bande zwischen Korell und Ihrem Volk. Soviel ich weiß, erfreut sich Ihr Volk der gleichen republikanischen Errungenschaften wie wir.«

»So ist es, Commdor«, antwortete Mallow ernst und behielt sich seinen Einwand gegen den Vergleich vor. »Ich sehe darin eine Bürgschaft für die Fortdauer von Frieden und Freundschaft zwischen unseren Regierungen.«

»Frieden! Ah!« Der dürftige graue Bart des Commdors

zuckte zu den sentimentalen Grimassen seines Gesichts. »Ich glaube nicht, daß es in der Peripherie irgend jemanden gibt, dem das Ideal des Friedens so am Herzen liegt wie mir. Ich kann wahrheitsgemäß behaupten, daß die Herrschaft des Friedens niemals unterbrochen worden ist, seit ich meinem erhabenen Vater im Amt des Staatsführers gefolgt bin. Vielleicht sollte ich das nicht sagen …« — er hustete leise — »aber man hat mir versichert, ich sei bei meinem Volk oder vielmehr bei meinen Mitbürgern als Asper der Vielgeliebte bekannt.«

Mallows Blick wanderte über den wohlgepflegten Garten hin. Vielleicht war es nur eine Vorsichtsmaßnahme gegen ihn selbst, daß hochgewachseme Männer mit merkwürdig geformten, aber offensichtlich bösartigen Waffen in allen möglichen Ecken lauerten. Das ließ sich verstehen. Aber die hohen, stahlbewehrten Mauern, die das Anwesen umgaben, waren erst vor kurzem verstärkt worden — eine unpassende Beschäftigung für einen so vielgeliebten Asper.

»Dann ist es ein Glück«, sagte Mallow, »daß Sie es sind, mit dem ich zu verhandeln habe, Commdor. Den Despoten und Monarchen der umgebenden Welten, die eine erleuchtete Administration nicht kennen, mangelt es oft an den Eigenschaften, die einen Herrscher zu einem Vielgeliebten machen.«

»An welchen Eigenschaften zum Beispiel?« Die Stimme des Commdors hatte einen vorsichtigen Ton.

»Zum Beispiel an dem Eifer, zum Wohl ihres Volkes zu wirken. Sie dagegen haben es stets im Auge.«

Der Commdor hielt den Blick auf den Kiesweg gerichtet, den sie gemächlich entlangschlenderten. Seine Hände hinter seinem Rücken streichelten einander.

Mallow fuhr zungenfertig fort: »Bis heute hat der Handel zwischen unseren beiden Völkern unter den Restriktionen gelitten, die Ihre Regierung unseren Händlern auferlegt hat. Ihnen ist bestimmt schon seit langem klar, daß unbeschränkter Handel …«

»Freihandel!« murmelte der Commdor.

»Gut, Freihandel. Sie werden einsehen, daß er für uns beide von Nutzen wäre. Sie besitzen Dinge, die wir gern hätten, und wir besitzen Dinge, die Sie gern hätten. Es ist nichts als ein Austausch nötig, um den Wohlstand zu steigern. Einem erleuchteten Herrscher wie Ihnen, einem Freund des Volkes — ich darf wohl sagen, einem *Mitglied* des Volkes — brauche ich das nicht weiter auseinanderzusetzen. Damit würde ich Ihre Intelligenz beleidigen.«

»Es ist wahr, ich habe dies alles gesehen. Aber was wollen Sie?« Seine Stimme wurde zu einem klagenden Winseln. »Ihr Volk ist immer so unvernünftig gewesen. Ich bin für Handel in jeder Größenordnung, die unsere Ökonomie verträgt, aber nicht zu Ihren Bedingungen. Ich bin hier nicht der Alleinherrscher.« Er hob die Stimme. »Ich bin nur der Diener der öffentlichen Meinung. Mein Volk will keinen Handel, der in Scharlachrot und Gold daherkommt.«

»Eine erzwungene Religion?« fragte Mallow entrüstet.

»Als das hat es sich in der Praxis immer erwiesen. Sie werden sich an den Fall Askone vor zwanzig Jahren erinnern. Erst wurden den Bewohnern ein paar von Ihren Geräten verkauft, und dann verlangten Sie völlige Freiheit für Ihre Missionsarbeit, damit die Geräte ordnungsgemäß betrieben werden könnten, und daß Tempel der Gesundheit gebaut würden. Als nächstes kamen die Gründung religiöser Schulen und die Selbstverwaltung für alle Funktionäre der Religion. Und was war das Ergebnis? Askone ist jetzt integriertes Mitglied des Foundation-Systems, und der Großmeister kann nicht einmal seine Unterwäsche seine eigene nennen. O nein! O nein! Ein unabhängiges Volk, das sich seiner Würde bewußt ist, könnte dies nicht ertragen.«

»Nichts von all dem habe ich vorschlagen wollen«, warf Mallow ein.

»Nein?«

»Nein. Ich bin Meisterhändler. Meine Religon ist das

Geld. All dieser Mystizismus und Hokuspokus der Missionare geht mir auf die Nerven, und ich freue mich, daß Sie sich weigern, derlei zu unterstützen. Sie sind ein Mann nach meinem Herzen.«

Das Lachen des Commdors war hoch und abgehackt. »Gut gesagt! Die Foundation hätte schon früher einen Mann Ihres Kalibers schicken sollen.«

Er legte dem Händler freundlich die Hand auf die breite Schulter. »Aber, Mann, Sie haben mir nur die Hälfte erzählt. Sie haben mir erzählt, was der Haken bei der Sache *nicht* ist. Jetzt erzählen Sie mir, *was* er ist.«

»Der einzige Haken, Commdor, ist, daß Ihnen die Bürde gewaltigen Reichtums auferlegt werden wird.«

»Tatsächlich?« schniefte er. »Aber was soll ich mit Reichtum? Der wahre Reichtum ist die Liebe meines Volkes. Die besitze ich.«

»Sie können beides haben, denn es ist möglich, mit der einen Hand Gold und mit der anderen Liebe einzunehmen.«

»Das, junger Mann, wäre ein interessantes Phänomen, wenn es möglich wäre. Wie wollen Sie es anfangen?«

»Oh, da gäbe es mehrere Möglichkeiten. Schwierig ist nur, zwischen ihnen zu wählen. Sehen wir mal. Nun, zum Beispiel Luxusartikel. Dieser Gegenstand hier ...«

Mallow zog eine Kette aus poliertem Metall aus einer Innentasche. »Dieser zum Beispiel.«

»Was ist das?«

»Das muß vorgeführt werden. Können Sie ein Mädchen kommen lassen? Jedes junge weibliche Wesen ist recht. Und einen Spiegel, für die ganze Figur.«

»Hm-m-m. Dann wollen wir hineingehen.«

Der Commdor bezeichnete das Gebäude, in dem er wohnte, als Haus. Das gemeine Volk hätte es sicher einen Palast genannt. Für Mallows unvoreingenommene Augen fiel es insofern aus dem Rahmen, als es wie eine Festung wirkte. Es war auf einem Hügel erbaut, der die Hauptstadt überblickte. Die Mauern waren dick und bewehrt. Die Zugänge waren bewacht, und der Bauplan hatte eine Verteidigung berücksichtigt. Es war genau das richtige Heim, dachte Mallow ironisch, für Asper, den Vielgeliebten.

Ein junges Mädchen verbeugte sich tief vor dem Commdor, der sagte: »Das ist eins der Mädchen der Commdora. Ist sie richtig?«

»Perfekt!«

Mallow befestigte die Kette um die Taille des Mädchens, wobei der Commdor aufmerksam zusah, und trat zurück.

»Ist das alles?« schniefte der Commdor.

»Wollen Sie bitte den Vorhang zuziehen, Commdor? Junge Dame, neben dem Verschluß ist ein Knöpfchen. Wollen Sie es bitte nach oben schieben? Nur zu, es wird nicht weh tun.«

Das Mädchen tat es, schnappte nach Luft, sah auf seine Hände und keuchte: »Oh!«

Von der Quelle an ihrer Taille aus wurde sie in einen Glanz aus wechselnden Farben gehüllt, der sich über ihrem Kopf zu einem blitzenden Krönchen aus flüssigem Feuer formte. Es war, als hätte jemand ein Nordlicht vom Himmel gerissen und einen Mantel daraus gemacht.

Das Mädchen trat vor den Spiegel und starrte fasziniert hinein.

»Hier, nehmen Sie das.« Mallow reichte ihr ein Halsband aus stumpfen Kieselsteinen. »Legen Sie es sich um den Hals.«

Das Mädchen tat es, und jeder Kieselstein wurde in dem leuchtenden Feld zu einer Flamme, die in Scharlachrot und Gold sprang und funkelte.

»Was halten Sie davon?« fragte Mallow sie. Das Mädchen antwortete nicht, aber es stand Anbetung in seinen Augen. Der Commdor gab ihr ein Zeichen, und widerstrebend schob sie den Knopf nach unten. Der Glanz erlosch. Sie ging — mit einer Erinnerung.

»Es gehört Ihnen, Commdor«, sagte Mallow. »Für die Commdora. Betrachten Sie es als ein kleines Geschenk von der Foundation.«

»Hm-m-m.« Der Commdor drehte Gürtel und Halsband in den Händen, als berechne er das Gewicht. »Wie wird das gemacht?«

Mallow zuckte die Achseln. »Das ist eine Frage für unsere Technik-Experten. Aber es wird ohne — geben Sie acht! — *ohne* priesterliche Hilfe funktionieren.«

»Nun, das ist schließlich nur weiblicher Tand. Was ließe sich damit anfangen? Wie könnte man dadurch zu Geld kommen?«

»Bei Ihnen gibt es Bälle, Empfänge, Bankette — solche Sachen?«

»O ja.«

»Haben Sie eine Ahnung, was Frauen für Schmuck dieser Art bezahlen werden? Zehntausend Credits zumindest!«

Der Commdor war sprachlos. »Ah!«

»Und da die Energie-Einheit dieses speziellen Artikels nicht länger als sechs Monate funktioniert, muß sie häufig ersetzt werden. Nun können wir hiervon so viele verkaufen, wie Sie als Äquivalent für schmiedbares Eisen im Wert von eintausend Credits wünschen. Das sind neunhundert Prozent Gewinn für Sie.«

Der Commdor zupfte an seinem Bart und versank in fürchterliche Berechnungen. »Galaxis, wie sich die feinen Damen darum reißen werden! Ich werde den Vorrat klein halten und sie bieten lassen. Natürlich dürfen sie nicht erfahren, daß ich persönlich ...«

»Wir können Scheinfirmen gründen, wenn Sie möchten. — Weiter. Denken Sie einmal an unser reichhaltiges Sortiment von Haushaltsgeräten. Wir haben zusammenlegbare Herde, die das zäheste Fleisch in zwei Minuten zu der gewünschten Zartheit braten. Wir haben Messer, die man nicht zu schärfen braucht. Wir haben das Äquivalent einer vollständigen Waschküche, die in einem kleinen Schrank untergebracht werden kann und ganz automatisch arbeitet. Ebenso ist es mit Spülmaschinen, Fußbodenreinigungsgeräten, Möbelpoliergeräten, Staubausfällapparaten, Lichtanlagen — oh, mit allem, was Sie wollen. Denken Sie daran, wie Ihre Beliebtheit steigen wird, wenn Sie dafür sorgen, daß jedermann diese Dinge erwerben kann. Denken Sie daran, wie Ihr … ah …weltlicher Besitz zunehmen wird, wenn die Regierung darauf das Monopol hat und der Profit neunhundert Prozent beträgt. Für die Käufer werden die Geräte einen viel höheren als den bloßen Geldwert haben, und sie brauchen nicht zu wissen, was *Sie* dafür bezahlen. Und, passen Sie auf, für keinen einzigen Artikel ist priesterliche Überwachung notwendig. Alle werden glücklich sein.«

»Nur Sie nicht, scheint's. Was haben *Sie* denn davon?«

»Genau das, was jeder Händler nach dem Gesetz der Foundation bekommt. Meine Männer und ich kassieren die Hälfte des gemachten Gewinns. Kaufen Sie nur alles, was ich Ihnen verkaufen möchte, und wir werden beide recht gut abschneiden dabei. *Recht* gut.«

Dem Commdor gingen erfreuliche Gedanken durch den Kopf. »Was sagten Sie, womit Sie bezahlt werden möchten? Mit Eisen?«

»Damit und mit Kohle und Bauxit. Auch mit Tabak, Pfeffer, Magnesium, Hartholz. Ich verlange nichts, wovon Sie nicht reichlich haben.«

»Das klingt gut.«

»Finde ich auch. Oh, und noch etwas, Commdor. Ich könnte Ihre Fabriken umrüsten.«

»Hä? Wie meinen Sie das?«

»Nehmen wir zum Beispiel Ihre Stahlwerke. Ich habe handliche kleine Geräte, die die Produktionskosten auf ein Prozent ihrer bisherigen Höhe herunterdrücken würden. Sie könnten die Preise halbieren und sich immer noch außerordentlich fette Gewinne mit den Herstellern teilen. Ich zeige Ihnen gern, was ich meine, wenn Sie mir eine Vorführung erlauben. Haben Sie ein Stahlwerk in dieser Stadt? Es würde nicht lange dauern.«

»Das ließe sich machen, Händler Mallow. Aber morgen, morgen. Möchten Sie heute abend mit uns speisen?«

»Meine Männer...«, begann Mallow.

»Lassen Sie sie alle herkommen«, erklärte der Commdor großzügig. »Eine symbolische Vereinigung unserer Völker. Wir haben dann Gelegenheit, unsere freundschaftliche Diskussion fortzusetzen. Nur eins!« Sein Gesicht wurde ernst. »Nichts über Ihre Religion. Glauben Sie ja nicht, all dies würde Ihren Missionaren ein Hintertürchen öffnen.«

»Commdor«, stellte Mallow trocken fest, »ich gebe Ihnen mein Wort, daß Religion meinen Profit schmälern würde.«

»Das wäre es dann für den Augenblick. Man wird Sie zu Ihrem Schiff zurückgeleiten.«

— 36 —
Eine profitable Ehe

Die Commdora war viel jünger als ihr Mann. Ihr Gesicht war blaß und kalt im Ausdruck, und ihr schwarzes Haar war streng nach hinten gekämmt.

Ihre Stimme klang scharf. »Sind Sie ganz fertig, mein würdiger und edler Gatte? Ganz, *ganz* fertig? Ich nehme an, ich darf jetzt sogar den Garten betreten, wenn ich möchte.«

»Du brauchst nicht dramatisch zu werden, Licia, meine Liebe«, entgegnete der Commdor mild. »Der junge Mann wird heute abend mit uns speisen, und du kannst mit ihm reden, soviel du willst, und dich sogar amüsieren, indem du allem zuhörst, was ich sage. Für seine Leute muß irgendwo im Haus Platz geschaffen werden. Die Sterne mögen geben, daß es eine geringe Anzahl ist.«

»Höchstwahrscheinlich werden sie verfressene Schweine sein, die das Fleisch fetzenweise hinunterschlingen und sich den Wein humpenweise in die Kehle gießen. Und Sie werden zwei Nächte lang stöhnen, wenn Sie die Kosten berechnen.«

»Nun, vielleicht auch nicht. Du magst denken, was du willst, das Dinner wird im üppigsten Maßstab stattfinden.«

»Oh, ich verstehe.« Sie musterte ihn verächtlich. »Sie sind ja sehr freundlich zu diesen Barbaren. Vielleicht ist das der Grund, weshalb ich bei dem Gespräch nicht anwesend sein durfte. Vielleicht planen Sie in Ihrer kleinen verhutzelten Seele, sich gegen meinen Vater zu wenden.«

»Das stimmt nicht.«

»Und ich soll Ihnen glauben? Wenn jemals eine arme Frau aus politischen Gründen für eine scheußliche Ehe geopfert wurde, dann bin ich es. Ich hätte auf den Gassen und Dreckhaufen meiner Heimatwelt einen besseren Mann finden können.«

»Dann will ich Ihnen etwas sagen, meine Lady. Vielleicht würde es Ihnen Freude machen, auf Ihre Heimatwelt zurückzukehren. Nur würde ich Ihnen, um den Teil von Ihnen, mit dem ich am besten bekannt bin, als Souvenir zurückzubehalten, zuerst die Zunge herausschneiden lassen. Und ...« — er neigte den Kopf überlegend auf die Seite — »um Ihrer Schönheit die letzte Vollendung zu geben, auch Ihre Ohren und Ihre Nasenspitze.«

»Das trauen Sie sich nicht, mein Möpschen. Mein Vater würde Ihren Spielzeugstaat zu Meteoritenstaub pulverisieren. Das tut er auf jeden Fall, wenn ich ihm erzähle, daß Sie mit diesen Barbaren verhandeln.«

»Hm-m-m. Drohungen sind nicht notwendig. Es steht Ihnen frei, den jungen Mann heute abend selbst zu fragen. Inzwischen, Madam, halten Sie Ihr loses Maul!«

»Weil Sie es befehlen?«

»Hier, nehmen Sie das und seien Sie still!«

Das Band lag um ihre Taille und die Kette um ihren Hals. Der Commdor drückte selbst den Knopf und trat zurück.

Die Commdora zog scharf den Atem ein und hielt die Hände steif von sich gestreckt. Sie betastete vorsichtig das Halsband und japste von neuem.

Der Commdor rieb sich befriedigt die Hände. »Du darfst es heute abend tragen — und ich werde dir mehr besorgen. Aber jetzt hältst du den Mund.«

Die Commdora hielt den Mund.

— 37 —

Gefährlicher Handel

Jaim Twer scharrte nervös mit den Füßen. »Warum verzerren Sie Ihr Gesicht?«

Hober Mallow schrak aus seiner Grübelei auf. »Verzerre ich mein Gesicht? Das war nicht meine Absicht.«

»Irgend etwas muß gestern passiert sein — ich meine, abgesehen von dem Festessen.« Und mit plötzlicher Überzeugung: »Mallow, wir stecken in Schwierigkeiten, nicht wahr?«

»Schwierigkeiten? Nein. Ganz im Gegenteil. Ich habe das Gefühl, ich werfe mich mit meinem ganzen Gewicht gegen eine Tür und stelle fest, daß sie nur angelehnt ist. Wir kommen zu mühelos in dieses Stahlwerk.«

»Sie vermuten eine Falle?«

»Oh, um Seldons willen, werden Sie nicht melodramatisch!« Mallow schluckte seine Ungeduld hinunter und setzte in normalem Ton hinzu: »Wenn wir leicht hineinkommen, hat das nur zu bedeuten, daß es dort nichts zu sehen gibt.«

»Atomkraft, wie?« Twer dachte nach. »Ich will Ihnen was sagen. Es gibt hier in Korell nicht den geringsten Hinweis auf Atomkraft. Und es würde sehr schwierig sein, alle Spuren der weitverbreiteten Wirkungen einer fundamentalen Technologie wie der Atomkraft zu verbergen.«

»Nicht, wenn sie noch in den Kinderschuhen steckt, Twer, und nur in der Rüstungsindustrie angewendet wird. Man würde sie allein in den Raumschiffswerften und den Stahlwerken finden.«

»Wenn wir also nichts finden, heißt das ...«

»Daß sie keine Atomkraft besitzen — oder sie nicht zeigen. Werfen Sie eine Münze, oder raten Sie.«

Twer schüttelte den Kopf. »Ich wünschte, ich wäre gestern dabeigewesen.«

»Das wünschte ich auch«, erwiderte Mallow steinern. »Ich habe nichts gegen moralische Unterstützung. Unglücklicherweise war es der Commdor, der die Bedingungen für die Zusammenkunft festsetzte, nicht ich. Und das da draußen ist anscheinend der königliche Bodenwagen, der uns in das Stahlwerk eskortieren soll. Haben Sie die Geräte?«

»Alle.«

— 38 —

Waffen des Imperiums

Das Stahlwerk war groß und erfüllt von einem Geruch nach Verfall, den noch so zahlreiche oberflächliche Reparaturen nicht ganz beseitigen konnten. Es war jetzt leer, und die Stille, mit der es den Commdor und seinen Hof empfing, wirkte unnatürlich.

Mallow schwang das Blech mit einer lässigen Bewegung auf die beiden Träger. Er nahm das Instrument, das Twer ihm hinhielt, und umfaßte den ledernen Griff innerhalb der bleiernen Scheide.

»Das Instrument«, erläuterte er, »ist gefährlich, aber das ist eine Kreissäge auch. Man braucht bloß aufzupassen, daß man die Finger nicht hineinsteckt.«

Während er sprach, zog er den Mündungsschlitz schnell der Länge nach über das Blech, das augenblicklich und geräuschlos in zwei Hälften zerfiel.

Alle zuckten zusammen, und Mallow lachte. Er hob eine der Hälften auf und lehnte sie gegen sein Knie. »Man kann die Schnittlänge auf das Hundertstel eines Zolls genau einstellen, und eine zwei Zoll dicke Platte wird ebenso mühelos geteilt werden wie dieses Blech. Wenn Sie die Dicke exakt gemessen haben, können Sie das Werkstück auf einen Holztisch legen und das Metall schneiden, ohne das Holz auch nur anzukratzen.«

Bei jedem Satz bewegte sich die Atomschere, und ein Stück des Blechs segelte durch die Halle.

»So«, sagte Mallow, »schneidet man Stahl in Streifen.«

Er gab die Schere zurück. »Oder möchten Sie ein Blech dünner machen, eine Unregelmäßigkeit glätten, Rost entfernen? Passen Sie auf!«

Dünne, transparente Späne flogen von der anderen Hälfte des ursprünglichen Blechs. Erst waren sie sechs, dann acht, dann zwölf Zoll lang.

»Oder möchten Sie Löcher bohren? Es geht alles nach demselben Prinzip.«

Jetzt drängten sie sich um ihn. Sie sahen die Darbietung eines geschickten Verkäufers, der ebenso ein Taschenspieler, ein Straßeneckenzauberer oder ein Vaudeville-Schauspieler hätte sein können. Commdor Asper betastete Stahlspäne. Hohe Regierungsbeamte stellten sich auf die Zehenspitzen, spähten einander über die Schultern und flüsterten, während Mallow mit jeder Berührung seines Atombohrers saubere, wundervoll runde Löcher durch eine zolldicke Stahlplatte bohrte.

»Nur noch eine weitere Vorführung. Kann mir jemand zwei kurze Rohrstücke bringen?«

In der allgemeinen Aufregung rannte ein vornehmer Kammerherr gehorsam los und beschmutzte sich die Hände wie ein gewöhnlicher Arbeiter.

Mallow stellte die Rohrstücke senkrecht hin, fuhr kurz

mit der Schere darüber und schabte die Enden ab. Dann hielt er die Stücke aneinander, den frischen Schnitt an den frischen Schnitt.

Und es war ein einziges Rohr! Die Enden, die nicht einmal atomare Unregelmäßigkeiten trugen, hatten sich sofort zu einem Stück vereinigt.

Mallow blickte sein Publikum an, und das erste Wort stockte ihm in der Kehle. In seiner Brust breitete sich prikkelnde Kälte aus, und sein Magen verkrampfte sich.

In der allgenteinen Verwirrung hatten sich die Leibwächter des Commdors nach vorn gedrängt, und jetzt war ihnen Mallow nahe genug, um ihre merkwürdigen Handwaffen in allen Einzelheiten zu erkennen.

Es waren Atomwaffen! Daran gab es gar keinen Zweifel; eine Waffe für Explosionsgeschosse konnte unmöglich einen solchen Lauf haben. Aber die eigentliche Überraschung war etwas ganz anderes.

Die Kolben dieser Waffen trugen in abgenutzter Goldauflage das Raumschiff-und-Sonne-Emblem!

Dieses Raumschiff-und-Sonne-Emblem war jedem einzelnen dicken Band der ursprünglichen Enzyklopädie aufgeprägt, an der die Foundation immer noch arbeitete. *Dieses Raumschiff-und-Sonne-Emblem hatte jahrtausendelang die Fahnen des Galaktischen-Imperiums geziert.*

Mallow fand die Sprache wieder. Er ließ sich von seinen Gedanken nichts anmerken. »Sehen Sie sich dieses Rohr an! Es besteht aus einem Stück. Natürlich ist die Verbindung nicht perfekt; die Stücke sollten nicht von Hand aneinandergefügt werden.«

Weitere Kunststücke waren nicht mehr nötig. Mallow hatte es geschafft: Er hatte, was er wollte. Nur noch eins beherrschte seine Gedanken. Die goldene Kugel mit den stilisierten Strahlen und die schräge Zigarre, die ein Raumschiff darstellen sollte.

Das Raumschiff-und-Sonne-Emblem des Imperiums!

Des Imperiums! Es erschütterte ihn. Anderthalb Jahrhunderte waren vergangen, aber das Imperium gab es immer noch, irgendwo tiefer in der Galaxis. Und es tauchte wieder empor, drang in die Peripherie ein.

Mallow lächelte.

— 39 —
Ein heikler Auftrag

Die *Ferner Stern* war zwei Tage draußen im Raum, als Hober Mallow in seiner Kabine Kapitänleutnant Drawt einen Umschlag, eine Rolle Mikrofilm und ein silbriges Sphäroid übergab.

»In einer Stunde übernehmen Sie, Kapitänleutnant, das Kommando über die *Ferner Stern,* bis ich zurückkehre — oder für immer.«

Drawt wollte aufstehen, doch Mallow bedeutete ihm herrisch, sitzenzubleiben.

»Hören Sie zu! Der Umschlag enthält die genaue Lage des Planeten, den Sie anfliegen sollen. Dort werden Sie zwei Monate lang auf mich warten. Falls die Foundation Sie findet, bevor die beiden Monate um sind, enthält der Mikrofilm meinen Bericht über die Reise.«

Düster fuhr er fort: »Falls ich jedoch am Ende der beiden Monate nicht zurückgekehrt bin und die Schiffe der Foundation Sie nicht gefunden haben, fliegen Sie weiter zu dem Planeten Terminus und geben die Zeitkapsel als den Bericht ab. Haben Sie das verstanden?«

»Jawohl, Sir.«

»Auf gar keinen Fall werden Sie oder einer der Männer meinem offiziellen Bericht irgendeine Einzelheit hinzufügen.«

»Und wenn wir befragt werden, Sir?«

»Dann wissen Sie nichts.«

»Jawohl, Sir.«

Damit war das Gespräch beendet. Fünfzig Minuten später löste sich ein Rettungsboot von der Flanke der *Ferner Stern.*

— 40 —

Der Einsiedler

Onum Barr war ein alter Mann, zu alt, um Angst zu haben. Seit den letzten Unruhen hatte er allein am Rand des Landes gelebt und nur die Bücher, die er aus den Ruinen gerettet hatte, zur Gesellschaft gehabt. Er besaß nichts, was er zu verlieren fürchtete, am wenigsten den schäbigen Rest seines Lebens, und so sah er dem Eindringling gelassen entgegen.

»Ihre Tür war offen«, erklärte der Fremde.

Seine Sprache klang knapp und hart, und Barr entging die seltsame stahlblaue Handwaffe an seiner Hüfte nicht. In dem düsteren kleinen Raum war das Glühen eines Energieschirms zu sehen, der den Mann umgab.

Müde erwiderte Barr: »Es gibt keinen Grund, sie geschlossen zu halten. Wünschen Sie etwas von mir?«

»Ja.« Der Fremde blieb in der Mitte des Raums stehen. Er war ein großer und breiter Mann. »Sie besitzen das einzige Haus hier in der Gegend.«

»Es ist eine einsame Gegend«, stimmte Barr ihm zu, »aber im Osten gibt es eine Stadt. Ich kann Ihnen den Weg zeigen.«

»Später. Darf ich mich setzen?«

»Wenn die Stühle Ihr Gewicht aushalten«, sagte der Mann ernst. Auch die Stühle waren alt, Relikte einer schöneren Jugend.

Der Fremde stellte sich vor: »Mein Name ist Hober Mallow. Ich komme aus einer fernen Provinz.«

Barr nickte und lächelte. »Ihr Akzent hat Sie längst verraten. Ich bin Onum Barr von Siwenna — und war einmal Patrizier des Imperiums.«

»Dann *ist* das hier Siwenna. Ich hatte nur alte Karten, nach denen ich mich richten konnte.«

»Die Karten hätten in der Tat alt sein müssen, wenn die Positionen der Sterne nicht mehr gestimmt hätten.«

Barr saß ganz ruhig da, während der andere, die Augen ins Leere gerichtet, in Träumerei versank. Der atomare Energieschild um den Mann war verschwunden, und Barr gestand sich nicht ohne Humor ein, daß er auf Fremde — oder, ob das nun gut oder schlecht war, auf seine Feinde — nicht länger gefährlich wirkte.

Er sagte: »Mein Haus ist arm, und meiner Mittel sind wenige. Sie können mit mir teilen, was ich habe, wenn Ihr Magen Schwarzbrot und getrockneten Mais verträgt.«

Mallow schüttelte den Kopf. »Nein, ich habe gegessen, und ich kann mich nicht aufhalten. Ich brauche nichts weiter als die Auskunft, in welcher Richtung es zum Zentrum der Regierung geht.«

»Die können Sie ohne weiteres haben, und so arm ich bin, nimmt es mir doch nichts. Meinen Sie die Hauptstadt des Planeten oder des kaiserlichen Sektors?«

Der Jüngere kniff die Augen zusammen. »Sind die beiden nicht identisch? Ist dies nicht Siwenna?«

Der alte Patrizier nickte langsam. »Es ist Siwenna, ja. Aber Siwenna ist nicht mehr die Hauptstadt des normannischen Sektors. Ihre alte Karte hat Sie also doch getäuscht. Die Sterne verändern ihre Positionen gegeneinander auch in Jahrhunderten kaum, aber politische Grenzen fluktuieren.«

»Das ist unangenehm. Wirklich, sehr unangenehm. Liegt die neue Hauptstadt weit weg von hier?«

»Auf Orsah II. Zwanzig Parseks entfernt. Sie werden es auf Ihrer Karte finden. Wie alt ist sie?«

»Hundertundfünfzig Jahre.«

»So alt?« Der Einsiedler seufzte. »Diese Spanne ist gedrängt voll von geschichtlichen Ereignissen. Kennen Sie welche davon?«

Mallow schüttelte den Kopf.

»Sie können sich glücklich preisen«, meinte Barr. »Es war eine schlechte Zeit für die Provinzen, ausgenommen während der Regierung von Stannell VI., und er ist vor fünfzig Jahren gestorben. Seitdem gibt es nichts als Rebellion und Niedergang, Niedergang und Rebellion.« Barr ärgerte sich über seine eigene Geschwätzigkeit. Es war ein einsames Leben hier draußen, und er hatte so selten Gelegenheit, mit einem Menschen zu reden.

Mallow fragte mit plötzlicher Schärfe: »Niedergang, so? Das hört sich an, als verarme die Provinz.«

»Nicht in jeder Beziehung. Es braucht lange Zeit, bis die natürlichen Rohstoffe von fünfundzwanzig erstklassigen Planeten aufgebraucht sind. Doch verglichen mit dem Wohlstand des letzten Jahrhunderts ist es mit uns weit bergab gegangen — und bis jetzt gibt es kein Zeichen, daß es wieder einmal bergauf gehen wird. Warum interessiert Sie das alles, junger Mann? Sie werden richtig lebhaft, und Ihre Augen glänzen!«

Der Händler war nahe daran zu erröten, als die ausgeblichenen Augen so tief in die seinen sahen und der alte Mann über das, was er sah, lächelte.

»Hören Sie«, sagte Mallow, »ich bin Händler da draußen — dem Rand der Galaxis zu. Ich habe ein paar alte Karten aufgetrieben, und ich möchte neue Märkte erschließen. Natürlich stört es mich, wenn von verarmten Provinzen geredet wird. Man kann aus einem Planeten kein Geld herausholen, wenn es da kein Geld gibt. Wie steht es in dieser Beziehung zum Beispiel mit Siwenna?«

Der alte Mann beugte sich vor. »Ich kann es nicht sagen. Vielleicht geht es Siwenna auch jetzt noch gut. Aber *Sie* sind ein Händler? Sie sehen mehr nach einem Kämpfer aus. Sie halten die Hand in der Nähe Ihrer Waffe, und Sie haben eine Narbe am Kinn.«

Mallow machte eine ruckartige Kopfbewegung. »Mit Recht und Gesetz ist es da draußen, wo ich zu Hause bin, nicht weit her. Bei einem Händler gehören Kampf und Narben zum Geschäft. Aber das Kämpfen lohnt sich nur, wenn es am Ende Geld gibt, und wenn ich das Geld ohne Kampf bekommen kann, um so besser. Werde ich nun hier genug Geld finden, daß der Kampf der Mühe wert ist? Ich nehme an, *Kampf* kann ich mit Leichtigkeit finden.«

»Mit Leichtigkeit«, stimmte Barr ihm zu. »Sie könnten sich Wiscards Letzten Scharen in den Roten Sternen anschließen. Ich weiß aber nicht, ob Sie das Kampf oder Piraterie nennen würden. Oder Sie gehen zu unserem gegenwärtigen gnädigen Vizekönig — ins Amt gekommen durch Mord, Plünderung, Vergewaltigung und das Wort eines Knaben auf dem Kaiserthron, den man inzwischen mit Recht ermordet hat.« Die mageren Wangen des Patriziers wurden rot. Seine Augen schlossen sich und öffneten sich wieder, vogelhell.

»Sie sprechen nicht sehr freundlich von dem Vizekönig, Patrizier Barr«, sagte Mallow. »Wenn ich nun einer seiner Spione bin?«

»Na und?« fragte Barr bitter zurück. »Was könnten Sie mir nehmen?« Er wies mit dem verwelkten Arm auf das kahle Innere des verfallenden Hauses.

»Ihr Leben.«

»Das Leben würde mich sehr leicht verlassen. Es ist schon fünf Jahre zu lange bei mir geblieben. Aber Sie gehören *nicht* zu den Männern des Vizekönigs. Wenn Sie einer wären, würde mir der Selbsterhaltungstrieb vielleicht auch jetzt noch den Mund schließen.«

»Woher wollen Sie das wissen?«

Der Einsiedler lachte. »Sind Sie aber mißtrauisch! Sicher denken Sie, ich versuchte Sie zu verlocken, daß Sie schlecht über die Regierung sprechen. Nein, nein. Ich bin über die Politik hinaus.«

»Ist ein Mann jemals über die Politik hinaus? Wie lauteten die Wörter, mit denen Sie den Vizekönig beschrieben? Mord, Plünderung, all das. Es klang nicht, als seien Sie objektiv. Nicht, als seien Sie über die Politik hinaus.«

Der alte Mann zuckte die Achseln. »Erinnerungen stechen, wenn sie plötzlich kommen. Hören Sie! Urteilen sie selbst! Als Siwenna noch die Provinzhauptstadt war, war ich Patrizier und Mitglied des Provinz-Senats. Meine Familie war eine alte und ehrenwerte. Einer meiner Urgroßväter war... Aber lassen wir das. Vergangener Ruhm ist von geringem Wert.«

»Ich nehme an«, warf Mallow ein, »daß es einen Bürgerkrieg oder eine Revolution gegeben hat.«

Barrs Gesicht verfinsterte sich. »Bürgerkriege sind in dieser entarteten Zeit chronisch, aber Siwenna hatte sich herausgehalten. Unter Stannell VI. hatte es beinahe wieder seinen früheren Wohlstand erreicht. Doch dann folgten schwache Kaiser, und schwache Kaiser bedeuten starke Vizekönige. Unser letzter Vizekönig — derselbe Wiscard, dessen Letzte Scharen die Handelsschiffe zwischen den Roten Sternen überfallen — streckte die Hand nach dem kaiserlichen Purpur aus. Er war nicht der erste. Und wenn er Erfolg gehabt hätte, wäre er auch da nicht der erste gewesen.

Aber es mißlang ihm. Denn als sich der Admiral des Kaisers an der Spitze einer Flotte der Provinz näherte, rebellierte Siwenna gegen seinen rebellierenden Vizekönig.« Barr verstummte traurig.

Mallow ertappte sich dabei, daß er verkrampft auf der Stuhlkante hockte, und entspannte sich bewußt. »Bitte, fahren Sie fort, Sir.«

»Ich danke Ihnen«, sagte Barr müde. »Es ist freundlich von Ihnen, auf einen alten Mann einzugehen. Sie rebellierten. Besser sollte ich sagen, *wir* rebellierten, denn ich war einer der kleineren Anführer. Wiscard verließ Siwenna knapp vor uns, und der Planet und mit ihm die Provinz öffnete sich dem Admiral mit allen Gesten der Treue zum Kaiser. Warum wir das taten, weiß ich nicht recht. Vielleicht empfanden wir Treue zu dem Symbol, wenn schon nicht zu der Person des Kaisers, einem grausamen und bösartigen Kind. Vielleicht fürchteten wir die Schrecken einer Belagerung.«

»Und?« drängte Mallow behutsam.

»Und das paßte dem Admiral nicht«, lautete die grimmige Antwort. »Ihn verlangte es nach dem Ruhm, eine rebellische Provinz erobert zu haben, und seine Männer verlangte es nach der Beute, die bei einer solchen Eroberung zu machen ist. Deshalb besetzte er alle bewaffneten Zentren, während die Menschen noch in jeder großen Stadt versammelt waren und Hochrufe auf den Kaiser und seinen Admiral ausbrachten, und dann befahl er, die Bevölkerung mit Atomwaffen zu vernichten.«

»Unter welchem Vorwand?«

»Unter dem Vorwand, sie hätten gegen ihren Vizekönig, den Gesalbten des Kaisers, rebelliert. Und der Admiral wurde der neue Vizekönig, dank eines Monats der Massaker, der Plünderung und des absoluten Horrors. Ich hatte sechs Söhne. Fünf starben — auf verschiedene Weise. Ich hatte eine Tochter. Ich *hoffe,* daß sie letzten Endes gestorben ist. Ich selbst entkam, weil ich alt war. Ich kam hierher, zu alt, als daß sich unser Vizekönig meinetwegen Sorgen machen würde.« Er beugte das graue Haupt. »Sie haben mir nichts gelassen, weil ich geholfen hatte, einen rebellierenden Gouverneur zu verjagen und einen Admiral um seinen Ruhm zu bringen.«

Mallow wartete stumm. Dann fragte er leise: »Was ist aus Ihrem sechsten Sohn geworden?«

»Wie?« Barr lächelte bitter. »Er ist in Sicherheit, denn er hat sich unter einem angenommen Namen als gemeiner Soldat dem Admiral angeschlossen. Er ist Kanonier in der Privatflotte des Vizekönigs. O nein, ich sehe Ihre Augen. Er ist kein unnatürlicher Sohn. Er besucht mich, wenn er kann, und gibt mir, was er kann. Er hält mich am Leben. Und eines Tages wird man unseren großen und glorreichen Vizekönig hinrichten, und mein Sohn wird der Henker sein.«

»Und das erzählen Sie einem Fremden? Sie gefährden Ihren Sohn.«

»Nein. Ich helfe ihm, indem ich einen neuen Feind einführe. Und wäre ich der Freund des Vizekönigs statt sein Feind, würde ich ihm raten, den äußeren Raum bis an den Rand der Galaxis mit Schiffen abzusichern.«

»Da sind keine Schiffe?«

»Haben Sie welche gesehen? Haben irgendwelche Raumwachen Ihnen die Landung verwehrt? Er hat sowieso nur wenige Schiffe, und da es in den benachbarten Provinzen vor Intrigen und Feindseligkeit brodelt, sind keine übrig, um die barbarischen äußeren Sonnen zu bewachen. Uns hat nie eine Gefahr vom zerbrochenen Rand der Galaxis bedroht — bis *Sie* gekommen sind.«

»Ich? Ich stelle doch keine Gefahr dar!«

»Nach Ihnen werden mehr kommen.«

Mallow schüttelte langsam den Kopf. »Ich bin mir nicht sicher, ob ich Sie richtig verstehe.«

»Hören Sie zu!« Die Stimme des alten Mannes bekam einen fieberigen Klang. »Ich habe Sie sofort erkannt, als Sie eintraten. Sie haben einen Energieschild um den Körper, beziehungsweise hatten ihn in dem Augenblick.«

Zweifelndes Schweigen, dann: »Ja — ich hatte einen.«

»Gut. Das war ein Fehler, aber das wußten Sie nicht. Ich weiß einiges. In diesen degenerierten Zeiten ist es aus der Mode, ein Gelehrter zu sein. Die Ereignisse jagen sich und rasen vorbei, und wer nicht mit einer Atomwaffe in der Hand gegen die Flut ankämpfen kann, wird hinweggefegt, wie es mir geschah. Aber ich war ein Gelehrter, und ich weiß, daß in der ganzen Geschichte der Atomkraft niemals ein tragbarer Energieschirm erfunden worden ist. Wir haben Energieschirme — große, sperrige Kraftwerke, die eine Stadt oder sogar ein Schiff schützen, nicht jedoch einen einzelnen Mann.«

»Ach ja?« Mallow schob die Unterlippe vor. »Und was schließen Sie daraus?«

»Es sind Geschichten durch den Raum gedrungen. Sie reisen auf seltsamen Wegen und werden mit jedem Parsek stärker verzerrt — aber als ich jung war, kam ein kleines Schiff mit Fremden, die unsere Sitten nicht kannten und nicht sagen konnten, woher sie kamen. Sie sprachen von Zauberern am Rand der Galaxis, Zauberern, die im

Dunkeln glühen, die ohne Hilfsmittel durch die Luft fliegen und denen Waffen nichts anhaben können.

Wir lachten. Ich lachte auch. Ich hatte es bis heute vergessen. Aber Sie glühen in der Dunkelheit, und ich glaube nicht, daß mein Laser, wenn ich einen hätte, Sie verwunden könnte. Sagen Sie mir, können Sie so, wie Sie jetzt da sitzen, durch die Luft fliegen?«

Mallow antwortete ruhig: »Ich kann nichts von all dem tun.«

Barr lächelte. »Ich bin mit der Antwort zufrieden. Ich examiniere meine Gäste nicht. Aber falls es Zauberer gibt und falls Sie einer von ihnen sind, mag es eines Tages einen großen Zustrom von ihnen geben. Vielleicht wäre das gut. Vielleicht brauchen wir neues Blut.« Er murmelte tonlos vor sich hin. Dann erklärte er langsam: »Es funktioniert jedoch auch anders herum. Unser neuer Vizekönig hat ebenso Träume wie unser alter Wiscard.«

»Auch von der Kaiserkrone?«

Barr nickte. »Mein Sohn hört davon reden. In der Entourage des Vizekönigs läßt sich das gar nicht vermeiden. Unser neuer Vizekönig würde die Krone nicht ablehnen, wenn man sie ihm anböte, aber er sichert sich den Rückzug. Es heißt, falls er nicht auf den Thron gelange, plane er, ein neues Imperium im barbarischen Hinterland zu schaffen. Es heißt, aber dafür möchte ich nicht die Hand ins Feuer legen, er habe bereits eine seiner Töchter einem kleinen König irgendwo an der nicht auf Karten verzeichneten Peripherie zur Frau gegeben.«

»Wenn man alles glauben wollte, was man so hört ...«

»Ich weiß. Es gibt noch viele Geschichten. Ich bin alt, und ich schwatze Unsinn. Aber was sagen Sie?« Und diese scharfen alten Augen sahen ihm bis ins Herz.

Der Händler überlegte. »Ich sage nichts. Ich würde nur gern etwas fragen. Besitzt Siwenna Atomkraft? Nein, warten Sie. Ich weiß, daß es die *Kenntnis* besitzt. Ich meine, gibt es hier noch intakte Atomkraftwerke, oder sind sie bei der damaligen Plünderung zerstört worden?«

»Zerstört? O nein! Man müßte einen halben Planeten auslöschen, ehe man das kleinste Atomkraftwerk anrühren könnte. Sie sind unersetztlich, und die Schlagkraft der Flotte hängt von ihnen ab.« Beinahe stolz: »Wir besitzen die größten und besten auf dieser Seite von Trantor.«

»Wie müßte ich es anfangen, wenn ich diese Kraftwerke sehen wollte?«

»Das ist unmöglich!« antwortete Barr bestimmt. »Sie können sich keinem militärischen Zentrum nähern, ohne auf der Stelle erschossen zu werden. Auch sonst kann das niemand. In Siwenna sind die Bürgerrechte immer noch außer Kraft.«

»Sie meinen, sämtliche Kraftwerke werden vom Militär kontrolliert?«

»Nein. Die kleinen städtischen Werke, die Energie für das Beheizen und Beleuchten von Privathäusern und für den Betrieb von Fahrzeugen liefern, sind es nicht. Aber sie werden von den Tech-Männern kontrolliert, und die sind beinahe ebenso schlimm.«

»Wer sind sie?«

»Eine Spezialtruppe, die die Kraftwerke überwacht. Die Ehre ist erblich, die Söhne werden als Lehrlinge in dem Beruf erzogen. Strenge Ansichten über Pflicht, Ehre und all das. Kein anderer als ein Tech-Mann darf ein Kraftwerk betreten.«

»Ich verstehe.«

»Ich will jedoch nicht behaupten«, setzte Barr hinzu, »daß es nicht Fälle gegeben hat, in denen ein Tech-Mann bestochen wurde. In einer Zeit, wo in fünfzig Jahren neun Kaiser herrschten, von denen sieben ermordet wurden — wo es jeden Raumkapitän nach der Würde eines Vizekönigs und jeden Vizekönig nach der Kaiserkrone gelüstet, wird wohl auch ein Tech-Mann mit Geld zu kaufen sein. Aber es müßte sich für ihn lohnen, und ich habe nichts. Haben Sie welches?«

»Geld? Nein. Wird immer mit Geld bestochen?«

»Womit sonst, da doch Geld alles andere kauft.«

»Es gibt genug, was Geld nicht kaufen kann. Und wenn Sie mir jetzt sagen würden, welches die nächste Stadt ist, in der es ein Kraftwerk gibt, und wie man am besten hingelangt, wäre ich Ihnen dankbar.«

»Warten Sie!« Barr streckte die dünnen Hände aus. »Übereilen Sie nichts! *Ich* stelle Ihnen hier keine Fragen. In der Stadt, wo die Einwohner immer noch Rebellen genannt werden, wird der erste Soldat oder Wachposten, der Ihren Akzent hört und Ihre Kleider sieht, Sie anhalten.«

Er stand auf und holte aus den dunklen Tiefen einer alten Truhe ein Büchlein hervor. »Mein Paß — gefälscht. Ich bin damit entkommen.«

Er drückte Mallow den Paß in die Hand und faltete die Finger des Händlers darum. »Die Beschreibung paßt nicht, doch wenn Sie ihn schwenken, stehen die Chancen gut, daß man nicht genau hinsehen wird.«

»Aber Sie haben dann keinen Paß mehr.«

Der alte Verbannte zuckte zynisch die Achseln. »Und wenn schon! Noch eine weitere Vorsichtsmaßnahme. Halten Sie Ihre Zunge im Zaum! Ihr Akzent ist barbarisch, Ihre Redewendungen sind eigentümlich, und ab und zu entschlüpfen Ihnen die erstaunlichsten veralteten Ausdrücke. Je weniger Sie sprechen, desto weniger Verdacht werden Sie auf sich lenken. Jetzt will ich Ihnen sagen, wie Sie in die Stadt kommen ...«

Fünf Minuten später war Mallow fort.

Er kehrte noch einmal ganz kurz zu dem Haus des alten Patriziers zurück, bevor er endgültig ging. Und als Onum Barr früh am nächsten Morgen in seinen kleinen Garten trat, fand er einen Karton zu seinen Füßen. Er enthielt Lebensmittel, Konzentrate, wie man sie an Bord eines Schiffes hat, fremdartig von Geschmack und Zubereitung.

Aber sie waren gut, und sie reichten lange Zeit.

— 41 —

Der Tech-Mann

Der Tech-Mann war klein, und seine Haut glitzerte vor gepflegter Beleibtheit. Sein kahler Schädel schimmerte rosa durch die Haarfranse. Die Ringe an seinen Fingern waren dick und schwer, seine Kleider parfümiert, und zum erstenmal begegnete Mallow auf diesem Planeten in ihm ein Mensch, der nicht hungrig aussah.

Der Tech-Mann schürzte übellaunig die Lippen. »Beeilung, Mann. Ich habe Wichtigeres zu erledigen. Sie scheinen mir ein Fremder zu sein ...« Er musterte Mallows entschieden unsiwennissche Kleidung, und seine Augenlider senkten sich vor Argwohn.

»Ich bin nicht aus der Nachbarschaft«, erklärte Mallow ruhig, »aber das ist unwesentlich. Ich hatte die Ehre, Ihnen gestern ein kleines Geschenk zu schicken ...«

Die Nase des Tech-Mannes hob sich. »Ich habe es erhalten. Ein hübsches Spielzeug. Vielleicht habe ich irgendwann einmal Verwendung dafür.«

»Ich habe andere und interessantere Geschenke, die sich von Spielzeugen sehr unterscheiden.«

»So-o?« Der Tech-Mann zog die eine Silbe nachdenklich in die Länge. »Ich sehe bereits, wohin diese Unterhaltung steuern wird; so etwas habe ich schon erlebt. Sie werden mir eine Kleinigkeit schenken. Ein paar Credits, vielleicht einen Mantel, minderwertigen Schmuck, irgend etwas, das Ihre Krämerseele für ausreichend hält, einen Tech-Mann zu korrumpieren.« Seine Unterlippe schob sich kriegerisch vor. »Und ich weiß, was Sie dafür haben wollen. Diese glänzende Idee haben auch schon welche gehabt. Sie möchten in unseren Clan adoptiert werden. Sie möchten die Geheimnisse der Atomkraft und die Pflege der Maschinen erlernen. Sie glauben, weil ihr Hunde von Siwenna — und wahrscheinlich spielen Sie den Fremden nur der größeren Sicherheit wegen — Tag für Tag eurer Rebellion wegen bestraft werdet, könnten Sie dem, was Sie verdienen, entrinnen, indem Sie sich die Privilegien und den Schutz der Tech-Männer-Gilde verschaffen.«

Mallow wollte etwas sagen, aber der Tech-Mann begann plötzlich zu brüllen. »Und jetzt hauen Sie ab, bevor ich Ihren Namen dem Protektor der Stadt melde! Denken Sie, ich würde sein Vertrauen enttäuschen? Vielleicht hätten das die siwennesischen Verräter, die meine Vorgänger waren, getan, aber Sie haben es jetzt mit ganz anderen Leuten zu tun. Galaxis, ich frage mich, warum ich Sie nicht auf der Stelle mit bloßen Händen töte!«

Mallow lächelte vor sich hin. Ton und Inhalt der ganzen Ansprache waren so offenkundig künstlich, daß die würdevolle Entrüstung zu einer lahmen Farce wurde.

Belustigt blickte der Händler auf die beiden schwammigen Hände, die gerade als die Werkzeuge seiner Ermordung genannt worden waren »Euer Weisheit, Sie irren sich in drei Punkten. Erstens bin ich keine Kreatur des Vizekönigs, die gekommen ist, Ihre Loyalität zu prüfen. Zweitens ist mein Geschenk etwas, das der Kaiser selbst in all seinem Glanz nicht besitzt und niemals besitzen wird. Drittens, was ich dafür haben will, ist sehr wenig, ein Nichts, ein bloßer Hauch.«

»Das sagen *Sie!*« Der Tech-Mann ließ sich zu dick aufgetragenem Sarkasmus herab. »Und worin besteht diese kaiserliche Gabe, mit der Ihr mich in Eurer gottgleichen Macht beglücken wollt? Etwas, das der Kaiser nicht hat, he?« Er schloß mit einem verächtlichen Prusten.

Mallow schob den Stuhl zurück und stand auf. »Ich habe drei Tage darauf gewartet, zu Ihnen vorgelassen zu werden, Euer Weisheit, aber die Vorführung wird nur drei Sekunden dauern. Ich wäre Ihnen sehr verbunden, wenn Sie den Laser, dessen Kolben ich ganz nahe Ihrer Hand sehe ...«

»Hä?«

»... ziehen und auf mich schießen würden.«

»*Was?*«

»Wenn ich getötet werde, können Sie der Polizei erzählen, ich hätte versucht, Sie zu bestechen, damit Sie mir Gildengeheimnisse verraten. Man wird Sie sehr loben. Wenn ich nicht getötet werde, können Sie meinen Schirm bekommen.«

Erst jetzt nahm der Tech-Mann den mattweißen Schein wahr, der seinen Besucher umschwebte, als sei der Mann in Perlenstaub getaucht worden. Er hob den Laser, und mit vor Staunen und Argwohn zusammengekniffenen Augen schloß er den Kontakt.

Die Luftmoleküle, die von der plötzlichen atomaren Entladung getroffen wurden, zerfielen zu glühenden, brennenden Ionen. Sie markierten die gleißende dünne Linie, die genau auf Mallows Herz gerichtet war — und eine Handbreit vor der Brust auseinanderspritzte!

Die atomaren Gewalten verzehrten sich an diesem zarten, perlfarbenen Schein, prallten zurück und starben mitten in der Luft. Die ganze Zeit bewahrte Mallows Gesicht seinen geduldigen Ausdruck.

Der Laser des Tech-Mannes fiel zu Boden. Er hörte das Poltern nicht einmal.

Mallow sagte: »Besitzt der Kaiser einen Energieschirm für seine Person? *Sie* können einen bekommen.«

Der Tech-Mann stotterte: »Sind Sie ein Tech-Mann?«

»Nein.«

»Wo ... wo haben Sie das dann her?«

»Was kümmert Sie das?« fragte Mallow mit kühler Verachtung. »Wollen Sie ihn haben?« Eine dünne, mit Verdikkungen versehene Kette fiel auf den Schreibtisch. »Da ist er.«

Der Tech-Mann ergriff die Kette und befingerte sie nervös. »Ist das komplett?«

»Komplett.«

»Wo ist die Energie?«

Mallows Finger legte sich auf die dickste Beule in ihrem bleiernen Gehäuse.

Der Tech-Mann blickte hoch. Das Blut war ihm zu Kopf gestiegen. »Sir, ich bin ein Tech-Mann ersten Grades. Ich habe zwanzig Jahre als Aufseher hinter mir, und ich habe unter dem großen Bler an der Universität von Trantor studiert. Wenn Sie die ungeheuerliche Frechheit haben, mir weismachen zu wollen, ein Behälter von der Größe — der Größe einer Walnuß, verdammt noch mal, enthalte einen Atomgenerator, stehen Sie innerhalb von drei Sekunden vor dem Protektor.«

»Dann erklären Sie es sich selbst, wenn Sie können. Ich sage, das ist der komplette Schirm.«

Das Gesicht des Tech-Mannes nahm langsam wieder normale Farbe an. Er schlang sich die Kette um die Taille und drückte, Mallows Geste folgend, den Knopf. Das Leuchten, das ihn umgab, machte ihn zu einem matten Relief. Er hob den Laser, zögerte, dann stellte er ihn auf das fast flammenlose Minimum ein.

Und dann schloß er mit einem krampfhaften Zucken den Kontakt, und das atomare Feuer spritzte harmlos gegen seine Hand.

Er fuhr herum. »Und wenn ich Sie nun erschieße und den Schirm behalte?«

»Versuchen Sie es!« erwiderte Mallow. »Glauben Sie, ich hätte Ihnen mein einziges Exemplar gegeben?« Auch er hüllte sich in Licht.

Der Tech-Mann kicherte nervös. Der Laser fiel polternd auf den Schreibtisch. »Und was ist dieses bloße Nichts, dieser Hauch, den Sie dafür haben wollen?«

»Ich möchte Ihre Generatoren sehen.«

»Ihnen ist doch sicher klar, daß das verboten ist. Es könnte Ausstoßung in den Raum für uns beide bedeuten ...«

»Ich will sie nicht berühren oder mich irgendwie an ihnen zu schaffen machen. Ich möchte sie nur *sehen* — von weitem.«

»Und wenn Sie sie nicht zu sehen bekommen?«

»Dann haben Sie den Schirm, aber ich habe andere

Dinge. Zum Beispiel einen Laser, der dafür gemacht ist, diesen Schirm zu durchdringen.«

»Hm-m-m.« Der Tech-Mann rollte die Augen. »Kommen Sie mit!«

— 42 —

Die Generatoren

Die Wohnung des Tech-Mannes bestand aus zwei Stockwerken am Außenrand des riesigen, würfelförmigen, fensterlosen Bauwerks, das die Stadtmitte beherrschte. Mallow gelangte von dem einen zum anderen durch einen unterirdischen Gang und fand sich in der stillen, von Ozon durchsetzten Atmosphäre des Kraftwerks wieder.

Fünfzehn Minuten lang folgte er schweigend seinem Führer. Seinen Augen entging nichts. Seine Finger berührten nichts. Und dann fragte der Tech-Mann mit erstickter Stimme: »Haben Sie genug? In *diesem* Fall kann ich meinen Untergebenen nicht trauen.«

»Können Sie das überhaupt?« fragte Mallow ironisch. »Ich habe genug.«

Sie kehrten ins Büro zurück, und Mallow fragte nachdenklich: »Und alle diese Generatoren sind in Ihren Händen?«

»Jeder einzelne«, antwortete der Tech-Mann mit mehr als einer Spur von Selbstzufriedenheit.

»Und Sie halten sie im Gang und in gutem Zustand?«

»Richtig.«

»Und wenn sie versagen?«

Der Tech-Mann schüttelte entrüstet den Kopf. »Sie versagen nicht. Sie versagen niemals. Sie sind für die Ewigkeit gebaut.«

»Die Ewigkeit ist eine lange Zeit. Nehmen Sie nur einmal an …«

»Es ist unwissenschaftlich, etwas Sinnloses anzunehmen.«

»Nun gut. Nehmen Sie einmal an, ich würde ein lebenswichtiges Teil zerstören? Die Maschinen sind doch wohl nicht immun gegen atomare Kräfte? Nehmen Sie an, ich schließe eine entscheidende Verbindung kurz oder zerschmettere eine Quarz-D-Röhre?«

»Das würden Sie mit dem Leben bezahlen!« schrie der Tech-Mann wütend.

»Das weiß ich!« Mallow brüllte ebenfalls. »Aber was wäre mit dem Generator? Könnten Sie ihn reparieren?«

»Sir«, heulte der Tech-Mann, »Sie haben eine gerechte Gegenleistung bekommen! Sie haben bekommen, was Sie verlangt haben! Jetzt verschwinden Sie! Ich schulde Ihnen nichts mehr!«

Mallow verbeugte sich ironisch und ging.

Zwei Tage später war er auf der Basis, wo die *Ferner Stern* darauf wartete, mit ihm zu dem Planeten Terminus zurückzukehren.

Und wieder zwei Tage später erlosch der Energieschirm des Tech-Mannes, und so sehr er auch daran herumbastelte, so sehr er fluchte, er leuchtete nie wieder auf.

— 43 —
Der Meisterhändler

Mallow gab sich beinahe zum erstenmal in sechs Monaten der Muße hin. Er lag im Sonnenraum seines neuen Hauses splitternackt auf dem Rücken. Seine starken braunen Arme reckten sich nach oben und außen, die Muskeln spannten sich und wurden wieder gelockert.

Der Mann neben ihm steckte ihm eine Zigarre zwischen die Zähne und zündete sie an. Auf seiner eigenen kauend, meinte er: »Du mußt überarbeitet sein. Vielleicht brauchst du eine längere Ruhepause.«

»Vielleicht, Jael, aber am liebsten möchte ich mich auf dem Sessel eines Ratsmitglieds ausruhen. Weil ich nämlich diesen Sessel bekommen werde, und zwar mit deiner Hilfe.«

Ankor Jael hob die Augenbrauen. »Wieso mit meiner?«

»Das liegt auf der Hand. Erstens bist du ein alter Fuchs von einem Politiker. Zweitens wurdest du von Jorane Sutt aus dem Kabinett geworfen, von eben dem Mann, der lieber einen Augapfel verlieren als mich im Rat sehen möchte. Du hältst nicht viel von meinen Chancen, oder?«

»Nicht viel«, stimmte der Ex-Erziehungsminister zu. »Du bist Smyrnier.«

»Das ist kein gesetzliches Hindernis. Ich habe eine Laienausbildung genossen.«

»Komm, komm. Seit wann richten sich Vorurteile nach anderen Gesetzen als ihren eigenen? Was ist nun mit deinem eigenem Mann, diesem Jaim Twer? Was sagt *er* dazu?«

»Vor fast einem Jahr hat er davon gesprochen, mich für die Wahl zum Stadtrat aufzustellen«, antwortete Mallow obenhin, »doch ich bin über ihn hinausgewachsen. Er hätte sowieso nichts zuwege gebracht. Nicht genug Tiefe. Er ist laut und energisch, aber damit geht er den Leuten nur auf die Nerven. Ich dagegen will einen richtigen Coup landen. Ich brauche *dich.*«

»Jorane Sutt ist der klügste Politiker auf dem Planeten, und er wird gegen dich sein. Ich behaupte nicht, daß ich fähig bin, ihn zu überlisten. Und glaub bloß nicht, daß er nicht hart kämpfen wird — und schmutzig.«

»Ich habe Geld.«

»Das hilft. Aber man braucht viel, um ein Vorurteil wettzumachen — du dreckiger Smyrnier.«

»Ich werde viel haben.«

»Nun, dann will ich sehen, was sich machen läßt. Nur stell dich ja nicht später auf die Hinterbeine und blöke, ich hätte dich dazu verführt. Wer ist das?«

Mallow zog die Mundwinkel nach unten. »Jorane Sutt persönlich, denke ich. Er ist früh dran, und das kann ich verstehen. Ich bin ihm einen Monat lang ausgewichen.

Hör zu, Jael, geh ins Nebenzimmer, schalte den Lautsprecher ein und stelle ihn ganz leise. Ich möchte, daß du zuhörst.«

Er half dem Ratsmitglied aus dem Raum, indem er ihn mit seinem bloßen Fuß anschob, krabbelte dann auf die Füße und in einen seidenen Morgenmantel. Der synthetische Sonnenschein reduzierte sich auf normale Helligkeit.

Der Sekretär des Bürgermeisters trat steif ein. Ein feierlicher Majordomo schloß behutsam hinter ihm die Tür.

Mallow knotete seinen Gürtel. »Suchen sie sich einen Sessel aus, Sutt.«

Die Andeutung eines Lächelns huschte über Sutts Gesicht. Der Sessel, den er sich auswählte, war bequem, aber er entspannte sich nicht darin. Auf der Kante sitzend, sagte er: »Wenn Sie als erstes Ihre Bedingungen nennen wollen, können wir gleich zur Sache kommen.«

»Was für Bedingungen?«

»Sie wollen überredet werden? Was, zum Beispiel, haben Sie auf Korell gemacht? Ihr Bericht war unvollständig.«

»Ich habe ihn Ihnen vor Monaten übergeben. Damals waren Sie zufrieden damit.«

»Ja.« Nachdenklich rieb sich Sutt mit einem Finger die Stirn. »Aber seit damals haben Sie sich auffallend betätigt, Mallow. Wir wissen eine ganze Menge über das, was Sie tun. Wir wissen genau, wie viele Fabriken Sie gründen, mit welcher Eile Sie das tun und was es Sie kostet. Und dann ist da noch dieser Palast« — in dem kalten Blick, den er umherschweifen ließ, lag nicht eine Spur von Bewunderung —, »für den Sie wesentlich mehr hingeblättert haben, als mein Jahresgehalt beträgt, und die Gasse — eine sehr bemerkenswerte und teure Gasse —, die Sie sich durch die oberen Schichten der Foundation-Gesellschaft gehauen haben.«

»Na und? Was beweist das, abgesehen davon, daß Sie fähige Spione beschäftigen?«

»Es beweist, daß Sie Geld besitzen, das Sie vor einem Jahr noch nicht hatten. Und das kann alles heißen — zum

Beispiel, daß Sie auf Korell ein gutes Geschäft getätigt haben, von dem wir nichts wissen. Woher bekommen Sie Ihr Geld?«

»Mein lieber Sutt, Sie werden nicht im Ernst erwarten, daß ich es Ihnen verrate.«

»Ich erwarte es auch nicht.«

»Das habe ich mir gedacht. Und genau darum werde ich es Ihnen verraten. Es kommt geradenwegs aus den Schatztruhen des Commdors von Korell.«

Sutt blinzelte.

Lächelnd fuhr Mallow fort: »Unglücklicherweise — für Sie — geht es dabei völlig legal zu. Ich bin Meisterhändler, und ich erhielt eine bestimmte Menge schmiedbares Eisen und Chromeisenerz als Entgelt für eine Anzahl von Schmuckstücken, die ich dem Commdor lieferte. Fünfzig Prozent des Profits gehören nach dem gußeisernen Vertrag mit der Foundation mir. Die andere Hälfte geht am Ende des Jahres, wenn alle braven Bürger ihre Einkommenssteuer zahlen, an die Regierung.«

»In Ihrem Bericht wurde kein Handelsabkommen erwähnt.«

»Es wurde auch nicht erwähnt, was ich an diesem Tag zum Frühstück hatte oder wie meine gegenwärtige Mätresse heißt oder sonst eine irrelevante Einzelheit.« Mallows Lächeln wurde zum Grinsen. »Ich wurde nach Korell geschickt — ich zitiere Ihre eigenen Worte —, um die Augen offen zu halten. Sie waren niemals geschlossen. Sie wollten herausfinden, was mit den gekaperten Foundation-Schiffen geschehen ist. Ich habe von ihnen nichts gehört oder gesehen. Sie wollten herausfinden, ob Korell über Atomkraft verfügt. Ich habe von Atom-Lasern im Besitz der privaten Leibwache des Commdors berichtet. Andere Hinweise sind mir nicht vor die Augen gekommen. Und die Laser, die ich gesehen habe, stammen noch aus dem alten Kaiserreich, und soviel ich weiß, können sie Schaustücke sein, die nicht funktionieren.

Soweit habe ich Befehle befolgt, aber darüber hinaus

war und bin ich mein eigener Herr. Nach den Gesetzen der Foundation hat ein Meisterhändler das Recht, an neuen Märkten zu erschließen, was er kann, und die ihm zustehende Hälfte des Gewinns einzustreichen. Was haben Sie für Einwände? Ich sehe keine.«

Sutt richtete den Blick sorgfältig auf die Wand und sprach unter großer Mühe ohne Zorn. »Es ist allgemeiner Brauch bei den Händlern, daß sie gleichzeitig mit ihren Geschäften die Religion fördern.«

»Ich richte mich nach dem Gesetz, nicht nach dem Brauch.«

»Es gibt Gelegenheiten, bei denen der Brauch höher stehen kann als das Gesetz.«

»Dann wenden Sie sich an das Gericht.«

Es war, als verkröchen sich Sutts Augen in ihren Höhlen. »Schließlich sind Sie Smyrnier. Es sieht so aus, als könnten Naturalisierung und Erziehung den Makel der Abstammung nicht auslöschen. Hören Sie jetzt trotzdem zu und versuchen Sie zu verstehen.

Diese Sache ist größer als Geld oder Märkte. Die Wissenschaft des großen Hari Seldon beweist, daß das zukünftige Galaktische Imperium von uns abhängt und daß wir von dem Kurs, der zu diesem Imperium führt, nicht abweichen dürfen. Als wichtigstes Mittel zu diesem Zweck setzen wir die Religion ein. Mit ihr haben wir die Vier Königreiche unter unsere Kontrolle gebracht, und das in einem Augenblick, als sie uns hätten zermalmen können. Die Religion ist das wirksamste Instrument, um Menschen und Welten zu beherrschen.

Der eigentliche Grund für die Entwicklung von Handel und Händlern war, diese Religion schneller zu verbreiten und dafür Sorge zu tragen, daß neue Techniken und eine neue Ökonomie unter unserer genauen und eingehenden Kontrolle eingeführt werden.«

Er hielt inne, um Atem zu holen, und Mallow warf ruhig ein: »Ich kenne die Theorie. Ich verstehe sie vollkommen.«

»So, tun Sie das? Das ist mehr, als ich erwartet habe. Dann müssen Sie doch einsehen, daß der Handel um seiner selbst willen, wie Sie ihn treiben, die Massenproduktion wertloser Kinkerlitzchen, die die Wirtschaft einer Welt nur oberflächlich beeinflussen kann, die Unterordnung der interstellaren Politik unter den Gott des Profits, die Scheidung der Atomkraft von unserer kontrollierenden Religion — daß all das nur mit dem Umsturz und der völligen Negation der Politik enden kann, die wir seit einem Jahrhundert mit Erfolg betreiben.«

»Das ist eine lange Zeit für eine überholte, gefährliche und unmögliche Politik«, stellte Mallow gleichgültig fest. »Wie gut Ihre Religion in den Vier Königreichen auch funktioniert haben mag, es hat sie fast keine andere Welt an der Peripherie angenommen. Zu der Zeit, als wir die Kontrolle über die Königreiche ergriffen, gab es, die Galaxis weiß es, eine ausreichende Zahl von Vertriebenen, die die Geschichte verbreiten konnten, wie Salvor Hardin die Priesterschaft und den Aberglauben des Volkes benutzte, um den weltlichen Monarchen Unabhängigkeit und Macht zu nehmen. Und wenn das noch nicht reichte, machte der Fall Askone, der sich zwei Jahrzehnte früher ereignete, es überdeutlich. Jetzt gibt es keinen Herrscher an der Peripherie mehr, der sich nicht lieber eigenhändig die Kehle durchschneiden als einen Priester der Foundation sein Territorium betreten lassen würde.

Ich bin nicht dafür, Korell oder irgendeine andere Welt zu zwingen, daß sie etwas annehmen, von dem ich weiß, daß sie es nicht haben wollen. Nein, Sutt. Wenn die Atomkraft die Korellier gefährlich macht, wird eine durch Handel begründete aufrichtige Freundschaft viel besser sein als eine unsichere Oberherrschaft, die sich auf den verhaßten Supremat einer ausländischen geistlichen Macht gründet. Zeigt diese Kirche eine noch so geringe Schwäche, wird sie völlig stürzen und nichts als Angst und langlebigen Haß zurücklassen.«

Sutt erwiderte zynisch: »Sehr hübsch formuliert. Um

nun zu dem Ausgangspunkt der Diskussion zurückzukehren: Wie lauten Ihre Bedingungen? Was verlangen Sie dafür, daß sie Ihre Vorstellungen gegen die meinen austauschen?«

»Sie glauben, meine Überzeugung sei mir feil?«

»Warum nicht?« lautete die kalte Antwort. »Ist das nicht Ihr Beruf, das Kaufen und Verkaufen?«

Das konnte Mallow nicht beleidigen. »Nur, wenn ich Profit dabei mache. Können Sie mir mehr anbieten, als ich bekomme?«

»Sie könnten drei Viertel Ihres Gewinns statt der Hälfte haben.«

Mallow lachte kurz auf. »Ein schönes Angebot! Zu Ihren Bedingungen würde der Umsatz auf ein Zehntel des jetzigen fallen. Da müssen Sie sich schon mehr Mühe geben.«

»Sie könnten einen Sitz im Rat bekommen.«

»Den bekomme ich sowieso, ohne Sie und Ihnen zum Trotz.«

Mit einer plötzlichen Bewegung ballte Sutt die Faust. »Sie könnten sich auch eine Gefängnisstrafe ersparen. Zwanzig Jahre, wenn es nach mir geht. Rechnen Sie diesen Profit einmal nach.«

»Das ist überhaupt kein Profit, es sei denn, Sie können die Drohung wahrmachen.«

»Sie werden wegen Mordes angeklagt werden.«

»Mord an wem?« fragte Mallow verächtlich.

Sutts Stimme wurde hart, wenn er auch nicht lauter sprach als vorher. »An dem anakreonischen Priester im Dienst der Foundation.«

»So soll das gedreht werden? Und was haben Sie für Beweise?«

Der Sekretär des Bürgermeisters beugte sich vor. »Mallow, ich bluffe nicht. Die Vorarbeiten sind getan. Ich brauche nur noch ein letztes Papier zu unterschreiben, und wir haben einen Fall Foundation gegen Hober Mallow, Meisterhändler. Sie haben einen Bürger der Foundation der Folter und dem Tod durch einen ausländischen Mob überlassen, Mallow, und Sie haben nur fünf Sekunden, um die verdiente Strafe von sich abzuwenden. Mir persönlich wäre es lieber, Sie entschlössen sich, es darauf ankommen zu lassen. Als vernichteter Feind wären Sie ungefährlich, als Freund, an dessen Bekehrung Zweifel bestehen, nicht.«

Mallow erklärte feierlich: »Ihr Wunsch soll Ihnen erfüllt werden.«

»Gut!« Das Lächeln des Sekretärs war grausam. »Der Bürgermeister wollte, daß ich zuerst den Versuch machte, einen Kompromiß zu schließen; ich wollte es nicht. Sie können bezeugen, daß ich mir nicht allzuviel Mühe gegeben habe.«

Die Tür öffnete sich vor ihm, und er ging.

Ankor Jael kam wieder herein. Mallow blickte auf.

»Hast du gehört, was er gesagt hat?« fragte Mallow.

Der Politiker ließ sich auf den Boden fallen. »Ich habe die Schlange, solange ich sie kenne, noch nie so wütend erlebt.«

»Und welche Schlüsse ziehst du daraus?«

»Das will ich dir sagen. Eine Außenpolitik der Beherrschung durch geistliche Mittel ist seine *idée fixe,* aber ich glaube, daß sein Ziel letzten Endes nicht spiritueller Natur ist. Du weißt, daß ich aus dem Kabinett geflogen bin, weil ich diesen Standpunkt vertrat.«

»Ja, ich weiß. Und was stellst du dir unter diesem unspirituellen Ziel vor?«

Jael wurde ernst. »Er ist schließlich nicht dumm. Deshalb muß er sehen, daß unsere religiöse Politik bankrott ist, hat sie doch in siebzig Jahren kaum eine einzige Eroberung für uns gemacht. Offensichtlich setzt er sie für seine eigenen Zwecke ein.

Nun stellt *jedes* Dogma, das vor allem auf Glauben und Emotionalisierung beruht, eine gefährliche Waffe dar, weil sich fast unmöglich garantieren läßt, daß die Waffe sich niemals gegen den richten wird, der sie anwendet.

Seit jetzt hundert Jahren haben wir eine Religion unterstützt, bei der Ritual und Mythologie immer verehrungswürdiger, traditioneller und — starrer werden. Auf gewisse Weise haben wir sie gar nicht mehr unter Kontrolle.«

»Auf welche Weise?« fragte Mallow. »Sprich weiter! Ich will wissen, was du darüber denkst.«

»Nimm einmal an, ein Mann, ein ehrgeiziger Mann benutzte die Kraft der Religion gegen uns statt für uns.«

»Du meinst Sutt?«

»Richtig. Ich meine Sutt. Hör zu, Mann! Wenn er die verschiedenen Hierarchien auf den unterworfenen Planeten im Namen der Orthodoxie gegen die Foundation mobilisieren würde, welche Chance hätten wir da noch? Er könnte sich an die Spitze der Frommen stellen, er könnte Krieg gegen die Ketzerei führen, wie sie zum Beispiel von dir repräsentiert wird, und sich letzten Endes zum König machen. Hardin hat gesagt: ›Ein Atom-Laser ist eine gute Waffe, aber man kann damit nicht in beide Richtungen gleichzeitig zielen‹.«

Mallow klatschte sich auf den bloßen Oberschenkel. »In Ordnung, Jael, dann bring mich in den Rat, und ich werde Sutt schlagen.«

Nach einer Pause sagte Jael bedeutungsvoll: »Vielleicht auch nicht. Was ist das für eine Geschichte, du habest zugelassen, daß ein Priester gelyncht wurde? Sie ist nicht wahr, oder?«

»Wahr ist sie schon«, gestand Mallow gelassen ein.

Jael pfiff. »Hat er unwiderlegliche Beweise?«

»Muß er wohl.« Mallow zögerte, dann setzte er hinzu: »Jaim Twer war von Anfang an sein Mann, obwohl keiner von beiden wußte, daß ich es wußte. Und Jaim Twer war Augenzeuge.«

Jael schüttelte den Kopf. »Oh, oh. Das ist böse.«

»Böse? Was ist böse daran? Der Priester war nach den Gesetzen der Foundation illegal auf dem Planeten. Er wurde offensichtlich von der korellischen Regierung als Köder benutzt, ob nun unfreiwillig oder nicht. Der gesunde Menschenverstand ließ mir einen einzigen Weg offen — und der war streng gesetzlich. Wenn Sutt mich vor Gericht bringt, wird er sich nur lächerlich machen.«

Wieder schüttelte Jael den Kopf. »Nein, Mallow, das siehst du falsch. Ich habe dir doch gesagt, er spielt schmutzig. Er ist nicht darauf aus, daß du verurteilt wirst; er weiß, das würde ihm nicht gelingen. Aber er ist darauf aus, dein Ansehen in der Öffentlichkeit zu ruinieren. Du hast gehört, was er sagte. Manchmal steht der Brauch tatsächlich über dem Gesetz. Du könntest bei einem Prozeß ungeschoren davonkommen, aber wenn die Leute glauben, du habest einen Priester den Wölfen zum Fraß vorgeworfen, ist deine Popularität futsch.

Man wird zugeben, daß du dich gesetzestreu, ja, vernünftig verhalten hast. Trotzdem stehst du dann in den Augen der Leute als feiger Hund, als gefühlloser Rohling, als hartherziges Ungeheuer da. Du würdest niemals in den Rat gewählt werden. Du könntest sogar deinen Rang als Meisterhändler verlieren, wenn man dir die Staatsbürgerschaft aberkennt. Hier geboren bist du ja nicht. Was kann Sutt sich mehr wünschen?«

Mallow runzelte die Stirn und erklärte stur: »Trotzdem!«

»Mein Junge«, sagte Jael, »ich werde zu dir halten, aber helfen kann ich dir nicht. Du bist zum Abschuß freigegeben.«

— 44 —

Eine Intrige wird aufgedeckt

Am vierten Tag des Prozesses gegen Hober Mallow, Meisterhändler, war die Ratskammer im ganz wörtlichen Sinn voll besetzt. Der einzige abwesende Ratsherr verfluchte mit schwacher Stimme den Schädelbruch, der ihn ans Bett fesselte. Die Galerien waren bis zu den Durchgängen und Decken mit den wenigen Personen aus der Menschenmenge gefüllt, denen es durch Einfluß, Reichtum oder pure diabolische Hartnäckigkeit gelungen war, hineinzukommen. Der Rest drängte sich auf dem Platz draußen in wogenden Klumpen um die im Freien aufgestellten dreidimensionalen Bildschirme.

Ankor Jael gelangte mit Hilfe der nahezu wirkungslosen Anstrengungen der Polizei in die Kammer und dann durch das kaum weniger starke Gewühl im Innern bis zu Hober Mallows Platz.

Mallow wandte sich ihm erleichtert zu. »Bei Seldon, du kommst in letzter Sekunde! Hast du es?«

»Hier, nimm es!« sagte Jae. »Es ist alles, was du haben wolltest.«

»Gut. Wie ist die Stimmung draußen?«

»Wild.« Jael rückte unbehaglich herum. »Du hättest niemals eine öffentliche Verhandlung zulassen dürfen. Dann wäre es nicht zu diesem Auflauf gekommen.«

»Ich wollte aber eine öffentliche Verhandlung.«

»Man redet vom Lynchen. Und Publis Manlios Männer auf den äußeren Planeten ...«

»Danach wollte ich dich schon fragen, Jael. Er hetzt die Hierarchie gegen mich auf, nicht wahr?«

»Meinst du? Das ist so fein eingefädelt, wie man es sich nur vorstellen kann. Als Außenminister vertritt er die Anklage in einem Fall des interstellaren Rechts. Als Hoherpriester und Primat der Kirche ruft er die fanatischen Horden auf ...«

»Vergiß es. Erinnerst du dich, daß Sutt mir letzten Monat ein Zitat von Hardin an den Kopf warf? Wir werden ihm zeigen, daß man mit einem Atom-Laser doch in beide Richtungen gleichzeitig zielen kann.«

Jetzt nahm der Bürgermeister seinen Platz ein, und die Ratsmitglieder erhoben sich respektvoll.

Mallow flüsterte: »Heute bin ich an der Reihe. Setz dich her und sieh dir den Spaß an!«

Die Sitzung begann, und fünfzehn Minuten später schritt Hober Mallow durch feindseliges Geflüster zu dem leeren Raum vor der Bank des Bürgermeisters. Ein Scheinwerfer richtete sich auf ihn, und die einsame Riesengestalt eines Mannes blickte herausfordernd aus den öffentlichen Bildschirmen der Stadt ebenso wie aus den Myriaden von privaten Bildschirmen in so gut wie jeder Wohnung der Foundation-Planeten.

Er begann in leichtem, ruhigem Ton. »Um Zeit zu sparen, will ich zugeben, daß die gegen mich erhobene Anklage Punkt für Punkt der Wahrheit entspricht. Die Geschichte von dem Priester und dem Mob wurde in jeder Einzelheit exakt dargestellt.«

In der Kammer entstand Unruhe, und von der Galerie kam ein triumphierendes Massenknurren. Mallow wartete geduldig darauf, daß es wieder still wurde.

»Das Bild ist jedoch nicht ganz vollständig. Ich bitte um die Vergünstigung, es auf meine eigene Art vervollständigen zu dürfen. Es mag anfangs aussehen, als tue meine Geschichte überhaupt nichts zur Sache. Bitte, üben Sie Nachsicht.«

Mallow warf keine Blick auf die vor ihm liegenden Notizen.

»Ich beginne mit dem gleichen Zeitpunkt wie die Anklage, mit dem Tag der Besprechungen zwischen mir und Jorane Sutt, zwischen mir und Jaim Twer. Was bei diesen Zusammenkünften vor sich ging, wissen Sie. Die Gespräche sind beschrieben worden, und diesen Beschreibungen habe ich nichts hinzuzufügen — außer meinen eigenen Gedanken an diesem Tag.

Es waren argwöhnische Gedanken, denn es geschah an diesem Tag Seltsames. Überlegen Sie. Zwei Männer, die ich beide nur oberflächlich kannte, machten mir unabhängig voneinander unnatürliche und beinahe unglaubliche Vorschläge. Einer, der Sekretär des Bürgermeisters, bat mich, die Rolle eines Geheimdienstagenten der Regierung in einer äußerst vertraulichen Angelegenheit zu übernehmen, deren Art und Bedeutung Ihnen bereits erläutert worden ist. Der andere, ein Parteiführer von eigenen Gnaden, redete mir zu, für einen Sitz im Rat zu kandidieren.

Natürlich suchte ich nach den eigentlichen Motiven. Sutts Motiv schien offensichtlich zu sein. Er traute mir nicht. Vielleicht glaubte er, ich verkaufte Atomkraft an Feinde und plane einen Aufstand. Und vielleicht wollte er die Entscheidung erzwingen. In dem Fall mußte mich ein ihm ergebener Mann auf meiner Mission als Spion begleiten. Dieser letzte Gedanke kam mir jedoch erst später, als Jaim Twer auf der Bildfläche erschien.

Überlegen Sie noch einmal: Twer stellt sich selbst als Händler dar, der in die Politik gegangen ist. Doch ich kenne keine Einzelheiten aus seiner Laufbahn als Händler, obwohl mein Wissen auf diesem Gebiet sehr umfangreich ist. Und weiter: Obwohl Twer sich rühmte, eine Laien-Ausbildung genossen zu haben, *hatte er noch nie von einer Seldon-Krise gehört.*«

Hober Mallow wartete, bis die Bedeutung dieser Aussage jedem klar geworden war, und wurde damit belohnt, daß es zum erstenmal still wurde. Die Galerie hielt den kollektiven Atem an. Das war für die Bewohner von Terminus selbst. Die Menschen auf den Äußeren Planeten empfingen nur zensierte Versionen, die die Belange der Religion berücksichtigten. Von Seldon-Krisen durften sie nichts hören. Aber es sollten noch weitere Knüller kommen, die man ihnen nicht vorenthalten würde.

Mallow fuhr fort:

»Wer unter den Anwesenden kann ehrlich behaupten, es sei möglich, daß ein Mann mit einer Laien-Ausbildung die Natur einer Seldon-Krise nicht kennt? Es gibt nur einen Bildungsweg in der Foundation, der jede Erwähnung der von Seldon geplanten Zukunft ausschließt und sich allein mit seiner Person als der eines schon fast mythischen Zauberers beschäftigt.

Mir war sofort klar, daß Jaim Twer niemals Händler gewesen ist. Er mußte im Dienst der Kirche stehen, war vielleicht ein geweihter Priester, und keinen Zweifel gab es daran, daß er in den drei Jahren, die er angeblich der politischen Partei der Händler vorgestanden hat, *ein von Jorane Sutt gekaufter Mann war.*

Vorerst tappte ich noch im dunkeln. Ich wußte nicht, welche Ziele Sutt in bezug auf meine Person verfolgte. Aber da er mir offenkundig eine lange Leine ließ, gab auch ich ihm ein paar Faden meiner. Ich sah voraus, daß Twer versuchen würde, sich mir auf meiner Reise als inoffizieller Aufpasser für Jorane Sutt anzuschließen. Sollte es ihm nicht gelingen, mußte ich mich auf andere Kunstgriffe gefaßt machen — und die würde ich vielleicht nicht rechtzeitig als solche erkennen. Ein bekannter Feind ist relativ harmlos. Also lud ich Twer ein, mitzukommen. Er nahm an.

Daraus, meine Herren vom Rat, läßt sich zweierlei schließen. Erstens verrät es Ihnen, daß Twer kein Freund von mir ist, der widerstrebend und allein aus Gewissensgründen gegen mich aussagt, wie die Anklage Sie glauben machen will. Er ist ein Spion und erfüllt die Aufgabe, für die er bezahlt wird. Zweitens erklärt es, warum ich beim Auftauchen des Priesters, den ermordet zu haben ich angeklagt bin, etwas Bestimmtes tat — etwas, das bis jetzt noch nicht erwähnt wurde, weil niemand davon weiß.«

Unter den Ratsmitgliedern kam es zu einem nervösen Getuschel. Mallow räusperte sich dramatisch und fuhr fort:

»Nur ungern beschreibe ich, wie mir zumute war, als ich hörte, wir hätten einen geflüchteten Missionar an Bord. Schon die Erinnerung daran schmerzt. Vor allem erfüllte mich peinigende Unsicherheit. Im ersten Augenblick glaubte ich an einen Schachzug Sutts, doch ich wußte ihn nicht zu deuten. Ich tappte vollständig im dunkeln.

Eins aber konnte ich tun. Ich wurde Twer für fünf Minuten los, indem ich ihn schickte, meine Offiziere zu holen. In seiner Abwesenheit schaltete ich ein Bild-Ton-Aufnahmegerät ein, damit alles, was geschah, zum zukünftigen

Studium festgehalten werde. Es geschah in der Hoffnung — der verzweifelten, aber glühenden Hoffnung —, das, was mich zur Zeit verwirrte, werde mir beim Ansehen des Films klarwerden.

Ich bin diese Aufnahme seitdem fünfzigmal durchgegangen. Ich habe sie bei mir und werde sie jetzt in Ihrer Anwesenheit zum einundfünfzigsten Mal abspielen.«

Die Ratsmitglieder gerieten aus dem Häuschen, und die Galerie brüllte. Der Bürgermeister verlangte mit monotonem Hämmern Ruhe. In fünf Millionen Wohnungen auf Terminus rückten aufgeregte Zuschauer dichter an ihre Empfänger heran, und auf der Bank des Anklagevertreters schüttelte Jorane Sutt kalt den Kopf über den nervösen Hohenpriester, während seine Augen nicht von Mallows Gesicht wichen.

Man räumte in der Mitte der Kammer einen Platz frei; die Beleuchtung wurde gedämpft. Ankor Jael nahm von seiner Bank auf der Linken aus die Einstellungen vor, und mit einem ankündigenden Klicken wurde eine farbige und dreidimensionale Szene sichtbar, die in jeder Eigenschaft bis auf das Leben selbst dem Leben glich.

Da stand der Missionar, verwirrt und mißhandelt, zwischen dem Lieutenant und dem Sergeant. Mallows Bild wartete schweigend, und dann kamen die Offiziere herein, Twer als letzter.

Wort für Wort war zu hören, was damals gesprochen worden war. Der Sergeant wurde bestraft und der Missionar befragt. Der Mob erschien, man hörte sein Geheul und das verzweifelte Flehen Jord Parmas. Mallow zog seine Waffe. Der Missionar hob, als er weggezerrt wurde, zu einem wahnsinnigen Fluch die Arme, und ein winziges Licht blitzte auf und verschwand.

Die Szene endete damit, daß die Offiziere starr waren vor Entsetzen, Twer die zitternden Hände auf die Ohren preßte und Mallow ruhig seine Waffe wegsteckte.

Die Lichter gingen wieder an; nichts füllte mehr den leeren Platz in der Mitte des Fußbodens. Mallow, der wirkliche Mallow der Gegenwart, nahm den Faden seiner Erzählung wieder auf.

»Sie sehen, daß sich alles genauso abgespielt hat, wie die Anklage es darstellte — oberflächlich betrachtet. Das will ich kurz erklären. Nebenbei bemerkt, zeigen Jaim Twers Reaktionen während des ganzen Geschehens deutlich, daß er zum Priester ausgebildet ist.

Es geschah an diesem selben Tag, daß ich Twer auf bestimmte Ungereimtheiten bei dieser Episode aufmerksam machte. Ich fragte ihn, woher der Missionar inmitten dieses nahezu verlassenen Gebiets, das wir zu der Zeit besetzten, gekommen sein solle. Ich fragte weiter, woher die riesige Menschenmenge gekommen sein solle, wenn die nächste erwähnenswerte Stadt hundert Meilen entfernt lag. Die Anklage hat derlei Problemen keine Aufmerksamkeit gewidmet.

Es gibt noch weitere Punkte. Zum Beispiel die merkwürdige Tatsache, daß Jord Parma sich mit aller Gewalt verdächtig gemacht haben muß. Ein Missionar, der auf Korell sein Leben riskiert, indem er sowohl gegen korellisches als auch gegen Foundation-Gesetz verstößt, spaziert in einem nagelneuen und entschieden priesterlichen Kostüm umher. Da stimmt doch etwas nicht! Damals nahm ich an, der Missionar werde ohne sein Wissen von dem Commdor dazu benutzt, uns zu einem Akt illegaler Aggression zu zwingen, woraufhin der Commdor das Recht gehabt hätte, uns und unser Schiff zu vernichten.

Die Anklage setzte voraus, ich würde meine Handlungen damit rechtfertigen, die Sicherheit meines Schiffes und meiner Mannschaft sowie meine Mission selbst hätten auf dem Spiel gestanden und nicht für einen einzigen Mann geopfert werden dürfen, wenn dieser Mann auf jeden Fall für sich allein oder zusammen mit uns ums Leben gekommen wäre. Die Antwort wäre dann ein Geschwafel über die ›Ehre‹ der Foundation und die Notwendigkeit, als überlegene Macht unsere ›Würde‹ zu bewahren, gewesen.

Aus irgendeinem seltsamen Grund hat die Anklage jedoch Jord Parma selbst vernachlässigt. Sie trug keine Einzelheiten über ihn als Individuum vor, weder den Ort seiner Geburt noch sein Studium noch irgendwelche sonstigen Fakten seines Lebenslaufs. Die Erklärung dieser Unterlassung wird auch Licht auf die Ungereimtheiten werfen, auf die ich sie nach der Filmvorführung aufmerksam machte. Beides ist miteinander verknüpft.

Die Anklage hat keine Einzelheiten über Jord Parma aufgeführt, *weil sie es nicht kann.* Die Szene, von der Sie eine Aufnahme gesehen haben, wirkt nicht echt, weil Jord Parma nicht echt war. Es hat nie einen Jord Parma gegeben. *Dieser ganze Prozeß ist die größte Farce, die jemals wegen einer Sache, die nie existierte, zusammengebraut worden ist.*«

Wieder mußte er warten, bis sich das Stimmengewirr gelegt hatte. Er sagte langsam:

»Ich werde Ihnen die Vergrößerung eines einzelnen Bildes auf dem Film zeigen. Es wird für sich selbst sprechen. Bitte, Jael.«

In der Kammer wurde es dunkel, und die leere Luft füllte sich von neuem. Erstarrte Gestalten erschienen in einer geisterhaften, wächsernen Illusion. Die Offiziere der *Ferner Stern* standen in steifer, unmöglicher Haltung da. Eine Waffe ragte aus Mallows unbeweglicher Hand. Zu seiner Linken streckte der ehrwürdige Jord Parma, mitten in einem Schrei erfaßt, seine Klauen nach oben, und seine Ärmel waren zurückgefallen.

Und an der Hand des Missionars glänzte etwas, das bei der ersten Vorführung aufgeblitzt und wieder verschwunden war. Jetzt leuchtete es stetig.

»Richten Sie die Augen auf dieses Licht an seiner Hand!« rief Mallow aus dem Dunkel. »Vergrößere die Szene, Jael!«

Das Bild schwoll schnell an. Äußere Teile fielen weg, der Missionar wanderte in die Mitte und wurde zum Riesen. Dann sah man nur noch seinen Kopf und einen Arm, dann nur noch eine Hand, die den ganzen Raum füllte und dort verharrte.

Das Licht war zu einer Reihe von verschwommenen, glühenden Buchstaben geworden: K G P.

»Das«, dröhnte Mallows Stimme, »ist eine Tätowierung, Gentlemen. Unter normalem Licht ist sie unsichtbar, aber unter ultraviolettem Licht — mit dem ich den Raum für diese Aufnahme überflutete — tritt sie als Hochrelief hervor. Ich muß schon sagen, das ist eine naive Methode der Identifizierung von Geheimpolizisten, aber sie funktioniert auf Korell, wo man UV-Licht nicht an den Straßenecken findet. Selbst in unserem Schiff ist die Entdeckung einem Zufall zuzuschreiben.

Vielleicht haben einige unter Ihnen bereits erraten, was K G P bedeutet. Jord Parma kannte die priesterliche Ausdrucksweise gut und leistete hervorragende Arbeit. Wo er das gelernt hat und wie, kann ich nicht sagen, aber K G P heißt ›Korellische Geheimpolizei‹.«

Mallow überschrie den Tumult: »Ich habe zusätzliche Beweise in Form von Dokumenten, die ich von Korell mitgebracht habe, und ich werde sie dem Rat auf Verlangen vorlegen!

Und wo ist jetzt der Fall, den die Anklage aufgebaut hat? Sie hat die monströse Forderung erhoben, ich hätte im Widerspruch zum geltenden Recht für den Missionar kämpfen und meine Mission, mein Schiff und mich selbst der ›Ehre‹ der Foundation opfern müssen.

Aber hätte ich das für einen Betrüger tun sollen?

Hätte ich es für einen korellischen Geheimagenten tun sollen, der sich mit einer Robe, vermutlich von einem anakreonischen Exilanten entliehen, und der entsprechenden verbalen Gymnastik herausgeputzt hatte? Hätten Jorane Sutt und Publis Manlio es gern gesehen, wenn ich in eine dumme, gemeine Falle gelaufen wäre ...«

Seine heiser gewordene Stimme ging im unverständlichen Gebrüll der Menschenmenge unter. Man hob ihn auf Schultern und trug ihn zur Bank des Bürgermeisters.

Ein Blick aus dem Fenster zeigte ihm einen Strom aufgeregter Menschen, die auf den bereits von Tausenden gefüllten Platz zuliefen.

Mallow sah sich nach Ankor Jael um, aber es war unmöglich, ein einzelnes Gesicht in der wogenden Masse ausfindig zu machen. Langsam kam ihm ein rhythmisches, ständig wiederholtes Rufen zu Bewußtsein, das sich von einem kleinen Anfang bis zu pulsierendem Wahnsinn steigerte:

»Lang lebe Mallow… lang lebe Mallow… lang lebe Mallow…«

— 45 —

Der Griff nach der Macht

Die Augen Ankor Jaels blinzelten Mallow aus einem hohlwangigen Gesicht an. Die letzten beiden Tage waren verrückte, schlaflose Tage gewesen.

»Mallow, du hast eine großartige Show abgezogen. Jetzt verdirb sie nicht, indem du zu hoch springst. Du kannst nicht im Ernst daran denken, Bürgermeister zu werden. Die Begeisterung der Masse ist eine starke Kraft, aber die Masse ist bekanntermaßen wankelmütig.«

»So ist es!« erklärte Mallow grimmig. »Deshalb müssen wir ihr schöntun, und die beste Methode ist, die Show fortzusetzen.«

»Womit?«

»Du wirst Publis Manlio und Jorane Sutt festnehmen lassen …«

»Was?«

»Du hast richtig gehört. Veranlasse den Bürgermeister, sie festzunehmen! Es ist mir gleich, welche Drohungen du benutzt. Ich beherrsche die Masse — jedenfalls heute. Er wird es nicht wagen, sich der öffentlichen Meinung entgegenzustellen.«

»Aber mit welcher Beschuldigung, Mann?«

»Mit der auf der Hand liegenden. Sie haben die Priesterschaft der äußeren Planeten aufgehetzt, Partei in den Faktionsstreitereien der Foundation zu ergreifen. Das ist illegal, bei Seldon! Man kann ihnen ›Gefährdung des Staates‹ vorwerfen. Und mir tut es ebensowenig leid, wenn sie verurteilt werden, wie es ihnen in meinem Fall leidgetan hätte. Ziehe sie nur aus dem Umlauf, bis ich Bürgermeister bin.«

»Es ist noch ein halbes Jahr bis zur Wahl.«

»Die Zeit brauchen wir auch.« Mallow sprang auf und faßte mit festem Griff Jaels Arm. »Hör zu! Ich würde die Macht mit Gewalt ergreifen, wenn es sein müßte — so, wie es Salvor Hardin vor hundert Jahren getan hat. Es kommt immer noch eine Seldon-Krise auf uns zu, und wenn sie da ist, muß ich Bürgermeister *und* Hoherpriester sein. Beides!«

Jael rumzelte die Stirn. Er fragte ruhig: »Was wird die Krise auslösen? Korell?«

Mallow nickte. »Natürlich. Korell wird uns irgendwann den Krieg erklären, wenn auch ich darauf wette, daß es noch zwei Jahre dauern wird.«

»Und die korellischen Schiffe werden Atomwaffen haben?«

»Was glaubst du denn? Diese drei Handelsschiffe, die wir in ihrem Raumsektor verloren haben, sind doch nicht mit Luftgewehren abgeschossen worden. Jael, sie bekommen Schiffe vom Imperium. Mach den Mund zu, du siehst aus wie ein Trottel. Ich sagte, *vom Imperium!* Es ist immer noch vorhanden, weißt du. Hier an der Peripherie mag es das Reich nicht mehr geben, aber im galaktischen Zentrum ist es noch sehr lebendig. Und ein falscher Zug könnte bedeuten, daß wir das Imperium selbst am Hals haben. Darum muß ich Bürgermeister und Hoherpriester werden. Ich bin der einzige Mann, der weiß, wie die Krise zu bewältigen ist.«

Jael schluckte trocken. »Wie denn? Was wirst du tun?«

»Nichts.«

Jael lächelte unsicher. »Was du nicht sagst!«

Doch Mallows schneidende Antwort lautete: »Wenn ich Boss dieser Foundation bin, werde ich nichts tun. Einhundertprozent NICHTS, und das ist das Geheimnis dieser Krise.«

— 46 —

Ein zuversichtlicher Gegner

Asper Argo, der Vielgeliebte, Commdor der korellischen Republik, reagierte auf den Eintritt seiner Gattin, indem er mit Armesündermiene die dürftigen Augenbrauen senkte. Zumindest in ihrem Fall galt der Beiname, den er sich selbst verliehen hatte, nicht. Das wußte sogar er.

Mit einer Stimme, die so glatt war wie ihr Haar und so kalt wie ihre Augen, sagte sie: »Ich hörte, daß mein hoher Herr endlich zu einer Entscheidung gelangt ist, was mit den Emporkömmlingen von der Foundation geschehen soll.«

»Ach ja?« gab der Commdor verdrossen zurück. »Und was haben Sie sonst noch gehört?«

»Genug, mein sehr edler Gatte. Sie hatten wieder eine dieser sinnlosen Beratungen mit Ihren Ratgebern. Schöne Ratgeber!« Mit unendlicher Verachtung: »Eine Herde gehirnamputierter, verblendeter Idioten, die angesichts des Mißvergnügens meines Vaters ihre sterilen Profite an ihre eingesunkene Brust drücken.«

»Und wer, meine Liebe«, lautete die milde Entgegnung, »ist die ausgezeichnete Quelle, die all diese Informationen für Sie versprudelt?«

Die Commdora lachte kurz auf. »Wenn ich Ihnen das sagte, wäre meine Quelle bald eine Leiche.«

»Nun, sie werden nach Ihrem eigenen Kopf handeln wie immer«, brummte er. Die Commdora zuckte die Achseln und wandte sich ab. Asper fuhr fort: »Und was das Mißvergnügen Ihres Vaters betrifft, so fürchte ich sehr, es wird sich darin zeigen, daß er sich knickerig weigert, mir weitere Schiffe zur Verfügung zu stellen.«

»Weitere Schiffe!« flammte sie auf. »Haben Sie nicht schon fünf? Leugnen Sie nicht! Ich *weiß,* daß Sie fünf haben, und ein sechstes ist Ihnen versprochen worden.«

»Für voriges Jahr.«

»Aber eins — schon ein einziges — kann diese Foundation zu stinkendem Schrott verarbeiten. Ein einziges! Eins genügt, um ihre Pygmäen-Boote aus dem Raum zu fegen.«

»Ihren Planeten kann ich nicht einmal mit einem Dutzend angreifen.«

»Und wie lange wird ihr Planet aushalten, wenn ihr Handel ruiniert ist und ihre Schiffsladungen mit Spielzeug und Schund vernichtet sind?«

»Dieses Spielzeug und dieser Schund bedeuten Geld«, seufzte er. »Eine ganze Menge Geld.«

»Aber hätten Sie mit der Foundation selbst nicht alles, was sie enthält? Und hätten sie mit meines Vaters Achtung und Dankbarkeit nicht mehr, als Ihnen sogar die Foundation geben könnte? Es ist drei Jahre — nein, länger — her, daß dieser Barbar hier war und seine billigen Zaubertricks vorführte. Das ist eine sehr lange Zeit.«

»Meine Liebe!« Der Commdor drehte sich um und sah sie an. »Ich werde alt. Ich bin müde. Mir fehlt die Spannkraft, Ihrem Mundwerk zu widerstehen. Sie sagen, Sie wüßten, daß ich mich entschieden hätte. Nun, ich habe mich entschieden. Es ist aus, und zwischen Korell und der Foundation herrscht Krieg.«

»Gut!« Die Commdora reckte sich, und ihre Augen funkelten. »Endlich sind Sie, wenn auch schon senil, klug geworden. Und wenn Sie Herr dieses Hinterlandes geworden sind, mögen Sie sich genug Achtung erworben haben, um im Imperium Gewicht und Bedeutung zu erlangen. Zum Beispiel könnten wir diese barbarische Welt verlassen und an den Hof des Vizekönigs gehen. Ja, das könnten wir.«

Sie rauschte hinaus, ein Lächeln auf den Lippen, eine Hand auf der Hüfte. Ihr Haar schimmerte im Licht.

Der Commdor wartete, und dann sagte er voller Bosheit und Haß zu der geschlossenen Tür: »Und wenn ich Herr dessen bin, was du das Hinterland nennst, mag ich mir genug Achtung erworben haben, um ohne die Arroganz deines Vaters und die Zunge seiner Tochter auszukommen. Vollständig ohne sie!«

— 47 —

Ein Schiff des Imperiums

Der dienstälteste Lieutenant der *Dunkelnebel* starrte voller Entsetzen auf den Bildschirm.

»Große galoppierende Galaxien!« Er hatte es herausbrüllen wollen, aber es kam nur als Flüstern. »Was ist das?«

Es war ein Schiff, aber ein Wal im Vergleich zu dem Sperling *Dunkelnebel,* und auf der Flanke trug es das Raumschiff-und-Sonne-Emblem des Imperiums. Sämtliche Alarmanlagen an Bord heulten hysterisch los.

Befehle wurden erteilt. Die *Dunkelnebel* bereitete sich darauf vor, zu fliehen, wenn sie konnte, und zu kämpfen, wenn sie mußte — während aus dem Ultrawellenraum unten eine Botschaft durch den Hyperraum zur Foundation raste.

Sie wurde ständig wiederholt. Zum Teil bestand sie aus einer Bitte um Hilfe, aber hauptsächlich warnte sie vor Gefahr.

— 48 —

Handel ist Macht

Hober Mallow scharrte beim Durchblättern der Berichte müde mit den Füßen. Zwei Jahre als Bürgermeister hatten ihn ein bißchen zahmer, ein bißchen weicher, ein bißchen geduldiger gemacht — aber er hatte immer noch nicht gelernt, Gefallen an Regierungsberichten und der gehirnerweichenden Amtssprache, in der sie abgefaßt waren, zu finden.

»Wie viele Schiffe haben sie erwischt?« fragte Jael.

»Vier am Boden zerstört. Zwei vermißt. Alle anderen in Sicherheit.« Mallow grunzte. »Wir hätten besser abschneiden können, aber es ist nur ein Kratzer.«

Es kam keine Antwort, und Mallow blickte auf. »Macht dir irgend etwas Sorgen?«

»Ich wünschte, Sutt würde kommen«, lautete die beinahe irrelevante Antwort.

»Ja, und jetzt werden wir eine weitere Predigt über die Heimatfront hören.«

»Nein, das werden wir nicht!« fuhr Jael auf. »Aber du bist stur, Mallow. Die Situation draußen hast du zwar bis in die letzte Einzelheit ausgearbeitet, aber es hat dich nie interessiert, was hier auf dem Heimatplaneten vorgeht.«

»Das ist ja auch deine Aufgabe, oder? Weswegen habe ich dich zum Minister für Erziehung und Propaganda gemacht?«

»Wenn man die Unterstützung bedenkt, die du mir gibst, offenbar um mich in ein frühes und elendes Grab zu schicken. Das ganze letzte Jahr habe ich dir wegen der wachsenden Gefahr in den Ohren gelegen, die Sutt und seine Religionisten darstellen. Was nützen dir deine Pläne, wenn Sutt eine vorgezogene Wahl erzwingt und dich hinauswerfen läßt?«

»Nichts, muß ich gestehen.«

»Und mit deiner Ansprache gestern abend hast du Sutt

die Wahl beinahe mit einem Lächeln und einem Schulterklopfen überreicht. War es notwendig, so offen zu sein?«

»Habe ich damit Sutt nicht den Donner gestohlen?«

»Nein«, erklärte Jael heftig, »so, wie du es gemacht hast, nicht. Du behauptest, alles vorhergesehen zu haben, und erklärst nicht, warum du drei Jahre lang zum ausschließlichen Vorteil von Korell mit Korell Handel getrieben hast. Dein einziger Schlachtplan ist es, dich ohne Schlacht zurückzuziehen. Du gibst allen Handel mit den Raumsektoren in der Nachbarschaft von Korell auf. Du erklärst geradeheraus, daß wir in einer Sackgasse stecken. Du versprichst keine Offensive, auch nicht für die Zukunft. Galaxis, Mallow, was soll ich mit einer solchen Situation anfangen?«

»Sie entbehrt des Glanzes?«

»Sie spricht die Emotionen der Masse nicht an.«

»Das ist dasselbe.«

»Mallow, wach auf! Du hast zwei Möglichkeiten. Entweder präsentierst du dem Volk eine dynamische Außenpolitik, ganz gleich, welches deine privaten Pläne sind, oder du schließt eine Art von Kompromiß mit Sutt.«

»Na schön«, sagte Mallow, »wenn mir das erste nicht gelungen ist, laß es uns mit dem zweiten versuchen. Sutt ist soeben eingetroffen.«

Sutt und Mallow waren sich seit der Gerichtsverhandlung vor zwei Jahren noch nicht wiederbegegnet. Keiner von beiden entdeckte irgendeine Veränderung an dem anderen, außer den unmißverständlichen Zeichen, daß sie die Rollen von Herrscher und Herausforderer getauscht hatten.

Sutt nahm Platz, ohne Mallow die Hand zu reichen. Mallow bot ihm eine Zigarre an. »Macht es Ihnen etwas aus, wenn Jael bleibt? Er wünscht sich ehrlich einen Kompromiß und könnte als Vermittler fungieren, wenn die Gemüter sich erhitzen sollten.«

Sutt zuckte die Achseln. »Ein Kompromiß wäre gut für Sie. Bei einer früheren Gelegenheit habe ich Sie einmal gebeten, Ihre Bedingungen zu nennen. Ich vermute, die Positionen sind jetzt umgekehrt.«

»Sie vermuten richtig.«

»Dann lauten meine Bedingungen wie folgt: Sie müssen Ihre stümperhafte Politik der wirtschaftlichen Bestechung und des Handels mit Schnickschnack aufgeben und zu der erprobten Außenpolitik unserer Väter zurückkehren.«

»Sie meinen die Eroberung durch Missionierung?«

»Genau.«

»Einen anderen Kompromiß gibt es nicht?«

»Nein.«

»Hm-m-m.« Mallow zündete sich umständlich eine Zigarre an und zog, bis die Spitze hell glühte. »Zu Hardins Zeit, als die Eroberung durch Missionierung etwas Neues und Radikales darstellte, waren Männer wie Sie dagegen. Jetzt ist sie erprobt, geprüft, geheiligt — alles, was ein Jorane Sutt gut finden würde. Aber sagen Sie mir, wie würden Sie uns aus unserer gegenwärtigen verfahrenen Situation herausholen?«

»Aus *Ihrer* verfahrenen Situation. Ich habe nichts damit zu tun gehabt.«

»Betrachten Sie die Frage als entsprechend abgeändert.«

»Eine starke Offensive ist angezeigt. Die Sackgasse, mit der Sie sich anscheinend zufriedengeben wollen, ist tödlich. Es wäre allen Welten der Peripherie gegenüber ein Eingeständnis von Schwäche, während es doch von größter Bedeutung ist, Stärke zu zeigen. Jeder einzelne Aasgeier würde sich dem Angriff anschließen, um seinen Anteil des Leichnams zu ergattern. Das sollten Sie verstehen. Sie sind von Smyrno, nicht wahr?«

Mallow tat, als überhöre er die Bedeutung dieser Bemerkung. Er sagte: »Und wenn Sie Korell besiegen, was ist mit dem Imperium? *Das* ist der eigentliche Feind.«

Sutts Mundwinkel zuckten in einem dünnen Lächeln. »O nein, Ihr Bericht über Ihren Besuch in Siwenna war vollständig. Der Vizekönig des normannischen Sektors ist daran interessiert, zu seinem eigenen Vorteil Differenzen am Rand zu schaffen, aber nur als Nebenziel. Mit fünfzig ihm feindlich gesonnenen Nachbarn und einem Kaiser, gegen den er rebellieren will, wird er nicht alles für eine Expedition an den Rand der Galaxis aufs Spiel setzen. Ich gebe Ihre eigenen Worte wieder.«

»O doch, das wird er tun, Sutt, wenn er glaubt, wir seien stark genug, um gefährlich zu sein. Und auf den Gedanken könnte er kommen, wenn wir Korell mit einem Frontalangriff zerstören. Wir würden sehr viel geschickter vorgehen müssen.«

»Zum Beispiel?«

Mallow lehnte sich zurück. »Sutt, ich will Ihnen eine Chance geben. Ich brauche Sie nicht, aber ich kann Sie benutzen. Deshalb will ich Ihnen sagen, um was es alles geht, und dann können Sie sich mir entweder anschließen und einen Posten in einem Koalitionskabinett erhalten, oder Sie können den Märtyrer spielen und im Gefängnis verfaulen.«

»Mit diesem letzten Trick haben Sie es schon einmal versucht.«

»Ohne mir sehr viel Mühe zu geben, Sutt. Der rechte Zeitpunkt ist erst jetzt gekommen. Hören Sie zu!« Mallow kniff die Augen zusammen.

»Als ich nach Korell kam«, begann er, »bestach ich den Commdor mit den Schmucksachen und Spielereien, die das übliche Händler-Sortiment ausmachen. Anfangs diente das nur dem Zweck, uns Zugang zu einem Stahlwerk zu verschaffen. Weiter gingen meine Pläne nicht, doch darin hatte ich Erfolg. Ich bekam, was ich wollte. Erst nach meinem Besuch im Imperium wurde mir richtig klar, zu welch einer Waffe ich diesen Handel umgestalten konnte.

Wir stehen vor einer Seldon-Krise, Sutt, und Seldon-Krisen werden nicht von Einzelpersonen bewältigt, sondern von historischen Kräften. Als Hari Seldon den Kurs unserer künftigen Geschichte plante, baute er nicht auf brillante Heroen, sondern auf die gewaltigen Wogen der Ökonomie und der Soziologie. Deshalb müssen wir die Lösungen der verschiedenen Krisen in den Kräften suchen, die uns in dem jeweiligen Zeitpunkt zur Verfügung stehen.

In diesem Fall ist das — der Handel!«

Sutt hob skeptisch die Augenbrauen und nutzte die Pause zu seinem Vorteil. »Ich hoffe, daß ich nicht von subnormaler Intelligenz bin, aber Tatsache ist, daß Ihre vagen Ausführungen nicht viel Licht bringen.«

»Das werden sie noch«, versprach Mallow. »Bedenken Sie, daß die Macht des Handels bis heute unterschätzt worden ist. Man glaubte, um eine mächtige Waffe daraus zu machen, sei eine unter unserer Kontrolle stehende Priesterschaft notwendig. Das ist nicht der Fall, und mein Beitrag zu der galaktischen Situation ist: Handel ohne Priester! Handel pur! Der Handel ist stark genug. Lassen Sie uns ganz einfach und spezifisch werden. Korell steht jetzt mit uns im Krieg. Daher gibt es keinen Handel mit Korell mehr. Aber — beachten Sie, daß ich dies so einfach wie ein Rechenexempel mache — Korell hat in den letzten Jahren seine Wirtschaft mehr und mehr auf den Atomtechniken aufgebaut, die wir eingeführt haben und die wir allein weiterhin liefern können. Was meinen Sie wohl, was passieren wird, sobald die kleinen Atomgeneratoren zu versagen beginnen und ein Gerät nach dem anderen aufhört zu funktionieren?

Die kleinen Haushaltsmaschinen kommen zuerst an die Reihe. Sie meinen, wir befänden uns in einer Sackgasse. Warten wir ein halbes Jahr, und das Atommesser einer Hausfrau schneidet nicht mehr. Ihr Herd läßt sie im Stich. Ihre Waschmaschine arbeitet nicht mehr zufriedenstellend. Die Temperatur-Feuchtigkeitskontrolle in ihrem Haus verreckt an einem heißen Sommertag. Was geschieht?«

Er wartete auf eine Antwort, und Sutt sagte ruhig: »Nichts. Das Volk erträgt im Krieg eine ganze Menge.«

»Sehr wahr. Das tut es. Es wird seine Söhne in unbegrenzter Zahl hinaussenden, damit sie einen schrecklichen Tod in geborstenen Raumschiffen erleiden. Es wird den feindlichen Bombardierungen standhalten, auch wenn das bedeutet, daß es bei altbackenem Brot und abgestandenem Wasser in Höhlen von einer halben Meile Tiefe leben muß. Aber es ist sehr schwer, kleine Ärgernisse zu ertragen, wenn der Patriotismus nicht durch eine unmittelbare Gefahr angeheizt wird. Und es wird keine Gefahren geben. Keine Gefallenen, keine Bombardierungen, keine Schlachten.

Es wird nichts weiter geben als ein Messer, das nicht mehr schneidet, und einen Herd, auf dem man nicht mehr kochen kann, und ein Haus, das im Winter einfriert. Es wird ärgerlich sein, und das Volk wird murren.«

Verwundert und zögernd fragte Sutt: »Und darauf setzen Sie Ihre Hoffnung, Mann? Was erwarten Sie? Einen Hausfrauen-Aufstand? Eine Bauern-Revolution? Werden die Metzger und Lebensmittelhändler sich zusammenrotten, ihre Hackebeile und Brotmesser schwingen und rufen: ›Gebt uns unsere automatischen Superrein-Atomwaschmaschinen zurück!‹?«

»Nein, Sir«, erwiderte Mallow ungeduldig. »So denke ich nicht. Ich rechne jedoch damit, daß sich unter den kleinen Leuten Murren und Unzufriedenheit breitmachen und daß sich später wichtigere Personen darauf stützen werden.«

»Und was sollen das für wichtigere Personen sein?«

»Die Produzenten, die Fabrikbesitzer, die Industriellen Korells. Nach zwei Jahre in dieser Sackgasse werden die Maschinen in den Fabriken eine nach der anderen versagen. Industriezweige, die wir von vorn bis hinten mit unseren neuen Atomgeräten ausgestattet haben, werden sehr plötzlich erkennen, daß sie ruiniert sind. Die Schwerindustrien werden sich *en masse* und auf einen Streich als Besitzer von Maschinen sehen, die nur noch Schrottwert haben.«

»In den Fabriken hat alles gut geklappt, bevor Sie dort waren, Mallow.«

»Ja, Sutt — zu etwa einem Zwanzigstel des Gewinns, selbst wenn Sie die Kosten der Umstellung auf den ursprünglichen präatomaren Zustand nicht in die Berechnung einbeziehen. Wenn die Industriellen und die Finanzleute und der Mann von der Straße alle gegen ihn sind, wie lange wird sich der Commdor dann noch halten können?«

»Solange es ihm beliebt, wenn er auf die Idee kommt, sich neue Atomgeneratoren vom Imperium zu besorgen.«

Mallow lachte vergnügt. »Sie haben es nicht begriffen, Sutt, Sie haben es ebensowenig begriffen wie der Commdor. Sie verstehen die ganze Sache nicht. Hören Sie, Mann, das Imperium kann nichts ersetzen! Das Imperium ist immer ein Reich mit kolossalen Hilfsquellen gewesen. Man hat alles in Planeten, in Sternensystemen, in ganzen galaktischen Sektoren berechnet. Die Generatoren des Imperiums sind gigantisch, weil man überall einen gigantischen Maßstab angelegt hat.

Aber wir — *wir* von der kleinen Foundation, die wir einen einzigen Planeten fast ohne Metallvorkommen besitzen — mußten mit äußerster Sparsamkeit wirtschaften. Unsere Generatoren mußten von Daumengröße sein, denn mehr Metall konnten wir uns nicht leisten. Wir mußten neue Techniken und neue Methoden entwickeln — Techniken und Methoden, die das Imperium nicht nachvollziehen kann, weil es unter das Niveau abgesunken ist, auf dem ein echter wissenschaftlicher Fortschritt erzielt wird.

Trotz all seiner Atomschirme, groß genug, um ein Schiff, eine Stadt, eine ganze Welt zu schützen, ist es ihm nie gelungen, einen zu bauen, der einen einzigen Menschen schützen kann. Zur Versorgung einer Stadt mit Licht und Wärme hat man Motoren, die sechs Stockwerke hoch sind — ich habe sie gesehen! —, wohingegen unsere in dieses Zimmer passen würden. Und als ich einem dortigen Atom-Spezialisten erzählte, ein Bleibehälter von der Größe einer Walnuß enthalte einen Atomgenerator, wäre er beinahe auf der Stelle an seiner Entrüstung erstickt.

Diese Leute verstehen nicht einmal mehr ihre eigenen Colossi. Die Maschinen arbeiten von einer Generation zur anderen automatisch, und ihre Bedienung besteht aus einer erblichen Kaste, die hilflos dastünde, wenn eine einzige D-Röhre in dem ganzen riesigen Komplex ausbrennen würde.

Der ganze Krieg ist eine Schlacht zwischen diesen beiden Systemen, zwischen dem Imperium und der Foundation, zwischen dem Großen und dem Kleinen. Um eine Welt unter ihre Kontrolle zu bekommen, bestechen die Imperiumsleute sie mit gewaltigen Schiffen, mit denen sich Krieg führen läßt, die aber wirtschaftlich überhaupt keine Bedeutung haben. Wir dagegen bestechen mit kleinen Dingen, nutzlos im Krieg, aber lebenswichtig für Wohlstand und Gewinne.

Ein König oder ein Commdor wird die Schiffe nehmen und wird sogar Krieg führen. Im ganzen Verlauf der Geschichte haben gewissenlose Herrscher das Wohlergehen ihrer Untertanen für das verschachert, was sie Ehre und Ruhm und Eroberung nennen. Trotzdem sind es die kleinen Dinge im Leben, die zählen — und Asper Argo wird sich bei einer wirtschaftlichen Depression, die in zwei oder drei Jahren ganz Korell erfassen wird, nicht halten können.«

Sutt war ans Fenster getreten und kehrte Mallow und Jael den Rücken zu. Es war jetzt früher Abend, und die wenigen Sterne, die hier ganz am Rand der Galaxis schwach kämpften, glommen vor dem Hintergrund der nebligen, büscheligen Linse. Sie schloß die Überreste dieses immer noch großen Imperiums ein, das gegen sie Krieg führte.

Sutt sagte: »Nein. Sie sind nicht der Mann.«

»Sie glauben mir nicht?«

»Ich will damit sagen, ich traue Ihnen nicht. Sie sind glattzüngig. Sie haben mich gründlich hereingelegt, als ich bei Ihrer ersten Reise nach Korell glaubte, Sie unter Aufsicht zu haben. Als ich bei dem Prozeß dachte, ich hätte Sie in die Enge getrieben, schlängelten sie sich durch Ihre Demagogie wieder heraus und auf den Sessel des Bürgermeisters. An Ihnen ist nichts Gerades, Sie haben kein Motiv, hinter dem nicht noch ein anderes steckt, und jede Aussage von Ihnen hat drei Bedeutungen.

Angenommen, Sie seien ein Verräter. Angenommen, Ihr Besuch im Imperium habe Ihnen Subsidien und das Versprechen von Macht eingetragen. Dann würden Sie genauso handeln, wie Sie es jetzt tun. Sie würden einen Krieg anzetteln, nachdem Sie den Feind gestärkt hätten. Sie würden die Foundation zum Nichtstun zwingen. Und Sie hätten für alles eine plausible Erklärung parat, so plausibel, daß sie jeden überzeugen würde.«

»Sie meinen, wir werden nicht zu einem Kompromiß kommen?« fragte Mallow höflich.

»Ich meine, Sie müssen aus dem Amt, freiwillig oder mittels Gewalt.«

»Ich habe Sie vor der einzigen Alternative zur Kooperation gewarnt.«

Jorane Sutt schoß das Blut ins Gesicht. »Und ich warne Sie, Hober Mallow von Smyrno, wenn Sie mich verhaften, wird es keinen Pardon geben. Meine Männer werden überall die Wahrheit über Sie verbreiten, und das Volk der Foundation wird sich gegen seinen ausländischen Herrscher vereinigen. Es ist sich seiner Bestimmung auf eine Weise bewußt, die ein Smyrnier nicht verstehen kann — und dieses Bewußtsein wird Sie vernichten.«

Hober Mallow sagte ruhig zu den beiden eingetretenen Wachposten: »Führt ihn ab! Er steht unter Arrest.«

Sutt sagte: »Ihre letzte Chance.«

Mallow drückte seine Zigarre aus, ohne aufzublicken.

Fünf Minuten später regte Jael sich und meinte müde:

»Und was kommt nun, nachdem du einen Märtyrer der gerechten Sache geschaffen hast?«

Mallow hörte auf, mit dem Aschenbecher zu spielen. »Das ist nicht der Sutt, wie ich ihn von früher kenne. Das ist ein angriffswütiger Bulle. Galaxis, er haßt mich.«

»Um so gefährlicher ist er.«

»Gefährlicher? Unsinn! Er hat seine ganze Urteilskraft verloren.«

Jael stellte grimmig fest: »Du hast zuviel Selbstvertrauen, Mallow. Du ignorierst die Möglichkeit einer allgemeinen Rebellion.«

Ebenso grimmig gab Mallow zurück: »Ein für allemal, Jael, die Möglichkeit einer allgemeinen Rebellion gibt es nicht.«

»Du bist deiner selbst sehr sicher!«

»Ich bin mir der Seldon-Krisen und der historischen Gültigkeit ihrer Lösungen für externe und interne Probleme sicher. Es gibt einiges, was ich Sutt nicht erzählt habe. Er hat versucht, die Foundation selbst ebenso wie die äußeren Welten durch religiöse Kräfte zu kontrollieren, und hat versagt — das sicherste Zeichen dafür, daß die Religion im Seldon-Plan ausgespielt hat.

Eine wirtschaftliche Kontrolle funktioniert anders. Und um dein berühmtes Salvor-Hardin-Zitat abzuwandeln: Das ist ein armseliger Atom-Laser, mit dem man nicht in beide Richtungen gleichzeitig zielen kann. Korell hat von unserem Handel profitiert, wir aber auch. Wenn die korellischen Fabriken ohne unseren Handel stillstehen und wenn der Wohlstand der äußeren Welten mit der kommerziellen Isolierung schwindet, so werden auch unsere Fabriken stillstehen und wird unser Wohlstand schwinden.

Und jede Fabrik, jedes Handelszentrum, jede Schifffahrtslinie steht unter meiner Kontrolle, und ich könnte sie zu Nichts zerquetschen, wenn Sutt es mit revolutionärer Propaganda versuchte. Wo seine Propaganda Erfolg hat oder wo es nur so aussieht, als könne sie Erfolg haben, werde ich dafür sorgen, daß der Wohlstand stirbt. Wo seine Propaganda versagt, wird er fortbestehen, weil meine Fabriken voll funktionsfähig bleiben.

Die gleichen Überlegungen, die mich sicher machen, daß die Korellier für ihren Wohlstand revoltieren werden, machen mich also sicher, daß wir nicht revoltieren werden. Wir werden das Spiel bis zu seinem Ende fortführen.«

»Das heißt«, sagte Jael, »daß du eine Plutokratie errichtest. Du machst uns zu einem Land von Händlern und Handelsfürsten. Wie wird die Zukunft aussehen?«

Mallow hob sein düsteres Gesicht und rief heftig aus: »Was geht mich die Zukunft an? Zweifellos hat Seldon sie vorhergesehen und die entsprechenden Maßnahmen ergriffen. Es wird weitere Krisen geben, wenn die Macht des Geldes so tot sein wird, wie es die Religion jetzt ist. Sollen meine Nachfolger diese neuen Probleme lösen, wie ich das von heute gelöst habe.«

KORELL — *... Und so kapitulierte die Republik Korell bedingungslos nach drei Jahren eines Krieges, der bestimmt der kampfloseste Krieg aller Zeiten war. Hober Mallow aber bezog in den Herzen der Menschen von der Foundation den Platz gleich hinter Hari Sedon und Salvor Hardin.*

ENCYCLOPAEDIA GALACTICA

ZWEITES BUCH

FOUNDATION UND IMPERIUM

PROLOG

Das galaktische Kaiserreich brach zusammen.

Es war ein kolossales Imperium, das sich über Millionen von Welten von einer Armspitze der Milchstraße, dieser mächtigen Doppelspirale, zur anderen erstreckte. Auch sein Fall war kolossal — und er dauerte lange, denn er hatte einen langen Weg zurückzulegen.

Der Niedergang hatte schon jahrhundertelang gedauert, als ein einzelner Mensch sich dessen bewußt wurde. Dieser Mensch war Hari Seldon, und er repräsentierte in einer Zeit fortschreitenden Verfalls den einen noch übrigen Funken kreativer Bemühungen. Er entwickelte die Wissenschaft der Psychohistorie und brachte sie zu ihrer höchsten Vollendung.

Die Psychohistorie befaßt sich nicht mit Menschen, sondern mit Menschenmengen. Sie ist die Wissenschaft von den Massen, den Massen in Milliardengröße. Sie kann Reaktionen auf Stimuli mit etwa der Genauigkeit voraussagen, mit der eine geringere Wissenschaft das Abprallen einer Billardkugel vorherbestimmt. Mit keiner bekannten Mathematik kann man die zu erwartende Reaktion eines einzelnen Menschen berechnen. Die Reaktion einer Milliarde Menschen ist jedoch etwas ganz anderes.

Hari Seldon berechnete die sozialen und ökonomischen Trends seiner Zeit, und an dem Kurvenverlauf erkannte er den fortgesetzten und sich beschleunigenden Zusammenbruch der Zivilisation. Dreißigtausend Jahre würden vergehen müssen, ehe sich ein neues Imperium aus den Ruinen hochgekämpft hatte.

Es war zu spät, um den Zusammenbruch zu verhindern, aber nicht zu spät, die Zeitspanne der Barbarei zu verkürzen. Seldon gründete zwei Foundations ›an den entgegengesetzten Enden der Galaxis‹. Ihre Lage war so gewählt, daß sich die Ereignisse innerhalb eines kurzen Jahrtausends miteinander verflechten und ein stärkeres, dauerhafteres Zweites Imperium hervorbringen würden.

FOUNDATION hat die Geschichte der einen dieser Foundations in ihren ersten beiden Jahrhunderten erzählt.

Sie begann als eine Siedlung von Naturwissenschaftlern auf Terminus, einem Planeten am äußersten Ende eines der galaktischen Spiralarme. Isoliert von den Wirren des Imperiums, arbeiteten diese Männer daran, ein universelles Kompendium des Wissens, die *Encyclopaedia Galactica,* zusammenzutragen, ohne zu ahnen, daß der inzwischen verstorbene Seldon ihnen eine wichtigere Rolle zugeteilt hatte.

Die äußeren Regionen des zerbröckelnden Imperiums fielen in die Hände unabhängiger ›Könige‹, die die Foundation bedrohten. Doch sie bewahrte unter der Führung Salvor Hardins, ihres ersten Bürgermeisters, eine prekäre Unabhängigkeit, indem sie den einen kleinen Herrscher gegen den anderen ausspielte. Inmitten von Welten, auf denen die Wissenschaft in Vergessenheit geriet, wodurch sie auf eine Kohle-und-Öl-Technik zurückfielen, besaß allein die Foundation Atomkraft und errang so die Oberhand. Sie wurde das ›religiöse‹ Zentrum der benachbarten Königreiche.

Langsam trat die Enzyklopädie in den Hintergrund, und die Foundation widmete sich verstärkt dem Handel. Ihre Händler hatten Atomgeräte anzubieten, deren Kompaktbauweise das Kaiserreich nicht einmal in seiner höchsten Blütezeit hätte kopieren können, und sie durchdrangen die Peripherie auf Hunderte von Lichtjahren.

Unter Hober Mallow, ihrem ersten Handelsfürsten, entwickelte die Foundation die Technik der ökonomischen Kriegführung bis zu dem Punkt, daß sie die Republik Korell besiegte, obwohl diese Welt die Hilfe einer der äußeren Provinzen dessen hatte, was noch von dem Imperium übrig war.

Am Ende der zweihundert Jahre war die Foundation

der mächtigste Staat in der Galaxis, ausgenommen die im zentralen Drittel der Milchstraße konzentrierten Überreste des Kaiserreichs. Von dort aus wurden die Bevölkerung und der Reichtums des Universums immer noch zu drei Vierteln kontrolliert.

Es war unvermeidlich, daß die Foundation das nächstemal durch das letzte Sichaufbäumen des sterbenden Imperiums bedroht werden würde.

Der Weg für die Schlacht zwischen Foundation und Imperium mußte freigeräumt werden.

Erster Teil

Der General

— 1 —

Die Suche nach den Zauberern

BEL RIOSE — *... In seiner verhältnismäßig kurzen Karriere erhielt Riose den Titel ›Der Letzte der Kaiserlichen‹, und er hatte ihn sich wohl verdient. Eine Analyse seiner Feldzüge zeigt, daß er als Stratege auf einer Ebene mit Peurifoy steht und diesem als Menschenführer vielleicht sogar überlegen ist. Geboren in einer Zeit, als das Imperium zerfiel, hatte er keine Möglichkeit, Peurifoys Rekord als Eroberer zu erreichen. Immerhin bekam er seine Chance: Als erster kaiserlicher General stand er der Foundation gegenüber...*

ENCYCLOPAEDIA GALACTICA*

Bel Riose reiste ohne Eskorte, ein Verstoß gegen die Vorschriften der Hofetikette für den Kommandanten einer Flotte, die in einem noch widerspenstigen stellaren System an der Grenze des Galaktischen Imperiums stationiert war.

Aber Bel Riose war jung und energisch — so energisch, daß ihn ein emotionsloser und berechnender Hof so nahe an das Ende des Universums schickte, wie es nur möglich war — und außerdem war er neugierig. Wegen dieser Neugier reizten ihn die von Hunderten wiederholten und bei Tausenden vage bekannten phantastischen und unwahrscheinlichen Geschichten; die Möglichkeit eines militärischen Abenteuers sprachen die beiden ersten Eigenschaften an. Die Kombination war überwältigend.

Er stieg aus dem schäbigen Bodenwagen, den er requiriert hatte, und stellte sich vor die Tür des seinen Glanz verlierenden Herrenhauses, das sein Ziel war. Er

---

* Alle hier angeführten Zitate aus der *Encyclopaedia Galactica* wurden mit Erlaubnis des Verlages der 116. Ausgabe, Encyclopedia Galactica Publishing Co., Terminis, 1020 F.Ä., entnommen.

wartete. Das Photonen-Auge, das den Eingang überwachte, war eingeschaltet, aber als die Tür sich öffnete, geschah es von Hand.

Bel Riose lächelte den alten Mann an. »Ich bin Riose ...«

»Ich erkenne Sie.« Der alte Mann zeigte keine Überraschung. Steif blieb er an seinem Platz stehen. »Sie wünschen?«

Riose tat in einer Geste schuldigen Respekts einen Schritt zurück. »Frieden. Falls Sie Ducem Barr sind, bitte ich um die Gunst einer Unterredung.«

Ducem Barr trat zur Seite. Im Innern des Hauses leuchteten die Wände auf. Tageslicht empfing den General.

Er berührte die Wand des Arbeitszimmers, dann betrachtete er seine Fingerspitzen. »So etwas gibt es auf Siwenna?«

Barr lächelte dünn. »Anderswo nirgends, glaube ich. Ich halte die Anlage selbst in Ordnung, so gut ich kann. Bitte entschuldigen Sie, daß Sie an der Tür warten mußten. Die Automatik stellt die Anwesenheit eines Besuchers noch fest, öffnet die Tür jedoch nicht mehr.«

»Das können Sie nicht reparieren?« Die Stimme des Generals enthielt eine Andeutung von Spott.

»Es gibt keine Ersatzteile mehr. Wollen Sie sich nicht setzen, Sir? Sie trinken Tee?«

»Auf Siwenna? Mein guter Sir, es ist gesellschaftlich unmöglich, hier keinen Tee zu trinken.«

Der alte Patrizier zog sich geräuschlos zurück. Seine langsame Verbeugung gehörte zu dem Erbe an Zeremonien, das die ehemalige Aristokratie aus der besseren Zeit des letzten Jahrhunderts zurückgelassen hatte.

Riose sah der sich entfernenden Gestalt seines Gastgebers nach, und seine bemühte Liebenswürdigkeit franste an den Rändern ein bißchen aus. Seine Erziehung war rein militärisch, seine Erfahrung desgleichen. Er hatte, wie das Klischee lautet, dem Tod viele Male ins Auge gesehen, doch es war immer ein Tod von sehr vertrauter und faßbarer Art gewesen. Deshalb liegt kein Widerspruch in der Tatsache, daß dem idolisierten Helden der Zwanzigsten Flotte in der muffigen Atmosphäre des Zimmers plötzlich kalt wurde.

Der General erkannte, daß die schwarzen Kästchen auf den Regalbrettern Bücher waren. Ihre Titel waren ihm fremd. Das große Gebilde an dem einen Ende des Raums mußte der Empfänger sein, der die Bücher auf Verlangen in Bild und Ton umsetzte. Riose hatte noch nie einen in Betrieb gesehen, aber er hatte von ihnen gehört.

Irgendwer hatte ihm einmal gesagt, in dem Goldenen Zeitalter, als sich das Kaiserreich über die gesamte Galaxis erstreckte, hätten neun von zehn Häusern solche Empfänger besessen — und solche Reihen von Büchern.

Aber jetzt waren Grenzen zu bewachen; Bücher waren für alte Männer. Und die Hälfte aller Geschichten, die über die alte Zeit erzählt wurden, waren sowieso Mythen. Mehr als die Hälfte.

Der Tee kam, und Riose setzte sich. Ducem Barr hob sein Glas. »Auf Ihre Ehre.«

»Danke. Auf die Ihre.«

Ducem Barr sagte bedächtig: »Sie sollen noch jung sein. Fünfunddreißig?«

»Nahe daran. Vierunddreißig.«

»In dem Fall«, meinte Barr mit sanftem Nachdruck, »könnte ich nicht besser beginnen, als indem ich Ihnen mitteile, daß ich zu meinem Bedauern nicht im Besitz von Liebeszaubern oder -tränken bin. Auch ist es mir absolut unmöglich, die Gunst einer jungen Dame, die Ihnen gefällt, auf Sie zu lenken.«

»Ich brauche in dieser Beziehung keine künstlichen Hilfen, Sir.« In die Selbstgefälligkeit, die die Stimme des Generals verriet, mischte sich Belustigung. »Erhalten Sie viele Nachfragen für solche Artikel?«

»Reichlich. Unglücklicherweise neigt ein ungebildetes Publikum dazu, Gelehrtentum mit Zauberei durcheinanderzubringen, und anscheinend ist das Liebesleben der Bereich, der die größte Menge magischer Eingriffe erfordert.«

»Das läßt sich denken. Aber ich bin anders. Ich verbinde das Gelehrtentum mit nichts als der Möglichkeit, schwierige Fragen zu beantworten.«

Der Siwenner bemerkte ernst: »Sie könnten sich ebenso irren.«

»Das wird sich noch herausstellen.« Der junge General stellte sein Glas in die leuchtende Hülle, und es füllte sich von neuem. Er ließ die ihm angebotene Geschmackskapsel hineinfallen. Die Flüssigkeit sprudelte ein wenig. »Also sagen Sie mir, Patrizier, wer sind die Zauberer? Die wirklichen.«

Der lange nicht mehr benutzte Titel ließ Barr stutzen. Er antwortete: »Es gibt keine Zauberer.«

»Aber es wird von ihnen gesprochen. Auf Siwenna wimmelt es von Geschichten über sie. Sie sind die Grundlage von Kulten. Eine seltsame Verbindung besteht zwischen ihnen und jenen Gruppen unter Ihren Landsleuten, die von der alten Zeit und von dem, was sie Freiheit und Autonomie nennen, träumen. Die Sache könnte letzten Endes eine Gefahr für den Staat werden.«

Der alte Mann schüttelte den Kopf. »Warum fragen Sie mich? Riechen Sie eine Revolution mit mir an der Spitze?«

Riose zuckte die Achseln. »Das nicht. Oh, der Gedanke ist nicht ganz und gar lächerlich. Ihr Vater war zu seiner Zeit ein Verbannter, Sie dagegen in der Ihren ein Patriot und Chauvinist. Es ist taktlos, wenn ich als Gast es erwähne, aber der Auftrag, der mich hergeführt hat, macht es notwendig. Gibt es zur Zeit eine Verschwörung? Ich bezweifele es. Siwenna ist in diesen drei Generationen jeder Schwung ausgeprügelt worden.«

Der alte Mann erwiderte mühsam: »Ich werde als Gastgeber ebenso taktlos sein wie Sie als Gast. Ich werde Sie daran erinnern, daß einmal ein Vizekönig ebenso über die schwunglosen Siwenner gedacht hat wie Sie. Die Befehle dieses Vizekönigs machten meinen Vater zu einem mittellosen Flüchtling, meine Brüder zu Märtyrern und meine Schwester zur Selbstmörderin. Doch dieser Vizekönig fand einen Tod von angemessener Gräßlichkeit durch die Hände ebendieser sklavischen Siwenner.«

»Ah, ja, und Sie kommen dabei in die Nähe eines Themas, das ich gern anschneiden würde. Seit drei Jahren ist der geheimnisvolle Tod dieses Vizekönigs für mich kein Geheimnis mehr. Es gab da in seiner Leibgarde einen jungen Soldaten, dessen Verhalten Interesse erregte. Sie waren dieser Soldat, aber Einzelheiten sind nicht notwendig, denke ich.«

Barr blieb ruhig. »Nein. Was schlagen Sie vor?«

»Daß Sie meine Fragen beantworten.«

»Nicht unter Drohungen. Ich bin alt, aber noch nicht so alt, daß das Leben für mich eine übermäßige Bedeutung hat.«

»Mein guter Sir, es sind harte Zeiten«, erwiderte Riose bedeutungsvoll, »und Sie haben Kinder und Freunde. Sie haben ein Land, über das Sie in der Vergangenheit Aussagen voller Liebe und Torheit gemacht haben. Kommen Sie, wenn ich Gewalt einsetzen wollte, wäre mein Ziel nicht so armselig, daß ich sie gegen Sie richten würde.«

»Was wollen Sie?« fragte Barr kalt.

Riose hob das leere Glas. »Patrizier, hören Sie mir zu. Die Aufgaben erfolgreicher Soldaten bestehen heutzutage darin, die Galauniform-Paraden anzuführen, die sich an Festtagen durch die Anlagen um den kaiserlichen Palast winden, und die funkelnden Lustschiffe zu begleiten, die Seine kaiserliche Herrlichkeit zu den Sommerplaneten bringen. Ich … ich bin ein Versager.

Ich bin ein Versager von vierunddreißig, und ich werde ein Versager bleiben. Denn, sehen Sie, ich liebe den Kampf.

Aus diesem Grund hat man mich hergeschickt. Ich bin ein Störenfried am Hof. Ich passe nicht in die Etikette. Ich beleidige die Gecken und die Admirale, aber ich bin als Führer von Schiffen und Menschen zu gut, als daß man mich einfach in den Weltraum abschieben könnte. Der Ersatz dafür ist Siwenna. Es ist eine Grenzwelt, eine rebellische und unproduktive Provinz, und es liegt so weit weg, daß es alle befriedigt.

Und so verschimmele ich. Es gibt keine Aufstände niederzuschlagen, und die Vizekönige der Grenzwelten revoltieren in letzter Zeit nicht mehr, zumindest nicht mehr, seit der verstorbene Vater glorreichen Angedenkens Seiner kaiserlichen Majestät an Mountel von Paramay ein Exempel statuierte.«

»Ein starker Kaiser«, murmelte Barr.

»Ja, und wir brauchen mehr von der Sorte. Er ist mein Herr, vergessen Sie das nicht. Ich wache über seine Interessen.«

Barr zuckte gleichmütig die Achseln. »Was hat das alles mit dem Thema zu tun?«

»Das will ich Ihnen mit zwei Worten sagen. Die Zauberer, die ich erwähnte, kommen von jenseits der bewachten Grenzen, von da, wo die Sterne dünn verteilt sind ...«

»›Wo die Sterne dünn verteilt sind‹«, zitierte Barr, »›und die Kälte des Raums einsickert.‹«

»Ist das Poesie?« Riose runzelte die Stirn. Verse fand er in diesem Augenblick frivol. »Auf jeden Fall sind sie von der Peripherie — von der einzigen Region, in der es mir auch freisteht, zum Ruhm des Kaisers zu kämpfen.«

»Und so den Interessen Seiner kaiserlichen Majestät zu dienen und Ihren eigenen Wunsch nach einem guten Kampf zu befriedigen.«

»Genau. Aber ich muß wissen, wogegen ich kämpfe, und da können Sie mir helfen.«

»Wie kommen Sie darauf?«

Riose knabberte lässig einen Keks. »Weil ich drei Jahre lang jedem Gerücht, jedem Mythos, jedem Atemzug über die Zauberer nachgegangen bin — und in der ganzen Bibliothek an Informationen, die ich zusammengetragen habe, herrscht nur über zwei voneinander unabhängige Fakten Einmütigkeit. Deshalb sind sie bestimmt wahr. Die erste ist, daß die Zauberer von der Ecke der Galaxis kommen, die Siwenna gegenüberliegt. Die zweite ist, daß einmal ein richtiger, lebendiger Zauberer bei Ihrem Vater war und mit ihm gesprochen hat.«

Der alte Siwenner zuckte nicht mit der Wimper, und Riose fuhr fort: »Sie sagen mir besser, was Sie wissen ...«

Barr meinte nachdenklich: »Es wäre interessant, Ihnen gewisse Dinge zu erzählen. Das wäre für mich ein eigenes psychohistorisches Experiment.«

»Was für ein Experiment?«

»Ein psychohistorisches.« Das Lächeln des alten Mannes hatte etwas Unangenehmes. »Füllen Sie Ihr Teeglas noch einmal. Ich werde so etwas wie eine Ansprache halten.«

Er lehnte sich weit in die weichen Kissen seines Sessels zurück. Die leuchtenden Wände hatten ihr Licht zu einem sanften Rosa-Elfenbein abgedämpft, das sogar das harte Profil des Soldaten weicher machte.

Ducem Barr begann: »Mein Wissen rührt von zwei Zufällen her, dem, daß ich als Sohn meines Vaters geboren wurde, und dem, daß ich als Bürger meines Landes geboren wurde. Die Geschichte beginnt vor vierzig Jahren, kurz nach dem großen Massaker, als mein Vater ein Flüchtling in den Wäldern des Südens war, ich dagegen Kanonier in der Privatflotte des Vizekönigs. Es war übrigens derselbe Vizekönig, der das Massaker befohlen hatte und danach einen so grausamen Tod fand.«

Barr lächelte grimmig und fuhr fort: »Mein Vater war Patrizier des Kaiserreichs und Senator von Siwenna. Sein Name war Onum Barr.«

»Ich kenne die Umstände seines Exils sehr gut«, unterbrach Riose ihn ungeduldig. »Sie brauchen nicht in die Einzelheiten zu gehen.«

Der Siwenner ließ sich nicht ablenken. »Während seiner Zeit im Exil kam ein Wanderer zu ihm, ein Kaufmann vom Rand der Galaxis, ein junger Mann, der mit einem fremdartigen Akzent sprach, nichts von der jüngsten Geschichte des Kaiserreichs wußte und zum Schutz einen individuellen Energieschirm trug.«

»Einen individuellen Energieschirm?« fragte Riose ärgerlich. »Sie reden Unsinn. Welcher Generator wäre stark genug, einen Schirm auf die Größe eines einzelnen Menschen zu kondensieren? Bei der großen Galaxis, schleppte er eine atomare Energiequelle von fünfzig Millionen Tonnen auf einem Handwagen mit sich herum?«

Barr erklärte ruhig: »Das ist der Zauberer, über den Sie Gerüchte, Geschichten und Mythen hören. Es ist nicht einfach, sich den Namen ›Zauberer‹ zu verdienen. Der Generator, den er bei sich trug, war so klein, daß man ihn nicht sah, aber nicht einmal die schwerste Waffe, die Sie in der Hand tragen können, hätte seinen Schirm auch nur angekratzt.«

»Ist das alles, was es zu erzählen gibt? Entstammen die Zauberer dem Gefasel eines alten Mannes, den Leiden und Exil zermürbt haben?«

»Geschichten über die Zauberer gab es schon vor meinem Vater, Sir. Und der Beweis ist konkreter. Nachdem er meinen Vater verlassen hatte, besuchte dieser Händler, den die Menschen einen Zauberer nennen, einen Tech-Mann in der Stadt, zu der mein Vater ihm den Weg beschrieben hatte, und ließ dort einen

Schirm-Generator von dem Typ, wie er einen trug, zurück. Diesen Generator brachte mein Vater in seinen Besitz, als er nach der Hinrichtung des blutigen Vizekönigs aus dem Exil zurückkehrte. Es erforderte lange Zeit, ihn zu finden …

Der Generator hängt an der Wand hinter Ihnen, Sir. Er funktioniert nicht. Er hat bis auf die ersten beiden Tage nie funktioniert, aber wenn Sie ihn sich ansehen, werden Sie feststellen, daß er nicht aus dem Imperium stammt.«

Bel Riose faßte nach dem metallenen Kettengürtel an der Wand. Das kleine Adhäsionsfeld gab einen leise schmatzenden Laut von sich. Das Ellipsoid am höchsten Punkt des Gürtels erregte die Aufmerksamkeit des Generals. Es hatte die Größe einer Walnuß.

»Das …«, sagte er.

»War der Generator«, nickte Barr. »Aber es *war* der Generator. Das Geheimnis seines Funktionierens läßt sich heute nicht mehr entdecken. Subelektronische Untersuchungen haben gezeigt, daß er in einen einzigen Metallklumpen eingeschmolzen ist, und es waren die sorgfältigsten Studien der Diffraktionsmuster erforderlich, um die verborgenen Teile auszumachen, die vor dem Einschmelzen vorhanden waren.«

»Dann liegt Ihr ›Beweis‹ immer noch an der schwammigen Grenze von Worten, die durch keine konkrete Tatsache gestützt werden.«

Barr zuckte die Achseln. »Sie haben zu hören verlangt, was ich weiß, und gedroht, es mir mit Gewalt zu entreißen. Wenn es Ihnen gefällt, meinen Worten mit Skepsis zu begegnen — was bedeutet mir das? Möchten Sie, daß ich aufhöre?«

»Weiter!« befahl der General barsch.

»Ich setzte die Forschungen meines Vaters nach seinem Tod fort, und dann kam mir der zweite Zufall, den ich erwähnte, zu Hilfe, denn Siwenna war Hari Seldon gut bekannt.«

»Und wer ist Hari Seldon?«

»Hari Seldon war ein Wissenschaftler unter der Regierung Kaiser Daluven IV. Er war Psychohistoriker, der letzte und größte von allen. Einmal besuchte er Siwenna, als Siwenna noch ein großes Handelszentrum war, reich an Künsten und Wissenschaften.«

»Hmm«, brummte Riose mißmutig, »wo ist der stagnierende Planet, der nicht behauptet, in alter Zeit einmal ein Land überfließenden Reichtums, gewesen zu sein?«

»Die Zeit, von der ich spreche, ist die Zeit vor zwei Jahrhunderten, als der Kaiser noch bis zum fernsten Stern herrschte und Siwenna eine innen gelegene Welt statt einer halbbarbarischen Grenzprovinz war. In dieser Zeit sah Hari Seldon den Niedergang der kaiserlichen Macht und das schließliche Versinken der gesamten Galaxis in die Barbarei voraus.«

Riose lachte auf. »Das hat er vorausgesehen? Dann hat er etwas Falsches gesehen, mein guter Wissenschaftler. Ich nehme an, so nennen Sie sich selbst. Das Kaiserreich ist doch heute mächtiger, als es in Jahrtausenden gewesen ist! Ihre alten Augen werden von der kalten Unwirtlichkeit der Grenze geblendet. Besuchen Sie einmal die inneren Welten; kommen Sie in die Wärme und den Wohlstand des Zentrums.«

Der alte Mann schüttelte ernst den Kopf. »Die Zirkulation hört zuerst an den Rändern auf. Es wird noch eine Weile dauern, bis der Verfall das Herz erreicht. Das heißt, der äußerliche, allen sichtbare Verfall, der sich von dem seit fünfzehn Jahrhunderten andauernden inneren Verfall unterscheidet.«

»Also sah dieser Hari Seldon eine Galaxis mit allgemein verbreiteter Barbarei voraus«, warf Riose in bester Laune ein. »Und was tat er dann, he?«

»Er gründete mit den Besten, den Jüngsten, den Stärksten an den sich gegenüberliegenden äußersten Enden der Galaxis zwei Foundations, die dort wachsen und sich entwickeln sollten. Die Welten wurden sorgfältig ausgesucht, ebenso die Zeit und die Umgebung. Alles wurde so arrangiert, daß es in der Zukunft, wie die unveränderliche Mathematik der Psychohistorie sie voraussah, zu einer frühen Isolierung der Foundations von der Zivilisation des Imperiums kommen würde. Dann sollten sie zum Keim des Zweiten galaktischen Imperiums werden. Damit würde das unvermeidliche barbarische Interregnum von dreißig Jahrtausenden auf ein einziges Jahrtausend verkürzt.«

»Und woher haben Sie all diese Informationen? Anscheinend kennen Sie sämtliche Einzelheiten.«

»Ich kenne sie nicht«, antwortete der Patrizier mit Seelenruhe. »Dies ist das schmerzliche Ergebnis des Zusammenfügens bestimmter Hinweise, die mein Vater entdeckte, und einem bißchen mehr, das ich selbst gefunden habe. Der Unterbau ist wackelig, und der Oberbau wurde mittels Phantasie ins Leben gerufen, um die klaffenden Lücken zu füllen. Trotzdem bin ich überzeugt, daß es im wesentlichen der Wahrheit entspricht.«

»Sie sind leicht zu überzeugen.«

»So? Es hat vierzig Jahre Forschungsarbeit gekostet.«

»Hmm. Vierzig Jahre! Ich könnte die Frage in vierzig Tagen beantworten. Tatsächlich glaube ich, das sollte ich tun. Es wäre — anders.«

»Und wie wollten Sie das anfangen?«

»Auf die übliche Art. Ich könnte zum Entdecker werden. Ich könnte diese Foundation, von der Sie sprechen, finden und mit meinen eigenen Augen sehen. Sie sagten, es gibt zwei?«

»Die Berichte sprechen von zweien. Zusätzliche Beweise wurden nur für eine gefunden, was zu verstehen ist, denn die andere liegt am äußersten Ende der langen Achse der Galaxis.«

»Nun, dann besuchen wir die nähere.« Der General stand auf und rückte seinen Gürtel zurecht.

»Sie wissen, wohin Sie zu gehen haben?« fragte Barr.

»In gewisser Weise. In den Aufzeichnungen des vorletzten Vizekönigs, den Sie mit solcher Tüchtigkeit ermordet haben, gibt es verdächtige Geschichten über äußere Barbaren. Tatsächlich wurde eine seiner Töchter mit einem barbarischen Fürsten verheiratet. Ich werde den Weg schon finden.«

Er hielt Barr die Hand hin. »Ich danke Ihnen für Ihre Gastfreundschaft.«

Ducem Barr berührte die Hand mit den Fingern und verbeugte sich formell. »Ihr Besuch war mir eine große Ehre.«

»Was die Information betrifft, die Sie mir gegeben haben«, ergänzte Bel Riose, »werde ich wissen, wie ich Ihnen dafür danken soll, wenn ich zurückkehre.«

Ducem Barr folgte seinem Gast ehrerbietig zur Haustür und sagte leise zu dem verschwindenden Bodenwagen: »Und *falls* du zurückkehrst.«

— 2 —

Die Zauberer

FOUNDATION — *... Nach vierzig Jahren der Expansion sah sich die Foundation der Bedrohung durch Bel Riose gegenüber. Die heroischen Zeiten von Hardin und Mallow gehörten der Vergangenheit an und mit ihnen eine gewisse harte, wagemutige Entschlossenheit ...*

ENCYCLOPAEDIA GALACTICA

Vier Männer saßen in dem Raum, und der Raum lag so, daß niemand in ihn eindringen konnte. Die vier Männer tauschten schnelle Blicke, dann richteten sie ihre Augen lange auf den Tisch zwischen ihnen. Auf dem Tisch standen vier Flaschen und ebenso viele volle Gläser, aber keines war berührt worden.

Und dann begann der Mann, der der Tür am nächsten saß, einen langsamen Rhythmus auf den Tisch zu trommeln.

Er sagte: »Wollen Sie hier für immer sitzen und brüten? Kommt es darauf an, wer zuerst spricht?«

»Dann sprechen Sie zuerst«, forderte ihn der Große ihm direkt gegenüber auf. »Sie sind derjenige, der sich die meisten Sorgen machen sollte.«

Sennett Forell lachte tonlos auf. »Weil Sie denken, ich sei der Reichste. Nun ... Oder erwarten Sie, daß ich weitermache, wie ich angefangen habe? Sie vergessen doch wohl nicht, daß es meine eigene Handelsflotte war, die dieses Späherschiff aufgebracht hat!«

»Sie hatten die größte Flotte«, bemerkte ein dritter, »und die besten Piloten. Das ist ein anderer Weg, zu sagen, daß Sie der Reichste sind. Es war ein furchterregendes Risiko, und für jeden von uns anderen wäre es noch größer gewesen.«

Sennett Forell lachte von neuem. »Ich habe ein gewisses Geschick im Risiko-auf-mich-Nehmen, das ich von meinem Vater geerbt habe. Schließlich ist das Wesentliche dabei, daß der Ausgang das Unternehmen rechtfertigt. Und Sie können die Tatsache bezeugen, daß das feindliche Schiff isoliert und aufgebracht wurde, ohne daß wir einen Verlust erlitten und ohne daß es andere warnen konnte.«

In der ganzen Foundation galt Forell als entfernter Verwandter des verstorbenen großen Hober Mallow. Stillschweigen herrschte über die ebenso verbreitete Tatsache, daß er Mallows illegitimer Sohn war.

Der vierte in der Runde blinzelte verstohlen mit seinen kleinen Augen. Worte krochen zwischen den dünnen Lippen hervor. »Dieses Kapern von kleinen Schiffen ist nichts, worüber man sich von Triumph geschwollen zu Bett legen kann. Höchstwahrscheinlich wird es diesen jungen Mann nur noch mehr reizen.«

»Sie glauben, er braucht einen Vorwand?« fragte Forell verächtlich.

»Das glaube ich, und dies mag oder wird ihm die Mühe ersparen, einen zu erfinden.« Der vierte sprach langsam. »Hober Mallow hat anders gearbeitet. Salvor Hardin auch. Sie ließen andere die unsicheren Pfade der Gewalt einschlagen, während sie selbst sicher und still arbeiteten.«

Forell zuckte die Achseln. »Dieses Schiff hat seinen Wert bewiesen. Vorwände sind billig, und diesen haben wir mit Gewinn verkauft.« Darin lag die Befriedigung des geborenen Händlers. »Der junge Mann ist von dem alten Imperium.«

»Das wissen wir«, sagte der zweite, der Große, mit grollender Mißbilligung.

»Wir vermuteten es«, korrigierte Forell freundlich. »Wenn ein Mann mit Schiffen und wertvollen Gütern kommt, sich freundlich gebärdet und mit uns Handel treiben will, ist es nur vernünftig, ihn so lange nicht gegen uns aufzubringen, bis wir sicher sind, daß die profitable Maske kein Gesicht ist. Aber jetzt ...«

Die Stimme des dritten hatte einen leicht jammernden Ton. »Wir hätten vorsichtiger sein sollen. Wir hätten uns erst überzeugen sollen. Wir hätten es herausfinden können, bevor wir ihm erlaubten abzureisen. Das wäre wahre Klugheit gewesen.«

»Wir haben über den Vorschlag diskutiert und ihn abgelehnt.« Forell wischte das Thema mit der flachen Hand beiseite.

»Die Regierung ist schlapp«, beschwerte sich der dritte. »Der Bürgermeister ist ein Idiot.«

Der vierte sah die drei anderen nacheinander an und nahm den Zigarrenstummel aus dem Mund. Er ließ ihn lässig in den Schlitz zu seiner Rechten fallen, wo er sich mit einem lautlosen Blitz auflöste.

Sarkastisch erklärte er: »Ich bin sicher, der Gentleman, der zuletzt gesprochen hat, spricht nur aus Gewohnheit. Wir können es uns hier leisten, uns daran zu erinnern, daß *wir* die Regierung sind.«

Dem folgte zustimmendes Gemurmel.

Die kleinen Augen des vierten waren auf den Tisch gerichtet. »Dann soll uns die Politik der Regierung nicht weiter kümmern. Dieser junge Mann ... dieser Fremde hätte ein möglicher Kunde sein können. So etwas hat es schon gegeben. Alle drei haben Sie versucht, ihn zu einem Vorvertrag zu beschwatzen. Das widerspricht unserer Vereinbarung — unserem Gentleman's Agreement —, aber versucht haben Sie es doch.«

»Sie auch«, brummte der zweite.

»Das weiß ich«, gab der vierte ruhig zu.

»Dann wollen wir vergessen, wie wir uns hätten verhalten *sollen*«, unterbrach Forell ungeduldig, »und uns damit befassen, wie wir jetzt am besten vorgehen. Was hätte es uns denn genützt, wenn wir ihn gefangengenommen oder getötet hätten? Wir sind uns über seine Absichten immer noch nicht im klaren, und ein Imperium könnten wir nicht vernichten, wenn wir einem einzigen Mann den Lebensfaden abschnitten. Gleich auf der anderen Seite seines Umkehrgrenzpunktes mögen Flotten über Flotten warten.«

»Genau«, stimmte der vierte ihm zu. »Und was hat Ihnen das gekaperte Schiff jetzt verraten? Ich bin zu alt für all dieses Gerede.«

»Das kann ich Ihnen in wenigen Worten sagen«, erwiderte Forell grimmig. »Er hat den Rang eines kaiserlichen Generals beziehungsweise den Rang, der da drüben einem General entspricht. Er ist ein junger Mann, der seine militärische Brillanz — so hat man mir gesagt — bewiesen hat und das Idol seiner Männer ist. Eine richtig romantische Karriere. Die Geschichten, die man über ihn erzählt, sind zweifellos zur Hälfte Lügen, aber sie machen ihn auch dann noch zu einer Art Wunderkind.«

»Wer ist ›man‹?« wollte der zweite wissen.

»Die Crew des gekaperten Schiffes. Ich habe alle Aussagen auf Mikrofilm aufgenommen und an einem sicheren Platz verwahrt. Später können Sie sie sehen, wenn Sie möchten. Sie können selbst mit den Männern reden, wenn Sie es für notwendig halten. Das Wesentliche habe ich Ihnen mitgeteilt.«

»Wie haben Sie es aus ihnen herausbekommen? Woher wollen Sie wissen, daß sie die Wahrheit gesagt haben?«

Forell runzelte die Stirn. »Ich bin nicht sanft mit ihnen umgegangen, guter Sir. Ich habe sie geschlagen, mit Drogen bis zum Wahnsinn getrieben und die Sonde erbarmungslos eingesetzt. Sie haben geredet. Das können Sie mir glauben.«

»Früher...« — diese irrelevante Bemerkung kam von dem dritten — »hätte man reine Psychologie angewendet. Schmerzlos, wissen Sie, aber sehr sicher. Keine Chance für eine Täuschung.«

»Nun, das war früher«, stellte Forell trocken fest. »Wir leben in der Gegenwart.«

»Aber«, wandte der vierte ein, »was wollte er hier, dieser General, dieses romantische Wunderkind?« Er gab nicht auf, auch wenn er es satt hatte.

Forell sah ihn scharf an. »Sie meinen, er habe die Einzelheiten der Staatspolitik seiner Crew anvertraut? Die Männer wußten es nicht. In dieser Beziehung war nichts aus ihnen herauszuholen, und, Galaxis weiß, ich habe es versucht.«

»So daß wir nur noch ...«

»Unsere eigenen Schlußfolgerungen ziehen können? Offensichtlich.« Wieder trommelte Forell leise mit den Fingern. »Der junge Mann ist ein militärischer Führer des Imperiums, doch er spielte die Rolle eines unbedeutenden Prinzleins von einem der entlegenen Sterne in einem unbekannten Winkel der Peripherie. Das allein beweist, es lag ihm nichts daran, daß wir seine wirklichen Motive entdeckten. Kombinieren Sie seinen Beruf mit der Tatsache, daß das Imperium zur Zeit meines Vaters schon einmal einen Angriff auf uns unterstützt hat, und es eröffnen sich unheilvolle Aspekte. Der erste Angriff schlug fehl. Das Imperium wird uns deswegen sicher nicht gerade lieben.«

»Haben Sie denn gar nichts herausgebracht«, fragte der

vierte vorsichtig, »was uns Sicherheit gibt? Sie halten nichts zurück?«

Forell antwortete ungerührt: »Ich kann gar nichts zurückhalten. Von diesem Punkt an kommt eine geschäftliche Rivalität nicht mehr in Frage. Die Einigkeit wird uns aufgezwungen.«

»Patriotismus?« Die dünne Stimme des dritten klang höhnisch.

»Zum Teufel mit dem Patriotismus«, wehrte Forell ab.

»Glauben Sie, ich gebe zwei Schnaufer einer atomaren Ausstrahlung für das zukünftige Zweite Imperium? Glauben Sie, ich riskiere eine einzige Handelsmission, um ihm den Weg zu ebnen? Aber — meinen Sie, ein Sieg der Kaiserlichen würde unsere Geschäfte fördern? Wenn das Imperium siegt, wird sich eine große Zahl hungriger Aasgeier um die Überreste der Schlacht balgen.«

»Und wir«, setzte der vierte trocken hinzu, »werden die Überreste sein.«

Plötzlich brach der zweite sein Schweigen und verlagerte ärgerlich seinen schweren Körper, so daß der Stuhl unter ihm knarrte. »Was soll das alles? Das Imperium kann nicht siegen, oder? Seldon hat uns versichert, daß wir am Ende das Zweite Imperium bilden werden. Das hier ist nichts als eine weitere Krise. Es hat bis jetzt schon drei gegeben.«

»Nichts als eine weitere Krise, ja!« Forell grübelte. »Aber bei den ersten beiden hatten wir Salvor Hardin, der uns leitete, bei der dritten Hober Mallow. Wen haben wir jetzt?«

Er sah die anderen ernst an und fuhr fort: »Es ist so beruhigend, sich auf Seldons Regeln der Psychohistorie zu verlassen. Aber wahrscheinlich ist eine ihrer Variablen eine gewisse normale Eigeninitiative seitens der Foundation-Mitglieder. Seldons Gesetze helfen denen, die sich selbst helfen.«

»Die Zeit macht den Mann«, konstatierte der dritte. »Da haben Sie noch ein Sprichwort.«

»Sie können sich nicht darauf verlassen, nicht mit absoluter Sicherheit«, brummte Forell. »Meine Meinung ist folgende: Wenn dies die vierte Krise ist, dann hat Seldon sie vorausgesehen. Wenn er sie vorausgesehen hat, dann kann sie bewältigt werden, und es muß einen Weg geben, das zu erreichen.

Nun ist das Imperium stärker als wir; das ist es immer gewesen. Nur haben wir jetzt zum erstenmal einen direkten Angriff zu erwarten, so daß seine Stärke zu einer schrecklichen Bedrohung wird. Wenn es aber geschlagen werden kann, so muß das wie bei allen früheren Krisen durch eine andere Methode als die nackter Gewalt geschehen. Wir müssen den schwachen Punkt des Feindes herausfinden und ihn dort angreifen.«

»Und was ist dieser schwache Punkt?« fragte der vierte. »Beabsichtigen Sie, uns eine Theorie vorzutragen?«

»Nein. Ich wollte auf folgendes hinaus. Unsere großen Führer der Vergangenheit haben den schwachen Punkt ihrer Feinde erkannt und darauf gezielt. Heute jedoch ...«

Hilflosigkeit klang aus seiner Stimme, und einen Augenblick lang wußte keiner etwas zu sagen.

Dann erklärte der vierte: »Wir brauchen Spione.«

Forell wandte sich ihm lebhaft zu. »Richtig! Ich weiß nicht, wann das Imperium angreifen wird. Vielleicht bleibt uns noch Zeit.«

»Hober Mallow ist persönlich in die kaiserlichen Dominions gereist«, regte der zweite an.

Forell schüttelte den Kopf. »Nichts so Direktes. Keiner von uns ist mehr jung, und wir alle sind bei der Büroarbeit eingerostet. Wir brauchen junge Männer, die jetzt draußen im Raum sind ...«

»Die unabhängigen Händler?« fragte der vierte.

Und Forell nickte und flüsterte: »Wenn noch Zeit ist ...«

— 3 —

Ein ›Besitz der Toten Hand‹

Als sein Adjutant eintrat, unterbrach Bel Riose sein gereiztes Umherlaufen und blickte hoffnungsvoll auf. »Nachricht von der *Starlet?*«

»Nein. Die Spähergruppe hat den Raum in allen Richtungen abgesucht, aber die Instrumente haben nichts entdeckt. Commander Yume meldete, die Flotte sei zu einem sofortigen Vergeltungsschlag bereit.«

Der General schüttelte den Kopf. »Nicht für ein Patrouillenschiff. Noch nicht. Sagen Sie ihm, eine Verdoppelung ... Nein, ich werde die Botschaft aufschreiben. Lassen Sie sie codieren und durch enggebündelten Strahl übermitteln.«

Er schrieb, während er sprach, und reichte das Blatt dem wartenden Offizier. »Ist der Siwenner schon eingetroffen?«

»Noch nicht.«

»Sorgen Sie dafür, daß er, wenn er kommt, sofort zu mir gebracht wird.«

Der Adjutant salutierte zackig und ging. Riose lief wieder wie ein Tiger im Käfig auf und ab.

Als sich die Tür zum zweitenmal öffnete, war es Ducem Barr, der auf der Schwelle stand. Dem ihm vorangehenden Adjutanten langsam folgend, trat er in den prunkvollen Raum, dessen Decke ein ornamentales stereoskopisches Modell der Galaxis war und in dessen Mittelpunkt Bel Riose in Felduniform stand.

»Patrizier, guten Tag!« Der General schob mit dem Fuß einen Stuhl vorwärts und winkte den Adjutanten mit einem: »Diese Tür hat geschlossen zu bleiben, bis ich sie öffne!« hinaus.

Er stellte sich vor den Siwenner, die Beine gespreizt, mit einer Hand auf dem Rücken das Gelenk der anderen umfassend. Langsam und nachdenklich wiegte er sich auf den Fußballen.

Dann fragte er barsch: »Patrizier, sind Sie ein loyaler Untertan des Kaisers?«

Barr, der bis dahin ein gleichgültiges Schweigen bewahrt hatte, runzelte unverbindlich die Stirn. »Ich habe keine Ursache, die kaiserliche Herrschaft zu lieben.«

»Was ein großer Unterschied zu der Aussage ist, Sie würden zum Verräter werden.«

»Das stimmt. Aber es ist ebenso ein großer Unterschied zwischen einem, der kein Verräter ist, und einem aktiven Helfer.«

»Für gewöhnlich stimmt auch das. Aber wenn Sie uns Ihre Hilfe an diesem Punkt verweigern«, erklärte Riose mit Nachdruck, »wird das als Verrat betrachtet und ebenso behandelt werden.«

Barr zog die Augenbrauen zusammen. »Sparen Sie sich Ihre verbalen Keulenhiebe für Ihre Untergebenen auf. Eine einfache Erklärung, was Sie brauchen und wünschen, genügt mir.«

Riose setzte sich und schlug die Beine übereinander. »Barr, vor einem halben Jahr hatten wir schon einmal eine Diskussion.«

»Über Ihre Zauberer?«

»Ja. Sie werden sich erinnern, was ich tun wollte.«

Barr nickte. Er hielt die Hände locker im Schoß. »Sie wollten sie in ihrem Schlupfwinkel aufsuchen, und Sie sind vier Monate lang fort gewesen. Haben Sie sie gefunden?«

»Gefunden? O ja!« rief Riose. Er sprach mit steifen Lippen. Es war, als koste es ihn Mühe, nicht mit den Zähnen zu knirschen. »Patrizier, das sind keine Zauberer, das sind Teufel. Man kann es nicht glauben! Stellen sie sich vor, da ist eine Welt von der Größe eines Taschentuchs, eines Fingernagels, mit so geringen Rohstoffvorkommen, mit so wenig Energie, mit einer so mikroskopischen Bevölkerung, wie es den meisten zurückgebliebenen Welten in den staubigen Präfekturen der Dunklen Sterne nicht genügen würde. Dessenungeachtet ist das Volk so stolz und so ehrgeizig, daß es davon träumt, ruhig und methodisch die Herrschaft über die Galaxis anzutreten.

Diese Leute sind so selbstsicher, daß sie nicht einmal Eile haben. Sie gehen langsam, phlegmatisch vor; sie sprechen von notwendigen Jahrhunderten. Sie schlucken gemächlich Welten, kriechen mit träger Selbstgefälligkeit durch die Sternsysteme.

Und sie haben Erfolg. Da ist niemand, der sie aufhalten könnte. Sie haben eine schmutzige Handelsgemeinschaft aufgebaut, die ihre Tentakel weiter in den Raum hinausstreckt, als sich ihre Spielzeugschiffe vorwagen können. Die Händler — so nennen ihre Agenten sich — durchdringen Parseks.«

Ducem Barr unterbrach den zornigen Wortschwall. »Wieviel von dieser Information beruht auf Tatsachen, und wieviel ist nichts als Wut?«

Der Soldat atmete tief durch und beruhigte sich. »Meine Wut macht mich nicht blind. Ich sage Ihnen, ich war auf Welten, die Siwenna näher liegen als der Foundation, und dort war das Imperium ein ferner Mythos, und die Händler waren lebende Wahrheiten. Wir selbst wurden irrtümlich für Händler gehalten.«

»Haben Ihnen die Foundation-Leute persönlich erzählt, daß sie nach der Beherrschung der Galaxis streben?«

»Mir erzählt!« Riose wurde von neuem heftig. »Erzählt wurde überhaupt nicht. Die Funktionäre sprachen nur vom Geschäft. Aber ich hatte Kontakt mit gewöhnlichen Menschen. Ich habe die Gedanken des Volkes in mich aufgenommen, sein ›vorherbestimmtes Schicksal‹, sein ruhiges Erwarten einer großen Zukunft. Das ist eine Sache, die nicht geheimgehalten werden kann, ein universeller Optimismus, den sie nicht einmal geheimzuhalten versuchen.«

Der Siwenner trug eine gewisse stille Befriedigung zur

Schau. »Ihnen kann nicht entgangen sein, daß Ihre Beobachtungen bisher genau mit dem übereinstimmen, was ich aus den dürftigen mir zur Verfügung stehenden Daten rekonstruiert habe.«

»Zweifellos«, gab Riose gereizt und ironisch zurück, »ist das ein Tribut an Ihre analytischen Fähigkeiten. Ebenso ist es ein zu Herzen gehender Kommentar zu der wachsenden Gefahr für die Domänen Seiner kaiserlichen Majestät.«

Barr zeigte mit einem Achselzucken, daß ihm das keine Kopfschmerzen mache. Riose beugte sich plötzlich vor, faßte den alten Mann bei den Schultern und sah ihm neugierig in die Augen.

Er sagte: »Das wollen wir lieber lassen, Patrizier. Ich habe keine Lust, barbarisch zu werden. Meiner Ansicht nach ist die uns als Erbteil zugefallene siwennische Feindseligkeit gegenüber dem Imperium eine widerwärtige Bürde, und ich würde alles in meiner Macht Stehende tun, um sie auszulöschen. Aber ich bin Soldat, und es ist mir unmöglich, mich in zivile Angelegenheiten einzumischen. Man würde mich dann nur zurückbeordern, und im gleichen Augenblick wäre meine Nützlichkeit vernichtet. Sehen Sie das ein? Ich weiß, daß Sie es einsehen. Lassen Sie deshalb zwischen Ihnen und mir die vor vierzig Jahren geschehenen Greuel durch die Rache an ihrem Urheber abgegolten und somit vergessen sein. Ich brauche Ihre Hilfe, das gebe ich offen zu.«

Es lag eine Welt von Dringlichkeit in der Stimme des jungen Mannes, aber Ducem Barrs leichtes Kopfschütteln war eine entschiedene Verneinung.

Riose beschwor ihn: »Sie verstehen nicht, Patrizier, und ich zweifle an meiner Fähigkeit, es Ihnen verständlich zu machen. Ich kann nicht auf Ihrem Boden argumentieren. Sie sind der Gelehrte, nicht ich. Doch das kann ich Ihnen sagen. Was auch immer Sie von dem Imperium denken, Sie werden zugeben, daß es Großes geleistet hat. Seine bewaffneten Streitkräfte mögen vereinzelte Verbrechen begangen haben, aber in der Hauptsache sind sie ein Faktor des Friedens und der Zivilisation gewesen. Die kaiserliche Marine hat die *Pax Imperii* geschaffen, die zweitausend Jahre lang überall in der Galaxis geherrscht hat. Vergleichen Sie die zwölf Jahrtausende des Friedens unter dem Sonne-und-Raumschiff-Symbol des Imperiums mit den zwei Jahrtausenden interstellarer Anarchie, die ihnen vorausgingen. Bedenken Sie die Kriege und die Verwüstungen jener früheren Zeit und sagen Sie mir, ob das Kaiserreich es nicht trotz all seiner Fehler wert ist, erhalten zu bleiben.

Überlegen Sie«, fuhr er leidenschaftlich fort, »auf welchen Stand der äußere Rand der Galaxis heutzutage, wo er sich losgerissen und selbständig gemacht hat, zurückgesunken ist, und fragen Sie sich, ob Sie Siwenna einer kleinlichen Rache wegen aus einer Provinz unter dem Schutz einer mächtigen Marine zu einer barbarische Welt in einer barbarischen Galaxis mit bruchstückhafter Unabhängigkeit und allgemeinem Niedergang und Elend machen wollen.«

»Ist es so schlimm — so bald schon?« murmelte der Siwenner.

»Nein«, gestand Riose. »Wir selbst würden auch dann noch sicher sein, wenn unsere Lebenszeit vervierfacht würde. Aber ich kämpfe für das Reich und für eine militärische Tradition, deren Wert für mich allein gilt und nicht auf Sie übertragen werden kann. Sie ist auf der kaiserlichen Institution aufgebaut, der ich diene.«

»Sie werden mystisch, und mir fällt es immer schwer, in den Mystizismus eines anderen einzudringen.«

»Das macht nichts. Sie begreifen, welche Gefahr die Foundation darstellt.«

»Ich war es, der auf das, was Sie eine Gefahr nennen, hingewiesen hat, noch bevor Sie von Siwenna zum Rand reisten.«

»Dann ist Ihnen auch klar, daß wir sie in ihren Anfängen beseitigen müssen, weil es sonst vielleicht nie mehr gelingt. Sie wußten von dieser Foundation, bevor irgend jemand sonst von ihr gehört hatte. Sie wissen mehr über sie als irgend jemand sonst im Reich. Sie wissen wahrscheinlich, wie sie am besten angegriffen werden kann, und Sie können mich wahrscheinlich vor ihren Gegenmaßnahmen warnen. Kommen Sie, lassen Sie uns Freunde sein.«

Ducem Barr erhob sich. Er erklärte geradeheraus: »Von der Hilfe, die ich Ihnen geben kann, werden Sie nichts haben. Deshalb will ich Ihnen auf Ihre eindringlichen Vorstellungen antworten.«

»Nur ich kann beurteilen, welchen Wert sie hat.«

»Nein, ich spreche im Ernst. Die ganze Macht des Imperiums würde nicht ausreichen, diese Pygmäen-Welt zu zermalmen.«

»Warum nicht?« Bel Rioses Augen sprühten Blitze. »Nein, bleiben Sie, wo Sie sind. Ich werde Ihnen sagen, wann Sie gehen dürfen. Warum nicht? Wenn Sie meinen, ich unterschätzte diesen Feind, den ich entdeckt habe, irren Sie sich. Patrizier...« — er rückte zögernd damit heraus — »ich habe auf der Rückreise ein Schiff verloren. Ich habe keinen Beweis, daß es in die Hände der Foundation gefallen ist, aber es ist seitdem nicht mehr geortet worden, und wäre es ein bloßer Unfall gewesen, hätte man seine tote Hülle entlang unserer Route längst finden müssen. Es ist kein schwerer Verlust — weniger als ein Zehntel eines Flohbisses, aber es mag bedeuten, daß die Foundation die Feindseligkeiten bereits eröffnet hat. Eine solche Voreiligkeit und eine solche Mißachtung der Konsequenzen weist auf geheime Kräfte hin, von denen ich nichts weiß. Können Sie mir denn helfen, indem Sie mir eine bestimmte Frage beantworten? Wie stark ist die Foundation militärisch?«

»Ich habe keine Ahnung.«

»Dann erklären Sie mir die Sache in Ihren eigenen Worten. Warum denken Sie, das Reich könne diesen kleinen Feind nicht bezwingen?«

Der Siwenner setzte sich wieder und drehte das Gesicht vor Rioses starrem Blick zur Seite. Er sprach mit schwerer Betonung. »Weil ich an die Prinzipien der Psychohistorie glaube. Es ist eine merkwürdige Wissenschaft. Die mathematische Reife erreichte sie mit einem einzigen Mann, mit Hari Seldon, und sie starb mit ihm, denn seitdem ist niemand fähig gewesen, mit derartig komplizierten Funktionen umzugehen. Aber in dieser kurzen Zeit hat sie sich als das wirksamste Instrument erwiesen, das je für das Studium der Menschheit erfunden worden ist. Ohne zu behaupten, die Handlungen einzelner Menschen voraussagen zu können, formulierte Seldon bestimmte Gesetze, die mathematisch analysiert und extrapoliert werden können, um die Handlungen von Menschenmassen zu bestimmen und vorauszusagen.«

»Deshalb ...«

»Diese Psychohistorie wandten Seldon und seine Gruppe von Mitarbeitern in ihrer ganzen Leistungsfähigkeit auf die Gründung der Foundation an. Ort, Zeit und Bedingungen wirken mathematisch und deshalb unausweichlich dahingehend zusammen, daß sich ein universelles Imperium bildet.«

Rioses Stimme zitterte vor Entrüstung. »Sie meinen, seinen Vorhersagen entsprechend muß ich die Foundation angreifen und die und die Schlacht aus dem und dem Grund verlieren? Damit stellen Sie mich als einen dummen Roboter hin, der einem vorgezeichneten Weg in die Zerstörung folgt.«

»Nein«, erwiderte der alte Patrizier scharf. »Ich habe bereits gesagt, daß diese Wissenschaft sich nicht mit individuellen Handlungen befaßte. Es ist der größere Zusammenhang, der vorhergesagt wurde.«

»Dann stehen wir in der uns fest umfassenden Hand der Göttin ›Historischer Zwang‹.«

»*Psycho*historischer Zwang«, berichtigte Barr leise.

»Und wenn ich mein Recht des freien Willens ausübe? Wenn ich mich entscheide, nächstes Jahr anzugreifen oder überhaupt nicht anzugreifen? Wie flexibel ist die Göttin? Wie einfallsreich?«

Barr zuckte die Achseln. »Greifen Sie jetzt oder nie an, mit einem einzelnen Schiff oder der ganzen Flotte des Imperiums, mit militärischer Gewalt oder mit wirtschaftlichem Druck, mit einer ehrlichen Kriegserklärung oder mit einem heimtückischen Überfall. Tun Sie, was immer Sie in Ausübung Ihres freien Willens zu tun wünschen. Sie werden trotzdem verlieren.«

»Weil die Prophezeiung sozusagen unveräußerlich, also ein ›Besitz der Toten Hand‹ Hari Seldons ist?«

»Sie ist ein Besitz der Toten Hand, aber der Mathematik des menschlichen Verhaltens, und sie kann weder aufgehalten, noch abgelenkt, noch verzögert werden.«

Die beiden Männer sahen sich starr an, bis der General zurücktrat.

Er erklärte einfach: »Ich nehme diese Herausforderung an. Hier steht eine tote Hand gegen einen lebenden Willen.«

— 4 —

Der Kaiser

CLEON II. — *... allgemein ›der Große‹ genannt. Als letzter starker Kaiser des Ersten Imperiums hatte er Bedeutung für die politische und künstlerische Renaissance, die während seiner langen Regierungszeit stattfand. Wegen seiner Verbindung mit Bel Riose ist er jedoch hauptsächlich als Romanfigur bekannt, und für den einfachen Mann ist er einfach ›Rioses Kaiser‹. Man darf nicht zulassen, daß die Ereignisse seines letzten Jahres wichtiger genommen werden als vierzig Jahre der ...*

ENCYCLOPAEDIA GALACTICA

Cleon II. war Herr des Universums. Cleon II. litt außerdem an einer schmerzhaften und nicht zu diagnostizierenden Krankheit. Durch die seltsamen Verwicklungen der menschlichen Angelegenheiten schließen sich die beiden Feststellungen nicht gegenseitig aus und sind nicht einmal teilweise unvereinbar. Es hat in der Geschichte eine ermüdend große Zahl von Präzedenzfällen gegeben.

Aber Cleon II. interessierten solche Präzedenzfälle nicht. Das Grübeln über einer langen Liste ähnlicher Fälle würde seine eigenen Leiden nicht um den Wert eines Elektrons mildern. Ein bißchen tröstete ihn der Gedanke, daß er, dessen Urgroßvater der Piratenherrscher eines Staubkorn-Planeten gewesen war, als Nachfolger einer Reihe von galaktischen Kaisern, die sich bis in die dämmerige Vergangenheit zurückverfolgen ließ, in dem Lustpalast Ammenetiks des Großen schlief. Keine Quelle des Trostes war es augenblicklich für ihn, daß das Reich durch die Anstrengungen seines Vaters von den Lepra-Flecken der Rebellion gereinigt und in den Zustand des Friedens und der Einheit zurückgeführt worden war, dessen es sich unter Stanel VI. erfreut hatte. Als Folge davon hatte im fünfundzwanzigsten Jahr seiner Regierung noch kein einziges Wölkchen eines Aufstandes seine strahlende Glorie getrübt.

Der Kaiser der Galaxis und der Herr des Alls ließ den Kopf wimmernd in das stützende Kraftfeld um seine Kissen zurücksinken. Es gab weich nach, ohne ihn zu berühren, und bei dem angenehmen Kitzeln entspannte Cleon sich ein bißchen. Er setzte sich mit Mühe hoch und starrte grämlich auf die fernen Wände des riesigen Raums. Es war ein ungeeigneter Raum, um darin allein zu sein. Er war zu groß. Alle Räume waren zu groß.

Aber es war besser, bei diesen Anfällen allein zu sein, als die Angeberei der Höflinge zu ertragen, ihr überquellendes Mitgefühl, ihre leise, sich herablassende Stumpfheit. Es war besser, allein zu sein, als diese undurchdringlichen Masken zu betrachten, hinter denen krumme Spekulationen darüber stattfanden, welche Chancen sein Tod und die Nachfolge mit sich bringen würden.

Seine Gedanken quälten ihn. Da waren seine drei Söhne, drei aufrechte, tugendhafte, vielversprechende Jünglinge. Wohin verschwanden sie in diesen bösen Tagen? Zweifellos warteten sie. Jeder von ihnen beobachtete die anderen, und alle beobachteten sie ihn.

Er bewegte sich voller Unbehagen. Und jetzt flehte Brodrig um eine Audienz. Der niedriggeborene, treue Brodrig — treu deswegen, weil der einstimmige, leidenschaftliche Haß auf ihn die einzige Übereinstimmung zwischen dem Dutzend Cliquen war, in die der Hof sich teilte.

Brodrig — der treue Favorit, der treu sein mußte, denn falls er nicht das schnellste Rennboot in der Galaxis besaß und am Todestag des Kaisers damit startete, würde er am Tag darauf in der Atomkammer landen.

Cleon II. berührte den glatten Knopf an der Armlehne seines breiten Diwans, und die hohe Tür am Ende des Raums wurde durchsichtig.

Brodrig schritt über den roten Teppich vor und kniete nieder, um die schlaffe Hand des Kaisers zu küssen.

»Ihre Gesundheit, Sire?« fragte der Geheime Staatsrat in dem gedämpften Ton schicklicher Besorgtheit.

»Ich lebe!« fuhr ihn der Kaiser gereizt an. »Falls man das Leben nennen kann, wenn jeder Schurke, der fähig ist, ein Lehrbuch der Medizin zu lesen, mich als unbebautes Feld für seine blödsinnigen Experimente betrachtet. Wenn es ein vorstellbares Heilmittel gibt, chemisch, physikalisch oder atomar, das noch nicht ausprobiert worden ist, dann wird bestimmt morgen schon ein gelehrter Schwätzer aus einem fernen Winkel des Reiches eintreffen, um es auszuprobieren. Und er wird sich auf ein weiteres neuentdecktes Buch oder, wahrscheinlicher, eine Fälschung als Autorität berufen.

Beim Andenken meines Vaters!« polterte Cleon, »anscheinend existiert kein Zweifüßler, der eine vor seinen Augen liegende Krankheit mit eben diesen Augen studieren kann. Nicht einer mißt den Puls, ohne einen Blick auf ein Buch der Alten zu werfen. Ich bin krank, und sie nennen meine Krankheit ›unbekannt‹. Die Narren! Wenn die menschlichen Körper im Lauf der Jahrtausende neue Methoden lernen, auseinanderzufallen, können sie von den Forschungen der Alten nicht mehr entdeckt werden, und so bleiben sie auf immer unheilbar. Die Alten sollten jetzt leben — oder ich sollte damals gelebt haben.«

Der Kaiser verausgabte sich in einem gemurmelten Fluch. »Wie viele warten draußen?« fragte er den pflichtgetreu zuhörenden Brodrig mißmutig und wies mit dem Kopf in Richtung der Tür.

Brodrig antwortete geduldig: »In der Großen Halle befindet sich die übliche Anzahl.«

»Sollen sie warten! Ich bin mit Staatsangelegenheiten beschäftigt. Lassen Sie das durch den Captain der Garde verkünden. Nein, warten Sie, lassen Sie das mit den Staatsangelegenheiten. Er soll nur bekanntgeben, ich hielte keine Audienz ab, und dabei traurig dreinblicken. Vielleicht verraten dann die Schakale unter den Anwesenden sich selbst.« Der Kaiser grinste höhnisch.

»Es geht das Gerücht, Sire«, sagte Brodrig zungenfertig, »Ihr Herz bereite Ihnen Kummer.«

Das Lächeln des Kaisers unterschied sich wenig von dem vorherigen Grinsen. »Es wird anderen mehr Kummer bereiten als mir, wenn jemand auf dieses Gerücht hin voreilig handelt. Doch was wollen denn Sie? Bringen wir's hinter uns.« Er gab Brodrig durch eine Geste zu verstehen, er dürfe sich von den Knien erheben.

»Es betrifft General Bel Riose, den Militärgouverneur von Siwenna«, begann Brodrig.

»Riose?« Die Stirn Cleons II. legte sich in tiefe Falten. »Ich kann ihn nicht unterbringen. Warten Sie, ist das nicht der, der uns vor ein paar Monaten diese donquichottische Nachricht gesandt hat? Ja, ich erinnere mich. Er lechzt nach der Erlaubnis, zum Ruhm von Kaiser und Reich eine Karriere als Eroberer zu beginnen.«

»Genau, Sire.«

Der Kaiser lachte kurz auf. »Hätten Sie gedacht, daß

mir noch solche Generale geblieben sind, Brodrig? Er scheint ein wunderlicher Atavismus zu sein. Wie lautete die Antwort? Ich glaube doch, Sie hatten das übernommen.«

»So ist es, Sire. Er wurde angewiesen, zusätzliche Informationen zu geben und ohne weitere Befehle aus dem Reich keine Schritte zu unternehmen, die Aktionen der Marine einschließen.«

»Na ja. Harmlos. Wo ist dieser Riose? Ist er jemals am Hof erschienen?«

Brodrig nickte und verzog ein bißchen den Mund. »Er begann seine Karriere vor zehn Jahren als Kadett in der Garde. Er war bei dieser Sache am Lemul-Sternhaufen dabei.«

»Lemul-Sternhaufen? Sie wissen doch, mein Gedächtnis ist nicht ganz ... Hat da nicht ein junger Soldat zwei Linienschiffe vor einem Frontalzusammenstoß gerettet, indem er ... äh ... irgend etwas?« Er schwenkte ungeduldig die Hand. »Ich erinnere mich nicht an die Einzelheiten. Es war so etwas Heroisches.«

»Riose war jener Soldat. Er wurde dafür befördert und« — berichtete Brodrig trocken — »als Kapitän eines Schiffes hinausgeschickt.«

»Und jetzt ist er Militärgouverneur eines Grenzsystems und noch jung. Ein fähiger Mann, Brodrig?«

»Unberechenbar, Sire. Er lebt in der Vergangenheit, träumt von den alten Zeiten oder vielmehr von den Mythen über die alten Zeiten. Solche Männer sind an sich ungefährlich, aber da es ihnen am Sinn für Realismus fehlt, können sie leicht zum Narren gehalten werden.« Er setzte hinzu: »Wie ich hörte, hat er seine Männer vollständig unter Kontrolle. Er ist einer Ihrer *beliebten* Generale.«

»Ach ja?« Versonnen meinte der Kaiser: »Wissen Sie, Brodrig, ich möchte gar nicht, daß mir ausschließlich unfähige Leute dienen. Sie stellen gewiß keinen beneidenswerten Maßstab für Treue auf.«

»Ein unfähiger Verräter ist keine Gefahr. Vielmehr müssen die fähigen Männer beobachtet werden.«

»Darunter auch Sie, Brodrig?« Cleon II. lachte, und dann verzog er vor Schmerz das Gesicht. »Nun, Sie dürfen die Predigt für den Augenblick vergessen. Welche neue Entwicklung gibt es in der Sache dieses jungen Eroberers? Ich hoffe, Sie sind nicht nur gekommen, um in Erinnerungen zu schwelgen.«

»Es ist eine weitere Nachricht von General Riose eingetroffen, Sire.«

»So? Und welchen Inhalts?«

»Er hat das Land dieser Barbaren ausspioniert und rät zu einem Angriff. Seine Argumente sind langatmig und ziemlich ermüdend. Es ist nicht notwendig, Eure kaiserliche Majestät jetzt während Ihrer Krankheit damit zu belästigen, vor allem, da der Bericht bei der Sitzung des Rats der Lords ausführlich diskutiert werden wird.« Er streifte den Kaiser mit einem Seitenblick.

Das Gesicht Cleons II. verdüsterte sich. »Der Lords? Ist das ein Thema für die Lords, Brodrig? Es wird nur dazu führen, daß von neuem eine großzügigere Auslegung der Charta verlangt wird. Dazu kommt es immer.«

»Es läßt sich nicht vermeiden, Sire. Vielleicht wäre es besser gewesen, wenn Ihr erhabener Vater die letzte Rebellion hätte niederschlagen können, ohne die Charta zu gewähren. Aber da es sie einmal gibt, müssen wir sie vorerst ertragen.«

»Darin mögen Sie recht haben. Also müssen es die Lords sein. Aber warum diese ganze Feierlichkeit, Mann? Es handelt sich schließlich nur um eine unwichtige Angelegenheit. Erfolg mit begrenzten Streitkräften an einer entlegenen Grenze ist kaum eine Staatsaffäre.«

Brodrig lächelte dünn und antwortete kühl: »Es ist die Affäre eines romantischen Idioten, aber auch ein romantischer Idiot kann eine tödliche Waffe sein, wenn ein unromantischer Rebell ihn als Werkzeug benutzt. Sire, der Mann war hier beliebt und ist dort beliebt. Er ist jung.

Wenn er einen oder zwei barbarische Planeten annektiert, wird er zum Eroberer. Nun ist ein junger Eroberer, der seine Fähigkeit bewiesen hat, die Begeisterung von Piloten, Bergleuten, Händlern und ähnlichem Gesindel zu entfachen, zu jeder Zeit gefährlich. Selbst wenn er nicht den Wunsch haben sollte, an Ihnen zu tun, was Ihr erhabener Vater an dem Usurpator Ricker getan hat, selbst dann könnte einer unserer loyalen Lords von den Domänen sich entscheiden, ihn als seine Waffe zu benutzen.«

Cleon II. bewegte hastig einen Arm und verkrampfte sich vor Schmerz. Langsam entspannte er sich wieder, aber sein Lächeln war schwach und seine Stimme ein Flüstern. »Sie sind ein wertvoller Untertan, Brodrig. Sie argwöhnen immer viel mehr, als notwendig wäre, und ich brauche nur die Hälfte der von Ihnen vorgeschlagenen Vorsichtsmaßnahmen zu ergreifen, um absolut sicher zu sein. Wir werden die Sache den Lords überlassen. Wir werden sehen, was sie sagen, und die entsprechenden Vorkehrungen treffen. Der junge Mann hat, wie ich annehme, bisher noch keine feindseligen Schritte unternommen.«

»Er berichtet von keinen. Aber er bittet bereits um Verstärkung.«

»Verstärkung?« Der Kaiser kniff vor Verwunderung die Augen zusammen. »Was hat er denn?«

»Zehn Linienschiffe, Sire, mit der vollen Zahl an Begleitfahrzeugen. Zwei der Schiffe sind mit Motoren ausgerüstet, die von der alten Großen Flotte geborgen wurden, und eines hat eine Batterie Atomkanonen aus derselben Quelle. Die anderen Schiffe sind neue aus den letzten fünfzig Jahren, aber sie erfüllen trotzdem ihren Zweck.«

»Zehn Schiffe scheinen mir für jedes sinnvolle Unternehmen auszureichen. Mein Vater hat seine ersten Siege gegen den Usurpator mit weniger als zehn Schiffen errungen! Wer sind denn eigentlich diese Barbaren, die er bekämpft?«

Der Geheime Staatsrat hob seine hochmütigen Augenbrauen. »Er nennt sie ›die Foundation‹.«

»Die Foundation? Was ist das?«

»Es gibt keine Aufzeichnung darüber, Sire. Ich habe die Archive sorgfältig durchgesehen. Das Gebiet der Galaxis, von dem er spricht, liegt in der alten Provinz Anakreon, die sich vor zwei Jahrhunderten dem Räuberunwesen, der Barbarei und der Anarchie verschrieb. Dort ist jedoch kein Planet als Foundation bekannt. Es gibt einen vagen Hinweis auf eine Gruppe von Wissenschaftlern, die in diese Provinz geschickt wurde, kurz bevor sie sich aus unserem Schutz löste. Sie sollten eine Enzyklopädie zusammentragen.« Er lächelte dünn. »Ich glaube, man nannte sie die Enzyklopädie-Foundation.«

Der Kaiser dachte ernsthaft darüber nach. »Die Spur scheint mir doch zu undeutlich zu sein, als daß es sich lohnte, ihr nachzugehen.«

»Ich gehe ihr nicht nach, Sire. Nachdem die Region in Anarchie versunken war, hat man nie wieder ein Wort von dieser Expedition gehört. Wenn noch Nachkommen der Wissenschaftler leben und sie den Namen beibehalten haben, dann sind auch sie ganz sicher der Barbarei verfallen.«

»Und deshalb verlangt er Verstärkung.« Der Kaiser sah seinen Sekretär scharf an. »Das ist höchst eigentümlich: Er will Wilde mit zehn Schiffen angreifen und verlangt weitere, bevor ein Streich gefallen ist. Aber langsam erinnere ich mich an diesen Riose, er war ein hübscher Junge aus einer loyalen Familie. Brodrig, hier gibt es Komplikationen, die ich nicht durchschaue. Die Sache mag wichtiger sein, als sie scheint.«

Seine Finger spielten müßig mit der glänzenden Decke über seinen steifen Beinen. »Ich brauche einen Mann da draußen, einen mit Augen, Gehirn und Loyalität. Brodrig ...«

Der Geheime Staatsrat beugte unterwürfig den Kopf. »Und die Schiffe, Sire?«

»Noch nicht!« Unter leisem Stöhnen verlagerte der Kaiser stufenweise sein Gewicht. Er hob einen schwachen Finger. »Nicht, bevor wir mehr wissen. Rufen Sie den Rat der Lords für heute in einer Woche zusammen. Das wird gleichzeitig eine gute Gelegenheit für die neue Geldbewilligung sein. Die drücke ich durch, oder es werden Köpfe rollen.«

Er lehnte den schmerzenden Kopf in das beruhigende Prickeln des Kraftfeldkissens zurück. »Gehen Sie jetzt, Brodrig, und schicken Sie den Doktor herein. Er ist der schlimmste Wichtigtuer von dem ganzen Haufen.«

— 5 —
Der Krieg beginnt

Von Siwenna als Mittelpunkt bewegten sich die Streitkräfte des Imperiums vorsichtig in die unbekannte Schwärze der Peripherie hinein. Riesenschiffe überquerten die ungeheuren Entfernungen zwischen den vereinzelten Sternen an der Peripherie der Galaxis und tasteten sich am äußersten Rand des Einflußgebietes der Foundation entlang.

Welten, die seit zwei Jahrhunderten in ihrer neuen Barbarei isoliert gewesen waren, erlebten wieder kaiserliche Oberherren auf ihrem Boden. Untertanentreue wurde angesichts der auf die Hauptstädte gerichteten massiven Artillerie beschworen.

Garnisonen wurden zurückgelassen, Garnisonen mit Männern in kaiserlicher Uniform, das Raumschiff-und-Sonne-Emblem auf der Schulter. Die alten Männer sahen es und erinnerten sich der in Vergessenheit geratenen Geschichten, die die Väter ihrer Großväter von den Zeiten erzählt hatten, als das Universum groß und reich und friedlich gewesen war und dieses Raumschiff-und-Sonne-Symbol alles beherrscht hatte.

Die großen Schiffe woben weiter an ihrem Netz von Vorposten rund um die Foundation. Und als jede einzelne Welt an ihrem richtigen Platz in dem Gewebe eingeknotet war, meldete man es Bel Riose in dem Hauptquartier, das er auf den kahlen Felsen eines wandernden sonnenlosen Planeten eingerichtet hatte.

Jetzt entspannte Bel Riose sich und grinste Ducem Barr grimmig an. »Nun, was sagen *Sie* dazu, Patrizier?«

»Ich? Welchen Wert hätten meine Gedanken? Ich bin kein Militär.« Er nahm mit einem müde angewiderten Blick das Durcheinander in dem vollgestopften Raum in sich auf, der aus der Wand einer Höhle herausgehauen worden war. Luft, Licht und Wärme wurden künstlich erzeugt und kennzeichneten die einzige Blase des Lebens in der Weite einer trostlosen Welt.

»Für die Hilfe, die ich Ihnen geben konnte«, murmelte Barr, »oder die ich Ihnen gern geben würde, könnten Sie mich nach Siwenna zurückbringen lassen.«

»Noch nicht. Noch nicht.« Der General drehte seinen Sessel der großen, brillant transparenten Sphäre zu, die die alte kaiserliche Präfektur Anakreon und ihre benachbarten Sektoren darstellte. »Später, wenn dies vorbei ist, werden Sie zu Ihren Büchern und zu mehr zurückkehren. Ich werde dafür sorgen, daß Ihnen und Ihren Nachkommen bis ans Ende der Zeit der Besitz Ihrer Familie zurückgegeben wird.«

»Ich danke Ihnen«, sagte Barr mit leiser Ironie, »aber mir fehlt Ihr Glaube an einen glücklichen Ausgang.«

Riose lachte hart auf. »Fangen Sie nicht schon wieder mit Ihrem prophetischen Gekrächze an! Dieser Globus spricht lauter als alle Ihre kläglichen Theorien.« Er streichelte sacht den unsichtbaren Umriß der Kugel. »Können Sie eine Karte in Radialprojektion lesen? Ja? Dann sehen Sie selbst. Die goldenen Sterne gehören zum Gebiet des Imperiums. Die roten Sterne unterstehen der Foundation, und die rosafarbenen befinden sich wahrscheinlich unter ihrem wirtschaftlichen Einfluß. Jetzt passen Sie auf!«

Rioses Hand legte sich über einen runden Knopf, und in einem sich langsam erweiternden Gebiet wurden die harten weißen Stecknadelköpfe der Sterne blau. Wie eine umgekehrte Schale legten sie sich um das Rot und Rosa.

»Meine Streitkräfte haben diese blauen Sterne genommen«, stellte Riose mit stiller Befriedigung fest, »und sie rücken immer noch weiter vor. Nirgendwo sind sie auf Widerstand gestoßen. Die Barbaren verhalten sich ruhig. Im besonderen ist zu erwähnen, daß die Foundation keinen Widerstand geleistet hat. Sie schläft friedlich.«

»Sie verteilen Ihre Truppen sehr dünn, nicht wahr?« fragte Barr.

»Das mag so aussehen, doch in Wirklichkeit ist es nicht der Fall«, antwortete der General. »Nur wenige Schlüsselpunkte befestige ich und versehe sie mit Garnisonen, aber sie sind sorgfältig ausgewählt. Als Ergebnis ist die eingesetzte Truppe zwar klein, die strategische Wirkung aber groß. Das hat viele Vorteile, viel mehr, als jemand, der kein genauer Kenner der Raumtaktik ist, erkennen könnte. Aber jedem muß zum Beispiel auffallen, daß ich in einer die Foundation einschließenden Sphäre einen Angriff von jedem beliebigen Punkt aus starten kann und daß es der Foundation, wenn ich ihn durchgeführt habe, unmöglich sein wird, mich von der Flanke her oder im Rücken anzugreifen. Ich werde relativ zu ihr keine Flanke und keinen Rücken haben.

Diese Strategie der vorbereitenden Einschließung ist schon früher angewendet worden, vor allem vor etwa zweitausend Jahren in den Feldzügen Loris VI., aber immer unvollkommen. Immer hat der Feind davon gewußt und gestört, wo er konnte. Das hier ist etwas anderes.«

»Der ideale Lehrbuch-Fall?« Barrs Stimme klang matt und gleichgültig.

Riose wurde ungeduldig. »Sie glauben immer noch, meine Streitkräfte werden versagen?«

»Sie müssen versagen.«

»Verstehen Sie doch, es gibt keinen Fall in der Militärgeschichte, bei dem die Angreifer, wenn sie ihre Einschließung vollenden konnten, nicht letzten Endes gesiegt haben, es sei denn, außerhalb der Sphäre existierte eine ausreichend starke Flotte, die die Einschließung durchbrechen kann.«

»Wenn Sie es sagen.«

»Und Sie bleiben trotzdem bei Ihrer Überzeugung.«

»Ja.«

Riose zuckte die Achseln. »Bitte sehr.«

Barr ließ das zornige Schweigen einen Augenblick andauern. Dann fragte er ruhig: »Haben Sie eine Antwort vom Kaiser erhalten?«

Riose nahm sich eine Zigarette aus einem Wandbehälter hinter seinem Kopf, steckte sich eine Filterspitze zwischen die Lippen und zog vorsichtig, bis sie brannte. »Sie meinen meine Bitte um Verstärkung? Die Antwort ist gekommen, aber mehr als eine Antwort war es nicht.«

»Keine Schiffe.«

»Keine. Damit hatte ich halb und halb gerechnet. Offen gesagt, Patrizier, ich hätte mich von Ihren Theorien gar nicht erst dazu verleiten lassen sollen, sie zu verlangen. Es setzt mich in ein falsches Licht.«

»Ach ja?«

»Unbedingt. Schiffe sind sehr gefragt. Die Bürgerkriege der letzten beiden Jahrhunderte haben mehr als die Hälfte der Großen Flotte vernichtet, und was übrig ist, ist in sehr schlechtem Zustand. Die Schiffe, die wir heute bauen, sind nichts mehr wert. Ich glaube nicht, daß es noch einen Menschen in der Galaxis gibt, der einen erstklassigen hyperatomaren Antrieb konstruieren kann.«

»Das weiß ich«, antwortete der Siwenner nachdenklich. »Ich wußte nicht, daß *Sie* es wissen. Seine kaiserliche Majestät kann also keine Schiffe entbehren. Die Psychohistorie könnte das vorausgesehen haben. Wahrscheinlich hat sie es vorausgesehen. Ich möchte sagen, daß Hari Seldons tote Hand die erste Runde gewinnt.«

»Ich habe auch so genug Schiffe«, gab Riose scharf zurück. »Ihr Seldon gewinnt gar nichts. Falls die Lage ernster werden sollte, *werden* weitere Schiffe verfügbar sein. Bisher kennt der Kaiser die Geschichte noch nicht vollständig.«

»So? Warum haben Sie sie ihm nicht mitgeteilt?«

»Das ist doch klar — Ihrer Theorien wegen.« Riose verzog ironisch das Gesicht. »Die Geschichte ist, bei allem Respekt, von vorn bis hinten unwahrscheinlich. Wenn die Entwicklung sie verbürgt, wenn die Ereignisse mir Beweise liefern, dann, aber nur dann, werde ich erklären, daß es um Leben und Tod geht.

Und außerdem«, bemerkte Riose leichthin, »schmeckt sie, solange sie nicht von Tatsachen gestützt wird, nach Majestätsbeleidigung, was Seiner kaiserlichen Majestät kaum gefallen kann.«

Der alte Patrizier lächelte. »Sie meinen, wenn Sie ihm erzählen, sein erhabener Thron sei in Gefahr, von einem Haufen zerlumpter Barbaren am Ende des Universums umgestürzt zu werden, sei das keine Warnung, die geglaubt oder beherzigt werden würde. Sie erwarten also gar nichts von ihm.«

»Falls Sie einen Sonderbevollmächtigten als gar nichts rechnen.«

»Und warum schickt er einen Sonderbevollmächtigten?«

»Das ist ein alter Brauch. Bei jeder militärischen Kampagne, die unter der Schirmherrschaft der Regierung steht, ist ein direkter Vertreter der Krone anwesend.«

»Wirklich? Warum?«

»Es ist eine Methode, bei allen Kampagnen die persönliche kaiserliche Führerschaft zu symbolisieren. Sie hat dazu die zweite Funktion gewonnen, die Treue der Generale zu gewährleisten. In dieser Beziehung verbürgt sie nicht immer Erfolg.«

»Das wird Ihnen unbequem werden, General. Die Fremdautorität meine ich.«

»Sicher.« Riose errötete leicht. »Aber es läßt sich nichts dagegen machen ...«

Der Empfänger an der Hand des Generals wurde warm. Mit einem unauffälligen Ruck sprang der Kommunikationszylinder in seinen Schlitz. Riose rollte ihn auf. »Gut! Das ist es!«

Ducem Barr hob etwas erstaunt eine Augenbraue.

Riose sagte: »Sie wissen doch, wir haben einen von diesen Händlern gefangen. Lebend — und mit intaktem Schiff.«

»Ich habe davon gehört.«

»Gerade hat man den Mann gebracht, und wir werden ihn in einer Minute hier haben. Sie bleiben sitzen, Patrizier. Ich möchte Sie dabei haben, wenn ich ihn befrage. Deshalb habe ich Sie heute ja herkommen lassen. Vielleicht verstehen Sie ihn, wenn mir wichtige Punkte entgehen.«

Das Türsignal erklang, der General berührte mit dem Zeh einen Kontakt, und die Tür schwang auf. Der Mann auf der Schwelle war groß und bärtig. Er trug einen kurzen Mantel aus weichem, lederartigem Plastik, dessen Kapuze er in den Nacken zurückgeschlagen hatte. Seine Hände waren leer, und wenn er bemerkte, daß die Männer um ihn bewaffnet waren, machte er sich nicht die Mühe, darauf zu reagieren.

Er trat ungezwungen ein und sah sich abschätzend um. Den General bedachte er mit der Andeutung eines Grußes und einem halben Nicken.

»Ihr Name?« fragte Riose knapp.

»Lathan Devers.« Der Händler hakte die Daumen in seinen breiten, auffälligen Gürtel. »Sind Sie hier der Boss?«

»Sie sind ein Händler der Foundation?«

»Das ist richtig. Hören Sie, wenn Sie der Boss sind, sagen Sie Ihren Angestellten, sie sollen die Finger von meiner Ladung lassen.«

Der General hob den Kopf und betrachtete den Gefangenen kalt. »Beantworten Sie meine Fragen! Sie geben hier keine Befehle!«

»Auch recht. Einverstanden. Aber einer von Ihren Jungs hat schon ein zwei Fuß großes Loch in die Brust bekommen, weil er seine Finger da hineinsteckte, wo sie nichts zu suchen hatten.«

Rioses Blick wanderte zu dem diensthabenden Lieutenant. »Sagt dieser Mann die Wahrheit? In Ihrem Bericht, Urank, hieß es, Menschenleben habe es nicht gekostet.«

»Das stimmte zu der Zeit auch noch, Sir«, antwortete der Lieutenant steif und vorsichtig. »Später wurde entschieden, das Schiff zu durchsuchen, weil das Gerücht aufgekommen war, es befinde sich eine Frau an Bord. Statt dessen, Sir, wurden viele Instrumente unbekannter Natur gefunden, von denen der Gefangene behauptet, es seien seine Handelswaren. Eins von ihnen blitzte auf, als es angefaßt wurde, und der Soldat, der es in der Hand hielt, starb.«

Der General wandte sich wieder dem Händler zu. »Enthält Ihr Schiff Atomwaffen?«

»Galaxis, nein! Wozu sollte es? Der Dummkopf grapschte sich einen Atomlocher mit dem verkehrten Ende nach vorn und auf maximale Streuung eingestellt. So etwas darf man nicht tun. Ebensogut könnte man sich ein Neutronengewehr in den Mund stecken. Ich hätte ihn daran gehindert, wenn nicht fünf Männer auf meiner Brust gesessen hätten.«

Riose befahl dem wartenden Posten: »Sie gehen. Das aufgebrachte Schiff ist gegen jedes Eindringen zu sichern. Setzen Sie sich, Devers.«

Der Händler setzte sich auf den ihm bezeichneten Platz und ließ sich nicht dadurch aus der Ruhe bringen, daß der kaiserliche General ihn scharf musterte und der siwennische Patrizier sich seine Neugier nicht verkneifen konnte.

Riose sagte: »Sie sind ein vernünftiger Mensch, Devers.«

»Danke. Beeindruckt Sie mein Gesicht, oder wollen Sie

etwas? Ich will Ihnen etwas verraten. Ich bin ein guter Geschäftsmann.«

»Das ist so ungefähr dasselbe. Sie haben sich ergeben, als Sie die Entscheidung hätten treffen können, unsere Munition zu verschwenden und Ihr Schiff zu Elektronenstaub zerblasen zu lassen. Wenn Sie diese realistische Einstellung beibehalten, könnte es auf gute Behandlung für Sie hinauslaufen.«

»Gute Behandlung ist das, worauf ich besonders scharf bin, Boss.«

»Gut, und Kooperation ist das, worauf *ich* besonders scharf bin.« Riose lächelte und sagte mit leiser Stimme zu Ducem Barr: »Ich hoffe, das Wort ›scharf‹ bedeutet das, was ich denke. Haben Sie jemals einen so barbarischen Jargon gehört?«

Devers sagte liebenswürdig: »In Ordnung. Schon kapiert. Aber von welcher Art von Kooperation reden Sie, Boss? Ich will Ihnen aufrichtig sagen, daß ich nicht weiß, wo ich stehe.« Er sah sich um. »Zum Beispiel, wo sind wir hier und was soll das alles?«

»Ah, ich habe die zweite Hälfte der Vorstellung unterlassen. Bitte, entschuldigen Sie.« Riose war guter Laune. »Dieser Gentleman ist Ducem Barr, Patrizier des Kaiserreichs. Ich bin Bel Riose, Peer des Kaiserreichs, und General dritter Klasse in den bewaffneten Streitkräften Seiner kaiserlichen Majestät.«

Dem Händler blieb der Mund offenstehen. Dann fragte er: »Des Kaiserreichs? Ich meine, des alten Kaiserreichs, von dem wir in der Schule gelernt haben? — Hu! Komisch! Ich hatte immer angenommen, es existiere nicht mehr.«

»Machen Sie die Augen auf. Es existiert«, erklärte Riose grimmig.

»Das hätte ich mir denken können.« Lathan Devers streckte seinen Bart zur Decke hoch. »Es war ein auffallend blank gewienertes Fahrzeug, das meinen Kahn gekapert hat. So etwas besitzt kein Königreich der Peripherie.«

Seine Stirn legte sich in Falten. »Also, was wird hier gespielt, Boss? Oder soll ich Sie ›General‹ nennen?«

»Das Spiel heißt Krieg.«

»Und zwar Kaiserreich gegen Foundation?«

»Richtig.«

»Warum?«

»Ich denke, Sie wissen, warum.«

Der Händler sah ihn scharf an und schüttelte den Kopf.

Riose ließ ihn eine Weile nachdenken. Dann sagte er leise: »Ich bin sicher, Sie wissen, warum.«

»Warm hier«, murmelte Lathan Devers, stand auf und entledigte sich seines Kapuzenmantels. Er setzte sich wieder und streckte die Beine von sich.

»Wahrscheinlich erwarten Sie«, meinte er gemütlich, »daß ich mit Kriegsgebrüll aufspringe und um mich schlage. Ich könnte den richtigen Augenblick abpassen und Sie erwischen, bevor Sie einen Finger krumm gemacht hätten, und der alte Knabe, der dasitzt und überhaupt nichts sagt, wäre kaum imstande, mich aufzuhalten.«

»Aber das werden Sie nicht tun«, erwiderte Riose überzeugt.

»Nein«, stimmte Devers ihm liebenswürdig zu. »Erstens würde es den Krieg nicht verhindern, wenn ich Sie tötete. Da, wo Sie herkommen, gibt es noch mehr Generale.«

»Sehr richtig gefolgert.«

»Außerdem würde ich wahrscheinlich zwei Sekunden später niedergeschlagen und schnell — oder vielleicht langsam — getötet. Aber getötet würde ich auf jeden Fall, und das beziehe ich gar nicht gern mit ein, wenn ich Pläne mache. Es zahlt sich nicht aus.«

»Ich sagte doch, daß Sie ein vernünftiger Mann seien.«

»Aber etwas möchte ich schon wissen, Boss. Wollen Sie mir nicht sagen, warum ich Ihrer Meinung nach wissen soll, aus welchem Grund Sie uns angreifen? Ich weiß es nicht, und Ratespiele nerven mich schrecklich.«

»Ja? Haben Sie jemals von Hari Seldon gehört?«

»Nein. Ich sagte doch, ich mag keine Ratespiele.«

Ein Blick Rioses streifte Ducem Barr, der zurückhaltend lächelte und, nach seinem Ausdruck zu schließen, gleich wieder in Träumerei versank.

Riose verzog das Gesicht. »Treiben Sie keine Spiele mit mir, Devers! Die Überlieferung oder die Sage oder die nüchterne Geschichte — mir ist es gleich, was — will es, daß Ihre Foundation letzten Endes das Zweite Imperium gründen wird. Ich kenne eine ganze Menge Einzelheiten von Hari Seldons psychohistorischem Geschwätz und Ihren Plänen, das Reich anzugreifen.«

»So ist das?« Devers nickte nachdenklich. »Und wer hat Ihnen das alles erzählt?«

»Kommt es darauf an?« fragte Riose mit gefährlicher Höflichkeit. »Sie sind nicht hier, um Fragen zu stellen. Ich will von Ihnen hören, was Sie über die Seldon-Sage wissen.«

»Aber wenn es eine Sage ist ...«

»Spielen Sie nicht mit Wörtern, Devers!«

»Das tue ich nicht. Ich sage es Ihnen geradeheraus. Sie wissen über diese Sache ebensoviel wie ich. Es ist dummes Zeug, halbgar. Jede Welt spinnt ihr eigenes Garn, das läßt sich nicht verhindern. Ja, ich habe von Seldon, dem Zweiten Imperium und so weiter reden gehört. Man erzählt es den Kindern abends vorm Einschlafen. Die lieben Kleinen verkriechen sich mit ihren Taschenprojektoren in die Gästezimmer und stopfen sich mit Seldon-Thrillern voll. Aber es ist absolut nichts für Erwachsene. Jedenfalls nichts für intelligente Erwachsene.« Der Händler schüttelte den Kopf.

Der Blick des kaiserlichen Generals verfinsterte sich. »Stimmt das wirklich? Lügen nützen Ihnen nichts, Mann. Ich bin auf dem Planeten, auf Terminus gewesen. Ich kenne Ihre Foundation. Ich habe ihr ins Gesicht gesehen.«

»Und da fragen Sie *mich?* Mich, der ich in zehn Jahren nie für zwei Monate hintereinander den Fuß auf Terminus gesetzt habe? Sie verschwenden Ihre Zeit. Aber machen

Sie nur weiter mit Ihrem Krieg, wenn Sie hinter Märchen her sind.«

Zum erstenmal ließ Barr sich hören. Er fragte milde: »Sind Sie denn so zuversichtlich, daß die Foundation siegen wird?«

Der Händler drehte sich zu ihm um. Er errötete, und eine alte Narbe an der einen Schläfe hob sich weiß ab. »Hm-m-m, der stumme Partner. Wie haben Sie denn das aus dem herausdestilliert, was ich gesagt habe, Doc?«

Riose nickte Barr ganz leicht zu, und der Siwenner fuhr mit leiser Stimme fort: »Der Gedanke an den Krieg *würde* Sie beunruhigen, wenn Sie dächten, Ihre Welt könne ihn verlieren und müsse die bitteren Folgen der Niederlage tragen. Ich kenne sie. Meine Welt wurde besiegt und trägt sie noch heute.«

Lathan Devers zupfte an seinem Bart, sah von einem seiner Gegner zum anderen und lachte kurz auf. »Redet er immer so, Boss?« Er wurde ernst. »Hören Sie, was heißt denn Niederlage? Ich habe Kriege gesehen, und ich habe Niederlagen gesehen. Angenommen, der Sieger übernimmt die Macht. Wen kümmert das? Leute wie mich?« Er schüttelte verächtlich den Kopf.

»Passen Sie auf.« Der Händler sprach mit Ernst und Nachdruck. »Für gewöhnlich wird ein Planet von fünf oder sechs fetten Blödianen regiert. Man reißt ihnen den Arsch auf, aber das bringt mich nicht aus der Ruhe. Und das Volk? Der Mann auf der Straße? Sicher, ein paar kommen ums Leben, und die übrigen zahlen eine Weile zusätzliche Steuern. Aber das läuft sich wieder zurecht. Und dann ist alles wieder beim alten mit anderen fünf oder sechs Blödianen.«

Ducem Barrs Nasenlöcher blähten sich, und die Sehnen seiner alten rechten Hand zuckten. Doch er schwieg.

Lathan Devers' Augen waren auf ihn gerichtet. Ihnen entging nichts. Der Händler sagte: »Hören Sie. Ich habe für meine Fünfeinhalb-Credits-Geräte und die Bier-und-Brezel-Provision, die ich von den Konzernen erhalte, mein Leben im Raum verbracht. Zu Hause ...« — er wies mit dem Daumen über die Schulter — »sitzt ein Fettarsch und kassiert Minute für Minute das, was ich und andere wie ich verdienen. Angenommen, *Sie* leiten die Foundation. Dann brauchen Sie uns immer noch. Sie brauchen uns dringender, als uns die Konzerne gebraucht haben — weil Sie sich nicht auskennen und wir das Bargeld hereinscheffeln. Wir würden mit dem Imperium besser abschneiden. Ja, das würden wir, und ich bin Geschäftsmann. Wenn etwas dabei herausspringt, bin ich sicher dafür.«

Und er fixierte die beiden mit ironischer Kampfbereitschaft.

Die Stille blieb minutenlang ungebrochen, und dann rasselte ein Zylinder in den Schlitz. Der General öffnete ihn, sah kurz auf die saubere Druckschrift und nahm die Graphiken mit einen Blick in sich auf.

»Liefert Plan mit Angabe der Position jedes Schiffes im Einsatz. Erwartet Befehle für Defensive mit totalem Waffeneinsatz.«

Er faßte nach seinem Cape. Während er es sich um die Schultern legte, flüsterte er Barr mit steifen Lippen zu: »Ich überlasse diesen Mann Ihnen. Ich erwarte Ergebnisse. Wir sind im Krieg, und ich kann grausam gegen Versager sein. Vergessen Sie das nicht!« Beiden salutierend ging er.

Lathan Devers sah ihm nach. »Den hat etwas da getroffen, wo es weh tut. Was ist los?«

»Offenbar eine Schlacht«, antwortete Barr brummig. »Die Streitkräfte der Foundation wollen ihre erste Schlacht liefern. Sie kommen besser mit.«

Es waren bewaffnete Soldaten anwesend. Ihre Haltung war respektvoll, ihre Gesichter waren hart. Devers folgte dem stolzen alten siwennischen Patriarchen hinaus.

Der Raum, in den sie geführt wurden, war kleiner und kahler. Er enthielt zwei Betten, einen Bildschirm, eine Dusche, ein Waschbecken und ein Klo. Die Soldaten marschierten hinaus, und die dicke Tür fiel mit hohlem Klang ins Schloß.

»Hä?« Devers betrachtete die Umgebung mißbilligend. »Das sieht aus wie für die Dauer gedacht.«

»Es ist für die Dauer«, stellte Barr kurz fest und kehrte dem Händler den Rücken zu.

»Was treiben Sie für ein Spiel, Doc?« fragte Devers gereizt.

»Überhaupt keins. Sie sind in meiner Obhut, das ist alles.«

Der Händler stand auf und baute sich in seiner ganzen Massigkeit vor dem regungslosen Patrizier auf. »So? Aber Sie sind mit mir in dieser Zelle, und als wir hergebracht wurden, waren die Waffen genauso auf Sie gerichtet wie auf mich. Hören Sie, meine Ansichten über das Thema Krieg und Frieden haben Sie ganz aus dem Häuschen gebracht.«

Er wartete vergebens. »Na gut, dann lassen Sie mich Ihnen eine Frage stellen. Sie sagten, *Ihr* Land sei einmal überfallen worden. Von wem? Von Kometenbewohnern aus den äußeren Nebeln?«

Barr blickte auf. »Vom Kaiserreich.«

»Tatsächlich? Was tun Sie dann hier?«

Barr bewahrte beredtes Schweigen.

Der Händler schob die Unterlippe vor und nickte langsam. Er zog ein aus flachen Gliedern bestehendes Armband vom rechten Handgelenk und hielt es Barr hin. »Was halten Sie davon?« Er trug das Gegenstück am linken Handgelenk.

Der Siwenner nahm das Schmuckstück. Er reagierte auf die Geste des Händlers und streifte es über. Das merkwürdige Prickeln am Handgelenk verging schnell.

Sofort veränderte sich Devers' Stimme. »Gut, Doc, jetzt sind Sie dran. Sprechen Sie ungezwungen. Sollte dieser Raum verwanzt sein, wird es ihnen nichts nützen. Was Sie da haben, ist ein Feldverzerrer, echtes Mallow-Design. Wird auf jeder Welt von hier bis zum äußeren

Rand für fünfundzwanzig Credits verkauft. Sie bekommen ihn umsonst. Halten Sie die Lippen beim Sprechen steif, und bewahren Sie schön die Ruhe. Sie müssen den Trick erst herausbekommen.«

Sofort wurde Ducem Barr vorsichtig. Der Blick des Händlers drängte ihn. Er fühlte sich dem Begehren dieser leuchtenden Augen nicht gewachsen.

»Was wollen Sie?« fragte Barr. Die Worte kamen undeutlich zwischen den sich nicht bewegenden Lippen hervor.

»Das habe ich Ihnen doch gesagt. Ihr Mund gibt Geräusche von sich, als seien Sie das, was wir einen Patrioten nennen. Ihre eigene Welt ist von dem Kaiserreich in Trümmer gelegt worden, aber Sie unterstützen den hellhaarigen General des Kaisers. Das paßt doch nicht zusammen, oder?«

Barr sagte: »Ich habe meinen Teil geleistet. Ein Eroberer, ein Vizekönig, der durch mich den Tod gefunden hat.«

»Ach ja? Vor kurzem?«

»Vor vierzig Jahren.«

»Vor... vierzig ... Jahren!« Die Worte mußten für den Händler eine besondere Bedeutung haben. Er runzelte die Stirn. »Das ist eine lange Zeit, um von Erinnerungen zu leben. Weiß dieser junge Spund in Generalsuniform davon?«

Barr nickte.

Devers' Augen wurden dunkel vor Nachdenklichkeit. »Sie möchten, daß das Kaiserreich siegt?«

In heftigem Zorn brach der alte Siwenner los: »Das Kaiserreich und alle seine Werke sollen in einer universellen Katastrophe untergehen! Ganz Siwenna betet täglich darum. Ich hatte einmal Brüder, eine Schwester, einen Vater. Jetzt habe ich Kinder, Enkel. Der General weiß, wo er sie finden kann.«

Devers wartete.

Barr fuhr flüsternd fort: »Es würde mich nicht aufhalten,

wenn die zu erwartenden Ergebnisse das Risiko rechtfertigten. Sie würden zu sterben wissen.«

»Sie haben einen Vizekönig getötet, wie?« fragte der Händler. »Ich weiß nämlich einiges. Wir hatten einmal einen Bürgermeister, Hober Mallow war sein Name. Er besuchte Siwenna. Das ist Ihre Welt, nicht wahr? Er lernte einen Mann namens Barr kennen.«

Ducem Barr starrte ihn mißtrauisch an. »Was wissen Sie davon?«

»Was jeder Händer von der Foundation weiß. Sie könnten ein gerissener alter Knabe sein, den man hier hereingesteckt hat, um mich auszuhorchen. Man richtet die Waffen auf Sie, und Sie hassen das Kaiserreich, und Sie sind ganz dafür, es in Klump zu hauen. Ich falle darauf herein und schütte Ihnen mein Herz aus. Würde der General sich freuen! Nun ja, die Wahrscheinlichkeit ist nicht groß, Doc.

Trotzdem hätte ich gern einen Beweis, daß Sie der Sohn Onum Barrs von Siwenna sind — der sechste und jüngste, der dem Massaker entkam.«

Mit zitternder Hand öffnete Ducem Barr einen flachen Kasten in einer Wandnische. Er nahm einen metallenen, leise klirrenden Gegenstand heraus und drückte ihn Devers in die Hand.

»Sehen Sie sich das an«, sagte er.

Devers riß die Augen auf. Er hielt sich das dicke Mittelglied der Kette dicht vor die Augen und fluchte leise. »Das ist Mallows Monogramm, oder ich bin ein Anfänger mit einem Raumkoller, und das Gerät ist fünfzig Jahre alt.«

Er blickte auf und lächelte.

»Reichen Sie mir die Hand, Doc. Mehr an Beweis als einen individuellen Atomschirm brauche ich nicht.« Und er streckte ihm seine große Pranke entgegen.

— 6 —
Der Favorit

Die kleinen Schiffe waren aus den leeren Tiefen aufgetaucht und mitten in die Armada hereingerast. Ohne einen Schuß oder eine Energieentladung flitzten sie im Zickzack durch das mit Schiffen vollgestopfte Gebiet, dann sausten sie weiter, von den kaiserlichen Giganten wie von unbeholfenen Tieren verfolgt. Zwei der Mücken wurden von Atomgranaten getroffen und lösten sich in einer geräuschlosen Lichtentladung auf, die anderen entkamen.

Die großen Schiffe suchten, dann kehrten sie zu ihrer ursprünglichen Aufgabe zurück. Welt um Welt wurde das gewaltige Netz der Einschließung vollendet.

Brodrigs Uniform war eindrucksvoll, sie war mit Sorgfalt zugeschnitten und wurde mit ebensolcher Sorgfalt getragen. Gemächlich schlenderte er durch die Gärten des obskuren Planeten Wanda, zur Zeit das kaiserliche Hauptquartier. Sein Gesicht war ernst.

Bel Riose ging mit ihm. Seine Felduniform stand am Hals offen und wirkte in ihrem monotonen Grauschwarz trübselig.

Riose zeigte auf die glatte schwarze Bank unter dem duftenden Baumfarn, dessen große, spatenförmige Blätter sich flach vor der weißen Sonne abhoben. »Sehen Sie sich das an, Sir. Das ist ein Relikt des Imperiums. Die verzierten Bänke, aufgestellt für Liebespaare, sind noch da, frisch und nützlich, während die Fabriken und die Paläste zu Trümmern zerfallen, an die sich keine Erinnerung mehr knüpft.«

Er setzte sich. Cleons II. Geheimer Staatsrat jedoch blieb hochaufgerichtet vor ihm stehen und schlug mit präzisen Schwüngen seines Elfenbeinstöckchens die Blätter über sich ab.

Riose kreuzte die Beine, bot dem anderen eine Zigarette an und nahm sich selbst eine. »Es ist genau das, was man von der erleuchteten Weisheit Seiner kaiserlichen Majestät erwarten würde, daß er einen so kompeteten Beobachter wie Sie schickt. Es nimmt mir alle Bedenken, die ich vielleicht dahingehend gehabt haben mag, der Druck wichtigerer und dringlicherer Angelegenheiten könne eine kleine Kampagne an der Peripherie in den Schatten stellen.«

»Die Augen des Kaisers sind überall«, erklärte Brodrig mechanisch. »Wir unterschätzen die Wichtigkeit der Kampagne nicht. Trotzdem hat es den Anschein, als würde zuviel Nachdruck auf die mit ihr verbundenen Schwierigkeiten gelegt. Die kleinen Schiffe der Barbaren stellen doch sicher keine solche Barriere dar, daß wir als erstes das komplizierte Manöver einer Einschließung durchführen müssen.«

Riose stieg das Blut ins Gesicht, doch er bewahrte die Ruhe. »Ich kann weder das Leben meiner Männer, deren Zahl gering genug ist, noch meine Schiffe, die unersetzlich sind, mit einer übereilten Attacke aufs Spiel setzen. Die Einschließung wird die Todesfälle bei dem letztendlichen Angriff, mag er noch so schwierig sein, auf ein Viertel herabsetzen. Ich hatte mir gestern die Freiheit genommen, die militärischen Gründe dafür darzulegen.«

»Ja, ja, doch ich bin kein Militär. In diesem Fall versichern Sie mir, das, was gut und richtig aussieht, sei in Wirklichkeit falsch. Wir wollen Ihnen das zugestehen. Aber Ihre Vorsicht schießt weit über das Ziel hinaus. In Ihrer zweiten Kommunikation verlangten Sie Verstärkung — Verstärkung gegen einen ärmlichen, kleinen und barbarischen Feind, mit dem Sie bisher noch kein einziges Scharmützel gehabt haben. Eine unter diesen Umständen erhobene Forderung hätte den Beigeschmack von Unfähigkeit oder Schlimmerem, fänden sich nicht in Ihrer Laufbahn genügend Beweise Ihrer Kühnheit und Vorstellungskraft.«

»Ich danke Ihnen«, erwiderte der General kalt, »aber

ich möchte Sie daran erinnern, daß es einen Unterschied zwischen Kühnheit und Blindheit gibt. In einen Entscheidungskampf kann man ziehen, wenn man den Feind kennt und die Risiken wenigstens in etwa zu berechnen vermag. Aber gegen einen *unbekannten* Feind zu ziehen, ist schon an sich Kühnheit. Ebensogut könnten Sie fragen, warum jemand, der am Tag unbeschadet einen Hindernislauf macht, bei Nacht über die Möbel in seinem Zimmer fällt.«

Brodrig fegte die Worte des anderen mit einem gekonnten Fingerschnippen weg. »Dramatisch, aber nicht befriedigend. Sie sind selbst auf dieser barbarischen Welt gewesen. Sie haben außerdem diesen feindlichen Gefangenen, den Sie hätscheln, diesen Händler. Zwischen Ihnen und dem Gefangenen liegt kein nächtlicher Nebel.«

»Nicht? Ich bitte Sie, nicht zu vergessen, daß man eine Welt, die zwei Jahrhunderte lang isoliert gewesen ist, bei einem Aufenthalt von einem Monat nicht so gut kennenlernt, daß man einen intelligenten Angriff auf sie durchführen kann. Ich bin Soldat und nicht der mit einem gespaltenen Kinn und einer faßförmigen Brust ausgestattete Held eines Drei-D-Subäther-Thrillers. Ebensowenig kann ein einzelner Gefangener, noch dazu ein obskures Mitglied einer ökonomischen Gruppe, die nicht in enger Verbindung mit der feindlichen Welt steht, mich in sämtliche internen Geheimnisse der feindlichen Strategre einweihen.«

»Sie haben ihn befragt?«

»Das habe ich.«

»Und?«

»Seine Auskünfte waren nützlich, aber nicht von lebenswichtiger Bedeutung. Sein Schiff ist winzig, ohne Belang. Er verkauft Spielsachen, die recht amüsant sind. Ein paar der raffiniertesten werde ich dem Kaiser als Kuriositäten schicken. Natürlich ist an dem Schiff und seiner Technik eine ganze Menge, was ich nicht verstehe, aber schließlich bin ich kein Tech-Mann.«

»Es sind welche unter Ihren Leuten«, erinnerte Brodrig ihn.

»Das weiß ich selbst«, erwiderte der General in leicht sarkastischem Ton. »Nur fehlt es bei ihnen weit an der erforderlichen Qualifikation. Ich habe bereits um kluge Männer gebeten, die dahinterkommen können, wie die merkwürdigen atomaren Feldschaltkreise des Schiffes funktionieren. Ich habe keine Antwort erhalten.«

»Männer dieser Art sind nicht abkömmlich, General. Sie müssen in Ihrer großen Provinz doch wenigstens einen einzigen Mann auftreiben können, der sich auf die Atomkraft versteht.«

»Gäbe es einen solchen, würde ich ihn beauftragen, die hinkenden, invaliden Motoren zu heilen, mit denen zwei Schiffe meiner kleinen Flotte ausgerüstet sind. Zwei Schiffe von meinen mageren zehn, die wegen ungenügender Energieversorgung nicht für eine größere Schlacht geeignet sind. Ein Fünftel meiner Streitkräfte ist zu der minderwertigen Tätigkeit verurteilt, die Stellung hinter der Linie zu festigen.«

Die Finger des Sekretärs flatterten ungeduldig. »Ihre Situation ist in dieser Beziehung nicht einzigartig, General. Der Kaiser hat ähnliche Probleme.«

Der General warf seine zerfetzte Zigarette weg, die er gar nicht angezündet hatte, nahm sich eine neue und zuckte die Achseln. »Nun, es hat mit dem augenblicklichen Problem wenig zu tun, dieser Mangel an erstklassigen Tech-Männern. Abgesehen davon, daß ich bei meinem Gefangenen wohl größere Fortschritte erzielt hätte, wäre meine Psychosonde noch in Ordnung.«

Die Augenbrauen des Sekretärs wanderten in die Höhe. »Sie haben eine Sonde?«

»Eine alte, die mich das eine Mal, das ich sie brauchte, im Stich ließ. Ich stellte sie ein, als der Gefangene schlief, und erhielt nichts. Soviel für die Sonde. Ich habe sie an meinen eigenen Männern ausprobiert, und da kamen ganz richtige Ergebnisse. Aber wieder ist in meinem Stab von Tech-Männern nicht einer, der mir sagen könnte, warum sie bei dem Gefangenen versagt. Ducem Barr, der ein vielseitiger Theoretiker, wenn auch kein Mechaniker, ist, meint, die Sonde wirke vielleicht nicht auf die psychische Struktur des Gefangenen, weil er von Kindheit an fremdartigen Umgebungen und Nervenstimuli ausgesetzt gewesen ist. Ich weiß es nicht. Trotzdem mag er nützlich sein. In dieser Hoffnung verschone ich ihn.«

Brodrig stützte sich auf sein Stöckchen. »Ich will sehen, ob in der Hauptstadt ein Spezialist verfügbar ist. Davon abgesehen, was ist mit diesem anderen Mann, den Sie eben erwähnten, mit diesem Siwenner? Sie beschenken zu viele Feinde mit Ihrem Wohlwollen.«

»Er kennt den Feind. Auch ihn behalte ich bei mir, weil er mir unter Umständen mit weiteren Auskünften helfen wird.«

»Aber er ist ein Siwenner und der Sohn eines verbannten Rebellen.«

»Er ist alt und machtlos, und ich habe seine Familienangehörigen als Geiseln.«

»Ich verstehe. Trotzdem finde ich, daß ich selbst mit diesem Händler sprechen sollte.«

»Gewiß.«

»Allein«, setzte der Sekretär mit Nachdruck hinzu.

»Gewiß«, wiederholte Riose liebenswürdig. »Als loyaler Untertan des Kaisers erkenne ich seinen Vertreter als meinen Vorgesetzten an. Da sich der Händler jedoch in der ständigen Basis befindet, werden Sie das Frontgebiet in einem interessanten Augenblick verlassen müssen.«

»Ja? Inwiefern interessant?«

»Insofern, als die Einschließung heute vollendet wurde. Insofern, als die Zwanzigste Grenzflotte noch in dieser Woche auf den Kern des Widerstands vorrücken wird.« Riose lächelte und wandte sich ab.

Irgendwie kam Brodrig sich vor, als sei ihm die Luft abgelassen worden.

— 7 —
Bestechung

Sergeant Mori Luk gab einen idealen Soldaten aus den Mannschaftsdienstgraden ab. Er kam von den großen Landwirtschaftsplaneten der Plejaden, wo nur der Eintritt in die Armee Befreiung von den Banden an die Scholle und eine nichts einbringende Schufterei versprach, und er war typisch für eine Herkunft dieser Art. Einerseits war er mit wenig Phantasie begabt, so daß er einer Gefahr ohne Angst entgegensah, andererseits besaß er genug Kraft und Gewandtheit, um sie erfolgreich zu bestehen. Er gehorchte Befehlen unverzüglich, trieb die ihm unterstehenden Männer erbarmungslos an und war in der Anbetung seines Generals durch nichts zu erschüttern.

Und bei all dem war er eine sonnige Natur. Er konnte einen Mann in Erfüllung seiner Pflicht ohne das geringste Zögern töten, doch es geschah auch ohne die geringste Feindseligkeit.

Weiterhin war es ein Zeichen von Takt, daß Sergeant Luk das Türsignal ertönen ließ, bevor er die Zelle betrat, denn es wäre sein gutes Recht gewesen, ohne das einzudringen.

Die beiden Männer am Tisch blickten von ihrer Abendmahlzeit hoch, und einer schaltete mit dem Fuß die Stimme ab, die mit großer Lebhaftigkeit aus dem zerbeulten Taschen-Transmitter knatterte.

»Neue Bücher?« fragte Lathan Devers.

Der Sergeant hielt den gewickelten Filmzylinder hoch und kratzte sich den Nacken. »Es gehört Ingenieur Orre, und er will es zurückhaben. Er will es seinen Kindern schicken, verstehen Sie, als so etwas wie ein Souvenir.«

Ducem Barr drehte den Zylinder interessiert in den Händen. »Und woher hat der Ingenieur es bekommen? Er hat doch nicht auch einen Transmitter?«

Der Sergeant schüttelte energisch den Kopf. Er wies auf

das abgenutzte Gerät am Fuß des Bettes. »Das ist der einzige, den es hier gibt. Orre hat das Buch von einer dieser Schweinestall-Welten hier draußen, die wir eingenommen haben. Es gab dort ein großes Gebäude extra für diese Dinger, und er mußte ein paar Eingeborene töten, die ihn daran hindern wollten, es mitzunehmen.«

Er betrachtete es anerkennend. »Das ist ein hübsches Souvenir — für Kinder.«

Er machte eine Pause und berichtete dann geheimnistuerisch: »Es gibt übrigens eine große Neuigkeit. Vorerst ist es nur ein Gerücht, aber es ist trotzdem zu gut, um es für sich zu behalten. Der General hat es wieder einmal geschafft.« Und er nickte langsam und feierlich.

»Ach ja?« fragte Devers. »Und was hat er geschafft?«

»Er hat die Einschließung beendet, das ist alles.« Der Sergeant lachte voll väterlichen Stolzes. »Ist er nicht ein Mordskerl? Hat er das nicht prima hingekriegt? Einer der Jungs, der immer besonders gut informiert ist, sagt, es sei so ungestört abgelaufen wie die Musik der Sphären, was das auch sein mag.«

»Jetzt beginnt die große Offensive?« erkundigte Barr sich milde.

»Das hoffe ich!« lautete die ausgelassene Antwort. »Ich möchte auf mein Schiff zurück, jetzt, wo mein Arm wieder heil ist. Ich habe es satt, hier draußen auf dem Hintern zu sitzen.«

»Ich auch«, murmelte Devers mit plötzlicher Heftigkeit. Ihm war ein Stück seiner Unterlippe zwischen die Zähne geraten, und er kaute daran.

Der Sergeant betrachtete ihn zweifelnd. »Ich gehe jetzt besser. Der Captain wird gleich auf seiner Runde vorbeikommen, und mir wäre es lieber, er würde mich nicht hier drin erwischen.«

An der Tür blieb er stehen. »Übrigens, Sir«, wandte er sich, mit einemmal verlegen, an den Händler, »ich habe Nachricht von meiner Frau. Das kleine Gefriergerät, das Sie mir für sie gegeben haben, funktioniert tadellos. Es kostet sie gar nichts, und sie kann Lebensmittel für ungefähr einen Monat damit einfrieren. Danke!«

»Das geht in Ordnung. Vergessen Sie es.«

Die große Tür schloß sich geräuschlos hinter dem grinsenden Sergeanten.

Ducem Barr stand von seinem Stuhl auf. »Man muß schon sagen, er revanchiert sich angemessen für das Gefriergerät. Werfen wir einen Blick auf dieses neue Buch. Ahh, der Titel ist fort.«

Er entrollte etwa einen Meter des Films und hielt ihn gegen das Licht. Dann murmelte er: »Da spieße mich doch einer durch den Arsch, wie der Sergeant zu sagen pflegt. Das ist ›Der Garten von Summa‹, Devers.«

»Ach ja?« Den Händler interessierte das nicht. Er schob die Reste seines Abendessens beiseite. »Setzen Sie sich, Barr. Mir gibt diese alte Literatur nichts. Sie haben gehört, was der Sergeant sagte?«

»Habe ich. Und?«

»Die Offensive beginnt. Und wir sitzen hier!«

»Wo möchten Sie denn sitzen?«

»Sie wissen schon, was ich meine. Es hat keinen Sinn, nur zu warten.«

»So?« Barr nahm vorsichtig den alten Film aus dem Transmitter und legte den neuen ein. »Sie haben mir im letzten Monat eine ganze Menge von der Geschichte der Foundation erzählt, und ich habe den Eindruck gewonnen, daß die großen Führer während der früheren Krisen kaum etwas anderes getan haben als herumzusitzen und abzuwarten.«

»Ach, Barr, aber sie wußten, wohin die Entwicklung ging.«

»Glauben Sie? Ich vermute, das sagten sie, als alles vorüber war, und vielleicht wußten sie es tatsächlich. Aber es gibt keinen Beweis, daß alles nicht ebensogut oder besser abgelaufen wäre, wenn sie keine Ahnung gehabt hätten. Die wesentlichen wirtschaftlichen und soziologischen Kräfte werden nicht von einzelnen Menschen gelenkt.«

Devers spottete: »Es gibt auch keinen Beweis, daß es nicht hätte schlechter ablaufen können. Sie argumentieren von hinten nach vorn.« Seine Augen nahmen einen grüblerischen Ausdruck an. »Wenn ich ihn nun erschießen würde?«

»Wen? Riose?«

»Ja.«

Barr seufzte. Eine Widerspiegelung aus der Vergangenheit quälte seine alternden Augen. »Ein Attentat ist kein Ausweg, Devers. Ich habe das auch einmal geglaubt, als ich zwanzig war, und jemanden umgebracht — doch eine Lösung war das nicht. Ich habe Siwenna von einem Schurken befreit, nicht aber von dem kaiserlichen Joch, und auf das kaiserliche Joch, nicht auf den Schurken, kam es an.«

»Riose ist nicht einfach ein Schurke, Doc. Er ist die ganze verdammte Armee. Ohne ihn würde sie auseinanderfallen. Die Männer hängen an ihm wie Babies. Der Sergeant da draußen fängt jedesmal, wenn er ihn erwähnt, an zu sabbern.«

»Trotzdem. Es gibt andere Armeen und andere Anführer. Sie müssen tiefer graben. Da ist zum Beispiel dieser Brodrig — keiner besitzt das Ohr des Kaisers so wie er. Er könnte Hunderte von Schiffen verlangen, wo Riose um zehn zu kämpfen hat. Ich kenne seinen Ruf.«

»Ach ja? Was sagt man denn über ihn?« Das brennende Interesse verdrängte zumindest teilweise den frustrierten Ausdruck in den Augen des Händlers.

»Sie möchten einen Abriß? Er ist ein niedriggeborener Halunke, der den Kaiser mit zielsicherer Schmeichelei in seinen Launen bestärkt hat. Die Aristokraten des Hofes, selber Gewürm, hassen ihn aus Herzensgrund, weil es ihm sowohl an Familie als auch an Demut mangelt. Er ist der Ratgeber des Kaisers in allen Dingen und das Werkzeug des Kaisers in den schlimmsten Dingen. Er ist unaufrichtig aus eigener Wahl, aber treu aus Notwendigkeit. Im ganzen Reich gibt es keinen zweiten Mann, der so raffiniert in der Schuftigkeit oder so primitiv in seinen Vergnügungen ist. Und es heißt, es gebe keinen Weg zur Gunst des Kaisers als über ihn und keinen zu der seinen als durch Niedertracht.«

»Wow!« Gedankenverloren zupfte Devers an seinem sauber geschnittenen Bart. »Und er ist der alte Knabe, den der Kaiser hergeschickt hat, um ein Auge auf Riose zu halten. Wissen Sie, daß ich eine Idee habe?«

»Jetzt weiß ich es.«

»Angenommen, dieser Brodrig entwickelt eine Antipathie gegen unseren jungen Abgott der Armee?«

»Die hat er wahrscheinlich schon. Er ist nicht dafür bekannt, daß er einen besonderen Vorrat an Sympathie besitzt.«

»Angenommen, es wird richtig schlimm. Der Kaiser könnte davon hören, und dann säße Riose in der Patsche.«

»Hm-m. Durchaus wahrscheinlich. Aber wie wollen Sie das bewirken?«

»Das weiß ich nicht. Ich nehme an, er könnte bestochen werden?«

Der Patrizier lachte leise. »Auf gewisse Weise schon, aber nicht so, wie Sie den Sergeanten bestochen haben — nicht mit einem Taschen-Gefriergerät. Und selbst wenn Sie sein Niveau erreichten, wäre es nicht der Mühe wert. Wahrscheinlich kann niemand so leicht bestochen werden, aber ihm fehlt es sogar an der grundlegenden Ehrlichkeit anständiger Korruption. Er *bleibt* nicht bestochen, für gar keine Summe. Lassen Sie sich etwas anderes einfallen.«

Devers schwang ein Bein über das Knie des anderen, und sein Zeh nickte schnell und nervös. »Es ist der erste vage Gedanke, aber...«

Er brach ab. Das Türsignal flackerte auf, und von neuem stand der Sergeant auf der Schwelle. Er war aufgeregt, und sein breites Gesicht war rot und ohne Lächeln.

»Sir«, begann er, sich krampfhaft um Ehrerbietung bemühend, »ich bin Ihnen sehr dankbar für das Gefriergerät, und Sie haben immer sehr fein mit mir gesprochen, obwohl ich nur der Sohn eines Bauern bin und Sie große Herren sind.«

Sein Plejaden-Akzent trat so deutlich hervor, daß er nicht mehr leicht zu verstehen war, und durch die Aufregung löschte seine Abstammung von schwerfälligen Bauern die soldatische Haltung vollständig aus, die er so lange und so mühsam kultiviert hatte.

Barr fragte freundlich: »Was ist denn los, Sergeant?«

»Lord Brodrig wird kommen, um mit Ihnen zu sprechen. Morgen! Ich weiß es, weil der Captain sagte, ich müsse meine Männer morgen zum Uniform-Appell antreten lassen ... für ihn. Ich dachte — ich sollte Sie warnen.«

»Vielen Dank, Sergeant«, antwortete Barr, »wir wissen es zu schätzen. Aber das ist doch nichts Schlimmes, Mann! Warum ...?«

Sergeant Luks Gesicht trug jedoch jetzt unmißverständlich einen Ausdruck von Furcht. Er sprach in rauhem Flüsterton. »Sie hören die Geschichten nicht, die die Männer sich über ihn erzählen. Er hat sich an den Raumteufel verkauft. Nein, lachen Sie nicht! Man hört Schreckliches über ihn. Es heißt, er habe Männer mit Laser-Gewehren, die ihm überallhin folgen, und wenn er sich ein Vergnügen machen will, sagt er ihnen einfach, sie sollen jeden, der ihnen begegnet, erschießen. Und sie tun es — und er lacht. Es heißt, sogar der Kaiser habe panische Angst vor ihm, und er zwinge den Kaiser, die Steuern zu erhöhen, und hindere ihn daran, sich die Klagen der Leute anzuhören.

Und er haßt den General, das sagen alle. Sie sagen, er würde den General am liebsten umbringen, weil der General so groß und klug ist. Aber er kann es nicht tun, weil unser General jedem gewachsen ist und weiß, daß Lord Brodrig ein schlechter Mensch ist.«

Der Sergeant blinzelte, lächelte in plötzlicher inkonsequenter Schüchternheit über seinen eigenen Ausbruch und zog sich rückwärtsgehend zur Tür zurück. Er nickte ruckartig. »Merken Sie sich meine Worte. Nehmen Sie sich vor ihm in acht.«

Er schlüpfte hinaus.

Devers hob den Kopf. Sein Blick war hart. »Das lenkt die Ereignisse in die von uns gewünschte Richtung, nicht wahr, Doc?«

»Das hängt von Brodrig ab«, stellte Barr trocken fest.

Aber Devers dachte nach und hörte nicht zu.

Er dachte sehr heftig nach.

Lord Brodrig zog den Kopf ein und betrat das vollgestopfte Wohnquartier des Handelsschiffes. Die beiden Wachen folgten ihm schnell mit gezogenen Waffen und den professionell finsteren Gesichtern bezahlter Bravos.

Der Privatsekretär hatte gerade jetzt wenig von dem Aussehen einer verlorenen Seele. Falls der Raumteufel ihn gekauft haben sollte, hatte er ihm doch keinen sichtbaren Stempel aufgedrückt. Brodrig sah vielmehr so aus, als sei es sein Anliegen, die harte, kahle Häßlichkeit einer Militärbasis mit einem Hauch von der Mode des Kaiserhofs zu beleben.

Die steifen, knappen Linien seiner glänzenden und makellosen Kleidung schufen die Illusion eines hohen Wuchses, von dessen Höhe die kleinen, gefühllosen Augen über den Abhang einer langen Nase auf den Händler heruntersahen. Er stemmte seinen Elfenbeinstock vor sich auf den Boden, so daß die duftigen perlmutterfarbenen Rüschen an seinen Handgelenken flatterten, und stützte sich graziös darauf.

»Nein«, sagte er mit einer kleinen Geste, »Sie bleiben hier. Vergessen Sie Ihre Spielsachen, ich habe daran kein Interesse.«

Er zog sich einen Stuhl heran, staubte ihn sorgfältig mit dem schillernden Stoffviereck ab, das oben an seinem weißen Stöckchen befestigt war, und setzte sich. Devers'

Blick wanderte zu dem zweiten Stuhl hin, aber Brodrig sagte gemächlich: »Sie werden in Anwesenheit eines Peers des Reiches stehenbleiben.«

Er lächelte.

Devers zuckte die Achseln. »Wenn Sie kein Interesse an meinen Waren haben, weshalb bin ich dann eigentlich hier?«

Der Staatsrat wartete kalt, und Devers ergänzte langsam: *»Sir.«*

»Der Geheimhaltung wegen«, antwortete der Staatsrat. »Es ist ja wohl unwahrscheinlich, daß ich zweihundert Parseks durch den Raum reise, um mir Kinkerlitzchen anzusehen. Mit *Ihnen* wollte ich sprechen.« Er entnahm einer gravierten Dose eine kleine rosa Tablette und steckte sie sich zierlich zwischen die Zähne. Langsam und genießerisch lutschte er sie.

»Zum Beispiel«, fuhr er fort, »wer sind Sie? Sind Sie wirklich ein Bürger der barbarischen Welt, die Ursache all dieser wilden militärischen Aktivität ist?«

Devers nickte ernst.

»Und Sie sind wirklich erst von ihm gefangengenommen worden, nachdem diese Kabbelei, die er einen Krieg nennt, begonnen hatte? Ich spreche von unserem jungen General.«

Wieder nickte Devers.

»So! Sehr gut, mein würdiger Ausländer. Wie ich sehe, ist Ihre Redefreudigkeit an einem Tiefpunkt. Ich werde den Weg für Sie ebnen. Mir scheint, unser General hier führt einen offensichtlich sinnlosen Krieg mit furchterregenden Energie-Transporten aus — und das wegen eines gottverlassenen Flohbisses von einer Welt am Ende des Nirgendwo, die für einen logisch denkenden Menschen nicht einen einzigen Schuß aus einem einzigen Gewehr wert wäre. Und doch kann man dem General das logische Denkvermögem nicht absprechen. Ganz im Gegenteil, ich möchte sagen, er hat sich als äußerst intelligent erwiesen. Können Sie mir folgen?«

»Das kann ich nicht behaupten, Sir.«

Der Geheime Staatsrat inspizierte seine Fingernägel. »Dann hören Sie weiter zu. Der General würde seine Männer und seine Schiffe nicht für eine sterile Heldentat verschwenden. Ich weiß, er *redet* vom Ruhm und von der Ehre des Reiches, aber diese affektierte Selbstdarstellung als einer der unleidlichen alten Halbgötter des Heroischen Zeitalters zieht nicht bei mir. Hier geht es um mehr als Ruhm — und er behandelt Sie mit einer merkwürdigen, unnötigen Rücksicht. Also, wenn Sie *mein* Gefangener wären und *mir* so wenig Nützliches erzählt hätten, wie Sie unserem General erzählt haben, würde ich Ihnen den Bauch aufschlitzen und Sie mit Ihren eigenen Därmen erwürgen lassen.«

Devers blieb hölzern. Seine Augen bewegten sich ein bißchen, erst zu einem der Schlägertypen des Staatsrats, dann zu dem anderen. Sie warteten nur darauf, eingreifen zu können.

Der Geheime Staatsrat lächelte. »Sie sind wirklich ein schweigsamer Teufel. Wie der General behauptete, zeitigte nicht einmal eine Psychosonde Ergebnisse, und das war, nebenbei bemerkt, ein Fehler von ihm, denn es überzeugte mich, daß unser junges militärisches Genie lügt.« Er machte den Eindruck, in bester Stimmung zu sein.

»Mein ehrlicher Handelsmann«, säuselte er, »ich habe eine eigene Psychosonde, eine, die für Sie besonders gut geeignet sein sollte. Sehen Sie das da ...?«

Zwischen Daumen und Zeigfinger hielt er lässig ein paar Rechtecke mit einem komplizierten Muster in Pink und Gelb, die offensichtlich identisch waren.

Das erkannte auch Devers. »Es sieht wie Geld aus«, sagte er.

»Es ist Geld — und das beste Geld des Reiches, denn als Deckung dient mein Grundbesitz, der ausgedehnter ist als der des Kaisers. Hunderttausend Credits. Alle hier! Zwischen zwei Fingern! Und sie gehören Ihnen.«

»Wofür, Sir? Ich bin ein guter Händler, aber jeder Handel geht in beide Richtungen.«

»Wofür? Für die Wahrheit! Hinter was ist der General her? Warum führt er diesen Krieg?«

Lathan Devers seufzte und strich sich nachdenklich den Bart.

»Hinter was er her ist?« Seine Augen folgten den Händen des Geheimen Staatsrats, der langsam, Schein für Schein, das Geld zählte. »Mit einem Wort: Es ist das Reich.«

»Hm. Wie gewöhnlich! Dazu kommt es am Ende immer. Aber wie? Was ist das für ein Weg, der so breit und einladend vom Rand der Galaxis zum Gipfel des Reiches führt?«

»Die Foundation«, erklärte Devers bitter, »hat Geheimnisse. Sie besitzt Bücher, alte Bücher — so alt, daß die Sprache, in der sie geschrieben sind, nur einigen wenigen der besten Leute bekannt ist. Aber die Geheimnisse sind in Rituale und Religion gehüllt, und keiner kann Gebrauch von ihnen machen. Ich habe es versucht, und nun bin ich hier — und dort wartet ein Todesurteil auf mich.«

»Ich verstehe. Und diese alten Geheimnisse? Kommen Sie, für einhunderttausend verdiene ich die intimen Einzelheiten.«

»Die Umwandlung von Elementen«, antwortete Devers knapp.

Die Augen des Geheimen Staatsrats verengten sich und verloren etwas von ihrer Distanziertheit. »Ich habe gelernt, daß die Gesetze der Atomphysik eine Umwandlung in der Praxis unmöglich machen.«

»Das stimmt auch, wenn atomare Kräfte benutzt werden. Aber die Alten waren schlaue Kerlchen. Es gibt Quellen für eine Energie, die größer ist als die Atomkraft. Wenn die Foundation diese Quellen benutzen würde, wie ich vorgeschlagen habe ...«

Devers spürte ein leises Kitzeln in seinem Magen. Der Köder baumelte, der Fisch beschnupperte ihn.

»Fahren Sie fort!« befahl der Geheime Staatsrat. »Ich bin sicher, daß der General das weiß. Aber was hat er vor, sobald er mit dieser Opera-buffa-Geschichte fertig ist?«

Devers hielt seine Stimme vollkommen ruhig. »Mit der Umwandlung kontrolliert er die gesamte Wirtschaft Ihres Reiches. Bergbau-Aktien werden keinen Nieser mehr wert sein, wenn der General Wolfram aus Aluminium und Iridium aus Eisen herstellen kann. Ein ganzes Produktionssystem, das auf der Seltenheit gewisser Elemente und dem reichlichen Vorkommen anderer basiert, wird aus dem Gleis geworfen. Es wird das größte Chaos geben, das das Imperium je gesehen hat, und allein Riose wird imstande sein, dem Einhalt zu gebieten. Und dann ist da noch die Sache mit dieser neuen Energie, die ich erwähnte. Riose wird nicht von religiösen Skrupeln dran gehindert werden, sie anzuwenden.

Jetzt kann ihn nichts mehr aufhalten. Er hat die Foundation am Kragen, und wenn er mit ihr fertig ist, wird er zwei Jahre später Kaiser sein.«

»Ha!« Riose lachte unbeschwert auf. »Iridium aus Eisen, so haben Sie gesagt, nicht wahr? Da will ich Ihnen ein Staatsgeheimnis verraten. Wissen Sie, daß die Leute von der Foundation bereits Kontakt mit dem General aufgenommen haben?«

Devers' Rücken versteifte sich.

»Sie sind überrascht? Warum sollten sie es nicht tun? Das ist doch ein ganz logischer Schritt. Man bot ihm hundert Tonnen Iridium pro Jahr für einen Friedensschluß an. Hundert Tonnen *Eisen,* unter Verletzung ihrer religiösen Prinzipien in Iridium umgewandelt, um ihren Hals zu retten. Durchaus vernünftig, aber man braucht sich nicht zu wundern, daß unser durch nichts zu korrumpierender General das Angebot ablehnte — kann er doch das Iridium und das Reich noch dazu haben. Und der arme Cleon nannte ihn seinen einzigen ehrlichen General. Mein schnurrbärtiger Kaufmann, Sie haben sich Ihr Geld verdient.«

Er warf ihm das Geld zu, und Devers sprang den fliegenden Scheinen nach.

An der Tür drehte Lord Brodrig sich noch einmal um. »Eins merken Sie sich, Händler. Meine Spielgefährten mit den Gewehren haben keine Ohren, keine Zungen, keine Bildung und keine Intelligenz. Sie können nicht hören, nicht sprechen, nicht schreiben, und sie wissen auch nicht mit einer Psychosonde umzugehen. Aber sie sind Experten für interessante Hinrichtungen. Ich habe Sie gekauft, Mann, für einhunderttausend Credits. Sie werden eine gute Ware sein, die ihr Geld wert ist. Sollten Sie irgendwann vergessen, daß Sie gekauft sind, und ... sagen wir ... versuchen, unser Gespräch vor Riose zu wiederholen, werden Sie hingerichtet. Aber auf meine Weise.«

In dem zarten Gesicht zeigten sich plötzlich harte Linien begieriger Grausamkeit, die das einstudierte Lächeln in ein rotlippiges Fletschen verwandelten. Für eine flüchtige Sekunde sah Devers den Raumteufel, der seinen Käufer gekauft hatte, aus den Augen des Käufers blicken.

Schweigend ging er den beiden auf seinen Rücken gerichteten Lasern von Brodrigs ›Spielgefährten‹ voraus in seine Unterkunft.

Und auf Ducem Barrs Frage antwortete er mit grüblerischer Befriedigung. »Nein, das ist das Seltsamste daran. Er hat mich bestochen.«

Zwei Monate eines schwierigen Krieges hatten bei Bel Riose ihre Spuren hinterlassen. Er hatte eine gewisse Schwerfälligkeit an sich, und er reagierte ungeduldig.

Ungeduldig sprach er auch den ihn verehrenden Sergeanten Luk an. »Warten Sie draußen, Soldat, und führen Sie diese Männer in ihre Unterkunft zurück, wenn ich fertig bin. Niemand darf eintreten, bis ich rufe. Überhaupt niemand, Sie verstehen.«

Der Sergeant salutierte und verließ steif den Raum, und Riose schaufelte mit angeekeltem Brummen die wartenden Papiere auf seinem Schreibtisch zusammen, warf sie in die oberste Schublade und knallte diese zu.

»Nehmen Sie Platz«, sagte er barsch zu den beiden wartenden Männern. »Ich habe nicht viel Zeit. Ehrlich gesagt, sollte ich gar nicht hier sein, aber es hat sich die Notwendigkeit ergeben, mit Ihnen zu sprechen.«

Er wandte sich Ducem Barr zu. Die langen Finger des Patriziers streichelten voller Interesse den kristallenen Würfel, in den ein Simulakrum des faltigen, finsteren Gesichtes Seiner kaiserlichen Majestät Cleons II. eingelassen war.

»Erstens einmal, Patrizier«, sagte der General, »Ihr Seldon verliert. Sicher, er hält sich wacker, denn diese Männer von der Foundation schwärmen aus wie aufgestörte Bienen und kämpfen wie die Wahnsinnigen. Jeder Planet wird heftig verteidigt, und ist er einmal eingenommen, toben dort solche Aufstände, daß es ebensoviel Mühe macht, ihn zu halten wie ihn zu erobern. Aber wir haben seine Planeten genommen, und wir werden sie halten. Ihr Seldon verliert.«

»Aber er hat noch nicht verloren«, murmelte Barr höflich.

»In der Foundation selbst ist der Optimismus geringer. Man hat mir Millionen dafür geboten, daß ich darauf verzichte, diesen Seldon einer endgültigen Prüfung zu unterziehen.«

»Das Gerücht habe ich gehört.«

»Ah, hat das Gerücht mir vorgegriffen? Weiß es auch schon das Neueste?«

»Was ist das Neueste?«

»Nun, daß Lord Brodrig, der Liebling des Kaisers, jetzt auf seinen eigenen Wunsch mein Stellvertreter ist.«

Zum erstenmal ergriff Devers das Wort. »Auf seinen eigenen Wunsch, Boss? Wie kommt das? Oder entwickeln Sie allmählich Sympathie für den Kerl?« Er lachte vor sich hin.

Riose erklärte ruhig: »Nein, das kann ich nicht sagen. Es

ist einfach so, daß er den Posten zu einem Preis gekauft hat, den ich für gerecht und angemessen halte.«

»Und das wäre?«

»Eine Bitte an den Kaiser um Verstärkung.«

Devers' verächtliches Lächeln wurde noch breiter. »Er hat sich mit dem Kaiser in Verbindung gesetzt, wie? Und ich vermute, Boss, Sie warten noch auf diese Verstärkung, aber sie kann jeden Tag kommen. Richtig?«

»Falsch! Sie ist bereits da. Fünf Schiffe von der Linie, schön und stark, dazu eine persönliche Botschaft mit Glückwünschen des Kaisers, und weitere Schiffe sind unterwegs. Was haben Sie, Händler?« fragte er ironisch.

Mit plötzlich erstarrten Lippen antwortete Devers: »Nichts!«

Riose kam hinter seinem Schreibtisch hervor und stellte sich dem Händler gegenüber, die Hand auf dem Kolben seiner Laserpistole.

»Ich habe gefragt, was Sie haben, Händler! Anscheinend beunruhigt die Neuigkeit Sie. Stehen Sie mit einemmal auf der Seite der Foundation?«

»Nein.«

»Trotzdem gibt es bei Ihnen eine Menge offener Fragen.«

»Meinen Sie, Boss?« Devers lächelte gepreßt und ballte die Hände in den Taschen zu Fäusten. »Stellen Sie sie in einer Reihe auf, und ich werde sie für Sie k.o. schlagen.«

»Da sind sie. Es war leicht, Sie gefangenzunehmen. Sie ergaben sich beim ersten Schuß mit ausgebranntem Schirm. Sie sind allzu bereit, Ihre Welt im Stich zu lassen, noch dazu ohne Bezahlung. Das ist alles sehr interessant, nicht wahr?«

»Ich bin scharf darauf, auf der Seite des Siegers zu sein, Boss. Ich bin ein vernünftiger Mann; Sie selbst haben mich so genannt.«

»Stimmt!« gab Riose mit kehliger Stimme zurück. »Aber es ist seitdem kein einziger Händler mehr gefangengenommen worden. Jedes einzelne Handelsschiff hatte eine Geschwindigkeit, daß es fliehen konnte, wenn es ihm beliebte, und entschloß es sich zum Kampf, konnte sein Schirm alles an Beschuß aushalten, wozu ein leichter Kreuzer fähig ist. Und jeder einzelne Händler hat bis zum Tod gekämpft, wenn die Situation es erforderte. Händler sind als die Führer und Anstifter der Guerilla-Kriege auf besetzten Planeten und der Überfälle im besetzten Raum identifiziert worden.

Sind Sie also der *einzige* vernünftige Mann? Sie kämpfen nicht, und Sie fliehen nicht, sondern Sie werden ohne Not zum Verräter. Sie sind einzigartig, umwerfend einzigartig — in der Tat verdächtig einzigartig.«

Devers antwortete ruhig: »Ich kann verstehen, daß Sie auf solche Gedanken kommen, aber Sie haben keinen Beweis gegen mich in der Hand. Ich bin jetzt sechs Monate hier, und ich bin ein braver Junge gewesen.«

»Jawohl, und ich habe es Ihnen mit guter Behandlung vergolten. Ich habe Ihr Schiff nicht angetastet und jede Rücksicht auf Sie genommen. Sie aber enttäuschen mich. Zum Beispiel wären mir freiwillig gegebene Informationen über Ihre Geräte eine Hilfe gewesen. Es sieht so aus, als verwendete die Foundation die atomaren Prinzipien, nach denen sie konstruiert sind, in einigen ihrer gemeinsten Waffen. Richtig?«

»Ich bin nur ein Händler«, sagte Devers, »und nicht einer von diesen hochbezahlten Technikern. Ich verkaufe das Zeug, ich mache es nicht.«

»Das werden wir in Kürze sehen. Zu diesem Zweck bin ich hergekommen. Zum Beispiel wird Ihr Schiff nach einem Individual-Kraftfeldschirm durchsucht werden. Sie haben nie einen getragen, aber sämtliche Soldaten der Foundation tun es. Es wird ein schlagender Beweis dafür sein, daß Sie mir Informationen vorenthalten. Richtig?«

Es kam keine Antwort. Riose fuhr fort: »Und wir werden weitere Beweise finden. Ich habe die Psychosonde mitgebracht. Sie hat schon einmal versagt, aber der Kontakt mit dem Feind bildet ungemein.«

In seinem Ton schwang eine Drohung mit, und Devers spürte, daß ihm die Pistole hart in die Magengrube gedrückt wurde — die Pistole des Generals, die bisher im Halfter gesteckt hatte.

»Sie werden das Armband und jeden anderen Schmuck aus Metall, den Sie tragen, ablegen und mir geben«, befahl der General. »Langsam! Atomare Felder können gestört werden, und eine Psychosonde empfängt dann nichts als Statik. So ist es gut. Ich nehme es an mich.«

Der Empfänger auf dem Schreibtisch des Generals leuchtete auf. Eine Nachrichtenkapsel klickte in den Schlitz, neben dem Barr stand, immer noch die dreidimensionale kaiserliche Büste in den Händen.

Riose trat hinter seinen Schreibtisch, die Laser-Pistole schußbereit. Er sagte zu Barr: »Sie auch, Patrizier. Ihr Armband verurteilt Sie. Sie sind früher hilfsbereit gewesen, und ich bin nicht rachsüchtig, aber ich werde über das Schicksal Ihrer Familienangehörigen, die meine Geiseln sind, nach den Ergebnissen der Psychosonde bestimmen.«

Als Riose sich vorbeugte, um die Nachrichtenkapsel herauszunehmen, hob Barr die kristallumhüllte Büste Cleons und ließ sie ruhig und methodisch auf den Kopf des Generals niedersausen.

Es geschah so plötzlich, daß Devers es nicht begriff. Er hatte den Eindruck, der alte Mann habe sich plötzlich in einen Dämon verwandelt.

»Hinaus!« zischte Barr durch zusammengebissene Zähne. »Schnell!« Er hob den Laser auf, den Riose fallengelassen hatte, und versteckte ihn in seiner Bluse.

Sie schoben sich durch den engstmöglichen Türspalt nach draußen. Sergeant Luk drehte sich um.

Barr sagte lässig: »Gehen Sie voran, Sergeant!«

Devers schloß die Tür hinter sich.

Sergeant Luk führte sie schweigend bis an ihre Unterkunft. Dann ging er nach einer ganz kurzen Pause weiter, denn es stupste ihn die Mündung einer Laser-Pistole in die Rippen, und eine harte Stimme befahl: »Zum Handelsschiff.«

Devers trat vor, um die Luftschleuse zu öffnen, und Barr sagte: »Bleiben Sie stehen, wo Sie sind, Luk. Sie sind uns gegenüber anständig gewesen, und wir werden Sie nicht töten.«

Aber der Sergeant erkannte das Monogramm auf der Pistole. »Sie haben den General umgebracht!« Seine Stimme erstickte vor Wut.

Mit wildem, unzusammenhängendem Gebrüll rannte er blindlings gegen den Strahl der Pistole an und brach mit blutender, verkohlter Brust zusammen.

Das Handelsschiff stieg über einen toten Planeten auf, bevor die Signallichter mit ihrem unheimlichen Blinken begannen und sich vor dem kremigen Spinngewebe der großen Linse am Himmel, die die Galaxis war, andere schwarze Umrisse erhoben.

Devers sagte grimmig: »Halten Sie sich fest, Barr — wir wollen sehen, ob sie ein Schiff haben, das ebenso schnell ist wie meins.«

Er wußte, daß sie keins hatten.

Einmal im offenen Raum, berichtete der Händler mit toter Stimme: »Das Garn, das ich Brodrig vorgesponnen habe, war ein bißchen zu gut. Es sieht so aus, als habe er sich mit dem General zusammengetan.«

Sie rasten in die Tiefe der Sternenmasse hinein, die die Galaxis war.

— 8 —

Nach Trantor

Devers beugte sich über die kleine tote Kugel und wartete auf ein winziges Anzeichen von Leben. Die Richtungskontrolle durchsiebte mit ihren Signalbündeln langsam und gründlich den Raum.

Barr saß auf dem niedrigen Bett in der Ecke und sah ihm zu. »Keine Zeichen mehr von ihnen?« erkundigte er sich.

»Von den Imperiums-Jungs? Nein«, knurrte der Händler mit deutlicher Ungeduld. »Wir haben die Arschlöcher längst abgehängt. Raum! Bei unseren blinden Sprüngen durch den Hyperraum haben wir Glück gehabt, daß wir nicht im Bauch einer Sonne gelandet sind. Sie hätten uns nicht folgen können, selbst wenn sie schneller gewesen wären als wir, was sie nicht waren.«

Er lehnte sich zurück und lockerte mit einem Ruck seinen Kragen. »Ich weiß nicht, was diese Imperiums-Jungs hier gemacht haben. Ein paar der Lücken stehen nicht in der Reihe.«

»Dann versuchen Sie also, zur Foundation zu gelangen.«

»Ich rufe die Vereinigung — oder besser, ich versuche es.«

»Die Vereinigung? Was ist das?«

»Die Vereinigung unabhängiger Händler. Nie davon gehört, was? Nun, damit stehen Sie nicht allein da. Wir haben noch kein Aufsehen erregt.«

Eine Weile saßen sie schweigend da und betrachteten den toten Empfangsindikator. Dann fragte Barr: »Sind Sie innerhalb der Reichweite?«

»Ich weiß es nicht. Ich habe nur eine ganz ungefähre Vorstellung, wo wir sind. Aus diesem Grund muß ich die Richtungskontrolle benutzen. Es könnte Jahre dauern, wissen Sie.«

»Tatsächlich?«

Barr zeigte mit dem Finger. Devers zuckte zusammen und schob seine Kopfhörer zurecht. Innerhalb der kleinen dunklen Kugel sah er einen weißen Lichtpunkt aufglühen.

Eine halbe Stunde lang päppelte Devers den zarten, tastenden Kommunikationsfaden hoch. Für die Verbindung zwischen zwei Punkten, die er durch den Hyperraum herstellte, hätte das langsame Licht fünfhundert Jahre gebraucht.

Dann richtete der Händler sich auf, jeder Hoffnung beraubt. Er blickte hoch und schob die Kopfhörer zurück.

»Essen wir erst mal was, Doc. Sie können die Strahldusche benutzen, wenn Sie möchten, aber gehen Sie sparsam mit dem warmen Wasser um.«

Er hockte sich vor einen der Schränke, die die eine Wand einnahmen, und ging den Inhalt durch. »Sie sind hoffentlich kein Vegetarier?«

»Ich bin ein Allesfresser«, antwortete Barr. »Aber was ist mit der Vereinigung? Haben Sie sie verloren?«

»Sieht so aus. Es war die äußerste Grenze der Reichweite, ein bißchen zu weit weg. Doch das macht nichts. Ich habe alles bekommen, was zählt.«

Er richtete sich auf und stellte zwei Metallbehälter auf den Tisch. »Warten Sie fünf Minuten, Doc, und öffnen Sie den Behälter, indem Sie auf den Knopf drücken. Dann haben Sie Teller, Essen und Gabel — praktisch, wenn man in Eile ist, falls Sie nicht Wert auf Nebensächlichkeiten wie Servietten legen. Ich nehme an, Sie wollen wissen, was ich von der Vereinigung erfahren habe.«

»Falls es kein Geheimnis ist.«

Devers schüttelte den Kopf. »Nicht für Sie. Was Riose sagte, ist wahr.«

»Daß die Foundation angeboten hat, ihm Tribut zu zahlen?«

»Ja. Man bot es ihm an, und er lehnte ab. Es steht schlecht. Zwischen den äußeren Sonnen von Loris wird gekämpft.«

»Liegt Loris nahe an der Foundation?«

»Wie? Oh, das können Sie ja nicht wissen. Es ist eins der ursprünglichen Vier Königreiche. Man könnte es einen Teil der inneren Verteidigungslinie nennen. Aber das ist noch nicht das Schlimmste. Die Schiffe, mit denen die Leute von der Foundation gekämpft haben, waren von einer noch nie gesehenen Größe. Was bedeutet, daß Riose uns nichts vorgemacht hat. Er *hat* weitere Schiffe erhalten. Brodrig *hat* die Seite gewechselt, und ich *habe* die Sache versaut.«

Mit leerem Blick drückte er den Kontakt des Essensbehälters und sah zu, wie dieser sich sauber öffnete. Der Duft des dampfenden Gerichts, das einem Stew ähnlich war, zog durch den Raum. Ducem Barr aß bereits.

»Soviel also«, sagte Barr, »für Improvisationen. Wir können hier gar nichts tun. Wir können nicht in die Foundation zurückkehren, weil es uns unmöglich ist, die Linien der Kaiserlichen zu durchbrechen. Uns bleibt nichts weiter übrig als das, was sowieso das Vernünftigste ist — geduldig zu warten. Ich bin jedoch überzeugt, daß wir nicht lange zu warten brauchen, wenn Riose erst die innere Linie erreicht hat.«

Devers legte die Gabel hin. »Wir sollen warten? Ja, für Sie geht das in Ordnung«, stellte er finster fest. »Für Sie steht nichts auf dem Spiel.«

»Meinen Sie?« Barr lächelte dünn.

»Jawohl! Ich will Ihnen was sagen.« Devers' Gereiztheit stieg an die Oberfläche. »Ich habe es satt, mir diese ganze Geschichte anzusehen, als sei sie ein interessantes Präparat auf einem Objektträger. Da draußen sterben Freunde von mir, und eine ganze Welt, meine Heimat, stirbt ebenfalls. Sie sind ein Außenseiter. Sie wissen nicht, wie das ist.«

»Auch ich habe Freunde sterben sehen.« Die Hände des alten Mannes lagen schlaff in seinem Schoß, und seine Augen waren geschlossen. »Sind Sie verheiratet?«

»Händler heiraten nicht«, antwortete Devers.

»Nun, ich habe zwei Söhne und einen Neffen. Sie sind gewarnt worden, aber aus bestimmten Gründen konnten sie nichts tun. Unsere Flucht bedeutet ihren Tod. Meine Tochter und meine beiden Enkel haben, wie ich hoffe, den Planeten längst verlassen, aber selbst wenn ich sie nicht mitzähle, habe ich bereits mehr aufs Spiel gesetzt und verloren als Sie.«

»Ich weiß. Nur war es Ihre eigene Wahl«, gab Devers wütend zurück. »Sie hätten sich auf die Seite von Riose stellen können. Ich habe nicht von Ihnen verlangt ...«

Barr schüttelte den Kopf. »Ich hatte *keine* Wahl, Devers. Sie brauchen kein schlechtes Gewissen zu haben; ich habe meine Söhne nicht für *Sie* geopfert. Ich habe mit Riose kooperiert, solange ich es wagte. Aber da war die Psychosonde.«

Der siwennische Patrizier öffnete die Augen. Der Schmerz stand in ihnen geschrieben. »Es ist schon über ein Jahr her, da war Riose einmal bei mir. Er sprach von einem Kult, der sich um die Zauberer gebildet habe, aber die Wahrheit war ihm entgangen. Ein Kult ist es nicht ganz. Sehen Sie, vor vierzig Jahren geriet Siwenna unter das gleiche unerträgliche Joch, das jetzt Ihrer Welt auferlegt werden soll. Fünf Aufstände wurden blutig niedergeschlagen. Dann entdeckte ich die alten Aufzeichnungen Hari Seldons — und jetzt wartet dieser ›Kult‹.

Er wartet auf das Kommen der ›Zauberer‹ und hält sich für diesen Tag bereit. Meine Söhne sind Anführer der Wartenden. Dieses Geheimnis steckt in meinem Gehirn, und die Sonde durfte es auf keinen Fall finden. Und so werden sie als Geiseln umgebracht, denn die Alternative wäre, daß sie und mit ihnen halb Siwenna als Rebellen sterben müßten. Sie sehen, ich hatte keine Wahl. Und ich bin kein Außenseiter.«

Devers senkte den Blick, und Barr fuhr leise fort: »Siwennas Hoffnung ruht auf einem Sieg der Foundation. Für einen Sieg der Foundation werden meine Söhne geopfert. Und in den Vorausberechnungen Hari Seldons ist nicht von einer letztendlichen Rettung Siwennas die Rede, ganz im Gegensatz zu der Rettung der Foundation. Ich habe keine Sicherheit für mein Volk — nur Hoffnung.«

»Trotzdem geben Sie sich damit zufrieden zu warten. Obwohl die kaiserliche Flotte in Loris ist.«

»Ich würde mit vollkommener Zuversicht auch dann

warten«, erklärte Barr schlicht, »wenn sie auf dem Planeten Terminus selbst gelandet wäre.«

Der Händler runzelte verzweifelt die Stirn. »Ich weiß nicht. So kann es einfach nicht funktionieren, nicht so wie Zauberei. Psychohistorie hin oder her, die Kaiserlichen sind schrecklich stark, und wir sind schwach. Was kann Seldon da tun?«

»Es gibt nichts zu *tun.* Alles ist bereits getan. Jetzt wikkelt es sich ab. Zwar hören Sie nicht, wie sich Räder drehen und Gongs geschlagen werden, aber es geschieht trotzdem.«

»Das mag ja sein, aber ich wünschte, Sie hätten Riose den Schädel richtig eingeschlagen. Er ist ein gefährlicherer Feind als seine ganze Armee.«

»Ich hätte ihn töten sollen, wo doch Brodrig sein Stellvertreter ist?« Barrs Gesicht verzog sich vor Haß. »Alle Bewohner Siwennas wären seine Geiseln gewesen. Brodrig hat schon längst bewiesen, was für ein Mensch er ist. Es gibt eine Welt, die vor fünf Jahren einen Mann von je zehn verloren hat — und das nur, weil die fälligen Steuern nicht bezahlt worden waren. Dieser selbe Brodrig war der Steuereinnehmer. Nein, soll doch Riose am Leben bleiben. Seine Vergeltungsmaßnahmen sind im Vergleich dazu gnädig.«

»Aber sechs Monate, *sechs Monate* in der feindlichen Basis, ohne daß ich etwas vorzuzeigen hätte!« Devers verschlang seine kräftigen Hände so ineinander, daß die Knöchel knackten. »Ohne irgend etwas!«

»Warten Sie ab. Dabei fällt mir ein ...« Barr suchte in seinem Beutel. »Vielleicht zählt das für Sie als ›etwas‹.« Und er warf die kleine Metallkugel auf den Tisch.

Devers nahm sie an sich. »Was ist das?«

»Die Nachrichtenkapsel. Die, die Riose erhielt, kurz bevor ich ihn niederschlug. Ist es ›etwas‹?«

»Ich weiß es nicht. Es hängt davon ab, was darin ist.« Devers setzte sich und drehte die Kapsel vorsichtig in der Hand.

Als Barr unter der kalten Dusche hervorkam und dankbar in den angenehm warmen Luftstrom des Trockners trat, fand er Devers stumm und konzentriert an der Werkbank beschäftigt.

Der Siwenner klatschte mit den Händen gegen seinen Körper und fragte im gleichen scharfem Rhythmus: »Was tun Sie da?«

Devers blickte auf. Schweißtröpfchen glitzerten in seinem Bart. »Ich bemühe mich, diese Kapsel zu öffnen.«

»*Können* Sie sie denn ohne Rioses persönliche Kennzeichen öffnen?« Die Stimme des Siwenners verriet einiges Erstaunen.

»Wenn ich es nicht kann, werde ich aus der Vereinigung austreten und für den Rest meines Lebens nie wieder ein Schiff steuern. Ich habe jetzt eine dreidimensionale elektronische Analyse des Innern, und diese kleinen Werkzeuge, von denen das Imperiun niemals gehört hat, sind eigens für das Öffnen von Kapseln erfunden. Ich habe mich gelegentlich schon als Einbrecher betätigt, wissen Sie. Ein Händler muß von allem ein bißchen verstehen.«

Er beugte sich tief über die Kugel und tastete sie behutsam mit einem kleinen, flachen Instrument ab, das bei jedem flüchtigen Kontakt rot aufglühte.

»Jedenfalls ist diese Kapsel primitiv gemacht«, sagte er. »Die Imperium-Jungs sind keine Fachleute für so kleine Dinge. Das merkt man. Haben Sie jemals eine Foundation-Kapsel gesehen? Sie ist halb so groß, und eine elektronische Analyse ist bei ihr überhaupt nicht möglich.«

Und dann erstarrte er. Der Schultermuskel spannte sich sichtlich unter der Jacke. Langsam drückte er die kleine Sonde nieder...

Es geschah geräuschlos, aber Devers entspannte sich und seufzte. In seiner Hand lag die schimmernde Kugel, und die Nachricht rollte sich heraus wie eine pergamentene Zunge.

»Sie ist von Brodrig«, stellte er fest, und dann, mit Verachtung: »Das Medium ist dauerhaft. Die Nachricht einer

Foundation-Kapsel wäre innerhalb einer Minute zu Gas oxidiert.«

Ducem Barr bedeutete ihm mit einem Wink zu schweigen. Schnell las er die Nachricht.

VON: AMMEL BRODRIG, SONDERBOTSCHAFTER SEINER KAISERLICHEN MAJESTÄT, GEHEIMER STAATSRAT UND PEER DES REICHES
AN: BEL RIOSE, MILITÄRGOUVERNEUR VON SIWENNA, GENERAL DER KAISERLICHEN STREITKRÄFTE UND PEER DES REICHES
ICH GRÜSSE SIE.
PLANET NR. 1120 LEISTET KEINEN WIDERSTAND MEHR. ANGRIFFSPLÄNE LAUFEN REIBUNGSLOS AB. DER FEIND WIRD SICHTLICH SCHWÄCHER, UND DIE ENDLÖSUNG IST IN KÜRZE ZU ERWARTEN.

Barr hob den Kopf von der beinahe mikroskopischen Schrift und rief erbittert: »Der Dummkopf! Dieser gottverlassene, verdammte Idiot! Soll das eine Nachricht sein?«

»Hä?« machte Devers. Er fühlte sich irgendwie enttäuscht.

»Damit sagt er nichts«, knirschte Barr. »Unser speichelleckerischer Höfling spielt jetzt den General. In Rioses Abwesenheit ist er der Befehlshaber und spuckt zur Befriedigung seines schoflen Geistes pompöse Beichte über militärische Angelegenheiten aus, mit denen er gar nichts zu tun hat. ›Planet Soundso leistet keinen Widerstand mehr.‹ ›Angriffspläne laufen ab.‹ ›Der Feind wird schwächer.‹ Dieser Pfau mit seinem Vakuum-Gehirn!«

»Nun warten Sie doch einen Augenblick! Langsam ...«

»Werfen Sie's weg!« Der alte Mann wandte sich voller Verdruß ab. »Galaxis weiß, ich hatte keine Nachricht von welterschütternder Wichtigkeit erwartet, aber in Kriegszeiten kann man doch mit Recht annehmen, daß auch ein Routine-Befehl, der sein Ziel nicht erreicht, die militärischen Bewegungen behindern und später zu Komplikationen führen wird. Darum habe ich die Kapsel eingesteckt. Und nun das da! Ich hätte sie besser dort gelassen. Riose hätte darauf eine Minute seiner Zeit verschwenden müssen, die er jetzt sinnvoller anwenden kann.«

Devers war aufgestanden. »Wollen Sie wohl still sein und aufhören, Ihr Gewicht herumzuwerfen? Um Seldons willen ...«

Er hielt Barr den Streifen mit der Nachricht vor die Nase. »Lesen Sie das noch einmal. Was meint er mit. ›Die Endlösung ist in Kürze zu erwarten‹?«

»Die Eroberung der Foundation. Na und?«

»Vielleicht meint er auch die Eroberung des Imperiums! Sie wissen, er *glaubt,* daß das die Endlösung sein wird.«

»Und wenn er es glaubt?«

»Dann passen Sie mal auf!« Devers' schiefes Lächeln verlor sich in seinem Bart. »Ich will es Ihnen zeigen.«

Der üppig mit Monogrammen verzierte Pergamentstreifen wurde in seinen Schlitz zurückgestopft. Mit einem *Ping!* verschwand er, und die Kapsel war wieder eine glatte, vollkommene Kugel. Drinnen war das leise Schwirren von Kontrollen zu hören, die sich durch Zufallsbewegungen von ihren Plätzen lösten.

»Es gibt also keine bekannte Methode, diese Kapsel zu öffnen, ohne Rioses persönliche Kennzeichen zu wissen, nicht wahr?«

»Dem Imperium ist keine bekannt«, stimmte Barr ihm zu.

»Dann ist die Information, die die Kapsel enthält, absolut authentisch und uns fremd.«

»In den Augen des Imperiums, ja«, sagte Barr.

»Aber der Kaiser kann die Kapsel öffnen, oder? Die persönlichen Kennzeichen von hohen Offizieren werden doch sicher gespeichert sein! In der Foundation sind sie es.«

»In der kaiserlichen Hauptstadt auch.« Barr nickte.

»Wenn jetzt Sie, ein siwennischer Patrizier und Peer

des Reiches, diesem Cleon, diesem Kaiser erzählen, sein zahmer Lieblingspapagei und sein glänzendster General hätten sich zusammengetan, um ihn vom Thron zu kippen, und ihm die Kapsel als Beweis überreichen, was wird *er* sich unter Brodrigs ›Endlösung‹ vorstellen?«

Barr mußte sich setzen. »Langsam, ich komme nicht mit.« Er strich sich über die eine magere Wange, dann fragte er: »Sie meinen das doch nicht im Ernst?«

»Doch!« regte Devers sich auf. »Hören Sie, neun von den letzten zehn Kaisern wurde von dem einen oder anderen ihrer Generale, der große Rosinen im Kopf hatte, die Kehle durchgeschnitten oder der Magen herausgeschossen. Das haben Sie selbst mir öfter als einmal erzählt. Cleon, der alte Knabe, würde uns so schnell glauben, daß sich Riose der Kopf drehte.«

Barr murmelte schwach: »Er *meint* es ernst. Um der Galaxis willen, Mann, Sie können eine Seldon-Krise nicht mit einem solchen weithergeholten, unpraktischen Geschichtenbuch-Plan lösen! Angenommen, Brodrig hätte das Wort ›Endlösung‹ nicht benutzt. Seldon verläßt sich nicht auf blindes Glück.«

»Wenn das blinde Glück unseren Weg nimmt, kann kein Gesetz es Seldon verbieten, Vorteil daraus zu ziehen.«

»Sicher. Aber... aber...« Barr brach ab. Dann sprach er ruhig, aber mit sichtlichem Widerstreben weiter. »Erstens einmal: Wie wollen Sie den Planeten Trantor erreichen? Sie kennen seine Position im Raum nicht, und ich erinnere mich nicht an die Koordinaten, ganz zu schweigen von den kurzfristigen Konstellationen. Sie kennen nicht einmal Ihre eigene Position im Raum.«

»Im Raum kann man nicht verlorengehen«, sagte Devers grinsend. Er saß bereits an den Kontrollen. »Jetzt geht es auf den nächsten Planeten hinunter, und wir kommen mit einer vollständigen Orientierung und den besten Navigationskarten zurück, die wir für Brodrigs hunderttausend Eier kaufen können.«

»*Und* mit einem Laserschuß im Bauch. Wahrscheinlich hat jeder Planet in diesem Teil des Imperiums unsere Beschreibungen.«

»Doc«, sagte Devers geduldig, »seien Sie nicht dumm. Riose meinte, mein Schiff habe sich zu leicht ergeben, und, Mann, wie recht er damit hatte! Dieses Schiff hat genug Feuerkraft und genug Saft in seinem Schirm, um alles abzuwehren, auf das wir so tief innerhalb der Grenze stoßen können. Und Individualschirme haben wir auch. Die Imperiumsknaben haben sie nicht gefunden, aber sie sollten ja auch nicht gefunden werden.«

»Schon gut«, gab Barr zurück, »schon gut. Gehen wir einmal davon aus, Sie seien auf Trantor. Wie wollen Sie dann bis zum Kaiser vordringen? Glauben Sie, er hält eine Bürozeit ein?«

»Gehen wir einmal davon aus, daß wir uns darüber auf Trantor Gedanken machen wollen«, wehrte Devers ab.

Und Barr wiederholte hilflos: »Schon gut. Ich wünsche mir seit jetzt einem halben Jahrhundert, Trantor zu sehen, bevor ich sterbe. Halten Sie es, wie Sie wollen.«

Der hyperatomare Motor wurde eingeschaltet. Das Licht flackerte, und es gab den leichten inneren Ruck, der den Wechsel in den Hyperraum kennzeichnet.

— 9 —
Auf Trantor

Die Sterne standen so dicht wie Unkraut auf einem verwilderten Feld, und zum erstenmal maß Lathan Devers bei der Berechnung der Abkürzungen durch die Hyperregionen den Ziffern rechts vom Komma große Bedeutung bei. Die notwendigen Sprünge, die nicht mehr als ein Lichtjahr betrugen, vermittelten ein Gefühl der Klaustrophobie. Der Himmel, der in jeder Richtung ungebrochen funkelte, hatte etwas furchterregend Hartes. Man verlor sich in einem Meer aus Strahlung.

Und im Mittelpunkt eines Haufens von zehntausend Sternen, deren Licht die sie mit schwachen Armen umfassende Dunkelheit in Fetzen riß, kreiste der große kaiserliche Planet Trantor.

Aber er war mehr als ein Planet, er war der lebendige Pulsschlag eines Reiches, das zwanzig Millionen Sternensysteme umfaßte. Er hatte nur eine Funktion, die Verwaltung, nur einen Zweck, die Regierung, und er erzeugte nur ein Produkt: Gesetze.

Die ganze Welt stellte eine funktionale Verzerrung dar. Auf ihrer Oberfläche gab es kein anderes Lebewesen als den Menschen, seine Schoßtiere und seine Parasiten. Kein Grashalm, kein Stückchen unbedeckten Bodens war außerhalb der hundert Quadratmeilen des kaiserlichen Palastes zu finden. Wasser kam außerhalb dieses Grundstückes nur in den riesigen unterirdischen Zisternen vor, die den Vorrat einer Welt enthielten.

Das glänzende, unzerstörbare, rostfreie Metall, das die gesamte Oberfläche des Planeten überzog, bildete das Fundament für einen Irrgarten aus metallenen Bauwerken. Sie waren mit Stegen verbunden, von Gängen durchzogen, mit Büroräumen durchsetzt, von Einzelhandelsgeschäften, die sich über Quadratmeilen erstreckten, unterkellert, von der glitzernden Welt der Vergnügungen, die jeden Abend zu neuem Leben erwachte, überbaut.

Man konnte die Welt Trantor umwandern, ohne das eine verschachtelte Gebäude zu verlassen und ohne die Stadt zu sehen.

Eine Flotte von Schiffen, deren Zahl größer war als sämtliche Kriegsflotten, die das Kaiserreich jemals besessen hatte, luden Tag für Tag ihre Frachten auf Trantor aus, um vierzig Milliarden Menschen zu ernähren. Myriaden von Fäden liefen in der Zentralverwaltung der komplexesten Regierung, die die Menschheit je gekannt hatte, zusammen, und die Gegenleistung der Bewohner Trantors bestand in nichts anderem, als daß sie der notwendigen Aufgabe nachkamen, diese Fäden zu entwirren.

Zwanzig Agrarwelten stellten die Kornkammer Trantors dar. Ein Universum war sein Diener...

Auf beiden Seiten von großen Metallarmen gehalten, wurde das Handelsschiff behutsam über die Rampe hinabgesenkt, die zum Hangar führte. Devers hatte sich bereits, schäumend vor Wut, einen Weg durch die vielfältigen Komplikationen einer Welt gebahnt, die sich nur mit dem Papierkrieg befaßt und sich zu dem Prinzip des Formulars in vierfacher Ausfertigung bekennt.

Zuerst hatten sie im Raum warten und die ersten Fragebogen, die später auf hundert anwuchsen, ausfüllen müssen. Man unterzog sie Hunderten von Kreuzverhören, wandte routinemäßig eine einfache Sonde am, fotografierte das Schiff, erstellte eine Kennzeichen-Analyse der beiden Männer und zeichnete dieselbe auf. Dann suchte man nach Schmuggelware. Sie mußten die Einreisesteuer bezahlen, und zum Schluß kam noch die Überprüfung ihrer Ausweise und Besuchsvisa.

Ducent Barr war Siwenner und Untertan des Kaisers, aber Lathan Devers war ein Unbekannter ohne die erforderlichen Dokumente. Der diensttuende Beamte überschlug sich vor Bedauern, aber Devers durfte nicht einreisen. Noch schlimmer, er würde für eine amtliche Überprüfung festgehalten werden.

Von irgendwoher tauchten hundert Credits in knisternden neuen Scheinen auf, gedeckt durch den Grundbesitz von Lord Brodrig, und wanderten unauffällig von Hand zu Hand. Der Beamte druckste herum, und sein Bedauern legte sich. Ein neues Formular flatterte aus dem entsprechenden Fach. Es wurde schnell und kompetent ausgefüllt und bekam Devers' Kennzeichen ordnungsgemäß angeheftet.

Die beiden Männer, Händler und Patrizier, betraten Trantor.

Im Hangar betrachtete man das Handelsschiff als ein weiteres Fahrzeug, das der Unterbringung, des Fotografierens, des Aufzeichnens, des Notierens seines Inhalts, des

Faksimilierens der Ausweise seiner Passagiere und des Erhebens, Eintragens und Quittierens einer Gebühr bedurfte.

Und dann stand Devers auf einer breiten Terrasse unter einer hellen weißen Sonne. Frauen schwatzten, Kinder schrien, und Männer nippten genüßlich an Drinks und lauschten den großen Fernsehern, die lautstark Neuigkeiten aus dem Reich verkündeten.

Barr zahlte die erforderliche Zahl von Iridium-Münzen und erwarb das oberste Exemplar eines Zeitungsstapels. Es war die *Imperial News* aus Trantor, das offizielle Organ der Regierung. Im Hintergrund des Nachrichtenraums war das leise Klicken zu hören, mit dem weitere Ausgaben gedruckt wurden, in Fern-Sympathie mit den fleißigen Maschinen der *Imperial-News*-Büros, die über zehntausend Meilen Korridor — sechstausend mit Atmosphäreflugmaschine — entfernt waren. Ebenso entstanden in diesem Augenblick zehn Millionen Kopien in zehn Millionen anderen Nachrichtenräumen überall auf dem Planeten.

Barr überflog die Schlagzeilen und fragte leise: »Was tun wir als erstes?«

Devers versuchte, sich aus seiner trüben Stimmung zu reißen. Er befand sich in einem Universum, das weit von seinem eigenen entfernt war, auf einer Welt, deren Kompliziertheit ihn niederdrückte, unter Menschen, deren Verhalten unverständlich und deren Sprache fast unverständlich war. Die schimmernden metallenen Türme, die ihn umgaben und sich in niemals endender Vielfalt über den Horizont hinauserstreckten, deprimierten ihn; das ganze geschäftige, rücksichtslose Treiben einer Metropole schleuderte ihn in die schreckliche Finsternis der Isolierung und der pygmäenhaften Unwichtigkeit.

Er sagte: »Das überlasse ich besser Ihnen, Doc.«

Barr sprach ruhig, mit gedämpfter Stimme. »Ich habe versucht, es Ihnen zu schildern, aber man kann es schwer glauben, solange man es nicht selbst gesehen hat, das weiß ich. Wissen Sie, wie viele Leute den Kaiser jeden Tag sprechen wollen?

Rund eine Million. Wissen Sie, wie viele er empfängt? Rund zehn. Wir werden uns durch die Zivilverwaltung hochkämpfen müssen, das macht es noch schwieriger. Aber die Aristokratie können wir uns bestimmt nicht leisten.«

»Wir haben beinahe einhunderttausend.«

»Schon ein einziger Peer des Reiches würde uns soviel kosten, und erst drei oder vier würden eine tragfähige Brücke zum Kaiser bilden. Zu dem gleichen Zweck mögen fünfzig Hauptkommissare und Oberaufseher notwendig sein, aber sie werden uns schätzungsweise nur hundert pro Stück kosten. Das Reden werde ich übernehmen. Erstens einmal würden sie Ihren Akzent nicht verstehen, und zweitens ist Ihnen die Etikette der Bestechung hier nicht geläufig. Es ist eine Kunst, das kann ich Ihnen versichern. Ah!«

Auf der dritten Seite der *Imperial News* stand, was er suchte. Er gab die Zeitung an Devers weiter.

Devers las es langsam. Das Vokabular war fremdartig, doch er verstand es. Er blickte auf, und seine Augen waren dunkel vor Sorge. Wütend schlug er mit dem Handrücken gegen das Blatt. »Glauben Sie, man kann sich darauf verlassen?«

»In Grenzen«, antwortete Barr ruhig. »Es ist äußerst unwahrscheinlich, daß die Foundation-Flotte vernichtet worden ist. Das wird sicher schon mehrere Male gemeldet worden sein, wenn hier die übliche Technik der Kriegsberichterstattung in einer Welt-Hauptstadt weit vom eigentlichen Kampfschauplatz angewendet wird. Es steckt jedoch die Tatsache dahinter, daß Riose eine weitere Schlacht gewonnen hat, was ja nicht ganz unerwartet kommt. Es heißt, er habe Loris genommen. Ist das der Hauptplanet des Königreichs Loris?«

»Ja«, bestätigte Devers finster, »beziehungsweise von dem, was einmal das Königreich Loris gewesen ist. Es liegt keine zwanzig Parseks von der Foundation entfernt. Doc, wir werden schnell arbeiten müssen.«

Barr zuckte die Achseln. »*Schnell* geht auf Trantor gar nichts. Wenn Sie es versuchen, werden Sie wahrscheinlich vor der Mündung eines nuklearen Lasers enden.«

»Wie lange wird es dauern?«

»Einen Monat, wenn wir Glück haben. Und es wird uns unsere hunderttausend Credits kosten — wenn sie überhaupt reichen. Und dabei setze ich noch voraus, daß der Kaiser es sich in der Zwischenzeit nicht in den Kopf setzt, zu den Sommerplaneten zu reisen, wo er überhaupt keine Bittsteller empfängt.«

»Aber die Foundation …«

»… wird für sich selbst sorgen wie bisher auch. Kommen Sie, regeln wir die Frage des Dinners. Ich habe Hunger. Und danach gehört der Abend uns, und wir sollten Gebrauch davon machen. Wissen Sie, wir werden nie wieder eine Welt wie Trantor zu sehen bekommen.«

Der Heimatkommissar der äußeren Provinzen spreizte hilflos die dicken Hände und betrachtete die Bittsteller mit eulenhafter Kurzsichtigkeit. »Aber der Kaiser ist indisponiert, Gentlemen. Es ist vollkommen sinnlos, die Sache meinem Vorgesetzten vorzutragen. Seine kaiserliche Majestät hat in dieser Woche niemanden empfangen.«

»*Uns* wird er empfangen«, behauptete Barr mit zur Schau gestellter Zuversicht. »Wir brauchen nur mit einem Stabsmitglied des Geheimen Staatsrates zu sprechen.«

»Unmöglich!« erwiderte der Kommissar mit Nachdruck. »Der Versuch könnte mich meinen Posten kosten. Könnten Sie sich nicht ein bißchen ausführlicher über Ihre Angelegenheit äußern? Glauben Sie mir, ich bin bereit, Ihnen zu helfen, aber natürlich möchte ich etwas weniger Vages hören, etwas, das ich meinem Vorgesetzten als Grund nennen kann, die Sache zu fördern.«

»Wenn meine Angelegenheit von der Art wäre, daß sie einer anderen Stelle als der höchsten vorgetragen werden könnte«, erwiderte Barr gewandt, »wäre sie kaum wichtig genug, um ihretwegen eine Audienz bei Seiner kaiserlichen Majestät zu beantragen. Ich schlage vor, Sie lassen es darauf ankommen. Vielleicht darf ich Sie darauf aufmerksam machen, daß, sollte Seine kaiserliche Majestät ihr die Bedeutung beimessen, die wir Ihnen garantieren, Sie gewiß die verdienten Ehren dafür erhalten werden, daß Sie uns geholfen haben.«

»Ja, aber...« Der Kommissar zuckte hilflos die Achseln.

»Es ist ein Risiko«, stimmte Barr zu. »Natürlich sollte es belohnt werden, wenn jemand ein Risiko eingeht. Wir bitten Sie um einen recht großen Gefallen, und wir sind Ihnen schon zu Dank dafür verpflichtet, daß Sie uns freundlicherweise Gelegenheit bieten, Ihnen unser Problem darzulegen. Aber wenn Sie uns gestatten würden, unsere Dankbarkeit dadurch auszudrücken, daß wir...«

Devers' Gesicht verfinsterte sich. Er hatte diese Ansprache mit geringfügigen Variationen im letzten Monat zwanzigmal gehört. Sie endete wie immer mit der raschen Übergabe halb versteckter Banknoten. Aber hier kam es zu einem anderen Epilog. Für gewöhnlich verschwanden die Scheine augenblicklich; hier blieben sie in voller Sicht, während der Kommissar sie langsam zählte und dabei von vorn und hinten prüfte.

Sein Ton hatte sich fast unmerklich verändert. »Von dem Geheimen Staatsrat gedeckt, wie? Gutes Geld!«

»Um zum Thema zurückzukommen ...«, drängte Barr.

»Langsam«, unterbrach ihn der Kommissar. »Immer einen Schritt nach dem anderen! Ich möchte doch wirklich wissen, um was es sich bei Ihrer Angelegenheit handelt. Dieses Geld ist frisch und neu, und Sie müssen eine ganze Menge davon haben, denn es ist ja klar, daß Sie vor mir bei anderen Beamten gewesen sind. Also, heraus mit der Sprache!«

Barr antwortete: »Ich weiß nicht, worauf Sie abzielen.«

»Nun, es könnt sich erweisen, daß Sie sich illegal auf diesem Planeten aufhalten, da der Ausweis und die Einreiseerlaubnis Ihres schweigsamen Freundes den Anforderungen nicht genügen. Er ist kein Untertan des Kaisers.«

»Das streite ich ab.«

»Das spielt keine Rolle«, erklärte der Kommissar mit plötzlicher Grobheit. »Der Beamte, der seine Papiere für die Summe von hundert Credits unterzeichnete, hat — unter Druck — ein Geständnis abgelegt, und wir wissen mehr über Sie, als Sie meinen.«

»Wenn Sie darauf anspielen, Sir, daß die Summe, die anzunehmen wir Sie gebeten haben, in Anbetracht der Risiken unzureichend ist...«

Der Kommissar lächelte. »Im Gegenteil, sie ist mehr als zureichend.« Er schob die Noten zur Seite. »Um mit dem, was ich sagen wollte, fortzufahren: Der Kaiser selbst interessiert sich für Ihren Fall. Stimmt es nicht, meine Herren, daß Sie vor kurzem Gäste von General Riose gewesen sind? Stimmt es nicht, daß Sie mitten aus seiner Armee mit, um es untertrieben auszudrücken, erstaunlicher Leichtigkeit entkommen sind? Stimmt es nicht, daß Sie ein kleines Vermögen in Scheinen besitzen, die durch Lord Brodrigs Grundbesitz gedeckt sind? Kurz gesagt, stimmt es nicht, daß Sie ein Paar Spione und Attentäter sind, hergeschickt um ... nun, Sie werden uns selbst erzählen, wer Sie bezahlt hat und wofür!«

»Wissen Sie was?« fragte Barr mit seidenglattem Zorn. »Ich spreche einem kleinen Kommissar das Recht ab, uns eines Verbrechens zu beschuldigen. Wir werden gehen.«

»Sie werden *nicht* gehen!« Der Kommissar erhob sich, und seine Augen wirkten nicht mehr kurzsichtig. »Sie brauchen jetzt keine Fragen zu beantworten; das können wir uns für einen späteren Zeitpunkt aufheben, wenn ihnen mehr Nachdruck verliehen werden kann. Ich bin auch kein Kommissar; ich bin Leutnant der kaiserlichen Polizei. Sie sind verhaftet.«

Er lächelte, und in seiner Faust lag eine glitzernde, wirksame Laser-Pistole. »Heute werden größere Männer als Sie festgenommen. Wir räuchern ein Hornissennest aus.«

Devers knurrte und faßte langsam nach seiner eigenen Waffe. Der Polizeileutnant lächelte noch breiter und drückte die Kontakte. Der vernichtende Energiestrahl traf Devers' Brust — und prallte in harmlosen Funken von seinem Individualschirm ab.

Devers schoß zurück, und der Kopf des Leutnants fiel von einem Oberkörper, der verschwunden war. Immer noch lächelnd lag er in dem Streifen Sonnenschein, der durch das neugeschaffene Loch in der Wand eindrang.

Sie entfernten sich durch den Hintereingang.

»Schnell zum Schiff!« stieß Devers heiser hervor. »Gleich wird der Alarm losgehen.« Er fluchte in grimmigem Flüsterton. »Da ist wieder ein Schuß nach hinten losgegangen. Ich möchte schwören, der Raumteufel persönlich ist gegen mich.«

Draußen bemerkten sie schwatzende Menschenmengen, die sich um große Fernsehschirme drängten. Aber sie konnten sich nicht aufhalten. Die unzusammenhängenden dröhnenden Worte, die sie erreichten, ignorierten sie. Barr schnappte sich jedoch ein Exemplar der *Imperial News,* bevor er in die riesige Halle des Hangars eintauchte. Das Schiff startete in aller Hast durch eine Öffnung, die es ins Dach brannte.

»Können Sie sie abhängen?« fragte Barr.

Zehn Schiffe der Verkehrspolizei folgten wie wild dem fliehenden Fahrzeug, das von dem gesetzmäßigen, von Funkstrahlen abgegrenzten Landepfad abgewichen war und dann jedes Geschwindigkeitsgesetz der Schöpfung gebrochen hatte. Weiter hinten hoben schlanke Gefährte der Geheimpolizei ab und setzten sich auf die Fährte eines eingehend beschriebenen Schiffes, das mit zwei genau identifizierten Mördern bemannt war.

»Passen Sie auf!« sagte Devers und sprang zweitausend Meilen über der Oberfläche von Trantor tollkühn in den Hyperraum. Der Wechsel, so nahe an einer planetaren Masse ausgeführt, bedeutete Bewußtlosigkeit für Barr und einen furchterregenden Nebel aus Schmerz für Devers, aber ein paar Lichtjahre weiter war der Raum über ihnen klar.

Devers' melancholischer Stolz auf sein Schiff kam zum Vorschein. »Es gibt kein kaiserliches Schiff, das es schafft, mir irgendwohin zu folgen.«

Und bitter setzte er hinzu: »Aber es ist kein Ort mehr übrig, an den wir fliehen könnten, und gegen ihre Übermacht kämpfen können wir auch nicht. Was sollen wir nur tun?«

Barr bewegte sich schwach auf seiner Liege. Die Wirkung des Übergangs in den Hyperraum war noch nicht abgeklungen, und ihm tat jeder einzelne Muskel weh. »Wir brauchen gar nichts zu tun. Es ist alles vorbei. Hier!«

Er reichte Devers das Exemplar der *Imperial News* hinüber, das er immer noch umklammert hielt, und die Schlagzeilen sagten dem Händler genug.

»Zurückgerufen und verhaftet — Riose und Brodrig«, murmelte Devers. Er starrte Barr mit leerem Blick an. »Warum?«

»Das wird nicht erwähnt, aber kommt es darauf an? Der Krieg mit der Foundation ist zu Ende, und in diesem Augenblick bricht auf Siwenna der Aufstand los. Lesen Sie den Artikel und sehen Sie selbst.« Seine Stimnte wurde leiser. »Wir werden in einer der Provinzen haltmachen und die Einzelheiten später herausfinden. Wenn es Ihnen nichts ausmacht, möchte ich jetzt schlafen.«

Das tat er auch.

In Grashüpfer-Sprüngen von zunehmender Reichweite durchquerte das Handelsschiff bei seiner Rückkehr in die Foundation die Galaxis.

— 10 —

Der Krieg endet

Lathan Devers fühlte sich entschieden unbehaglich und irgendwie gereizt. Er hatte seinen Orden in Empfang genommen und die schwülstige Rede des Bürgermeisters, die das rote Band begleitete, mit stummem Stoizismus über sich ergehen lassen. Damit war seine Rolle bei den Feierlichkeiten beendet, aber natürlich zwang ihn der Anstand zu bleiben. Und hauptsächlich dieser Anstand, der es ihm verbot, geräuschvoll zu gähnen oder den Fuß bequem auf einen Sessel zu legen, erweckte in ihm die Sehnsucht nach dem Weltraum, wo er hingehörte.

Die siwennische Abordnung, in der Ducem Barr das geachtetste Mitglied war, unterzeichnete den Vertrag, und Siwenna wurde die erste Provinz, die direkt aus der politischen Herrschaft des Imperiums in die wirtschaftliche der Foundation überging.

Fünf kaiserliche Schiffe — aufgebracht, als Siwenna hinter der Linie der Grenzflotte des Imperiums rebellierte — glänzten hoch und breit am Himmel und feuerten einen donnernden Salut ab, als sie die Stadt überflogen.

Nichts als Trinkerei, Etikette und Small Talk ...

Jemand rief ihn an. Es war Forell. Kalt dachte Devers daran, daß dieser Mann zwanzig seiner Sorte mit dem Profit eines Vormittags aufkaufen konnte. Aber jetzt war es ein Forell, der mit freundlicher Herablassung einen Finger gegen ihn krümmte.

Devers trat auf den Balkon in den kühlen Nachtwind und verbeugte sich, wie es sich gehörte, wobei er sein finsteres Gesicht seinem sich sträubenden Bart zuwandte. Barr war auch da. Lächelnd meinte er: »Devers, Sie müssen zu meiner Rettung herbeieilen. Ich werde der Bescheidenheit angeklagt, eines gräßlichen und ganz und gar unnatürlichen Verbrechens.«

»Devers ...« — Forell entfernte, wenn er sprach, die

dicke Zigarre aus dem Mundwinkel — »Lord Barr behauptet, Ihre Reise zu Cleons Hauptstadt habe nichts mit der Rückberufung Rioses zu tun gehabt.«

»Überhaupt nichts, Sir«, antwortete Devers kurz. »Wir haben den Kaiser gar nicht zu sehen bekommen. Aus den Meldungen über die Gerichtsverhandlung, die wir auf dem Rückweg auffingen, ließ sich entnehmen, daß es der reinste Schauprozeß war. Es wurde eine Menge dummes Zeug gefaselt, der General solle in Verbindung mit subversiven Elementen am Hof gestanden haben.«

»Und er war unschuldig?«

»Riose?«, warf Barr ein. »Ja! Bei der Galaxis, ja. Brodrig war seinen Prinzipien nach ein Verräter, trotzdem war er spezifischer gegen ihn erhobenen Anklagen nicht schuldig. Es war eine gerichtliche Farce, aber sie war notwendig, sie war vorhersehbar, sie war unvermeidlich.«

»Aus psychohistorischer Notwendigkeit, nehme ich an.« Forell ging es mit dem leichten Humor langer Vertrautheit von der Zunge.

»Genau.« Barr wurde ernst. »Es ist vorher nicht durchgesickert, aber als es vorbei war und ich ... nun ... die Lösungen der Aufgaben hinten im Buch nachsehen durfte, wurde das Problem einfach. Jetzt erkennen wir, daß der soziale Hintergrund des Imperiums ihm Eroberungskriege unmöglich macht. Unter schwachen Kaisern wird es von Generalen zerrissen, die sich um einen wertlosen und ganz bestimmt todbringenden Thron streiten. Unter starken Kaisern verfällt das Imperium in einen Starrkrampf. Dann ist die Auflösung scheinbar zum Stillstand gekommen, aber nur um den Preis jedes möglichen Wachstums.«

Forell brummte grob zwischen kräftigen Zügen an seiner Zigarre: »Sie drücken sich unklar aus, Lord Barr.«

Barr lächelte. »Hm, mag sein. Das ist das Problem, wenn man nicht in der Psychohistorie ausgebildet ist. Worte sind ein sehr schwammiger Ersatz für mathematische Gleichungen. Doch lassen Sie uns überlegen ...«

Barr versank in Gedanken, während Forell entspannt am Balkongeländer lehnte und Devers zu dem samtenen Himmel hinaufsah und sich von neuem über Trantor wunderte.

Dann sagte Barr: »Sie sehen, Sir, Sie und Devers und zweifellos auch alle anderen hatten die Vorstellung, das Imperium könne nur besiegt werden, wenn man zuerst den Kaiser und seinen General auseinanderbringe. Sie und Devers und alle anderen hatten recht — die ganze Zeit recht, insoweit es um das Prinzip einer inneren Spaltung ging.

Sie hatten jedoch unrecht, wenn Sie glaubten, diese innere Spaltung müsse durch Handlungen von Einzelpersonen, durch Augenblickseingebungen zustandegebracht werden. Sie versuchten es mit Bestechung und Lügen. Sie wandten sich an Ehrgeiz und Furcht. Aber all Ihre Mühen brachten Ihnen nichts ein. Tatsächlich sah es nach jedem Versuch schlechter aus als vorher.

Und während mit wildem Dreinschlagen ein winziges Wellengekräusel erzeugt wurde, rollte die Seldon-Flutwelle vorwärts, langsam und ruhig — aber unwiderstehlich.«

Ducem Barr wandte sich ab und blickte über das Balkongeländer auf die Lichter einer feiernden Stadt. Er sagte: »Eine tote Hand schob uns alle weiter, den mächtigen General und den großen Kaiser, meine Welt und Ihre Welt — die tote Hand Hari Seldons. Er wußte, daß ein Mann wie Riose versagen mußte, weil sein Erfolg seinen Fall bedeutete, und je größer der Erfolg, desto sicherer der Fall.«

Forell stellte trocken fest: »Ich kann nicht sagen, daß Ihre Ausführungen klarer werden.«

»Einen Augenblick«, fuhr Barr ernst fort. »Betrachten Sie die Situation. Ein schwacher General hätte keine Gefahr für uns dargestellt, ebensowenig ein starker General in der Zeit eines schwachen Kaisers, denn der hätte seine Arme nach einem sehr viel lohnenderen Ziel ausgestreckt. Die Ereignisse zeigen, daß in den letzten zwei Jahrhunderten drei von vier Kaisern ehemalige Generale und Vizekönige waren, die rebelliert hatten.

Also kann nur die Kombination von starkem Kaiser und starkem General der Foundation schaden, denn ein starker Kaiser ist nicht leicht zu entthronen, und ein starker General ist gezwungen, jenseits der Grenzen tätig zu werden.

Aber was hält den Kaiser stark? Was hielt Cleon stark? Es ist offensichtlich. Er ist stark, weil er keine starken Untertanen zuläßt. Ein Höfling, der zu reich, ein General, der zu beliebt wird, ist gefährlich. Die ganze jüngere Geschichte des Imperiums beweist das einem jeden Kaiser, der intelligent genug ist, um stark zu sein.

Riose erzielte Siege, also wurde der Kaiser mißtrauisch. Die ganze Atmosphäre seiner Zeit zwang ihn, mißtrauisch zu sein. Riose hatte eine Bestechung abgelehnt? Sehr verdächtig! Dann gab es also tiefer liegende Motive. Es ging nicht um das, was er tat; jede Handlung wäre gegen ihn ausgelegt worden. Deshalb war das, was wir planten und durchführten, unnötig und überflüssig. Sein *Erfolg* machte Riose verdächtig. Deshalb wurde er zurückberufen, angeklagt, verurteilt und umgebracht. Wieder siegt die Foundation.

Sehen Sie, es läßt sich keine Kombination von Ereignissen vorstellen, die nicht im Sieg der Foundation resultiert hätte. Er war unvermeidlich, Riose mochte tun, was er wollte, und wir mochten tun, was wir wollten.«

Der Magnat der Foundation nickte gewichtig. »Aber wenn nun der Kaiser und der General ein und dieselbe Person gewesen wären, he? Was dann? Den Fall haben Sie nicht in Ihre Überlegungen miteinbezogen, und deshalb haben Sie Ihre Behauptung noch nicht bewiesen.«

Barr zuckte die Achseln. »*Beweisen* kann ich gar nichts. Dazu fehlt es mir an mathematischen Kenntnissen. Aber ich appelliere an Ihren Verstand. Was würde in einem Reich, in dem jeder Aristokrat, jeder starke Mann, jeder

Pirat nach dem Thron strebt — und oft mit Erfolg, wie die Geschichte zeigt —, selbst einem starken Kaiser widerfahren, der sich mit Kriegen am äußersten Ende der Galaxis beschäftigt? Für welche Zeit könnte er der Hauptstadt fernbleiben, bevor jemand das Banner eines Bürgerkriegs aufrichtete und ihn zur Heimkehr zwänge? Das soziale Umfeld des Imperiums würde es zu einer kurzen Zeit machen.

Ich sagte Riose einmal, die ganze Kraft des Imperiums könne die tote Hand Hari Seldons nicht ablenken.«

»Gut! Gut!« Das gefiel Forell sehr. »Das heißt dann also, daß das Imperium uns nie wieder bedrohen kann.«

»Für mich sieht es so aus«, stimmte Barr zu. »Offen gesagt, Cleon ist Ende des Jahres vielleicht nicht mehr am Leben, und es versteht sich fast von selbst, daß es Streit um die Nachfolge geben wird. Und das könnte für das Imperium den *letzten* Bürgerkrieg bedeuten.«

»Weitere Feinde gibt es dann nicht mehr«, behauptete Forell.

Barr meinte nachdenklich: »Da ist eine Zweite Foundation.«

»Am anderen Ende der Galaxis? Nicht für Jahrhunderte.«

Hier hakte plötzlich Devers ein. Mit finsterem Gesicht sagte er zu Forell: »Es mag innere Feinde geben.«

»Ach ja?« gab Forell kühl zurück. »Wen zum Beispiel?«

»Zum Beispiel Leute, die den Wohlstand ein bißchen verteilen und es verhindern möchten, daß er sich in den Händen jener konzentriert, die nicht für ihn arbeiten. Verstehen Sie, was ich meine?«

Langsam verlor sich die Verachtung aus Forells Blick, bis er ebenso zornig war wie der von Devers.

Zweiter Teil

Das Maultier

— 11 —

Das junge Ehepaar

DAS MAULTIER — *Über das ›Maultier‹ weiß man weniger als über jede andere Persönlichkeit von vergleichbarer Bedeutung für die galaktische Geschichte. Sein richtiger Name ist unbekannt, über seine Jugend gibt es nur Vermutungen. Sogar die Zeit seines größten Ruhms kennen wir nur so, wie sie die Augen seiner Widersacher gesehen haben und vor allem die Augen einer jungen Frau ...*

ENCYCLOPAEDIA GALACTICA

Der erste Eindruck Baytas von Haven war alles andere als spektakulär. Ihr Mann zeigte ihr einen trüben Stern, der sich in der Leere des galaktischen Randes verlor. Er kam nach den letzten dünngesäten Haufen, als nur noch einsame Lichtpünktchen schimmerten. Und auch unter diesen war er armselig und unscheinbar.

Toran war sich durchaus bewußt, daß es dem roten Zwerg als erstes Vorspiel zum Eheleben an Wirkung mangelte, und er verzog verlegen die Lippen. »Ich weiß, Bay — Es ist keine erfreuliche Veränderung, nicht wahr? Ich meine, von der Foundation hierher.«

»Eine scheußliche Veränderung, Toran. Ich hätte dich niemals heiraten sollen.«

Und als er, bevor er sich beherrschte, für einen Augenblick verletzt dreinblickte, sagte sie in ihrem speziellen ›gemütlichen‹ Ton: »Schon gut, Dummerchen. Nun laß deine Unterlippe hängen und bedenke mich mit dem Blick einer sterbenden Ente — mit diesem Blick, nach dem du dein Haupt an meiner Schulter birgst, während ich dein von statischer Elektrizität knisterndes Haar streichle. Du wolltest irgendwelches Gefasel hören, nicht wahr? Du hast erwartet, daß ich sage: ›Ich würde mit dir überall glücklich sein, Toran!‹ oder ›Die Abgründe zwischen den Sternen wären mir ein Zuhause, mein Süßer, solange du nur bei mir bist!‹ Gib es schon zu!«

Sie zeigte mit dem Finger und riß ihn weg, gerade als sich seine Zähne um ihn schließen wollten.

Toran grinste mit beflissenem Entzücken. »Na ja, Bay, die Stadt ist natürlich mit nichts in der Foundation zu vergleichen, aber sie ist die größte auf Haven II — zwanzigtausend Einwohner, weißt du —, und sie wird dir mit der Zeit schon gefallen. Leider gibt es dort keine Vergnügungspaläste, aber es gibt auch keine Geheimpolizei.«

»Oh, Torie, sie ist ganz wie eine Spielzeugstadt. Alles ist weiß und rosa — und so sauber.«

Toran betrachtete gemeinsam mit ihr die Stadt. Die Häuser waren zumeist zwei Stockwerke hoch und aus dem glatten geäderten Stein, der hier gebrochen wurde. Es gab weder Türme wie in der Foundation noch die kolossalen Gemeinschaftshäuser der alten Königreiche. Alles war klein und individuell, ein Rest persönlicher Initiative in einer Galaxis des Massenlebens.

Etwas erregte Torans Aufmerksamkeit. »Bay — das ist Dad! Da drüben — wohin ich zeige, Dummerchen. Siehst du ihn nicht?«

Sie sah ihn. Da stand ein großer Mann, der wie wild winkte und die Finger dabei spreizte, als greife er in die Luft. Der tiefe Laut eines langgezogenen Rufs erreichte sie. Bayta lief ihrem Mann nach, der über den kurzgeschorenen Rasen nach unten rannte. Ihr fiel ein kleinerer Mann auf, weißhaarig, der hinter dem robusten Einarmigen fast nicht zu erkennen war. Letzterer winkte und rief immer noch.

Toran rief über die Schulter zurück: »Das ist der Halbbruder meines Vaters, der in der Foundation gewesen ist. Du weißt schon.«

Lachend, unzusammenhängende Wörter ausstoßend, trafen sie sich, und Torans Vater ließ aus purer Freude ein letztes »Juhu!« los. Er zog an seiner kurzen Jacke und rückte den ziselierten Metallgürtel zurecht, der seine einzige Konzession an den Luxus war.

Sein Blick wanderte von einem der jungen Leute zum

anderen, und dann meinte er ein bißchen außer Atem: »Du hast dir einen schlechten Tag für deine Heimkehr ausgesucht, Junge!«

»Wieso? Oh, heute ist Seldons Geburtstag, nicht wahr?«

»So ist es. Ich mußte für die Fahrt hierher einen Wagen mieten und Randu zwingen, ihn zu fahren. Nicht einmal mit Waffengewalt war in ein öffentliches Verkehrsmittel hineinzukommen.«

Seine Augen ruhten jetzt auf Bayta und verließen sie nicht mehr. Mit ihr sprach er sanfter. »Ich habe deinen Bildkristall bei mir, und er ist gut — aber ich sehe doch, daß der Mann, der ihn aufgenommen hat, ein Amateur war.«

Er holte den kleinen, transparenten Würfel aus der Jakkentasche, und das lachende Gesichtchen darin erwachte im Licht zu farbigem Leben wie eine Miniatur-Bayta.

»Ach, das!« sagte Bayta. »Ich frage mich, warum Toran diese Karikatur geschickt hat. Es überrascht mich, daß Sie mich in Ihre Nähe lassen, Sir.«

»So? Nenn mich Fran. Für dieses feine Getue habe ich nichts übrig. Und nun kannst du meinen Arm nehmen, und dann gehen wir zum Wagen. Bis jetzt habe ich immer geglaubt, mein Junge wisse nicht, was er wolle. Diese Meinung werde ich wohl ändern müssen.«

Toran fragte seinen Halbonkel leise: »Wie geht es dem Alten? Ist er immer noch so hinter den Frauen her?«

Randu lächelte, und auf seinem Gesicht erschien ein Grübchen neben dem anderen. »Wenn er kann, Toran, wenn er kann. Es gibt Zeiten, da erinnert er sich, daß sein nächster Geburtstag der sechzigste sein wird, und das entmutigt ihn. Aber er schreit ihn nieder, diesen bösen Gedanken, und dann ist er wieder er selbst. Er ist ein Händler von der alten Sorte. Aber du, Toran, wo hast du eine so hübsche Frau gefunden?«

Lachend hängte der junge Mann sich bei ihm ein. »Möchtest du die Geschichte der letzten drei Jahre in einem Atemzug, Onkel?«

In dem kleinen Wohnzimmer des Hauses kämpfte Bayta sich aus ihrem Kapuzenmantel und schüttelte ihr Haar auf. Sie setzte sich, kreuzte die Beine und erwiderte den Blick des großen, rotgesichtigen Mannes, der sie anerkennend musterte.

»Ich weiß, was du zu schätzen versuchst«, sagte sie, »und ich will dir helfen. Alter: vierundzwanzig. Größe: einssechzig. Gewicht: fünfundfünfzig. Spezialgebiet: Geschichte.« Wie ihr auffiel, drehte er sich immer so, daß er den fehlenden Arm versteckte.

Aber jetzt beugte Fran sich zu ihr vor. »Da du es selbst erwähnst — Gewicht: sechzig.«

Er lachte laut, als sie errötete. Dann sagte er zu der Gesellschaft im allgemeinen: »Man kann das Gewicht einer Frau zuverlässig nach ihren Oberarmen schätzen — bei hinreichender Erfahrung natürlich. Möchtest du einen Drink, Bay?«

»Unter anderem«, antwortete sie, und sie gingen zusammen hinaus. Toran untersuchte inzwischen die Bücherregale nach Neuerwerbungen.

Fran kehrte allein zurück und meldete: »Sie kommt später herunter.«

Er ließ sich schwer in den großen Ecksessel sinken und legte das Bein mit dem steifen Knie auf den Schemel davor. Das Lachen war aus seinem roten Gesicht gewichen. Toran drehte sich zu ihm um.

Fran sagte: »Nun bist du also zu Hause, Junge, und ich freue mich darüber. Deine Frau gefällt mir. Sie ist kein quengelndes Dummerchen.«

»Ich habe sie geheiratet«, erklärte Toran einfach.

»Nun, das ist wieder etwas anderes, Junge.« Seine Augen verdunkelten sich. »Es ist eine törichte Art, sich für die Zukunft festzulegen. Ich habe in meinem längeren Leben und bei meiner größeren Erfahrung so etwas niemals getan.«

Randu unterbrach ihn von der Ecke aus, wo er ruhig gestanden hatte. »Was ziehst du da für Vergleiche, Franssart? Bis zu deiner Bruchlandung vor sechs Jahren bist du nie lange genug an einem Ort gewesen, um als dort wohnhafter Bürger heiraten zu können. Und außerdem, wer hätte dich schon haben wollen?«

Der Einarmige richtete sich mit einem Ruck auf und gab hitzig zurück: »Viele, du seniler Weißkopf …«

Ebenso taktvoll wie eilig erklärte Toran: »Es ist größtenteils eine juristische Formalität, Dad. Das hat seine Vorteile.«

»Vor allem für die Frau«, brummte Fran.

»Trotzdem«, hielt Randu dagegen, »ist die Entscheidung Sache des Jungen. Die Heirat ist ein alter Brauch bei den Leuten der Foundation.«

»Die Leute der Foundation eignen sich nicht als Vorbilder für einen ehrlichen Händler«, behauptete Fran.

Toran griff von neuem ein. »Meine Frau stammt aus der Foundation.« Er sah vom einen zum anderen und sagte dann leise: »Sie kommt.«

Nach dem Abendessen wandte sich die Unterhaltung allgemeinen Dingen zu, und Fran würzte sie mit drei Geschichten aus seiner Vergangenheit, die zu gleichen Teilen aus Blut, Frauen, Profit und Ausschmückungen bestanden. Das kleine Fernsehgerät war eingeschaltet, und irgendein klassisches Drama lief unbeachtet im Flüsterton ab. Randu hatte sich einen bequemeren Platz auf der niedrigen Couch gesucht und sah durch die Rauchschwaden seiner langen Pfeife zu Bayta hin. Sie kniete auf einem weichen weißen Fellteppich, der vor langer Zeit von einer Handelsfahrt mitgebracht worden war und jetzt nur bei den festlichsten Gelegenheiten ausgebreitet wurde.

»Du hast Geschichte studiert, mein Mädchen?« fragte er freundlich.

Bayta nickte. »Ich war die Verzweiflung meiner Lehrer, aber letzten Endes habe ich ein bißchen gelernt.«

»Eine lobende Erwähnung für besondere wissenschaftliche Leistungen«, warf Toran stolz ein, »das ist alles!«

»Und was hast du gelernt?« fragte Randu weiter.

»Du willst alles wissen? Sofort?« fragte das Mädchen lachend.

Der alte Mann lächelte liebenswürdig. »Nun denn, was hältst du von der Situation in der Galaxis?«

»Ich denke«, antwortete Bayta präzise, »daß eine Seldon-Krise im Anzug ist — und falls nicht, dann weg mit dem ganzen Seldon-Plan. Er ist ein Mißerfolg.«

»Puh!« murmelte Fran in seiner Ecke. »Was für eine Art, von Seldon zu sprechen.« Aber er sagte es nicht laut.

Randu zog nachdenklich an seiner Pfeife. »Tatsächlich? Warum sagst du das? Ich war in meiner Jugend in der Foundation, weißt du, und auch ich hatte einmal große dramatische Gedanken. Aber warum sagst *du* das?«

Baytas Augen verschleierten sich im Nachdenken. Sie bohrte ihre nackten Zehen in den weißen, weichen Fellteppich und schmiegte ihr kleines Kinn in die mollige Hand. »Ich glaube, daß es bei Seldons Plan darum ging, eine bessere Welt als die alte des galaktischen Imperiums zu schaffen. Vor drei Jahrhunderten, als Seldon die Foundation gründete, war diese Welt dabei zu zerfallen — und wenn die Geschichte die Wahrheit spricht, zerfiel sie, weil sie dreifach krank war. Sie litt an Trägheit, an Despotismus und an der ungerechten Verteilung der Güter des Universums.«

Randu nickte bedächtig. Toran betrachtete seine Frau mit stolz leuchtenden Augen, und Fran in seiner Ecke schnalzte mit der Zunge und füllte sorgsam sein Glas nach.

Bayta sagte: »Wenn die Geschichte von Seldon wahr ist, hat er mittels seiner Gesetze der Psychohistorie den vollständigen Zusammenbruch des Imperiums und die dreißigtausend Jahre der Barbarei vorausgesehen, die ihm folgen mußten, bevor ein Zweites Imperium der Menschheit Zivilisation und Kultur würde wiedergeben können. Es war das Ziel seiner Lebensarbeit, die Bedingungen so zu arrangieren, daß die Wiedergeburt schneller erfolgen würde.«

Fran rief mit seiner tiefen Stimme dazwischen: »Und aus diesem Grund errichtete er die beiden Foundations, Ehre sei seinem Namen!«

»So ist es«, stimmte Bayta ihm zu. »Der Zweck unserer Foundation, dieses Zusammenschlusses von Wissenschaftlern aus dem sterbenden Imperium, war es, das Wissen der Menschheit zu neuen Höhen zu führen. Mit genialen Berechnungen bestimmte Seldon die Lage der Foundation im Raum und die historischen Rahmenbedingungen dahingehend, daß sie in eintausend Jahren zu einem neuen größeren Imperium werden würde.«

Es herrschte ehrfürchtiges Schweigen.

Das Mädchen fuhr leise fort: »Es ist eine alte Geschichte. Ihr kennt sie alle. Seit beinahe drei Jahrhunderten kennt sie jedes menschliche Wesen der Foundation. Trotzdem hielt ich es für richtig, sie durchzugehen — nur ganz schnell. Heute ist doch Seldons Geburtstag, und auch wenn ich von der Foundation bin und ihr von Haven seid, haben wir gemeinsam ...«

Sie zündete sich bedächtig eine Zigarette an und betrachtete gedankenverloren die glühende Spitze. »Die Gesetze der Geschichte sind so absolut wie die Gesetze der Physik, und wenn eine höhere Wahrscheinlichkeit für Irrtümer besteht, so nur deshalb, weil sich die Geschichte nicht mit so vielen Menschen beschäftigt wie die Physik mit Atomen. Individuelle Variationen haben deshalb größeres Gewicht. Seldon sagte für die tausend Jahre des Wachstums eine Reihe von Krisen voraus. Jede würde uns zwingen, einen vorausberechneten Weg einzuschlagen. Diese Krisen lenken uns — und deshalb muß jetzt eine Krise kommen.

Jetzt!« wiederholte sie energisch. »Seit der letzten ist fast ein Jahrhundert vergangen, und in diesem Jahrhundert ist jedes Laster des Imperiums in der Foundation wiederholt worden. Trägheit! Unsere herrschende Klasse kennt nur ein Gesetz: Keine Veränderung. Despotismus! Sie kennt nur eine Regel: Gewalt. Ungerechte Güterverteilung! Sie kennt nur ein Begehren: Das zu behalten, was sie hat.«

»Während andere hungern!« brüllte Fran plötzlich und donnerte mit der Faust auf die Sessellehne. »Mädchen, deine Worte sind Perlen. Die fetten Arschlöcher auf ihren Geldsäcken ruinieren die Foundation, während die braven Händler ihre Armut auf jämmerlichen Welten wie Haven verstecken. Das ist eine Schmach für Seldon, damit wirft man ihm Schmutz ins Gesicht, damit spuckt man ihm in den Bart.« Er hob seinen einen Arm, und dann wurde sein Gesicht lang. »Wenn ich nur meinen anderen Arm noch hätte! Wenn man — damals — auf mich gehört hätte!«

»Dad«, mahnte Toran, »immer mit der Ruhe.«

»Mit der Ruhe, mit der Ruhe!« äffte sein Vater ihn wütend nach. »Wir leben hier und sterben hier für immer — und du sagst, ›immer mit der Ruhe‹.«

»Das ist unser moderner Lathan Devers« — Randu wies mit seiner Pfeife —, »unser Fran da. Devers starb vor achtzig Jahren zusammen mit dem Urgroßvater deines Mannes in den Sklaven-Bergwerken, weil es ihm an Weisheit, nicht aber an Mut mangelte!«

»Ja, bei der Galaxis, ich würde ebenso handeln, wenn ich er wäre!« schwor Fran. »Devers war der größte Händler der Geschichte — größer als Mallow, dieser aufgeblasene Windbeutel, den die Foundation-Leute verehren. Wenn die Halsabschneider, die die Foundation beherrschen, ihn umbrachten, weil er die Gerechtigkeit liebte, wird ihre Blutschuld nur desto größer.«

»Sprich weiter, Mädchen!« drängte Randu. »Mach schon, sonst wird er die ganze Nacht reden und den ganzen morgigen Tag toben!«

»Ich habe aber nichts weiter zu sagen.« Bayta war plötzlich ganz niedergeschlagen. »Es muß eine Krise kommen, ich weiß nur nicht, wie ich eine herbeiführen soll. Die fortschrittlich Denkenden in der Foundation werden grausam unterdrückt. Ihr Händler mögt den guten

Willen haben, aber ihr werdet gejagt und entzweit. Wenn sich alle Kräfte guten Willens innerhalb und außerhalb der Foundation vereinigen könnten ...«

Fran lachte rauh und höhnisch auf. »Hör sie dir an, Randu, hör sie dir an! Innerhalb und außerhalb der Foundation, sagt sie. Mädchen, Mädchen, es gibt keine Hoffnung innerhalb der Foundation. Dort schwingen einige die Peitsche, und die übrigen werden gepeitscht — zu Tode gepeitscht. Die ganze verfaulte Welt hat nicht mehr genug Mumm, um es mit einem einzigen guten Händler aufzunehmen.«

Baytas Versuche, ihn zu unterbrechen, scheiterten an dieser Leidenschaft.

Toran beugte sich vor und legte ihr die Hand auf den Mund. »Dad«, sagte er kalt, »du bist nie in der Foundation gewesen. Du weißt nichts über sie. Ich kann dir versichern, daß der Untergrund dort mutig und kühn ist. Weißt du, daß Bayta dazugehört hat?«

»Nichts für ungut, Junge. Es gibt doch gar keinen Grund, böse zu werden!« Fran war richtig beunruhigt.

Toran fuhr temperamentvoll fort: »Dein Problem ist, Dad, daß du provinzielle Ansichten hast. Du meinst, weil hunderttausend Händler sich in Löchern auf einem unerfreulichen Planeten am Ende des Nirgendwo verbergen, seien sie ein großes Volk. Natürlich, jeder Steuereinnehmer von der Foundation, der hier landet, reist niemals wieder ab, doch das ist billiges Heldentum. Was würdet ihr tun, wenn die Foundation eine Flotte schickte?«

»Wir würden sie vernichten!« erklärte Fran scharf.

»Und selbst vernichtet werden — wobei ein Überschuß zugunsten der Foundation herauskäme. Die Foundation hat mehr Menschen und mehr Waffen und die bessere Organisation — und das werdet ihr merken, sobald die Foundation auf die Idee kommt, es sei der Mühe wert, euch anzugreifen. Deshalb solltet ihr euch besser nach Verbündeten umsehen — innerhalb der Foundation, wenn ihr könnt.«

»Randu!« Fran sah seinen Bruder wie ein großer hilfloser Bulle an.

Randu nahm die Pfeife aus dem Mund. »Der Junge hat recht, Fran. Wenn du auf die kleinen Gedanken tief in deinem Innern lauschst, wirst du es einsehen. Es sind unbequeme Gedanken, deshalb übertönst du sie mit deinem Gebrüll. Trotzdem sind sie da. Toran, ich will dir sagen, warum ich das alles zur Sprache gebracht habe.«

Er paffte eine Weile nachdenklich, tauchte seine Pfeife dann in den Stutzen des Aschenbechers, wartete auf den geräuschlosen Blitz und zog sie sauber zurück. Mit präzisen Bewegungen seines kleinen Fingers füllte er sie langsam wieder.

»Mit deinen Andeutungen über das Interesse der Foundation an uns triffst du den Nagel auf den Kopf, Toran. Es haben in letzter Zeit zwei Besuche stattgefunden — der Steuererhebung wegen. Störend daran ist, daß der zweite Besucher von einem leichten Patrouillenschiff begleitet wurde. Sie landeten in Gleiar City — zur Abwechslung einmal nicht bei uns —, und natürlich starteten sie nie wieder. Aber jetzt werden die Foundation-Leute bestimmt wiederkommen. Das ist deinem Vater alles klar, Toran, glaub mir.

Sieh dir den sturen Höllenhund an. Er weiß, daß Haven in Schwierigkeiten ist, und er weiß, daß wir hilflos sind. Trotzdem bleibt er bei seinen Phrasen. Sie wärmen und schützen ihn. Aber wenn er sie einmal aufgesagt und seinen Trotz hinausgebrüllt hat, hat er das Gefühl, seine Pflicht als Mann und als wackerer Händler getan zu haben, und dann ist er so vernünftig wie jeder andere von uns.«

»Was heißt ›uns‹?« wollte Bayta wissen.

Er lächelte ihr zu. »Wir haben eine kleine Gruppe gebildet, Bayta — nur in unserer Stadt. Bisher haben wir noch nichts unternommen. Es ist uns nicht einmal gelungen, Kontakt zu den anderen Städten aufzunehmen, aber es ist ein Anfang.«

»Ein Anfang wovon?«

Randu schüttelte den Kopf. »Das wissen wir nicht — noch nicht. Wir hoffen auf ein Wunder. Wir sind zu dem Schluß gekommen, daß, wie du sagst, eine Seldon-Krise nahe sein muß.« Er wies mit großer Geste nach oben. »Die Galaxis ist voll von den Splittern des zerbrochenen Imperiums. Es wimmelt von Generalen. Kannst du dir vorstellen, daß eine Zeit kommen mag, in der einer von ihnen frech wird?«

Bayta dachte nach und schüttelte dann entschieden den Kopf, so daß ihr das lange, glatte Haar, das nur an den Spitzen nach innen gerollt war, um die Ohren flog. »Nein, ausgeschlossen. Jeder dieser Generale weiß, daß ein Angriff auf die Foundation Selbstmord wäre. Bel Riose von dem alten Imperium war besser als jeder von ihnen, und er hatte die Hilfsmittel einer Galaxis hinter sich, und trotzdem konnte er gegen den Seldon-Plan nicht gewinnen. Gibt es einen einzigen General, der das nicht weiß?«

»Aber wenn wir ihn anspornen?«

»Wohin? In einen Atom-Ofen? Womit könntet ihr ihn denn möglicherweise anspornen?«

»Nun, es gibt da einen — einen neuen. Im letzten Jahr, es mögen auch schon zwei Jahre sein, haben wir von einem merkwürdigen Mann gehört, den man das Maultier nennt.«

»Das Maultier?« Sie überlegte. »Hast du je von ihm gehört, Torie?«

Toran schüttelte den Kopf. Bayta fragte: »Was ist mit ihm?«

»Ich weiß es nicht. Aber er siegt, auch wenn alle Chancen gegen ihn stehen. Die Gerüchte mögen übertrieben sein, aber es wäre in jedem Fall interessant, seine Bekanntschaft zu machen. Ein fähiger Mann, ein ehrgeiziger Mann wird nicht unbedingt an Hari Seldon und seine Gesetze der Psychohistorie glauben. Wir könnten seinen Unglauben stärken. Vielleicht griffe er an.«

»Und die Foundation würde siegen.«

»Ja — aber es ist nicht gesagt, daß sie mühelos siegen würde. Es könnte eine Krise werden, und wir könnten aus einer solchen Krise Vorteil ziehen und die Despoten der Foundation zu einem Kompromiß zwingen. Schlimmstenfalls würden sie uns lange genug vergessen, daß wir Zeit hätten, weitere Pläne zu schmieden.«

»Was hältst du davon, Torie?« fragte Bayta.

Toran lächelte schwach und zog an einer losen braunen Locke, die ihr über das eine Auge fiel. »So, wie Randu es beschreibt, kann es nicht schaden. Aber wer ist das Maultier? Was weißt du von ihm, Randu?«

»Bis jetzt noch nichts. Hier könntest du uns von Nutzen sein, Toran. Deine Frau auch, wenn sie dazu bereit ist. Dein Vater und ich haben schon darüber diskutiert. In allen Einzelheiten.«

»Auf welche Weise von Nutzen, Randu? Was möchtest du von uns?«

»Habt ihr eine Hochzeitsreise gemacht?«

»Nun ... ja ... wenn man die Fahrt von der Foundation hierher eine Hochzeitsreise nennen kann.«

»Wie wäre es mit einer besseren nach Kalgan? Subtropisches Klima — Strände — Wassersport — Vogeljagd — ein richtiger Urlaubsort. Liegt rund siebentausend Parseks nach innen — nicht zu weit.«

»Was ist auf Kalgan?«

»Das Maultier! Zumindest seine Leute. Er hat den Planeten letzten Monat erobert, und das ohne Kampf, obwohl der Kriegsherr von Kalgan die Drohung ausstrahlte, er werde den Planeten eher zu Ionenstaub zerblasen als übergeben.«

»Wo ist der Kriegsherr jetzt?«

»Er ist gar nicht mehr«, antwortete Randu achselzuckend. »Was sagst du dazu?«

»Was sollen wir denn tun?«

»Ich weiß es nicht. Fran und ich sind alt; wir sind provinziell. Die Händler von Haven sind im wesentlichen alle provinziell. Das hast du selbst gesagt. Unser Handel ist von einer sehr beschränkten Art; wir durchstreifen nicht die ganze Galaxis, wie es unsere Vorfahren taten. Halt den Mund, Fran! Ihr beiden jedoch kennt die Galaxis. Vor allem Bayta spricht mit einem hübschen Foundation-Akzent. Wir möchten nichts als das, was ihr herausfinden könnt. Sollte es euch gelingen, einen Kontakt herzustellen ... aber das erwarten wir gar nicht. Ich schlage vor, ihr denkt darüber nach. Ihr könnt unsere gesamte Gruppe kennenlernen, wenn ihr wollt ... oh, nicht vor nächster Woche. Ihr braucht schließlich Zeit, um wieder zu Atem zu kommen.«

Eine Pause entstand, und dann röhrte Fran: »Wer will noch was zu trinken? Ich meine, außer mir?«

— 12 —

Captain und Bürgermeister

Captain Han Pritcher war den Luxus seiner Umgebung nicht gewöhnt und absolut nicht davon beeindruckt. Aus Prinzip war er gegen Selbstanalyse und alle Arten der Philosophie und Metaphysik, die nicht in unmittelbarem Zusammenhang mit seiner Arbeit standen.

Das half.

Seine Arbeit bestand größtenteils in dem, was das Kriegsministerium ›Nachrichtendienst‹, die Intellektuellen ›Geheimdienst‹ und die Romantiker ›Spionage‹ nannten. Und unglücklicherweise sind ›Nachrichtendienst‹, ›Geheimdienst‹ und ›Spionage‹ ungeachtet der schrillen Töne des Fernsehens ein schmutziges Geschäft, bei dem routinemäßig betrogen und mißtraut wird. Die Gesellschaft entschuldigt es damit, daß es ›im Interesse des Staates‹ geschieht, aber da die Philosophie Captain Pritcher stets zu dem Schluß führte, die Gesellschaft sei viel leichter zu beschwichtigen als das eigene Gewissen, war er gegen die Philosophie.

Trotzdem richteten sich seine Gedanken jetzt in dem luxuriösen Vorzimmer des Bürgermeisters unwillkürlich nach innen.

Männer waren ungeachtet ihrer geringeren Fähigkeiten über seinen Kopf hinweg befördert worden — soviel wurde zugegeben. Er hatte einem unaufhörlichen Regen von Minuspunkten und offiziellen Verweisen widerstanden und ihn überlebt. Und hartnäckig hatte er in dem festen Glauben, Insubordination in eben diesem heiligen ›Interesse des Staates‹ werde dann eines Tages als Dienst am Staat anerkannt werden, an seinen Methoden festgehalten.

Nun saß er also im Vorzimmer des Bürgermeisters — mit fünf Soldaten als respektvollen Wachposten, und wahrscheinlich erwartete ihn ein Kriegsgerichtverfahren.

Die schweren marmornen Türen rollten geräuschlos auseinander und enthüllten seidenbespannte Wände, einen roten Plastik-Teppich und innerhalb des Raums zwei weitere marmorne Türen, mit Metall eingelegt. Zwei Beamte in der Kleidung, wie sie vor drei Jahrhunderten modern gewesen war, traten heraus und riefen:

»Eine Audienz für Captain Han Pritcher vom Nachrichtendienst.«

Der Captain setzte sich in Bewegung, und die beiden Beamten traten mit einer zeremoniellen Verbeugung zurück. Seine Eskorte blieb an der äußeren Tür stehen, und er ging allein hinein.

Auf der anderen Seite der Türen saß in einem großen, merkwürdig einfachen Raum hinter einem merkwürdig eckigen Schreibtisch ein kleiner Mann, der unter all den gewaltigen Abmessungen beinahe verlorenging.

Bürgermeister Indbur — der Dritte dieses Namens in ununterbrochener Reihenfolge — war der Enkel des ersten Indbur, der brutal und fähig gewesen war. Erstere Eigenschaft hatte er auf spektakuläre Weise durch die Art bewiesen, wie er die Macht übernahm, letztere durch das Geschick, mit dem er den letzten farcenhaften Überresten einer freien Wahl ein Ende machte, und das noch größere Geschick, mit dem er eine relativ friedliche Herrschaft ausübte.

Dazu war der gegenwärtige Bürgermeister Indbur der Sohn des zweiten Indbur, des ersten Bürgermeisters der Foundation, der sein Amt durch das Recht der Geburt antrat — und der von den Eigenschaften seines Vaters nur die Hälfte besaß, denn er war nur brutal.

Folglich war der gegenwärtige Bürgermeister Indbur der dritte dieses Namens und der zweite, der durch Erbfolge auf seinen Posten gekommen war, und er war der Unbedeutenste der drei, denn er war weder brutal noch fähig, sondern nichts als ein ausgezeichneter Buchhalter, der in die falsche Laufbahn geboren worden war.

Indbur der Dritte stellte für alle Menschen außer ihm selbst eine eigentümliche Kombination von Ersatz-Eigenschaften dar.

Eine Vorliebe für steife geometrische Anordnungen war für ihn ›System‹, ein unermüdliches, fieberhaftes Interesse an den unwichtigsten Facetten der Alltagsbürokratie war ›Fleiß‹, Unschlüssigkeit, wenn er recht hatte, war ›Vorsicht‹, und blinde Sturheit, wenn er unrecht hatte, war ›Entschlossenheit‹.

Abgesehen davon verschwendete er kein Geld, brachte niemanden ohne Not um und meinte es außerordentlich gut.

Falls Captain Pritchers düstere Gedanken diesen Pfaden folgten, als er respektvoll vor dem großen Schreibtisch stehenblieb, verrieten seine hölzernen Gesichtszüge nichts davon. Er hustete nicht, er verlagerte das Gewicht nicht, er scharrte auch nicht mit den Füßen, bis der eifrige Stift des Bürgermeisters in seiner Arbeit, Randbemerkungen zu schreiben, innehielt, ein Blatt engbedruckten Papiers von einem sauberen Stapel abgehoben und auf einen zweiten sauberen Stapel gelegt worden war und Indbur III. sein schmales Gesicht hob.

Bürgermeister Indbur legte die Hände auf der Schreibtischplatte ineinander und gab dabei gut acht, das sorgfältige Arrangement seines Büromaterials nicht zu zerstören.

Er stellte fest: »Captain Han Pritcher vom Nachrichtendienst.«

Dem Protokoll strikt gehorchend, beugte Captain Pritcher ein Knie fast bis zum Boden und senkte den Kopf, bis er die befreienden Worte hörte:

»Erheben Sie sich, Captain Pritcher.«

Der Bürgermeister erklärte mit dem Ausdruck herzlicher Teilnahme: »Sie sind hier, Captain Pritcher, weil Ihr vorgesetzter Offizier ein Disziplinarverfahren gegen Sie eingeleitet hat. Die entsprechenden Unterlagen sind im normalen Verlauf des Geschehens zu meiner Kenntnis gekommen, und da jedes Ereignis in der Foundation von Interesse für mich ist, habe ich mir die Mühe gemacht, weitere Informationen über Ihren Fall einzuholen. Das überrascht Sie, wie ich hoffe, nicht.«

Captain Pritcher antwortete ungerührt: »Nein, Exzellenz. Ihre Gerechtigkeit ist sprichwörtlich.«

»So, ist sie das?« fragte Indbur erfreut, und seine gefärbten Kontaktlinsen fingen das Licht auf eine Weise ein, daß es seinen Augen einen harten, trockenen Glanz verlieh. Mit peinlicher Genauigkeit fächerte er eine Reihe metallgebundener Aktenhefter vor sich auf. Die Blätter darin raschelten scharf beim Wenden. Sein langer Finger folgte beim der Lesen der Zeile.

»Ich habe hier Ihr Dossier, Captain — vollständig. Sie sind dreiundvierzig und seit siebzehn Jahren Offizier der Streitkräfte. Geboren sind Sie in Loris als Sohn anakreonischer Eltern, keine ernsthaften Kinderkrankheiten, ein Anfall von Myo ... nun, das ist unwichtig ... vor der Militärzeit Besuch der Akademie der Wissenschaften, Hauptfach Hyper-Motoren, akademischer Grad ... hm-m-m, sehr gut, man kann Ihnen gratulieren ... Eintritt in die Armee als Unteroffizier am einhundertundzweiten Tag des 293. Jahr der Foundation-Ära.«

Er hob die Augen kurz, während er den ersten Ordner weglegte und den zweiten öffnete.

»Sie sehen«, konstatierte er, »in meiner Verwaltung wird nichts dem Zufall überlassen. Ordnung! System!«

Er führte ein rosafarbenes, duftendes Gelee-Kügelchen an die Lippen. Es war sein einziges Laster, und er frönte ihm unter Kummer. Der sonst fast unvermeidliche Aschenbecher zur atomaren Vernichtung von Tabakresten fehlte auf dem Schreibtisch des Bürgermeisters, denn er rauchte nicht.

Selbstverständlich unterließen es auch seine Besucher.

Der Bürgermeister sprach weiter, methodisch, nuschelnd, murmelnd — und hin und wieder flocht er geflüsterte Kommentare ein, die ebenso mild wie inhaltlos Lob oder Tadel spendeten.

Sorgfältig legte er die Hefter zu ihrem ursprünglichen sauberen Stapel zusammen.

»Ja, Captain, Ihr Dossier ist ungewöhnlich«, stellte er munter fest. »Sie besitzen überragende Fähigkeiten, wie es scheint, und daß Sie wertvolle Dienste geleistet haben, steht außer Frage. Mir ist aufgefallen, daß Sie bei Ausübung Ihrer Pflicht zweimal verwundet und mit dem Orden für über die Pflicht hinausgehende Tapferkeit ausgezeichnet worden sind. Diese Tatsachen kann man nicht leichtfertig übergehen.«

In Captain Pritchers ausdruckslosem Gesicht regte sich nichts. Er blieb steif aufgerichtet stehen. Das Protokoll verbot einem Untertan, dem die Ehre einer Audienz beim Bürgermeister zuteil wurde, sich zu setzen — was überflüssigerweise durch die Tatsache betont wurde, daß es im Raum nur eine Sitzgelegenheit gab, nämlich die unter dem Bürgermeister. Das Protokoll gestattete ferner keine anderen Äußerungen als solche, die zur Beantwortung einer direkten Frage notwendig waren.

Der Bürgermeister maß den Soldaten mit hartem Blick, und seine Stimme wurde scharf und bedeutungsschwer. »Sie sind jedoch seit zehn Jahren nicht befördert worden, und Ihre Vorgesetzten berichten immer wieder und wieder von Ihrer unbeugsamen Hartnäckigkeit. Gemeldet werden Ihre chronische Insubordination, Ihre Unfähigkeit, sich gegenüber ranghöheren Offizieren korrekt zu benehmen, und Ihr offensichtliches Desinteresse an reibungslosen Beziehungen zu Ihren Kameraden. Zudem seien Sie ein unverbesserlicher Unruhestifter. Wie erklären Sie das, Captain?«

»Exzellenz, ich tue, was mir richtig zu sein scheint. Mein Einsatz für den Staat und meine dabei empfangenen Wunden sind Zeugen, daß das, was mir richtig zu sein scheint, auch dem Interesse des Staates dient.«

»Eine soldatische Erklärung, Captain, aber eine gefährliche Doktrin. Doch davon später. Im besonderen werden Sie beschuldigt, dreimal einen Befehl verweigert zu haben, der von meinen offiziellen Bevollmächtigten unterzeichnet war. Was haben Sie dazu zu sagen?«

»Exzellenz, zu einer kritischen Zeit, in der Angelegenheiten von höchster Wichtigkeit ignoriert wurden, war dieser Befehl bedeutungslos.«

»Ah, und wer sagt Ihnen, daß die Angelegenheiten, von denen Sie sprechen, überhaupt von höchster Wichtigkeit sind und daß sie, falls sie es sind, ignoriert werden?«

»Exzellenz, das liegt für mich auf der Hand. Meine Erfahrung und mein Wissen — was mir meine Vorgesetzten beides nicht abstreiten — lassen es mich deutlich erkennen.«

»Damit, mein guter Captain, maßen Sie sich an, das Vorgehen des Nachrichtendienstes zu bestimmen. Sind Sie blind, daß Sie nicht sehen, wie Sie die Rechte Ihrer Vorgesetzten usurpieren?«

»Exzellenz, ich bin in erster Linie dem Staat, und nicht meinen Vorgesetzten verpflichtet.«

»Falsch, denn Ihr Vorgesetzter hat wiederum einen Vorgesetzten, und dieser Vorgesetzte bin ich, und ich bin der Staat. Doch Sie sollen keinen Grund bekommen, sich über meine Gerechtigkeit zu beklagen, die, wie Sie sagten, sprichwörtlich ist. Berichten Sie mit Ihren eigenen Worten über die Verletzung der Disziplin, die zu diesen Weiterungen geführt hat.«

»Exzellenz, meine Aufgabe bestand nicht darin, auf Kalgan das Leben eines raumfahrenden Händlers zu führen, der sich vom Geschäft zurückgezogen hat. Nach meinen Instruktionen sollte ich die Aktivitäten der Foundation auf diesem Planeten leiten und eine Organisation zur Beobachtung des Kriegsherrn von Kalgan, besonders was seine Außenpolitik betraf, perfektionieren.«

»Das ist mir bekannt. Fahren Sie fort!«

»Exzellenz, in meinen Berichten habe ich wiederholt auf die strategische Lage Kalgans und des von Kalgan kontrollierten Systems hingewiesen. Ich habe über den Ehrgeiz des Kriegsherrn, seine Hilfsmittel, seine Entschlossenheit, seinen Herrschaftsbereich auszudehnen, und seine im wesentlichen freundliche Einstellung — oder vielleicht seine neutrale Haltung — gegenüber der Foundation berichtet.«

»Ich habe Ihre Berichte gründlich gelesen. Fahren Sie fort!«

»Exzellenz, vor zwei Monaten bin ich zurückgekehrt. Zu dieser Zeit wies nichts darauf hin, daß mit einem Krieg zu rechnen war, abgesehen davon, daß fast im Übermaß Anstalten getroffen wurden, um jeden vorstellbaren Angriff zurückzuschlagen. Vor einem Monat nahm ein unbekannter Glücksritter Kalgan ohne Kampf ein. Der Mann, der bis dahin Kriegsherr von Kalgan war, ist anscheinend nicht mehr am Leben: Es wird nicht von Verrat gesprochen — nur von der Macht und dem Genie dieses fremden Condottiere — von diesem Maultier.«

»Diesem *was?*« Der Bürgermeister beugte sich vor. Er wirkte beleidigt.

»Exzellenz, er ist als das Maultier bekannt. An Fakten ist wenig über ihn zu erfahren, aber ich habe die Bruchstükke des Wissens gesammelt und die wahrscheinlichsten aussortiert. Offenbar ist er ein Mann ohne Rang und Stand. Sein Vater ist unbekannt. Seine Mutter ist bei seiner Geburt gestorben. Herangewachsen ist er als Vagabund. Seine Bildung ist die in den Hinterhöfen zurückgebliebener Planeten. Er hat keinen anderen Namen als den des Maultiers, den er, wie berichtet wird, auch für sich selbst verwendet und der, wie es im Volksmund heißt, seine gewaltige körperliche Kraft und seine hartnäckige Zielstrebigkeit symbolisiert.«

»Über welche militärische Kraft verfügt er, Captain? Die körperliche Kraft interessiert wohl kaum.«

»Exzellenz, man spricht von riesigen Flotten, aber dieses Gerücht mag durch den seltsamen Fall Kalgans entstanden sein. Das von ihm kontrollierte Gebiet ist nicht groß, obwohl sich seine genauen Grenzen nicht bestimmen lassen. Trotzdem müssen über diesen Mann Ermittlungen angestellt werden.«

»Hm-m-m. So! So!« Der Bürgermeister versank in tiefes Nachsinnen. Mit vierundzwanzig Strichen zeichnete er langsam sechs zum Sechseck angeordnete Quadrate auf das obere leere Blatt eines Notizblocks. Dann riß er es ab, faltete es sauber in drei Teile und steckte es in den Schlitz für Abfallpapier zu seiner Rechten. Es glitt einer sauberen und geräuschlosen atomaren Auflösung entgegen.

»Dann sagen Sie mir doch, Captain: Wie lautet die Alternative? Sie behaupten, es ›müßten‹ Ermittlungen angestellt werden. Welche Ermittlungen hätten Sie entsprechend den Ihnen erteilten Befehlen anstellen *sollen?*«

»Exzellenz, es gibt im Raum ein Rattenloch, das keine Steuern bezahlt.«

»Ach, und das ist alles? Sie wissen nicht und man hat Ihnen nicht gesagt, daß diese Leute, die keine Steuern zahlen, Nachkommen der wilden Händler unserer Frühzeit sind — Anarchisten, Rebellen, Verrückte, die sich auf ihre Abstammung aus der Foundation berufen und die Zivilisation der Foundation verspotten. Sie wissen nicht und man hat Ihnen nicht gesagt, daß es nicht nur dieses eine Rattenloch im Raum gibt, sondern deren viele, mehr sogar, als wir kennen, daß diese Rattenlöcher sich miteinander und alle zusammen mit den kriminellen Elementen verschwören, die im ganzen Gebiet der Foundation immer noch ihr Unwesen treiben. Selbst hier, Captain, selbst *hier!*«

Der Temperamentsausbruch des Bürgermeisters war nur von kurzer Dauer. »Das wissen Sie nicht, Captain?«

»Exzellenz, das alles hat man mir gesagt. Aber ich bin ein Diener des Staates, und der dient dem Staat am treuesten, der der Wahrheit dient. Welches auch die politischen Begleiterscheinungen dieses Abfalls der alten Händler sein mögen — die Kriegsherren, die die Splitter des alten Imperiums geerbt haben, halten die Macht in Händen. Die Händler besitzen weder Waffen noch Hilfsmittel. Sie sind sich nicht einmal einig. Ich bin kein Steuereinnehmer, den man schickt, wo man auch ein Kind hätte schicken können.«

»Captain Pritcher, Sie sind Soldat und zählen Gewehre. Das ist eine Schwäche, die Ihnen bis zu dem Punkt nachgesehen werden kann, wo es zu Ungehorsam gegen mich führt. Nehmen Sie sich in acht! Meine Gerechtigkeit ist nicht einfach Schwäche. Captain, es ist bereits bewiesen worden, daß die Generale des kaiserlichen Zeitalters und die Kriegsherren der Gegenwart gleichermaßen machtlos gegen uns sind. Seldons Wissenschaft, die die Entwicklung der Foundation voraussagt, basiert nicht auf dem Heroismus von Einzelpersonen, wie Sie anscheinend glauben, sondern auf den sozialen und wirtschaftlichen Trends der Geschichte. Wir haben bereits vier Krisen mit Erfolg bewältigt, oder nicht?«

»Jawohl, Exzellenz. Doch nur einer beherrscht Seldons Wissenschaft — Seldon selbst. Wir haben nichts als den Glauben. Bei den ersten drei Krisen hatte die Foundation, wie ich gelernt habe, weise Führer, die die Natur der Krise voraussahen und die geeigneten Vorsichtsmaßnahmen ergriffen. Wer weiß schon, wie es andernfalls gekommen wäre?«

»Die vierte Krise haben Sie ausgelassen, Captain. Damals hatten wir keinen Führer, der des Namens wert gewesen wäre, und wir standen dem klügsten Gegner, den gefährlichsten Waffen, der stärksten Streitmacht von allen gegenüber. Trotzdem haben wir gesiegt, weil es in der geschichtlichen Entwicklung unvermeidlich war.«

»Exzellenz, das ist wahr. Aber die geschichtliche Entwicklung, die Sie erwähnen, wurde erst unvermeidlich, nachdem wir über ein Jahr verzweifelt gekämpft hatten. Der unvermeidliche Sieg kostete uns ein halbes Tausend Schiffe und eine halbe Million Männer. Exzellenz, Seldons Plan hilft denen, die sich selbst helfen.«

Bürgermeister Indbur runzelte die Stirn und hatte es plötzlich satt, dem Captain die Sache geduldig darzulegen. Ihm kam der Gedanke, das Mißliche an der Herablassung sei, daß man sie als Erlaubnis auffassen könne, endlos zu diskutieren, sich auf seinen Standpunkt zu versteifen, sich in Dialektik zu suhlen.

Er erklärte steif: »Wie dem auch sei, Captain, Seldon garantiert den Sieg über die Kriegsherren, und in diesen unruhigen Zeiten kann ich eine Zersplitterung der Kräfte nicht zulassen. Diese Händler, die Sie leichthin abtun, sind Abkömmlinge der Foundation. Ein Krieg mit ihnen wäre ein Bürgerkrieg. Seldons Plan bedeutet in ihrem Fall für uns keine Garantie — denn sie und wir sind die Foundation. Deshalb müssen sie auf Vordermann gebracht werden. Sie haben Ihre Befehle.«

»Exzellenz …«

»Es ist Ihnen keine Frage gestellt worden, Captain. Sie haben Ihre Befehle. Sie werden diesen Befehlen gehorchen. Weitere Widersetzlichkeit gegen mich oder meine Vertreter wird als Verrat betrachtet werden. Sie dürfen gehen.«

Captain Han Pritcher kniete von neuem nieder. Dann ging er mit langsamen Schritten rückwärts hinaus.

Bürgermeister Indbur, der dritte seines Namens und der zweite Bürgermeister in der Geschichte der Foundation, der sein Amt durch Erbfolge erhalten hatte, gewann sein seelisches Gleichgewicht zurück und hob ein weiteres Blatt Papier von dem sauberen Stapel zu seiner Linken. Es war ein Vorschlag, wie Mittel eingespart werden könnten, indem man die Metallschaum-Borten an den Uniformen der Polizei reduzierte. Bürgermeister Indbur strich ein überflüssiges Komma weg, korrigierte einen Rechtschreibfehler, machte drei Randbemerkungen und legte das Blatt auf den sauberen Stapel zu seiner Rechten. Er hob ein weiteres Blatt Papier von dem sauberen Stapel zu seiner Linken ab …

Auf Captain Han Pritcher vom Nachrichtendienst wartete in der Unterkunft eine Nachrichtenkapsel. Sie enthielt Befehle, knapp formuliert, rot unterstrichen, mit dem Stempel ›DRINGEND‹ quer darüber und mit einem präzisen großen ›I‹ gezeichnet.

Captain Han Pritcher wurde in strengster Form angewiesen, die ›Haven genannte Rebellenwelt‹ aufzusuchen.

Allein in seinem leichten Ein-Mann-Flitzer, nahm Captain Han Pritcher in aller Seelenruhe Kurs auf Kalgan. Er schlief diese Nacht den Schlaf eines erfolgreich hartnäckigen Mannes.

— 13 —

Lieutenant und Clown

Wenn die Besetzung Kalgans durch die Armee des Maultiers in einer Entfernung von siebentausend Parseks Erschütterungen hervorgerufen hatte, die Neugier bei einem alten Händler, Besorgnis bei einem hartnäckigen Captain und Verärgerung bei einem pedantischen Bürgermeister erregten — bei den Leuten auf Kalgan selbst riefen sie nichts hervor und erregten niemanden. Es ist eine unveränderliche Lektion für die Menschheit, daß die Entfernung in der Zeit — und ebenso im Raum — ein Geschehen in den Brennpunkt der Aufmerksamkeit rückt. Übrigens ist nirgendwo verzeichnet, daß die Menschheit diese Lektion jemals auf Dauer gelernt habe.

Kalgan war — Kalgan. In dem ganzen Quadranten der Galaxis schien diese Welt allein nicht zu wissen, daß das Kaiserreich gefallen war, daß die Stannells nicht länger herrschten, daß die Größe sich verflüchtigt hatte und der Frieden verschwunden war.

Kalgan war die Luxus-Welt. Während das Gebäude der Menschheit zerfiel, blieb es als Produzent von Vergnügen, als Käufer von Gold und als Verkäufer von Muße intakt.

Kalgan entging den schlimmeren Wechselfällen der Geschichte. Welcher Eroberer würde schon eine Welt vernichten oder auch nur ernsthaft beschädigen, die so voll von Bargeld war, denn Bargeld kauft Unverletzlichkeit.

Doch auch Kalgan war schließlich das Hauptquartier eines Kriegsherrn geworden, und er hatte die weiche Welt den Notwendigkeiten des Krieges entsprechend gehärtet.

Ihre gezähmten Dschungel, ihre sanft modellierten Küsten und ihre glänzenden Städte hallten wider vom Marschieren importierter Söldner und beeindruckter Bürger. Die anderen Welten der Provinz waren bewaffnet und ihr Geld zum erstenmal in ihrer Geschichte in Schlachtschiffe statt in Bestechungen investiert worden. Ihr Herrscher bewies über jeden Zweifel hinaus, daß er entschlossen war, zu verteidigen, was er hatte, und darauf brannte, sich zu nehmen, was anderen gehörte.

Er war einer der Großen der Galaxis, ein Macher von Krieg und Frieden, ein Erbauer von Imperien, ein Gründer von Dynastien.

Und ein Unbekannter mit einem lächerlichen Spitznamen hatte ihn — und seine Waffen — und sein knospendes Imperium — überrannt und ihm nicht einmal eine Schlacht geliefert.

Nun war Kalgan wieder wie früher. Seine uniformierten Bürger kehrten eilends zu ihrem alten Leben zurück, während die ausländischen Kriegs-Profis keine Schwierigkeiten hatten, sich neuen Banden anzuschließen.

Wie früher veranstaltete man bestens organisierte Luxus-Jagden auf das eigens gezüchtete Tierleben des Dschungels, der niemals ein menschliches Leben forderte, und stellte den Vögeln in der Luft mit Flitzern nach, ein Zeitvertreib, der nur für die großen Vögel tödlich war.

Die Städte boten Besuchern aus der ganzen Galaxis je nach dem Inhalt ihrer Geldbeutel Vergnügungen von den Himmelspalästen der Sensationen, die ihre Türen den Massen schon beim Klingeln eines halben Credits öffneten, bis zu den nicht gekennzeichneten Schlupfwinkeln, von denen nur die Besitzer großen Reichtums wußten.

Der gewaltigen Flut fügten Toran und Bayta nicht einmal einen Tropfen hinzu. Sie registrierten ihr Schiff in dem großen öffentlichen Hangar auf der östlichen Halbinsel und reisten zu diesem Kompromiß der Mittelklasse, dem Binnenmeer — wo die Vergnügungen noch legal und sogar respektabel und die Menschenmassen noch erträglich waren.

Bayta trug eine dunkle Brille wegen des Lichts und ein dünnes weißes Kleid wegen der Hitze. Die warmgetönten Arme, die von der Sonne kaum goldener geworden waren, um die Knie geschlungen, betrachtete sie gedankenverloren den langhingestreckten Körper ihres Gatten. Er schimmerte fast im weißen Glast.

»Übertreib es nicht«, hatte sie anfangs gewarnt, aber Toran stammte von einem sterbenden roten Stern. Ungeachtet seiner drei Jahre in der Foundation war Sonnenschein für ihn ein Luxus, und seine Haut, zuvor auf Strahlenresistenz behandelt, hatte schon vier Tage lang abgesehen von den Shorts keine Kleidung mehr zu ertragen brauchen.

Bayta schmiegte sich auf dem Sand dicht an ihn. Sie sprachen im Flüsterton.

Torans Gesicht war entspannt, aber seine Stimme klang bedrückt. »Ich gebe zu, wir haben gar nichts erreicht. Wo ist er? Wer ist er? Diese verrückte Welt spricht nicht über ihn. Vielleicht gibt es ihn gar nicht.«

»Doch«, antwortete Bayta, ohne die Lippen zu bewegen. »Er ist klug, das ist alles. Und dein Onkel hat recht. Er ist ein Mann, den wir brauchen könnten — wenn uns die Zeit bleibt.«

Kurze Pause. Toran zischelte: »Weißt du, was ich tue, Bay? Ich lasse mich von der Sonne in Stumpfsinn einwiegen. Alles fügt sich so fein, so ordentlich aneinander.« Seine Stimme war kaum zu verstehen, dann wurde sie wieder kräftiger. »Weißt du noch, was Dr. Amann damals im College gesagt hat, Bay? Die Foundation kann nicht verlieren, aber das heißt nicht, daß die *Herrscher* der Foundation nicht verlieren können. Hat die Geschichte der Foundation nicht eigentlich erst dann begonnen, als Salvor Hardin die Enzyklopädisten hinauswarf und als erster Bürgermeister den Planeten Terminus übernahm? Und kam Hober Mallow im darauffolgenden Jahrhundert nicht durch beinahe ebenso drastische Methoden an die Macht? Also sind die Herrscher schon *zweimal* geschlagen worden, und es kann wieder geschehen. Warum nicht durch uns?«

»Das ist das älteste bekannte Argument, Torie. Was für eine Verschwendung von Traum-Potential.«

»Meinst du? Hör weiter! Was ist Haven? Ist es nicht Teil der Foundation? Es ist sozusagen ein ausgelagertes Proletariat. Wenn wir die Oberhand gewinnen, hat wieder die Foundation gesiegt, und verloren haben nur die gegenwärtigen Herrscher.«

»Es ist ein großer Unterschied zwischen ›wir können‹ und ›wir wollen‹. Du faselst.«

Toran wand sich. »Bay, du bist nur wieder in so einer sauren Stimmung. Warum willst du mir den Spaß verderben? Ich werde ein bißchen schlafen, wenn du nichts dagegen hast.«

Aber Bayta verrenkte sich den Hals, und plötzlich kicherte sie, nahm die Sonnenbrille ab und spähte über den Strand, wobei sie die Augen nur mit der Hand beschattete.

Toran sah hoch, und dann hob und drehte er die Schultern, um ihrem Blick zu folgen.

Offenbar beobachtete Bayta eine dürre Gestalt, die zur Belustigung einer zusammengelaufenen Menschenmenge mit den Füßen in der Luft auf den Händen schaukelte. Es war einer der an der Küste umherziehenden Bettlerakrobaten, dessen geschmeidige Gelenke der ihm zugeworfenen Münzen wegen knackten und sich bogen.

Ein Strandwärter winkte ihm, sich zu entfernen. Der Clown machte ihm, auf einer Hand balancierend, eine lange Nase. Der Wärter trat drohend vor, bekam einen Fuß vor den Bauch und taumelte zurück. Der Clown richtete sich auf, ohne in der Bewegung abzusetzen, und verschwand, während der vor Wut schäumende Wärter von der Menge, die kein Mitgefühl für ihn hatte, zurückgehalten wurde.

Der Clown verfolgte einen Zickzackkurs den Strand hinunter. Viele Leute streifte er leicht, er zögerte oft, blieb aber nicht stehen. Die ursprüngliche Menge hatte sich zerstreut. Der Wärter war gegangen.

»Das ist ein komischer Kerl«, stellte Bayta belustigt fest, und Toran stimmte ihr gleichgültig zu. Der Clown war ihnen jetzt nahe genug, daß sie ihn deutlich erkennen konnten. Sein dünnes Gesicht zog sich vorn zu einer Nase zusammen, die mit ihren großzügigen Flächen und ihrer fleischigen Spitze ganz nach einem Greifrüssel aussah. Seine langen, mageren Glieder und sein spinnenhafter Körper wurden durch sein Kostüm betont. Er bewegte sich leicht und mit Grazie, aber trotzdem irgendwie, als seien seine einzelnen Bestandteile aufs Geratewohl zusammengewürfelt worden.

Wer ihn ansah, mußte lachen.

Der Clown wurde sich wohl plötzlich bewußt, daß sie

ihn betrachteten, denn er blieb stehen, nachdem er schon an ihnen vorübergegangen war, machte scharf kehrt und näherte sich ihnen. Seine großen braunen Augen richteten sich auf Bayta.

Es beunruhigte sie.

Der Clown lächelte, aber das machte sein Schnabelgesicht nur traurig, und als er sprach, geschah es in dem weichen Tonfall und mit den kunstvoll gedrechselten Sätzen der zentralen Sektoren.

»Sollte ich von dem Verstand Gebrauch machen, den die guten Geister mir gaben, dann würde ich sagen, diese Dame kann es nicht geben — denn welcher vernünftige Mann würde einen Traum für die Realität ansehen? Doch lieber möchte ich nicht vernünftig sein und meinen verzauberten Augen Glauben schenken.«

Bayta riß die ihren auf. »Wow!« sagte sie.

Toran lachte. »Oh, du Zauberin! Mach schon, Bay, das verdient ein Fünf-Credit-Stück. Gib es ihm!«

Der Clown sprang entsetzt in die Höhe. »Nein, meine Dame, Ihr dürft mich nicht mißverstehen. Nicht für Mammon habe ich gesprochen, sondern für Eure leuchtenden Augen und Euer süßes Gesicht.«

»Nun, dann vielen Dank.« Zu Toran sagte sie: »Glaubst du, ihm scheint die Sonne in die Augen?«

»Aber auch nicht allein für Augen und Gesicht«, plapperte der Clown, und seine Worte überschlugen sich, »sondern ebenso für einen Geist, klar und stark — und freundlich noch dazu.«

Toran stellte sich auf die Füße, faßte nach dem weißen Bademantel, den er seit vier Tagen nur über dem Arm trug, und schlüpfte hinein. »Jetzt sagen Sie mir mal, was Sie wollen, Mann, und hören auf, die Dame zu belästigen.«

Der Clown wich furchtsam einen Schritt zurück und krümmte seinen mageren Körper. »Ich führe bestimmt nichts Böses im Schilde. Ich bin ein Fremder hier, und man sagt, ich sei nicht ganz richtig im Kopf. Aber es ist etwas in einem Gesicht, das ich lesen kann. Hinter der Schönheit dieser Dame verbirgt sich ein gutes Herz, und das wird mir in meinem Jammer helfen.«

»Werden fünf Credits Ihren Jammer lindern?« fragte Toran trocken und hielt ihm die Münze hin.

Der Clown dachte jedoch nicht daran, sie zu nehmen, und Bayta sagte: »Laß mich mit ihm reden, Torie.« Schnell und mit gedämpfter Stimme setzte sie hinzu: »Ärgere dich nicht über seine törichte Ausdrucksweise. Das ist weiter nichts als sein Dialekt, und ihm kommt wahrscheinlich unsere Sprache seltsam vor.«

Sie fragte den Clown: »Was macht Ihnen denn Kummer? Sie haben doch keine Angst vor dem Wärter? Er wird Ihnen nichts tun.«

»O nein, der nicht. Er ist nichts als ein Lufthauch, der den Staub um meine Knöchel weht. Ein anderer ist es, vor dem ich fliehe, und der ist ein Sturm, der die Welten hinwegfegt und sie packt und aufeinanderwirft. Vor einer Woche bin ich fortgelaufen, habe in den Straßen der Stadt geschlafen und mich unter Menschenmengen verborgen. Ich habe in vielen Gesichtern nach der Hilfe gesucht, die ich brauche. Hier finde ich sie.« Er wiederholte den letzten Satz mit leiserer und ängstlicherer Stimme, und seine großen Augen blickten bekümmert. »Hier finde ich sie.«

»Ich würde Ihnen ja gern helfen«, sagte Bayta, »aber wirklich, mein Freund, ich bin kein Schutz gegen einen Welten hinwegfegenden Sturm. Um die Wahrheit zu sagen, ich könnte selbst ...«

Eine kräftige Stimme brüllte los:

»Habe ich dich, du Mistkerl ...«

Es war der Strandwärter, der mit feuerrotem Gesicht im Laufschritt näher kam. Er zielte mit seiner Betäubungspistole.

»Haltet ihn fest, ihr beiden, laßt ihn nicht entkommen!« Seine schwere Hand fiel auf die dünne Schulter des Clowns nieder und entriß ihm ein Wimmern.

»Was hat er getan?« fragte Toran.

»Was er getan hat? Was er getan hat? Also, das ist gut!« Der Wärter faßte in die Tasche, die ihm am Gürtel baumelte, entnahm ihr ein purpurfarbenes Taschentuch und wischte sich damit den bloßen Hals ab. »Ich will Ihnen sagen, was er getan hat!« erklärte er mit Behagen. »Er ist weggelaufen. Das wurde auf ganz Kalgan bekanntgegeben, und ich hätte ihn schon eher erkannt, wenn er auf den Füßen statt auf seinem habichtsgesichtigen Kopf gestanden hätte.« Er schüttelte sein Opfer in grimmiger guter Laune.

Bayta erkundigte sich mit einem Lächeln: »Und von wo ist er entflohen, Sir?«

Der Wärter hob die Stimme. Eine Menschenmenge lief zusammen, glotzend und plappernd, und die Überzeugung, die der Wärter von seiner Wichtigkeit hatte, stieg proportional zu dem Anwachsen seines Publikums.

»Von wo er entflohen ist?« deklamierte er mit dick aufgetragenem Sarkasmus. »Ich vermute, Sie haben bereits von dem Maultier gehört.«

Das Plappern verstummte mit einemmal, und Bayta lief es eiskalt die Speiseröhre hinunter in den Magen. Der Clown hatte nur für sie Augen — er zitterte noch in dem muskulösen Griff des Wärters.

»Und wer«, fuhr der Wärter pompös fort, »könnte dieser Lump sein als der entlaufene Hofnarr seiner Lordschaft?« Er beutelte seinen Gefangenen mit aller Kraft. »Gibst du es zu, Narr?«

Zur Antwort erhielt er nur ein furchtsames Starren und das tonlose Flüstern, mit dem Bayta ihrem Mann etwas ins Ohr sagte.

Toran näherte sich dem Wärter auf freundliche Art. »Guter Mann, ich schlage vor, Sie nehmen Ihre Hand nur für eine Weile weg. Der Artist, den Sie festhalten, hat für uns getanzt, und er hat sein Honorar noch nicht abgetanzt.«

»He!« rief der Wärter besorgt. »Es ist eine Belohnung ...«

»Die werden Sie bekommen, wenn Sie beweisen können, daß er der Gesuchte ist. Wollen Sie sich bis dahin zurückziehen? Ihnen ist doch klar, daß Sie die Rechte eines Gastes beeinträchtigen, und das könnte ernste Folgen für Sie haben.«

»Und Sie beeinträchtigen die Rechte Seiner Lordschaft, und das *wird* ernste Folgen für Sie haben.« Von neuem schüttelte er den Clown. »Gib dem Mann sein Geld zurück, du Aas.«

Toran machte eine schnelle Bewegung, und die Betäubungspistole wurde dem Wärter aus der Hand gewunden. Beinahe wäre ihr ein halber Finger nachgefolgt. Der Wärter heulte seinen Schmerz und seine Wut hinaus. Toran stieß ihn heftig beiseite, und der befreite Narr heftete sich Toran an die Fersen.

Die Menschenmenge, die jetzt nicht mehr zu überblikken war, schenkte der letzten Entwicklung wenig Aufmerksamkeit. Köpfe drehten sich, und eine zentrifugale Bewegung ließ erkennen, daß viele den Entschluß gefaßt hatten, ihre Entfernung vom Mittelpunkt des Geschehens zu vergrößern.

Unruhe entstand, ein rauher Befehl klang von weitem herüber. Eine freie Gasse bildete sich von selbst. Zwei Männer schritten hindurch, die elektrischen Peitschen lässig bereithaltend. Ihre purpurfarbenen Blusen trugen einen gezackten Blitz und darunter einen sich spaltenden Planeten.

Ein Riese in der Uniform eines Lieutenant folgte ihnen. Seine Haut und sein Haar waren dunkel, seine Miene finster.

Der gefährlich leise Ton des dunklen Mannes zeigte, daß er es nicht notwendig hatte, zu brüllen, um seine Launen durchzusetzen. Er fragte: »Sind Sie der Mann, der uns benachrichtigt hat?«

Der Wärter hielt immer noch seine verrenkte Hand, und murmelte mit schmerzverzerrtem Gesicht: »Ich habe Anspruch auf die Belohnung, Euer Gnaden, und ich beschuldige diesen Mann ...«

»Sie werden Ihre Belohnung bekommen«, sagte der Lieutenant, ohne den Wärter anzusehen. Er gab seinen Männern ein kurzes Zeichen. »Packt ihn!«

Der Narr zerrte verrückt vor Angst an Torans Bademantel. Toran hob die Stimme, damit sie nicht zitterte. »Es tut mir leid, Lieutenant, dieser Mann gehört mir.«

Die Soldaten hörten sich diese Behauptung an, ohne mit der Wimper zu zucken. Einer hob wie von ungefähr die Peitsche, ließ sie jedoch auf den knappen Befehl des Lieutenants hin wieder sinken.

Der dunkle, großmächtige Herr drehte sich um und pflanzte seinen vierschrötigen Körper vor Toran auf. »Wer sind Sie?«

»Ein Bürger der Foundation.«

Das wirkte — jedenfalls bei der Menge. Das gespannte Schweigen wurde von einem intensiven Gemurmel gebrochen. Der Name des Maultiers mochte Furcht erregen, aber es war schließlich ein neuer Name und nicht so in Fleisch und Blut übergegangen wie der alte der Foundation, die das Kaiserreich vernichtet hatte und vor deren gnadenlosem Despotismus ein Quadrant der Galaxis zitterte.

Der Lieutenant bewahrte Haltung. »Sind Sie sich der Identität des Mannes hinter Ihnen bewußt?«

»Man hat mir gesagt, er sei vom Hof Ihres Anführers geflohen, aber sicher weiß ich nur, daß er ein Freund von mir ist. Sie werden einen unanfechtbaren Beweis seiner Identität brauchen, um ihn mir wegzunehmen.«

Erregte Seufzer stiegen von der Menge auf, aber der Lieutenant ließ es durchgehen. »Haben Sie Papiere bei sich, die Sie als Bürger der Foundation ausweisen?«

»In meinem Schiff.«

»Sie wissen, daß Sie illegal handeln? Ich kann Sie erschießen lassen.«

»Sicher. Aber dann hätten Sie einen Bürger der Foundation erschossen, und es ist durchaus wahrscheinlich, daß Ihr gevierteilter Leichnam als teilweise Wiedergutmachung in die Foundation geschickt würde. Das haben andere Kriegsherren schon getan.«

Der Lieutenant befeuchtete seine Lippen. Das entsprach der Wahrheit.

»Ihr Name?« fragte er.

Toran nahm seinen Vorteil wahr. »Weitere Fragen werde ich in meinem Schiff beantworten. Sie können sich die Nummer des Liegeplatzes im Hangar geben lassen; es ist unter dem Namen ›Bayta‹ registriert.«

»Sie wollen den Flüchtling nicht herausgeben?«

»Dem Maultier vielleicht. Schicken Sie Ihren Herrn!«

Das Gespräch war zum Flüstern abgesunken. Der Lieutenant wandte sich scharf ab.

»Zerstreut die Menge!« befahl er seinen Leuten mit unterdrückter Wildheit.

Die elektrischen Peitschen hoben und senkten sich. Die Leute kreischten, lösten sich voneinander und flohen.

Auf dem Rückweg zum Hangar unterbrach Toran seine Träumerei nur einmal. Wie im Selbstgespräch meinte er: »Galaxis, Bay, hatte ich eine Angst ...«

»Ja.« Ihre Stimme bebte immer noch, und in ihren Augen lag so etwas wie Anbetung. »Es paßte gar nicht zu dir.«

»Ich kann mir immer noch nicht erklären, wie das gekommen ist. Plötzlich hatte ich eine Betäubungspistole in der Hand, und ich weiß nicht einmal genau, wie man mit so einem Ding umgeht, und widersetzte mich dem Lieutenant. Ich habe keine Ahnung, warum ich es getan habe.«

Er sah über den Mittelgang des Kurzstrecken-Luftfahrzeugs, mit dem sie das Strandgebiet verließen, zu dem Narren des Maultiers hinüber, der schlafend auf seinem Sitz zusammengesunken war, und setzte angewidert hinzu: »So schwer ist mir in meinem ganzen Leben noch nie etwas gefallen.«

Der Lieutenant stand respektvoll vor dem Colonel der Garnison, und der Colonel sah ihn an und sagte: »Gut gemacht. Damit ist Ihre Aufgabe erledigt.«

Aber der Lieutenant zog sich nicht sofort zurück. Er erklärte dunkel: »Das Maultier hat vor einer Menschenmenge sein Gesicht verloren, Sir. Es wird notwendig sein, Disziplinarmaßnahmen zu ergreifen, um die ihm zukommende Achtung wiederherzustellen.«

»Diese Maßnahmen sind bereits getroffen worden.«

Der Lieutenant machte eine halbe Kehrtwendung, dann setzte er beinahe widerstrebend hinzu: »Befehl ist Befehl, Sir, das ist mir klar, aber daß ich vor diesem Mann mit seiner Betäubungspistole stehen und mir seine Unverschämtheit gefallen lassen mußte — so schwer ist mir in meinem ganzen Leben noch nie etwas gefallen.«

— 14 —

Der Mutant

Der ›Hangar‹ auf Kalgan ist eine einzigartige Einrichtung, entstanden aus der Notwendigkeit, die große Anzahl der Schiffe unterzubringen, mit denen die Besucher von anderen Systemen anreisen, und der gleichzeitigen und daraus folgenden Notwendigkeit, die Besucher zu beherbergen. Der erste helle Kopf, dem die auf der Hand liegende Lösung eingefallen war, wurde schnell zum Millionär. Seine Erben — die leiblichen wie die finanziellen — gehören zu den reichsten Leuten auf Kalgan.

Der ›Hangar‹ breitet sich dick und fett über ein nach Quadratmeilen messendes Gebiet aus, und das Wort ›Hangar‹ ist eine absolut unzulängliche Bezeichnung. Im wesentlichen handelt es sich um ein Hotel — für Schiffe. Der Reisende bezahlt im voraus, und sein Schiff bekommt einen Liegeplatz, von dem aus es zu jedem gewünschten Augenblick in den Raum starten kann. Der Besucher wohnt in seinem Schiff, wie er es gewohnt ist. Natürlich kann er für einen kleinen Aufschlag auch die normalen Dienstleistungen eines Hotels in Anspruch nehmen, zum Beispiel das Auffüllen der Lebensmittelvorräte und Medikamente, einfache Wartungsarbeiten am Schiff selbst und spezielle intra-kalganische Transporte.

Der Besucher bezahlt also den Hangar-Platz und die Hotelrechnung in einem und spart dabei. Die Eigentümer verkaufen die zeitweise Benutzung von Bodenfläche mit hohem Profit. Die Regierung kassiert hohe Steuern. Jeder gewinnt. Keiner verliert. So einfach ist das!

Ein Mann ging die breiten Korridore entlang, die die Vielzahl der Flügel des ›Hangars‹ miteinander verbanden. Er hatte sich früher oft Gedanken über die Neuheit und Nützlichkeit des oben beschriebenen Systems gemacht, aber das war eine Beschäftigung für müßige Augenblicke — und gerade jetzt entschieden unpassend.

Die Schiffe füllten in ihrer ganzen Höhe und Breite die langen Reihen der Zellen, und der Mann schritt eine Reihe nach der anderen ab. Er war ein Experte in dem, was er gerade tat. Zuvor hatte er das Hangar-Verzeichnis studiert, ohne darin eine andere Information als den zweifelhaften Hinweis auf einen bestimmten Flügel zu finden — der Hunderte von Schiffen enthielt —, aber sein spezielles Wissen ermöglichte es ihm, ein einziges Schiff unter Hunderten herauszufinden.

Der Mann blieb stehen, verschwindend klein vor den arroganten metallenen Ungeheuern, die so ein Insekt nicht einmal wahrnahmen, und ein Hauch von einem Seufzer unterbrach die Stille.

Da und dort fiel Licht aus einem Bullauge und verriet, daß jemand schon früh von den organisierten Freuden zu einfacheren — oder privateren — Genüssen zurückgekehrt war.

Der Mann hätte gelächelt, wenn das seine Art gewesen wäre. Bestimmt aber vollführten seine Gehirnwindungen das mentale Gegenstück eines Lächelns.

Das Schiff, vor dem er stand, war schlank und offensichtlich schnell. Die Einzigartigkeit seiner Konstruktion war das, was er suchte. Es war kein übliches Modell — und heutzutage imitierten die Schiffe dieses Quadranten der Galaxis entweder das Aussehen der Foundation-Schiffe, oder sie waren von Technikern der Foundation gebaut. Aber das hier war etwas Besonderes. Es war ein echtes Foundation-Schiff — das sah man schon an den winzigen Pickeln der Außenhaut, den Knoten des Schutzschirms, wie ihn allein Foundation-Schiffe besaßen. Außerdem gab es andere Hinweise.

Der Mann zögerte nicht.

Die elektronische Barriere vor den Schiffen, mit der die Geschäftsleitung so etwas wie eine Privatsphäre schaffen wollte, konnte ihn schließlich nicht aufhalten. Er setzte eine ganz spezielle Art neutralisierender Energie ein, und sie teilte sich sofort und ohne den Alarm auszulösen.

So war innerhalb des Schiffes der erste Hinweis auf den Eindringling das harmlose und beinahe freundliche Signal des gedämpften Summers im Wohnraum, als sich eine Handfläche über die kleine Fotozelle neben der Hauptluftschleuse legte.

Und während die erfolgreiche Suche fortgeführt wurde, fühlten sich Toran und Bayta in den Stahlwänden der *Bayta* irrigerweise sicher. Der Hofnarr des Maultiers, der ihnen mitgeteilt hatte, daß er in den engen Rahmen seines Körpers den stolzen Namen Magnifico Giganticus faßte, beugte sich über den Tisch und schlang das ihm vorgesetzte Essen in sich hinein.

Er hob die traurigen braunen Augen nur dann vom Teller, wenn er Baytas Bewegungen in der Kombination von Küche und Speisekammer folgte.

»Der Dank eines Schwachen ist nur von geringem Wert«, murmelte er, »doch er soll Euch werden, denn wahrlich, in dieser vergangenen Woche ist mir wenig anderes in den Weg gekommen als Brosamen — und wenn mein Körper auch klein ist, so ist mein Appetit doch unschicklich groß.«

»Na, dann essen Sie«, forderte Bayta ihn lächelnd auf. »Verschwenden Sie Ihre Zeit nicht mit Danksagungen. Gibt es im Zentrum der Galaxis nicht ein Sprichwort über Dankbarkeit?«

»Jawohl, meine Dame. Ein weiser Mann, so habe ich es gehört, hat einmal gesagt: ›Dankbarkeit ist am besten und am wirksamsten, wenn sie sich nicht in leeren Phrasen erschöpft.‹ Aber ach, meine Dame, ich bin ja nichts weiter als eine Masse von leeren Phrasen. Wenn meine leeren Phrasen dem Maultier gefielen, brachten sie mir ein höfisches Gewand und einen großen Namen ein — denn, wißt Ihr, er lautete ursprünglich schlicht Bobo, und den mochte er nicht —, und wenn meine leeren Phrasen ihm nicht gefielen, brachten sie Stöcke und Peitschen über meine armen Knochen.«

Toran trat vom Pilotenraum ein. »Wir können jetzt nichts anderes tun als warten, Bay. Ich hoffe, das Maultier ist fähig, zu begreifen, daß ein Foundation-Schiff Foundation-Territorium darstellt.«

Magnifico Giganticus, vormals Bobo, riß die Augen weit auf und rief: »Wie groß ist die Foundation, vor der selbst die grausamen Diener des Maultiers zittern!«

»Haben auch Sie schon von der Foundation gehört?« erkundigte sich Bayta mit einem kleinen Lächeln.

»Wer hätte das nicht?« Magnificos Stimme sank zu einem geheimnisvollen Wispern ab. »Es gibt solche, die sagen, sie sei eine Welt großer Zauberei, eine Welt der Feuer, die Planeten verzehren können, eine Welt gewaltiger Geheimnisse. Es heißt, auch dem höchsten Adel der Galaxis werde nicht soviel Ehrerbietung entgegengebracht, wie sie einem einfachen Mann zusteht, der von sich sagen kann: ›Ich bin Bürger der Foundation‹ — sei er auch nur ein Bergungsarbeiter im Raum oder ein Nichts wie ich.«

Bayta mahnte: »Magnifico, Sie werden nie mit dem Essen fertig, wenn Sie Reden halten. Hier haben Sie noch etwas Milch mit Geschmack. Sie ist gut.«

Sie stellte einen Krug auf den Tisch und scheuchte Toran aus der Küche.

»Torie, was willst du jetzt tun — mit ihm?« Sie zeigte zur Küche hin.

»Wie meinst du das?«

»Wenn das Maultier kommt, sollen wir ihn dann ausliefern?«

»Nun, was denn sonst, Bay?« Es klang gequält, und die Geste, mit der er sich die feuchte Locke aus der Stirn schob, war wie eine Bestätigung.

Ungeduldig fuhr er fort: »Bevor wir nach Kalgan kamen, hatte ich so eine vage Vorstellung, wir brauchten nichts weiter zu tun, als nach dem Maultier zu fragen, und könnten dann gleich zur Sache kommen — natürlich habe ich nicht an etwas Definitives gedacht.«

»Ich weiß, was du meinst, Torie. Ich hatte ja nicht viel Hoffnung, wir würden das Maultier persönlich sehen, aber ich glaubte schon, es seien *irgendwelche* Informationen aus erster Hand zu bekommen, die wir dann an Leute, die ein bißchen mehr über diese interstellaren Intrigen wissen, hätten weitergeben können. Ich bin keine Bilderbuch-Spionin.«

»Da geht es dir wie mir, Bay.« Er kreuzte die Arme und runzelte die Stirn. »Was für eine Situation! Wäre dieses letzte merkwürdige Ereignis nicht gewesen, könnte man glauben, es gebe gar keine Person wie das Maultier. Meinst du, er wird seinen Hofnarren holen kommen?«

Bayta blickte zu ihm auf. »Ich weiß nicht, ob ich mir das wünschen soll. Ich weiß nicht, was ich dann sagen oder tun soll. Du vielleicht?«

Der innere Summer ließ sein stoßweises Schnarren hören. Baytas Lippen formten tonlos die Wörter: »Das Maultier!«

Magnifico erschien im Eingang, die Augen aufgerissen, die Stimme ein Wimmern. »Das Maultier?«

Toran murmelte: »Ich muß ihn hereinlassen.«

Ein Kontakt öffnete die Luftschleuse, und die äußere Tür schloß sich hinter dem Ankömmling. Der Scanner zeigte nur eine einzige dunkle Gestalt.

»Es ist nur einer«, stellte Toran mit unverhohlener Erleichterung fest. Er beugte sich über das Signalrohr, und seine Stimme zitterte beinahe. »Wer sind Sie?«

»Am besten lassen Sie mich ein und finden es heraus!« kam es dünn aus dem Empfänger.

»Ich mache Sie darauf aufmerksam, daß dies ein Foundation-Schiff und deshalb nach internationalem Abkommen Foundation-Territorium ist.«

»Das weiß ich.«

»Kommen Sie mit leeren Händen, oder ich schieße. Ich bin gut bewaffnet.«

»Gemacht!«

Toran öffnete die innere Tür und schloß den Kontakt seiner Laser-Pistole. Der Daumen schwebte über dem Druckpunkt. Man hörte Schritte, die Tür schwang auf, und Magnifico rief: »Das ist nicht das Maultier, das ist nur ein Mensch!«

Der ›Mensch‹ verbeugte sich feierlich vor dem Narren. »Sehr richtig. Ich bin nicht das Maultier.« Er breitete die Hände aus. »Ich bin nicht bewaffnet, und ich komme in friedlicher Absicht. Sie können sich entspannen und die Pistole weglegen. Ihre Hand ist für meinen Seelenfrieden nicht ruhig genug.«

»Wer sind Sie?« fragte Toran brüsk.

»Das könnte ich *Sie* fragen«, antwortete der Fremde kühl, »denn Sie sind unter Vorspiegelung falscher Tatsachen hier, nicht ich.«

»Wieso?«

»Sie behaupten, Bürger der Foundation zu sein, während sich auf dem ganzen Planeten kein autorisierter Händler befindet.«

»Das ist nicht so. Wie könnten Sie es wissen?«

»Weil ich tatsächlich Bürger der Foundation bin und Papiere besitze, die es beweisen. Wo sind denn die Ihren?«

»Ich glaube, Sie gehen besser.«

»O nein. Wenn Sie ein bißchen über die Methoden der Foundation Bescheid wissen — und das ist immerhin möglich, auch wenn Sie ein Schwindler sind —, dann ist Ihnen klar, daß im nächsten Foundation-Hauptquartier ein Signal eingeht, falls ich nicht zu festgesetzter Zeit lebendig in mein Schiff zurückkehre. Deshalb bezweifele ich, daß Ihre Waffen viel Wirkung zeitigen werden, praktisch gesprochen.«

Ein unentschlossenes Schweigen folgte, und dann sagte Bayta ruhig: »Leg den Laser weg, Toran, und nimm seine Worte für bare Münze. Es hört sich an, als sei es wahr.«

»Ich danke Ihnen«, sagte der Fremde.

Toran legte die Pistole auf den Stuhl neben sich. »Ich schlage vor, daß Sie uns jetzt eine Erklärung geben.«

Der Fremde blieb stehen. Seine Glieder waren lang, seine Muskeln kräftig. Sein Gesicht bestand aus harten Flächen, und irgendwie erkannte man, daß er niemals lächelte. Aber seinen Augen fehlte es an Härte.

Er sagte: »Neuigkeiten reisen schnell, besonders dann, wenn sie unglaublich sind. Es wird auf Kalgan keinen einzigen Menschen geben, der nicht gehört hat, daß die Leute des Maultiers heute von zwei Touristen aus der Foundation einen Tritt in den Hintern bekommen haben. Ich erfuhr die wichtigen Einzelheiten, bevor es Abend geworden war, und wie ich bereits erwähnte, gibt es abgesehen von mir selbst auf dem Planeten keine Foundation-Touristen. Über so etwas wissen wir Bescheid.«

»Was heißt ›wir‹?«

»›Wir‹ sind — ›wir‹! Ich zum Beispiel! Ich wußte, daß Sie im Hangar waren — man hat gehört, daß Sie es sagten. Ich hatte meine Methoden, die Eintragungen zu überprüfen, und meine Methoden, das Schiff zu finden.«

Plötzlich wandte er sich an Bayta. »Sie sind in der Foundation geboren, nicht wahr?«

»Meinen Sie?«

»Sie sind Mitglied der demokratischen Opposition, die sich der ›Untergrund‹ nennt. Ich erinnere mich nicht an Ihren Namen, wohl aber an Ihr Gesicht. Sie haben die Foundation erst kürzlich verlassen — und das wäre Ihnen nicht gelungen, wenn Sie wichtiger wären.«

Bayta zuckte die Achseln. »Sie wissen eine Menge.«

»Das stimmt. Sie flohen mit einem Mann. Ist es der?«

»Kommt es darauf an, was ich sage?«

»Nein. Ich wünsche nur ein vollkommenes gegenseitiges Verständnis. Ich glaube, die Parole war während der Woche, als Sie so hastig abreisten, ›Seldon, Hardin und Freiheit‹. Porfirat Hart war Ihr Sektionschef.«

Bayta erschrak. »Woher haben Sie das? Hat die Polizei ihn?« Toran wollte sie festhalten, aber sie riß sich los und ging auf den Mann von der Foundation zu.

Der erklärte ruhig: »Niemand hat ihn. Es ist nur so, daß der Untergrund sich weit ausdehnt, und das an merkwürdigen Orten. Ich bin Captain Han Pritcher vom Nachrichtendienst, und ich bin selbst Sektionschef — unter welchem Namen, ist gleichgültig.«

Er wartete, dann fuhr er fort: »Nein, Sie brauchen mir nicht zu glauben. In unserem Geschäft ist es besser, zu mißtrauisch zu sein als das Gegenteil. Aber ich sollte mit der Einleitung fertig werden.«

»Das finde ich auch«, bemerkte Toran.

»Darf ich mich setzen? Danke.« Captain Pritcher schwang ein langes Bein über das andere Knie und ließ einen Arm über die Rückenlehne baumeln. »Ich will damit beginnen, daß ich nicht weiß, um was das alles geht — von Ihrem Gesichtspunkt aus. Sie beide sind nicht von der Foundation, aber es ist nicht schwer zu erraten, daß Sie von einer der unabhängigen Händler-Welten sind. Das beunruhigt mich nicht sonderlich. Nur aus Neugier frage ich: Was haben Sie mit diesem Knilch vor, mit diesem Narren, den Sie gerettet haben? Sie riskieren Ihr Leben für ihn.«

»Das kann ich Ihnen nicht sagen.«

»Hm-m-m. Damit hatte ich auch nicht gerechnet. Aber wenn Sie darauf warten, daß das Maultier persönlich kommt, ihm voraus ein Spielmannszug mit Trommeln, Pfeifen und elektrischen Orgeln — vergessen Sie's! Das Maultier arbeitet nicht auf diese Weise.«

»Was?« riefen Toran und Bayta gleichzeitig, und in der Ecke, wo Magnifico mit beinahe sichtbar gespitzten Ohren lauerte, zuckte jemand freudig zusammen.

»Glauben Sie mir, ich habe selbst versucht, mit ihm Kontakt aufzunehmen, und ich habe es geschickter angefangen als ihr beiden Amateure. Es hat nicht funktioniert. Der Mann tritt persönlich nicht in Erscheinung und gestattet nicht, daß er fotografiert oder sonstwie abgebildet wird. Nur seine intimsten Verbündeten bekommen ihn zu sehen.«

»Soll das Ihr Interesse an uns erklären, Captain?« fragte Toran.

»Nein. Dieser Narr ist der Schlüssel. Dieser Narr ist einer der ganz wenigen, die ihn tatsächlich gesehen haben. Ich will ihn haben. Er mag der Beweis sein, den ich brauche — und ich brauche etwas, die Galaxis weiß es, um die Foundation aufzuwecken.«

»Sie muß aufgeweckt werden?« fuhr Bayta mit plötzlicher Schärfe dazwischen. »Warum? Und in welcher Eigenschaft agieren Sie als Wecker, in der des rebellierenden Demokraten oder in der des Geheimpolizisten und Provokateurs?«

Das Gesicht des Captains legte sich in harte Falten. »Wenn die gesamte Foundation bedroht wird, Madame Revolutionärin, kommen sowohl die Demokraten als auch die Tyrannen um. Wir wollen die Tyrannen vor einem größeren Tyrannen retten, damit wir sie stürzen können, wenn es soweit ist.«

»Wer ist der größere Tyrann?« flammte Bayta auf.

»Das Maultier! Ich weiß ein bißchen über ihn, und das ist genug, daß es mich mehrmals das Leben gekostet hätte, wäre ich weniger geschickt vorgegangen. Schicken Sie den Narren aus dem Zimmer. Wir müssen dabei ungestört sein.«

»Magnifico«, sagte Bayta mit einer Geste, und der Narr ging ohne ein Wort.

Der Captain sprach ernst und angespannt und so leise, daß Toran und Bayta näher heranrückten.

Er sagte: »Das Maultier ist schlau — viel zu schlau, um sich nicht darüber im klaren zu sein, welchen Vorteil der Magnetismus und der Glanz einer persönlichen Führerschaft bieten. Wenn er darauf verzichtet, hat er einen triftigen Grund. Dabei kann es sich nur um eins handeln. Ein persönlicher Kontakt muß etwas enthüllen, das *nicht* zu enthüllen von überwältigender Wichtigkeit ist.«

Er winkte ab, als Toran und Bayta Fragen stellen wollten, und fuhr schneller fort: »Ich habe deswegen seinen Geburtsort aufgesucht und Leute befragt, die ihres Wissens wegen nicht lange leben werden. Nur wenige leben überhaupt noch. Sie erinnern sich an das Kind, das vor dreißig Jahren geboren wurde — an den Tod seiner Mutter — an seine seltsame Jugend. *Das Maultier ist kein menschliches Wesen!*«

Seine beiden Zuhörer erschraken über die nebelhaften Folgerungen, die sich daraus ableiten ließen. Die Bedeutung dieser Aussage war ihnen nicht ganz klar, aber es stand fest, daß sie eine Bedrohung darstellte.

»Er ist ein Mutant«, erklärte der Captain, »und, wie seine Laufbahn beweist, das Ergebnis einer äußerst erfolgreichen Mutation. Ich weiß nicht, über welche Kräfte er verfügt, und mir ist auch nicht bekannt, in welchem Grad er das darstellt, was in einem Thriller ein ›Supermann‹ genannt wird, ein ›Übermensch‹. Aber daß er innerhalb von zwei Jahren vom Nichts zum Besieger des Kriegsherrn von Kalgan aufgestiegen ist, sagt alles. Sie erkennen die Gefahr, nicht wahr? Kann Seldon einen genetischen Zufall, der unvorhersehbare biologische Eigenschaften erzeugt hat, in seinem Plan berücksichtigt haben?«

Bayta erklärte bedächtig: »Ich glaube das alles nicht. Das ist irgendein komplizierter Plan, um uns hereinzulegen. Warum haben uns die Leute des Maultiers nicht getötet, als sie die Gelegenheit hatten, wenn er ein ›Supermann‹ ist?«

»Ich sagte doch, daß ich das Ausmaß der Mutation nicht kenne. Vielleicht ist er noch nicht bereit, es mit der Foundation aufzunehmen, und in dem Fall wäre es ein Zeichen großer Klugheit, eine Provokation zu ignorieren. Ich schlage vor, Sie lassen mich mit dem Narren reden.«

Der Captain sah den zitternden Magnifico an, der offensichtlich diesem großen harten Mann mißtraute.

Langsam begann der Captain: »Haben Sie das Maultier mit eigenen Augen gesehen?«

»Ich habe ihn nur zu genau gesehen, verehrter Herr. Und die Schwere seiner Hand mit meinem eigenen Körper gespürt.«

»Daran zweifele ich nicht. Können Sie ihn beschreiben?«

»Es macht mir Angst, an ihn zu denken, verehrter Herr. Er ist ein Mann von mächtigem Körperbau. Neben ihm wäret selbst Ihr nichts als ein Strichmännchen. Sein Haar ist von einem brennenden Rot, und mit all meiner Kraft, mit meinem ganzen Gewicht konnte ich seinen Arm, als er ihn einmal ausstreckte, nicht herunterziehen — nicht um Haaresbreite.« Magnifico in seiner Magerkeit krümmte sich so zusammen, daß er nur noch ein Gewirr von Armen und Beinen war. »Wenn er seine Generale oder auch nur sich selbst amüsieren wollte, hob er mich mit einem Finger in meinem Gürtel in eine furchterregende Höhe, und dort oben mußte ich ihm Gedichte vorplappern. Erst nach dem zwanzigsten Vers ließ er mich los, und jeder Vers mußte improvisiert und jeder ein perfekter Reim sein, sonst ließ er mich von vorn anfangen. Er ist ein Mann von überwältigender Macht, verehrter Herr, und grausam in der Ausübung seiner Macht — und seine Augen, verehrter Herr, bekommt niemand zu sehen.«

»Was? Was hat das Letzte zu bedeuten?«

»Er trägt eine ganz seltsame Brille, verehrter Herr. Es heißt, die Gläser seien undurchsichtig und er sehe mittels eines starken Zaubers, der über Menschenkräfte weit hinausgehe. Ich habe gehört...« — seine Stimme klang ganz dünn und geheimnisvoll — »daß sterben muß, wer seine Augen sieht, daß er mit seinen Augen tötet, verehrter Herr.«

Magnificos Blick huschte von einem ihm zugewandten Gesicht zum anderen. Er stammelte: »Es ist wahr. Bei meinem Leben, es ist wahr.«

Bayta holte tief Atem. »Das klingt, als hätten Sie recht, Captain. Wollen Sie den Befehl übernehmen?«

»Gut, wie steht es hier? Ihnen gehört hier nichts? Die Barriere des Hangars ist über Ihnen geöffnet?«

»Ich kann jederzeit starten.«

»Dann starten Sie. Das Maultier will die Foundation vielleicht nicht herausfordern, aber er geht ein schreckliches Risiko ein, wenn er Magnifico laufen läßt. Aus diesem Grund ist wahrscheinlich überhaupt mit soviel Geschrei nach dem armen Teufel gesucht worden. Deshalb ist es möglich, daß oben Schiffe auf Sie warten. Wenn Sie im Weltraum verlorengehen, kann man niemandem die Schuld zuweisen.«

»Sie haben recht«, stimmte Toran trübe zu.

»Sie besitzen jedoch einen Schirm, und Sie sind wahrscheinlich schneller als alles, was das Maultier aufbieten kann. Deshalb sollten Sie, sobald Sie die Atmosphäre hinter sich haben, im Neutralflug einen Kreis zur anderen Hemisphäre schlagen und dann mit höchster Beschleunigung das System verlassen.«

»Ja«, warf Bayta kalt ein, »und wenn wir wieder in der Foundation sind, was dann, Captain?«

»Nun, dann sind Sie kooperative Bürger von Kalgan, oder etwa nicht? Etwas Gegenteiliges ist mir nicht bekannt.«

Weiter fiel kein Wort mehr. Toran setzte sich dann

an die Kontrollen. Es gab einen kaum wahrnehmbaren Ruck.

Erst als Toran den Planeten genügend weit hinter sich gelassen hatte, um den ersten interstellaren Sprung zu machen, verzog Captain Pritcher das Gesicht — denn kein Schiff des Maultiers hatte versucht, ihre Abreise zu verhindern.

»Sieht aus, als habe er nichts dagegen, daß wir Magnifico mitnehmen«, bemerkte Toran. »Das ist nicht so gut für Ihre Geschichte.«

»Es sei denn«, korrigierte der Captain, »er will, daß wir ihn mitnehmen, und das wäre dann nicht so gut für die Foundation.«

Nach dem letzten Sprung, als sie in Neutralflug-Entfernung von der Foundation waren, erreichte die erste Ultrawellen-Nachrichtensendung das Schiff.

Ein Ereignis wurde nur nebenbei erwähnt. Ein Kriegsherr — der gelangweilte Sprecher nannte nicht einmal seinen Namen — hatte bei der Foundation Protest gegen die gewaltsame Entführung eines Mitglieds seines Hofes erhoben. Der Ansager ging zu den Sportmeldungen über.

Captain Pritcher stellte eisig fest: »Er ist uns nun doch einen Schritt voraus.« Nachdenklich setzte er hinzu: »Es ist soweit, er will die Foundation angreifen, und er benutzt dies als Vorwand. Das erschwert unser Vorhaben. Wir werden handeln müssen, bevor wir dazu bereit sind.«

— 15 —

Der Psychologe

Nicht von ungefähr war das als ›reine Wissenschaft‹ bekannte Element die freieste Lebensform in der Foundation. Zwar hatte die Foundation in den letzten anderthalb Jahrhunderten ihre tatsächliche Macht bedeutend ausgedehnt, aber ihre Vorherrschaft in der Galaxis, ja sogar ihr

Überleben hing immer noch von der Überlegenheit ihrer Technologie ab. Deshalb genoß ›der Wissenschaftler‹ ein gewisses Maß an Immunität. Er wurde gebraucht, und das wußte er auch.

Dementsprechend war Ebling Mis — nur solche, die ihn nicht kannten, fügten seinem Namen seine Titel hinzu — die freieste Lebensform in der ›reinen Wissenschaft‹ der Foundation. In einer Welt, die die Wissenschaft achtete, war er *der* Wissenschaftler. Er wurde gebraucht, und das wußte er auch.

Und so geschah es, daß, als andere das Knie beugten, er sich weigerte und dazu noch laut erklärte, seine Vorfahren hätten seinerzeit vor keinem stinkenden Bürgermeister das Knie gebeugt. Und zur Zeit seiner Vorfahren sei der Bürgermeister sowieso gewählt worden und hätte wieder abgesetzt werden können, wenn er nichts taugte, und die einzigen Leute, die irgend etwas durch das Recht der Geburt geerbt hätten, seien die geborenen Idioten gewesen.

So geschah es außerdem, daß Ebling Mis, als er meinte, Indbur könne ihm die Ehre einer Audienz erweisen, nicht darauf wartete, bis sein Antrag die übliche Befehlskette hinauf- und die günstige Antwort auf dem gleichen Weg hinuntergewandert war. Statt dessen warf er sich den weniger verboten aussehenden seiner zwei Mäntel über die Schultern, stülpte sich einen Hut von unmöglicher Form schräg auf den Kopf und zündete sich obendrein noch eine verbotene Zigarre an. Dann marschierte er an zwei ihm vergeblich nachblökenden Posten vorbei und in den Palast des Bürgermeisters hinein.

Seine Exzellenz, die im Garten weilte, erhielt den ersten Hinweis auf dieses Eindringen durch einen langsam näher kommenden Lärm, bestehend aus empörten Rufen und einem ihnen antwortenden unartikulierten Gebrüll.

Langsam legte Indbur seinen Pflanzenheber hin, langsam stand er auf, und langsam runzelte er die Stirn. Denn Indbur gestattete sich täglich einen Urlaub von der Arbeit, und sofern das Wetter es erlaubte, betätigte er sich am frühen Nachmittag zwei Stunden in seinem Garten. Dort in seinem Garten wuchsen die Blumen in Quadraten und Dreiecken zu strengen Mustern von Rot und Gelb mit kleinen Tupfern von Violett an den Spitzen geordnet und von Grün in geraden Linien umgrenzt. Dort in seinem Garten störte ihn niemand — *niemand!*

Indbur schritt auf die kleine Gartentür zu und schälte sich dabei aus seinen erdigen Handschuhen.

Unvermeidlicherweise fragte er: »Was hat das zu bedeuten?«

Genau diese Frage in genau dieser Formulierung ist bei derartigen Gelegenheiten seit der Erfindung der Menschheit von einer unglaublichen Vielzahl von Menschen in die Atmosphäre geschleudert worden. Es wird nicht berichtet, daß sie jemals einem anderen Zweck diente als dem, den Fragenden in Würde zu hüllen.

Aber diesmal erfolgte darauf eine prompte Antwort, denn Mis stürmte mit Gebrüll heran und schüttelte die Faust gegen jene, die immer noch Fetzen seines Mantels in Händen hielten.

Indbur scheuchte mit ernstem, mißvergnügtem Stirnrunzeln hinweg. Mis bückte sich, um seinen ruinierten Hut aufzuheben, klopfte einen Viertelzentner Dreck davon ab, schob ihn sich unter die Achsel und sagte:

»Sehen Sie her, Indbur, ich werde diesen Ihren unsäglichen Dienern die Rechnung für einen guten Mantel schikken. Den hätte ich noch jahrelang tragen können.« Er schnaufte und wischte sich die Stirn mit einer leisen Andeutung von Theatralik.

Der Bürgermeister stand stocksteif vor schlechter Laune da und erklärte hochmütig von seiner ganzen Höhe von einsfünfundfünfzig herab: »Ich habe nichts davon gehört, Mis, daß Sie um eine Audienz nachgesucht hätten. Bewilligt ist Ihnen gewiß keine geworden.«

Ebling Mis betrachtete seinen Bürgermeister mit einem Ausdruck, der nichts anderes als schockierte Ungläubigkeit sein konnte. »Ga-LAX-is, Indbur, haben Sie gestern meinen Brief nicht bekommen? Ich habe ihn vorgestern einem Lakaien in purpurfarbener Livree gegeben. Ich hätte ihn Ihnen auch selbst geben können, aber ich weiß doch, wie sehr Sie die Förmlichkeit lieben.«

»Förmlichkeit!« Indbur richtete die Augen aufgebracht zum Himmel. Dann, energisch: »Haben Sie noch nie von einer guten Organisation gehört? In Zukunft werden Sie eine Bitte um eine Audienz in der vorgeschriebenen dreifachen Ausführung bei dem hierfür zuständigen Amt einreichen! Dann haben Sie zu warten, bis Ihnen nach ordnungsgemäßer Abwicklung des Vorgangs der Zeitpunkt der Audienz mitgeteilt wird. Dann werden Sie schicklich gekleidet — haben Sie verstanden, *schicklich gekleidet?* — und außerdem mit dem schicklichen Respekt erscheinen. Sie können gehen.«

»Was stimmt nicht mit meinen Kleidern?« fragte Mis hitzig. »Das war mein bester Mantel, bis diese unsäglichen Teufel ihre Klauen hineinschlugen. Ich werde gehen, wenn ich gesagt habe, was zu sagen ich gekommen bin. Ga-LAX-is, wenn es sich nicht um eine Seldon-Krise handelte, würde ich auf der Stelle verschwinden!«

»Eine Seldon-Krise!« Bei Indbur regte sich Interesse. Mis war tatsächlich ein großer Psychologe — sicher, er war ein Demokrat, ein Flegel und sicher ein Rebell, aber Psychologe war er auch. In seiner Unsicherheit gelang es dem Bürgermeister nicht einmal, den schmerzlichen Stich in Worte zu kleiden, den er verspürte, als Mis unbekümmert eine Blüte pflückte, sie sich erwartungsvoll unter die Nasenlöcher hielt, die Nase dann rümpfte und die Blüte wegschnippte.

»Wollen Sie mir folgen?« fragte Indbur kalt. »Dieser Garten ist nicht für ernsthafte Gespräche angelegt worden.«

Er fühlte sich besser, sobald er hinter seinem großen Schreibtisch saß. Von seinem erhöhten Sessel aus konnte er auf die wenigen Haare niederblicken, die ziemlich wirkungslos versuchten, Mis' rosa Kopfhaut zu verbergen. *Viel* besser fühlte er sich, als Mis unwillkürlich eine Reihe von Blicken nach einem nicht vorhandenen Stuhl um sich warf und dann voller Unbehagen und von einem Bein auf das andere tretend stehenblieb. Am besten fühlte er sich, als auf das wohlbedachte Drücken des richtigen Kontaktes hin ein livrierter Diener hereinkam, sich unter Verbeugungen dem Schreibtisch näherte und einen umfangreichen, in Metall gebundenen Wälzer darauf niederlegte.

»Um diese nicht genehmigte Unterredung so kurz wie möglich zu halten«, sagte Indbur, von neuem Herr der Situation, »werden Sie Ihre Aussage so knapp wie möglich machen.«

Ebling Mis ließ sich nicht hetzen. »Sie wissen, was ich zur Zeit tue?«

»Ich habe Ihre Berichte hier«, antwortete der Bürgermeister selbstzufrieden, »zusammen mit autorisierten Zusammenfassungen derselben. Wie ich die Sache sehe, haben Sie sich mit der Mathematik der Psychohistorie befaßt, um Hari Seldons Arbeit nachzuvollziehen und letzten Endes zum Nutzen der Foundation die künftige Entwicklung zu erkennen.«

»Genau«, bestätigte Mis trocken. »Als Seldon die Foundation gründete, war er so klug, keinen Psychologen in die Gruppe der hier angesiedelten Wissenschaftler aufzunehmen. Deshalb hat sich die Foundation blindlings entlang dem Pfad der historischen Notwendigkeit bewegt. Ich habe meine Forschungen zum großen Teil auf Hinweisen aufgebaut, die ich im Zeitgewölbe gefunden habe.«

»Das weiß ich alles, Mis. Es ist Zeitverschwendung, es zu wiederholen.«

»Ich wiederhole nicht!« brüllte Mis. »Das, was ich Ihnen sagen will, ist in keinem dieser Berichte enthalten.«

»Wieso nicht?« fragte Indbur dumm. »Wie konnten Sie ...«

»Ga-LAX-is! Lassen Sie mich das auf meine Weise erzählen, Sie Giftzwerg! Hören Sie sofort damit auf, mir etwas in den Mund zu legen, und jeden Satz, den ich sage, in Frage zu stellen. Andernfalls marschiere ich hier hinaus und lasse alles um Sie zusammenstürzen. Vergessen Sie nicht, Sie unsäglicher Narr, die Foundation wird es überstehen, weil sie muß, aber wenn ich jetzt weggehe, werden *Sie* es *nicht* überstehen.«

Er warf seinen Hut auf den Boden, daß Erdbrocken nach allen Seiten flogen, sprang die Stufen der Plattform hoch, auf der Indburs großer Schreibtisch stand, schob heftig Papiere zur Seite und setzte sich auf eine Ecke.

Außer sich vor Wut dachte Indbur daran, die Wache zu rufen oder die in seinen Schreibtisch eingebauten Laser zu benutzen. Aber Mis' Gesicht sah finster auf ihn nieder, und dem Bürgermeister blieb nichts übrig, als gute Miene zum bösen Spiel zu machen.

»Dr. Mis«, begann er förmlich, aber mit schwacher Stimme, »Sie dürfen ...«

»Halten Sie den Mund«, befahl Mis wild, »und hören Sie zu! Wenn das da ...« — seine Handfläche legte sich schwer auf den metallenen Einbanddeckel — »eine blödsinnige Zusammenfassung meiner Berichte ist, werfen Sie sie weg! Jeder Bericht, den ich schreibe, wird durch zwei Dutzend Beamte nach oben weitergereicht, Ihnen vorgelegt und durch zwei Dutzend weitere wieder nach unten befördert. In Ordnung, wenn es nichts ist, was Sie geheimhalten wollen. Heute habe ich aber etwas Vertrauliches für Sie. Es ist so vertraulich, daß nicht einmal die Jungs, die für mich arbeiten, Wind davon bekommen haben. Sie haben natürlich die Arbeit getan, aber jeder nur ein kleines unzusammenhängendes Stück — und ich habe die Stücke zusammengesetzt. Sie wissen, was das Zeitgewölbe ist?«

Indbur nickte, und Mis fuhr mit lautem Vergnügen an der Situation fort: »Ich will es Ihnen trotzdem erklären, weil ich mir diese unsägliche Situation schon seit einer Ga-LAX-is von einer Zeit vorstelle. Ich kann Ihre Gedanken lesen, sie kümmerlicher Betrüger. Sie haben Ihr rechtes Händchen an ein Knöpfchen herangebracht, das an die fünfhundert Bewaffnete hereinrufen wird, die mir den Garaus machen sollen, aber Sie haben Angst vor dem, was ich weiß — Sie haben Angst vor einer Seldon-Krise. Abgesehen davon werde ich, wenn Sie irgend etwas auf Ihrem Schreibtisch anfassen, Ihren unsäglichen Kopf abschlagen, bevor jemand hereinkommt. Sie und Ihr Banditenvater und Ihr Piratengroßvater haben der Foundation lange genug das Blut ausgesaugt.«

»Das ist Hochverrat«, stammelte Indbur.

»Und ob es das ist!« sagte Mis vergnügt. »Aber was wollen Sie dagegen tun? Ich will Ihnen von dem Zeitgewölbe erzählen. Hari Seldon richtete es hier gleich zu Anfang ein, um uns über die schwierigen Stellen hinwegzuhelfen. Er hat für jede einzelne Krise ein Simulacrum seiner Person vorbereitet, das uns helfen — und uns Erklärungen geben soll. Bisher hat es vier Krisen gegeben und vier Erscheinungen. Das erstemal erschien Seldon auf dem Höhepunkt der ersten Krise. Das zweitemal erschien er einen Augenblick nach der erfolgreichen Bewältigung der zweiten Krise. Beide Male waren unsere Vorfahren anwesend und hörten ihm zu. Bei der dritten und vierten Krise wurde er ignoriert — wahrscheinlich, weil er nicht gebraucht wurde, aber neuere Forschungen — sie sind in den Ihnen vorliegenden Berichten *nicht* erwähnt — haben ergeben, daß er trotzdem erschienen ist, und zwar zum jeweils richtigen Zeitpunkt. Kapiert?«

Er wartete nicht auf eine Antwort. Er entledigte sich seiner Zigarre, einer feuchten ausgefransten Ruine, faßte nach einer neuen und zündete sie an. Heftig ausgepaffte Rauchwölkchen erhoben sich.

»Offiziell«, sagte er, »versuche ich, die Wissenschaft der Psychohistorie zu rekonstruieren. Das *kann* ein einzelner nicht schaffen, und es kann auch nicht in einem einzigen Jahrhundert geschehen. Ich habe jedoch Fortschritte in den einfacheren Teilbereichen gemacht, und das habe ich als Vorwand dazu benutzt, mich mit dem

Zeitgewölbe zu befassen. So ist es mir gelungen, mit an Sicherheit grenzender Wahrscheinlichkeit das genaue Datum von Hari Seldons nächstem Erscheinen zu bestimmen. Ich kann Ihnen demzufolge sagen, wann die kommende Seldon-Krise, die fünfte, ihren Höhepunkt erreichen wird.«

»Wie lange ist es bis dahin?« fragte Indbur gepreßt.

Und Mis ließ seine Bombe mit fröhlicher Unbekümmertheit hochgehen. »Vier Monate! Vier unsägliche Monate weniger zwei Tage.«

»Vier Monate!« rief Indbur mit uncharakteristischer Heftigkeit aus. »Unmöglich! Wissen Sie, was das bedeutet? Wenn eine Krise in vier Monaten ihren Höhepunkt erreichen soll, müßte sie sich seit Jahren vorbereitet haben.«

»Und warum soll sie das nicht getan haben? Verlangt irgendein Naturgesetz, daß der Reifeprozeß in vollem Tageslicht stattfindet?«

»Aber es steht nichts an. Nichts hängt über uns.« Indbur war in seiner Angst kurz davor, die Hände zu ringen. Mit plötzlich ausbrechender Wildheit schrie er: »Wollen Sie gefälligst Ihren Hintern von meinem Schreibtisch heben, damit ich hier wieder Ordnung schaffen kann? Meinen Sie, daß ich so *nachdenken* kann?«

Der verblüffte Mis erhob sich schwerfällig und rückte zur Seite.

Mit fieberhaften Bewegungen legte Indbur verschiedene Gegenstände wieder an die ihnen zukommenden Plätze. Er sprach schnell. »Sie haben kein Recht, auf diese Weise herzukommen. Wenn Sie Ihre Theorie eingereicht hätten …«

»Es ist keine *Theorie.*«

»Ich sage, es *ist* eine Theorie. Wenn Sie sie zusammen mit Ihren Beweisen und Argumenten in vorschriftsmäßiger Form eingereicht hätten, wäre sie an das Amt für historische Wissenschaften gegangen. Dort hätte man sie entsprechend bearbeitet, man hätte mir die sich ergebenden Analysen vorgelegt, und dann wären selbstverständlich die geeigneten Maßnahmen ergriffen worden. So, wie Sie es angefangen haben, haben Sie mich nur verärgert. Ah, da ist es ja.«

Er hielt ein Blatt durchsichtigen, silbrigen Papiers in der Hand und wedelte es vor dem massigen Psychologen hin und her.

»Das ist eine kurze Zusammenfassung, die ich persönlich — jede Woche — über die anstehenden außenpolitischen Fragen erstelle. Hören Sie zu: Wir haben die Verhandlungen über einen Handelsvertrag mit Mores abgeschlossen, die Verhandlungen über einen ebensolchen mit Lyonesse fortgesetzt, eine Abordnung zu irgendeiner Feierlichkeit nach Bonde geschickt, eine Beschwerde von Kalgan erhalten und versprochen, die Sache nachzuprüfen, Protest gegen gewisse scharfe Handelspraktiken auf Asperta erhoben, worauf die Asperter versprochen haben, die Sache nachzuprüfen — und so weiter und so weiter.« Der Blick des Bürgermeisters wanderte die Liste codierter Notizen hinunter. Dann legte er das Blatt sorgfältig an der richtigen Stelle in dem richtigen Ordner in dem richtigen Fach ab.

»Ich sage Ihnen, Mis, es gibt nichts, was nicht Ordnung und Frieden verkündet ...«

Die Tür im Hintergrund öffnete sich, und durch einen Zufall von so dramatischer Wirkung, daß er nichts anderes als das reale Leben sein konnte, trat ein Mann in Zivil ein.

Indbur erhob sich halb. Er hatte dieses merkwürdige Gefühl der Irrealität, das einen befällt, wenn zuviel auf einmal geschieht. Erst war Mis bei ihm eingedrungen und hatte wirre Reden geführt, und jetzt erschien sein Sekretär, der die Vorschriften doch hätte kennen sollen, ebenso unangemeldet und daher auf unschickliche Weise störend.

Der Sekretär kniete nieder.

»Nun?« fragte Indbur scharf.

Der Sekretär richtete das Wort an den Fußboden. »Exzellenz, Captain Han Pritcher vom Nachrichtendienst ist von dem Planeten Kalgan zurückgekehrt, den er im Widerspruch zu Ihren Befehlen aufgesucht hatte. Entsprechend Ihren zuvor erteilten Anweisungen — Befehl X20-513 — ist er gefangengesetzt worden und wird hingerichtet werden. Seine Begleiter werden zum Verhör festgehalten. Ein vollständiger Bericht wurde eingereicht.«

In Todesängsten erwiderte Indbur: »Ich habe einen vollständigen Bericht erhalten. Und?«

»Exzellenz, Captain Han Pritcher hat vage Andeutungen über gefährliche Absichten des neuen Kriegsherrn von Kalgan gemacht. Entsprechend Ihren zuvor erteilten Anweisungen — Befehl X20-651 — hat keine formelle Verhandlung stattgefunden, aber seine Ausführungen wurden aufgezeichnet, und ein vollständiger Bericht wurde eingereicht.«

Indbur kreischte: »Ich habe einen vollständigen Bericht erhalten. *Und?*«

»Exzellenz, in der letzten Viertelstunde ist eine Meldung von der salinnischen Grenze eingegangen. Schiffe, die als kalganisch identifiziert wurden, sind ohne Erlaubnis in das Hoheitsgebiet der Foundation eingedrungen. Die Schiffe sind bewaffnet. Es ist zu Kampfhandlungen gekommen.«

Der Sekretär krümmte sich bis zum Boden. Indbur blieb stehen. Ebling Mis schüttelte sich, stapfte zu dem Sekretär hinüber und klopfte ihm scharf auf die Schulter.

»Sorgen Sie dafür, daß dieser Captain Pritcher freigelassen und hergeschickt wird. Los!«

Der Sekretär ging, und Mis wandte sich dem Bürgermeister zu. »Na? Sollten Sie nicht besser die Maschinerie in Gang setzen, Indbur? Sie wissen, vier Monate!«

Indbur blieb mit glasigem Blick stehen. Nur ein einziger Finger schien lebendig zu sein — und zog mit schnellen, ruckartigen Bewegungen Dreiecke auf der glatten Schreibtischplatte.

— 16 —
Konferenz

Wenn siebenundzwanzig unabhängige Handelswelten, die nur das gemeinsame Mißtrauen gegen den Mutterplaneten der Foundation einigt, Vorverhandlungen über eine Konferenz führen und dabei jede auf einen Stolz pocht, der um so größer ist, je weniger Bedeutung die Welt hat — einen Stolz, der durch die Isolierung hart und durch unausgesetzte Bedrohung bitter geworden ist —, dann werden die Gespräche durch soviel Kleinkrämerei in die Länge gezogen, daß es selbst die ausdauerndsten Politiker in die Knie zwingt.

Es genügt nicht, solche Einzelheiten wie den Modus der Abstimmung und die Art der Vertretung — ob nach Welt oder nach Bevölkerung — im voraus festzulegen. Das sind Angelegenheiten von äußerster politischer Wichtigkeit. Es genügt nicht, die Sitzordnung am Tisch (am Konferenz- wie am Eßtisch) im voraus festzulegen. Das sind Angelegenheiten von äußerster gesellschaftlicher Wichtigkeit.

Das Problem war der Ort der Zusammenkunft — denn das war eine Angelegenheit von überwältigendem Provinzialismus. Und am Ende führten die trügerischen Pfade der Diplomatie zu der Welt Radole, die einige Kommentatoren gleich zu Anfang aus dem logischen Grund, daß sie zentral gelegen sei, vorgeschlagen hatten.

Radole war eine Kleine Welt und, am militärischen Potential gemessen, vielleicht die schwächste von allen siebenundzwanzig. Das war übrigens ein weiterer logischer Grund für die Wahl.

Es war eine Gürtelwelt, deren die Galaxis eine ganze Anzahl aufweist, unter denen die bewohnte Varietät jedoch selten ist. Radole war mit anderen Worten eine Welt, bei der die eine Hälfte ständig extremer Hitze, die andere Hälfte ständig extremer Kälte unterworfen ist, während die Region möglichen Lebens in dem Gürtelband der Dämmerungszone liegt.

Eine derartige Welt wird von denen, die sie nicht ausprobiert haben, in Bausch und Bogen als unwirtlich abgelehnt, aber es gibt auf ihnen bestimmte sehr günstige Stellen — und Radole City lag an einer solchen.

Die Stadt breitete sich an den sanften Hängen der Ausläufer des zerklüfteten Gebirges hin, das ihr Schutz vor der kalten Hemisphäre bot und das fürchterliche Eis von ihr abhielt. Die warme, trockene Luft der Sonnenhälfte wehte herüber, und von den Bergen wurde Wasser hergeleitet. Radole City lag zwischen beiden Hemisphären als blühender Garten am ewigen Morgen eines ewigen Junis.

Jedes Haus schmiegte sich in seinen Blumengarten und war den freundlichen Elementen offen. Jeder Garten war wie ein großes Frühbeet, in dem Luxuspflanzen in phantastischen Mustern um der ausländischen Währung willen wuchsen, die sie einbrachten — bis Radole statt einer typischen Handelswelt schon beinahe zu einer produzierenden Welt geworden war.

Radole City war so auf seine Weise ein Plätzchen der Sanftheit und des Luxus auf einem grauenhaften Planeten — ein winziges Stück vom Garten Eden —, und auch das war ein logischer Grund für die Wahl.

Die Fremden kamen von jeder der sechsundzwanzig anderen Handelswelten: Delegierte, Ehefrauen, Sekretäre, Journalisten, Schiffe und Mannschaften. Radoles Einwohnerzahl verdoppelte sich fast, und Radoles Hilfsmittel wurden bis an die Grenze des Möglichen in Anspruch genommen. Die Gäste aßen und tranken nach Herzenslust und schliefen niemals.

Doch nur wenige der Krakeeler waren sich nicht peinlich bewußt, daß dieses ganze Gebiet der Galaxis langsam in einer Art von stillem, schläfrigem Krieg verbrannte. Die Wissenden teilten sich in drei Klassen. Erstens gab es viele, die wenig wußten und sehr zuversichtlich waren ...

Wie zum Beispiel der junge Raumpilot, der die Haven-Kokarde an der Mütze trug und dem es, während er sich sein Glas vor die Augen hielt, gelang, den Blick des schwach lächelnden radolischen Mädchens ihm gegenüber einzufangen. Gerade sagte er:

»Wir haben auf unserem Weg hierher die Kriegszone durchquert — absichtlich. Etwa eine Lichtminute lang schlängelten wir uns im Neutralflug dicht an Horleggor vorbei ...«

»Horleggor?« unterbrach ihn ein langbeiniger Einheimischer, der bei dieser Zusammenkunft den Gastgeber spielte. »Dort hat das Maultier letzte Woche die Jacke voll bekommen, nicht wahr?«

»Woher wissen denn Sie, daß das Maultier die Jacke voll bekommen hat?« fragte der Pilot hochnäsig.

»Foundation-Sender.«

»Ach ja? Ob Sie es glauben oder nicht, das Maultier hat Horleggor. Wir stießen beinahe mit einern Konvoi seiner Schiffe zusammen, und sie kamen von diesem Planeten. Einer, der den Kampfschauplatz in seinem Besitz behält, während der Gegner eilends das Weite sucht, hat schließlich nicht die Jacke voll bekommen.«

Jemand anders rief mit undeutlicher Stimme: »Reden Sie nicht so! Die Foundation steckt immer für eine Weile Schläge ein. Warten Sie's nur ab. Die alte Foundation weiß, wann sie zurückschlagen muß. Und dann — *bumm!*« Die schwere Zunge verstummte. Der Sprecher setzte ein einfältiges Grinsen auf.

»Jedenfalls«, ergriff der Pilot von Haven nach kurzer Pause wieder das Wort, »wie ich sagte: Wir sahen die Schiffe des Maultiers, und sie machten einen sehr guten Eindruck. Ich will Ihnen etwas sagen — sie sahen *neu* aus.«

»Neu?« Das gab dem Einheimischen zu denken. »Die Leute des Maultiers haben sie selbst gebaut?« Er riß ein Blatt von einem überhängenden Zweig, schnupperte genüßlich daran und zermalmte es dann zwischen den Zähnen. Das verletzte Gewebe blutete grün und strömte Pfefferminzgeruch aus. »Wollen Sie mir erzählen, sie schlagen Foundation-Schiffe mit Eigenbau-Kähnen? Na, na!«

»Wir haben sie gesehen, Doc. Und ich kann ein Schiff von einem Kahn unterscheiden, wissen Sie.«

Der Einheimische beugte sich vor. »Wollen Sie meine Meinung hören? Verrennen Sie sich nicht. Kriege brechen nicht von selbst aus, und wir haben einen Haufen von klugen Köpfen, die die Sache im Griff haben. Die wissen schon, was sie tun.«

Der Betrunkene wurde plötzlich laut. »Paßt nur auf, was die alte Foundation tun wird! Sie wartet bis zur letzten Minute, und dann — *bumm!*« Er grinste das Mädchen mit weit offenem Mund an. Das Mädchen rückte von ihm ab.

Der Radoler sagte: »Zum Beispiel, mein Alter, glauben Sie vielleicht, das Maultier habe das Heft in der Hand. O nein!« Er schwenkte den Zeigefinger waagerecht hin und her. »Nach der Version, die ich gehört habe — und sie kam von ziemlich hoch oben —, wird das Maultier von uns bezahlt, und wahrscheinlich haben wir auch diese Schiffe gebaut. Seien wir realistisch — es ist wahrscheinlich. Klar, auf lange Sicht kann er die Foundation nicht schlagen, aber er kann ihr das Zittern beibringen, und wenn er das tut — *rücken wir nach.*«

Das Mädchen beschwerte sich: »Kannst du über nichts anderes reden, Klev? Nur über den Krieg? Du langweilst mich.«

Der Pilot von Haven machte einen Versuch, sich als galant zu erweisen. »Wechselt das Thema. Wir dürfen die Mädchen doch nicht langweilen.«

Der Betrunkene griff den Refrain auf und schlug mit einem Krug den Rhythmus. Die Zweiergruppen, die sich gebildet hatten, lösten sich unter Gekicher auf, und andere Paare kamen aus dem Sonnenhaus im Hintergrund zum Vorschein.

Das Gespräch wurde allgemeiner, abwechslungsreicher, bedeutungsloser...

Dann gab es jene, die ein bißchen mehr wußten und weniger zuversichtlich waren.

Wie zum Beispiel der einarmige Fran, der in seiner ganzen Stämmigkeit den Planeten Haven als offizieller Delegierter vertrat und demzufolge das Leben genoß und neue Freundschaften kultivierte — mit Frauen, wenn er konnte, und mit Männern, wenn er mußte.

Auf der Sonnenterrasse eines oben auf einem Hügel gelegenen Hauses, das einem dieser neuen Freunde gehörte, entspannte er sich seit seiner Ankunft zum erstenmal (insgesamt sollte es während seiner ganzen Zeit auf Radole zweimal geschehen). Der neue Freund war Iwo Lyon, Bürger von Radole und eine Fran verwandte Seele. Sein Haus lag abseits von dem allgemeinen Haufen allein in einem Meer von Blütendüften und Insektengesumm. Die Sonnenterrasse war ein Rasenstreifen mit einem Neigungswinkel von fünfundvierzig Grad, und Fran lag darauf und ließ sich vom Sonnenschein durchtränken.

»So etwas haben wir nicht auf Haven«, bemerkte er.

Iwo erwiderte schläfrig: »Du müßtest einmal die kalte Seite sehen. Zwanzig Meilen von hier gibt es eine Stelle, wo der Sauerstoff wie Wasser läuft.«

»Geh!«

»Tatsache.«

»Ich will dir was sagen, Iwo. Damals, als ich meinen Arm noch hatte, bin ich weit herumgekommen, verstehst du — und du wirst es nicht glauben, aber...« Die nun folgende Geschichte dauerte ziemlich lange, und Iwo glaubte sie nicht.

Gähnend sagte er: »Die Jugend von heute schafft so etwas nicht mehr, das ist die reine Wahrheit.«

»Da hast du recht. Aber...« — Fran kam in Fahrt — »es gilt nicht für alle. Ich habe dir doch von meinem Sohn erzählt? Der ist einer von der alten Schule! Aus ihm wird ein großartiger Händler werden, verdammt noch mal! Er ist ganz der Vater, abgesehen davon, daß er schon verheiratet ist.«

»Du meinst, mit einem gesetzlichen Vertrag? Mit einem Mädchen?«

»Das stimmt. Ich weiß auch nicht, was das für einen Sinn haben soll. Sie haben ihre Hochzeitsreise nach Kalgan gemacht.«

»Kalgan? *Kalgan?* Galaxis, wann war das?«

Fran lächelte breit und erklärte bedeutungsvoll: »Ganz kurz bevor das Maultier der Foundation den Krieg erklärte.«

»Ach ja?«

Fran nickte und winkte Iwo, mit dem Kopf näher an ihn heranzurücken. Heiser flüsterte er ihm zu: »Ja, ich kann dir etwas erzählen, wenn du es nicht weitersagst. Mein Junge wurde aus einem bestimmten Grund nach Kalgan geschickt. Ich möchte nicht darüber sprechen, was für ein Grund das war, verstehst du, aber sieh dir die jetzige Situation an, und dann wirst du es recht gut erraten können. Jedenfalls war mein Junge der Richtige für diese Aufgabe. Wir Händler brauchten so etwas wie einen Krawall.« Er lächelte schlau. »Jetzt haben wir ihn. Ich sage nicht, wie wir das gemacht haben, aber — mein Junge reiste nach Kalgan, und das Maultier schickte seine Schiffe aus. Das ist mein Sohn!«

Iwo war gebührend beeindruckt und machte dem Freund seinerseits vertrauliche Mitteilungen. »Das ist gut. Weißt du was? Es heißt, wir hätten fünfhundert Schiffe bereitstehen, um zum richtigen Augenblick in eigener Sache losschlagen zu können.«

»Es mögen noch mehr sein«, meinte Fran sachverständig. »Das ist echte Strategie. So habe ich es gern.« Er kratzte sich ungeniert zwischen den Beinen. »Aber vergiß nicht, daß das Maultier ebenfalls ein heller Kopf ist. Was bei Horleggor passiert ist, beunruhigt mich.«

»Ich habe gehört, er hätte an die zehn Schiffe verloren.«

»Sicher, aber er hat hundert behalten, und die Foundation mußte sich zurückziehen. Es ist gut, wenn diese Tyrannen geschlagen werden, aber doch nicht so schnell!« Er schüttelte den Kopf.

»Mir stellt sich dabei die Frage: Woher bekommt das Maultier seine Schiffe? Es geht das weitverbreitete Gerücht, wir bauten sie für ihn.«

»Wir? Die Händler? Haven besitzt die größten Schiffswerften von allen unabhängigen Welten, und wir haben kein einziges für jemand anders als uns selbst gebaut. Kannst du dir vorstellen, irgendeine Welt baue dem Maultier auf eigene Faust eine Flotte, ohne die Vorsichtsmaßnahme einer Absprache mit den anderen zu treffen? Das ist ... ein Märchen.«

»Ja, aber woher bekommt er sie?«

Fran zuckte die Schultern. »Ich nehme an, er macht sie selbst. Auch das beunruhigt mich.«

Er blinzelte in die Sonne und krümmte die Zehen um das glatte Holz der polierten Fußstütze. Langsam schlief er ein, und das sanfte Säuseln seines Atems mischte sich mit dem Zirpen der Insekten.

Dann waren da die nur ganz wenigen, die viel wußten und überhaupt nicht zuversichtlich waren.

Wie zum Beispiel Randu, der am fünften Tag des allgemeinen Händlertreffens die Zentrale Halle betrat und die beiden Männer, die er um ihr Erscheinen gebeten hatte, auf ihn wartend vorfand. Die fünfhundert Sitzplätze waren leer — und sollten es auch bleiben.

Schnell, noch bevor er sich setzte, sagte Randu: »Wir drei repräsentieren etwa das halbe militärische Potential der unabhängigen Handelswelten.«

»Ja«, stimmte Mangin von Iss zu, »mein Kollege und ich erwähnten die Tatsache bereits.«

»Ich habe die Absicht«, sagte Randu, »schnell und in allem Ernst zu sprechen. Ich habe kein Interesse am Feilschen oder an Feinheiten. Unsere Situation ist so, daß sie schlimmer kaum noch sein könnte.«

»Schuld daran ist ...«, drängte ihn Ovall Gri von Mnemon.

»... die Entwicklung der letzten Stunde. Bitte! Gehen wir es von Anfang an durch. Erstens: Unsere Situation ist nicht die Folge unserer Taten, und es ist zweifelhaft, ob wir sie unter Kontrolle haben. Ursprünglich hatten wir nicht mit dem Maultier verhandelt, sondern mit verschiedenen anderen, vor allem mit dem früheren Kriegsherrn von Kalgan, den das Maultier zu einem für uns äußerst unpassenden Zeitpunkt besiegte.«

»Ja, aber dieses Maultier ist ein würdiger Ersatzmann«, wandte Mangin ein. »Ich nörgele nicht an Einzelheiten herum.«

»Vielleicht werden Sie es tun, wenn Sie *alle* Einzelheiten kennen.« Randu beugte sich vor und legte die Hände in einer deutlich zu verstehenden Geste mit den Handflächen nach oben auf den Tisch.

»Vor einem Monat habe ich meinen Neffen und die Ehefrau meines Neffen nach Kalgan geschickt.«

»Ihren Neffen!« rief Ovall Gri überrascht. »Ich wußte nicht, daß er Ihr Neffe ist.«

»Zu welchem Zweck?« fragte Mangin trocken. »Zu diesem?« Und sein Daumen beschrieb einen Kreis hoch in der Luft.

»Nein. Falls Sie den Krieg des Maultiers mit der Foundation meinen, nein. Wie hätte ich mein Ziel so hoch stecken können? Der junge Mann wußte von nichts — weder von unserer Organisation noch von unseren Zielen. Ihm wurde gesagt, ich sei ein unbedeutendes Mitglied einer patriotischen Gesellschaft auf Haven, und er habe auf Kalgan keine andere Funktion als die eines Amateur-Beobachters. Meine Motive waren, wie ich zugeben muß, ziemlich obskur. Vor allem war ich wegen des Maultiers neugierig. Er ist eine seltsame Erscheinung — aber das ist ein alter Hut; ich werde nicht weiter darauf eingehen. Zweitens sah ich darin ein interessantes und erzieherisches Trainingsprojekt für einen Mann, der Erfahrung mit der Foundation und dem Foundation-Untergrund hatte und bei dem zu hoffen war, er könne uns in Zukunft nützlich sein. Sie verstehen ...«

Ovall zeigte seine großen Zähne, wobei sich sein langes Gesicht in senkrechte Falten legte. »Dann muß das Ergebnis Sie überrascht haben, denn es gibt wohl keine einzige Handelswelt, auf der nicht bekannt ist, daß dieser Ihr Neffe im Namen der Foundation einen Diener des Maultiers entführte und so dem Maultier einen *casus belli* lieferte. Galaxis, Randu, erzählen Sie uns keine Romane! Ich kann es mir nicht anders vorstellen, als daß Sie die Hand dabei im Spiel hatten. Geben Sie zu, es war eine raffiniert eingefädelte Sache.«

Randu schüttelte seinen weißhaarigen Kopf. »Nicht von mir eingefädelt, und ebensowenig von meinem Neffen, der jetzt in der Foundation im Gefängnis sitzt und es vielleicht nicht mehr erlebt, wie seine Arbeit zu Ende geführt wird. Ich habe gerade erst von ihm gehört. Die Briefkapsel ist irgendwie hinausgeschmuggelt worden, durch die Kriegszone gelangt, nach Haven gekommen und von da nach hier gereist. Sie war einen Monat lang unterwegs.«

»Und ...?«

Randu legte die eine Hand schwer auf den Ballen der anderen und sagte traurig: »Ich fürchte, uns ist die gleiche Rolle zugedacht, wie sie der frühere Kriegsherr von Kalgan gespielt hat. Das Maultier ist ein Mutant!«

Für einen Augenblick machte sich Nervosität breit. Man hatte den vagen Eindruck von schneller schlagenden Herzen. Das hätte Randu sich denken können.

Als Mangin sprach, klang seine Stimme so gleichmütig wie zuvor. »Woher wissen Sie das?«

»Nur von meinem Neffen, aber er war auf Kalgan.«

»Was für eine Art von Mutant? Es gibt alle möglichen, wie Sie wissen.«

Randu zwang seine aufsteigende Ungeduld nieder. »Alle möglichen Arten, ja, Mangin. Alle möglichen! Aber nur eine Art von Maultier. Was für eine Art von Mutant würde als Unbekannter beginnnen, eine Armee aufstellen, einen Fünf-Meilen-Asteroiden, wie es heißt, als erste Basis einrichten, einen Planeten erobern, dann ein System, dann eine Region — und dann die Foundation angreifen und bei Horleggor *besiegen! Und das alles in zwei oder drei Jahren!*«

Ovall Gri zuckte die Achseln. »Sie meinen also, er wird die Foundation besiegen?«

»Ich weiß es nicht. Und wenn er sie besiegt?«

»Tut mir leid, so weit kann ich nicht gehen. Die Foundation ist nicht zu schlagen. Hören Sie, die einzigen neuen Tatsachen, aus denen wir Ihrer Meinung nach Schlüsse ziehen sollen, sind die Aussagen eines ... nun, eines unerfahrenen Jungen. Ich schlage vor, wir stellen die Sache für eine Weile zurück. Trotz aller Siege des Maultiers haben wir uns bis jetzt keine Sorgen gemacht, und solange er nicht ein großes Stück weiterkommt, sehe ich keinen Grund, daran etwas zu ändern. Einverstanden?«

Randu runzelte die Stirn. Er verzweifelte an der Spinnweb-Beschaffenheit seines Arguments. An beide richtete er die Frage: »Haben wir schon Kontakt mit dem Maultier hergestellt?«

»Nein«, antworteten sie.

»Aber es stimmt, daß wir es versucht haben, nicht wahr? Es stimmt, daß unser Treffen nicht viel Sinn hat, solange uns das nicht gelungen ist, nicht wahr? Es stimmt, daß bisher mehr getrunken als gedacht und mehr geschäkert als gehandelt worden ist — ich zitiere aus einem Leitartikel in der *Radole Tribune* von heute —, und das alles, weil wir nicht an das Maultier herankommen. Meine Herren, wir haben nahezu tausend Schiffe, die darauf warten, im geeigneten Augenblick in den Kampf geworfen zu werden, um die Kontrolle über die Foundation zu erringen. Ich sage, wir sollten das ändern. Ich sage, setzen wir diese tausend Schiffe *jetzt* ein — *gegen* das Maultier.«

»Sie meinen, für den Tyrannen Indbur und die Blutsauger der Foundation?« fragte Mangin leise und giftig.

Randu hob müde die Hand. »Ersparen Sie mir die emotionalen Bezeichnungen. Gegen das Maultier, sage ich, und es ist mir gleichgültig, für wen.«

Ovall Gri erhob sich. »Randu, damit will ich nichts zu tun haben. Tragen Sie es heute abend der Vollversammlung des Rates vor, wenn sie scharf auf politischen Selbstmord sind.«

Er ging ohne ein weiteres Wort, und Mangin folgte ihm stumm. Randu blieb nichts weiter übrig, als eine einsame Stunde mit endlosen, zu nichts führenden Grübeleien abzusitzen.

Am Abend sagte er bei der Vollversammlung des Rates nichts.

Aber am nächsten Morgen stürmte Ovall Gri in sein Zimmer, ein unzureichend angekleideter Ovall Gri, der sich weder rasiert noch sich die Haare gekämmt hatte.

Randu starrte ihn über einen noch nicht abgeräumten Frühstückstisch hinweg an. Er staunte so sehr, daß ihm die Pfeife aus dem Mund fiel.

Ovall teilte ihm in nüchternen Worten mit: »Mnemon ist bei einem überraschenden Angriff aus dem Raum bombardiert worden.«

Randu kniff die Augen zusammen. »Die Foundation?«

»Das Maultier!« explodierte Ovall. »Das Maultier!« Seine Worte überschlugen sich. »Es geschah ohne Anlaß und aus reiner Bosheit. Der größte Teil unserer Schiffe hatte sich der internationalen Flotte angeschlossen. Die wenigen, die zur Verteidigung der Heimat zurückgeblieben waren, reichten nicht aus und wurden aus dem Himmel gefegt. Es sind noch keine Truppen gelandet, und vielleicht geschieht das nie, denn es heißt, die Hälfte der Angreifer sei vernichtet worden — aber das bedeutet Krieg — und ich wollte Sie fragen, wo Haven in dieser Sache steht.«

»Haven, dessen bin ich sicher, wird im Geist des Föderationsvertrages handeln. Aber... — sehen Sie? Er greift auch uns an.«

»Dieses Maultier ist ein Wahnsinniger. Kann er es mit dem Universum aufnehmen?« Ovall schwankte, setzte sich und faßte nach Randus Handgelenk. »Die wenigen Überlebenden berichten, das Maultier besitze — der Feind besitze eine neue Waffe. Einen Atomfeld-Unterdrücker.«

»Einen *was?*«

Ovall erläuterte: »Die meisten unserer Schiffe gingen verloren, weil ihre Atomwaffen versagten. Der Grund kann weder Zufall noch Sabotage sein. Das muß eine Waffe des Maultiers bewirkt haben. Sie funktionierte nicht perfekt; es gab Unterbrechungen, man fand Möglichkeiten, sie zu neutralisieren — die Nachricht, die ich erhielt, geht nicht in Einzelheiten. Aber Sie sehen, daß eine solche Waffe eine neue Art der Kriegführung bedeutet, und möglicherweise ist unsere ganze Flotte schon veraltet.«

Randu kam sich vor wie ein alter, alter Mann. Sein Gesicht erstarrte in Hoffnungslosigkeit. »Ich fürchte, da ist ein Ungeheuer herangewachsen, das uns alle verschlingen wird. Trotzdem müssen wir uns ihm entgegenstellen.«

— 17 —

Das Visi-Sonor

Ebling Mis' Haus, in einer nicht besonders anspruchsvollen Nachbarschaft von Terminus City gelegen, war den Intellektuellen, den Literaten und den schlicht Belesenen der Foundation wohlbekannt. Seine hervorstechenden Eigenschaften hängen von dem jeweiligen Quellenmaterial ab. Für den einen Biographen, der sich seine Gedanken darüber gemacht hatte, war es »das Symbol eines Rückzugs aus einer nichtakademischen Realität«, ein Klatschkolumnist salbaderte über eine »schrecklich maskuline Atmosphäre sorgloser Unordnung«, ein Universitätsprofessor nannte es brüsk »ein Bücherparadies, aber unorganisiert«, ein nichtakademischer Freund lobte: »Man bekommt jederzeit etwas zu trinken und darf die Füße aufs Sofa legen«, und eine seichte wöchentliche Fernsehsendung, die sich um Farbigkeit bemühte, sprach von der »felsenhaften, erdverbundenen, nüchternen Unterkunft des blasphemischen, linksstehenden, kahl werdenden Ebling Mis«.

Für Bayta, die im Augenblick an kein anderes Publikum als sich selbst dachte und den Vorteil der Information aus erster Hand hatte, war das Haus bloß schlampig.

Abgesehen von den ersten paar Tagen, hatte sie ihre Gefangenschaft als leichte Bürde empfunden. Viel leichter, so kam es ihr vor, als diese halbe Stunde des Wartens im Haus des Psychologen — wobei sie vielleicht heimlich beobachtet wurde. Damals war sie wenigstens mit Toran zusammen gewesen …

Doch noch mehr hätte sie unter der Anspannung gelitten, wenn die Art, wie Magnifico die lange Nase hängen ließ, nicht gezeigt hätte, unter wieviel stärkerem Druck er stand.

Magnifico hatte die Besenstiel-Beine unter das spitze Kinn hochgezogen, als wolle er sich bis zum Unsichtbarwerden klein machen. Instinktiv legte ihm Bayta in einer tröstenden Geste die Hand auf den Arm. Magnifico zuckte zusammen. Dann lächelte er.

»Wahrlich, meine Dame, mich dünkt, daß mein Körper immer noch leugnet, was mein Kopf weiß, und von der Hand eines anderen nichts als Schläge erwartet.«

»Du brauchst dir keine Sorgen zu machen, Magnifico. Ich bin bei dir, und ich werde nicht zulassen, daß dir ein Leid geschieht.«

Der Narr schielte sie von der Seite her an und blickte schnell wieder weg. »Aber bisher hat man mich von Euch — und von Eurem freundlichen Gatten — ferngehalten, und, auf mein Wort, Ihr mögt lachen, ich habe mich wegen des Fehlens von Freundschaft einsam gefühlt.«

»Darüber würde ich nie lachen. Ich war auch einsam.«

Das hob die Stimmung des Narren. Er umschlang seine Knie fester. »Ihr kennt den Mann nicht, der uns zu sprechen wünscht?« Es war eine vorsichtige Frage.

»Nein. Aber er ist berühmt. Ich habe ihn in den Nachrichtensendungen gesehen und viel von ihm gehört. Ich glaube, er ist ein guter Mensch, Magnifico, und er will uns nichts tun.«

»Ja?« Der Narr rückte nervös herum. »Das mag sein, meine Dame, aber er hat mich schon einmal befragt, und seine Manieren sind von einer Abruptheit und Lautstärke, die mich erbeben lassen. Er ist voll von seltsamen Wörtern, so daß sich die Antworten auf seine Fragen meiner Kehle nicht entwinden wollen. Fast könnte ich dem Aufschneider glauben, der einmal Scherz mit meiner Unwissenheit trieb und behauptete, in solchen Augenblicken springe das Herz in die Luftröhre und verhindere das Sprechen.«

»Aber jetzt ist es etwas anderes. Wir sind zwei, und er ist nur einer, und es soll ihm nicht gelingen, uns beide einzuschüchtern, nicht wahr?«

»Nein, meine Dame.«

Irgendwo knallte eine Tür zu, und das Brüllen einer menschlichen Stimme drang ins Haus ein. Unmittelbar vor dem Raum gerann sie zu den Worten: »Aus dem Weg! Ga-LAX-is, haut ab hier!«, und für einen Augenblick wurden durch die sich öffnende Tür zwei uniformierte Wachen in schnellem Rückzug sichtbar.

Ebling Mis polterte schnaubend herein, legte ein sorgfältig eingewickeltes Bündel auf den Fußboden, trat naher und reichte Bayta mit kräftigem Druck die Hand. Bayta erwiderte den Druck auf Männerart. Mis wandte sich dem Narren zu, doch dann drehte er sich noch einmal um und bedachte die junge Frau mit einem abschätzenden Blick.

»Verheiratet?« fragte er.

»Ja. Wir haben die gesetzlichen Formalitäten erfüllt.«

Mis überlegte. »Glücklich darüber?«

»Bis jetzt ja.«

Mis zuckte die Achseln und richtete seine Aufmerksamkeit wieder auf Magnifico. Er wickelte das Bündel aus. »Weißt du, was das ist, Junge?«

Magnifico schoß von seinem Sitz hoch und griff nach dem Instrument mit den vielen Tasten. Er befühlte die Myriaden von Knopf-Kontakten und machte plötzlich vor Freude einen Salto rückwärts, der die umstehenden Möbel in Gefahr brachte.

»Ein Visi-Sonor!« krächzte er. »Und ein Fabrikat, das Freude aus dem Herzen eines Toten destillieren könnte!« Seine langen Finger streichelten das Instrument, drückten mit fließenden Bewegungen leicht auf die Kontakte, ruhten kurz auf einer Taste, dann auf einer anderen — und in der Luft vor ihnen entstand gerade noch im Bereich des Sichtbaren ein weiches rosiges Glühen.

Ebling Mis sagte: »In Ordnung, Junge, du hast behauptet, auf einem von diesen Instrumenten spielen zu können, und jetzt bekommst du eine Chance. Du mußt es aber erst stimmen, es stammt aus einem Museum.« Er flüsterte Bayta zu: »Soviel ich herausbekommen konnte, versteht es niemand in der Foundation, das Ding richtig sprechen zu lassen.«

Er beugte sich zu ihr vor und sagte schnell: »Der Narr will nicht reden, ohne daß Sie dabei sind. Wollen Sie helfen?«

Sie nickte.

»Gut! Sein Angstzustand ist fast fixiert, und ich bezweifle, daß seine mentale Kraft eine Psychosonde aushalten würde. Wenn ich auf andere Weise etwas aus ihm herausbekommen soll, muß er sich absolut wohl fühlen. Sie verstehen?«

Wieder nickte sie.

»Dieses Visi-Sonor ist der erste Schritt des Vorgangs. Er sagt, er kann es spielen, und seine Reaktion eben macht ganz klar, daß es eine der großen Freuden seines Lebens ist. Ob er also gut oder schlecht spielt, zeigen Sie Interesse und Anerkennung. Dann stellen Sie Freundlichkeit und Vertrauen mir gegenüber zur Schau Und vor allem folgen Sie meiner Führung.« Er warf einen prüfenden Blick auf Magnifico, der sich in eine Ecke des Sofas gedrückt hatte und rasche Einstellungen im Innern des Instruments vornahm. Er hatte für nichts anderes mehr Augen oder Ohren.

Im Gesprächston sagte Mis zu Bayta: »Haben Sie schon einmal ein Visi-Sonor gehört?«

»Ja, einmal«, gab Bayta ebenso ungezwungen zurück, »bei einem Konzert mit seltenen Instrumenten. Ich war nicht sonderlich beeindruckt.«

»Nun, wahrscheinlich wurde es nicht gut gespielt. Es gibt nur sehr wenige wirklich gute Spieler. Das liegt nicht so sehr daran, daß das Instrument große Ansprüche an die körperliche Koordinierung stellt — ein Piano mit mehreren Tastaturen stellt zum Beispiel größere —, sondern daß es eine bestimmte Art von freier, ungebundener Mentalität erfordert.« Mit leiserer Stimme setzte er hinzu: »Aus diesem Grund könnte unser lebendes Skelett hier besser sein, als wir denken. Gute Spieler sind oft in allen anderen Dingen Idioten. Das ist eine dieser merkwürdigen Kombinationen, die die Psychologie so interessant machen.«

In dem offenkundigen Versuch zu leichter Konversation plauderte er weiter: »Wissen Sie, wie dieses mit Blasen bedeckte Ding funktioniert? Ich habe es nachgeschlagen, aber bisher habe ich nichts weiter herausgefunden, als daß seine Ausstrahlungen das optische Zentrum des Gehirns direkt stimulieren, ohne den optischen Nerv zu berühren. Tatsächlich nutzt es einen Sinn, der in der Natur überhaupt nicht vorkommt. Bemerkenswert, wenn man darüber nachdenkt. Was Sie hören, geht in Ordnung. Das ist ganz normal. Trommelfell, Schnecke, all das. Aber — *Pst!* Er ist soweit. Drücken Sie bitte den Schalter da? Es geht besser im Dunkeln.«

Im Dunkeln war Magnifico nur ein Fleck, Ebling Mis eine schwer atmende Masse. Bayta strengte ihre Augen an, so sehr sie konnte, doch anfangs ohne Erfolg. Ein dünnes, flötenartiges Vibrieren lag in der Luft, das ruckweise die Tonleiter hinaufwanderte. Es verharrte, sank ab und fing sich wieder, gewann an Volumen und stieg zu einem gewaltigen Getöse an, das die Wirkung hatte, als zerrisse mit Donnergepolter ein verhüllender Vorhang.

Eine kleine Sphäre pulsierender Farbe wuchs in rhythmischen Anläufen und zerplatzte mitten in der Luft zu formlosen Knoten, die hochwirbelten und als wallende Bänder in sich überlappenden Mustern niederfielen. Sie liefen zu Kügelchen zusammen, von denen nicht zwei in der Farbe gleich waren — und Bayta machte nach und nach Entdeckungen.

Sie stellte fest, daß die Farbmuster klarer wurden, wenn sie die Augen schloß, daß die geringste Bewegung einer Farbe ihr eigenes akustisches Muster hatte, daß sie die Farben nicht identifizieren konnte und, als letztes, daß die Kugeln keine Kugeln, sondern kleine Figuren waren.

Kleine Figuren, sich bewegende Flämmchen, die zu Myriaden tanzten und flackerten, die außer Sicht fielen und aus dem Nichts zurückkehrten, die umeinanderwirbelten und dann zu einer neuen Farbe zusammenflossen.

Bayta mußte an die farbigen Flecken denken, die des Nachts kommen, wenn man die Augenlider zusammenkneift, bis es weh tut, und geduldig hinsieht. Da war der altvertraute Effekt der marschierenden Punktmuster, der sich zusammenziehenden konzentrischen Kreise, der formlosen Massen, die kurz zittern. All das war zu sehen, nur größer, in unterschiedlicheren Farben — und jeder kleine Tupfer war eine winzige Figur.

Sie rasten paarweise auf sie zu, und sie hob mit einem schnellen Atemzug die Hände, aber die Figuren schwankten, und für einen Augenblick war Bayta im Mittelpunkt eines leuchtenden Schneesturms, während kaltes Licht von ihren Schultern und über ihre Arme glitt, von ihren steifen Fingern schoß und sich in der Luft vereinigte.

Gleichzeitig mit dem allen ergossen sich die Klänge von hundert Instrumenten, als seien es Flüssigkeiten, bis Bayta sie von dem Licht nicht mehr unterscheiden konnte.

Sie fragte sich, ob Ebling Mis das gleiche sah, und wenn nicht, was er sah. Der Gedanke verflog, und dann ...

Sie sah von neuem hin. Die kleinen Figuren — waren es kleine Figuren, winzige Weiblein mit brennendem Haar, die sich schneller, als der Verstand folgen konnte, drehten und wanden? — faßten sich an und bildeten sternförmige Gruppen, die im Kreis tanzten — und die Musik war leises Lachen — Mädchenlachen, das innerhalb des Ohrs begann.

Die Sterne zogen sich zusammen, sprühten sich entgegen, wuchsen langsam zu einem Gebilde — und von unten schoß ein Palast in rascher Entwicklung aufwärts. Jeder Ziegelstein war eine Farbe, jede Farbe ein Funke, jeder Funke ein Licht, das wechselnde Muster annahm und das Auge himmelwärts zu zwanzig von Juwelen funkelnden Minaretts lenkte.

Ein glitzernder Teppich breitete sich aus, wirbelte, spann ein unstoffliches Netz, das den ganzen Raum umfing, und von ihm stachen Lichter nach oben und verzweigten sich zu Bäumen, die mit eigener Musik sangen.

Bayta war darin eingeschlossen. Die Musik umwallte sie in schnellen, lyrischen Folgen. Sie streckte die Hand aus, um einen zerbrechlichen Baum zu berühren, und blühende Nadeln schwebten herab und verblaßten, jede mit einem kleinen klaren Klingeln.

Die Musik lärmte wie zwanzig Becken, und eine Flamme loderte hoch und ergoß sich über unsichtbare Stufen in Baytas Schoß, wo sie überfloß. Die feurigen Funken stiegen bis zu ihrer Taille, während sich über ihren Schoß eine Regenbogen-Brücke spannte und darauf die kleinen Figuren tanzten ...

Ein Platz und ein Garten und winzige Männer und Frauen auf einer Brücke. Sie spannte sich so weit, wie Bayta sehen konnte, schwamm durch die majestätischen

Fluten der Musik von Saiteninstrumenten, die auf Bayta zurollten …

Und dann … dann kam eine angstvolle Pause, eine zögernde, nach innen gerichtete Bewegung, ein schneller Zusammenbruch. Die Farben entflohen, drehten sich zu einer schrumpfenden Kugel, stiegen hoch und verschwanden.

Und es war wieder nichts als dunkel.

Ein schwerer Fuß tastete nach dem Schalter, erreichte ihn, und das Licht ging an, das flache Licht einer prosaischen Sonne. Bayta blinzelte, bis die Tränen kamen, als weine sie aus Sehnsucht nach dem, was vorbei war. Ebling Mis saß da wie ein träger Klumpen, die Augen noch rund und der Mund noch offen.

Nur Magnifico selbst war lebendig, und er liebkoste sein Visi-Sonor in jubilierender Ekstase.

»Meine Dame«, keuchte er, »es ist in der Tat von zauberhafter Wirkung. Die Ausgewogenheit und die Resonanz sind in ihrer Zartheit und Stabilität fast mehr, als man erwarten kann. Mir ist, als könnte ich mit diesem Instrument Wunder wirken. Wie hat Euch meine Komposition gefallen, meine Dame?«

»War es deine?« hauchte Bayta. »Deine eigene?«

Ihre Ergriffenheit bewirkte, daß sein dünnes Gesicht bis zur Spitze seiner mächtigen Nase glühend rot wurde. »Ganz meine eigene, meine Dame. Dem Maultier gefiel sie nicht, aber ich habe sie oft und immer wieder zu meinem eigenen Vergnügen gespielt. Den Palast habe ich einmal gesehen, in meiner Jugend — das war ein gigantisches Bauwerk, funkelnd von Edelsteinen, ich sah ihn aus der Ferne bei einem Volksfest. Da waren Menschen, gekleidet mit einer Pracht, die ich mir nie hätte träumen lassen — und mehr Herrlichkeit, als ich sie danach jemals gesehen habe, nicht einmal im Dienst des Maultiers. Es ist nur ein kläglicher Ersatz, den ich geschaffen habe, aber die Armut meines Geistes erlaubt mir nicht mehr. Ich nenne die Komposition ›Erinnerung an den Himmel‹.«

Mitten im Geplapper des Narren schüttelte Mis sich und erwachte wieder zum Leben. »Höre, Magnifico«, sagte er, »möchtest du das auch für andere tun?«

Der Narr wich zurück. »Für andere?« stammelte er.

»Für Tausende«, rief Mis, »in den großen Sälen der Foundation! Würde es dir gefallen, dein eigener Herr zu sein, geehrt von allen, reich und ... und ...« Seine Phantasie ließ ihn im Stich. »Und all das? — He? Was sagst du dazu?«

»Aber wie kann ich das alles sein, hochmächtiger Herr, wenn ich in Wirklichkeit nur ein armer Narr bin, dem die großen Dinge der Welt nicht vorherbestimmt sind?«

Der Psychologe stülpte die Lippen vor und fuhr sich mit dem Handrücken über die Stirn. »Aber wie du spielst, Mann! Die Welt gehört dir, wenn du so für den Bürgermeister und seine Handelskonzerne spieltest. Würde dir das nicht gefallen?«

Der Narr streifte Bayta mit einem kurzen Blick. »Würde sie bei mir bleiben?«

Bayta lachte. »Natürlich, Dummerchen. Wie sollte ich dich gerade jetzt allein lassen, wo du im Begriff stehst, reich und berühmt zu werden?«

»Mein Reichtum würde Euch gehören«, erwiderte er ernsthaft, »und wahrlich, der Reichtum der ganzen Galaxis würde Euch gehören, bevor ich meine Schuld an Eurer Güte zurückzahlen könnte.«

»Zunächst einmal«, meinte Mis leichthin, »könntest du mir helfen ...«

»Was ist das?«

Der Psychologe antwortete nach einer Pause lächelnd: »Eine kleine Oberflächen-Sonde, die nicht weh tut. Sie würde nur die Außenrinde deines Gehirns berühren.«

Todesangst loderte aus Magnificos Augen. »Keine Sonde! Ich habe sie in Gebrauch gesehen. Sie leert einem das Gehirn aus und läßt einen leeren Schädel zurück. Das Maultier verwendete sie bei Verrätern und ließ sie als Schwachsinnige in den Straßen umherirren, bis sie aus

Barmherzigkeit getötet wurden.« Er hob die Hand, um Mis wegzuschieben.

»Das war eine Psycho-Sonde«, erklärte Mis geduldig, »und selbst die schadet einem Menschen nur, wenn sie mißbraucht wird. Das Instrument, das ich hier habe, ist eine Oberflächen-Sonde und könnte keinem Baby etwas zuleide tun.«

»Das ist richtig, Magnifico«, redete Bayta ihm zu. »Es soll nur dazu beitragen, das Maultier zu schlagen und es in weiter Entfernung von hier zu halten. Sobald wir es hinter uns haben, werden du und ich unser ganzes Leben lang reich und berühmt sein.«

Magnifico streckte die zitternde Hand aus. »Wollt Ihr dabei meine Hand halten?«

Bayta ergriff sie mit ihren beiden Händen, und der Narr sah den sich nähernden polierten Terminal-Platten mit weit aufgerissenen Augen entgegen.

Ebling Mis lümmelte in einem der zu üppigen Sessel von Bürgermeister Indburs Privatwohnung, war als Unverbesserlicher absolut nicht dankbar für die ihm erwiesene Herablassung und beobachtete das nervöse Gezappel des kleinen Bürgermeisters ohne Mitgefühl. Er warf einen Zigarrenstummel weg und spuckte einen Tabakkrümel aus.

Indbur sagte übellaunig: »Ich habe Sie nicht herbestellt, um mir eine Vorlesung über Musik anzuhören. Was ist mit dem Maultier? Berichten Sie mir das. Was ist mit dem Maultier?«

»Mit dem Maultier? Nun, ich will es Ihnen sagen. Ich benutzte eine Oberflächen-Sonde und erhielt wenig. Die Psycho-Sonde kann ich nicht nehmen, weil die Mißgeburt Todesangst davor hat. Deshalb würde sein Widerstand wahrscheinlich seine unsäglichen mentalen Sicherungen durchbrennen lassen, kaum daß der Kontakt hergestellt ist. Aber folgendes habe ich herausbekommen — wenn Sie nur endlich aufhören wollten, mit den Fingernägeln zu trommeln!

Zunächst einmal können Sie Ihre Vorstellung von den körperlichen Fähigkeiten des Maultiers herabschrauben. Er ist wahrscheinlich sehr stark, aber die meisten Märchen der Mißgeburt sind wegen seiner angsterfüllten Erinnerungen gewaltig übertrieben. Das Maultier trägt eine merkwürdige Brille, und seine Augen töten. Offenbar verfügt er über parapsychische Kräfte.«

»Soviel wußten wir von Anfang an«, bemerkte der Bürgermeister verdrießlich.

»Dann bestätigt die Sonde es, und von da an kann ich mathematisch weiterarbeiten.«

»So? Und wie lange wird das dauern? Ihr Gerede macht mich noch taub.«

»Etwa einen Monat, würde ich sagen, und dann habe ich vielleicht etwas für Sie. Vielleicht auch nicht, klar. Aber ist das so wichtig? Wenn das alles außerhalb von Seldons Plan liegt, sind unsere Chancen gering, unsäglich gering.«

Indbur fuhr auf den Psychologen los: »Jetzt habe ich Sie, Verräter! Lügner! Sie sind einer dieser kriminellen Gerüchteerfinder, die in der Foundation Defätismus und Panik verbreiten und mir die Arbeit doppelt schwer machen.«

»Ich? Ich?« In Mis staute sich langsam der Zorn.

Indbur schwor ihm zu: »Weil, bei den Staubwolken des Raums, die Foundation siegen wird — siegen *muß!*«

»Obwohl wir Horleggor verloren haben?«

»Wir haben es nicht verloren. Sie haben auch diese Lüge geschluckt? Wir waren zahlenmäßig unterlegen, wir sind verraten worden!«

»Von wem?« fragte Mis verächtlich.

»Von den verlausten Demokraten aus der Gosse!« schrie Indbur ihn an. »Ich wußte längst, daß die Flotte von demokratischen Zellen durchsetzt ist. Die meisten sind ausgelöscht worden, aber es waren genug übriggeblieben, daß erklärlich ist, warum sich zwanzig Schiffe mitten im dichtesten Kampf ergaben. Genug für eine klare Niederlage.

Deshalb frage ich Sie, den Patrioten mit der rauhen Sprache, die Verkörperung aller primitiven Tugenden, in welcher Verbindung würden Sie zu den Demokraten stehen?«

Ebling Mis tat es mit einem Achselzucken ab. »Sie reden irre, wissen Sie das? Wer ist denn schuld an dem späteren Rückzug und dem Verlust von halb Siwenna? Wieder die Demokraten?«

»Nein. Nicht die Demokraten.« Der kleine Mann lächelte bissig. »Wir ziehen uns zurück, wie die Foundation sich immer vor einem Angriff zurückgezogen hat, bis sich der unvermeidliche Gang der Geschichte zu unseren Gunsten wendet. Ich sehe bereits, wie es ausgehen wird. Der sogenannte Untergrund der Demokraten hat Manifeste herausgegeben, in denen er der Regierung seine Hilfe und Loyalität zusichert. Das könnte eine Finte sein, ein Deckmantel für eine Verräterei, aber ich verwende es zu meinen Gunsten, und die daraus destillierte Propaganda wird ihre Wirkung zeitigen, ganz gleich, was diese elenden Verräter planen. Und noch besser...«

»Kann es etwas noch Besseres geben, Indbur?«

»Urteilen Sie selbst! Vor zwei Tagen hat die sogenannte Vereinigung unabhängiger Händler dem Maultier den Krieg erklärt, und mit einem Schlag ist die Foundation-Flotte um tausend Schiffe stärker. Sie sehen, dieses Maultier geht zu weit. Anfangs waren wir entzweit und stritten untereinander, und unter dem Druck seines Angriffs verbünden wir uns und werden stark. Er *muß* verlieren. Es ist unvermeidlich — wie immer.«

Mis blieb skeptisch. »Damit behaupten Sie, Seldon habe sogar das zufällige Auftreten eines Mutanten in seine Pläne einbezogen.«

»Eines Mutanten! Ich kann ihn nicht von einem menschlichen Wesen unterscheiden, und Sie können es ebensowenig, es sei denn, Sie verlassen sich auf die Phantastereien eines Rebellen-Captains, zweier ausländischer junger Leute und eines geistesgestörten Gauklers und Narren. Sie vergessen den schlüssigsten Beweis von allen — Ihren.«

»Meinen?« Für einen kurzen Augenblick war Mis verblüfft.

»Ihren!« höhnte der Bürgermeister. »Das Zeitgewölbe öffnet sich in neun Wochen. Sehen Sie wohl? Es öffnet sich einer Krise wegen. Wenn dieser Angriff des Maultiers *nicht* die Krise ist, wo ist dann die ›wirkliche‹ Krise, die, deretwegen das Gewölbe sich öffnet? Antworten Sie mir, Sie Fettsteiß!«

Der Psychologe zuckte die Achseln. »Na gut. Wenn es Sie glücklich macht. Aber tun Sie mir einen Gefallen. Nur für den Fall — den unwahrscheinlichen Fall —, daß der alte Seldon seine Ansprache hält und es nichts als Blödsinn ist, schlage ich vor, daß Sie mich an dem Festakt teilnehmen lassen.«

»In Ordnung. Gehen Sie. Und bleiben Sie mir neun Wochen lang aus den Augen!«

»Mit unsäglichem Vergnügen, Sie verschrumpeltes Ekel«, murmelte Mis im Hinausgehen vor sich hin.

— 18 —

Fall der Foundation

In dem Zeitgewölbe herrschte eine Atmosphäre, die sich jeder Beschreibung entzog. Es war nicht eine des Verfalls, denn der Raum war gut beleuchtet und die Klimaanlage funktionierte, die Wände zeigten ein frisches Farbmuster, und die Reihen der am Boden festgeschraubten Stühle waren bequem und offensichtlich für ewige Benutzung konstruiert. Er wirkte nicht einmal alt, denn drei Jahrhunderte hatten keine sichtbaren Spuren hinterlassen. Ganz bestimmt war nichts unternommen worden, um ehrfürchtige Scheu zu inspirieren, denn die Einrichtung war einfach und alltäglich — tatsächlich beinahe kahl.

Doch wenn alle negativen Größen addiert und die Summe abgesetzt worden war, blieb etwas übrig — und das konzentrierte sich um den Glaswürfel, der die Hälfte des Raums mit seiner klaren Leere beherrschte. Viermal in drei Jahrhunderten hatte dort das lebendige Simulacrum Hari Seldons gesessen und gesprochen. Zweimal hatte er dabei kein Publikum gehabt.

Durch drei Jahrhunderte und neun Generationen projizierte der alte Mann sich, der die große Zeit des galaxisweiten Imperiums noch selbst erlebt hatte — und immer noch verstand er mehr von der Galaxis seiner späten Nachkommen als diese Ururur... enkel selbst.

Dieser leere Würfel wartete geduldig.

Zuerst sollte Bürgermeister Indbur III. eintreffen. Er lenkte seinen Zeremonien-Bodenwagen durch die stillen, durch Angst entvölkerten Straßen. Mit ihm kam sein eigener Stuhl, höher als die, die in das Zeitgewölbe gehörten, und breiter. Er wurde vor den anderen aufgestellt, und Indbur dominierte alles bis auf den leeren Glaswürfel vor sich.

Der feierliche Beamte zu seiner Linken neigte ehrerbietig den Kopf. »Exzellenz, die Vorbereitungen für die weitestmögliche Subäther-Verbreitung der offiziellen Ansprache, die Euer Exzellenz heute abend halten wollen, sind getroffen.«

»Gut. Inzwischen sollen die speziellen interplanetaren Programme, die sich mit dem Zeitgewölbe befassen, weiterlaufen. Natürlich darf es keine Voraussagen oder Spekulationen über das Thema geben. Ist die Reaktion der Öffentlichkeit weiterhin zufriedenstellend?«

»Durchaus, Exzellenz. Die bösartigen Gerüchte der letzten Zeit sind weiter zurückgegangen. Allgemein herrscht Zuversicht.«

»Gut!« Indbur scheuchte den Mann mit einer Handbewegung weg und stellte seine kunstvolle Nackenstütze auf den letzten Grad der Genauigkeit ein.

Es war zwanzig Minuten vor zwölf Uhr mittags.

Eine ausgewählte Gruppe der Stützen des Bürgermeisteramtes — die Führer der großen Handelsorganisationen — erschien einzeln oder zu zweit mit dem Ausmaß an Pomp, der ihnen nach ihrem finanziellen Status und ihrem Rang in der Gunst des Bürgermeisters zustand. Jeder präsentierte sich Indbur, erhielt ein gnädiges Wort oder auch zwei und setzte sich auf den ihm zugewiesenen Platz.

Ein Stilbruch in dieser byzantinischen Zeremonie war der Auftritt Randus von Haven, der sich, ohne angemeldet zu sein, einen Weg bis zu dem Bürgermeister bahnte.

»Exzellenz!« murmelte er und verbeugte sich.

Indbur runzelte die Stirn. »Ihnen ist keine Audienz gewährt worden.«

»Exzellenz, ich bitte seit einer Woche darum.«

»Ich bedauere, daß die Staatsangelegenheiten im Zusammenhang mit dem Erscheinen Seldons ...«

»Exzellenz, das bedauere ich auch, aber ich muß Sie bitten, Ihren Befehl zu widerrufen, daß die Schiffe der unabhängigen Händler unter die Flotten der Foundation aufgeteilt werden sollen.«

Indbur hatte bei der Unterbrechung einen roten Kopf bekommen. »Dies ist nicht der richtige Zeitpunkt für eine Diskussion.«

»Exzellenz, es ist der letztmögliche Zeitpunkt«, drängte Randu im Flüsterton. »Als Vertreter der unabhängigen Handelswelten sage ich Ihnen, daß einem solchen Befehl nicht gehorcht werden kann. Er muß widerrufen werden, bevor Seldon unsere Probleme für uns löst. Sobald der Notfall vorüber ist, kommt der Versuch zu einer Aussöhnung zu spät, und unser Bündnis wird sich auflösen.«

Indbur musterte Randu kalt. »Ist Ihnen klar, daß ich an der Spitze der bewaffneten Streitkräfte der Foundation stehe? Habe ich das Recht, die militärische Politik zu bestimmen, oder habe ich es nicht?«

»Exzellenz, Sie haben es, aber manche Dinge sind unzweckmäßig.«

»Ich sehe keine Unzweckmäßigkeit. Es wäre gefährlich, Ihren Leuten bei diesem Notfall eigene Flotten zuzugestehen. Getrenntes Vorgehen spielt dem Feind in die Hände. Wir müssen uns vereinen, Botschafter, militärisch ebenso wie politisch.«

Randu spürte, wie sich seine Halsmuskeln spannten. Er ließ die höfliche Anrede ›Exzellenz‹ weg. »Sie fühlen sich sicher, jetzt, wo Seldon sprechen wird, und Sie kehren sich gegen uns. Vor einem Monat waren Sie zuvorkommend und nachgiebig, als unsere Schiffe das Maultier bei Terel schlugen. Ich möchte Sie daran erinnern, Sir, daß die Foundation-Flotte in fünf Schlachten besiegt worden ist, während die Schiffe der unabhängigen Handelswelten die Siege für Sie errungen haben.«

Indbur legte die Stirn in gefährliche Falten. »Sie sind auf Terminus nicht länger erwünscht, Botschafter. Sie werden noch heute abend abreisen. Außerdem wird Ihre Verbindung mit subversiven demokratischen Elementen auf Terminus untersucht werden — und ist bereits untersucht worden.«

Randu erwiderte: »Wenn ich abreise, werde ich unsere Schiffe mitnehmen. Ich weiß nichts über Ihre Demokraten. Ich weiß nur, als Ihre Foundation-Schiffe sich dem Maultier ergeben haben, geschah es durch Verrat ihrer hohen Offiziere, nicht der Mannschaften, ob diese nun demokratisch waren oder sonst etwas. Ich sage Ihnen, daß sich zwanzig Schiffe der Foundation bei Horleggor auf Befehl ihres Konteradmirals ergeben haben, noch dazu völlig unbeschädigt. Der Konteradmiral war Ihr eigener enger Verbündeter — er hatte den Vorsitz bei der Verhandlung gegen meinen Neffen, als dieser von Kalgan kam. Es ist nicht der einzige Fall, von dem wir wissen, und wir werden unsere Schiffe und das Leben unserer Männer nicht aufs Spiel setzen, indem wir sie dem Befehl potentieller Verräter unterstellen.«

»Sie werden, sobald Sie dieses Gebäude verlassen, unter Bewachung gestellt«, sagte Indbur.

Randu ging unter den verächtlich starrenden Blicken des Bürgermeister-Klüngels.

Es war zehn Minuten vor zwölf.

Bayta und Toran waren bereits gekommen. Sie erhoben sich von ihren Plätzen in der hintersten Reihe und winkten dem vorübergehenden Randu grüßend zu.

Randu lächelte freundlich. »Ihr seid also doch hier. Wie habt ihr das geschafft?«

»Magnifico hat sich als Politiker ausgezeichnet«, sagte Toran grinsend. »Indbur bestand darauf, daß er eine Komposition für Visi-Sonor zu dem Thema Zeitgewölbe schreibt, wobei Indbur selbst zweifellos den Helden abgeben soll. Magnifico weigerte sich, ohne uns an dem heutigen Ereignis teilzunehmen, und ließ sich durch nichts überzeugen. Ebling Mis ist bei uns, oder vielmehr, er war es. Er wandert irgendwo umher.« Plötzlich wurde Toran ernst und fragte besorgt: »Was ist denn los, Onkel? Du siehst nicht gut aus.«

Randu nickte. »Das glaube ich gern. Uns stehen schlechte Zeiten bevor, Toran. Ich fürchte, wenn die Foundation mit dem Maultier fertig ist, werden wir an die Reihe kommen.«

Eine sich sehr aufrecht haltende, feierliche Gestalt in Weiß kam näher und grüßte sie mit einer steifen Verbeugung.

Baytas dunkle Augen lächelten. Sie streckte die Hand aus. »Captain Pritcher! Sind Sie im Dienst hier?«

Der Captain ergriff ihre Hand und verbeugte sich tief. »Nichts dergleichen. Dr. Mis hat, wie ich hörte, darauf bestanden, daß ich nach Terminus komme, aber das ist nur für kurze Zeit. Morgen früh geht es zurück zum Grenzschutz. Wie spät ist es?«

Es war drei Minuten vor zwölf.

Magnifico bot ein Bild des Elends und der herzzerreißenden Niedergeschlagenheit. In seinem ständigen Versuch, sich auszulöschen, krümmte er seinen Körper zusammen. Er hatte die Nüstern seiner langen Nase zusammengekniffen, und die Blicke seiner großen, schräg nach unten verlaufenden Augen schossen unruhig hierhin und dahin.

Er faßte nach Baytas Hand, und als sie sich niederbeugte, flüsterte er: »Glaubt Ihr, meine Dame, daß all diese Großen im Publikum gesessen haben, als ich ... als ich das Sono-Visor spielte?«

»Jeder einzelne, davon bin ich überzeugt«, versicherte Bayta ihm. »Und ebenso überzeugt bin ich, daß alle dich für den wunderbarsten Spieler in der Galaxis halten und daß dein Konzert das großartigste war, das es je gegeben hat. Deshalb richte dich auf und setz dich richtig hin. Wir müssen Würde zeigen.«

Er beantwortete ihr gespielt strenges Stirnrunzeln mit einem Lächeln und entwirrte mühsam seine langen Glieder.

Es war zwölf Uhr ...

... und der Glaswürfel war nicht länger leer.

Niemand hatte gemerkt, wie die Gestalt erschienen war. Im einen Augenblick war sie noch nicht da gewesen, im nächsten war sie da.

In dem Glaswürfel saß ein Mann in einem Rollstuhl. Er war alt und eingeschrumpft. Aus seinem runzeligen Gesicht leuchteten helle Augen, und wie sich herausstellte, war die Stimme das Lebendigste an ihm. Ein aufgeschlagenes Buch lag ihm umgedreht im Schoß. Leise sagte er:

»Ich bin Hari Seldon.«

Er sprach in eine Stille hinein, die in ihrer Intensität wie Donnerkrachen war.

»Ich bin Hari Seldon. Ich kann nicht mit meinen Sinnen wahrnehmen, ob jemand hier ist, aber das ist unwichtig. Nur vor einem Fehlschlagen des Plans habe ich noch Angst. Für die ersten drei Jahrhunderte beträgt die Wahrscheinlichkeit, daß keine Abweichung erfolgt, vierundneunzig Komma zwei Prozent.«

Er hielt inne, um zu lächeln, und meinte dann freundlich: »Übrigens, falls unter Ihnen welche stehen, mögen sie sich setzen. Falls jemand gern rauchen würde, soll er es bitte tun. Ich bin nicht im Fleisch hier. Ich verlange keine Feierlichkeit.

Beschäftigen wir uns also mit dem augenblicklichen Problem. Zum erstenmal ist in der Foundation ein Bürgerkrieg ausgebrochen oder er steht kurz vor dem Ausbruch. Bisher sind Angriffe von außerhalb stets zurückgeschlagen worden, was nach den strikten Gesetzen der Psychohistorie auch gar nicht anders möglich war. Gegenwärtig greift eine zu undisziplinierte äußere Gruppe der Foundation die zu autoritär gewordene Zentralregierung an. Der Vorgang war notwendig, das Ergebnis ist offensichtlich.«

Die Würde des hochgeborenen Publikums begann zu splittern. Indbur hatte sich halb von seinem Stuhl erhoben.

Bayta beugte sich mit besorgtem Blick vor. Worüber sprach der große Seldon? Ihr waren ein paar Wörter entgangen ...

»... daß der ausgehandelte Kompromiß in zweierlei Hinsicht notwendig ist. Die Revolte der unabhängigen Händler bringt ein Element neuer Unsicherheit in eine Regierung, die vielleicht allzu selbstbewußt geworden ist. Das Element des Strebens wird wiederhergestellt. Wenn auch geschlagen, wird eine gesunde Zu ...nahme der Demokratie ...«

Jetzt erhoben sich Stimmen. Das Flüstern war zu lautem Sprechen geworden, und es lag Panik darin.

Bayta sagte Toran ins Ohr: »Warum erwähnt er das Maultier nicht? Es hat doch gar keine Händler-Revolte gegeben!«

Toran zuckte die Achseln.

Die sitzende Gestalt sprach fröhlich durch den zunehmenden Tumult:

»... eine neue und festere Koalitionsregierung war das notwendige und günstige Ergebnis des der Foundation aufgezwungenen Bürgerkriegs. Nun stehen einer weiteren Expansion nur noch Überreste des alten Kaiserreichs im Wege, und sie stellen —wenigstens für die nächsten paar Jahre — kein Problem dar. Natürlich kann ich nicht enthüllen, welcher Art die nächste ...«

In dem lärmenden Aufruhr bewegten Seldons Lippen sich tonlos.

Ebling Mis stand neben Randu. Sein Gesicht war rot angelaufen. Er brüllte: »Seldon ist auf dem Holzweg! Er hat die falsche Krise beim Wickel! Habt ihr Händler jemals einen Bürgerkrieg geplant?«

Randu antwortete mit dünner Stimme: »Geplant haben wir ihn, ja. Angesichts der Bedrohung durch das Maultier haben wir ihn abgeblasen.«

»Dann ist das Maultier ein zusätzliches Element, das in Seldons Psychohistorie nicht berücksichtigt wurde. — Was ist denn das?«

Plötzlich trat Stille ein. Alle erstarrten. Der Würfel war wieder leer. Das atomare Glühen der Wände erlosch, das leise Summen der Klimaanlage verstummte.

Irgendwo heulte eine Alarmsirene los, und Randu formte mit den Lippen die Wörter: »Angriff aus dem Raum!«

Ebling Mis hielt sich seine Armbanduhr ans Ohr und röhrte los: »Stehengeblieben, bei der Ga-LAX-is! Ist hier im Raum eine Uhr, die noch geht?«

Zwanzig Handgelenke wanderten an zwanzig Ohren. Und in weit weniger als zwanzig Sekunden war klar, daß keine mehr ging.

»Dann«, stellte Mis mit grimmiger und entsetzlicher Endgültigkeit fest, »hat irgend etwas die gesamte Atomkraft im Zeitgewölbe abgestellt — und das Maultier greift an.«

Indburs jammernde Stimme übertönte den Lärm. »Setzen Sie sich! Das Maultier ist fünfzig Parseks von uns entfernt.«

»Das war er vor einer Woche!« rief Mis zurück. »Die Bombardierung von Terminus hat begonnen.«

Bayta versank in tiefe Depression. Ihr war, als müsse sie

ersticken. Nur mühsam entrang sich der Atem ihrer zusammengepreßten Kehle.

Von draußen war das Geräusch einer sich versammelnden Menschenmenge zu vernehmen. Die Türen flogen auf, ein Mann stürmte wie gehetzt herein und sprach schnell zu Indbur, der ihm entgegengeeilt war.

»Exzellenz«, flüsterte er, »in der Stadt funktioniert kein Fahrzeug mehr, es geht keine Kommunikation mehr nach draußen. Eine Meldung traf ein, die Zehnte Flotte sei geschlagen und die Schiffe des Maultiers befänden sich im Orbit. Der Generalstab ...«

Indbur brach zusammen und lag als hilfloses Häuflein auf dem Fußboden. Jetzt war in dem ganzen Raum keine Stimme mehr zu hören. Auch die Menge draußen war voller Angst still, und über allen schwebte das nackte Entsetzen.

Man hob Indbur auf, hielt ihm Wein an die Lippen. Seine Lippen bewegten sich, bevor er die Augen öffnete, und das Wort, das sie bildeten, war: »Kapitulation!«

Bayta war den Tränen nahe — nicht aus Kummer oder Demütigung, sondern schlicht und einfach aus Verzweiflung. Ebling Mis zupfte an ihrem Ärmel. »Kommen Sie, junge Dame!«

Er zog sie mit Gewalt von ihrem Stuhl.

»Wir gehen«, sagte er, »und nehmen Sie Ihren Musiker mit!« Die Lippen des dicken Wissenschaftlers waren farblos und zitterten.

»Magnifico«, bat Bayta mit schwacher Stimme. Der Narr wich in panischer Angst zurück. Seine Augen blickten glasig.

»Das Maultier!« kreischte er. »Das Maultier kommt mich holen!«

Er wehrte sich wild gegen Baytas Berührung. Toran beugte sich herüber und versetzte ihm einen scharfen Fausthieb. Magnifico verlor das Bewußtsein, und Toran hob ihn wie einen Sack Kartoffeln auf die Schulter und trug ihn hinaus.

Am nächsten Tag ergossen sich die häßlichen, in Schlachten geschwärzten Schiffe des Maultiers über die Landefelder des Planeten Terminus. Durch die leere Hauptstraße von Terminus City fuhr der siegreiche General in einem Bodenwagen ausländischer Konstruktion, der funktionierte, wo eine ganze Stadt von atombetriebenen Wagen nutzlos stillstand.

Die Bekanntgabe der Besetzung erfolgte auf die Minute genau vierundzwanzig Stunden nachdem Seldon vor den einst Mächtigen der Foundation erschienen war.

Von allen Foundation-Planeten leisteten nur die der unabhängigen Händler noch Widerstand, und jetzt wandte sich die Macht des Maultiers — des Eroberers der Foundation — voll gegen sie.

— 19 —

Beginn der Suche

Der einsame Planet Haven — der einzige Planet der einzigen Sonne eines galaktischen Sektors, dessen Ausläufer in das intergalaktische Vakuum hineinragen — wurde belagert.

In strikt militärischem Sinn wurde er gewiß belagert, denn zur Galaxis hin lag innerhalb einer Entfernung von zwanzig Parseks alles in Reichweite der Vorposten des Maultiers. In den vier Monaten seit dem dramatischen Fall der Foundation waren Havens Kommunikationen zerfetzt worden wie Spinnengewebe von einem Rasiermesser. Havens Schiffe nahmen Kurs nach innen auf die Heimatwelt zu, und jetzt stand nur noch Haven selbst im Kampf.

In anderem Sinn war die Belagerung sogar noch stärker spürbar, denn schon lag über allem das Leichentuch der Hilflosigkeit und des Untergangs.

Bayta schleppte sich den Mittelgang hinunter, vorbei an den Tischen mit ihren milchigen Plastikplatten, und fand ihren Platz durch blindes Mitzählen. Sie schob sich auf den hohen, lehnenlosen Stuhl, antwortete mechanisch auf nur halb an ihr Ohr dringende Grüße, rieb sich ein vor Müdigkeit juckendes Auge mit dem Rücken einer müden Hand und faßte nach der Speisekarte.

Sie hatte Zeit, in ihrem Innern einen heftigen Widerwillen gegen die betonte Anwesenheit verschiedener Gerichte aus Kulturpilzen zu registrieren, die auf Haven als Delikatesse galten und die ihr Foundation-Geschmack ungenießbar fand — und dann wurde sie sich des Schluchzens in ihrer Nähe bewußt und blickte hoch.

Bis dahin hatte sie von Juddee, der unscheinbaren, stupsnasigen kleinen Blonden vom Tisch ihr schräg gegenüber nur oberflächlich Notiz genommen. Und nun weinte Juddee, biß kummervoll in ein feuchtes Taschentuch und würgte das Schluchzen zurück, bis ihr Gesicht rotfleckig war. Sie hatte ihre formlose strahlensichere Kleidung auf die Schultern zurückgeworfen, und ihr transparenter Gesichtsschirm war nach vorn in ihren Nachtisch gefallen. Dort lag er noch.

Bayta schloß sich den drei Mädchen an, die sich in den seit jeher angewendeten und seit jeher wirkungslosen Mitteln des Schulterklopfens, Haarestreichelns und unzusammenhängenden Murmelns ablösten.

»Was ist denn los?« flüsterte Bayta.

Eins der Mädchen wandte sich ihr zu und zuckte diskret die Achseln. »Ich weiß es nicht.« Dann kam ihr zu Bewußtsein, wie unangemessen die Geste war, und sie zog Bayta beiseite.

»Ich glaube, sie hat einen schweren Tag hinter sich. Und sie macht sich Sorgen um ihren Mann.«

»Ist er bei der Raumpatrouille?«

»Ja.«

Bayta berührte Juddees Arm und sagte freundlich: »Warum gehst du nicht nach Hause, Juddee?« Fröhlich und sachlich hob sich ihre Stimme von dem wehleidigen Getue der anderen ab.

Juddee sah sie fast so an, als nehme sie es ihr übel. »Ich bin diese Woche schon einmal ausgefallen ...«

»Dann ist es eben das zweitemal. Wenn du versuchst weiterzumachen, wirst du nächste Woche drei Tage fehlen, weißt du. Deshalb ist es nichts als Patriotismus, wenn du nach Hause gehst. Ist eine von euch in ihrer Abteilung? Ja? Dann soll sich eine um ihre Karte kümmern. Du gehst besser erst in den Waschraum, Juddee, damit Rot und Weiß wieder dahin kommen, wohin sie gehören. Lauf schon! Husch!«

Bayta kehrte an ihren Platz zurück und griff mit schrecklicher Erleichterung von neuem nach der Speisekarte. Eine solche Stimmung war ansteckend. In dieser nervenzerrüttenden Zeit konnte ein einziges weinendes Mädchen seine ganze Abteilung in Raserei versetzen.

Sie traf widerstrebend ihre Wahl, drückte die richtigen Knöpfe neben ihrem Ellbogen und steckte die Speisekarte in ihren Schlitz zurück.

Das große, dunkle Mädchen ihr gegenüber meinte: »Es gibt nicht viel, was wir außer Weinen tun können, nicht wahr?«

Ihre frappierend vollen Lippen bewegten sich kaum, und Bayta fiel auf, daß die Mundwinkel sorgfältig zu diesem künstlichen Halblächeln verzogen waren, das augenblicklich als Zeichen von Differenziertheit galt.

Bayta dachte mit gesenkten Augen über die in diesen Worten enthaltene Anspielung nach. Dann klappte die Platte ihres Tisches nach innen und ihr Essen stieg in die Höhe. Froh über die Ablenkung, wickelte sie das Besteck aus. Sie faßte es vorsichtig an, bis es abgekühlt war.

»Fällt dir gar nichts anderes ein, was man tun könnte, Hella?« fragte sie.

»O doch«, erwiderte Hella, »*mir* schon!« Lässig schnippte sie ihre Zigarette mit einer geübten Fingerbewegung in die dafür vorgesehene kleine Vertiefung, und der winzige Atomblitz fing sie, bevor sie den flachen Boden berührte.

»Zum Beispiel ...« — Hella faltete die schlanken, wohlgepflegten Hände unter dem Kinn — »finde ich, wir könnten zu einem richtig netten Arrangement mit dem Maultier kommen und mit all diesem Unsinn aufhören. Aber andererseits fehlt es mir an ... äh ... Möglichkeiten, schnell zu verschwinden, wenn das Maultier die Herrschaft übernimmt.«

Baytas glatte Stirn blieb glatt. Ihre Stimme klang unbeschwert und gleichmütig. »Du hast nicht zufällig einen Bruder oder Ehemann in den kämpfenden Schiffen?«

»Nein. Um so mehr ist es mir anzurechnen, daß ich keinen Grund dafür sehe, die Brüder und Ehemänner anderer Frauen zu opfern.«

»Bei einer Kapitulation würden sie erst recht geopfert werden.«

»Die Foundation hat kapituliert und hat jetzt Frieden. Unsere Männer sind nun fort, und die Galaxis ist gegen uns.«

Bayta zuckte die Achseln und meinte zuckersüß: »Wahrscheinlich bekümmert dich vor allem das erste von beiden.« Sie kehrte zu ihrer Gemüseplatte zurück und aß mit dem mulmigen Gefühl, daß ihretwegen ringsumher Schweigen herrschte. Niemand in Hörweite hatte sich die Mühe gemacht, auf Hellas Zynismus zu antworten.

Bayta ging schnell, nachdem sie ihren Tisch durch Knopfdruck für ihre Nachfolgerin von der nächsten Schicht abgeräumt hatte.

Ein Mädchen, das drei Plätze weiter weg saß, erkundigte sich mit Bühnenflüstern bei Hella: »Wer ist das?«

Hellas volle Lippen kräuselten sich gleichgültig. »Die Nichte unseres Koordinators. Wußtest du das nicht?«

»Wirklich?« Die Augen des Mädchens erhaschten einen letzten Blick auf Baytas entschwindenden Rücken. »Was tut sie hier?«

»Weißt du nicht, daß es bei Mädchen aus der feinen

Gesellschaft als schick gilt, patriotisch zu sein? Es ist alles so demokratisch, daß ich kotzen muß.«

»Na, na, Hella«, sagte das dicke Mädchen zu ihrer Rechten. »Bisher hat sie ihren Onkel noch nie gegen uns ausgespielt. Warum läßt du sie nicht in Ruhe?«

Hella ließ einen glasigen Blick über ihre Nachbarin hingleiten; als sei sie gar nicht vorhanden, und zündete sich eine weitere Zigarette an.

Das Mädchen lauschte dem Geplauder der ihr gegenübersitzenden Buchhalterin mit glänzenden Augen. Ihre Worte überstürzten sich: »... und sie soll im Gewölbe gewesen sein — tatsächlich im Gewölbe, verstehst du? —, als Seldon gesprochen hat —, und es heißt, der Bürgermeister habe Schaum vor dem Mund gehabt vor Wut, und es hat Aufstände gegeben und lauter solche Sachen, verstehst du? Sie konnte fliehen, bevor das Maultier landete, und es heißt, es sei eine ganz auf-re-gen-de Flucht gewesen — mitten durch die Blockade und so weiter —, und ich frage mich, warum sie kein Buch darüber schreibt, diese Kriegsbücher sind doch heutzutage so beliebt, verstehst du? Und sie soll auch auf der Welt des Maultiers gewesen sein — Kalgan, verstehst du? Und ...«

Eine schrille Glocke verkündete das Ende der Pause, und der Speiseraum leerte sich langsam. Die Stimme der Buchhalterin plapperte weiter, und die des Mädchens mischte sich nur an den schicklichen Stellen mit einem großäugigen »Wiirk-lich?« hinein.

Als Bayta nach Hause kam, wurde die Beleuchtung der großen Höhle gerade abschnittweise nach und nach gedämpft, bis die Dunkelheit herrschte, die Schlaf für die Rechtschaffenen und Schwerarbeitenden bedeutete.

Toran empfing sie an der Tür mit einem Butterbrot in der Hand.

»Wo bist du gewesen?« nuschelte er mit vollem Mund. Das Nächste kam deutlicher. »Ich habe so etwas wie ein Abendessen zusammengeschustert. Es ist nichts Besonderes, mach es mir nicht zum Vorwurf.«

Aber sie ging mit weit aufgerissenen Augen im Kreis um ihn herum. »Torie! Wo ist deine Uniform? Wieso trägst du Zivil?«

»Befehl, Bay. Randu hat sich mit Ebling Mis eingeschlossen, und um was es dabei geht, weiß ich nicht. Damit ist alles gesagt.«

»Bekommen wir einen Auftrag?« Impulsiv rückte sie näher an ihn heran.

Er küßte sie, bevor er antwortete. »Ich glaube, ja. Wahrscheinlich wird es gefährlich werden.«

»Was ist nicht gefährlich?«

»Du hast ganz recht. Und, ja, ich habe bereits nach Magnifico geschickt, also wird er wohl mitkommen.«

»Du meinst, sein Konzert in der Maschinenfabrik muß abgesagt werden?«

»Es geht nicht anders.«

Bayta ging ins Nebenzimmer und setzte sich zu einem Essen nieder, dem man deutlich anmerkte, daß es ›zusammengeschustert‹ war. Sie schnitt die Sandwiches geschickt in zwei Hälften und sagte:

»Das ist zu schade mit dem Konzert. Die Mädchen in der Fabrik haben sich darauf gefreut. Magnifico übrigens auch. Verflixt, er ist ein so seltsames Geschöpf.«

»Er spricht deinen Mutterkomplex an, Bay, das ist es. Eines Tages werden wir ein Kind haben, und dann wirst du Magnifico vergessen.«

Bayta antwortete kauend über ihr Sandwich hinweg: »Weißt du was? Du bist alles an Ansprache, was mein Mutterkomplex aushalten kann.«

Und dann legte sie das Sandwich hin und war im nächsten Augenblick todernst.

»Torie.«

»Hm-m-m?«

»Torie, ich war heute im Rathaus — im Produktionsamt. Deshalb bin ich so spät nach Hause gekommen.«

»Was hast du da gemacht?«

»Nun ...« Sie zögerte unsicher. »Es wird immer schlimmer. In der Fabrik war es so schlimm, daß ich es nicht mehr aushalten konnte. Moral — existiert einfach nicht. Die Mädchen verfallen ohne besonderen Grund in Weinkrämpfe. Diejenigen, die nicht krank werden, sind mißmutig. Sogar die Mäuschen-Typen schmollen. In meinem Abschnitt erreicht der Ausstoß nicht mehr ein Viertel von dem, was er war, als ich kam, und es gibt keinen Tag, an dem alle Arbeiterinnen vollzählig anwesend sind.«

»Soweit klar«, sagte Toran. »Nun kommen wir zum Produktionsamt. Was hast du da gemacht?«

»Ein paar Fragen gestellt. Und es *ist* so, Torie, auf ganz Haven ist es so. Fallende Produktionszahlen, zunehmende Volksverhetzung und Unzufriedenheit. Der Amtsleiter zuckte nur die Achseln — nachdem ich eine Stunde im Vorzimmer darauf gewartet hatte, zu ihm vorgelassen zu werden, und überhaupt nur hineinkam, weil ich die Nichte des Koordinators bin — und sagte, er verstehe das nicht. Offen gestanden, ich glaube, es interessierte ihn nicht.«

»Jetzt übertreib nicht, Bay.«

»Es *interessierte* ihn nicht!« regte Bayta sich auf. »Ich sage dir, da ist etwas faul. Es ist die gleiche gräßliche Depression, die mich im Zeitgewölbe befiel, als Seldon uns im Stich ließ. Du hast ebenso empfunden.«

»Ja, das stimmt.«

»Und nun ist dieses Gefühl wieder da«, fuhr Bayta heftig fort. »Und wir werden es nicht schaffen, dem Maultier Widerstand zu leisten. Selbst wenn wir das Material hätten, fehlte es uns am Mut, am Geist, am Willen — Torie, es hat keinen Sinn, zu kämpfen ...«

Soviel Toran sich erinnern konnte, hatte Bayta niemals geweint, und sie weinte auch jetzt nicht. Nicht richtig. Aber Toran legte ihr leicht die Hand auf die Schulter und flüsterte: »Am besten vergißt du es, Baby. Ich weiß, was du meinst. Aber wir können nichts ...«

»Doch, wir *können* etwas tun! Das sagt jeder — und wir sitzen nur da und warten, daß das Messer auf uns niederfällt.«

Sie kehrte zu dem zurück, was von ihrem Sandwich und ihrem Tee übrig war. Toran schlug stumm die Betten auf. Draußen war es inzwischen dunkel geworden.

Randu, dem neuernannten Koordinator für die Städte-Konföderation auf Haven — es war ein Amt für Kriegszeiten — war auf seine eigene Bitte hin einer der oberen Räume zugewiesen worden, aus dessen Fenster er grübelnd über die Dächer und Baumwipfel der Stadt hinwegblioken konnte. Jetzt, im verblassenden Licht der Höhlenbeleuchtung, wich die Stadt in die Konturlosigkeit ununterscheidbarer Farben zurück. Randu hatte keine Lust, über den Symbolismus zu meditieren.

Er sagte zu Ebling Mis, dessen klare Äuglein offenbar nichts weiter interessierte als die rötliche Flüssigkeit in seinem Glas: »Auf Haven gibt es eine Redensart: Wenn die Höhlenlichter ausgehen, ist es für die Rechtschaffenen und Schwerarbeitenden Zeit, zu schlafen.«

»Hast du in letzter Zeit viel geschlafen?«

»Nein! Entschuldige, daß ich dich so spät hergebeten habe, Mis. Irgendwie gefällt mir die Nacht in der jetzigen Zeit besser. Ist das nicht merkwürdig? Die Leute von Haven konditionieren sich ganz strikt darauf, daß die Abwesenheit von Licht ›Schlafen‹ bedeutet. Ich mache da keine Ausnahme. Aber jetzt ist es anders ...«

»Du versteckst dich«, stellte Mis ausdruckslos fest. »Du bist von Leuten umgeben, die zur Wachperiode gehören, und du hast das Gefühl, daß ihre Augen und ihre Hoffnungen auf dir ruhen. Dagegen kommst du nicht an. In der Schlafperiode bist du frei.«

»Dann spürst du es auch? Diese klägliche Überzeugung, geschlagen zu sein?«

Ebling Mis nickte bedächtig. »O ja. Es ist eine Massenpsychose, eine unsägliche Mob-Panik. Ga-LAX-is, Randu, was erwartest du? Hier hast du eine ganze Kultur, die in dem blinden, nachplärrenden Glauben erzogen worden ist, ein Volksheld der Vergangenheit habe alles im voraus geplant und kümmere sich um jedes einzelne Stückchen ihres unwichtigen Lebens. Das daraus entstandene Gedankenmuster hat Eigenschaften *ad religionem,* und du weißt, was das bedeutet.«

»Nein, keine Ahnung.«

Mis war nicht begeistert darüber, daß er zu einer Erklärung gezwungen wurde. Das war er nie. Also brummte er, betrachtete die lange Zigarre, die er gedankenverloren zwischen den Fingern rollte, und sagte: »Charakterisiert durch Reaktionen, die auf festem Glauben beruhen. Ein Glaube ist nicht zu erschüttern, es sei denn durch einen gewaltigen Schock, und dann ist ein so gut wie vollständiger geistiger Zusammenbruch die Folge. Leichte Fälle sind Hysterie oder ein krankhaftes Unsicherheitsgefühl. Schwere Fälle — Wahnsinn und Selbstmord.«

Randu biß auf einem Daumennagel herum. »Mit anderen Worten: Wenn Seldon uns im Stich läßt, verlieren wir unsere Krücke, und wir haben uns solange auf sie gestützt, daß unsere Muskeln verkümmert sind und wir ohne sie nicht mehr stehen können.«

»So ist es. Das Gleichnis ist ein bißchen plump, aber so ist es.«

»Und du, Ebling? Was ist mit deinen Muskeln?«

Der Psychologe filterte einen langen Atemzug durch seine Zigarre und ließ den Rauch gemächlich ausströmen. »Sie sind eingerostet, aber nicht verkümmert. Mein Beruf hat bei mir ein kleines bißchen das unabhängige Denken gefördert.«

»Und du siehst einen Ausweg?«

»Nein, aber es muß einen geben. Seldon mag das Auftreten des Maultiers nicht vorausgesehen haben. Seldon mag unseren Sieg nicht garantiert haben. Aber andererseits hat er auch unsere Niederlage nicht garantiert. Er ist einfach aus dem Spiel ausgeschieden, und wir sind auf uns selbst angewiesen. Das Maultier kann überwunden werden.«

»Wie?«

»Auf die einzige Weise, wie jeder überwunden werden kann — indem man seine schwache Stelle sucht und mit aller Kraft angreift. Paß auf, Randu, das Maultier ist kein Übermensch. Wenn er einmal besiegt ist, wird das jeder erkennen. Er ist nur eine unbekannte Größe, und es bilden sich rasch Legenden um ihn. Angeblich soll er ein Mutant sein. Na und? ›Mutant‹ bedeutend für die Ignoranten unter der Menschheit ›Übermensch‹. So ist es aber nicht.

Schätzungsweise werden in der Galaxis Tag für Tag mehrere Millionen Mutanten geboren. Von den mehreren Millionen können ein oder zwei Prozent allein mit Hilfe von Mikroskopen und chemischen Analysen entdeckt werden. Die ein oder zwei Prozent Makromutanten, das heißt solche mit Abweichungen, die man mit dem bloßen Auge oder dem bloßen Verstand erkennen kann, sind mit wenigen Ausnahmen Mißgeburten, und sie landen in Vergnügungsparks oder Laboratorien oder sterben. Die wenigen Makromutanten mit positiven Veränderungen sind fast alle harmlose Kuriositäten, ungewöhnlich in einer einzigen Beziehung, normal — und oft subnormal — in den meisten anderen. Ist dir das klar, Randu?«

»Ja. Aber was ist mit dem Maultier?«

»Setzen wir einmal voraus, das Maultier sei ein Mutant. Dann ist anzunehmen, daß er eine Eigenschaft, zweifellos eine mentale, besitzt, die er zur Eroberung von Welten benutzen kann. In anderer Beziehung hat er ganz bestimmt Mängel, die wir herausfinden müssen. Er würde nicht so heimlich tun, sich nicht so vor den Augen anderer scheuen, wenn diese Mängel nicht offensichtlich und fatal wären. *Falls* er ein Mutant ist.«

»Gibt es eine Alternative?«

»Vielleicht. Die Annahme einer Mutation beruht auf der Aussage von Captain Han Pritcher, der zum früheren Geheimdienst der Foundation gehörte. Er zog seine Schlüsse aus den schwachen Erinnerungen solcher, die behaupteten, das Maultier als Kind gekannt zu haben —

oder jemanden, der das Maultier gewesen sein mag. Pritcher hat nur eine magere Ausbeute gewonnen, und die Beweise, die er fand, können sehr wohl von dem Maultier selbst untergeschoben worden sein, denn es steht fest, daß ihm sein Ruf als Mutant-Supermann ungeheuer geholfen hat.«

»Das ist interessant. Wie lange glaubst du das schon?«

»Geglaubt habe ich das nie. Es ist lediglich eine Alternative, die in Erwägung gezogen werden muß. Randu, nimm zum Beispiel einmal an, das Maultier habe eine Art von Strahlung entdeckt, die mentale Energie unterdrükken kann, ebenso wie er im Besitz einer Strahlung ist, die atomare Reaktionen unterdrückt. Was dann, he? Könnte das erklären, was uns im Augenblick zu schaffen macht — und was die Foundation geschlagen hat?«

Randu versank in düsteres Nachdenken. Dann fragte er: »Was hast du eigentlich durch den Narren des Maultiers herausbekommen?«

Jetzt zögerte Ebling Mis. »Bisher nichts. Vor dem Zusammenbruch der Foundation habe ich beim Bürgermeister den Mund aufgerissen, hauptsächlich, um ihm Mut einzuflößen, und zum Teil auch, um den eigenen nicht zu verlieren. Aber, Randu, wenn meine mathematischen Werkzeuge der Aufgabe gewachsen wären, könnte ich allein mit Hilfe des Narren das Maultier vollständig analysieren. Dann hätten wir ihn. Dann könnten wir die seltsamen Anomalien erklären, die mir bereits aufgefallen sind.«

»Zum Beispiel?«

»Denk nach, Mann! Das Maultier hat die Flotten der Foundation geschlagen, wie es ihm gefiel, aber nicht *einmal* ist es ihm gelungen, die soviel schwächeren Flotten der unabhängigen Händler im offenen Kampf zum Rückzug zu zwingen. Die Foundation ist auf einen Streich gefallen; die unabhängigen Händler halten seiner geballten Kraft stand. Sein Unterdrückerfeld hat er das erstemal gegen die Atomwaffen der unabhängigen Händler von

Mnemon eingesetzt. Das Überraschungselement kostete sie den Sieg, aber sie lernten es, das Feld zu neutralisieren. Dem Maultier ist es nie wieder gelungen, es mit Erfolg gegen die Händler anzuwenden.

Aber immer wieder und wieder hat es im Kampf gegen Streitkräfte der Foundation funktioniert. Es hat bei der Foundation selbst funktioniert. Warum? Nach dem, was wir gegenwärtig wissen, widerspricht das jeder Logik. Deshalb muß es Faktoren geben, die uns unbekannt sind.«

»Verrat?«

»Das ist Blödsinn, Randu. Unsäglich dummes Geschwätz. In der Foundation hat es keinen einzigen Menschen gegeben, der nicht fest an den Sieg geglaubt hätte. Wer würde denn eine Seite verraten, die ganz bestimmt siegen wird?«

Randu trat an das gewölbte Fenster und starrte ins Leere. »Aber wir glauben jetzt fest an unsere Niederlage. Wenn das Maultier tausend Schwächen hätte, wenn er aus einem Netzwerk von Löchern bestünde ...«

Er drehte sich nicht um. Das Absinken seiner Schultern, die nervösen Bewegungen seiner Hände, die einander auf dem Rücken zu fassen suchten, sprachen Bände. Er sagte: »Wir sind nach dem Vorfall im Zeitgewölbe mit Leichtigkeit entkommen, Ebling. Anderen mag die Flucht auch geglückt sein. Den meisten ist sie nicht geglückt. Gegen das Unterdrückerfeld wären Gegenmaßnahmen möglich gewesen. Es hätte ein paar gute Einfälle und ein gewisses Maß an Arbeit erfordert. Alle Schiffe der Foundation-Marine hätten nach Haven oder anderen nahegelegenen Planeten fliehen und den Kampf fortsetzen können, wie wir es getan haben. Nicht ein Prozent hat es getan. Im Gegenteil, sie sind zum Feind übergelaufen.

Der Foundation-Untergrund, auf den sich die meisten Leute hier anscheinend völlig verlassen, hat bisher nichts unternommen, was irgendeine Wirkung gezeitigt hätte. Das Maultier war politisch geschickt genug, den großen

Händlern den Schutz ihres Eigentums und ihrer Gewinne zu versprechen, und damit hat er sie für sich gewonnen.«

Ebling Mis sagte hartnäckig: »Die Plutokraten sind immer gegen uns gewesen.«

»Sie haben auch immer die Macht in Händen gehalten. Hör zu, Ebling: Wir haben Grund zu der Annahme, daß das Maultier oder seine Werkzeuge bereits Kontakt zu mächtigen Männern unter den unabhängigen Händlern aufgenommen haben. Von wenigstens zehn der siebenundzwanzig Handelswelten wissen wir, daß sie zu dem Maultier übergelaufen sind. Vielleicht schwanken zehn weitere. Auf Haven selbst gibt es Prominente, die gar nicht unglücklich wären, sollte das Maultier die Macht ergreifen. Es muß eine unwiderstehliche Versuchung sein, auf gefährdete politische Macht zu verzichten, wenn man dadurch die wirtschaftlichen Angelegenheiten im Griff behält.«

»Du glaubst nicht daran, daß Haven dem Maultier Widerstand leisten kann?«

»Ich glaube nicht daran, daß Haven es *will.*« Jetzt wandte Randu sein beunruhigtes Gesicht voll dem Psychologen zu. »Ich glaube, Haven ist bereit zur Kapitulation. Ich habe dich hergebeten, um dir das zu sagen. Ich möchte, daß du Haven verläßt.«

Ebling Mis blies vor Erstaunen seine dicken Backen auf. »Jetzt schon?«

Randu fühlte sich gräßlich müde. »Ebling, du bist der größte Psychologe der Foundation. Die echten Meister-Psychologen sind mit Seldon ausgestorben, aber du bist der beste, den wir haben. Du bist unsere einzige Chance, das Maultier zu schlagen. Das kannst du nicht von hier aus tun; suche auf, was von dem Imperium noch übrig ist.«

»Trantor?«

»Richtig. Was früher einmal das Imperium war, besteht heute nur noch aus blanken Knochen, aber im Zentrum muß noch etwas da sein. Dort hat man die Aufzeichnungen, Ebling. Du kannst dort mehr über die mathematische Psychologie lernen, vielleicht soviel, daß du dann fähig bist, die Gedanken des Narren zu interpretieren. Er wird dich natürlich begleiten.«

Mis erwiderte trocken: »Das wird er nicht tun, nicht einmal aus Furcht vor dem Maultier, es sei denn, deine Nichte würde mitkommen.«

»Das weiß ich. Genau aus diesem Grund gehen Toran und Bayta mit dir. Und, Ebling, deine Reise hat noch ein zweites, ein größeres Ziel. Hari Seldon hat vor drei Jahrhunderten zwei Foundations gegründet, an jedem Ende der Galaxis eine. *Du mußt diese Zweite Foundation finden.*«

— 20 —
Der Verschwörer

Der Palast des Bürgermeisters — der Palast, der früher einmal dem Bürgermeister gehört hatte — war eine in der Dunkelheit aufragende vage Silhouette. Die Stadt lag still unter Eroberung und Ausgangssperre, und der milchige Nebel der großen galaktischen Linse, aus der hie und da ein einsamer Stern leuchtete, beherrschte den Himmel der Foundation.

In drei Jahrhunderten hatte sich die Foundation aus dem privaten Projekt einer kleinen Gruppe von Wissenschaftlern zu einem Handelsimperium entwickelt, dessen Tentakel sich tief in die Galaxis erstreckten, und in einem halben Jahr war sie von ihrer Höhe auf den Status einer weiteren eroberten Provinz gestürzt.

Captain Han Pritcher weigerte sich, das zu glauben.

Die trübsinnige nächtliche Stille der Stadt, der verdunkelte Palast, von Eindringlingen besetzt, genügten vollauf als Symbole, aber Captain Han Pritcher, der mit einer winzigen Atombombe unter der Zunge gleich hinter dem

Eingangstor im Innern des Palastes stand, weigerte sich, sie zu verstehen.

Eine Gestalt glitt heran — der Captain beugte den Kopf. Das Flüstern kam wie ein tödlicher Hauch: »Das Alarmsystem ist so wie früher, Captain. Gehen Sie weiter! Es wird nichts registrieren.«

Lautlos duckte sich der Captain unter dem niedrigen Bogeneingang durch und schlich über den von Springbrunnen gesäumten Pfad bis dahin, wo Indburs Garten gewesen war.

Vier Monate lag der Tag im Zeitgewölbe zurück, vor dessen voller Bedeutung sein Verstand zurückschreckte. Die Erinnerungen stiegen einzeln und getrennt in ihm auf, gegen seinen Willen und meistens bei Nacht.

Der alte Seldon hielt seine wohlwollende Ansprache, die auf so erschütternde Weise verkehrt war — die allgemeine Konfusion — Indbur, dessen prunkvolles Bürgermeister-Kostüm so schlecht zu seinem verkniffenen, bewußtlosen Gesicht paßte — die sich schnell versammelnden, verschreckten Menschenmengen, die stumm auf die unvermeidliche Bekanntgabe der Kapitulation warteten — der junge Toran, der durch eine Seitentür verschwand, während ihm der Narr des Maultiers über der Schulter hing.

Und er selbst, der danach irgendwie draußen war, und sein Wagen funktionierte nicht.

Er bahnte sich einen Weg durch den führerlosen Mob, der sich bereits anschickte, die Stadt zu verlassen — Ziel unbekannt.

Blindlings suchte er die verschiedenen Rattenlöcher auf. Sie waren die Hauptquartiere eines demokratischen Untergrunds, der seit achtzig Jahren von Mißerfolg zu Mißerfolg schwächer wurde.

Und die Rattenlöcher waren leer.

Am nächsten Tag tauchten schwarze fremdartige Schiffe am Himmel auf und senkten sich auf die dichtstehenden Gebäude der nahegelegenen Stadt nieder. Captain

Han Pritcher war zumute, als ertrinke er in den Fluten der Hilflosigkeit und Verzweiflung.

Er begann seine Wanderungen.

In dreißig Tagen hatte er nahezu zweihundert Meilen zu Fuß zurückgelegt. Er trug die Kleidung eines Arbeiters aus einer hydroponischen Fabrik, dessen Leiche er im Straßengraben gefunden hatte, und er hatte sich einen wilden roten Bart wachsen lassen.

Er fand, was vom Untergrund übrig war.

Die Stadt hieß Newton, es war eine einstmals elegante Wohngegend, die allmählich immer mehr verwahrloste, das Haus stand ohne besondere Kennzeichen in einer Reihe, und ein Mann mit kleinen Augen und starken Knochen, dessen geballte Fäuste die Taschen wölbten, blieb in dem schmalen Türspalt stehen, ohne zu weichen.

Der Captain murmelte: »Ich komme von Miran.«

Der Mann gab den Code-Satz grimmig zurück. »Miran ist früh dieses Jahr.«

Der Captain sagte: »Nicht früher als letztes Jahr.«

Aber der Mann trat nicht zur Seite. Er fragte: »Wer sind Sie?«

»Sind Sie nicht der Fuchs?«

»Beantworten Sie eine Frage immer mit einer Frage?«

Der Captain holte unmerklich Atem und erklärte dann ruhig: »Ich bin Han Pritcher, Captain der Flotte und Mitglied der demokratischen Untergrund-Partei. Wollen Sie mich einlassen?«

Der Fuchs trat beiseite. »Mein richtiger Name ist Orum Palley.«

Er streckte Pritcher die Hand hin. Der Captain ergriff sie.

Das Zimmer war gut in Ordnung gehalten, aber spartanisch eingerichtet. In einer Ecke stand ein dekorativer Buchfilm-Projektor, der in den Soldaten-Augen des Captains durchaus ein getarnter Laser von respektablem Kaliber hätte sein können. Die Optik deckte den Eingang und mochte durch Fernsteuerung zu bedienen sein.

Der Fuchs folgte dem Blick seines bärtigen Gastes und lächelte verkniffen. »Ja! Aber nur in der Zeit Indburs und seiner Lakaienseelen von Vampiren. Gegen das Maultier würde das nicht viel nützen, he? Nichts würde gegen das Maultier nützen. Hast du Hunger?«

Die Kiefermuskeln des Captains spannten sich unter dem Bart. Er nickte.

»Es dauert eine Minute, wenn es dir nichts ausmacht, zu warten.« Der Fuchs nahm Dosen von einem Regalbrett und stellte Captain Pritcher zwei davon hin. »Leg die Finger darum und öffne sie, wenn sie heiß genug sind. Meine Wärmekontrolleinheit funktioniert nicht mehr. Diese Dinge erinnern einen daran, daß Krieg ist — oder war, he?«

Der Inhalt seiner schnellen Rede war freundlich, doch er sprach in alles anderem als freundlichem Ton — und seine Augen waren kalt und nachdenklich. Er setzte sich dem Captain gegenüber. »Da, wo du sitzt, wird nur noch ein verbrannter Fleck sein, wenn mir irgend etwas an dir nicht gefällt. Klar?«

Der Captain antwortete nicht. Die Dosen vor ihm öffneten sich auf Druck.

»Stew!« erklärte der Fuchs kurz. »Tut mir leid, aber Lebensmittel sind knapp.«

»Ich weiß.« Der Captain aß schnell, ohne aufzusehen.

Der Fuchs sagte: »Ich habe dich schon einmal gesehen. Ich versuche mich zu erinnern, und der Bart paßt entschieden nicht ins Bild.«

»Ich habe mich seit dreißig Tagen nicht mehr rasiert.« Der Captain wurde heftig. »Was willst du? Ich hatte die korrekte Parole. Ich habe mich identifiziert.«

Der andere winkte ab. »Oh, ich will gern glauben, daß du Pritcher bist. Aber es gibt viele, die die Parole kennen und sich identifizieren können — und die doch beim Maultier sind. Schon mal von Levvaw gehört, he?«

»Ja.«

»Er ist beim Maultier.«

»*Was?* Er...«

»Ja. Er ist der Mann, dem man den Beinamen ›Keine Kapitulation‹ gegeben hatte.« Die Lippen des Fuchses vollführten lachende Bewegungen, doch ohne Ton und ohne Fröhlichkeit. »Dann ist da Willig. Beim Maultier! Garre und Noth. Beim Maultier! Warum Pritcher nicht auch, he? Woher soll ich das wissen?«

Der Captain schüttelte nur den Kopf.

»Aber es spielt keine Rolle«, sagte der Fuchs leise. »Sie müssen meinen Namen haben, wenn Noth übergelaufen ist — wenn du also echt bist, bringt unsere Bekanntschaft dir mehr neue Gefahr als mir.«

Der Captain war mit dem Essen fertig. Er lehnte sich zurück. »Wenn ihr hier keine Organisation habt, wo kann ich eine finden? Die Foundation mag kapituliert haben — ich nicht.«

»Du kannst aber nicht auf ewig unterwegs sein, Captain. Männer der Foundation brauchen heutzutage eine Reiseerlaubnis, wenn sie sich von einer Stadt zur anderen begeben wollen. Weißt du das? Außerdem einen Ausweis. Hast du einen? Außerdem sind alle Offiziere der früheren Marine aufgerufen, sich beim nächsten Besetzungshauptquartier zu melden. Gilt das nicht auch für dich, he?«

»Ja.« Die Stimme des Captains klang hart. »Glaubst du, ich laufe aus Angst weg? Ich war auf Kalgan, kurz nachdem diese Welt sich dem Maultier ergeben hatte. Innerhalb eines Monats war kein Offizier des alten Kriegsherrn mehr auf freiem Fuß, weil die Offiziere natürlicherweise die militärischen Führer eines Aufstandes hätten werden können. Der Untergrund hat immer gewußt, daß eine Revolution nur dann erfolgreich sein kann, wenn man zumindest einen Teil der Marine unter Kontrolle hat. Offenbar weiß das Maultier das auch.«

Der Fuchs nickte nachdenklich. »Logisch. Das Maultier ist gründlich.«

»Ich habe die Uniform weggeworfen, sobald es möglich war. Ich habe mir den Bart wachsen lassen. Es besteht immer die Chance, daß andere ebenso gehandelt haben.«

»Bist du verheiratet?«

»Meine Frau ist tot. Ich habe keine Kinder.«

»Dann bist du immun gegen Geiselnahme.«

»Ja.«

»Willst du meinen Rat hören?«

»Wenn du einen zu geben hast.«

»Ich weiß nicht, welche Absichten das Maultier verfolgt, aber Facharbeitern ist bisher nichts Böses geschehen. Die Löhne sind gestiegen. Die Produktion von Atomwaffen aller Art hat Hochkonjunktur.«

»Ja? Klingt nach einer weiteren Offensive.«

»Ich weiß es nicht. Das Maultier ist raffiniert, und vielleicht will er die Arbeiter nur für sich gewinnen. Wenn Seldon mit seiner ganzen Psychohistorie sich das Maultier nicht ausrechnen konnte, werde ich es gar nicht erst versuchen. Aber du trägst Arbeitskleidung. Das bringt einen auf einen bestimmten Gedanken, he?«

»Ich bin kein Facharbeiter.«

»Du hast beim Militär doch einen Kurs in Atomwaffen mitgemacht?«

»Natürlich.«

»Das reicht. Die Atomfeld-Lager-GmbH hat ihren Sitz hier in der Stadt. Erzähle dort, du hättest Erfahrung. Die Stinktiere, die die Fabrik für Indbur geleitet haben, leiten sie immer noch — für das Maultier. Sie werden keine Fragen stellen, solange sie weitere Arbeiter brauchen, damit sie ihr Schäfchen ins Trockene bringen können. Sie werden dir einen Ausweis geben, und du kannst einen Antrag auf ein Zimmer im Wohndistrikt der Firma stellen. Los, hau ab!«

Auf diese Weise wurde aus Captain Han Pritcher von der Flotte der Schirm-Mann Lo Moro vom Werk 45 der Atomfeld-Lager-GmbH. Und von einem Geheimdienstagenten stieg er die soziale Leiter zum ›Verschwörer‹ hinab — ein Gewerbe, das ihn Monate später am die Stelle führte, die einmal Indburs privater Garten gewesen war.

Im Garten sah Captain Pritcher auf den Radometer in seiner Handfläche. Das innere Warnfeld war noch an, und er wartete. Der Atombombe in seinem Mund blieb noch eine halbe Stunde Leben. Er rollte sie vorsichtig mit der Zunge herum.

Der Radometer erstarb in unheilverkündender Dunkelheit, und der Captain schritt schnell weiter.

Bisher war alles gutgegangen.

Er machte sich klar, daß das Leben der Atombombe auch das seine, daß ihr Tod sein Tod war — und der Tod des Maultiers.

Und der entscheidende Augenblick eines seit vier Monaten geführten privaten Krieges würde erreicht sein.

Zwei Monate lang hatte Captain Pritcher Bleischürzen und schwere Gesichtsschirme getragen, bis aus seinem Äußeren jeder Hinweis auf eine militärische Vergangenheit verschwunden war. Er war ein Arbeiter, der sich seinen Lohn verdiente, seine Abende in der Stadt verbrachte und niemals über Politik diskutierte.

Zwei Monate lang sah er den Fuchs nicht.

Und dann stolperte eines Tages ein Mann vor seiner Werkbank, und hinterher steckte ein Stück Papier in seiner Tasche. Das Wort ›Fuchs‹ stand darauf. Er warf es in die Atomkammer, wo es sich zu einem unsichtbaren Wölkchen auflöste und den Energie-Ausstoß um ein Millimikrovolt erhöhte — und wandte sich wieder seiner Arbeit zu.

An diesem Abend besuchte er den Fuchs in seinem Haus und nahm an einem Kartenspiel mit drei anderen Männern teil, von denen er zwei dem Namen nach und einen vom Ansehen kannte.

Über den Karten und Spielmarken sprachen sie miteinander.

Der Captain sagte: »Es ist ein grundlegender Irrtum. Ihr lebt in der explodierten Vergangenheit. Achtzig Jahre lang hat unsere Organisation auf den richtigen historischen Augenblick gewartet. Wir glaubten an Seldons Psychohistorie, zu deren wichtigsten Regeln gehört, daß das Individuum nicht zählt und daß es im Ablauf der Geschichte nichts bewirkt. Dieser werde durch vielschichtige soziale und ökonomische Faktoren bestimmt, die den einzelnen Menschen zur Marionette machen. Das hatte uns geblendet.« Er sortierte seine Karten sorgfältig nach ihrem Wert, legte eine Spielmarke hin und fragte: »Warum töten wir das Maultier nicht?«

»Und was sollte uns das nützen?« fragte der Mann zu seiner Linken heftig.

»Genau das ist die Einstellung.« Der Captain legte eine Karte ab. »Was ist schon ein einzelner Mensch — unter Trillionen. Die Galaxis wird nicht aufhören, sich zu drehen, weil ein einzelner Mensch stirbt: Aber das Maultier ist kein Mensch, er ist ein Mutant. Er hat Seldons Plan bereits umgestoßen, und wenn ihr euch die Mühe macht, die Folgen zu analysieren, bedeutet es, daß er — der eine Mensch, der eine Mutant — Seldons gesamte Psychohistorie umgestoßen hat. Wenn er nie gelebt hätte, wäre die Foundation nicht gefallen. Wenn er aufhörte zu leben, würde sie nicht gefallen bleiben.

Die Demokraten haben achtzig Jahre lang mit Komplotten gegen die Bürgermeister und die Händler gekämpft. Versuchen wir es einmal mit einem Attentat.«

»Wie?« warf der Fuchs mit kalter Überlegung ein.

Der Captain sagte bedächtig: »Ich habe drei Monate lang darüber nachgedacht, ohne zu einer Lösung zu kommen. Ich kam her und hatte sie in fünf Minuten.« Er warf einen Blick zu dem Mann hinüber, dessen breites, rosafarbenes Vollmondgesicht von dem Platz zu seiner Rechten lächelte. »Du bist einmal Indburs Haushofmeister gewesen. Ich wußte nicht, daß du zum Untergrund gehörtest.«

»Das wußte ich von dir auch nicht.«

»Nun, also, in deiner Eigenschaft als Haushofmeister

hast du in regelmäßigen Abständen das Funktionieren des Alarmsystems im Palast überprüft.«

»So ist es.«

»Und jetzt wohnt das Maultier in dem Palast.«

»So wurde es bekanntgegeben — obwohl er ein bescheidener Eroberer ist, der nichts von Ansprachen, Proklamationen und öffentlichen Auftritten hält.«

»Das ist eine alte Geschichte und beweist gar nichts. Du, mein Ex-Haushofmeister, bist alles, was wir brauchen.«

Die Karten wurden aufgedeckt, und der Fuchs kassierte die Einsätze. Gelassen teilte er von neuem aus.

Der Mann, der einmal Haushofmeister gewesen war, nahm seine Karten einzeln auf. »Tut mir leid, Captain. Ich habe das Alarmsystem überprüft, aber nur routinemäßig. Ich weiß gar nichts darüber.«

»Das habe ich erwartet, aber dein Gehirn enthält eine eidetische Erinnerung an die Kontrollen, wenn es nur tief genug erforscht werden kann — mit einer Psychosonde.«

Das rötliche Gesicht des Haushofmeisters wurde plötzlich blaß und lang. Er ballte die Hand plötzlich zur Faust, so daß seine Karten zerknitterten. »Mit einer Psychosonde?«

»Du brauchst dir keine Sorgen zu machen«, gab der Captain scharf zurück. »Ich kann damit umgehen. Sie wird dir keinen weiteren Schaden zufügen, als daß du dich ein paar Tage lang schwach fühlst. Und wenn sie dir schadete, wäre es das Risiko, das du eingehst, und der Preis, den du zahlst. Bestimmt gibt es Leute unter uns, die nach den Alarmkontrollen die Wellenlängen-Kombinationen bestimmen können. Es gibt Leute unter uns, die eine kleine Zeitbombe herstellen können, und ich selbst werde sie zum Maultier tragen.«

Die Männer steckten über dem Tisch die Köpfe zusammen.

Der Captain fuhr fort: »An einem bestimmten Abend

wird es in Terminus City in der Nähe des Palastes zu Tumulten kommen. Nicht zu richtigen Kämpfen, nur zu einer Störung, mit schneller Flucht. Solange die Palastwache damit beschäftigt, oder zumindest abgelenkt ist ...«

Von diesem Tag an wurden für einen Monat Vorbereitungen getroffen, und Captain Han Pritcher von der Flotte sank, nachdem er zum Verschwörer geworden war, auf der sozialen Stufenleiter noch tiefer und wurde ein ›Attentäter‹.

Captain Pritcher, Attentäter, befand sich innerhalb des Palastes und empfand grimmige Zufriedenheit über sein psychologisches Geschick. Ein effektives Alarmsystem draußen bedeutet wenige Wachen drinnen. In diesem Fall bedeutete es gar keine Wachen.

Den Grundriß hatte er genau im Kopf. Er war ein Fleck, der sich geräuschlos die teppichbelegte Rampe hochbewegte. Oben angekommen, drückte er sich gegen die Wand und wartete.

Vor ihm war die kleine geschlossene Tür zu einem Privatzimmer. Hinter dieser Tür mußte der Mutant sein, der die unbesiegbare Foundation besiegt hatte. Captain Pritcher war früh dran — die Bombe hatte noch zehn Minuten Leben in sich.

Fünf dieser Minuten gingen vorbei, und immer noch war nicht das leiseste Geräusch zu hören. Das Maultier hatte noch fünf Minuten zu leben — und ebenso Captain Pritcher ...

Einem plötzlichen Impuls gehorchend, trat er vor. Jetzt konnte nichts mehr schiefgehen. Wenn die Bombe in die Luft ging, flog der Palast mit — der ganze Palast. Eine Tür oder die zehn Meter zwischen ihr und dem Maultier war gar nichts. Aber er wollte das Maultier sehen, wenn sie zusammen starben.

Mit einer letzten unverschämten Geste donnerte er gegen die Tür ...

Und sie öffnete sich und verströmte blendendes Licht.

Captain Pritcher taumelte, fing sich wieder. Der ernste

Mann, der in der Mitte des kleinen Zimmers vor einem hängenden Zierfischglas stand, sah mit mildem Blick auf.

Seine Uniform war ein düsteres Schwarz. Er tippte geistesabwesend gegen das Glas, es tanzte, und die Fische darin, orange- und vielfarbene Federflosser, schossen wild durcheinander.

Der Mann sagte: »Kommen Sie herein, Captain!«

Der Captain hatte das Gefühl, als schwelle das Metallkügelchen unter seiner zitternden Zunge unheilverkündend an — eine physische Unmöglichkeit, wie er wußte. Aber die Bombe war in der letzten Minute ihres Lebens.

Der Uniformierte sagte: »Sie sollten das blöde Kügelchen, das Sie im Mund haben, besser ausspucken, damit Sie richtig sprechen können. Es wird nicht explodieren.«

Die Minute verging, und mit einer langsamen, mißmutigen Bewegung beugte der Captain den Kopf und ließ die silbrige Kugel in seine Handfläche fallen. Wütend schleuderte er sie mit aller Kraft gegen die Wand. Sie prallte mit leisem, scharfem Ton ab und blieb harmlos schimmernd auf dem Fußboden liegen.

Der Uniformierte zuckte die Achseln. »Das wär's dann wohl. Das Ding hätte Ihnen in keinem Fall etwas genützt, Captain. Ich bin nicht das Maultier. Sie werden sich mit seinem Vizekönig zufriedengeben müssen.«

»Woher wußten Sie es?« murmelte der Captain mit schwerer Zunge.

»Schreiben Sie es einem wirksamen Gegenspionagedienst zu. Ich kann jedes Mitglied Ihrer kleinen Bande beim Namen nennen, ich kenne jeden ihrer Schritte ...«

»Und Sie haben es so weit kommen lassen?«

»Warum denn nicht? Eins meiner Ziele hier war, Sie und ein paar andere zu finden. Vor allem Sie. Ich hätte Sie schon vor Monaten haben können, als Sie noch Arbeiter in der Lager-Fabrik von Newton waren, aber so ist es viel besser. Wenn Sie die Umrisse des Plans nicht selbst vorgeschlagen hätten, wäre etwas in der Art von einem meiner eigenen Männer angeregt worden. Das Ergebnis ist recht dramatisch und von einem ziemlich grimmigen Humor.«

Die Augen des Captains blickten hart. »Das finde ich auch. Ist jetzt alles vorbei?«

»Es hat gerade erst angefangen. Kommen Sie, Captain, setzen Sie sich. Überlassen wir die Heldentaten den Dummköpfen, die davon beeindruckt werden. Captain, Sie sind ein fähiger Mann. Nach meinen Informationen waren Sie in der Foundation der erste, der die Macht des Maultiers erkannte. Seit damals haben Sie sich tollkühn für die Jugendzeit des Maultiers interessiert. Sie sind einer von denen, die seinen Hofnarren entführt haben, der, nebenbei bemerkt, noch nicht wiedergefunden wurde. Für diese Tat wird noch in vollem Umfang bezahlt werden müssen. Natürlich wird Ihre Tüchtigkeit anerkannt, und das Maultier gehört nicht zu denen, die die Tüchtigkeit eines Feindes fürchten, solange er sie in die Tüchtigkeit eines neuen Freundes umwandeln kann.«

»Also darauf wollen Sie hinaus? O nein!«

»O ja! Das war der Sinn dieser nächtlichen Komödie. Sie sind ein intelligenter Mann, aber es ist lustig zu sehen, wie Ihre kleinen Verschwörungen gegen das Maultier fehlschlagen. Sie verdienen den Namen Verschwörungen kaum. Gehört es zu Ihrer militärischen Ausbildung, Schiffe in hoffnungslosen Einsätzen zu verschwenden?«

»Man muß erst zugeben, daß sie hoffnungslos sind.«

»Das wird man«, versicherte der andere ihm freundlich. »Das Maultier hat die Foundation erobert. Sie wird in aller Eile in ein Arsenal umgewandelt, mit dem er seine größeren Ziele erreichen will.«

»Welche größeren Ziele?«

»Die Eroberung der gesamten Galaxis. Die Vereinigung all der auseinandergerissenen Welten zu einem neuen Imperium. Die Erfüllung, Sie stumpfsinniger Patriot, des Traums Ihres Hari Seldon, siebenhundert Jahre früher, als er es erhofft hatte. Und bei der Erfüllung können Sie uns helfen.«

»Das könnte ich sicher. Aber ebenso sicher will ich es nicht.«

»Soviel ich weiß«, überlegte der Vizekönig, »leisten nur noch drei der unabhängigen Handelswelten Widerstand. Es wird nicht mehr lange dauern. Dann sind die letzten Reste der Foundation besiegt. Sie aber wollen weiter aushalten.«

»Ja.«

»Sie werden es nicht tun. Ein freiwilliger Rekrut ist der beste. Die andere Art tut es jedoch auch. Unglücklicherweise ist das Maultier abwesend. Wie immer führt er den Kampf gegen die widerspenstigen Händler an. Aber er steht in ständigem Kontakt mit uns. Sie werden nicht lange zu warten brauchen.«

»Worauf?«

»Auf Ihre Bekehrung.«

»Das Maultier«, erklärte der Captain eisig, »wird feststellen, daß das über seine Fähigkeiten hinausgeht.«

»Das wird es nicht. Er hat es ja auch bei mir geschafft. Erkennen Sie mich nicht? Sie waren doch auf Kalgan, da müssen Sie mich doch gesehen haben. Ich trug ein Monokel, eine pelzverbrämte scharlachrote Robe, einen Zylinder...«

Der Captain stellte entgeistert fest: »Sie waren der Kriegsherr von Kalgan.«

»Ja. Und jetzt bin ich der loyale Vizekönig des Maultiers. Sie sehen, er ist überzeugend.«

— 21 —

Zwischenspiel im Raum

Die Blockade wurde erfolgreich durchbrochen. Sämtliche Raumfahrzeuge, die es je gegeben hat, hätten ein so großes Gebiet nicht dicht an dicht bewachen können. Für ein einzelnes Schiff und einen geschickten Piloten gab es mit ein bißchen Glück reichlich Löcher.

Mit eisiger Ruhe steuerte Toran sein protestierendes Boot aus der Nachbarschaft des einen Sterns in die des nächsten. Die Nähe einer großen Masse macht zwar einen interstellaren Sprung unregelmäßig und schwierig, aber sie macht auch die Spürgeräte des Feindes nahezu untauglich.

Und nachdem der Gürtel aus Schiffen bezwungen war, wurde auch die innere Sphäre toten Raums, durch deren blockierten Subäther keine Botschaft geschickt werden konnte, bezwungen. Zum erstenmal in mehr als drei Monaten wich von Toran das Gefühl des Eingeschlossenseins.

Eine Woche verging, bevor die Nachrichtenprogramme des Feindes sich einmal mit etwas anderem beschäftigten als den langweiligen Einzelheiten voller Eigenlob, wie die Foundation immer mehr unter Kontrolle gerate. Es war eine Woche, in der Torans gepanzertes Handelsschiff in hastigen Sprüngen von der Peripherie nach innen floh.

Ebling Mis rief Toran, der im Pilotenraum war, etwas zu, und Toran hob die blinzelnden Augen von seinen Karten.

»Was gibt es?« Toran stieg in die kleine zentrale Kammer hinunter, die Bayta unvermeidlicherweise zum Wohnzimmer umfunktioniert hatte.

Mis schüttelte den Kopf. »Ich lasse mich hängen, wenn ich's weiß. Der Nachrichtendienst des Maultiers kündigt ein spezielles Bulletin an. Dachte, Sie würden es sich vielleicht gern anhören.«

»Kann ich machen. Wo ist Bayta?«

»Deckt den Tisch im Speisezimmer und stellt das Menu zusammen — oder beschäftigt sich mit sonst einem Firlefanz.«

Toran setzte sich auf die Liege, die Magnifico als Bett diente, und wartete. Die der Propaganda dienenden ›speziellen Bulletins‹ des Maultiers waren von monotoner Gleichförmigkeit. Erst kam martialische Musik, dann ein öliger Sprecher. Die weniger wichtigen Neuigkeiten marschierten eine nach der anderen auf. Dann eine Pause. Dann Fanfaren und die steigende Aufregung und der Höhepunkt.

Toran ließ es über sich ergehen. Mis brummte vor sich hin.

Der Ansager erging sich in den üblichen Redensarten eines Kriegsberichterstatters, die das geschmolzene Metall und verbrannte Fleisch einer Raumschlacht in Laute umsetzen.

»Schnellkreuzergeschwader unter Generalleutnant Sammin schlugen heute hart gegen den von Iss kommenden gemischten Kampfverband zurück ...« Das gesucht ausdruckslose Gesicht des Sprechers auf dem Schirm wich der Schwärze des Raums, durchzuckt von Schiffen, die sich durch die Leere in die tödliche Schlacht stürzten. Die Stimme erklärte in dem tonlosen Donner:

»Die hervorragendste Tat der Schlacht war der Kampf des schweren Kreuzers *Cluster* gegen drei feindliche Schiffe der ›Nova‹-Klasse ...«

Auf dem Schirm erschien eine Nahaufnahme. Ein großes Schiff funkelte, und einer der wütenden Angreifer glühte auf, schwang aus dem Aufnahmebereich, kam zurück und rammte. Die *Cluster* bockte wild und überlebte den Aufprall, der den Angreifer zurückschleuderte.

Die glatte, pathetisch vorgetragene Berichterstattung ging bis zum letzten Schuß und zur letzten Raumschiffhulle weiter.

Dann kam eine Pause, danach ein in Bild und Ton sehr ähnlicher Bericht des Kampfes bei Mnemon. Als Neuigkeit wurde eine ausführliche Beschreibung eines Landeunternehmens hinzugefügt — das Bild einer bombardierten Stadt — müde, sich zusammenkauernde Gefangene — und so weiter.

Mnemon hatte nicht mehr lange zu leben.

Wieder Pause — und jetzt kam das erwartete Fanfarengeschmetter. Auf dem Schirm erschien der lange, eindrucksvoll von Soldaten gesäumte Korridor, über den sich der Regierungssprecher in der Uniform eines Ratsherrn schnellen Schrittes näherte.

Die Stille war bedrückend.

Die Stimme, die endlich erklang, war feierlich, langsam und hart.

»Auf Befehl unseres Souveräns wird bekanntgegeben, daß der Planet Haven, der sich bisher auf kriegsähnliche Weise seinem Willen widersetzt hat, seine Niederlage eingesteht. In diesem Augenblick besetzen die Streitkräfte unseres Souveräns den Planeten. Die Opposition wurde zerstreut und in kürzester Zeit zermalmt.«

Das Bild verblaßte, der erste Sprecher kehrte zurück und verkündete wichtigtuerisch, daß weitere Entwicklungen Zug für Zug bekanntgegeben werden würden.

Es folgte Tanzmusik, und Ebling Mis stellte ab.

Toran stand auf und ging mit unsicheren Schritten ohne ein Wort hinaus. Der Psychologe traf keine Anstalten, ihn aufzuhalten.

Als Bayta aus der Küche hereinkam, bedeutete Mis ihr mit einem Wink zu schweigen.

Er sagte: »Sie haben Haven eingenommen.«

Und Bayta antwortete: »Schon?« Ihre Augen waren geweitet und krank vor Unglauben.

»Ohne Kampf. Ohne einen unsäglichen ...« Er brach ab und schluckte. »Sie lassen Toran besser allein. Es ist für ihn nicht angenehm. Ich schlage vor, wir essen dieses eine Mal ohne ihn.«

Bayta warf einen Blick in Richtung des Pilotenraums, dann wandte sie sich hoffnungslos ab. »Gut.«

Magnifico saß unbeachtet am Tisch. Er sprach nicht und aß nicht, sondern starrte mit einer konzentrierten Furcht vor sich hin, die alles Leben aus seinem dürren Körper zu saugen schien.

Ebling Mis schob geistesabwesend die geeisten Früchte seines Desserts auf dem Teller herum und stellte mit harter Stimme fest: »Zwei Handelswelten kämpfen. Sie kämpfen und bluten und sterben, aber sie ergeben sich nicht. Nur Haven ... Ebenso wie die Foundation ...«

»Aber warum? *Warum?*«

Der Psychologe schüttelte den Kopf. »Das hängt mit dem ganzen Problem zusammen. Jede seltsame Facette ist ein Hinweis auf die Natur des Maultiers. Da ist zunächst die Frage, wie er die Foundation erobern konnte, mit wenig Blutvergießen und fast im Handumdrehen — während die unabhängigen Handelswelten aushielten. Das Unterdrückerfeld, das er gegen atomare Reaktionen einsetzte, war eine klägliche Waffe — wir haben darüber hin- und herdiskutiert, bis ich krank davon war — und hat gegen niemanden als nur die Foundation funktioniert.

Randu meinte ...« — Ebling Mis zog die ergrauten Augenbrauen zusammen — »das Maultier besitze vielleicht einen strahlenden Willensunterdrücker. Das hätte es auf Haven gewesen sein können, aber warum wurde er dann nicht auf Mnemon und Iss eingesetzt — die noch jetzt mit solch dämonischen Wildheit kämpfen, daß das Maultier die Hälfte der Foundation-Flotte in Ergänzung seiner eigenen braucht, um sie zurückzuschlagen. Ja, ich habe Foundation-Schiffe bei dem Angriff erkannt.«

Bayta flüsterte: »Erst die Foundation, dann Haven. Es ist, als folge das Unglück uns, ohne uns zu berühren. Jedesmal entrinnen wir ihm um Haaresbreite. Wird das immer so weitergehen?«

Ebling Mis hörte ihr nicht zu. Er argumentierte mit sich selbst. »Aber da ist noch ein Problem — noch ein Problem. Bayta, Sie erinnern sich doch, daß es in einer Nachrichtensendung hieß, der Narr des Maultiers sei nicht auf Terminus gefunden worden, man vermute, er sei nach Haven geflohen oder von seinen ursprünglichen Entführern dorthingeschafft worden. Ihm wird eine Wichtigkeit beigemessen, die nicht verblaßt, und wir haben den Grund noch nicht herausgefunden. Magnifico muß etwas wissen, das für das Maultier tödlich ist. Davon bin ich überzeugt.«

Magnifico, bleich und stotternd, protestierte: »Sire ... edler Herr ... wirklich, ich schwöre, es geht über meinen armen Verstand hinaus, wie ich Eure Wünsche erfüllen könnte. Ich habe Euch bis an die äußersten Grenzen gesagt, was ich weiß, und mit Eurer Sonde habt Ihr aus meinem mageren Witz herausgeholt, was ich wußte, aber nicht wußte, daß ich es wußte.«

»Ja, ja ... es ist etwas Kleines. Ein so geringfügiger Hinweis, daß weder du noch ich ihn als das erkennen, was er ist. Trotzdem muß ich ihn finden — denn Mnemon und Iss werden bald fallen, und dann sind nur noch wir übrig, die letzten Tröpfchen der unabhängigen Foundation.«

Die Sterne drängen sich eng zusammen, wenn man den Kern der Galaxis durchdringt. Schwerkraftfelder überlappen sich und können in ihrer Intensität bei interstellaren Sprüngen Störungen hervorrufen, die nicht zu überblikken sind.

Das wurde Toran klar, als ihr Schiff nach einem Sprung im vollen Glanz eines roten Riesen landete, der es bösartig zu sich heranzog. Der Griff konnte erst nach zwölf schlaflosen, nervenzerfetzenden Stunden gelockert werden.

Torans Karten waren in der Reichweite begrenzt, und sein Können war weder auf praktischem noch auf mathematischem Gebiet voll entwickelt. So war er dazu gezwungen, zwischen zwei Sprüngen tagelang sorgfältige Berechnungen anzustellen.

In gewisser Weise wurde es zu einem Gemeinschaftswerk. Ebling Mis überprüfte Torans Mathematik, und Bayta testete mögliche Routen. Sogar Magnifico wurde angestellt, Routine-Berechnungen auf der Rechenmaschine durchzuführen. Nachdem man ihm die Arbeit einmal erklärt hatte, machte sie ihm großen Spaß, und er erwies sich als erstaunlich tüchtig.

Als fast ein Monat vergangen war, betrachtete Bayta die rote Linie, die sich durch das dreidimensionale Modell der galaktischen Linse bis halbwegs zu ihrem Mittelpunkt schlängelte, und meinte mit ironischem Vergnügen: »Weißt du, wie das aussieht? Wie ein zehn Fuß langer Regenwurm, der an schrecklichen Verdauungsstörungen leidet. Du wirst uns noch nach Haven zurückbringen.«

»Das werde ich«, knurrte Toran und raschelte grimmig mit seiner Karte, »wenn du nicht ruhig bist.«

»Und dabei«, fuhr Bayta fort, »gibt es wahrscheinlich eine Route, die so gerade hindurchläuft wie ein Längengrad.«

»Ach ja? Nun, zunächst einmal, Dummchen, waren wahrscheinlich fünfhundert Schiffe nötig, die diese Route in fünfhundert Jahren durch Versuch und Irrtum ausgearbeitet haben, und auf meinen lausigen Karten zu einem halben Credit ist sie nicht eingezeichnet. Außerdem ist es vielleicht ganz gut, wenn wir solche geraden Routen meiden. Sie sind wahrscheinlich vollgestopft mit Schiffen. Und außerdem ...«

»Oh, um der Galaxis willen, hör auf, vor gerechter Entrüstung zu sabbern!« Ihre Hände faßten in sein Haar.

Er heulte: »Autsch! Laß los!«, faßte ihre Handgelenke und riß sie nach unten, woraufhin Toran, Bayta und Stuhl ein dreifaches Durcheinander auf dem Fußboden bildeten. Es löste sich zu einem keuchenden Ringkampf auf, der zum größten Teil aus ersticktem Gelächter und verschiedenen regelwidrigen Schlägen bestand.

Magnifico kam atemlos angerannt. Toran machte sich los und fragte: »Was gibt es?«

Die Angst zog Furchen durch das Gesicht des Narren und spannte die Haut weiß über den enormen Sattel seiner Nase. »Die Instrumente benehmen sich komisch, mein Herr. Ich habe, mir meiner Unwissenheit wohl bewußt, nichts berührt ...«

In zwei Sekunden war Toran im Pilotenraum. Ruhig bat er Magnifico: »Wecke Ebling Mis. Er soll herunterkommen.«

Zu Bayta, die versuchte, ihr Haar unter Benutzung der

Finger einigermaßen wieder in Ordnung zu bringen, sagte er: »Wir sind entdeckt worden, Bay.«

»Entdeckt?« Bayta ließ die Arme fallen. »Von wem?«

»Galaxis weiß es«, murmelte Toran, »aber ich könnte mir vor stellen, von jemandem, dessen Laserkanonen bereits auf uns gerichtet sind.«

Er setzte sich und schickte mit leiser Stimme den Identifikationscode des Schiffes in den Subäther.

Und als Ebling Mis eintrat, im Bademantel und mit verschlafenen Augen, erklärte Toran mit verzweifelter Ruhe: »Anscheinend befinden wir uns innerhalb der Grenzen eines lokalen Königreichs, das sich die Autarchie von Filia nennt.«

»Nie davon gehört«, stellte Mis knapp fest.

»Nun, ich auch nicht«, erwiderte Toran, »aber trotzdem werden wir von einem filischen Schiff angehalten, und ich weiß nicht, zu was das noch führen wird.«

Der Kapitän-Inspektor des filischen Schiffes drängte sich mit sechs ihm folgenden Bewaffneten an Bord. Er war klein mit dünnem Haar, dünnen Lippen und trockener Haut. Ein scharfes Husten ausstoßend, setzte er sich, öffnete einen Folianten und blätterte bis zu einer leeren Seite weiter.

»Ihre Pässe und die Zollpapiere des Schiffes, bitte.«

»Wir haben keine«, antwortete Toran.

»Keine, so?« Er griff nach einem Mikrophon, das ihm vom Gürtel hing, und sprach rasch hinein. »Drei Männer und eine Frau. Papiere nicht in Ordnung.« Er schrieb eine entsprechende Notiz in seinen Folianten.

»Woher kommen Sie?«

»Von Siwenna«, sagte Toran vorsichtig.

»Wo ist das?«

»Hunderttausend Parseks entfernt, achtzig Grad westlich von Trantor, vierzig Grad ...«

»Schon gut, schon gut!« Toran konnte sehen, daß der Untersuchungsbeamte geschrieben hatte: »Herkunft — Peripherie.«

Der Filier fuhr fort: »Wohin reisen Sie?«

Toran antwortete: »In den Trantor-Sektor.«

»Zweck der Reise?«

»Vergnügungsreise.«

»Befördern Sie irgendwelche Fracht?«

»Nein.«

»Hm-m-m. Das werden wir überprüfen.« Er nickte, und zwei Männer machten sich eilfertig an die Arbeit. Toran traf keine Anstalten, sie daran zu hindern.

»Was führt Sie in filisches Hoheitsgebiet?« Die Augen des Filiers schimmerten unfreundlich.

»Wir wußten nicht, daß wir hineingeraten waren. Mir mangelt es an einer richtigen Karte.«

»Für diesen Mangel werden Sie hundert Credits zahlen müssen — und natürlich die üblichen Gebühren für den Zoll et cetera.«

Wieder griff er zum Mikrophon — hörte aber mehr zu, als er selbst sprach. Dann fragte er Toran: »Wissen Sie etwas über Atom-Technologie?«

»Ein bißchen«, gab Toran zurückhaltend zu.

»Ja?« Der Filier schloß seinen Folianten. »Die Männer der Peripherie sind bekannt dafür. Ziehen Sie einen Anzug an und kommen Sie mit!«

Bayta mischte sich ein: »Was haben Sie mit ihm vor?«

Toran schob sie sanft beiseite und erkundigte sich höflich: »Wohin soll ich mitkommen?«

»An unserem Atomantrieb sind ein paar kleinere Reparaturen notwendig. Er kommt auch mit.« Der Filier zielte mit dem Finger auf Magnifico, der die braunen Augen vor Entsetzen aufriß.

»Was hat er damit zu tun?« verlangte Toran heftig zu wissen.

Der Beamte sah kalt auf. »Ich habe von Piraten in dieser Nachbarschaft gehört. Die Beschreibung von einem der Verbrecher trifft in großen Zügen auf ihn zu. Es handelt sich nur um eine routinemäßige Identifizierung.«

Toran zögerte, aber sechs Männer und sechs Laser sind

überzeugende Argumente. Er öffnete den Schrank mit den Anzügen.

Eine Stunde später richtete er sich in den Eingeweiden des filischen Schiffes auf und schimpfte: »Ich kann keinen Fehler an den Motoren finden! Die Stromschienen sind richtig eingepaßt, die L-Rohre leiten richtig, und die Reaktionsanalyse stimmt. Wer hat hier die Leitung?«

»Ich«, meldete sich der Oberingenieur.

»Dann bringen Sie mich hier raus ...«

Er wurde auf die Offiziersebene geführt. Im Vorzimmer war niemand als ein gleichgültiger Fähnrich.

»Wo ist der Mann, der mit mir gekommen ist?«

»Bitte warten Sie«, sagte der Fähnrich.

Fünfzehn Minuten später wurde Magnifico hereingebracht.

»Was hat man dir getan?« fragte Toran schnell.

»Nichts. Gar nichts.« Magnifico schüttelte langsam verneinend den Kopf.

Es kostete zweihundertundfünfzig Credits, die Forderungen Filias zu erfüllen — fünfzig davon für die sofortige Entlassung —, und dann waren sie wieder im freien Raum.

Bayta meinte mit gequältem Lachen: »Sind wir ihnen keine Eskorte wert? Bekommen wir nicht den üblichen Tritt in den Hintern, der uns über die Grenze befördert?«

Und Toran antwortete grimmig: »Das war kein filisches Schiff — und wir reisen vorerst nicht weiter. Kommt herein.«

Sie versammelten sich um ihn.

Mit blassem Gesicht erklärte Toran: »Das war ein Foundation-Schiff, und an Bord waren Männer des Maultiers.«

Ebling bückte sich, um die Zigarre aufzuheben, die er fallengelassen hatte. »Hier? Wir sind dreißigtausend Parseks von der Foundation entfernt.«

»Wir sind ja auch hier. Was soll sie daran hindern, dieselbe Reise zu unternehmen? Galaxis, Ebling, meinst du, ich kann Schiffe nicht unterscheiden? Ich habe ihre Triebwerke gesehen, und das reicht mir. Ich sage dir, es waren Foundation-Maschinen in einem Foundation-Schiff.«

»Und wie sind sie hergekommen?« fragte Bayta logisch. »Wie hoch ist die Wahrscheinlichkeit eines zufälligen Zusammentreffens von zwei bestimmten Schiffen im Raum?«

»Was hat das damit zu tun?« fragte Toran hitzig zurück. »Es zeigt nur, daß sie uns gefolgt sind.«

»Gefolgt?« spottete Bayta. »Durch den Hyperraum?«

Ebling Mis mischte sich müde ein. »Möglich ist das — bei einem guten Schiff und einem hervorragenden Piloten. Aber ich halte es für äußerst unwahrscheinlich.«

»Ich habe meine Fährte nicht verwischt«, gab Toran zu bedenken. »Ich habe aus dem Stand Startgeschwindigkeit aufgebaut. Ein Blinder hätte unsere Route berechnen können.«

»Verdammt noch mal, das hätte er nicht!« schrie Bayta. »Bei den schieläugigen Sprüngen, die du machst, konnte es niemandem etwas nutzen, unsere Anfangsrichtung zu beobachten. Wir sind schon öfter als einmal mit dem falschen Ende nach vorn aus einem Sprung herausgekommen.«

»Wir verschwenden Zeit!« knirschte Toran durch zusammengebissene Zähne. »Es ist ein Foundation-Schiff unter dem Maultier. Es hat uns angehalten. Es hat uns durchsucht. Es hat Magnifico — allein! — mit mir als Geisel festgehalten, damit ihr übrigen euch für den Fall, daß ihr Verdacht schöpftet, ruhig verhieltet. Und wir werden es jetzt auf der Stelle aus dem Raum brennen.«

»Langsam!« Ebling Mis faßte ihn am Arm. »Wollen Sie uns eines einzigen Schiffes wegen, das Sie für einen Feind halten, vernichten? Denken Sie doch nach, Mann! Würden diese Arschlöcher uns über eine unmögliche Route durch die stinkige Galaxis folgen, uns überprüfen und *uns dann ziehen lassen?*«

»Es interessiert sie immer noch, wohin wir wollen.«

»Warum haben sie uns dann angehalten und mißtrauisch gemacht? Sie können nicht beides haben, wissen Sie.«

Magnifico, der seinen Lieblingssitz auf einer Sessellehne eingenommen hatte, beugte sich vor. Seine langen Nüstern flatterten vor Aufregung. »Ich erbitte eure Verzeihung, daß ich mich einmische, aber mein Verstand wird plötzlich von einem seltsamen Gedanken geplagt.«

Bayta kam Torans ärgerlicher Geste zuvor und legte ihre Hand neben die Eblings. »Sag es nur, Magnifico. Wir werden alle aufmerksam zuhören.«

Magnifico stammelte: »Als ich in ihrem Schiff war, wurde mein bißchen Verstand von Angst gebeutelt. Um die Wahrheit zu gestehen, das meiste, was geschehen sein muß, hat nur eine Lücke in meinem Gedächtnis hinterlassen. Viele Männer starrten mich an und redeten von Dingen, die ich nicht verstand. Aber zum Schluß — es war, als durchbreche ein Sonnenstrahl eine Wolkenschicht — war da ein Gesicht, das ich kannte. Ich erhaschte darauf nur einen Blick, einen flüchtigen Blick, und doch strahlt es in meiner Erinnerung immer stärker und heller.«

»Wer war das?« fragte Toran.

»Dieser Captain, der vor langer Zeit mit uns zusammen war, als Ihr mich aus der Sklaverei gerettet habt.«

Es war offensichtlich Magnificos Absicht gewesen, eine Sensation hervorzurufen, und als er merkte, daß er damit vollen Erfolg hatte, breitete sich ein entzücktes Lächeln im Schatten seines Rüssels aus.

»Captain ... Han ... Pritcher?« fragte Mis ernst. »Du bist dir ganz sicher?«

»Mein Herr, ich schwöre es!« Er legte die knochendünne Hand auf die schmale Brust. »Ich würde es dem Maultier ins Gesicht sagen, daß dies die Wahrheit ist, auch wenn er alle seine Macht einsetzte, um es mich leugnen zu machen.«

Bayta konnte sich vor Verwunderung nicht fassen. »Was hatte das dann alles zu bedeuten?«

Der Narr wandte sich ihr eifrig zu. »Meine Dame, ich

habe eine Theorie. Sie kam in fertigem Zustand zu mir, als habe der galaktische Geist sie mir in den Sinn gelegt.« Er hob tatsächlich die Stimme, um Torans Einspruch zu übertönen.

»Meine Dame« — er sprach ausschließlich zu Bayta —, »wenn dieser Captain ebenso wie wir mit einem Schiff geflohen ist, wenn er ebenso wie wir mit eigenen Absichten unterwegs war, wenn er uns zufällig begegnete — dann würde er uns verdächtigen, ihm gefolgt zu sein und ihm den Weg verlegt zu haben, so wie *wir ihn* verdächtigten. Ist es da verwunderlich, daß er diese Komödie spielte, um unser Schiff betreten zu können?«

»Warum wollte er uns aber in *seinem* Schiff haben?« fragte Toran. »Das paßt nicht.«

»Doch, doch«, beteuerte der Narr wie unter einer plötzlichen Inspiration. »Er schickte einen Untergebenen, der uns nicht kannte, aber uns über das Mikrophon beschrieb. Dem ihm zuhörenden Captain mußten die Kennzeichen meiner armen Person auffallen — denn es ist wahr, in dieser großen Galaxis gibt es nicht viele, die meiner Dürftigkeit ähnlich sehen. Ich diente dazu, euch übrige zu identifizieren.«

»Und nun läßt er uns laufen?«

»Was wissen wir von seiner Mission und der für sie notwendigen Geheimhaltung? Nachdem er festgestellt hat, daß wir keine Feinde sind, hält er es für klug, seinen Plan nicht dadurch zu gefährden, daß er weiteren Personen bekannt wird.«

Bayta meinte nachdrücklich: »Sei nicht stur, Torie. Das ist tatsächlich eine Erklärung der Geschehnisse.«

»Könnte sein«, stimmte Mis ihr zu.

Angesichts des vereinigten Widerstandes fühlte Toran sich hilflos. Etwas an den gewandten Erklärungen des Narren störte ihn. Etwas war verkehrt. Aber er war verwirrt, und ohne daß er es wollte, versiegte sein Ärger.

»Für eine Weile«, flüsterte er, »dachte ich, wir könnten wenigstens ein Schiff des Maultiers vernichten.«

Seine Augen waren dunkel vom dem Schmerz über den Verlust Havens.

Die anderen verstanden ihn.

— 22 —
Tod auf Neu-Trantor

NEU-TRANTOR – *Der kleine Planet Delicass, der nach der großen Plünderung umbenannt wurde, war für nahezu ein Jahrhundert Sitz der letzten Dynastie des Ersten Kaiserreichs. Es war eine Schattenwelt und ein Schattenreich, und seine Existenz ist nur legalistisch von Bedeutung. Unter der ersten Dynastie von Neu-Trantor…*

ENCYCLOPAEDIA GALACTICA

Neu-Trantor war der Name! Neu-Trantor! Und wenn man den Namen gesagt hat, hat man mit einem Streich alle Ähnlichkeiten des neuen Trantors mit dem großen Original erschöpft. Zwei Parseks weiter weg schien die Sonne des alten Trantor immer noch, und die kaiserliche Hauptstadt des vorigen Jahrhunderts kreiste immer noch in stummer, ewiger Wiederholung auf ihrer Bahn.

Es lebten sogar noch Menschen auf Alt-Trantor. Nicht viele —hundert Millionen vielleicht, wo es fünfzig Jahre zuvor von vierzig Milliarden gewimmelt hatte. Die riesige Metallwelt war in gezackte Splitter zerfallen. Die zahlreichen Türme, die von der einzigen weltumspannenden Basis aufragten, waren zerrissen und leer — trugen immer noch die ursprünglichen Laserlöcher und Brandstreifen — Trümmer der großen Plünderung vor vierzig Jahren.

Zwölftausend Jahre lang hatte diese Welt das Zentrum einer Galaxis gebildet — hatte einen grenzenlosen Raum regiert und war die Heimat von Gesetzgebern und Herrschern gewesen, deren Launen viele Parseks überspannte. Es war seltsam, daß diese Welt in einem Monat sterben konnte. Es war seltsam, daß eine Welt, die während der weiten Eroberungen und Rückzüge eines Jahrtausends und ebenso von den Bürgerkriegen und Palastrevolutionen eines weiteren Jahrtausends unberührt geblieben war, jetzt tot dalag. Es war seltsam, daß die Glorie der Galaxis ein verwesender Leichnam sein sollte.

Und kläglich!

Denn es sollten noch Jahrhunderte vergehen, bevor der Zerfall die mächtigen Werke von fünfzig Menschengenerationen unbrauchbar gemacht haben würde. Nur die abnehmenden Kräfte der Menschen selbst machten sie jetzt unbrauchbar.

Die Millionen, die nach dem Tod der Milliarden übriggeblieben waren, rissen die schimmernde Metallbasis des Planeten auf und legten Boden frei, der tausend Jahre lang die Berührung der Sonne nicht mehr gespürt hatte.

Umringt von der mechanischen Perfektion der Werke von Menschenhand, eingekreist von den industriellen Wundern einer Menschheit, die sich von der Tyrannei ihrer Umgebung befreit hatte, kehrten sie zur Scholle zurück. Auf den großen, einst verkehrsreichen Plätzen wuchs Weizen und Mais. Im Schatten der Türme weideten Schafe.

Aber Neu-Trantor existierte — ein obskures Dorf auf einem Planeten, den das mächtige Trantor überstrahlt hatte, bis eine verängstigte königliche Familie vor dem Feuer und der großen Plünderung nach ihrem letzten Zufluchtsort floh — und dort überlebte, knapp, bis sich die brüllenden Fluten der Rebellion legten. Dort herrschte sie in gespenstischem Glanz über den leichenhaften Überrest des Imperiums.

Zwanzig Agrarwelten waren ein galaktisches Imperium!

Dagobert IX., Herrscher über zwanzig von störrischen Landjunkern und verdrossenen Bauern bewohnten Welten, war Kaiser der Galaxis, Herr des Universums.

Dagobert IX. war an dem blutigen Tag, als er mit seinem Vater auf Neu-Trantor ankam, fünfundzwanzig gewesen. In seinen Augen und in seinem Verstand lebten immer noch der Ruhm und die Macht des vergangenen Kaiserreichs. Aber sein Sohn, der eines Tages Dagobert X. werden mochte, war auf Neu-Trantor geboren.

Zwanzig Welten waren alles, was er kannte.

Jord Commasons offener Luftwagen war das beste Fahrzeug dieses Typs auf ganz Neu-Trantor — und es stand ihm schließlich zu. Nicht nur, weil Commason der größte Grundbesitzer auf Neu-Trantor war. Es gab schwerer wiegende Gründe. Denn in früheren Zeiten war er der Gefährte und böse Geist eines jungen Kronprinzen gewesen, der widerspenstig im Griff eines Kaisers mittleren Alters zappelte. Und jetzt war er der Gefährte und immer noch der böse Geist eines Kronprinzen mittleren Alters, der einen alten Kaiser haßte und beherrschte.

So brauchte Jord Commason in seinem Luftwagen mit der Perlmutt-Politur und den Ornamenten aus Gold und Lumetron kein Wappen, das ihn als den Eigentümer auswies. Er blickte über das Land hin, das ihm gehörte, und über die Meilen wogenden Weizens, die ihm gehörten, und die großen Dresch- und Erntemaschinen, die ihm gehörten, und die Pächter und Maschinisten, die ihm gehörten — und erwog vorsichtig seine Probleme.

Der gebeugte, verrunzelte Chauffeur neben ihm lenkte das Schiff sacht durch die oberen Winde und lächelte.

Jord Commason sprach zu dem Wind, der Luft und dem Himmel: »Du hast dir gemerkt, was ich dir gesagt habe, Inchney?«

Inchneys dünnes graues Haar flatterte leicht im Wind. Sein zahnlückiges Lächeln verbreiterte sich auf seine dünnlippige Art, und die senkrechten Falten seiner Wangen vertieften sich, als behielte er ein ewiges Geheimnis für sich. Seine Flüsterstimme pfiff zwischen seinen Zähnen hervor.

»Ich habe es mir gemerkt, gnädiger Herr, und ich habe nachgedacht.«

»Und worüber hast du nachgedacht, Inchney?« Die Frage klang ungeduldig.

Inchney dachte daran, daß er jung und hübsch und ein Lord auf Alt-Trantor gewesen war. Inchney dachte daran, daß er ein verunstalteter alter Mann auf Neu-Trantor war, der von der Gnade des Junkers Jord Commason lebte und für diese Gnade bezahlte, indem er ihm auf Anfrage seinen Scharfsinn zur Verfügung stellte. Er seufzte ganz leise.

Wieder erklang seine Flüsterstimme. »Besucher aus der Foundation, gnädiger Herr, sind eine gute Sache. Vor allem, gnädiger Herr, wenn sie nur mit einem einzigen Schiff kommen und nur mit einem einzigen kampffähigen Mann. Wie willkommen mögen sie sein!«

»Willkommen?« wiederholte Commason düster. »Vielleicht. Aber diese Menschen sind Zauberer und möglicherweise mächtig.«

»Pah!« murmelte Inchney. »Die Verschwommenheit der Ferne verbirgt die Wahrheit. Die Foundation ist nichts als eine Welt. Ihre Bewohner sind nichts als Menschen. Wenn man Löcher in sie schießt, sterben sie.«

Inchney hielt das Schiff auf Kurs. Unten schlängelte sich glitzernd ein Fluß dahin. Der Chauffeur flüsterte: »Und wird heutzutage nicht von einem Mann geredet, der die Welten der Peripherie in Aufruhr versetzt?«

Commason wurde plötzlich mißtrauisch. »Was weißt du darüber?«

Ein Lächeln lag auf dem Gesicht des Chauffeurs. »Gar nichts, gnädiger Herr. Es war ja nur eine müßige Frage.«

Der Junker zögerte nur kurz. Mit brutaler Direktheit sagte er: »Nichts, was du fragst, ist müßig, und deine Methoden, Informationen zu sammeln, werden dir deinen dünnen Hals noch einmal in einen Schraubstock bringen. Aber — ich will es dir sagen! Dieser Mann wird das Maultier genannt, und einer seiner Untertanen war vor ein paar Monaten in ... in geschäftlichen Angelegenheiten hier. Ich erwarte jetzt einen weiteren, um ... das Geschäft abzuschließen.«

»Und diese Neuankömmlinge? Sie sind nicht vielleicht die, die Sie erwarten?«

»Ihnen fehlt die Identifikation, die sie haben müßten.«

»Es wurde berichtet, die Foundation sei erobert worden ...«

»Ich habe dir das nicht erzählt.«

»Es wurde so berichtet«, fuhr Inchney kühl fort, »und wenn es stimmt, sind diese Leute vielleicht Flüchtlinge und könnten für den Mann des Maultiers zum Zeichen ehrlicher Freundschaft festgehalten werden.«

»Ja?« Commason war sich nicht sicher.

»Und, gnädiger Herr, da es wohlbekannt ist, daß der Freund eines Eroberers sein neues Opfer wird, wäre es nichts als Selbstverteidigung. Denn es gibt solche Dinge wie Psychosonden, und hier haben wir vier Foundation-Gehirne. An der Foundation gibt es vieles, was zu wissen nützlich wäre, vieles auch über das Maultier. Und dann wäre die Freundschaft des Maultiers ein bißchen weniger überwältigend.«

Commason kehrte in der Stille der oberen Luftschichten erschauernd zu seinem ersten Gedanken zurück. »Aber wenn die Foundation nun nicht gefallen ist! Wenn die Berichte Lügen sind! Es soll doch vorhergesagt sein, die Foundation könne nicht fallen.«

»Das Zeitalter der Wahrsager liegt hinter uns, gnädiger Herr.«

»Trotzdem, Inchney, wenn sie nun nicht gefallen ist! Denk nach! Das Maultier hat mir Versprechungen gemacht. Tatsächlich ...« Er war zu weit gegangen und trat den Rückzug an. »Das heißt, er hat geprahlt. Aber Prahlereien sind Wind, und Verträge sind hart.«

Inchley lachte geräuschlos. »Verträge sind wirklich hart, bis sie in Kraft treten. Man könnte kaum eine weiter entfernte Bedrohung finden als die durch eine Foundation am Ende der Galaxis.«

»Da ist immer noch der Prinz«, murmelte Commason beinahe im Selbstgespräch.

»Er hält also zu dem Maultier, gnädiger Herr?«

Commason schränkte ein: »Nicht völlig. Nicht, wie ich es tue. Aber er wird wilder, ist schwerer zu kontrollieren. Er ist von einem Dämon besessen. Wenn ich diese Leute ergreife und er sie mir für seine eigenen Zwecke wegnimmt — denn eine gewisse Schläue ist ihm nicht abzusprechen —, bin ich noch nicht bereit, mich mit ihm anzulegen.« Er runzelte die Stirn, und seine schweren Wangen sackten ab vor Mißvergnügen.

Der graue Chauffeur machte eine unwesentliche Bemerkung. »Ich habe diese Fremden gestern für ein paar Augenblicke gesehen, und es ist eine seltsame Frau, diese Dunkle. Sie geht mit der Freiheit eines Mannes, und gegen den dunklen Glanz ihres Haars ist ihre Blässe verblüffend.« Es lag beinahe Wärme in dem heiseren Flüstern der vertrockneten Stimme, so daß sich Commason ihm in plötzlichem Erstaunen zuwandte.

Inchney fuhr fort: »Der Prinz wird bei all seiner Schläue nicht unzugänglich für einen vernünftigen Kompromiß sein. Sie könnten den Rest haben, wenn Sie ihm die junge Frau ließen ...«

In Commasons düsteren Gedanken wurde es hell. »Eine gute Idee! In der Tat, eine gute Idee! Inchney, kehr um! Und, Inchney, wenn alles gut ausgeht, werden wir noch einmal über deine Freilassung reden.«

Bei seiner Rückkehr fand Commason in seinem privaten Arbeitszimmer eine Briefkapsel vor, und er sah darin mit beinahe abergläubischem Gefühl ein Symbol. Sie war auf einer Wellenlänge eingetroffen, die nur wenige kannten. Auf Commasons Gesicht machte sich ein sattes Lächeln breit. Der Mann des Maultiers kam, und die Foundation war tatsächlich gefallen.

Wenn Bayta überhaupt nebelhafte Vorstellungen von einem kaiserlichen Palast gehabt hatte, stimmten sie nicht mit der Wirklichkeit überein, und innerlich war sie ein bißchen enttäuscht. Der Raum war klein, beinahe einfach, beinahe gewöhnlich. Der Palast hielt nicht einmal einen Vergleich mit der Residenz des Bürgermeisters zu Hause in der Foundation aus — und Dagobert IX. ...

Darüber, wie ein Kaiser aussehen sollte, hatte Bayta ganz bestimmte Vorstellungen. Er sollte nicht wie jemandes gütiger Großvater aussehen. Er sollte nicht dünn und weiß und verblaßt aussehen — und auch nicht in übertriebener Fürsorge seinen Besuchern mit eigenen Händen den Tee einschenken.

Aber so war es.

Dagobert IX. goß Tee in die Tasse, die Bayta ihm steif hinhielt, und kicherte.

»Mir macht das großes Vergnügen, meine Liebe. Für einen Augenblick entrinne ich der Zeremonie und den Höflingen. Seit einiger Zeit habe ich schon keine Gelegenheit mehr gehabt, Besucher aus meinen äußeren Provinzen willkommen zu heißen. Mein Sohn kümmert sich um diese Einzelheiten, jetzt, wo ich älter geworden bin. Sie haben meinen Sohn noch nicht kennengelernt? Ein feiner Junge. Dickköpfig vielleicht. Aber schließlich ist er noch jung. Möchten Sie eine Geschmackskapsel? Nein?«

Toran versuchte, ihn zu unterbrechen. »Euer kaiserliche Majestät ...«

»Ja?«

»Euer kaiserliche Majestät, es lag nicht in unserer Absicht, uns Ihnen aufzudrängen ...«

»Unsinn, Sie drängen sich nicht auf. Heute abend wird der offizielle Empfang stattfinden, doch bis dahin sind wir frei. Moment, was sagten Sie, woher Sie kommen? Es muß lange her sein, daß wir einen offiziellen Empfang hatten. Sagten Sie nicht, Sie seien aus der Provinz Anakreon?«

»Aus der Foundation, Euer kaiserliche Majestät!«

»Ja, die Foundation. Jetzt erinnere ich mich. Und ich hatte doch recht. Sie liegt in der Provinz Anakreon. Dort bin ich nie gewesen. Mein Arzt verbietet mir weite Reisen. Ich erinnere mich nicht, in letzter Zeit Berichte von meinem Vizekönig in Anakreon erhalten zu haben. Wie sind die Bedingungen dort?« schloß er ängstlich.

»Sire«, murmelte Toran, »ich bringe keine Beschwerden mit.«

»Das ist dankenswert. Ich werde Sie meinem Vizekönig empfehlen.«

Toran sandte einen hilflosen Blick zu Ebling Mis hinüber, der seine brüske Stimme hören ließ. »Sire, uns ist gesagt worden, wir brauchten Ihre Erlaubnis, wenn wir die kaiserliche Universitätsbibliothek auf Trantor besuchen wollen.«

»Trantor?« fragte der Kaiser milde. »Trantor?«

Dann überflog ein Ausdruck schmerzlicher Verwirrung sein schmales Gesicht. »Trantor?« flüsterte er. »Jetzt erinnere ich mich. Ich mache Pläne, dorthin zurückzukehren, eine Flotte von Schiffen hinter mir. Ihr sollt mit mir kommen. Gemeinsam werden wir den Rebellen Gilmer vernichten. Gemeinsam werden wir das Reich wiederaufbauen!«

Sein gebeugter Rücken hatte sich gestrafft. Seine Stimme hatte an Kraft gewonnen. Seine Augen blickten hart. Dann blinzelte er und sagte leise: »Aber Gilmer ist tot. Ich glaube, ich erinnere mich ... Ja. Ja! Gilmer ist tot! Trantor ist tot — Einen Augenblick lang dünkte es mich ... Was sagten Sie, woher Sie kommen?«

Magnifico flüsterte Bayta zu: »Ist das wirklich ein Kaiser? Ich habe immer gedacht, Kaiser seien größer und weiser als normale Menschen.«

Bayta gebot ihm mit einem Wink zu schweigen. Sie sagte: »Wenn Euer kaiserliche Majestät nur einen Befehl unterzeichnete, der uns erlaubt, nach Trantor zu gehen, würde das der allgemeinen Sache sehr helfen.«

»Nach Trantor?« Der Kaiser verstand nicht.

»Sire, der Vizekönig von Anakreon, in dessen Namen wir sprechen, läßt Euch sagen, daß Gilmer noch lebt ...«

»Er lebt! Er lebt!« donnerte Dagobert. »Wo? Das bedeutet Krieg!«

»Euer kaiserliche Majestät, es darf noch nicht bekannt werden. Man weiß nicht genau, wo er sich aufhält. Der Vizekönig schickt uns, damit wir Ihnen die Tatsache mitteilen, und nur auf Trantor können wir sein Versteck finden. Ist es einmal entdeckt ...«

»Ja, ja — er muß gefunden werden!« Der alte Kaiser schlurfte zur Wand und berührte mit zitterndem Finger die kleine Fotozelle. Es geschah nichts. Er murmelte: »Meine Diener kommen nicht. Ich kann nicht auf sie warten.«

Er kritzelte etwas auf ein leeres Blatt und endete mit einem schwungvollen ›D‹. »Gilmer soll die Macht seines Kaisers kennenlernen! Woher kommen Sie gleich? Aus Anakreon? Wie sind die Bedingungen dort? Hat der Name des Kaisers Macht?«

Bayta nahm ihm das Blatt aus den kraftlosen Fingern. »Euer kaiserliche Hoheit wird vom Volk geliebt. Ihre Liebe zum Volk ist allgemein bekannt.«

»Ich bin meinen guten Bürgern von Anakreon immer noch einen Besuch schuldig, aber mein Arzt sagt ... Ich erinnere mich nicht, was er sagt, aber ...« Er hob den Kopf. Seine alten grauen Augen blickten scharf. »Haben Sie etwas über Gilmer gesagt?«

»Nein, Euer kaiserliche Majestät.«

»Er soll nicht weiter vorrücken. Kehrt heim und sagt euren Mitbürgern das: Trantor soll aushalten! Mein Vater führt jetzt die Flotte an, und der rebellierende Wurm Gilmer soll zusammen mit seinem königsmörderischen Abschaum im Raum erfrieren.«

Er wankte zu seinem Sessel, und seine Augen blickten wieder leer. »Was habe ich gerade gesagt?«

Toran stand auf und verbeugte sich tief. »Euer kaiserliche Majestät sind freundlich zu uns gewesen, aber die uns für eine Audienz zugestandene Zeit ist vorbei.«

Ein paar Sekunden lang sah Dagobert IX. tatsächlich wie ein Kaiser aus, als er sich erhob und mit kerzengeradem Rücken dastand, während sich seine Besucher einer nach dem anderen rückwärtsgehend durch die Tür entfernten ...

... wo sie von zwanzig Bewaffneten umringt wurden. Eine Handwaffe blitzte auf.

Bayta kehrte nur langsam ins Bewußtsein zurück, aber ohne das Gefühl. »Wo bin ich?« Sie erinnerte sich genau an den komischen alten Mann, der sich einen Kaiser nannte, und die Männer, die draußen gewartet hatten. Das arthritische Prickeln in ihren Fingergelenken bedeutete eine Betäubungspistole.

Sie hielt die Augen geschlossen und lauschte mit schmerzhafter Konzentration auf die Stimmen.

Es waren zwei Männer. Der eine sprach langsam und vorsichtig, und unter seiner Unterwürfigkeit verbarg sich Schläue. Der andere sprach heiser und mit schwerer Zunge, beinahe, als sei er betrunken, und er polterte in zähflüssigen Anläufen. Bayta gefiel keine von beiden Stimmen.

Der mit der schweren Zunge war der Überlegene.

Bayta bekam die letzten Worte mit: »Er wird ewig leben, der alte Verrückte. Ich habe es satt. Es ärgert mich. Commason, ich will es. Auch ich werde älter.«

»Euer Hoheit, sehen wir zunächst einmal, welchen Nutzen diese Leute für uns haben. Es mag sein, daß wir andere Kraftquellen haben werden als die, die Ihr Vater immer noch liefert.«

Die heisere Stimme verlor sich in nuschelndem Flüstern. Bayta fing nur das Wort ›Mädchen‹ auf, aber die andere, speichelleckerische Stimme gab ein häßliches, leises Kichern von sich, gefolgt von einem sich anbiedernden, beinahe gönnerhaften: »Dagobert, Sie altern nicht. Wer behauptet, Sie seien kein Jüngling von zwanzig, der lügt.«

Sie lachten beide, und Bayta erstarrte das Blut in den Adern. Dagobert — Euer Hoheit — der alte Kaiser hatte von einem dickköpfigen Sohn gesprochen, und jetzt wurde ihr dumpf bewußt, was das Getuschel zu bedeuten hatte. Aber so etwas geschah doch im wirklichen Leben nicht …

Torans Stimme brach mit einem harten Strom von Flüchen über sie herein.

Sie öffnete die Augen, und Torans Augen, die auf ihr ruhten, zeigten unverhohlene Erleichterung. Er sagte energisch: »Für diesen Überfall werden Sie sich vor dem Kaiser zu verantworten haben. Lassen Sie uns frei!«

Bayta dämmerte es, daß ihre Handgelenke und Knöchel mittels eines Anziehungsfeldes an Wand und Fußboden gefesselt waren.

Der Mann mit der heiseren Stimme näherte sich Toran. Er hatte einen dicken Bauch, seine unteren Augenlider waren dunkel geschwollen, und sein Haar wurde dünn. Auf seinem spitzen Hut steckte eine lustige Feder, und der Besatz seines Wamses war mit silbrigem Metallschaum bestickt.

Mit dick aufgetragener Ironie fragte er: »Der Kaiser? Der arme, wahnsinnige Kaiser?«

»Ich habe seinen Paß. Kein Untertan darf unsere Freiheit beschränken.«

»Aber ich bin kein Untertan, du Raummüll. Ich bin der Regent und Kronprinz, und als solcher bin ich anzureden. Was meinen armen vertrottelten Vater betrifft: Es amüsiert ihn, gelegentlich Besucher zu empfangen. Und wir lassen ihm den Spaß. Es kitzelt seine eingebildete kaiserliche Würde. Aber eine andere Bedeutung hat es natürlich nicht.«

Und dann stand er vor Bayta, und sie sah verächtlich zu ihm hoch. Er beugte sich zu ihr, und sein Atem roch überwältigend nach Pfefferminz.

Er sagte: »Mir gefallen ihre Augen, Commason — sie ist noch hübscher, wenn sie sie offen hat. Ich denke, sie wird meinen Ansprüchen genügen. Das wird ein exotisches Gericht für einen verwöhnten Geschmack, was?«

Toran machte einen vergeblichen Versuch aufzuspringen, den der Kronprinz ignorierte. Bayta spürte, wie das eisige Gefühl in ihrem Innern nach außen auf die Haut kroch. Ebling Mis war noch bewußtlos. Der Kopf hing ihm haltlos auf die Brust, aber zu ihrer Überraschung stellte Bayta fest, daß Magnificos Augen wach waren, hellwach, als sei er schon vor vielen Minuten wieder zu sich gekommen. Diese großen braunen Augen wandten sich Bayta zu und starrten sie aus einem blassen, teigigen Gesicht an.

Er wimmerte und nickte mit dem Kopf zu dem Kronprinzen hin. »Der da hat mein Visi-Sonor.«

Der Kronprinz drehte sich scharf nach ihm um. »Es gehört dir, du Monster?« Er schwang sich das Instrument von der Schulter, wo es, unbemerkt von Bayta, an seinem grünen Band gehangen hatte.

Unbeholfen fingerte er darauf herum, versuchte, ihm einen Akkord zu entlocken, und erhielt nichts für seine Mühe. »Kannst du es spielen, Monster?«

Magnifico nickte.

Toran sagte plötzlich: »Sie haben ein Schiff der Foundation geplündert. Rächt der Kaiser das nicht, wird es die Foundation tun.«

Es war der andere, Commason, der gelassen antwortete: »Was für eine Foundation? Oder ist das Maultier nicht länger das Maultier?«

Darauf gab es keine Antwort. Das Grinsen des Prinzen zeigte große, unregelmäßige Zähne. Das Fesselfeld des Narren wurde abgeschaltet, man stellte ihn unsanft auf die Füße und drückte ihm das Visi-Sonor in die Hand.

»Spiel für uns, Monster«, befahl der Prinz. »Spiel uns eine Serenade von Liebe und Schönheit für unsere ausländische Dame hier. Sag ihr, daß meines Vaters Staatsgefängnis kein Palast ist, daß ich sie aber in einen Palast bringen kann, wo sie in Rosenwasser schwimmen und erfahren soll, was die Liebe eines Prinzen ist. Singe von der Liebe eines Prinzen, Monster.«

Er legte einen dicken Oberschenkel über die Ecke eines Marmortisches und schwang lässig das Bein. Sein albernes Glotzen brachte Bayta in stumme Wut. Torans Sehnen kämpften in schmerzhaftem, schweißtreibendem Bemühen gegen das Fesselfeld an. Ebling Mis regte sich und stöhnte.

Magnifico keuchte: »Ich kann meine Finger nicht gebrauchen, sie sind steif.«

»Spiel, du Monster!« brüllte der Prinz. Auf eine Geste zu Commason hin wurde die Beleuchtung gedämpft, und in diesem schummerigen Licht kreuzte der Prinz die Arme und wartete.

Magnifico zog die Finger in schnellen, rhythmischen Sprüngen von einem Ende des mit vielen Tasten ausgestatteten Instruments zum anderen — und ein scharfer, gleitender Regenbogen aus Licht spannte sich über den Raum. Ein tiefer, leiser Ton erklang — pochend, voll von Tränen. Er hob sich zu traurigem Lachen, in dem dumpfes Totengeläut mitschwang.

Es war, als verstärke sich die Dunkelheit und werde dicht. Musik erreichte Bayta durch die dämpfenden Schichten unsichtbarer Decken. Schimmerndes Licht stieg zu ihr aus Tiefen auf, als brenne eine einzige Kerze am Grund eines Schachtes.

Unwillkürlich strengte sie die Augen an. Das Licht wurde heller, blieb jedoch diffus. Es bewegte sich in einem Durcheinander aus Farben, und die Musik wurde metallen, böse — schwang sich zu einem hohen Crescendo auf. Das Licht flackerte in Übereinstimmung mit dem schnellen, gehässigen Rhythmus. Etwas wand sich innerhalb des Lichts. Etwas mit giftigen metallischen Schuppen wand sich und gähnte. Und die Musik wand sich und gähnte mit ihm.

Bayta kämpfte gegen eine seltsame Empfindung an, und dann kam ihr eine plötzliche Erkenntnis. Sie wurde an das Geschehen im Zeitgewölbe erinnert und ebenso an die letzten Tage auf Haven. Es war dieses gräßliche, widerliche, sich anheftende Spinnengewebe aus Entsetzen und Verzweiflung. Sie kroch darunter in sich zusammen.

Die Musik lärmte auf sie mit scheußlichem Lachen ein. Bayta wandte sich fieberhaft ab, und der sich in dem kleinen Lichtkreis am falschen Ende des Teleskops windende Schrecken verlor sich. Ihre Stirn war feucht und kalt.

Die Musik erstarb. Sie mußte fünfzehn Minuten gedauert haben. Ungeheure Freude, daß sie von ihr befreit war, überflutete Bayta. Das Licht ging an, und Magnificos Gesicht war dicht an dem ihren, schweißbedeckt, die Augen wild, kummervoll.

»Meine Dame«, keuchte er, »wie geht es Euch?«

»Ganz gut«, flüsterte sie, »aber warum hast du so gespielt?«

Sie wurde sich der anderen im Raum bewußt. Toran und Mis lehnten schlaff und hilflos an der Wand, aber Baytas Augen wanderten rasch über sie weg. Da war der Prinz, und er lag merkwürdig reglos am Fuß des Tisches. Da war Commoson, und lautes Stöhnen entrang sich seinem offenen, sabbernden Mund.

Commason zuckte zusammen und schrie wie ein Tier, als Magnifico einen Schritt auf ihn zu tat.

Magnifico kehrte um und befreite die anderen.

Toran sprang sofort auf die Füße und faßte den Grundbesitzer mit kräftigen Fäusten beim Kragen. »Sie kommen mit uns! Wir brauchen Sie — als Garantie, daß wir zu unserem Schiff gelangen.«

Zwei Stunden später stellte Bayta in der Küche eine riesige hausgemachte Pastete auf den Tisch, und Magnifico feierte die Rückkehr in den Raum, indem er seine Portion unter großartiger Mißachtung der Tischmanieren in Angriff nahm.

»Schmeckt's, Magnifico?«

»Hm-m-m-m!«

»Magnifico!«

»Ja, meine Dame?«

»Was war das, das du da gespielt hast?«

Der Narr wand sich. »Das ... das möchte ich lieber nicht sagen. Ich habe es einmal gelernt, und das Visi-Sonor hat eine sehr tiefgehende Wirkung auf das Nervensystem. Wahrlich, es ist eine böse Sache und nicht für Eure süße Unschuld geeignet, meine Dame.«

»Nun komm, Magnifico! So unschuldig bin ich auch wieder nicht. Hör auf, mir zu schmeicheln. Habe ich etwas von dem gesehen, was *die beiden* gesehen haben?«

»Ich hoffe nicht. Ich habe es nur für sie gespielt. Was Ihr gesehen habt, war nur der Rand — von weitem.«

»Und das hat mir gereicht. Weißt du, daß du den Prinzen k.o. geschlagen hast?«

Magnifico erklärte grimmig mit einem großen, seine Stimme dämpfenden Stück Pastete im Mund: »Ich habe ihn *getötet,* meine Dame.«

»Was?« Sie schluckte heftig.

»Er war tot, als ich aufhörte, sonst hätte ich weitergespielt. Was aus Commason wurde, kümmerte mich nicht. Das Schlimmste, was er uns antun konnte, war Tod oder Folter. Aber, meine Dame, dieser Prinz betrachtete Euch mit Verruchtheit, und hätte ich nicht ...« In einer Mischung aus Entrüstung und Verlegenheit brach er ab.

In Bayta stiegen seltsame Gedanken auf, und sie unterdrückte sie streng. »Magnifico, du hast die Seele eines edlen Ritters.«

»Oh, meine Dame!« Er beugte die rote Nase über seine Pastete, aber er aß nicht.

Ebling Mis sah aus dem Bullauge. Trantor war nahe — sein metallischer Glanz war furchterregend hell. Toran stand ebenfalls dort.

Mit dumpfer Bitterkeit sagte Toran: »Unsere Reise war vergeblich, Ebling. Der Mann des Maultiers ist uns zuvorgekommen.«

Ebling Mis rieb sich die Stirn mit einer Hand, die gegenüber ihrem früheren Umfang zusammengeschrumpft war. Seine Stimme war ein geistesabwesendes Murmeln.

Toran ärgerte sich. »Ich sagte, diese Leute wissen, daß die Foundation gefallen ist. Ich sagte ...«

»Wie?« Mis blickte verwirrt hoch. Dann legte er Toran sanft die Hand auf den Arm und flüsterte, ohne auf das vorherige Gespräch einzugehen: »Toran, ich ... ich habe Trantor angesehen. Wissen Sie ... ich habe ein ganz komisches Gefühl ... schon seit unserer Ankunft auf Neu-Trantor. Es ist ein Drang, ein unwiderstehlicher Drang, der mich vorantreibt. Toran, ich kann es tun, ich weiß, daß ich es tun kann. Die Dinge werden klar in meinem Verstand — sie sind noch nie so klar gewesen.«

Toran starrte ihn an — und zuckte die Achseln. Er konnte aus diesen Worten nicht klug werden.

Zögernd fragte er: »Mis?«

»Ja?«

»Haben Sie auf Neu-Trantor ein Schiff herunterkommen sehen, als wir starteten?«

Der Psychologe überlegte kurz. »Nein.«

»Ich aber. Vielleicht bilde ich es mir nur ein, aber es hätte dieses filische Schiff sein können.«

»Das Schiff, das Captain Han Pritcher an Bord hatte?«

»Das Schiff, das Raum-weiß-wen an Bord hatte. Magnificos Theorie ... Es ist uns hierher gefolgt, Mis.«

Ebling Mis sagte nichts darauf.

Toran forschte: »Stimmt etwas nicht mit Ihnen? Fühlen Sie sich nicht wohl?«

Mis' Blick war gedankenversunken, leuchtend und seltsam. Er antwortete nicht.

— 23 —

Die Ruinen von Trantor

Das Auffinden eines Ziels auf der großen Welt Trantor stellt ein in der Galaxis einzigartiges Problem dar. Es lassen sich keine Kontinente oder Ozeane aus tausend Meilen Entfernung erkennen. Es gibt keine Flüsse, Seen oder Inseln, auf die man durch Wolkenbänke einen Blick erhascht.

Die metallbedeckte Welt war eine einzige kolossale Stadt — beziehungsweise, sie war es gewesen, und ein Fremder konnte vom Raum ohne Schwierigkeiten nur den alten Kaiserpalast identifizieren. Die *Bayta* umkreiste den Planeten beinahe auf der Höhe eines Luftwagens in wiederholter mühevoller Suche.

Von den Polarregionen, wo das Eis auf den metallenen Türmen ein düsterer Hinweis auf den Zusammenbruch oder die Vernachlässigung der Wetterkontrollanlagen war, arbeiteten sie sich südwärts vor. Gelegentlich versuchten sie, das, was sie sahen, mit dem in Übereinstimmung zu bringen, was die auf Neu-Trantor erworbene unzulängliche Karte zeigte.

Aber als es kam, war es unmißverständlich. Der Graben in der metallenen Haut des Planeten war fünfzig Meilen lang. Das unübliche Grün breitete sich über Hunderte von Quadratmeilen aus und schloß die majestätische Anmut der alten kaiserlichen Residenz mit ein.

Die *Bayta* schwebte, und ihre Insassen orientierten sich allmählich. Sie konnten sich nur nach den gewaltigen Verkehrswegen richten, lange, gerade Pfeile auf der Karte, glatte, schimmernde Bänder da unten.

Was die Karte als das Universitätsareal auswies, erreichten sie durch Gissung, und das Schiff senkte sich auf das flache Gebiet nieder, das einmal ein verkehrsreiches Landefeld gewesen sein mußte.

Erst als sie in das metallene Wirrwarr eintauchten, löste sich die glatte Schönheit, die sie aus der Luft gesehen hatten, in die zerbrochenen, verbogenen Ruinen auf, die nach der Plünderung zurückgeblieben waren. Türme waren abgebrochen, Wände standen schief, und für einen ganz kurzen Augenblick erblickten sie nackte Erde — ein Stück von vielleicht mehreren hundert Morgen, dunkel und umgepflügt.

Lee Senter wartete darauf, daß das Schiff sein vorsichtiges Landemanöver beendete. Es war ein fremdes Schiff, nicht von Neu-Trantor, und in Gedanken seufzte er. Fremde Schiffe und verworrene Verhandlungen mit den Leuten aus dem äußeren Raum mochten das Ende der kurzen Tage des Friedens bedeuten, eine Rückkehr zu den alten grandiosen Zeiten von Tod und Kampf. Senter war der Führer der Gruppe; er war verantwortlich für die alten Bücher, und er hatte von diesen alten Zeiten gelesen. Er wünschte sie sich nicht zurück.

Vielleicht zehn Minuten vergingen, bis das fremde Schiff sich auf der Ebene zurechtgesetzt hatte, aber in dieser Zeit spulten sich lange Erinnerungen ab. Da war zuerst die große Farm seiner Kindheit — die in seiner Erinnerung nichts als geschäftige Menschenmengen bedeutete. Dann kam der Treck der jungen Familien zu neuem Land. Er war damals zehn, noch ein Kind, verwirrt und verängstigt.

Dann die neuen Gebäude, die großen Metallplatten, die ausgegraben und weggebracht werden mußten, der freigelegte Boden, den sie umgruben und wässerten und düngten, die angrenzenden Gebäude, die sie abrissen und einebneten, andere, die in Wohnräume umgebaut wurden.

Sie mußten die Felder bestellen und abernten, friedliche Beziehungen zu den Nachbarfarmen anknüpfen ...

Sie erlebten Wachstum und Ausdehnung und die ruhige Tüchtigkeit der Selbstverwaltung. Eine neue Generation von harten jungen Leuten wuchs heran, die auf der Scholle geboren waren. Es kam der große Tag, als Lee Senter zum Gruppenführer gewählt wurde, und zum erstenmal seit seinem achtzehnten Geburtstag rasierte er sich nicht und sah die Stoppeln des Führerbartes sprießen.

Und jetzt wollte die Galaxis sich hereindrängen und dem kurzen Idyll in der Isolierung ein Ende bereiten!

Das Schiff landete. Senter sah stumm zu, wie die Schleuse sich öffnete. Vier Menschen kamen heraus, vorsichtig und wachsam. Drei davon waren Männer von sehr unterschiedlichem Aussehen, einer alt, einer jung, einer dünn und mit einer riesigen Nase. Und zwischen ihnen ging eine Frau, als sei sie mit ihnen gleichberechtigt. Senters Hand löste sich von den beiden glasfaserartigen schwarzen Büscheln seines Bartes, und er schritt vorwärts.

Er vollführte die universelle Geste des Friedens und streckte beide Hände aus, die harten, schwieligen Flächen nach oben gerichtet.

Der junge Mann tat zwei Schritte und erwiderte die Geste.

»Ich komme in Frieden.«

Der Akzent war merkwürdig, aber die Worte waren verständlich und willkommen. Senter erwiderte mit tiefer Stimme: »So sei Frieden. Ihr seid der Gastfreundschaft der Gruppe willkommen. Habt ihr Hunger? Ihr sollt essen. Habt ihr Durst? Ihr sollt trinken.«

»Wir danken Ihnen für Ihre Freundlichkeit und werden Gutes von Ihrer Gruppe berichten, wenn wir auf unsere Welt zurückkehren«, lautete die gemessene Antwort.

Eine seltsame, aber gute Antwort. Die hinter ihm stehenden Männer der Gruppe lächelten, und aus den Schlupfwinkeln der sie umgebenden Ruinen tauchten die Frauen auf.

In seiner Wohnung holte er den verschlossenen Spiegelscheiben-Kasten aus einem Versteck und bot jedem der Gäste eine der langen, dicken Zigarren an, die für große Gelegenheiten reserviert waren. Bei der Frau zögerte er. Sie hatte zwischen den Männern Platz genommen. Offensichtlich gestatteten die Fremden eine solche Unverschämtheit nicht nur, sie erwarteten sie sogar. Stumm hielt Senter ihr den Kasten hin.

Sie nahm sich lächelnd eine Zigarre und sog den aromatischen Rauch mit großem Vergnügen ein. Senter ließ sich nicht anmerken, wie schockiert er war.

Bei der dem Essen vorausgehenden steifen Unterhaltung wurde höflich das Thema der Landwirtschaft auf Trantor berührt.

Der alte Mann war es, der fragte: »Was ist mit hydroponischen Anlagen? Für eine Welt wie Trantor wären sie doch die beste Lösung.«

Senter schüttelte zögernd den Kopf. Er fühlte sich unsicher. Sein Wissen stammte aus den Büchern, die er gelesen hatte. »Künstliche Pflanzenaufzucht in Chemikalien? Nein, nicht auf Trantor. Diese hydroponischen Anlagen erfordern eine ganze Welt voll Industrie — zum Beispiel eine große chemische Industrie. Und wenn die Industrie bei einem Krieg oder einer Katastrophe zusammenbricht, müssen die Menschen verhungern. Auch können nicht alle Pflanzen künstlich gezogen werden. Manche verlieren ihren Nährwert. Der Boden ist immer noch billiger, immer noch besser — und vor allem zuverlässiger.«

»Und Ihre Nahrungsmittelversorgung ist sicher ausreichend?«

»Ausreichend, vielleicht etwas eintönig. Wir haben Geflügel, das Eier liefert, und Milchvieh für unsere Molkerei-Erzeugnisse — aber was das Fleisch betrifft, sind wir auf Handel mit dem Ausland angewiesen.«

»Handel.« Plötzlich erwachte das Interesse des jungen Mannes. »Also treiben Sie Handel. Aber was exportieren Sie?«

»Metall«, lautete die kurze Antwort. »Sehen sie sich um. Wir haben einen unerschöpflichen Vorrat, fertig bearbeitet. Man kommt von Neu-Trantor mit Schiffen, reißt ein bestimmtes Gebiet ab — was unsere landwirtschaftliche Nutzfläche vergrößert — und läßt uns im Austausch Fleisch, Dosenfrüchte, Nahrungsmittelkonzentrate und so weiter da. Das Metall wird abtransportiert, und beide Seiten haben ihren Gewinn davon.«

Das Essen bestand aus Brot und Käse und einem Gemüse-Eintopf, der einfach köstlich war. Beim Nachtisch aus geeisten Früchten, dem einzigen importierten Artikel der Mahlzeit, wurden die Ausländer zu etwas anderem als bloßen Gästen. Der junge Mann zeigte eine Karte von Trantor her.

Ruhig studierte Lee Senter sie. Er hörte dem Fremden zu und erklärte dann ernst: »Das Universitätsgelände ist ein statisches Gebiet. Wir Farmer bebauen es nicht. Wenn es nicht sein muß, betreten wir es nicht einmal. Es ist eins der wenigen Relikte aus einer früheren Zeit, das wir nicht antasten möchten.«

»Wir sind Sucher, auf der Suche nach Wissen. Wir würden nichts antasten. Unser Schiff würden wir euch zum Pfand geben.« Dieses Angebot machte der alte Mann — eifrig, fieberhaft.

»Dann kann ich euch hinbringen«, sagte Senter.

In dieser Nacht schliefen die Fremden, und in dieser Nacht schickte Lee Senter eine Botschaft nach Neu-Trantor.

— 24 —
Der Bekehrte

Das dünne Leben Trantors hörte ganz auf zu tröpfeln, als sie zwischen den weitläufigen Gebäuden des Universitätsgeländes hinschritten. Eine feierliche Stille lag über der Einsamkeit.

Die Fremden von der Foundation wußten nichts von den wirbelnden Tagen und Nächten der blutigen Plünderung, die die Universität unberührt gelassen hatten. Sie wußten nichts von der Zeit nach dem Zusammenbruch der kaiserlichen Macht, als die Studenten mit ihren geborgten Waffen und ihrer bleichgesichtigen, unerfahrenen Tapferkeit eine Freiwilligen-Armee bildeten, um den zentralen galaktischen Schrein der Wissenschaft zu schützen. Sie wußten nichts von dem Sieben-Tage-Kampf und dem Waffenstillstand, der die Universität aussparte, als während der kurzen Herrschaft des Rebellenführers sogar der kaiserliche Palast von den Stiefeln Gilmers und seiner Soldaten widerhallte.

Die Leute von der Foundation, die zum erstenmal hier waren, erkannten nur, daß in einer Welt, die im Übergang von einer ausgeschlachteten alten zu einer tatkräftigen neuen begriffen war, dieses Gebiet ein stilles, würdevolles Museumsstück der vergangenen Größe darstellte.

In gewissem Sinn waren sie Eindringlinge. Die brütende Leere stieß sie hinaus. Die akademische Atmosphäre schien noch zu leben und sich zornig über die Störung zu empören.

Die Bibliothek war ein täuschend kleines Gebäude, das sich unterirdisch zu einem ungeheuer großen Volumen von Stille und Träumerei ausweitete. Ebling Mis blieb vor den kunstvollen Wandgemälden des Empfangsraums stehen.

Er flüsterte — hier mußte man flüstern —: »Ich glaube, wir sind an den Katalog-Räumen schon vorbei. Ich werde hierbleiben.«

Seine Stirn hatte sich gerötet, seine Hand zitterte. »Ich darf nicht gestört werden, Toran. Wollen Sie mir das Essen herunterbringen?«

»Alles, was Sie wollen. Wir werden tun, was wir können, um Ihnen zu helfen. Möchten Sie, daß wir unter Ihrer Anleitung arbeiten?«

»Nein. Ich muß allein sein.«

»Sie glauben, daß Sie finden werden, was Sie suchen.«

Und Ebling Mis antwortete mit sanfter Sicherheit: »Ich weiß es!«

Zum erstenmal in dem Jahr, das sie verheiratet waren, richteten sich Toran und Bayta so etwas wie einen Haushalt ein. Es war ein eigentümlicher Haushalt. Sie lebten inmitten Grandeur in nicht dazu passender Einfachheit. Die Lebensmittel bezogen sie hauptsächlich von Lee Senters Farm und bezahlten dafür mit den kleinen atombetriebenen Geräten, die sich auf jedem Händlerschiff finden.

Magnifico brachte sich selbst bei, die Projektoren in den Lesesälen der Bibliothek zu bedienen, und hockte dermaßen über Abenteuer- und Liebesromanen, daß er beinahe ebensowenig an Mahlzeiten und Schlaf dachte wie Ebling Mis.

Ebling selbst hatte sich vollständig vergraben. Er hatte darauf bestanden, daß für ihn in dem Raum mit den psychologischen Nachschlagewerken eine Hängematte angebracht wurde. Sein Gesicht wurde dünn und weiß. Seine Sprache verlor ihre Kraft, und seine Lieblingsflüche waren eines sanften Todes verblichen. Es gab Zeiten, da kostete es ihn Mühe, Toran oder Bayta zu erkennen.

Mehr er selbst war er in der Gesellschaft Magnificos, der ihm sein Essen brachte und sich oft hinsetzte und mit seltsamer, faszinierter Versunkenheit stundenlang zusah, wie der alternde Psychologe endlose Gleichungen niederschrieb, Hinweisen auf Buchfilme folgte, sich in wildem Bemühen geistig abstrampelte und ein Ziel verfolgte, das allein er sah.

Toran trat zu seiner Frau in den dunklen Raum und sprach sie vorwurfsvoll an. »Bayta!«

Bayta fuhr schuldbewußt zusammen. »Ja? Brauchst du mich, Torie?«

»Und ob ich dich brauche! Warum, zum Raum, sitzt du hier herum? Seit wir auf Trantor sind, benimmst du dich seltsam. Was ist nur los mit dir?«

»Oh, Torie, hör auf«, bat sie müde.

»Oh, Torie, hör auf!« äffte er sie ungeduldig nach. Dann sagte er mit plötzlicher Sanftheit: »Willst du mir nicht erzählen, was nicht stimmt, Bay? Irgend etwas quält dich doch.«

»Nein! Es ist nichts, Torie. Wenn du weiter so bohrst und bohrst, machst du mich noch verrückt. Ich ... ich denke nur nach.«

»Über was?«

»Über nichts Bestimmtes. Nun ja, über das Maultier und Haven und die Foundation, eben über alles. Über

Ebling Mis und ob er etwas über die Zweite Foundation herausfinden wird und ob es uns helfen wird, wenn er es tatsächlich findet — und eine Million anderer Dinge. Bist du nun zufrieden?« Ihre Stimme klang erregt.

»Wenn du nur brütest, könntest du dann nicht damit aufhören? Es ist nicht angenehm, und es hilft uns nicht weiter.«

Bayta erhob sich lächelnd. »In Ordnung. Ich bin glücklich. Siehst du, ich lache und bin vergnügt.«

Draußen hörte man einen Aufschrei von Magnifico: »Meine Dame ...«

»Was ist? Komm ...«

Bayta versagte plötzlich die Stimme, als im Rahmen der sich öffnenden Tür der große Mann mit dem harten Gesicht erschien.

»Pritcher!« rief Toran.

Bayta keuchte: »Captain! Wie haben Sie uns gefunden?«

Han Pritcher trat ein. Seine Stimme war klar und ruhig und absolut frei von jedem Gefühl. »Mein Rang ist jetzt der eines Obersten — unter dem Maultier.«

»Unter dem ... Maultier!« Toran verstummte. Die drei standen da wie ein lebendes Bild.

Magnifico warf angstvolle Blicke um sich und machte sich hinter Toran ganz klein. Niemand schenkte ihm Beachtung.

Baytas fest ineinandergeschlungene Hände zitterten. »Sie verhaften uns?« fragte sie. »Sie sind tatsächlich übergelaufen?«

Der Oberst gab schnell zurück: »Ich bin nicht gekommen, Sie zu verhaften. Sie werden in meinen Anweisungen gar nicht erwähnt. Was Sie betrifft, habe ich freie Hand, und ich würde gern unsere alte Freundschaft wiederaufleben lassen, wenn Sie gestatten.«

Torans Gesicht war verzerrt vor unterdrückter Wut. »Wie haben Sie uns gefunden? Sie waren also doch in dem filischen Schiff? Sie sind uns gefolgt?«

Über das hölzerne Gesicht Pritchers huschte ein Ausdruck wie von Verlegenheit. »Ja, ich war in dem filischen Schiff. Zu unserer ersten Begegnung kam es … nun … durch Zufall.«

»Dieser Zufall ist mathematisch unmöglich.«

»Nein. Er ist nur ziemlich unwahrscheinlich, so daß Sie meine Erklärung akzeptieren müssen. Auf jeden Fall gaben sie den Filiern gegenüber zu — natürlich gibt es in Wirklichkeit keinen Staat namens Filia —, Sie seien nach dem Trantor-Sektor unterwegs, und da das Maultier bereits seine Kontakte auf Neu-Trantor hat, war es leicht, Sie dort festnehmen zu lassen. Unglücklicherweise entkamen Sie, bevor ich dort eintraf, aber Ihr Vorsprung war nicht groß. Mir blieb Zeit, den Farmern auf Trantor zu befehlen, sie sollten Ihre Ankunft melden. Das geschah, und jetzt bin ich hier. Darf ich mich setzen? Ich komme in Freundschaft, glauben Sie mir.«

Er setzte sich. Toran senkte den Kopf und dachte vergebens nach. Wie betäubt machte Bayta Tee.

Dann sah Toran mit einem Ruck hoch. »Nun, worauf warten Sie noch — *Oberst?* Was bringt uns Ihre Freundschaft? Wenn es nicht die Verhaftung ist, was ist es dann? Schutzhaft? Rufen Sie Ihre Männer herein und geben Sie Ihre Befehle.«

Geduldig schüttelte Pritcher den Kopf. »Nein, Toran. Ich komme aus freien Stücken, um mit Ihnen zu reden, um Sie davon zu überzeugen, wie sinnlos das ist, was Sie tun. Gelingt mir das nicht, werde ich wieder gehen. Das ist alles.«

»Das ist alles? Dann legen Sie los mit Ihrer Propaganda, halten Sie uns Ihre Ansprache und gehen Sie wieder. Ich möchte keinen Tee, Bayta.«

Pritcher nahm mit einem Wort des Dankes eine Tasse entgegen. Er sah Toran mit ruhiger Überlegenheit an, nippte an dem Tee und sagte: »Das Maultier ist tatsächlich ein Mutant. Eben durch die Art der Mutation kann er nicht besiegt werden.«

»Warum? Was ist das für eine wunderbare Mutation?« fragte Toran mit bissigem Humor. »Vermutlich werden Sie uns das jetzt erzählen, oder?«

»Ja, das werde ich. Es kann ihm nicht schaden, wenn Sie es wissen. Sehen Sie — er ist fähig, das emotionale Gleichgewicht menschlicher Wesen zu verändern. Das klingt nach einem kleinen Trick, aber es ist unwiderstehlich.«

Bayta fragte: »Das emotionale Gleichgewicht?« Sie runzelte die Stirn. »Möchten Sie das nicht erklären? Ich verstehe es nicht ganz.«

»Ich meine damit, daß es für ihn leicht ist, zum Beispiel einem tüchtigen General äußerste Loyalität zu dem Maultier und den festen Glauben an den Sieg des Maultiers einzupflanzen. Seine Generale werden emotional kontrolliert. Sie können ihn nicht betrügen, sie können nicht schwach werden — und die Kontrolle ist permanent. Seine fähigsten Feinde werden seine treuesten Untergebenen. Der Kriegsherr von Kalgan übergibt seinen Planeten und wird sein Vizekönig für die Foundation.«

»Und Sie«, setzte Bayta bitter hinzu, »verraten Ihre Sache und werden der Botschafter des Maultiers auf Trantor. Ich verstehe!«

»Ich bin noch nicht fertig. Die Gabe des Maultiers wirkt umgekehrt noch stärker. Verzweiflung ist eine Emotion. Im kritischen Augenblick sind Leute in Schlüsselpositionen der Foundation — und ebenso auf Haven — verzweifelt. Ihre Welten fielen ohne besonderen Kampf.«

»Wollen Sie damit sagen«, fragte Bayta gepreßt, »die Niedergeschlagenheit, die mich in dem Zeitgewölbe überfiel, sei von dem Maultier durch Manipulierung meiner Emotionen erzeugt worden?«

»Er hat auch meine manipuliert. Die eines jeden. Wie war es auf Haven, als es dem Ende zuging?«

Bayta wandte sich ab.

Colonel Pritcher fuhr ernst fort: »Wie es bei Welten funktioniert, so funktioniert es auch bei Einzelpersonen.

Kann man gegen eine Kraft ankämpfen, die einen dazu bringt, freiwillig zu kapitulieren, wenn sie es so wünscht, die einen zu einem treuen Diener macht, wenn sie es so wünscht?«

Toran fragte lauernd. »Woher soll ich wissen, daß das die Wahrheit ist?«

»Können Sie den Fall der Foundation und Havens anders erklären? Können Sie meine — Bekehrung anders erklären? Denken Sie nach, Mann! Was haben Sie — was habe ich — was hat die Galaxis in dieser ganzen Zeit gegen das Maultier zuwege gebracht?«

Toran empfand dies als Herausforderung. »Bei der Galaxis, ich kann es!« Mit grimmiger Befriedigung rief er: »Ihr wundervolles Maultier hatte Kontakte mit Neu-Trantor, die uns, wie Sie sagen, festhalten sollten, wie? Diese Kontakte sind tot oder schlimmer. Wir haben den Kronprinzen getötet und den anderen als wimmernden Idioten zurückgelassen. Das Maultier konnte uns nicht daran hindern, und deshalb ist vieles rückgängig gemacht worden.«

»O nein, durchaus nicht. Das waren nicht unsere Leute. Der Kronprinz war eine vom Wein durchtränkte Unbedeutendheit. Commason, der andere Mann, ist phänomenal dumm. Er hielt auf seiner Welt Macht in Händen, aber das hinderte ihn nicht daran, schlecht, bösartig und auf der ganzen Linie untüchtig zu sein. Mit den beiden hatten wir im Grunde nichts zu tun. Sie waren in gewissem Sinn bloße Strohmänner.«

»Es waren aber diese beiden, die uns festhielten, beziehungsweise es versuchten.«

»Wiederum, nein. Commason hatte einen Leibsklaven, einen Mann namens Inchney. Die Festnahme ist ihm zuzuschreiben. Er ist alt, aber er leistet uns vorerst noch gute Dienste. Ihn hätten Sie nicht getötet, verstehen Sie.«

Bayta, die ihren Tee noch nicht berührt hatte, fuhr auf ihn los: »Sie haben selbst gesagt, daß an Ihren eigenen Emotionen herumgepfuscht worden ist. Jetzt glauben Sie an das Maultier, aber es ist ein unnatürlicher, ein *kranker* Glaube. Welchen Wert hat Ihre Meinung noch? Sie haben die Fähigkeit verloren, objektiv zu denken.«

»Sie irren sich.« Der Oberst schüttelte entschieden den Kopf. »Nur meine Gefühle sind verändert. Mein Verstand ist, wie er immer war. Er mag durch meine konditionierten Emotionen beeinflußt werden, eine bestimmte Richtung einzuhalten, aber er wird nicht *gezwungen.* Und manche Dinge sehe ich jetzt, wo ich von meinem früheren emotionalen Trend befreit bin, sogar klarer.

Ich sehe, daß das Programm des Maultiers ein kluges und würdiges Programm ist. In der Zeit seit meiner... ah ... Bekehrung habe ich seine Karriere von ihrem Anfang vor sieben Jahren an verfolgt. Er begann, indem er mit seiner mentalen Mutantengabe einen Condottiere und seine Bande für sich gewann. Damit — und mit seiner Gabe — gewann er einen Planeten. Damit — und mit seiner Gabe — erweiterte er seinen Herrschaftsbereich, bis er sich an den Kriegsherrn von Kalgan wagen konnte. Jeder Schritt folgte logisch auf den vorhergehenden. Mit Kalgan in der Tasche besaß er eine erstklassige Flotte, und damit — und mit seiner Gabe — war er imstande, die Foundation anzugreifen.

Die Foundation ist der Schlüssel. Sie ist das größte Gebiet industrieller Konzentration in der Galaxis, und jetzt, wo das Maultier die Atomtechniken der Foundation in der Hand hat, ist er der tatsächliche Herrscher der Galaxis. Mit diesen Techniken — und mit seiner Gabe — kann er die Überreste des Imperiums zwingen, ihn als Herrscher anzuerkennen, und ihn schließlich — nach dem Tod des alten Kaisers, der verrückt ist und nicht mehr lange zu leben hat — zum Kaiser zu krönen. Dann ist er es dem Namen nach, wie er es jetzt schon faktisch ist. Wo ist die Welt in der Galaxis, die sich ihm dann noch widersetzen kann?

In diesen letzten sieben Jahren hat er ein neues Imperium aufgerichtet. Mit anderen Worten, er hat in sieben

Jahren vollbracht, wozu Seldons ganze Psychohistorie nicht weniger als zusätzliche siebenhundert gebraucht hätte. Die Galaxis wird endlich Frieden und Ordnung haben.

Und Sie können das nicht aufhalten — ebensowenig, wie Sie einen Planeten auf seiner Bahn mit der Schulter aufhalten können.«

Ein langes Schweigen folgte Pritchers Ansprache. Der Rest von seinem Tee war kalt geworden. Er trank ihn aus, füllte sich die Tasse von neuem und und leerte sie langsam. Toran biß wild auf seinem Daumennagel herum. Baytas Gesicht war kalt und abweisend und weiß.

Dann erklärte Bayta mit dünner Stimme: »Sie haben uns nicht überzeugt. Wenn das Maultier uns zu überzeugen wünscht, soll er herkommen und uns selbst konditionieren. Ich könnte mir vorstellen, daß Sie ihn bis zum letzten Augenblick vor ihrer Bekehrung bekämpft haben, nicht wahr?«

»So ist es«, antwortete Oberst Pritcher feierlich.

»Dann gestehen Sie uns das gleiche Recht zu.«

Oberst Pritcher stand auf. Mit knapper Endgültigkeit verkündete er: »Dann gehe ich wieder. Wie ich schon sagte, meine gegenwärtige Mission betrifft Sie in keiner Weise. Deshalb halte ich es nicht für notwendig, über Ihre Anwesenheit hier zu berichten. Damit tue ich Ihnen übrigens keinen besonders großen Gefallen. Wenn das Maultier Sie aufhalten will, hat er diese Aufgabe zweifellos anderen zugewiesen, und die werden Sie aufhalten. Aber, was es auch wert sein mag, ich werde nicht mehr tun, als mir befohlen worden ist.«

»Danke«, antwortete Bayta schwach.

»Wo ist denn Magnifico? Komm heraus, Magnifico, ich tu dir nichts ...«

»Was ist mit ihm?« Bayta wurde plötzlich lebhaft.

»Nichts. In meinen Instruktionen wird auch er nicht erwähnt. Ich habe gehört, daß er gesucht wird, aber das Maultier wird ihn zu dem Zeitpunkt finden, zu dem er ihn finden will. Ich werde nichts sagen. Wollen Sie mir nicht die Hand geben?«

Bayta gab ihm die Hand. Toran starrte ihn nur mit frustrierter Verachtung finster an.

Die Eisenschultern des Obersten sanken ein klein wenig herab. Er schritt zur Tür und drehte sich dort noch einmal um.

»Noch eins. Glauben Sie ja nicht, ich sei mir über den Grund für Ihre Hartnäckigkeit nicht im klaren. Es ist bekannt, daß Sie nach der Zweiten Foundation suchen. Das Maultier wird seine Maßnahmen ergreifen, wann er will. Nichts wird Ihnen helfen. — Aber ich kenne Sie von früher her, vielleicht hat mein Gewissen mich gedrängt, dies zu tun. Jedenfalls habe ich versucht, Ihnen zu helfen und Sie von dem Abgrund zurückzureißen, bevor es zu spät ist. Leben Sie wohl.«

Er salutierte zackig und ging.

Bayta wandte sich dem schweigenden Toran zu und flüsterte: »Sie wissen sogar von der Zweiten Foundation.«

In den Winkeln der Bibliothek hockte Ebling Mis, der von all dem nichts mitbekommen hatte, unter dem einen einzigen Lichtfunken inmitten der düsteren Räume und murmelte triumphierend vor sich hin.

— 25 —

Tod eines Psychologen

Danach sollte Ebling Mis nur noch zwei Wochen leben.

Und in diesen zwei Wochen traf Bayta ihn dreimal: Das erstemal in der Nacht nach dem Abend, als Oberst Pritcher sie aufgesucht hatte. Das zweitemal eine Woche später. Und das drittemal wieder eine Woche später — an dem letzten Tag — an dem Tag, als er starb.

Zuerst war da die Nacht nach dem Abend von Oberst

Pritchers Besuch, deren erste Stunde von einem geschlagenen Paar in sinnlosem Brüten verbracht wurde.

Bayta bat: »Torie, laß es uns Ebling sagen.«

Toran antwortete dumpf: »Meinst du, er könnte helfen?«

»Wir sind nur zwei. Wir müssen etwas von der Bürde abladen. Vielleicht kann er wirklich helfen.«

Toran schüttelte den Kopf. »Er hat sich verändert. Er hat an Gewicht verloren. Er ist ein bißchen faselig, ein bißchen wirr.« Um es zu veranschaulichen, griffen seine Finger in der Luft herum. »Manchmal glaube ich, er kann uns überhaupt nicht helfen. Manchmal glaube ich, nichts kann uns helfen.«

»Nicht!« Bayta bewahrte ihre Stimme gerade noch davor, zu brechen. »Nicht, Torie! Wenn du so sprichst, muß ich Angst haben, das Maultier beeinflußt uns bereits. Laß es uns Ebling sagen, Torie — jetzt!«

Ebling Mis hob den Kopf von dem großen Schreibtisch und blinzelte das sich nähernde Paar müde an. Sein schütteres weißes Haar stand zu Berge, seine Lippen machten schläfrige, schmatzende Geräusche.

»Hä?« fragte er. »Will wer was von mir?«

Bayta kniete sich hin. »Haben wir Sie aufgeweckt? Sollen wir gehen?«

»Gehen? Wer ist das? Bayta? Nein, nein, bleiben Sie! Sind hier keine Stühle? Ich habe welche gesehen ...« Er zeigte vage mit dem Finger.

Toran schob zwei Stühle heran. Bayta setzte sich und nahm die schlaffe Hand des Psychologen in ihre beiden Hände. »Dürfen wir mit Ihnen reden, Doktor?« Sie benutzte den Titel selten.

»Ist etwas passiert?« Ein Funke kehrte in seine geistesabwesenden Augen zurück. Seine hängenden Wangen gewannen einen Hauch von Farbe. »Ist irgend etwas passiert?«

Bayta berichtete: »Captain Pritcher war hier. Laß *mich*

reden, Torie. Sie erinnern sich doch an Captain Pritcher, Doktor?«

»Ja ... ja ...« Er kniff sich in die Lippen und löste die Finger wieder. »Hochgewachsener Mann. Demokrat.«

»Ja, das ist er. Er hat die Mutation des Maultiers entdeckt. Er war hier, Doktor, und hat es uns erzählt.«

»Aber das ist nichts Neues. Die Mutation des Maultiers habe ich herausbekommen.« In ehrlichem Erstaunen: »Habe ich Ihnen das nicht erzählt? Habe ich vergessen, es Ihnen zu erzählen?«

»Uns *was* zu erzählen?« warf Toran schnell ein.

»Von der Mutation des Maultiers natürlich. Er pfuscht mit Emotionen herum. Übt emotionale Kontrolle aus. Habe ich euch das nicht erzählt? Warum habe ich bloß vergessen, es Ihnen zu erzählen?« Er saugte die Unterlippe zwischen die Zähne und dachte nach.

Dann kroch langsam Leben in seine Stimme, und seine Augen weiteten sich, als sei sein träges Gehirn auf eine gutgeschmierte Schiene geraten. Er sprach wie in Trance, blickte zwischen seinen beiden Zuhörern hindurch, statt sie anzusehen. »Es ist in Wirklichkeit ganz einfach. Es erfordert kein Fachwissen. In der Mathematik der Psychohistorie ergibt sich die Lösung natürlich prompt in einer Gleichung dritten Grades, zu der nicht mehr als ... Aber lassen wir das. In groben Zügen kann man es in gewöhnliche Worte fassen, die auch zu verstehen sind, was bei psychohistorischen Phänomenen nicht das Übliche ist.

Fragen Sie sich selbst — Was kann Hari Seldons sorgfältig aufgestellten Entwicklungsplan umwerfen, he?« Er sah auffordernd von einem zum anderen. »Wie lauteten Seldons ursprüngliche Prämissen? Erstens, es würde in den nächsten tausend Jahren keine fundamentale Veränderung in der menschlichen Gesellschaft geben.

Nehmen wir zum Beispiel einmal an, es trete eine größere Veränderung in der Technologie der Galaxis auf, es werde ein neues Prinzip für die Nutzung von Energie gefunden oder ein Durchbruch in der Erforschung der elektronischen Neurobiologie erzielt. Soziale Veränderungen würden Seldons ursprüngliche Gleichungen ungültig machen. Aber es hat ja keine gegeben, nicht wahr?

Oder nehmen wir an, von Mächten außerhalb der Foundation werde eine neue Waffe erfunden, die allen Waffen der Foundation überlegen ist. Das könnte schon eine fürchterliche Verheerung zur Folge haben, wenn es auch weniger wahrscheinlich ist. Aber nicht einmal das ist geschehen. Der Atomfeldunterdrücker des Maultiers war eine plumpe Waffe, und man konnte sie unwirksam machen. Und das war die einzige klägliche Neuheit, mit der er aufwartete.

Aber es gab eine zweite Prämisse, eine subtilere! Seldon ging davon aus, die menschliche Reaktion auf Stimuli werde konstant bleiben. Da sich die erste Prämisse als richtig erwiesen hat, *muß die zweite zusammengebrochen sein!* Irgendein Faktor muß die emotionalen Reaktionen menschlicher Wesen verdrehen und verzerren, sonst hätte Seldon nicht versagt, und die Foundation wäre nicht gefallen. Und welcher andere Faktor könnte das sein als das Maultier?

Habe ich recht? Gibt es irgendeine Lücke in der Beweisführung?«

Bayta streichelte seine Hand. »Da ist keine Lücke, Ebling.«

Mis freute sich wie ein Kind. »Diese und andere Ideen steigen mühelos in mir auf. Ich sage euch, manchmal frage ich mich, was in meinem Innern vorgeht. Ich erinnere mich noch an die Zeit, als mir so vieles ein Geheimnis war, und jetzt ist alles klar. Probleme gibt es nicht mehr. Ich stoße auf etwas, das eines sein könnte, und etwas in mir sieht und versteht. Und meine Vermutungen, meine Theorien treffen immer ins Schwarze. Es ist ein Drang in mir ... immer weiter voran ... so daß ich nicht mehr aufhören kann ... und ich möchte nicht essen oder schlafen ... nur immer weiter ... und weiter ... und weiter ...«

Seine Stimme war ein Flüstern, seine abgemagerte,

blau geaderte Hand ruhte zitternd auf seiner Stirn. Die Verzückung in seinen Augen verblaßte und erlosch.

Ruhiger sagte er: »Ich habe Ihnen also nie von der Gabe des Maultiers erzählt? Aber ... sagten Sie nicht, daß Sie darüber Bescheid wissen?«

»Captain Pritcher hat es uns mitgeteilt, Ebling«, antwortete Bayta. »Erinnern Sie sich?«

»Er?« entrüstete sich Mis. »Aber wie hat er es herausgefunden?«

»Er wurde von dem Maultier konditioniert. Er ist jetzt Oberst, ein Gefolgsmann des Maultiers. Er kam, um uns zu raten, wir sollten uns dem Maultier ergeben, und dabei sagte er uns — was Sie uns gesagt haben.«

»Dann weiß das Maultier, daß wir hier sind? Ich muß mich beeilen. — Wo ist Magnifico? Ist er nicht bei Ihnen?«

»Magnifico schläft«, gab Toran ungeduldig Auskunft. »Es ist nach Mitternacht, wissen Sie.«

»Ach ja? Dann ... ah ... habe ich geschlafen, als Sie hereinkamen?«

»Ja.« Bayta wurde energisch. »Und Sie werden jetzt nicht weiterarbeiten, sondern zu Bett gehen. Komm, Torie, hilf mir! Und Sie hören auf, mich zu schubsen, Ebling, denn Sie haben noch Glück, daß ich Sie nicht zuerst unter die Dusche stelle. Zieh ihm die Schuhe aus, Torie, und morgen früh kommst du hier herunter und zerrst ihn nach draußen an die frische Luft, bevor er vollkommen ausbleicht. Sehen Sie sich an, Ebling, bald werden Spinnweben an Ihnen hängen. Haben Sie Hunger?«

Ebling Mis schüttelte den Kopf und blickte in mürrischer Verwirrung von seiner Liege hoch. »Ich möchte, daß Sie mir morgen Magnifico herunterschicken«, murmelte er.

Bayta zog ihm die Decke bis zum Hals hoch. »*Ich* werde morgen herunterkommen, und zwar mit sauberer Kleidung für Sie. Sie nehmen ein Bad, und dann gehen Sie aus und besuchen die Farm und lassen sich ein bißchen von der Sonne bescheinen.«

»Das werde ich nicht«, wehrte Mis sich schwach. »Hören Sie? Ich habe zuviel zu tun.«

Sein schütteres Haar breitete sich auf dem Kissen wie eine silberne Franse aus. Er flüsterte verschwörerisch: »Sie wollen diese Zweite Foundation, nicht wahr?«

Toran drehte sich schnell um und setzte sich auf die Bettkante. »Was ist mit der Zweiten Foundation, Ebling?«

Der Psychologe zog einen Arm unter der Decke hervor und zupfte mit kraftlosen Fingern an Torans Ärmel. »Die Foundations wurden bei einem großen Psychologentreffen, dem Hari Seldon vorstand, gegründet. Toran, ich habe die veröffentlichten Berichte dieses Treffens gefunden. Fünfundzwanzig dicke Filmrollen. Verschiedene Zusammenfassungen habe ich mir bereits angesehen.«

»Und?«

»Wissen Sie, daß es ganz einfach ist, danach die genaue Lage der Ersten Foundation zu bestimmen, wenn man überhaupt eine Ahnung von Psychohistorie hat? Es wird häufig darauf angespielt, man muß nur die Gleichungen verstehen. Aber, Toran, niemand erwähnt die Zweite Foundation. Nirgendwo gibt es einen Hinweis darauf.«

Torans Augenbrauen wanderten in die Höhe. »Sie existiert nicht?«

»Natürlich existiert sie!« rief Mis ärgerlich. »Wer sagt, daß sie nicht existiert? Aber es wird weniger von ihr geredet. Ihre Bedeutung und alles, was mit ihr zusammenhängt, sind besser versteckt, besser verschleiert. Verstehen Sie nicht? Die Zweite ist die wichtigere von den beiden Foundations. Sie ist die ausschlaggebende, *diejenige, die zählt!* Und ich habe die Berichte über das Seldon-Treffen! Das Maultier hat noch nicht gewonnen ...«

Bayta schaltete das Licht aus. »Schlafen Sie!«

Schweigend stiegen Toran und Bayta zu ihrer Wohnung hoch.

Am nächsten Tag geschah es zum letztenmal, daß Ebling Mis badete und sich anzog, die Sonne Trantors sah und den Wind Trantors spürte. Am Ende des Tages tauchte er wieder in den Tiefen der Bibliothek unter und kam daraus nie wieder zum Vorschein.

In der darauffolgenden Woche nahm das Leben seinen gewohnten Lauf. Die Sonne Neu-Trantors war ein ruhiger heller Stern an Trantors Nachthimmel. Auf der Farm gab es viel zu tun mit der Frühjahrsaussaat. Das Universitätsgelände lag still und verlassen da. Die Galaxis schien leer zu sein. Es war, als habe es das Maultier nie gegeben.

Diese Gedanken gingen Bayta durch den Kopf, während sie zusah, wie sich Toran sorgfältig eine Zigarre anzündete und zu den Abschnitten blauen Himmels hochblickte, die sich zwischen den vielen Metalltürmen rings um den Horizont zeigten.

»Ein schöner Tag«, stellte er fest.

»Ja, das ist es. Hast du alles aufgeschrieben, Torie?«

»Klar. Ein halbes Pfund Butter, ein Dutzend Eier, grüne Bohnen — alles auf der Liste, Bay. Ich werde es richtig besorgen.«

»Gut. Und paß auf, daß das Gemüse von der letzten Ernte und kein Museumsrelikt ist. Hast du übrigens Magnifico irgendwo gesehen?«

»Nicht seit dem Frühstück. Ich nehme an, er ist unten bei Ebling und sieht sich einen Buchfilm an.«

»Gut. Trödele nicht, weil ich die Eier für das Abendessen brauche.«

Toran ging und lächelte und winkte ihr noch einmal über die Schulter zu. Dann verschwand er in dem Irrgarten aus Metall.

Bayta hielt vor der Küchentür inne, drehte sich zögernd um und betrat die Kolonnade, die zum Aufzug nach unten führte.

Ebling Mis war an seinem Platz, den Kopf über das Okular des Projektors gebeugt, unbeweglich, ein erstarrter, forschender Körper. Neben ihm saß Magnifico zusammengerollt in einem Sessel, aufmerksam beobachtend — ein Bündel schlotternder Glieder mit einer Nase, die sein hageres Gesicht noch hagerer machte.

Bayta sprach ihn leise an: »Magnifico ...«

Magnifico sprang auf. Seine Stimme war ein eifriges Flüstern. »Meine Dame!«

»Magnifico«, sagte Bayta, »Toran ist zur Farm gegangen und wird eine Weile nicht zurückkommen. Willst du bitte ein guter Junge sein und ihm mit einer Nachricht, die ich dir aufschreiben werde, folgen?«

»Gern, meine Dame. Meine armseligen Dienste stelle ich Euch nur zu bereitwillig für den geringen Nutzen, den Ihr daraus ziehen könnt, zur Verfügung.«

Dann war sie allein mit Ebling Mis, der sich nicht gerührt hatte. Sie legte ihm fest die Hand auf die Schulter.

»Ebling ...«

Der Psychologe fuhr mit einem gereizten Aufschrei zusammen. »Sind Sie das, Bayta? Wo ist Magnifico?«

»Ich habe ihn weggeschickt. Ich möchte eine Weile mit Ihnen allein sein.« Sie artikulierte ihre Worte mit übertriebener Deutlichkeit. »Ich möchte mit Ihnen sprechen, Ebling.«

Der Psychologe wollte sich wieder seinem Projektor zuwenden, aber Bayta hielt ihn an der Schulter fest. Sie fühlte deutlich den Knochen unter dem Ärmel. Eblings Fleisch schien seit ihrer Ankunft auf Trantor förmlich weggeschmolzen zu sein. Sein Gesicht war dünn und gelblich, und sein Stoppelbart war eine halbe Woche alt. Es war sogar beim Sitzen deutlich, wie gebeugt seine Schultern waren.

»Magnifico wird Ihnen doch nicht lästig, Ebling?« erkundigte Bayta sich. »Er ist ja wohl Tag und Nacht hier unten.«

»Nein, nein, nein! Überhaupt nicht. Es macht mir nichts aus, wenn er hier ist. Er ist still und stört mich nie. Manchmal trägt er Filme für mich hin und zurück, weiß, was ich will, ohne daß ich es ihm sagen muß. Lassen Sie ihn doch nur.«

»Gut — aber, Ebling, ist Ihnen noch nie etwas an ihm aufgefallen? Hören Sie mich, Ebling?«

Sie zog einen Stuhl dicht neben den seinen und starrte ihn an, als wolle sie ihm die Antwort aus den Augen ziehen.

Ebling Mis schüttelte den Kopf. »Nein. Was meinen Sie?«

»Ich meine, daß Oberst Pritcher und Sie beide sagen, das Maultier könne die Gefühle menschlicher Wesen konditionieren. Sind Sie ganz sicher? Stellt nicht die Person Magnificos eine Lücke in der Theorie dar?«

Schweigen.

Bayta unterdrückte das heftige Verlangen, den Psychologen zu schütteln. »Was ist los mit Ihnen, Ebling? Magnifico war der Hofnarr des Maultiers. Warum ist er nicht auf Liebe und Treue konditioniert worden? Warum haßt er das Maultier so, er allein von allen, die Kontakt mit ihm hatten?«

»Aber... aber er *ist* konditioniert. Ganz bestimmt, Bay!« Die Gewißheit kam ihm beim Sprechen. »Glauben Sie, das Maultier behandelt seinen Hofnarren auf die gleiche Weise wie seine Generale? Bei letzteren braucht er Glauben und Loyalität, bei seinem Narren braucht er nur Furcht. Haben Sie nie bemerkt, daß der ständige Panikzustand Magnificos pathologischer Natur ist? Glauben Sie, es ist für ein menschliches Wesen natürlich, die ganze Zeit dermaßen verängstigt zu sein? Furcht von solchem Ausmaß wird komisch. Das Maultier hat sie wahrscheinlich komisch gefunden — und sie war ihm auch von Nutzen, denn sie verschleierte die Informationen, mit denen Magnifico uns hätte helfen können.«

»Sie meinen, Magnifico hat uns Falsches über das Maultier berichtet?« fragte Bayta.

»Irreführendes. Gefärbt von pathologischer Angst. Das Maultier ist körperlich nicht der Riese, den Magnifico in ihm sieht. Vermutlich ist er, von seinen mentalen Kräften abgesehen, ein äußerlich ganz normaler Mensch. Aber wenn es ihn amüsierte, dem armen Magnifico als Supermann zu erscheinen ...« Der Psychologe zuckte die Achseln. »Wie dem auch sei, Magnificos Informationen sind nicht länger wichtig.«

»Was haben Sie gefunden?«

Mis machte sich aus Baytas Griff los und wandte sich von neuem dem Projektor zu.

»Was haben Sie gefunden?« wiederholte sie. »Die Zweite Foundation?«

Der Psychologe sah sich ruckartig nach ihr um. »Habe ich Ihnen irgend etwas darüber erzählt? Ich erinnere mich nicht, Ihnen irgend etwas darüber erzählt zu haben. Ich bin noch nicht so weit. Was habe ich Ihnen erzählt?«

»Nichts«, gab Bayta heftig zurück. »Oh, Galaxis, Sie haben mir nichts erzählt, aber ich *wünschte,* Sie täten es, weil ich sterbensmüde bin. Wann wird es vorbei sein?«

Ebling Mis schielte sie ein bißchen verlegen an. »Nun, nun, liebe ... meine Liebe, ich wollte Sie nicht kränken. Manchmal vergesse ich ... wer meine Freunde sind. Manchmal meine ich, ich dürfe über all das nicht sprechen. Es muß geheimgehalten werden — aber vor dem Maultier, nicht vor Ihnen, meine Liebe.« Mit matter Freundlichkeit klopfte er ihre Schulter.

Bayta fragte: »Was ist mit der Zweiten Foundation?«

Sofort wurde seine Stimme zum Flüstern, dünn und zischend. »Haben Sie eine Ahnung, wie gründlich Seldon seine Spuren verwischt hat? Die Protokolle des Seldon-Treffens würden mir ohne diese seltsame Erkenntnis heute noch ebensowenig nützen wie vor einem Monat. Die Veröffentlichungen darüber sind oft unzusammenhängend, immer dunkel. Mehr als einmal habe ich mich gefragt, ob die Teilnehmer selbst alles gewußt haben, was Seldon im Kopf hatte. Manchmal glaube ich, er hat das Treffen nur als gigantische Fassade benutzt und ganz allein das Gebäude errichtet ...«

»Das Gebäude der Foundations?« drängte Bayta.

»Das Gebäude der Zweiten Foundation! Unsere Foundation war einfach. Aber die Zweite Foundation ist nur ein Name. Sie wird erwähnt, aber irgendwelche Einzelheiten wurden tief in der Mathematik versteckt. Immer noch gibt es vieles, was ich erst anfange zu begreifen, aber seit jetzt sieben Tagen ballen sich die einzelnen Stücke zu einem undeutlichen Bild zusammen.

Foundation Nummer Eins war eine Welt von Naturwissenschaftlern. Hier wurde die sterbende Wissenschaft der Galaxis unter Bedingungen konzentriert, die sie wieder zum Leben erwecken sollten. Psychologen gehörten nicht dazu. Das war eine eigentümliche Verzerrung und mußte einen Sinn haben. Die übliche Erklärung lautet, Seldons Psychohistorie funktioniere am besten, wenn die individuellen Arbeitseinheiten — die menschlichen Wesen — keine Kenntnis von dem, was komme, hätten und deshalb auf alle Situationen natürlich reagieren würden. Können Sie mir folgen, meine Liebe?«

»Ja, Doktor.«

»Dann hören Sie aufmerksam zu. Foundation Nummer Zwei war eine Welt von Geisteswissenschaftlern. Sie war das Spiegelbild unserer Welt. Die Psychologie, nicht die Physik, war die Königin.« Triumphierend: »Sie verstehen?«

»Nein.«

»Denken Sie doch nach, Bayta, benutzen Sie Ihren Kopf. Hari Seldon wußte, daß seine Psychohistorie nur Wahrscheinlichkeiten vorhersagen konnte, keine Gewißheiten. Es gab immer einen Spielraum für Irrtümer, und im Verlauf der Zeit erweitert sich dieser Spielraum in geometrischer Progression. Seldon würde dagegen natürlich Vorkehrungen treffen, so gut es eben ging. Unsere Foundation besaß durch ihre Wissenschaft Macht. Sie konnte Armeen und Waffen erobern. Sie konnte Gewalt gegen Gewalt setzen. Aber wenn nun ein mentaler Angriff durch einen Mutanten wie das Maultier erfolgte?«

»Das wäre dann Sache der Psychologen von der Zweiten Foundation!« Bayta wurde von Aufregung ergriffen.

»Ja, ja, ja! Natürlich!«

»Aber sie haben bisher nichts unternommen.«

»Woher wissen Sie das?«

Bayta überlegte. »Ich weiß es nicht. Haben Sie Beweise, daß sie etwas unternommen haben?«

»Nein. Es gibt viele Faktoren, von denen ich nichts weiß. Die Zweite Foundation kann nicht in voll entwickeltem Zustand gegründet worden sein, ebensowenig wie wir. Die Sterne wissen, in welchem Stadium sie sich jetzt befindet. Ist sie stark genug, das Maultier zu besiegen? Ist sie sich überhaupt der Gefahr bewußt? Hat sie fähige Führer?«

»Aber wenn sie Seldons Plan folgt, dann muß das Maultier von der Zweiten Foundation geschlagen werden.«

»Ah!« Ebling Mis' mageres Gesicht legte sich in nachdenkliche Falten. »Sind wir wieder dabei angekommen? Aber die Zweite Foundation war eine schwierigere Aufgabe als die Erste. Sie ist ungleich vielschichtiger, und daher gibt es auch mehr Fehlermöglichkeiten. Und sollte die Zweite Foundation das Maultier nicht schlagen, wäre das schlimm — wäre es das Schlimmste überhaupt. Vielleicht wäre es das Ende der menschlichen Rasse, wie wir sie kennen.«

»Nein!«

»Doch. Wenn die Nachkommen des Maultiers seine mentalen Kräfte erben — Sehen Sie? Der *homo sapiens* wäre nicht konkurrenzfähig. Es gäbe eine neue dominante Rasse — eine neue Aristokratie — und der *homo sapiens* würde als minderwertige Rasse zur Sklavenarbeit erniedrigt. Stimmt das etwa nicht?«

»Doch, es stimmt.«

»Und selbst wenn das Maultier durch irgendeinen Zufall keine Dynastie gründete, würde es immer noch ein verzerrtes neues Imperium schaffen, das allein durch seine Macht erhalten bliebe. Mit seinem Tod würde es sterben; die Galaxis wäre wieder da, wo sie vor seinem Auftauchen war, außer daß es die Foundations nicht mehr gäbe, aus denen ein wirkliches und gesundes Zweites Imperium erwachsen könnte. Es würde Tausende von Jahren in Barbarei bedeuten. Es würde bedeuten, daß kein Ende in Sicht wäre.«

»Was können wir tun? Können wir die Zweite Foundation warnen?«

»Das müssen wir, denn sonst könnte sie durch Unwissenheit untergehen, und das dürfen wir nicht riskieren. Nur gibt es keinen Weg, sie zu warnen.«

»Keinen Weg?«

»Ich weiß nicht, wo sie ist. Es geht die Rede, sie befände sich ›am anderen Ende der Galaxis‹, doch das ist alles, und da stehen Millionen von Welten zur Wahl.«

»Aber, Ebling, findet sich da nicht der geringste Hinweis?« Sie zeigte auf die Filme, die den Tisch bedeckten.

»Nein. Jedenfalls habe ich bisher noch nichts gefunden. Die Geheimhaltung muß etwas zu bedeuten haben. Es muß einen Grund geben ...« Der verwirrte Ausdruck kehrte in seine Augen zurück. »Ach, ich wünschte, Sie würden gehen. Ich habe schon genug Zeit verschwendet, und sie wird knapp — sehr knapp.«

Er wandte sich ab, gereizt und stirnrunzelnd.

Magnifico näherte sich mit leisen Schritten. »Euer Gemahl ist wieder daheim, meine Dame.«

Ebling Mis grüßte den Narren nicht. Er beschäftigte sich wieder mit seinem Projektor.

An diesem Abend sagte Toran, nachdem er Bayta zugehört hatte: »Und du glaubst, er hat tatsächlich recht, Bay? Du hältst ihn nicht für ...« Er zögerte.

»Er hat recht, Torie. Er ist krank, das weiß ich. Die Veränderung, die über ihn gekommen ist, der Gewichtsverlust, die Art, wie er spricht — er ist krank. Aber hör ihn dir nur an, wenn Themen wie das Maultier oder die Zweite Foundation oder sonst etwas, woran er arbeitet, zur Sprache kommen. Dann ist sein Geist so klar wie der Himmel des tiefen Raums. Er weiß, wovon er redet. Ich glaube ihm.«

»Dann gibt es Hoffnung.« Es war eine halbe Frage.

»Ich ... ich bin mir noch nicht im klaren. Vielleicht. Vielleicht auch nicht. Von jetzt an trage ich einen Laser bei mir.« Sie nahm die Waffe mit dem schimmernden Lauf in die Hand. »Nur für den Fall aller Fälle, Torie.«

»Für welchen Fall?«

Bayta lachte mit einer Spur von Hysterie. »Laß nur! Vielleicht bin ich auch ein bißchen verrückt — wie Ebling Mis.«

Zu dieser Zeit hatte Ebling Mis noch sieben Tage zu leben, und ruhig verrannen die sieben Tage einer nach dem anderen.

Für Toran vergingen sie in einer Art von Betäubung. Die wärmer werdenden Tage und die langweilige Stille erfüllten ihn mit Lethargie. Es war, als habe das Leben jede Aktivität verloren und sich in einen unendlichen Winterschlaf verwandelt.

Mis war eine verborgene Wesenheit, deren unterirdisches Wirken nichts hervorbrachte und nicht wahrzunehmen war. Er hatte sich verbarrikadiert. Weder Toran noch Bayta bekamen ihn zu sehen. Von seiner Existenz zeugte nur noch, daß Magnifico zu ihm ging und von ihm kam. Magnifico, still und nachdenklich geworden, trug auf Zehenspitzen Tabletts mit Essen und war ein aufmerksamer Zeuge in der Finsternis.

Bayta zog sich mehr und mehr in sich selbst zurück. Ihre Lebhaftigkeit erstarb, ihre selbstsichere Tüchtigkeit wankte. Auch sie war am liebsten mit sich allein, und dann machte sie sich Sorgen. Einmal überraschte Toran sie dabei, wie sie mit ihrem Laser herumspielte. Sie steckte ihn schnell weg und zwang sich zu einem Lächeln.

»Was tust du mit der Waffe, Bay?«

»Ich halte sie in der Hand. Ist das ein Verbrechen?«

»Du wirst dir noch den Kopf damit wegpusten.«

»Na und? Das wäre kein großer Verlust.«

Das Eheleben hatte Toran gelehrt, wie sinnlos es ist, mit

einer Frau zu diskutieren, wenn sie in düsterer Stimmung ist. Er zuckte die Achseln und ging wieder.

Am letzten Tag kam Magnifico atemlos herbeigeeilt. Verängstigt klammerte er sich an beiden fest. »Der gelehrte Doktor verlangt nach Euch. Er ist nicht wohl.«

Und er war nicht wohl. Er lag im Bett, und seine Augen waren unnatürlich groß, unnatürlich glänzend. Er war schmutzig, nicht wiederzuerkennen.

»Ebling!« schrie Bayta.

»Laßt mich sprechen«, krächzte der Psychologe und stemmte sich mühsam auf einem dünnen Ellbogen hoch. »Laßt mich sprechen. Ich bin am Ende; ich gebe die Arbeit an euch weiter. Ich habe keine Notizen aufgehoben, alle Zettel habe ich vernichtet. Kein anderer darf es wissen. Alles muß in euren Köpfen bleiben.«

»Magnifico«, befahl Bayta unverblümt, »geh nach oben!«

Widerstrebend erhob sich der Narr und machte einen Schritt rückwärts. Seine traurigen Augen waren auf Mis gerichtet.

Mis hob schwach die Hand. »Auf ihn kommt es nicht an; laßt ihn bleiben. Bleib hier, Magnifico!«

Schnell setzte der Narr sich wieder. Bayta sah auf den Fußboden. Sie kaute nachdenklich auf ihrer Unterlippe.

Mis flüsterte heiser: »Ich bin überzeugt, daß die Zweite Foundation siegen kann, wenn sie nicht vorzeitig von dem Maultier gefunden wird. Sie hat ihre Existenz geheimgehalten, und das Geheimnis muß bewahrt werden, es dient einem bestimmten Zweck. Ihr müßt hinreisen, eure Information ist lebenswichtig ... macht vielleicht den ganzen Unterschied aus. Hört ihr mich?«

Toran stöhnte voller Qual: »Ja, ja! Sagen Sie uns, wie wir hinkommen, Ebling! Wo ist sie?«

»Ich kann es euch sagen«, behauptete er mit schwacher Stimme.

Er kam nicht mehr dazu.

Mit weißem, erstarrten Gesicht hob Bayta ihren Laser

und schoß. Als der Widerhall des Krachens verstummte, war von Mis von der Taille aufwärts nichts mehr vorhanden, und hinter ihm in der Wand war ein gezacktes Loch. Der Laser entglitt Baytas tauben Fingern und klirrte zu Boden.

— 26 —

Ende der Suche

In das scharfe Klirren, mit dem Baytas Laser zu Boden fiel, mischte sich Magnificos hoher Schrei und Torans unartikuliertes Aufbrüllen. Als die Echos verstummt waren, herrschte Totenstille.

Baytas Kopf war gesenkt. Ein Tropfen fing im Fallen das Licht ein. Bayta hatte noch nie zuvor geweint.

Torans Muskeln rissen beinahe im Krampf, aber er entspannte sich nicht — ihm war, als könne er seine Zähne nie mehr voneinander lösen. Magnificos Gesicht war eine ausgebleichte, leblose Maske.

Schließlich würgte Toran durch immer noch zusammengebissene Zähne mit einer nicht wiederzuerkennenden Stimme hervor: »Du gehörst also dem Maultier. Er hat dich erwischt!«

Bayta blickte auf, und ihr Mund verzog sich in schmerzlicher Belustigung. »*Ich* soll dem Maultier gehören? Das ist ein Witz.«

Sie warf das Haar zurück. Langsam gewann ihre Stimme wieder an Kraft. »Es ist vorbei, Toran. Ich kann jetzt reden. Wie lange ich dabei am Leben bleiben werde, weiß ich nicht. Aber ich kann anfangen.«

Torans Anspannung war unter dem eigenen Gewicht zusammengebrochen und hatte einer dumpfen Erschlaffung Platz gemacht. »Über was willst du reden, Bay? Was gibt es zu reden?«

»Über die Katastrophen, die uns gefolgt sind. Darüber haben wir schon einmal gesprochen, Torie. Erinnerst du dich nicht? Wie die Niederlage uns ständig auf den Fersen geblieben ist, ohne uns ganz einzuholen? Wir waren in der Foundation, und sie brach zusammen, während die unabhängigen Händler weiterkämpften — aber *wir* konnten uns rechtzeitig nach Haven absetzen. Wir waren auf Haven, und der Planet ergab sich, während die anderen weiterkämpften — und wieder waren wir rechtzeitig abgereist. Wir gingen nach Neu-Trantor, und das gehört jetzt ohne jeden Zweifel ebenfalls dem Maultier.«

Toran hörte es sich an und schüttelte den Kopf. »Das verstehe ich nicht.«

»Torie, so etwas geschieht im wirklichen Leben nicht. Du und ich, wir sind unbedeutende Leute, wir geraten nicht ein ganzes Jahr lang unaufhörlich von einem Strudel der Politik in den nächsten — es sei denn, wir tragen den Strudel bei uns. *Es sei denn, wir tragen die Quelle der Infektion bei uns!* Verstehst du jetzt?«

Toran preßte die Lippen zusammen. Sein entsetzter Blick hing an den blutigen Überresten, die einmal ein Mensch gewesen waren, und ihm wurde übel.

»Gehen wir weg von hier, Bay. Ich möchte an die frische Luft.«

Draußen war es wolkig und düster. Böen umwehten sie und zerzausten Baytas Haar. Magnifico war ihnen gefolgt und hielt sich weiter in Hörweite auf.

Toran sagte gepreßt: »Du hast Ebling Mis getötet, weil du ihn für die Quelle der Infektion gehalten hast?« Der Ausdruck in ihren Augen erschreckte ihn. »Er war das Maultier?« Er glaubte seinen eigenen Worten nicht, konnte ihnen nicht glauben.

Bayta lachte kurz auf. »Der arme Ebling das Maultier? Galaxis, nein! Ich hätte ihn nicht töten können, wenn er das Maultier gewesen wäre. Er hätte die Emotion, die die Bewegung begleitete, entdeckt und zu Liebe, Ergebenheit, Anbetung oder Angst umgewandelt, wie es ihm beliebte. Nein, ich habe Ebling getötet, weil er *nicht* das Maultier war. Ich habe ihn getötet, weil er wußte, wo die

Zweite Foundation liegt, und es dem Maultier zwei Sekunden später verraten hätte.«

»Dem Maultier verraten hätte?« wiederholte Toran dumm. »Dem Maultier verraten ...«

Und dann stieß er einen scharfen Schrei aus, drehte sich um und starrte voller Entsetzen den Narren an, der so aussah, als verstünde er nicht, wovon die Rede war.

»Doch nicht Magnifico?« flüsterte Toran.

»Hör zu!« sagte Bayta. »Denke daran, was auf Neu-Trantor geschehen ist! Denk doch nach, Tori!«

Er schüttelte nur den Kopf und murmelte vor sich hin.

Bayta fuhr müde fort: »Auf Neu-Trantor starb ein Mensch. Er starb, ohne daß ihn jemand berührte. Erinnerst du dich nicht, Magnifico spielte auf seinem Visi-Sonor, und als er aufhörte, war der Kronprinz tot. Ist das nicht merkwürdig? Ist es nicht seltsam, daß ein Geschöpf, das sich vor allem fürchtet, das offensichtlich vor Angst hilflos ist, die Fähigkeit hat, nach Lust und Laune zu töten?«

»Die Musik und die Licht-Effekte«, wandte Toran ein, »haben eine tiefgehende Wirkung auf die Emotionen ...«

»Ja, auf die *Emotionen.* Eine sehr tiefgehende. Einwirkung auf die Emotionen ist zufällig die Spezialität des Maultiers. Das könnte man noch als zufälliges Zusammentreffen betrachten. Und ein Geschöpf, das durch Suggestion töten kann, ist so voll von Angst. Nun, das Maultier hat an seinem Verstand herumgepfuscht, so daß auch das erklärt ist. Aber, Toran, ich habe ein bißchen von dieser Visi-Sonor-Auswahl mitbekommen, die den Kronprinzen tötete. Nur ein bißchen — aber es genügte, um in mir das gleiche Gefühl der Niedergeschlagenheit, der tiefen Depression zu erzeugen, wie ich es im Zeitgewölbe und auf Haven hatte. Toran, dieses Gefühl ist unverwechselbar.«

Torans Gesicht verfinsterte sich. »Ich ... ich habe es auch gespürt. Das hatte ich vergessen. Ich hätte nie gedacht ...«

»Damals kam mir der Gedanke zum erstenmal. Es war nichts als ein vages Gefühl — eine Intuition, wenn du so willst. Ich hatte nichts, woraus ich Schlußfolgerungen hätte ziehen können. Und dann berichtete uns Pritcher von dem Maultier und seiner Mutation, und im gleichen Augenblick war mir alles klar. Das Maultier hatte die Depression im Zeitgewölbe erzeugt; Magnifico hatte die Depression auf Neu-Trantor erzeugt. Es war die gleiche Emotion. Deshalb mußten das Maultier und Magnifico die gleiche Person sein. Paßt nicht alles wunderbar zusammen, Torie? Ist es nicht wie ein Axiom in der Geometrie: Zwei Größen, die einer dritten Größe gleich sind, sind auch untereinander gleich?«

Sie stand am Rand der Hysterie, nahm sich jedoch mit aller Kraft zusammen. »Die Entdeckung ängstigte mich zu Tode. Wenn Magnifico das Maultier war, würde er meine Emotionen erkennen — und sie seinen Zwecken entsprechend umwandeln. Ich wagte nicht, es ihn wissen zu lassen. Ich ging ihm aus dem Weg. Glücklicherweise ging er auch mir aus dem Weg; er hatte zuviel Interesse an Ebling Mis. Ich plante, Mis zu töten, bevor er sprechen konnte. Ich plante es heimlich — so heimlich ich konnte — so heimlich, daß ich es nicht einmal mir selbst zu sagen getraute. Wenn ich das Maultier selbst hätte töten können. — Aber das Risiko durfte ich nicht eingehen. Er hätte es sicher bemerkt, und ich hätte keine Chance mehr gehabt.«

Sie machte den Eindruck, völlig ausgehöhlt zu sein.

Toran erklärte barsch: »Es ist unmöglich. Sieh dir den Jammerlappen an. *Der* soll das Maultier sein? Er hört nicht einmal, was wir sagen.«

Aber als seine Augen seinem ausgestreckten Zeigefinger folgten, war Magnifico hellwach. Er stand aufrecht, und seine Augen waren scharf und von einem dunklen Glanz. Seine Stimme hatte nicht die Spur eines Akzents. »Ich höre, was Bayta sagt, mein Freund. Ich habe bloß hier gesessen und über die Tatsache nachgedacht, daß ich mit all meiner Klugheit und Voraussicht einen Fehler gemacht und soviel verloren habe.«

Toran taumelte zurück, als fürchte er, der Narr könne ihn berühren oder der Atem des Narren könne ihn vergiften.

Magnifico nickte und beantwortete die unausgesprochene Frage. »Ich bin das Maultier.«

Er wirkte nicht länger grotesk. Seine Besenstiel-Glieder, sein Schnabel von einer Nase verloren ihre Lächerlichkeit. Seine Ängstlichkeit war verschwunden, seine Haltung war fest.

Er beherrschte die Situation mit einer Leichtigkeit, die aus langer Übung stammte.

Tolerant meinte er: »Setzt euch doch! Nun los, ihr könnt es euch ebensogut bequem machen. Das Spiel ist aus, und ich würde euch gern eine Geschichte erzählen. Das ist eine Schwäche von mir — ich möchte, daß die Leute mich verstehen.«

Er sah Bayta an, und seine Augen waren noch die alten. Es waren die von sanfter Traurigkeit erfüllten braunen Augen Magnificos, des Narren.

»In meiner Kindheit gab es nichts«, begann er schnell und ungeduldig, »an das ich mich gern erinnere. Vielleicht könnt ihr das verstehen. Meine Magerkeit ist drüsenbedingt; meine Nase ist mir angeboren. Es war mir als Kind nicht möglich, ein normales Leben zu führen. Meine Mutter starb, bevor sie mich gesehen hatte. Meinen Vater kenne ich nicht. Ich wuchs planlos auf, im Geist verwundet und gefoltert, voller Selbstmitleid, voller Haß auf andere. Ich war damals als wunderliches Kind bekannt. Alle mieden mich, die meisten aus Abneigung, einige aus Furcht. Es kam zu seltsamen Vorfällen — Nun, lassen wir das! Es geschah genug, um Captain Pritcher bei seinen Untersuchungen über meine Kindheit erkennen zu lassen, daß ich ein Mutant bin, was mehr ist, als ich selbst wußte. Ich selbst begriff es erst, als ich schon in den Zwanzigern war.«

Toran und Bayta hörten geistesabwesend zu. Sie saßen auf dem Boden, und seine Stimme flutete über sie weg, beinahe unbeachtet. Der Narr — oder das Maultier — lief mit kleinen Schritten vor ihnen hin und her und sprach auf seine gekreuzten Arme hinab.

»Die Erkenntnis meiner ungewöhnlichen Gabe kam mir langsam, Schritt für Schritt. Noch gegen das Ende hin konnte ich es nicht glauben. Für mich waren die Gehirne der Menschen Zifferblätter mit Zeigern, die die vorherrschende Emotion bekanntgaben. Es ist ein unzureichendes Bild, aber wie soll ich es sonst erklären? Allmählich lernte ich, daß es mir möglich war, in diese Gehirne hineinzulangen und die Zeiger an die Stelle zu drehen, wo ich sie haben wollte, daß ich sie dort für immer festnageln konnte. Und dann dauerte es noch länger, bis ich begriffen hatte, daß andere dazu nicht fähig sind.

Aber das Bewußtsein der Macht kam, und mit ihm kam das Verlangen, mich für das Elend meines früheren Lebens zu entschädigen. Versucht einmal, das zu verstehen. Es ist nicht einfach, eine Mißgeburt zu sein — Herz und Verstand zu haben und eine Mißgeburt zu sein. Gelächter und Grausamkeit! Anders zu sein! Ein Außenseiter zu sein!

Ihr habt das niemals durchgemacht!«

Magnifico blickte zum Himmel auf, schaukelte auf den Fußballen und erinnerte sich mit steinernem Gesicht: »Aber irgendwann lernte ich es, und ich kam zu dem Schluß, die Galaxis und ich könnten einmal abwechseln. Solange waren die anderen am Spiel gewesen, und ich hatte geduldig zugesehen — zweiundzwanzig Jahre lang. Jetzt war ich an der Reihe! Und ihr anderen solltet einstecken! Für die Menschheit der Galaxis war das Zahlenverhältnis doch mehr als fair: Ich war einer! Sie waren Trillionen!«

Er hielt inne und streifte Bayta mit einem schnellen Blick. »Aber ich hatte eine Schwäche. Ich war nichts durch mich selbst. Wenn ich Macht gewinnen konnte, dann nur mit Hilfe anderer. Der Erfolg wurde mir durch Mittelsmänner zuteil. Immer! Es war, wie Pritcher gesagt hat. Durch einen Piraten errang ich meine erste Operationsbasis auf einem Asteroiden. Durch einen Industriellen faßte ich Fuß auf einem Planeten. Durch eine Reihe von anderen, an deren Ende der Kriegsherr von Kalgan stand, gewann ich Kalgan und eine Flotte. Danach kam die Foundation an die Reihe — und ihr beiden betratet den Schauplatz.

Die Foundation«, gestand er leise, »stellte mich vor die bisher schwierigste Aufgabe. Um sie zu schlagen, mußte ich die Menschen für mich gewinnen, oder ein Großteil der herrschenden Klasse wäre für mich nutzlos geworden. Um nicht ganz von vorn anfangen zu müssen, hielt ich Ausschau nach einer Abkürzung. Wenn ein starker Mann fünfhundert Pfund heben kann, heißt das schließlich nicht, daß er darauf brennt, es unaufhörlich zu tun. Diese Emotionskontrolle ist keine leichte Arbeit; ich ziehe es vor, meine Gabe nicht zu benutzen, wenn es nicht unbedingt notwendig ist. Deshalb suchte ich mir für meinen ersten Angriff auf die Foundation Verbündete.

Als mein eigener Hofnarr sah ich mich nach dem Agenten — oder den Agenten — der Foundation um, der unvermeidlicherweise nach Kalgan geschickt worden war, um Nachforschungen über meine Person anzustellen. Ich weiß jetzt, daß es Han Pritcher war, doch durch einen glücklichen Zufall fand ich euch statt dessen. Ich bin tatsächlich Telepath, wenn auch kein vollständiger, und, meine Dame, Ihr stammt aus der Foundation. Das führte mich irre. Es war nicht weiter schlimm, denn Pritcher schloß sich uns später an, aber es war der Beginn einer Fehlentscheidung, die sich als fatal erweisen sollte.«

Toran regte sich zum erstenmal. Entrüstet erklärte er: »Das geht zu weit! Sie wollen mir weismachen, daß Sie mich durch Emotionskontrolle dazu bewogen haben, diesem Lieutenant auf Kalgan mit nichts als einer Betäubungspistole Widerstand zu leisten und Sie zu retten?« Er sprudelte hervor: »Sie wollen mir weismachen, Sie hätten mich die ganze Zeit über manipuliert?«

Ein dünnes Lächeln spielte auf Magnificos Gesicht. »Warum nicht? Sie halten es für unwahrscheinlich? Dann fragen Sie sich selbst! — Hätten Sie Ihr Leben für einen grotesken Fremden, den Sie nie zuvor gesehen hatten, aufs Spiel gesetzt, wenn Sie bei klarem Verstand gewesen wären? Ich könnte mir vorstellen, daß Sie über sich selbst verwundert waren, als sie die Ereignisse später unvoreingenommen betrachteten.«

»Ja«, gestand Bayta geistesabwesend, »das war er. Es ist alles wahr.«

»Übrigens«, fuhr das Maultier fort, »Toran befand sich nicht in Gefahr. Der Lieutenant hatte seinerseits strenge Anweisungen, uns nicht aufzuhalten. So reisten wir drei und Pritcher in die Foundation — und nun seht ihr, wie mein Feldzug sofort Gestalt annahm. Pritcher wurde vors Kriegsgericht gestellt, und wir waren anwesend. Ich machte mich an die Arbeit. Die Richter bei diesem Prozeß führten später ihre Geschwader in den Krieg. Sie ergaben sich ohne viele Umstände, und meine Marine gewann die Schlacht von Horleggor und andere kleinere Scharmützel.

Durch Pritcher lernte ich Dr. Mis kennen, der mir aus eigenem Antrieb ein Visi-Sonor brachte und mir dadurch meine Aufgabe ungeheuer erleichterte. Nur handelte Mis nicht *völlig* aus eigenem Antrieb.«

Bayta unterbrach: »Diese Konzerte! Ich habe versucht, sie ins Bild einzufügen. Jetzt verstehe ich.«

»Ja«, Magnifico nickte. »Das Visi-Sonor wirkt als fokussierendes Gerät. In gewisser Weise ist es in sich selbst ein primitives Gerät zur Emotionskontrolle. Mit ihm kann ich Menschenmengen beeinflussen und Einzelpersonen intensiverer behandeln. Die Konzerte, die ich auf Terminus wie auch auf Haven gab, bevor beide Welten fielen, trugen zu dem allgemeinen Defätismus bei. Ohne das Visi-Sonor hätte ich den Kronprinzen von Neu-Trantor sehr krank machen, ihn aber nicht töten können. Ihr versteht?

Doch mein wichtigster Fund war Ebling Mis. Er hätte …« Magnifico seufzte kummervoll und fuhr dann schnell fort: »Bei der Emotionskontrolle gibt es eine besondere Facette, von der ihr nichts wißt. Intuition oder Erkenntnis oder Ahnung, wie ihr es nennen wollt, kann als Emotion behandelt werden. Zumindest kann ich es so behandeln. Das versteht ihr nicht, oder?«

Er wartete nicht auf eine Antwort. »Der menschliche Verstand arbeitet mit einem geringen Leistungsgrad. Normalerweise schätzt man ihn auf zwanzig Prozent. Wenn es einen kurzen Energiestoß gibt, wird das Ahnung oder Erkenntnis oder Intuition genannt. Ich fand früh heraus, daß ich fähig war, einen ständig hohen Leistungsgrad zu induzieren. Es bringt die so behandelte Person zwar um, aber es ist nützlich. Der Atomfeldunterdrücker, den ich im Krieg gegen die Foundation einsetzte, war das Ergebnis dieser Behandlung bei einem kalganischen Techniker. Wieder arbeitete ich durch andere.

Ebling Mis war ein Volltreffer. Sein Potential war hoch, und ich brauchte ihn. Noch bevor ich gegen die Foundation in den Krieg zog, schickte ich Abgesandte zu Verhandlungen mit dem Imperium. Zu der Zeit begann ich auch mit der Suche nach der Zweiten Foundation. Natürlich fand ich sie nicht. Natürlich war mir klar, daß ich sie finden mußte — und Ebling Mis war die Lösung. Mit seinem auf hohen Leistungsgrad gehobenen Verstand hätte er unter Umständen das Werk Hari Seldons nachvollziehen können.

Zum Teil hat er es auch getan. Ich trieb ihn bis an die äußerste Grenze. Das war erbarmungslos, mußte jedoch sein. Am Ende wäre er gestorben, aber er hätte …« wieder überwältigte ihn der Kummer — »er *hätte* lange genug gelebt. Wir drei zusammen wären zu der Zweiten Foundation gereist. Es wäre die letzte Schlacht gewesen — hätte ich keinen Fehler gemacht.«

Toran zwang Härte in seine Stimme. »Warum ziehen Sie es so in die Länge? Was war Ihr Fehler? Kommen Sie zu Ende mit Ihrer Ansprache!«

»Nun, Ihre Frau war der Fehler. Ihre Frau ist ein ungewöhnlicher Mensch. So jemanden wie sie habe ich nie zuvor kennengelernt. Ich ... ich ...« Ganz plötzlich brach Magnificos Stimme. Nur mühsam gewann er die Selbstbeherrschung zurück. Grimmig fuhr er fort: »Sie hatte mich gern, ohne daß ich ihre Emotionen beeinflussen mußte. Sie fühlte sich von mir weder zurückgestoßen noch belustigt. Sie bemitleidete mich. Und sie *mochte* mich!

Versteht ihr das nicht? Seht ihr nicht, was das für mich bedeutete? Noch nie hatte jemand ... Nun, ich ... ich wußte das zu schätzen. Meine eigenen Emotionen trieben ein falsches Spiel mit mir, obwohl ich Herr der Emotionen aller anderen war. Ich hielt mich aus ihrem Verstand heraus, ich pfuschte nicht daran herum. Das *natürliche* Gefühl war mir zu teuer. Es war mein Fehler — der erste.

Sie, Toran, standen unter Kontrolle. Sie hatten nie einen Verdacht gegen mich, zweifelten nie, sahen nie etwas Eigenartiges oder Seltsames an mir. Zum Beispiel, als das ›filische‹ Schiff uns anhielt. Die Leute wußten übrigens, wo wir waren, weil ich in Kommunikation mit ihnen stand, wie ich auch die ganze Zeit die Kommunikation mit meinen Generalen aufrechterhalten habe. Als sie uns anhielten, wurde ich an Bord geholt, um Han Pritcher, der sich dort als Gefangener befand, zu konditionieren. Als ich ging, war er Oberst und ein Mann des Maultiers, und er führte den Befehl. Da hätten selbst Sie etwas merken müssen, Toran. Aber sie akzeptierten meine Erklärung, die voller unlogischer Sprünge war. Sehen Sie, was ich meine?«

Toran verzog das Gesicht und forderte ihn heraus: »Wie haben Sie die Kommunikation mit Ihren Generalen aufrechterhalten?«

»Das war nicht schwer. Ultrawellensender sind leicht zu bedienen und unauffällig zu tragen. Ich konnte auch nicht entdeckt werden. Jedem, der mich ertappte, hätte beim Weggehen ein Stück seiner Erinnerung gefehlt. Das ist ab und zu geschehen.

Auf Neu-Trantor betrogen mich meine eigenen törichten Emotionen von neuem. Bayta stand nicht unter meiner Kontrolle, hätte aber auch so niemals Verdacht gegen mich geschöpft, wenn ich wegen des Kronprinzen nicht den Kopf verloren hätte. Was er mit Bayta vorhatte — empörte mich. Ich tötete ihn. Es war eine dumme Geste. Denn ein ganz normaler Kampf hätte es bestimmt auch getan.

Und immer noch wäre Baytas Verdacht nicht zur Gewißheit geworden, wenn ich Pritcher an seinem gutgemeinten Geplapper gehindert oder meine Aufmerksamkeit weniger auf Mis und mehr auf euch konzentriert hätte.« Er zuckte die Achseln.

»Das ist das Ende der Geschichte?« fragte Bayta.

»Das ist das Ende.«

»Und nun?«

»Ich werde in meinem Programm fortfahren. Leider werde ich in dieser degenerierten Zeit kaum einen zweiten so intelligenten und gelehrten Mann wie Ebling Mis auftreiben können. Dann muß ich die Zweite Foundation auf andere Weise finden. In gewissem Sinn habt ihr mich besiegt.«

Bayta sprang triumphierend auf. »In gewissem Sinn? Nur in gewissem Sinn? Wir haben Sie *auf der ganzen Linie* geschlagen! Alle Ihre Siege außerhalb der Foundation zählen nicht, da die Galaxis jetzt ein barbarisches Vakuum ist. Ihr Sieg über die Foundation ist ohne besondere Bedeutung, denn die Foundation hatte nicht die Aufgabe, *Ihre* besondere Art von Krise zu stoppen. Die Zweite Foundation ist es, die Sie schlagen müssen — *die Zweite Foundation* —, und die Zweite Foundation ist es, die Sie schlagen wird. Ihre einzige Chance war es, sie zu finden und zuzuschlagen, ehe sie vorbereitet war. Das geht jetzt nicht mehr. Von jetzt an wird sie von Minute zu Minute besser vorbereitet sein. In diesem Augenblick, *in diesem Augenblick* ist die Maschinerie schon angelaufen. Sie werden es erkennen, wenn es Sie trifft und Ihre kurze Zeit der Macht vorbei ist und Sie nichts weiter mehr sind als einer von vielen prahlerischen Eroberern, die schnell und gemein über das blutige Gesicht der Geschichte ziehen.«

Sie atmete schwer, keuchte fast vor Ungestüm. »Und wir haben Sie besiegt, Toran und ich. Ich bin es zufrieden, jetzt zu sterben.«

Aber die traurigen braunen Augen des Maultiers waren die traurigen braunen liebevollen Augen Magnificos. »Ich werde weder Sie noch Ihren Mann töten. Schließlich ist es unmöglich, daß ihr beiden mir noch Schlimmeres antun könnt, und euer Tod würde Ebling Mis nicht zurückbringen. An meinen Fehlern war ich allein schuld, und ich übernehme die Verantwortung für sie. Ihr Mann und Sie können gehen. Gehen Sie in Frieden um der Sache willen, die ich — Freundschaft nenne.«

Dann, mit einem plötzlichen Anflug von Stolz: »Und inzwischen bin ich immer noch das Maultier, der mächtigste Mann der Galaxis. Und ich werde die Zweite Foundation schlagen.«

Mit ruhiger Sicherheit schoß Bayta ihren letzten Pfeil ab. »Das werden Sie nicht! Ich vertraue immer noch auf die Weisheit Hari Seldons. Sie werden der letzte Herrscher Ihrer Dynastie sein, wie Sie der erste sind.«

Das traf Magnifico. »Meiner Dynastie? Ja, ich habe oft daran gedacht. Daß ich eine Dynastie gründen könnte. Daß ich eine passende Gemahlin finden könnte.«

Plötzlich erfaßte Bayta, was der Ausdruck seiner Augen bedeutete, und sie erstarrte vor Entsetzen.

Magnifico schüttelte den Kopf. »Ich spüre Ihren Abscheu, aber das ist töricht. Lägen die Dinge anders, könnte ich Sie sehr leicht glücklich machen. Es wäre eine künstliche Ekstase, doch es gäbe keinen Unterschied zwischen ihr und der echten Emotion. Nur liegen die Dinge nicht anders. Ich nenne mich das Maultier — aber nicht wegen meiner Kraft — offensichtlich ...«

Er ging, ohne zurückzublicken.

Drittes Buch

Zweite Foundation

Inhalt

PROLOG

Das Erste galaktische Imperium bestand Zehntausende von Jahren. Es faßte sämtliche besiedelte Planeten der Galaxis unter einer Zentralregierung zusammen, die manchmal tyrannisch, manchmal gütig, immer wohlgeordnet war. Die Menschen vergaßen, daß es eine andere Form der Existenz geben könne.

Alle bis auf Hari Seldon.

Hari Seldon war der letzte große Wissenschaftler des Ersten Imperiums. Er brachte die Wissenschaft der Psychohistorie zu voller Blüte. Die Psychohistorie ist die Quintessenz der Soziologie; sie ist die Wissenschaft vom menschlichen Verhalten, reduziert auf mathematische Gleichungen.

Das einzelne menschliche Wesen ist unberechenbar, aber auf die Reaktionen von Menschenmassen, so Seldon, lassen sich die Methoden der Statistik anwenden. Je größer die Masse, eine desto größere Genauigkeit kann erzielt werden. Und die Menschenmasse, mit der Seldon arbeitete, war keine geringere als die Bevölkerung der Galaxis, die zu seiner Zeit in die Trillionen ging.

Im Widerspruch zum gesunden Menschenverstand und der allgemeinen Überzeugung behauptete nun Seldon, das glorreiche, dem Anschein nach so starke Imperium befinde sich unwiderruflich im Stadium des Zerfalls und des Niedergangs. Er sah voraus (das heißt, er löste seine Gleichungen und interpretierte ihre Symbole, was auf dasselbe hinausläuft), daß die Galaxis, sich selbst überlassen, eine dreißigtausend Jahre währende Zeit des Elends und der Anarchie durchmachen müsse, bevor sich von neuem eine vereinigte Regierung bilde.

Er stellte sich die Aufgabe, eine bessere Lösung zu finden und eine Entwicklung in Gang zu setzen, die im Verlauf eines einziges Jahrtausend wieder zu Frieden und Zivilisation führen werde. Nach sorgfältigen Überlegungen gründete er zwei Wissenschaftler-Kolonien, die er ›Foundations‹ nannte. Sie wurden absichtlich an den ›entgegengesetzten Enden der Galaxis‹ angesiedelt. Die eine Foundation wurde unter den Augen der Öffentlichkeit errichtet. Über die Existenz der anderen, der Zweiten Foundation, wurde Schweigen bewahrt.

In *Foundation* und *Foundation und Imperium* werden die ersten drei Jahrhunderte des Bestehens der Ersten Foundation erzählt. Anfangs war sie nichts als eine kleine Gemeinschaft von Enzyklopädisten, die sich in der Leere des äußeren galaktischen Randes verlor. Von Zeit zu Zeit sah sie sich einer Krise gegenüber, in der ihre weitere Entwicklung durch die Variablen der menschlichen Beziehungen, der sozialen und ökonomischen Zeitströmungen eingeengt wurde. Sie konnte sich nur entlang einer bestimmten Linie weiterbewegen, und wenn sie das tat, eröffneten sich ihr ganz neue Horizonte. Das alles war von Hari Seldon, nun schon lange tot, vorausgeplant worden.

Die Erste Foundation mit ihrer überlegenen Wissenschaft übernahm die in Barbarei zurückgefallenen Planeten ihrer Umgebung. Sie wurde von den anarchistischen Kriegsherren bedroht, die sich von dem sterbenden Imperium separierten, und schlug sie. Sie wurde von dem Imperium selbst bedroht, soviel unter seinem letzten starken Kaiser und seinem letzten starken General davon noch übrig war, und schlug es.

Dann wurde sie von einer Macht bedroht, die Hari Seldon nicht hatte vorhersehen können, von der überwältigenden Macht eines einzelnen menschlichen Wesens, eines Mutanten. Der als ›das Maultier‹ bekannte Mann war mit der Fähigkeit geboren worden, die Emotionen der Menschen zu formen und ihren Geist zu beeinflussen. Seine erbittertsten Gegnern verwandelte er in ergebene Diener. Ganze Armeen konnten nicht, *wollten* nicht gegen ihn kämpfen. Er bezwang die Erste Foundation, und Seldons Plan war teilweise zunichtegemacht.

Doch es gab noch die geheimnisvolle Zweite Foundation, nach der eifrig gesucht wurde. Das Maultier mußte sie finden, um seine Eroberung der Galaxis zu vervollständigen. Die letzten treuen Anhänger der Ersten Foundation mußten sie aus einem ganz anderen Grund finden. Aber wo war sie? — Das wußte niemand.

Dies ist nun die Geschichte von der Suche nach der Zweiten Foundation.

ERSTER TEIL

Die Suche des Maultiers

— 1 —

Zwei Männer und das Maultier

DAS MAULTIER – *Nach dem Fall der Ersten Foundation zeigten sich die konstruktiven Aspekte, die das Regime des Maultiers hatte. Seit dem endgültigen Auseinanderbrechen des Ersten galaktischen Kaiserreichs schuf er als erster ein vereinigtes Raumvolumen, das seinem Umfang nach wahrlich ein Imperium genannt werden kann. Das frühere Handelsimperium der besiegten Foundation hatte ungeachtet der moralischen Unterstützung, die es durch die Vorhersagen der Psychohistorie erhielt, aus einer lockeren Verbindung ungleichartiger Welten bestanden. Es war nicht zu vergleichen mit der straff kontrollierten ›Union der Welten‹ unter dem Maultier, die ein Zehntel des Raumvolumens der Galaxis und ein Fünfzehntel seiner Bevölkerung umfaßte. Vor allem während der Ära der sogenannten Suche …*

ENCYCLOPAEDIA GALACTICA*

Die Enzyklopädie hat noch eine Menge mehr über das Maultier und sein Imperium zu sagen, doch steht fast alles nicht in Zusammenhang mit unserem Thema, und das meiste ist für unsere Zwecke sowieso zu trocken. Der Artikel beschäftigt sich an dieser Stelle in der Hauptsache mit den wirtschaftlichen Bedingungen, die zum Aufstieg des ›Ersten Bürgers der Union‹ — so der offizielle Titel des Maultiers — führten und mit den dadurch hervorgerufenen wirtschaftlichen Folgen.

Sollte sich der Verfasser des Artikels irgendwann einmal über die unglaubliche Eile gewundert haben, mit

---

* Alle hier angeführten Zitate aus der *Encyclopaedia Galactica* wurden mit Erlaubnis des Verlages der 116. Ausgabe, Encyclopedia Galactica Publishing Co., Terminus, 1020 F.Ä., entnommen.

der das Maultier sich aus dem Nichts zum Herrscher über ein riesiges Gebiet erhob, so verschweigt er es. Ebensowenig läßt er sich das geringste Staunen darüber anmerken, daß die Expansion plötzlich zugunsten eines Fünfjahresplans zur Konsolidierung seines Herrschaftsbereichs ein Ende fand.

Wir verlassen deshalb die Enzyklopädie und setzen unseren eigenen Weg fort, indem wir über das Große Interregnum — zwischen dem Ersten und dem Zweiten galaktischen Imperium — am Ende dieser fünfjährigen Konsolidierungsperiode berichten.

Politisch gesehen, herrscht in der Union Frieden. Wirtschaftlich gesehen, gedeiht sie. Nur wenige haben den Wunsch, die feste Hand des Maultiers gegen das Chaos einzutauschen, das seiner Herrschaft vorausgegangen war. Auf den Welten, die fünf Jahre früher in Verbindung mit der Foundation gestanden hatten, mochte es ein nostalgisches Bedauern geben, mehr aber auch nicht. Die Anführer der Foundation waren tot, sofern sie sich als nutzlos erwiesen hatten, und bekehrt, sofern sie von Nutzen waren.

Und der nützlichste unter den Bekehrten war Han Pritcher, jetzt Generalleutnant.

Zur Zeit der Foundation war Han Pritcher Captain und Mitglied der demokratischen Untergrund-Opposition gewesen. Als die Foundation dem Maultier ohne Kampf zufiel, kämpfte Pritcher gegen das Maultier. Das heißt, bis er bekehrt wurde.

Die Bekehrung war nicht von der gewöhnlichen Art, die durch Einsicht erfolgt. Das wußte Han Pritcher selbst. Er war umgedreht worden, weil das Maultier ein Mutant mit mentalen Kräften war. Sie erlaubten es ihm, die Gefühle menschlicher Wesen so umzumodeln, wie es ihm paßte. Aber Pritcher war es zufrieden. Es war, wie es sein sollte. Gerade die Zufriedenheit mit der Bekehrung war eins ihrer wesentlichen Symptome, doch darüber machte sich Han Pritcher längst keine Gedanken mehr.

Jetzt kehrte er von seiner fünften größeren Expedition in die Grenzenlosigkeit der Galaxis außerhalb der Union zurück. Mit einem Gefühl, das ungekünstelter Freude nahekam, sah der erprobte Raumfahrer und Geheimdienstagent der bevorstehenden Audienz beim ›Ersten Bürger‹ entgegen. Sein hartes Gesicht war wie aus dunklem, ungemasertem Holz geschnitten, so daß man meinte, es könne sich nicht zum Lächeln verziehen, ohne zu splittern. In ihm war nichts zu lesen — aber äußere Zeichen waren nicht notwendig. Das Maultier konnte ins Innere hineinblicken, bis auf die kleinsten Regungen, ebenso wie ein normaler Mensch das Zucken einer Augenbraue bemerkt.

Pritcher ließ seinen Luftwagen in dem alten vizeköniglichen Hangar zurück und betrat das Palastgelände zu Fuß, wie es verlangt wurde. Über eine Meile folgte er der pfeilgeraden Straße, die leer und still dalag. Pritcher wußte, auf den vielen Quadratmeilen des Geländes befand sich kein einziger Wachposten, kein einziger Soldat, kein einziger Bewaffneter.

Das Maultier hatte Schutz nicht nötig.

Das Maultier war sein eigener allmächtiger Beschützer.

Pritcher klangen die eigenen Schritte leise in die Ohren.

Der Palast erhob vor ihm seine schimmernden, unglaublich leichten und unglaublich starken metallenen Mauern zu den kühnen, übertriebenen, nahezu hektischen Bogen, die die Architektur des Späten Imperiums kennzeichnen. Machtvoll brütete er über dem leeren Gelände, über der von Menschen wimmelnden Stadt am Horizont.

Innerhalb des Palastes befand sich ganz allein dieser eine Mann, von dessen nichtmenschlichen mentalen Eigenschaften die neue Aristokratie und die ganze Struktur der Union abhingen.

Die riesige glatte Tür schwang majestätisch auf, als der General sich ihr näherte, und er trat ein. Eine breite, geschwungene Rampe bewegte sich unter ihm aufwärts. Der geräuschlose Aufzug trug ihn schnell nach oben. Er stand vor der kleinen einfachen Tür, die im Geglitzer der höchsten Palasttürme zum Zimmer des Maultiers führte.

Sie öffnete sich …

Bail Channis war jung, und Bail Channis war nicht bekehrt. Mit einfacheren Worten, seine Gefühle waren von dem Maultier nicht verändert worden. Sie blieben genauso, wie sie ihm angeboren und später durch die Einflüsse seiner Umwelt geformt worden waren. Und das war ihm nur recht.

Er war noch nicht ganz dreißig und erfreute sich in der Hauptstadt außerordentlicher Beliebtheit. Sein gutes Aussehen und sein schnell zupackender Verstand verbürgten seinen Erfolg in der Gesellschaft. Seine Intelligenz und seine Selbstbeherrschung verbürgten seinen Erfolg bei dem Maultier. Und beide Erfolge freuten ihn sehr.

Nun hatte ihn das Maultier zum erstenmal zu einer Privataudienz befohlen.

Seine Beine trugen ihn über die lange, glitzernde Straße genau auf die Schwamm-Aluminium-Türme der Residenz zu. Einst hatte sie den Vizekönigen von Kalgan gehört, die im Namen der alten Kaiser regierten, später den unabhängigen Fürsten von Kalgan, die im eigenen Namen regierten, und heute wohnte dort der Erste Bürger der Union, der ein eigenes Imperium regierte.

Channis summte leise vor sich hin. Er hatte keinen Zweifel, um was das alles ging. Natürlich um die Zweite Foundation! Der bloße Gedanke an diesen alles umfassenden Popanz hatte das Maultier in seinem Vormarsch zu unbegrenzter Expansion gebremst und zu vorsichtigem Stillhalten veranlaßt. Offiziell wurde das ›Konsolidierung‹ genannt.

Es gingen Gerüchte — so etwas läßt sich nicht verhindern. Das Maultier werde mit einer neuen Offensive beginnen. Das Maultier habe die Lage der Zweiten Foundation entdeckt und werde sie angreifen. Das Maultier habe mit der Zweiten Foundation ein Übereinkommen getroffen und sich die Galaxis mit ihr geteilt. Das Maultier sei zu dem Schluß gekommen, es gebe gar keine Zweite Foundation, und werde die ganze Galaxis übernehmen.

Es war sinnlos, sich sämtliche Variationen anzuhören, über die in den Vorzimmern geredet wurde. Solche Gerüchte kursierten nicht zum erstenmal. Aber jetzt schienen sie mehr Substanz zu haben, und es freuten sich all die freien, aufgeschlossenen Seelen, die im Krieg, bei militärischen Abenteuern und inmitten eines politischen Chaos aufblühen, während sie in Zeiten der Stabilität und des stagnierenden Friedens welken.

Bail Channis war einer von ihnen. Er fürchtete die mysteriöse Zweite Foundation nicht. Übrigens fürchtete er auch das Maultier nicht, und er rühmte sich dessen sogar. Vielleicht warteten einige, die es mißbilligten, daß jemand so jung und gleichzeitig so gut gestellt war, insgeheim auf die Abrechnung mit dem unbekümmerten Schwerenöter, der sich öffentlich über die körperlichen Eigenschaften und das zurückgezogene Leben des Maultiers lustig machte. Niemand wagte, es ihm gleichzutun, und wenige wagten es, zu lachen. Aber als ihm nichts passierte, trug es zu seinem Ruf bei.

Channis improvisierte einen Text zu der Melodie, die er summte, lauter Unsinn mit dem Kehrreim: »Foundation, die Zweite, bedroht alle Leute.«

Er war vor dem Palast angekommen.

Die riesige glatte Tür schwang majestätisch auf, als er näher kam, und er trat ein. Eine breite, geschwungene Rampe bewegte sich unter ihm aufwärts. Der geräuschlose Aufzug trug ihn schnell nach oben. Er stand vor der kleinen einfachen Tür, die im Geglitzer der höchsten Palasttürme zum Zimmer des Maultiers führte.

Sie öffnete sich …

Der Mann, der keinen anderen Namen als ›das Maultier‹ und keinen anderen Titel als den des ›Ersten Bürgers‹ hatte, blickte durch die nur in einer Richtung transparente Wand auf die helle, luftige Stadt am Horizont hinaus.

Es wurde dunkel, die Sterne kamen zum Vorschein, und darunter war nicht einer, der ihm nicht untertan war.

Der Gedanke rief ein flüchtiges, bitteres Lächeln hervor. Sie waren einer Persönlichkeit untertan, die die wenigsten jemals zu Gesicht bekommen hatten.

Er war kein Mann zum Ansehen, das Maultier — kein Mann, den man ohne Hohn ansehen konnte. Nicht mehr als sechzig Kilo waren zu einer Länge von einssiebzig gestreckt. Seine Glieder waren knochige Stecken, die eckig und ohne Anmut von seinem dürren Körper abstanden. Und von seinem hageren Gesicht bemerkte man so gut wie nichts als einen fleischigen Schnabel, der eine Handbreit daraus hervorragte.

Nur seine Augen straften den Witz, der das Maultier war, Lügen. Sie waren seltsam weich für den größten Eroberer der Galaxis, und in ihnen lag eine Traurigkeit, die nie ganz unterdrückt wurde.

In der City waren alle Vergnügungen einer luxuriösen Hauptstadt auf einer luxuriösen Welt zu finden. Er hätte seine Hauptstadt auf der Welt der Foundation gründen können, des stärksten seiner inzwischen besiegten Feinde; aber sie lag zu weit draußen am äußersten Rand der Galaxis. Kalgan mit seiner zentraleren Lage und seiner langen Tradition als Spielplatz der Aristokratie paßte ihm besser — strategisch gesehen.

Aber inmitten dieser traditionellen Vergnügungen, getragen von unerhörtem Reichtum, fand er keinen Frieden.

Man fürchtete ihn und gehorchte ihm, und vielleicht respektierte man ihn sogar — aus nicht zu knapp bemessener Entfernung. Aber wer brachte es fertig, ihn ohne Verachtung anzusehen? Nur solche, die er bekehrt hatte. Und welchen Wert hatte ihre künstliche Loyalität? Sie war ohne Saft und Kraft. Er hätte sich Titel zulegen und ein Ritual einführen und Feinheiten erfinden können, aber auch das hätte nichts geändert. Besser — oder zumindest nicht schlimmer — war es, einfach der Erste Bürger zu sein — und sich zu verstekken.

Er spürte ein rebellisches Aufwallen — stark und brutal. Kein Winkel der Galaxis durfte ihm verweigert werden. Fünf Jahre lang hatte er sich still verhalten und sich hier auf Kalgan vergraben, nur wegen der ewigen, nebelhaften, verrückten Bedrohung durch die Zweite Foundation, von der niemand etwas wußte. Er war zweiunddreißig. Noch nicht alt — doch er fühlte sich alt. Welche mentalen Kräfte er als Mutant auch haben mochte, sein Körper war schwach.

Jeder Stern! Jeder Stern, den er sehen konnte — und jeder Stern, den er nicht sehen konnte. Alles sollte sein werden!

Rache an allen. An einer Menschheit, der er nicht angehörte. An einer Galaxis, in die er nicht paßte.

Das kühle Warnlicht an der Decke flackerte. Er verfolgte den Weg des Mannes, der den Palast betreten hatte, und gleichzeitig, als sei sein Mutanten-Sinn in der einsamen Dämmerung verstärkt und sensibilisiert worden, berührte eine Welle emotionaler Zufriedenheit die empfindsamen Fasern seine Gehirns.

Ohne Mühe erkannte er, wer das war: Pritcher.

Captain Pritcher von der ehemaligen Foundation. Der Captain Pritcher, der von den Bürokraten jener verrotteten Regierung ignoriert und übergangen worden war.

Das Maultier hatte ihn von seinen Aufgaben als kleiner Spion befreit und ihn aus dem Dreck emporgehoben, ihn zuerst zum Oberst und dann zum General gemacht und ihm als Tätigkeitsfeld die Galaxis zur Verfügung gestellt.

Der jetzige General Pritcher war, auch wenn er als eherner Rebell begonnen hatte, durch und durch loyal. Doch er war es nicht wegen der Vergünstigungen, die er erhalten hatte, er war es nicht aus Dankbarkeit, er sah in der Treue keine Anstandspflicht — loyal war er nur durch den Kunstgriff der Bekehrung.

Das Maultier war sich dieser starken, unveränderlichen Oberflächenschicht von Loyalität und Liebe bewußt, die jeden Wirbel und jede Strömung der Emotionen Han Pritchers färbte — der Schicht, die er selbst ihm vor fünf Jahren eingepflanzt hatte. Tief darunter lagen die ursprünglichen Spuren hartnäckiger Individualität, Ungeduld mit Vorschriften, Idealismus — doch sogar Pritcher selbst konnte sie kaum noch entdecken.

Die Tür hinter dem Maultier öffnete sich, und er drehte sich um. Die transparente Wand wurde undurchsichtig, und das purpurne Abendlicht wich dem weißen Leuchten der Atomkraft.

Han Pritcher setzte sich auf den ihm angewiesenen Platz. Bei Privataudienzen des Maultiers gab es keine Verbeugung, kein Niederknieen, keine Ehrenbezeugung. Das Maultier war lediglich der ›Erste Bürger‹. Er wurde mit ›Sir‹ angesprochen. Man saß in seiner Gegenwart, und wenn es sich gerade so ergab, durfte man ihm den Rücken zuwenden.

Für Han Pritcher war das alles ein Beweis der Sicherheit und Macht dieses Mannes. Die Zufriedenheit machte ihm warm ums Herz.

Das Maultier sagte: »Ich habe Ihren Schlußbericht gestern erhalten. Ich kann nicht leugnen, daß ich ihn etwas deprimierend finde, Pritcher.«

Die Augenbrauen des Generals zogen sich zusammen.

»Ja, das kann ich mir vorstellen — aber ich weiß wirklich nicht, zu welchen anderen Schlußfolgerungen ich hätte kommen können. Es gibt einfach keine Zweite Foundation, Sir.«

Das Maultier dachte nach und schüttelte dann entschieden den Kopf, wie er es schon viele Male getan hatte. »Da ist die Aussage von Ebling Mis. An der kommen wir nicht vorbei.«

Das war nichts Neues. Pritcher erklärte, ohne dazu qualifiziert zu sein: »Mis ist vielleicht der größte Psychologe der Foundation gewesen, aber verglichen mit Hari Seldon war er ein Baby. Zu der Zeit, als er Seldons Arbeiten untersuchte, war sein Gehirn von Ihnen selbst künstlich stimuliert worden. Sie könnten ihn zu sehr angetrieben haben. Er mag sich geirrt haben, Sir. Er *muß* sich geirrt haben.«

Das Maultier seufzte und stieß den Kopf auf dem dünnen Halsstengel vor. Sein Gesicht war kummervoll. »Wenn er doch eine Minute länger gelebt hätte! Er wollte mir gerade sagen, wo die Zweite Foundation liegt. Er *wußte* es, das versichere ich Ihnen. Ich hätte es nicht nötig gehabt, mich zurückzuziehen. Ich hätte es nicht nötig gehabt, zu warten und zu warten. Soviel verlorene Zeit! Fünf Jahre für nichts verschwendet.«

Pritcher war nicht imstande, Kritik an dem schwächlichen Wunschdenken seines Herrschers zu üben; das machte die Kontrolle über seine Emotionen unmöglich. Statt dessen empfand er ein vages Unbehagen. Er sagte: »Aber welche andere Erklärung wäre möglich, Sir? Fünfmal bin ich hinausgezogen. Sie selbst haben die Routen festgelegt. Und ich habe unterwegs jeden einzelnen Asteroiden unter die Lupe genommen: Es ist dreihundert Jahre her, daß Hari Seldon angeblich zwei Foundations gründete, die als Nuklei eines neuen Imperiums wirken und später das sterbende alte Imperium ersetzen sollten. Hundert Jahre nach Seldon war die Erste Foundation — unsere Foundation — überall an der Peripherie bekannt.

Hundertfünfzig Jahre nach Seldon — zur Zeit des letzten Krieges mit dem alten Imperium — war sie in der ganzen Galaxis bekannt. Und jetzt sind dreihundert Jahre vergangen — und wo soll diese geheimnisvolle Zweite Foundation liegen? In keinem Wirbel des galaktischen Stroms hat man etwas von ihr gehört.«

»Ebling Mis meinte, sie halte ihre Existenz geheim. Nur die Geheimhaltung könne ihre Schwäche in Stärke verwandeln.«

»Falls sie tatsächlich existiert, wäre eine so strenge Geheimhaltung ein Ding der Unmöglichkeit. Also existiert sie nicht.«

Das Maultier blickte auf. Die großen Augen blickten scharf und wachsam. »Doch. Sie existiert.« Er zeigte mit dem knochigen Zeigefinger. »Die Taktik muß ein wenig verändert werden.«

Pritcher runzelte die Stirn. »Sie planen, selbst hinauszuziehen? Davon möchte ich abraten.«

»Nein, natürlich nicht. Sie werden von neuem hinausziehen müssen — ein letztesmal. Aber Sie werden die Befehlsgewalt mit einem anderen teilen.«

Schweigen herrschte. Dann fragte Pritcher mit harter Stimme: »Mit wem, Sir?«

»Mit einem jungen Mann von hier. Bail Channis heißt er.«

»Ich habe nie von ihm gehört, Sir.«

»Das ist auch nicht anzunehmen. Aber er hat einen flinken Verstand, er ist ehrgeizig — und er ist nicht bekehrt.«

Pritchers langes Kinn zitterte für einen kurzen Augenblick. »Ich erkenne den Vorteil nicht, der darin liegt.«

»Glauben Sie mir, es gibt einen, Pritcher. Sie sind ein einfallsreicher und erfahrener Mann. Sie haben mir gute Dienste geleistet. Aber Sie sind bekehrt. Ihre Motivierung besteht einfach in einer erzwungenen und hilflosen Loyalität gegenüber meiner Person. Mit der Ihnen angeborenen Motivierung haben Sie auch so etwas wie eine subtile Antriebskraft verloren, die ich nicht ersetzen kann.«

»Das glaube ich nicht, Sir«, gab Pritcher grimmig zurück. »Ich erinnere mich recht gut, wie ich zu der Zeit war, als Sie in mir noch einen Feind hatten. Ich fühle mich meinem damaligen Ich nicht unterlegen.«

»Natürlich nicht.« Ein Lächeln zuckte um den Mund des Maultiers. »Sie haben in dieser Sache kaum ein objektives Urteil. Dieser Channis ist nun ehrgeizig — für sich selbst. Er ist voll vertrauenswürdig — wegen keiner anderen Loyalität als der zu sich selbst. Er weiß, daß er in meinem Kielwasser vorankommt, und er würde alles tun, um meine Macht zu stärken, damit die Fahrt lang und weit und das Ziel ruhmreich sein werden. Wenn er mit Ihnen reist, wird seine Suche von dieser zusätzliche Antriebskraft im Interesse seiner eigenen Person beflügelt.«

»Warum«, fragte Pritcher beharrlich, »machen Sie dann meine eigene Bekehrung nicht rückgängig, wenn Sie meinen, ich wäre ohne sie zu besseren Leistungen fähig? Sie können mir jetzt doch nicht mehr mißtrauen!«

»Das werde ich auf gar keinen Fall tun, Pritcher. Solange ich mich innerhalb der Reichweite Ihres Arms oder Ihres Lasers befinde, werden Sie in der Bekehrung festgehalten. Würde ich Sie in dieser Minute freigeben, wäre ich in der nächsten tot.«

Die Nasenlöcher des Generals blähten sich. »Es verletzt mich, daß Sie so von mir denken.«

»Es ist nicht meine Absicht, Sie zu verletzen, aber Ihnen ist es unmöglich, sich vorzustellen, wie Ihre Gefühle aussehen würden, könnten sie sich frei auf der Grundlage Ihrer natürlichen Motivierung entfalten. Der menschliche Verstand haßt es, kontrolliert zu werden. Aus diesem Grund kann der gewöhnliche menschliche Hypnotiseur niemanden gegen seinen Willen hypnotisieren. Ich kann es, weil ich kein Hypnotiseur bin, und, glauben Sie mir, Pritcher, dem Haß, den Sie nicht zeigen können, ja von dem Sie nicht einmal wissen, daß er Sie erfüllt, möchte ich nicht plötzlich gegenüberstehen.«

Pritcher ließ den Kopf hängen. Die Erkenntnis der Sinnlosigkeit laugte ihn aus und ließ ihn innerlich grau und hohl zurück. Mit Anstrengung sagte er: »Aber wie kann ich diesem Mann trauen? Ich meine, vollständig — so wie Sie mir als Bekehrtem trauen können.«

»Nun, vermutlich kann ich ihm nicht vollständig trauen. Darum müssen ja Sie dabei sein. Sehen Sie, Pritcher...« — das Maultier vergrub sich in seinem großen Sessel und sah vor der weichen Rückenlehne wie ein zum Leben erweckter eckiger Zahnstocher aus — »*falls* er über die Zweite Foundation stolpern — und *falls* ihm der Gedanke kommen sollte, es sei für ihn profitabler, sich mit ihr zu arrangieren als mit mir — Sie verstehen?«

Pritchers Augen leuchteten vor tiefer Befriedigung auf. »Das klingt besser, Sir.«

»Klar. Aber vergessen Sie nicht, Sie müssen ihm seinen Willen lassen, solange es möglich ist.«

»Gewiß.«

»Und ... äh ... Pritcher — der junge Mann ist schön, angenehm und außerordentlich charmant. Fallen Sie nicht darauf herein. Er hat einen gefährlichen und skrupellosen Charakter. Legen Sie sich erst dann mit ihm an, wenn Sie bereit sind, die geeigneten Maßnahmen zu ergreifen. Das ist alles.«

Das Maultier war wieder allein. Er ließ das Licht ersterben, und die Wand vor ihm wurde von neuem transparent. Der Himmel war jetzt purpurn und die Stadt ein heller Fleck am Horizont.

Was hatte das alles für einen Sinn? Und wenn er der Herr des Universums geworden war — was dann? Würde es Männer wie Pritcher wirklich daran hindern, aufrecht, selbstbewußt und stark zu sein? Würde Bail Channis sein gutes Aussehen verlieren? Würde er selbst ein anderer werden als der, der er war?

Er verfluchte seine Zweifel. Hinter was war er wirklich her?

Das kühle Warnlicht an der Decke flackerte. Er verfolgte den Weg des Mannes, der den Palast betreten hatte, und gleichzeitig, als sei sein Mutanten-Sinn in der einsamen Dämmerung verstärkt und sensibilisiert worden, berührte eine Welle emotionaler Zufriedenheit die empfindsamen Fasern seines Gehirns.

Ohne Mühe erkannte er, wer das war: Channis.

Hier sah das Maultier keine Uniformität, sondern die primitive Mannigfaltigkeit eines starken Geistes, unberührt und ungeformt außer durch die vielfachen Zerrüttungen des Universums. Es war ein flutender, wogender Geist. An der Oberfläche lag Vorsicht, eine dünne, glättende Schicht, aber mit Spuren von zynischen Späßen in ihren verborgenen Wirbeln. Und darunter strömte der starke Fluß des Eigeninteresses und der Eigenliebe mit hie und da einem Schwall grausamen Humors. Das alles speiste ein tiefer, stiller Quell des Ehrgeizes.

Das Maultier wußte, er konnte zufassen und den Fluß eindämmen, den Quell aus seinem Becken reißen und ihm einen anderen Lauf geben, den einen Strom austrocknen und einen anderen beginnen lassen. Aber warum? Wenn er Channis' Lockenkopf in der hingebungsvollsten Anbetung beugte, änderte das vielleicht sein eigenes groteskes Aussehen, das ihn den Tag scheuen und die Nacht lieben ließ, das ihn zu einem Einsiedler innerhalb eines bedingungslos ihm gehörenden Imperiums machte?

Die Tür hinter ihm öffnete sich, und er drehte sich um. Die transparente Wand wurde undurchsichtig, und die Dunkelheit wich dem weißen Leuchten der Atomkraft.

Bail Channis nahm mit eleganten Bewegungen Platz und bemerkte: »Dies ist eine nicht ganz unerwartete Ehre, Sir.«

Das Maultier rieb sich mit allen vier Fingern gleichzeitig den Rüssel und gab ein bißchen gereizt zurück: »Warum das, junger Mann?«

»Eine Ahnung, möchte ich sagen — wenn ich nicht zugeben will, daß ich auf Gerüchte gehört habe.«

»Gerüchte? Auf welche der mehreren Dutzend Abarten beziehen Sie sich?«

»Auf diejenigen, die behaupten, es sei eine Wiederaufnahme der galaktischen Offensive geplant. Ich hege die Hoffnung, daß es wahr ist und ich darin eine angemessene Rolle spielen darf.«

»Sie glauben also, daß es eine Zweite Foundation gibt?«

»Warum nicht? Das würde alles soviel interessanter machen.«

»Und Interesse erregt sie bei Ihnen auch?«

»Gewiß. Allein schon durch das Geheimnis! Gibt es einen besseren Gegenstand für Mutmaßungen? In den Zeitungen steht in letzter Zeit nichts anderes mehr — was wahrscheinlich bedeutungsvoll ist. Der *Cosmos* ließ von einem seiner Feuilletonisten eine verrückte Geschichte über eine Welt zusammenbrauen, deren Wesen aus reinem Verstand bestehen. Ihre mentalen Kräfte sind so groß, daß sie mit jeder Energieform, die die Physik kennt, konkurrieren können. Raumschiffe werden aus einer Entfernung von Lichtjahren vernichtet, Planeten aus ihrer Bahn gelenkt — das soll die Zweite Foundation sein, verstehen Sie.«

»Interessant. Ja. Aber haben Sie sich eigene Gedanken zu dem Thema gemacht? Schließen Sie sich der Vorstellung von den Geistwesen an?«

»Galaxis, nein! Meinen Sie, solche Wesen würden auf ihrem eigenen Planeten bleiben? Nein, Sir. Ich bin überzeugt, die Zweite Foundation hält sich verborgen, weil sie schwächer ist, als wir denken.«

»Damit machen Sie es mir leicht, Ihnen einen Vorschlag zu unterbreiten. Wie würde es Ihnen gefallen, eine Expedition anzuführen, die die Zweite Foundation aufspüren soll?«

Channis verschlug es die Sprache, da sich die Ereignisse mit einer etwas größeren Geschwindigkeit abspulten, als er es erwartet hatte. Das Schweigen zog sich in die Länge.

Das Maultier fragte trocken: »Nun?«

Channis furchte die Stirn. »Natürlich würde es mir gefallen. Aber wohin soll ich reisen? Liegen Ihnen irgendwelche Informationen vor?«

»General Pritcher wird Sie begleiten.«

»Dann werde nicht ich der Leiter sein?«

»Urteilen Sie selbst, wenn ich zu Ende gekommen bin. Hören Sie, Sie stammen nicht aus der Foundation. Sie sind auf Kalgan geboren, nicht wahr? Ja. Also haben Sie möglicherweise nur vage Kenntnisse über den Seldon-Plan. Als das Erste galaktische Imperium zusammenbrach, analysierten Hari Seldon und eine Gruppe von Psychohistorikern mit mathematischen Mitteln, die in diesen degenerierten Zeiten nicht mehr zur Verfügung stehen, den künftigen Lauf der Geschichte. Sie gründeten zwei Foundations an den beiden Enden der Galaxis und trugen Sorge, daß die sich langsam entwickelnden ökonomischen und soziologischen Kräfte sie zu Brennpunkten des Zweiten Imperiums machen würden. Hari Seldon veranschlagte dafür tausend Jahre — und es hätte ohne die Foundations dreißigtausend Jahre gedauert. Aber mich konnte er nicht in seine Berechnungen einbeziehen. Ich bin ein Mutant, und ich bin mittels der Psychohistorie, die sich nur mit den Durchschnittsreaktionen großer Massen beschäftigt, nicht voraussehbar. Verstehen Sie?«

»Vollkommen, Sir. Aber wie komme ich ins Spiel?«

»Das werden Sie gleich sehen. Ich beabsichtige, die Galaxis jetzt zu vereinigen — und Seldons Ziel statt in tausend in dreihundert Jahren zu erreichen. Die eine Foundation — die Welt der Naturwissenschaftler — blüht unter meiner Herrschaft, die Wohlstand und Ordnung bedeutet, immer noch. Die Atomwaffen dieser Welt können mit allem fertig werden, was es in der Galaxis gibt — die Zweite Foundation vielleicht ausgenommen. Deshalb muß ich mehr über sie wissen. General Pritcher vertritt entschieden die Meinung, sie existiere nicht. Ich weiß es besser.«

Channis fragte vorsichtig: »Woher, Sir?«

Die Worte des Maultiers waren plötzlich offene Entrüstung. »Weil man sich an Gehirnen, die unter meiner Kontrolle standen, zu schaffen gemacht hat! Schlau! Subtil! Aber nicht so subtil, daß ich es nicht gemerkt hätte. Und diese Eingriffe nehmen zu und treffen wertvolle Männer zu wichtigen Zeitpunkten. Wundert es Sie da noch, daß mich eine gewisse Vorsicht veranlaßt hat, mich all diese Jahre still zu verhalten?

Ihre Aufgabe ist folgende. General Pritcher ist der beste Mann, der mir geblieben ist, deshalb ist er nicht mehr sicher. Natürlich weiß er das nicht. Aber *Sie* sind nicht bekehrt und deshalb nicht sofort als ein Mann des Maultiers zu erkennen. Sie mögen imstande sein, die Zweite Foundation länger zu täuschen als einer meiner Leute — vielleicht um die entscheidende Spanne länger. Verstehen Sie?«

»Hm-m-m. Ja. Aber verzeihen Sie, Sir, wenn ich Ihnen eine Frage stelle. Wollen Sie mir sagen, auf welche Weise diese Leute gestört werden, damit ich eine Veränderung an General Pritcher gegebenenfalls entdecken kann? Sind sie dann von neuem wie Nichtbekehrte? Werden sie illoyal?«

»Nein. Ich sagte schon, es seien subtile Eingriffe. Das ist unangenehmer, weil es schwerer zu entdecken ist, und manchmal muß ich erst abwarten, weil ich unsicher bin, ob es sich um eine normale Schwankung im Benehmen einer Schlüsselfigur handelt, oder ob an ihr herumgepfuscht worden ist. Die Loyalität der Leute bleibt intakt, aber Initiative und Einfallsreichtum werden ausgelöscht. Mir bleibt ein nach außen hin vollkommen normaler Mensch, doch er ist von überhaupt keinem Nutzen mehr. Im letzten Jahr sind sechs so manipuliert worden. Sechs meiner besten.« Sein einer Mundwinkel hob sich. »Sie leiten jetzt Ausbildungslager — und ich wünsche ihnen von ganzem Herzen, daß keine Notsituation entsteht, in der sie würden Entscheidungen treffen müssen.«

»Angenommen, Sir... angenommen, dahinter steckt nicht die Zweite Foundation, sondern jemand wie Sie — ein anderer Mutant?«

»Dafür wird zu sorgfältig, zu langfristig geplant. Ein einzelner Mensch hätte mehr Eile. Nein, es handelt sich um eine Welt, und Sie sollen meine Waffe gegen sie sein.«

Mit leuchtenden Augen rief Channis aus: »Ich bin begeistert über die Chance!«

Das Maultier nahm die plötzliche emotionale Aufwallung wahr. »Ja, offensichtlich erkennen Sie, daß Sie mir einen einzigartigen Dienst leisten werden, der einer einzigartigen Belohnung wert ist — vielleicht sogar der, daß ich Sie zu meinem Nachfolger ernenne. Richtig. Aber es gibt auch einzigartige Strafen, wissen Sie. Ich brauche meine emotionalen Gymnastikübungen nicht darauf zu beschränken, Loyalität zu erzeugen.«

Von Entsetzen erfüllt, sprang Channis aus seinem Sessel hoch, und um die Lippen des Maultiers spielte ein grimmiges kleines Lächeln.

Für einen Augenblick, für einen einzigen, vorüberzuckenden Augenblick war Channis von einem so überwältigenden Kummer erfaßt worden, daß der körperliche Schmerz seinen Verstand unerträglich verdüsterte. Dann verschwand das Gefühl und ließ nichts zurück als heftigen Zorn.

Das Maultier sagte: »Zorn nützt nichts ... aber Sie begreifen jetzt, nicht wahr? Ich sehe es. Also vergessen Sie nicht — so etwas kann stärker über Sie kommen und für immer bleiben. Ich habe Leute durch emotionale Kontrolle getötet, und kein Tod ist grausamer.«

Nach einer Pause: »Das ist alles!«

Das Maultier war wieder allein. Er ließ das Licht ersterben, und die Wand vor ihm wurde von neuem transparent. Der Himmel war schwarz, und die aufgehende galaktische Linse breitete ihre Sterne vor den samtenen Tiefen des Raums aus.

Dieser ganze Dunst war eine Masse von Sternen, so zahlreich, daß sie miteinander verschmolzen und zu einer Lichtwolke wurden.

Und das alles würde ihm gehören …

Er hatte nur noch eins zu erledigen, und dann konnte er schlafengehen.

ERSTES ZWISCHENSPIEL

Der Exekutivrat der Zweiten Foundation hatte eine Sitzung. Für uns sind die Teilnehmer nur Stimmen. Weder ihre Identität noch der Schauplatz des Treffens sind an dieser Stelle von Bedeutung.

Ebensowenig können wir auch nur in Erwägung ziehen, irgendeinen Teil der Sitzung genau wiederzugeben — es sei denn, wir wollen sogar das Minimum an Verständlichkeit, das wir mit Recht erwarten, vollständig opfern.

Wir haben es hier mit Psychologen zu tun — und nicht bloß mit Psychologen. Nennen wir sie besser Wissenschaftler mit psychologischer Orientierung. Das heißt, sie sind Menschen, deren Grundbegriffe von wissenschaftlicher Philosophie in eine völlig andere Richtung zeigen als sämtliche Orientierungen, die wir kennen. Diese Wissenschaftler waren unter Axiomen aufgewachsen, die von den Beobachtungsgewohnheiten der Naturwissenschaft abgeleitet waren, und ihre ›Psychologie‹ stand nur in einer ganz vagen Beziehung zur PSYCHOLOGIE.

Das ist das Äußerste, was ich tun kann, um Blinden zu erklären, was Farbe ist — wobei ich selbst ebenso blind bin wie meine Zuhörer.

Worauf es ankommt, ist, daß von den Versammelten jeder genau wußte, wie der Verstand aller anderen arbeitete, nicht nur im Sinne einer allgemeinen Theorie, sondern mittels spezifischer Anwendung dieser Theorie auf bestimmte Einzelpersonen über einen langen Zeitraum hinweg. Sprache, wie wir sie kennen, war unnötig. Das Bruchstück eines Satzes kam einer langen, redseligen Ausführung gleich. Eine Geste, ein Grunzen, die Kurve einer Linie im Gesicht — sogar eine zeitlich wohlberechnete Pause lieferten Information.

Wir nehmen uns daher die Freiheit, einen kleinen Teil der Konferenz sinngemäß in die spezifischen Wortkombinationen zu übersetzen, wie Menschen sie brauchen, die sich von Kindheit an nach einer naturwissenschaftlichen

Geisteshaltung orientiert haben. Natürlich laufen wir dabei Gefahr, daß die feineren Nuancen verlorengehen.

Eine der ›Stimmen‹ herrschte vor, und sie gehörte dem Individuum, das einfach als der ›Erste Sprecher‹ bekannt war.

Er sagte: »Es ist jetzt offensichtlich, was den ersten wahnsinnigen Ansturm des Maultiers gestoppt hat. Es gereicht ... nun, der Organisierung der Ereignisse nicht gerade zum Ruhm. Mit Hilfe der künstlich erhöhten Gehirn-Energie dessen, was man in der Ersten Foundation einen Psychologen nennt, hätte er uns beinahe gefunden. Dieser Psychologe wurde getötet, kurz bevor er dem Maultier seine Entdeckung mitteilen konnte. Die Vorgänge, die dazu führten, daß er getötet wurde, sind für alle Berechnungen unterhalb Phase Drei rein zufällig. Bitte, übernehmen Sie.«

Der Fünfte Sprecher, durch eine Modulation der Stimme aufgefordert, erklärte mit grimmigem Ton: »Sicher ist, daß die Situation falsch behandelt wurde. Wir sind natürlich gegenüber einem massierten Angriff extrem verwundbar, vor allem gegenüber einem Angriff, der von einem mentalen Phänomen wie dem Maultier geführt wird. Kurz nachdem er durch die Eroberung der Ersten Foundation galaktische Bedeutung erlangte — um genau zu sein, nach einem halben Jahr —, war er auf Trantor. Innerhalb eines weiteren halben Jahres wäre er hier gewesen, und die Wahrscheinlichkeit unserer Niederlage war sehr hoch — 96,3 % plus/minus 0,05 %, um genau zu sein. Wir haben beträchtliche Zeit darauf verwendet, die Kräfte zu analysieren, die ihn aufgehalten haben. Natürlich wissen wir, was ihn ursprünglich angetrieben hat. Die Folgen seiner körperlichen Deformierung und seiner geistigen Einzigartigkeit sind für uns alle offensichtlich. Doch erst der Durchbruch zu Phase Drei brachte uns — *nachdem es geschehen war* — die Erkenntnis, daß sein anomales Verhalten auf das Fehlen eines menschlichen Wesens zurückzuführen ist, das echte Zuneigung für ihn empfand.

Und da das anomale Verhalten davon abhing, daß zum richtigen Zeitpunkt ein solches menschliches Wesen anwesend war, muß der ganze Vorgang als Zufall betrachtet werden. Unsere Agenten sind sich sicher, daß eine junge Frau den Psychologen des Maultiers tötete — eine Frau, der das Maultier aus gefühlsmäßigen Gründen vertraute und die er deshalb nicht unter seine mentale Kontrolle nahm — einfach weil sie ihn gern hatte.

Durch dieses Ereignis gewarnt — für diejenigen, die Einzelheiten zu erfahren wünschen, sind mathematische Ausführungen für die Zentralbibliothek angefertigt worden —, haben wir das Maultier durch unorthodoxe Methoden von uns ferngehalten, mit denen wir Tag für Tag Seldons gesamten Plan für die geschichtliche Entwicklung gefährdeten. Das ist alles.«

Der Erste Sprecher wartete einen Augenblick, damit die Versammelten sich über die ganze Bedeutung dieser Worte klar werden konnten. Dann sagte er: »Die Situation ist also alles andere als stabil. Ich muß darauf hinweisen, daß es uns in dieser Angelegenheit an der nötigen Voraussicht gefehlt hat und wir schreckliche Fehler begangen haben. Seldons ursprünglicher Plan wurde so bis zum Zerreißpunkt verzerrt, und wir haben seinen endgültigen Zusammenbruch zu gewärtigen. Die Zeit läuft uns davon. Ich glaube, uns ist nur eine einzige Lösung übriggeblieben — und die ist höchst riskant.

Wir müssen zulassen, daß das Maultier uns findet — in gewisser Weise.«

Wieder eine Pause, in der er die Reaktionen beobachtete, dann: »Ich wiederhole — in gewisser Weise!«

— 2 —
Zwei Männer ohne das Maultier

Das Schiff war so gut wie startbereit. Nichts fehlte bis auf das Ziel. Das Maultier hatte eine Rückkehr nach Trantor vorgeschlagen — zu dieser leeren Hülle der unvorstellbaren galaktischen Metropole des größten Imperiums, das die Menschheit je gekannt hatte, zu der toten Welt, die die Hauptstadt aller Sterne gewesen war.

Pritcher war dagegen. Das war ein ausgetretener Pfad, auf dem nichts mehr zu finden war.

Er traf Bail Channis im Navigationsraum des Schiffes an. Das Lockenhaar des jungen Mannes war gerade soweit in Unordnung, daß einer einzelnen Locke erlaubt wurde, ihm in die Stirn zu fallen — als sei sie sorgfältig dorthin plaziert worden. Dazu paßten die regelmäßigen Zähne, die er lächelnd zeigte. Der steife Offizier merkte, daß er sich gegen ihn verhärtete.

Offensichtlich war Channis aufgeregt. »Pritcher, das ist ein zu auffälliges Zusammentreffen.«

Der General erwiderte kalt: »Mir ist das Thema des Gesprächs nicht bekannt.«

»Oh ... Na, dann ziehen Sie sich mal einen Stuhl heran, Alter, damit wir uns hineinknien können. Ich bin Ihre Ausführungen durchgegangen und finde sie ausgezeichnet.«

»Wie ... erfreulich.«

»Aber ich wüßte gern, ob Sie zu den gleichen Schlußfolgerungen gekommen sind wie ich. Haben Sie jemals versucht, das Problem deduktiv zu analysieren? Ich meine, es ist ja schön und gut, die Sterne aufs Geratewohl durchzukämmen, und wenn man das schaffen will, was Sie in fünf Expeditionen geschafft haben, muß man wirklich von einem zum anderen hüpfen. Soviel steht fest. Aber haben Sie berechnet, wie lange es dauern würde, in diesem Tempo jede bekannte Welt zu erforschen?«

»Ja. Mehrmals.« Pritcher fühlte keinen Drang, dem jungen Mann auf halbem Weg entgegenzukommen, aber es war wichtig, seine Gedanken kennenzulernen — seine unkontrollierten und daher unvorhersehbaren Gedanken.

»Nun, dann schlage ich vor, daß wir analytisch an die Sache herangehen und uns entscheiden, nach was wir eigentlich suchen.«

»Nach der Zweiten Foundation«, gab Pritcher bissig zurück.

»Nach einer Foundation von Psychologen«, berichtigte Channis, »die in den Naturwissenschaften ebenso schwach sind, wie es die der Ersten Foundation in der Psychologie waren. Nun, Sie sind von der Ersten Foundation, was ich nicht bin. Die Implikationen springen Ihnen wahrscheinlich sofort ins Auge. Wir müssen eine Welt finden, die mit Hilfe geistiger Fähigkeiten herrscht, aber technisch-wissenschaftlich zurückgeblieben ist.«

»Muß das zwingend so sein?« fragte Pritcher ruhig. »Unsere eigene ›Union der Welten‹ ist technisch-wissenschaftlich nicht zurückgeblieben, obwohl unser Herrscher seine Macht seinen mentalen Fähigkeiten verdankt.«

»Weil er sich die Fähigkeiten der Ersten Foundation zunutze machen kann«, lautete die etwas ungeduldige Antwort, »und sie ist das einzige Reservoir solchen Wissens in der Galaxis. Die Zweite Foundation muß zwischen den trockenen Krümeln des zerbrochenen galaktischen Imperiums leben. Sie hat nicht viel zur Auswahl.«

»Sie behaupten also, die Zweite Foundation verfüge über genug mentale Macht, um eine Gruppe von Welten zu beherrschen, und sei gleichzeitig auf technisch-naturwissenschaftlichem Gebiet hilflos?«

»*Relativ* hilflos. Sie ist fähig, sich gegen die dekadenten Nachbarn zu verteidigen. Dem Ansturm des Maultiers, dessen Streitkräfte von einer ausgereiften Atomwirtschaft profitieren, könnte sie nicht standhalten. Warum würde ihre Lage im Raum sonst so sorgfältig geheimgehalten, sowohl anfangs von ihrem Gründer Hari Seldon als auch jetzt von ihr selbst! Die Erste Foundation hat nie ein Geheimnis aus ihrer Existenz gemacht, nicht einmal, als sie vor dreihundert Jahren eine unverteidigte einzelne Stadt auf einem abgelegenen Planeten war.«

In Pritchers glattem, dunklem Gesicht zuckte es ironisch. »Und jetzt, wo Sie mit Ihrer tiefschürfenden Analyse zu Ende sind, hätten Sie wohl gern eine Liste aller Königreiche, Republiken, Planeten-Staaten und Diktaturen der einen oder anderen Sorte in dieser politischen Wildnis da draußen, die Ihrer Beschreibung und verschiedenen anderen Faktoren entsprechen?«

»Das alles ist also schon in Erwägung gezogen worden?« Channis verlor nichts von seiner Unverfrorenheit.

»Sie werden es natürlich nicht in meinem Bericht finden, aber wir besitzen einen bis ins einzelne ausgearbeiteten Führer für die politischen Einheiten der uns gegenüberliegenden Peripherie. Haben Sie wirklich geglaubt, das Maultier werde allein mit Versuch und Irrtum arbeiten?«

»Na, und was ist dann« — die Stimme des jungen Mannes hob sich in einem Ausbruch von Energie — »mit der Oligarchie von Tazenda?«

Pritcher faßte sich nachdenklich ans Ohr. »Tazenda? Oh, ich weiß. Das liegt nicht an der Peripherie, nicht wahr? Soviel ich mich erinnere, liegt die Oligarchie von Tazenda ein Drittel des Weges zum Zentrum der Galaxis hin.«

»Ja. Was ist mit ihr?«

»Die uns vorliegenden Berichte weisen darauf hin, daß die Zweite Foundation sich am anderen Ende der Galaxis befindet. Raum weiß, daß es das einzige ist, wovon wir ausgehen können. Warum überhaupt von Tazenda reden? Seine Winkelabweichung von der Ersten Foundation beträgt nur hundertzehn bis hundertzwanzig Grad, kommt also bei weitem nicht an hundertachtzig heran.«

»Noch etwas wird in den Berichten erwähnt. Die Zweite Foundation wurde auf Star's End gegründet.«

»Eine solche Region ist in der Galaxis niemals lokalisiert worden.«

»Weil es der Name war, den die Einheimischen ihr gaben und der später der besseren Geheimhaltung wegen unterdrückt wurde. Oder vielleicht wurde er von Seldon und seiner Gruppe für diesen Zweck erfunden. Trotzdem besteht eine Beziehung zwischen ›Star's End‹ und ›Tazenda‹, finden Sie nicht?«

»Eine vage Ähnlichkeit im Klang des Namens. Das genügt nicht.«

»Sind Sie jemals dort gewesen?«

»Nein.«

»Trotzdem wird das Gebiet in Ihrem Bericht erwähnt.«

»Wo denn? Ach ja, aber dort haben wir nur Lebensmittel und Wasser an Bord genommen. An der Welt gab es bestimmt nichts Bemerkenswertes.«

»Sind Sie auf dem Hauptplaneten gelandet? Dem Zentrum der Regierung?«

»Das weiß ich nicht mehr.«

Unter dem kalten Blick des anderen dachte Channis nach. Dann fragte er: »Würden Sie sich bitte zusammen mit mir für einen Augenblick die Linse ansehen?«

»Gewiß doch.«

Die Linse war die neueste Errungenschaft der interstellaren Kreuzer jener Zeit. Im Grunde war sie eine komplizierte Rechenmaschine, die eine Reproduktion des Nachthimmels, gesehen von irgendeinem gegebenen Punkt der Galaxis aus, auf einen Schirm darstellte.

Channis stellte die Koordinaten ein, und die Wandbeleuchtung des Pilotenraums ging aus. Das matte rote Licht am Kontrollpaneel der Linse ließ Channis' Gesicht rötlich erglühen. Pritcher saß im Sessel des Piloten, die langen Beine übereinandergeschlagen, das Gesicht im Dunkel verloren.

Während der Einspeisungsperiode wurden die Lichtpunkte auf dem Schirm langsam heller. Und dann waren in aller Deutlichkeit die dichten Gruppierungen des galaktischen Zentrums zu erkennen.

»Dies«, erläuterte Channis, »ist der winterliche Nachthimmel, von Trantor aus gesehen. Das ist der wichtige Punkt, der, soviel ich weiß, bisher bei Ihrer Suche vernachlässigt worden ist. Wer sich exakt orientieren will, muß von Trantor als Nullpunkt ausgehen. Trantor war die Hauptstadt des galaktischen Imperiums, wissenschaftlich und kulturell noch mehr als politisch. Und deshalb muß die Bedeutung eines Namens, der eine Beschreibung enthält, in neun von zehn Fällen einer trantorischen Orientierung entstammen. Sie werden sich in diesem Zusammenhang daran erinnern, daß zwar Seldon selbst von Helicon an der Peripherie stammte, seine Gruppe jedoch auf Trantor arbeitete.«

»Was versuchen Sie mir zu zeigen?« Pritchers gleichmütige Stimme war wie ein eisiger Guß auf die wachsende Begeisterung des anderen.

»Die Karte wird es erklären. Sehen Sie den Dunkelnebel?« Der Schatten seines Arms fiel über den Schirm mit dem Sternengeflimmer der Galaxis. Der Schatten des Zeigefingers endete an einem winzigen schwarzen Fleck, der ein Loch in dem Gewebe aus Licht zu sein schien. »Die stellagraphischen Berichte nennen ihn ›Pelots Nebel‹. Behalten Sie ihn im Auge. Ich werde das Bild vergrößern.«

Pritcher hatte schon öfters gesehen, wie ein Linsenbild vergrößert wurde, aber immer wieder verschlug es ihm den Atem. Es war, als sitze man im Cockpit eines Raumschiffs, das durch eine entsetzlich überfüllte Galaxis stürmte, ohne in den Hyperraum einzutreten. Die Sterne wichen von einem gemeinsamen Mittelpunkt aus zur Seite aus, rasten nach außen und fielen über den Rand des Schirms hinaus. Einzelne Punkte verdoppelten sich, nahmen Kugelform an. Nebelflecken lösten sich zu Myriaden von Punkten auf. Und ständig war da die Illusion einer Bewegung.

Während der ganzen Zeit redete Channis. »Sie werden bemerken, daß wir uns an der geraden Linie von Trantor zu Pellots Nebel entlangbewegen, so daß wir in Wirklichkeit immer noch die stellare Orientierung haben, die der Trantors entspricht. Wahrscheinlich ist wegen der Gravitationsabweichung des Lichts ein kleiner Fehler dabei, den auszumerzen mir die mathematischen Kenntnisse fehlen, aber ich bin überzeugt, er kann nicht von Bedeutung sein.«

Dunkelheit breitete sich über den Schirm. Als das Tempo der Vergrößerung langsamer wurde, rutschten die Sterne über alle vier Seiten des Schirms in bedauerndem Abschiednehmen davon. An den Rändern des wachsenden Nebels leuchtete es abrupt auf, ein Hinweis auf das Licht, das hinter den mit wirbelnden, nicht strahlenden Atomfragmenten von Natrium und Kalzium gefüllten Kubikparseks verborgen war.

Wieder zeigte Channis mit dem Finger. »Das hier ist von den Bewohnern dieser Raumregion ›Der Mund‹ genannt worden. Und das sagt uns etwas, weil es von der trantorischen Orientierung aus wie ein Mund aussieht.« Er wies auf einen Riß im Körper des Nebels hin, geformt wie ein gezacktes grinsendes Maul im Profil, umrissen von der flammenden Glorie des Sternenlichts, mit der er gefüllt war.

»Folgen Sie dem Mund«, sagte Channis. »Folgen Sie dem Mund die Kehle hinunter bis dahin, wo sie sich zu einer dünnen, splitternden Linie aus Licht verengt.«

Wieder vergrößerte das Bild sich ein wenig, bis sich der Nebel von dem Mund wegstreckte und alle Sterne auslöschte, ein dünnes Rinnsal ausgenommen. Ihm folgte Channis' Finger und fuhr, an seinem Ende angekommen, wieder ein Stück nach oben. Da funkelte ein einziger einsamer Stern, und Channis' Finger machte halt, denn dahinter war nichts als absolute Schwärze.

»Star's End«, stellte der junge Mann schlicht fest. »Der Stoff des Nebels ist dort dünn, und das Licht dieses einen

Sterns findet den Weg nur in dieser einen Richtung hindurch — um auf Trantor hinabzuscheinen.«

»Sie versuchen mir weiszumachen, daß ...« Der General des Maultiers verstummte argwöhnisch.

»Ich versuche nicht. Das *ist* Tazenda — Star's End.«

Das Licht ging an. Die Linse schaltete sich ab. Mit drei langen Schritten stand Pritcher vor Channis. »Wie sind Sie auf diese Idee gekommen?«

Und Channis lehnte sich mit einem merkwürdig verwirrten Gesichtsausdruck in seinem Sessel zurück. »Durch Zufall. Ich würde gern ein Lob für meine Intelligenz einstreichen, aber es war reiner Zufall. Doch wie es auch zustandegekommen sein mag, es paßt zu den Hinweisen. Soviel wir wissen, ist Tazenda eine Oligarchie. Es beherrscht siebenundzwanzig bewohnte Planeten. Es hat keine fortschrittliche Wissenschaft. Und vor allem ist es eine obskurere Welt, die sich in der Lokalpolitik jener stellaren Region einer strengen Neutralität befleißigt hat, und sie strebt nicht nach Expansion. Ich finde, wir sollten sie uns ansehen.«

»Haben Sie das Maultier darüber informiert?«

»Nein. Wir werden das auch jetzt nicht tun. Wir sind im Raum und kurz vor dem ersten Sprung.«

In plötzlichem Entsetzen eilte Pritcher an den Hauptbildschirm und stellte ihn neu ein. Seine Augen trafen auf kalten Raum. Wie gebannt starrte er ihn an, dann drehte er sich um. Ganz automatisch langte er nach dem harten, bequem in der Hand liegenden Kolben seines Lasers.

»Wer hat den Sprung befohlen?«

»Ich, General« — bisher hatte Channis noch niemals Pritchers Titel benutzt —, »während ich Sie hier beschäftigte. Wahrscheinlich haben Sie die Beschleunigung nicht gespürt, weil sie in dem Augenblick auftrat, als ich das Bild der Linse vergrößerte. Da haben Sie sie für eine Illusion gehalten, hervorgerufen durch die scheinbare Bewegung der Sterne.«

»Warum? Was haben Sie vor? Zu welchem Zweck haben Sie mir den Unsinn über Tazenda erzählt?«

»Das war kein Unsinn. Es war mir völlig ernst damit. Wir werden hinfliegen. Wir sind heute gestartet, weil wir nach dem Zeitplan in drei Tagen hätten starten sollen. General, Sie glauben nicht, daß es eine Zweite Foundation gibt. Ich aber. Sie folgen lediglich den Befehlen des Maultiers, während ich eine ernste Gefahr erkenne. Die Zweite Foundation hat fünf Jahre Zeit gehabt, sich vorzubereiten. Wie sie sich vorbereitet hat, weiß ich nicht — aber wenn sie nun Agenten auf Kalgan hat? Wenn ich das Wissen um die Lage der Zweiten Foundation in meinem Kopf spazierentrage, könnten sie es entdecken. Dann wäre ich meines Lebens nicht mehr sicher, und ich hänge sehr an meinem Leben. Selbst wenn dieser Verdacht sehr unwahrscheinlich ist, möchte ich doch auf Nummer Sicher gehen. Jetzt weiß niemand von Tazenda als Sie, und Sie haben es erst erfahren, als wir schon draußen im Raum waren. Aber da ist noch die Frage der Mannschaft.« Channis lächelte ironisch. Offenbar beherrschte er die Situation vollständig.

Pritcher nahm die Hand vom Laser, und für einen Augenblick empfand er Unbehagen. Was hinderte ihn daran zu handeln? Was lähmte ihn? Es hatte eine Zeit gegeben, als er ein rebellischer, bei Beförderungen übergangener Captain des Handelsimperiums der Ersten Foundation gewesen war. Damals wäre er es gewesen und nicht Channis, der prompt und kühn die Entscheidung getroffen hätte. Hatte das Maultier recht? Konzentrierte sich sein kontrollierter Verstand so darauf, gehorsam zu sein, daß er die Initiative verloren hatte? Eine immer stärker werdende Verzweiflung trieb ihn in eine seltsame Mattigkeit hinein.

Er sagte: »Gut gemacht! Doch in Zukunft werden Sie mich vor derartigen Entscheidungen konsultieren.«

Das flackernde Signal erregte seine Aufmerksamkeit.

»Das ist der Maschinenraum«, bemerkte Channis gleichmütig. »Die Leute mußten die Maschinen in nur fünf Minuten aufwärmen, und ich hatte sie angewiesen, mich zu benachrichtigen, sollte es irgendwelche Schwierigkeiten geben. Möchten Sie die Stellung halten?«

Pritcher nickte stumm und dachte in der plötzlichen Einsamkeit darüber nach, welche Unannehmlichkeiten auftreten, wenn man sich den Fünfzig nähert. Auf dem Hauptbildschirm waren nur wenige Sterne zu sehen. Der Zentralkörper der Galaxis hatte sich an dem einen Ende eingenebelt. Wenn er frei von dem Einfluß des Maultiers wäre ...

Aber vor diesem Gedanken schreckte er entsetzt zurück.

Chefingenieur Huxlani musterte mit scharfem Blick den jungen Mann in Zivil, der mit der Sicherheit eines Flottenoffiziers auftrat und anscheinend eine Stellung innehatte, die ihm Autorität verlieh. Huxlani, ein regulärer Flottenmann seit der Zeit, als noch Milch von seinem Kinn getropft war, verwechselte ständig Autorität mit bestimmten militärischen Abzeichen.

Aber das Maultier hatte diesen Mann auf seinen Posten berufen, und das Maultier hatte natürlich das letzte Wort. Eigentlich das einzige Wort. Nicht einmal im Unterbewußtsein stellte er das in Frage. Die Emotionskontrolle ging tief.

Ohne ein Wort reichte er Channis den kleinen ovalen Gegenstand.

Channis wog ihn in der Hand und lächelte gewinnend.

»Sie sind ein Foundation-Mann, nicht wahr, Chefingenieur?«

»Jawohl, Sir. Ich habe achtzehn Jahre lang in der Foundation-Flotte gedient, bevor der Erste Bürger die Macht übernahm.«

»Foundation-Ausbildung als Ingenieur?«

»Qualifizierter Techniker erster Klasse — Zentralschule auf Anakreon.«

»Respekt. Und das haben Sie auf der Kommunikationsschaltung gefunden, wo ich Sie gebeten hatte nachzusehen?«

»Jawohl, Sir.«

»Gehört es dorthin?«

»Nein, Sir.«

»Was ist es dann?«

»Ein Hyperspürer, Sir.«

»Das sagt mir nichts. Ich bin kein Foundation-Mann. Was ist es?«

»Es ist ein Gerät, mit dem man die Bahn des Schiffes durch den Hyperraum verfolgen kann.«

»Mit anderen Worten, man kann uns überallhin verfolgen.«

»Jawohl, Sir.«

»Und wie es funktioniert, ist ein Geheimnis der Regierung. Richtig?«

»Ich glaube wohl, Sir.«

»Und trotzdem ist es hier. Interessant.«

Channis warf den Hyperspürer ein paar Sekunden lang methodisch von einer Hand in die andere. Dann hielt er ihn dem Chefingenieur hin. »Nehmen Sie ihn und legen Sie ihn genau dahin zurück, wo Sie ihn gefunden haben, und genau, wie Sie ihn gefunden haben. Verstanden? Und dann vergessen Sie die Sache. Vollständig!«

Der Chefingenieur verkniff sich in letzter Sekunde das beinahe automatische Salutieren, machte scharf kehrt und ging.

Das Schiff raste durch die Galaxis, und sein Weg war eine mit weiten Abständen versehene Pünktchenlinie zwischen den Sternen. Die Pünktchen waren die kurzen Strecken von zehn bis sechzig Lichtsekunden, die es im normalen Raum verbrachte, und zwischen ihnen klafften die mehr als hundert Lichtjahre breiten Lücken, in denen es durch den Hyperraum ›sprang‹.

Bail Channis saß am Kontrollpaneel der Linse, und von neuem übermannte ihn beinahe der Drang, beim Nachdenken über dieses Gerät in Anbetung zu verfallen. Er war kein Foundation-Mann, und das wechselseitige Spiel der Kräfte, das durch das Drehen eines Knopfes oder das Herstellen eines Kontaktes in Gang gesetzt wurde, war ihm nicht selbstverständlich.

Nicht etwa, daß die Linse einen Foundation-Mann gelangweilt hätte! In ihrem unglaublich kompakten Körper beherbergte sie genug elektronische Schaltungen, daß sie hundert Millionen einzelne Sterne in ihrer genauen Beziehung zueinander darstellen konnte. Und als wäre das nicht an sich schon eine Leistung, war sie weiterhin fähig, jeden gegebenen Teil des galaktischen Feldes entlang jeder der drei Raum-Achsen zu verschieben oder um einen Mittelpunkt zu drehen.

Damit hatte die Linse fast eine Revolution im interstellaren Reiseverkehr hervorgerufen. In der Frühzeit der interstellaren Raumfahrt bedeutete die Berechnung eines jeden Sprunges durch den Hyperraum eine Arbeit, die von einem Tag bis zu einer Woche dauern konnte — und der größere Teil dieser Arbeit war die mehr oder weniger präzise Bestimmung der Schiffsposition als Bezugspunkt gewesen. Das im besonderen hatte die genaue Anmessung von mindestens drei weit voneinander entfernten Sternen erfordert, deren Positionen relativ zu dem festgelegten galaktischen Dreifach-Nullpunkt bekannt war.

Der Haken liegt in dem Wort ›bekannt‹. Für jeden, der das Sternenfeld von einem bestimmten Beobachtungspunkt aus genau kennt, haben die Sterne ebenso individuelle Eigenschaften wie Menschen. Doch man springe zehn Parseks weiter, und man erkennt nicht einmal die eigene Sonne wieder. Vielleicht ist sie überhaupt nicht mehr sichtbar.

Die Lösung war natürlich die spektroskopische Analyse. Jahrhundertelang war Hauptgegenstand der Raumfahrttechnik die Analyse der ›Licht-Signatur‹ von immer mehr Sternen in immer mehr Einzelheiten. Damit und mit der zunehmenden Präzision des Sprunges selbst wurden

Standard-Routen durch die Galaxis erstellt, und das interstellare Reisen wandelte sich von einer Kunst zu einer Wissenschaft.

Trotzdem dauerte es noch unter der Foundation mit ihren verbesserten Rechenmaschinen und einer neuen Methode, das Sternenfeld nach einer bekannten ›Licht-Signatur‹ abzusuchen, manchmal Tage, um drei Sterne zu lokalisieren und dann die Position zu berechnen, wenn dem Pilot das Gebiet nicht vertraut war.

Die Linse machte mit all dem Schluß. Erstens brauchte sie nur einen einzigen bekannten Stern als Ausgangspunkt. Zweitens konnte sogar ein Raum-Neuling wie Channis sie bedienen.

Der nächste größere Himmelskörper war nach den Sprungberechnungen im Augenblick Vincetori, und jetzt rückte ein heller Stern in den Mittelpunkt des Bildschirms. Channis hoffte, daß es Vincetori war.

Das Bild der Linse wurde neben das des Bildschirms geworfen. Vorsichtig tippte Channis die Koordinaten von Vincetori ein. Er schloß ein Relais, und das Sternenfeld wurde sichtbar. Auch hier stand ein heller Stern im Mittelpunkt, aber ansonsten war keine Ähnlichkeit zu entdekken. Channis justierte die Linse entlang der Z-Achse und erweiterte das Feld bis zu dem Punkt, wo der Photometer beide Zentralsterne mit gleicher Helligkeit zeigte.

Er hielt nach einem zweiten einigermaßen hellen Stern auf dem Bildschirm Ausschau und fand auf dem Bild der Linse einen, der ihm entsprach. Langsam ließ er den Schirm bis zu einer ähnlichen Winkelabweichung rotieren. Er verzog den Mund und wies das Ergebnis mit einer Grimasse zurück. Eine neue Rotation, und ein anderer heller Stern kam ins Blickfeld geschwommen, und ein dritter. Und dann grinste Channis. Das war's! Vielleicht hätte ein Spezialist, der Ähnlichkeiten dank langer Übung instinktiv erkannte, es beim ersten Versuch geschafft, aber er war ganz zufrieden, daß es beim dritten geklappt hatte.

Nun mußte noch eine Übereinstimmung erzielt werden. Beim letzten Schritt überlappten die beiden Felder sich und verschmolzen zu einem Meer von nicht ganz vollständiger Entsprechung, aber die meisten Sterne waren sich sehr ähnliche Doppelgänger. Aber die Feinjustierung dauerte nicht lange. Die Doppelgängersterne gingen ineinander über, es blieb ein einziges Feld, und jetzt konnte die Schiffsposition direkt von der Anzeige abgelesen werden. Die ganze Prozedur hatte nicht einmal eine halbe Stunde gedauert.

Channis suchte Han Pritcher in seinem Privatquartier auf. Offensichtlich wollte der General gerade zu Bett gehen. Er blickte auf.

»Gibt es etwas Neues?«

»Eigentlich nicht. Wir werden Tazenda mit einem weiteren Sprung erreichen.«

»Das weiß ich.«

»Ich möchte Sie nicht damit aufhalten, wenn Sie sich gerade zurückziehen wollen, aber haben Sie sich den Film angesehen, den wir in Cil mitgenommen haben?«

Han Pritcher streifte den fraglichen Gegenstand, der in seinem schwarzen Kasten auf einem niedrigen Bücherregal lag, mit einem geringschätzigen Blick. »Ja.«

»Und was sagen Sie dazu?«

»Ich sage, wenn es jemals eine historische Wissenschaft gegeben hat, ist sie in diesem Teil der Galaxis verlorengegangen.«

Channis grinste breit. »Ich weiß, was Sie meinen. Ziemlich unfruchtbar, nicht wahr?«

»Nun ja, es sei denn, man hat Spaß an den Chroniken der Herrscherhäuser. Ich nehme an, sie sind in beiden Richtungen unzuverlässig. Wo die Geschichte sich lediglich mit Persönlichkeiten befaßt, wird das Bild entweder schwarz oder weiß, je nach den Interessen des Verfassers. Irgendeinen Nutzen sehe ich nicht darin.«

»Doch es ist die Rede von Tazenda. Darauf wollte ich Sie stoßen, als ich Ihnen den Film gab. Es ist der einzige, den ich finden konnte, in dem Tazenda auch nur erwähnt wird.«

»Na schön. Dort hat es gute Herrscher gegeben und schlechte. Sie haben ein paar Planeten erobert, ein paar Schlachten gewonnen, ein paar verloren. Nichts daran ist auffällig. Ich halte nicht viel von Ihrer Theorie, Channis.«

»Aber es sind Ihnen einige Punkte entgangen. Haben Sie nicht bemerkt, daß die Tazender niemals Koalitionen eingegangen sind? Sie haben sich immer außerhalb der Politik dieser Ecke des Sternenschwarms gehalten. Wie Sie sagen, sie eroberten ein paar Planeten, aber dann hörten sie damit auf — und das, ohne daß sie eine folgenschwere Niederlage erlitten hätten. Es ist gerade, als hätten sie sich weit genug ausgedehnt, um sich schützen zu können, aber nicht so weit, daß sie Aufmerksamkeit erregten.«

»Mir soll's recht sein«, lautete die ungerührte Antwort. »Ich habe nichts gegen eine Landung einzuwenden. Schlimmstenfalls verlieren wir ein bißchen Zeit.«

»O nein. Schlimmstenfalls scheitern wir vollständig. Wenn es tatsächlich die Zweite Foundation ist. Vergessen Sie nicht: Dann wäre es eine Welt von, Raum weiß wie vielen Maultieren.«

»Was ist Ihre Absicht?«

»Auf einem kleineren von Tazenda regierten Planeten zu landen. Erst über die Zentralwelt herauszufinden, was wir können, und dann zu improvisieren.«

»Gut, einverstanden. Und wenn Sie nichts dagegen haben, würde ich jetzt wirklich gern das Licht ausschalten.«

Channis winkte mit der Hand und ging.

General Han Pritcher aber lag wach in seinem dunklen Kämmerchen in einer Insel dahintreibenden Metalls, die sich in der Weite des Raums verlor, und folgte den Gedankengängen, die ihn zu so phantastischen Schlüssen geführt hatten.

Wenn alles, was er so mühsam abgeleitet hatte, stimmte — und wie paßten sich allmählich sämtliche Tatsachen ein! —, dann *war* Tazenda die Zweite Foundation. Eine andere Möglichkeit gab es nicht: Aber wie? Wie?

Konnte es Tazenda sein? Eine ganz normale Welt, die sich durch nichts auszeichnete? Ein Slum inmitten der Ruinen eines Imperiums? Ein Splitter unter den Trümmern? Wie aus weiter Ferne erschienen ihm das schrumpelige Gesicht und die dünne Stimme des Maultiers, wie es von Ebling Mis, dem alten Foundation-Psychologen, sprach, der — vielleicht — das Geheimnis der Zweiten Foundation enträtselt hatte.

Pritcher erinnerte sich an die Anspannung, mit der das Maultier gesagt hatte: »Es war, als sei Mis von Staunen überwältigt. Es war, als übersteige etwas an der Zweiten Foundation alle seine Erwartungen, als habe etwas eine ganz andere Richtung als die vorhergesehene genommen. Wenn ich doch nur statt seiner Gefühle seine Gedanken hätte lesen können! Aber die Emotionen waren klar — und stärker als alle war diese ungeheure Verwunderung.«

Verwunderung war der Schlüssel. Etwas, worüber man sich vor Staunen nicht fassen konnte. Und nun kam dieser Junge, dieser grinsende Bengel, und faselte von Tazenda und seiner sich durch nichts hervorhebenden Subnormalität. Und er mußte recht haben. Er *mußte.* Andernfalls ergab nichts einen Sinn.

Pritchers letzter bewußter Gedanke war einigermaßen grimmig. Dieser Hyperspürer an der Kommunikationsschaltung war immer noch da. Er hatte vor einer Stunde nachgesehen, als Channis aus dem Weg war.

ZWEITES ZWISCHENSPIEL

Sie trafen im Vorzimmer der Ratskammer zufällig zusammen — gerade als sie sich in die Kammer und an die Arbeit dieses Tages begeben wollten —, und die Gedanken sprangen rasch hin und her.

»Das Maultier ist also unterwegs.«

»Das habe ich auch gehört. Riskant! Sehr riskant!«

»Nicht, wenn die Entwicklung gemäß den aufgestellten Funktionen verläuft.«

»Das Maultier ist kein normaler Mensch — und es ist schwierig, die von ihm erwählten Instrumente zu manipulieren, ohne daß er etwas merkt. In einen kontrollierten Verstand kann man nur schwer eingreifen. Es heißt, er habe ein paar Fälle entdeckt.«

»Das hätte sich wohl kaum vermeiden lassen.«

»Bei einem unkontrollierten Verstand ist es einfacher. Aber so wenige haben bei ihm eine Position, die ihnen Autorität verleiht.«

Sie betraten die Kammer. Andere von der Zweiten Foundation folgten ihnen.

— 3 —
Zwei Männer und ein Bauer

Rossem ist eine dieser nebensächlichen Welten, die in der galaktischen Geschichte für gewöhnlich vernachlässigt werden und sich den Bewohnern der Myriaden glücklicherer Planeten kaum jemals zur Beachtung aufdrängen.

In der Endzeit des galaktischen Imperiums hatten einige wenige politische Gefangene Rossems Wüsten bewohnt. Ein Observatorium und eine kleine Marine-Garnison bewahrten die Welt davor, völlig verlassen zu werden. Später, in der schlimmen Zeit des Kampfes, noch vor dem Auftreten Hari Seldons, gab es eine schwächere Sorte von Menschen, die der periodisch wiederkehrenden Jahrzehnte voller Unsicherheit und Gefahren müde waren, der geplünderten Planeten und der gespenstischen Folge von Eintagskaisern, die sich den Purpur für ein paar böse, keine Frucht bringende Jahre erkämpften. Diese Menschen flohen aus den bevölkerten Zentren und suchten Zuflucht in den öden Winkeln der Galaxis.

Am Rand der eisigen Wüsten Rossems duckten sich Dörfer. Seine Sonne war ein kleiner rötlicher Geizhals, der sein bißchen Wärme für sich behielt, während in neun Monaten des Jahres spärlicher Schnee fiel. Das widerstandsfähige einheimische Getreide schlief so lange im Boden und wuchs und reifte in beinahe panischer Hast, wenn die zögernden Sonnenstrahlen die Temperatur auf ganze zehn Grad brachten.

Kleine, ziegenähnliche Tiere weideten auf dem Grasland und scharrten den dünnen Schnee mit zierlichen, dreihufigen Füßen beiseite.

Die Menschen von Rossem hatten so ihr Brot und ihre Milch — und sogar Fleisch, wenn sie ein Tier entbehren konnten. Die dunkel-bedrohlichen Wälder, die sich über die halbe Äquator-Region hinzogen, lieferten ein zähes, feingemasertes Holz für den Hausbau. Zusammen mit bestimmten Fellen und Mineralen war dieses Holz sogar wert, exportiert zu werden, und von Zeit zu Zeit kamen die Schiffe des Imperiums und brachten zum Austausch landwirtschaftliche Maschinen, Atomöfen und sogar Fernsehgeräte. Letztere waren alles andere als überflüssig, denn das Klima erlegte dem Bauern einen langen, einsamen Winter auf.

Die Geschichte des Kaiserreichs floß an den Bauern von Rossem vorbei. Ab und zu brachten die Handelsschiffe Neuigkeiten, dann kamen wieder einmal Flüchtlinge an — einmal in einer ziemlich großen geschlossenen Gruppe, die dablieb —, und diese wußten für gewöhnlich zu berichten, was sich in der Galaxis tat.

So hörten die Rossemiten von verheerenden Schlachten und dezimierten Bevölkerungen oder von tyrannischen Kaisern und rebellierenden Vizekönigen. Und wenn sie in der schwachen Sonne am Rand des Dorfplatzes saßen und über die bösen Taten der Menschen philosophierten, seufzten sie und schüttelten den Kopf, und sie zogen sich die Pelzkragen dichter um die bärtigen Gesichter.

Dann kamen nach einer Weile überhaupt keine Handelsschiffe mehr, und das Leben wurde härter. Mit der Lieferung von ausländischen Luxus-Lebensmitteln, von Tabak und Maschinen war es vorbei. Aus Bruchstücken, die man am Fernsehgerät sammelte, ergaben sich immer beunruhigendere Nachrichten. Und schließlich wurde bekannt, daß Trantor geplündert worden war. Die große Hauptstadt-Welt der ganzen Galaxis, die herrliche, vielbesungene, unnahbare und unvergleichbare Heimat der Kaiser war ausgeraubt und geschändet und völlig vernichtet worden.

Das war etwas Unvorstellbares, und manch einem Bauern von Rossem, der sein Feld beackerte, dünkte das Ende der Galaxis nahe zu sein.

Und dann kam an einem Tag, der anderen Tagen nicht unähnlich war, wieder ein Schiff. Die alten Männer jedes Dorfes nickten weise und hoben die Augenlider, um zu flüstern, so sei es zur Zeit ihres Vaters gewesen — aber es war nicht so, nicht ganz.

Das hier war kein Schiff des Imperiums. An seinem Bug fehlte das glühende Raumschiff-und-Sonne-Emblem. Es war ein kurzer Stummel, zusammengesetzt aus Überresten älterer Schiffe — und die Männer darin nannten sich Soldaten von Tazenda.

Die Bauern wunderten sich. Sie hatten noch nie von Tazenda gehört, aber trotzdem nahmen sie die Soldaten mit der traditionellen Gastfreundschaft auf. Die Neuankömmlinge erkundigten sich eingehend nach den Eigenschaften des Planeten, der Zahl seiner Bewohner, der Zahl seiner Städte — ein Wort, das die Bauern als ›Dörfer‹ mißverstanden, was zur Verwirrung aller Beteiligten beitrug —, seiner Wirtschaftsform und so weiter.

Weitere Schiffe trafen ein, und auf dem ganzen Planeten wurde bekanntgemacht, Tazenda sei jetzt die herrschende Welt, rings um den Äquator — in der bewohnten Region — werde man Steuereinnahme-Stationen errichten, und dort seien jährlich an Getreide und Pelzen Prozentsätze, die nach bestimmten Formeln berechnet würden, abzuliefern.

Die Rossemiten, denen das Wort ›Steuern‹ nicht ganz klar war, blinzelten irritiert. Als der Termin zur Abgabe kam, zahlten viele. Andere sahen verwirrt zu, wie uniformierte Anderweltlinge das geerntete Getreide und die Felle auf breite Bodenwagen luden.

Da und dort rotteten sich entrüstete Bauern zusammen und brachten alte Jagdwaffen zum Vorschein — aber es wurde nie etwas daraus. Murrend lösten sie sich auf, wenn die Männer von Tazenda kamen, und verzweifelten darüber, daß ihr Kampf ums Überleben noch schwerer wurde.

Aber es pendelte sich ein neues Gleichgewicht ein.

Der tazendische Gouverneur führte sein strenges Regiment von dem Dorf Gentri aus, das kein Rossemit betreten durfte. Er und die ihm unterstehenden Funktionäre waren schattenhafte Fremdwelt-Wesen, die sich nur selten sehen ließen. Die Steuererheber, Rossemiten im Sold von Tazenda, kamen in regelmäßigen Abständen, aber an sie hatte man sich mittlerweile gewöhnt — und der Bauer hatte gelernt, sein Getreide zu verstecken und das Vieh in den Wald zu treiben und darauf zu achten, daß seine Hütte nicht zu wohlhabend wirkte. Dann beantwortete er alle scharfen Fragen nach seinen Besitztümern, indem er mit stumpfem, verständnislosem Gesichtsausdruck auf das zeigte, was die Beamten sehen konnten.

Auch das ließ nach. Die Steuern wurden ermäßigt, gerade als sei Tazenda es müde geworden, einer solchen Welt Pfennige abzupressen.

Der Handel blühte auf, und vielleicht fand Tazenda ihn profitabler. Die Bewohner Rossems erhielten zum Austausch nicht mehr die polierten Schöpfungen des Imperiums, aber sogar tazendische Maschinen und tazendische Lebensmittel waren besser als das eigene Zeug. Und es gab andere Kleider für die Frauen als die aus grauem Selbstgesponnenen, was sehr wichtig war.

So glitt die galaktische Geschichte von neuem recht friedlich an Rossem vorbei, und die Bauern rangen dem kargen Boden den Lebensunterhalt ab.

Narovi trat aus seinem Häuschen und blies sich in den Bart. Der erste Schnee rieselte auf den harten Boden hernieder, und der Himmel war von einem trüben, wolkenverhangenen Rosa. Der alte Mann spähte nach oben und kam zu dem Schluß, ein richtiges Unwetter sei nicht in Sicht. Er konnte ohne große Schwierigkeiten nach Gentri reisen, das überschüssige Getreide loswerden und dafür genug Konserven für den langen Winter eintauschen.

Er brüllte durch die Tür zurück, die er zu diesem

Zweck um einen Spalt öffnete: »Ist der Wagen mit Treibstoff gefüttert worden, Junker?«

Von drinnen antwortete ihm eine Stimme, und dann trat Narovis ältester Sohn zu ihm, dessen kurzer roter Bart seine jungenhafte Spärlichkeit noch nicht ganz ausgewachsen hatte.

»Der Wagen«, meldete er verdrießlich, »hat Treibstoff und läuft gut, abgesehen von dem schlechten Zustand der Achsen. Dafür kann ich nichts. Ich habe dir gesagt, er muß fachmännisch repariert werden.«

Der alte Mann trat zurück und musterte seinen Sohn unter gesenkten Brauen. Dann stieß er sein haariges Kinn vor. »Kann ich vielleicht dafür? Wo und auf welche Weise kann ich ihn denn fachmännisch reparieren lassen? Ist die Ernte in den letzten fünf Jahren je etwas anderes als dürftig gewesen? Wie viele Tiere meine Herde sind der Seuche entgangen? Und sind die Felle von selbst von den Tieren heruntergerutscht und haben sich gegerbt?«

»Narovi!« Die wohlbekannte Stimme von drinnen ließ ihn mitten im Wort verstummen. Er brummelte: »So, und nun muß sich deine Mutter auch noch in eine Sache zwischen Vater und Sohn einmischen. Hol den Wagen und sieh zu, daß die Anhänger sicher festgemacht sind!«

Er schlug die behandschuhten Hände zusammen und blickte von neuem nach oben. Die trüb-rötlichen Wolken sammelten sich, und der graue Himmel, der in den Zwischenräumen sichtbar war, spendete keine Wärme. Die Sonne hatte sich versteckt.

Narovi wollte den Blick schon abwenden, als etwas seine Aufmerksamkeit erregte. Sein Finger fuhr fast automatisch in die Höhe, sein Mund öffnete sich ungeachtet der kalten Luft zum Schrei.

»Frau!« rief er aufgeregt, »Alte! Komm her!«

Ein entrüstetes Gesicht erschien am Fenster. Die Augen der Frau folgten seinem Finger, wurden groß. Mit einem Aufschrei polterte sie die hölzerne Treppe herunter und riß im Laufen ein altes Umschlagtuch und ein Stück Leinen an sich. Als sie durch die Tür geschossen kam, hatte sie das Leinen flüchtig um Kopf und Ohren gebunden, und das Tuch baumelte ihr von den Schultern.

Sie schnüffelte: »Das ist ein Schiff aus dem tiefen Raum.«

Und Narovi bemerkte ungeduldig: »Was soll es sonst sein? Wir bekommen Besuch, Alte, Besuch!«

Das Schiff setzte vorsichtig zu einer Landung auf dem nackten gefrorenen Feld im nördlichen Teil von Narovis Farm an.

»Aber was sollen wir tun?« keuchte die Frau. »Wie können wir diesen Leuten Gastfreundschaft bieten? Sollen wir ihnen den Lehmfußboden unserer Hütte und die Reste des Maiskuchens von letzter Woche anbieten?«

»Sollen wir vielleicht zu unseren Nachbarn gehen?« Narovis Gesicht wurde noch röter, als es von der Kälte schon gewesen war, und seine von glattem Pelz umhüllten Arme schossen vor und faßten die sehnigen Schultern der Frau.

»Weib meiner Seele«, schnurrte er, »du wirst die beiden Stühle aus unserem Zimmer nach unten tragen, du wirst dafür sorgen, daß ein fettes Zicklein geschlachtet und mit Knollen gebraten wird, und du wirst einen frischen Maiskuchen backen. Ich gehe jetzt, diese Mächtigen aus dem tiefen Raum zu begrüßen ... und ... und ...« Er hielt inne, schob seine große Mütze zur Seite und kratzte sich zögernd. »Ja, ich werde meinen Branntwein-Krug mitnehmen. Ein herzhafter Schluck ist angenehm.«

Während dieser Rede hatte sich der Mund der Frau stumm bewegt. Kein Ton kam heraus. Und als dieses Stadium vorüber war, gab sie nichts als ein mißtönendes Kreischen von sich.

Narovi hob den Finger. »Alte, was haben die Dorfältesten erst vorige Woche gesagt? He? Streng dein Gedächtnis an! Die Ältesten gingen von Farm zu Farm — höchstpersönlich! Das sagt doch, wie wichtig die Sache ist! Und sie sagten uns, sollten irgendwelche Schiffe aus dem tiefen Raum landen, müßten sie *auf Befehl des Gouverneurs* augenblicklich benachrichtigt werden.

Und jetzt soll ich mir die Gelegenheit entgehen lassen, die Gunst jener zu gewinnen, die die Macht in Händen halten? Sieh dir das Schiff an. Ist dir so etwas schon einmal vor die Augen gekommen? Diese Leute von den äußeren Welten sind reich, sind groß. Der Gouverneur schickt eine sie betreffende, so dringende Botschaft, daß die Ältesten bei dieser Kälte von Hof zu Hof gehen. Vielleicht wird ganz Rossem benachrichtigt, daß die Lords von Tazenda diese Leute unbedingt zu sprechen wünschen — und sie landen auf *meiner* Farm!«

Er hüpfte richtig vor Eifer. »Wenn wir ihnen jetzt die schickliche Gastfreundschaft erweisen — wenn dem Gouverneur mein Name genannt wird — was kann sich daraus für uns nicht alles ergeben!«

Die Frau merkte plötzlich, wie die Kälte durch ihr dünnes Hauskleid biß. Sie lief zur Tür und rief über die Schulter zurück: »Dann geh schnell!«

Aber sie sprach zu einem Mann, der bereits dem Abschnitt des Horizonts zuraste, vor dem das Schiff herniedersank.

Weder die Kälte der Welt noch ihre trostlosen leeren Gebiete störten General Han Pritcher, weder die Armut ihrer Umgebung noch der schwitzende Bauer selbst.

Ihn beunruhigte lediglich die Frage, ob sie taktisch klug vorgegangen waren. Er und Channis waren allein hier.

Das im Raum zurückgelassene Schiff konnte unter normalen Umständen für sich selbst sorgen, aber trotzdem fühlte er sich unsicher. Natürlich war Channis für diesen Schritt verantwortlich. Pritcher sah zu dem jungen Mann hinüber und ertappte ihn dabei, wie er dem Spalt in dem Pelzklumpen, in dem kurz die spähenden Augen und der vor Staunen offenstehende Mund einer Frau erschienen, fröhlich zuzwinkerte.

Zumindest Channis schien völlig in seinem Element zu

sein. Diese Beobachtung erfüllte Pritcher mit widerwilliger Befriedigung. Sein Spiel brauchte nicht mehr viel länger genauso weiterzulaufen, wie er es wünschte. Doch in der Zwischenzeit waren die Ultrawellen-Sendeempfänger, die sie am Handgelenk trugen, ihre einzige Verbindung mit dem Schiff.

Und dann lächelte ihr bäuerlicher Gastgeber breit, nickte mehrmals mit dem Kopf und erklärte mit einer vor Ehrerbietung triefenden Stimme: »Edle Herren, mit Eurer gütigen Erlaubnis teile ich Euch mit, daß mein ältester Sohn — ein guter, wackerer Bursche, den so zu erziehen, wie seine Klugheit es verdient, mir meine Armut verbietet — mich informiert hat, die Ältesten würden bald eintreffen. Ich hoffe sehr, Euer Aufenthalt hier ist so angenehm gewesen, wie es bei meinen bescheidenen Mitteln — denn ich bin ein von Armut geschlagener, wiewohl schwer arbeitender, ehrlicher und demütiger Bauer, wie Euch jeder hier bestätigen wird — möglich war.«

»Die Ältesten?« fragte Channis leichthin. »Die führenden Leute des Gebietes hier?«

»Das sind sie, Edle Lords, und ehrenwerte, wackere Männer sind sie alle, denn unser ganzes Dorf ist überall auf Rossem als ein gerechter und rechtschaffener Ort bekannt — obwohl das Leben hier hart ist und die Erträgnisse von Feld und Wald mager sind. Vielleicht würdet Ihr, Edle Lords, den Ältesten gegenüber erwähnen, wie sehr ich Reisende achte und ehre, und es könnte geschehen, daß sie einen neuen Motorwagen für unseren Haushalt anfordern, da der alte kaum noch kriechen kann und wir für unseren Lebensunterhalt von seinem Funktionieren abhängig sind.«

Er blickte demütig und diensteifrig drein, und Han Pritcher nickte mit der angemessenen hochmütigen Herablassung, wie sie die ihm aufgedrängte Rolle des ›Edlen Lords‹ verlangte.

»Ein Bericht über Ihre Gastfreundlichkeit soll die Ohren Ihrer Ältesten erreichen.«

Sobald sie einen Augenblick allein waren, ergriff Pritcher die Gelegenheit, mit dem offenbar halb schlafenden Channis zu reden.

»Mir paßt dieses Treffen der Ältesten nicht so recht«, sagte er. »Sind Ihnen dazu schon irgendwelche Gedanken gekommen?«

Channis antwortete überrascht: »Nein. Was beunruhigt Sie?«

»Ich finde, wir haben Besseres zu tun, als uns hier verdächtig zu machen.«

Mit leiser, monotoner Stimme erklärte Channis hastig: »Es mag sich bei unseren nächsten Schritten nicht vermeiden lassen, daß wir uns verdächtig machen. Pritcher, wir werden die Männer, die wir brauchen, nicht finden, indem wir die Hand einfach in einen dunklen Sack stecken und darin herumkrabbeln. Männer, die durch Tricks des Geistes herrschen, müssen nicht unbedingt Männer in offensichtlichen Machtstellungen sein. Erstens einmal bilden die Psychologen der Zweiten Foundation wahrscheinlich eine verschwindend kleine Minorität der Gesamtbevölkerung, ebenso wie es in der Ersten Foundation mit den Technikern und Wissenschaftlern war. Die normalen Einwohner werden genau das sein — ganz normal. Vielleicht sind die Psychologen sogar gut versteckt, und die Männer, die nach außen hin die Macht in Händen halten, sind der ehrlichen Überzeugung, sie seien die wahren Herren. Die Lösung dieses Problems könnten wir auf diesem gefrorenen Dreckklumpen von einem Planeten finden.«

»Das leuchtet mir überhaupt nicht ein.«

»Es liegt doch auf der Hand! Tazenda ist wahrscheinlich eine große Welt mit Millionen oder Hunderten von Millionen Einwohnern. Wie könnten wir die Psychologen unter ihnen identifizieren, wie sollten wir in die Lage kommen, dem Maultier wahrheitsgemäß zu melden, wir hätten die Zweite Foundation gefunden? Aber hier, auf dieser kleinen Bauernwelt, einem unterworfenen Planeten, sind all die tazendischen Herrscher, wie unser Gastgeber uns informiert, in dem Hauptdorf Gentri konzentriert. Dort mögen nur ein paar Hundert von ihnen sein, Pritcher, und unter ihnen *muß* sich der eine oder andere von der Zweiten Foundation befinden. Wir werden das Dorf später aufsuchen, doch lassen Sie uns zuerst mit den Ältesten sprechen — das ist ein logischer Schritt auf unserem Weg.«

Ihr schwarzbärtiger Gastgeber polterte offensichtlich aufgeregt ins Zimmer zurück, und die beiden fuhren auseinander.

»Edler Herren, die Ältesten kommen! Ich bitte Euch noch einmal, gütigst ein Wort zu meinen Gunsten ...« Er krümmte sich vor lauter Kriecherei.

»Wir werden gewiß an Sie denken«, versprach Channis. »Sind das Ihre Ältesten?«

Offensichtlich waren sie es. Es waren drei.

Einer trat näher. Er verbeugte sich würdevoll. »Es ist uns eine Ehre. Für ein Transportmittel ist gesorgt, werte Herren, und wir hoffen auf das Vergnügen Eurer Gesellschaft in unserer Versammlungshalle.«

DRITTES ZWISCHENSPIEL

Der Erste Sprecher blickte sehnsüchtig zum Nachthimmel empor. Federwölkchen zogen über den schwachen Sternenglanz. Der Raum wirkte aktiv feindselig. Er konnte bestenfalls kalt und schrecklich sein, aber jetzt enthielt er dieses fremdartige Geschöpf, das Maultier, und wurde dadurch zu einer unheilvollen Drohung verdunkelt und verdichtet.

Die Konferenz war vorüber. Sie hatte nicht lange gedauert. Man hatte die Zweifel und Fragen geäußert, die sich aus dem schwierigen mathematischen Problem ergaben, daß man es mit einem mentalen Mutanten von ungewisser Beschaffenheit zu tun hatte. Alle, auch die extremsten Permutationen mußten in Erwägung gezogen werden.

Waren sie sich denn jetzt sicher? Irgendwo in dieser Region des Raums — nach dem Maßstab galaktischer Entfernungen in Reichweite — war das Maultier. Was würde er tun?

Es war recht einfach, seine Leute zu beeinflussen. Sie hatten bisher plangemäß reagiert und taten es weiterhin.

Aber was war mit dem Maultier selbst?

— 4 —
Zwei Männer und die Ältesten

Die Ältesten dieses Gebiets von Rossem waren nicht gerade das, was man hättte erwarten können. Sie waren keine bloße Extrapolation der Bauernschaft, älter, gebieterischer, weniger freundlich.

O nein, das waren sie nicht.

Die Würde, die sie bei der ersten Zusammenkunft gekennzeichnet hatte, war immer weiter in den Vordergrund gerückt, bis sie ihre vorherrschende Eigenschaft darstellte.

Sie saßen um ihren ovalen Tisch wie lauter ernste, sich langsam bewegende Denker. Die meisten hatten ihren physischen Höhepunkt um ein Geringes überschritten, obwohl die wenigen, die Bärte hatten, sie kurz und gepflegt trugen. Immerhin wirkte eine ganze Anzahl jünger als vierzig, um es offensichtlich zu machen, daß das Wort ›Älteste‹ nicht wörtlich zu nehmen, sondern ein Ausdruck des Respekts war.

Die beiden Männer aus dem tiefen Raurn saßen am Kopf des Tisches, und nahmen in dem feierlichen Schweigen, mit dem eine ziemlich frugale, eher zeremonielle als sättigende Mahlzeit eingenommen wurde, die neue, kontrastierende Atmosphäre in sich auf.

Nach dem Essen machten zwei der Ältesten, die offenbar im höchsten Ansehen standen, respektvolle Bemerkungen — zu kurz und zu einfach, um Ansprachen genannt zu werden —, und dann lockerte sich die förmliche Haltung.

Es war, als werde die Steifheit, mit der ausländische Persönlichkeiten zu begrüßen waren, endlich von den liebenswerten bäuerlichen Eigenschaften der Neugier und Freundlichkeit abgelöst.

Sie drängten sich um die beiden Fremden und überschütteten sie mit einer Flut von Fragen.

Sie wollten wissen, ob es schwierig sei, ein Raumschiff zu lenken, wie viele Leute man dafür brauche, ob bessere Motoren für ihre Bodenwagen hergestellt werden könnten, ob es wahr sei, daß es auf anderen Welten selten schneie, wie es von Tazenda behauptet werde, wie viele Menschen auf ihrer Welt lebten, ob sie so groß wie Tazenda sei, ob sie weit entfernt sei, wie ihre Kleider gewebt würden und was ihnen den metallischen Schimmer gebe, warum sie keine Pelze trügen, ob sie sich jeden Tag rasierten, wie der Stein in Pritchers Ring heiße ... Die Liste wurde immer länger.

Und beinahe immer wurden die Fragen an Pritcher gerichtet, als schrieben sie ihm, dem Älteren, die größere Autorität zu. Pritcher sah sich gezwungen, immer ausführlicher zu antworten. Es war, als sei er unter eine Schar von Kindern geraten. Ihre Fragen zeugten von äußerstem und entwaffnendem Staunen. Ihr Wissensdurst war einfach unwiderstehlich.

Pritcher erklärte, es sei nicht schwierig, ein Raumschiff zu lenken. Die Zahl der Besatzungsmitglieder hänge von der Größe ab und reiche von einem bis zu vielen. Über die Motoren ihrer Bodenwagen wisse er in Einzelheiten nicht Bescheid, doch könnten sie bestimmt verbessert werden. Im Klima der Welten gebe es beinahe unendliche Variationen. Auf seiner Welt lebten viele Hunderte von Millionen Menschen, doch sei sie viel kleiner und unbedeutender als das große Reich Tazenda. Ihre Kleider seien aus Silikonplastik gewebt, der metallische Glanz werde künstlich durch eine besondere Anordnung der Oberflächenmoleküle erzeugt, und sie könnten geheizt werden, so daß Pelze unnötig seien. Sie rasierten sich jeden Tag. Der Stein in seinem Ring sei ein Amethyst. So ging es weiter. Ob er wollte oder nicht, er taute gegenüber diesen naiven Provinzlern auf.

Und immer, wenn er eine Antwort gab, folgte ein eifriges Palaver unter den Ältesten, als diskutierten sie die gewonnene Information. Es war schwierig, diesen internen

Gesprächen zu folgen, weil die Leute in ihre eigene Version der universellen galaktischen Sprache verfielen, die durch die lange Trennung von den Strömungen der lebenden Sprache archaisch geworden war.

Man konnte fast sagen, die kurzen Kommentare, die sie unter sich austauschten, schwebten am Rand der Verständlichkeit, doch gelang es ihnen so gerade eben, den zufassenden Tentakeln des Verstehens zu entschlüpfen.

Schließlich unterbrach Channis mit den Worten: »Werte Herren, Sie müssen uns eine Weile Antworten geben, denn wir sind Fremde und sehr daran interessiert, so viel wie möglich über Tazenda zu erfahren.«

Da geschah es, daß eine große Stille eintrat und jeder der bis dahin redseligen Ältesten verstummte. Ihre Hände, die ihre Worte mit schnellen und bedeutsamen Bewegungen unterstrichen hatten, als wollten sie den Aussagen eine größere Reichweite und verschiedene Schattierungen an Bedeutung verleihen, sanken plötzlich schlaff nieder. Sie sahen sich verstohlen an, jeder offenbar nur zu bereit, den anderen das Wort zu überlassen.

Pritcher versuchte, die Scharte auszuwetzen. »Mein Gefährte erbittet dies in Freundschaft, denn der Ruhm Tazendas füllt die Galaxis, und natürlich werden wir dem Gouverneur über die Loyalität und Liebe der Ältesten von Rossem berichten.«

Kein Seufzer der Erleichterung war zu hören, aber die Gesichter erhellten sich. Ein Ältester strich sich den Bart mit Daumen und Zeigefinger, zog die leichten Wellen gerade und erklärte: »Wir sind treue Diener der Lords von Tazenda.«

Pritchers Ärger über Channis' unverschämtes Verlangen legte sich. Wenigstens wußte er jetzt, daß das Alter, dessen Herannahen er in letzter Zeit spürte, ihn noch nicht der Fähigkeit beraubt hatte, die Mißgriffe anderer auszubügeln.

Er fuhr fort: »In unserem abgelegenen Teil des Universums wissen wir nicht viel über die jüngste Geschichte der Lords von Tazenda. Wir nehmen an, daß sie hier seit langer Zeit ihre gütige Herrschaft ausüben.«

Der gleiche Älteste, der vorher gesprochen hatte, antwortete. Ganz von selbst war er zum Sprecher der anderen geworden. »Nicht einmal die Großväter der ältesten Leute können sich an eine Zeit erinnern, in der die Lords nicht hier waren.«

»Es ist eine Zeit des Friedens gewesen?«

»Es ist eine Zeit des Friedens gewesen!« Er zauderte. »Der Gouverneur ist ein starker und mächtiger Herr, der nicht zögern würde, Verräter zu bestrafen. Natürlich ist keiner von uns ein Verräter.«

»Ich könnte mir vorstellen, daß er in der Vergangenheit einige bestraft hat, wie sie es verdienten.«

Wieder dieses Zaudern. »Hier hat es niemals Verräter gegeben, auch nicht unter unseren Vätern oder den Vätern unserer Väter. Wohl aber auf anderen Welten, und der Tod hat sie schnell ereilt. Es hat keinen Sinn, darüber nachzudenken, denn wir bescheidenen Menschen sind arme Bauern und befassen uns nicht mit Politik.«

Die Angst in seiner Stimme, die Nervosität in den Blikken aller war auffallend.

Pritcher erkundigte sich ruhig: »Würden Sie uns bitte sagen, wie wir zu einer Audienz bei Ihrem Gouverneur kommen könnten?«

Und augenblicklich machte sich Bestürzung breit.

Nach langer Pause meinte der Älteste: »Wißt ihr das denn nicht? Der Gouverneur wird morgen hier sein. Er hat euch erwartet. Es ist eine große Ehre für uns. Wir... wir hoffen inständig, ihr werdet ihm einen günstigen Bericht über unsere Loyalität erstatten.«

Pritchers Lächeln zuckte kaum. »Uns erwartet?«

Der Älsteste sah verwundert vom einen zum anderen. »Sicher... es ist jetzt eine Woche, daß wir auf euch warten.«

Ihre Unterkunft war für diese Welt zweifellos luxuriös. Pritcher hatte schon schlechtere erlebt. Channis zeigte nichts als Gleichgültigkeit gegenüber Äußerlichkeiten.

Aber die zwischen ihnen bestehende Spannung war plötzlich von ganz anderer Art als bisher. In Pritchers Augen nahte sich der Zeitpunkt für eine endgültige Entscheidung, und doch hätte er lieber noch abgewartet. Wenn sie erst mit dem Gouverneur sprachen, nahm das Spiel gefährliche Dimensionen an, aber falls sie es gewannen, würde es den Gewinn vervielfältigen. Pritcher ärgerte sich über die leichte Falte zwischen Channis' Augenbrauen, über die angedeutete Unsicherheit, mit der sich die Unterlippe des jungen Mannes einem oberen Zahn entgegenwölbte. Das sinnlose Theaterspielen war ihm zuwider, und er hätte ihm gern ein Ende bereitet.

Er sagte: »Anscheinend sind wir erwartet worden.«

»Ja«, antwortete Channis einfach.

»Ist das alles, was Sie dazu zu sagen haben? Wir kommen her und stellen fest, daß der Gouverneur uns erwartet. Wahrscheinlich werden wir von dem Gouverneur zu hören bekommen, daß Tazenda selbst uns erwartet. Welchen Sinn hat dann unsere ganze Mission?«

Channis blickte hoch. Er gab sich keine Mühe, den müden Ton in seiner Stimme zu verbergen. »Es ist ein Unterschied, ob man uns erwartet oder ob man weiß, wer wir sind und aus welchem Grund wir hergekommen sind.«

»Meinen Sie, daß Sie dies vor den Leuten der Zweiten Foundation geheimhalten können?«

»Vielleicht. Warum auch nicht? Angenommen, unser Schiff wurde im Raum entdeckt. Ist es ungewöhnlich, daß ein Reich Beobachtungsposten an der Grenze unterhält? Selbst als gewöhnliche Fremde wären wir von Interesse.«

»Von ausreichendem Interesse, daß ein Gouverneur zu uns kommt, statt uns zu sich kommen zu lassen?«

Channis zuckte die Achseln. »Mit dem Problem werden wir uns später befassen müssen. Sehen wir erst einmal, wie dieser Gouverneur ist.«

Pritcher fletschte grimassierend die Zähne. Die Situation wurde lächerlich.

Channis fuhr mit gekünstelter Lebhaftigkeit fort: »Zumindest wissen wir eines: Tazenda ist die Zweite Foundation, oder eine Million einzelner Hinweise deuten wie auf Verabredung in die falsche Richtung. Wie legen Sie es aus, daß diese Eingeborenen offensichtlich in Angst vor Tazenda leben? Ich sehe keine Spur von einer politischen Unterdrückung. Die Ältesten-Gruppen kommen ungehindert und ohne irgendeine Einmischung zusammen. Sie reden von Steuern, aber ich habe durchaus nicht den Eindruck, daß sie besonders drückend sind oder besonders energisch eingetrieben werden. Die Eingeborenen reden viel über Armut, sehen jedoch kräftig und wohlgenährt aus. Die Häuser sind schmutzig und die Dörfer primitiv, erfüllen aber ihren Zweck.

Wirklich, die Welt fasziniert mich. Ich habe noch nie eine widerwärtigere gesehen, doch ich bin überzeugt, die Bevölkerung hat nicht zu leiden, und ihr unkompliziertes Leben schenkt ihr ein ausgewogenes Glück, das den anspruchsvolleren Bewohnern der höher entwickelten Zentren fehlt.«

»Folglich sind Sie ein Bewunderer bäuerlicher Tugenden?«

»Das mögen die Sterne verhüten!« Der Gedanke amüsierte Channis. »Ich weise nur auf die Bedeutung von all dem hin. Tazenda ist tüchtig in der Verwaltung — tüchtig in einem Sinn, der sich von der Tüchtigkeit des alten Imperiums oder der Ersten Foundation oder sogar unserer eigenen Union stark unterscheidet. Diese Regierungen haben ihren Untertanen Wohlstand auf Kosten ideellerer Werte gebracht. Tazenda gibt ihnen Glück und Zufriedenheit. Erkennen Sie nicht, daß die Orientierung der Herrschaft bei den Lords von Tazenda anders ist? Sie ist nicht physisch, sondern psychisch.«

»Ach ja?« Pritcher erlaubte sich Ironie. »Und die Angst, mit der die Ältesten darüber sprachen, wie Verrat von diesen gutherzigen psychologischen Administratoren bestraft wird? Wie paßt das zu Ihrer Hypothese?«

»Sind sie selbst bestraft worden? Sie sprachen nur von der Bestrafung anderer. Es ist, als sei das Wissen über die Bestrafung ihnen so tief eingeprägt worden, daß die Bestrafung selbst niemals stattzufinden braucht. Die richtige geistige Einstellung ist so fest verankert, daß ich überzeugt bin, es gibt keinen einzigen tazendischen Soldaten auf dem Planeten. Sehen Sie das alles nicht?«

»Vielleicht werde ich es sehen«, gab Pritcher kalt zurück, »wenn ich den Gouverneur sehe. Und übrigens — wenn nun unsere Psyche vielleicht manipuliert worden ist?«

Channis erwiderte mit brutaler Verachtung: »Daran sollten Sie gewöhnt sein.«

Pritcher wurde sichtlich blaß. Es kostete ihn Anstrengung, sich abzuwenden. An dem Tag sprachen sie nicht mehr miteinander.

In der Stille der windlosen kalten Nacht lauschte Pritcher auf die leisen Bewegungen, die der andere im Schlaf machte. Er stellte seinen Armband-Sender auf die Ultrawellen-Region ein, für die Channis' Gerät nicht taugte, und nahm, mit den Fingernägeln tippend, Kontakt mit dem Schiff auf.

Die Antwort kam in kurzen Absätzen von geräuschlosen Vibrationen, die sich kaum über die Wahrnehmungsschwelle erhoben.

Zweimal fragte Pritcher: »Noch gar keine Kommunikationen?«

Zweimal kam die Antwort: »Nein. Wir warten ständig darauf.«

Er stieg aus dem Bett. Es war kalt im Zimmer. Er wickelte sich in die Pelzdecke, setzte sich auf den Stuhl und sah zu den dicht an dicht stehenden Sternen hinaus. Wie sehr unterschieden sie sich in der Helligkeit und in ihren verwickelten Konstellationen von dem gleichmäßigen Nebel der galaktischen Linse, der den Nachthimmel seiner heimatlichen Peripherie beherrschte!

Dort irgendwo zwischen den Sternen lag die Antwort auf die Komplikationen, die ihn überwältigten. Er sehnte sich danach, daß diese Lösung komme und allem ein Ende mache.

Wieder schoß ihm die Frage durch den Sinn, ob das Maultier recht habe. Hatte die Bekehrung ihn des Selbstvertrauens beraubt? Oder lag es einfach am Alter und an den Veränderungen dieser letzten Jahre?

Im Grunde kümmerte es ihn nicht.

Er war müde.

Die Ankunft des Gouverneurs von Rossem vollzog sich ohne großes Trara. Sein einziger Begleiter war der uniformierte Mann am Steuer des Bodenwagens.

Der Bodenwagen selbst war protzig, aber Pritcher hatte den Eindruck, daß er nicht viel taugte. Er wendete unbeholfen; ein paarmal sträubte er sich gegen etwas, das ein zu schneller Gangwechsel gewesen sein mochte. An der Konstruktion war sofort zu erkennen, daß er mit chemischen Treibstoffen und nicht mit Atomkraft betrieben wurde.

Der tazendische Gouverneur stieg auf die dünne Schneeschicht und näherte sich zwischen zwei Reihen respektvoller Ältester. Er sah sie nicht an, sondern trat schnell ein. Die Ältesten folgten ihm.

Die beiden Männer von der Union des Maultiers beobachteten ihn von ihrer Unterkunft aus. Der Gouverneur war untersetzt, ziemlich stämmig, klein, alles andere als eindrucksvoll.

Doch was hatte das schon zu bedeuten!

Pritcher verfluchte sich, weil seine Nerven versagten. Sein Gesicht behielt selbstverständlich seine eisige Ruhe. Er blamierte sich nicht vor Channis — aber er wußte sehr genau, daß sein Blutdruck sich erhöht hatte und seine Kehle trocken geworden war.

Es handelte sich nicht um körperliche Furcht. Er gehörte nicht zu diesen stumpfsinnigen, phantasielosen Männern aus nervenlosem Fleisch, die zu dumm waren, um sich zu fürchten — aber er wußte mit körperlicher Furcht fertigzuwerden.

Das hier war etwas anderes. Es war die andere Furcht.

Er warf einen schnellen Blick zu Channis hinüber. Der junge Mann betrachtete die Fingernägel der einen Hand und knibbelte gemächlich an einer unbedeutenden Unebenheit.

In Pritchers Innerem machte sich Empörung breit. Was hatte Channis von einer Manipulierung seiner Psyche zu befürchten?

Pritcher holte tief Luft und versuchte zurückzudenken. Wie war er gewesen, bevor das Maultier ihn, den zu allem entschlossenen Demokraten, bekehrt hatte? Es war schwer, sich zu erinnern. Er konnte sein damaliges Ich nicht wiederfinden. Er konnte die Fesseln, die ihn emotional an das Maultier banden, nicht brechen. Sein Verstand sagte ihm, daß er einmal versucht hatte, das Maultier zu töten, aber so sehr er sich anstrengte, es gelang ihm nicht, sich zu vergegenwärtigen, was er dabei empfunden hatte. Das mochte freilich die Selbstverteidigung seines Gehirns sein, denn bei der Überlegung, was es für Gefühle gewesen sein mochten — ohne sich Einzelheiten vorzustellen, nur die allgemeine Richtung —, drehte sich ihm der Magen um.

Und wenn nun der Gouverneur an seinem Gehirn herumpfuschte?

Wenn die unstofflichen mentalen Fühler eines Angehörigen der Zweiten Foundation sich in die emotionalen Ritzen seiner Persönlichkeit tasteten und ihn auseinanderrissen und neu zusammensetzten?

Er hatte das erstemal überhaupt nichts gespürt, keinen Schmerz, keinen innerlichen Ruck — nicht einmal ein Gefühl der Diskontinuität. Er hatte das Maultier immer geliebt. Wenn er vor langer Zeit — vor fünf kurzen Jahren —

einmal geglaubt hatte, ihn nicht zu lieben, sondern zu hassen, dann war das nichts als eine schreckliche Sinnestäuschung gewesen. Der Gedanke an diese Sinnestäuschung setzte ihn in Verlegenheit.

Aber er hatte keinen Schmerz gespürt.

Würde sich das damalige Erlebnis bei dem Zusammentreffen mit dem Gouverneur wiederholen? Würde alles frühere Geschehen — sein Leben im Dienst des Maultiers, seine ganze Orientierung — sich dem nebelhaften Traum von dem anderen Leben, in dem das Wort ›Demokratie‹ eine Rolle spielte, beigesellen? Würde das Maultier auch zum Traum werden und nichts bleiben als seine Treue zu Tazenda?

Er wandte sich scharf ab.

Er spürte den starken Drang, sich zu übergeben.

Und dann klang ihm Channis' Stimme ins Ohr: »Ich glaube, das ist es, General.«

Pritcher drehte sich wieder um. Ein Ältester hatte leise die Tür geöffnet und stand mit würdevoller, ruhiger Ehrerbietung auf der Schwelle.

Er sagte: »Seine Exzellenz, der Gouverneur von Rossem, eingesetzt von den Lords von Tazenda, erteilt Euch gern die Erlaubnis zu einer Audienz und bittet Euch, vor ihm zu erscheinen.«

»Na klar!« Und Channis zog mit einem Ruck seinen Gürtel fest und stülpte sich eine rossemitische Kapuze über den Kopf.

Pritchers Kiefer spannte sich. Jetzt begann das eigentliche Spiel.

Der Gouverneur von Rossem war keine eindrucksvolle Erscheinung. Zunächst einmal war er barhäuptig, und sein schütter werdendes Haar — ein helles Braun, das ins Graue ging — gab ihm einen sanften Ausdruck. Er sah sie unter gesenkten Brauenwülsten an, und seine Augen in dem feinen Netzwerk der sie umgebenden Fältchen hatten einen berechnenden Ausdruck. Aber sein frisch rasiertes Kinn war weich und klein und, wenn man nach der Pseudowissenschaft der Charakterbestimmung aus der Knochenstruktur des Gesichts ging, ›schwach‹.

Pritcher mied die Augen und betrachtete das Kinn. Er wußte nicht, ob ihm das nützte — falls ihm überhaupt etwas nützen konnte.

Die Stimme des Gouverneurs klang hoch und gleichgültig. »Willkommen in Tazenda. Wir grüßen Euch in Frieden. Ihr habt gegessen?«

Seine Hand — lange Finger, hervortretende Adern — wies in fast königlicher Geste auf den U-förmigen Tisch.

Sie verbeugten sich und setzten sich. Der Gouverneur saß an der äußeren Seite der Basis des U's, sie an der inneren. Entlang beiden Armen saß die Doppelreihe der schweigenden Ältesten.

Der Gouverneur sprach in kurzen, abrupten Sätzen. Er pries das Essen als tazendischen Import — und es war tatsächlich anders, wenn vielleicht auch nicht besser, als die gröberen Speisen der Ältesten. Er tadelte das rossemitische Wetter und spielte mit einem Versuch, es als beiläufige Erwähnung erscheinen zu lassen, auf die Schwierigkeiten der Raumfahrt an.

Channis sprach wenig, Pritcher überhaupt nicht.

Dann war es vorüber. Die kleinen gekochten Früchte waren alle, die Servietten benutzt und weggelegt. Der Gouverneur lehnte sich zurück.

Seine kleinen Augen funkelten.

»Ich habe mich nach Eurem Schiff erkundigt. Natürlich würde ich gern veranlassen, daß es ordnungsgemäß gewartet und überholt wird. Man sagte mir, niemand wisse, wo es sich befinde.«

»Klar«, antwortete Channis leichthin. »Wir haben es im Raum gelassen. Es ist ein großes Schiff, für lange Reisen in manchmal feindlichen Regionen geeignet, und wir meinten, wenn wir hier landeten, könnte das Zweifel an unseren friedlichen Absichten wecken. Wir zogen es vor, allein und unbewaffnet zu kommen.«

»Ein freundlicher Akt«, bemerkte der Gouverneur ohne Überzeugung. »Ein großes Schiff, sagt Ihr?«

»Kein Kriegsschiff, Exzellenz.«

»Ha, hmm. Woher kommt Ihr?«

»Von einer kleinen Welt im Santanni-Sektor, Euer Exzellenz. Es mangelt ihr so an Bedeutung, daß Sie von ihr vielleicht noch gar nichts gehört haben. Wir sind daran interessiert, Handelsbeziehungen anzuknüpfen.«

»Handel, so? Und was habt Ihr zu verkaufen?«

»Maschinen aller Art, Exzellenz. Dafür hätten wir gern Lebensmittel, Holz, Erze ...«

»Ha, hmm.« Es klang zweifelnd. »Ich verstehe zu wenig von diesen Dingen. Vielleicht ließen sie sich zum gegenseitigen Profit arrangieren. Nachdem ich Eure Beglaubigungsschreiben eingehend geprüft — denn meine Regierung wird eine Menge Informationen verlangen, bevor der nächste Schritt getan werden kann, Ihr versteht —, und nachdem ich mir Euer Schiff angesehen habe, wäre es ratsam, daß Ihr nach Tazenda weiterreist.«

Darauf erfolgte keine Antwort, und der Gouverneur wurde merklich kühler.

»Es ist unbedingt notwendig, daß ich Euer Schiff sehe.«

Channis erklärte reserviert: »Unglücklicherweise werden im Augenblick Reparaturen an dem Schiff ausgeführt. Wenn Euer Exzellenz nichts dagegen haben, uns achtundvierzig Stunden Zeit zu lassen, wird es Ihnen zur Verfügung stehen.«

»Ich bin es nicht gewöhnt, zu warten.«

Zum erstenmal begegnete Pritcher dem Blick des anderen, Auge in Auge, und er hätte beinahe nach Luft geschnappt. Für einen Augenblick hatte er das Gefühl zu ertrinken. Doch dann riß er sich los.

Channis wankte nicht. Er sagte: »Das Schiff kann in den nächsten achtundvierzig Stunden nicht landen, Exzellenz. Wir sind hier und unbewaffnet. Zweifeln Sie an unseren ehrlichen Absichten?«

Ein langes Schweigen folgte, und dann verlangte der

Gouverneur barsch: »Erzählt mir von der Welt, von der Ihr kommt.«

Das war alles. Es fiel kein unfreundliches Wort mehr. Nachdem der Gouverneur seine offizielle Pflicht erfüllt hatte, verlor er offensichtlich das Interesse, und die Audienz erstarb in Langeweile.

Und als sie endlich vorbei war, fand sich Pritcher in ihrer Unterkunft wieder und machte bei sich selbst Inventur.

Vorsichtig — er hielt den Atem an — tastete er nach seinen Emotionen. Er kam sich nicht anders vor, aber *würde* er sich anders vorkommen? War er sich nach der Bekehrung durch das Maultier anders vorgekommen? Hatte nicht alles ganz natürlich gewirkt? Ganz so, wie es sein sollte?

Er experimentierte.

Mit kalter Entschlossenheit rief er in die stillen Höhlen seines Geistes hinein, und der Ruf lautete: »Die Zweite Foundation muß entdeckt und zerstört werden!«

Und die Emotion, die dies begleitete, war ehrlicher Haß. Es lag nicht einmal ein kleines Zögern darin.

Und dann kam es ihm in den Sinn, das Wort ›Maultier‹ an die Stelle von ›Zweiter Foundation‹ zu setzen, und bei dem bloßen Gedanken daran stockte ihm der Atem und versagte ihm die Zunge.

So weit, so gut.

Aber war er anderweitig manipuliert worden — auf subtilere Art? Waren winzige Veränderungen vorgenommen worden? Veränderungen, die er nicht entdecken konnte, weil ihr bloßes Vorhandensein sein Urteil nun trübte?

Es gab keine Möglichkeit, das festzustellen.

Aber er empfand immer noch absolute Loyalität gegenüber dem Maultier. Wenn das unverändert blieb, war alles andere im Grunde unwichtig.

Er richtete seine Gedanken wieder auf das, was zu tun war. Channis beschäftigte sich an seinem Ende des Zimmers. Pritchers Daumennagel spielte an seinem Armband-Kommunikator.

Dann kam die Antwort. Eine Woge der Erleichterung überflutete ihn und ließ ihn schwach zurück.

Die Muskeln seines Gesichts blieben ruhig und verrieten ihn nicht, aber in seinem Inneren jauchzte er vor Freude. Und als Channis sich zu ihm umdrehte, sagte er sich, daß die Farce beinahe vorüber war.

VIERTES ZWISCHENSPIEL

Die beiden Sprecher begegneten sich auf der Straße, und der eine hielt den anderen an.

»Ich habe Nachricht vom Ersten Sprecher.«

Halbes Begreifen flackerte in den Augen des anderen. »Kreuzungspunkt?«

»Ja! Hoffen wir, daß wir die Morgendämmerung erleben werden!«

— 5 —
Ein Mann und das Maultier

Nichts an Channis ließ vermuten, daß er sich einer unmerklichen Veränderung in der Haltung Pritchers und in ihren Beziehungen zueinander bewußt war. Er lehnte sich auf der harten Holzbank zurück und streckte die Füße vor sich.

»Was halten Sie von dem Gouverneur?«

Pritcher zuckte die Achseln. »Gar nichts. Wie ein Genie ist er mir gewiß nicht vorgekommen. Ein ganz armseliger Vertreter der Zweiten Foundation, falls er das vorstellen sollte.«

»Ich glaube nicht, daß er es war, wissen Sie. Aber ich bin mir nicht schlüssig.« Channis wurde nachdenklich. »Angenommen, Sie wären von der Zweiten Foundation. Was würden *Sie* tun? Angenommen, Sie hätten eine Vorstellung davon, was wir hier wollen. Was würden Sie mit uns machen?«

»Uns bekehren natürlich.«

»Wie das Maultier?« Channis blickte ihn prüfend an. »Würden wir es wissen, wenn sie uns tatsächlich bekehrt hätten? Ich frage mich ... und wenn sie nun nichts als Psychologen, aber sehr kluge sind?«

»In dem Fall würde ich uns sehr schnell töten lassen.«

»Und unser Schiff? Nein.« Channis schwenkte den Zeigefinger. »Was wir tun, ist ein Bluff, Pritcher, alter Freund. Es kann nichts anderes sein als ein Bluff. Selbst wenn sie uns unter emotionale Kontrolle brächten, Sie und ich sind doch nur eine Vorhut. Das Maultier ist der Feind, gegen den sie kämpfen müssen, und sie hüten sich ebensosehr vor uns wie wir uns vor ihnen. Ich bin sicher, daß sie wissen, wer wir sind.«

Pritcher sah ihn kalt an. »Was beabsichtigen Sie zu tun?«

»Warten«, antwortete Channis knapp. »Sie auf uns zukommen lassen. Sie machen sich Sorgen, vielleicht wegen des Schiffes, aber wahrscheinlich wegen des Maultiers. Sie haben mit dem Gouverneur geblufft. Es hat nicht funktioniert. Wir waren auf der Hut. Die nächste Person, die sie schicken, wird wirklich ein Vertreter der Zweiten Foundation sein, und er wird uns irgendeinen Handel vorschlagen.«

»Und dann?«

»Und dann werden wir darauf eingehen.«

»Ich bin anderer Ansicht.«

»Weil Sie meinen, das sei Verrat am Maultier? Das wird es nicht sein.«

»Nein, das Maultier würde mit jedem Verrat fertig, den Sie sich ausdenken können. Aber ich bin trotzdem anderer Ansicht.«

»Dann vielleicht, weil Sie meinen, wir könnten die Leute von der Zweiten Foundation nicht übers Ohr hauen?«

»Das mag stimmen. Aber es ist nicht der Grund.«

Channis senkte den Blick auf das, was der andere in der Faust hielt, und sagte grimmig: »Sie meinen, *das* ist der Grund.«

Pritcher umfaßte seinen Laser. »Richtig. Sie stehen unter Arrest.«

»Weshalb?«

»Wegen Verrats an dem Ersten Bürger der Union.«

Channis preßte die Lippen aufeinander. »Was geht hier vor?«

»Verrat! Wie ich sagte. Und Korrektur der Sache meinerseits.«

»Ihr Beweis? Oder haben Sie nur Annahmen, nur Tagträume? Sind Sie wahnsinnig geworden?«

»O nein. Keineswegs. Glauben Sie, das Maultier schikke grüne Jungen für nichts und wieder nichts auf lächerliche Renommier-Missionen? Das kam mir gleich komisch vor. Aber ich verschwendete Zeit, indem ich an mir selbst zweifelte. Warum sollte er Sie schicken? Weil Sie zu lächeln und sich gut zu kleiden verstehen? Weil Sie achtundzwanzig sind?«

»Vielleicht, weil man mir vertrauen kann. Oder geben Sie nichts auf logische Gründe?«

»Vielleicht auch, weil man Ihnen nicht vertrauen kann. Was ein sehr logischer Grund ist, wie sich jetzt erweist.«

»Wetteifern wir in Paradoxa, oder ist das ein Spiel, bei dem der gewinnt, der mit den meisten Wörtern am wenigsten sagen kann?«

Der Laser rückte vor, und Pritcher kam hinterher. Hoch aufgerichtet stand er vor dem jungen Mann. »Stehen Sie auf!«

Channis tat es ohne besondere Eile. Die Mündung des Lasers berührte seinen Gürtel, ohne daß seine Bauchmuskeln zurückwichen.

Pritcher sagte: »Der Wunsch des Maultiers war es, die Zweite Foundation zu finden. Er hatte versagt, und ich hatte versagt, und das Geheimnis, das keiner von uns aufdecken kann, ist gut verborgen. Es blieb nur noch eine Möglichkeit — einen Sucher zu finden, der das Versteck bereits kannte.«

»Bin ich das?«

»Offensichtlich. Damals wußte ich das natürlich noch nicht, aber obwohl mein Verstand sich verlangsamt haben muß, zielt er immer noch in die gewünschte Richtung. Wie leicht haben wir Star's End gefunden! Auf wie wunderbare Weise prüften sie die richtige Feldregion der Linie unter einer ungeheuren Zahl von Möglichkeiten! Und nachdem Sie das getan hatten, wie genau fanden wir den entsprechenden Beobachtungspunkt! Sie ungeschickter Trottel! Haben Sie mich so unterschätzt, daß Sie gar nicht auf den Gedanken gekommen sind, ich würde eine Kombination so vieler unwahrscheinlicher Zufälle vielleicht nicht schlucken?«

»Sie meinen, ich bin zu erfolgreich gewesen?«

»Bei weitem zu erfolgreich für einen loyalen Mann.«

»Weil der von Ihnen aufgestellte Maßstab für den Erfolg so klein war?«

Der Laser stieß zu, obwohl in dem Gesicht, das Channis vor sich hatte, nur das kalte Glitzern der Augen den wachsenden Zorn verriet. »Weil Sie im Sold der Zweiten Foundation stehen.«

»Sold?« — unendliche Verachtung. »Beweisen Sie das!«

»Oder unter dem mentalen Einfluß.«

»Ohne Wissen des Maultiers? Lächerlich!«

»*Mit* dem Wissen des Maultiers. Genau das meine ich, mein junger Dummkopf. *Mit* dem Wissen des Maultiers. Glauben Sie, andernfalls hätte er Ihnen ein Schiff zum Spielen gegeben? Sie haben uns zu der Zweiten Foundation geführt, wie es von Ihnen erwartet wurde.«

»Aus diesem Haufen Spreu dresche ich das eine oder andere Korn heraus. Darf ich fragen, warum von mir erwartet wurde, all das zu tun? Wenn ich ein Verräter wäre, warum sollte ich Sie dann zu der Zweiten Foundation führen? Warum sollte ich nicht dafür sorgen, daß wir lustig hin und her durch die Galaxis schippern und nicht mehr finden als Sie auf früheren Reisen?«

»Des Schiffes wegen. Und weil die Leute der Zweiten Foundation offensichtlich Atomwaffen zur Selbstverteidigung brauchen.«

»Sie müssen schon bessere Gründe vorbringen. Ein einziges Schiff würde gar nichts für sie bedeuten, und wenn sie sich einbilden, daß sie von ihm lernen und nächstes Jahr Atomkraftwerke bauen könnten, sind sie sehr, sehr naive Angehörige der Zweiten Foundation. Ungefähr so naiv wie Sie, möchte ich sagen.«

»Sie werden Gelegenheit bekommen, das dem Maultier zu erklären.«

»Wir kehren nach Kalgan zurück?«

»Ganz im Gegenteil. Wir bleiben hier. Und das Maultier wird in rund fünfzehn Minuten zu uns stoßen. Glauben Sie, er sei uns nicht gefolgt, Sie schlauer, raffinierter

Klumpen Selbstbewunderung? Sie haben sich als guter Köder erwiesen. Zwar haben Sie unsere Opfer nicht zu uns geführt, aber uns zu unseren Opfern.«

»Darf ich mich setzen«, fragte Channis, »und Ihnen etwas erklären? Bitte.«

»Sie bleiben stehen.«

»Nun, ich kann es ebensogut im Stehen sagen. Sie glauben, wegen des Hyperspürers auf der Kommunikationsschaltung, das Maultier sei uns gefolgt?«

Vielleicht hatte der Laser geschwankt. Channis hätte es nicht beschwören können. Er sagte: »Sie sehen nicht überrascht aus. Aber ich will keine Zeit verschwenden, indem ich daran zweifle, daß Sie überrascht sind. Ja, ich wußte davon. Und jetzt, nachdem ich Ihnen gezeigt habe, daß ich etwas wußte, wovon Sie nicht gedacht haben, daß ich es wußte, will ich Ihnen etwas erzählen, was Sie nicht wissen und von dem ich weiß, daß Sie es nicht wissen.«

»Sie erlauben sich eine zu lange Einleitung, Channis. Ich hätte gedacht, Ihre Erfindungsgabe sei besser geölt.«

»Das ist keine Erfindung. Natürlich hat es Verräter oder, falls Sie den Ausdruck vorziehen, feindliche Agenten gegeben. Aber das Maultier erfuhr davon auf ziemlich seltsame Weise. Es waren nämlich einige seiner Bekehrten manipuliert worden.«

Diesmal schwankte der Laser. Unmißverständlich.

»Ich betone das, Pritcher. Das war der Grund, aus dem er mich brauchte. Ich war ein nicht bekehrter Mann. Hat er Ihnen nicht ausdrücklich gesagt, er brauche einen Nichtbekehrten? Ob er Ihnen nun den richtigen Grund dafür angab oder nicht.«

»Versuchen Sie es mit etwas anderem, Channis. Wenn ich gegen das Maultier wäre, würde ich es wissen.« Ruhig, schnell erforschte Pritcher sein Inneres. Es fühlte sich an wie immer. Ganz wie immer. Der Mann log.

»Sie meinen, Sie empfinden Loyalität gegenüber dem Maultier. Das mag sein. An der Loyalität ist nicht herumgepfuscht worden. Zu leicht zu entdecken, sagt das Maultier. Aber wie fühlen Sie sich geistig? Träge? Haben Sie sich seit Beginn dieser Reise immer normal gefühlt? Oder war Ihnen manchmal seltsam zumute, als seien Sie nicht ganz Sie selbst? Was haben Sie eigentlich vor, wollen Sie mich durchlöchern, ohne den Abzug zu berühren?«

Pritcher zog seinen Laser um einen Zentimeter zurück. »Was wollen Sie damit sagen?«

»Ich sage, daß Sie manipuliert worden sind. Man hat sich an Ihrem Geist zu schaffen gemacht. Sie haben nicht gesehen, daß das Maultier diesen Hyperspürer installiert hat. Sie haben nicht gesehen, daß ihn irgend jemand installiert hat. Sie haben ihn einfach dort gefunden und angenommen, das Maultier sei es gewesen, und seitdem glauben Sie, er folge uns. Klar, der Armband-Sendeempfänger, den Sie tragen, stellt den Kontakt mit dem Schiff auf einer Wellenlänge her, für die meiner nicht taugt. Dachten Sie, das wisse ich nicht?« Er sprach jetzt schnell, zornig. Der Mantel der Gleichgültigkeit, in den er sich gehüllt hatte, löste sich in Wildheit auf. »Aber wer uns von da draußen nachkommt, ist nicht das Maultier.«

»Wer denn sonst?«

»Was meinen Sie wohl? Ich fand diesen Hyperspürer an dem Tag unserer Abreise. Aber ich glaubte nicht, daß es das Maultier gewesen sei. *Er* hatte zu der Zeit doch gar keinen Grund zu einem indirekten Vorgehen. Sehen Sie nicht, was für ein Unsinn das ist? Wenn ich ein Verräter wäre und er das wüßte, könnte ich ebenso mühelos bekehrt werden, wie Sie es wurden, und er hätte das Geheimnis, wo die Zweite Foundation liegt, nur meinen Gedanken zu entnehmen brauchen, ohne mich über die halbe Galaxis zu schicken. Sind *Sie* fähig, ein Geheimnis vor dem Maultier zu bewahren? Und wenn ich es *nicht* wußte, konnte ich ihn auch nicht hinführen. So oder so, warum sollte er mich auf die Reise schicken?

Nein, der Hyperspürer muß von einem Agenten der Zweiten Foundation angebracht worden sein. Und *der* kommt uns jetzt nach. Und wären Sie ohne einen Eingriff in Ihren kostbaren Verstand darauf hereingefallen? Was verstehen Sie unter Normalität, wenn Sie ungeheure Torheit als Weisheit betrachten? *Ich* soll der Zweiten Foundation ein Schiff zuführen? Was sollte sie mit einem Schiff anfangen?

Was die Zweite Foundation haben will, sind Sie, Pritcher. Sie wissen über die Union mehr als jeder andere außer dem Maultier selbst; und Sie sind der Zweiten Foundation nicht gefährlich, er aber wohl. Deshalb hat man mir die Richtung der Suche eingeimpft. Natürlich war es ganz unmöglich für mich, Tazenda durch zufällige Schwenks der Linse zu finden. Das war mir klar. Aber ich wußte, die Zweite Foundation war hinter uns her, und deshalb mußte sie es arrangiert haben. Warum nicht auf ihr Spiel eingehen? Es war ein Kampf mit Bluffs. Sie wollte uns, und ich wollte sie lokalisieren — und Raum hole denjenigen, der den anderen nicht mit Bluffs übertrumpfen konnte.

Aber die Verlierer werden wir sein, solange Sie diesen Laser auf mich richten. Und es liegt auf der Hand, daß es nicht Ihre Idee ist. Es ist die Idee der Zweiten Foundation. Geben Sie mir den Laser, Pritcher. Ich weiß, das kommt Ihnen verkehrt vor, aber da spricht nicht Ihr Verstand, es spricht die Zweite Foundation aus Ihnen. Geben Sie mir den Laser, Pritcher, und wir werden dem, was jetzt auf uns zukommt, gemeinsam ins Gesicht sehen.«

Voller Entsetzen wurde sich Pritcher seiner wachsenden Verwirrung bewußt. Konnte er sich so irren? Was sollte dieser ewige Zweifel an sich selbst? Warum war er sich nicht sicher? Warum klang das, was Channis sagte, so glaubwürdig?

Glaubwürdigkeit!

Oder kämpfte sein eigener gefolterter Verstand gegen das Eindringen des Alien?

Wurde er entzweigerissen?

Verschwommen sah er Channis vor sich stehen, die

Hand ausgestreckt — und plötzlich erkannte er, daß er dabei war, ihm den Laser zu geben.

Und als die Muskeln seines Arms sich gerade zusammenziehen wollten, um dies zu tun, öffnete sich die Tür hinter ihm ohne Hast — und er drehte sich um.

Es mag Leute in der Galaxis geben, die selbst von solchen, die Zeit und Ruhe haben, verwechselt werden können. Ebenso kann man sich einen Geisteszustand vorstellen, der den Betrachter dahin bringt, daß er Personen verwechselt, die sich überhaupt nicht ähnlich sehen. Aber das Maultier erhob sich über jede Kombination der beiden Faktoren.

Alle geistigen Qualen, die Pritcher ausstand, konnten die augenblickliche mentale Flut kühler Kraft, die ihn umfing, nicht aufhalten.

Körperlich war das Maultier nicht fähig, in irgendeiner Situation zu dominieren. Er dominierte auch in dieser nicht.

Er gab eine ziemlich lächerliche Figur ab in seinen Schichten von Kleidung, die ihn dicker machten, als er war, und ihn doch nicht auf einen normalen Umfang brachten. Sein Gesicht war verhüllt, und der es für gewöhnlich beherrschende Schnabel ragte kalt und rot über das hinaus, was sichtbar war.

Als Verkörperung der Rettung konnte nichts unpassender sein.

Er sagte: »Behalten Sie Ihren Laser, Pritcher!«

Dann wandte er sich Channis zu, der sich achselzuckend gesetzt hatte. »Was es hier an Emotionen gibt, scheint ein einziges Durcheinander zu sein und stark in Konflikt miteinander zu liegen. Wieso soll Ihnen jemand anders als ich folgen?«

Pritcher fuhr scharf dazwischen: »Wurde in unserem Schiff auf Ihren Befehl hin ein Hyperspürer angebracht, Sir?«

Das Maultier sah ihn kühl an. »Gewiß. Ist wohl anzunehmen, daß irgendeine Organisation in der Galaxis, die Union der Welten ausgenommen, Zutritt gehabt hätte?«

»Er sagte ...«

»Nun, er ist anwesend, General. Eine indirekte Aussage ist nicht notwendig. Haben Sie etwas gesagt, Channis?«

»Ja. Aber ich habe mich offensichtlich geirrt, Sir. Ich war überzeugt, der Hyperspürer sei von jemandem im Sold der Zweiten Foundation installiert worden, die ein Interesse daran hatte, uns herzulotsen. Und ich hatte mich darauf vorbereitet, Gegenmaßnahmen zu ergreifen. Weiter stand ich unter dem Eindruck, der General befinde sich mehr oder weniger unter dem Einfluß dieser Leute.«

»Sie sprechen, als glaubten Sie nicht mehr daran.«

»Das muß ich zugeben. Andernfalls wären nicht Sie zur Tür hereingekommen.«

»Dann lassen Sie uns die Sache in Ordnung bringen.« Das Maultier schälte sich aus den äußeren Schichten seiner wattierten und elektrisch geheizten Kleidung. »Haben Sie etwas dagegen, wenn ich mich ebenfalls setze? Also — wir sind hier sicher, und es besteht absolut keine Gefahr, daß jemand eindringt. Kein Eingeborener dieses Eisklumpens wird den Wunsch verspüren, sich diesem Ort zu nähern. Dafür verbürge ich mich.« Mit grimmigem Ernst betonte er seine besonderen Kräfte.

Channis zeigte Widerwillen. »Warum müssen wir allein sein? Wird gleich jemand Tee servieren und die Tanzmädchen hereinschicken?«

»Kaum. Wie lautete Ihre Theorie, junger Mann? Ein Agent der Zweiten Foundation folge Ihrer Spur mit Hilfe eines Gerätes, das niemand außer mir besitzt, und ... — wie, sagten Sie, haben Sie diesen Ort gefunden?«

»Ich konnte mir die bekannten Tatsachen nur so erklären, Sir, daß mir bestimmte Gedanken in den Kopf gesetzt wurden ...«

»Von eben diesem Agenten der Zweiten Foundation?«

»Natürlich.«

»Sind Sie gar nicht auf die Idee gekommen, daß ein Agent der Zweiten Foundation es nicht nötig gehabt hätte, Ihnen einen Hyperspürer anzuhängen, wenn er fähig war, Sie zu zwingen oder zu verleiten, die Zweite Foundation aufzusuchen? Ich nehme an, Sie hatten sich vorgestellt, er benutze ähnliche Methoden wie ich, obwohl ich, nebenbei bemerkt, nur Gefühle, keine Gedanken implantieren kann.«

Channis hob schnell den Kopf, begegnete einem Blick aus den großen Augen seines Souveräns und fuhr zusammen. Pritcher grunzte, und seine Schultern entspannten sich sichtlich.

»Nein«, gestand Channis, »das ist mir nicht eingefallen.«

»Oder daß er, wenn er gezwungen war, einen Hyperspürer zu verwenden, nicht fähig sein konnte, Sie nach Tazenda zu führen, und daß Sie ohne Führung kaum eine Chance hatten, den Weg hierher zu finden, wie Sie es taten. Ist Ihnen das eingefallen?«

»Auch das nicht.«

»Warum nicht? Ist Ihr intellektuelles Niveau um ein mehr als wahrscheinliches Maß gesunken?«

»Die einzige Antwort ist eine Frage, Sir. Wollen Sie mich, wie General Pritcher es tat, beschuldigen, ein Verräter zu sein?«

»Können Sie sich verteidigen, falls ich es tue?«

»Ich kann nur wiederholen, was ich dem General sagte. Wenn ich ein Verräter wäre und wüßte, wo die Zweite Foundation liegt, könnten Sie mich bekehren und das Wissen meinem Gehirn direkt entnehmen. Wenn Sie es für notwendig hielten, mir zu folgen, dann hatte ich das Wissen vorher noch nicht und war kein Verräter. So beantworte ich Ihr Paradoxon mit einem anderen.«

»Und Ihre Schlußfolgerung ist?«

»Daß ich kein Verräter bin.«

»Dem muß ich zustimmen, denn Ihr Argument ist unwiderleglich.«

»Darf ich dann fragen, warum Sie uns heimlich verfolgen ließen?«

»Weil es für alle Tatsachen eine dritte Erklärung gibt. Sowohl Sie als auch Pritcher haben einige Fakten jeweils auf Ihre eigene Weise erklärt, aber nicht alle. Ich kann sie alle erklären, wenn Sie mir zuhören wollen. Es wird wenig Zeit in Anspruch nehmen, so daß die Gefahr der Langeweile gering ist. Setzen Sie sich, Pritcher, und geben Sie mir Ihren Laser. Wir brauchen nicht mehr zu fürchten, angegriffen zu werden. Nicht von hier drinnen und nicht von draußen. Nicht einmal von der Zweiten Foundation. Das haben wir Ihnen zu verdanken, Channis.«

Das Zimmer war in der auf Rossem üblichen Art mit elektrisch geheiztem Draht beleuchtet. Eine einzelne Glühbirne hing von der Decke und verbreitete trübgelben Schein.

Das Maultier sagte: »Da ich es für notwendig hielt, Channis zu verfolgen, läßt sich denken, daß ich erwartete, daraus etwas zu gewinnen. Da er mit überraschender Geschwindigkeit und auf dem kürzesten Weg die Zweite Foundation aufsuchte, können wir mit gutem Grund annehmen, ich habe damit gerechnet, dies werde geschehen. Da ich das Wissen nicht direkt seinem Gehirn entnahm, muß mich etwas daran gehindert haben. Channis kennt die Antwort natürlich. Ich auch. Erraten Sie sie, Pritcher?«

»Nein, Sir«, antwortete Pritcher stur.

»Dann will ich es erklären. Nur ein bestimmter Typ von Mann kann gleichzeitig wissen, wo die Zweite Foundation liegt, und mich daran hindern, es in Erfahrung zu bringen. Channis, ich fürchte, Sie sind selbst ein Agent der Zweiten Foundation.«

Channis stützte die Ellbogen auf die Knie, beugte sich vor und erwiderte wütend mit steifen Lippen: »Was haben Sie für einen Beweis? Schlußfolgerungen haben sich heute schon zweimal als falsch erwiesen.«

»Es gibt einen Beweis, Channis. Er war leicht zu beschaffen. Ich sagte Ihnen, meine Leute seien manipuliert worden. Das konnte natürlich nur jemand getan haben, der a) nicht bekehrt und b) dem Zentrum des Geschehens ziemlich nahe war. Das war ein weites, aber nicht unbegrenztes Feld. Sie waren zu erfolgreich, Channis. Die Menschen mochten Sie zu sehr. Sie kamen zu gut zurecht. Ich fragte mich, weshalb.

Und dann beauftragte ich Sie, diese Expedition zu unternehmen, und es schreckte Sie nicht ab. Ich gab acht auf Ihre Emotionen. Es machte Ihnen nichts aus. Da haben Sie übertrieben, Channis. Ein wirklich kompetenter Mann hätte es nicht vermeiden können, angesichts einer solchen Aufgabe ein bißchen Unsicherheit zu verraten. Da Ihr Gehirn es vermied, mußte es entweder ein dummes oder ein kontrolliertes sein.

Es war leicht, die Alternativen zu testen. Ich bemächtigte mich Ihres Gehirns, als Sie ganz entspannt waren, füllte es mit Kummer und nahm diesen sofort wieder weg. Sie waren danach auf so kunstvolle Art zornig, daß ich hätte schwören mögen, es sei eine natürliche Reaktion, wäre ihr nicht etwas vorausgegangen. Denn als ich nach Ihren Emotionen griff, widersetzte sich Ihr Verstand einen einzigen winzigen Augenblick lang, bevor es Ihnen gelang, sich zu beherrschen. Mehr brauchte ich nicht zu wissen.

Ohne eine der meinen ähnlichen Kontrolle hätte sich mir niemand widersetzen können, auch nicht für diesen winzigen Augenblick.«

Leise und bitter fragte Channis: »Und was jetzt?«

»Jetzt werden Sie sterben — als ein Agent der Zweiten Foundation. Es geht nicht anders, wie Sie sicher einsehen werden.«

Und wieder sah Channis in die Mündung eines Lasers. Diesmal wurde der Lauf von einem Verstand ausgerichtet, der sich im Gegensatz zu dem Pritchers nicht ablenken ließ, sondern so reif war wie sein eigener und so widerstandsfähig gegen Gewalt wie sein eigener.

Die Zeitspanne, die ihm für eine Korrektur der Ereignisse zur Verfügung stand, war klein.

Was nun folgte, läßt sich von einem, der die normale Ausrüstung an Sinnen und die normale Unfähigkeit zur emotionalen Kontrolle hat, nur schwer beschreiben.

Das, was Channis in dem kurzen Zeitraum wahrnahm, den der Daumen des Maultiers brauchte, um den Abzug zu drücken, war im wesentlichen folgendes:

Bei dem Maultier war die gegenwärtige emotionale Gesamtlage eine harte und geschliffene Entschlossenheit, die nicht im geringsten durch Zögern aufgeweicht wurde. Wäre Channis später genügend daran interessiert gewesen, auszurechnen, wieviel Zeit von dem Entschluß zu schießen bis zur Ankunft der diesen Entschluß löschenden Energie verstrich, wäre er auf etwa das Fünftel einer Sekunde gekommen.

Das reichte kaum.

Das Maultier nahm in dieser Fünftelsekunde wahr, daß das emotionale Potential von Channis' Gehirn plötzlich sprungartig anstieg, ohne daß sein eigenes einen Stromstoß empfing, und daß gleichzeitig aus einer unerwarteten Richtung eine Flut puren, mitreißenden Hasses auf ihn eindrang.

Dieses neue emotionale Element riß seinen Daumen vom Kontakt. Nichts anderes hätte das bewirken können. Und indem er sein Vorhaben änderte, wurde ihm die neue Situation vollständig klar.

Das Bild stand eine viel kürzere Zeit still, als es seine Bedeutung vom dramatischen Standpunkt aus erfordert hätte. Das Maultier hatte den Daumen vom Laser gelöst und starrte Channis an. Channis, angespannt, wagte es noch nicht recht, zu atmen. Und Pritcher wand sich auf seinem Stuhl, jeden Muskel bis zum Zerreißen verkrampft, jede Sehne in dem Bemühen zuckend, seinen Körper vorwärtszuschleudern. Endlich hatte sein Gesicht die angelernte Hölzernheit verloren und war zu einer nicht mehr kenntlichen Maske schrecklichen Hasses geworden. Seine Augen sahen nichts mehr als das Maultier.

Es ging nur ein Wort oder zwei zwischen Channis und dem Maultier hin und her — und dazu dieser im äußersten Maß enthüllende Strom emotionaler Wahrnehmung, der für immer die eigentliche Verständigung zwischen zwei Wesen, wie sie es waren, bleibt. Unserer eigenen Grenzen wegen ist es notwendig, in Worte zu übersetzen, was sie sich mitteilten.

Channis sagte angespannt: »Sie stehen zwischen zwei Feuern, Erster Bürger. Sie sind nicht fähig, zwei Gehirne gleichzeitig zu kontrollieren — nicht, wenn eins der beiden meins ist. Also müssen Sie Ihre Wahl treffen. Pritcher ist jetzt frei von Ihrer Bekehrung. Ich habe die Fesseln zerrissen. Er ist wieder der alte Pritcher, der Mann, der Sie damals zu töten versuchte, der Mann, der Sie für den Feind von allem hält, was frei und recht und heilig ist. Außerdem weiß er, daß Sie ihn fünf Jahre lang zu hilfloser Speichelleckerei erniedrigt haben. Im Augenblick halte ich ihn zurück, indem ich seinen Willen unterdrücke. Doch wenn Sie mich töten, ist das vorbei, und in beträchtlich weniger Zeit, als Sie Ihren Laser oder auch nur Ihren Willen anders ausrichten können, wird er Sie töten.«

Das war dem Maultier klar. Er rührte sich nicht.

Channis fuhr fort: »Wenn Sie sich umdrehen, um ihn unter Kontrolle zu bekommen, ihn zu töten oder sonst etwas zu tun, werden Sie sich wiederum nicht schnell genug mir zuwenden können, um mich aufzuhalten.«

Das Maultier rührte sich immer noch nicht. Nur ein leiser Seufzer verriet, daß er die Situation erfaßte.

»Deshalb«, sagte Channis, »werfen Sie Ihren Laser weg, damit wir uns wieder von gleich zu gleich gegenüberstehen. Dann können Sie Pritcher zurückhaben.«

»Ich habe einen Fehler gemacht«, gab das Maultier zu. »Es war verkehrt, einen Dritten dabei zu haben, als ich Sie stellte. Das führte eine Variable zu viel ein. Für diesen Fehler werde ich wohl zahlen müssen.«

Er ließ den Laser achtlos fallen und schleuderte ihn mit dem Fuß ans andere Ende des Zimmers. Gleichzeitig fiel Pritcher in tiefen Schlaf.

»Wenn er aufwacht, wird er wieder normal sein«, stellte das Maultier gleichgültig fest.

Der ganze Dialog hatte von dem Augenblick an, als der Daumen des Maultiers begonnen hatte, den Abzugskontakt zu drücken, bis zu dem Augenblick, als er den Laser fallenließ, weniger als eine und eine halbe Sekunde in Anspruch genommen.

Aber dicht an der Grenze der Wahrnehmungsfähigkeit fing Channis einen flüchtigen emotionalen Schimmer im Gehirn des Maultiers auf. Und das war immer noch ein sicheres und selbstbewußtes Triumphgefühl.

— 6 —

Ein Mann, das Maultier — und ein anderer

Zwei Männer, die dem äußeren Anschein nach friedlich beisammen saßen, und doch trennten sie Welten — und jeder Nerv, der als Gefühlsdetektor diente, bebte vor Anspannung.

Das Maultier war sich zum erstenmal in vielen Jahren seiner selbst nicht sicher. Channis wußte, er konnte sich zwar für den Augenblick schützen, wenn es ihn auch Anstrengung kostete — seinen Gegner kostete es dagegen keine, ihn anzugreifen. Bei einer Belastungsprobe mußte Channis verlieren.

Aber es war tödlich, daran zu denken. Dem Maultier eine emotionale Schwäche preiszugeben, hieß, ihm eine Waffe in die Hand zu drücken. Da war bereits dieser Schimmer — dieses Siegesbewußtsein — in den Gedanken des Maultiers.

Um Zeit zu gewinnen …

Warum zögerten die anderen? Aus welcher Quelle speiste sich das Selbstvertrauen des Maultiers? Was wußte sein Gegner, das er nicht wußte? Der Geist, den er beobachtete, verriet ihm nichts. Wenn er nur Gedanken lesen könnte! Und doch ...

Channis riß sich aus seinen nutzlosen Grübeleien los. Es gab nur eins: Zeit zu gewinnen ...

Channis sagte: »Da Sie überzeugt sind und ich es nach unserem kleinen Kampf um Pritcher nicht mehr leugnen kann, daß ich ein Angehöriger der Zweiten Foundation bin, werden Sie mir jetzt sicher erzählen, warum ich nach Tazenda gekommen bin.«

»O nein!« Das Maultier lachte voller Selbstbewußtsein. »Ich bin nicht Pritcher. Ich brauche Ihnen keine Erklärung zu geben. Sie meinten, Ihre Gründe zu haben. Wie sie auch ausgesehen haben mögen, das, was Sie daraufhin unternahmen, paßte mir ins Konzept, und deshalb forsche ich nicht weiter nach ihnen.«

»Immerhin muß es große Lücken in Ihrer Vorstellung von der Geschichte geben. Ist Tazenda die Zweite Foundation, die Sie zu finden erwarteten? Pritcher sprach viel über Ihren früheren Versuch, sie aufzuspüren, und über Ihr Werkzeug, den Psychologen Ebling Mis. Wenn ich ihn ... äh ... ein wenig ermutigte, plapperte er manchmal ein bißchen. Denken Sie an Ebling Mis, Erster Bürger.«

»Warum sollte ich?« Selbstbewußtsein!

Channis spürte, wie dieses Selbstbewußtsein wuchs, als verschwinde im Verlauf der Zeit jeder Zweifel, den das Maultier hegen mochte.

Die aufkeimende Verzweiflung entschlossen niederkämpfend, sagte Channis: »Es fehlt Ihnen also an Neugier? Pritcher erzählte mir, *irgend etwas* habe Mis außerordentlich überrascht. Er wurde von dem dringenden Wunsch zu sprechen angetrieben, die Zweite Foundation in aller Eile zu warnen. Warum? Warum? Ebling Mis starb. Die Zweite Foundation wurde nicht gewarnt. Und doch existiert sie.«

Das Lächeln des Maultiers sprach von echtem Vergnügen. Mit plötzlicher und überraschender Grausamkeit — Channis spürte, wie sie vorschnellte und sich wieder zurückzog — erklärte er: »Aber offenbar *wurde* die Zweite Foundation gewarnt. Wie ließe es sich sonst erklären, daß ein gewisser Bail Channis auf Kalgan eintraf, um meine Leute zu manipulieren und die recht undankbare Aufgabe zu verfolgen, mich zu überlisten? Die Warnung kam zu spät, das ist alles.«

»Dann wissen Sie nicht einmal« — Channis strahlte Mitleid aus —, »was die Zweite Foundation ist oder welche tiefere Bedeutung allem bisher Geschehenen zugrundeliegt?«

Zeit gewinnen!

Das Maultier spürte das Mitleid des anderen, und sofort verengten sich seine Augen vor Feindseligkeit. Er rieb sich die Nase mit der gewohnten vierfingrigen Geste und fuhr Channis an: »Amüsieren Sie sich ruhig! Was also ist die Zweite Foundation?«

Channis sprach mit Bedacht in Worten statt in emotionalen Symbolen. »Soviel ich gehört habe, bereitete Mis vor allem das Geheimnis Kopfzerbrechen, das die Zweite Foundation umgab. Hari Seldon gründete seine beiden Einheiten auf so unterschiedliche Weise. Um die Erste Foundation wurde ein großes Tamtam gemacht, das zwei Jahrhunderte lang durch die halbe Galaxis widerhallte. Und die Zweite Foundation war in Dunkelheit gehüllt.

Den Grund kann man nur dann verstehen, wenn man sich in die intellektuelle Atmosphäre der Zeit des sterbenden Kaiserreichs versenkt. Es war eine Zeit der absoluten Begriffe, der großen endgültigen Verallgemeinerungen, zumindest in Gedanken. Natürlich war es das Zeichen einer verfallenden Zivilisation, daß Dämme gegen die weitere Entwicklung von Gedanken gebaut wurden. Seine Revolte gegen diese Dämme machte Seldon berühmt. Dieser letzte Funke jugendlicher Kreativität in ihm übergoß das Reich mit dem Licht des Sonnenuntergangs und ahnte das aufgehende Gestirn des Zweiten Imperiums voraus.«

»Sehr dramatisch. Und?«

»Und deshalb gründete er seine Foundations entsprechend den Gesetzen der Psychohistorie. Aber wer wußte besser als er, daß auch diese Gesetze relativ waren? Er selbst hat niemals ein Fertigprodukt geschaffen. Fertigprodukte sind für dekadente Geister. Seine Schöpfungen waren sich entwickelnde Mechanismen, und die Zweite Foundation war das Instrument für diese Entwicklung. *Wir,* Erster Bürger Ihrer kurzlebigen Union der Welten, *wir* wachen über Seldons Plan. Wir allein!«

»Versuchen Sie, sich selbst Mut zuzusprechen«, fragte das Maultier verächtlich, »oder mich zu beeindrucken? Denn alles, die Zweite Foundation, Seldons Plan und das Zweite Imperium, beeindruckt mich nicht im geringsten und löst bei mir keine Spur von Mitleid, Sympathie, Verantwortungsgefühl oder einer anderen Quelle emotionaler Hilfe aus, die Sie in mir anzapfen wollen. Und in jedem Fall sollten Sie armer Narr von der Zweiten Foundation in der Vergangenheit sprechen, denn sie ist vernichtet.«

Das Maultier erhob sich von seinem Stuhl und trat auf ihn zu, und Channis spürte den Druck des emotionalen Potentials. Wütend wehrte er sich, aber gnadenlos drängte die Flut seinen Geist zurück — und zurück.

Seine Schultern berührten die Wand. Das Maultier stand vor ihm, die dünnen Arme in die Seiten gestemmt, die Lippen unter diesem mächtigen Schnabel von einer Nase zu einem schrecklichen Lächeln verzerrt.

»Das Spiel ist aus, Channis«, sagte das Maultier. »Ihr Spiel und das aller Mitglieder dessen, was einmal die Zweite Foundation war. War! *War!*

Warum haben Sie die ganze Zeit hier herumgehockt und Pritcher dummes Zeug vorgequatscht, wenn Sie ihn doch ohne die geringste körperliche Gewalt hätten niederschlagen und ihm den Laser hätten abnehmen können? Sie warteten auf mich, nicht wahr? Ich sollte Sie in einer Situation antreffen, die bei mir keinen Verdacht erregen würde.

Ihr Pech, daß es bei mir keinen Verdacht mehr zu erregen gab. Ich wußte ganz genau Bescheid über Sie, Channis von der Zweiten Foundation.

Aber auf was warten Sie jetzt noch? Immer noch schleudern Sie verzweifelt Worte gegen mich, als könne mich der bloße Klang Ihrer Stimme an meinen Stuhl festnageln. Und die ganze Zeit, während Sie sprechen, wartet etwas in Ihren Gedanken und wartet und wartet immer noch. Aber es kommt niemand. Niemand von denen, die Sie erwarten, keiner Ihrer Verbündeten. Sie sind allein hier, Channis, und Sie werden allen bleiben. Wissen Sie, warum?

Der Grund ist, daß Ihre Zweite Foundation mich von Anfang bis Ende falsch eingeschätzt hat. Ich brachte ihren Plan schon frühzeitig in Erfahrung. Man glaubte, ich würde Ihnen hierher folgen und eine leichte Beute werden. Sie sollten den Köder abgeben — den Köder für einen armen, dummen Schwächling von einem Mutanten, der so versessen der Spur des Imperiums folgte, daß er blindlings in eine offenkundige Grube fallen würde. Aber bin ich der Gefangene der Zweiten Foundation?

Ist es diesen Leuten überhaupt nicht in den Sinn gekommen, daß ich bestimmt nicht ohne meine Flotte kommen würde, in der jedes einzelne Schiff eine Feuerkraft besitzt, gegen die sie auf klägliche Weise hilflos wären? Konnten Sie sich nicht denken, daß ich mich weder mit Diskussionen aufhalten noch abwarten würde, was sich täte?

Meine Schiffe bekamen vor zwölf Stunden den Befehl, Tazenda anzugreifen, und sie sind mit ihrer Aufgabe vollkommen fertig. Tazenda liegt in Trümmern, seine Bevölkerungszentren sind ausgelöscht. Widerstand gab es nicht. Die zweite Foundation existiert nicht mehr, Channis — und ich, der komische, häßliche Schwächling, ich bin Herrscher der Galaxis.«

Channis konnte nichts weiter tun, als matt den Kopf zu schütteln. »Nein ... nein ...«

»Ja ... ja«, äffte ihn das Maultier nach. »Und sollten Sie der letzte Überlebende sein, was durchaus möglich ist, wird dieser Zustand auch nicht mehr lange dauern.«

Es folgte eine kurze, inhaltsschwere Pause. Channis heulte beinahe auf unter dem plötzlichen Schmerz, mit dem die innersten Gewebe seines Geistes zerrissen wurden.

Das Maultier zog sich zurück und murmelte: »Nicht genug. Sie bestehen den Test also doch nicht. Ihre Verzweiflung ist Theater. Ihre Furcht ist nicht die alles verschlingende Flut, die mit der Zerstörung eines Ideals einhergeht, sondern die armselig tröpfelnde Furcht vor dem eigenen Tod.«

Das Maultier faßte Channis bei der Kehle, und obwohl seine Hand schwach war, konnte Channis den Griff nicht brechen.

»Sie sind meine Lebensversicherung, Channis, Sie sind mein Führer und mein Wächter gegen jede Unterschätzung, die ich mir möglicherweise zuschulden kommen lasse.« Der Blick des Maultiers war fordernd.

»Habe ich richtig gerechnet, Channis? Habe ich Ihre Leute von der Zweiten Foundation überlistet? Tazenda ist zerstört, Channis, schrecklich zerstört. Warum also ist Ihre Verzweiflung Theater? Wo ist die Realität? Ich muß Realität und Wahrheit haben! Sprechen Sie, Channis, sprechen Sie! Bin ich vielleicht nicht tief genug vorgedrungen? Besteht die Gefahr immer noch? *Sprechen Sie, Channis!* Wo habe ich einen Fehler gemacht? «

Channis spürte, wie die Worte seinem Mund entrissen wurden. Er wollte sie nicht freigeben. Er biß die Zähne vor ihnen zusammen. Er biß sich in die Zunge. Er spannte jeden Muskel seiner Kehle an.

Doch sie kamen heraus, keuchend. Sie wurden mit Gewalt herausgezogen und zerrissen ihm unterwegs Kehle und Zunge und Zähne.

»Wahrheit«, krächzte er. »Wahrheit ...«

»Ja, die Wahrheit. Was muß ich noch tun?«

»Seldon gründete die Zweite Foundation hier. Hier, wie ich gesagt habe. Ich habe nicht gelogen. Die Psychologen kamen und ergriffen die Kontrolle über die eingeborene Bevölkerung.«

»Von Tazenda?« Das Maultier stürzte sich in die unter Qualen aufsteigenden Emotionen des anderen, zerrte brutal an ihnen. »Tazenda ist die Welt, die ich zerstört habe. Sie wissen, was ich haben will. Geben Sie es mir!«

»*Nicht* Tazenda. Ich habe doch gesagt, die Leute von der Zweiten Foundation brauchen nicht die zu sein, die nach außen hin die Macht in Händen halten. Tazenda ist die Galionsfigur ...« — die Worte, die sich gegen jedes Willensatom des Agenten bildeten, waren kaum noch zu verstehen — »Rossem — Rossem — *Rossem ist die Welt* ...«

Das Maultier löste seinen Griff, und Channis sank zu einem Haufen aus Schmerz und Qual zusammen.

»Und Sie haben geglaubt, mich zum Narren halten zu können?« fragte das Maultier leise.

»*Sie* sind zum Narren gehalten worden.« Es war der letzte ersterbende Widerstand, den Channis aufbrachte.

»Aber nicht lange genug für Sie und Ihre Leute. Ich stehe mit meiner Flotte in Verbindung. Und nach Tazenda kann Rossem kommen. Aber zuerst ...«

Channis fühlte unerträgliche Dunkelheit heranbranden. Instinktiv hob er die Arme vor die gequälten Augen, aber er konnte sie nicht abwehren. Es war eine Dunkelheit, die ihn würgte. Sein zerrissener, wunder Verstand taumelte rückwärts, rückwärts in die ewige Schwärze — da war als letztes Bild das triumphierende Maultier — ein lachender Besenstiel — die lange, fleischige Nase bebte vor Gelächter.

Das Geräusch verklang. Die Dunkelheit umfing ihn liebevoll.

Ein Krachen, das wie das Zucken eines Blitzes war,

beendete sie. Langsam kam Channis wieder zu sich. Das Sehvermögen kehrte zurück. Die tränenblinden Augen vermittelten schmerzhaft verwischte Bilder.

Sein Kopf tat ihm schrecklich weh, und Schmerz durchfuhr ihn, als er ihn mit der Hand berührte.

Offensichtlich lebte er noch. Wie Federn, die ein Luftstrom hochgewirbelt hat, schwebten seine Gedanken hernieder und kamen zur Ruhe. Trost sickerte ein — von außen. Vorsichtig beugte er den Kopf — und die Erleichterung kam schlagartig.

Denn die Tür war offen, und der Erste Sprecher stand auf der Schwelle. Channis versuchte, etwas zu sagen, zu rufen, zu warnen — doch seine Zunge erstarrte. Das Maultier hielt ihn immer noch mit einem Teil seines mächtigen Verstandes fest und klemmte ihm die Sprache ab.

Noch einmal beugte er den Kopf. Das Maultier war noch im Zimmer. Er war wütend, seine Augen flammten. Er lachte nicht mehr, aber er hatte die Zähne in einem wilden Lächeln gefletscht.

Der mentale Einfluß des Ersten Sprechers bewegte sich mit heilender Berührung über Channis' Verstand. Dann kam er mit den Verteidigungen des Maultiers in Kontakt, kämpfte kurz und zog sich zurück.

Mit einer Wut, die in seinem mageren Körper grotesk wirkte, krächzte das Maultier: »Da kommt ein anderer, mich zu begrüßen.« Sein wendiger Geist streckte die Fühler nach draußen — hinaus — hinaus …

»Sie sind allein«, stellte er fest.

Und der Erste Sprecher erklärte ergeben: »Ich bin ganz allein. Ich mußte allein kommen, weil ich es war, der Ihre Zukunft vor fünf Jahren falsch berechnete. Es hätte mir eine gewisse Befriedigung verschafft, die Sache ohne Hilfe zu berichtigen. Unglücklicherweise war das Feld emotionaler Abweisung, das Sie um diesen Ort errichteten, stärker, als ich gedacht hatte. Ich brauchte lange, es zu durchdringen. Ich gratuliere Ihnen zu dem Geschick, mit dem es konstruiert war.«

»Danke für nichts«, lautete die feindselige Antwort. »Sparen Sie sich Ihre Komplimente. Sind Sie gekommen, den Splitter, den Ihr Gehirn darstellt, der geborstenen Säule Ihres Reiches dort hinzuzufügen?«

Der Erste Sprecher lächelte. »Nun, der Mann, den Sie Bail Channis nennen, hat seine Aufgabe gut erfüllt, und das ist um so mehr zu loben, als er Ihnen geistig bei weitem nicht gewachsen war. Ich sehe natürlich, daß Sie ihn mißhandelt haben, doch vielleicht können wir ihn auch jetzt noch völlig wiederherstellen. Er ist ein tapferer Mann, Sir. Er hatte sich freiwillig für diese Mission gemeldet, obwohl wir vorausberechnen konnten, daß sein Gehirn mit hoher Wahrscheinlichkeit einen Schaden davontragen würde — eine erschreckendere Perspektive als die bloßer körperlicher Verkrüppelung.«

Channis' Gehirn pulsierte hilflos mit dem, was er sagen wollte und nicht konnte, mit der Warnung, die er gern herausgeschrwen hätte. Er war nur imstande, diesen unausgesetzten Strom von Furcht — Furcht auszustrahlen.

Das Maultier bemerkte ruhig: »Sie wissen natürlich von der Zerstörung Tazendas.«

»Ja. Der Angriff Ihrer Flotte wurde vorausgesehen.«

Grimmig: »Das läßt sich denken. Aber er wurde nicht verhindert, he?«

»Nein, verhindert wurde er nicht.« Die emotionale Symbologie des Ersten Sprechers war deutlich zu erkennen. Es war beinahe Entsetzen vor sich selbst, ein ausgeprägter Widerwille. »Und das ist mehr meine Schuld als Ihre. Wer hätte sich vor fünf Jahren vorstellen können, über welche Kräfte Sie verfügen? Wir hatten von Anfang an den Verdacht — von dem Augenblick an, als Sie Kalgan einnahmen —, daß Sie die Macht der emotionalen Kontrolle besaßen. Allzu überraschend war das nicht, Erster Bürger, wie ich Ihnen erklären kann.

Die Fähigkeit, einen emotionalen Kontakt herzustellen, ist keine sehr neue Entwicklung. Tatsächlich schlummert sie in jedem menschlichen Gehirn. Die meisten Menschen können auf primitive Art Emotionen lesen, indem sie sie aufgrund ihrer Erfahrung mit einem Gesichtsausdruck, einem Ton der Stimme und so weiter in Verbindung bringen. Sehr viele Tiere besitzen die Fähigkeit in höherem Maß; sie benutzen in großem Umfang den Geruchssinn, und die Emotionen, um die es sich hier handelt, sind natürlich weniger kompliziert.

Menschen sind im Grunde zu weit mehr fähig. Doch die Gabe der direkten emotionalen Kontrolle verkümmerte, als sich vor einer Million Jahren die Sprache entwickelte. Es ist die große Leistung unserer Zweiten Foundation, diesen vergessenen Sinn wenigstens zu einem Teil seiner früheren Wirksamkeit wiederhergestellt zu haben.

Aber wir können ihn nicht von Geburt an voll nutzen. Eine Atrophie von einer Million Jahren ist ein gewaltiges Hindernis, und wir müssen den Sinn erziehen, ihn ebenso wie unsere Muskeln üben. Und da liegt der wesentliche Unterschied. Ihnen ist er angeboren.

Soviel konnten wir berechnen. Wir konnten ebenfalls berechnen, wie sich der Besitz eines solchen Sinnes auf einen Mann in einer Welt von Menschen, die ihn nicht haben, auswirken würde: der Sehende im Königreich der Blinden. Wir berechneten das Ausmaß des Größenwahns, dem Sie verfallen würden, und wir glaubten, vorbereitet zu sein. Aber auf zwei Faktoren waren wir nicht vorbereitet.

Der erste war der große Umfang Ihres Sinnes. Wir können emotionale Kontrolle nur innerhalb Sichtweite ausüben, und deswegen sind wir auch hilfloser gegen physische Waffen, als Sie vielleicht denken. Das Sehen spielt eine so große Rolle. Bei Ihnen ist das anders. Von Ihnen ist bekannt, daß Sie Menschen unter Kontrolle hatten, ja, noch mehr, daß Sie in intimem emotionalem Kontakt mit ihnen standen, wenn sie außer Sicht- und Hörweite waren. Das wurde zu spät entdeckt.

Zweitens wußten wir nicht von Ihren körperlichen Mängeln, vor allem von dem einen nicht, der Ihnen so wichtig war, daß Sie den Namen ›Maultier‹ annahmen. Wir sahen nicht voraus, daß Sie nicht einfach ein Mutant waren, sondern ein steriler Mutant, ein nicht zeugungsfähiger Mann, und uns entging, daß dieser Minderwertigkeitskomplex bei Ihnen weitere psychische Störungen verursachte. Wir bezogen nur den Größenwahn in unsere Überlegungen ein — nicht aber eine durch und durch psychopathische Paranoia.

Ich trage die Verantwortung dafür, daß wir all dies nicht beachteten, denn ich war Leiter der Zweiten Foundation, als Sie Kalgan einnahmen. Wir erkannten es — zu spät —, als Sie die Erste Foundation vernichteten, und dieses Fehlers wegen mußten Millionen auf Tazenda sterben.«

»Und jetzt wollen Sie die Sache berichtigen?« Die dünnen Lippen des Maultiers kräuselten sich; sein Geist pulsierte vor Haß. »Was wollen Sie unternehmen? Mich mästen? Mir Manneskraft geben? Aus meiner Vergangenheit die lange Kindheit in einer feindseligen Umgebung entfernen? Haben Sie Bedauern für *meine* Leiden? Haben Sie Bedauern für *mein* Elend? Mir tut es nicht leid, daß ich getan habe, was in meinem Interesse notwendig war. Soll sich die Galaxis schützen, so gut sie kann, denn sie hat keinen Finger krumm gemacht, um mich zu schützen, als ich Schutz brauchte.«

»Ihre Emotionen«, erwiderte der Erste Sprecher, »sind natürlich die Kinder Ihrer Vergangenheit. Man darf sie nicht verdammen — man kann sie allenfalls verändern. Die Zerstörung Tazendas war unvermeidlich. Die Alternative wäre gewesen, daß es in der ganzen Galaxis über Jahrhunderte hinweg zu einer viel größeren Zerstörung gekommen wäre. Wir haben innerhalb unserer begrenzten Möglichkeiten unser Bestes getan. Wir evakuierten von Tazenda so viele Menschen, wie wir konnten. Wir dezentralisierten den Rest der Welt. Unglücklicherweise war das bei weitem nicht genug. Viele Millionen fanden den Tod — empfinden Sie darüber kein Bedauern?«

»Nicht im geringsten — ebensowenig, wie mir die hunderttausend leid tun, die in nicht mehr als sechs Stunden auf Rossem sterben müssen.«

»Auf Rossem?« fragte der Erste Sprecher schnell.

Er wandte sich Channis zu, der sich zu einer halb sitzenden Position hochgequält hatte, und er benutzte die ganze Kraft seines Geistes. Channis spürte, daß das über seinen Kopf hinweg geführte mentale Duell heftiger wurde. Und dann lockerten sich für kurze Zeit seine Bande, und es entrang sich ihm: »Sir, ich habe vollkommen versagt. Er hat es keine zehn Minuten vor Ihrer Ankunft mit Gewalt aus mir herausgeholt. Ich war nicht fähig, ihm Widerstand zu leisten, und ich will mich nicht dafür entschuldigen. Er weiß, daß Tazenda nicht die Zweite Foundation ist. Er weiß, daß es Rossem ist.«

Und die Bande zogen sich wieder zusammen.

Der Erste Sprecher runzelte die Stirn. »Ich verstehe. Was haben Sie vor?«

»Sie fragen noch? Macht es Ihnen Schwierigkeiten, das Offensichtliche zu erkennen? In dieser ganzen Zeit, die Sie mir eine Vorlesung über die Natur des emotionalen Kontaktes hielten — in dieser ganzen Zeit, die Sie mir Wörter wie Größenwahn und Paranoia an den Kopf warfen, habe ich gearbeitet. Ich habe Verbindung mit meiner Flotte aufgenommen, und sie hat jetzt ihre Befehle. In sechs Stunden wird sie — sollte ich meine Befehle nicht aus irgendeinem Grund widerrufen — Rossem bombardieren, dieses einsame Dorf und ein Gebiet von hundert Quadratmeilen ringsherum ausgenommen. Meine Leute sollen gründliche Arbeit leisten und dann hier landen.

Ihnen bleiben sechs Stunden, und in sechs Stunden können Sie mich weder geistig besiegen noch den Rest Rossems retten.«

Das Maultier breitete die Hände aus und lachte. Der Erste Sprecher schien dagegen Schwierigkeiten zu haben, mit diesem neuen Stand der Dinge fertigzuwerden.

Er fragte: »Die Alternative?«

»Wieso sollte es eine Alternative geben? Durch keine

irgendwie geartete Alternative könnte ich mehr gewinnen. Bin ich verpflichtet, auf das Leben der Bewohner Rossems Rücksicht zu nehmen? Höchstens wenn Sie meinen Schiffen erlauben zu landen und sich alle — sämtliche Mitglieder der Zweiten Foundation — meiner mentalen Kontrolle unterwerfen, könnte ich meine Befehle zur Bombardierung widerrufen. Es wäre vielleicht der Mühe wert, so viele Menschen von hoher Intelligenz unter meine Kontrolle zu bringen. Andererseits wäre es eine beträchtliche Anstrengung und letzten Endes doch nicht der Mühe wert, so daß mir an einer Zustimmung Ihrerseits nicht besonders viel liegt. Was meinen Sie, Mann von der Zweiten Foundation? Welche Waffe haben Sie gegen meinen Geist, der mindestens so stark ist wie Ihrer, und gegen meine Schiffe, die stärker sind als alles, was zu besitzen Sie sich jemals erträumt haben?«

»Was ich habe?« Langsam erklärte der Erste Sprecher: »Nun, nichts — ausgenommen ein Körnchen an Wissen, über das nicht einmal Sie verfügen.«

»Reden Sie rasch«, erwiderte das Maultier lachend. »Lassen Sie sich etwas einfallen. Denn so sehr Sie auch zappeln, Sie können sich aus dieser Situation nicht herauswinden.«

»Armer Mutant«, sagte der Erste Sprecher. »Es gibt keine Situation, aus der ich mich herauswinden müßte. Fragen Sie sich selbst. Warum wurde Bail Channis als Köder nach Kalgan geschickt, Bail Channis, der, wenn auch jung und tapfer, Ihnen geistig beinahe ebenso unterlegen ist wie Ihr schlafender Offizier hier, dieser Han Pritcher? Warum bin ich nicht gegangen, warum kein anderer unserer Führer, der Ihnen eher gewachsen gewesen wäre?«

»Vielleicht«, lautete die von Selbstbewußtsein strotzende Antwort, »weil Sie nicht töricht genug waren, denn vielleicht ist mir keiner von Ihnen gewachsen.«

»Der wahre Grund ist logischer. Ihnen war klar, daß Channis der Zweiten Foundation angehörte. Er war nicht imstande, das vor Ihnen zu verbergen. Und Ihnen war ebenfalls klar, daß Sie ihm überlegen waren. Also hatten Sie keine Angst, auf sein Spiel einzugehen und ihm zu folgen, wohin er sie führte, um ihm später zu zeigen, daß letzten Endes Sie ihn überlistet hatten. Wäre ich nach Kalgan gekommen, hätten Sie mich getötet, denn ich hätte eine echte Gefahr dargestellt. Oder ich hätte meine Identität vor Ihnen verborgen. Dann wäre ich zwar dem Tod entgangen, aber ich hätte Sie nicht in den Raum hinauslocken können. Das brachte nur ein Ihnen offensichtlich unterlegener Geist fertig. Und wären Sie auf Kalgan geblieben, umgeben von Ihren Leuten, Ihren Maschinen und Ihren mentalen Kräften, hätte die gesamte Macht der Zweiten Foundation Ihnen nichts anhaben können.«

»Meine mentale Kraft habe ich bei mir, Sie hilflos zappelndes Etwas«, sagte das Maultier, »und meine Leute und meine Maschinen sind nicht weit weg.«

»Sicher, aber Sie sind nicht auf Kalgan. Sie sind hier im Königreich Tazenda, das Ihnen logischerweise als die Zweite Foundation vorgestellt wurde. Das war notwendig, denn Sie sind ein kluger Mann, Erster Bürger, und würden nur der Logik folgen.«

»Richtig, und es war ein augenblicklicher Sieg für Ihre Seite. Aber mir blieb genug Zeit, die Wahrheit aus Ihrem Agenten Channis herauszuholen, und genug Klugheit, um zu erkennen, daß es eine solche Wahrheit geben könne.«

»Wir wiederum erkannten, daß Sie mit Ihrer nicht ganz ausreichenden Klugheit diesen einen weiteren Schritt tun würden, und deshalb wurde Bail Channis für Sie präpariert.«

»Das wurde er ganz bestimmt nicht, denn ich habe sein Gehirn gerupft wie ein Huhn. Zitternd, nackt und bloß lag es vor mir, und als er sagte, Rossem sei die Zweite Foundation, war das die reine Wahrheit, denn ich hatte ihn so plattgewalzt, daß kein Fetzchen einer Täuschung Zuflucht in einer mikroskopischen Ritze hätte finden können.«

»Das stimmt allerdings. Doch es spricht nur für unsere

Voraussicht. Denn ich habe bereits erwähnt, daß Bail Channis sich freiwillig gemeldet hatte. Wissen Sie auch, wozu? Bevor er unsere Foundation verließ, um nach Kalgan und zu Ihnen zu reisen, unterzog er sich eines emotionalen Eingriff drastischer Natur. Meinen Sie, er wäre ausgesandt worden, Sie zu täuschen? Meinen Sie, ein Bail Channis mit seiner ursprünglichen mentalen Struktur hätte Sie täuschen können? Nein, Bail Channis wurde selbst getäuscht, weil es notwendig war und weil er sich freiwillig gemeldet hatte. Bis zum innersten Kern seines Geistes war Bail Channis ehrlich davon überzeugt, Rossem sei die Zweite Foundation.

Und seit drei Jahren haben wir den äußeren Anschein erweckt, die Zweite Foundation befinde sich hier und bereite sich auf Ihre Ankunft vor. Damit haben wir Erfolg gehabt, nicht wahr? Sie drangen bis Tazenda und darüber hinaus bis nach Rossem vor — aber weiter kommen Sie nicht mehr.«

Das Maultier sprang auf. »Sie wagen es zu behaupten, auch Rossem sei nicht die Zweite Foundation?«

Ein Strom mentaler Kraft, der von dem Ersten Sprecher ausging, zerriß die Bande, die Channis lähmten, ein für allemal. Channis, der auf dem Fußboden lag, richtete sich mühsam auf. Ein langer, ungläubiger Schrei entrang sich ihm: »Rossem soll *nicht* die Zweite Foundation sein?«

Die Erinnerungen seines ganzen Lebens, das gesamte Wissen seines Gehirns, alles wirbelte verworren vor seinen Augen.

Der Erste Sprecher lächelte. »Sie sehen, Erster Bürger, es bringt Channis ebenso aus der Fassung wie Sie. Natürlich ist Rossem nicht die Zweite Foundation. Denken Sie allen Ernstes, wir sind so wahnsimnnig, Sie, unseren größten, mächtigsten, gefährlichsten Feind, zu unserer Welt zu führen? O nein!

Lassen Sie Ihre Flotte Rossem bombardieren, Erster Bürger, wenn sie glauben, es unbedingt tun zu müssen. Lassen Sie sie alles zerstören, was sie zerstören kann.

Denn schlimmstenfalls tötet sie nur Channis und mich — und das wird Ihre Situation nicht im geringsten verbessern.

Denn die Abordnung der Zweiten Foundation, die drei Jahre hier auf Rossem geweilt und vorübergehend als die Ältesten in diesem Dorf gewirkt hat, ist gestern nach Kalgan abgereist. Natürlich wird sie Ihrer Flotte ausweichen und in Kalgan wenigstens einen Tag vor Ihnen ankommen, was der Grund ist, weshalb ich Ihnen dies alles erzähle. Falls ich meine Befehle nicht widerrufe, werden Sie bei Ihrer Rückkehr ein revoltierendes Imperium vorfinden, ein sich auflösendes Reich, und dann werden nur noch die Männer Ihrer sich hier aufhaltenden Flotte loyal zu Ihnen stehen. Doch sie sind hoffnungslos in der Minderzahl. Und außerdem befinden sich die Leute der Zweiten Foundation bei Ihrer Heimatflotte und sorgen dafür, daß Sie keinen Menschen von neuem bekehren können. Mit Ihrem Imperium ist es aus, Mutant.«

Langsam beugte das Maultier den Kopf. Zorn und Verzweiflung übermannten ihn. »Ja. Zu spät ... Zu spät ... Jetzt erkenne ich es.«

»Jetzt erkennen Sie es«, stimmte der Erste Sprecher ihm zu, »und jetzt erkennen Sie es nicht.«

Als der Geist des Maultiers in der Verzweiflung dieses Augenblicks offenlag, drang der Erste Sprecher — der damit gerechnet und nur darauf gewartet hatte — schnell ein. Die vollständige Umwandlung erforderte nur einen Sekundenbruchteil.

Das Maultier blickte auf. »Dann werde ich nach Kalgan zurückkehren?«

»Natürlich. Wie fühlen Sie sich?«

»Ausgezeichnet.« Er zog die Stirn in Falten. »Wer sind Sie?«

»Spielt das eine Rolle?«

»Eigentlich nicht.« Er wandte sich ab und berührte Pritcher an der Schulter. »Wachen Sie auf, Pritcher! Wir fahren nach Hause.«

Zwei Stunden später fühlte Bail Channis sich stark genug, allein zu gehen. Er fragte: »Er wird sich niemals daran erinnern?«

»Niemals. Er behält seine mentalen Kräfte und sein Imperium — aber seine Motivierung ist jetzt vollständig anders. Der Begriff ›Zweite Foundation‹ sagt ihm nichts mehr, und er ist ein Mann des Friedens. In den paar Lebensjahren, die ihm sein schlecht angepaßter Körper noch läßt, wird er von jetzt an auch ein viel glücklicherer Mann sein als bisher. Und wenn er gestorben ist, wird Seldons Plan fortgeführt werden — irgendwie.«

»Und ist es wahr«, forschte Channis, »daß Rossem nicht die Zweite Foundation ist? Ich könnte schwören — ich sage Ihnen, ich *weiß,* es ist so. Ich bin doch nicht verrückt!«

»Sie sind nicht verrückt, Channis, nur, wie ich gesagt habe, verändert. Rossem ist *nicht* die Zweite Foundation. Kommen Sie! Auch wir wollen nach Hause fahren.«

LETZTES ZWISCHENSPIEL

Bail Channis saß in einem kleinen, weißgekachelten Raum und erlaubte seinem Geist, sich zu entspannen. Er war es zufrieden, in der Gegenwart zu leben. Da waren die Wände und das Fenster und das Gras draußen. Da waren ein Bett und ein Sessel und Bücher, die gemächlich auf dem Schirm am Fuß seines Bettes abliefen. Da war die Krankenschwester, die ihm sein Essen brachte.

Anfangs hatte er sich bemüht, die Bruchstücke dessen, was er gehört hatte, zusammenzusetzen. Zum Beispiel das, was die beiden Männer miteinander geredet hatten.

Der eine hatte gesagt: »Das ist jetzt die vollständige Aphasie. Das Gehirn ist gesäubert, und, wie ich glaube, ohne Schaden davongetragen zu haben. Es braucht nur noch die Aufzeichnung seines ursprünglichen Gehirnwellenmusters zurückübertragen zu werden.«

Er erinnerte sich an die Laute als solche, und sie kamen ihm merkwürdig vor – als hätten sie irgendeine Bedeutung. Aber warum sollte er sich anstrengen?

Besser war es, die hübschen Veränderungen der Farben auf dem Schirm am Fuß des Dinges, auf dem er lag, zu beobachten.

Und dann kam jemand herein und machte etwas mit ihm, und er schlief lange Zeit.

Und als das vorbei war, erkannte er das Bett plötzlich als Bett, und er wußte, er war in einem Krankenhaus, und die Wörter, an die er sich erinnerte, ergaben einen Sinn.

Er setzte sich auf. »Was ist geschehen?«

Der Erste Sprecher war bei ihm. »Sie sind in der Zweiten Foundation, und Sie haben Ihren Verstand zurück – Ihren ursprünglichen Verstand.«

»Ja. *Ja!*« Channis kam zu Bewußtsein, daß er *er selbst* war, und es war unglaublich, wieviel Triumph und Freude darin lagen.

»Und nun sagen Sie mir«, bat der Erste Sprecher, »ob Sie jetzt wissen, wo die Zweite Foundation liegt?«

Die Wahrheit überschwemmte ihn in einer gewaltigen Woge. Channis antwortete nicht. Wie Ebling Mis vor ihm war er sprachlos vor Überraschung.

Schließlich nickte er. »Bei den Sternen der Galaxis – jetzt weiß ich es.«

Zweiter Teil

Die Suche der Foundation

Zweiter Teil

Die Suche
der
Foundation

— 7 —

Arcadia

DARELL, ARKADY — *Schriftstellerin, geboren 11, 5, 362 F.Ä., gestorben 1, 7, 443 F.Ä. Obwohl hauptsächlich Roman-Autorin, ist Arkady Darell am besten bekannt wegen der Biographie ihrer Großmutter Bayta Darell. Auf Informationen aus erster Hand beruhend, hat dieses Werk jahrhundertelang als wichtigste Informationsquelle über das Maultier und seine Zeit gedient.*

... Ebenso wie ›Unverschlüsselte Erinnerungen‹ ist ihr Roman ›Vergangene Zeiten‹ eine mitreißende Schilderung der glänzenden kalganischen Gesellschaft des frühen Interregnums. Ihr sollen Erlebnisse zugrundeliegen, die A. Darell in ihrer Jugend bei einem Besuch auf Kalgan machte ...

ENCYCLOPAEDIA GALACTICA

Arcadia Darell deklamierte entschlossen in die Sprechmuschel ihrer Schreibmaschine:

»Die Zukunft des Seldon-Plans — von A. Darell.«

Es schoß ihr dabei durch den Kopf, daß sie eines Tages, wenn sie eine große Schriftstellerin war, alle ihre Meisterwerke unter dem Pseudonym Arkady schreiben würde. Nur Arkady. Überhaupt kein Nachname.

›A. Darell‹ war in seiner Langweiligkeit typisch für das, was sie über alle ihre Aufsätze in ihrem Stilistik- und Rhetorik-Kurs setzen mußte. Alle anderen Schüler mußten das auch, ausgenommen Olynthus Dam, weil die ganze Klasse so lachte, als er es das erstemal tat. Und ›Arcadia‹ war ein Kleinmädchen-Name, ihr angehängt, weil ihre Urgroßmutter so geheißen hatte. Ihre Eltern hatten *überhaupt keine* Phantasie.

Jetzt, wo sie zwei Tage älter als vierzehn war, sollte man meinen, ihre Eltern würden die schlichte Tatsache erkennen, daß sie erwachsen war, und sie Arkady rufen. Arkadys Lippen preßten sich zusammen, als sie daran dachte, wie ihr Vater gerade lange genug von seinem Lesegerät hochgeblickt hatte, um zu sagen: »Aber wenn du jetzt unbedingt neunzehn sein willst, Arcadia, was wirst du dann tun, wenn du fünfundzwanzig bist und dich alle Jungen für dreißig halten?«

Von ihrem Platz aus, hingegossen über den Sitz und die Armlehnen ihres Spezialsessels, konnte sie den Spiegel auf ihrem Ankleidetisch sehen. Ihr Fuß war ein bißchen im Weg, weil ihr Pantoffel um ihren großen Zeh wirbelte. Deshalb zog sie ihn ein, setzte sich gerade und streckte den Hals so krampfhaft, daß er sich, wie sie fand, um ganze zwei Zoll zu königlicher Schlankheit verlängerte.

Nachdenklich betrachtete sie ihr Gesicht — zu pausbackig. Sie öffnete die Kiefer hinter geschlossenen Lippen um einen Spalt und begutachtete die so entstandene unnatürliche Spur von Hagerkeit aus jedem Winkel. Schnell feuchtete sie mit der Zungenspitze die Lippen an und mimte ein Schmollen. Dann ließ sie die Lider auf müde, welterfahrene Weise sinken — zu blöde, wenn doch nur ihre Wangen nicht dieses doofe Rosa hätten!

Sie setzte die Finger an die äußeren Augenwinkel und zog die Lider ein bißchen schräg, um sich das geheimnisvoll-melancholische Aussehen der Frauen aus den inneren Sternensystemen zu geben. Aber nun waren ihr die Hände im Weg, und sie konnte ihr Gesicht nicht richtig erkennen.

Dann hob sie das Kinn und drehte sich so, daß sie sich im Halbprofil sah. Es strengte die Augen schon an, um die Ecke zu schielen, und die Halsmuskeln taten ihr ein bißchen weh. Eine Oktave tiefer als ihre normale Stimmlage erklärte sie: »Wirklich, Vater, wenn du meinst, es hat für mich eine *Spur* von Bedeutung, was irgendwelche doofen Jungen denken, bist du ...«

Und dann fiel ihr ein, daß sie die Schreibmaschine immer noch eingeschaltet auf dem Schoß hatte. Sie sagte verdrießlich: »Ach, zu blöde«, und stellte sie ab.

Auf dem schwach violetten Papier mit der pfirsichfarbenen Begrenzungslinie am linken Rand stand zu lesen:

Die Zukunft des Seldon-Plans

Wirklich, Vater, wenn du meinst, es hat für mich eine Spur von Bedeutung, was irgendwelche doofen Jungen denken, bist du . . . Ach, zu blöde.

Verärgert zog Arcadia das Blatt aus der Maschine, und ein neues rückte automatisch an seine Stelle.

Doch ihr Gesicht glättete sich trotzdem, und ihr Mund verzog sich zu einem zufriedenen Lächeln. Sie schnupperte zart an dem Papier. Genau richtig. Gerade der richtige Hauch von Eleganz und Charme. Und die kalligraphische Schrift war der letzte Schrei.

Die Maschine war vor zwei Tagen an ihrem ersten ›erwachsenen‹ Geburtstag geliefert worden. Arcadia hatte gesagt: »Aber, Vater, jeder — einfach *jeder* in der Klasse, der ein kleines bißchen was vorstellen will, hat eine. Niemand außer ein paar doofen Flaschen benutzt noch Handschreibmaschinen ...«

Der Verkäufer hatte gesagt: »Es gibt kein zweites Modell, das einerseits so kompakt und andererseits so vielseitig verwendbar ist. Die Maschine benutzt die korrekte Orthographie und Interpunktion entsprechend dem Sinn des Satzes. Natürlich ist sie eine unschätzbare Lernhilfe, weil sie den Benutzer zwingt, sorgsam auf Aussprache und Atmung zu achten, damit die Wörter richtig geschrieben werden, ganz zu schweigen von der Notwendigkeit eines sinngemäßen und eleganten Vortrags wegen der Zeichensetzung.«

Noch da hatte ihr Vater versucht, ein Modell mit Maschinenschrift zu kaufen, als handele es sich bei seiner Tochter um eine vertrocknete, altjüngferliche Lehrerin.

Aber dann kam die Maschine, und es war das Modell,

das sie gewollt hatte — sie hatte es vielleicht mit ein bißchen mehr Nörgeln und Schnüffeln erworben, als sich mit dem reifen Alter von vierzehn vertrug —, und der Ausdruck erfolgte in einer bezaubernden, ganz und gar weiblichen Handschrift mit den schönsten, anmutigsten großen Buchstaben, die man je gesehen hatte.

Sogar der Ausdruck ›Ach, zu blöde‹ strahlte irgendwie Glanz aus, wenn die Schreibmaschine etwas daraus gemacht hatte.

Wie dem auch sein mochte, sie mußte mit ihrem Aufsatz zu Rande kommen. Also setzte sie sich in ihrem Sessel aufrecht hin, legte sich wie ein Profi den ersten Entwurf zurecht und begann klar und deutlich, Bauch herein und Brust heraus und die Atmung sorgfältig kontrolliert. Dramatisch intonierte sie:

»Die Zukunft des Seldon-Plans.

Die Geschichte der Foundation ist, dessen bin ich sicher, allen von uns, die wir das Glück haben, das leistungsfähige und mit bestem Lehrpersonal besetzte Schulsystem unseres Planeten zu durchlaufen, wohlbekannt.

(So! Der Anfang würde Miss Erlking, dieser gemeinen alten Hexe, glatt runtergehen.)

Diese Geschichte ist über weite Strecken hinweg die Geschichte des großen Plans Hari Seldons. Die beiden sind eins. Aber heute fragen sich die meisten Leute, ob dieser Plan in all seiner Weisheit fortgeführt oder bösartig zunichte gemacht werden wird oder ob er gar schon zunichte gemacht worden ist.

Um dies zu verstehen, ist es vielleicht am besten, einen Überblick über die Höhepunkte des Plans, soweit er der Menschheit bisher enthüllt worden ist, zu geben.

(Dieser Teil war einfach, weil sie im letzten Semester moderne Geschichte gehabt hatte.)

Vor fast vier Jahrhunderten, als das Erste galaktische Imperium in Lähmung verfiel, auf die sein endgültige Tod folgen sollte, sah ein einziger Mann — der große Hari Seldon — das sich nähernde Ende voraus. Mittels der Wissenschaft der Psychohistorie, deren komplizierte Mathematik inzwischen längst in Vergessenheit geraten ist,

(Ein leiser Zweifel beschlich Arcadia, und sie hielt inne. Sie war sicher, ›komblitziert‹ richtig ausgesprochen zu haben, aber es sah verkehrt aus, wie die Maschine das Wort geschrieben hatte. Andererseits konnte die Maschine sich schwerlich irren.)

waren er und die Männer, die mit ihm zusammenarbeiteten, imstande, den Lauf der großen sozialen und wirtschaftlichen Ströme, die die Galaxis seinerzeit durchliefen, vorauszusagen. Es vermittelte ihnen die Erkenntnis, daß das Imperium, sich selbst überlassen, auseinanderbrechen und daß danach mindestens dreißigtausend Jahre anarchisches Chaos herrschen würde, bis ein neues Imperium entstünde. Es war zu spät, um den Fall zu verhindern, aber es war wenigstens immer noch möglich, die Zwischenperiode des Chaos abzukürzen. Deshalb wurde ein Plan aufgestellt, der bewirken sollte, daß nur ein einziges Jahrtausend das Zweite Imperium vom Ersten trennen würde. Wir nähern uns dem Ende des vierten Jahrhunderts dieses Jahrtausends, und viele Generationen haben gelebt und sind gestorben, während der Plan seine unvermeidlichen Folgen zeitigte.

Hari Seldon gründete zwei Foundations an den entgegengesetzten Enden der Galaxis, und zwar auf eine Weise und unter solchen Umständen, daß sie die beste mathematische Lösung für sein psychohistorisches Problem gewährleisteten. In einer der beiden, in *unserer* Foundation hier auf Terminus, konzentrierte sich die Naturwissenschaft des Imperiums, und im Besitz dieser Wissenschaft konnte die Foundation den Angriffen der barbarischen Königreiche, die sich am Rand des Reiches losgelöst und selbständig gemacht hatten, trotzen.

Mehr noch, der Foundation gelang es, ihrerseits diese

kurzlebigen Königreiche dank der Führerqualitäten einer Reihe weiser und heldenhafter Männer wie Salvor Hardin und Hober Mallow zu erobern. Sie waren fähig, den Plan intelligent auszulegen und unser Land durch seine verwickelten

(Sie hätte auch hier ›komblizierten‹ geschrieben, entschied sich aber, es kein zweites Mal zu riskieren.)

Phasen zu führen. Alle unsere Planeten ehren immer noch ihr Andenken, auch wenn seitdem Jahrhunderte vergangen sind.

Schließlich führte die Foundation ein kommerzielles System ein, das einen großen Teil des siwennischen und des anakreonischen Sektors der Galaxis kontrollierte und besiegte sogar die Überreste des alten Imperiums unter Bel Riose, seinem letzten großen General. Es sah ganz so aus, als könne nichts mehr die Vollendung des Seldon-Plans aufhalten. Jede Krise, die Seldon geplant hatte, war zur vorhergesehenen Zeit aufgetreten und gelöst worden, und mit jeder Lösung hatte die Foundation einen weiteren gigantischen Schritt in Richtung auf das Zweite Imperium und den Frieden getan.

Und dann,

(An diesem Punkt beschleunigte ihre Atmung sich, und sie zischte die Wörter zwischen den Zähnen hervor: Aber die Maschine schrieb sie gelassen nieder.)

als die letzten Überreste des toten Ersten Imperiums verschwunden waren und nur noch ohnmächtige Kriegsherren über die Splitter des gefallenen Kolosses regierten,

*(*Den *Ausdruck hatte sie aus einem Thriller, den sie letzte Woche im Video gesehen hatte. Aber die alte Miss Erlking hörte sich nur Symphonien und Vorlesungen an, deshalb würde sie es nie erfahren.)*

kam das Maultier.

Dieser seltsame Mann war in dem Plan nicht berücksichtigt worden. Er war ein Mutant, und Seldon hatte nicht vorhersehen können, daß er auftreten würde. Er besaß die geheimnisvolle Kraft, menschliche Emotionen zu kontrollieren und zu manipulieren, und auf diese Weise konnte er alle Menschen seinem Willen unterwerfen. Mit atemberaubender Geschwindigkeit eroberte und gründet er ein Reich, und schließlich besiegte er sogar die Foundation.

Doch die Herrschaft über das ganze Universum errang er nie, weil er in seinem ersten gewaltigen Ansturm durch die Klugheit und den Wagemut einer großen Frau aufgehalten wurde,

(Da war wieder das alte Problem. Vater betonte immer wieder, sie dürfe niemals die Tatsache erwähnen, daß sie die Enkelin von Bayta Darell war. Jeder wußte es, und Bayta war so ungefähr die größte Frau, die es je gegeben hatte, und sie ganz allein hatte das Maultier aufgehalten.)

worüber nur wenige in allen Einzelheiten Bescheid wissen.

(So! Wenn sie den Aufsatz der Klasse vorlesen mußte, konnte sie letzteres geheimnisvoll klingen lassen, und bestimmt fragte dann jemand, wie es sich in Wahrheit abgespielt habe, und dann — nun, dann konnte sie ja nicht umhin, die Wahrheit zu sagen, wenn man es von ihr verlangte, oder? Im Geist ging sie bereits rasch eine in verletztem Ton und mit großer Zungenfertigkeit vorgetragene Erklärung durch, die sie einem sie in ein strenges Verhör nehmenden Vater gab.)

Nach fünf Jahren einer Herrschaft über ein beschränktes Gebiet fand ein weiterer Umschwung statt, von dessen Ursachen nichts bekannt ist. Das Maultier gab alle weiteren Eroberungspläne auf. Seine letzten fünf Lebensjahre waren die eines aufgeklärten Despoten.

Es wird zuweilen behauptet, die Veränderung im Charakter des Maultiers sei durch Eingreifen der Zweiten Foundation bewirkt worden. Es hat jedoch noch niemand entdeckt, wo diese andere Foundation liegt, und niemand kennt ihre genauen Aufgaben, so daß die Theorie unbewiesen bleibt.

Eine ganze Generation ist seit dem Tod des Maultiers vergangen. Wie sieht jetzt die Zukunft aus, nachdem er gekommen und wieder gegangen ist? Er unterbrach den Seldon-Plan, und es hatte den Anschein, als habe er ihn in Stücke gerissen. Aber unmittelbar nach seinem Tod erhob sich die Foundation von neuem wie eine Nova aus der Asche eines sterbenden Sterns.

(Das hatte sie sich selbst ausgedacht.)

Von neuem beherbergt der Planet Terminus das Zentrum einer kommerziellen Föderation, die beinahe so groß und so reich ist wie vor der Eroberung und sogar noch friedlicher und demokratischer.

Ist dies geplant? Lebt Seldons großer Traum noch, und wird sich in sechshundert Jahren ein Zweites galaktisches Imperium bilden? Ich persönlich glaube daran, weil

(Das war der wichtige Teil. Miss Erlking pflegte mit Rotstift häßlich gekrakelte Bemerkungen anzubringen wie: ›Das ist doch nichts als eine Beschreibung! Was sind Deine persönlichen Reaktionen? Denke nach! Drücke Dich aus! Erforsche Deine Seele!‹ Was die schon über Seelen wußte mit ihrem Zitronengesicht, das noch nie in ihrem ganzen Leben gelächelt hatte!)

die politische Situation noch zu keiner Zeit so günstig gewesen ist. Das alte Imperium ist vollständig tot, und die Zeit, in der das Maultier herrschte, hat der ihm vorausgegangenen Ära der Kriegsherren ein Ende gesetzt. Die meisten uns umgebenden Teile der Galaxis sind zivilisiert und friedlich.

Außerdem ist die innere Gesundheit der Foundation besser als je zuvor. Die despotischen Zeiten der erblichen Bürgermeister, die vor der Eroberung herrschten, sind den demokratischen Wahlen der Frühzeit gewichen. Es gibt keine Dissidenten-Welten von unabhängigen Händlern mehr, auch keine dieser Ungerechtigkeiten und Schiebungen, die die Anhäufung großen Reichtums in den Händen weniger begleiteten.

Deshalb besteht kein Grund, ein Fehlschlagen des Plans zu befürchten, es sei denn, es stimmt, daß die Zweite Foundation selbst eine Gefahr darstellt. Diejenigen, die so denken, haben keine Beweise, um ihre Behauptung zu stützen, sondern nur vage Ängste und abergläubische Vorstellungen. Ich meine, unser Vertrauen in uns selbst, in unseren Staat und in Hari Seldons großen Plan sollte alle Unsicherheit aus unseren Herzen und Köpfen vertreiben, und

(Hm-m-m. Das war furchtbar kitschig, aber so etwas Ähnliches wurde als Abschluß erwartet.)

deshalb sage ich ...«

›Die Zukunft des Seldon-Plans‹ gedieh nur bis dahin, denn in diesem Augenblick klopfte es ganz leise ans Fenster, und als Arcadia hochschoß und sich auf der einen Armlehne des Sessels im Gleichgewicht hielt, sah sie sich einem lächelnden Gesicht hinter der Glasscheibe gegenüber, dessen gleichmäßige Züge durch die kurze senkrechte Linie eines Fingers vor den Lippen interessant betont wurden.

Nach der kurzen Pause, die notwendig war, um in ihrer Haltung Verwirrung auszudrücken, stieg Arcadia von der Sessellehne hinunter und ging zu der Couch vor dem breiten Fenster, das die Erscheinung zeigte. Sie kniete sich hin und sah nachdenklich hinaus.

Das Lächeln auf dem Gesicht des Mannes verblaßte. Während die Finger der einen Hand das Sims so fest umschlossen, daß die Knöchel weiß wurden, vollführte die andere eine schnelle Geste. Arcadia gehorchte wortlos und bewegte den Riegel, der das untere Drittel des Fensters reibungslos in dem Sockel in der Wand verschwinden ließ und der warmen Frühlingsluft erlaubte, in das mit einer Klimaanlage versehene Zimmer einzudringen.

»Sie können nicht hereinkommen«, erklärte Arcadia vergnügt. »Die Fenster haben alle Schirme, abgestimmt auf die Leute, die hierhergehören. Wenn Sie hereinkommen, werden alle möglichen Alarmanlagen losgehen.«

Nach einer Pause setzte sie hinzu: »Sie sehen irgendwie doof aus, wie Sie da auf dem Sims unter dem Fenster balancieren. Wenn Sie nicht aufpassen, werden Sie hinunterfallen, sich den Hals brechen und eine Menge wertvoller Blumen zerdrücken.«

»Willst du in dem Fall«, sagte der Mann am Fenster, der genau das gleiche gedacht hatte, wenn auch mit einer etwas anderen Wahl von Adjektiven, »nicht den Schirm abschalten und mich hereinlassen?«

»Das hätte keinen Sinn«, antwortete Arcadia. »Sie denken wahrscheinlich an ein anderes Haus, weil ich nicht die Art von Mädchen bin, die zu dieser Nachtzeit fremde Männer in ihr Schlafzimmer einlassen.« Dabei ließ sie die Lider sinken und mimte einen schwülen Blick.

Alle Spuren guter Laune waren aus dem Gesicht des jungen Fremden verschwunden. Er murmelte: »Das ist aber doch Dr. Darells Haus, oder?«

»Warum sollte ich Ihnen das verraten?«

»Oh, Galaxis — auf Wiedersehen ...«

»Wenn Sie hinunterspringen, junger Mann, werde ich selbst den Alarm auslösen.« (Das war als feine Ironie gedacht, denn in Arcadias wissenden Augen war der Eindringling offensichtlich im reifen Alter von dreißig, mindestens — also im Grunde schon ein älterer Herr.)

Eine längere Pause. Dann stieß er hervor: »Nun hör mal, Kleine, wenn du nicht willst, daß ich bleibe, und nicht willst, daß ich gehe, was soll ich dann eigentlich tun?«

»Na ja, Sie können hereinkommen. Dr. Darell wohnt tatsächlich hier. Ich schalte jetzt den Schirm ab.«

Nach einem prüfenden Blick steckte der junge Mann vorsichtig die Hand ins Fenster, duckte sich und wand sich hindurch. Mit zornigen, heftigen Bewegungen klopfte er sich die Knie ab. Dann hob er das gerötete Gesicht.

»Du bist ganz sicher, daß dein Ruf nicht leiden wird, wenn man mich hier findet?«

»Er würde nicht so sehr leiden wie Ihrer, denn sobald

ich draußen Schritte höre, werde ich schreien und sagen, Sie seien mit Gewalt eingedrungen.«

»Ja?« fragte er mit dick aufgetragener Höflichkeit. »Und wie willst du den abgeschalteten Schutzschirm erklären?«

»Pa! Das wäre leicht. Es ist gar keiner da.«

Der Mann riß kummervoll die Augen auf. »Das war ein Bluff? Wie alt bist du, Kind?«

»Ich betrachte das als eine sehr unverschämte Frage, junger Mann. Und ich bin nicht gewöhnt, mit ›Kind‹ angeredet zu werden.«

»Das wundert mich nicht. Wahrscheinlich bist du die Großmutter des Maultiers und hast dich nur verkleidet. Macht es dir etwas aus, wenn ich jetzt gehe, bevor du ein Lynch-Kommando mit mir als Hauptdarsteller organisierst?«

»Sie gehen besser nicht — weil mein Vater Sie erwartet.«

Die Wachsamkeit des Mannes erwachte von neuem. Eine Augenbraue schoß in die Höhe, als er leichthin fragte: »So? Ist jemand bei deinem Vater?«

»Nein.«

»Hat irgend jemand ihn kürzlich besucht?«

»Nur Händler — und Sie.«

»Ist überhaupt etwas Ungewöhnliches geschehen?«

»Nur Sie.«

»Vergiß mich, ja? Nein, vergiß mich nicht. Sag mir, woher du weißt, daß dein Vater mich erwartet.«

»Oh, das war leicht. Letzte Woche erhielt er eine Briefkapsel, auf ihn persönlich abgestimmt, mit einer sich selbst verbrennenden Nachricht, Sie wissen schon. Er warf die Kapselhülle in den Mülldesintegrator, und gestern gab er Poli — das ist unser Hausmädchen, wissen Sie — einen Monat Urlaub, damit sie ihre Schwester in Terminus City besuchen kann, und heute nachmittag richtete er das Bett im Gästezimmer her. Also war mir klar, daß er jemand erwartete, von dem ich nichts wissen sollte. Für gewöhnlich erzählt er mir alles.«

»Tatsächlich? Es überrascht mich, daß er das nötig hat.

Ich möchte meinen, du weißt alles schon, bevor er es dir erzählt.«

»Für gewöhnlich weiß ich es auch.« Sie lachte. Allmählich machte es ihr Spaß. Der Besucher war ein älterer Herr, aber mit seinem lockigen braunen Haar und den sehr blauen Augen sah er distinguiert aus. Vielleicht würde sie einen wie ihn kennenlernen, irgendwann, wenn sie selbst alt war.

»Und woher«, fragte er, »wußtest du, daß *ich* es bin, den er erwartet?«

»Na, wer hätte es sonst sein sollen? Er erwartete jemanden auf so geheimnisvolle Weise, wenn Sie wissen, was ich meine — und dann kommen Sie und versuchen, durchs Fenster einzusteigen, statt durch die Vordertür zu gehen, wie Sie es getan hätten, wenn Sie eine Spur von Verstand besäßen.« Ihr fiel eine Lieblingszeile ein, und sie verwendete sie prompt. »Männer sind so dumm!«

»Du bist ganz hübsch von dir eingenommen, was, Kleine? Ich meine, mein Fräulein. Du könntest dich irren, weißt du. Wenn ich dir nun sage, daß mir das alles ein Geheimnis ist und dein Vater, soviel ich weiß, jemand anders erwartet, nicht mich?«

»Oh, das glaube ich nicht. Ich habe Sie erst aufgefordert, hereinzukommen, als ich gesehen hatte, daß Sie Ihre Aktentasche fallenließen.«

»Meine was?«

»Ihre Aktentasche, junger Mann. Ich bin nicht blind. Sie ließen sie nicht versehentlich fallen, denn Sie sahen *vorher* nach unten, als wollten Sie sich vergewissern, daß sie an einer geeigneten Stelle landen würde. Dann müssen Sie erkannt haben, daß sie genau unter die Hecke fallen und nicht entdeckt werden würde, also ließen Sie sie fallen, und *hinterher* sahen Sie nicht nach unten. Wenn Sie nun ans Fenster kamen statt an die Tür, heißt das, daß Sie sich nicht ins Haus hineintrauten, ohne es ein bißchen ausgekundschaftet zu haben. Und als Sie ein bißchen Ärger mit mir bekamen, sorgten Sie erst für Ihre Aktentasche und dann für Ihre eigene Person, was bedeutet, daß der Inhalt Ihrer Aktentasche wertvoller sein muß als Ihre Sicherheit, und das wiederum bedeutet, solange Sie hier drinnen sind und die Aktentasche da draußen ist und wir wissen, daß sie da draußen ist, Sie wahrscheinlich recht hilflos sind.«

Sie mußte dringend Atem schöpfen, und der Mann knirschte: »Abgesehen davon, daß ich glaube, ich werde dich erwürgen und hier verschwinden — *mit* der Aktentasche.«

»Abgesehen davon, junger Mann, daß ich zufällig einen Baseball-Schläger unter meinem Bett habe, den ich von da, wo ich sitze, in zwei Sekunden erreichen kann, und ich bin sehr stark für ein Mädchen.«

Sie waren an einem toten Punkt angelangt. Schließlich meinte der ›junge Mann‹ mit gezwungener Höflichkeit: »Ich möchte mich vorstellen, da wir uns so gut verstehen. Mein Name ist Pelleas Anthor. Und wie heißt du?«

»Arca — Arkady Darell. Angenehm.«

»Und nun, Arkady, willst du ein liebes kleines Mädchen sein und deinen Vater rufen?«

Arcadia entrüstete sich: »Ich bin kein kleines Mädchen. Ich finde Sie ziemlich unhöflich — vor allem, da Sie mich um einen Gefallen bitten.«

Pelleas Anthor seufzte. »Schon gut. Wollen Sie eine liebe, freundliche kleine alte Dame sein, die durchdringend nach Lavendel riecht, und Ihren Vater rufen?«

»Das ist auch nicht der richtige Ton, aber ich werde ihn rufen. Nur werde ich Sie dabei im Auge behalten, junger Mann.« Und sie stampfte auf den Fußboden.

Schritte eilten über den Flur, und die Tür flog auf.

»Arcadia ...« Dr. Darells Ausatmen klang wie eine kleine Explosion. »Wer sind Sie, Sir?« fragte er.

Pelleas sprang auf. Die Erleichterung war ihm deutlich anzusehen. »Dr. Toran Darell? Ich bin Pelleas Anthor. Sie sind über mein Eintreffen benachrichtigt worden, glaube ich. Jedenfalls sagt das Ihre Tochter.«

»Meine *Tochter?*« Stirnrunzelnd sandte er einen Blick zu ihr hinüber, der harmlos an der großäugigen, undurchdringlichen Unschuld abprallte, mit der sie der Anschuldigung begegnete.

Schließlich sagte Dr. Darell: »Ich habe Sie tatsächlich erwartet. Wollen Sie mit mir nach unten kommen, bitte?« Und er blieb stehen, denn sein Auge hatte eine winzige Bewegung aufgefangen. Arcadia hatte es ebenfalls gesehen.

Sie strebte ihrer Schreibmaschine zu, aber das war zwecklos, weil ihr Vater direkt daneben stand. Er stellte freundlich fest: »Du hast die Maschine die ganze Zeit eingeschaltet gehabt, Arcadia.«

»Vater«, quietschte sie in echter Angst, »ein Gentleman liest die Privatkorrespondenz von jemand anders nicht, vor allem dann nicht, wenn es gesprochene Korrespondenz ist.«

»Das ist aber ›gesprochene Korrespondenz‹ mit einem fremden Mann in deinem Schlafzimmer! Als dein Vater, Arcadia, muß ich dich vor Bösem beschützen.«

»Ach, zu blöde — so etwas war es nicht.«

Pelleas lachte auf. »Doch, das war es, Dr. Darell. Die junge Dame wollte mich aller möglichen Dinge beschuldigen, und ich muß darauf bestehen, daß Sie es lesen, und wenn es nur deshalb wäre, daß *mein* Name reingewaschen wird.«

»Oh ...« Mühsam hielt Arcadia die Tränen zurück. Ihr eigener Vater vertraute ihr nicht! Und diese verflixte Schreibmaschine! — Da hatte dieser doofe Kerl am Fenster herumgeschnüffelt, und sie hatte vergessen, sie abzustellen! Und jetzt würde ihr Vater lange, freundliche Reden darüber halten, was junge Damen nicht tun dürfen. Was durften sie überhaupt? Vielleicht nur ersticken und sterben.

»Arcadia«, begann ihr Vater freundlich, »ich finde, eine junge Dame ...«

Hatte sie es nicht gewußt?

»... sollte nicht so impertinent gegen Männer sein, die älter sind als sie.«

»Was hatte er denn an meinem Fenster zu spionieren? Eine junge Dame hat ein Recht auf ihre Privatsphäre — Jetzt muß ich meinen ganzen verflixten Aufsatz von vorn beginnen.«

»Es ist nicht deine Sache, zu untersuchen, ob er ein Recht hatte, an dein Fenster zu kommen. Du hättest ihn einfach nicht hereinlassen sollen. Du hättest mich auf der Stelle rufen sollen — besonders, weil du meintest, ich erwartete ihn.«

Sie sagte verdrießlich: »Es wäre vielleicht gut gewesen, du hättest ihn überhaupt nicht gesehen. Wie kann man so dumm sein! Er wird alles verraten, wenn er weiter durch Fenster statt durch Türen geht.«

»Arcadia, niemand wünscht dein Urteil über Dinge, von denen du nichts weißt.«

»Aber ich *weiß* davon. Es geht um die Zweite Foundation, so ist das.«

Schweigen. Sogar Arcadia spürte ein kleines nervöses Rumoren in ihrem Bauch.

Dr. Darell fragte ganz leise: »Wo hast du das denn gehört?«

»Nirgendwo, aber um was sonst würde ein solches Geheimnis gemacht? Und du brauchst dich nicht zu sorgen, daß ich es irgendwem erzähle.«

»Mr. Anthor«, sagte Dr. Darell, »ich muß mich für all dies entschuldigen.«

»Oh, das geht in Ordnung«, antwortete Anthor mit hohler Stimme. »Es ist nicht Ihre Schuld, wenn sie sich den Mächten der Finsternis verkauft hat. Aber hätten Sie etwas dagegen, wenn ich ihr eine Frage stelle, bevor wir gehen? Miss Arcadia ...«

»Was wollen Sie?«

»Warum halten Sie es für dumm, durch Fenster statt durch Türen zu gehen?«

»Weil man damit bekanntgibt, daß man versucht, sich

zu verstecken, Blödmann. Wenn ich ein Geheimnis habe, klebe ich mir kein Heftpflaster über den Mund und lasse so jeden wissen, daß ich eins habe. Ich rede genausoviel wie sonst, nur über etwas anderes. Haben Sie nie einen Ausspruch von Salvor Hardin gelesen? Er war unser erster Bürgermeister.«

»Ja, das weiß ich.«

»Nun, er pflegte zu sagen, Erfolg könne nur eine Lüge haben, die sich ihrer selbst nicht schäme. Er sagte außerdem, nichts brauche wahr zu *sein,* aber alles müsse wahr *klingen.* Also, wenn Sie durch ein Fenster einsteigen, ist das eine Lüge, die sich ihrer selbst schämt, und es klingt nicht wahr.«

»Und was hättest du getan?«

»Wenn ich meinen Vater in einer streng geheimen Angelegenheit hätte sprechen wollen, hätte ich ganz offen seine Bekanntschaft gesucht und wäre wegen aller möglichen strikt gesetzlichen Dinge zu ihm gekommen. Und wenn alle über Sie Bescheid gewußt und Ihre Verbindung mit meinem Vater als Selbstverständlichkeit angesehen hätten, dann hätten Sie so viele Geheimnisse haben können, wie Sie wollten, und kein Mensch hätte einen Gedanken daran verschwendet.«

Anthor betrachtete erst das Mädchen, dann Dr. Darell mit einem merkwürdigen Gesichtsausdruck. »Gehen wir«, sagte er. »Unten im Garten liegt eine Aktentasche, die ich holen möchte. Halt! Noch eine letzte Frage. Arcadia, in Wirklichkeit hast du keinen Baseball-Schläger unter dem Bett, oder?«

»Nein.«

»Ha. Habe ich's mir doch gedacht.«

Dr. Darell blieb an der Tür stehen. »Arcadia, wenn du deinen Aufsatz über den Seldon-Plan neu schreibst, drükke dich nicht unnötig geheimnisvoll über deine Großmutter aus. Es besteht kein Anlaß, sie überhaupt zu erwähnen.«

Er und Pelleas stiegen schweigend die Treppe hinunter.

Schließlich fragte der Besucher mit gepreßter Stimme: »Entschuldigung, Sir, wie alt ist sie?«

»Vorgestern vierzehn geworden.«

»*Vierzehn?* Große Galaxis — Sagen Sie mir, hat sie je davon gesprochen, daß sie damit rechnet, eines Tages zu heiraten?«

»Nein, jedenfalls nicht zu mir.«

»Sollte sie einmal heiraten wollen, erschießen Sie ihn. Ich meine, den Mann, den sie heiraten will.« Er sah dem Älteren in die Augen. »Das ist mein Ernst. Das Leben kann keinen größeren Schrecken bergen als ein Zusammenleben mit dem, was sie sein wird, wenn sie zwanzig ist. Natürlich ist es nicht meine Absicht, Sie zu beleidigen.«

»Sie beleidigen mich nicht. Ich weiß schon, was Sie meinen.«

Oben wandte sich der Gegenstand dieser zartfühlenden Analyse müde und angewidert der Schreibmaschine zu und nuschelte: »Diezukunftdesseldonplans.«

Mit unendlichem Aplomb übertrug die Schreibmaschine das in kalligraphischen Buchstaben als:

Die Zukunft des Seldon-Plans.

— 8 —

Der Seldon-Plan

MATHEMATIK – *Die Synthese der Rechnung mit n Variablen und der n-dimensionalen Geometrie ist die Grundlage dessen, was Seldon einmal »meine kleine Algebra der Menschheit« nannte …*

ENCYCLOPAEDIA GALACTICA

Stellen Sie sich einen Raum vor.

Auf die Lage des Raums kommt es im Augenblick nicht an. Es genügt, zu sagen, daß die Zweite Foundation in diesem Raum mehr als anderswo existierte.

Es war ein Raum, der durch Jahrhunderte der Sitz reiner Wissenschaft gewesen war — und doch enthielt er keine der Erfindungen, mit denen Wissenschaft durch Jahrtausende der Gewohnheit assoziiert wird. Statt dessen handelte es sich um eine Wissenschaft, die sich allein mit mathematischen Konzepten befaßte, ähnlich den Spekulationen der alten Rassen in der primitiven prähistorischen Zeit, bevor es eine technische Zivilisation gab und der Mensch über seine ursprüngliche, inzwischen der Vergessenheit anheimgefallene Welt hinausdrang.

Erstens einmal gab es in diesem Raum — er war durch eine Geisteswissenschaft geschützt, zu der die kombinierte physische Macht der ganzen übrigen Galaxis keinen Zugang bot — den Urquell, der in seinem Innern den Seldon-Plan beherbergte — den vollständigen Seldon-Plan.

Zum zweiten befand sich auch ein Mensch in diesem Raum — der Erste Sprecher.

Er war der zwölfte in der Reihe der obersten Wächter des Plans, und sein Titel hatte keine tiefere Bedeutung als die Tatsache, daß er bei den Versammlungen der Anführer der Zweiten Foundation als erster sprach.

Seine Vorgänger hatten das Maultier geschlagen, aber die Trümmer, die dieser gigantische Kampf hinterlassen hatte, blockierten noch immer den Pfad des Plans. Seit fünfundzwanzig Jahren versuchten er und seine Verwaltung, eine Galaxis aus hartnäckigen und dummen menschlichen Wesen auf den Pfad zurückzuführen — es war eine schreckliche Aufgabe.

Der Erste Sprecher hob den Blick zu der sich öffnenden Tür. Er hatte in der Einsamkeit des Raums über das Vierteljahrhundert an Bemühungen, die sich jetzt langsam und unausweichlich ihrem Höhepunkt näherten, nachgedacht, doch gleichzeitig hatte sich sein Geist schon in leiser Erwartung dem Neuankömmling zugewandt. Ein junger Mann, ein Student, einer von denen, die später einmal die Arbeit übernehmen mochten.

Der junge Mann blieb unschlüssig an der Tür stehen, so daß der Erste Sprecher zu ihm gehen und ihn, eine Hand freundlich auf die Schulter gelegt, hereinführen mußte.

Der Student lächelte schüchtern, und der Erste Sprecher antwortete darauf mit der Erklärung: »Zuerst muß ich Ihnen sagen, warum Sie hier sind.«

Sie sahen sich jetzt über den Schreibtisch hinweg an. Keiner von beiden bediente sich einer Sprache, die von irgendeinem Menschen in der Galaxis als solche hätte erkannt werden können, sofern er nicht selbst Mitglied der Zweiten Foundation war.

Ursprünglich war die Sprache das Instrument, mit dem der Mensch — unvollkommen — lernte, anderen die Gedanken und Gefühle seines Geistes zu übermitteln. Durch die willkürliche Bestimmung von Lauten und Lautkombinationen zur Darstellung bestimmter mentaler Nuancen entwickelte er eine Kommunikationsmethode, die jedoch in ihrer schwerfälligen Unzulänglichkeit alle Feinheiten des Geistes zu einem groben und rauhen Signalisieren absinken ließ.

Die Folgen des immer stärkeren Degenerierens lassen sich nachverfolgen, und alles Leid, das die Menschheit je erfuhr, kann man auf die eine Tatsache zurückführen, daß in der Geschichte der Galaxis bis zu Hari Seldon, dem darin nur sehr wenige folgten, kein Mensch seine Mitmenschen wirklich verstand. Jedes menschliche Wesen lebte hinter einer undurchdringlichen Wand aus erstikkendem Nebel, in dem es allein existierte. Gelegentlich kamen undeutliche Signale aus dem tiefen Innern der Höhle, in der ein zweiter Mensch hauste, so daß der eine nach dem anderen tasten konnte. Doch da sie sich nicht kannten und nicht fähig waren, sich zu verstehen, und es nicht wagten, sich zu vertrauen, und von frühester Kindheit an die Schrecken und die Unsicherheit dieser äußersten Isolierung erfahren hatten, herrschten die Furcht des Menschen vor dem Menschen und die wilde Grausamkeit des Menschen gegen den Menschen.

Zehntausende von Jahren waren Füße durch den Schlamm gestapft und geschlurft — und hatten für die gleiche Zeitspanne die Geister derer unten gehalten, die für die Gesellschaft der Sterne bereit gewesen wären.

Instinktiv hatte der Mensch mit aller Entschlossenheit versucht, die Gefängnisgitter der gewöhnlichen Sprache zu durchbrechen. Semantik, symbolische Logik, Psychoanalyse — sie alle waren Hilfsmittel gewesen, mit denen die Sprache entweder verfeinert oder umgangen werden sollte.

Die Psychohistorie war die Fortführung der Geisteswissenschaften oder vielmehr ihrer endgültigen mathematischen Umsetzung. Die Entwicklung einer Mathematik, notwendig zum Verständnis der Nervenphysiologie und der Elektrochemie des Nervensystems, die ihrerseits bis auf die atomaren Kräfte zurückverfolgt werden mußten, machte es erstmals möglich, echte psychologische Forschungsarbeit zu leisten. Und durch die Übertragung der psychologischen Erkenntnisse vom Individuum auf die Gruppe erhielt auch die Psychologie eine mathematische Grundlage.

Die größeren Gruppen, die Milliarden, die Planeten bewohnten, die Billionen, die Sektoren bevölkerten, die

Billiarden der ganzen Galaxis waren fortan nicht nur menschliche Wesen, sondern gigantische Kräfte, die mittels statistischer Methoden zu erfassen waren. Für Hari Seldon wurde die Zukunft auf diese Weise klar und unausweichlich, und der Plan konnte aufgestellt werden.

Die gleichen grundlegenden Entwicklungen der Geisteswissenschaft, die zum Entstehen des Seldon-Plans geführt hatten, enthoben den Ersten Sprecher der Notwendigkeit, im Gespräch mit dem Studenten Wörter zu benutzen.

Jede Reaktion auf ein Stimulus, so geringfügig sie sein mochte, zeigte alle kleinen Veränderungen, jedes Flakkern im Geist des anderen vollständig an. Der Erste Sprecher war nicht fähig, die Gesamtheit der Emotionen des Studenten instinktiv zu erkennen, wie es das Maultier gekonnt hätte. Denn als Mutant hatte das Maultier Fähigkeiten besessen, die ein normaler Mensch, und sei er ein Mitglied der Zweiten Foundation, wohl nie ganz würde erfassen können. Doch intensive Ausbildung ermöglichte es dem Ersten Sprecher, diese Emotionen abzuleiten.

Es ist jedoch einer Gesellschaft, deren Fundament die Sprache ist, ihrem Wesen nach unmöglich, die Kommunikationsmethoden exakt wiederzugeben, die die Angehörigen der Zweiten Foundation unter sich verwendeten, und deshalb wird die Sache von nun an ignoriert werden. Der Erste Sprecher wird dargestellt, als spreche er auf normale Art, und wenn die Übersetzung den Kern nicht immer genau trifft, ist sie doch das beste, was unter diesen Umständen möglich ist.

Wir wollen deshalb so tun, als habe der Erste Sprecher tatsächlich gesagt: »Zuerst muß ich Ihnen sagen, warum Sie hier sind«, statt auf eine ganz bestimmte Art zu lächeln und auf eine ganz bestimmte Art einen Finger zu heben.

Der Erste Sprecher sagte: »Sie haben Ihr Leben zum größten Teil damit verbracht, mit Fleiß und Erfolg die Geisteswissenschaften zu studieren. Sie haben alles in sich aufgenommen, was Ihre Lehrer Ihnen geben konnten. Es ist soweit, daß Sie und ein paar andere wie Sie mit der Lehrzeit für das Sprecheramt beginnen sollen.«

Erregung von der anderen Seite des Schreibtischs.

»Nein — Sie müssen das mit aller Ruhe aufnehmen. Sie hatten gehofft, sich zu qualifizieren. Sie hatten gefürchtet, sich nicht zu qualifizieren. Im Grunde waren sowohl die Hoffnung als auch die Furcht Schwächen. Sie *wußten,* Sie würden sich qualifizieren, und Sie zögern, diese Tatsache zuzugeben, weil ein solches Wissen Sie als anmaßend abstempeln und deshalb ungeeignet machen würde. Unsinn! Der am hoffnungslosesten dumme Mensch ist der, der sich nicht bewußt ist, klug zu sein. Sie haben sich nicht zuletzt deswegen qualifiziert, weil Sie überzeugt waren, es zu schaffen.«

Erleichterung auf der anderen Seite des Schreibtischs.

»Genau. Jetzt fühlen Sie sich besser, und Sie sind nicht mehr auf der Hut. Es fällt Ihnen leichter, sich zu konzentrieren und zu begreifen. Vergessen Sie nicht, wenn der Geist wirklich etwas leisten soll, ist es nicht notwendig, ihn hinter einer undurchdringlichen Barriere zu halten, die für das intelligente Gegenüber ebenso informativ ist wie ein weit offener Verstand. Man sollte vielmehr eine Unschuld, ein Bewußtsein seiner selbst und eine Unbefangenheit kultivieren, die es überflüssig machen, etwas zu verbergen. Mein Geist ist Ihnen geöffnet. Lassen Sie dies für uns beide gelten.«

Er fuhr fort: »Es ist nicht leicht, Sprecher zu sein. Es ist schon nicht leicht, Psychohistoriker zu sein, und auch der beste Psychohistoriker ist nicht unbedingt zum Sprecher geeignet. Hier gibt es einen Unterschied. Ein Sprecher muß die mathematischen Feinheiten des Seldon-Plans nicht nur kennen, er muß Sympathie für sie und ihren Zweck empfinden. Er muß den Plan *lieben,* für ihn muß er leben und atmen. Mehr als das, er muß für ihn wie ein lebendiger Freund sein.

Wissen Sie, was das ist?«

Die Hand des Ersten Sprechers schwebte über dem schwarzen glänzenden Würfel in der Mitte des Schreibtischs. Es gab nichts daran zu sehen.

»Nein, Sprecher, das weiß ich nicht.«

»Sie haben von dem Urquell gehört?«

»Das da?« — Staunen.

»Sie erwarteten etwas Edleres und Ehrfurchtgebietenderes? Nun, das ist natürlich. Er wurde zur Zeit des Imperiums von Zeitgenossen Seldons geschaffen. Beinahe vierhundert Jahre lang hat er uns vollkommene Dienste geleistet, ohne Reparaturen oder Nachstellungen zu verlangen. Und das war ein Glück, da keiner von der Zweiten Foundation imstande ist, auf irgendeine technische Weise mit ihm umzugehen.« Er lächelte milde. »Die von der Ersten Foundation mögen ihn nachbauen können, aber natürlich dürfen sie nie von ihm erfahren.«

Er drückte auf seiner Seite des Schreibtischs einen Knopf, und im Raum wurde es dunkel. Aber nur für einen Augenblick, denn allmählich leuchteten die beiden langen Wände des Raums auf, zuerst in einem perlfarbenen eintönigen Weiß, dann hier und da mit Spuren von Schatten. Schließlich erschienen sauber in Schwarz Gleichungen mit einer gelegentlichen roten Haarlinie, die sich durch den dunkleren Wald wand wie ein sich schlängelndes Bächlein.

»Kommen Sie, mein Junge, stellen Sie sich hier vor die Wand! Sie werden keinen Schatten werfen. Dieses Licht strahlt nicht auf gewöhnliche Weise von dem Urquell aus. Um Ihnen die Wahrheit zu sagen, ich habe nicht den leisesten Schimmer, wie der Effekt bewirkt wird, aber einen Schatten werden Sie nicht werfen. Das weiß ich.«

Nebeneinander standen sie im Licht. Jede Wand war dreißig Fuß lang und zehn hoch. Die Schrift war winzig und bedeckte jeden Zoll.

»Dies ist nicht der ganze Plan«, erklärte der Erste Sprecher. »Um ihn auf den beiden Wänden unterzubringen, müßten die einzelnen Gleichungen mikroskopisch klein geschrieben werden — aber das ist gar nicht notwendig. Was Sie jetzt sehen, repräsentiert die Hauptteile des Plans bis zum heutigen Tag. Sie haben das Thema studiert, nicht wahr?«

»Ja, Sprecher, das habe ich.«

»Erkennen Sie irgendeinen Teil?«

Langes Schweigen. Der Student hob den Finger, und als er das tat, marschierten die Zeilen die Wand hinunter, bis die Folge von Gleichungen, an die er gedacht hatte — man konnte sich kaum vorstellen, daß die schnelle, auf nichts Spezielles hinweisende Fingerbewegung präzise genug gewesen war —, sich auf Augenhöhe befand.

Der Erste Sprecher lachte leise. »Sie werden feststellen, daß der Urquell auf Ihr Gehirn abgestimmt ist. Das kleine Gerät wird Ihnen noch mehr Überraschungen bescheren. Was wollten Sie über die Gleichungen, die Sie ausgewählt haben, sagen?«

»Es ist«, stammelte der Student, »ein Rigel-Integral. Es benutzt die planetare Verteilung von einem Vorurteil, nach dem es auf dem Planeten oder vielleicht in einem Sektor zwei ökonomische Hauptklassen plus einer instabilen emotionalen Struktur gibt.«

»Und was bedeutet das?«

»Es repräsentiert das Limit der Spannungen, denn wir haben hier« — er zeigte, und wieder wanderten die Gleichungen — »eine konvergierende Folge.«

»Gut«, lobte der Erste Sprecher. »Nun sagen Sie mir, was Sie von dem allen halten. Es ist ein ausgefeiltes Kunstwerk, nicht wahr?«

»Entschieden!«

»Falsch! Das ist es nicht.« Mit Schärfe: »Dies ist die erste Lektion, die Sie verlernen müssen. Der Seldon-Plan ist weder vollständig noch richtig. Er ist vielmehr das Beste, was in der damaligen Zeit zu erreichen war. Über ein Dutzend Generationen von Menschen haben über diese Gleichungen nachgedacht, an ihnen gearbeitet, sie bis auf die letzte Dezimalstelle auseinandergenommen und wieder zusammengesetzt. Sie haben mehr als das getan: Sie haben nahezu vierhundert Jahre vorüberziehen sehen, sie haben diese Vorhersagen und Gleichungen mit der Realität verglichen, und sie haben gelernt.

Sie haben mehr gelernt, als Seldon je gewußt hat, und wenn wir heute Seldons Werk unter Benutzung des Wissens, das über die Jahrhunderte angehäuft wurde, wiederholen könnten, würden wir bessere Arbeit leisten. Ist Ihnen das vollständig klar?«

Der Student machte einen etwas schockierten Eindruck.

»Bevor Sie ins Sprecheramt aufgenommen werden«, fuhr der Erste Sprecher fort, »werden Sie einen eigenen Beitrag zu dem Plan leisten müssen. Das ist keine Blasphemie. Jede rote Markierung, die Sie auf der Wand sehen, ist der Beitrag eines von uns, der in der Zeit nach Seldon gelebt hat. Zum Beispiel ...« Er blickte nach oben. »Da!«

Die ganze Wand schien auf ihn herunterzuwirbeln.

»Das da«, sagte er, »ist meiner.« Eine dünne rote Linie kreiste zwei sich gabelnde Pfeile ein und umschloß sechs Quadratfuß von Ableitungen entlang jedem der beiden Pfade. Dazwischen standen ein paar Gleichungen in Rot.

»Das«, sagte der Sprecher, »sieht nicht nach viel aus. Es steht an einer Stelle in dem Plan, bis zu der noch ebensoviel Zeit verstreichen muß, wie wir bisher hinter uns gebracht haben. Dann kommt es zu der Periode der Verschmelzung. Das, was einmal das Zweite Imperium werden wird, befindet sich in der Hand rivalisierender Persönlichkeiten, und es besteht die Gefahr, daß es in Stücke gerissen wird, wenn die Kräfte zu ausgeglichen, oder daß es in einem Würgegriff erstickt, wenn sie zu unausgeglichen sind. Beide Möglichkeiten werden hier erwogen und verfolgt, und es wird die Methode angegeben, wie sowohl die eine als auch die andere zu vermeiden ist.

Doch es handelt sich hier um nichts als Möglichkeiten, und es könnte ein dritter Weg existieren. Dessen Wahrscheinlichkeit ist verhältnismäßig niedrig — zwölf Komma sechs vier Prozent, um genau zu sein —, aber es ist bereits vorgekommen, daß etwas bei schlechteren Aussichten Realität geworden ist, und der Plan ist nur zu vierzig Prozent vollständig. Diese dritte Möglichkeit besteht aus einem Kompromiß zwischen zwei oder mehr der in Erwägung gezogenen Rivalen. Dies, so zeigte ich, würde das Zweite Imperium zuerst in eine Form pressen, aus der nichts Gutes erwüchse, und dann durch Bürgerkriege mehr Schaden anrichten, als entstanden wäre, hätte es nie einen Kompromiß gegeben. Glücklicherweise kann auch das verhindert werden. Und das war mein Beitrag.«

»Wenn ich unterbrechen darf, Sprecher ... Wie wird eine Veränderung bewirkt?«

»Durch die Kraft des Urquells. Sie werden noch die Erfahrung machen, daß Ihre Berechnungen von fünf verschiedenen Gremien rigoros geprüft werden und man von Ihnen verlangt, sie gegen einen kombinierten und gnadenlosen Angriff zu verteidigen. Zwei Jahre später nimmt man sich Ihren Beitrag von neuem vor. Es ist öfter als einmal passiert, daß bei einer scheinbar perfekten Arbeit die Mängel erst nach einer Ruheperiode von Monaten oder Jahren zum Vorschein kamen. Manchmal entdeckt der Verfasser den Fehler sogar selbst.

Wenn die Arbeit nach zwei Jahren eine zweite Prüfung besteht, die nicht weniger rigoros ist als die erste, und — was noch besser ist — der junge Wissenschaftler in der Zwischenzeit zusätzliche Einzelheiten, stützende Beweise ans Licht gebracht hat, wird sie dem Plan hinzugefügt. Das war der Höhepunkt meiner Laufbahn, und es wird der Höhepunkt der Ihren sein.

Der Urquell kann auf Ihr Gehirn abgestimmt werden, und alle Korrekturen und Zusätze erfolgen dann durch mentalen Rapport. Nichts wird darauf hinweisen, daß die Korrektur oder der Zusatz von Ihnen stammt. In der ganzen Geschichte des Plans ist nie etwas einer bestimmten

Person zugeschrieben worden. Er stellt eine Schöpfung von uns allen gemeinsam dar. Verstehen Sie?«

»Ja, Sprecher.«

»Dann genug davon.« Ein Schritt zu dem Urquell, und die Wände waren wieder leer. Nur am oberen Rand war die übliche Raumbeleuchtung zu sehen. »Setzen Sie sich zu mir an den Schreibtisch, und dann will ich Ihnen etwas erzählen. Für einen Psychohistoriker als solchen genügt es, wenn er seine Biostatistik und seine Neurochemie-Elektromathematik beherrscht. Manche verstehen nichts anderes und eignen sich nur zu Statistik-Technikern. Aber ein Sprecher muß fähig sein, ohne Mathematik über den Plan zu diskutieren oder, wenn schon nicht über den Plan selbst, dann doch zumindest über die ihm zugrundeliegende Philosophie und sein Ziel.

Die wichtigste Frage ist: Welches Ziel hat der Plan? Bitte, sagen Sie es mir mit Ihren eigenen Worten — und verschwenden Sie keine Mühe auf Artigkeiten. Ich versichere Ihnen, Sie werden nicht nach Schliff und höflicher Ausdrucksweise beurteilt werden.«

Für den Studenten war es die erste Chance, mehr als zwei Silben zu äußern, und er zögerte, bevor er sich in den leeren Raum stürzte, der für ihn freigemacht worden war. Schüchtern begann er: »Dem zufolge, was ich gelernt habe, glaube ich, die Absicht des Plans ist es, eine menschliche Zivilisation aufzubauen, die völlig anders orientiert ist als das, was je zuvor existiert hat. Nach den Erkenntnissen der Psychohistorie könnte es zu einer solchen Orientierung niemals *spontan* kommen ...«

»Halt!« unterbrach der Erste Sprecher ihn energisch. »Sie dürfen nicht ›niemals‹ sagen. Das ist ein denkfaules Verwischen der Tatsachen. Die Psychohistorie sagt ja nur Wahrscheinlichkeiten voraus. Ein bestimmtes Ereignis mag eine verschwindend kleine Wahrscheinlichkeit besitzen, aber sie ist immer größer als Null.«

»Ja, Sprecher. Von der erwünschten Orientierung, wenn ich mich so korrigieren darf, ist bekannt, daß ihr spontanes Entstehen keine signifikante Wahrscheinlichkeit besitzt.«

»Besser. Was ist die Orientierung?«

»Es ist die einer Zivilisation auf der Grundlage der Geisteswissenschaften. In der gesamten bekannten Geschichte der Menschheit hat es Fortschritte vor allem in den Naturwissenschaften gegeben, in der Fähigkeit, die unbelebte Welt rings um den Menschen zu manipulieren. Die Kontrolle des eigenen Ichs und der Gesellschaft wurde dem Zufall oder den vagen Versuchen ethischer Systeme überlassen, die sich auf Inspiration und Emotion stützten. Das Ergebnis ist, daß es noch nie eine Kultur mit einer größeren Stabilität als etwa fünfundfünfzig Prozent gegeben hat, und auch das nur auf Kosten großen menschlichen Elends.«

»Und warum entsteht die Orientierung, von der wir sprechen, normalerweise nicht spontan?«

»Weil eine große Minderheit der menschlichen Wesen verstandesmäßig so ausgerüstet ist, daß sie am Fortschritt der Naturwissenschaften teilnehmen und deren primitive und sichtbare Vorteile genießen. Doch nur eine unbedeutende Minderheit hat die Gabe, den Menschen die anspruchsvolleren Wege der Geisteswissenschaften zu führen, und die Vorteile, die hier zu erlangen sind, fallen weit weniger ins Auge. Da nun eine solche Orientierung zum Entstehen einer wohlwollenden Diktatur der geistig Besten führen würde — eigentlich einer höher entwickelten Unterabteilung des Menschen —, würde sie abgelehnt werden und müßte, um bestehen zu können, Gewalt anwenden. Das wiederum würde den Rest der Menschheit auf das Niveau von Tieren drücken. Eine solche Entwicklung ist uns ein Greuel und muß vermieden werden.«

»Was ist dann die Lösung?«

»Die Lösung ist der Seldon-Plan. Die Bedingungen sind so vorausgeplant und aufrechterhalten worden, daß sich in einem Jahrtausend von seinem Beginn an — das sind sechshundert Jahre von nun an — ein Zweites galaktisches Imperium gebildet haben wird, in dem die Menschheit für die Führerschaft der Geisteswissenschaften bereit ist. In diesem gleichen Zeitraum wird die Zweite Foundation in *ihrer* Entwicklung eine Gruppe von Psychologen hervorgebracht haben, die bereit ist, die Führerschaft zu übernehmen. Oder, wie ich persönlich oft gedacht habe, die Erste Foundation liefert den physischen Rahmen einer politischen Einheit und die Zweite Foundation den mentalen Rahmen einer vorgefertigten Herrscherklasse.«

»Ich verstehe. Recht gut. Glauben Sie, daß *irgendein* Zweites Imperium, auch wenn es zu dem von Seldon festgesetzten Zeitpunkt entstünde, als Erfüllung seines Plans betrachtet werden könnte?«

»Nein, Sprecher, das glaube ich nicht. Es gibt mehrere mögliche Zweite Imperien, die sich in der Spanne von neunhundert bis tausendsiebenhundert Jahren nach Aufstellung des Plans bilden könnten, aber nur eins von diesen ist das Zweite Imperium.«

»Und warum ist es in Anbetracht all dessen notwendig, daß die Zweite Foundation verborgen bleibt — vor allem vor der Ersten Foundation?«

Der Student suchte nach einer versteckten Bedeutung in der Frage und fand keine. Unter Bedenken antwortete er: »Es ist der gleiche Grund, aus dem die Einzelheiten des Plan als Ganzem vor der Menschheit im allgemeinen verborgen bleiben müssen. Die Gesetze der Psychohistorie sind statistischer Natur und verlieren ihre Gültigkeit, wenn die Handlungen von Einzelpersonen nicht mehr zufällig erfolgen. Wenn eine ausreichend große Gruppe menschlicher Wesen von Schlüsselstellen des Plans erführe, würden ihre Handlungen von diesem Wissen bestimmt und könnten im Sinne der psychohistorischen Axiome nicht mehr als zufällig betrachtet werden. Mit anderen Worten, sie wären nicht länger genau voraussehbar. Ich bitte um Verzeihung, Sprecher, aber ich habe das Gefühl, die Antwort ist unbefriedigend.«

»Dann empfinden Sie richtig. Ihre Antwort ist bei weitem nicht vollständig. Die Zweite Foundation selbst muß verborgen bleiben, nicht einfach der Plan. Das Zweite Imperium hat sich noch nicht gebildet. Wir haben immer noch eine Gesellschaft von Menschen, die eine herrschende Klasse aus Psychologen ablehnen, ihr Entstehen fürchten und dagegen kämpfen würde. Verstehen Sie das?«

»Ja, Sprecher. Es ist nie besonders darauf hingewiesen worden ...«

»Falsch. Es ist nie erwähnt worden — im Hörsaal. Allerdings hätten Sie selbst darauf kommen müssen. Diesen Schluß und viele andere Schlüsse werden wir in naher Zukunft während Ihrer Lehrzeit ziehen. Kommen Sie in einer Woche wieder. Ich möchte, daß Sie bis dahin einen Kommentar zu einem Problem, das ich Ihnen jetzt vorlegen werde, ausarbeiten. Eine vollständige und eingehende mathematische Abhandlung verlange ich nicht. Das würde ein Jahr Arbeit von einem Experten erfordern, nicht eine Woche von Ihnen. Was ich möchte, ist ein Hinweis auf Trends und Richtungen.

Was Sie hier sehen, ist eine Gabelung in dem Plan, die etwa ein halbes Jahrhundert zurückliegt. Die notwendigen Einzelheiten sind beigefügt. Ihnen wird auffallen, daß die Realität einen anderen Verlauf genommen hat als sämtliche Vorhersagen; die Wahrscheinlichkeit dafür lag unter einem Prozent. Sie werden schätzen, wie lange die Abweichung weitergehen darf, bis sie einen Punkt erreicht, an dem sie nicht mehr zu korrigieren ist. Schätzen Sie auch das wahrscheinliche Ende, wenn sie nicht korrigiert wird, und eine praktikable Methode der Korrektur.«

Der Student stellte das Lesegerät aufs Geratewohl ein und betrachtete mit steinernem Gesicht die Stelle, die auf dem kleinen eingebauten Schirm erschien.

Er fragte: »Warum dieses besondere Problem, Sprecher? Offenbar hat es eine andere als nur die rein akademische Bedeutung.«

»Danke, mein Junge. Sie sind so fix, wie ich es erwartet

hatte. Ich unterbreite Ihnen das Problem nicht der Übung wegen. Vor fast einem halben Jahrhundert brach das Maultier in die galaktische Geschichte ein und war zehn Jahre lang die größte Einzeltatsache des Universums. Mit ihm hatte man nicht gerechnet. Er schädigte den Plan ernstlich, aber er vernichtete ihn nicht.

Doch um das Maultier aufzuhalten, bevor er den Plan vernichten konnte, waren wir gezwungen, aktiv gegen ihn vorzugehen. Wir enthüllten unser Vorhandensein, und, was noch viel schlimmer ist, zum Teil auch unsere Macht. Die Erste Foundation hat von uns erfahren, und jetzt werden ihre Handlungen von diesem Wissen bestimmt. Sehen Sie es sich an. Hier. Und hier.

Natürlich werden Sie zu niemandem davon sprechen.«

Der Student schwieg entsetzt, als ihm die Bedeutung klar wurde. Schließlich sagte er: »Dann ist der Seldon-Plan fehlgeschlagen.«

»Noch nicht. Er ist nur *möglich,* daß er fehlgeschlagen ist. Die Wahrscheinlichkeit eines Erfolges beträgt *immer noch* einundzwanzig Komma vier Prozent nach der neuesten Berechnung.«

— 9 —

Die Verschwörer

Dr. Darell und Pelleas Anthor verbrachten die Abende in freundschaftlichen Diskussionen, die Tage in angenehmer Ereignislosigkeit. Es hätte ein gewöhnlicher Besuch sein können. Dr. Darell stellte den jungen Mann als einen Vetter aus dem Raum vor, und das Interesse flaute angesichts dieses Klischees schnell ab.

Es mochte jedoch im harmlosen Gespräch ein Name fallen und dem eine Denkpause folgen. Vielleicht sagte Dr. Darell dann »Nein«, oder er sagte »Ja«. Mit einem Anruf über die offene Kommunikationswelle wurde jemand beiläufig eingeladen. »Ich möchte, daß Sie meinen Vetter kennenlernen.«

Und Arcadia betrieb ihre eigenen Vorbereitungen. Sie folgte dabei weitaus krummeren Wegen.

Zum Beispiel überredete sie ihren Mitschüler Olynthus Dam, ihr einen selbstgebastelten, nicht von der Energieversorgung abhängigen Tonempfänger zu schenken. Die dabei angewandten Methoden ließen für sie eine Zukunft erwarten, die Gefahr für alle männlichen Wesen, mit denen sie in Kontakt kommen mochte, bedeuteten. Um Einzelheiten zu vermeiden: Sie trug lediglich ein solches Interesse an dem Hobby zur Schau, von dem Olynthus so gern sprach — er hatte zu Hause eine Werkstatt —, und kombinierte dies mit einer so gut abgestimmten Übertragung des Interesses auf Olynthus' eigenes dickliches Gesicht, daß der unglückliche Jüngling sich dabei wiederfand, wie er 1) einen ebenso ausführlichen wie begeisterten Vortrag über die Prinzipien des Hyperwellen-Motors hielt, 2) von Schwindel ergriffen wurde, als er diese großen Augen hingerissen auf sich ruhen fühlte, und 3) Arcadia seine größte Schöpfung, den bereits erwähnten Tonempfänger, geradezu mit Gewalt in die willigen Hände drückte.

Danach kultivierte Arcadia die Beziehung zu Olynthus in abnehmendem Grad gerade lange genug, daß aller Verdacht entfernt wurde, der Tonempfänger sei der Grund der Freundschaft gewesen. Noch monatelang tastete Olynthus die Erinnerung an diese kurze Periode seines Lebens immer und immer wieder mit den Fühlern seines Geistes ab, bis er schließlich mangels weiterer Ergänzungen aufgab und sie versinken ließ.

Als der siebte Abend kam und fünf Männer, nachdem sie gut gespeist hatten, rauchend in Darells Wohnzimmer beisammensaßen, stand oben auf Arcadias Schreibtisch dieses ganz unkenntliche Produkt von Olynthus' Erfindergabe.

Es waren fünf Männer. Dr. Darell natürlich, der mit seinem ergrauenden Haar und seiner untadeligen Kleidung etwas älter als seine zweiundvierzig Jahre aussah, und der ernst blickende Pelleas Anthor, der jung und unsicher wirkte. Dazu kamen drei Neue: Jole Turbor, Fernseh-Kommentator, korpulent und dicklippig, Dr. Elvett Semic, Professor emeritus der Physik an der Universität, der, dürr und verrunzelt, seine Kleider nur halb ausfüllte, und der schlanke Homir Munn, Bibliothekar, der sich schrecklich unbehaglich fühlte.

Dr. Darell sprach in normalem, sachlichem Ton. »Meine Herren, diese Zusammenkunft wurde aus einem etwas wichtigeren Grund als dem bloßen Wunsch nach Geselligkeit arrangiert. Das werden Sie sich schon gedacht haben. Da Sie eigens wegen Ihres jeweiligen Hintergrundes ausgewählt worden sind, ist Ihnen vielleicht auch der Gedanke an damit zusammenhängende Gefahr gekommen. Diese Gefahr will ich nicht herunterspielen, aber darauf hinweisen, daß wir alle auch so zum Untergang verurteilt sind.

Sie werden bemerkt haben, daß die Einladungen ohne jeden Versuch zur Geheimhaltung erfolgt sind. Keiner von ihnen ist gebeten worden, sich auf dem Weg hierher nicht sehen zu lassen. Die Fenster sind nicht auf Undurchsichtigkeit von außen eingestellt. Der Raum ist durch keinen irgendwie gearteten Schirm geschützt. Wir brauchen nur die Aufmerksamkeit des Feindes zu erregen, und wir sind erledigt, und diese Aufmerksamkeit erregen wir am ehesten durch theatralische Geheimnistuerei.

(*Ha!* dachte Arcadia und beugte sich über den kleinen Kasten, aus dem die ein bißchen blechern klingenden Stimmen kamen.)

Verstehen Sie das?«

Elvett Semic zupfte an seiner Unterlippe und entblößte die Zähne in der wunderlichen Geste, die jedem seiner Sätze vorausging. »Oh, machen Sie voran. Erzählen Sie uns von dem jungen Mann.«

Dr. Darell antwortete: »Pelleas Anthor ist sein Name. Er ist Schüler meines alten Kollegen Kleise, der voriges Jahr starb. Kleise schickte mir zuvor sein Gehirnmuster bis zur fünften Unterebene, und dieses Muster ist mit dem des Mannes, den Sie vor sich sehen, verglichen worden. Sie wissen natürlich, daß ein Gehirnmuster nicht so weit gefälscht werden kann, auch nicht von Vertretern der Wissenschaft der Psychologie. Und wenn Sie es nicht wissen, müssen Sie mein Wort dafür nehmen.«

Turbor meinte mit geschürzten Lippen: »Wir könnten ebensogut irgendwo anfangen. Wir nehmen Ihr Wort dafür, vor allem, weil Sie jetzt, da Kleise tot ist, der größte Elektroneurologe der Galaxis sind. Wenigstens habe ich Sie so in einem Kommentar beschrieben, und ich glaube es sogar selbst. Wie alt sind Sie, Anthor?«

»Neunundzwanzig, Mr. Turbor.«

»Hm-m-m. Und sind Sie ebenfalls Elektroneurologe? Ein großer?«

»Nur ein Student der Wissenschaft. Aber ich arbeite fleißig, und ich hatte den Vorzug, von Kleise ausgebildet zu werden.«

Munn ergriff das Wort. Unter Anspannung stotterte er ein bißchen. »Ich ... ich wünschte, Sie w-würden anfangen. Ich f-finde ... alle reden zuviel.«

Dr. Darell hob eine Augenbraue in Munns Richtung. »Sie haben recht, Homir. Übernehmen Sie, Pelleas!«

»Nicht sofort«, erwiderte Pelleas Anthor bedächtig. »Denn bevor wir anfangen können — obwohl ich Verständnis für Mr. Munns Forderung habe —, muß ich Ihre Gehirnwellen-Daten verlangen.«

Darell runzelte die Stirn. »Was soll das, Anthor? Welche Gehirnwellen-Daten meinen Sie?«

»Die Muster von Ihnen allen. Sie haben meine aufgenommen, Dr. Darell. Ich muß Ihre und die von allen anderen aufnehmen. Und zwar muß ich es selbst machen.«

Turbor sagte: »Er hat keinen Grund, uns zu vertrauen, Darell. Der junge Mann hat recht.«

»Danke«, antwortete Anthor. »Wenn Sie dann zu Ihrem Laboratorium vorangehen wollen, Dr. Darell, können wir es erledigen. Ich habe mir heute vormittag die Freiheit genommen, Ihren Apparat zu überprüfen.«

Die Wissenschaft der Elektroenzephalographie war gleichzeitig neu und alt. Sie war alt in dem Sinn, daß die Kenntnis von den Mikroströmen, die von den Nervenzellen lebender Wesen erzeugt werden, zu dem immensen Vorrat menschlichen Wissens gehörte, das nicht mehr bis zu seinem Ursprung zurückzuverfolgen war. Es ging bis zu den frühesten Anfängen der menschlichen Geschichte zurück.

Und doch war diese Wissenschaft auch neu. Die Anerkennung der Tatsache, daß es Mikroströme gibt, schlummerte in den Jahrzehntausenden des galaktischen Imperiums als eine dieser interessanten und merkwürdigen, aber völlig nutzlosen Artikel menschlichen Wissens. Manche hatten versucht, die Wellen in wachende und schlafende, ruhige und aufgeregte, gesunde und Kranke einzuteilen — aber selbst die am weitesten gefaßten Konzepte waren von Horden alles verderbender Ausnahmen gestört worden.

Andere wollten das Vorhandensein von Gehirnwellengruppen — analog zu den wohlbekannten Blutgruppen — beweisen und zeigen, daß die äußere Umgebung der bestimmende Faktor war. Das waren die Rassisten, die behaupteten, die Menschheit könne in Unterarten eingeteilt werden. Aber eine solche Philosophie konnte sich gegen die überwältigende Anziehungskraft der ökumenischen Idee nicht durchsetzen, die darin lag, daß das galaktische Imperium eine einzige politische Einheit war, zwanzig Millionen Sternensysteme und die gesamte Menschheit umfassend, von der Zentralwelt Trantor — jetzt eine großartige und unglaubliche Erinnerung an die ruhmreiche Vergangenheit — bis zu dem einsamsten Asteroiden an der Peripherie.

Und in einer Gesellschaft, die, wie das Erste Imperium, höchsten Wert auf Naturwissenschaft und Technik legte, herrschte auch eine nicht genau umrissene, aber mächtige Strömung *weg* vom Studium des Geistes. Es hatte weniger Ansehen, weil es weniger nützlich war, und es wurde finanziell nur kläglich unterstützt, weil es weniger Profit brachte.

Nach der Auflösung des Ersten Imperiums brach auch die organisierte Wissenschaft in Stücke und fiel, da die Grundkenntnisse von der Atomkraft verlorengingen, auf die aus Kohle und Öl gewonnene Energie zurück. Die einzige Ausnahme bildete natürlich die Erste Foundation, wo der Funke der Wissenschaft neu angefacht und zur hellen Flamme geschürt wurde. Doch auch da regierten die Naturwissenschaften, und das Gehirn war, ausgenommen in der Chirurgie, vernachlässigter Boden.

Hari Seldon formulierte als erster, was später als Wahrheit anerkannt wurde.

»Neurale Mikroströme«, sagte er einmal, »tragen den Funken jedes variierenden Impulses und jeder Reaktion mit sich, seien sie bewußt oder unbewußt. Die Gehirnwellen, die auf kariertem Papier in zitterigen Gipfeln und Tälern aufgezeichnet werden, spiegeln die kombinierten Gedankenimpulse von Milliarden von Zellen wider. Theoretisch müßte eine Analyse die Gedanken und Emotionen der Versuchsperson bis ins letzte enthüllen können. Es müßte möglich sein, Unterschiede zu entdecken, die nicht nur auf schwere körperliche Mängel, ob ererbt oder erworben, sondern auch auf den wechselnden Zustand der Gefühle, auf fortschreitende Bildung und Erfahrung und sogar auf etwas so Subtiles wie eine Veränderung in der Lebensphilosophie der Versuchsperson zurückzuführen sind.«

Doch auch Seldon kam über die Spekulation nicht hinaus.

Und jetzt räumten die Männer der Ersten Foundation seit fünfzig Jahren diese unglaublich große und komplizierte Lagerhalle des Wissens leer. Der Zugang erfolgte natürlich durch neue Techniken — wie zum Beispiel, daß mit Elektroden an Schädelnähten ein direkter Kontakt zu den grauen Zellen hergestellt wurde, wobei es nicht einmal notwendig war, eine Stelle der Kopfhaut zu rasieren. Und dann gab es ein Gerät, das die Gehirnwellen-Daten in ihrer Gesamtheit und als getrennte Funktionen von sechs unabhängigen Variablen automatisch aufzeichnete.

Am bedeutungsvollsten war vielleicht das wachsende Ansehen, in dem die Enzephalographie und der sich mit ihr befassende Wissenschaftler standen. Klerse, der größte von ihnen, galt bei wissenschaftlichen Tagungen als gleichberechtigt mit dem Physiker. Dr. Darell war, obwohl nicht mehr aktiv auf seinem Gebiet tätig, wegen seiner brillanten Ausführungen auf dem Gebiet der enzephalographischen Analyse beinahe ebenso bekannt wie der Tatsache wegen, daß er der Sohn von Bayta Darell war, der großen Heldin der vorigen Generation.

Und so saß Dr. Darell jetzt in seinem Sessel und spürte die federleichte Berührung der Elektroden auf seinem Schädel, während die von Vakuum umhüllten Nadeln hin und hertanzten. Er wandte dem Aufnahmegerät den Rükken, denn es war bekannt, daß der Anblick der sich bewegenden Kurven die unbewußte Bemühung hervorrief, sie zu kontrollieren, was bemerkenswerte Ergebnisse zeitigte. Aber er wußte, daß die Skala in der Mitte die starke und sich wenig verändernde Sigma-Kurve zeigte, die von seinem mächtigen und disziplinierten Verstand zu erwarten war. Bestätigt wurde sie von der Kleinhirn-Welle. Von dem Stirnlappen kamen scharfe, fast unzusammenhängende Sprünge und von den Regionen unter der Oberfläche der enge Bereich von Frequenzen ...

Er kannte sein eigenes Gehirnwellen-Muster ebensogut, wie ein Maler die Farbe seiner Augen kennt.

Pelleas Anthor sagte nichts, als Darell sich aus dem Liegesessel erhob. Der junge Mann überflog die sieben

Aufzeichnungen mit dem alles umfassenden Auge dessen, der genau weiß, nach welcher winzigen Facette er sucht.

»Wenn Sie so freundlich sein wollen, Dr. Semic.«

Semics altersgelbes Gesicht war ernst. Die Elektroenzephalographie war eine Wissenschaft seiner späten Jahre, von der er wenig wußte, ein Emporkömmling, dem er ein bißchen grollte. Die Runzeln auf seinem Gesicht zeigten es, die gebeugte Haltung, das Zittern seiner Hand — aber das alles sprach nur von seinem Körper. Das Gehirnwellen-Muster würde vielleicht zeigen, daß auch sein Verstand alt war. Ein peinliches und unstatthaftes Eindringen in die letzte schützende Feste eines Mannes, seinen eigenen Verstand.

Die Elektroden wurden angebracht. Die Messung tat natürlich von Anfang bis Ende nicht weh. Da war nur dieses ganz leise, fast unmerkliche Prickeln.

Dann kam Turbor an die Reihe, der während der fünfzehn Minuten still und gleichmütig dasaß, dann Munn, der zusammenzuckte, als die erste Elektrode ihn berührte, und während der ganzen Sitzung die Augen rollte, als wünschte er, sie zurückdrehen und durch ein Loch in seinem Hinterkopf zusehen zu können.

»Und nun ...«, sagte Darell, als es geschafft war.

»Und nun«, fiel Anthor entschuldigend ein, »gibt es noch eine Person im Haus.«

Darell runzelte die Stirn. »Meine Tochter?«

»Ja. Ich bat, sie möge heute abend zu Hause bleiben, wenn Sie sich erinnern.«

»Einer enzephalographischen Analyse wegen? Um der Galaxis willen, weshalb?«

»Ohne das kann ich nicht weitermachen.«

Darell hob die Schultern und stieg die Treppe hinauf. Arcadia war ja gewarnt und hatte den Tonempfänger abgeschaltet, als er eintrat. Dann folgte sie ihm brav nach unten. Zum erstenmal in ihrem Leben — abgesehen von der Aufnahme, die zu Zwecken der Identifizierung und

Registrierung von ihr als Säugling gemacht worden war — saß sie unter den Elektroden.

»Darf ich es sehen?« fragte sie, als es vorbei war, und streckte die Hand aus.

Dr. Darell wehrte ab: »Du würdest es nicht verstehen, Arcadia. Ist es für dich nicht Zeit, zu Bett zu gehen?«

»Ja, Vater«, stimmte sie sittsam zu. »Gute Nacht allerseits.«

Sie eilte die Treppe hinauf und ließ sich nach einem Minimum an Vorbereitungen ins Bett plumpsen. Mit Olynthus' Tonempfänger neben dem Kissen fühlte sie sich wie eine Spionin aus einem Buchfilm und genoß jeden ekstatischen Augenblick.

Das erste, was sie hörte, war Anthors Stimme: »Die Analysen, Gentlemen, sind alle in Ordnung. Die des Kindes auch.«

Kind, dachte sie angewidert und bedachte Anthor mit ein paar zornigen Gedanken.

Anthor hatte seine Aktentasche mittlerweile geöffnet und entnahm ihr mehrere Dutzend Gehirnwellen-Aufzeichnungen. Es waren keine Originale. Auch war die Aktentasche nicht mit einem gewöhnlichen Schloß versehen. Hätte eine andere Hand als seine den Schlüssel gehalten, wären die Analysen sofort zu unentzifferbarer Asche oxidiert. Der Aktentasche entnommen, taten sie es eine halbe Stunde später.

Während ihrer kurzen Lebenszeit sprach Anthor schnell. »Ich habe hier die Aufzeichnungen von einigen kleineren Regierungsbeamten Anakreons. Dies ist ein Psychologe an der Locris-Universität, dies ein Industrieller auf Siwenna. Was die übrigen sind, sehen Sie selbst.«

Sie drängten sich um ihn. Für alle bis auf Darell waren es nur Krakel auf Pergament. Für Darell brüllten die Aufzeichnungen mit einer Million Zungen.

Anthor zeigte auf eine Stelle. »Ich mache Sie, Dr. Darell, auf die Plateau-Region unter den sekundären Tau-

Wellen im Stirnlappen aufmerksam, die alle diese Aufzeichnungen gemeinsam haben. Möchten Sie mein Analyse-Lineal benutzen, Sir, um meine Behauptung nachzuprüfen?«

Das Analyse-Lineal könnte man als entfernten Verwandten — in dem Grade verwandt, wie es ein Wolkenkratzer mit einem Schuppen ist — dieses Kindergarten-Spielzeugs, des logarithmischen Rechenschiebers, betrachten. Darell benutzte es mit dem lockeren Handgelenk langer Übung. Er machte Freihand-Zeichnungen von dem Ergebnis, und es waren, wie Anthor gesagt hatte, nichts aussagende Plateaus in der Region des Stirnlappens, wo man starke Schwingungen erwartet hätte.

»Wie würden Sie das interpretieren, Dr. Darell?« fragte Anthor.

»Ich bin mir nicht sicher. So aus dem Stegreif möchte ich sagen, daß es nicht möglich ist. Selbst in Fällen von Amnesie sind die Wellen nur unterdrückt, nicht entfernt. Vielleicht eine drastische Gehirnoperation?«

»Oh, etwas ist schon herausgeschnitten worden«, rief Anthor ungeduldig, »ja! Doch nicht im physischen Sinn. Sie wissen, das Maultier wäre zu so etwas imstande gewesen. Er hätte die Fähigkeit zu einer bestimmten Emotion oder Geisteshaltung vollständig entfernen und nichts als eine solche flache Stelle zurücklassen können. Oder...«

»Oder die Zweite Foundation könnte es gemacht haben. Ist es das?« fragte Turbor mit einem dünnen Lächeln.

Es bestand eigentlich keine Notwendigkeit, auf diese rein rhetorische Frage zu antworten.

»Was hat Ihren Verdacht erregt, Mr. Anthor?« wollte Munn wissen.

»Nicht meinen. Den von Dr. Kleise. Er sammelte Gehirnwellenmuster, ähnlich wie es die planetare Polizei tut, aber nach anderen Kriterien. Spezialisiert hatte er sich auf Intellektuelle, Regierungsbeamte und Wirtschaftsführer. Sie sehen, es ist klar, daß die Zweite Foundation, falls sie den historischen Kurs der Galaxis — also uns — steuert, es unmerklich und mit den kleinstmöglichen Eingriffen tun muß. Wenn die Angehörigen der Zweiten Foundation sich dazu der Gehirne bedienen, wie sie ja wohl müssen, werden es die Gehirne von Leuten mit Einfluß ein, auf kulturellem, industriellem oder politischem Gebiet. Und mit diesen befaßte Dr. Kleise sich.«

»Ja, aber«, wandte Munn ein, »gibt es eine Bestätigung? Wie handeln diese Personen — ich meine, die mit dem Plateau? Vielleicht ist es ein ganz normales Phänomen.« Er sah die anderen mit seinen irgendwie kindlichen blauen Augen hoffnungsvoll an, erhielt jedoch keinen ermutigenden Blick zurück.

»Die Antwort überlasse ich Dr. Darell«, sagte Anthor. »Fragen Sie ihn, wie oft er dieses Phänomen bei seinen Untersuchungen gesehen oder darüber in Schilderungen von früheren Fällen aus der vorigen Generation gelesen hat. Dann fragen Sie ihn, wie groß die Wahrscheinlichkeit ist, daß es unter den Kategorien, die Dr. Kleise studierte, beinahe einmal unter tausend Fällen auftritt.«

»Ich glaube, es gibt keinen Zweifel«, meinte Darell nachdenklich, »daß dies künstliche Mentalitäten sind. Sie sind manipuliert worden. In gewisser Weise hatte ich schon den Verdacht ...«

»Das weiß ich, Dr. Darell«, erwiderte Anthor: »Ich weiß auch, daß Sie einmal mit Dr. Kleise zusammengearbeitet haben. Jetzt würde ich gern erfahren, warum Sie damit aufgehört haben.«

Es lag nicht gerade Feindseligkeit in der Frage, vielleicht nichts weiter als Vorsicht. Jedenfalls folgte ihr eine lange Pause. Darell sah von einem seiner Gäste zum anderen und erklärte dann brüsk: »Weil ich Kleises Kampf für sinnlos hielt. Er stand einem Feind gegenüber, der zu stark für ihn war. Er entdeckte — und wir, er und ich, wußten es vorher —, daß wir nicht unsere eigenen Herren waren. *Und ich wollte es nicht wissen!* Ich hatte meine Selbstachtung. Mir gefiel der Gedanke, unsere Foundation sei der

Kapitän der kollektiven Menschheitsseele, und ich wollte nicht, daß unsere Vorväter für nichts gekämpft hatten und gestorben waren. Ich hielt es für ganz einfach, die Augen abzuwenden, solange ich nicht ganz sicher war. Den Posten hatte ich nicht nötig, weil die Regierung der Familie meiner Mutter eine ewige Pension ausgesetzt hat, die für meine einfachen Bedürfnisse reichte. Das Laboratorium in meinem eigenen Haus konnte mich vor Langeweile bewahren, und eines Tage würde das Leben enden. Dann starb Kleise.«

Semic fletschte die Zähne und sagte: »Diesen Kleise kenne ich nicht. Wie ist er gestorben?«

»Er *starb*«, fiel Anthor ein. »Er rechnete mit seinem Tod. Ein halbes Jahr vorher sagte er mir, er komme der Sache zu nahe.«

»Und jetzt k-kommen wir ihr zu... zu nahe, nicht wahr?« fragte Munn mit trockenem Mund. Sein Adamsapfel zitterte.

»Ja«, bestätigte Anthor geradeheraus, »aber das waren wir sowieso schon — wir alle. Das ist der Grund, warum Sie ausgewählt wurden. Ich bin Kleises Schüler. Dr. Darell war sein Kollege. Jole Turbor hat über den Äther verkündet, wir besäßen keinen blinden Glauben an die rettende Hand der Zweiten Foundation, bis die Regierung ihn ausschaltete — und zwar, wie ich erwähnen möchte, mittels eines mächtigen Finanzmannes, dessen Gehirn das zeigt, was Kleise das Manipulier-Plateau zu nennen pflegte. Homir Munn besitzt die größte Privatsammlung von Material über das Maultier und hat Artikel veröffentlicht, in denen er über die Natur und das Wirken der Zweiten Foundation spekuliert. Dr. Semic hat viel zu der Mathematik der enzephalographischen Analyse beigetragen, obwohl er sich meines Erachtens nicht klar darüber war, daß seine Mathematik auf diese Weise angewendet werden könnte.«

Semic riß die Augen auf und keuchte unter Lachen: »Nein, junger Mann. Ich habe intranukleare Bewegungen analysiert — das n-Körper-Problem, Sie wissen schon. Von der Enzephalographie verstehe ich rein gar nichts.«

»Dann wissen wir, wo wir stehen. Die Regierung kann in dieser Sache natürlich nichts unternehmen. Ob der Bürgermeister oder irgend jemand in der Verwaltung den Ernst der Lage kennt, weiß ich nicht. Aber soviel weiß ich — wir fünf haben nichts zu verlieren und können viel gewinnen. Mit jeder Zunahme unseres Wissens gehen wir ein Stück weiter auf die Sicherheit zu. Wir sind nur ein Anfang, verstehen Sie.«

»Wie weit«, warf Turbor ein, »ist diese Infiltration der Zweiten Foundation verbreitet?«

»Das weiß ich nicht. Ich kann nur soviel sagen: Alle Infiltrationen, die wir entdeckt haben, waren an den äußeren Rändern der Nation. Die Hauptwelt mag noch sauber sein, obwohl nicht einmal das gewiß ist — sonst hätte ich Sie nicht getestet. Sie waren besonders verdächtig, Dr. Darell, weil Sie die gemeinsame Forschungsarbeit mit Kleise aufgegeben haben. Das hat Kleise Ihnen nie verziehen. Ich dachte, vielleicht habe die Zweite Foundation Sie korrumpiert, aber Kleise bestand immer darauf, Sie seien ein Feigling. Entschuldigen Sie, Dr. Darell, wenn ich dies sage, um meine eigene Position klarzumachen. Ich persönlich verstehe Ihre Haltung, und sollte es Feigheit gewesen sein, finde ich sie verzeihlich.«

Darell holte tief Atem, bevor er antwortete: »Ich bin davongelaufen! Nennen Sie es, wie Sie wollen. Ich habe versucht, die Freundschaft mit Kleise aufrechtzuerhalten, doch er hat mir nie geschrieben, mich nie angerufen, bis er mir Ihre Gehirnwellen-Daten schickte, und das war knapp eine Woche vor seinem Tod.«

»Nichts für ungut«, unterbrach Homir Munn mit einem Ausbruch nervöser Beredsamkeit, »aber w-was glauben Sie eigentlich, w-was Sie tun? Wir sind ein a-armseliger Haufen von Verschwörern, wenn wir nichts weiter t-tun als reden und reden und r-reden. Übrigens fällt mir beim besten Willen nichts ein, was wir sonst tun könnten. Dies ist einfach k-kindisch. G-ge-hirnwellen und Mumbo-Jumbo und so weiter. Haben Sie die Absicht, auch irgend etwas zu tun?«

Pelleas Anthors Augen leuchteten auf. »Ja! Wir brauchen mehr Informationen über die Zweite Foundation. Das ist das Wichtigste. Das Maultier verbrachte die ersten fünf Jahre seiner Herrschaft mit der Suche nach dieser Information und versagte — so hat man es uns jedenfalls beigebracht. Und dann hörte er auf, sich umzusehen. Warum? Weil er versagt hatte? Oder weil er Erfolg gehabt hatte?«

»Noch m-mehr Gerede«, stellte Munn bitter fest. »Wie sollen wir das jemals herausfinden?«

»Wenn Sie mir zuhören wollen — Die Hauptstadt des Maultiers war auf Kalgan. Kalgan gehörte in der Zeit vor dem Maultier nicht zu der kommerziellen Einflußsphäre der Foundation, und es gehört auch jetzt nicht dazu. Im Augenblick wird Kalgan von Stettin regiert, falls es bis morgen nicht eine neue Palastrevolution gibt. Stettin nennt sich selbst Erster Bürger und betrachtet sich als den Nachfolger des Maultiers. Was es auf dieser Welt an Tradition gibt, dreht sich um die Übermenschlichkeit und Größe des Maultiers — es ist in seiner Intensität schon fast ein Götzendienst. Die Folge ist, daß der alte Palast des Maultiers als Schrein erhalten bleibt. Kein Unbefugter darf ihn betreten. Was sich in seinem Innern befindet, ist niemals berührt worden.«

»Und?«

»Ja, warum ist das so? In Zeiten wie diesen geschieht nichts ohne Grund. Wenn nun nicht allein der Aberglaube den Palast des Maultiers schützt? Wenn die Zweite Foundation dahintersteckt? Kurz gesagt, wenn sich in dem Palast die Ergebnisse befinden, die die fünfjährige Suche des Maultiers gezeitigt hat?«

»D-das ist doch Quatsch!«

»Warum sollte es denn nicht so sein?« fragte Anthor. »Während ihrer ganzen Geschichte hat sich die Zweite

Foundation versteckt und hat in galaktische Angelegenheiten nur unmerklich eingegriffen. Ich weiß, uns würde es logischer vorkommen, den Palast zu zerstören oder zumindest die Daten zu entfernen. Aber bedenken Sie die Mentalität dieser Meister-Psychologen. Sie sind Seldons, sie sind Maultiere, und sie arbeiten indirekt, durch das Gehirn. Sie würden niemals zerstören oder entfernen, wenn sie ihren Zweck erreichen können, indem sie einen bestimmten Geisteszustand erzeugen. Richtig?«

Es kam nicht sofort eine Antwort, und Anthor fuhr fort: »Und Sie, Munn, sind genau der Mann, der uns die Information besorgen wird, die wir brauchen.«

»Ich?« Es war ein erstaunter Aufschrei. Munn sah rasch von einem zum anderen. »Das kann ich nicht! Ich bin kein Mann der Tat, kein Fernseh-Held. Ich bin Bibliothekar. Wenn ich Ihnen auf diesem Gebiet helfen kann, geht das in Ordnung, und ich werde es riskieren, den Zorn der Zweiten Foundation auf mich zu ziehen. Aber ich werde nicht in den Raum gehen und mich wie ein Don Quichotte gebärden!«

»Schauen Sie«, sagte Anthor geduldig, »Dr. Darell und ich sind übereingekommen, Sie seien der richtige Mann. Es ist der einzige unverdächtige Weg. Sie sagen, daß Sie Bibliothekar sind. Fein! Für welches Gebiet interessieren Sie sich am meisten? Für Material über das Maultier! Sie besitzen bereits die größte Sammlung in der Galaxis. Es ist nur natürlich, daß Sie sie ergänzen wollen, natürlicher als bei jedem anderen. Sie könnten den Antrag stellen, den Kalgan-Palast betreten zu dürfen, ohne den Verdacht zu erregen, tieferliegende Motive zu haben. Vielleicht wird Ihr Antrag abgelehnt, aber Argwohn wird er nicht erregen. Was mehr ist, Sie haben einen Ein-Mann-Kreuzer. Von Ihnen ist bekannt, daß sie während Ihres Jahresurlaubs fremde Planeten besucht haben. Sie sind sogar schon auf Kalgan gewesen. Begreifen Sie nicht, daß Sie nichts weiter zu tun brauchen, als was Sie schon immer getan haben?«

»Ich kann doch nicht einfach sagen: ›B-bitte, seien Sie so freundlich und lassen Sie mich in Ihren heiligsten Schrein, Erster B-bürger!‹«

»Warum denn nicht?«

»Weil, bei der Galaxis, er mich nicht hineinlassen wird!«

»Auch gut. Dann läßt er Sie eben nicht hinein. Sie kommen wieder nach Hause, und wir denken uns etwas anderes aus.«

Munn blickte in hilfloser Rebellion um sich. Er hatte das Gefühl, zu etwas überredet zu werden, das er verabscheute. Niemand erbot sich, ihm aus der Klemme zu helfen.

So wurden am Ende in Dr. Darells Haus zwei Entscheidungen getroffen. Die erste war eine widerstrebende Zustimmung seitens Munn, sich in den Raum zu begeben, sobald sein Sommerurlaub beginne.

Die andere war eine absolut unautorisierte Entscheidung seitens eines gänzlich inoffiziellen Mitglieds der Versammlung, und sie erfolgte, als Arcadia ihren Tonempfänger abschaltete und sich verspätet zum Einschlafen zusammenrollte. Mit dieser zweiten Entscheidung wollen wir uns vorerst nicht weiter befassen.

— 10 —
Kurz vor der Krise

In der Zweiten Foundation war eine Woche vergangen, und der Erste Sprecher begrüßte den Studenten wiederum mit einem Lächeln.

»Sie müssen mir interessante Ergebnisse mitbringen, denn andernfalls wären Sie nicht so voller Zorn.«

Der Student legte die Hand auf seine mathematische Arbeit, die er mitgebracht hatte, und fragte: »Sind Sie sicher, daß das Problem auf Tatsachen beruht?«

»Die Prämissen stimmen. Ich habe nichts verzerrt.«

»Dann *muß* ich die Ergebnisse akzeptieren, und ich will es nicht.«

»Natürlich nicht. Aber was haben Ihre Wünsche damit zu tun? Na, erzählen Sie mir einmal, was Sie so stört. Nein, nein, legen Sie Ihre Ableitungen zur Seite. Ich werde sie später einer Analyse unterziehen. Inzwischen *reden* Sie mit mir. Lassen Sie mich beurteilen, wie gut Sie das Problem gelöst haben.«

»Nun gut, Sprecher — es wird ganz offensichtlich, daß in der Grundeinstellung der Ersten Foundation eine große allgemeine Veränderung stattgefunden hat. Solange diese Leute von der Existenz eines Seldon-Plans wußten, ohne Einzelheiten daraus zu kennen, waren sie zuversichtlich, aber unsicher. Sie wußten, sie würden Erfolg haben, aber sie wußten nicht, wann oder wie. Deshalb herrschte eine ständige Atmosphäre der Anspannung und Nervosität — und genau so wollte Seldon es haben. Mit anderen Worten, man konnte sich darauf verlassen, daß die Erste Foundation mit ihrem Maximum an Potential arbeitete.«

»Eine zweifelhafte Metapher«, meinte der Erste Sprecher, »aber ich verstehe Sie.«

»Doch jetzt, Sprecher, besitzen sie von der Existenz einer Zweiten Foundatioan wesentlich mehr Informationen als nur die vage Aussage Seldons. Sie ahnen schon, daß sie als Wächterin des Plans wirkt. Sie wissen, es gibt ein Gremium, das jeden ihrer Schritte beobachtet und sie nicht fallenlassen wird. So geraten sie aus dem zielbewußten Schritt und gestatten sich, auf einer Tragbahre befördert zu werden. Noch eine Metapher, tut mir leid.«

»Macht nichts. Nur weiter.«

»Und der Verzicht auf jede Anstrengung, diese wachsende Trägheit, dieses Versinken in Weichlichkeit und einer dekadenten, hedonistischen Kultur bedeutet den Ruin des Plans. Sie müssen selbst etwas tun!«

»Ist das alles?«

»Nein, es kommt noch mehr. Die Reaktion der Mehrheit habe ich beschrieben. Aber es besteht eine große Wahrscheinlichkeit für eine Minderheitsreaktion. Das Wissen um unser Wächteramt und unsere Kontrolle wird bei einigen wenigen keine faule Zufriedenheit, sondern Feindseligkeit erzeugen. Dies folgt aus Korilows Theorem.«

»Ja, ja, ich kenne das Theorem.«

»Verzeihung, Sprecher. Es ist schwierig, die Mathematik zu vermeiden. Auf jeden Fall ist die Wirkung die, daß die Foundation nicht nur ihren Fleiß vergißt, sondern daß ein Teil ihrer Mitglieder sich aktiv gegen uns wendet.«

»Ist *das* nun alles?«

»Es bleibt noch ein weiterer Faktor, dessen Wahrscheinlichkeit ziemlich niedrig ist.«

»Sehr gut. Um was geht es?«

»Solange sich die Energie der Männer von der Ersten Foundation allein auf das Imperium richtete, solange ihre einzigen Feinde große, überholte Raumschiffe waren, Überbleibsel aus den Trümmern der Vergangenheit, befaßten sie sich offensichtlich nur mit den Naturwissenschaften. Jetzt, da wir einen neuen Teil ihrer Umgebung bilden, könnte ihnen eine Veränderung des Blickwinkels aufgezwungen werden. Vielleicht versuchen sie nun, Psychologen zu werden.«

»Diese Veränderung«, stellte der Erste Sprecher kühl fest, »hat bereits stattgefunden.«

Der Student kniff die Lippen zu einer blassen Linie zusammen. »Dann ist alles vorbei. Das ist die eine Tatsache, die mit dem Plan unvereinbar ist. Sprecher, hätte ich davon erfahren, wenn ich — draußen gelebt hätte?«

Der Erste Sprecher antwortete ernst: »Sie fühlen sich gedemütigt, junger Mann, weil Sie, nachdem Sie meinten, alles ausgezeichnet zu verstehen, plötzlich herausfinden, daß Ihnen viele offensichtlich erscheinende Dinge unbekannt sind. Sie hielten sich für einen der Herren der Galaxis, und plötzlich finden Sie sich am Rand der Vernichtung wieder. Sie sind in einem Elfenbeinturm in völliger Abgeschlossenheit und nach bestimmten Theorien erzogen worden, und es ist nur natürlich, daß Sie dem allen gegenüber eine negative Haltung einnehmen.

Ich habe auch einmal so empfunden. Das ist ganz normal. Aber es war notwendig, daß Sie in Ihren Bildungsjahren keinen direkten Kontakt mit der Galaxis hatten, daß Sie hier an Ort und Stelle blieben, wo alles Wissen in Sie eingefiltert und Ihr Geist sorgfältig geschärft wurde. Wir hätten Ihnen dieses ... dieses teilweise Versagen des Plans früher zeigen und Ihnen den jetzigen Schock ersparen können, aber Sie hätten die Bedeutung nicht so erfaßt, wie Sie es jetzt tun. Sie finden also überhaupt keine Lösung für das Problem?«

Der Student schüttelte den Kopf und sagte hoffnungslos: »Keine!«

»Das ist nicht überraschend. Hören Sie mir zu, junger Mann! Es gibt einen Aktionskurs, und wir folgen ihm seit mehr als einem Jahrzehnt. Es ist kein üblicher Kurs, sondern einer, auf den wir gegen unseren Willen gezwungen worden sind. Er enthält niedrige Wahrscheinlichkeitswerte, gefährliche Annahmen. Wir mußten uns manchmal sogar mit individuellen Reaktionen befassen, weil das der einzig mögliche Weg war, und Sie wissen, daß die Psychostatistik ihrer Natur nach jede Bedeutung verliert, wenn sie auf geringere Zahlen als die von Planetenbevölkerungen angewandt wird.«

»Haben wir Erfolg?« keuchte der Student.

»Das läßt sich noch nicht sagen. Wir haben die Situation bis jetzt stabil gehalten — doch zum erstenmal in der Geschichte des Plans ist es möglich, daß unerwartete Handlungen einer Einzelperson ihn zerstören. Wir haben ein Minimum von Außenseitern an den benötigten Geisteszustand angepaßt. Wir haben unsere Agenten — aber deren Wege sind vorausgeplant. Sie wagen es nicht, zu improvisieren. Das sollte Ihnen einleuchten. Und ich will Ihnen das Schlimmste nicht verhehlen. Wenn wir hier, auf dieser Welt, entdeckt werden, wird nicht allein der Plan zerstört, sondern auch wir, unsere physische Existenz. Sie sehen also, unsere Lösung ist nicht sehr gut.«

»Aber das bißchen, das Sie beschrieben haben, klingt gar nicht nach einer Lösung, sondern nach verzweifeltem Raten.«

»Nein. Sagen wir, nach intelligentem Raten.«

»Wann tritt die Krise ein, Sprecher? Wann werden wir wissen, ob es uns gelungen ist oder nicht?«

»Bestimmt noch im Verlauf dieses Jahres.«

Der Student dachte darüber nach. Dann nickte er. Er reichte dem Sprecher die Hand. »Das ist gut zu wissen.«

Er drehte sich auf dem Absatz um und ging.

Das Fenster wurde transparent, und der Erste Sprecher blickte hinaus, über die riesigen Bauwerke hinweg zu den dicht gedrängt stehenden, schweigenden Sternen.

Das eine Jahr würde schnell vorübergehen. Ob an seinem Ende noch einer von ihnen, einer von Seldons Erben am Leben war?

— 11 —

Blinder Passagier

Es dauerte etwas mehr als einen Monat, bis man sagen konnte, der Sommer habe begonnen. Jedenfalls hatte er in dem Sinn begonnen, daß Homir Munn seine Urlaubsvorbereitungen traf. Er schrieb den Abschlußbericht für das Rechnungsjahr, er sorgte dafür, daß der ihn vertretende Bibliothekar, den die Regierung stellte, sich der Feinheiten des Amtes genügend bewußt war — der Mann vom letzten Jahr war alles andere als zufriedenstellend gewesen —, und er ließ seinen kleinen Kreuzer *Unimara* — genannt nach einer zärtlichen und geheimnisvollen Episode, die zwanzig Jahre zurücklag — von den winterlichen Spinnweben befreien.

Er verließ Terminus in verdrießlicher Laune. Niemand

war am Hafen, um ihm auf Wiedersehen zu sagen. Das hätte nicht natürlich gewirkt, weil es auch früher niemand getan hatte. Munn wußte genau, wie wichtig es war, daß sich diese Reise in nichts von den früheren unterschied, und doch erfüllte ihn ein vager Groll. Er, Homir Munn, riskierte seinen Hals bei einer unerhörten Tollkühnheit, und trotzdem mußte er ganz allein abreisen.

Wenigstens dachte er das.

Und weil er sich da irrte, gab es am nächsten Tag lauter Verwirrung, sowohl auf der *Unimara* als auch in Dr. Darells Vorstadthaus.

Dr. Darells Heim traf es zuerst. Die Botschaft brachte Poli, das Hausmädchen, deren Urlaub von einem Monat nun längst der Vergangenheit angehörte. Aufgelöst und stotternd kam sie die Treppe heruntergepoltert.

Unten stand der Doktor, und Poli bemühte sich vergebens, Emotion in Worte zu fassen. Am Ende drückte sie ihm ein Blatt Papier und einen würfelförmigen Gegenstand in die Finger.

Unwillig nahm er beides und fragte: »Was ist denn los, Poli?«

»Sie ist *fort,* Doktor!«

»Wer ist fort?«

»Arcadia!«

»Was meinen Sie mit ›fort‹? Wohin? Wovon reden Sie?«

Poli stampfte mit dem Fuß auf. »Das weiß *ich* doch nicht! Sie ist fort, und ein Koffer und ein paar Kleider sind auch fort, und dieser Brief lag da. Warum lesen Sie ihn nicht, statt hier herumzustehen? Oh, ihr *Männer!*«

Dr. Darell zuckte die Achseln und öffnete den Umschlag. Der Brief war nicht lang, und abgesehen von der eckigen Unterschrift ›Arkady‹ war er in der kunstvollen, fließenden Handschrift von Arcadias Schreibmaschine verfaßt:

Lieber Vater,

es wäre einfach zu herzzerreißend gewesen, Dir persönlich Lebewohl zu sagen. Vielleicht hätte ich geheult wie ein kleines Mädchen, und Du hättest Dich meiner geschämt. Deshalb schreibe ich statt dessen einen Brief, um Dir zu sagen, wie sehr Du mir fehlen wirst, auch wenn diese vollkommen wundervollen Sommerferien mit Onkel Homir vor mir liegen. Ich werde gut auf mich aufpassen, und es wird gar nicht lange dauern, dann bin ich wieder zu Hause. In der Zwischenzeit lasse ich Dir etwas da, das ganz allein mir gehört. Du kannst es jetzt haben.

Deine Dich liebende Tochter

Arkady

Er las es mehrere Male, und sein Gesichtsausdruck wurde dabei immer leerer. Steif fragte er: »Haben Sie das gelesen, Poli?«

Poli ging sofort in die Defensive. »Das kann man mir wahrhaftig nicht zum Vorwurf machen, Doktor. Außen auf dem Umschlag steht ›Poli‹, und ich konnte nicht ahnen, daß darin ein Brief für Sie war. Ich bin keine Schnüfflerin, Doktor, und in all den Jahren, die ich bei Ihnen ...«

Darell hob beschwichtigend die Hand. »Gut, Poli. Es ist nicht wichtig. Ich wollte mich nur vergewissern, ob Sie verstanden haben, was geschehen ist.«

Er dachte in rasender Eile nach. Es hatte keinen Sinn, Poli zu sagen, sie solle den Brief vergessen. In Hinsicht auf den Feind war ›vergessen‹ ein Wort ohne Bedeutung, und da ein Poli erteilter Rat der Sache mehr Wichtigkeit beilegte, würde er die gegenteilige Wirkung haben.

Statt dessen sagte Darell: »Sie wissen doch, daß sie ein merkwürdiges kleines Mädchen ist. Sehr romantisch. Seit wir abgemacht hatten, daß sie in diesem Sommer eine Raumreise unternehmen solle, war sie ganz aufgeregt.«

»Und warum hat niemand *mir* etwas von dieser Raumreise gesagt?«

»Es wurde abgemacht, als Sie fort waren, und dann vergaßen wir es. Mehr steckt nicht dahinter.«

Polis ursprüngliche Gefühle konzentrierten sich jetzt zu einer einzigen überwältigenden Entrüstung. »Ganz einfach, nicht? Das arme Küken ist mit einem einzigen Koffer losgezogen, ohne anständige Kleider und dazu noch ganz allein. Wie lange wird sie wegbleiben?«

»Sie dürfen sich wirklich keine Sorgen um sie machen, Poli. Auf dem Schiff werden massenhaft Kleider für sie sein. Dafür ist längst gesorgt. Würden Sie bitte Mr. Anthor sagen, daß ich ihn sprechen möchte? Oh, doch zuerst — ist das der Gegenstand, den Arcadia für mich zurückgelassen hat?« Er drehte ihn in den Händen.

Poli warf den Kopf zurück. »Das weiß ich ganz bestimmt nicht. Der Brief lag darauf, und das ist alles, was ich Ihnen sagen kann. Vergessen, es mir zu sagen — also wirklich! Wenn ihre Mutter noch lebte ...«

Darel bedeutete ihr mit einem Wink zu gehen. »Bitte, rufen Sie Mr. Anthor.«

Anthors Gesichtspunkt in dieser Angelegenheit unterschied sich radikal von dem, den Arcadias Vater einnahm. Er unterstrich seine einleitenden Bemerkungen mit geballten Fäusten und zerwühltem Haar, und dann ging er zu Bitterkeit über.

»Großer Raum, auf was warten Sie noch? Auf was warten wir beide noch? Holen Sie den Raumhafen auf den Schirm und lassen Sie Verbindung mit der *Unimara* herstellen.«

»Langsam, Pelleas, sie ist *meine* Tochter.«

»Aber es ist nicht Ihre Galaxis.«

»Immer mit der Ruhe. Sie ist ein intelligentes Mädchen, Pelleas, und sie hat sich das Ganze genau ausgedacht. Wir täten besser daran, ihren Gedankengängen zu folgen, solange die Sache noch frisch ist. Wissen Sie, was das da ist?«

»Nein. Wieso spielt das eine Rolle?«

»Weil es ein Tonempfänger ist.«

»Das Ding da?«

»Es ist selbstgebastelt, aber es funktioniert. Ich habe es ausprobiert. Verstehen Sie nicht? Auf diese Weise will sie uns sagen, daß sie an unseren Gesprächen über Politik teilgenommen hat. Sie weiß, wohin Homir Munn reist, und warum. Sie ist zu dem Schluß gekommen, es müsse aufregend sein, ihn zu begleiten.«

»Oh, großer Raum«, stöhnte Anthor. »Noch ein Gehirn, das die Zweite Foundation sich aneignen kann!«

»Außer daß es keinen Grund gibt, warum die Zweite Foundation *a priori* ein vierzehnjähriges Mädchen für eine Gefahr halten sollte — solange wir nichts tun, was die Aufmerksamkeit auf sie lenken könnte, zum Beispiel ein Schiff aus dem Raum zurückzurufen, nur um sie von Bord zu holen. Vergessen Sie, mit wem wir es zu tun haben? Wie nahe uns die Grenze ist, die uns von der Entdeckung trennt? Wie hilflos wir danach sein werden?«

»Aber wir können nicht zulassen, daß alles von einem verrückten Kind abhängt.«

»Sie ist nicht verrückt, und uns bleibt keine andere Wahl. Sie hätte den Brief nicht zu schreiben brauchen, aber sie tat es, um uns davon abzuhalten, zur Polizei zu laufen und ein Kind als vermißt zu melden. Ihr Brief legt uns nahe, den Vorfall zu einem freundlichen Angebot Munns umzudeuten, der die Tochter eines alten Freundes auf eine kurze Ferienreise mitnimmt. Warum auch nicht? Er ist seit nahezu zwanzig Jahren mein Freund. Er kennt sie, seit sie drei war, als ich sie von Trantor nach hier brachte. Es ist absolut nichts dabei, und im Grunde sollte es einen etwaigen Verdacht eher verringern. Ein Spion schleppt keine vierzehnjährige Nichte mit sich herum.«

»Aha. Und was wird Munn tun, wenn er sie findet?«

Dr. Darell hob kurz die Augenbrauen. »Das kann ich nicht sagen — ich nehme jedoch an, sie wird schon mit ihm fertig werden.«

Aber des Nachts war das Haus irgendwie sehr einsam, und Dr. Darell fand, das Geschick der Galaxis kümmere ihn bemerkenswert wenig, wenn das Leben seiner verrückten kleinen Tochter in Gefahr war.

Auf der *Unimara* schlug die Aufregung, obwohl hier weniger Personen betroffen waren, sehr viel höhere Wogen.

Arcadia stellte im Gepäckabteil erstens fest, daß ihre Erfahrung ihr half, und zweitens, daß es ihr an Erfahrung fehlte.

Im ersten Fall begegnete sie der Anfangsbeschleunigung mit Gleichmut und der heimtückischeren Übelkeit, die bei dem ersten Sprung durch den Hyperraum ihr Inneres nach außen zu kehren versuchte, mit Stoizismus. Beides kannte sie aus früheren kurzen Ausflügen in den Raum, und sie hatte sich darauf gefaßt gemacht. Sie wußte auch, daß Gepäckabteile an das Ventilationssystem des Schiffes angeschlossen sind und sogar von der Wandbeleuchtung mit Licht überflutet werden können. Diese Möglichkeit strich sie jedoch als zu unromantisch. Sie blieb im Dunkeln, wie es sich für einen Blinden Passagier schickt, atmete ganz flach und lauschte auf die zahlreichen kleinen Geräusche, die Homir Munn umgaben.

Es waren Geräusche, wie ein einzelner Mann sie macht, das Schlurfen von Schuhen, das Streifen von Stoff über Metall, das Ächzen eines unter seinem Gewicht nachgebenden gepolsterten Sitzes, das scharfe Klicken eines Kontrollinstruments oder das leise Klatschen einer Handfläche über einer photoelektrischen Zelle.

Doch letzten Endes wurde Arcadia ihr Mangel an Erfahrung zum Verhängnis. In den Buchfilmen und auf den Videos gelang es Blinden Passagieren immer, sich versteckt zu halten. Natürlich bestand dauernd die Gefahr, etwas anzustoßen, das mit lautem Krach zu Boden fiel, oder zu niesen — in Videos mußte der Held im kritischen Augenblick immer niesen, das war eine ausgemachte Sache. Arcadia wußte das alles und nahm sich in acht. Sie war sich auch klar darüber, daß sie Hunger und Durst bekommen würde. Darauf hatte sie sich mit Rationsdosen aus der Vorratskammer vorbereitet. Doch es blieben Probleme, die in den Filmen nie erwähnt wurden, und zu ihrem Schreck ging es Arcadia auf, daß sie trotz der besten Vorsätze der Welt nur für begrenzte Zeit in dem Gepäckabteil versteckt bleiben konnte.

Und in einem Ein-Mann-Sportkreuzer, wie es die *Unimara* war, diente zum Aufenthalt im wesentlichen ein einziger Raum, so daß ihr nicht einmal die riskante Möglichkeit blieb, sich aus dem Abteil zu schleichen, während Munn anderswo beschäftigt war.

Ungeduldig wartete sie darauf, Schlafgeräusche zu hören. Wenn sie nur wüßte, ob er schnarchte! Wenigstens wußte sie, wo die Koje war, und sie erkannte das protestierende Quietschen. Munn holte tief Atem, und dann gähnte er. Dann folgte Stille, nur unterbrochen von den leisen Lauten der Koje, wenn Munn sich umdrehte oder sein Gewicht verlagerte.

Die Tür des Gepäckabteils öffnete sich mühelos auf einen Fingerdruck, und Arcadia reckte den Hals …

Ein entschieden menschliches Geräusch brach scharf ab.

Arcadia erstarrte. Ruhig! Ganz ruhig!

Sie versuchte, mit den Augen um die Tür zu schielen, ohne den Kopf zu bewegen, doch es gelang ihr nicht. Der Kopf folgte den Augen.

Homir Munn war natürlich wach — er las im Bett, beleuchtet von dem weichen, nicht streuenden Licht der Bettlampe. Mit großen Augen starrte er in die Dunkelheit und faßte verstohlen mit einer Hand unter das Kissen.

Arcadias Kopf fuhr ganz von selbst mit einem Ruck zurück. Dann ging das Licht aus, und Munns Stimme erklärte mit zitteriger Schärfe: »Ich habe einen Laser, und, bei der Galaxis, ich werde schießen!«

Arcadia jammerte: »Ich bin es nur, nicht schießen!«

Es ist bemerkenswert, eine wie vergängliche Blume die Romantik ist. Eine Schußwaffe mit einem nervösen Schützen dahinter kann alles verderben.

Das Licht ging wieder an — im ganzen Schiff —, und Munn setzte sich im Bett auf. Das ergrauende Haar auf seiner mageren Brust und die spärlichen Eintagsstoppeln am Kinn gaben ihm den ganz und gar täuschenden Anschein von Verruchtheit.

Arcadia kam hervor und zupfte ihre Metallin-Jacke glatt, die angeblich garantiert knitterfrei war.

Nach einem wilden Augenblick, in dem er beinahe aus dem Bett sprang, sich aber besann und statt dessen die Decke bis zu den Schultern hochzog, gurgelte Munn: »W... wa... was...?«

Es war nicht zu verstehen.

Arcadia bat demütig: »Würdest du mich für eine Minute entschuldigen? Ich muß mir die Hände waschen.« Sie kannte sich in dem Fahrzeug aus und entschlüpfte schnell. Als sie, langsam wieder Mut fassend, zurückkehrte, pflanzte sich Homir Munn vor ihr auf, angetan mit einem verblichenen Bademantel und erfüllt von lodernder Wut.

»Bei den Schwarzen Löchern des Raums, was t-tust du an Bord dieses Schiffes? W-wie bist du hereingekommen? Was s-soll ich denn jetzt mit dir anfangen? Was geht hier vor?«

Vielleicht hätte er bis in alle Ewigkeit Fragen gestellt, aber Arcadia unterbrach ihn zuckersüß: »Ich wollte einfach mitkommen, Onkel Homir.«

»*Warum?* Ich reise nirgendwohin!«

»Du reist nach Kalgan, um Informationen über die Zweite Foundation zu besorgen.«

Munn stieß ein wildes Geheul aus und brach vollständig zusammen. Einen gräßlichen Augenblick lang glaubte Arcadia, er würde hysterisch werden oder mit dem Kopf gegen die Wand rennen. Den Laser hielt er immer noch in der Hand, und während sie ihn beobachtete, bildete sich ein Eisklumpen in ihrem Magen.

»Paß auf — reg dich nicht auf ...«, war alles, was ihr zu sagen einfiel.

Aber er kämpfte sich zu relativer Normalität zurück und schleuderte den Laser mit solcher Gewalt auf die Koje, daß er eigentlich hätte losgehen und ein Loch in die Schiffshülle brennen müssen.

»Wie bist du hereingekommen?« fragte er langsam, als fasse er jedes Wort sehr vorsichtig mit den Zähnen, um es daran zu hindern, daß es zu zittern begann, bevor er es hinausließ.

»Das war leicht. Ich bin mit meinem Koffer in den Hangar gegangen und habe gesagt: ›Mr. Munns Gepäck!‹ Der Mann, der dort arbeitete, hat mir mit dem Daumen die Richtung gezeigt, ohne auch nur aufzublicken.«

»Ich muß dich zurückbringen«, sagte Homir, und plötzlich überkam ihn ein Gefühl des Triumphes. Beim Raum, seine Schuld war es nicht.

»Das darfst du nicht«, gab Arcadia zu bedenken. »Es würde Aufmerksamkeit erregen.«

»Was?«

»Das weißt du doch. Du bist doch für die Reise nach Kalgan ausgewählt worden, weil es für dich natürlich ist, wenn du um die Erlaubnis bittest, die Aufzeichnungen des Maultiers einzusehen. Und du mußt dich so natürlich verhalten, daß du überhaupt keine Aufmerksamkeit erregst. Wenn du eines Blinden Passagiers wegen umkehrst, bringt das Fernsehen es vielleicht sogar in den Nachrichten.«

»Woher hast du d-diese ... Ideen über Kalgan? Diese ... äh ... kindischen ...« Mit einem so beleidigenden Ton hätte er nicht einmal jemanden überzeugt, der weniger wußte als Arcadia.

»Ich habe euch« — sie konnte den Stolz darauf nicht völlig unterdrücken — »mit meinem Tonempfänger abgehört. Ich weiß alles — und deshalb *mußt* du mich mitnehmen.«

Homir spielte einen schnellen Trumpf aus. »Und was ist mit deinem Vater? Er wird annehmen müssen, du bist gekidnapt worden ... bist tot.«

»Ich habe eine Nachricht hinterlassen«, übertrumpfte sie ihn, »und wahrscheinlich sieht er ein, daß er kein Theater machen darf. Wahrscheinlich wirst du ein Raumtelegramm von ihm erhalten.«

Für Munn war die einzige Erklärung Zauberei, denn zwei Sekunden später hupte das Empfangssignal los.

Arcadia behauptete: »Das ist mein Vater«, und so war es auch.

Die Botschaft war nicht lang, und sie war an Arcadia adressiert. Sie lautete: »Danke für das hübsche Geschenk. Du hast sicher guten Gebrauch davon gemacht. Schöne Ferien.«

»Siehst du wohl«, sagte sie, »das sind Anweisungen.«

Homir gewöhnte sich an sie. Nach einer Weile freute er sich, daß sie dabei war. Schließlich fragte er sich, wie er ohne sie zurechtgekommen wäre. Sie plapperte! Sie war aufgeregt! Vor allem machte sie sich überhaupt keine Sorgen. Sie wußte, daß die Zweite Foundation der Feind war, aber es beunruhigte sie nicht. Sie wußte, daß Homir auf Kalgan mit einer feindselig eingestellten Beamtenschaft verhandeln mußte, aber sie konnte es kaum erwarten.

Vielleicht kam es daher, daß sie vierzehn war.

Jedenfalls bedeutete die Reise von einer Woche jetzt Unterhaltung statt einsamer Meditation. Sicher, er hatte dabei nicht viel geistigen Gewinn von der Unterhaltung, weil es dabei fast ausschließlich um die Ideen des Mädchens ging, wie der Lord von Kalgan am besten zu behandeln sei. Amüsant und unsinnig, und doch mit gewichtiger Überzeugung vorgetragen.

Homir entdeckte beim Zuhören, daß er tatsächlich zum Lächeln fähig war. Aus welchem phantastischen historischen Roman hatte sie bloß ihre verdrehten Vorstellungen von dem großen Universum!

Es war am Abend vor dem letzten Sprung. Kalgan leuchtete als heller Stern in der Leere der galaktischen Außenbezirke. Das Schiffsteleskop machte einen funkelnden Punkt mit kaum erkennbarem Durchmesser daraus.

Arcadia saß mit übereinandergeschlagenen Beinen in dem guten Sessel. Sie trug knappe Hosen und ein ihr nicht allzu großes Hemd, das Homir gehörte. Ihre eigene femininere Garderobe war für die Landung gewaschen und gebügelt worden.

»Ich werde historische Romane schreiben«, verkündete sie. Die Reise war ein echtes Vergnügen. Onkel Homir machte es gar nichts aus, ihr zuzuhören, und eine Unterhaltung wird so viel angenehmer, wenn man zu einem wirklich intelligenten Menschen spricht, der das, was man sagt, ernst nimmt.

Sie fuhr fort: »Ich habe eine Menge Bücher über alle großen Männer in der Geschichte der Foundation gelesen. Du weißt schon, Seldon, Hardin, Mallow, Devers und alle übrigen. Ich habe sogar das meiste von dem gelesen, was du über das Maultier geschrieben hast. Nur machen die Stellen keinen Spaß, wo die Foundation verliert. Möchtest du nicht lieber ein historisches Werk lesen, in dem alle dummen, tragischen Teile weggelassen sind?«

»Klar«, versicherte Munn ihr ernsthaft. »Aber es wäre keine faire Darstellung, Arkady. Akademische Achtung erwirbt man sich nur, wenn man die ganze Geschichte wiedergibt.«

»Pff! Wer kümmert sich um die akademische Achtung?« Sie fand ihn köstlich. Schon seit Tagen hatte er nie versäumt, sie Arkady zu nennen. »Meine Romane werden interessant sein und sich gut verkaufen und mich berühmt machen. Was hat es für einen Sinn, Bücher zu schreiben, wenn man sie nicht los wird? Ich will nicht nur bei ein paar alten Professoren bekannt sein, sondern bei allen Menschen.«

Bei dem Gedanken glänzten ihre Augen vor Vergnügen, und sie wand sich in eine bequemere Position. »Sobald ich Vater dazu bringen kann, daß er es mir erlaubt, werde ich Trantor besuchen, um Hintergrundmaterial über das Erste Imperium zu sammeln. Ich bin auf Trantor geboren, hast du das gewußt?«

Er hatte es gewußt, aber er fragte: »Tatsächlich?« und legte genau den richtigen Grad von Staunen in seine Stimme. Belohnt wurde er mit einem Lächeln, das halb strahlend, halb affektiert war.

»O ja. Meine Großmutter — das war Bayta Darell, du wirst von ihr gehört haben — war einmal mit meinem Großvater auf Trantor. Dort haben sie übrigens das Maultier in seinem Siegeslauf gestoppt, als ihm die ganze Galaxis zu Füßen lag. Und als mein Vater und meine Mutter geheiratet hatten, reisten sie auch nach Trantor. Ich wurde dort geboren. Ich habe sogar dort gelebt, bis meine Mutter starb, nur war ich damals erst drei, und ich erinnere mich nicht mehr an vieles. Bist du je auf Trantor gewesen, Onkel Homir?«

»Nein, das kann ich nicht behaupten.« Homir lehnte sich gegen das kalte Schott und hörte träge zu. Kalgan war sehr nahe, und ihm wurde von neuem unbehaglich zumute.

»Ist es nicht die *romantischste* aller Welten? Mein Vater sagt, unter Stannel V. hätten dort mehr Menschen gelebt als heutzutage auf zehn anderen Planeten. Er sagt, es war eine einzige große Welt aus Metall, eine einzige große Stadt, und das war die Hauptstadt der ganzen Galaxis. Er hat mir Bilder gezeigt, die er auf Trantor gemacht hat. Jetzt liegt alles in Trümmern, aber es ist immer noch *umwerfend*. Ich wäre *selig,* Trantor wiederzusehen. Eigentlich ... Homir!«

»Ja?«

»Warum reisen wir nicht nach Trantor, wenn wir mit Kalgan fertig sind?«

Etwas von seinen alten Ängsten schlich sich in sein Gesicht zurück. »Was? Nun fang nicht mit so etwas an. Wir haben eine Aufgabe zu erfüllen und reisen nicht zum Vergnügen, vergiß das nicht.«

»Aber wie könnten wir sie besser erfüllen!« quietschte

sie. »Auf Trantor liegen sicher unglaubliche Mengen von Informationen. Glaubst du nicht auch?«

»Nein, das glaube ich nicht.« Homir erhob sich. »Jetzt laß mich mal an den Computer. Wir müssen den letzten Sprung machen, und dann gehst du in die Falle.« Etwas Gutes würde die Landung jedenfalls haben. Er hatte es allmählich satt, auf dem metallenen Fußboden mit einem Mantel als Matratze zu schlafen.

Die Berechnungen waren nicht schwierig. Das ›Raumrouten-Handbuch‹ beschrieb den Weg Foundation-Kalgan ausführlich. Es gab den kurzen Ruck der zeitlosen Passage durch den Hyperraum, und das letzte Lichtjahr war überwunden.

Die Sonne von Kalgan war jetzt eine Sonne — groß, hell undgelblich-weiß, aber unsichtbar hinter den Bullaugen, deren Läden sich auf der Sonnenseite automatisch geschlossen hatten.

Bis zur Landung auf Kalgan brauchten sie nur noch einmal zu schlafen.

— 12 —
Lord

Unter allen Welten der Galaxis hatte Kalgan zweifellos eine einzigartige Geschichte. Zum Beispiel berichtete die des Planeten Terminus von einem beinahe ununterbrochenen Aufstieg, die von Trantor, einst Hauptstadt der Galaxis, von einem beinahe ununterbrochenen Niedergang. Aber Kalgan …

Anfangs erwarb Kalgan Ruhm als Vergnügungswelt der Galaxis. Das war zwei Jahrhunderte vor der Geburt Hari Seldons gewesen. Es war eine Vergnügungswelt in dem Sinn, daß es aus dem Amüsieren eine Industrie — und dazu eine ungeheuer profitable — machte.

Und es war eine stabile Industrie. Es war die stabilste

Industrie der Galaxis. Als die ganze Galaxis im Sinne einer Zivilisation Stückchen für Stückchen unterging, wurde Kalgan nur federleicht vom Unglück berührt. Ganz gleich, welche wirtschaftlichen und gesellschaftlichen Veränderungen in den Nachbarsektoren stattfanden, eine Elite gab es immer, und es ist charakteristisch für eine Elite, daß sie als das wahre Privileg ihres Elitetums freie Zeit hat.

Deshalb stand Kalgan ihnen allen zu Diensten, den verweichlichten, parfümierten Dandies des Kaiserhofs und ihren funkelnden, nach Lustgewinn trachtenden Damen, den rauhen Kriegsherren, die Welten mit Blutvergießen eroberten und mit eiserner Hand regierten, und ihren zügellosen, geilen Mädchen, den wohlgenährten, an Luxus gewöhnten Geschäftsleuten der Foundation und ihren üppigen, verderbten Mätressen.

Unterschiede wurden nicht gemacht zwischen ihnen, denn sie alle hatten Geld. Und da Kalgan jeden bediente und keinen ausschloß, da immer Nachfrage für seine Ware herrschte und es so klug war, sich bei keiner Welt in die Politik einzumischen und niemandes Recht zu vertreten, blühte es, als alles welkte, und blieb fett, als alles mager wurde.

Das heißt, bis das Maultier kam. Dann fiel Kalgan irgendwie einem Eroberer in die Hände, den weder die Lust noch sonst etwas außer dem Erobern lockte. Für ihn waren alle Planeten gleich, auch Kalgan.

So fand sich Kalgan für ein Jahrzehnt in der seltsamen Rolle einer galaktischen Metropole wieder, als Herrin des größten Reiches seit dem Ende des galaktischen Imperiums.

Und dann kam mit dem Tod des Maultiers der plötzliche Fall. Die Foundation sagte sich los, und mit ihr und nach ihr taten das große Teile von dem ehemaligen Herrschaftsgebiet des Maultiers. Fünfzig Jahre später war nichts übriggeblieben als die einem Opiumtraum gleichende Erinnerung an die kurze Spanne der Macht. Kalgan erholte sich nie mehr ganz. Es konnte nicht wieder zu der sorglosen Vergnügungswelt werden, die es gewesen war, denn der Bann der Macht weicht niemals ganz. Statt dessen lebte es unter einer Reihe von Männern, die von der Foundation die Lords von Kalgan genannt wurden, die sich selbst aber in Nachahmung des Maultiers jeweils den Ersten Bürger der Galaxis titulierten und die Fiktion aufrechterhielten, ebenfalls Eroberer zu sein.

Der gegenwärtige Lord von Kalgan hatte dieses Amt seit fünf Monaten inne. Erhalten hatte er es ursprünglich dank seiner Stellung als Chef der kalganischen Marine und durch einen beklagenswerten Mangel an Vorsicht seitens des vorigen Lords. Doch kein Mensch auf Kalgan war dumm genug, die Frage der Legitimität zu lange oder zu eingehend zu erörtern. So etwas geschah eben, und am besten akzeptierte man es.

Doch diese Art von Überleben des Tüchtigsten, bei dem es zusätzlich eine Prämie für Blutvergießen und Untaten gab, erlaubte gelegentlich auch Fähigkeiten, zum Zuge zu kommen. Lord Stettin war ein fähiger Mann und nicht leicht zu lenken.

Nicht leicht für seine Eminenz, den Premierminister, der mit schöner Unparteilichkeit dem letzten Lord ebenso gedient hatte, wie er dem augenblicklichen diente, und der, falls er lange genug lebte, auch dem nächsten ehrlich dienen würde.

Nicht leicht für Lady Callia, die mehr als Stettins Geliebte, aber weniger als seine Ehefrau war.

An diesem Abend waren die drei in Lord Stettins Privaträumen allein. Der Erste Bürger, den gewichtigen Körper in die glitzernde Admiralsuniform gekleidet, die er bevorzugte, saß auf einem harten Stuhl, hielt sich ebenso steif wie das Plastikmaterial, aus dem das Mobiliar bestand, und blickte finster drein. Sein Premierminister Lev Meirus, ihm gegenüber, wirkte sorglos und verträumt. Seine langen, nervösen Finger strichen geistesabwesend und rhythmisch die tiefe Furche, die sich von der Hakennase über die hohle Wange bis fast zur Spitze des mit einem grauen Bart gezierten Kinns zog. Lady Callia posierte anmutig auf der dicken Pelzdecke einer Schaumstoff-Couch. Es blieb unbeachtet, daß sie die vollen Lippen — sie zitterten ein wenig — zum Schmollmund vorgeschoben hatte.

»Sir«, sagte Meirus — nur so konnte man einen Lord anreden, der sich selbst schlicht ›Erster Bürger‹ nannte —, »es fehlt Ihnen in gewisser Weise der Blick für die geschichtliche Kontinuität. Ihr eigenes Leben mit seinen tiefgreifenden Umwälzungen verführt Sie zu der Annahme, auch der Lauf der Zivilisation könne plötzlichen Veränderungen unterworfen werden. Doch das ist nicht so.«

»Das Maultier hat das Gegenteil bewiesen.«

»Aber wer kann in seine Fußstapfen treten? Vergessen Sie nicht, er war mehr als ein Mensch. Und auch er war nicht völlig erfolgreich.«

»Poochie«, wimmerte Lady Callia plötzlich und verkroch sich bei der wütenden Geste des Ersten Bürgers in sich selbst.

Lord Stettin befahl barsch: »Unterbrich uns nicht, Callia. Meirus, ich habe die Untätigkeit satt. Mein Vorgänger verbrachte sein Leben damit, die Marine zu einem fein abgestimmten Instrument zu polieren, das in der Galaxis nicht seinesgleichen hat. Und er starb mit dieser herrlichen Maschine im Leerlauf. Soll ich damit fortfahren? Ich, ein Admiral der Marine?

Wie lange wird es dauern, bis die Maschine rostet? Im Augenblick belastet sie die Staatskasse und leistet nichts dafür. Ihre Offiziere lechzen nach Eroberungen, ihre Männer nach Beute. Ganz Kalgan wünscht sich die Rückkehr von Reich und Ruhm. Sind Sie fähig, das zu begreifen?«

»Das sind nur Wörter, aber ich verstehe, was Sie meinen. Eroberungen, Beute, Ruhm — angenehm, wenn man sie errungen hat, nur ist der Prozeß des Erringens oft riskant und immer unangenehm. Die erste Begeisterung braucht nicht anzuhalten. Und in der ganzen Geschichte hat es sich nie als klug erwiesen, die Foundation anzugreifen. Sogar das Maultier hätte besser daran getan, darauf zu verzichten.«

Tränen standen in Lady Callias leeren blauen Augen. In letzter Zeit sah sie Poochie kaum noch, und wenn er ihr, wie heute, den Abend versprochen hatte, drängte sich dieser schreckliche dünne graue Mann, der immer durch sie hindurchblickte, statt sie anzusehen, mit Gewalt ein. Und Poochie ließ es ihm durchgehen. Lady Callia wagte nicht, etwas zu sagen. Sie hatte sogar Angst, ein Aufschluchzen nicht unterdrücken zu können.

Stettin sprach jetzt in dem Ton, den sie haßte, hart und ungeduldig. »Sie sind ein Sklave der fernen Vergangenheit. Die Foundation ist an Umfang und Bevölkerung gewachsen, aber das Gebilde ist lose geknüpft und wird beim ersten Streich auseinanderfallen. Heutzutage ist es allein die Trägheit, die es zusammenhält, und ich bin stark genug, diese Trägheit zu zerschmettern. Sie sind hypnotisiert von der alten Zeit, als nur die Foundation Atomenergie besaß. Es gelang ihr, den letzten Hammerschlägen des sterbenden Imperiums auszuweichen, und dann hatte sie es nur noch mit der gehirnlosen Anarchie der Kriegsherren zu tun, die gegen die Atom-Raumschiffe der Foundation nichts als Überbleibsel der kaiserlichen Marine einzusetzen hatten.

Aber das Maultier hat das alles geändert, mein lieber Meirus. Er verbreitete das Wissen, das die Foundation für sich gehortet hatte, durch die halbe Galaxis, und dadurch verlor die Foundation ihr Monopol für immer. Wir sind ihr gewachsen.«

»Und die Zweite Foundation?« fragte Meirus kühl.

»Und die Zweite Foundation?« wiederholte Stettin ebenso kühl. »Kennen Sie vielleicht ihre Absichten? Es hat sie zehn Jahre gekostet, das Maultier aufzuhalten, wenn das wirklich der ausschlaggebende Faktor war, was manche bezweifeln. Ist Ihnen nicht bekannt, daß eine ganze Reihe von Psychologen und Soziologen der Foundation die Meinung vertritt, der Seldon-Plan habe seit der Zeit des Maultiers seine Gültigkeit verloren? Wenn es den Plan nicht mehr gibt, existiert ein Vakuum, und das kann ich ebensogut füllen wie irgendein anderer.«

»Unser Wissen von diesen Dingen ist nicht groß genug, um den Einsatz zu wagen.«

»*Unser* Wissen vielleicht nicht, aber wir haben einen Besucher aus der Foundation auf unserem Planeten. Haben Sie das gewußt? Einen gewissen Homir Munn — der, wie ich hörte, Artikel über das Maultier geschrieben hat und darin auch klar und deutlich ausführte, der Seldon-Plan existiere nicht mehr.«

Der Premier nickte. »Ich habe von ihm oder zumindest von seinen Veröffentlichungen gehört. Was will er?«

»Er bittet um die Erlaubnis, den Palast des Maultiers zu betreten.«

»Tatsächlich? Am besten wäre es, ihn abzuweisen. Es ist nie ratsam, den Aberglauben zu stören, mit dem ein Planet gehalten wird.«

»Ich will es bedenken — und dann sprechen wir noch einmal darüber.«

Meirus ging unter Verbeugungen hinaus.

Lady Callia fragte weinerlich: »Bist du böse auf mich, Poochie?«

Stettin fuhr wild auf sie los. »Habe ich dir nicht gesagt, du sollst mich in Gegenwart anderer nicht mit diesem lächerlichen Namen anreden?«

»Früher hat er dir gefallen.«

»Dann gefällt er mir eben nicht mehr, und so etwas darf nicht wieder vorkommen.«

Er betrachtete sie finster. Es war ihm schleierhaft, warum er sie immer noch ertrug. Sie war ein sanftes, hirnloses Ding, sie faßte sich angenehm an, und ihre fügsame Zärtlichkeit bildete eine willkommene Facette seines harten Lebens. Doch sogar diese Zärtlichkeit wurde ihm jetzt lästig. Sie träumte von einer Heirat, sie wollte die Erste Dame werden.

Lächerlich!

Sie war ihm recht gewesen, als er Admiral war — aber nun, als Erster Bürger und künftiger Eroberer, brauchte er mehr. Er brauchte Erben, die seine künftigen Gebiete vereinigen konnten, etwas, das dem Maultier nicht beschieden gewesen war. Aus diesem Grund hatte sein Imperium sein seltsames, nichtmenschliches Leben nicht überdauert. Er, Stettin, brauchte eine Frau aus den großen historischen Familien der Foundation, mit der er Dynastien verschmelzen konnte.

Er fragte sich gereizt, warum er sich nicht von Callia befreite. Es wäre kein Problem. Sie würde ein bißchen winseln ... Er verbannte den Gedanken. Sie hatte bei Gelegenheit ihre Vorzüge.

Callias Stimmung heiterte sich auf. Der Einfluß des Graubartes war verschwunden, und Poochies granitenes Gesicht wurde schon milder. Sie erhob sich mit einer einzigen fließenden Bewegung und schmolz auf ihn zu.

»Du wirst doch nicht mit mir schimpfen, nicht wahr?«

»Nein.« Er streichelte sie geistesabwesend. »Nun bleib eine Weile ruhig sitzen, ja? Ich will nachdenken.«

»Über den Mann von der Foundation?«

»Ja.«

»Poochie?«

»Was ist?«

»Poochie, du sagtest, der Mann habe ein kleines Mädchen bei sich, erinnerst du dich? Könnte ich sie begrüßen, wenn sie kommt? Ich habe noch nie ...«

»Wieso meinst du, ich möchte, daß er sein Balg mitbringt? Ist mein Audienzsaal ein Kindergarten? Genug von deinem Unsinn, Callia.«

»Aber ich würde mich um sie kümmern, Poochie. Du brauchtest dich überhaupt nicht mit ihr abzugeben. Es ist nur, daß ich so gut wie nie Kinder sehe, und du weißt, wie sehr ich sie liebe.«

Er sah sie hämisch an. Sie wurde dieses Annäherungsmanövers nie müde. Sie liebte Kinder, das hieß, *seine*

Kinder, das hieß, seine *legitimen* Kinder, das hieß, die Heirat. Er lachte.

»Dieses Kind«, sagte er, »ist ein großes Mädchen von vierzehn oder fünfzehn. Wahrscheinlich ist sie ebenso groß wie du.«

Callia blickte zerknirscht drein. »Darf ich sie nicht trotzdem sehen? Sie könnte mir von der Foundation erzählen. Ich hätte die Foundation schon immer gern besucht. Mein Großvater stammte von dort. Willst du nicht irgendwann einmal mit mir hinreisen, Poochie?«

Bei dem Gedanken lächelte Stettin. Vielleicht würde er das wirklich tun, als Eroberer. Die gute Laune, die diese Vorstellung in ihm erweckte, zeigte sich in seiner Antwort. »Ja, ja, das werde ich. Und du kannst das Mädchen bei dir empfangen und mit ihm so viel über die Foundation reden, wie du willst. Aber nicht in meiner Hörweite, verstanden?«

»Ich werde dich nicht belästigen, ganz bestimmt nicht. Sie kann in meine Gemächer kommen.« Callia war wieder glücklich. In letzter Zeit widerfuhr es ihr nicht oft, daß sie ihren Willen bei ihm durchsetzte. Sie legte Stettin die Arme um den Hals und spürte, wie sich nach einem ganz kurzen Zögern seine Sehnen entspannten und sich der große Kopf langsam auf ihre Schulter legte.

— 13 —
Lady

Arcadia triumphierte. Wie hatte sich das Leben verändert, seit Pelleas Anthors dummes Gesicht vor ihrem Fenster aufgetaucht war — und alles, weil sie die Eingebung und den Mut gehabt hatte, zu tun, was getan werden mußte.

Nun war sie auf Kalgan. Sie war in dem großen Zentraltheater gewesen — dem größten der Galaxis — und hatte einige der singenden Stars in Person gesehen, die sogar in der fernen Foundation berühmt waren. Sie hatte ganz allein am Blumenweg eingekauft, dem Modezentrum der fröhlichsten Welt im Raum. Und sie hatte ihre eigene Wahl getroffen, weil Homir überhaupt nichts davon verstand. Die Verkäuferinnen erhoben nicht den geringsten Einwand gegen lange, schimmernde Kleider mit diesem eleganten Fall, der sie so groß erscheinen ließ — und Foundation-Geld galt in einem weiten, weiten Gebiet. Homir hatte ihr einen Zehn-Credit-Schein gegeben, und als sie ihn in kalganische ›Kalganids‹ einwechselte, gab das einen schrecklich dicken Stapel.

Sie ließ sich sogar eine neue Frisur machen — hinten ziemlich kurz mit zwei glitzernden Locken über jeder Schläfe. Und das Haar wurde so behandelt, daß es goldiger aussah als je zuvor; es *leuchtete* richtig.

Aber *das* war das Beste von allem: Sicher, der Palast Lord Stettins war nicht so prachtvoll und luxuriös wie die Theater oder so geheimnisvoll und historisch wie der alte Palast des Maultiers — von dem Homir und sie bisher nur bei ihrem Atmosphäreflug über den Planeten einen Blick auf die einsamen Türme erhascht hatten —, aber, man stelle sich das vor, ein richtiger Lord! Arcadia war hingerissen.

Und nicht nur das. Sie sollte von Angesicht zu Angesicht mit seiner Mätresse sprechen. Im Geist schrieb Arcadia das Wort in Blockschrift, weil sie wußte, welche Rolle solche Frauen in der Geschichte gespielt hatten, welcher Glanz sie umgab und welche Macht sie besaßen. Sie hatte sich sogar oft vorgestellt, selbst so ein allmächtiges, glitzerndes Wesen zu sein, aber irgendwie waren Mätressen in der Foundation gerade nicht in Mode. Und wenn sie trotzdem eine werden könnte, würde ihr Vater es wahrscheinlich nicht erlauben.

Natürlich entsprach Lady Callia den Vorstellungen Arcadias nicht ganz. Zunächst einmal war sie ziemlich mollig und sah überhaupt nicht schlimm und gefährlich aus.

Nur irgendwie verblaßt und kurzsichtig. Auch war ihre Stimme hoch statt kehlig, und …

Callia sagte: »Möchtest du noch eine Tasse Tee, Kind?«

»Ja, gern, danke, Euer Gnaden« — oder mußte es ›Hoheit‹ heißen?

Mit der Herablassung einer Kennerin fuhr Arcadia fort: »Sie tragen da entzückende Perlen, meine Lady.« (›Meine Lady‹ schien immer noch die beste Anrede zu sein.)

»Ach, findest du?« Callia blickte vage erfreut drein. Sie nahm die Kette ab und ließ die milchige Pracht hin und her schwingen. »Gefallen sie dir? Du kannst sie haben, wenn du möchtest.«

»Ach du meine Güte — Sie meinen wirklich …« Arcadia fand die Perlen in ihrer Hand, reichte sie traurig zurück und erklärte: »Das wäre Vater nicht recht.«

»Mag er Perlen nicht leiden? Aber das sind sehr hübsche Perlen.«

»Er würde es nicht mögen, daß ich sie annehme, meine ich. Man nimmt keine teuren Geschenke von anderen Leuten an, sagt er.«

»Nein? Aber … Mir hat sie Poo- … der Erste Bürger geschenkt. War es verkehrt, daß ich sie angenommen habe?«

Arcadia wurde rot. »Ich wollte damit nicht sagen …«

Aber Callia hatte das Thema schon satt. Sie ließ die Perlen zu Boden gleiten. »Du wolltest mir doch von der Foundation erzählen. Bitte, tu das jetzt.«

Plötzlich geriet Arcadia in Verlegenheit. Was erzählt man von einer Welt, die zum Weinen langweilig ist? Für sie bestand die Foundation aus einem Vorort, einem gemütlichen Haus, den ärgerlichen Notwendigkeiten des Schulbesuchs, den uninteressanten Ewigkeiten eines ruhigen Lebens. Unsicher begann sie: »Es ist da ganz so, wie man es in den Buchfilmen sieht.«

»Oh, du siehst dir Buchfilme an? Wenn ich es versuche, bekomme ich solches Kopfweh davon! Aber weißt du, ich liebe Video-Geschichten über eure Händler, diese großen, wilden Männer, die in der Galaxis herumreisen. Das ist immer so aufregend. Ist Mr. Munn, dein Freund, einer von ihnen? Er kommt mir längst nicht wild genug vor. Die meisten Händler hatten Bärte und tiefe Baßstimmen und waren herrisch Frauen gegenüber — findest du nicht?«

Arcadia lächelte mit glasigem Blick. »Das ist Vergangenheit, meine Lady. Ich meine, als die Foundation jung war, wirkten die Händler als Pioniere, die die Grenzen hinausschoben und dem Rest der Galaxis die Zivilisation brachten. Wir haben alles darüber in der Schule gelernt. Aber diese Zeit ist vorbei. Bei uns gibt es keine Händler mehr, nur noch Gesellschaften und so etwas.«

»Wirklich? Wie schade! Was macht denn Mr. Munn, wenn er kein Händler ist?«

»Onkel Homir ist Bibliothekar.«

Callia führte die Hand an die Lippen und kicherte. »Du meinst, er kümmert sich um Buchfilme? Ach du meine Güte! Ist das nicht eine alberne Arbeit für einen erwachsenen Mann?«

»Er ist ein sehr guter Bibliothekar, meine Lady. Dieser Beruf steht in der Foundation in sehr hohem Ansehen.« Sie stellte die kleine, schillernde Teetasse auf die milchig metallisierte Tischplatte.

Ihre Wirtin verging vor Kummer. »Aber mein liebes Kind, ich wollte dich doch nicht beleidigen! Er muß ein sehr *intelligenter* Mann sein. Das habe ich sofort an seinen Augen gesehen. Sie waren so ... so *intelligent.* Und mutig muß er auch sein, weil er den Palast des Maultiers sehen will.«

»Mutig?« In Arcadias Kopf schrillte der Alarm los. Darauf hatte sie gewartet. Intrige! Intrige! Mit einer Miene absoluter Gleichgültigkeit fragte sie, den Blick auf die Daumenspitze gerichtet: »Warum muß er mutig sein, wenn er den Palast des Maultiers sehen will?«

»Weißt du das nicht?« Callias Augen waren rund, und ihre Stimme sank zum Flüstern ab. »Es liegt ein Fluch darauf. Vor seinem Tod ordnete das Maultier an, niemand dürfe den Palast betreten, bis das galaktische Imperium wiedererstanden sei. Kein Mensch auf Kalgan würde es auch nur wagen, einen Fuß auf das Grundstück zu setzen.«

Arcadia nahm es zur Kenntnis. »Das ist doch Aberglaube …«

»Sag das nicht.« Bekümmert erzählte Callia: »Poochie sagt das immer. Er sagt aber auch, es sei nützlich, so zu tun, als glaube er daran, um das Volk im Griff zu behalten. Mir fällt jedoch auf, daß er selbst auch noch nie hineingegangen ist. Auch Thallos, der vor Poochie Erster Bürger war, hat es nie getan.« Ihr kam ein Gedanke, und sie war wieder ganz Neugier. »Aber warum will Mr. Munn den Palast sehen?«

An dieser Stelle konnte Arcadia ihren sorgfältig entworfenen Plan in die Tat umsetzen. Aus den Büchern, die sie gelesen hatte, wußte sie recht gut, daß die Mätresse eines Herrschers die wirkliche Macht hinter dem Thron, die Quelle des Einflusses ist. Falls nun Onkel Homir bei Lord Stettin keinen Erfolg hatte — Arcadia war überzeugt davon —, mußte sie dieses Versagen bei Lady Callia ausgleichen. Sicher, Lady Callia war ihr in mancher Beziehung ein Rätsel. Intelligent war sie anscheinend nicht. Aber die ganze Geschichte bewies …

Arcadia sagte: »Es gibt einen Grund, meine Lady — aber Sie müssen es für sich behalten?«

»Hand aufs Herz.« Callia drückte die Hand auf den weichen weißen Hügel ihrer Brust.

Arcadias Gedanken liefen ihren Worten um einen Satz voraus. »Onkel Homir ist eine große Autorität, was das Maultier angeht. Er hat eine Menge Bücher über ihn geschrieben, und er glaubt, die ganze galaktische Geschichte ist verändert worden, als das Maultier die Foundation eroberte.«

»Ach du meine Güte.«

»Er glaubt, der Seldon-Plan …«

Callia klatschte in die Hände. »Ich weiß Bescheid über den Seldon-Plan! In den Videos von den Händlern geht es immer um den Seldon-Plan. Er sollte dafür sorgen, daß die Foundation immer siegte. Es hat etwas mit Wissenschaft zu tun, obwohl ich nie begriffen habe, wieso. Ich werde immer so nervös, wenn ich mir Erklärungen anhören muß. Aber erzähl du nur weiter, mein Liebes. Wenn du etwas erklärst, ist das ganz anders. Du machst alles so klar.«

Arcadia fuhr fort: »Nun, dann müssen Sie doch erkennen, daß der Seldon-Plan nicht funktioniert hat, als die Foundation von dem Maultier geschlagen wurde, und er hat seitdem nie mehr funktioniert. Wer soll also das Zweite Imperium gründen?«

»Das Zweite Imperium?«

»Ja, eines Tages muß es entstehen, nur wie? Das ist das Problem. Und da ist die Zweite Foundation.«

»Die *Zweite* Foundation?« Jetzt verstand Callia überhaupt nichts mehr.

»Ja, das sind die Planer der Geschichte, die den Fußstapfen Seldons folgen. Sie geboten dem Maultier Einhalt, weil er zu früh aufgetreten war. Aber jetzt könnten sie Kalgan unterstützen.«

»Warum?«

»Weil Kalgan jetzt vielleicht die beste Möglichkeit bietet, der Kern eines neuen Imperiums zu werden.«

In Lady Callia dämmerte Verständnis auf. »Du meinst, *Poochie* werde ein neues Imperium schaffen?«

»Das läßt sich nicht sicher sagen. Onkel Homir glaubt es, aber er muß die Aufzeichnungen des Maultiers einsehen, um es herauszufinden.«

»Das ist alles sehr kompliziert«, meinte Lady Callia zweifelnd.

Arcadia gab auf. Sie hatte ihr Bestes getan.

Lord Stettin war ziemlich grimmiger Laune. Die Sitzung mit dem Schlappschwanz von der Foundation hatte nichts ergeben. Schlimmer noch, sie hatte ihn in Verlegenheit gebracht. Da war er nun absoluter Herrscher über siebenundzwanzig Welten, verfügte über die größte Militärmaschinerie der Galaxis, wurde von dem heftigsten Ehrgeiz des Universums angetrieben — und war gezwungen gewesen, mit einem Antiquar über Blödsinn zu diskutieren.

Verdammt!

Sollte er vielleicht die Bräuche Kalgans verletzen? Sollte er zulassen, daß der Palast des Maultiers geplündert wurde, damit ein Narr ein weiteres Buch schreiben konnte? Aus Liebe zur Wissenschaft! Der Heiligkeit des Wissens wegen! Große Galaxis! Waren ihm diese Schlagworte allen Ernstes ins Gesicht geworfen worden? Außerdem — und es prickelte ihn ein bißchen — war da die Sache mit dem Fluch. Er glaubte nicht daran; kein intelligenter Mensch konnte so etwas glauben. Aber wenn er ihm trotzte, wollte er dafür einen besseren Grund haben als einen von denen, die der Trottel vorgetragen hatte.

Lady Callia erschien auf der Türschwelle. »Was willst du?« fuhr er sie an, und sie zuckte sichtlich zusammen.

»Bist du beschäftigt?«

»Ja, ich bin beschäftigt.«

»Aber es ist niemand hier, Poochie. Könnte ich dich nicht für eine Minute sprechen?«

»Oh, Galaxis! Was willst du denn? Beeil dich!«

Ihre Worte überstürzten sich. »Das kleine Mädchen hat mir erzählt, sie würden in den Palast des Maultiers gehen. Ich dachte, wir könnten mitgehen. Es muß drinnen eine Pracht sein.«

»Das hat sie dir also erzählt? Nun, sie wird nicht hineingehen, und wir werden auch nicht hineingehen. Jetzt kümmere dich um deine eigenen Angelegenheiten. Ich habe langsam genug von dir.«

»Aber, Poochie, warum denn nicht? Willst du es ihnen nicht erlauben? Das kleine Mädchen sagte, du wirst ein Imperium schaffen!«

»Es interessiert mich nicht, was sie gesagt ... ah — wie war das?« Er kam und faßte Callia fest oberhalb des Ellbogens, so daß sich seine Finger tief in das weiche Fleisch eingruben. »Was hat sie dir erzählt?«

»Du tust mir weh. Ich kann mich nicht erinnern, was sie gesagt hat, wenn du mich so ansiehst.«

Er gab sie frei, und sie stand eine Weile da und rieb vergebens über die roten Flecken. »Das kleine Mädchen hat mir das Versprechen abgenommen, es nicht weiterzusagen«, wimmerte sie.

»So ein Pech. Jetzt sprich! *Sofort!*«

»Also, sie sagte, der Seldon-Plan sei verändert worden, und irgendwo gebe es eine andere Foundation, die dafür sorge, daß du ein Imperium schaffen könnest. Das ist alles. Sie sagte, Mr. Munn sei ein sehr bedeutender Wissenschaftler, und im Palast des Maultiers seien Beweise für das alles zu finden. Mehr hat sie bestimmt nicht gesagt. Bist du böse?«

Stettin antwortete nicht. Er verließ in aller Eile das Zimmer, und Callias Kuhaugen sahen ihm traurig nach. Zwei Befehle mit dem offiziellen Siegel des Ersten Bürgers gingen hinaus, noch bevor eine Stunde vergangen war. Einer davon hatte zur Folge, daß fünfhundert Linienschiffe zu etwas, das man amtlich ›Kriegsspiele‹ nannte, in den Raum geschickt wurden. Der andere hatte zur Folge, daß ein einzelner Mann in Verwirrung gestürzt wurde.

Homir Munn unterbrach die Vorbereitungen zur Abreise, als dieser zweite Befehl ihn erreichte. Es war natürlich die offizielle Erlaubnis, den Palast des Maultiers zu betreten. Er las sie und las sie noch einmal und empfand dabei alles mögliche, nur keine Freude.

Arcadia dagegen war entzückt. Sie wußte, was geschehen war.

Vielmehr glaubte sie, es zu wissen.

— 14 —
Angst

Poli stellte das Frühstück auf den Tisch, ein Auge auf den Tisch-Recorder gerichtet, der leise vor sich hinsummte und die Nachrichten des Tages ausspie. Sie konnte das getrost tun, ohne daß ihre Arbeit darunter litt. Da alle Lebensmittel steril in Behältern verpackt waren, die als Wegwerf-Kochgeschirre dienten, bestanden die Vorbereitungen, die Poli fürs Frühstück treffen mußte, nur darin, daß sie die Artikel auswählte und auf den Tisch stellte und später die Überreste abräumte.

Sie schnalzte über das, was sie las, mit der Zunge und stöhnte leise in der Erinnerung.

»Oh, die Menschen sind so schlecht«, sagte sie. Darell gab ihr nur ein ›Hm‹ zur Antwort.

Ihre Stimme verfiel in das hohe Schnarren, das sie automatisch annahm, wenn sie die Schlechtigkeit der Welt beklagte. »Warum tun diese schrecklichen Kalganesen das bloß? Man sollte meinen, sie gönnten einem Leichnam den Frieden. Aber nein, immerzu ist Unruhe.

Nun sehen Sie sich diese Schlagzeile an. ›Volksauflauf vor dem Konsulat der Foundation.‹ Denen würde ich gern die Meinung sagen, wenn ich könnte! Das ist das Problem mit den Leuten, sie können sich nichts merken. Sie haben überhaupt kein Gedächtnis, Dr. Darell. Denken Sie an den letzten Krieg nach dem Tod des Maultiers — natürlich war ich damals noch ein kleines Mädchen — und oh, war das ein Elend. Mein Onkel kam ums Leben, und er war erst in den Zwanzigern und zwei Jahre verheiratet und hatte ein Töchterchen. Ich kann mich immer noch an ihn erinnern — er hatte blondes Haar und ein Grübchen im Kinn. Irgendwo habe ich einen Drei-D-Würfel von ihm ...

Und jetzt hat sein kleines Mädchen selbst einen Sohn in der Marine, und wenn irgend etwas passiert ...

Und wir hatten die Bomben-Patrouillen, und alle alten Männer wechselten sich in der Stratosphären-Verteidigung ab — ich kann mir lebhaft vorstellen, was sie zuwegegebracht hätten, wenn die Kalganesen bis dahin gekommen wären. Meine Mutter erzählte uns Kindern immer von der Lebensmittelrationierung und den Preisen und Steuern. Man wußte kaum noch, wie man zurechtkommen sollte ...

Jetzt sollte man meinen, wenn die Leute Verstand hätten, würden sie so etwas nie wieder von vorn anfangen wollen. Und ich glaube ja auch, es liegt gar nicht an den Leuten. Selbst Kalganesen würden wohl lieber zu Hause bei ihren Familien sein, statt in Schiffen herumzusausen und sich umbringen zu lassen. Das ist dieser schreckliche Stettin. Ein Wunder, daß man Männer wie ihn am Leben läßt. Er hat den alten — wie war sein Name? — Thallos umgebracht, und jetzt will er der Chef vom Ganzen sein.

Und warum er gegen uns kämpfen will, weiß ich nicht. Er muß ja verlieren — wie die Feinde immer verlieren. Vielleicht steht das alles in dem Plan, aber manchmal bin ich überzeugt, es muß ein scheußlicher Plan sein, der soviel Kämpfen und Töten enthält, obwohl ich natürlich kein Wort gegen Hari Seldon sagen will, der bestimmt mehr darüber wußte als ich, und vielleicht ist es dumm von mir, an ihm zu zweifeln. Und die *andere* Foundation hat ebensoviel Schuld. Sie könnte Kalgan *jetzt* aufhalten, und dann wäre alles in Ordnung. Am Ende wird sie es sowieso tun, und da wäre es doch besser, sie täte es, bevor Schaden angerichtet wird.«

Dr. Darell blickte auf. »Haben Sie etwas gesagt, Poli?«

Poli riß die Augen weit auf, dann kniff sie sie ärgerlich zusammen. »Nichts, Doktor, gar nichts. Mir steht es nicht zu, ein Wort zu sagen. In diesem Haus kann man eher ersticken als ein Wort sagen. Immerzu soll man springen, aber wenn man nur versucht, ein Wort zu sagen ...« — und sie ging kochend vor Wut hinaus.

Ihr Abgang machte auf Darell so wenig Eindruck wie ihr Gerede.

Kalgan! Unsinn! Ein lediglich physischer Feind! Solche waren immer geschlagen worden.

Doch er konnte seine Gedanken von der gegenwärtigen törichten Krise nicht losreißen. Vor sieben Tagen hatte der Bürgermeister ihn aufgefordert, Administrator für Forschung und Entwicklung zu werden. Darell hatte ihm für heute eine Antwort versprochen.

Nun …

Er rückte unbehaglich hin und her. Warum gerade er? Doch konnte er sich weigern? Es würde seltsam aussehen, und er wagte es nicht, seltsam zu erscheinen. Schließlich, was kümmerte ihn Kalgan! Für ihn gab es nur einen Feind, hatte es immer nur einen gegeben.

Solange seine Frau lebte, hatte er sich nur zu gern vor der Aufgabe gedrückt, hatte sich versteckt. Diese langen, ruhigen Tage auf Trantor, von den Ruinen der Vergangenheit umgeben! Die Stille einer in Trümmern liegenden Welt und das Leben in der Vergessenheit!

Aber sie war gestorben. Nicht einmal fünf Jahre hatte es alles in allem gedauert, und danach konnte er das Leben nur noch ertragen, wenn er gegen diesen furchterregenden, nicht faßbaren Feind kämpfte, der ihm die Menschenwürde nahm, indem er sein Geschick kontrollierte, der ihn zwang, sich kläglich gegen ein vorherbestimmtes Ende zu wehren, der das ganze Universum zu einem hassenswerten und tödlichen Schachspiel machte.

Sollte man es ruhig Verdrängung nennen; er selbst nannte es auch so — aber der Kampf gab seinem Leben einen Sinn.

Als erstes war die Arbeit mit Dr. Kleise an der Universität von Santanni gekommen. Es waren fünf gut angewendete Jahre gewesen.

Und doch war Kleise nichts als ein Datensammler. Die eigentliche Aufgabe konnte er nicht lösen — und als Darell das erkannte, sagte er sich, daß es Zeit war zu gehen.

Kleise hatte seine Forschungen geheimgehalten, aber er brauchte Leute, die für ihn und mit ihm arbeiteten. Er hatte Versuchspersonen, deren Gehirne er untersuchte. Er hatte eine Universität, die ihn unterstützte. All das waren Schwachstellen.

Kleise konnte das nicht verstehen, und er, Darell, konnte es ihm nicht erklären. Sie schieden als Feinde. Es war gut so; es mußte sein. Darell mußte sich resigniert zurückziehen — für den Fall, daß jemand sie beobachtete.

Während Kleise sich auf graphische Darstellungen stützte, arbeitete Darell mit mathematischen Konzepten, die er im Kopf hatte. Kleise hatte viele Mitarbeiter, Darell keinen einzigen. Kleise wirkte an einer Universität, Darell in der Stille eines Vorstadthauses.

Und er war fast am Ziel.

Ein Angehöriger der Zweiten Foundation war nicht menschlich, soweit es sein Großhirn betraf. Der klügste Physiologe, der raffinierteste Neurochemiker mochten nichts entdecken — und doch mußte ein Unterschied vorhanden sein. Und da es sich um einen Unterschied des Geistes handelte, war er im Gehirn zu finden.

Gegeben sei ein Mann wie das Maultier — und es gab keinen Zweifel, daß die Mitglieder der Zweiten Foundation die Kräfte des Maultiers besaßen, ob angeboren oder irgendwie erworben — mit der Fähigkeit, menschliche Emotionen zu entdecken und zu manipulieren. Man folgere daraus auf die erforderlichen elektronischen Schaltungen und von diesen wiederum auf die Einzelheiten der enzephalographischen Aufzeichnungen, die nicht umhin konnten, das Geheimnis zu verraten.

Und nun war Kleise in der Gestalt seines eifrigen jungen Schülers Anthor in sein Leben zurückgekehrt.

Torheit! Torheit! Mit seinen Graphiken und Beschreibungen von Leuten, die manipuliert worden waren. Darell hatte schon vor Jahren gelernt, das zu entdecken. Aber was nutzte es schon? Er wollte den Arm, nicht das Werkzeug. Trotzdem mußte er einer Zusammenarbeit mit

Anthor zustimmen, denn das war sicherlich der ruhigere Kurs.

Die gleiche Überlegung bestimmte ihn, jetzt Administrator für Forschung und Entwicklung zu werden. Es war der ruhigere Kurs! Und deshalb blieb er eine Verschwörung innerhalb einer Verschwörung.

Für einen Augenblick quälte ihn der Gedanke an Arcadia, und er wich schaudernd davor zurück. Hätte man ihn in Frieden gelassen, wäre das nie passiert. Niemand wäre in Gefahr geraten als er selbst. Hätte man ...

Zorn stieg in ihm auf — gegen den toten Kleise, den lebenden Anthor, alle die Dummköpfe, die es gut meinten.

Nun, Arcadia konnte auf sich selbst aufpassen. Sie war ein sehr frühreifes Mädchen.

Sie kann auf sich selbst aufpassen!

Es war ein Flüstern in seinem Gehirn ...

Konnte sie es wirklich?

In dem Augenblick, als Dr. Darell sich traurig sagte, sie könne es, saß Arcadia in dem mit kalter Strenge eingerichteten Vorzimmer der Amtsräume des Ersten Bürgers der Galaxis. Sie saß schon eine halbe Stunde da und ließ den Blick langsam über die Wände wandern. Als sie mit Homir Munn eingetreten war, hatten zwei bewaffnete Posten an der Tür gestanden. Bei früheren Gelegenheiten waren sie nicht da gewesen.

Jetzt war sie allein, doch sie empfand die Unfreundlichkeit, die allein schon die Möbel hier ausstrahlten. Dieses Gefühl hatte sie zum erstenmal.

Warum denn nur?

Homir war bei Lord Stettin. Stimmte dabei vielleicht etwas nicht?

Es machte sie wütend. Wenn in den Buchfilmen und Videos ähnliche Situationen geschildert wurden, sah der Held das Ende voraus und war darauf vorbereitet, wenn es kam. Und sie — sie saß nur herum. *Alles* konnte geschehen. *Alles!* Und sie saß nur herum.

Noch einmal von vorn. Denke es von Anfang an durch. Vielleicht kommt ein Einfall.

Beinahe zwei Wochen lang hatte Homir im Palast des Maultiers gewohnt. Einmal hatte er Arcadia mit Stettins Erlaubnis mitgenommen. Der Bau war groß, düster und massig, wich vor der Berührung des Lebens zurück, um in seinen klingenden Erinnerungen zu schlafen, antwortete auf Schritte mit hohlem Dröhnen oder heftigem Klappern. Arcadia hatte es dort nicht gefallen.

Viel schöner waren die breiten, fröhlichen Straßen der Hauptstadt, die Theater und Schauspiele einer Welt, die im wesentlichen ärmer war als die Foundation, aber mehr von ihrem Reichtum auf Äußerlichkeiten verwendete.

Abends pflegte Homir überwältigt zurückzukehren.

»Für mich ist das eine Traumwelt«, flüsterte er dann. »Wenn ich den Palast doch nur Stein für Stein, Schicht für Schicht des Schwamm-Aluminiums abtragen und nach Terminus mitnehmen könnte! Was würde das für ein Museum abgeben?«

Sein früheres Widerstreben hatte sich verflüchtigt. Statt dessen glühte er vor Eifer. Arcadia erkannte das an einem sicheren Zeichen: während dieser ganzen Zeit stotterte er so gut wie nie.

Einmal sagte er: »Da sind Inhaltsangaben der Aufzeichnungen von General Pritcher.«

»Ich kenne ihn. Er war der Abtrünnige, der im Dienst des Maultiers die Galaxis nach der Zweiten Foundation durchkämmte, nicht wahr?«

»Ein Abtrünniger war er eigentlich nicht, Arkady. Das Maultier hatte ihn bekehrt.«

»Oh, das ist das gleiche.«

»Galaxis, dieses Durchkämmen, von dem du sprichst, war eine hoffnungslose Aufgabe. Die Original-Aufzeichnungen des Seldon-Kongresses, bei der beide Foundations vor fünfhundert Jahren gegründet wurden, erwähnen die Zweite Foundation nur ein einziges Mal. Es heißt, sie liege ›am anderen Ende der Galaxis auf Star's End‹.

Das ist alles, was das Maultier und Pritcher als Anhaltspunkt hatten. Ihnen stand keine Methode zur Verfügung, mit deren Hilfe sie die Zweite Foundation hätten erkennen können, selbst wenn sie sie gefunden hätten. Welch ein Wahnsinn!

Sie hatten Aufzeichnungen« — er sprach zu sich selbst, aber Arcadia hörte gespannt zu — »über nahezu tausend Welten, aber die Zahl der Welten, die ihnen zum Studium zur Verfügung standen, muß näher an einer Million gelegen haben. Und wir sind nicht besser dran ...«

Arcadia unterbrach ihn ängstlich: *»Sch-sch!«*

Homir erstarrte und kam langsam wieder zu sich. »Du hast recht. Seien wir besser still«, murmelte er.

Und nun war Homir bei Lord Stettin, und Arcadia wartete allein draußen und hatte ohne jeden Grund das Gefühl, das Blut werde ihr aus dem Herzen gequetscht. Furchterregender als alles andere war, daß sie keinen Grund erkennen konnte.

Auf der anderen Seite der Tür lebte auch Homir in einem Meer aus Gelatine. Er konzentrierte sich mit aller Kraft darauf, nicht zu stottern, und natürlich war die Folge davon, daß er kaum zwei Wörter hintereinander deutlich aussprechen konnte.

Lord Stettin war in voller Uniform, einsfünfundneunzig groß mit einem kantigen Kinn und einem harten Mund. Mit arrogant geballten Fäusten unterstrich er seine Sätze.

»Sie haben zwei Wochen gehabt, und Sie kommen mit Geschichten über nichts zu mir. Nun sagen Sie mir schon das Schlimmste, Sir. Wird meine Marine in Fetzen gerissen? Muß ich gegen die Geister der Zweiten Foundation ebenso kämpfen wie gegen die Männer der Ersten?«

»Ich ... ich wiederhole, mein Lord, ich bi-bi-bin kein Wa-wahrsager. Ich ... ka-kann wirklich nichts da-dazu sagen.«

»Oder möchten Sie zurückfahren, um Ihre Landsleute zu warnen? Zum tiefen Raum mit Ihrer Schauspielerei! Sagen Sie mir die Wahrheit, oder ich werde sie zusammen mit der Hälfte Ihrer Eingeweide aus Ihnen herausholen lassen!«

»Ich sa-sage nichts als die Wa-wahrheit, und ich mu-muß Sie daran erinnern, mein Lo-lord, daß ich Bürger der Foundation bin. Sie kö-können sich nicht an mir vergreifen, oh-ohne mehr zu e-e-ernten, als Sie ge-geglaubt haben«.

Der Lord von Kalgan brach in brüllendes Gelächter aus. »Eine Drohung, um Kinder zu ängstigen! Ein Schreckgespenst, um einen Idioten einzuschüchtern. Hören Sie, Mr. Munn, ich habe Geduld mit Ihnen gehabt. Ich habe Ihnen zwanzig Minuten lang zugehört, während Sie mir Unsinn auftischten, den zusammenzubrauen Sie eine schlaflose Nacht gekostet haben muß. Die Mühe haben Sie sich umsonst gemacht. Ich weiß, daß Sie nicht nur hergekommen sind, um in der kalten Asche des Maultiers herumzustochern und sich an den Schlacken, die Sie finden, zu wärmen. Sie hatten andere Gründe, als Sie zugeben. Stimmt das etwa nicht?«

Homir Munn konnte das Entsetzen in seinen Augen ebensowenig unterdrücken, wie er in diesem Moment hätte atmen können. Lord Stettin sah es und ließ seine Pranke dem Mann von der Foundation auf die Schulter fallen, so daß dieser und der Stuhl, auf dem er saß, unter der Wucht fast zermalmt wurden.

»Gut. Lassen Sie uns jetzt offen sein. Sie recherchieren über den Seldon-Plan. Sie wissen, daß er nicht mehr gültig ist. Sie wissen vielleicht auch, daß *ich* jetzt der unvermeidliche Sieger bin, ich und meine Erben. Mann, spielt es denn eine Rolle, wer das Zweite Imperium gründet, solange es nur gegründet wird? Die Geschichte ist unparteiisch. Haben Sie Angst, es mir zu sagen? Sie sehen, daß ich Ihre Mission kenne.«

Munn fragte mit schwerer Zunge: »Wa-was w-wollen Sie?«

»Ihre Anwesenheit. Ich möchte nicht, daß der Plan

durch zu großes Selbstvertrauen zunichte gemacht wird. Sie verstehen mehr von diesen Dingen als ich; Sie können kleine Fehler entdecken, die mir entgehen mögen. Kommen Sie, Sie werden am Ende belohnt werden, Sie werden Ihren gerechten Anteil der Beute bekommen. Was haben Sie in der Foundation zu erwarten? Wollen Sie eine vielleicht unvermeidliche Niederlage abwenden? Den Krieg verlängern? Oder ist es nur der patriotische Wunsch, für Ihr Vaterland zu sterben?«

»Ich ... ich ...« Er verstummte ganz. Kein Wort kam mehr heraus.

»Sie werden bleiben«, meinte der Lord von Kalgan zuversichtlich. »Sie haben keine Wahl. Warten Sie« — ein nachträglicher Einfall, der beinahe vergessen worden wäre —, »mir liegt eine Information des Inhalts vor, daß Ihre Nichte aus der Familie Bayta Darells ist.«

Homir stieß ein erschrockenes »Ja« hervor. Er war an einem Punkt angelangt, wo er sich nicht mehr zutraute, etwas anderes als die nackte Wahrheit zu sagen.

»Ist es eine in der Foundation angesehene Familie?«

Homir nickte. »Eine, der man be-bestimmt keinen Scha-schaden zufügen wird.«

»Schaden! Seien Sie nicht dumm, Mann. Ich denke über das genaue Gegenteil nach. Wie alt ist sie?«

»Vierzehn.«

»So! Nun, nicht einmal die Zweite Foundation oder Hari Seldon persönlich könnte verhindern, daß die Zeit vergeht und daß Mädchen Frauen werden.«

Damit machte er auf dem Absatz kehrt und schritt zu einer mit einem Vorhang bedeckten Tür. Er riß sie heftig auf.

»Zum Raum, weshalb hast du deinen wabbelnden Leichnam hergeschleppt?« donnerte er.

Lady Callia sah ihn unter tränenschweren Wimpern an und piepste mit dünner Stimme: »Ich wußte nicht, daß jemand bei dir ist.«

»Es ist aber jemand bei mir. Darüber sprechen wir

noch. Jetzt will ich deinen Rücken sehen, und zwar etwas plötzlich!«

Man hörte sie schnüffelnd den Korridor entlangeilen.

Stettin kam zurück. »Sie ist das Überbleibsel eines Zwischenspiels, das schon zu lange gedauert hat. Es wird bald enden. Vierzehn, sagten Sie?«

Homir starrte ihn an, gebeutelt von einem brandneuen Schrecken.

Arcadia nahm das geräuschlose Öffnen einer Tür als Bewegung aus dem Augenwinkel wahr und fuhr zusammen. Lange Sekunden reagierte sie nicht auf den Finger, der ihr heftig winkte. Der bloße Anblick der weißen, zitternden Gestalt mahnte zur Vorsicht. Auf Zehenspitzen schlich Arcadia zur Tür hinaus.

Eine Hand faßte die ihre so fest, daß es weh tat, und führte sie den Korridor hinunter. Natürlich war es Lady Callia, und aus irgendeinem Grund hatte Arcadia nichts dagegen, ihr zu folgen. Vor Lady Callia fürchtete sie sich wenigstens nicht.

Aber warum tat sie das?

Sie kamen in ein Boudoir, ganz rosa Flaum und Zuckerwatte. Lady Callia stellte sich mit dem Rücken gegen die Tür.

Sie sagte: »Das war unser Privatweg zu mir ... in mein Zimmer, weißt du, von seinem Büro. Seinem, du weißt schon.« Sie wies mit dem Daumen zurück, als ängstige der bloße Gedanke an ihn sie zu Tode.

»Es ist ein Glück ... ein Glück ...« Ihre Pupillen hatten sich so erweitert, daß die blaue Iris verschwunden war.

»Wollen Sie mir nicht sagen ...?« begann Arcadia schüchtern.

Callia stürzte sich in fieberhafte Tätigkeit. »Nein, Kind, nein. Wir haben keine Zeit. Zieh deine Sachen aus. Bitte. Bitte. Ich gebe dir andere, und dann wird man dich nicht erkennen.«

Sie stand vor dem Schrank, schleuderte ungeeignete

Kleidungsstücke rücksichtslos zu Boden, suchte wie wahnsinnig nach etwas, das ein Mädchen anziehen konnte, ohne wie die personifizierte Herausforderung zu wirken.

»Hier, das wird gehen. Es muß. Hast du Geld? Hier, nimm alles — und das.« Sie nahm Schmuck von ihren Ohren und Fingern. »Nur reise nach Hause — in deine Foundation!«

»Aber Homir … mein Onkel«, protestierte Arcadia vergebens durch den ihre Stimme dämpfenden Stoff aus duftendem, luxuriösem Metallgespinst, der ihr mit Gewalt über den Kopf gezogen wurde.

»Er wird nicht abreisen. Poochie wird ihn für immer festhalten, aber *du* darfst nicht bleiben. Oh, Liebes, verstehst du denn nicht?«

»Nein.« Arcadia erzwang einen Stillstand. »Wirklich nicht.«

Lady Callia preßte die Hände zusammen. »Du mußt zurückfahren, um deine Leute zu warnen, daß es Krieg geben wird. Ist das nicht klar?« Das absolute Entsetzen hatte ihren Gedanken und Worten paradoxerweise eine Klarheit verliehen, die gar nicht zu ihr paßte. »Nun komm!«

Auf einem anderen Weg ging es hinaus. Vorbei an Beamten, die ihnen nachstarrten, aber keinen Grund sahen, eine Dame aufzuhalten, die nur der Lord von Kalgan ungestraft aufhalten konnte. Posten schlugen die Hacken zusammen und präsentierten das Gewehr, wenn sie Türen durchschritten.

Arcadia atmete nur gelegentlich während der Jahre, die ihr Gang zu dauern schien — und doch waren von dem Augenblick, als sich der weiße Finger krümmte, bis zu dem Zeitpunkt, als sie an dem äußeren Tor stand, wo von fern Leute und Lärm und Verkehr zu hören waren, nur fünfundzwanzig Minuten vergangen.

Mit plötzlichem angsterfülltem Mitleid blickte sie zurück. »Ich … ich weiß nicht, warum Sie das tun, meine

Lady, aber danke. — Was wird mit meinem Onkel Homir geschehen?«

»Ich weiß es nicht«, jammerte die andere. »Lauf doch! Geh geradenwegs zum Raumhafen. Warte nicht. Er kann jede Minute anfangen, nach dir zu suchen.«

Immer noch zögerte Arcadia. Sie würde Homir im Stich lassen, und jetzt, wo sie sich im Freien befand, erwachte verspätet ihr Mißtrauen. »Aber was interessiert es Sie, wenn er das tut?«

Lady Callia biß sich auf die Unterlippe und murmelte: »Einem kleinen Mädchen wie dir kann ich das nicht erklären. Es wäre unschicklich. Nun, auch du wirst einmal erwachsen sein, und ich ... ich lernte Poochie kennen, als ich sechzehn war. Ich kann nicht zulassen, daß du in seiner Nähe bleibst.« Man sah, daß sie sich ihrer Feindseligkeit ein bißchen schämte.

Arcadia zog ihre Schlüsse und erstarrte. Sie flüsterte: »Was wird er mit Ihnen machen, wenn er es herausbekommt?«

Und Callia wimmerte: »Ich weiß es nicht«, warf den Arm über den Kopf und lief halb rennend den breiten Weg zum Palast des Lords von Kalgan zurück.

Aber eine ewig dauernde Sekunde lang rührte Arcadia sich immer noch nicht. Denn in diesem letzten Moment, bevor Lady Callia fortlief, hatte Arcadia etwas gesehen. In diesen verängstigten, verzweifelten Augen war — kurz wie ein Blitz — kalte Belustigung aufgeflammt.

Eine ungeheure, unmenschliche Belustigung.

Es war ein bißchen viel verlangt, in einem schnellen Flackern eines Augenpaars so etwas zu erkennen. Aber Arcadia zweifelte sicher nicht an dem, was sie gesehen hatte.

Jetzt rannte sie — rannte wild — suchte verzweifelt nach einer freien öffentlichen Zelle, in der man mit Knopfdruck ein Fahrzeug herbeirufen konnte.

Sie lief nicht vor Lord Stettin davon, nicht vor ihm und nicht vor all den menschlichen Bluthunden, die er auf ihre

Fährte setzen konnte. Sie wäre nicht einmal davongelaufen, wenn er all seine siebenundzwanzig Welten zu einem gigantischen Phänomen hätte zusammenrollen können, das ihrem Schatten nachschrie.

Sie lief vor einer einzigen schwachen Frau davon, die ihr geholfen hatte zu fliehen. Vor einem Wesen, von dem sie mit Geld und Schmuck überhäuft worden war, das sein eigenes Leben aufs Spiel setzte, um sie zu retten. Vor einer Wesenheit, die sie mit absoluter Gewißheit als eine Frau von der Zweiten Foundation erkannt hatte.

Ein Taxi landete mit leisem Klicken auf dem Schlitten. Der Luftstrom streifte Arcadias Gesicht und bewegte die Haare unter der mit weichem Pelz besetzten Kapuze, die Callia ihr gegeben hatte.

»Wohin, Lady?«

Sie bemühte sich verzweifelt, ihrer Stimme einen tieferen Ton zu geben, damit sie nicht wie die eines Kindes klang. »Wie viele Raumhäfen gibt es in der Stadt?«

»Zwei. Zu welchem wollen Sie?«

»Welcher ist näher?«

Er starrte sie an. »Kalgan Central, Lady.«

»Dann bitte zu dem anderen. Ich habe das Geld.« Sie hielt eine Zwanzig-Kalganid-Note in der Hand. Die Zahl auf dem Schein bedeutete ihr nichts, aber der Taxi-Mann grinste anerkennend.

»Wohin Sie wollen, Lady. Skyline-Taxis bringen Sie überall hin.«

Arcadia kühlte ihre Wange an der etwas muffigen Polsterung. Die Lichter der Stadt zogen gemächlich unter ihr dahin.

Was sollte sie tun? *Was sollte sie tun?*

In diesem Augenblick wurde ihr klar, daß sie ein dummes, *dummes* kleines Mädchen war, fern von seinem Vater und voller Angst. In ihren Augen standen Tränen, und tief unten in ihrer Kehle steckte ein lautloser Schrei, der weh tat.

Sie fürchtete nicht, daß Lord Stettin sie einfangen würde. Dafür sorgte sicher Lady Callia. Lady Callia! Alt, dick, dumm, aber irgendwie hatte sie ihren Lord im Griff. Oh, jetzt war ihr das natürlich klar. *Alles* war klar.

Dieser Tee mit Callia, bei dem sie so schlau gewesen war. Kluge kleine Arcadia! Etwas in ihrem Innern würgte und haßte sich selbst. Dieser Tee war geplant gewesen, und dann war Stettin wahrscheinlich dahin manövriert worden, daß er Homir doch noch erlaubte, den Palast zu besichtigen. *Sie,* die dumme Callia, hatte es gewollt und es so arrangiert, daß die schlaue kleine Arcadia ihr einen narrensicheren Vorwand lieferte, der in den Köpfen der Opfer keinen Verdacht erregte und ihrerseits nur ein Minimum an Einmischung erforderte.

Warum war sie dann in Freiheit? Homir war natürlich gefangen …

Konnte der Grund sein …?

Sollte sie als Köder in die Foundation zurückkehren — um andere in die Hände von *denen* zu führen?

Also durfte sie nicht in die Foundation zurückkehren …

»Raumhafen, Lady.« Das Lufttaxi hatte angehalten. Seltsam! Sie hatte es nicht einmal bemerkt.

Was war das für eine Traumwelt!

»Danke.« Sie schob ihm den Schein zu, ohne etwas zu sehen, stolperte aus der Tür und rannte über das federnde Pflaster.

Lichter. Sorglose Männer und Frauen. Große schimmernde Anzeigetafeln mit den sich bewegenden Ziffern, die jedem einzelnen Raumschiff bei Ankunft und Abfahrt folgten.

Wohin sollte sie sich wenden? Es kümmerte sie nicht. Sie wußte nur, daß sie nicht zur Foundation reisen würde. Jeder andere Ort war ihr recht.

Oh, Seldon sei Dank für diesen unbewachten Augenblick, diesen letzten Sekundenbruchteil, als Callia es sich gestattete, aus der Rolle zu fallen, weil sie es nur mit einem Kind zu tun hatte, und ihre Belustigung durchblicken ließ.

Und dann fiel Arcadia etwas anderes ein, etwas, das seit Beginn des Fluges ganz unten in ihrem Gehirn herumgefuhrwerkt hatte — etwas, das der Vierzehn in ihr für immer den Garaus machte.

Und ihr wurde klar, ihr *mußte* die Flucht gelingen.

Das ging allem anderen vor. Auch wenn sie jeden Verschwörer der Foundation aufspürten, auch wenn sie ihren eigenen Vater fingen, sie wagte keine Warnung. Nicht für das ganze Reich von Terminus durfte sie ihr eigenes Leben in die geringste Gefahr bringen. Sie war der wichtigste Mensch der Galaxis. Sie war der *einzige* wichtige Mensch der Galaxis.

Denn in der ganzen Galaxis kannte sie allein, abgesehen von *denen,* die Lage der Zweiten Foundation.

— 15 —

Durch das Gitter

TRANTOR – *Gegen Mitte des Interregnums war Trantor ein Schatten. Inmitten der kolossalen Ruinen lebte eine kleine Gemeinschaft von Bauern …*

ENCYCLOPAEDIA GALACTICA

Es gibt nichts und es hat nie etwas gegeben wie einen betriebsamen Raumhafen am Rand der Hauptstadt eines volkreichen Planeten. Da ruhen die riesigen Schiffe majestätisch auf ihren Schlitten. Wenn man die Zeit richtig wählt, wird einem der eindrucksvolle Anblick zuteil, wie ein Gigant sich niedersenkt oder, noch haarsträubender, eine Blase aus Stahl beschleunigend aufsteigt. Alle diese Vorgänge erfolgen nahezu geräuschlos. Die Antriebskraft ist das stumme Umordnen von Nukleonen zu kompakteren Arrangenents.

Auf die Bodenfläche bezogen, sind hiermit fünfundneunzig Prozent des Hafens beschrieben. Einige Quadratmeilen sind für die Maschinen reserviert und die Männer, die sie bedienen, und die Rechner, die beide bedienen.

Nur fünf Prozent des Hafens steht den Menschenströmen zur Verfügung, und für sie ist er die Zwischenstation zu allen Sternen der Galaxis. Ganz bestimmt nehmen nur wenige von der vielköpfigen Menge sich die Zeit, über das technologische Netz nachzudenken, das die Raumwege miteinander verknüpft. Vielleicht überkommt einige gelegentlich ein Kribbeln beim Gedanken an die Tausende von Tonnen sinkenden Stahls, die aus der Entfernung so klein aussehen. Einer dieser zyklopischen Zylinder könnte den Leitstrahl verfehlen und eine halbe Meile von dem ihm bestimmten Landepunkt abstürzen — vielleicht durch das Glassit-Dach des immensen Wartesaals. Dann bliebe nichts als ein dünner organischer Dampf und ein paar Phosphate in Pulverform als Zeichen des Ablebens von Tausenden von Menschen zurück.

Das konnte jedoch bei den verwendeten Sicherheitsvorkehrungen nicht geschehen, und nur ganz schlimme Neurotiker dachten länger als einen Augenblick an die Möglichkeit.

Aber an was denken die Menschen nun? Sie stellen nicht einfach eine Menge dar, verstehen Sie. Es ist eine zielgerichtete Menge. Ihre Entschlossenheit schwebt über dem Feld und verdichtet die Atmosphäre. Warteschlangen bilden sich, Eltern halten ihre Kinder zusammen, Gepäck wird in präzisen Massen manövriert — diese Leute wollen *irgendwohin.*

Nun stellen Sie sich die völlige psychische Isolierung einer einzelnen Person innerhalb dieser schrecklich entschlossenen Menge vor, die nicht weiß, wohin sie will, und trotzdem stärker, als es bei jedem der anderen möglich ist, unter dem Zwang steht, sich irgendwohin zu begeben, ganz gleich, wohin — oder vielmehr, *fast* ganz gleich, wohin!

Selbst wenn diese Person keine telepathischen Fähigkeiten besitzt und auch die primitiv direkten Methoden des Kontaktes von Geist zu Geist nicht beherrscht, empfindet sie so deutlich den Riß in der Atmosphäre, in der allgemeinen Stimmung, daß sie in Verzweiflung gerät.

Die Verzweiflung überflutet und ertränkt sie.

Arcadia Darell stand in ihren geborgten Kleidern auf einem geborgten Planeten in einer Situation ihres Lebens, das ihr ebenfalls geborgt erschien, und wünschte sich sehnlichst in die Sicherheit des Mutterleibes zurück. Zwar wußte sie nicht, daß ihr Wunsch darauf hinauslief, aber sie wußte, daß die totale Offenheit der offenen Welt große Gefahr bedeutete. Sie wollte irgendwo unter Verschluß sein — ganz weit weg — irgendwo in einem unerforschten Winkel des Universums — wo niemand je nachsehen kommen würde.

Da stand sie nun, vierzehn Jahre alt, so müde, daß sie mehr als achtzig hätte sein können, und verängstigt genug für weniger als fünf.

Wer unter den Fremden, die an ihr vorübergingen und sie dabei oft streiften, war von der Zweiten Foundation? Welcher Fremde würde nicht umhin können, sie wegen ihres schuldigen Wissens — ihres einzigartigen Wissens — über die Lage der Zweiten Foundation auf der Stelle zu töten?

Eine Stimme drang auf sie ein wie ein Donnerschlag, und der Schrei in ihrer Kehle vereiste zu einem tonlosen Krächzen.

»Hören Sie, Miss«, sagte die Stimme gereizt, »benutzen Sie den Fahrkarten-Automaten, oder stehen Sie da nur herum?«

Erst jetzt wurde ihr bewußt, daß sie vor einem Fahrkarten-Automaten stand. Man steckte einen großen Schein in die Klammer, die außer Sicht sank. Man drückte den Knopf unter dem gewünschten Zielort, und ein elektronischer Abtaster, der niemals einen Fehler machte, warf eine Fahrkarte zusammen mit dem Wechselgeld aus. Das war eine ganz normale Einrichtung, und niemand konnte einen Grund haben, fünf Minuten lang davor stehenzubleiben.

Arcadia schob eine Zweihundert-Credit-Note in die Klammer, und plötzlich fiel ihr Blick auf den Knopf mit der Beschriftung ›Trantor‹. Trantor, die tote Hauptstadt des toten Imperiums — der Planet, auf dem sie geboren war. Wie im Traum drückte sie den Knopf. Nichts geschah, außer daß rote Zahlen an- und ausgingen. Sie lauteten 172,18 — 172,18 — 172,18.

Das war der Betrag, der noch fehlte. Sie steckte weitere zweihundert Credits in den Automaten. Er streckte ihr die Fahrkarte entgegen. Sie löste sich, als Arcadia sie anfaßte, und das Wechselgeld kollerte hinterher.

Arcadia nahm es und lief davon. Der Mann hinter ihr, der den Automaten auch benutzen wollte, war dicht an sie herangerückt. Sie wand sich an ihm vorbei und blickte nicht zurück.

Doch es gab keinen Ort, an den sie flüchten konnte. Alle diese Menschen waren ihre Feinde.

Ohne sich dessen ganz bewußt zu werden, betrachtete sie die riesigen leuchtenden Schriftzeichen, die sich in der Luft bildeten: *Steffani, Anakreon, Fermus* — Dann stieg *Terminus* auf und erweckte Heimweh in ihr, aber sie wagte es nicht …

Für einen geringen Betrag konnte man auf dem Raumhafen einen Ankünder entleihen. Man steckte ihn in die Tasche, und fünfzehn Minuten vor dem Start meldete er sich dann mit einem nur für den Benutzer hörbaren Ton. Aber solche Geräte sind für Leute, die sich sicher fühlen und es sich erlauben können, an so etwas zu denken.

Und dann, als sie versuchte, gleichzeitig nach links und nach rechts zu blicken, rannte sie mit voller Wucht gegen einen weichen Bauch. Sein Besitzer stieß erschrocken den Atem aus und grunzte, und eine Hand legte sich auf Arcadias Arm. Sie wand sich verzweifelt. Ganz hinten in ihrer Kehle bildete sich ein wimmernder Ton, doch zu mehr reichte es nicht.

Der Mann hielt sie fest und wartete. Langsam wurde sein Bild vor ihren Augen klar, und es gelang ihr, ihn anzusehen. Er war ziemlich dick und ziemlich klein. Sein Haar war weiß und füllig und so frisiert, daß es rings um den Kopf abstand. Das sah seltsam aus bei einem Mann, dessen rundes und gerötetes Gesicht deutlich seine bäuerliche Abkunft verkündete.

»Was ist los?« fragte er schließlich mit unverhohlener und augenzwinkernder Neugier. »Du siehst verängstigt aus.«

»Entschuldigung«, murmelte Arcadia aufgelöst. »Ich muß gehen. Entschuldigen Sie mich.«

Aber er achtete überhaupt nicht darauf. »Paß auf, Kleine! Du wirst deine Fahrkarte fallenlassen.« Und er nahm sie ihr aus den widerstandslosen weißen Fingern und sah sie sich mit unverkennbarer Befriedigung an.

»Das habe ich mir doch gedacht!« stellte er fest, und dann brüllte er mit Bullenstimme: *»Mammaa!«*

Augenblicklich tauchte eine Frau neben ihm auf, etwas kleiner, etwas runder und etwas rötlicher. Sie hakte einen Finger um eine verirrte graue Locke und schob sie unter einen Hut zurück, der shon geraume Zeit aus der Mode war.

»Pappa«, sagte sie vorwurfsvoll, »was schreist du in einer solchen Menschenmenge so? Die Leute sehen dich an, als ob du verrückt wärst. Glaubst du, du wärst auf der Farm?«

Sie schenkte der versteinerten Arcadia ein sonniges Lächeln und setzte hinzu: »Manieren hat er wie ein Bär.« Dann, scharf: »Pappa, laß das kleine Mädchen los! Was tust du da?«

Aber Pappa schwenkte ihr nur die Fahrkarte entgegen. »Sieh mal! Sie reist nach Trantor.«

Mammas Gesicht strahlte auf. »Du bist von Trantor? Laß ihren Arm los, habe ich gesagt, Pappa!« Sie stellte den vollgestopften Koffer, den sie trug, hochkant und zwang Arcadia mit sanftem, aber unwiderstehlichem Druck, sich hinzusetzen. »Setz dich«, sagte sie, »und ruh deine Füßchen aus. Es kommt kein Schiff in der nächsten Stunde, und die Bänke sind mit schlafenden Gammlern überfüllt. Du bist von Trantor?«

Arcadia holte tief Atem und ergab sich. Heiser antwortete sie: »Ich bin dort geboren.«

Mamma klatschte fröhlich in die Hände. »Einen ganzen Monat lang sind wir hier gewesen, und bis jetzt haben wir niemanden von zu Hause getroffen. Ist das schön! Deine Eltern ...«, sie sah sich suchend um.

»Ich bin nicht mit meinen Eltern da«, erklärte Arcadia vorsichtig.

»Ganz allein? Ein kleines Mädchen wie du?« Mamma zeigte eine Mischung aus Entrüstung und Mitgefühl. »Wie kommt denn das?«

»Mamma ...« — Pappa zupfte sie am Ärmel — »hör mal. Hier stimmt etwas nicht. Ich glaube, sie hat Angst.« Obwohl man merkte, daß er flüstern wollte, war seine Stimme für Arcadia deutlich zu verstehen. »Sie rannte — ich beobachtete sie — und paßte nicht auf, wohin sie ging. Bevor ich ihr ausweichen konnte, stieß sie mit mir zusammen. Und weißt du was? Ich glaube, sie ist in Schwierigkeiten.«

»Dann halt den Mund, Pappa! Mit dir könnte jeder zusammenstoßen.« Aber sie setzte sich zu Arcadia auf den Koffer, der unter dem zusätzlichen Gewicht müde aufstöhnte, und legte dem Mädchen einen Arm um die bebenden Schultern. »Du läufst vor jemandem weg, Herzchen? Hab keine Angst, es mir zu erzählen. Ich werde dir helfen.«

Arcadia blickte in die freundlichen grauen Augen der Frau. Ihre Lippen begannen zu zittern. Ein Teil ihres Gehirns sagte ihr, hier seien Leute von Trantor, denen sie sich anschließen konnte, die ihr helfen würden, auf Trantor zu bleiben, bis sie sich entschieden hatte, was sie als nächstes tun, wohin sie als nächstes gehen solle. Und ein anderer Teil des Gehirns schrie ihr unzusammenhängend, aber sehr viel lauter zu, daß sie sich nicht mehr an ihre Mutter erinnerte, daß sie es sterbenssatt hatte, gegen das Universum zu kämpfen, daß sie sich nur zusammenrollen und starke, liebevolle Arme um sich fühlen wollte, daß sie, wenn ihre Mutter noch lebte, vielleicht ... vielleicht ...

Und zum erstenmal an diesem Abend weinte sie, weinte wie ein kleines Kind und war froh darüber, klammerte sich an das altmodische Kleid und durchfeuchtete eine Ecke davon gründlich, während weiche Arme sie festhielten und eine freundliche Hand ihre Locken streichelte.

Pappa stand da, sah die beiden hilflos an und suchte vergebens nach einem Taschentuch, das ihm, als er es endlich zu Tage förderte, aus der Hand gerissen wurde. Mamma befahl ihm mit einem Blick, ruhig zu sein. Die Menschen umwogten die kleine Gruppe mit der echten Gleichgültigkeit, die unzusammenhängende Massen überall auszeichnet. Das Ehepaar und Arcadia waren praktisch allein.

Schließlich verstummte das Weinen. Arcadia lächelte schwach und tupfte sich die roten Augen mit dem geborgten Taschentuch. »Zu blöde«, flüsterte sie, »ich ...«

»*Sch! Sch!* Nicht reden«, tröstete Mamma. »Bleib sitzen und ruh dich eine Weile aus. Komm erst wieder zu Atem. Dann erzählst du uns, was los ist, und du wirst sehen, wir bringen es wieder in Ordnung und alles wird gut werden.«

Arcadia raffte zusammen, was von ihrem Verstand übrig war. Sie konnte ihnen die Wahrheit nicht sagen. Sie konnte niemandem die Wahrheit sagen ... Und doch war sie zu erschöpft, um eine nützliche Lüge zu erfinden.

»Mir geht es wieder besser«, krächzte sie.

»Gut!« lobte Mamma. »Jetzt sag mir, warum du in Schwierigkeiten bist. Du hast doch nichts angestellt? Natürlich werden wir dir helfen, was du auch getan haben magst, aber sag uns die Wahrheit.«

»Für eine Freundin von Trantor tun wir alles«, setzte Pappa überschwenglich hinzu. »Nicht wahr, Mamma?«

»Halt den Mund, Pappa!« lautete die ohne Bosheit erteilte Antwort.

Arcadia kramte in ihrer Handtasche herum. Das war wenigstens trotz des ihr aufgezwungenen schnellen Kleiderwechsels in Lady Callias Räumen immer noch ein Stück Eigentum. Sie fand, was sie suchte, und reichte es Mamma.

»Das ist mein Paß«, sagte sie schüchtern. Das schimmernde synthetische Pergament war ihr am Tag ihrer Ankunft von dem Botschafter der Foundation ausgestellt und von dem zuständigen kalganischen Beamten gegengezeichnet worden. Es war groß, blumig abgefaßt und eindrucksvoll. Mamma betrachtete es hilflos und reichte es an Pappa weiter, der den Inhalt mit wichtigem Schürzen der Lippen in sich aufnahm.

»Du bist von der Foundation?« fragte er.

»Ja. Aber ich bin auf Trantor geboren. Sehen Sie, da steht es ...«

»Ach ja. Für mich sieht das alles ganz korrekt aus. Du heißt Arcadia, he? Das ist ein guter trantorischer Name. Aber wo ist dein Onkel? Hier steht, du seist in Gesellschaft von Homir Munn, Onkel, angekommen.«

»Er ist festgenommen worden«, erklärte Arcadia trübselig.

»Festgenommen!« schrien beide auf. »Weshalb?« fragte Mamma. »Hat er etwas verbrochen?«

Arcadia schüttelte den Kopf. »Ich weiß nicht, weshalb. Wir haben nur einen Besuch gemacht. Onkel Homir hatte geschäftlich mit Lord Stettin zu tun, aber ...« Sie brauchte ein Erschauern nicht vorzutäuschen. Es kam ganz von selbst.

Pappa zeigte sich beeindruckt. »Mit Lord Stettin.

Hm-m-m, dein Onkel muß schon ein bedeutender Mann sein.«

»Ich weiß nicht, um was das alles ging, aber Lord Stettin wollte, daß ich dableibe ...« Sie rief sich die letzten Worte Lady Callias ins Gedächtnis zurück. Da Callia, wie sie jetzt wußte, eine Expertin war, würde die Geschichte auch ein zweitesmal ihren Zweck erfüllen.

Mamma drängte schon: »Und warum du?«

»Ich weiß nicht... Er verlangte, ich solle ganz allein mit ihm zu Abend essen, aber ich sagte nein, weil ich wollte, daß Onkel Homir dabei sei. Er sah mich so komisch an und legte mir immerzu die Hand auf die Schulter.«

Pappas Mund stand ein bißchen offen. Mamma dagegen wurde rot und zornig. »Wie alt bist du, Arcadia?«

»Vierzehneinhalb, beinahe.«

Mamma holte scharf Atem. »Das man solche Leute am Leben läßt! Die Hunde auf der Straße sind ja besser. Du läufst vor ihm davon, Liebes, nicht wahr?«

Arcadia nickte.

Mamma befahl: »Pappa, geh sofort zur Information und stell genau fest, wann das Schiff nach Trantor auf den Startplatz gesetzt wird. Beeil dich!«

Pappa tat einen Schritt und blieb stehen. Eine laute metallische Stimme dröhnte über ihre Köpfe hinweg, und fünftausend Augenpaare richteten sich erschrocken nach oben.

»Männer und Frauen«, verkündete sie mit scharfem Nachdruck. »Der Raumhafen wird nach einem gefährlichen Flüchtling durchsucht und ist umstellt worden. Niemand kann ihn betreten, niemand verlassen. Die Suche wird jedoch mit großer Geschwindigkeit erfolgen, und währenddessen werden keine Schiffe starten oder landen, so daß Sie Ihr Schiff nicht verpassen werden. Ich wiederhole, niemand wird sein Schiff verpassen. Das Gitter wird sich senken. Keiner von Ihnen wird sein Quadrat verlassen, bis das Gitter wieder entfernt wird. Andernfalls sind wir gezwungen, unsere Neuropeitschen zu benutzen.«

Die Stimme beherrschte die weite Kuppel des Warteraums vielleicht eine Minute lang. Arcadia hätte sich nicht rühren können, auch wenn alles Übel in der Galaxis sich zu einer Kugel konzentriert und auf sie gestürzt hätte.

Niemand anders als sie konnte gemeint sein. Es war nicht einmal notwendig, diesen Gedanken zu formulieren. Aber warum ...?

Callia hatte ihre Flucht organisiert. Und Callia war von der Zweiten Foundation. Warum kam jetzt diese Suche? Hatte Callia versagt? *Konnte* Callia versagen? Oder war dies ein Teil des Plans, den sie, Arcadia, in all seinen Verwicklungen nicht durchschaute?

Einen schwindelerregenden Augenblick lang verspürte Arcadia den Drang, aufzuspringen und zu rufen, sie gebe auf, sie sei bereit mitzukommen, sie ... sie ...

Mammas Hand faßte ihr Handgelenk. »Schnell! Schnell! Wir gehen in die Damentoilette, bevor sie anfangen.«

Arcadia verstand sie nicht. Sie folgte ihr nur blindlings. Sie wanden sich durch die Menge, die zu Klumpen erstarrt war, während die Stimme ihre letzten Worte dröhnte.

Jetzt senkte sich das Gitter, und Pappa sah es mit offenem Mund herunterkommen. Er hatte davon gehört und gelesen, war aber noch nie ein Ziel des Gitters gewesen. Es schimmerte in der Luft und war einfach eine Anordnung von überkreuzten und enggebündelten Strahlen, die die Luft in einem harmlosen Netzwerk von gleißendem Licht aufglühen ließen.

Es wurde immer so gemacht, daß sich das Gitter langsam von oben niedersenkte, damit es einem fallenden Netz glich und alle schrecklichen Assoziationen des Gefangenwerdens hervorrief.

Jetzt schwebte es in Gürtelhöhe, und in jeder Richtung hielten die glühenden Linien drei Meter Abstand. Pappa befand sich in seinem Käfig allein, während die benachbarten Vierecke überfüllt waren. Er fühlte sich verdächtig isoliert, doch um sich in die Anonymität einer Gruppe einzudrängen, hätte er eine dieser glühenden Linien passieren müssen, was Alarm ausgelöst und die Neuropeitsche in Aktion gesetzt hätte.

Er wartete.

Über die Köpfe der unheimlich ruhigen und wartenden Menge hinweg nahm er eine weit entfernte Bewegung wahr. Das war eine Reihe von Polizisten, die ein Viereck nach dem anderen überprüften.

Es dauerte lange, bevor eine Uniform in Pappas Viereck trat und dessen Koordinaten sorgfältig in ein amtliches Notizbuch eintrug.

»Papiere!«

Pappa händigte sie ihm aus, und sie wurden routiniert durchgeblättert.

»Sie sind Preem Palver, Heimatplanet Trantor, für einen Monat auf Kalgan, kehren jetzt nach Trantor zurück. Antworten Sie mit ja oder nein.«

»Ja, ja.«

»Was hatten Sie auf Kalgan zu tun?«

»Ich bin Handelsvertreter unserer Farm-Genossenschaft. Ich habe Verhandlungen mit dem Landwirtschaftsministerium auf Kalgan geführt.«

»So, so. Sie haben Ihre Frau dabei? Wo ist sie? Sie wird in Ihrem Paß erwähnt.«

»Bitte. Meine Frau ist in ...« Er zeigte.

»Hanto!« brüllte der Polizist. Eine zweite Uniform erschien.

Der erste Polizist sagte trocken: »Noch eine Dame im Klo, bei der Galaxis. Muß es da drin voll sein! Schreib ihren Namen auf.« Er zeigte auf die entsprechende Stelle im Paß.

»Sonst noch jemand bei Ihnen?«

»Meine Nichte.«

»Sie ist in Ihrem Paß nicht erwähnt.«

»Sie ist getrennt gereist.«

»Wo ist sie? Lassen Sie, ich weiß schon. Schreib den

Namen der Nichte auch auf, Hanto. Wie heißt sie? Schreib auf: Arcadia Palver. Sie bleiben hier, Palver. Um die Frauen werden wir uns kümmern, bevor wir gehen.«

Pappa wartete eine endlos lange Zeit. Und dann, viel, viel später marschierte Mamma auf ihn zu, Arcadia fest bei der Hand haltend, und die beiden Polizisten kamen hinterher.

Sie betraten Pappas Viereck, und der eine fragte: »Ist die Alte, die soviel Lärm macht, Ihre Frau?«

»Ja, Sir«, antwortete Pappa beschwichtigend.

»Dann sagen Sie ihr besser, daß sie Ärger bekommt, wenn sie weiter so mit der Polizei des Ersten Bürgers redet.« Zornig straffte er die Schultern. »Ist das Ihre Nichte?«

»Ja, Sir.«

»Ich will ihre Papiere sehen.«

Mamma sah ihren Mann an und schüttelte leicht, aber unmißverständlich den Kopf.

Nach kurzer Pause erklärte Pappa mit schwachem Lächeln: »Das werde ich nicht tun.«

»Wie meinen Sie das?« Der Polizist hielt Pappa die harte Handfläche hin. »Her damit.«

»Diplomatische Immunität«, sagte Pappa leise.

»Wie meinen Sie das?«

»Ich sagte doch, daß ich Handelsvertreter meiner Farm-Genossenschaft bin. Ich bin bei der kalganischen Regierung als offizieller ausländischer Vertreter akkreditiert, und meine Papiere beweisen es. Ich habe sie Ihnen gezeigt, und ich wünsche, nicht weiter belästigt zu werden.«

Der Polizist ließ sich für einen Augenblick verblüffen. »Ich muß die Papiere sehen. Das ist Befehl.«

»Hauen Sie ab!« fiel Mamma ein. »Wenn wir Sie zu sprechen wünschen, werden wir nach Ihnen schicken, Sie ... Sie *Arsch!*«

Der Polizist kniff die Lippen zusammen. »Behalte sie im Auge, Hanto. Ich hole den Leutnant.«

»Brich dir das Bein!« rief Mamma ihm nach. Jemand lachte auf und verstummte sofort wieder.

Die Suche näherte sich ihrem Ende. Die Reisenden wurden gefährlich unruhig. Fünfundvierzig Minuten waren vergangen, seit das Gitter sich über sie gesenkt hatte, und das ist für eine optimale Wirkung zu lange. Leutnant Dirige bahnte sich deswegen hastig einen Weg durch das dichte Zentrum der Menge.

»Ist das das Mädchen?« fragte er müde. Er betrachtete sie, und offensichtlich entsprach sie der Beschreibung. Dieser ganze Aufwand für ein Kind!

»Ihre Papiere, bitte.«

Pappa begann: »Ich habe bereits erklärt ...«

»Ich weiß, was Sie erklärt haben, und es tut mir leid«, entgegnete der Leutnant, »aber ich habe meine Befehle, dagegen läßt sich nichts machen. Wenn Sie sich später beschweren wollen, steht Ihnen das frei. Inzwischen muß ich gegebenenfalls Gewalt anwenden.«

Eine Pause entstand. Der Leutnant wartete geduldig.

Dann sagte Pappa heiser: »Gib mir deinen Paß, Arcadia.«

Arcadia schüttelte in Panik den Kopf, aber Pappa nickte. »Hab keine Angst. Gib ihn mir.«

Hilflos überließ sie ihm das Dokument. Papa fummelte es auf, sah es sorgfältig durch und reichte es dem Leutnant. Nun sah es der Leutnant sorgfältig durch. Er hob die Augen und ließ sie lange auf Arcadia ruhen. Dann schloß er das Büchlein mit scharfem Knall.

»Alles in Ordnung«, sagte er.»Gehen wir, Männer.«

Er machte kehrt, und in kaum zwei Minuten war das Gitter verschwunden. Die Stimme von oben verkündete, daß der normale Raumhafenbetrieb weitergehe. Das von der plötzlich freigelassenen Menschenmenge aufsteigende Geräusch schwoll an.

Arcadia stammelte: »Wie ... wie ...?«

»Still, kein Wort!« warnte Pappa. »Gehen wir lieber zum Schiff. Es muß bald auf den Startplatz kommen.«

Sie waren im Schiff. Sie hatten eine private Staatskabine und im Speiseraum einen Tisch für sich. Zwei Lichtjahre trennten sie bereits von Kalgan, und schließlich wagte Arcadia es, das Thema noch einmal anzuschneiden.

»Aber sie waren tatsächlich hinter mir her, Mr. Palver, und sie müssen meine Beschreibung und alle Einzelheiten gehabt haben. Warum hat er mich gehen lassen?«

Und Pappa grinste vergnügt über seinem Roastbeef. »Nun, Arcadia, Kind, das war leicht. Wenn man mit Agenten und Käufern und konkurrierenden Genossenschaften zu tun hat, lernt man ein paar Tricks. Ich habe zwanzig Jahre oder mehr gehabt, sie zu lernen. Siehst du, Kind, als der Leutnant deinen Paß öffnete, fand er darin einen klein zusammengefalteten Fünfhundert-Credit-Schein. Einfach, was?«

»Ich werde es Ihnen zurückgeben ... Ehrlich, ich habe massenhaft Geld.«

Pappas breites Gesicht verzog sich zu einem verlegenen Lächeln. Er winkte ab. »Für eine Landsmännin ...«

Arcadia bestand nicht weiter darauf. »Aber wenn er nun das Geld genommen und mich trotzdem verhaftet — und der Bestechung angeklagt hätte?«

»Sollte er auf fünfhundert Credits verzichten? Ich kenne die Menschen besser als du, Mädchen.«

Doch Arcadia wußte, daß er die Menschen *nicht* besser kannte. Nicht *diese* Menschen. In der Nacht dachte sie im Bett eingehend darüber nach und sagte sich, keine Bestechungssumme hätte einen Polizeileutnant daran gehindert, sie festzunehmen, falls das nicht geplant gewesen wäre. Sie wollten sie nicht festnehmen, und trotzdem hatten sie mit großem Aufwand so getan, als ob.

Warum? Um sich zu vergewissern, daß sie abreiste? Und zwar nach Trantor? Waren diese beschränkten, gutherzigen Leute, die sie mitgenommen hatten, nichts als Werkzeuge in der Hand der Zweiten Foundation, ebenso hilflos wie sie selbst?

Sie mußten es sein!

Oder doch nicht?

Es war alles so sinnlos. Wie konnte sie sich gegen *die* wehren? Was auch immer sie tat, es mochte genau das sein, was diese schrecklichen Allmächtigen wollten.

Trotzdem mußte sie sie überlisten. Sie *mußte. Mußte! Mußte!*

— 16 —
Beginn des Krieges

Aus Gründen, die den Bewohnern der Galaxis während der in Rede stehenden Ära unbekannt waren, definiert die intergalaktische Standard-Zeit ihre grundlegende Einheit, die Sekunde, als die Zeit, in der das Licht 299 776 Kilometer zurücklegt. 86 400 Sekunden werden willkürlich einem intergalaktischen Standardtag gleichgesetzt und 365 dieser Tage einem intergalaktischen Standardjahr.

Warum 299 776 — oder 86 400 — oder 365?

Tradition, sagt der Historiker und fragt nicht weiter. Wegen bestimmter und unterschiedlicher geheimnisvoller numerischer Beziehungen, sagen die Mystiker, Kultanhänger, Numerologen und Metaphysiker. Weil der ursprüngliche Heimatplanet der Menschheit bestimmte natürliche Perioden der Rotation und der Umkreisung seiner Sonne hatte, von denen diese Beziehungen abgeleitet wurden, sagen einige wenige.

Niemand wußte es wirklich.

Doch wie dem auch sein mochte, das Datum, an dem der Foundation-Kreuzer *Hober Mallow* auf das kalganische Geschwader traf, das von der *Furchtlos* angeführt wurde, und, nachdem er sich geweigert hatte, ein Durchsuchungskommando an Bord zu lassen, zu rauchenden Trümmern zerschossen wurde, war 185; 11 692 G.Ä. Das heißt, es war der 185. Tag des 11 692. Jahres der Galaktischen Ära, die von der Thronbesteigung des ersten Kaisers der Kamble-Dynastie an datiert. Es war ebenso 185; 419 nach Seldon oder 185; 348 nach der Gründung der Foundation. Auf Kalgan, wo man das Jahr als Jahr 1 rechnete, als das Maultier das Amt des Ersten Bürgers geschaffen hatte, war es 185; 56. Der Bequemlichkeit wegen ließ man in jedem Fall das Jahr so beginnen und enden, daß ein Tag überall die gleiche Nummer hatte, ganz gleich, an welchem Tag die Ära tatsächlich begonnen hatte.

Und zusätzlich gab es für all die Millionen Welten der Galaxis Millionen von Lokalzeiten, die auf den Bewegungen ihrer eigenen himmlischen Nachbarn basierten.

Aber welche Ära man sich auch aussucht, den 185. Tag des 11 692, oder 419. oder 348. oder 56. Jahres, es war der Tag, den die Historiker später als Beginn des Stettinischen Krieges bezeichneten.

Für Dr. Darell war er nichts desgleichen. Es war ganz genau der 32. Tag nach Arcadias Abreise von Terminus.

Was es Darell kostete, in dieser ganzen Zeit den Gleichmut zu bewahren, war nicht für jeden zu erkennen.

Aber Elvett Semic konnte es sich vorstellen. Er war ein alter Mann und sagte gern, seine Nervenbahnen seien soweit verkalkt, daß seine Denkprozesse steif und unnachgiebig würden. Er forderte die allgemeine Unterschätzung seiner nachlassenden Kräfte heraus, indem er der erste war, der darüber lachte. Aber seine Augen sahen nicht weniger scharf, weil sie schwächer wurden, sein Gehirn wurde nicht weniger erfahren und weise, weil es nicht länger behende war.

Er verdrehte nur seine zusammengekniffenen Lippen und meinte: »Warum tun Sie deswegen nichts?«

Das Geräusch war für Darell wie ein physischer Schlag, unter dem er zusammenzuckte. Er fragte barsch: »Wo waren wir stehengeblieben?«

Semic betrachtete ihn ernst. »Sie sollten besser etwas wegen des Mädchens tun.« Seine lückenhaften gelben Zähne zeigten sich in dem fragend offenstehenden Mund.

Darell gab kalt zurück: »Die Frage ist: Können Sie einen Symes-Molff-Resonator in die notwendige Reichweite bringen?«

»Ich habe doch gesagt, daß ich das könnte. Nur haben Sie nicht zugehört.«

»Entschuldigen Sie, Elvett. Es ist so: Was wir jetzt tun, kann für jeden einzelnen in der Galaxis wichtiger sein als die Frage, ob Arcadia in Sicherheit ist. Wenigstens für jeden einzelnen außer Arcadia und mir, und ich bin bereit, mich der Mehrheit anzuschließen. Wie groß wäre der Resonator?«

Semic blickte zweifelnd drein. »Ich weiß es nicht. Sie können es irgendwo in den Katalogen finden.«

»Ungefähr wie groß. Eine Tonne? Ein Pfund? Einen Block lang?«

»Oh, ich dachte, Sie meinten genau. Es ist ein Winzling.« Er zeigte auf das erste Glied seines Daumens. »Ungefähr so.«

»Gut, können Sie so etwas bauen?« Darell skizzierte schnell etwas auf dem Block, den er auf dem Schoß hielt, und gab ihn dem alten Physiker. Der betrachtete es zweifelnd und lachte dann vor sich hin.

»Sie wissen ja, das Gehirn verkalkt, wenn man so alt ist wie ich. Was haben Sie vor?«

Darell zögerte. Er wünschte sich in diesem Augenblick verzweifelt, das Wissen über Physik zu haben, das im Schädel des anderen verschlossen war. Dann hätte er seine Gedanken nicht in Worte zu fassen brauchen. Aber das war ein sinnloser Wunsch, und so erklärte er es.

Semic schüttelte den Kopf. »Dazu würde man Hyperrelais brauchen. Nur damit ginge es schnell genug. Und eine unheimliche Menge davon.«

»Aber gebaut kann es werden?«

»Klar doch!«

»Können Sie alle Teile beschaffen? Ich meine, ohne Bemerkungen hervorzurufen? Im Rahmen Ihrer allgemeinen Arbeit.«

Semic hob die Oberlippe. »Fünfzig Hyperrelais? Soviel würde ich doch in meinem ganzen Leben nicht brauchen.«

»Wir sind jetzt bei einem Verteidigungsprojekt. Können Sie sich nicht etwas Harmloses einfallen lassen, für das man sie brauchen würde? Das Geld haben wir.«

»Hm-m-m. Vielleicht.«

»Wie klein könnten Sie das ganze Gerät machen?«

»Hyperrelais kann man in Mikrogröße bekommen ... Verdrahtung — Röhren — Raum, das erfordert ein paar hundert Schaltungen.«

»Ich weiß. Wie groß?«

Semic zeigte es mit den Händen.

»Zu groß«, stellte Darell fest. »Ich muß es mir an den Gürtel hängen können.«

Langsam knüllte er seine Zeichnung zusammen. Als sie zu einer harten, gelben Kugel geworden war, ließ er sie in den Aschenbecher fallen, und sie verschwand mit dem kurzen weißen Aufblitzen der molekularen Auflösung.

»Wer ist an Ihrer Tür?« fragte er.

Semic beugte sich über seinen Schreibtisch zu dem kleinen milchigen Schirm über dem Türsignal vor. »Der junge Anthor. Er hat noch jemanden bei sich.«

Darell schob seinen Stuhl zurück. »Noch nichts davon zu den anderen, Semic. Es ist ein tödliches Wissen, wenn sie es herausfinden, und es genügt, zwei Leben aufs Spiel zu setzen.«

Pelleas Anthor war wie ein Wirbelwind der Aktivität in Semics Büro, das es irgendwie fertigbrachte, am Alter seines Benutzers teilzuhaben. In der unbewegten Luft des stillen Raums schienen die losen, sommerlichen Ärmel von Anthors Jacke noch von der Brise draußen zu wehen.

Er stellte vor: »Dr. Darell, Dr. Semic — Orum Dirige.«

Der andere Mann war groß. Eine lange gerade Nase gab seinem schmalen Gesicht etwas Finsteres. Dr. Darell streckte ihm die Hand entgegen.

Anthor lächelte leicht. »Polizeileutnant Dirige«, ergänzte er. Dann, bedeutungsvoll: »Von Kalgan.«

Darell drehte sich um und starrte den jungen Mann eindringlich an. »Polizeileutnant Dirige von Kalgan«, wiederholte er. »Und Sie bringen ihn hierher. Warum?«

»Weil er der letzte Mensch auf Kalgan ist, der Ihre Tochter gesehen hat. Zurück, Mann!«

Anthors triumphierender Blick war wie weggewischt. Er sprang zwischen die beiden und kämpfte heftig mit Darell. Langsam und nicht behutsam zwang er den Älteren, sich wieder hinzusetzen.

»Was ist denn in Sie gefahren?« Anthor strich sich eine braune Locke aus der Stirn, schwang sich auf die Tischkante und ließ nachdenklich ein Bein pendeln. »Ich dachte, ich brächte Ihnen eine gute Nachricht.«

Darell sprach den Polizisten direkt an. »Was meint er damit, daß er Sie den letzten Menschen nennt, der meine Tochter gesehen hat? Ist meine Tochter tot? Bitte, sagen Sie es mir ohne Umschweife.« Sein Gesicht war weiß vor Angst.

Leutnant Dirige sagte gleichmütig: »Der Ausdruck lautete ›der letzte Mensch auf Kalgan‹. Sie ist nicht mehr auf Kalgan. Darüber hinaus weiß ich nichts.«

»Lassen Sie mich das erklären«, fiel Anthor ein. »Entschuldigen Sie, wenn ich zu dramatisch geworden bin, Doc. Sie benehmen sich in dieser Sache so unmenschlich, da habe ich vergessen, daß Sie Gefühle haben. Erstens einmal ist Leutnant Dirige einer von uns. Er ist auf Kalgan geboren, aber sein Vater war ein Foundation-Mann, der im Dienst des Maultiers auf den Planeten kam. Ich bürge für die Treue des Leutnants zur Foundation.

Als die tägliche Meldung von Munn ausblieb, setzte ich mich am Tag darauf mit ihm in Verbindung ...«

»Warum?« fuhr Darell heftig dazwischen. »Ich hielt es für abgemacht, daß wir in der Sache nichts unternehmen sollten. Sie haben das Leben der beiden auf Kalgan und das von uns hier riskiert.«

»Weil«, gab Anthor ebenso heftig zurück, »ich schon länger bei diesem Spiel mitmache als Sie. Weil ich von bestimmten Kontakten auf Kalgan weiß, von denen Sie nicht wissen. Weil ich besser Bescheid weiß, verstanden?«

»Ich halte Sie für komplett verrückt.«

»Wollen Sie zuhören?«

Eine Pause. Darell senkte den Blick.

Anthors Lippen verzogen sich zu einem halben Lächeln. »In Ordnung, Doc. Geben Sie mir ein paar Minuten. Erzählen Sie es ihm, Dirige!«

Dirige berichtete ruhig: »Soweit ich weiß, Dr. Darell, ist Ihre Tochter auf Trantor. Wenigstens hatte sie am östlichen Raumhafen eine Fahrkarte nach Trantor. Sie war mit einem Handelsvertreter dieses Planeten zusammen, der sie als seine Nichte ausgab. Ihre Tochter scheint eine merkwürdige Sammlung von Verwandten zu haben, Doktor. Das war der zweite Onkel innerhalb von zwei Wochen, nicht? Der Trantoraner versuchte sogar, mich zu bestechen — wahrscheinlich hält er das für den Grund, daß sie davongekommen sind.« Er lächelte grimmig bei dem Gedanken.

»Wie ging es ihr?«

»Ihr war nichts geschehen, soviel ich sehen konnte. Verängstigt war sie. Das kann ich ihr nachfühlen. Die ganze Polizei war hinter ihr her. Ich weiß immer noch nicht, warum.«

Darell war, als bekomme er zum erstenmal seit mehreren Minuten wieder Luft. Er merkte, daß seine Hände zitterten, und brachte sie mit Mühe unter Kontrolle. »Dann geht es ihr also gut. Wer war dieser Handelsvertreter? Sagen Sie mir mehr über ihn. Welche Rolle spielt er dabei?«

»Das weiß ich nicht. Wissen Sie etwas über Trantor?«

»Ich habe einmal dort gelebt.«

»Es ist heute eine landwirtschaftliche Welt. Exportiert hauptsächlich Tierfutter und Getreide. Hohe Qualität! Wird in der ganzen Galaxis verkauft. Auf dem Planeten gibt es ein oder zwei Dutzend landwirtschaftliche Genossenschaften, und jede hat ihre Vertreter im Ausland. Und die sind mit allen Wassern gewaschen — ich kenne das Dossier von diesem einen. Er hat Kalgan früher schon besucht, für gewöhnlich mit seiner Frau. Vollkommen ehrlich. Vollkommen harmlos.«

»Hm-m-m«, überlegte Anthor. »Arcadia ist auf Trantor geboren, nicht wahr, Doc?«

Darell nickte.

»Es hängt zusammen, sehen Sie. Sie wollte fort — schnell und weit —, und Trantor bot sich an. Glauben Sie nicht auch?«

Darell fragte: »Warum ist sie nicht nach hier zurückgekommen?«

»Vielleicht wurde sie verfolgt und meinte, einen Haken schlagen zu müssen.«

Dr. Darell hatte nicht die Kraft, weitere Fragen zu stellen. Auf Trantor war sie sicher oder jedenfalls so sicher, wie man irgendwo in dieser dunklen und schrecklichen Galaxis sein konnte. Er tastete nach der Tür. Anthor berührte leicht seinen Ärmel. Darell blieb stehen, drehte sich aber nicht um.

»Ist es Ihnen recht, wenn ich Sie nach Hause begleite, Doc?«

»Sehr freundlich von Ihnen«, antwortete er automatisch.

Gegen Abend hatten sich die äußeren Bereiche von Dr. Darells Persönlichkeit, diejenigen, die in unmittelbarem Kontakt mit anderen Menschen standen, von neuem verfestigt. Er hatte sich geweigert, zu Abend zu essen, und sich statt dessen mit fieberhaftem Eifer wieder daran gemacht, Schritt für Schritt in die verwickelte Mathematik der enzephalographischen Analyse vorzuarbeiten.

Erst kurz vor Mitternacht kam er ins Wohnzimmer zurück.

Pelleas Anthor war noch da und spielte an den Kontrollen des Fernsehers herum. Als er Schritte hinter sich hörte, sah er über die Schulter.

»Heh. Noch nicht im Bett? Ich habe mit dem Versuch, etwas anderes als Nachrichten hereinzubekommen, Stunden vor dem Bildschirm verbracht. Wie es heißt, ist die *F.S. Hober Mallow* vom Kurs abgekommen, und man hat nichts mehr von ihr gehört.«

»Wirklich? Was wird vermutet?«

»Was glauben Sie denn? Eine kalganische Schweinerei. Es liegen Berichte vor, daß kalganische Fahrzeuge in dem Raumsektor gesichtet wurden, aus dem sich die *Hober Mallow* zuletzt gemeldet hat.«

Darell zuckte die Achseln, und Anthor rieb sich zweifelnd die Stirn.

»Hören Sie, Doc, warum reisen Sie nicht nach Trantor?«

»Warum sollte ich?«

»Weil Sie uns hier zu nichts nütze sind. Sie sind nicht Sie selbst. Können Sie gar nicht sein. Und wenn Sie nach Trantor gehen, könnten Sie eine Aufgabe erfüllen. Die alte kaiserliche Bibliothek mit den vollständigen Sitzungsprotokollen der Seldon-Kommission befindet sich dort.«

»Nein! Die Bibliothek ist gründlich durchforscht worden, und das hat niemandem weitergeholfen.«

»Es hat damals Ebling Mis weitergeholfen.«

»Woher wissen Sie das? Ja, er *sagte,* er habe die Zweite Foundation gefunden, und meine Mutter erschoß ihn fünf Sekunden später, weil anders nicht zu verhindern war, daß er diese Information dem Maultier enthüllte. Aber sehen sie, damit machte sie es auch unmöglich, jemals zu entscheiden, ob Mis die Lage der Zweiten Foundation *wirklich* kannte. Schließlich ist es nie einem anderen gelungen, aus diesen Aufzeichnungen auf die Wahrheit zu schließen.«

»Der Verstand von Ebling Mis war, wie Sie sich erinnern werden, durch das Maultier aufgeputscht worden.«

»Auch das weiß ich, aber gerade deshalb befand sich

sein Gehirn in einem abnormalem Zustand. Wissen Sie und ich irgend etwas über die Eigenschaften eines Geistes, der unter der emotionalen Kontrolle eines anderen steht, über seine Leistungsmöglichkeiten und seine Mängel? Wie dem auch sei, ich werde nicht nach Trantor gehen.«

Anthor runzelte die Stirn. »Warum so heftig? Ich habe es ja nur vorgeschlagen, weil ... Beim Raum, ich verstehe Sie nicht. Sie sehen zehn Jahre älter aus. Sie haben offensichtlich eine höllische Zeit hinter sich. Hier leisten Sie nichts, was irgendeinen Wert hätte. Wenn ich Sie wäre, würde ich losziehen und das Mädchen suchen.«

»Genau! Ich will es ja auch. *Und gerade deswegen tue ich es nicht.* Versuchen Sie zu verstehen, Anthor. Sie — wir beide —spielen mit etwas, das für uns bei weitem zu groß ist. Falls es Ihnen möglich sein sollte, einmal kalten Blutes darüber nachzudenken, werden Sie das einsehen, auch wenn Sie es in den Augenblicken der Begeisterung nicht tun.

Seit fünfzig Jahren wissen wir, daß die Zweite Foundation der echte Abkömmling und Schüler der Seldon-Mathematik ist. Das bedeutet, wie auch Sie ganz genau wissen, daß in der Galaxis nichts geschieht, was nicht in ihre Berechnungen einbezogen wird. Für uns ist das ganze Leben eine Folge von Zufällen, denen wir mit Improvisationen begegnen. Für die Leute von der Zweiten Foundation ist das ganze Leben zielgerichtet und muß mit Vorausberechnungen gemeistert werden.

Doch sie haben ihre schwachen Stellen. Ihre Arbeit ist statistischer Natur, und nur die Handlungen von Massen sind berechenbar. Wie es nun kommt, daß ich als Einzelperson in dem vorhergesehenen Verlauf der Geschichte eine Rolle spiele, weiß ich nicht. Vielleicht ist die Rolle nicht genau umrissen, da der Plan dem Individuum den freien Willen läßt. Aber ich bin wichtig, und sie — *sie,* verstehen Sie — haben vielleicht zumindest meine wahrscheinliche Reaktion berechnet. Deshalb mißtraue ich meinen Impulsen, meinen Wünschen, meinen wahrscheinlichen Reaktionen.

Ich möchte sie lieber mit einer *un*wahrscheinlichen Reaktion überraschen. Ich werde hierbleiben, ungeachtet der Tatsache, daß ich mir verzweifelt wünsche, abzureisen. Nein! *Weil* ich es mir verzweifelt wünsche.«

Der junge Mann lächelte bitter. »Sie kennen Ihre eigene Psyche nicht so gut, wie *sie* sie kennen mögen. Nehmen wir einmal an, weil sie Sie kennen, verlassen sie sich darauf, daß Sie sich für das entscheiden, was *Sie* — Sie allein — für die unwahrscheinliche Reaktion halten.«

»In dem Fall gibt es kein Entrinnen. Denn wenn ich Ihren Überlegungen folgte und nach Trantor ginge, hätten sie auch das vorhersehen können. Das gibt einen endlosen Zirkel von Doppel-Doppel-Doppelspiel. Ganz gleich, wie weit ich diesem Zirkel folge, ich kann nur entweder gehen oder bleiben. Der ausgeklügelte Plan, meine Tochter durch die halbe Galaxis zu locken, kann nicht ins Werk gesetzt worden sein, damit ich bleibe, wo ich bin, weil ich ganz bestimmt dageblieben wäre, wenn sie nichts unternommen hätten. Die Absicht kann nur sein, daß ich fortgehe, und deshalb bleibe ich.

Und außerdem, Anthor, nicht alles ist von der Zweiten Foundation angehaucht, nicht alle Ereignisse sind Ergebnisse ihres Puppenspiels. Vielleicht hatte sie gar nichts damit zu tun, daß Arcadia durchgebrannt ist, und sie mag auf Trantor in Sicherheit sein, wenn wir übrigen alle längst tot sind.«

»Nein«, fiel Anthor scharf ein, »jetzt sind Sie auf dem Holzweg.«

»Sie haben eine alternative Auslegung?«

»Die habe ich — wenn Sie nur zuhören wollen.«

»Oh, reden Sie schon! An Geduld fehlt es mir nicht.«

»Nun denn — wie gut kennen Sie Ihre eigene Tochter?«

»Wie gut kann irgendein Individuum irgendein anderes kennen? Offensichtlich ist mein Wissen unzureichend.«

»Auf dieser Basis ist es das meine ebenfalls, vielleicht ist es noch geringer — aber wenigstens habe ich sie mit frischen Augen gesehen. Erstens: Sie ist eine wilde kleine Romantikerin, das einzige Kind eines in einem Elfenbeinturm lebenden Akademikers, das in einer unwirklichen Welt aus Video- und Buchfilm-Abenteuern aufwächst. Sie lebt in einer verrückten, selbst zusammengebastelten Phantasiewelt von Spionage und Intrigen. Zweitens: In diesem Rahmen ist sie intelligent, jedenfalls intelligent genug, um uns zu überlisten. Sie hat sorgfältig geplant, unsere erste Konferenz abzuhören, und es ist ihr gelungen. Sie hat sorgfältig geplant, mit Munn nach Kalgan zu reisen, und es ist ihr gelungen. Drittens: Sie ist erfüllt von einer ungesunden Heldenverehrung für ihre Großmutter — Ihre Mutter —, die das Maultier geschlagen hat.

Bis dahin habe ich recht, nicht wahr? Also gut. Nun habe ich, im Gegensatz zu Ihnen, von Leutnant Dirige einen vollständigen Bericht erhalten, und in Ergänzung dazu sind meine aus Kalgan bezogenen Informationen ziemlich vollständig, und sämtliche Quellen stimmen überein. Wir wissen zum Beispiel, daß der Lord von Kalgan Homir Munn zuerst die Erlaubnis verweigerte, den Palast des Maultiers zu betreten, und daß die Erlaubnis dann plötzlich doch erteilt wurde, nachdem Arcadia mit Lady Callia, der sehr guten Freundin des Ersten Bürgers, gesprochen hatte.«

Darell unterbrach: »Woher wissen Sie denn das alles?«

»Zum einen wurde Munn von Dirige während der polizeilichen Suche nach Arcadia vernommen. Natürlich haben wir eine komplette Niederschrift der Fragen und Antworten.

Dann nehmen Sie Lady Callia selbst. Es geht das Gerücht, Stettin habe das Interesse an ihr verloren, aber das Gerücht beruht nicht auf Tatsachen. Nicht nur, daß keine andere an ihre Stelle gesetzt worden ist, nicht nur, daß sie den Lord überreden kann, Munn die abgeschlagene Bitte doch zu gewähren — es ist ihr sogar möglich, offen Arcadias Flucht zu arrangieren. Hören Sie, ein Dutzend der Soldaten in Stettins Amtssitz bezeugten, die beiden am letzten Abend zusammen gesehen zu haben. Trotzdem geht es Lady Callia ungestraft durch. Und dies ungeachtet der Tatsache, daß nach Arcadia allem äußeren Anschein zufolge mit höchstem Eifer gesucht wurde.«

»Und welchen Schluß ziehen Sie aus diesem Strudel von Fehlverbindungen?«

»Daß Arcadias Flucht geplant war.«

»Habe ich doch gesagt.«

»Mit dieser Ergänzung: Arcadia muß gewußt haben, daß sie geplant war. Arcadia, das helle kleine Mädchen, das überall Kabalen witterte, erkannte diese eine und folgte Überlegungen ähnlich den Ihren. Sie sollte veranlaßt werden, in die Foundation zurückzukehren, und deshalb ging sie statt dessen nach Trantor. Aber warum ausgerechnet nach Trantor?«

»Nun, warum?«

»Weil Bayta, ihre vergötterte Großmutter, nach Trantor ging, als *sie* auf der Flucht war. Arcadia imitierte das bewußt oder unbewußt. Da frage ich mich, ob Arcadia vor dem gleichen Feind floh.«

»Dem Maultier?« fragte Darell mit höflichem Sarkasmus.

»Natürlich nicht. Mit ›Feind‹ meine ich eine Mentalität, gegen die sie sich nicht zur Wehr setzen konnte. Sie lief vor der Zweiten Foundation davon oder von ihrem Einfluß, der auf Kalgan gefunden werden kann.«

»Von welchem Einfluß sprechen Sie?«

»Erwarten Sie, daß Kalgan gegen die allgegenwärtige Bedrohung immun ist? Wir sind beide auf verschiedenen Wegen zu dem Schluß gekommen, daß Arcadias Flucht geplant war. Richtig? Man suchte nach ihr und fand sie, unternahm jedoch nichts, als Dirige sie entschlüpfen ließ. Dirige, verstehen Sie? Und wieso? Weil er unser Mann war. Aber woher wußte man das? Rechnete man damit, daß er zum Verräter werden würde? Was meinen Sie, Doc?«

»Jetzt behaupten Sie, die Leute von der Foundation hätten Arcadia wieder einfangen wollen! Ehrlich gesagt, Sie gehen mir ein bißchen auf die Nerven, Anthor. Kommen sie zum Ende! Ich möchte zu Bett gehen.«

»Ich bin jetzt gleich fertig.« Anthor faßte nach einem kleinen Päckchen von Aufzeichnungen in seiner Innentasche. Es waren die vertrauten Zacken des Enzephalographen. »Diriges Gehirnwellen«, teilte er Darell gleichmütig mit. »Nach seiner Rückkehr aufgenommen.«

Es war für Darell mit dem bloßen Auge zu erkennen, und als er aufblickte, war sein Gesicht grau. »Er wird kontrolliert.«

»Genau. Er ließ Arcadia laufen, nicht weil er unser Mann war, sondern weil er ein Mann der Zweiten Foundation war.«

»Obwohl er wußte, daß sie nach Trantor und nicht nach Terminus reisen würde.«

Anthor zuckte die Achseln. »Er war programmiert worden, sie laufen zu lassen. Daran konnte er selbst nichts ändern. Er war nichts als ein Werkzeug. Nur folgte Arcadia dem Kurs mit der geringsten Wahrscheinlichkeit und ist jetzt sicher. Oder zumindest so lange sicher, bis die Zweite Foundation die Pläne dahingehend ändern kann, daß sie den veränderten Stand der Dinge in Rechnung trägt ...«

Er hielt inne. Das Signallämpchen am Fernseher flackerte. Über eine unabhängige Schaltung meldete es, daß wichtige Nachrichten vorlagen. Darell sah es auch, und mit der automatischen Bewegung langer Gewohnheit stellte er das Gerät an. Der Sprecher war mitten im Satz, doch noch bevor er ihn beendet hatte, wußten sie, daß man die *Hober Mallow,* beziehungsweise ihr Wrack, gefunden hatte und sich die Foundation zum erstenmal seit nahezu einem halben Jahrhundert wieder im Krieg befand.

Anthors Kinn bildete eine harte Linie. »Sie haben es gehört, Doc. Kalgan hat angegriffen, und Kalgan steht unter Kontrolle der Zweiten Foundation. Wollen Sie dem Beispiel Ihrer Tochter folgen und nach Trantor gehen?«

»Nein. Ich nehme das Risiko auf mich. Hier.«

»Dr. Darell, Sie sind nicht so intelligent wie Ihre Tochter. Ich frage mich, wie weit man Ihnen vertrauen kann.« Er maß Darell mit einem langen prüfenden Blick, und dann ging er ohne ein weiteres Wort.

Darell blieb unsicher und — beinahe — verzweifelt zurück.

Unbeachtet produzierte der Fernseher aufgeregte Bilder und Geräusche, während er in nervösen Einzelheiten die erste Stunde des Krieges zwischen Kalgan und der Foundation beschrieb.

— 17 —
Krieg

Der Bürgermeister der Foundation bürstete ohne Wirkung den Lattenzaun von Haar, der seinen Schädel einrahmte. Er seufzte. »Die Jahre, die wir vergeudet haben, die Chancen, die wir weggeworfen haben! Ich will niemanden beschuldigen, Dr. Darell, aber wir verdienen es, geschlagen zu werden.«

Darell entgegnete ruhig: »Ich sehe keinen Grund für einen Mangel an Zuversicht.«

»Mangel an Zuversicht! Mangel an Zuversicht! Bei der Galaxis, Dr. Darell, auf was wollen Sie irgendeine andere Einstellung gründen? Kommen Sie her!«

Halb führte, halb zerrte er Darell zu dem durchsichtigen Ovoid hin, das anmutig auf seiner kleinen Kraftfeldstütze ruhte. Der Bürgermeister berührte es, und in seinem Innern glühte ein dreidimensionales Modell der galaktischen Doppelspirale auf.

»Gelb«, erklärte der Bürgermeister aufgeregt, »ist die

Raumregion, die unter Kontrolle der Foundation steht, rot die unter Kalgan.«

Darell sah eine rote Kugel innerhalb einer langgestreckten gelben Faust, die sie auf allen Seiten bis auf die zum Zentrum der Galaxis hin umfaßte.

»Die Galaktographie«, sagte der Bürgermeister, »ist unser größter Feind. Unsere Admirale machen kein Geheimnis aus unserer beinahe hoffnungslosen strategischen Position. Passen Sie auf. Der Feind hat innere Kommunikationslinien. Er ist konzentriert, kann uns auf allen Seiten mit gleicher Leichtigkeit angreifen. Er kann sich mit einem Minimum von Anstrengung verteidigen.

Wir sind expandiert. Die durchschnittliche Entfernung zwischen bewohnten Systemen ist innerhalb der Foundation nahezu dreimal so groß wie innerhalb Kalgans. Zum Beispiel müssen wir für eine Reise von Santanni nach Locris zweitausendfünfhundert Parsek zurücklegen, die Kalganer aber nur achthundert, wenn wir in unseren jeweiligen Territorien bleiben!«

»Das ist mir alles klar, Sir«, sagte Darell.

»Und doch sehen Sie nicht ein, daß es für uns die Niederlage bedeutet.«

»Im Krieg kommt es auf mehr an als auf Entfernungen. Ich sage, wir können nicht verlieren. Es ist ganz unmöglich.«

»Und warum sagen Sie das?«

»Wegen meiner eigenen Interpretation des Seldon-Plans.«

»Oh.« Die Lippen des Bürgermeisters zuckten, und er schlug die auf den Rücken gelegten Hände gegeneinander. »Dann verlassen auch Sie sich auf die mystische Hilfe der Zweiten Foundation.«

»Nein. Nur auf die Hilfe der Unvermeidlichkeit — und auf Mut und Ausdauer.«

Und doch fragte er sich hinter seiner zur Schau getragenen Zuversicht ...

Aber wenn nun ...?

Wenn nun Anthor recht hatte und Kalgan ein Werkzeug der mentalen Hexenmeister war? Wenn sie die Absicht hatten, die Foundation zu schlagen und zu zerstören? Nein! Das ergab keinen Sinn.

Und doch ...

Er lächelte bitter. Immer das gleiche. Immer dieses Spähen durch den undurchdringlichen Granit, der für den Feind transparent war.

Die galaktographischen Wahrheiten der Situation waren auch Stettin nicht verborgen geblieben.

Der Lord von Kalgan stand vor dem Zwilling des Galaxis-Modells, das der Bürgermeister und Darell betrachtet hatten. Nur daß da, wo der Bürgermeister die Stirn gerunzelt hatte, Stettin lächelte.

Seine Admiralsuniform glitzerte imposant auf seiner massigen Gestalt. Die karmesinrote Schärpe des Maultier-Ordens, ihm von dem vorigen Ersten Bürger verliehen, den er sechs Monate später etwas gewaltsam abgesetzt hatte, umspannte seine Brust diagonal von der rechten Schulter zur Taille. Der Silberstern mit Doppelkometen und Schwertern gleißte auf seiner linken Schulter.

Er wandte sich den sechs Männern seines Generalstabs zu, deren Uniformen nur seiner eigenen an Pracht nachstanden, wie auch seinem Premierminister, der, dünn und grau, in all dem Glanz wie eine Spinnwebe verlorenging.

Stettin sagte: »Das ist also klar. Wir können es uns leisten, zu warten. Für sie wird jeder Tag der Verzögerung ein weiterer Schlag gegen ihre Moral sein. Wenn sie versuchen, alle Teile ihres Reiches zu verteidigen, müssen sie sich dünn verteilen, und wir können in zwei gleichzeitigen Vorstößen hier und hier durchbrechen.« Er zeigte die Richtungen auf dem Galaxis-Modell. Zwei Lanzen aus reinem Weiß schossen von der roten Kugel durch die gelbe Faust, die sie umfaßt hielt, und schnitten Terminus zu beiden Seiten in einem engen Bogen ab. »Auf diese Weise zersprengen wir ihre Flotte in drei Teile, die einzeln geschlagen werden können. Wenn sie sich konzentrieren, geben sie zwei Drittel ihres Herrschaftsgebietes freiwillig auf und riskieren wahrscheinlich eine Rebellion.«

In dem nun folgenden ehrfürchtigen Schweigen erklang die dünne Stimme des Premierministers. »In sechs Monaten wird die Foundation um sechs Monate stärker werden. Ihre Hilfsmittel sind größer, wie wir alle wissen; ihre Marine ist uns an Zahl überlegen, ihr Menschenpotential ist buchstäblich unerschöpflich. Vielleicht wäre ein schneller Angriff sicherer.«

Bestimmt war er hier der Mann mit dem geringsten Einfluß. Lord Stettin lächelte und machte eine flache Geste mit der Hand. »Die sechs Monate — oder ein Jahr, wenn notwendig — werden uns nichts kosten. Die Männer der Foundation können nicht vorbereiten; sie sind ideologisch unfähig dazu. Ihre Philosophie enthält den Glauben, daß die Zweite Foundation sie retten wird. Aber diesmal nicht, wie?«

Die anwesenden Männer verrieten Unbehagen.

»Ich glaube, es fehlt Ihnen an Zuversicht«, stellte Stettin eisig fest. »Muß ich Ihnen noch einmal sagen, welche Berichte unsere Agenten im Territorium der Foundation liefern, oder die Feststellungen von Mr. Homir Munn wiederholen, dem Foundation-Agenten, der jetzt in unserem ... äh ... Dienst steht? Vertagen wir uns, meine Herren.«

Stettin kehrte in seine Privatgemächer zurück, das starre Lächeln immer noch im Gesicht. Manchmal machte er sich seine Gedanken über diesen Homir Munn. Ein wunderlicher, rückgratloser Bursche, der nicht hielt, was er anfangs versprochen hatte. Und doch war er voll von interessanten Informationen, die Überzeugung in sich trugen — vor allem, wenn Callia anwesend war.

Sein Lächeln wurde breiter. Diese fette Närrin zeigte schließlich doch noch nützliche Eigenschaften. Jedenfalls holte sie mit ihren Schmeicheleien mehr aus Munn heraus, als es ihm selbst gelang, und das mit weniger Umständen. Sollte er sie Munn geben? Er runzelte die Stirn. Callia. Sie und ihre dumme Eifersucht. Raum! Wenn er die kleine Darell noch hätte! — Warum hatte er Callia dafür nicht den Schädel zu Brei geschlagen?

Er war sich über den Grund selbst nicht ganz im klaren.

Vielleicht, weil sie Munn zu behandeln verstand. Und er brauchte Munn. Zum Beispiel hatte Munn gezeigt, daß es, zumindest nach Überzeugung des Maultiers, keine Zweite Foundation gab. Seine Admirale brauchten diese Versicherung.

Er hätte die Beweise gern veröffentlicht, aber es war besser, der Foundation ihren Glauben an die nicht existierende Hilfe zu lassen. War es tatsächlich Callia gewesen, die darauf hingewiesen hatte? Richtig. Sie hatte gesagt …

Ach, Unsinn! Sie konnte gar nichts gesagt haben.

Und doch …

Stettin schüttelte den Kopf, um seine Gedanken zu klären, und ging weiter.

— 18 —

Geist einer Welt

Trantor war eine Welt, die im Staub lag und eine Wiedergeburt erfuhr. Wie ein verblaßter Edelstein steckte es in einer Fassung aus einer bestürzenden Menge von Sonnen im Zentrum der Galaxis — in den Sternhaufen und Sternschwärmen, zusammengeballt in zielloser Verschwendung — und träumte abwechselnd von der Vergangenheit und von der Zukunft.

Es hatte eine Zeit gegeben, da hatten sich die unsichtbaren Drähte der Kontrolle von seiner metallüberzogenen Oberfläche bis zu den einsamen Sternen am äußersten Rand der Galaxis gespannt. Trantor war eine einzige Stadt gewesen, in der vierhundert Milliarden Beamte lebten, die mächtigste Hauptstadt, die es je gegeben hatte.

Bis der Zerfall des Kaiserreichs die Welt schließlich erreichte und ihre Kraft vor einem Jahrhundert bei der Großen Plünderung für immer gebrochen worden war. Im Todeskampf war die metallene Hülle, die den Planeten umgab, geborsten und zu einem schmerzlichen Hohn ihrer einstigen Großartigkeit geworden.

Die Überlebenden rissen die Metallplatten auf und tauschten sie gegen Saatgut und Vieh von anderen Planeten. Der Boden wurde freigelegt, und der Planet kehrte zu seinem Anfang zurück. In den sich ausbreitenden Gebieten einer primitiven Landwirtschaft vergaß Trantor seine komplizierte und kolossale Vergangenheit.

Oder vielmehr, es hätte sie vergessen, wären da nicht die immer noch mächtigen Ruinen gewesen, die ihre Trümmer in bitterem und würdevollem Schweigen dem Himmel entgegenreckten.

Arcadia betrachtete den metallenen Rand des Horizonts mit bewegtem Herzen. Das Dorf, in dem die Palvers lebten, war für sie nur ein Wirrwarr von Häusern — klein und primitiv. Die Felder, die es umgaben, waren goldgelbe, mit Weizen bedeckte Flächen.

Aber da, dicht vor dem Horizont war die Erinnerung an die Vergangenheit, leuchtete immer noch in einer Pracht, die vom Rost verschont geblieben war, und brannte wie Feuer, wenn die Sonne von Trantor sie mit gleißenden Glanzlichtern übergoß. Arcadia war in den Monaten, die seit ihrer Ankunft auf Trantor vergangen waren, ein einziges Mal dort gewesen. Sie war auf das glatte, fugenlose Pflaster geklettert und hatte sich in die schweigenden, staubgestreiften Gebäude gewagt, wo das Licht durch die Risse in Mauern und Wänden eindrang.

Es war erstarrtes Herzweh, es war Blasphemie gewesen.

Sie war gegangen. Ihre Schritte hallten wider, und sie rannte, bis ihre Füße wieder auf weiche Erde trafen.

Und dann konnte sie nur noch voller Sehnsucht hinübersehen. Sie wagte es nicht, diese unheimliche Stille noch einmal zu stören.

Irgendwo auf dieser Welt war sie geboren worden — in der Nähe der alten kaiserlichen Bibliothek, die das trantorischste von Trantor war, das Allerheiligste. Von der ganzen Welt allein hatte die kaiserliche Bibliothek als einziges Bauwerk unbeschadet die Große Plünderung überlebt, und für ein Jahrhundert war sie vollständig und unberührt geblieben, dem Universum trotzend.

Dort hatten Hari Seldon und seine Gruppe ihr unvorstellbares Netz gewebt. Dort drang Ebling Mis in das Geheimnis vor und saß sprachlos da in unendlichem Staunen — bis er getötet wurde, damit er es nicht weitergeben konnte.

Dort an der kaiserlichen Bibliothek hatten Arcadias Großeltern zehn Jahre lang gelebt, bis das Maultier starb und sie in die wiedergeborene Foundation zurückkehren konnten.

Zu der kaiserlichen Bibliothek kam ihr Vater mit seiner jungen Frau, um von neuem nach der Zweiten Foundation zu suchen, doch er hatte keinen Erfolg gehabt. Dort war sie, Arcadia, geboren worden, und dort war ihre Mutter gestorben.

Sie hätte die Bibliothek gern besucht, aber Preem Palver schüttelte den runden Kopf. »Das sind Tausende von Meilen, Arkady, und hier gibt es soviel zu tun. Außerdem ist es nicht gut, dort zu stören. Weißt du, es ist ein Schrein ...«

Arcadia merkte, daß er nicht die geringste Lust hatte, die Bibliothek zu betreten. Es war genau dasselbe wie mit dem Palast des Maultiers, die abergläubische Furcht, die die Zwerge der Gegenwart vor den Relikten empfanden, die die Riesen der Vergangenheit hinterlassen hatten.

Doch es wäre schrecklich gewesen, deswegen Groll gegen den komischen kleinen Mann zu hegen. Arcadia war jetzt beinahe drei Monate auf Trantor, und in der ganzen Zeit waren er und sie — Pappa und Mamma — gut und fürsorglich zu ihr gewesen.

Und wie dankte sie es ihnen? Indem sie sie in den allgemeinen Untergang mit hineinzog! Hatte sie sie vielleicht gewarnt, daß sie zum Abschuß freigegeben war? Nein! Sie ließ es zu, daß die guten Menschen die tödliche Rolle ihrer Beschützer übernahmen.

Ihr Gewissen quälte sie unerträglich — aber welche Wahl hatte sie gehabt?

Zögernd stieg sie die Treppe zum Frühstück hinunter. Stimmen erreichten sie.

Preem Palver hatte sich, seinen dicken Hals wendend, die Serviette in den Hemdkragen gesteckt und mit unverhüllter Befriedigung nach seinen poschierten Eiern gegriffen.

»Ich war gestern unten in der Stadt, Mamma.« Er schwang seine Gabel und sprach mit vollem Mund.

»Und was ist unten in der Stadt, Pappa?« fragte Mamma gleichgültig, setzte sich, betrachtete den Tisch mit scharfem Blick und stand wieder auf, um das Salz zu holen.

»Ah, nichts besonders Gutes. Ein Schiff aus Kalgan kam mit Zeitungen. Dort herrscht Krieg.«

»Krieg! So! Na, sollen sie sich die Köpfe einschlagen, wenn sie darin nicht mehr Verstand haben. Ist dein Gehaltsscheck gekommen? Pappa, ich sage es dir noch einmal. Warne den alten Cosker, daß dies nicht die einzige Genossenschaft der Welt ist. Sie zahlen dir ein so niedriges Gehalt, daß ich mich schäme, meinen Freundinnen davon zu erzählen, und das ist schlimm genug, aber wenigstens sollten sie es pünktlich zahlen!«

»Zahlen, Qualen«, gab Pappa gereizt zurück. »Laß solche Themen beim Frühstück, mir bleibt sonst jeder Bissen im Hals stecken.« Während er das sagte, räumte er gründlich unter den gebutterten Toasts auf. Etwas gemäßigter setzte er hinzu: »Der Krieg findet zwischen Kalgan und der Foundation statt, und er dauert schon zwei Monate.«

Seine Hände stürzten sich in der scherzhaften Darstellung eines Raumkampfes aufeinander.

»Hm-m-m. Und wie steht es?«

»Schlecht für die Foundation. Du hast ja selbst gesehen, daß Kalgan voll von Soldaten war. Sie hatten sich vorbereitet. Die Foundation nicht, und deshalb — *puff!*«

Und plötzlich legte Mamma ihre Gabel hin und zischte: »Idiot!«

»Hä?«

»Dummkopf! Mußt du immerzu dein großes Maul aufreißen?«

Sie zeigte schnell, und als Pappa über seine Schulter sah, stand da Arcadia wie erstarrt auf der Schwelle.

Sie fragte: »Die Foundation führt Krieg?«

Pappa blickte Mamma hilflos an, dann nickte er.

»Und sie verliert ihn?«

Wieder das Nicken.

Arcadia wurde die Kehle unerträglich eng. Langsam näherte sie sich dem Tisch. »Ist es vorbei?« flüsterte sie.

»Vorbei?« wiederholte Pappa mit falscher Herzlichkeit. »Wer sagt, es sei vorbei? Im Krieg kann eine Menge geschehen. Und ... und ...«

»Setz dich, Liebling«, sagte Mamma beruhigend. »Niemand sollte vor dem Frühstück reden. Ohne Essen im Magen ist man in keiner gesunden Verfassung.«

Arcadia ignorierte sie. »Sind die Kalganer auf Terminus?«

»Nein«, antwortete Pappa ernst. »Die Nachricht ist von letzter Woche, und Terminus kämpft noch. Ehrlich. Ich sage die Wahrheit. Und die Foundation ist immer noch stark. Möchtest du, daß ich dir die Zeitungen hole?«

»Ja!«

Arcadia las sie bei dem wenigen, was sie vom Frühstück hinunterbringen konnte. Ihre Augen füllten sich mit Tränen. Santanni und Korell waren gefallen — ohne Kampf. Ein Geschwader der Foundation-Marine war in dem mit wenigen Sonnen besetzten Ifni-Sektor in die Falle gelockt und fast bis auf das letzte Schiff vernichtet worden.

Und jetzt war die Foundation auf den Kern aus vier Königreichen zusammengeschrumpft — auf das ursprüngliche Reich, das unter Salvor Hardin, dem ersten Bürgermeister, aufgebaut worden war. Aber sie kämpfte noch — und mochte immer noch eine Chance haben — und was auch geschah, sie mußte ihren Vater informieren. Sie mußte irgendwie sein Ohr erreichen. Sie *mußte!*

Aber wie? Da war ein Krieg im Weg.

Nach dem Frühstück erkundigte sie sich bei Pappa: »Gehen Sie bald auf eine neue Geschäftsreise, Mr. Palver?«

Pappa saß in einem breiten Sessel auf dem Rasen vor dem Haus und sonnte sich. Eine dicke Zigarre qualmte zwischen seinen runden Fingern, und er sah aus wie ein glückseliger Boxerhund.

»Eine Geschäftsreise?« wiederholte er träge. »Wer weiß? Im Augenblick genieße ich meinen Urlaub, und er ist noch nicht zu Ende. Warum über neue Geschäftsreisen reden? Packt dich die Unruhe, Arkady?«

»Mich? Nein, mir gefällt es hier. Sie sind sehr gut zu mir, Sie und Mrs. Palver.«

Er winkte ihr zu und wischte ihre Worte beiseite.

»Ich habe über den Krieg nachgedacht«, sagte Arcadia.

»Laß das lieber sein. Was kannst du denn daran ändern? Nichts. Also warum dir selbst weh tun?«

»Aber ich dachte daran, daß die Foundation die meisten ihrer landwirtschaftlichen Welten verloren hat. Wahrscheinlich werden dort jetzt die Lebensmittel rationiert.«

Pappa blickte unbehaglich drein. »Mach dir keine Sorgen. Es kommt alles wieder in Ordnung.«

Sie hörte ihm kaum zu. »Ich wünschte, ich könnte den Leuten von der Foundation Lebensmittel hinbringen. Wissen Sie, nach dem Tod des Maultiers, als die Foundation rebellierte, war Terminus eine Weile so gut wie abgeschnitten, und General Han Pritcher, der kurze Zeit Nachfolger des Maultiers war, belagerte es. Das Essen wurde schrecklich knapp, und mein Vater sagt, *sein* Vater habe ihm erzählt, sie hätten nur noch trockene Aminosäure-Konzentrate gehabt, die scheußlich schmeckten. Ein einziges Ei kostete zweihundert Credits! Und dann wurde die Belagerung noch gerade rechtzeitig durchbrochen, und von Santanni kamen Schiffe mit Lebensmitteln. Es muß eine schreckliche Zeit gewesen sein. Wahrscheinlich geschieht das alles jetzt von neuem.«

Eine Pause entstand, und dann sagte Arcadia: »Ich möchte wetten, die Foundation würde jetzt mit Freuden Schmugglerpreise für Lebensmittel zahlen. Das Doppelte und Dreifache und mehr. Na, wenn irgendeine Genossenschaft, zum Beispiel eine hier auf Trantor, die Aufgabe übernähme, würde sie vielleicht ein paar Schiffe verlieren, aber dafür wären alle Millionäre, noch ehe der Krieg ein Ende gefunden hätte. Die Foundation-Händler von damals haben das immer so gemacht. Wenn irgendwo Krieg war, verkauften sie, was am nötigsten gebraucht wurde, und nahmen ihren Vorteil wahr. Stellen Sie sich vor, sie holten aus einer einzigen Reise für gewöhnlich zwei Millionen Credits heraus — *Profit!* Und das von dem Verkauf der Waren, die ein einziges Schiff transportieren konnte.«

Pappa wurde lebendig. Seine Zigarre war ausgegangen, ohne daß er es merkte. »Handel mit Lebensmitteln, wie? Hm-m-m — Aber die Foundation ist so weit weg.«

»Oh, ich weiß. Ich glaube auch nicht, daß Sie es von hier aus tun könnten. Mit einem regulären Handelsschiff kämen Sie wahrscheinlich nicht näher heran als bis Massena oder Smushyk, und da müßten Sie ein kleines Scout-Schiff oder so etwas chartern, um durch die Linien zu schlüpfen.«

Pappa fuhr sich mit der Hand übers Haar und rechnete.

Zwei Wochen später waren die Vorbereitungen für die Mission beendet. Mamma schimpfte die meiste Zeit — erstens über die unheilbare Sturheit, mit der er mit dem Selbstmord liebäugelte; dann über die unglaubliche Sturheit, mit der er sich weigerte, sie mitkommen zu lassen.

Pappa sagte: »Mamma, warum benimmst du dich nicht wie eine vernünftige alte Lady? Ich kann dich nicht mitnehmen. Das ist Männerarbeit. Wie stellst du dir einen Krieg vor? Als einen Spaß? Ein Kinderspiel?«

»Warum gehst dann *du?* Bist *du* vielleicht ein Mann, du alter Narr, der du mit einem Bein und einem halben Arm schon im Grab liegst? Sollen doch welche von den Jungen gehen — nicht so ein alter fetter Kahlkopf wie du!«

»Ich bin kein Kahlkopf«, gab Pappa mit Würde zurück. »Ich habe noch eine Menge Haare. Und warum soll nicht ich den Auftrag bekommen? Warum ein junger Bursche? Hör zu, das könnte Millionen bedeuten!«

Sie wußte das, und so gab sie nach.

Arcadia sah ihn noch einmal vor seiner Abreise.

Sie fragte: »Werden Sie nach Terminus kommen?«

»Warum nicht? Du sagst ja selbst, daß die Leute dort Brot und Reis und Kartoffeln brauchen. Ich werde ein Geschäft mit ihnen machen, und sie werden das alles kriegen.«

»Nun, dann — nur eins: Wenn Sie nach Terminus kommen, könnten Sie … würden Sie meinen Vater aufsuchen?«

Und Pappas Gesicht kräuselte sich und schien vor Mitgefühl zu schmelzen. »Oh — und das muß ich mir von dir erst sagen lassen! Natürlich werde ich ihn aufsuchen. Ich werde ihm berichten, daß du in Sicherheit bist und alles okay ist und daß ich dich zurückbringen werde, wenn der Krieg vorbei ist.«

»Danke. Ich will Ihnen sagen, wie Sie ihn finden. Sein Name ist Dr. Toran Darell, und er wohnt in Stanmark. Das liegt am Rand von Terminus City, und Sie können mit einem kleinen Pendel-Flugzeug hinfliegen. Unser Haus ist Kanalstraße Nr. 55.«

»Warte, ich werde es mir aufschreiben.«

»Nein, nein!« Arcadias Arm schoß vor. »Sie dürfen nichts aufschreiben. Sie müssen es sich merken — und ihn ohne jemandes Hilfe finden.«

Pappa sah sie verwirrt an. Dann zuckte er die Achseln. »Auch gut. Es ist Kanalstraße Nr. 55 in Stanmark am Rand von Terminus City, und es geht ein Pendel-Flugzeug. Richtig?«

»Noch eins.«

»Ja?«

»Würden Sie ihm etwas von mir ausrichten?«

»Klar.«

»Ich möchte es Ihnen ins Ohr sagen.«

Er neigte ihr seine feiste Wange zu, und Arcadia flüsterte.

Pappas Augen wurden groß. »Das soll ich ihm sagen? Aber es hat doch gar keinen Sinn.«

»Er wird wissen, was es bedeutet. Sagen Sie nur, es käme von mir, und ich hätte gesagt, er werde wissen, was es bedeutet. Und sagen Sie es genauso, wie ich es Ihnen gesagt habe. Kein bißchen anders. Sie werden es nicht vergessen?«

»Wie könnte ich fünf kleine Wörter vergessen? Paß auf!«

»Nein, nein.« In ihrer Aufregung sprang sie auf und ab. »Nicht wiederholen! Wiederholen Sie das vor niemandem. Vergessen Sie es, außer bei meinem Vater. Versprechen Sie mir das!«

Pappa zuckte von neuem die Achseln. »Ich verspreche es. In Ordnung!«

»In Ordnung«, sagte Arcadia traurig, und als er den Weg zu dem wartenden Taxi hinunterging, das ihn zum Raumhafen bringen sollte, fragte sie sich, ob sie sein Todesurteil unterschrieben habe. Ob sie ihn jemals wiedersah?

Sie fand kaum den Mut, ins Haus zu der guten, freundlichen Mamma zurückzugehen. Wenn alles vorüber war, sollte sie sich vielleicht am besten umbringen für all das, was sie den beiden angetan hatte.

— 19 —

Ende des Krieges

> **QUORISTON, SCHLACHT VON** — *Diese am am 9, 17, 377 F.Ä. zwischen den Streitkräften der Foundation und denen Lord Stettins von Kalgan geschlagene Schlacht war die letzte bedeutende Kampfhandlung während des Interregnums ...*
>
> **ENCYCLOPAEDIA GALACTICA**

Jole Turbors umfangreicher Körper wurde für seine neue Rolle als Kriegsberichterstatter in eine Marine-Uniform gesteckt, und das gefiel ihm recht gut. Er genoß es, wieder auf Sendung zu sein, und die erbitterte Hilflosigkeit des vergeblichen Kampfes gegen die Zweite Foundation verlor sich in der Aufregung eines Kampfes anderer Art mit materiellen Schiffen und normalen Menschen.

Sicher, die Foundation konnte sich nicht gerade einer Reihe von Siegen rühmen, aber es war trotzdem möglich, in dieser Sache eine philosophische Haltung zu bewahren. Nach sechs Monaten war der harte Kern der Foundation noch immer unberührt, und der harte Kern der Flotte bestand noch immer. Mit den seit Beginn des Krieges dazugekommenen neuen Einheiten war sie zahlenmäßig fast ebenso stark und technisch stärker als vor der Niederlage bei Ifni.

Und in der Zwischenzeit wurden die planetaren Verteidigungsanlagen ausgebaut, die Truppen besser ausgebildet — und ein großer Teil der kalganischen Invasionsstreitkräfte fiel der Notwendigkeit wegen aus, das ›eroberte‹ Territorium zu besetzen.

Im Augenblick befand sich Turbor bei der Dritten Flotte in den Außenbezirken des anakreonischen Sektors. Seine Politik verfolgend, den Kampf zum ›Krieg des kleinen Mannes‹ zu machen, interviewte er Fennel Leemor, Ingenieur dritter Klasse, Freiwilliger.

»Erzählen Sie uns ein bißchen über sich, Raumfahrer«, forderte Turbor ihn auf.

»Da gibt es nicht viel zu erzählen.« Leemor scharrte mit den Füßen. Ein schwaches verlegenes Lächeln überzog sein Gesicht, als könne er all die Millionen Menschen sehen, die in diesem Augenblick zweifellos ihn sahen. »Ich bin von Locris. Hatte eine Stellung in einer Luftwagenfabrik, Abteilungsleiter und gute Bezahlung. Ich bin verheiratet und habe zwei Kinder, beides Mädchen. Sagen Sie, könnte ich ihnen wohl ›guten Tag‹ sagen — für den Fall, daß sie zusehen.«

»Nur zu, Raumfahrer! Das Fernsehen gehört Ihnen!«

»Oh, danke.« Er sprudelte hervor: »Hallo, Milla, für den Fall, daß du zusiehst, es geht mir gut. Wie geht es Sunni? Und Tomma? Ich denke die ganze Zeit an euch, und vielleicht komme ich auf Urlaub, wenn wir wieder im Hafen sind. Ich habe euer Freßpaket erhalten, aber ich schicke es zurück. Wir bekommen regelmäßig unsere Verpflegung, und es heißt, daß die Lebensmittel unter der Zivilbevölkerung knapp sind. Ich glaube, das ist alles.«

»Wenn ich das nächstemal auf Locris bin, werde ich Ihre Frau aufsuchen, Raumfahrer, und dafür sorgen, daß sie nicht knapp an Lebensmitteln ist. Okay?«

Der junge Mann lächelte breit und nickte. »Ich danke Ihnen, Mr. Turbor. Das wäre sehr freundlich von Ihnen.«

»In Ordnung. Dann sagen Sie uns doch — Sie haben sich freiwillig gemeldet, nicht wahr?«

»Na klar! Wenn jemand einen Kampf mit mir will, brauche ich nicht darauf zu warten, daß mich jemand hineinzerrt. Ich habe mich an dem Tag gemeldet, als ich von der *Hober Mallow* hörte.«

»Das ist der richtige Geist. Haben Sie viele Kampfhandlungen miterlebt? Ich bemerke, daß Sie zwei Schlachtsterne tragen.«

»Ptff.« Der Raumfahrer spuckte. »Das waren keine Schlachten, das waren Treibjagden. Die Kalganer kämpfen nur dann, wenn sie mindestens eine Überzahl von

fünf zu eins haben. Und selbst dann schlängeln sie sich noch heran und versuchen, uns Schiff für Schiff zu erledigen. Ein Vetter von mir war bei Ifni dabei, und er war auf einem Schiff, das davonkam, auf der alten *Ebling Mis.* Er sagt, dort war es das gleiche. Ihre Hauptflotte stand gegen einen Flügel der unsrigen, und solange wir nicht auf höchstens fünf Schiffe zusammengeschmolzen waren, blieben sie dabei, sich anzuschleichen, statt zu kämpfen. Wir haben in *der* Schlacht doppelt so viele Schiffe der Kalganer abgeschossen wie sie von uns.«

»Dann glauben Sie, daß wir den Krieg gewinnen werden?«

»Na klar doch, jetzt, wo wir uns nicht mehr zurückziehen. Und sollte es zu böse aussehen, bin ich überzeugt, daß die Zweite Foundation eingreifen wird. Wir haben immer noch den Seldon-Plan — und das wissen die auch.«

Turbors Lippen kräuselten sich ein bißchen. »Sie rechnen also mit der Zweiten Foundation?«

Die Antwort erfolgte mit ehrlicher Überraschung. »Tut das denn nicht jeder?«

Nach der Sendung kam ein junger Offizier namens Tippellum in Turbors Kabine. Er schnippte dem Korrespondenten eine Zigarette zu und schob seine Mütze so weit zurück, daß er sie eben noch auf dem Hinterkopf balancierte.

»Wir haben einen Gefangenen gemacht«, verkündete er.

»Und?«

»Er ist ein verrücktes Kerlchen. Behauptet, neutral zu sein — beruft sich auf nicht weniger als seine diplomatische Immunität. Ich glaube, man weiß nicht recht, was man mit ihm anfangen soll. Sein Name ist Palvro, Palver oder so ähnlich, und er sagt, er komme von Trantor. Was, zum Raum, hat er in einer Kriegszone zu suchen?«

Turbor, der in der Koje lag, setzte sich mit einem

Schwung auf den Rand, und das Schläfchen, das er sich hatte gönnen wollen, war vergessen. Er hatte sein letztes Gespräch mit Darell an dem Tag, als der Krieg erklärt worden war und er abreisen wollte, noch genau im Gedächtnis.

»Preem Palver«, sagte er. Es war eine Feststellung.

Tippellum machte eine Pause und ließ den Rauch aus den Mundwinkeln entweichen. »Ja.« Er nickte. »Woher, zum Raum, kennen Sie ihn?«

»Das ist jetzt gleichgültig. Kann ich ihn sprechen?«

»Raum, das weiß *ich* doch nicht. Der Alte vernimmt ihn in seiner Kajüte. Alle halten ihn für einen Spion.«

»Sagen Sie dem Alten, daß ich ihn kenne, wenn er der ist, der zu sein er behauptet. Ich werde die Verantwortung übernehmen.«

Captain Dixyl auf dem Flaggschiff der Dritten Flotte hielt den Blick unverwandt auf den Großen Detektor gerichtet. Kein Schiff konnte es verhindern, daß es eine Quelle subatomarer Strahlung war — nicht einmal, wenn es den Antrieb ausschaltete —, und jeder Brennpunkt einer solchen Strahlung war ein Fünkchen in dem dreidimensionalen Feld.

Jedes einzelne Schiff der Foundation war einem Fünkchen zugeordnet, und kein Fünkchen war übrig, nachdem der kleine Spion, der behauptete, ein Neutraler zu sein, aufgegriffen worden war. Eine Weile hatte dieses Außenseiter-Schiff Aufregung im Quartier des Captains verursacht. Man fürchtete, die Taktik im letzten Moment ändern zu müssen. Jetzt jedoch ...

»Sind Sie sicher, daß Sie es haben?« fragte der Captain.

Commander Cenn nickte. »Ich werde mit meinem Geschwader durch den Hyperraum gehen: Radius 10,00 Parsek — Theta 268,52 Grad — Phi 84,15 Grad. Rückkehr zum Ausgangspunkt um 1330. Abwesenheit insgesamt 11,83 Stunden.«

»Richtig. Wir verlassen uns auf eine haargenaue Rückkehr, sowohl was den Raum, als auch was die Zeit betrifft. Verstanden?«

»Jawohl, Captain.« Er sah auf seine Armbanduhr. »Meine Schiffe werden um 0140 bereit sein.«

»Gut«, sagte Captain Dixyl.

Das kalganische Geschwader war noch nicht in Detektor-Reichweite, würde es aber bald sein. Die Informationen darüber lagen vor. Ohne Cenns Schwadron wären die Streitkräfte der Foundation stark in der Minderzahl gewesen, aber der Captain war zuversichtlich. *Ganz* zuversichtlich.

Preem Palver blickte traurig in die Runde. Erst zu dem großen, mageren Admiral hin, dann zu den anderen, die alle in Uniform waren, und jetzt zu dem letzten, diesem großen, stämmigen Mann mit offenem Kragen und — im Gegensatz zu den übrigen — ohne Krawatte, der gesagt hatte, er wolle mit ihm sprechen.

Jole Turbor sagte: »Admiral, ich bin mir der damit verbundenen Risiken vollkommen bewußt, Sir, aber ich sage Ihnen, wenn Sie mir erlauben wollen, Sir, ein paar Minuten allein mit ihm zu sprechen, könnte ich die gegenwärtige Unsicherheit vielleicht beseitigen.«

»Gibt es irgendeinen Grund, warum Sie ihn nicht in meiner Anwesenheit befragen können?«

Turbor schürzte die Lippen und schaltete auf stur. »Sir, solange ich Ihren Schiffen attachiert bin, hat die Dritte Flotte eine ausgezeichnete Presse gehabt. Wenn Sie wollen, können Sie Männer draußen vor die Tür stellen, und Sie können in fünf Minuten wieder hereinkommen. Aber tun Sie mir doch in der Zwischenzeit diesen kleinen Gefallen, Sir, und es wird sich auf Ihre Public Relations nicht ungünstig auswirken. Sie verstehen?«

Der Admiral verstand.

Sobald Turbor mit Palmer allein war, sagte er: »Schnell — wie ist der Name des Mädchens, das Sie entführt haben?«

Palver starrte ihn nur mit großen Augen an und schüttelte den Kopf.

»Machen Sie keinen Quatsch«, warnte Turbor. »Wenn Sie nicht antworten, sind Sie ein Spion, und in Kriegszeiten werden Spione ohne Gerichtsverfahren erschossen.«

»Arcadia Darell!« keuchte Palver.

»Na also! Gut. Ist sie in Sicherheit?«

Palver nickte.

»Es wäre besser für Sie, wenn Sie das ganz genau wüßten.«

»Sie ist in gutem Gesundheitszustand und vollkommen sicher«, antwortete der blasse Palver.

Der Admiral kam wieder herein. »Nun?«

»Sir, der Mann ist kein Spion. Sie können ihm glauben, was er sagt. Ich bürge für ihn.«

Der Admiral runzelte die Stirn. »Dann vertritt er also eine landwirtschaftliche Genossenschaft auf Trantor, die mit Terminus einen Handelsvertrag über die Lieferung von Getreide und Kartoffeln abschließen möchte. Schön und gut, aber er kann nicht wieder von Bord gehen.«

»Warum nicht?« fragte Palver schnell.

»Weil wir mitten in einer Schlacht sind. Wenn sie vorüber ist, werden wir Sie nach Terminus bringen — vorausgesetzt, wir leben dann noch.«

Die kalganische Flotte, die durch den Raum raste, entdeckte die Foundation-Schiffe aus einer unglaublichen Entfernung und wurde selbst entdeckt. Wie Glühwürmchen erschienen die Fahrzeuge auf den Großen Detektoren der jeweils anderen Partei. Sie rückten durch die Leere aufeinander zu.

Der Admiral der Foundation meinte stirnrunzelnd: »Das muß das Gros ihrer Flotte sein. Sehen Sie sich diese Anzahl an!« Dann: »Sie werden sich uns aber nicht zum Kampf stellen, sofern wir uns auf Cenns Stoßtrupp verlassen können.«

Commander Cenn hatte sich vor Stunden entfernt —

sobald der sich nähernde Feind entdeckt worden war. Jetzt gab es keine Möglichkeit mehr, den Plan zu ändern. Er funktionierte, oder er funktionierte nicht, aber der Admiral hatte ein gutes Gefühl. Ebenso die Offiziere. Ebenso die Männer.

Wieder wurden die Glühwürmchen betrachtet.

Sie funkelten in präzisen Formationen wie ein tödliches Ballett.

Die Foundation-Flotte zog sich langsam zurück. Stunden vergingen, und sie schwenkte langsam ab, verlockte den vorrückenden Feind, seinen Kurs zu verlassen, erst geringfügig, dann in stärkerem Maß.

Die Entwerfer des Schlachtplans hatten ein bestimmtes Raumvolumen umrissen, das von den kalganischen Schiffen besetzt werden mußte. Die Streitkräfte der Foundation krochen aus diesem Raum, die von Kalgan schlüpften hinein. Diejenigen, die wieder herauskamen, wurden angegriffen, plötzlich und erbittert. Diejenigen, die drinnen blieben, wurden in Ruhe gelassen.

Sie gingen davon aus, daß es den Schiffen Lord Stettins widerstrebte, die Initiative zu ergreifen — und daß sie gern da blieben, wo niemand sie angriff.

Captain Dixyl sah ausdruckslos auf seine Armbanduhr. Es war 1310.

»Noch zwanzig Minuten«, verkündete er.

Der Lieutenant neben ihm nickte angespannt. »Bisher sieht es gut aus,Captain. Wir haben mehr als neunzig Prozent von ihnen eingesperrt. Wenn wir sie drinnen halten können ...«

»Ja! *Wenn ...*«

Die Foundation-Schiffe trieben wieder vorwärts — sehr langsam. Nicht schnell genug, um den Feind zum Rückzug zu veranlassen, aber gerade so schnell, daß ihm der Gedanke an einen Vorstoß verging. Die Kalganer entschieden sich, abzuwarten.

Und die Minuten vergingen.

Um 1325 erklang in fünfundsiebzig Foundation-Schiffen ein Summton, und sie bauten maximale Beschleunigung in Richtung der kalganischen Front auf, die dreihundert Schiffe stark war. Kalganische Schutzschirme flammten auf, und die mächtigen Energiestrahlen erloschen. Sämtliche dreihundert Einheiten konzentrierten sich in die gleiche Richtung, auf den wahnsinnigen Angreifer zu, der erbarmungslos auf sie eindrang. Und dann ...

Um 1330 tauchten fünfzig Schiffe unter Commander Cenn aus dem Nichts auf, in einem einzigen Sprung durch den Hyperraum zu einem berechneten Zeitpunkt an eine berechnete Stelle befördert — und fielen wütend über die unvorbereitete kalganische Nachhut her.

Die List funktionierte perfekt.

Die Kalganer waren immer noch in der Überzahl, aber sie waren nicht in der Stimmung nachzuzählen. Ihr vordringlicher Gedanke war der an Flucht, und als die Formation aufbrach, wurden sie um so verwundbarer und gerieten sich gegenseitig in die Quere.

Nach einer Weile nahm der Kampf die Eigenschaften einer Jagd auf Ratten an.

Von dreihundert kalganischen Schiffen, der Kern und der Stolz ihrer Flotte, kehrten höchstens sechzig in fast hoffnungslos beschädigtem Zustand nach Kalgan zurück. Die Foundation hatte von ihren einhundertfünfundzwanzig Schiffen ganze acht verloren.

Preem Palver landete auf Terminus, als die Feiern ihren Höhepunkt erreicht hatten. Er fand den Begeisterungstaumel verwirrend, doch bevor er den Planeten wieder verließ, hatte er zwei Aufgaben erfüllt und eine Bitte entgegengenommen.

Die beiden erfüllten Aufgaben waren erstens der Abschluß eines Vertrages, nach dem Palvers Genossenschaft im nächsten Jahr zu Kriegspreisen, aber, dank der kürzlich stattgefundenen Schlacht, ohne das entsprechende Kriegsrisiko, pro Monat zwanzig Schiffsladungen mit bestimmten Lebensmitteln liefern würde, und zweitens die Weitergabe von Arcadias fünf kurzen Wörtern an Dr. Darell.

Erst hatte Darell ihn nur mit großen Augen verblüfft angestarrt, und dann hatte er seine Bitte ausgesprochen. Palver sollte Arcadia eine Antwort übermitteln. Die Antwort gefiel Palver; sie war einfach und sinnvoll und lautete: »Komme jetzt zurück. Es wird keine Gefahr mehr bestehen.«

Lord Stettin tobte vor Enttäuschung. Erleben zu müssen, wie ihm jede Waffe in den Händen zerbrach, zusehen zu müssen, daß das feste Gewebe seiner Militärmacht zerriß wie der dünne Faden, als der sie sich plötzlich erwies — das hätte sogar einen Phegmatiker in strömende Lava verwandelt. Aber er war hilflos, und das wußte er selbst.

Seit Wochen hatte er nicht mehr richtig geschlafen. Seit drei Tagen hatte er sich nicht mehr rasiert. Er hatte alle Audienzen abgesagt. Seine Admirale blieben sich in ihren Entscheidungen selbst überlassen, und niemand wußte besser als der Lord von Kalgan, daß auch ohne weitere Niederlagen nur noch sehr wenig Zeit vergehen würde, bis das Volk rebellierte.

Lev Meirus, der Premierminister, war ihm keine Hilfe. Er stand da, ruhig und unanständig alt, und seine dünnen, nervösen Finger strichen wie immer über die Falte, die sich von der Nase zum Kinn zog.

»Nun sagen Sie schon irgend etwas Gescheites!« brüllte Stettin ihn an. »Wir sind geschlagen, begreifen Sie das nicht? *Geschlagen!* Und warum? Ich weiß nicht, warum. Jetzt haben Sie es gehört. Ich weiß nicht, *warum.* Wissen *Sie* es?«

»Ich denke schon«, antwortete Meirus gelassen.

»Verrat!« Stettin sprach das Wort leise aus, und andere ebenso leise Worte folgten. »Sie haben gewußt, daß Verrat im Gange war, und Sie haben geschwiegen! Sie haben es mir verheimlicht! Sie haben dem Trottel gedient, den ich vom Stuhl des Ersten Bürgers gestoßen habe, und Sie glauben, Sie könnten jeder stinkenden Ratte dienen, die mich ersetzen wird. Wenn das stimmt, werde ich Ihnen dafür die Eingeweide herausreißen und vor Ihren Augen verbrennen.«

Meirus ließ sich nicht aus der Ruhe bringen. »Ich habe versucht, Ihnen meine Zweifel darzulegen — nicht nur einmal, sondern viele Male. Ich habe es Ihnen in die Ohren gebrüllt, und sie haben die Ratschläge anderer vorgezogen, weil sie besser geeignet waren, Ihr Ego aufzublähen. Es ist nicht das eingetreten, was ich befürchtet hatte, sondern Schlimmeres. Wenn Sie mir jetzt immer noch nicht zuhören wollen, sagen Sie es, Sir! Dann gehe ich, und wenn die Zeit gekommen ist, werde ich mich an Ihren Nachfolger wenden, dessen erste Handlung zweifellos die Unterzeichnung eines Friedensvertrages sein wird.«

Stettin starrte ihn mit roten Augen an. Seine gewaltigen Fäuste ballten und öffneten sich. »Sprechen Sie, Sie grauer Schleimer. *Sprechen Sie!*«

»Sir, ich habe Ihnen oft gesagt, daß Sie nicht das Maultier sind. Sie mögen Schiffe und Waffen kontrollieren, aber die Gehirne Ihrer Untertanen können sie nicht kontrollieren. Sind Sie sich bewußt, Sir, wer der Feind ist, gegen den Sie kämpfen? Sie kämpfen gegen die Foundation, die noch nie geschlagen worden ist — die Foundation, die von dem Seldon-Plan geschützt wird — die Foundation, die dazu bestimmt ist, ein neues Imperium zu bilden.«

»Es gibt keinen Plan. Jetzt nicht mehr. Munn hat es gesagt.«

»Dann irrt Munn sich, Sir. Und selbst wenn er recht hätte — was dann? Sie und ich, Sir, wir sind nicht das Volk. Der Glaube an den Seldon-Plan ist bei den Männern und Frauen auf Kalgan und den von Kalgan unterworfenen Welten tief verwurzelt, und ebenso bei sämtlichen Bewohnern dieser Region der Galaxis. Nahezu vierhundert

Jahre Geschichte lehren die Tatsache, daß die Foundation nicht geschlagen werden kann. Weder den Königreichen noch den Kriegsherren noch dem alten galaktischen Imperium selbst ist es gelungen.«

»Dem Maultier doch.«

»Genau, aber er entzog sich den Hochrechnungen — Sie tun es nicht. Noch schlimmer, die Leute wissen, daß Sie es nicht tun. Deshalb ziehen Ihre Schiffe mit der Angst in die Schlacht, auf eine unbekannte Weise geschlagen zu werden. Das immaterielle Gewebe des Plans hängt über ihnen, so daß sie vorsichtig sind und sich umsehen, ehe sie angreifen, und sich ein bißchen zu viele Fragen stellen. Dasselbe Gewebe erfüllt auf der anderen Seite den Feind mit Zuversicht, entfernt die Furcht, hält die Kampfmoral aufrecht, obwohl es zu Beginn des Krieges Niederlagen gegeben hat. Warum nicht? Die Foundation ist immer anfangs geschlagen worden und hat am Ende gesiegt.

Und Ihre eigene Moral, Sir? Überall stehen Sie auf feindlichem Territorium. Noch hat es keine Invasion in Ihre Herrschaftsgebiete gegeben, noch besteht keine Gefahr einer Invasion — und doch sind Sie bereits besiegt. Sie glauben nicht einmal an die Möglichkeit eines Sieges, weil Sie wissen, es gibt keine!

Beugen Sie sich deshalb, sonst werden Sie in die Knie gezwungen werden! Beugen Sie sich freiwillig, und vielleicht retten Sie noch einen Rest! Sie haben sich auf Metall und Energie verlassen, und die haben Sie unterstützt — so weit sie konnten. Sie haben Geist und Moral ignoriert, und die haben Sie zu Fall gebracht. Hören Sie jetzt auf meinen Rat! Sie haben Homir Munn von der Foundation in Ihrer Gewalt. Geben Sie ihn frei! Schicken Sie ihn mit Ihrem Friedensangebot nach Terminus zurück!«

Stettin knirschte hinter blassen, zusammengepreßten Lippen mit den Zähnen. Aber welche Wahl hatte er?

Am ersten Tag des neuen Jahres verließ Homir Munn den Planeten Kalgan wieder. Mehr als sechs Monate waren vergangen, seit er Terminus verlassen hatte, und in der Zwischenzeit hatte ein Krieg getobt.

Homir war allein gekommen, aber er ging mit einer Eskorte. Er war als einfacher Privatmann gekommen, und er ging als der inoffizielle, aber nichtsdestoweniger faktische Gesandte des Friedens.

Und was sich am meisten verändert hatte, waren seine früheren Ängste der Zweiten Foundation wegen. Im Gedanken daran mußte er lachen. In allen Einzelheiten malte er sich aus, wie er das Geheimnis Dr. Darell enthüllen würde, diesem energischen, tüchtigen, jungen Anthor, ihnen allen …

Er wußte es. Er, Homir Munn, hatte endlich die Wahrheit erkannt.

— 20 —

»Ich weiß …«

Die letzten beiden Monate des Stettinischen Kriegs wurden Homir nicht lang. In seinem ungewöhnlichen Amt als Außerordentlicher Vermittler fand er sich im Mittelpunkt der interstellaren Angelegenheiten wieder, eine Rolle, die erfreulich zu finden er nicht umhin konnte.

Zu größeren Schlachten kam es nicht mehr, nur zu ein paar zufälligen Scharmützeln, die kaum zählten, und bei der Festsetzung der Vertragsbedingungen hatte es die Foundation nicht nötig, Zugeständnisse zu machen. Stettin behielt sein Amt, aber sonst so gut wie nichts. Seine Marine wurde verschrottet, seine Besitzungen außerhalb des Heimatsystems zu autonomen Gebilden gemacht, deren Bevölkerung man erlaubte, sich mittels einer Wahl für die Rückkehr zum früheren Status, die volle Unabhängigkeit oder den Anschluß als konföderierter Staat an die Foundation zu entscheiden.

Der Krieg wurde offiziell auf einem Asteroiden in dem Sternsystem von Terminus beendet, der der älteste Marine-Stützpunkt der Foundation war. Lev Meirus unterzeichnete für Kalgan, und Homir war als interessierter Zuschauer anwesend.

Während dieser ganzen Zeit bekam er weder Dr. Darell noch einen der anderen zu sehen. Aber das war nicht weiter schlimm. Seine Neuigkeit blieb frisch — und wie immer lächelte er bei dem Gedanken.

Dr. Darell kehrte ein paar Wochen nach dem Sieg über Kalgan nach Terminus zurück, und noch am gleichen Abend wurde sein Haus zum Treffpunkt für die fünf Männer, die zehn Monate früher ihre ersten Pläne entworfen hatten.

Sie ließen sich Zeit beim Essen und dann beim Wein, als zögerten sie, das alte Thema wieder aufzugreifen.

Schließlich sagte Jole Turbor, und er murmelte eher, als daß er sprach, während er mit einem Auge unverwandt in die purpurnen Tiefen seines Weinglases blickte: »Na, Homir, Sie sind jetzt also zum Politiker geworden. Sie haben Ihre Sache gut gemacht.«

»Ich?« Munn lachte laut und fröhlich. Aus irgendeinem Grund hatte er seit Monaten nicht mehr gestottert. »Ich hatte gar nichts damit zu tun. Es ist Arcadias Verdienst. Übrigens, Darell, wie geht es ihr? Wie ich hörte, kommt sie von Trantor zurück?«

»Sie haben richtig gehört«, antwortete Darell leise. »Ihr Schiff müßte noch im Lauf dieser Woche andocken.« Mit verschleierten Augen sah er die anderen an, aber sie gaben nur wirre, unzusammenhängende Freudenrufe von sich. Sonst nichts.

Turbor sagte: »Es ist also wirklich vorbei. Wer hätte das vor zehn Monaten gedacht! Munn ist nach Kalgan und zurück gereist, Arcadia nach Kalgan und Trantor und kommt jetzt auch zurück. Wir hatten einen Krieg und haben ihn gewonnen, beim Raum! Zwar heißt es, die großen Bewegungen der Geschichte seien vorhersehbar. Aber kann man sich nicht vorstellen, daß das, was inzwischen geschehen ist und uns mit seinen Strudeln erfaßt hat, unmöglich vorherzusehen gewesen wäre?«

»Unsinn«, wehrte Anthor scharf ab. »Weshalb triumphieren Sie eigentlich so? Sie reden, als hätten wir einen richtigen Krieg gewonnen, während es doch nur ein kleinlicher Streit war, der unsere Gedanken von dem eigentlichen Feind abgelenkt hat.«

Ein unbehagliches Schweigen folgte, in das nur Homir Munns leises Lachen einen falschen Ton brachte.

Wütend schlug Anthor mit der geballten Faust auf die Armlehne seines Sessels. »Jawohl, ich meine die Zweite Foundation! Sie wird niemals erwähnt, und es werden, wenn ich die Lage richtig beurteile, sogar alle Anstrengungen gemacht, sie in Vergessenheit geraten zu lassen. Ist die trügerische Siegesatmosphäre, die diese Welt von Idioten einhüllt, so attraktiv, daß Sie unbedingt daran teilhaben wollen? Los, schlagen Sie Purzelbäume, machen Sie einen Handstand mit Überschlag, klopfen Sie sich gegenseitig auf den Rücken und werfen Sie Konfetti aus dem Fenster! Tun Sie, was Ihnen Spaß macht, nur werden Sie es aus Ihren Gedanken los — und wenn Sie ganz damit fertig und wieder Sie selbst sind, lassen Sie uns von neuem über das Problem diskutieren, das heute noch ganz dasselbe ist wie vor zehn Monaten, als Sie hier saßen und ständig über die Schulter spähten, weil Sie Angst hatten, Sie wußten nicht einmal, vor was. Glauben Sie wirklich, die mentalen Hexenmeister der Zweiten Foundation seien weniger zu fürchten, weil Sie einen törichten Raumschiff-Schleuderer besiegt haben?«

Mit rotem Gesicht und nach Atem ringend hielt er inne.

Munn fragte ruhig: »Wollen Sie jetzt *mich* reden lassen, Anthor? Oder möchten Sie lieber in Ihrer Rolle als Reden schwingender Verschwörer fortfahren?«

»Sprechen Sie, Homir«, fiel Darell ein. »Aber wir alle wollen uns vor übermäßiger Originalität des Ausdrucks hüten. Da, wo es hingehört, ist so etwas eine gute Sache, aber im Augenblick langweilt es mich.«

Homir Munn lehnte sich auf seinem Sessel zurück und füllte sein Glas sorgfältig aus der neben ihm stehenden Karaffe.

»Ich wurde nach Kalgan geschickt«, sagte er, »um soviel wie möglich aus den Aufzeichnungen, die im Palast des Maultiers liegen, herauszufinden. Damit verbrachte ich mehrere Monate. Für diese Arbeit verlange ich keine Anerkennung. Wie ich schon sagte, verdanke ich Arcadias genialem Eingreifen die Erlaubnis, den Palast zu betreten. Doch immerhin bleibt die Tatsache, daß ich meinem ursprünglichen Wissen über das Leben und die Zeit des Maultiers, das, wie ich gestehe, nicht gering war, die Früchte fleißiger Arbeit hinzugefügt habe, gesammelt inmitten von Beweisen aus erster Hand, die niemandem sonst zugänglich waren.

Ich bin daher in der einzigartigen Lage, ein zuverlässiges Urteil über die Gefahr abzugeben, die die Zweite Foundation darstellt, ein sehr viel zuverlässigeres als das unseres erregbaren Freundes hier.«

»Und«, knirschte Anthor, »wie lautet Ihr Urteil über diese Gefahr?«

»Sie ist gleich Null.«

Nach einer kurzen Pause fragte Elvett Semic mit dem Ausdruck ungläubigen Staunens: »Sie meinen, es besteht gar keine Gefahr?«

»So ist es. Freunde, *es gibt keine Zweite Foundation!*«

Anthors Augenlider senkten sich langsam. Mit bleichem, ausdruckslosem Gesicht saß er da.

Munn, der jetzt alle Aufmerksamkeit auf sich gezogen hatte und das herrlich fand, fuhr fort: »Und was noch mehr ist, es hat nie eine gegeben.«

»Woraus ziehen Sie diesen überraschenden Schluß?« fragte Darell.

»Ich bestreite, daß er überraschend ist«, antwortete Munn. »Sie alle kennen die Geschichte von der Suche des Maultiers nach der Zweiten Foundation. Aber was wissen Sie von der Intensität dieser Suche — von der Besessenheit, mit der sie erfolgte! Er hatte ungeheuerliche Hilfsmittel zur Verfügung, und er schonte sie nicht. Er war besessen — und doch versagte er. Es wurde keine Zweite Foundation gefunden.«

»Man konnte kaum erwarten, daß sie gefunden wurde«, gab Turbor zu bedenken. »Sie besaß Mittel, sich gegen forschende Gehirne zu schützen.«

»Auch dann, wenn das forschende Gehirn die Mutanten-Mentalität des Maultiers hatte? Das glaube ich nicht. Aber hören Sie, Sie werden von mir nicht verlangen, daß ich den Inhalt von fünfzig Bänden mit Berichten in fünf Minuten wiedergebe. Alle Unterlagen werden nach den Bedingungen des Friedensvertrages in das Seldon-Museum für Geschichte kommen, und es steht Ihnen dann frei, eine Analyse mit ebensoviel Muße vorzunehmen, wie ich sie hatte. Sie werden jedoch finden, daß das Maultier die von mir bereits erwähnte Schlußfolgerung klar und deutlich niedergelegt hat. Es gibt keine Zweite Foundation, und es hat nie eine gegeben.«

Semic warf ein: »Was hat das Maultier dann aufgehalten?«

»Große Galaxis, was glauben *Sie* denn? Der Tod natürlich, der uns alle einmal aufhalten wird! Der größte Aberglaube des Zeitalters ist, das Maultier sei in seinem unaufhaltsamen Eroberungszug von irgendwelchen mysteriösen Wesenheiten gestoppt wurden, die sogar ihm überlegen waren. Das kommt dabei heraus, wenn man alles aus dem falschen Gesichtswinkel betrachtet.

Es ist doch in der Galaxis allgemein bekannt, daß das Maultier eine Mißgeburt war, physisch ebenso wie psychisch. Er starb in den Dreißigern, weil sein schlecht angepaßter Körper die quietschende Maschinerie nicht länger antreiben konnte. Schon mehrere Jahre vor seinem Tod war er ein Invalide. Bei bester Gesundheit ging es ihm nicht besser als einem normalen Menschen in einem Schwächezustand. Nun gut. Er eroberte die Galaxis, und im natürlichen Verlauf der Dinge mußte er sterben. Es ist ein Wunder, daß er so lange durchgehalten und so viel erreicht hat. Freunde, das ist alles genau beschrieben. Sie brauchen nur Geduld zu haben. Sie brauchen die Tatsachen nur aus einem neuen Gesichtswinkel zu betrachten.«

Darell bemerkte nachdenklich: »Gut, lassen Sie uns das versuchen, Munn. Es wäre ein interessantes Experiment, und falls sonst nichts dabei herauskommt, wird es uns helfen, unsere Gedanken zu schmieren. Was ist mit den Leuten, deren Gehirn manipuliert wurde und deren Enzephalogramme uns Anthor vor fast einem Jahr mitbrachte? Helfen Sie uns, sie aus dem richtigen Gesichtswinkel zu sehen.«

»Das ist einfach. Wie alt ist die Wissenschaft von der enzephalographischen Analyse? Oder, anders ausgedrückt, wie weit fortgeschritten ist das Studium der Nervenbahnen?«

»Auf diesem Gebiet stehen wir noch am Anfang. Soviel will ich Ihnen zugestehen«, sagte Darell.

»Richtig. Wie weit können wir uns dann auf die Interpretation dessen verlassen, was Anthor und Sie selbst das Manipulier-Plateau genannt haben? Sie haben Ihre Theorien, aber wie sicher können Sie sein? Sicher genug, um daraus zu schließen, daß eine bestimmte Macht existiert, während alle anderen Hinweise in diesem Zusammenhang negativ sind? Es ist immer einfach, das Unbekannte zu erklären, indem man das Walten einer übermenschlichen und eigenmächtigen Kraft postuliert.

Das ist ein sehr menschliches Phänomen. In der galaktischen Geschichte ist es immer wieder vorgekommen, daß isolierte Planetensysteme auf das Niveau von Wilden zurückgefallen sind, und was haben wir dort gelernt? In jedem einzelnen Fall haben solche Wilden die Eigenschaften ihnen unverständlicher Naturgewalten — Stürme, Seuchen, Dürreperioden — intelligenten Wesen zugeschrieben, die mächtiger als die Menschen seien.

Ich glaube, das nennt man Anthropomorphismus, und

in dieser Beziehung sind wir Wilde und genießen das auch noch. Da wir in der Wissenschaft vom menschlichen Geist Anfänger sind, schreiben wir alles, was wir nicht wissen, Übermenschen zu — in diesem Fall aufgrund des Hinweises, den uns Seldon zugeworfen hat, den Übermenschen von der Zweiten Foundation.«

»Oh«, unterbrach Anthor ihn, »an Seldon erinnern Sie sich also noch! Ich dachte, Sie hätten ihn vergessen. Seldon hat gesagt, es gebe eine Zweite Foundation. Wie wollen Sie das wegerklären?«

»Kennen Sie vielleicht alle Absichten Seldons? Wissen Sie, welche Notwendigkeiten in seine Berechnungen einbezogen wurden? Die Zweite Foundation mag ein sehr notwendiger Popanz gewesen sein, bei dem er ein ganz bestimmtes Ziel im Auge hatte. Wie haben wir zum Beispiel Kalgan geschlagen? Wie haben Sie das in Ihrer letzten Artikelserie formuliert, Turbor?«

Turbor rückte seinen massigen Körper zurecht. »Ja, ich sehe, worauf Sie hinauswollen. Ich war gegen Kriegsende auf Kalgan, Darell, und die Moral auf diesem Planeten war ganz offensichtlich unglaublich schlecht. Ich habe mir die Nachrichtensendungen angesehen, und ... nun, die Kalganer erwarteten, geschlagen zu werden. Der Gedanke, daß schließlich die Zweite Foundation eingreifen würde — natürlich auf der Seite der Ersten — entmannte sie förmlich.«

»Genau so war es«, bestätigte Munn mit einem Nicken. »Ich war während des ganzen Krieges dort. Ich sagte Stettin, es gebe keine Zweite Foundation, und er glaubte mir. Er selbst fühlte sich sicher. Aber es gab keine Möglichkeit, das Volk von heute auf morgen von dem abzubringen, was es sein ganzes Leben lang geglaubt hatte, so daß der Mythos seinen Zweck in Seldons kosmischem Schachspiel bestens erfüllte.«

Plötzlich öffnete Anthor die Augen wieder und richtete sie hämisch auf Munns Gesicht. *»Und ich sage: Sie lügen.«*

Homir wurde blaß. »Eine Anschuldigung dieser Art brauche ich wohl nicht hinzunehmen, ganz zu schweigen davon, daß ich nicht darauf zu antworten brauche.«

»Ich sage es ohne jede Absicht einer persönlichen Beleidigung. Sie können nicht umhin zu lügen, Sie sind sich nicht bewußt, daß sie es tun. Aber Sie tun es trotzdem.«

Semic legte dem jungen Mann die welke Hand auf den Ärmel. »Holen Sie erst mal Atem, mein Junge.«

Anthor schüttelte ihn unsanft ab. »Meine Geduld mit Ihnen allen ist zu Ende. Ich habe diesen Mann in meinem Leben nicht öfter als ein halbes Dutzendmal gesehen, und doch stelle ich an ihm eine unglaubliche Veränderung fest. Sie kennen ihn seit Jahren, und trotzdem merken Sie nichts. Das langt, einen in den Wahnsinn zu treiben. Nennen Sie den Mann, dem Sie eben zugehört haben, Homir Munn? Er ist nicht der Homir Munn, den *ich* kenne.«

Jeder zeigte auf seine Weise, wie geschockt er war, und Munns Stimme überschrie sie alle: »Sie wollen behaupten, ich sei ein Betrüger?«

»Vielleicht nicht im gewöhnlichen Sinn«, brüllte Anthor durch den Lärm zurück. »Aber ein Betrüger sind Sie. Ruhe! Ich verlange, angehört zu werden.«

Mit grimmigem Gesicht wandte er sich seinem Publikum zu. »Erinnert sich einer von Ihnen an Homir Munn, wie ich es tue — den introvertierten Bibliothekar, der in Verlegenheit geriet, wenn er sprechen mußte, den Mann mit der gepreßten, nervösen Stimme, der seine unsicheren Sätze hervorstotterte? Gleicht dieser Mann ihm? Er spricht fließend, er hat Selbstbewußtsein, er steckt voller Theorien, und, beim Raum, er stottert nicht. Ist er der gleiche Mensch?«

Sogar Munn blickte verwirrt drein, und Pelleas Anthor fuhr fort: »Nun, sollen wir ihn testen?«

»Wie?« fragte Darell.

»Das fragen ausgerechnet Sie? Die Methode liegt doch auf der Hand. Haben Sie nicht das Enzephalogramm, das vor zehn Monaten von ihm gemacht wurde? Machen Sie eine neue Aufnahme, und vergleichen Sie beide.«

Er wies auf den stirnrunzelnden Bibliothekar und sagte heftig: »Ich sehe schon, er wird sich weigern.«

»Ich weigere mich nicht!« erklärte Munn herausfordernd. »Ich bin doch der Mann, der ich immer gewesen bin.«

»Können Sie das wissen?« hielt ihm Anthor verächtlich vor. »Ich gehe noch weiter. Ich traue keinem hier. Ich will, daß jeder sich der Analyse unterzieht. Es hat ein Krieg stattgefunden: Munn war auf Kalgan, Turbor ist mit Raumschiffen in sämtlichen Kampfgebieten gewesen. Darell und Semic waren ebenfalls verreist — ich habe keine Ahnung, wohin. Nur ich bin hier in Abgeschiedenheit und Sicherheit gewesen, und ich traue keinem von Ihnen mehr. Um fair zu sein, will auch ich mich testen lassen. Sind Sie einverstanden? Andernfalls verlasse ich Sie und gehe fortan meiner eigenen Wege.«

Turbor zuckte die Achseln. »Ich habe nichts dagegen einzuwenden.«

»Ich habe es bereits gesagt«, schloß Munn sich an.

Semic hob in stillschweigender Zustimmung die Hand. Nun wartete Anthor noch auf Darell. Schließlich nickte dieser.

»Nehmen Sie mich als ersten«, sagte Anthor.

Der junge Neurologe saß wie erstarrt in dem Liegesessel und hatte in finsterem Grübeln die Augen geschlossen. Die Nadeln zogen ihre zarten Spuren über das karierte Papier. Darell nahm den Ordner aus dem Schrank, der Anthors altes Enzephalogramm enthielt. Er zeigte es Anthor.

»Das ist Ihre Aufnahme, nicht wahr?«

»Ja, ja. Das ist meine. Vergleichen Sie sie.«

Die alten und die neuen Werte wurden auf den Schirm geworfen. Alle sechs Kurven waren hier wie da vorhanden. Aus der Dunkelheit kam Munns spröde Stimme, die mit aller Deutlichkeit erklärte: »Sieh an, sieh an. Da ist eine Veränderung.«

»Das sind die Primärwellen des Stirnlappens. Es braucht gar nichts zu bedeuten, Homir. Die zusätzlichen Spitzen, die Ihnen auffallen, sind nichts als mein momentaner Ärger. Wichtig sind die anderen.«

Er berührte einen Kontrollknopf. Die sechs Paare verschmolzen miteinander und stimmten überein. Allein die tiefere Amplitude der Primärwellen war bei der zweiten Messung neu.

»Zufrieden?« fragte Anthor.

Darell nickte kurz und nahm selbst in dem Liegesessel Platz. Ihm folgte Semic, dann kam Turbor. Schweigend wurden die Kurven eingesammelt, schweigend wurden sie verglichen.

Munn kam als letzter an die Reihe. Er zögerte kurz, dann erklärte er mit einem Hauch von Verzweiflung in der Stimme: »Hören Sie, ich bin der letzte, und ich bin angespannt. Ich darf wohl damit rechnen, daß sie dafür Zugeständnisse machen.«

»Das werden wir«, versicherte Darell ihm. »Ihre bewußten Emotionen werden nur Einfluß auf die Primärwellen haben, und die sind nicht wichtig.«

Es war, als dauere die nun folgende vollkommene Stille Stunden.

Und dann sagte Anthor heiser: »Sicher, sicher, das bilden wir uns alle nur ein. Hat er uns das nicht weismachen wollen? So etwas wie eine Manipulierung gibt es nicht, das ist eine ganz dumme anthropomorphische Idee. Und nun sehen Sie sich das an! Ein zufälliges Zusammentreffen, wie?«

»Was ist los?« kreischte Munn.

Darells Hand legte sich fest auf die Schulter des Bibliothekars. »Ruhig, Mann — Sie sind behandelt worden; *sie* haben Sie manipuliert.«

Dann ging das Licht an. Munn blickte gebrochen um sich. Sein Versuch zu lächeln ging gräßlich daneben.

»Das kann doch nicht Ihr Ernst sein! Dahinter steckt Absicht. Sie stellen mich auf die Probe.«

Darell schüttelte nur den Kopf. »Nein, nein, Homir. Es ist wahr.«

Die Augen des Bibliothekars füllten sich mit Tränen. »Ich fühle mich nicht anders. Ich kann es nicht glauben.« Mit plötzlicher Überzeugung: »Sie stecken alle unter einer Decke! Das ist eine Verschwörung!«

Darell wollte eine beschwichtigende Geste machen, und seine Hand wurde beiseitegeschlagen. Munn fauchte: »Sie haben vor, mich umzubringen. Beim Raum, Sie wollen mich ermorden!«

Mit einem Satz war Anthor bei ihm. Man hörte das scharfe Krachen von Knochen gegen Knochen, und Homir sank in sich zusammen, den Ausdruck gefrorener Angst immer noch im Gesicht.

Anthor erhob sich zitterig. »Wir binden und knebeln ihn besser. Später können wir entscheiden, was wir tun sollen.« Er strich sich das lange Haar zurück.

Turbor fragte: »Wie haben Sie erraten, daß etwas mit ihm nicht stimmt?«

»Das war nicht schwer«, antwortete Anthor ironisch. »Denn sehen Sie, ich weiß zufällig, *wo die Zweite Foundation wirklich ist.*«

Wenn ein Schock dem anderen folgt, nimmt die Wirkung ab.

Geradezu liebenswürdig erkundigte Semic sich: »Sind Sie sicher? Ich meine, etwas in dieser Art haben wir gerade mit Munn durchexerziert ...«

»Es ist nicht ganz das gleiche«, gab Anthor zurück. »Darell, an dem Tag, als der Krieg begann, habe ich sehr ernsthaft mit Ihnen gesprochen. Ich versuchte, Sie zum Verlassen von Terminus zu bewegen. Ich hätte Ihnen damals schon gesagt, was ich Ihnen jetzt sagen werde, wenn ich imstande gewesen wäre, Ihnen zu vertrauen.«

»Heißt das, daß Sie die Antwort seit einem halben Jahr kennen?« fragte Darell lächelnd.

»Ich kenne sie seit dem Augenblick, als ich erfuhr, daß Arcadia nach Trantor gereist war.«

Konsterniert sprang Darell auf. »Was hatte Arcadia damit zu tun? Auf was wollen Sie hinaus?«

»Auf absolut nichts anderes als das, was sich von den Ereignissen, die wir alle kennen, ablesen läßt. Arcadia geht nach Kalgan und flieht in Panik zum Mittelpunkt der Galaxis, statt nach Hause zurückzukehren. Polizeileutnant Dirige, unser bester Agent auf Kalgan, wird manipuliert. Homir Munn geht nach Kalgan und wird manipuliert. Das Maultier eroberte die Galaxis, aber, so seltsam das ist, er machte Kalgan zu seinem Hauptquartier, und mir drängt sich die Frage auf, ob er ein Eroberer — oder ein Werkzeug war. An jeder Ecke treffen wir auf Kalgan, Kalgan — nichts als Kalgan, die Welt, die ein Jahrhundert lang alle Kämpfe der Kriegsherren unangetastet überlebte.«

»Und Ihre Schlußfolgerung daraus?«

»Es ist offensichtlich.« Anthors Augen blickten konzentriert. »Die Zweite Foundation ist auf Kalgan.«

Turbor unterbrach: »Ich war auf Kalgan, Anthor. Ich war erst letzte Woche dort. Wenn sich dort irgendeine Zweite Foundation befand, bin ich verrückt. Ich persönlich denke, daß Sie verrückt sind.«

Der junge Mann fuhr heftig auf ihn los. »Dann sind Sie ein unverbesserlicher Idiot. Was stellen Sie sich unter der Zweiten Foundation vor? Eine Grundschule? Glauben Sie, enggebündelte Strahlen werden ›Zweite Foundation‹ in Grün und Purpur über die Routen der ankommenden Raumschiffe schreiben? Hören Sie mir zu, Turbor! Wo immer die Leute von der Zweiten Foundation auch sein mögen, sie bilden eine dichtgeschlossene Oligarchie. Sie müssen auf der Welt, die sie beherbergt, ebenso gut versteckt sein, wie es die Welt selbst in der Galaxis ist.

Turbors Kiefermuskeln verkrampften sich. »Mir paßt Ihre Haltung nicht, Anthor.«

»Das bekümmert mich zutiefst«, lautete die ironische Antwort. »Sehen Sie sich einmal hier auf Terminus um.

Wir sind im Zentrum — im Kern — des Ursprungs der Ersten Foundation mit all ihren Kenntnissen über die Naturwissenschaften. Und wie viele Einwohner sind Naturwissenschaftler? Können *Sie* ein Kraftwerk bedienen? Was wissen *Sie* über die Arbeitsweise eines Hyperatom-Motors? — He? — Die Zahl der wirklichen Wissenschaftler beträgt auf Terminus — sogar auf Terminus! — weniger als ein Prozent der Bevölkerung. Was läßt sich da von der Zweiten Foundation erwarten, die ihre Existenz geheimhalten muß! Es werden noch weniger Wissende sein, und diese werden sich sogar vor ihrer eigenen Welt verstekken.«

»Sagen Sie ma!«, begann Semic vorsichtig, »wir haben Kalgan soeben geschlagen ...«

»Das haben wir. Das haben wir«, höhnte Anthor. »Oh, und wie wir den Sieg feiern! Die Städte sind immer noch illuminiert, wir brennen immer noch Feuerwerke ab, wir brüllen immer noch übers Fernsehen. Aber jetzt, *jetzt,* wenn die Suche nach der Zweiten Foundation von neuem losgeht, wo ist der letzte Ort, an dem wir nachsehen werden, wo ist der letzte Ort, an dem irgend jemand nachsehen wird? — Richtig! Auf Kalgan!

Wir haben ihnen nichts getan, wissen Sie, nichts Schlimmes. Wir haben ein paar Schiffe vernichtet, ein paar tausend Menschen getötet, ihnen ihr Imperium entrissen, einiges von ihrer kommerziellen und wirtschaftlichen Macht übernommen — aber all das bedeutet nichts. Ich wette, kein einziges Mitglied der echten herrschenden Klasse von Kalgan ist im geringsten aus seiner Gemütsruhe gebracht. Ganz im Gegenteil, jetzt sind sie sicher vor Neugier. Nur nicht vor *meiner* Neugier. Was wollen Sie sagen, Darell?«

Darell zuckte die Achseln. »Interessant. Ich versuche, es mit einer Botschaft in Einklang zu bringen, die ich vor ein paar Monaten von Arcadia erhielt.«

»Oh, eine Botschaft?« fragte Anthor. »Und wie lautet sie?«

»Nun, ich bin mir nicht sicher. Sie besteht aus fünf kurzen Wörtern. Aber sie ist interessant.«

»Bitte«, mischte sich Semic beunruhigt ein, »da ist etwas, das ich nicht verstehe.«

»Und das wäre?«

Semic wählte seine Worte sorgfältig, und mit jedem Wort hob sich seine runzlige Oberlippe, als kämen sie einzeln und widerstrebend aus seinem Mund. »Nun ja, Homir Munn hat vorhin gesagt, Hari Seldon habe gelogen, als er behauptete, eine Zweite Foundation gegründet zu haben. Jetzt sagen Sie, das sei nicht so, Seldon habe nicht gelogen. Richtig?«

»Richtig, er hat nicht gelogen. Wenn Seldon sagte, er habe eine Zweite Foundation gegründet, dann hatte er sie gegründet.«

»Gut, aber er sagte noch etwas anderes. Er sagte, er habe die beiden Foundations an den entgegengesetzten Enden der Galaxis gegründet. Soll das jetzt Schwindel gewesen sein, junger Mann? Denn Kalgan liegt von uns aus nicht am entgegengesetzten Ende der Galaxis.«

Anthor reagierte verärgert. »Das ist unwesentlich. Damit mag er eine Tarnung beabsichtigt haben, um sie zu schützen. Aber schließlich — welchen Sinn hätte es haben sollen, die Meister des Gehirns am entgegengesetzten Ende der Galaxis anzusiedeln? Welche Funktion haben sie? Sie sollen den Plan bewahren. Wer sind die wichtigsten Akteure des Plans? Wir, die Erste Foundation. Von wo aus können sie uns am besten beobachten und ihre Absichten verfolgen? Vielleicht am entgegengesetzten Ende der Galaxis? — Lächerlich! Tatsächlich sind sie innerhalb einer Entfernung von fünfzig Parsek, was viel vernünftiger ist.«

»Das Argument gefällt mir«, sagte Darell. »Es klingt logisch. Sehen Sie her, Munn ist seit einiger Zeit wieder bei Bewußtsein, und ich schlage vor, daß wir ihn losbinden. Er kann doch nichts anrichten.«

Anthor blickte rebellisch drein, aber Homir nickte heftig. Fünf Sekunden später rieb er sich ebenso heftig die Handgelenke.

»Wie fühlen Sie sich?« fragte Darell.

»Scheußlich«, antwortete Munn verdrießlich, »aber lassen Sie nur. Es gibt da etwas, das ich diesen hochintelligenten jungen Mann fragen möchte. Ich habe gehört, was er zu sagen hatte, und ich hätte gern die Erlaubnis, mir darüber Gedanken zu machen, was wir als nächstes tun sollen.«

Es folgte ein merkwürdiges und unpassendes Schweigen.

Munn lächelte bitter. »Nehmen wir ruhig einmal an, Kalgan *ist* die Zweite Foundation. *Wer* auf Kalgan gehört dazu? Wie wollen sie diese Leute finden? Wie wollen Sie sie angreifen, *falls* Sie sie finden, he?«

»Ah«, sagte Darell, »das kann ich beantworten, so seltsam es ist. Soll ich Ihnen erzählen, was Semic und ich in diesem halben Jahr gemacht haben? Damit nenne ich Ihnen, Anthor, einen weiteren Grund, warum ich so versessen darauf war, diese ganze Zeit auf Terminus zu bleiben.«

»Erstens einmal«, fuhr er fort, »habe ich mit mehr Zielstrebigkeit an der enzephalographischen Analyse gearbeitet, als einer von Ihnen sich vorgestellt hat. Das Entdecken von Gehirnen der Zweiten Foundation ist ein bißchen komplizierter als das Aufspüren eines Manipulier-Plateaus — und vollen Erfolg hatte ich nicht. Aber ich kam der Sache ziemlich nahe.

Weiß einer von Ihnen, wie die emotionale Kontrolle funktioniert? Seit der Zeit des Maultiers war das ein beliebtes Thema der Romanautoren, und es ist viel Unsinn darüber geschrieben, gesprochen und und aufgezeichnet worden. Meistens wurde die Fähigkeit als etwas Mysteriöses und Okkultes behandelt. Das ist sie natürlich nicht. Daß das Gehirn die Quelle einer Myriade winziger elektromagnetischer Felder ist, weiß jeder. Jede flüchtige Emotion variiert diese Felder auf mehr oder weniger verwickelte Weise, und auch das sollte eigentlich jeder wissen.

Man stelle sich nun ein Gehirn vor, das diese sich verändernden Felder spüren und sich ihren Schwingungen sogar anpassen kann. Das heißt, es existiert ein spezielles Organ des Großhirns, das fähig ist, jedes Feldmuster, das es entdeckt, zu übernehmen. Wie das genau funktioniert, davon habe ich keine Ahnung, aber es kommt auch nicht darauf an. Wenn ich zum Beispiel blind wäre, könnte ich trotzdem lernen, was Photonen und Energie-Quanten zu bedeuten haben, und es würde mir einleuchten, daß die Absorption eines Photons einer solchen Energie chemische Veränderungen in einigen Körperorganen hervorruft und daß dies feststellbar ist. Aber natürlich würde mir das nicht helfen, zu begreifen, was Farbe ist.

Können Sie mir alle folgen?«

Es kam ein entschiedenes Nicken von Anthor, ein zweifelndes von den anderen.

»Ein solches hypothetisches mitschwingendes Gehirnorgan könnte vollbringen, was volkstümlich als ›Emotionenlesen‹ oder ›Gedankenlesen‹ — etwas noch Schwierigeres — bekannt ist, indem es sich auf die Felder einstellt, die andere Gehirne emittieren. Für unsere Vorstellung ist es von hier aus nur noch ein kleiner Schritt zu einem Organ, das einem zweiten Gehirn eine Veränderung aufzwingen kann. Es könnte mit seinem stärkeren Feld das schwächere des zweiten Gehirns umorientieren — ganz so, wie ein starker Magnet die atomaren Dipole in einer Stahlstange umorientiert und sie magnetisiert zurückläßt.

Die mathematische Seite der Angelegenheit löste ich auf folgende Weise. Ich entwickelte eine Funktion, die die Kombination von Nervenbahnen vorhersagt, bei der sich ein Organ, wie ich es beschrieben habe, bilden könnte. Doch unglücklicherweise ist die Funktion zu kompliziert für sämtliche mathematischen Werkzeuge, die gegenwärtig bekannt sind. Das ist zu schade, denn es bedeutet, daß ich niemals imstande sein werde, einen des Manipulierens von Gehirnen fähigen Menschen allein durch sein Enzephalogramm zu entdecken.

Doch mir gelang mit Semics Hilfe etwas anderes, nämlich eine Konstruktion, die ich als ein Gerät zur Erzeugung mentaler Statik beschreiben möchte. Die moderne Wissenschaft ist durchaus in der Lage, ein elektromagnetisches Feld von der Art eines Enzephalogramms zu schaffen, das sich zufallsgesteuert verändert. Dadurch entsteht, soweit es dieses spezielle Sinnesorgan betrifft, ein ›Geräusch‹ oder eine ›Statik‹, das andere Gehirne, mit denen es Kontakt aufnehmen möchte, maskiert.

Können Sie mir immer noch folgen?«

Semic lachte vor ich hin. Er hatte blindlings mitgeholfen, das Gerät zu schaffen, aber er hatte sich sein Teil gedacht, und er hatte richtig gedacht. Der alte Mann hatte immer noch den einen oder anderen Trick auf Lager…

»Ich glaube schon«, sagte Anthor.

»Das Gerät«, fuhr Darell fort, »ist ziemlich leicht zu produzieren, und als die Forschung in den Dienst des Krieges gestellt wurde, standen mir sämtliche Hilfsmittel der Foundation zur Verfügung. Und jetzt sind die Amtsräume des Bürgermeisters und der gesetzgebenden Versammlung von mentaler Statik umgeben, ebenso die meisten unserer Schlüsselindustrien. Ebenso dieses Gebäude. Wir können jeden beliebigen Ort absolut sicher vor der Zweiten Foundation oder vor irgendeinem künftigen Maultier machen. Und das wäre es dann.«

Turbor war überwältigt. »Die Gefahr ist also gebannt. Großer Seldon, sie ist gebannt.«

»Nicht ganz«, schränkte Darell ein.

»Warum nicht ganz? Haben Sie uns noch etwas zu sagen?«

»Ja. Wir kennen den Ort der Zweiten Foundation immer noch nicht.«

»Was!« brüllte Anthor. »Sie wollen doch wohl nicht behaupten …«

»Doch! Kalgan ist nicht die Zweite Foundation.«

»Woher wollen *Sie* das wissen?«

»Ganz einfach«, brummte Darell. »Denn sehen Sie, ich weiß zufällig, *wo die Zweite Foundation wirklich ist.*«

— 21 —
Die befriedigende Antwort

Turbor begann zu lachen. Er lachte in geräuschvollen Stößen, die von den Wänden widerhallten und in Keuchen erstarben. Schwach den Kopf schüttelnd, stieß er hervor: »Große Galaxis, das geht die ganze Nacht so weiter! Einer nach dem anderen stellen wir unsere Strohpuppen auf, die dann wieder umgehauen werden. Das macht Spaß, aber wir kommen dabei nicht weiter. Raum! Vielleicht sind alle Planeten die Zweite Foundation. Vielleicht hat sie gar keinen Planeten, sondern nur Schlüsselleute, die über alle Planeten verstreut sind. Und was kommt es auch noch darauf an, wenn Darell sagt, wir besitzen ein perfektes Verteidigungsmittel?«

Darell lächelte freudlos. »Das perfekte Verteidigungsmittel ist nicht genug, Turbor. Auch mein Gerät zur Erzeugung mentaler Statik bringt uns nicht weiter, es hält uns nur am gleichen Fleck. Wir können nicht für immer mit geballten Fäusten dastehen und wie wild in allen Richtungen nach dem unbekannten Feind Ausschau halten. Wir müssen nicht nur wissen, *wie* wir siegen, sondern auch, *wen* wir besiegen. Und es *gibt* eine bestimmte Welt, auf der der Feind lebt.«

»Kommen Sie zur Sache!« verlangte Anthor müde. »Wie lautet Ihre Information?«

»Arcadia schickte mir eine Botschaft«, antwortete Darell, »und bevor ich sie erhielt, erkannte ich das Offensichtliche nicht. Wahrscheinlich hätte ich es nie erkannt.

Doch die einfache Botschaft lautete: ›Ein Kreis hat kein Ende.‹ Verstehen Sie?«

»Nein«, erklärte Anthor stur, und es war klar, daß er für alle sprach.

»Ein Kreis hat kein Ende«, wiederholte Munn nachdenklich, und seine Stirn legte sich in Falten.

»Mir war es klar«, sagte Darell ungeduldig. »Was ist die einzige absolute Tatsache, die wir über die Zweite Foundation kennen? Ich will es Ihnen sagen! Wir wissen, daß Hari Seldon sie am entgegengesetzten Ende der Galaxis ansiedelte. Nach Homir Munns Theorie hat Seldon gelogen, was die Existenz der Zweiten Foundation betrifft, nach Pelleas Anthors Theorie hat Seldon in diesem Punkt die Wahrheit gesagt, doch die Lage der Foundation falsch angegeben. Ich aber sage Ihnen, Hari Seldon hat weder im einen noch im anderen Punkt gelogen. Er hat die absolute Wahrheit gesagt.

Doch was ist das andere Ende? Die Galaxis ist ein flaches, linsenförmiges Gebilde. Ein Querschnitt ergibt einen Kreis, und ein Kreis hat kein Ende — wie Arcadia erkannte. Wir — *wir*, die Erste Foundation — sitzen auf Terminus am Rand dieses Kreises. Wir sind laut Definition an dem einen Ende der Galaxis. Nun folgen Sie dem Rand des Kreises und finden Sie das andere Ende. Folgen Sie ihm, folgen Sie ihm, folgen Sie ihm, und Sie werden kein anderes Ende finden! Sie werden lediglich an den Ausgangspunkt zurückkehren! …

Und *dort* werden Sie die Zweite Foundation finden.«

»Dort?« wiederholte Anthor. »Sie meinen, *hier?*«

»Ja, ich meine *hier!*« rief Darell leidenschaftlich. »Wo könnte sie denn sonst sein? Sie sagten selbst, wenn die Angehörigen der Zweiten Foundation Wächter des Plans wären, sei es unwahrscheinlich, daß sie sich am sogenannten anderen Ende der Galaxis befänden, so isoliert, wie es nur denkbar ist. Sie hielten eine Entfernung von fünfzig Parsek für vernünftiger. Ich sage Ihnen, auch das ist noch zu weit. Das Vernünftigste ist überhaupt keine

Entfernung. Und wo wären sie am sichersten? Wer würde hier nach ihnen suchen? Oh, es ist das alte Prinzip, daß der offensichtlichste Ort der am wenigsten verdächtige ist.

Warum war der arme Ebling Mis so überrascht, als er die Lage der Zweiten Foundation entdeckte? Da suchte er verzweifelt nach ihr, um sie vor dem Maultier zu warnen, nur um festzustellen, daß das Maultier bereits beide Foundations mit einem Streich erobert hatte. Und warum hatte das Maultier selbst bei seiner Suche keinen Erfolg? Warum? Wenn jemand nach einem unbesieglichen Feind sucht, sieht er sich kaum unter den bereits besiegten Feinden um. Deshalb konnten die Meister der Gehirnmanipulierung sich in aller Ruhe zurechtlegen, wie sie das Maultier aufhalten sollten, und es gelang ihnen.

Oh, es ist so einfach, daß man verrückt werden könnte. Denn da sitzen wir und planen und überlegen, wir bilden uns ein, daß wir unser Geheimnis bewahren — und die ganze Zeit befinden wir uns mitten in der Festung unseres Feindes. Das ist zum Lachen!«

Anthors Gesicht verlor seinen skeptischen Ausdruck nicht. »Sie glauben ehrlich an diese Theorie, Dr. Darell?«

»Jawohl.«

»Dann könnte jeder von unseren Nachbarn, jeder, dem wir auf der Straße begegnen, ein Supermann von der Zweiten Foundation sein, dessen Geist den Ihren beobachtet und den Puls seiner Gedanken fühlt.«

»Genau.«

»Und man hat uns diese ganze Zeit weitermachen lassen, ohne uns zu stören?«

»Ohne uns zu stören? Wer sagt Ihnen, daß wir nicht gestört wurden? Sie selbst haben uns gezeigt, daß Munn manipuliert worden ist. Wie kommen Sie auf die Idee, wir hätten ihn ganz aus unserem eigenen Willen damals nach Kalgan geschickt — oder daß Arcadia, die uns abgehört hatte, ihm aus eigenem Willen folgte? — Ha! Wahrscheinlich sind wir ununterbrochen manipuliert worden. Und schließlich, warum sollten sie mehr tun, als sie getan haben? Es bringt ihnen weit mehr, wenn sie uns in die Irre führen, als wenn sie uns bloß aufhalten.«

Anthor versank in Meditation und tauchte mit unzufriedenem Gesicht daraus wieder auf. »Also, das gefällt mir nicht. Ihre mentale Statik taugt nichts. Wir können nicht für immer hier im Haus bleiben, und sobald wir es verlassen, sind wir mit diesem Wissen im Kopf verloren. Es sei denn, Sie bauen ein kleines Gerät für jeden einzelnen Bewohner der Galaxis.«

»Ja, aber wir sind nicht ganz hilflos, Anthor. Diese Leute von der Zweiten Foundation besitzen einen besonderen Sinn, der uns fehlt. Das ist ihre Stärke, aber auch ihre Schwäche. Gibt es zum Beispiel irgendeine Angriffswaffe, die man gegen einen Menschen mit gesunden Augen verwenden kann, die aber gegen einen Blinden nutzlos ist?«

»Sicher«, fiel Munn prompt ein. »Licht in die Augen.«

»Genau«, nickte Darell. »Ein starkes, blendendes Licht.«

»Na und?« fragte Turbor.

»Die Analogie liegt doch auf der Hand. Ich habe ein Gerät zur Erzeugung mentaler Statik. Es produziert ein künstliches elektromagnetisches Muster, das auf das Gehirn eines Mannes von der Zweiten Foundation wirkt wie ein Lichtstrahl auf unsere Augen. Aber das Muster ist kaleidoskopisch. Es verändert sich schnell und unaufhörlich, schneller als das empfangende Gehirn folgen kann. Stellen Sie es sich als ein flackerndes Licht vor, eins, von dem Sie Kopfschmerzen bekommen, wenn sie es zu lange ansehen. Nun intensivieren Sie dieses Licht, beziehungsweise dieses elektomagnetische Feld, bis es blendet — und es wird zum Schmerz, zum unerträglichen Schmerz. Aber nur für die mit dem besonderen Sinn, nicht für die, denen dieser Sinn fehlt.«

»Tatsächlich?« Anthor begann sich dafür zu begeistern. »Haben Sie es ausprobiert?«

»An wem? Natürlich habe ich es nicht ausprobiert. Aber funktionieren wird es.«

»Wo haben Sie denn die Kontrollen für das Feld, das das Haus umgibt? Die würde ich gern einmal sehen.«

»Hier.« Darell faßte in die Jackentasche. Es war ein kleines Ding, das die Tasche kaum ausbeulte. Er warf dem anderen den schwarzen, mit Knöpfen besetzten Zylinder zu.

Anthor inspizierte ihn genau und zuckte die Achseln. »Ich werde nicht schlau daraus. Hören Sie, Darell, was darf ich nicht berühren? Nicht daß ich die Hausverteidigung versehentlich abschalte, wissen Sie.«

»Das können Sie nicht«, antwortete Darell gelassen.

»Diese Kontrolle ist arretiert.« Er tippte einen Kippschalter an, der sich nicht bewegte.

»Und was hat dieser Knopf zu bedeuten?«

»Der variiert die Geschwindigkeit, mit der das Feld sich verändert. Hier — der da variiert die Intensität, von der ich eben gesprochen habe.«

»Darf ich?« Anthors Finger lag auf dem Intensitätsknopf. Die anderen drängten näher heran.

»Warum nicht?« meinte Darell ruhig. »Auf uns wird das keine Wirkung haben.«

Langsam drehte Anthor den Knopf, erst in der einen, dann in der anderen Richtung. Turbor biß die Zähne zusammen, während Munn in schneller Folge blinzelte. Es war, als strengten sie ihren unzureichenden Sinnesapparat an, um diesen Impuls zu lokalisieren, der auf sie keine Wirkung haben konnte.

Schließlich zuckte Anthor die Achseln und warf Darell den Kontrollkasten wieder in den Schoß. »Ich nehme an, wir können Ihr Wort dafür nehmen. Aber man kann sich nur schwer vorstellen, daß irgend etwas geschehen ist, als ich den Knopf drehte.«

»Doch, natürlich, Pelleas Anthor«, sagte Darell mit verkniffenem Lächeln. »Der Kasten, den ich Ihnen gegeben habe, ist eine Attrappe. Sehen Sie, ich habe noch einen.« Er öffnete seine Jacke. Ein Duplikat des Kontrollkastens, den Anthor sich angesehen hatte, hing ihm vom Gürtel. Darell faßte danach.

»Sehen Sie!« Mit einem Griff drehte Darell den Intensitätsknopf auf höchste Stärke.

Und mit einem unmenschlichen Schrei sank Pelleas Anthor zu Boden. Er wälzte sich vor Qual, die weiß gewordenen Finger rissen und zerrten vergeblich an seinem Haar.

Munn hob hastig die Füße, um einen Kontakt mit dem sich windenden Körper zu vermeiden. Aus seinen Augen blickte das Grauen. Semic und Turbor standen da wie Gipsfiguren, starr und weiß.

Mit düsterem Gesicht drehte Darell den Knopf zurück. Anthor zuckte ein paarmal schwach und lag still. Er lebte, ein Röcheln erschütterte seinen Körper.

»Legen wir ihn auf die Couch.« Darell faßte den Kopf des jungen Mannes. »Helfen Sie mir!«

Turbor nahm die Füße. Es war, als würden sie einen Mehlsack heben. Nach langen Minuten wurde die Atmung ruhiger. Anthors Augenlider flatterten und hoben sich. Sein Gesicht war von einem schrecklichen Gelb, Haar und Körper waren getränkt von Schweiß, und als er zu sprechen begann, war die gebrochene Stimme nicht wiederzuerkennen.

»Nicht«, murmelte er. »Nicht! Tun Sie das nie wieder! Sie wissen nicht ... Sie wissen nicht ... *oh-h-h!*« Es war ein langes zittriges Stöhnen.

»Wir werden es nicht wieder tun«, sagte Darell, »wenn Sie uns die Wahrheit sagen. Sie gehören zur Zweiten Foundation?«

»Geben Sie mir etwas Wasser«, flehte Anthor.

»Holen Sie es, Turbor«, bat Darell, »und bringen Sie gleich die Whisky-Flasche mit.«

Er wiederholte die Frage, nachdem er ein kleines Glas Whisky und zwei große Gläser Wasser in Anthor hineingegossen hatte. Es war, als entspanne sich etwas im Innern des jungen Mannes ...

»Ja«, gestand er müde. »Ich gehöre zur Zweiten Foundation.«

»Die«, fuhr Darell fort, »auf Terminus sitzt — hier?«

»Ja, ja. Sie haben in jeder Einzelheit recht, Dr. Darell.«

»Gut! Jetzt erklären Sie uns, was sich in diesem letzten halben Jahr abgespielt hat. Los!«

»Ich möchte schlafen«, flüsterte Anthor.

»Später! Jetzt reden Sie!«

Ein zittriger Seufzer. Dann Worte, leise und überstürzt. Die anderen beugten sich über ihn, um ihn zu verstehen.

»Die Situation wurde gefährlich. Wir wußten, daß bei den Naturwissenschaftlern auf Terminus das Interesse an Gehirnwellen-Mustern erwacht war und daß die Zeit für so etwas wie das Gerät, das mentale Statik erzeugt, reif war. Und die Feindseligkeit gegen die Zweite Foundation wuchs. Wir mußten dem ein Ende bereiten, ohne den Seldon-Plan zu gefährden.

Wir ... wir versuchten, die Bewegung zu kontrollieren. Wir versuchten, sie zu unterlaufen. Das würde den Verdacht und die Bemühungen von uns ablenken. Als weitere Ablenkung sorgten wir dafür, daß Kalgan den Krieg erklärte. Das ist der Grund, weshalb ich Munn nach Kalgan schickte. Die Frau, die als Stettins Mätresse galt, war eine von uns. Sie arrangierte es, daß Munn die geeigneten Schritte unternahm ...«

»Callia ist ...?« rief Munn, aber Darell gebot ihm mit einem Wink zu schweigen.

Anthor fuhr fort, ohne sich einer Unterbrechung bewußt zu sein: »Arcadia folgte Munn. Damit hatten wir nicht gerechnet — wir können nicht alles vorhersehen. Deshalb manövrierte Callia sie nach Trantor, um eine Störung zu verhindern. Das ist alles. Außer daß wir verloren haben.«

»Sie versuchten, auch mich nach Trantor zu schicken, nicht wahr?« fragte Darell.

Anthor nickte. »Ich wollte Sie aus dem Weg haben. Das wachsende Triumphgefühl in Ihnen war deutlich genug. Sie standen kurz davor, das Gerät zur Erzeugung mentaler Statik zu erfinden.«

»Warum haben Sie mich nicht unter Kontrolle genommen?«

»Das durfte ich nicht ... durfte nicht. Hatte meine Befehle. Wir arbeiteten nach einem Plan. Improvisationen hätten ihn umgeworfen. Plan sagt nur Wahrscheinlichkeiten voraus ... das wissen Sie ... wie der Seldon-Plan.« Er sprach mit qualvollem Keuchen und beinahe unzusammenhängend. Er warf den Kopf fiebrig hin und her. »Wir arbeiteten mit Einzelpersonen ... nicht mit Gruppen ... sehr niedrige Wahrscheinlichkeiten ... schiefgegangen. Außerdem ... hätte ich Sie kontrolliert ... jemand anders Gerät erfunden ... keinen Sinn ... mußte *Zeiten* kontrollieren ... viel komplizierter ... Plan des Ersten Sprechers ... kenne nicht alle Einzelheiten ... nur ... funktionierte er nicht ...« Er verlor den Faden.

Darell schüttelte ihn grob. »Sie dürfen noch nicht schlafen. Wie viele von Ihnen gibt es?«

»Wie? Was haben Sie gesagt ... oh ... nicht viele ... Sie werden sich wundern ... fünfzig ... mehr brauchen wir nicht.«

»Alle hier auf Terminus?«

»Fünf ... sechs draußen im Raum ... wie Callia ... muß schlafen.«

Plötzlich riß er sich mit einer gewaltigen Anstrengung zusammen, und seine Sprache gewann an Klarheit. Es war ein letzter Versuch, sich zu rechtfertigen, seine Niederlage zu relativieren.

»Am Ende hätte ich Sie beinahe gehabt. Ich hätte den Schutzschirm abgeschaltet und Sie gepackt. Dann hätten wir gesehen, wer der Herr ist. Aber Sie gaben mir den falschen Kontrollkasten ... Sie hatten mich die ganze Zeit schon im Verdacht ...«

Und dann schlief er ein.

Turbor fragte entgeistert: »Wie lange hatten Sie ihn denn schon in Verdacht, Darell?«

»Seit dem Augenblick, als er hier eintraf«, lautete die ruhige Antwort. »Er sagte, er komme von Kleise. Aber ich kannte Kleise, und ich bedachte, unter welchen Umständen wir uns getrennt hatten. Er war, was die Zweite Foundation betraf, ein Fanatiker, und ich hatte ihn im Stich gelassen. Das war nur vernünftig, da ich es für das Beste und Sicherste hielt, meine Gedanken für mich zu behalten. Das konnte ich Kleise natürlich nicht sagen, und er hätte mir sowieso nicht zugehört. In seinen Augen war ich ein Feigling und Verräter, vielleicht sogar ein Agent der Zweiten Foundation. Er war ein Mann, der nicht verzeihen konnte, und von der Zeit an bis beinahe zum Tag seines Todes hatte ich keinen Kontakt mehr mit ihm. Dann schreibt er mir plötzlich in den letzten paar Wochen seines Lebens als einem alten Freund und bittet mich, seinen besten und meistversprechenden Schüler als Mitarbeiter aufzunehmen und von neuem mit den früheren Forschungen zu beginnen.

Das paßte absolut nicht zu ihm. Er konnte so etwas nicht tun, ohne unter fremdem Einfluß zu stehen, und ich fragte mich, ob der einzige Zweck nicht sein könne, einen echten Agenten der Zweiten Foundation bei mir einzuschleusen. Nun, so war es auch ...«

Er seufzte und schloß kurz die Augen.

Semic fragte zögernd: »Was machen wir jetzt mit all diesen ... diesen Leuten von der Zweiten Foundation?«

»Ich weiß es nicht«, antwortete Darell traurig. »Sicher, wir könnten sie ausweisen. Zum Beispiel nach Zoranel ins Exil schicken und den Planeten mit mentaler Statik sättigen. Trennen wir die Geschlechter, oder, noch besser, sterilisieren wir sie — und in fünfzig Jahren wird die Zweite Foundation der Vergangenheit angehören. Oder vielleicht wäre ein ruhiger Tod für sie alle barmherziger.«

»Glauben Sie, wir könnten lernen, diesen speziellen Sinn zu benutzen?« erkundigte sich Turbor. »Oder ist er ihnen angeboren, wie es bei dem Maultier war?«

»Ich weiß es nicht. Ich glaube, er wird durch lange Übung entwickelt, denn die Enzephalographie gibt uns Hinweise, daß die Fähigkeit im menschlichen Gehirn latent vorhanden ist. Aber was wollen Sie mit dem Sinn anfangen? *Ihnen* hat er nicht geholfen.«

Er runzelte die Stirn.

Er sprach kein Wort, aber seine Gedanken schrien laut. Es war zu leicht gegangen — viel zu leicht. Diese Unbesiegbaren waren gefallen wie die Schurken in einem Roman, und das gefiel ihm gar nicht.

Galaxis! Wann weiß ein Mann, daß er keine Marionette ist? *Wie* kann ein Mann das wissen?

Arcadia war auf dem Weg nach Hause, und seine Gedanken schauderten zurück vor dem, was unausweichlich auf ihn zukam.

Sie war eine Woche zu Hause, dann zwei, und er brachte es nicht fertig. Wie konnte er es tun? Während ihrer Abwesenheit war sie mittels einer seltsamen Alchimie vom Kind zur jungen Frau geworden. Sie war sein Verbindungsglied zum Leben, sein Verbindungsglied zu einer bittersüßen Ehe, die kaum länger als über die Flitterwochen hinaus gedauert hatte.

Und dann sagte er eines Abends spät so beiläufig wie möglich: »Arcadia, wie bist du auf den Gedanken gekommen, beide Foundations könnten auf Terminus sein?«

Sie waren im Theater gewesen, auf den besten Plätzen mit privaten Drei-D-Betrachtern für jeden von ihnen. Arcadia hatte für diese Gelegenheit ein neues Kleid bekommen, und sie war glücklich.

Sie starrte ihn einen Augenblick lang an, dann wich sie aus: »Oh, ich weiß nicht, Vater. Es ist mir einfach so eingefallen.«

Eine Eisschicht wuchs um Dr. Darells Herz.

»Denk nach!« bat er eindringlich. »Das ist wichtig. Wie bist du auf die Idee gekommen, beide Foundations könnten auf Terminus sein?«

Sie runzelte leicht die Stirn. »Ja, da war Lady Callia. Ich wußte, daß sie zur Zweiten Foundation gehörte. Anthor hat es auch gesagt.«

»Aber sie war auf Kalgan«, drängte Darell. *»Wie bist du auf Terminus gekommen?«*

Und jetzt ließ ihn Arcadia mehrere Minuten lang auf eine Antwort warten. Wie *war* sie darauf gekommen? Was *hatte* sie auf die Idee gebracht? Sie hatte das scheußliche Gefühl, daß sich etwas ihrem Zugriff immer wieder entzog.

»Sie — Lady Callia — wußte einige Dinge, und sie konnte ihre Informationen nur von Terminus bekommen haben. Klingt das nicht richtig, Vater?«

Er schüttelte nur den Kopf.

»Vater«, rief sie, »ich *wußte* es einfach! Je mehr ich nachdachte, desto sicherer war ich mir. Es war nichts als *logisch.«*

Da war dieser verlorene Blick in den Augen ihres Vaters. »Nein, Arcadia. Intuition ist verdächtig, wenn es um die Zweite Foundation geht. Das siehst du ein, nicht wahr? Es *kann* Intuition gewesen sein — und es kann ebensogut Kontrolle gewesen sein.«

»Kontrolle! Du meinst, sie hätten mich verändert? O nein! Nein, das ist unmöglich.« Sie wich vor ihm zurück. »Anthor hat doch gesagt, ich hätte recht! Er hat es zugegeben. Er hat alles zugegeben. Und du hast die ganze Bande genau hier auf Terminus gefunden. Stimmt das nicht? Stimmt das nicht?«

Ihr Atem ging rasch.

»Ich weiß, aber — Arcadia, wirst du mich eine enzephalographische Analyse von deinem Gehirn machen lassen?«

Sie schüttelte heftig den Kopf. »Nein, nein! Ich fürchte mich zu sehr.«

»Vor mir, Arcadia? Du brauchst keine Angst zu haben. Aber wir müssen es wissen. Das siehst du doch ein, nicht wahr?«

Danach unterbrach sie ihn nur noch ein einziges Mal. Sie umklammerte seinen Arm, bevor der letzte Schalter umgelegt wurde. »Und wenn ich nun anders bin, Vater? Was mußt du dann tun?«

»Ich muß gar nichts tun, Arcadia. Wenn du anders sein solltest, werden wir Terminus verlassen. Wir werden nach Trantor gehen, du und ich, und ... und wir werden uns um nichts sonst in der ganzen Galaxis mehr kümmern.«

Niemals in Darells Leben hatte eine Analyse so lange gedauert, niemals hatte sie ihn soviel gekostet. Als es vorbei war, kauerte sich Arcadia zusammen und wagte nicht hochzublicken. Dann hörte sie ihn lachen, und das war Information genug. Sie sprang auf und warf sich in seine ausgebreiteten Arme.

Sie drückten sich fest, und er redete wild drauflos. »Das Haus steht unter einem auf Maximum eingestellten Schutzschirm, und deine Gehirnwellen sind normal. Wir haben sie tatsächlich überlistet, Arcadia, und können ein neues Leben anfangen.«

»Vater«, keuchte sie, »dürfen wir jetzt unsere Orden in Empfang nehmen?«

»Woher weißt du, daß ich gebeten hatte, man möge uns damit verschonen?« Für einen Augenblick hielt er sie auf Armlänge von sich ab, dann lachte er wieder. »Schon gut, du weißt alles. Und du kannst deinen Orden auf einer Tribüne bekommen, mit Ansprachen.«

»Und, Vater?«

»Ja?«

»Kannst du mich von jetzt an Arkady nennen?«

»Aber — in Ordnung, Arkady.«

Langsam drang die Größe des Sieges in ihn ein und durchtränkte ihn. Die Foundation — die Erste Foundation — jetzt die einzige Foundation — war absolut Herrin der Galaxis. Keine Barriere stand mehr zwischen ihr und dem Zweiten Imperium — der endgültigen Erfüllung des Seldon-Plans.

Sie brauchten nur die Hand danach auszustrecken ...

Und wem hatten sie es zu verdanken?

— 22 —

Die wahre Antwort

Ein unauffindbarer Raum auf einer unauffindbaren Welt.

Und ein Mann, dessen Plan funktioniert hatte.

Der Erste Sprecher sah den Studenten an. »Fünfzig Männer und Frauen. Fünfzig Märtyrer! Sie wußten, es bedeutete den Tod oder lebenslängliche Gefangenschaft, und wir durften sie nicht einmal dahingehend orientieren, daß sie nicht schwach wurden — denn die Orientierung hätte entdeckt werden können. Aber sie sind nicht schwach geworden. Sie haben den Plan verwirklicht, weil sie den größeren Plan liebten.«

»Hätten es nicht weniger Personen sein können?« fragte der Student zweifelnd.

Langsam schüttelte der ErsteSprecher den Kopf. »Das war die untere Grenze. Eine geringere Zahl wäre nicht überzeugend gewesen. Tatsächlich hätten wir, objektiv betrachtet, mindestens fünfundsiebzig schicken müssen, damit noch Spielraum für Irrtümer war. Lassen wir das. Haben Sie den Aktionskurs studiert, den der Sprecher-Rat vor fünfzehn Jahren ausgearbeitet hat?«

»Ja, Sprecher.«

»Und ihn mit der tatsächlichen Entwicklung verglichen?«

»Ja, Sprecher.« Dann — nach einer Pause: »Ich war sehr erstaunt, Sprecher.«

»Natürlich. Es ruft immer Staunen hervor. Wenn Sie wüßten, wie viele Leute wie viele Monate — tatsächlich Jahre — gearbeitet haben, um den Glanz der Perfektion zu erzeugen, würden Sie weniger staunen. Jetzt sagen Sie mir, was geschehen ist — mit Worten. Ich möchte Ihre Umsetzung der Mathematik hören.«

»Ja, Sprecher.« Der junge Mann ordnete seine Gedanken. »Die Leute von der Ersten Foundation mußten unbedingt überzeugt werden, sie hätten die Zweite Foundation gefunden *und vernichtet.* Damit ist der Zustand, der ursprünglich beabsichtigt war, wiederhergestellt. Terminus weiß nichts von uns und kann uns in seine Berechnungen nicht einbeziehen. Wir sind von neuem verborgen und sicher — um den Preis von fünfzig Menschenleben.«

»Und welchen Sinn hatte der kalganische Krieg?«

»Er sollte der Foundation zeigen, daß sie fähig ist, einen physischen Feind zu schlagen. Er sollte den Schaden wiedergutmachen, den das Maultier ihrer Selbstachtung und Selbsticherheit zugefügt hatte.«

»Da ist Ihre Analyse nicht gründlich genug. Vergessen Sie nicht, die Bewohner von Terminus betrachteten uns entschieden ambivalent. Sie haßten und beneideten uns unserer vermeintlichen Überlegenheit wegen, und doch verließen sie sich darauf, daß wir sie beschützen würden. Wären wir vor dem kalganischen Krieg ›vernichtet‹ worden, hätte das in der ganzen Foundation Panik erzeugt. Die Menschen dort hätten niemals den Mut gehabt, sich gegen Stettin zu verteidigen, wenn er unter diesen Bedingungen angegriffen hätte, und er hätte angegriffen. Nur im Siegesrausch konnte die ›Zerstörung‹ mit einem Minimum an ungünstigen Wirkungen stattfinden. Schon ein Warten um ein einziges Jahr hätte ein zu starkes Abkühlen der Begeisterung bedeutet, als daß es noch hätte gelingen können.«

Der Student nickte. »Ich verstehe. Dann wird die Geschichte nicht mehr von dem Kurs abweichen, den ihr der Plan weist.«

»Es sei denn«, betonte der Erste Sprecher, »es kommt zu weiteren unvorhergesehenen und individuellen Ereignissen.«

»Dafür sind wir ja da«, sagte der Student. »Wir existieren noch. Nur... nur... Eine Facette des gegenwärtigen Stands der Angelegenheiten macht mir Sorgen, Sprecher. Die Erste Foundation verfügt immer noch über das Gerät, das mentale Statik erzeugt — eine mächtige Waffe gegen uns. Zumindest das ist nicht mehr, wie es zuvor war.«

»Ein berechtigter Einwand. Aber die Erste Foundation hat niemanden mehr, gegen den sie diese Waffe einsetzen könnte. Es ist ein steriles Gerät geworden, ebenso wie die enzephalographische Analyse ohne den Ansporn, daß sich die Erste Foundation durch uns bedroht fühlte, eine sterile Wissenschaft werden wird. Auch auf wichtigeren Gebieten wird eine Rückentwicklung stattfinden. So wird diese erste Generation von Wissenschaftlern, die sich mit dem menschlichen Gehirn beschäftigt, gleichzeitig die letzte sein — und in einem Jahrhundert wird die mentale Statik ein nahezu vergessener Begriff der Vergangenheit sein.«

»Nun …« Der Student stellte im Geist Berechnungen an. »Ich glaube, Sie haben recht.«

»Aber ich möchte, daß Sie sich vor allem über eins klar werden, junger Mann. Für Ihre Zukunft im Rat ist es wichtig, daß Sie Ihr Augenmerk auf die winzigen Verschlingungen richten, die unserem Plan in den letzten anderthalb Jahrzehnten aufgezwungen wurden, einzig und allein, weil wir uns mit Individuen befaßten. Zum Beispiel mußte Anthor auf eine Weise Verdacht gegen sich selbst erregen, daß die Entwicklung zur richtigen Zeit ihren Höhepunkt erreichte, doch das war relativ einfach.

Dann mußte die allgemeine Stimmung so manipuliert werden, daß auf Terminus niemand vorzeitig auf den Gedanken kam, Terminus selbst könne das gesuchte Zentrum sein. Dieses Wissen mußte dem Mädchen Arcadia eingegeben werden — auf sie würde niemand achten als ihr eigener Vater. Und damit es zu keinem vorzeitigen Kontakt mit ihrem Vater kam, mußte sie nach Trantor geschickt werden. Vater und Tochter waren die beiden Pole eines Hyperatom-Motors, jeder war inaktiv ohne den anderen. Und im genau richtigen Augenblick mußte der Schalter betätigt — der Kontakt hergestellt werden. Dafür habe ich gesorgt!

Viel Mühe wurde auch auf die letzte Schlacht verwendet. Die Flotte der Foundation mußte von Selbstbewußtsein erfüllt, die von Kalgan auf die Flucht vorbereitet werden. Auch dafür habe ich gesorgt!«

Da meinte der Student: »Ich habe den Eindruck, Sprecher, daß Sie ... ich meine, daß wir alle ... uns darauf verlassen haben, Dr. Darell werde nicht auf den Gedanken kommen, daß Arcadia unser Werkzeug war. Nach *meiner* Überprüfung der Berechnungen bestand aber eine Wahrscheinlichkeit von etwa dreißig Prozent, daß er Verdacht schöpfen werde. Was wäre dann geschehen?«

»Für den Fall hatten wir vorgesorgt. Was haben Sie über Manipulier-Plateaus gelernt? Was sind sie? Bestimmt kein Beweis für eine emotionale Beeinflussung. Das läßt sich machen, ohne daß man mit der raffiniertesten enzephalographischen Analyse eine Spur findet. Ein Resultat von Lefferts Theorem, wissen Sie. Was sich zeigt, ist die Entfernung, das Ausschneiden einer früheren Beeinflussung. Das *muß* sich zeigen.

Und natürlich sorgte Anthor dafür, daß Darell alles über Manipulier-Plateaus wußte.

Trotzdem — wann kann ein Individuum unter Kontrolle genommen werden, ohne daß es festzustellen ist? Dann, wenn es keine frühere Beeinflussung zu entfernen gibt. Mit anderen Worten, wenn das Individuum ein neugeborenes Kind mit leerem Geist ist. Arcadia Darell war ein solches Kind, hier auf Trantor vor fünfzehn Jahren, als die erste Linie in die Struktur des Plans eingezeichnet wurde. Sie wird nie erfahren, daß sie kontrolliert worden ist, und das ist nur gut für sie, denn ihre Kontrolle bedeutete die Entwicklung einer frühreifen und intelligenten Persönlichkeit.«

Der Erste Sprecher lachte auf. »In gewissem Sinn ist am erstaunlichsten die Ironie, die darin liegt. Vierhundert Jahre lang haben sich so viele Menschen von Seldons Worten ›am anderen Ende der Galaxis‹ blenden lassen. Sie haben dem Problem ihre eigentümlichen, von der Naturwissenschaft geprägten Gedanken zugewendet, sie haben das andere Ende mit Lineal und Winkelmesser bestimmen wollen und sind zum Schluß entweder an dem Punkt gelandet, der ihnen am Rand der Galaxis gegenüberliegt, oder am Ausgangspunkt.

Doch für uns lag die größte Gefahr in der Tatsache, daß es auch für ein naturwissenschaftlich denkendes Gehirn eine mögliche Lösung gab. Die Galaxis ist schließlich nicht einfach ein flaches Ovoid, und die Peripherie ist auch keine geschlossene Kurve. In Wirklichkeit ist die Galaxis eine Doppelspirale, und mindestens achtzig Prozent der bewohnten Planeten sind im Hauptarm zu finden. Terminus liegt am äußersten Ende des Spiralarms, und wir auf dem anderen — denn was ist das entgegengesetzte Ende einer Spirale? Natürlich der Mittelpunkt.

Aber das ist belanglos. Es ist eine zufällige und irrelevante Lösung. Man wäre sofort auf die Lösung gekommen, hätten die Fragesteller nur daran gedacht, daß Hari Seldon *Sozial*wissenschaftler war, kein Naturwissenschaftler, und ihre Gedankengänge darauf ausgerichtet. Was kann denn ›entgegengesetzte Enden‹ für einen Sozialwissenschaftler bedeuten? Sich gegenüberliegende Enden auf einer Karte? Natürlich nicht. Das ist allein die mechanische Interpretation.

Die Erste Foundation wurde an der Peripherie gegründet, wo das ursprüngliche Imperium am schwächsten war, sein zivilisierender Einfluß am geringsten, sein Reichtum, seine Kultur nahezu nicht vorhanden. Und wo ist das *soziale entgegengesetzte Ende der Galaxis?* Nun, an dem Ort, wo das ursprüngliche Imperium am stärksten war, sein zivilisierender Einfluß auf dem höchsten Stand, sein Reichtum, seine Kultur am eindrucksvollsten konzentriert.

Hier! Im Zentrum! Auf Trantor, zu Seldons Zeit die Hauptstadt des Imperiums.

Der Schluß ist so unvermeidlich. Hari Seldon überließ der Zweiten Foundation die Aufgabe, sein Werk zu erhalten, zu verbessern und zu erweitern. Das wußte oder vermutete man fünfzig Jahre lang. Doch wo konnte es am besten geschehen? Auf Trantor, wo Seldons Gruppe gearbeitet hatte und wo die Daten von Jahrzehnten angehäuft waren. Und es war Aufgabe der Zweiten Foundation, den Plan gegen Feinde zu schützen. Auch das war bekannt! Und wo war die Quelle der größten Gefahr für Terminus und den Plan?

Hier! Hier auf Trantor, wo das Imperium, wenn es auch im Sterben lag, noch drei Jahrhunderte lang fähig war, die Foundation zu vernichten, falls es das nur gewollt hätte.

Als nun Trantor vor knapp einem Jahrhundert fiel und geplündert und völlig zerstört wurde, waren *wir* natürlich imstande, unser Hauptquartier zu schützen, und auf dem ganzen Planeten blieben die kaiserliche Bibliothek und das Gelände ringsherum unberührt. Das war in der Galaxis allgemein bekannt, aber selbst dieser mehr als deutliche Hinweis ist übersehen worden.

Hier auf Trantor geschah es, daß Ebling Mis uns entdeckte, und hier sorgten wir dafür, daß er die Entdeckung nicht überlebte. Zu diesem Zweck mußten wir es arrangieren, daß ein normales Foundation-Mädchen die ungeheuren Mutantenkräfte des Maultiers besiegte. Ein solches Phänomen hätte doch den Verdacht auf den Planeten lenken müssen, wo es stattgefunden hatte! Hier begannen wir, das Maultier zu studieren und seine endgültige Niederlage zu planen. Hier wurde Arcadia geboren, und hier begann die Kette von Ereignissen, die zu der Rückkehr zum Seldon-Plan führten.

Und all diese klaffenden Lücken in unserer Geheimhaltung blieben unbemerkt, weil Seldon auf seine Weise von dem ›anderen Ende‹ gesprochen hatte und die Menschen es auf ihre Weise auslegten.«

Der Erste Sprecher hatte längst aufgehört, zu dem Studenten zu reden. Im Grunde machte er diese Ausführungen für sich selbst, wie er da vor dem Fenster stand und zu dem unglaublichen Flammen des Firmaments hinsah, zu der gewaltigen Galaxis, die jetzt für immer sicher war.

»Hari Seldon nannte Trantor ›Star's End‹«, flüsterte er, »und dieses bißchen poetische Phantasie sei ihm doch erlaubt. Das ganze Universum wurde einmal von diesem Felsen aus gelenkt, alle Fäden, an denen die Sterne hingen, führten hier zusammen. ›Alle Wege führen nach Trantor‹, lautet ein altes Sprichwort, ›und das ist der Ort, wo alle Sterne enden.‹«

Zehn Monate früher hatte der Erste Sprecher auf die gleichen dichtgedrängten Sterne hinausgeblickt — nirgends stehen sie so dicht wie im Zentrum dieses riesigen Materiehaufens, den der Mensch die Galaxis nennt — und war voller düsterer Befürchtungen gewesen. Jetzt lag ernste Befriedigung auf dem runden und rötlichen Gesicht Preem Palvers, des Ersten Sprechers.

Michael F. Flynn

Einführung in die Psychohistorik

»Wir müssen darauf vorbereitet sein, daß wir von der Zukunft überrascht werden, aber wir brauchen nicht verblüfft und sprachlos zu sein.«

Kenneth Boulding

Erster Teil

Die Mathematik der Geschichte

Hat der Große Westafrikanische Krieg schon begonnen? Wie viele Rassenkrawalle werden die USA während des Ausbruchs im Jahr 2010 erleben? Wieviele Orbitalfabriken werden in der Rezession von 2033 bankrott gehen? Ist der bevorstehende Zerfall Indiens in einzelne Staatsgebilde eine Folge der topologischen Gegebenheiten des Subkontinents? Welcher Zusammenhang besteht zwischen der geographischen Lage Babylons oder der Verwaltung des antiken Ägypten mit dem Erfolg von L5-Kolonien?

Vor Jahren stellte sich Isaac Asimov eine mathematische ›Geschichtswissenschaft‹ vor, die auf solche Fragen die Antworten liefern könnte. Und heute ist seine fiktive *Psychohistorik* im Begriff, Realität zu werden. Noch ist es nicht so weit. Bis jetzt ist kein Hari Seldon aufgetreten, der die Verbindung zwischen den einzelnen Disziplinen herstellen würde; aber Forscher in so unterschiedlichen Bereichen wie Ökologie und Differential-Topologie haben bereits die Grundlagen dazu entwickelt.

> *»Aber die Kurven, wenn sie überhaupt etwas bedeuteten, schlossen doch den freien Willen ein ... Jeden Morgen strömten drei Millionen Besitzer ›Freien Willens‹ in das Zentrum der Megapolis New York; jeden Abend flossen sie wieder nach draußen — alle aus ›freiem Willen‹ und auf einer glatten vorhersehbaren Kurve.«*
>
> Robert A. Heinlein,
> *The Year of the Jackpot*

Die Psychohistorik stellt einen Versuch dar, die Kräfte, die die menschliche Geschichte antreiben, zu begreifen und sie in brauchbaren mathematischen Begriffen auszudrükken. Kurz gesagt also einen Versuch, die Analyse an die Stelle der Anekdote zu stellen. Um es genauer zu sagen, wir wollen Gesetze formulieren bezüglich:

1) der internen Struktur verschiedener Gesellschaften;
2) ihrer geographischen Beziehungen, und
3) ihrer Dynamik über Zeiträume hinweg.*

Diese schlichte Behauptung reicht aus, um Schreie der Empörung auszulösen: Die Wissenschaft sei entmenschlichend. Wir brauchen weniger Wissenschaft, nicht etwa mehr. Eine Gesetzmäßigkeit der Geschichte ist unmöglich, weil die Menschen über freien Willen verfügen! Außerdem sind die menschlichen Gemeinwesen zu komplex, als daß man sie wissenschaftlicher Analyse unterwerfen könnte!

Aber sind diese Einwände stichhaltig? Als Wissenschaft bezeichnet man die Entdeckung materieller Ursachen für meßbare Phänomene. Als solche ist sie eher entmystifizierend als entmenschlichend. Wenn es materielle Ursachen für Zustände wie Krieg und Armut gibt, dann kann man diese Ursachen nur dadurch beseitigen, indem man sie in Angriff nimmt, nicht aber, indem man sie mit guten Gedanken ›wegwünscht‹. Jedenfalls leidet das Studium der Kultur im Augenblick, wie der Anthropologe Marvin Harris bemerkt, nicht gerade an einer Überdosis wissenschaftlicher Methodik.

Was den freien Willen angeht: Freiheit ist das Gegenteil von Zwang, nicht etwa von Kausalität. Eine freie Wahl

---

* Manche bezeichnen Bücher, die den Anspruch erheben, historische Persönlichkeiten zu psychoanalysieren, als ›Psychohistorie‹, aber das ist nicht die Wissenschaft, die wir hier meinen. Psychoanalyse ist eine Religion, keineswegs eine Wissenschaft. Das heißt, ihre Prämissen lassen sich durch objektive Beweise nicht widerlegen und müssen daher ›geglaubt‹ werden.

ist keine unvernünftige Wahl. Das heißt, sie hat Gründe — oder Ursachen —, die man in Form eines Gesetzes zusammenfassen könnte. Ein wissenschaftliches Gesetz ist eine Beschreibung, nicht etwa eine Ursache von Phänomenen. Ein historisches Gesetz kann einen ebensowenig dazu zwingen, sich in bestimmter Weise zu verhalten, wie einen eine versicherungsmathematische Tabelle zum Sterben zwingt.

Die Komplexität der menschlichen Gesellschaft bedeutet lediglich, daß es schwierig sein könnte, die Gesetze der Geschichte zu entdecken, nicht etwa, daß sie nicht existieren. Sicherlich sind viele der in diesem Artikel zitierten Beispiele grob vereinfachend; aber ›vereinfachend‹ braucht nicht gleichbedeutend mit ›falsch‹ zu sein. Selbst eine grob vereinfachende Analyse kann durchaus zum Verständnis beitragen. Im gegenwärtigen Stadium rechnet niemand damit, ein einziges, allumfassendes System von Differentialgleichungen aufstellen zu können, das jede Spielart der Gesellschaft beschreiben könnte. Schließlich haben die Physiker auch bis jetzt das allgemeine Drei-Körper-Problem noch nicht gelöst. Wir stehen auch erst am Anfang einer mathematisch-wissenschaftlichen Betrachtungsweise der Zivilisation.

Die Psychohistorik ist ein umfangreiches Thema, das wir hier nicht in aller Breite abhandeln können. Wohl aber können wir uns einige Höhepunkte dieser am Anfang stehenden Wissenschaft herausgreifen.

Wissenschaftliche Gesetze sind statistische Gesetze. Sie befassen sich mit allgemeinen Tendenzen großer Mengen. Die Kernphysik sagt ja nicht etwa das Schicksal eines einzelnen Neutrons voraus oder die Chemie das eines einzelnen Moleküls. In gleicher Weise ist es praktisch unmöglich, das Verhalten eines Individuums vorherzusagen, das heißt, es ist *praktisch* unmöglich, alle Faktoren zu identifizieren und zu messen, die es beeinflussen. In großen Gruppen freilich können sich individuelle Variationen gegenseitig aufheben und damit Regelmäßigkeiten oder Muster erzeugen. Auf diese Weise kann es sein, daß das *durchschnittliche* Verhalten einer Gruppe vorhersehbar sein kann, selbst wenn das nicht für das Verhalten der einzelnen Individuen der Gruppe gilt. Spielcasinos und Lebensversicherungen leben von der Richtigkeit dieser Erkenntnis.

Lassen Sie uns einige Beispiele von solchen Mustern und Regelmäßigkeiten näher betrachten:

1. Sklavenaufstände/Rassenunruhen in den USA wurden in Fünfjahres-Abständen auf einer Shewhart-Graphik, wie sie für Zwecke der Qualitätskontrolle benutzt wird,

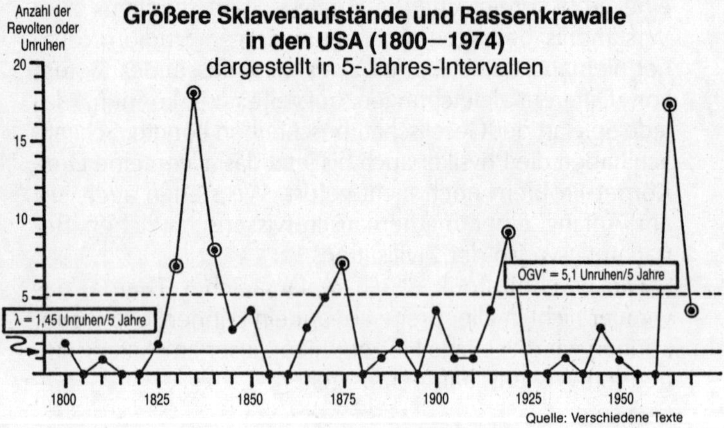

Abbildung 1: Die Zahl der Sklavenaufstände (oder Rassenkrawalle) ist im allgemeinen mit einem konstanten Poisson-Prozeß kompatibel. Die obere Grenze des Vertrauensbereichs für die Häufigkeit von 1,45 Aufstände/pro 5 Jahre wird mit $+3\sqrt{\lambda}$ festgesetzt. Man beachte, daß die Befreiung der Sklaven ihren Status in der Gesellschaft nicht verändert hat. Man beachte auch die Regelmäßigkeit der ›Eruptionen‹, die darauf hindeutet, daß irgendeine Art zivilisatorischer Energie sich aufbaut und entlädt.

* Obere Grenze des Vertrauensbereichs (engl. UCL = Upper Confidence Limit)

aufgetragen (Abb. 1). Eine Shewhart-Graphik ist ein statistisches Hilfsmittel, das zwischen zufälligen Schwankungen, die systemimmanent sind und nicht-zufälligen Schwankungen, die durch Störungen des Systems verursacht werden, unterscheidet. Die punktierte Linie stellt die obere Grenze des Vertrauensbereichs für einen stabilen Poisson-Prozeß dar. Dabei handelt es sich um denselben Prozeß, der als Modell für die Emission radioaktiver Partikel benutzt wird. Wie zu erkennen ist, haben die USA in den letzten 170 Jahren Unruhen/Sklavenaufstände mit einer Rate von $\lambda = 0{,}29$ Aufstände/Jahr ›emittiert‹. Dieser Durchschnittswert ist in das zivilisatorische System der USA ›eingebaut‹. In jeder zweiten Generation kommt es zu Spitzenausschlägen. Die Regelmäßigkeit dieser Spitzen deutet auf eine zweite strukturelle Ursache hin.* Die Hartnäckigkeit des Musters zeigt, daß die Sklavenbefreiung die Stellung der Schwarzen in der amerikanischen Gesellschaft nicht fundamental verändert hat, und (es sei denn die Bürgerrechtsbewegung hätte das System tatsächlich verändert) daß wir mit der nächsten Spitze um das Jahr 2010 zu rechnen haben.

2. Die Geburtenraten in den USA sind wenigstens seit 1820 linear gefallen, wobei geburtenstarke und geburtenschwache Zyklen sich um die Trendlinie schmiegen (Abb. 2). Die letzte geburtenschwache Zeit und der neue Mini-Boom, den die Grafik für 1979 anzeigt, sind lediglich eine Fortführung dieses Trends. (Beachten Sie übrigens, daß der ›Nachkriegs‹-Baby-Boom schon *vor* dem Krieg anfing.) Die üblichen Gründe, die für den Rückgang der Geburtenraten genannt werden (die Pille, Legalisierung der Abtreibung, Women's Lib) erklären dieses Muster nicht. Welche natürliche Kraft ist hier am Werk?

---

* Einfacher ist es natürlich, die Aufstände den Aufständischen zuzuschreiben. Aber ebensogut könnte man das Gewitter dem Donner zuschreiben.

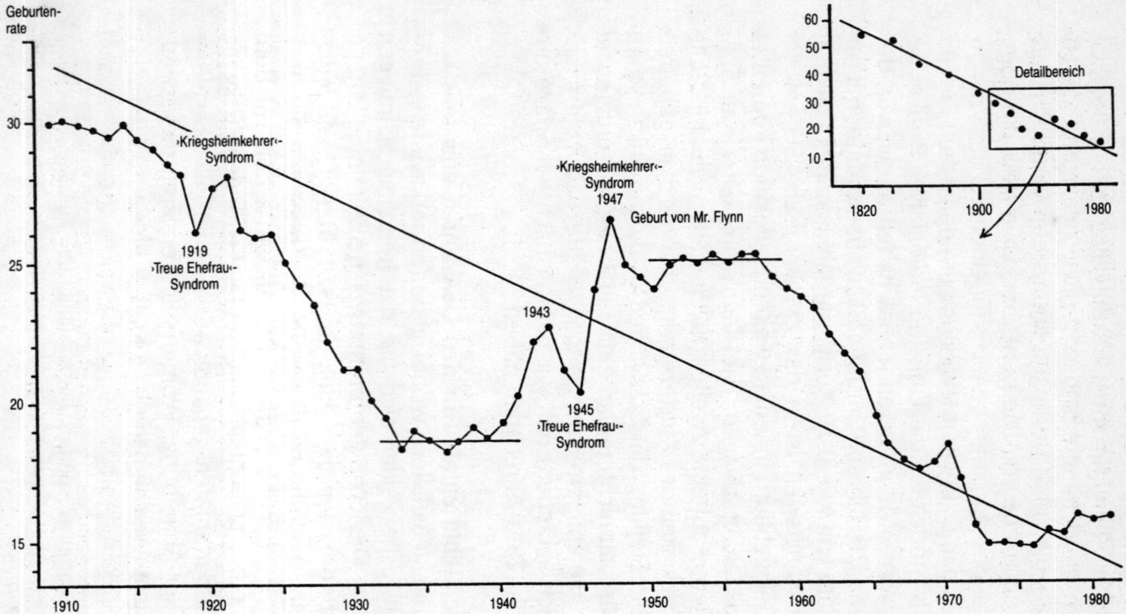

Abbildung 2: Die Geburtenrate in den USA hat bereits lange vor der Einführung der Pille und Women's Lib gleichmäßig abgenommen. Man beachte auch den starken zyklischen Effekt. Die einzigen größeren Störungen sind jeweils die Zeiten, wo viele junge Männer außer Landes waren.

3. Die Zahl der Morde in den USA ist erst vor kurzem wieder auf den Höhepunkt zurückgekehrt, der zuletzt in den 30er Jahren erreicht worden war (Abb. 3). Führt die Todesstrafe (oder deren Abschaffung) zu Veränderungen in der Kurve, die die Anzahl der Morde wiedergibt? Oder

Morde pro 100 000 Menschen

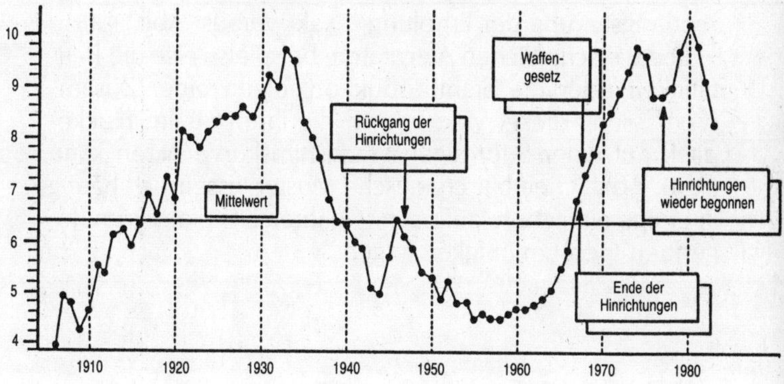

Quelle: US Statistical Abstracts, Serie H 972

Exekutionen pro 1000 Morde

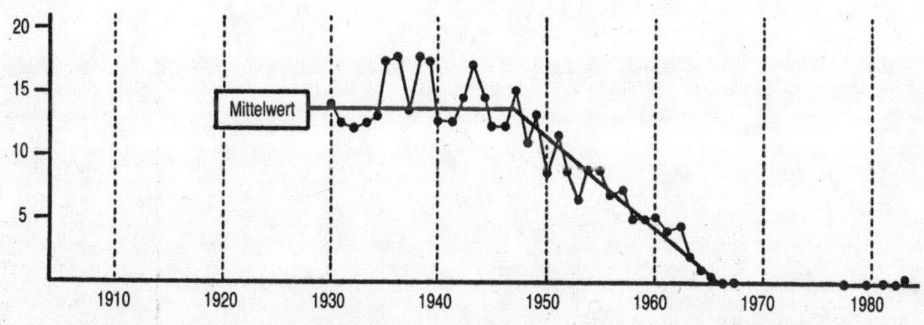

Quelle: US Statistical Abstracts, Serie H 972 & H 1159

Abbildung 3: Wenn die hohen Mordraten in den 70er Jahren darauf zurückzuführen sind, daß keine Hinrichtungen mehr stattfanden, worauf sind dann die hohen Mordraten der 20er und 30er Jahre zurückzuführen? Man beachte die geringe Korrelation zwischen Hinrichtungen und Morden oder der Waffenkontrolle und den Mordzahlen.

ist es etwa umgekehrt, daß nämlich Veränderungen in der Zahl der Morde die Öffentlichkeit dazu veranlassen, die Todesstrafe zu fordern? Wo liegt die Ursache, wo die Wirkung?

4. Wirtschaftszyklen der USA in der Darstellung von Dewey und Dakin aus dem Jahre 1945 sagen die letzte Rezession, die sich daran anschließende Erholung und die ›Verlangsamung der Erholung‹ exakt voraus (Abb. 4a).

Die wirtschaftlichen Aktivitäten, beispielsweise die Bautätigkeit oder die Stahlproduktion folgen einer Zusammenfassung dieser vier Zyklen, die ihrerseits im Huckepack auf einer S-förmigen Wachstumskurve sitzen kann (Abb. 4b). Scheinbar chaotische Muster lassen sich häufig in einige einfachere auflösen, die ihrerseits einer grundlegenden Gesetzmäßigkeit folgen.*

* Der 54jährige Kondratieff-Zyklus konnte in den britischen Weizenpreisen bis ins Jahr 1240 n. Chr. zurückverfolgt werden. Somit kann die Ursache ganz offensichtlich nicht auf politische Veränderungen oder bestimmte Präsidenten zurückgeführt werden. Aber jedesmal, wenn die wirtschaftlichen Indikatoren nach oben oder unten springen, tun die Wissenschaftsfachleute es ihnen gleich und liefern ›Begründungen‹ oder, was wesentlich wichtiger ist, Schuldzuweisungen.

Ungefährer Zeitablauf von vier größeren Rhythmen in der US-Wirtschaft

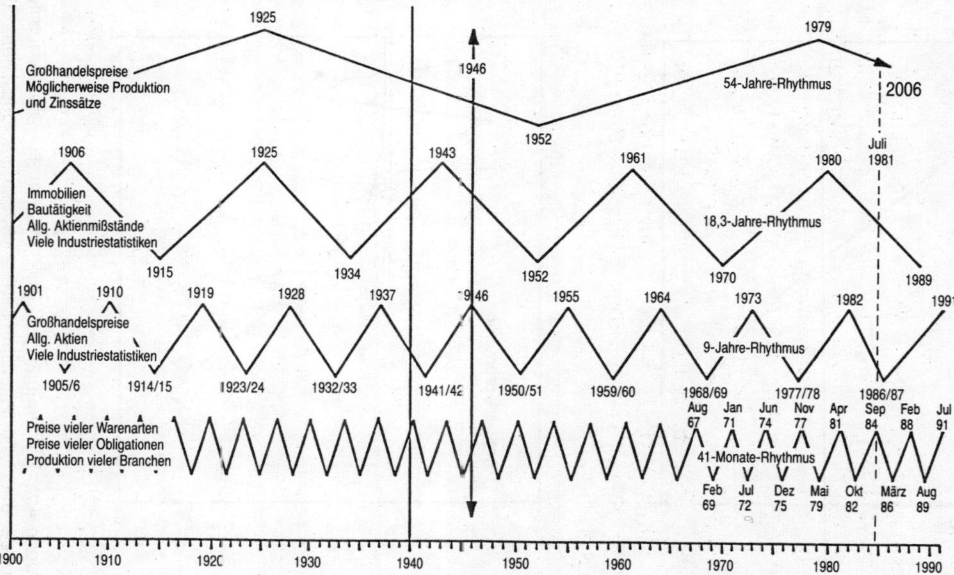

Abbildung 4a: Diese Familie von Zyklen erschien in der 1950-Ausgabe des Buches von Dewey & Dakin über Wirtschaftszyklen. Man beachte die genaue Vorhersage der ›schlimmsten Rezession seit den 30er Jahren‹. Reagan hat Carter dafür die Schuld gegeben, selbst jedoch das Lob für den darauf folgenden Aufschwung beansprucht.

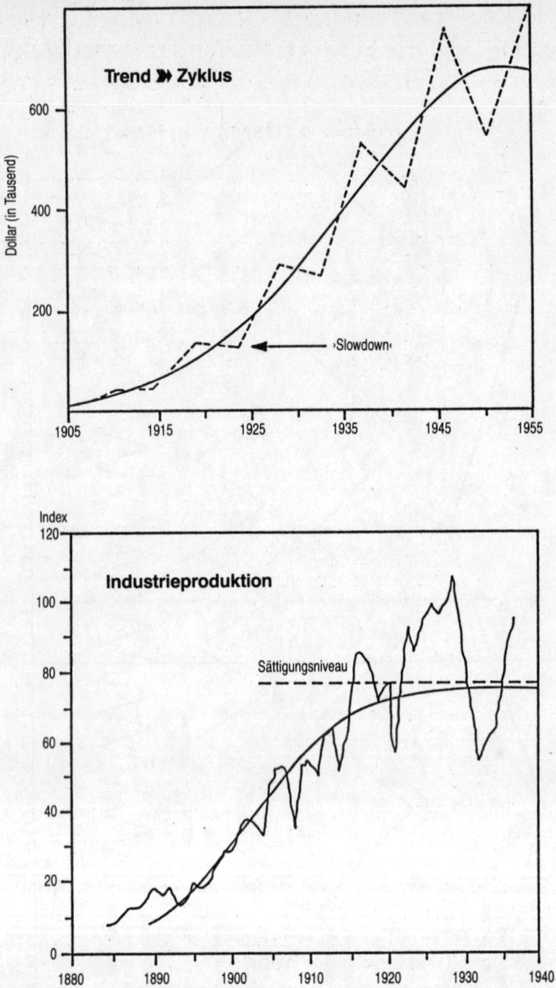

Abbildung 4b: Ein Neunjahres-Zyklus in einer +/− 20%-Amplitude wurde über die Wachstumskurve eines hypothetischen Geschäfts gelegt. Vergleichen Sie damit Davies' Index der Industrieproduktion der USA (Dewey & Dakin). Man beachte, daß ein zyklischer Abschwung auch eine ›Verlangsamung der Erholung‹ sein kann.

5. Halbwertszeit von Ideen. Häufig vergehen zwischen der Einführung einer Idee in einer Gesellschaft und der Reaktion darauf fünf Generationen (ca. 137 Jahre) (Abb. 5).

Die Halbwertszeit von Ideen

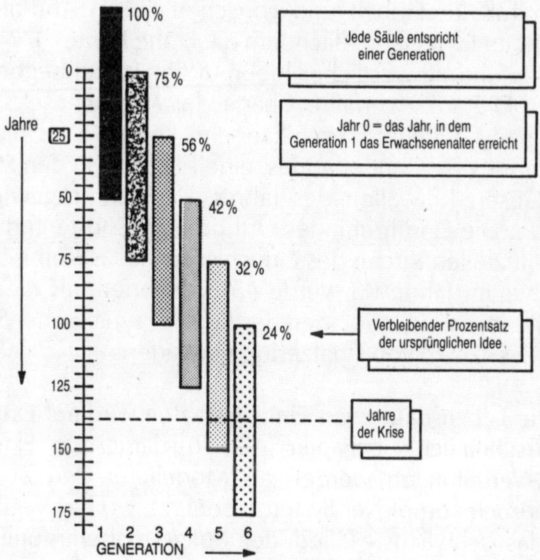

Abbildung 5: Wenn man Ideen von Generationen zu Generationen weitergibt, können sie ›verfallen‹, wie in dem Kinderspiel, wo eine Geschichte im Flüsterton von Kind zu Kind weitergegeben wird. Unterstellen wir, daß in jedem Stadium 25 % der Information verloren geht. Die neue Generation muß den Verlust ausgleichen. Auf diese Weise sind die Ideen der Generation 2 zu 75 % von Generation 1 ›geerbt‹ und zu 25 % ›original‹. Generation 6 ist die erste, deren Anteil an ursprünglichen Ideen gleich groß wie die ›Erbschaft‹ der Generation 1 ist. Wenn sie den Reifezustand erreichen, zirka 137 Jahre nachdem Generation 1 ihre Ideen ›begründete‹, besteht die Wahrscheinlichkeit einer Krise bzw. Rebellion. Ebenso kann es Organisationen mit mehr als fünf Ebenen der Bürokratie schwerfallen, die Botschaft ihres Vorsitzenden dem ›niedrigen Volk‹ nahezubringen. Dies ist auch der Grund, weshalb sich die Babbage-Gesellschaft schließlich teilte, nur daß wir hier anstelle von ›B war ein Kind von A‹ sagen müssen ›B wurde von A rekrutiert‹.

Toynbee stellte beispielsweise fest, daß die *intelligentsia* (ein Begriff, den Peter der Große 1689 in Nachahmung der westlichen *bourgeoisie* geprägt hatte) sich in der Dezember-Revolte des Jahres 1825 gegen den Zaren erhob. In gleicher Weise stürzte der westlich orientierte Ausschuß für Einheit und Fortschritt Sultan Abd-al-Hamid II. im Jahre 1908, nachdem die Hohe Pforte* 1774 mit der Einführung westlicher Ideen in der Türkei begonnen hatte. Die 1629 verfaßte Charta der Massachusetts Bay Company etablierte amerikanische Kolonien für die Erschließung des Mutterlandes, eine Idee, die in den Stempel-Gesetz-Krawallen des Jahres 1765 zurückgewiesen wurde. Die Einführung des Orthodoxen Christentums als der offiziellen Kirche des Griechischen (alias Römischen) Reiches im Jahre 313 wurde 451 verworfen, als die monophysitischen Untertanen des Reiches syriakischer Sprache das Konzil von Chalzedon verwarfen.

6. Die Lebensdauer von Einheitsstaaten wird auf Extrem-Wahrscheinlichkeits-Papier (Abb. 6) dargestellt. Extremwert-Verteilungen werden als Modell für den Zusammenbruch komplexer Systeme benutzt, wo das Versagen auf das ›schwächste Glied‹ der ›Spitzen-Überlastung‹ zurückzuführen ist.

Offensichtlich ist es ohne Belang, ob das komplexe System ein elektrisches, ein mechanisches oder eine ganze Kultur ist. Imperien haben eine durchschnittliche Lebensdauer (DLZ) von 160 Jahren bis zum ersten Zusammenbruch. Im Durchschnitt braucht es 70 Jahre, um das System zu ›reparieren‹ (DRZ), worauf dieses weitere 185 (DLZ) Jahre überlebt. Natürlich gibt es willkürliche Variationen dieser Durchschnittswerte. Welche strukturellen Faktoren begründen diese charakteristische Lebensdauer? Und welche die Variationen? Wie diese Beispiele zeigen, weisen zivilisatorische Prozesse ›gesetzmäßiges‹

---

* Regierung des türkischen Großreichs in Istanbul. *Anm. d.Übers.*

Zeitdauer bis zum Scheitern (und zur ›Reparatur‹) von Einheitsstaaten: Extremwert-Wahrscheinlichkeitsskala

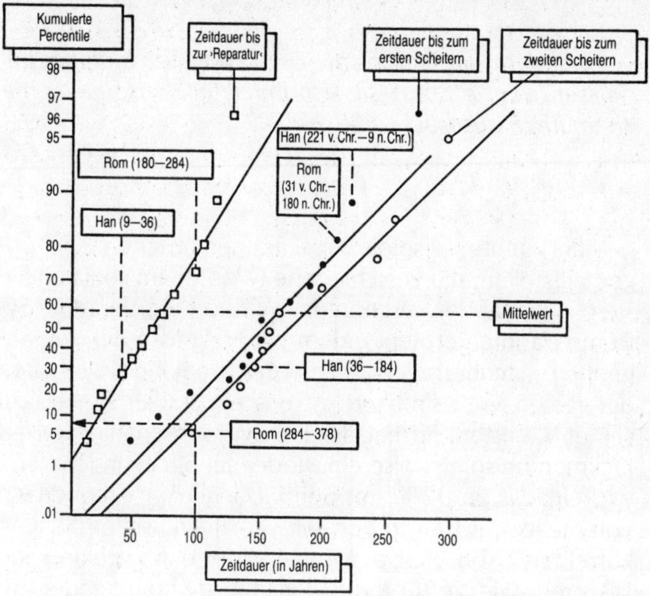

Abbildung 6: Eine einigermaßen gradlinige Darstellung auf Wahrscheinlichkeitspapier deutet auf gutes Passen der zugrundeliegenden statistischen Verteilung. Im vorliegenden Fall vermitteln die Zusammenbrüche und Reparaturen sogenannter ›Zentralstaaten‹ gute Übereinstimmung mit der Extremwert-Verteilung. (Es gibt gewisse Hinweise auf Mehrfach-Versagen, die durch ›Buckel‹ in den geraden Linien angezeigt sind.)

Für den mit Wahrscheinlichkeitspapier nicht vertrauten Leser sei angemerkt, daß der vertikale Maßstab die kumulative Wahrscheinlichkeit ist, daß ein Imperium bis zu dem auf der horizontalen Skala angezeigten Zeitpunkt zusammenbricht (oder wiederhergestellt wird). Geht man beispielsweise von 100 Jahren nach oben zu den ersten aufgezeichneten Punkten (offene Kreise) und dann nach links zum Wahrscheinlichkeitsmaßstab, so stellt man fest, daß etwa 75 % aller wiederbelebten Einheitsstaaten binnen 100 Jahren nach ihrer Wiederherstellung zusammenbrechen. Tatsächlich scheiterte eines von elf solchen ›Imperien der zweiten Runde‹ (die römische Selbstherrschaft).

Verhalten auf. Das Problem besteht jetzt natürlich darin, das Gesetz zu entdecken!

Nachdem die Geschichte ein Zweig der biologischen Wissenschaft ist, muß sie sich in letzter Konsequenz mathematisch ausdrücken lassen.

COLIN MCEVEDY

Man könnte beispielsweise mathematische Gleichungen aufstellen, die verschiedene Faktoren im sozialen System miteinander verknüpfen. Wir können derartige Systeme dadurch prüfen, indem wir Ereignisse der Vergangenheit ›nachhersagen‹. Wenn das Modell das Verhalten der realen Welt simuliert, ist das ein starker Beweis zu seinen Gunsten. So hat der Polit-Wissenschaftler Robert Jackman beispielsweise ein Modell für Staatsstreiche entwickelt, das zu 92 % mit den tatsächlichen Frequenzen von Staatsstreichen in den schwarzafrikanischen Staaten korrelierte (Abb. 7). Das Modell basierte auf strukturellen Faktoren, wie sie für jedes der untersuchten Länder zutreffen, wie zum Beispiel der Analphabetenrate und dem Anteil der nicht im Ackerbau tätigen Bevölkerung. In ähnlicher Weise hat Jay Forresters Computer-Modell der Wissenschaft der Vereinigten Staaten 50 und mehr Jahre Kondratieff-Zyklen erzeugt, die der Realität entsprachen, obwohl Forrester und sein Team bei der Entwicklung ihres Modells nichts von der Existenz solcher Zyklen wußten. Die Zyklen ergaben sich aus der Verbindung verschiedener Wissenschaftssektoren innerhalb des Modells.

Mathematische Modelle ermöglichen es uns, die Funktion der Geschichte zu begreifen, indem sie unser Augenmerk von den Symptomen der einzelnen Ereignisse *ablenkt und auf den Prozeß hinführt,* der die Symptome erzeugt. Ein frühes Beispiel dafür war Lewis Fry Richardsons Modell der Rüstungswettläufe:

X und Y seien hier das kriegerische Verhalten von zwei Koalitionen. Jeder Wert wird als ›Verteidigungsreaktion‹ auf den anderen wachsen. Aber das Wachstum kann auch durch wirtschaftliche und sonstige Einschränkungen ›gedämpft‹ werden; so daß

$$d\mathbf{X}/dt = a_x\mathbf{Y} - b_x\mathbf{X} + c_x$$
$$d\mathbf{Y}/dt = a_y\mathbf{X} - b_y\mathbf{Y} + c_y$$

Wenn man ›Ausgaben für Waffen‹ als eine erste Näherung X und Y benutzt, so meldete Richardson eine gute

Erfolgte Staatsstreiche im Vergleich mit Schätzungen gemäß Vorhersagen nach Jackmans Modell

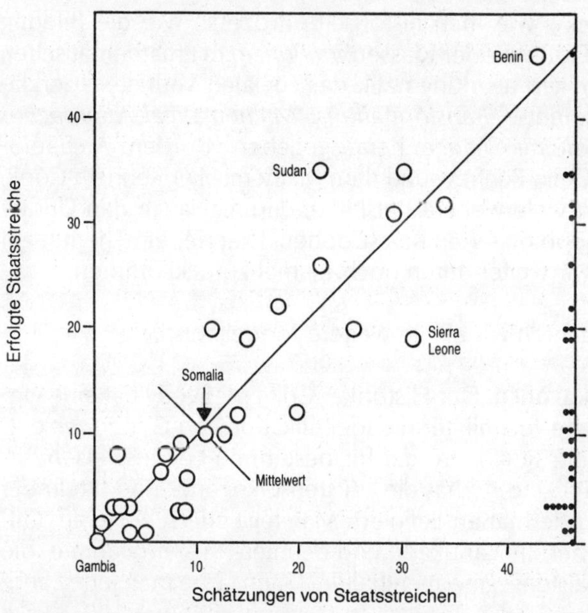

Quelle: R. W. Jackman, The Predictability of Coups d'Etat, Amer. Poli. Sci. Rev. v72 #4 (Dez. 1978).

Abbildung 7: Das Putsch-›Klima‹ läßt sich durch eine mathematische Gleichung vorhersagen, die verschiedene interne Faktoren des jeweiligen Landes miteinander in Verbindung bringt. Die Trefferzahl (rechts am Rand) ist die gewichtete Summe der abgebrochenen, versuchten und der erfolgreichen Putsche.

Übereinstimmung mit den Rüstungswettläufen, die dem Ersten ebenso wie dem Zweiten Weltkrieg vorangingen (Abb. 8). Der Stabilitätspunkt dieses Systems ist (sofern er existiert)

$$d\mathbf{X}/dt = d\mathbf{Y}/dt = 0,$$

ein bilaterales Einfrieren. Man beachte jedoch, daß ein solches Einfrieren dem System keineswegs an jedem willkürlich gewählten Punkt (X/Y) aufgezwungen werden kann. Er ergibt sich vielmehr auf natürliche Weise an einem ganz bestimmten Punkt, der durch die Werte der Parameter a, b und c bestimmt ist.*

In seinem Buch *Looking at History through Mathematics* zeigte der Pionier der Psychohistorik Nicholas Rashevsky, wie man historische Prozesse wie die Bildung von Dörfern oder Klassen *im Prinzip* mit mathematischen Techniken als ›Kinematik des sozialen Verhaltens‹ erklären konnte. *Transformations: Mathematical Approaches to Cultural Change,* herausgegeben von dem Archäologen Colin Renfrew und dem Mathematiker Kenneth Cook, liefert viele weitere Beispiele, darunter auch den Einsatz der topologischen Katastrophen-Theorie, ein Thema, auf das wir weiter unten noch einmal zurückkommen.

Betrachten wir einige weitere Modellbeispiele:

1. Ökozonen. Der Historiker Colin McEvedy hat eine graphische Technik für die Identifikation von *Ökozonen* entwickelt: Regionen, die für bestimmte Lebensweisen ›attraktiv‹ sind. Er hat die ›Küsten-Ökozone‹ im Mittelmeer folgendermaßen definiert: Man lege zuerst ein feines Gitter über die Landkarte und definiere Küstenquadrate, die ein Küstensegment enthalten. Dann färbe man jene Land-

---

* Bedauerlicherweise gibt es keine Garantie dafür, daß der Krieg nicht vor Erscheinen des Stabilitätspunktes ausbricht. Tatsächlich würde es mich freuen, wenn mir irgendeiner meiner Leser von einem Rüstungswettlauf berichten könnte, der *nicht* zum Krieg geführt hat.

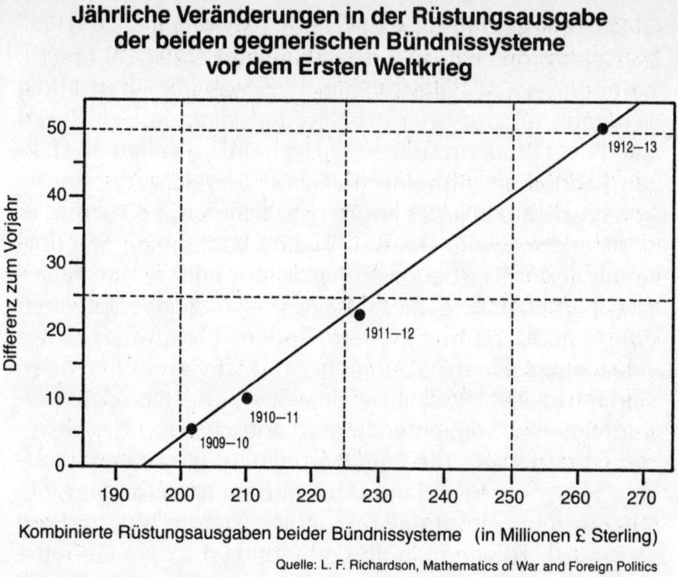

Abbildung 8: Richardsons Modell sagt eine lineare Beziehung zwischen den für Bewaffnung ausgegebenen Beträgen und dem jährlichen Zuwachs jener Beträge voraus. Die Daten vor dem Ersten Weltkrieg bestätigen diese Vorhersagen.

quadrate ein, deren Nachbarquadrate überwiegend Küstengebiete sind. Damit werden Orte identifiziert, deren Küstenverbindungen gegenüber ihren Binnenverbindungen überwiegen, und die demzufolge für seefahrende Gesellschaften wie die Griechen, die Karthager, die Venezianer oder die Byzantiner besonders attraktiv sein werden. Das Ökozonen-Konzept erklärt möglicherweise, weshalb sich bestimmte Ausprägungen im Lebensstil und den Gebräuchen nicht weiter ausbreiten, selbst wenn sie nicht durch geographische Barrieren behindert werden. So entspricht beispielsweise die Verteilung der durch irische Mönche im Mittelalter gegründeter Klöster auf dem Festland fast exakt jener der antiken keltischen Hallstatt-Kultur. — Zufall oder Ökozone?

2. Siedlungsbildung. Gibt es einen *allgemeingültigen* Prozeß, der die Platzwahl von Siedlungen erklärt? Wenn ja, so erfahren wir daraus vielleicht etwas über den Erfolg geplanter lunarer oder orbitaler Kolonien. Robert Rosen hat dieses Problem studiert; ausgehend von einer abstrakten Landschaft und einer Funktion a, welche die Bevölkerungsdichte in jeder Koordinate definiert, postulierte er das Wirken zweier ›Kräfte‹: 1) eine Vorliebe für Standorte mit geringerer Bevölkerungsdichte, und 2) eine Affinität (p) für Standorte, die positive Verstärkung versprechen (wie Zugang zu fruchtbarem Boden, Broadway-Theater oder interstellaren Wurmlöchern). McEvedys Ökozonen sind Beispiele für Affinitäts-Funktionen. Diese beiden Kräfte definieren Gradienten in der Landschaft, wobei die eine dazu tendiert, die Bevölkerung um ›attraktive‹ Standorte zu sammeln, während die andere dazu tendiert, die Bevölkerung gleichmäßig in einer Art zivilisatorischem ›Hitzetod‹ zu verteilen. In Verbindung mit dem Geburts-Tod-Prozeß, erzeugen die Annahmen dieselbe Formel, die sonst einen chemischen Diffusions-Reaktionsprozeß beschreibt, nämlich:

$$\partial\alpha/\partial t = [\alpha f(p) - \alpha^2 g(p)] + D_1\nabla^2\alpha - D_2\nabla^2 p^*$$

Ist es nicht faszinierend, wie oft dieselben — oder ähnliche — Gleichungen in völlig verschiedenem Zusammenhang auftauchen?

3. Topologische Netzwerke. Die durch die oben bezeichneten Prozesse erzeugten Siedlungen bilden die Knoten eines topologischen Netzwerks. Die Knoten mit der höchsten Konnektivität sind naheliegende Kandidaten für Hauptstädte. Der Geograf Forrest R. Pitts hat die ›Kon-

* Entschuldigung! Ich verspreche, das nicht zu oft zu tun, denn dies ist der Hauptgrund, weshalb sich Angehörige der ›unexakten‹ Wissenschaften der Vorstellung einer ›exakten‹ Geschichtswissenschaft so widersetzen!

nektivität‹ mittelalterlicher russischer Städte studiert (die natürlich in der Ufer-Ökozone liegen). Moskau stand an zweiter Rangstelle; das benachbarte Kolumna an erster. Auch die frühere Hauptstadt Vladimir lag in derselben Region. Topologisch betrachtet war Petrograd eine unnatürliche ›unrussische‹ Abweichung. In ähnlicher Weise sind alle bedeutenden Hauptstädte Mesopotamiens (Kisch, Agade, Babylon, Ktesiphon, Seleukia und Bagdad) dicht beieinander gruppiert. Der Irak wurde nur kurze Zeit von außerhalb dieser kleinen Region regiert. (Gewöhnlich vom Iran aus, und selbst die achämenidischen Schahs gaben Babylon gegenüber Persepolis den Vorzug.) Eine topologische Analyse der internen Güterbewegungen liefert die verblüffende Erkenntnis, daß es vier (oder möglicherweise fünf) Indien gibt (vgl. *Ekistics* von C. A. Doxiadis). Dabei handelt es sich um Regionen mit relativ hoher Bevölkerungsdichte und Industrialisierung, die voneinander durch Gegenden primitiver Ackerbauwirtschaft getrennt wird. Möglicherweise stellen diese Regionen die künftigen politischen Grenzen des Subkontinents dar.

4. Zivilisatorische Interaktion. Die Geographen haben mit empirischen Studien herausgefunden, daß sich das Ausmaß des Verkehrs (und anderer Formen der Kommunikation) am besten durch die Formel

$$I = C(m_1 m_2)/d^k$$

beschreiben läßt, die sie als ›Gravitationsmodell‹ bezeichnen. *Masse* ist eine Funktion von Population und Wohlstand, wohingegen *Distanz* die Zeit und die Energie bezeichnet, deren es bedarf, um zwischen zwei Orten zu reisen.* Der Archäologe John Alden hat unter Verwen-

* Dieses Konzept der ›zivilisatorischen Distanz‹ erklärt, warum ein höherer Erdorbit immer ›auf halbem Wege überallhin‹ im Sonnensystem ist. Man benötigt das halbe Δ V, um hinzukommen!

dung der ›Nächster Nachbar‹-Analyse an Siedlungen der Aztekenzeit im Tal von Mexico City bei Annahme der bekannten politischen Grenzen einen Wert von k = 1,9 ermittelt.* Darauf benutzte er das Modell, um die unbekannten politischen Grenzen der Staaten aus der Toltekenzeit ›nachherzusagen‹. Wir können dasselbe Modell benutzen, um zivilisatorische ›Potentialfelder‹ zu bestimmen, und das schließt ›natürliche‹ politische und ökonomische Grenzen ein.

Wendet man diese Erkenntnis beispielsweise auf die Stadt New York an, so stellt man fest, daß die ›Zivilisationsgrenzen‹ mit Boston und Philadelphia kurz vor Trenton liegen. Für Easton im Staat Pennsylvania ist New York etwa dreimal ›attraktiver‹ als Philadelphia.**

5. Zentralplatz-Theorie. Dörfer sind nicht imstande, jeden möglichen Service zu bieten. Zum Verkauf angebotene Waren bestimmen minimale und maximale Reichweiten, die davon abhängen, welche Entfernung die Menschen zurückzulegen bereit sind, um sie zu kaufen oder zu verkaufen. Dies führt zu einer Hierarchie zentraler Orte (Marktflecken), die in einer idealisierten Landschaft ein Gitter sich durchdringender Hexagone bilden, die als ›Christaller-Gitter‹ bezeichnet werden (Abb. 9). Die Zentralplatz-Theorie, die erstmals in den dreißiger Jahren von dem deutschen Geografen Walter Christaller vorgeschlagen und dann von August Lösch verfeinert wurde, sagt die geographische Verteilung zentraler Plätze und die hierarchischen Beziehungen zwischen diesen

---

* Und das kommt dem Gesetz vom umgekehrten Quadrat nahe genug, um den Physikern unter meinen Lesern einiges Kopfzerbrechen zu bereiten!

** Einige von Ihnen werden sich vielleicht darüber wundern, daß ich die Worte ›attraktiv‹ und ›New York‹ sozusagen im selben Atemzug gebrauche. Aber dazu ist zu sagen, daß letzten Endes ein Schwarzes Loch auch attraktiv ist.

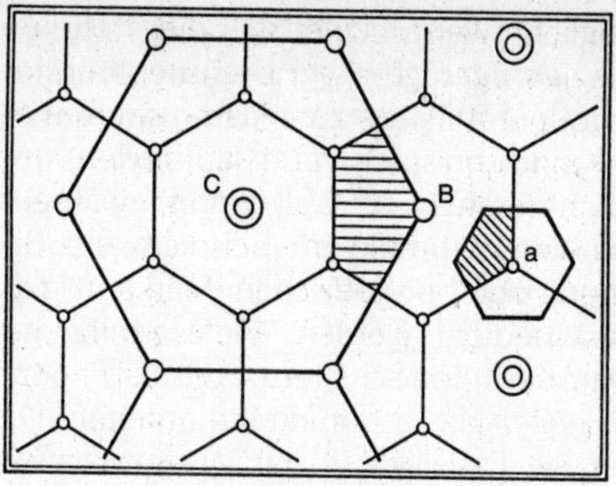

Ein Christaller-k=3-Gitter. Jede Ortschaft (mit ›a‹ bezeichnet) hat ein sechseckiges Hinterland. (Aus Gründen der Übersichtlichkeit ist auf dieser Karte nur eine solche Ortschaft dargestellt.) Jede Stadt B schließt ihr eigenes Hinterland sowie ein Drittel der sechs benachbarten Dörfer ein. Daraus ergeben sich k=3 ›Hinterländer‹. Jede GROSSTADT (C) schließt ihr eigenes Hinterland sowie ein Drittel der umgebenden Städte ein.

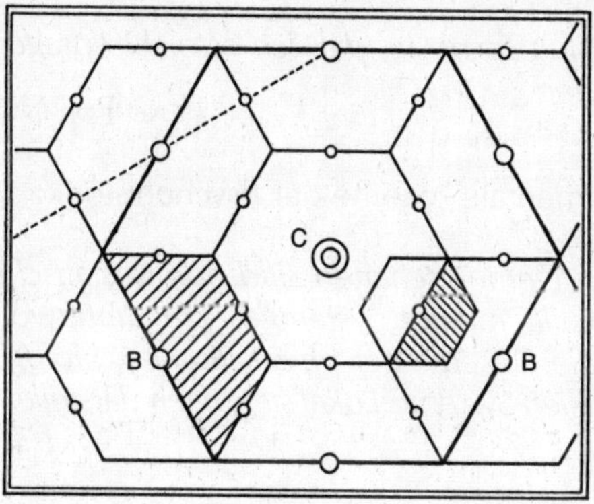

Ein Christaller-k=4-Gitter. In diesem Modell erscheinen Sekundärzentren auf den Mittelpunkten von Kommunikationslinien, die Zentren höherer Ordnung verbinden (siehe punktierte Linie in der linken oberen Ecke). Zwischen jedem ›B‹ gibt es einen Mittelpunkt ›a‹ und zwischen jedem ›C‹ einen Mittelpunkt ›B‹. Dies resultiert in Hinterländern, die eine Hälfte der sechs angrenzenden Zentren niedriger Ordnung einschließen, was zur Summe k = 4 führt.

Abbildung 9: Auf einer endlosen Ebene ohne bestimmende Merkmale werden minimale und maximale Marktentfernungen dafür sorgen, daß sich Städte und Ortschaften wie oben dargestellt anordnen. Die Topographie, also Berge, Flüsse und dergleichen, führt möglicherweise zu Verzerrungen des Gitters, man muß die ›Entfernung‹ daher als die Funktion von Reisedauer und Energie ausdrücken. Christaller hat diese Theorie auf Städte im süddeutschen Raum angewandt, Flannery auf das antike Mesopotamien. Plattner berichtet über Skinners Analyse von zwei Regionen in China und über Smiths Studie des westlichen Guatemala. Letztere ist von besonderem Interesse, weil Smiths Studie die Existenz ZWEIER Gitter zeigt, eines mit indianischen Ortschaften, das andere mit Ladino-Ortschaften, die sozusagen ohne ›sich zu berühren‹ nebeneinander existieren.

Orten voraus. Möglicherweise eignet sich diese Theorie auch dazu, die Plazierungen gewisser Dienstleistungsbetriebe *innerhalb* moderner Städte zu erklären: warum einige davon verteilt sind (beispielsweise Tankstellen) und sich andere konzentrieren (z. B. Wall Street), während wieder andere von ›Wanderpredigern‹ (beispielsweise Beratungsunternehmen) oder periodischen Märkten (z. B. Tupperware-Parties) bedient werden. Viele zentral geplante Wissenschaftsreformen scheitern, weil sie — ohne dies zu wissen — *gegen* diese Naturkräfte arbeiten. Die Auswirkungen auf die Entwicklung der Wissenschaft in der Dritten Welt sind ganz entscheidend.

»Diese Dinge sind so bizarr, daß ich es nicht ertragen kann, sie anzusehen.«

HENRI POINCARÉ

Es gibt drei fundamentale Axiome der Psychohistorik:

a) Menschliche Gemeinschaften sind homöostatische Systeme. Sie sind allgemeinen Systemgesetzen unterworfen, von denen die Gesetze der physikalischen, biologischen und kulturellen Systeme Lokalisierungen darstellen.

SMITH

b) Menschliche Gemeinschaften sind biologische Populationen. Sie unterliegen ökologischen Gesetzen hinsichtlich der Produktion und der Reproduktion, speziell was die Produktion von Nahrungsmitteln und anderer Formen der Energie betrifft.

MALTHUS

c) Kulturelle Institutionen gehen auf materielle, nicht etwa mystische Ursachen zurück.

MARX

Dies sind moderne Neuformulierungen, die von dem abgeleitet sind, was die drei Herren ursprünglich geschrieben haben. Es mag seltsam erscheinen, Adam Smith, Thomas Malthus und Karl Marx als gemeinsame Väter ein und desselben Gedankens aufzuzählen. Marx beispielsweise hat Malthus als einen ›Pavian im Kleid eines Predigers‹ bezeichnet, und seit damals hat sich der Stil der Diskussionen in den Gesellschaftswissenschaften nur unwesentlich geändert. (Ebensowenig wie die wechselseitige Animosität zwischen Kapitalisten, Environmentalisten und Sozialisten.) Dennoch haben die drei genannten Herren trotz ihrer jeweiligen Mängel versucht, die wissenschaftliche Methode anzuwenden. Tatsächlich läuft Marx' Behauptung, kulturelle Phänomene seien auf materielle Ursachen zurückzuführen, auf die einfache Aussage hinaus, daß es *möglich* ist, Kulturen wissenschaftlich zu analysieren! Ein Wissenschaftler kann einen Brauch wie die Wertschätzung der Hindus den Kühen gegenüber nicht ›erklären‹, indem er sie als religiöse Pflicht bezeichnet. Er muß natürliche materielle Gründe dafür ausfindig machen, *weshalb diese Wertschätzung zur religiösen Pflicht geworden ist.*

Ein homöostatisches System ist eines, das das Gleichgewicht ›sucht‹. Mathematisch formuliert sagen wir, daß das System ›von einer Potenz-Funktion beherrscht wird‹. Eine Gesellschaft wird in so starkem Maße auf einen Gleichgewichtszustand hingezogen, daß sie, selbst wenn man sie stört, wieder auf die ehemalige Bahn zurückkehrt, sobald der Störfaktor entfernt ist (Abb. 10). Die Anordnung von Gleichgewichtspunkten bezeichnet man als den *Attraktor* des Systems. Manche Attraktoren sind Fixpunkte, wie der Ruhepunkt eines Pendels, andere sind einfache Bahnen wie der Geschäftszyklus. In komplexen Systemen müssen wir uns freilich mit sogenannten ›fremden Attraktoren‹ auseinandersetzen, deren Topologie nicht so einfach ist. Das Klima beispielsweise ist ein ›fremder Attraktor‹ des Wetters.

Rashevsky hat ein mathematisches Modell für die ›Ki-

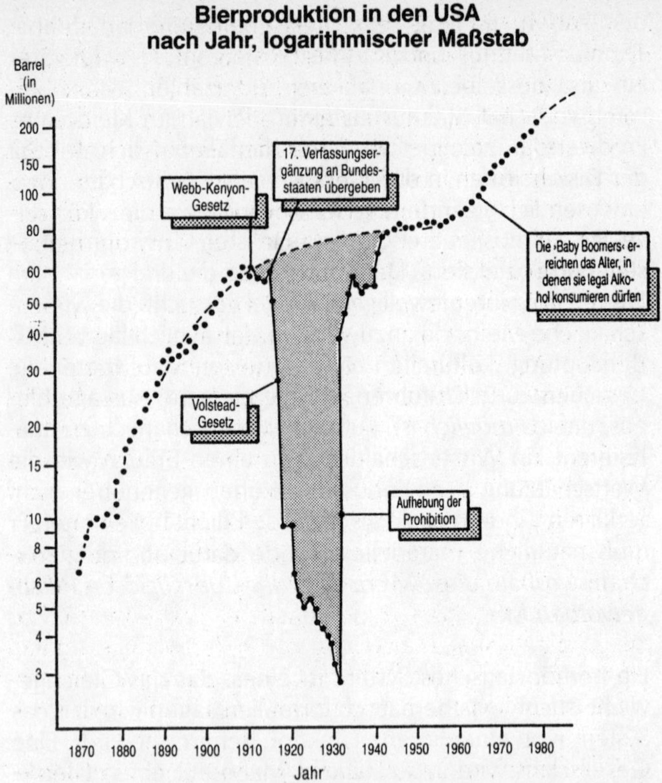

Abbildung 10: Die Bierproduktion in den Vereinigten Staaten kehrte zu ihrem ursprünglichen Wachstumsweg zurück, sobald die Einschränkungen der Prohibition aufgehoben wurden. Es ist zu vermuten, daß die schraffiert dargestellte Zone die Menge des in jenen Jahren illegal produzierten Biers darstellt.

nematik des sozialen Verhaltens‹ entwickelt, das auf der Stimulus-Reaktions-Theorie der Psychologen basiert (was ihn zum echten *Psycho*-Historiker macht). Das Modell sagt Zahl, Ort und Stabilität der Gleichgewichts-Niveaus voraus, also jenen Teil der Population, der zuletzt ›das Verhalten zeigen wird‹.

Wenn wir ein neues Verhalten sehen (hören oder davon lesen), ist das für uns ein Anreiz, es zu imitieren. Die Stärke des Anreizes hängt von drei Faktoren ab: X, der Zahl der Tuer (›Mama, das tun doch alle!‹), A_x, den Überredungs-(oder Zwangs-)Ressourcen der Tuer (›Na, stellt euch doch nicht so an, seid ihr etwa feige?‹) und A, der angeborenen Imitationsbereitschaft der Population. (Für den Augenblick verzichten wir auf den Versuch, die beiden letztgenannten Faktoren zu messen.)

Stellen Sie sich ein Verhalten B vor, das von X_o, einer Gruppe von ›Parteigängern‹ vertreten wird. Eine andere Gruppe, Y_o, vertritt Nicht-B. Der Rest entscheidet sich je nach Gusto für B oder Nicht-B. Nach Rashevskys Modell wird das Gleichgewichts-Niveau durch das ›Zwang/Imitations‹-Verhältnis $(A_x X_o - A_y Y_o)/A$ bestimmt. Wenn dieses Verhältnis einen kritischen Wert C* übersteigt, wird schließlich die Mehrheit der Gesellschaft B übernehmen. Wenn er unter —C* liegt, wird die Mehrheit Nicht-B übernehmen. Wenn der Wert zwischen +/— C* fällt, sind sowohl B als auch Nicht-B potentielle Gleichgewichte. Das heißt, die Gesellschaft würde zu beiden Niveaus hingezogen sein und *identische* Umstände könnten in verschiedenen Gesellschaften *unterschiedliches* Verhalten hervorrufen!

Theoretisch könnte Rashevskys Modell, bei bekannter Zahl der Parteigänger eines jeden Kandidaten sowie einer Maßzahl für ihre Fähigkeit, an Wähler heranzukommen und sie zu beeinflussen, den Ausgang von Wahlen vorhersagen. Vorausgesetzt natürlich, daß es sich um *freie* Wahlen handelt, die jeweils *nach* Erreichen des Gleichgewichts abgehalten werden! Unglücklicherweise ist letzteres nicht immer der Fall. Das Gleichgewichts-Niveau selbst kann sich ändern, ehe das System ihn erreicht! Das Gleichgewicht wird von den Systemparametern bestimmt, *und die Parameter selbst sind Variable.*

Stellen Sie sich eine Kugel aus einem Kugellager vor, die von einem Magneten angezogen wird. Sehr einfache Gesetze reichen aus, um ihre Bahn zu beschreiben und den Ort vorherzusagen, an dem die Kugel zur Ruhe kommt. Was aber, wenn der Magnet selbst sich bewegt? Die Kugelbahn ist jetzt nicht mehr einfach. So ist es bei der kulturellen Dynamik.

Stellen Sie sich die Dynamik in einem Sonnensystem vor, in dem die Gravitationskonstante und die planetaren Massen sich ändern.*

Üblicherweise führen kleine Parameteränderungen zu kleinen Veränderungen im Gleichgewicht; üblicherweise, aber nicht immer. Manchmal kann eine kleine Parameteränderung eine starke plötzliche Veränderung im Verhalten verursachen. Dehnt man beispielsweise ein Gummiband, so wird es zunehmend länger — bis es eine Singularität durchläuft und reißt, ein Verhalten das durch Extrapolation seines bisherigen Wachstums absolut unvorhersehbar ist. Auch Gesellschaften können reißen: Revolutionen, Putsche, Modeströmungen, wirtschaftliche Booms oder Katastrophen, technologische Durchbrüche. Plötzlicher Wandel unterbricht häufig den Weg zum Gleichgewicht (Abb. 11).

Vielleicht die dramatischsten derartigen Veränderungen waren der Zusammenbruch gewisser Gesellschaften auf Staatsniveau, deren komplexe Strukturen sich schnell in Feudalstaaten oder gar Stämme vereinfachten. Der Zusammenbruch der Gesellschaften der Mayas und derer der Ägäis waren die vollständigsten Zusammenbrüche dieser Art, aber auch die ägyptische Gesellschaft nach der VI. Dynastie oder die griechisch-römische Gesellschaft in Westeuropa sind bekannte Beispiele. Könnte das auch in den USA geschehen? Es gibt auch Beispiele für ein gleichermaßen plötzliches Anwachsen der Komplexität: beispielsweise die Bildung des sächsischen Königreiches oder des Reiches der Zulu oder die der irokesischen Konföderation. Ein Beispiel kleineren Maßstabs

* Hmmmmm

Produktionswert der Pferdefuhrwerke in den USA

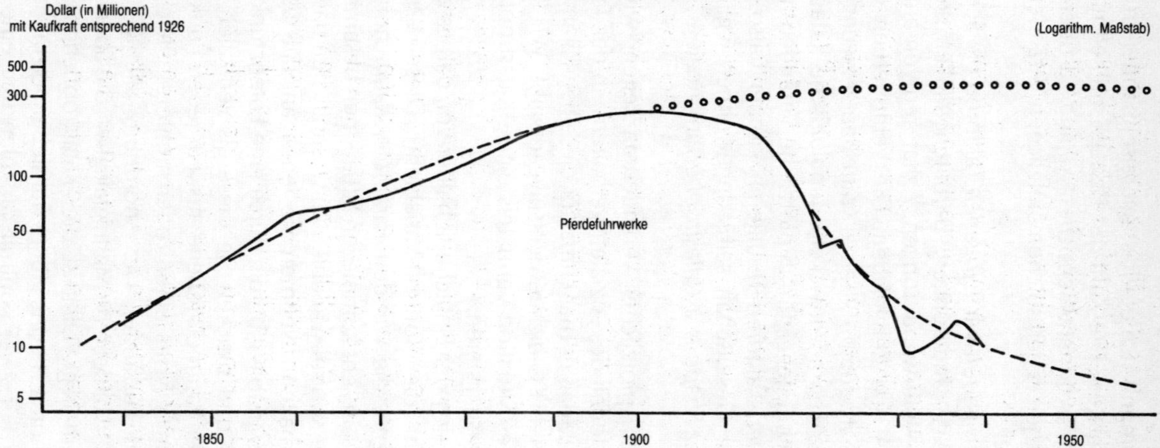

Quelle: Dewey & Dakin, Cycles

Abbildung 11: Das Auftreten einer neuen Erfindung (Automobile) verursachte eine plötzliche Veränderung im Trend von Pferdefahrzeugen. Es wäre interessant, die Gesamtproduktion von Fahrzeugen darzustellen — Pferdefuhrwerke und pferdelose Fahrzeuge. Auf Pro-Kopf-Basis oder auf etwas wie ›Passagier-Meilen-pro-Dollar‹ normalisiert, sollte dabei eine stetige S-Kurve herauskommen.

ist der Zusammenbruch der Passagiereisenbahnen in den Vereinigten Staaten. Die Zahl der Passagiermeilen nahm in plötzlichen ›Exponentialepochen‹ rapide zu oder ab. Welche Ursachen liegen solchen plötzlichen Veränderungen zugrunde?

Gewöhnlich geben wir *exogenen* Faktoren die Schuld für plötzliche Veränderungen: Barbareneinfällen, kommunistischen Unterwanderungen, Agitatoren von außerhalb, der CIA und dergleichen. Die Veränderung wird der Gesellschaft durch extreme Kräfte ›aufgezwungen‹. Die von René Thom entwickelte **topologische Katastrophen-Theorie** hat gezeigt, daß plötzliche Veränderungen aus *endogenen* Faktoren resultieren können, also solchen, die der Gesellschaft selbst innewohnen (vgl. Ian Stewart, *What Shape is a Catastrophe?,* in ›Analog‹, Juni 1978).

Die Wurzeln plötzlicher Veränderung liegen, wie in Rashevskys Modell des sozialen Verhaltens, in der Tatsache begründet, daß es manchmal für dieselben Parameter zwei (oder mehr) Gleichgewichtsniveaus gibt. Wir können uns dieses Situation vermittels einer ›Katastrophen-Oberfläche‹ visualisieren.

Stellen Sie sich der Einfachheit halber vor, daß es zwei Parameter gibt (die ›Kontroll-Variablen‹). Diese definieren eine Ebene, die wir den *Parameter-Raum* nennen wollen. (Selbst in sehr komplexen Situationen bestimmen relativ wenige Kontroll-Variablen im wesentlichen das tatsächliche Verhalten.) Nehmen Sie ferner an, daß es eine Zustands-Variable gibt, die durch eine Potenzfunktion dargestellt ist und drücken Sie diese als vertikalen Abstand über der Parameterebene aus. Für jeden Punkt im Parameterraum gibt es einen (oder mehrere) Gleichgewichtszustand(-zustände). Die Anordnung aller Gleichgewichtspunkte bildet eine Mannigfaltigkeit, die über dem Parameterraum liegt. Dies ist die ›Katastrophenoberfläche‹. Nach Thoms Theorie gibt es nur sieben ›elementare‹ Oberflächen. Für zwei Kontroll-Variablen und eine Zustands-Variable bezeichnet man diese Fläche als ›Cusp‹ (ein Blatt mit einer Falte). Betrachten wir zwei einfache Beispiele:

1. Zusammenbruch von Gesellschaften auf Staats-Niveau: Der Archäologe Colin Renfrew hat eine Cusp-Oberfläche entwickelt, die den plötzlichen Zusammenbruch der frühen Ackerbaugesellschaften beschreibt. Die beiden Kontrollvariablen waren E, die Energie, die jenen kulturellen Mitteln zugeteilt war, die das Beharren bei der zentralen Macht fördern sollte, und M, die Differenz zwischen Produktivität und Steuern. Die Zustandsvariable ist C, das ›Maß der Zentralität‹, ein Maß für die Fähigkeit der Gesellschaft, Informationen zu übermitteln. Archäologisch wird C durch ein Christaller-Gitter zentraler Orte, der Bewahrung bürokratischer Aufzeichnungen, Fahnen und Insignien und dergleichen angezeigt. Folgen wir in Abbildung 12 der Bahn einer typischen Gesellschaft.

Eine egalitäre Stammesgesellschaft (1) intensiviert die Produktion auf Drängen sogenannter ›großer Männer‹ und investiert den Überschuß in Ausprägungen zentraler Macht. ›Große Männer› werden ›Häuptlinge‹, später ›Könige‹. Die Komplexität nimmt zu, bis es zur Bildung eines Staatswesens kommt (3). Schließlich beeinträchtigt aber das Bevölkerungswachstum die Produktion. Es wird immer schwieriger, die Pro-Kopf-Leistung ausreichend zu steigern, um die Zentralbehörde zu versorgen. Die Gesellschaft gerät unter Druck (4). Mit einer leichten Zunahme der in Zentralinstitutionen investierten Energie (E) tritt die Gesellschaft in eine Region des Parameterraumes ein, der als ›Gabelungs-Set‹ bezeichnet wird. In dieser Region gibt es *zwei* Gleichgewichtsniveaus, für die die soziale Effizienz maximiert wird. Freilich sorgt die (durch Zeitverzögerung oder ›Viskosität‹ des Systems verursachte) Massenträgheit dafür, daß die Gesellschaft auf der oberen Falte bleibt (6a). Wenn dann die Gesellschaft den Gabelungs-Set verläßt, verschwindet das lokale Maximum,

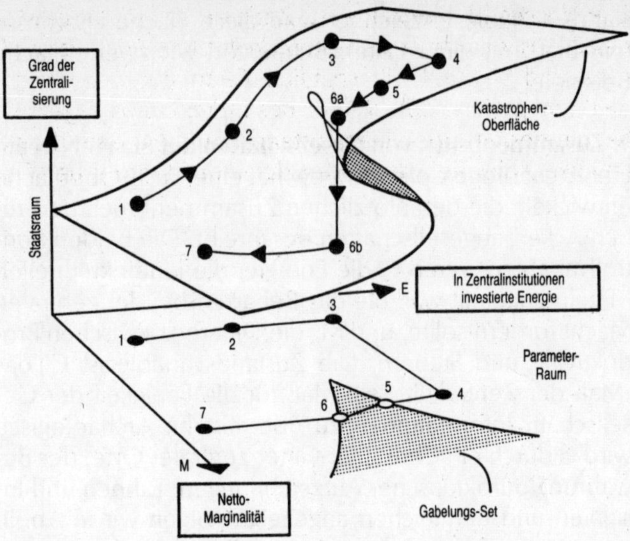

Abbildung 12: Das Leben einer frühen Gesellschaft auf Staatsniveau. Der Zusammenbruch (von einem hohen Komplexitätsniveau auf ein niedrigeres) tritt auf, wenn die Parameter eine Region durchlaufen, die als Gabelungs-Set bezeichnet wird. Gleichmäßige glatte Veränderungen in den Parametern führen zu plötzlichen ›unstetigen‹ Veränderungen im Zustand der Gesellschaft (bei Punkt 6).
Quelle: Renfrew & Cooke, Transformations: Mathematical Approaches to Cultural Change

und sie wird jetzt nur noch vom unteren Blatt angezogen. Die Gesellschaft ›fällt‹ über den Rand der Falte. Natürlich ist das kein plötzlicher Sturz, aber er ist exponentiell.

Renfrew fügte anschließend noch zwei weitere Kontroll-Variable hinzu (›Verwandtschaft‹ und ›äußere Drohung‹), und erzeugte damit die mehrdimensionale Schmetterlings-Katastrophe, deren Hyperfläche eine Tasche enthält. Die Tasche entspricht in diesem Beispiel stabilen Häuptlingstümern, einem Niveau sozialer Komplexität, das zwischen der Stammesorganisation und der eines Staates liegt.

2. Politische Ideologien: E. C. Zeeman hat ein Cusp-Modell politischer Ideologien entwickelt. Die beiden Parameter A und B waren wirtschaftlich (Chance *gegen* Gleichheit) und politisch (die Rechte des Individuums *gegen* die Rechte der Gruppe). Der Zustandsraum war eine ›Punktewolke‹, die die Meinungen der Individuen in der Ge-

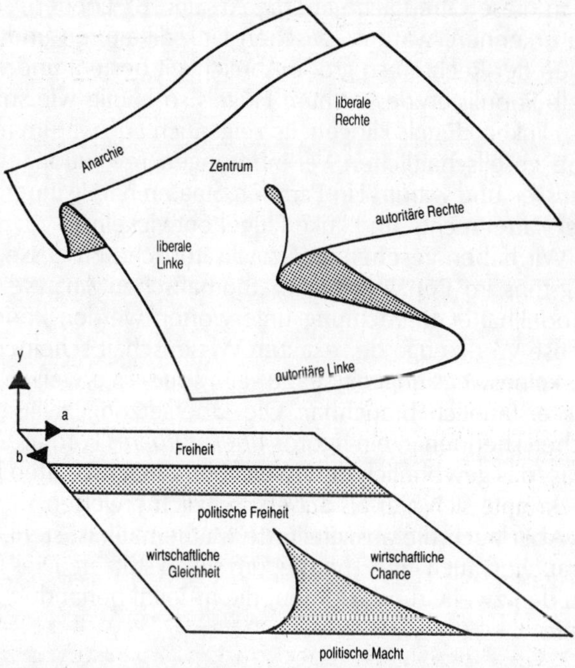

Abbildung 13: Ein topologisches Modell politischer Ideologien. Die Form der Katastrophenoberfläche ist eine Konsequenz der beiden Parameter (politisch und wirtschaftlich) und von Thoms Theorem. Der Zustandsraum (vertikale Achse) ist eine eindimensionale Einbettung eines multidimensionalen ›Meinungsraums‹ und entspricht der traditionellen politischen ›Links-rechts‹-Achse, die auf der Sitzordnung des Parlaments der dritten Französischen Republik basiert (Monarchisten rechts, Republikaner links).
Quelle: Zeeman, A Geometric Model of Ideologies

sellschaft darstellte. (Diese lassen sich, zumindest theoretisch, durch Meinungsumfragen messen.) Die Wolke war topologisch in einen eindimensionalen Raum Y eingebettet, die sich als das traditionelle ›Links-Rechts‹-Spektrum der Politik erwies. Zeemans Katastrophenoberfläche zeigt, weshalb diese einfache Linie in Wirklichkeit eine komplexe ›Anatomie‹ aufweist (Abb. 13). Projiziert man diese Oberfläche auf die AY- und BY-Ebenen, so ist zu erkennen, warum zwischen Linksdiktaturen und solchen der Rechten so große Ähnlichkeit besteht und weshalb Populisten des rechten Flügels so häufig wie solche des linken Flügels klingen. Es zeigt auch auf, warum manche gesellschaftlichen Veränderungen revolutionär sein *müssen* und warum Ein-Parteien-Staaten häufig innerhalb der Partei rechte und linke Flügel entwickeln.

Wir haben gesehen, daß zivilisatorische Prozesse wenigstens im Prinzip einer mathematischen Analyse und modellhafter Betrachtung unterworfen werden können. Diese Werkzeuge der exakten Wissenschaft scheinen also keineswegs ungeeignet zu sein, sondern erweisen sich als erstaunlich brauchbar. Die Übersetzung zivilisatorischer Theorien in ein rigoros *überprüfbares* Format — etwas, das gewöhnlich den ›weichen‹ Wissenschaften fehlt — könnte sich hier als äußerst nützlich erweisen.

Aber auch die ausgefeilteste Mathematik ist steril. Wir brauchen auch eine Theorie, um sie zu stützen. Dies führt zu den zwei Grundaxiomen, die in Teil II behandelt werden.

Zweiter Teil

Die Biologie der Geschichte

»Du weißt gar nicht, mein lieber Junge, mit wie wenig Vernunft die Welt regiert wird.«

Graf Axel Oxenstierna

Biologie und Zivilisation sind eng verwandt. Eine menschliche Gemeinschaft ist zumindest eine biologische Population, die verschiedenen ökologischen Gesetzen unterworfen ist. Aber daneben gibt es auch strukturelle Parallelen oder Analogien. Adam Smith und Karl Marx haben sich bei der Entwicklung ihrer Wirtschaftstheorien stark auf biologische Analogien gestützt, und Charles Darwin hat den Begriff der Evolution durch natürliche Auswahl ausdrücklich von Adam Smith übernommen.*

Die Geschichte selbst stellt eine Analogie zur biologischen Morphogenese dar. Beide befassen sich mit der Entwicklung von Struktur innerhalb eines Systems. Genetisch identische Zellen differenzieren sich in Nervenzellen, Muskelzellen etc. und werden zu komplexen Organismen mit vielen spezialisierten Organen. In ähnlicher Weise haben sich Sammler/Jäger in Priester, Könige, Metallbearbeiter etc. differenziert und komplexe Staaten mit vielen spezialisierten Einrichtungen entwickelt. Sind die Mechanismen in beiden Fällen analog?

In seinem Buch *Living Systems* vergleicht der Biologe James Miller Zellen, Organe, Organismen, Organisationen und Nationen; und gelangt zu dem Schluß, alle ›lebenden

* Und aus eben diesem Grund lehnt die Linke den Sozial-Darwinismus so erbittert ab (und stellt ihn auf die gleiche Stufe mit religiösen Fundamentalisten vom rechten Flügel!). Kürzlich schrieb ein Kritiker in der *New York Times Book Review:* »Der Evolutionismus (sic) war das ideologische Abbild der wirtschaftlichen Ausbeutung und des Klassenkonflikts in einem Zeitalter schneller kapitalistischer Wirtschaftsentwicklung und imperialistischer Expansion.«

Systeme‹ besitzen eine gemeinsame Struktur (vgl. Robert A. Freitas, *A General Theory of Living Systems,* ›Analog‹, März 1980). Alle bestehen aus neunzehn lebensnotwendigen Subsystemen, die Information und/oder Materie/Energie verarbeiten. Eine Zellmembran und die Grenz/Zoll-Wachen einer Nation sind beispielsweise *Grenz*-Subsysteme und funktionieren in analoger Weise, indem sie den Fluß von Information und Materie/Energie zwischen dem System und seiner Umgebung regulieren. Falls eines von Millers neunzehn Subsystemen ausfällt, ›stirbt‹ das System.

Dr. Millers Modell liefert den Rahmen, um das Wissen über eine Art von Lebenssystem auf andere Arten zu übertragen. Aber — ein Hinweis zur Vorsicht! —: Gesellschaften sind ebensowenig ›Super-Organismen‹ wie Organisationen keine ›Super-Zellen‹ sind! Sie sind eindeutig unterschiedliche Arten von Systemen, die nichtsdestoweniger signifikante strukturelle Parallelen aufweisen.*

Sämtliche lebenden Systeme verarbeiten Information. Biologische Systeme benutzen dazu DNS, während zivilisatorische Systeme Sprachen benutzen. Beide Formen der Informationsverarbeitung werden als ›Verkehr‹ bezeichnet. Der Informationsinhalt eines Systems wird als eine *Komplexität* bezeichnet. Nicht-lebende Systeme werden in zunehmenden Maße weniger komplex (Entropie); aber lebende Systeme sind imstande, von ihrer Umgebung Informationen und Materie/Energie aufzunehmen und *komplexer* zu werden (Evolution).**

---

* John W. Campbell bestand stets darauf, daß Analogie ebenso rigoros wie Deduktion sein könne. Daher der Name seines Magazins (»Analog«). Erinnert sich noch jemand an das kleine Symbol ⌢→?

SCIENCE FACT ⌢→ SCIENCE FICTION

** Die Grenze ist hier fließend. Die Biologen sehen beispielsweise Viren nicht als Lebewesen an. Es gibt eine ganze Klasse ›selbst-organisierender‹ Systeme, die den Übergang zwischen lebend und nicht-lebend überbrücken.

Wir können die Komplexität einer Gesellschaft aus der Zahl ihrer funktionalen Spezialisierung abschätzen. In einem Stammesverband ist beispielsweise jeder Bauer, selbst der Häuptling und der Schmied; in einem Stadtstaat hingegen gibt es hauptberufliche Verwalter und Künstler, die ihre ganze Arbeitszeit diesem Beruf widmen. Vor fünfzig Jahren, schreibt David Warsh, »verstand man unter einem ›Spezialisten‹ einen Kavallerieoffizier oder einen Chemiker. Heute haben wir Astronauten, Medienberater, Testingenieure, Science Fiction-Schriftsteller und eine Unzahl weiterer Spezialisten.« Warsh führt überzeugend aus, daß der allgemeine Preisanstieg eine Folge der wachsenden gesellschaftlichen Komplexität ist, weil der Preis der Innovationen »wie eine Kaskade« das ökonomische ›Preisgewebe‹ durchläuft. Ein Krankenhausaufenthalt, schreibt er, kostet heute mehr, weil er nicht mehr dasselbe ist wie ein Krankenhausaufenthalt vor fünfzig Jahren. Auf diese Weise folgt Perioden intensiver technischer Innovation gewöhnlich eine Periode der Hyperinflation.

Systeme werden sowohl infolge der Spezialisierung der Funktion als auch der Zentralisierung der Steuerung komplexer. Der Archäologe Kent Flannery hat diese Prozesse erforscht und die Mechanismen studiert, die sie herbeiführen. Je komplexer Gesellschaften werden, desto größer und dauerhafter werden sie. Der weise Rat des Alten einer Schar von Jägern konnte vielleicht ein Dutzend Leute am Lagerfeuer beeinflussen. Der Codex des Hammurabi hingegen — vom Machtmonopol eines zivilisierten Staates geschrieben, verbreitet und gestützt — hat im ganzen Nahen Osten über Jahrhunderte hinweg Hunderttausende beeinflußt. Teile des Codex überlebten in der Bibel (beispielsweise in Psalm 22/23) und beeinflussen so selbst heute noch Millionen.

Treibt man die Komplexität freilich zu weit, so wird daraus *Hypertrophie.* Indem die Gesellschaft sich zentralisierte und spezialisierte, hat sie sich in zunehmendem

Maße ihrem lokalen Habitat besser angepaßt. Bleibt das Habitat gleich, »kommt die Entwicklung zum Stillstand« — ebenso wie bei biologischen Spezies —, erreicht also einen Zustand des Gleichgewichts. Wenn die (physikalische oder kulturelle) Umwelt sich ändert, kann die Gesellschaft sich möglicherweise nicht mehr schnell genug anpassen. Institutionen/Organe, die ihr in der Vergangenheit gute Dienste geleistet haben, können nicht sofort aufgegeben werden! Die Folge ist häufig der Zusammenbruch: ein dunkles Zeitalter folgt.

Die Geschichte besteht sowohl aus konvergierender wie aus divergierender Evolution. Manchmal verhalten sich unterschiedliche Gesellschaften gleich — oft zur gleichen Zeit. Beispiele dafür sind die weltweite Bevölkerungsexplosion, die im 16. Jahrhundert in Regionen begann, die bezüglich ihrer Hygiene, der medizinischen Versorgung und ihrer religiösen Vorstellungen völlig unterschiedlich geartet waren, und die beinahe gleichzeitige Erfindung des Ackerbaus in Regionen mit völlig unterschiedlichen Pflanzen und Tieren. Die Ursachen in diesen Fällen müssen global gewesen sein, oder ›gemeinsame Ursachen‹ gehabt haben.

In anderen Fällen folgen Gesellschaften unterschiedlichen Wegen. Als in Regionen wie Ägypten, Mesopotamien und Nordindien die ersten Staatswesen entstanden, waren dies zentralisierte Despotien. In anderen Regionen, wie Europa, Westafrika oder Südindien, waren es ›feudale Republiken‹. Herrscher wie Ludwig XIV. oder Othamn dan Fodio übten nie auch nur einen Bruchteil der Macht eines Cheops oder eines Hammurabi aus. Sagt uns das etwas über die Art von Staat, der sich in Orbitalkolonien entwickeln könnte?*

* Ein Tip: Despotismus war in den von der Bewässerung abhängigen Gesellschaften möglich, weil die Kontrollen zentralisiert waren. Der Herrscher konnte seinen Feinden ›das Wasser abgraben‹ — Herrscher in vom Regen bewässerten Landstrichen konnten das nicht.

Manchmal konvergieren *und* divergieren Gesellschaften. Die Geschichte Chinas und die der Mittelmeerzivilisationen verlief erstaunlich parallel, wobei die analogen Vorgänge in Griechenland und Rom etwa zwei Jahrhunderte ›verspätet‹ abliefen. Im späteren Verlauf andererseits divergierte die geschichtliche Entwicklung in ebenso bemerkenswertem Maße wie aus einem Vergleich der Analogien in Abbildung 14 hervorgeht.

Man könnte nun leicht eine Theorie entwickeln, die eine völlige Divergenz erklärt. Aber der schiere Zufall genügt! Ebenso leicht könnte man völlige Konvergenz erklären: beispielsweise durch instinktives Verhalten. Aber so leicht hat es der Psychohistoriker nicht. Können wir *sowohl* konvergierendes *als auch* divergierendes Verhalten erklären?

»Eine richtige Theorie muß Vorhersagen ermöglichen und wenigstens potentiell quantitativ sein.«

AUGUSTE COMTE

Einige Zivilisationstheorien wie zum Beispiel die Soziobiologie versuchen das gesellschaftliche Verhalten genetisch zu erklären (vgl. Thomas A. Easton, *Altruism, Evolution, and Society,* in ›Analog‹, Okt. 76, für einen Überblick über die Soziobiologie). Gesellschaften sind jedoch zu radikalem Wandel fähig, selbst innerhalb einer einzigen biologischen Generation: Beispiele dafür sind die Modernisierung Japans durch die Meiji-Reformen oder die Übernahme des Reiternomadentums durch die Prärie-Indianer.* Zivilisatorische Errungenschaften wie die Glühbirne, der Marxismus oder die Relativitätstheorie breiten sich in der Gesellschaft aus, ob ihre Erfinder und deren Verwandte nun Nachkommen haben oder nicht. Das bedeutet keineswegs, daß die Genetik in der Kultur *keine*

---

* Oder dachten Sie etwa, daß schnelle Veränderungen nur in fortgeschrittenen industrialisierten Gesellschaften vorkommen.

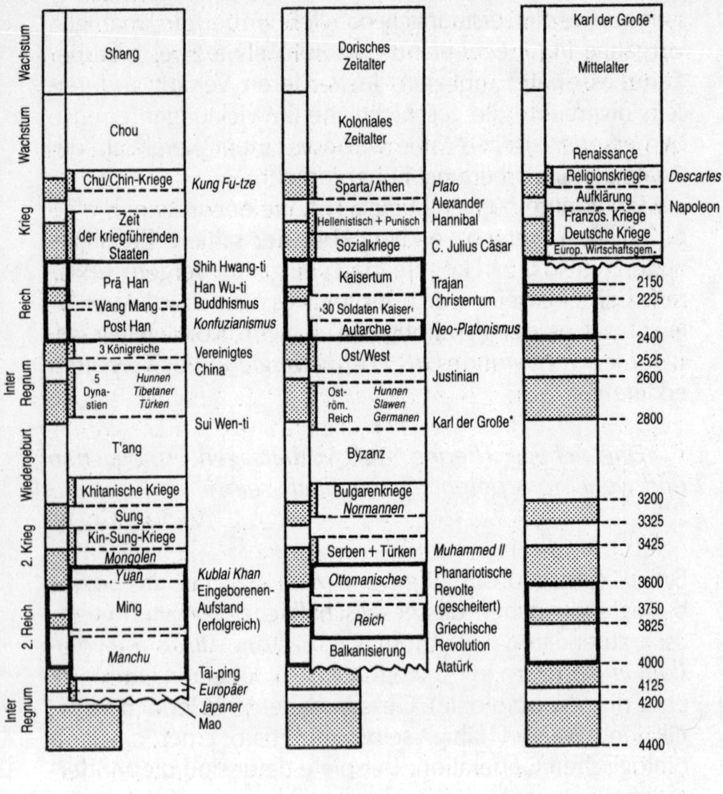

Abbildung 14: Eine schematische Darstellung der Geschichte Chinas und der Mittelmeerkulturen. Ein derartiges Schema verwischt die echten und wichtigen Unterschiede, hebt aber auch einige wichtige Ähnlichkeiten hervor. Das ›Zweite Reich‹ war beispielsweise in beiden Fällen ausländischer Herkunft (Mongolen und Manchu bzw. Türken), aber die phanariotischen Griechen haben nie die Rolle der Ming gespielt. Sowohl das T'ang-Reich wie auch das von Byzanz mußten ihre Herrschaftssphäre mit rivalisierenden Staaten teilen (den Nan-chao oder Bulgarien). Der gescheiterte Versuch Karls des Großen, Sui wen-ti nachzuahmen, bewirkte in Europa eine andere, vom Mittelmeerraum unabhängige Entwicklung.

Rolle spielt. Genetische Theorien können die menschliche ›Entwicklungs-Hüllkurve‹ beschreiben, innerhalb derer eine Veränderung möglich ist, sind aber nicht imstande, Variationen *innerhalb* dieser Hüllkurve zu erklären. Die müssen wir anderswo suchen.

Wollen wir uns die informationsverarbeitende Seite der Zivilisation doch einmal näher betrachten.

Geschichte stellt sich ein, wenn die Menschen ihr Verhalten ändern. Die Menschen werden seßhaft und beginnen Ackerbau zu betreiben. Oder sie geben ihre Städte auf. Oder sie legen sich eine neue Religion zu. Die Ärzte beginnen ein neues Heilmittel zu verschreiben; Bauern fangen an, eine neue hybride Reissorte anzubauen. Die Menschen lernen Briefmarken zu benutzen; oder Flugzeuge zu entführen. Manchmal ›setzen sich‹ diese Verhaltensweisen ›durch‹ und manchmal nicht. Warum ist dies so?*

Vielleicht hilft Richard Dawkins Konzept der *Meme* diesen Vorgang zu erläutern. Meme sind die kulturelle Analogie zu den Genen. Es sind dies ›elementare Ideen, die sich im Bewußtsein der Menschen replizieren‹. Fakten, Sprichwörter, Slogans etc. sind Beispiele für Meme. Dieser Artikel ist ein Mem-Komplex. Meme ›gedeihen und sterben gemäß ihrer Nützlichkeit und ihrer Attraktivität im Gehirngewebe ...‹ Sie ›pflanzen sich durch das gesprochene Wort, durch Demonstration oder durch Radiowellen von Gehirn zu Gehirn fort‹ und werden durch Imitation *(mimesis)* aufgenommen. Sie induzieren erlerntes Verhalten, so wie Gene instinktives Verhalten induzieren.

Der Soziologe Robert Hamblin und seine Mitarbeiter haben Hunderte von Fällen zivilisatorischer Veränderung

---

* Zwischen der Erfindung des Reißverschlusses und seinem Einsatz in Männerhosen vergingen 27 Jahre. Weshalb ist er nicht schon früher hineingeraten? Oder vielleicht ist er das — und genau das war das Problem!

studiert, angefangen beim amerikanischen Eisenbahnverkehr bis zu Revolutionen. Durch graphische Darstellung dieses Verhaltens über einen längeren Zeitraum hinweg stellten sie fest, daß die Übernahme und die Nutzung von Innovationen mathematischen Gesetzen folgt, die analog zu denen von Epidemien sind (Abb. 15).

Angenommen, p sei der Teil einer Gesellschaft, der mit einem bestimmten Mem ›infiziert‹ ist; und weiterhin angenommen, daß Angehörige der Gesellschaft über gemeinsame Kommunikationskanäle dauernd miteinander in Verbindung stehen. ›Angehörige‹ können Menschen, Organisationen (wie beispielsweise Industrieformen) oder Nationen/Staaten sein. (Beispiele sind: die Verbreitung des ›Bezahlten-Urlaubs-Mems‹ in der Wirtschaft oder des ›Schulpflicht-Mems‹ oder des ›Briefmarken-Mems‹ in den westlichen Nationen.) Sobald ›Nicht-Tuer‹ auf ›Tuer‹ stoßen, besteht eine Wahrscheinlichkeit k, daß der Nicht-Tuer sich mit dem Verhalten ›ansteckt‹, mit anderen Worten, daß

$$dp/dt = kp\,(1-p)$$

was sich zu einer e-Funktion integriert, die jener ähnlich ist, die Ansteckungskrankheiten wie die Masern beschreibt. Die verfügbaren Daten über kulturelle Diffusion deuten an, daß die e-Funktion dem in den meisten Fällen gut entspricht.

Verhaltensweisen können sich auch durch den Kontakt mit einer zentralen Informationsquelle ausbreiten (z.B.

Abbildung 15: Die e-Funktion paßt zu einer Vielzahl von Wachstumssituationen für lebende Systeme. In der Biologie: dem Wachstum eines Organismus; dem Wachstum einer Population; der Evolution einer Spezies. In der Kultur: dem Wachstum einer Institution; der Häufigkeit eines Verhaltens (›Lernkurve‹); der Verbreitung einer Verhaltensweise in einer Bevölkerung; dem Gebrauch, der Intensivierung, der Evolution einer Idee (z.B. der kumulierten Zahl modifizierender Patente zu einer Grundlagenerfindung). In der Abbildung werden einige Beispiele dargestellt. Weitere Beispiele siehe Hamblin et al. und Dewey und Dakin in der Memographie am Schluß dieses Artikels. ▷

Ausbreitung eines Mems

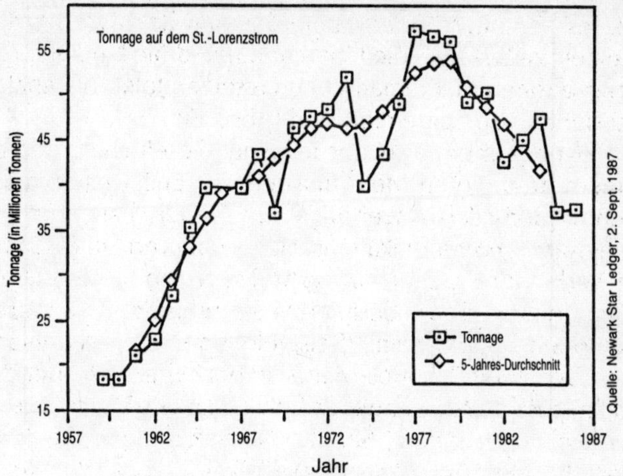

Ausbreitung eines Mem

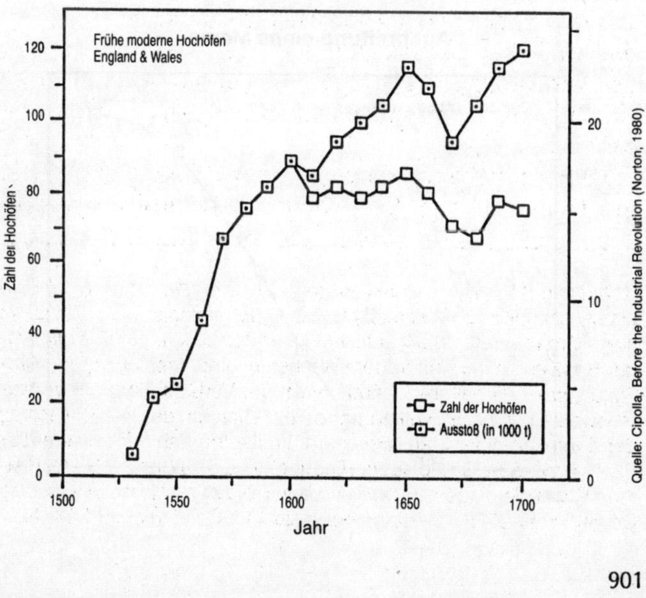

▷

Wachstum einer Bundesverordnung

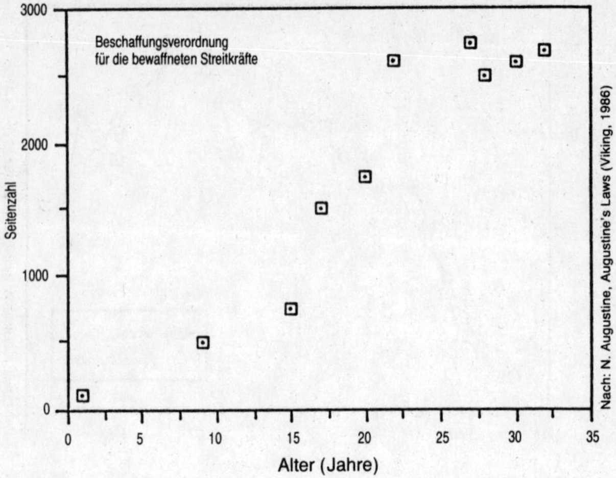

Ausbreitung eines Mems

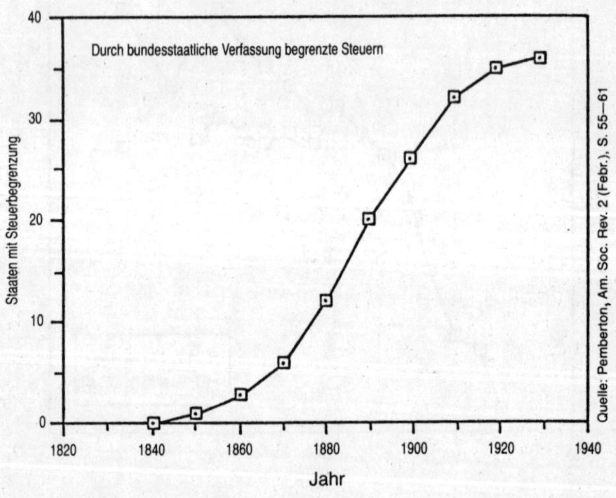

Evolution eines Lungenfischs

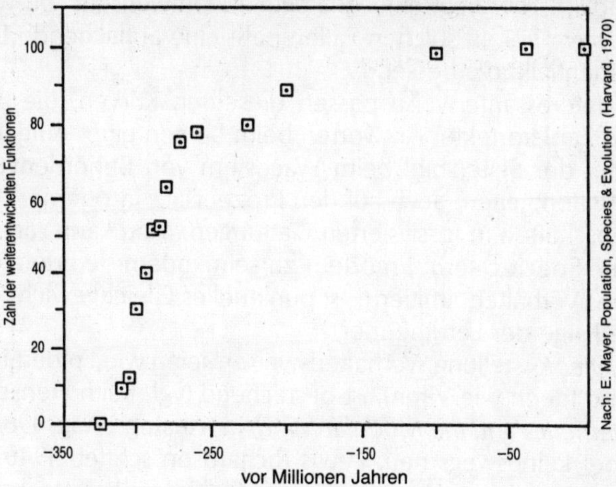

Wachstum eines Unkrauts

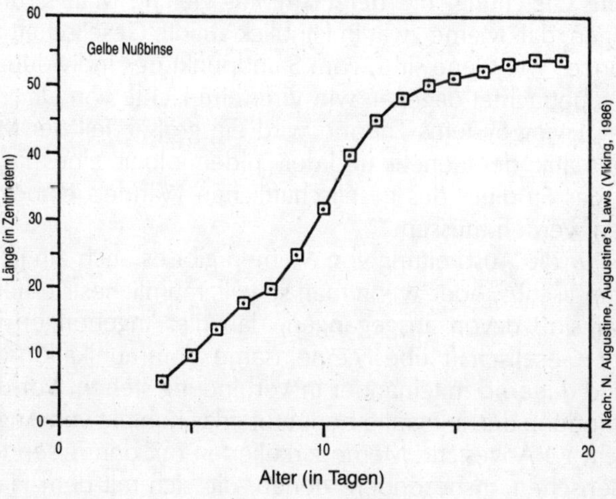

›Analog‹, Fachzeitschriften, Regierungsveröffentlichungen u. dgl.). Hier liegt eine Analogie zu Umweltseuchen wie Cholera vor. In solchen Fällen paßt eine abflachende Exponentialkurve besser.

(Interessanterweise passen dieselben Kurven, die auf die Zahl korrekter Antworten beim Lernen einer Aufgabe oder der Seitenzahl beim Wachstum von Behördenvorschriften gelten; auch auf den Prozentsatz ›moderner‹ Eigenschaften in fossilisierten Gattungen. Man kann sagen, eine Spezies ›lernt‹, modern zu sein, indem sie erfolgreiches Verhalten ›imitiert‹! Ist punktuelles Gleichgewicht eine Folge der Lerntheorie?)

Die Vorstellung, Verhaltensweisen seien wie Epidemien (und Ideen wie Viren), ist bestechend (vgl. Keith Henson, *Memetics and the Modular Mind,* in ›Analog‹, Aug. 1987). Aber keineswegs neu. Lewis Richardson schrieb 1946 in *Mathematics of War and foreign Politics,* »der Eifer, Kriege zu führen ... kann als Geisteskrankheit angesehen werden, die von denjenigen, die sich die Krankheit bereits zugezogen haben, an jene anderen übertragen wird, die in aufnahmefähiger Stimmung sind ...« Er entwickelte sogar eine Gleichung, die der Hamblins gleicht. Man könnte sagen, daß Meme zwar in Hinblick auf die Gesellschaft als ganzes wie Gene sind, vom Standpunkt des Individuums aus betrachtet dagegen wie Viren. Im Lichte von Dr. Millers Living-Systems-Theorie wird ein großer Teil der Mathematik, der Genetik und der Epidemiologie eines Tages in das Studium des gesellschaftlichen Wandels einbezogen werden müssen.

Für die Ausbreitung von Memen gibt es auch ein geographisches, oder, wenn man so will, räumliches Element. Wir sind davon ausgegangen, daß die Angehörigen einer Gesellschaft über gemeinsame Kommunikationskanäle dauernd miteinander in Verbindung stehen. Vor der Erfindung der Telegrafie bedeutete das Kontakt von Angesicht zu Angesicht. Meme zirkulierten mit den reisenden Menschen, insbesondere denen, die sich mit dem Handel befaßten. Rashevsky hat für diesen Prozeß ein mathematisches Modell entwickelt. Er drückte die Zahl der Reisenden, als eine Funktion von (unter anderen Faktoren) w^2 aus, wobei w das Produkt aus der Geschwindigkeit und der Beförderungskapazität der Transport-Technik ist; das heißt, wie viel kann wie schnell befördert werden. (So etwas ähnliches wie Kulturmoment.) Da Schiffe mehr Ware schneller als Karren befördern konnten, folgert daraus, daß Regionen mit gutem Zugang zu Flüssen und Küsten ein höheres w^2 als andere Regionen haben müssen.

Eine Methode, um diesen Effekt zu messen, liegt in der *spezifischen Küstenlinie.* Dabei handelt es sich um das Verhältnis der gesamten Küstenstrecke + Fluß zu der gesamten Landfläche. Wenn alle anderen Faktoren gleich sind (was nie der Fall ist), sollten Regionen mit hoher spezifischer Küstenlinie, wie Westeuropa und die Mittelmeerregion, höhere Raten der kulturellen Entwicklung erfahren, sobald sie eine hinreichende Bevölkerungsdichte erreicht haben. (Eine kritische Masse wird benötigt, um eine Kettenreaktion von Ideen in Gang zu halten.)*

Der größte Teil der Kommunikation besteht darin, daß Leute sich gegenseitig vertraute Meme wiederholen und sie Kindern und Neuzugezogenen lehren. Auf diese Weise pflanzt eine Gesellschaft ihr ›Kulturmuster‹ fort. Manchmal werden alte Meme auf neuartige Weise miteinander verknüpft. Man nennt das ›Originalität‹. Zu ganz seltenen Gelegenheiten taucht ein wirklich neues Mem auf: entweder eine spontane Mutation oder ein fremdartiges Mem aus einer anderen Gesellschaft. Wenn das geschieht, widersetzt die Gesellschaft sich dem in der Regel erbittert. Der Management-Berater Joseph Juran hat hinsichtlich des kopernikanischen Mems geschrieben, daß es »*einfacher* war, die Astronomen zu verbrennen, als die neue Idee anzunehmen«.

Was bestimmt nun, ob ein Mem vom ›Immunsystem‹

* Sind Meme also vielleicht so etwas wie Neutronen?

der Gesellschaft akzeptiert oder abgestoßen wird? Das bringt uns zu der *Psycho*-Komponente der Psychohistorik.

»Warum sollten wir pflanzen, wo es auf der Welt doch so viele Mongongo-Nüsse gibt?«

Kalahari-Buschmann
gegenüber einem westlichen Anthropologen

Individuen lernen empirisch, indem sie einmal gemachte Fehler nicht mehr begehen, aber in gesellschaftlichen Gruppen lernen wir auch, indem wir das erfolgreiche Verhalten anderer beobachten und nachahmen. Affen sehen, Affen tun. (Dies mag Teil unserer soziobiologischen Hüllkurve sein.) Je ›erfolgreicher‹ uns das Verhalten erscheint, desto größer ist die Wahrscheinlichkeit, daß wir es imitieren.

Jedes Verhalten hat seinen Preis: die Zeit und die Energie, derer es bedarf, um es auszuüben. Jedes Verhalten provoziert auch Reaktionen des physischen und sozialen Umfelds, welche das Verhalten verstärken. Der Ackerbau beispielsweise produziert Nahrungsmittel, was den Vorgang der Ackerbaus positiv verstärkt. Die Schwerkraft verstärkt den Vorgang des Springens von hohen Gebäuden hingegen negativ. *Die Wahrscheinlichkeit der Imitation eines Verhaltens ist direkt proportional zu der Spanne zwischen Aufwand und Verstärkung (Abb. 16).* (Mehr Leute werden also Ackerbau imitieren als solche, die von Gebäuden springen.*

Derartige Verstärkung tritt in mannigfacher Form auf, einige Verstärker sind natürlich, also Teil unseres soziologischen Grundmusters, unserer Bauweise sozusagen. An-

* Obwohl heute angesichts des Anstiegs der Kosten in der Landwirtschaft bei ständig sinkenden Erträgen manche Leute kaum mehr einen Unterschied sehen, ob sie weiter Ackerbau betreiben oder vom World Trade Center springen sollen.

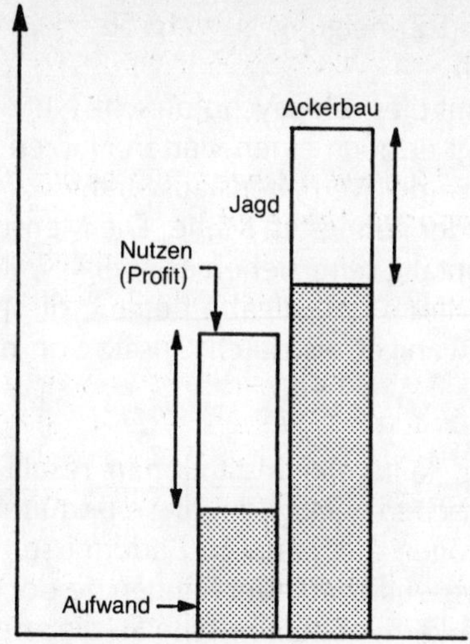

Abbildung 16: Die Menschen waren viele Jahrtausende länger Jäger als wir Ackerbauer sind. Das Diagramm zeigt den Grund dafür. Die Säulenhöhe zeigt den Nutzen in biopsychologischen Vorteilen; der schraffierte Teil die Anstrengung, deren es bedarf, um diesen Vorteil zu erlangen und die weiße Partie den biopsychologischen ›Profit‹. Die Jagd liefert mit relativ wenig Mühe ausreichende Kalorien. Der Ackerbau liefert mehr Kalorien, aber der Aufwand ist ebenfalls viel größer, so daß die ›Profitrate‹ weniger attraktiv ist.

dere Verstärker, wie beispielsweise Geld, sind anerzogen. Wir lernen es, diese Verstärker zu wünschen. Harris hat eine Minimalliste von drei natürlichen Verstärkern vorgeschlagen, nämlich:

1. Menschen müssen essen und werden sich im allgemeinen für eine Ernährung entscheiden, die eher mehr als weniger Nährstoffe liefert.

2. Der menschliche Sexualtrieb ist hochentwickelt, und die Menschen finden in heterosexuellem Verkehr verstärktes Vergnügen.

3. Die Menschen brauchen Liebe und Zuneigung und werden, bei sonst gleichen Umständen, darauf hinwirken,

die Liebe und Zuneigung zu vergrößern, die andere ihnen erweisen.

Harris nennt dies ›biopsychologische Nutzen‹. Darüber hinaus schlägt er noch einen vierten Nutzen vor, der sich auf den ›Preis‹ des Verhaltens auswirkt.

4. Gesetz der geringsten Mühe: Die Menschen können nicht völlig untätig sein, ziehen es aber vor, wenn man sie mit einer bestimmten Aufgabe betraut, diese eher durch Einsatz von weniger als durch Einsatz von mehr Energie auszuführen.

Harris meint, kulturelle Institutionen resultieren daraus, daß die Menschen versuchen, diese Bedürfnisse zu erfüllen. Zwar mögen auch andere Bedürfnisse als Verstärker wirken, im wesentlichen aber hängen sie doch von diesen ›Grundverstärkern‹ ab. Empirische Studien der Motivation von Arbeiten scheinen das zu bestätigen. Der Management-Theoretiker Abraham Maslow hat festgestellt, daß Arbeiter von einer ›Bedürfnis-Hierarchie‹ motiviert werden, die von ›Überlebensbedürfnissen‹ bis zur ›Selbstverwirklichung‹ reichen. Die Verstärkung eines höheren Bedürfnisniveaus kann, so stellte er fest, einen Arbeiter nur dann motivieren, wenn die darunterliegenden Niveaus bereits befriedigt waren. »Mit leerem Magen kann man nicht über Politik debattieren.«

Doch Vorsicht! Wir wollen nicht vergessen, daß wir hier statistisch sprechen. Die Tatsache, daß Individuen *im allgemeinen* auf diese biopsychologischen Nutzen aus sind, bedeutet keineswegs, daß a) *jeder* darauf aus ist, oder b) daß *jeder* sie erreicht! Systeme sind komplex, und wenn man mehrere unterschiedliche Vorteile zu erreichen sucht, führt das häufig zum Gegenteil; ganz besonders dann, wenn die unmittelbaren Ergebnisse eines Verhaltens nützlich erscheinen, aber die langfristigen und die Nebeneffekte das nicht sind. Die Jagd liefert primitiven Gesellschaften Kalorien; aber eine fortwährende Intensivierung der Jagd wird das Wild vertreiben, und das führt im Endergebnis zu weniger Kalorien. Es ist wie beim Glück: nur das Streben danach — nicht der Erfolg — wird von der (amerikanischen) Verfassung garantiert.

Nebeneffekts-Verhalten kann recht unerwartete Formen annehmen. Die Wirkung hinkt oft viele Jahre hinter der Ursache her. Keine Ursache hat nur eine Wirkung; keine Wirkung nur eine Ursache. Man kann nie nur eines tun. Inflation ist ein Nebeneffekt von Rüstungsausgaben, aber auch von technischer Innovation. Das System hat sein eigenes ›Meta-Leben‹ und auch ›Meta-Zwecke‹, die völlig unabhängig von den Intentionen des Einzelnen sind. Der Environmentalismus hat die großen Oligopole gestärkt, und das war ganz sicherlich nicht die Absicht der Befürworter von ›small is beautiful‹.

»Man kann plausibel argumentieren, daß die Gestalt einer Zivilisation — ihre Werte, ihre Gebräuche, ihre Familienorganisationen, ihre Eßgewohnheiten, Lebensweisen, ihre pädagogischen Methoden, ihre Regierungsformen und so weiter — aus den wirtschaftlichen Notwendigkeiten dieser Zivilisation entstehen.«

ROBERT A. HEINLEIN, *Waldo*

»Die Produktionsweise des materiellen Lebens bedingt den sozialen, politischen und geistigen Lebensprozeß überhaupt.«

KARL MARX,
Zur Kritik der politischen Ökonomie (Vorwort)

Die Verhaltens-Infrastruktur einer Gesellschaft besteht aus den Methoden der Produktion und den Methoden der Reproduktion. Die Methoden der Produktion sind, nach Harris, »die Techniken und die Praktiken, die eingesetzt werden, um die für das Existenzminimum erforderliche Produktion auszuweiten oder zu begrenzen, insbesondere die Produktion von Nahrungsmitteln und anderer Formen der Energie unter Berücksichtigung der Einschränkungen und Möglichkeiten, wie sie eine bestimmte Technologie im Zusammenwirken mit einem speziellen Habitat liefert.« Die Reproduktionsmethoden sind die »Technologie und die Praktiken, die für die Erweiterung, die Einschränkung und die Aufrechterhaltung der Bevölkerungsgröße eingesetzt werden.« Dazu gehören Dinge wie Initiationsriten, Heiratsvorschriften, Empfängnisverhütung, Abtreibung und Kindstötung.

Prinzip des infrastrukturellen Determinismus: *Die Verhaltensmethoden der Produktion und der Reproduktion bestimmen statistisch die innere Verhaltensökonomie, die ihrerseits die Mythologie und den mentalen Aufbau der Gesellschaft statistisch bestimmen.*

Dieses Prinzip (Hervorhebung stammt von mir) ist die Grundlage von Harris' **Theorie des Kulturellen Materialismus.** *Sie ist das Resultat unseres Unvermögens, zwei ökologische Gesetze zu ändern: 1) Wir müssen Energie einsetzen, um Energie zu gewinnen, und 2) Unsere Fähigkeit Kinder zu produzieren ist größer als unserer Fähigkeit, Energie für sie zu liefern.*

Die Infrastruktur ist »die Schnittstelle zwischen Kultur und Natur«. Die materiellen Grenzen der Physik und der Biologie setzen sich dort mit den kulturellen Praktiken auseinander, die darauf abzielen, sie zu überwinden. Hier liegen die Wurzeln der Kultur, nicht etwa in den Mythen und dem Glauben der Gesellschaft. Harris drückt das so aus: »Der Natur ist es gleichgültig, ob Gott ein liebender Vater oder ein blutdürstiger Kannibale ist. Aber der Natur ist es nicht gleichgültig, ob die Brachperiode eines Feldes ein oder zehn Jahre beträgt.« Anders formuliert: Eine Gesellschaft, die den Ackerbau mit der Hacke betreibt, kann nicht dieselben Institutionen haben wie eine, die sich der Pflugschar bedient.

Harris hat einige Bücher über die infrastrukturellen Ursprünge scheinbar irrationaler Bräuche geschrieben. Nehmen wir beispielsweise das im Nahen Osten verbreitete Schweine-Tabu. In frühsteinzeitlichen Ausgrabungen gibt es Funde von Schweineknochen, spätere Kulturen wie die Ägypter, die Babylonier, die Hebräer und die Araber (selbst *vor* dem Islam) verabscheuten das Schwein (siehe 3. *Mos.* 11 : 7—8; oder *Koran* 2, 168). Der Grund hierfür war nicht Mystik sondern Thermodynamik! Im Gegensatz zu anderen domestizierten Tierrassen kann man Schweine nicht reiten, melken oder vor einen Pflug spannen. Sie sind lediglich als Fleischvieh oder als Abfallfresser zu gebrauchen. Außerdem sind sie am besten mit Lebensmitteln zu mästen, die Menschen auch direkt essen können, also Nüssen und Knollengewächsen. Als sich im Nahen Osten der Ackerbau ausbreitete, verschwanden die Wälder. Schweine können nicht schwitzen und müssen, um sich in trokkenem, baumlosen Gelände abzukühlen, in wertvollen Wasserlöchern und Oasen suhlen. Aus diesem Grund würden sich Gesellschaftsformen, die Schweineherden züchten — mit Ausnahme solcher in bewaldeten Gegenden (siehe *Matt.* 8.28—33) —, deutlich im Nachteil befinden. Ein Mem von der Art wie »Gott verbietet Schweinefleisch« würde von der Physik der Entwaldung positiv verstärkt werden. Aber die infrakstrukturellen Bedingungen haben zu der göttlichen Weisung geführt, nicht etwa umgekehrt.

Wenn die infrastrukturellen Umstände nicht stimmen, wird ein Mem sich nicht ausbreiten, ganz gleich wie nützlich es auch Außenstehenden erscheinen mag. Manchen Indianerstämmen war das Rad bekannt. Sie benutzten es als Spielzeug. Aber ohne Zugtiere bot der Bau von Karren zu wenig Verstärkung.* Der weiter oben zitierte Buschmann aus der Kalahari wußte, wie man Ackerbau betreibt; er sah nur keinen Anlaß, sich die Mühe zu machen. Herons Dampfturbine, Leonardo da Vincis Helikopter, Coandas Düsenflugzeug (siehe ›Analog‹, Juli 1984), Lillienfields Transistor (siehe ›Analog‹, März 1965). Nichts davon konnte ›sich durchsetzen‹. Warum transistorisieren, überlegte

* Tatsächlich kann man den Karren eben wirklich nicht vor das Pferd spannen.

man sich, wo es doch auf der Welt soviele Vakuumröhren gibt?

Aber — um Margaret Silbars Formulierung zu gebrauchen — Meme können ›wiedergeboren‹ werden: Newton, Leibniz, und die Differentialrechnung. Darwin, Wallace, und die natürliche Zuchtwahl. Henry, Edison, Bell, Gray, und das Telefon. Wenn die Umstände stimmen, werden die richtigen Gedanken gedacht werden — oft von mehreren Leuten gleichzeitig. »Große Ideen liegen in der Luft«, sagt Stephen Jay Gould, »und mehrere Gelehrte schwingen gleichzeitig ihre Netze.« Aus diesem Grund hat Gott in seiner grenzenlosen Weisheit Patentanwälte geschaffen. (Alexander Bell und Elisha Gray haben *am gleichen Tag* Telefonpatente beantragt!) »Wenn die Zeit für Eisenbahnen da ist«, pflegte John W. Campbell zu sagen, »fangen die Leute an, Eisenbahnen zu bauen.«

Diese Überlegungen führen uns zum:

Grundaximon der zivilisatorischen Evolution: *Zivilisationen entwickeln sich durch natürliche Selektion, wobei sie sich auf Meme stützen, um den biopsychischen Nutzen der Individuen zu maximieren.*

»Wenn man einer Kaste angehörte, kannte man seinen Platz. Und, wichtiger vielleicht noch, wenn man einer Kaste angehörte, wußte man, daß es einen Platz für einen gab.«

Paul Colinvaux

Jetzt wollen wir uns der energieverarbeitenden Seite unserer Gesellschaft zuwenden. Eine menschliche Gemeinschaft ist eine biologische Population. Wie für jede Population gilt auch für diese, daß unsere Fähigkeit, Kinder zu produzieren, unsere Fähigkeit übersteigt, Energie für sie zu beschaffen. Die daraus resultierende Knappheit an Ressourcen ist die treibende Kraft der zivilisatorischen Entwicklung. Doch diese Analogie hat einige Haken.

Eine Gesellschaft ist eher ein Mosaik von Spezies, als daß sie einer einzigen Spezies gleicht. Der Ökologe Paul

Colinvaux sieht die gesellschaftliche Klasse als das zivilisatorische Analogon zur Spezies. Eine Spezies wird durch ihre Rolle im Ökosystem definiert; also durch ihren ›Lebensstil‹: Was man ißt (und wovon man gefressen wird), welche Art von Nest man baut und wo; wie man Partner für die Fortpflanzung findet usw. Wir nennen das die *Nische* der jeweiligen Spezies. Eine breite Nische (z. B. Bären) erfordert viele Ressourcen; eine schmale Nische (z. B. Eichhörnchen) erfordert weniger.*

In ähnlicher Weise wird eine gesellschaftliche Klasse durch bestimmte Berufe, Kleidungsstil, Wohnung und Umgebung charakterisiert; derartige Klassen pflegen auch innerhalb der eigenen Klasse zu heiraten. In Kastengesellschaften wie dem hinduistischen Indien, dem viktorianischen England oder dem späten römischen Reich wurden die Eheschließung, den Wohnort, den Aufwand und die Berufsausübung betreffende Regeln explizit festgeschrieben; implizit sind sie in allen menschlichen Gemeinschaften vorhanden. Die ökologische Analogie läßt sich sogar auf Beziehungen wie die zwischen Raubtier und Opfer ausdehnen, wenn wir an die Stelle eines ›Preisgewebes‹ für Tauschwerte ein ›Nahrungsgewebe‹ für Kalorien setzen. (Ob die jeweilige Gesellschaft sich bestimmter Symbole aus Metall bedient, um den Tausch zu registrieren, ist dabei ohne Belang.) So betrachtet sind Friseure die Räuber und Menschen mit Haar ihre natürliche Beute.**

---

* Verhaltensbarrieren sind ebenso wichtig wie Fruchtbarkeitsbarrieren. Die beiden wechselweise fruchtbaren Gattungen des atlantischen Blauflossenthunfischs werden als unterschiedliche Spezies betrachtet, weil sie buchstäblich in verschiedenen Kreisen schwimmen und die Laichgründe im mittleren Atlantik zu unterschiedlichen Zeiten erreichen.

** Ein Räuber konsumiert gewöhnlich nur 10 % der Kalorien seines Opfers; aber das Opfer ist 100 %ig tot. Im kulturellen Raub, wo Geld oder Güter stellvertretend für die Kalorien eingesetzt werden, nehmen die Steuerbehörde, Händler, Gewerkschafter oder Literaturagenten ihren Anteil an der Beute, aber das Opfer überlebt — wenn auch in eingeschränkten Lebensumständen.

Das fundamentale Gesetz der animalischen Ökologie besagt, daß die Nische die Zahlen bestimmt. Die Nischengröße relativ zur Ressourcenbasis bestimmt die Größe der Population, nicht etwa die Bemühung um Fortpflanzung. Auf diese Weise wird die Zahl von Anwälten (um ein Beispiel zu gebrauchen) von der Größe der Anwaltsnische bestimmt, nicht etwa durch die Fortpflanzungsbemühungen der juristischen Fakultäten. Dieselbe Ressourcenbasis wird mehr schmale Nischen als breite tragen; und dies ist der Grund, warum es mehr Eichhörnchen als Bären gibt und weshalb Ladenangestellte gegenüber Rechtsanwälten in der Überzahl sind.*

Zwischen biologischen und kulturellen Spezies gibt es ein wesentliches Unterscheidungsmerkmal. Die kulturelle Spezies ist nur sehr undeutlich abgegrenzt. Überschüssige Eichhörnchen müssen sterben, wohingegen überschüssige Rechtsanwälte die Nische wechseln und einen anständigen Job finden können. *Die Fähigkeit, die Nische zu wechseln (und durch Technik zusätzlichen Nischenraum zu schaffen), macht es aus, daß Menschen eine Geschichte haben* — und Eichhörnchen nicht.

So betrachtet ist eine Gemeinschaft ein Mosaik undeutlich voneinander abgegrenzter Spezies, wovon jede einzelne ihren eigenen Lebensstil und ihre eigenen Ressourcenbedürfnisse hat. Und demzufolge hat auch jede einzelne ihre eigene, ihr gemäße Wachstumsrate. Nur in diesem Zusammenhang macht der Begriff vom Fortpflanzungsdruck einen Sinn. Der Druck wird unabhängig von jeder Klasse/Spezies empfunden, nicht von der Gesellschaft als ganzes.

Jede Klasse/Spezies versucht den Fortpflanzungserfolg dadurch zu maximieren, daß sie die größtmögliche Zahl von Kindern großzieht. Wenn man zu wenige oder zu viele Nachkommen hat, riskiert man, seine Gene zu ver-

---

* Ich weiß, daß der Anschein dieser Aussage widerspricht ...

lieren. Die Familiengröße (in Wirklichkeit eine statistische Verteilung von Familiengrößen) ist eine Funktion der Differenz zwischen den biopsychischen Ressourcen, die von den Eltern benötigt werden, um ihren Lebensstil zu bewahren, und der biopsychischen Investition, derer es bedarf, um in derselben Nische Kinder aufzuziehen:

$$N \sim (R - P)/C$$

Hier sind N die durchschnittliche Kinderzahl, R die erwarteten verfügbaren Ressourcen; P der Ressourcenbedarf der Eltern, und C der Kostenaufwand, der benötigt wird, um ein Kind großzuziehen.

So tendieren arme Familien dazu, größer zu sein als wohlhabende Familien; und ländliche Familien dazu, größer zu sein als städtische. Dies ist der Grund, weshalb die Geburtenrate in den USA in dem Maße zurückging, wie das Land stärker verstädterte. Der Aufwand, ein Kind in einer schmalen Nische großzuziehen, ist viel geringer als in einer breiten. Niemand *erwartet,* nach Harvard zu gehen! Außerdem fangen Kinder in schmalen Nischen in viel jüngeren Jahren damit an, einen Beitrag zu den Familienressourcen zu leisten: indem sie auf der Farm gewisse einfache Handreichungen übernehmen, indem sie auf den Straßen betteln, oder indem sie (zumindest vor den Gesetzen bezüglich Kinderarbeit) in Bergwerken oder Fabriken arbeiten. Im Gegensatz dazu sind Kinder in breiten Nischen teuer und zahlen die Investitionen ihrer Eltern selten, wenn überhaupt, zurück. In vielen sogenannten ›Yuppie‹-Nischen sind Kinder relativ zum Lebensstil ihrer Eltern so teuer, daß diese sich ganz und gar gegen das Kinderkriegen und -aufziehen entscheiden.

Kurz gesagt, die Armen haben größere Familien, weil sie sie sich ›leisten‹ können.* R mag niedrig sein, aber P

---

* Obwohl der rechte Flügel es vorzieht, der niedrigen Moral der ›niedrigen Klassen‹ die Schuld dafür zu geben. (Es ist doch wohl eher so, daß für die ärmeren sozialen Schichten — vor allem in Ländern der

und C sind das auch. Entgegen allgemeiner Ansicht empfinden wohlhabende Kreise den Fortpflanzungsdruck als viel größere Last als arme Kreise. Wie Colinvaux bemerkt, ist für einen armen Teufel immer noch Platz; keineswegs aber für einen weiteren erfolgreichen Handelsmann, Professor, Priester oder höheren Beamten. Aus diesem Grund wurde das Nullwachstum der Bevölkerung in den weißen Vororten und nicht etwa den schwarzen Ghettos entdeckt, und deshalb hat auch der wohlhabende Club of Rome die Grenzen des Wachstums erstmalig entdeckt.

Das Bevölkerungswachstum ist in zweierlei Weise reguliert worden. *Die Einschränkung der Fortpflanzungsprivilegien* schließt Bräuche wie Mitgift, Initiationsrituale, Homosexualität, Zölibat für die Priesterschaft, staatliche Heiratslizenzen, hohen gesellschaftlichen Status für Jungfrauen, Monogamie, die Pille etc. ein. Als Beispiel möge dienen, daß der Zuluherrscher Chaka seinen Kriegern die Ehe verbot, solange sie nicht das dreißigste Lebensjahr erreicht hatten.

Das zweite Mittel zur Regulierung besteht in einer *Abschöpfung des Überflusses* durch Abtreibung und Kindstötung, speziell von Mädchen.* Die alten Griechen legten ihre überschüssigen Babies auf den Abfallhaufen der *polis,* moderne Amerikaner liefern sie in den Abtreibungskliniken ab. Im viktorianischen Zeitalter fand man oft in den Abfalltonnen der Slums im Eastend Babies. Hänsel

---

Dritten Welt — Kinder die einzige Altersversorgung darstellen. Man *kann* sich Kinder nicht leisten, aber man *muß* sie sich leisten, auch als billige Arbeitskräfte, auf dem Hof etwa, zur Nahrungsbeschaffung etc. — *Bernd Grosche*)

* Es mag sexistisch klingen, aber Kindsmord und Abtreibung sind als Mittel der Bevölkerungskontrolle nur dann wirksam, wenn vorzugsweise weibliche Opfer gewählt werden. Männer sind für das Bevölkerungswachstum weithin irrelevent, werden aber in primitiven Gemeinschaften zur Dorfverteidigung benötigt. Nur hochtechnisierte Gemeinschaften sind von dem Bedürfnis befreit, starke, aggressive Männer heranzuziehen und können sich daher Women's Lib *leisten.*

und Gretels Vater brachte seine beiden Kinder in den Wald und setzte sie dort aus. ›Findling‹ klingt zwar besser, ist aber Teil des nämlichen Verhaltenskomplexes. Zahlen aus dem Mailand des 17. Jahrhunderts weisen beispielsweise aus, daß 10 % der Babies auf Kirchen- und Waisenhaustreppen ausgesetzt wurden. (Und nicht umsonst nannte man die Waisenhäuser damals ›Engelmacher‹.)

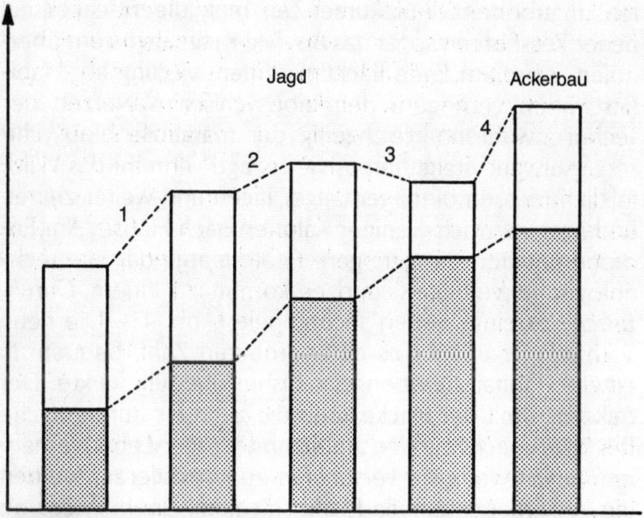

Abbildung 17: Schematische Darstellung des Übergangs von der Jagd zum Ackerbau.
(1) Anfänglich führt die Intensivierung der Jagd zu mehr Nettokalorien.
(2) Fortgesetzte Intensivierung erzeugt zunehmend geringeres marginales Wachstum, in dem Maße wie die Grenzen der Technologie und der Habitats erreicht werden.
(3) Schließlich führt ›Überjagen‹ zu einer Entleerung des Habitats. Die ›Pleistozän-Megafauna‹ wurde ausgerottet, und unsere Vorfahren gingen zur ›Breitspektrum‹-Jagd über (das heißt, sie aßen Würmer und Insekten und Feldhasen, weil sie sämtliche Mammuts getötet hatten). Die Folge war weniger Nahrung bei mehr Aufwand.
(4) An diesem Punkt beginnt der Ackerbau trotz seines hohen Arbeitsaufwandes und der schlechten Verteilung des Wohlstandes attraktiv zu werden.

Diese schmerzlichen Maßnahmen erzeugen einen starken Antrieb, sie durch Produktion von mehr Ressourcen zu vermeiden. Herrscher arbeiten hart, um den Wohlstand ihrer Untertanen zu heben und damit mehr und mehr Leute aus der Armut herauszuheben. Die einfachste Methode besteht darin, die Technik der Ressourcenproduktion zu intensivieren: also mehr Jäger hinauszuschicken; mehr Land unter den Pflug zu nehmen; mehr Ölquellen anzubohren. Auf kurze Zeit mag die Erschließung neuer Ressourcen sogar das Bevölkerungswachstum überholen. Aber am Ende flacht die Intensivierung ab. Habitatschäden verringern den biopsychischen Nutzen der Technik, während gleichzeitig der marginale biopsychische Aufwand steigt. Intensivierte Jagd vertreibt das Wild, folglich müssen die Jäger länger jagen und weiter ziehen und bringen doch weniger Kalorien nach Hause. Am Ende demotiviert die geringere Erfolgsmarge das alte technologische Verhalten, und es kommt zu einem *Durchbruch,* zu einer neuen Technologie (Abb. 17). Die neue Technologie erlaubt es einer größeren Zahl, bequem in einem Habitat zu leben, das bisher überfüllt wirkte. Der Ackerbau mit der Hacke kann die zehn bis hundertfache Bevölkerung, gemessen am Sammler/Jäger-Leben, ernähren. Selbst wenn sie *versuchten* zu koexistieren, würden die Ackerbauer am Ende die Jäger in einem Meer an Nachkommen ertränken. So haben die das Eisen nutzenden Bantu-Bauern zwischen dem ersten und fünften Jahrhundert unserer Zeitrechnung den steinzeitlichen Buschmännern das südliche Afrika weggenommen.*

Das vermindert den Druck auf die Ressourcen. Allerdings ist diese Erleichterung nur von kurzer Dauer, und bald setzt ein neuer Druckzyklus ein. Die unveränderte Geburtenstrategie stellt sicher, daß die Bevölkerung weiterhin wächst, so daß die infolge der neuen Technologie

* Sie glauben doch sicherlich nicht, daß nur Europäer anderen Leuten deren Kontinente wegnahmen!

angewachsenen Ressourcen innerhalb weniger Generationen verbraucht sein werden. Das Nettoergebnis von mehr Ressourcen waren stets mehr Münder, die sie verbrauchten. »Die Armen«, sagte Jesus von Nazareth, »werdet ihr stets in eurer Mitte haben.« Nach Colinvaux lautet das erste soziale Gesetz der Ökologie: *»Alle Armut wird durch das dauernde Bevölkerungswachstum erzeugt.«*

Colinvaux' Theorie sagt vorher, daß:

- die mittleren und oberen Klassen die Überfüllung als erste fühlen werden.
- anfänglich den Armen zuneigende Machthaber selbstsüchtig werden und damit zu Unterdrückern. (Der Environmentalismus und die Reaganomics haben dieselben Wurzeln.)
- gesellschaftliche Unruhen episodisch sein (in dem Maße wie zunächst neuer Nischenraum geschaffen und dann gefüllt wird) und von den mittleren Klassen ausgehen werden.*
- sich Methoden entwickeln werden, um Menschen schmalen Nischen zuzuteilen; z.B. Kastensysteme, Marktkräfte, staatliche Zuweisungen.

»Und er wird Recht sprechen zwischen den Völkern und Weisung geben vielen Nationen; und sie werden ihre Schwerter zu Pflugscharen schmieden und ihre Spieße zu Rebmessern. Kein Volk wird wider das andre das Schwert erheben, und sie werden den Krieg nicht mehr lernen.«

JESAJA 2,4

»Und er wird Recht sprechen zwischen vielen Völkern und Weisung geben starken Nationen bis in die Ferne; und sie werden ihre Schwerter zu Pflugscharen schmie-

---

* Revolutionäre wie Robespierre, John Adams, Wladimir Iljitsch Lenin, Ho Tschi Minh, Sun Yat-sen u.a. gehörten alle der Ober- oder Mittelklasse an.

den und ihre Spieße zu Rebmessern. Kein Volk wird wider das andre das Schwert erheben, und sie werden den Krieg nicht mehr lernen.«

MICHA 4,3

»Rufet dies aus unter den Völkern, rüstet zum Kriege, erwecket die Helden; es sollen herkommen, anrücken alle Krieger! Schmiedet eure Pflugscharen zu Schwertern und eure Rebmesser zu Spießen! Der Schwache sage: Ich bin ein Held.«

JOEL 3,9 & 10

»Alles hat seine bestimmte Stunde,
jedes Ding unter dem Himmel hat seine Zeit ...
Lieben hat seine Zeit,
und Hassen hat seine Zeit.
Der Krieg hat seine Zeit,
und der Friede hat seine Zeit.«

PREDIGER 3,1 & 8

Die Kriegsführung durch den Staat ist wahrscheinlich der zwingendste Aspekt der Geschichte. Sie hängt wie eine drohende Wolke über unserem Leben. Niemand weiß, wann der Sturm losbricht, wann irgendein Möchtegern-Napoleon die Bühne betritt. Ebenso wie der Blitz ist ein solches Ereignis nicht vorhersehbar.

Oder etwa doch? Was berichten die Aufzeichnungen?

Eurasische Nomaden sind regelmäßig alle 5 Jahrhunderte (+/— 1 Jahrhundert) aus den Steppen hervorgebrochen. Zufall? Eine von Richardson erstellte Liste von Kriegen, dargestellt auf einer Shewhart-Graphik (Abb. 18a) deutet auf einen 200-Jahre-Zyklus hin. Eine von Singer und Small durchgeführte Statistik von Kriegen brachte auch einen 25 Jahre Zyklus von ›jährlich in Gang befindlichen Nationen-Kriegs-Monaten‹ zum Vorschein.

Die vielleicht verblüffendste Analyse dieser Art wurde von J. S. Lee hinsichtlich der Kriege zwischen den chinesischen Staaten erstellt, die in den dynastischen Annalen

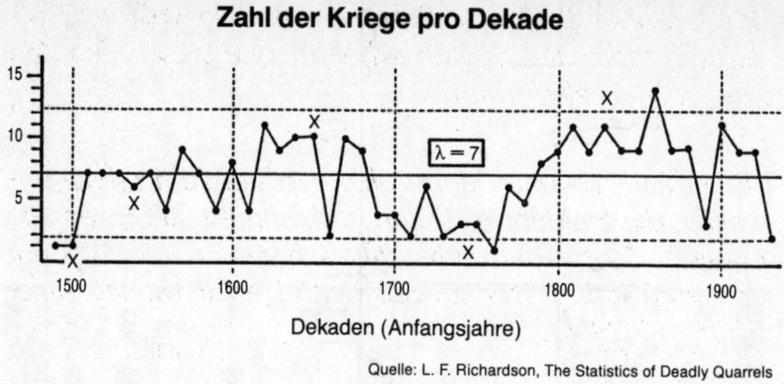

Abbildung 18a: Daten über die Zahl der in jeder Dekade begonnenen Kriege zeigen einen langsamen Zyklus, der sich um einen Durchschnittswert von sieben Kriegen windet. Die X zeigen Abweichungen vom Durchschnitt (oder Über-/Unterschreitungen des Durchschnitts), die wahrscheinlich nicht nur zufälligen Ursachen zuzuschreiben sind. Die gepunkteten Linien sind die 95 %-Wahrscheinlichkeitsgrenzen für Zufallsschwankungen.

verzeichnet sind. Seine Graphik zeigt zweieinhalb Wiederholungen eines *800 Jahre alten Musters* auf (Abb. 18b).

Eine derartige Regelmäßigkeit ist ein starkes Argument gegen die ›Eroberer‹-Theorie des Krieges. Selbst wenn Kriege von ehrgeizigen Feldherren angezettelt werden, müssen wir immer noch eine Erklärung dafür liefern, wieso die Feldherren zu vorbestimmten Zeitpunkten auftauchen! Die ökologische Theorie liefert einige plausible Erklärungen:

»Wenn einem der Nischenraum für das gute Leben knapp wird«, schreibt Colinvaux, »kann man immer noch anderswo nach mehr Ausschau halten — durch Handel, Kolonien und Angriffskrieg.«

Zivilisatorisch gesprochen, besetzte man wesentlich mehr Raum als seine unmittelbare Umgebung. Dieser ›Raum‹ enthält *proportionale* Anteile all des Ackerlandes, der Bergwerke, Parks, Theater usw., deren es bedarf, um einem die gewohnte Nische und den gewohnten Lebensstil zu bewahren. So kommt es, daß Menschen sich be-

Ein 800-Jahre-Zyklus von Kriegen pro fünf Jahre in China

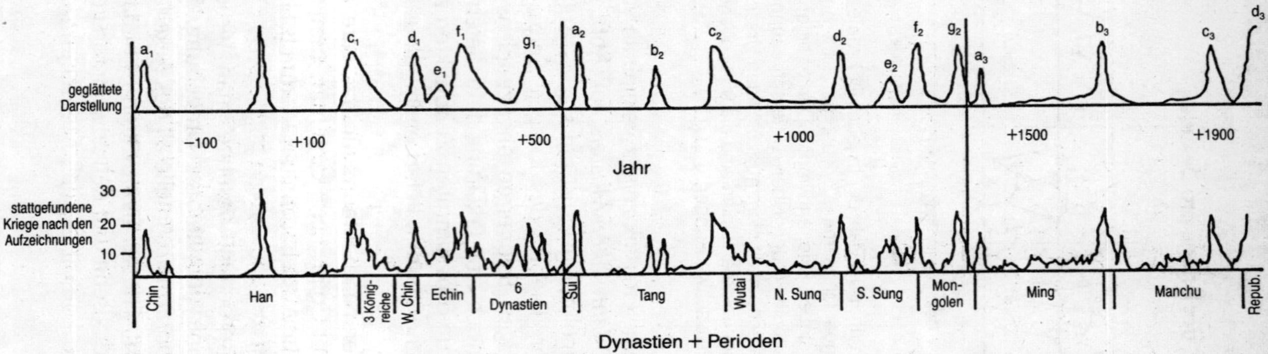

Quelle: The Periodic Recurrence of Internecine War in China, J. S. Lee

Abbildung 18b: Nach Zählung der in den dynastischen Annalen aufgezeichneten Kriege hat China zweieinhalb Wiederholungen eines 800 Jahre dauernden Zyklus durchgemacht. Dieser Zyklus besteht aus abwechselnden 400 Jahre langen Blöcken von ›Krieg‹ und ›Frieden‹ (relativ gesprochen). China ist mit dem Ausbruch der T'ai-p'ing-Rebellion in die gegenwärtige Phase von ›Krieg und Uneinigkeit‹ eingetreten. Diese Phase hat über die Zeiten der Kriegsherren, der fremden Besetzung, des Bürgerkriegs, des Abfalls Taiwans und der Kulturrevolution angehalten. Wenn der Zyklus noch in Kraft ist, wird China nicht vor der Mitte des 23. Jahrhunderts wiedervereinigt werden.

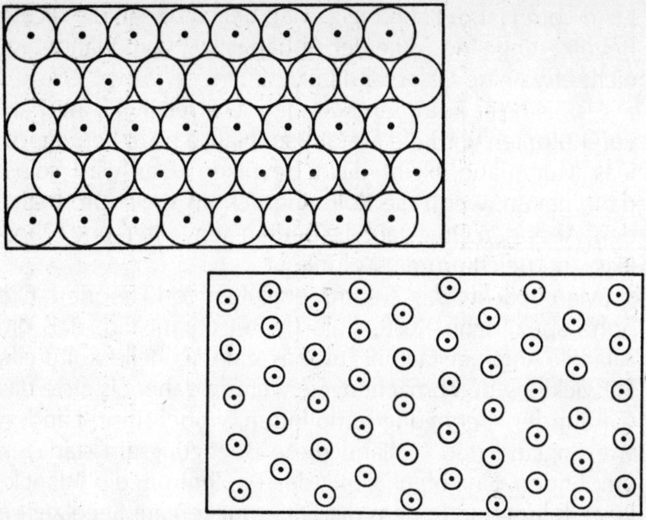

Abbildung 19: *Eine schematische Darstellung von Nischenüberfüllung.* Der Durchmesser eines jeden Kreises stellt das Maß an Ressourcen dar, das für den Lebensstil in einer bestimmten Nische benötigt wird. Es gibt 25 % mehr ›schmale Nischen‹, diese sind jedoch weniger ›überfüllt‹. Aus diesem Grund machen sich die Angehörigen der Ober- und der Mittelklasse mehr Sorgen über Bevölkerungskontrolle, und dies ist auch der Grund, weshalb wohlhabendere Nationen arme Nationen angreifen.

engt fühlen können, obwohl scheinbar genügend freies Land vorhanden ist (Abb. 19).

Der Handel ermöglicht es einem, teilweise im Land eines anderen zu leben. Die alten Hellenen importierten Weizen aus Sizilien und der Ukraine; man könnte also sagen, daß die Mägen an jene Orte ›emigrierten‹, ebenso wie unsere Benzintanks nach dem Nahen Osten ›emigriert‹ sind. Und das Wichtigste dabei ist, daß der Handel für die Händler viele neue breite Nischen schafft. Und auch für die Soldaten, die die Karawanen und die Schiffe beschützen. Am Ende, wenn die Zahlen gewachsen sind, um den zusätzlichen Nischenraum zu füllen, wird das

Land vom Handel abhängig. Man beachte, daß die dichte Bevölkerung eine Folge der Abhängigkeit vom Handel ist, nicht etwa eine Ursache dafür.

Als nächstes kommen Kolonien. Die relativ kleine Zahl von Kolonien wird die Massen zu Hause nicht verringern. Das Mutterland bleibt dicht bevölkert. Das wird selbst dann gelten, wenn die Kolonien sich im Weltraum befinden. Aber den Druck auf die bedrängten Mittel- und Oberklassen erleichtern die Kolonien!

(Man beachte das Zusammenfließen von Theorien: Die hohe spezifische Küstenlinie deutet darauf hin, daß die Atlantik-Anrainerstaaten Europas eine schnelle kulturelle Entwicklung durchmachen. Sie werden daher als erste das Gefühl der ›Beengung‹ empfinden, wobei ›Insel-Länder‹ wie England und Holland diese Beengung am stärksten empfinden. Ein Potentialfeld, dessen Zentrum die Atlantikküste bildet und in dem die Entfernungen auf Segelzeiten [bei gegebenen Wind- und Meeresströmungen] basieren, definiert die Ökozone der europäischen Kolonisation. Die Verknüpfung des Netzes weist auf die Wichtigkeit der Route zwischen der iberischen Halbinsel und der Karibik hin. Die höhere Komplexität früher mechanischer Gesellschaften gegenüber Hackbauern und Jägern läßt das Ergebnis ahnen. Auf diese Weise lassen sich die groben Umrisse des frühen europäischen Kolonialismus mühelos aus der Geographie und grundlegenden psychohistorischen Prinzipien skizzieren. Wahrscheinlich werden überfüllte wohlhabende Inselländer auch am erfolgreichsten bei der Errichtung von Weltraumkolonien sein. — Irgendwelche Kandidaten?)

Am Ende werden die Handel treibenden Staaten erkennen, daß sie sich die von ihnen benötigten Ressourcen leichter durch unmittelbaren Diebstahl beschaffen können. Das hat nichts mit Begriffen wie dem ›Nackten Affen‹ oder dem ›territorialem Imperativ‹ zu tun. Die Zivilisation, nicht etwa die Biologie, ist die Ursache. »Der Staat ist berechnend«, schreibt Colinvaux. »Die Soldaten sind gepanzert und vorsichtig. Der Feind ist schwach und ein Opfer. Das Ziel ist Beute.«

Colinvaux liefert die Requisiten für Angriffskriege. Der Aggressor ist ein reiches, dichtbesiedeltes, im Wachstum begriffenes Land mit zunehmenden Erwartungen. Operativ ausgedrückt können wir sagen, das Land hat (1) eine hohe Bevölkerungsdichte, (2) ein hohes Pro-Kopf-Einkommen und (3) in beiden Bereichen hohe Wachstumsraten. Der Lebensstandard nimmt zu, und die Menschen erwarten, daß ihre Kinder besser leben werden als sie.

Interessanterweise glaubt der Aggressor stets, daß er für die Freiheit kämpfe (seine eigene natürlich). »Ein höherer Lebensstandard schließt stets eine ausgeprägtere Wahlfreiheit ein, sich den Lebensweg nach eigenen Wünschen zu wählen, und wird daher als eine Form der Freiheit betrachtet.« Das gilt selbst dann, wenn der Staat ein totalitärer ist! Tatsächlich hat Colinvaux (1970!) vorhergesagt, daß Rußland eines Tages mehr Freiheit im Sinne Jeffersons haben würde. Und dies wegen seines Reichtums an natürlichen Ressourcen. Das einzig Falsche, schrieb er, ist das Übermaß an Polizisten ... »Und Polizisten kommen und gehen.« Aber rechnen Sie nicht mit baldigen Änderungen; *Glasnost* ist nicht gerade die Bill of Rights.

Sobald das Bevölkerungswachstum den Lebensstandard der oberen Klassen bedroht, ist die Folge stets Angriffskrieg.*

Natürlich bedarf es eines geeigneten Opfers. Das Opfer ist nach den Maßstäben des Aggressors technisch rückständig, verfügt aber über Ressourcen, die der Aggressor benötigt, um seinen höheren Lebensstandard und seine Wachstumsrate aufrechtzuerhalten.

---

* In *Luzifers Hammer* schrieben Jerry Pournelle und Larry Niven, daß noch nie eine Armee mit dem Schlachtruf »Höherer Lebensstandard« in die Schlacht gezogen sei. Die ökologische Geschichtstheorie erklärt jedoch, daß *genau dies der Grund sei,* weshalb Aggressionskriege geführt werden.

Kurz gesagt — wohlhabende Länder greifen arme an. Zu den Beispielen zählen: Österreich-Ungarns Angriff auf Serbien; Deutschlands Angriff auf Polen; der japanische Angriff auf die Mandschurei; die britischen Angriffe auf Indien, die Goldküste und andere Kolonialbereiche; der Angriff der Vereinigten Staaten auf Mexiko, das Spanische Weltreich und die verschiedenen Indianerstämme;* die russischen und sowjetischen Angriffe auf Afghanistan, Finnland, die sibirischen Stämme etc. etc. Wendet man diese Theorie auf Afrika an, so kann man daraus entnehmen, daß Libyen der wahrscheinlichste Angreiferstaat und Tschad das wahrscheinlichste Opfer sein müssen (Abb. 20). Dem Leser bleibt es überlassen, dieselbe Analyse auf Mittelamerika anzuwenden. Die Resultate werden ihn möglicherweise überraschen.

Die militärische Expansion dauert an, bis der Aggressorstaat auf Ökozonen- oder Kommunikationsbarrieren stößt — oder auf die Armeen eines anderen Staates. Erfolgreiche Aggression erfordert eine überlegene Militärtechnik (zumindest dem Opfer oder den Freunden des Opfers überlegen!). Die griechische Phalanx durchschnitt die persische Armee wie … nun wie Bronze Baumwolle. Die gepanzerte Bürgerphalanx, von Kindheit an dazu gedrillt, als Einheit zu kämpfen, war eine überlegene Militärtechnik — ein wandelnder Tank —, und die Perser hatten nicht die geringste Chance, sie rechtzeitig zu imitieren. Aber gegen andere Staaten, die die Phalanx benutzten, wie Rom oder Karthago, hatten die Griechen wenig Chancen. Und schließlich fielen sie, als die Römer eine bessere Technik — die Legion — zur Vollkommenheit entwickelten. Ähnlich machte die Legion der schwer gepanzerten Kavallerie Platz; letztere dem Pikenkarree und dieses dem Langbogen, und so weiter.

---

* Will jemand eine Schätzung versuchen, wie oft in diesem Jahrhundert amerikanische Truppen in Nicaragua eingesetzt worden sind?

Aggressoren und Opfer in Afrika

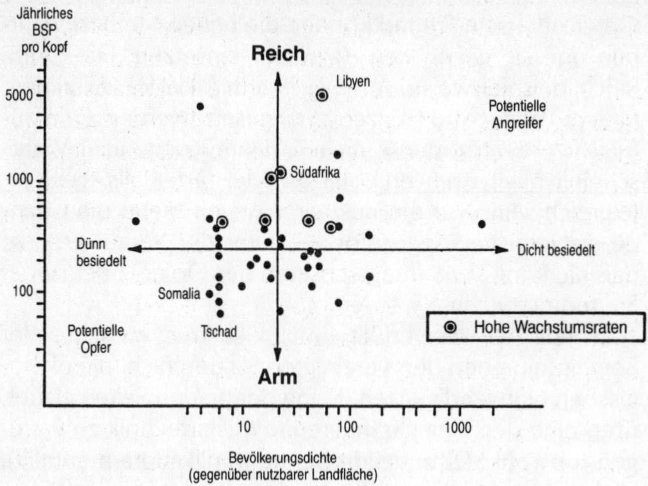

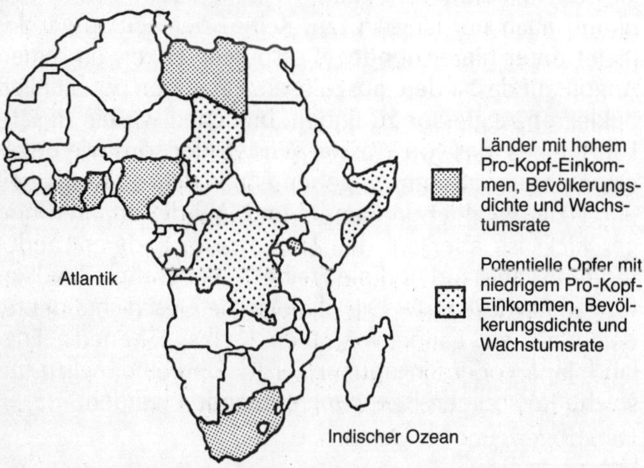

Abbildung 20: Eine Analyse der Bevölkerungsdichte und des Wohlstandes in Afrika zeigt, daß nur Libyen und der Tschad benachbarte ›Aggressor-Opfer‹-Länder sind.

Unter gebildeten, technisch hochstehenden Staaten können militärische Techniken schnell imitiert werden. Das Opfer oder sein Freund können die neuen Methoden lernen und sie gegen den Aggressor einsetzen. Das Dritte Reich beispielsweise unterlag einem alliierten Blitzkrieg, in dem Panzer und Flugzeuge eingesetzt werden. Demzufolge werden moderne nichtnukleare Kriege aller Wahrscheinlichkeit nach ergebnislos oder jedenfalls nicht erfolgreich sein. Nur ein nuklearer Angriff bietet die Chance erfolgreicher Aggression — unter der Voraussetzung, daß nicht mit Vergeltungsschlägen des Opfers oder seiner Freunde gerechnet werden muß!

Erfreulicherweise erfüllt ein Nuklearkrieg zwischen der Sowjetunion und den Vereinigten Staaten nicht die ökologischen Notwendigkeiten. Keine der beiden Seiten glaubt, über eine den Sieg garantierende Militärtechnik zu verfügen (obwohl SDI unheildrohende Implikationen enthält). Viel wichtiger aber: die Bevölkerung beider Länder ist verglichen mit dem verfügbaren Nischenraum gering und nimmt auch nur langsam zu. Keines der beiden Länder leidet unter hinreichender ›Ressourcen-Enge‹, um einen Angriff auf das andere auszulösen. Um einen potentiellen nuklearen Aggressor zu finden, brauchen wir ein ›Insel‹-Land (eines, das von Wasser, Wüste oder sonstwie ungeeignetem Territorium umgeben ist), welches »reich, frei, ehrgeizig, gebildet, in Handel und Wandel erfahren und geschickt ist, aber auf den Lebensraum anderer Länder für den Wohlstand und die Freiheit einer großen Bevölkerung angewiesen ist.« Die ökologische Geschichte deutet darauf hin, daß Länder wie Athen, Karthago, Venedig, England, Japan oder Singapur am ersten und eindringlichsten solche Ressourcen-Beengung empfinden werden.*

---

* Wir sehen England gerne als ›friedliebend‹ an. Aber fragen Sie einmal die Iren, die Bengalis, die Kenianer und andere! Und vergessen Sie nicht, daß England das größte Immobiliengeschäft der Geschichte auf den Spitzen seiner Bajonette betrieben hat!

Keines der heutigen ›Insel‹-Länder leidet unter beunruhigenden Beengungen, wenn Japan auch eine recht aggressive Handelspolitik betreibt. Aber die Zukunft kann da ganz andere Dinge bringen. Bevölkerungen fahren fort zu wachsen. (Langsam oder schnell, das besagt nichts, *das Wachstum selbst* ist das Entscheidende.) Colinvaux vermutet, daß wir im nächsten Jahrhundert einen atomaren Überfall kleineren Ausmaßes seitens einer reichen ›Insel‹-Nation auf eine schwache ›Opfer‹-Nation erleben werden, wobei der Aggressor sich auf die Tatsache verlassen wird, daß die Supermächte es vorziehen werden, das *fait accompli* hinzunehmen, anstatt einen weltweiten Brand zu riskieren.

»Die nächtlichen Sterne sind nicht deshalb weniger schön, weil wir jetzt ihre Entfernung und Größe messen und ihre Ausmaße und ihr Alter berechnen können.«

frei nach COLIN RENFREW

Dieser Artikel ist zu kurz, um der ganzen Breite der Psychohistorik gerecht zu werden. Welche Rolle spielen Seuchen oder Naturkatastrophen? Erstere waren mit Sicherheit ein bedeutender Faktor bei der Ausrottung der Indianerstämme in Amerika und beim Triumph der europäischen Städte über das feudale Land.* Auf so wesentliche Themen wie operationale Begriffsbestimmungen oder die Verläßlichkeit von Maßangaben sind wir überhaupt nicht eingegangen. (Wie groß ist die Bevölkerung der Sowjetunion wirklich? Woher wissen Sie das?) Diese Themen sind wichtig. Die Katastrophentheorie (und die neu aufkommende ›Chaostheorie‹) demonstriert, daß winzige Unterschiede in den Eingabevariablen große Unterschie-

---

* Die dichtbesiedelten Städte waren wahre Brutkästen für Seuchen, gegenüber denen sich die Stadtbewohner immunisierten. Als die Stadtbewohner dann aufs Land hinauszogen, schrieb Nigel Calder, fällten sie ihre Gegner mit wohlgezieltem Niesen.

de im Systemverhalten hervorrufen können. Und doch sind zu viele Begriffe in den Zivilisationswissenschaften jämmerlich schlecht definiert. (Ist die UdSSR ein *Reich des Bösen*? Sind Nuklearkraftwerke *sicher*? Und was bedeuten solche Worte?) Was ist ein Krieg? Singer und Small haben Listen von Kriegen verglichen, die von unterschiedlichen Forschern zusammengestellt worden waren. Keine zwei Listen waren gleich!

Aber irgendwo müssen wir ein Ende machen.

Ich habe versucht, die verschiedenen Theorien und Methoden der Psychohistorik so klar und genau vorzustellen, wie mir das möglich war, mußte aber notwendigerweise viele Einzelheiten und weiterführende Informationen weglassen. Ich hoffe, damit nicht die Theorie irgendeines Fachmannes verzerrt oder falsch wiedergegeben zu haben. Interessierte Leser verweise ich auf die Memographie am Ende des Artikels.

Nach meiner Kenntnis ist dies das erste Mal, daß all diese Ideen zusammengefügt worden sind: Techniken aus der Qualitätskontrolle, der Topologie, der Systemanalyse; Ideen aus der Biologie und der Ökologie, aus der Verhaltenspsychologie und der Betriebswirtschaft. Wie alle zusammenpassen, ist keineswegs klar, nicht einmal, ob sie überhaupt zusammenpassen! Einige werden ohne Zweifel unter den Tisch fallen. Vielleicht sollte man eine Konferenz einberufen — sagen wir eine Foundation-Konferenz —, wo Colinvaux, Renfrew, Rashevsky, Harris und die anderen sich zusammensetzen und diese Themen besprechen können!

Wir haben gesehen, daß eine wissenschaftliche Geschichte möglich ist. ›Empiriker‹ wie Hamblin haben die zugrundeliegende Gesetzmäßigkeit des sozialen Verhaltens entdeckt. ›Modellbauer‹ wie Rashevsky und Renfrew haben mathematische Faksimile der zivilisatorischen Prozesse konstruiert. ›Ökologen‹ wie Harris und Colinvaux haben plausible Theorien materieller Kausalität dazu skizziert.

Psychohistorik ist möglich — aber ist sie wünschenswert? — Welche Implikationen für die Menschenwürde bringt sie mit sich? Ist es möglich, daß sich in diesem Augenblick so etwas wie eine ›Babbage-Gesellschaft‹ trifft?

Das Mem, wonach die Wissenschaft irgendwie entmenschlichend sei, ist stark in unserer Gesellschaft verwurzelt. Oder, wie ein Intellektueller kürzlich schrieb, »es wächst das Gefühl, daß die ehrwürdigen Methoden der Geschichte, die im wesentlichen auf denen der Naturwissenschaften basieren, konzeptionell und moralisch bankrott sind«. Die Aussage, wissenschaftliche Methoden seien in irgendeiner der sozialen Disziplinen ›ehrwürdig‹, wird die Leser von ›Analog‹ ohne Zweifel überraschen, aber die Ansicht, die dieser Bemerkung zugrundeliegt, sicherlich nicht. Tatsache ist, daß die Naturwissenschaft die Geistes- und Sozialwissenschaften seit geraumer Zeit immer wieder mal auf den Kopf gestellt hat. Der erste Aufbruch der Physiker in die Archäologie — Altersbestimmung durch radioaktiven Kohlenstoff — führte zu einer gründlichen Revolution der prähistorischen Chronologie, einer Revolution, die anzuerkennen sich einige Archäologen immer noch schlichtweg *weigern.* In ähnlicher Weise hat die kartographische Erfassung der Genfrequenzen durch die Biologie einige noch interessantere Fakten ans Tageslicht gebracht, wie beispielsweise den Angriff der Milchtrinkenden Mutanten, deren eigenartige Fähigkeit, als Erwachsene Milch verdauen zu können, zu der Kuh-und-Pflug-Revolution führte und damit die arischen, semitischen und sudanesischen schwarzen Rassen hervorbrachte.*

* Brüder unter der Haut sozusagen. Die Gene sind da, ganz gleich, was die rassistischen Theorien dazu besagen. Genetisch sind sie weiße und die schwarze Rasse enger miteinander verwandt als jede von beiden mit der gelben, der braunen oder der roten. Sie haben einen gemeinsamen Vorfahren aus jüngerer Vergangenheit.

Ein detaillierter Fahrplan in die Zukunft à la Hari Sheldon wird aber nicht möglich sein. Geschichte ist ein evolutionärer Prozeß. Veränderungen sind kumulativ und jeder Moment *wächst* in den nächsten. Zufallsfluktuationen können durch kausale Abhängigkeiten verstärkt werden. »For want of a nail, a shoe was lost ...«* Nehmen wir an, wir hätten die Saurier und wir hätten Darwins Evolutionstheorie: welcher Biologe könnte auf dieser Basis die Giraffe voraussagen? Oder betrachten Sie das Problem der Wettervorhersage — und dabei handelt es sich lediglich um Physik!

Ebenso wie Meteorologen einigermaßen vernünftig als Klima wenn nicht das Wetter vorhersagen können, und ein Biologe möglicherweise ›langhalsige Baumwipfelabweider‹ prophezeien könnte, wenn nicht den Diplodocus oder die Giraffe; so könnte der Psychohistoriker imstande sein, die groben Umrisse der Zukunft vorherzusagen. Ganz sicher könnte er das, was augenblicklich geschieht, beleuchten. Eines steht außer Zweifel: wenn es so etwas wie geschichtliche Kräfte gibt, *dann sind sie am Werk, ob wir uns ihrer nun bewußt sind oder nicht!* Liegt darin größere Menschenwürde, das Opfer von Umständen zu sein, als darin, daß man versucht, sie zu studieren und zu verändern? Die Wissenschaft schränkt den menschlichen Geist nicht ein, sie erweitert ihn. Wir fliegen — trotz der Gesetze der Schwerkraft! Wie Marvin Harris es formuliert hat — Subjektivität und Selbsttäuschung sind nicht das Maß des Menschseins.

Indem wir die Prozesse der Geschichte besser verstehen, können wir in höherem Maße die Lenkung unseres eigenen Lebens in die Hand nehmen. Die Zeit ist dahin, wo wir den Göttern, dem Unglück oder den Rosenkreuzern die Schuld für alles gaben, was geschieht — oder der Babbage-Gesellschaft. Sich auf Ideologien, was sein

* Aus ›*Poor Richards Almanach*‹ von Benjamin Franklin: Des Boten Pferd verlor ein Hufeisen; die Botschaft erreichte nicht rechtzeitig den Adressaten; ein Königreich ging dadurch verloren.

sollte, zu verlassen, ist kein Einsatz für das sorgfältige Studium dessen, was *ist.*

Und vielleicht ist das ein Grund dafür, weshalb die Vorstellung einer wissenschaftlichen Geschichte verspottet und denunziert werden wird — sei es nun als ›faschistisch‹ oder ›kommunistisch‹, je nachdem, welcher Ideologie derjenige angehört, der sie verteufelt. Es gibt Menschen mit massiven Interessen, die Ursachen der Geschichte zu mystifizieren und den *Status quo* zu bewahren.

Hat die Wissenschaft in der Kultur einen Part zu spielen. Mag Marvin Harris darauf antworten:

»Es gibt viele Möglichkeiten, es genau zu erfahren ... aber doch es ist nicht nur ethnozentrische Marktschreierei, wenn man darauf besteht, daß die Wissenschaft eine Methode des Wissens ist, die für alle menschlichen Wesen einen einmaligen transzendentalen Wert besitzt. Im ganzen Verlauf der Vorgeschichte und der Geschichte hat nur eine Methode des Wissens diejenigen, die dieser Methode anhingen und sie praktizierten, dazu ermutigt, ihre eigenen Prämissen anzuzweifeln und systematisch ihre eigenen Schlußfolgerungen der feindseligen Überprüfung der Ungläubigen auszusetzen ... Wenn (Kritiker) nicht aufzeigen können, wie ein anderes universalistisches System des Wissens zu akzeptablen Kriterien der Wahrheit führt, dann ist ihr Versuch, die universelle Glaubwürdigkeit der Wissenschaft im Namen des kulturellen Relativismus zu untergraben ... ein Verbrechen an der Menschheit. Es ist ein Verbrechen an der Menschheit, weil das Gegenteil der Wissenschaft nicht die Anarchie, sondern die Ideologie ist; nicht friedliche Künstler, Philosophen und Anthropologen, sondern messianische Fanatiker und aggressive Fundamentalisten, die darauf erpicht sind, einander und die ganze Welt zu vernichten, wenn ihnen dies als nötig erscheint, nur um ihren Beweis zu führen.«

Memographie

(1) Alden, John R., *A Reconstruction of Toltec Period Political Units in the Valley of Mexico* (in: Renfrew & Cooke)
(2) Bellman, Richard, *Mathematics in the Field of History* (in: Renfrew & Cooke)
(3) Calder, Nigel, *Timescale* (Viking, 1983)
(4) Colinvaux, Paul, *The Fates of Nations: A Biological Theory of History* (Simon & Schuster, 1980)
(5) Dewey, Edward & Edwin Dakin, *Cycles* (Henry Holt & Co., 1950)
(6) Doxiadis, Constantinos A., *Ekistics. An Introduction to the Science of Human Settlements* (Oxford Univ. Press, 1968)
(7) Flannery, Kent, *The Cultural Evolution of Civilizations* (1972)
(8) Forrester, Jay W., *A Great Depression Ahead?,* in: »The Futurist« (Dec. 1978)
(9) Harris, Marvin, *Cultural Materialism* (Vintage Books, 1980)
(10) Hamblin, Robert, R. Brooke Jacobsen & Jerry L. L. Miller, *A Mathematical Theory of Social Change* (Wiley, 1973)
(11) Hammond, R. & P. S. McCullagh, *Quantitative Techniques in Geography* (Clarendon Press, 1978)
(12) Huff, Darrell, *Cyles in Your Life* (Norton, 1969)
(13) Isaak, Alan C., *Scope and Methods of Political Science* (Dorsey, 1975)
(14) Jackman, Robert W., *The Predictability of* Coups d'Etat, in: »Am. Pol. Sci. Rev.«, Bd. 72, Nr. 4 (Dec. 1978)
(15) Klausner, Samuel Z. (Hrsg.), *The Study of Total Societies* (Praeger, 1967)
(16) Lee, J. S., *The Periodic Recurrence of Internecine Wars in China,* in: »The China Journal«, 14/3 (March 1931), S. 111—115 & 159—162
(17) Malthus, Thomas R., *Mathematics of Population and Food,* in: *The World of Mathematics,* Bd. 3, hrsg. von James R. Newman (Simon & Schuster, 1956)
(18) Miller, James, *Living Systems* (McGraw-Hill, 1978)
(19) Pitts, Forrest R., *A Graph-theoretic Approach to Historical Geography,* in: »The Professional Geographer«, Bd. 17, Nr. 5 (8. Sept. 1965), S. 15—20
(20) Plattner, Stuart, *Rural Market Networks,* in: »Scientific American« (May 1975)
(21) Rashevsky, Nicholas, *Looking at History through Mathematics* (MIT Press, 1968)
(22) Renfrew, Colin & Kenneth Cooke (Hrsg.), *Transformations: Mathematical Approaches to Cultural Change* (Academic Press, 1979)

(23) Renfrew, Colin & Eric V. Level, *Predicting Polities from Centers* (in: Renfrew & Cooke).
(24) Richardson, Lewis Frey, *The Distribution of Wars in Time,* in: »J. Royal Stat. Soc.«, Bd. 107, Teile 3—4, Ser. B. (1944), S. 242 bis 250
(25) Richardson, Lewis Frey, *Mathematics of War and Foreign Politics,* und *Statistics of Deadly Quarrels,* beide in: *The World of Mathematics,* Bd. 3., hrsg. von James R. Newman (Simon & Schuster, 1956)
(26) Shewhart, Walter F., *The Economic Control of Quality of Manufactured Product* (Van Nostrand, 1931)
(27) Singer, J. David (Hrsg.), *Quantitative International Politics* (Free Press, 1968)
(28) Singer, J. David & Melvin Small, *The Wage of War* (Wiley, 1972)
(29) von Bertalanffy, Ludwig, *General System Theory* (G. Braziller, 1968)
(30) Warsh, David, *The Idea of Economic Complexity* (Viking, 1984)
(31) Woodcock, Alexander & Monte Davis, *Catastrophe Theory* (Avon, 1978)
(32) Wheeler, Raymond H., *War: 599 B. C. — 1950 A. D.* (Foundation for the Study of Cycles, 1951)
(33) Zeeman, E. C., *A Geometrical Model of Ideologies* (in: Renfrew & Cooke)

Analogia

(gemeint sind Artikel aus dem Magazin ANALOG — SCIENCE FICTION/SCIENCE FACT — *Anm. d. Übers.)*

(1) Easton, Thomas A., *Altruism, Evolution, and Society* (Okt. 1976)
(2) Freitas, Robert A., *A General Theory of Living Systems* (März 1980)
(3) Henson, H. Keith, *Memetics and the Modular Mind: Modeling the Development of Social Movements* (Aug. 1987)
(4) Schmidt, Stanley, *Pendulums* (Sept. 1985)
(5) Schmidt, Stanley, *The Memetic Menace* (Aug. 1987)
(6) Silbar, Margaret, *Born-Again Ideas* (Juni 1984)
(7) Stine, G. Harry, *Neglected Technology* (Sep. 1979)
(8) Stine, G. Harry, *The Coanda Effect* (Juli 1984)
(9) Thomas, Ted., *The Twenty Lost Years of Solid State Physics* (März 1965)

Originaltitel: ›An Introduction To Psychohistory‹

(erstmals als Fortsetzung erschienen in »Analog Science Fiction/Science Fact);
mit freundlicher Genehmigung des Autors und der Agentur Luserke, Friolzheim

Aus dem Amerikanischen übersetzt von Heinz Nagel
Wissenschaftliche Beratung Bernd Grosche
Die Grafiken zeichnete Mirjam Wehner

WOLFGANG JESCHKE

Nachbemerkungen des Herausgebers

Drei Jahrzehnte nach Erscheinen der FOUNDATION-TRILOGIE hat sich der Autor entschlossen, sein Werk in einer Art ›Future History‹, wie sie SF-Autoren immer wieder vorschwebt und von einigen (etwa Robert A. Heinlein) verwirklicht wurde, zusammenzuschließen. FOUNDATION — nach wie vor der Höhepunkt von Isaac Asimovs Schaffen — stellt das Zentralstück dieses Projekts dar. Er hat versucht — nach Meinung mancher Kritiker mit wechselndem Erfolg —, die Zeit vor der Foundation und die Zeit nach der Foundation zum Thema weiterer Romane zu machen sowie Erzählbrücken zu schlagen zu Werken — vor allem die frühen Roboter-Romane —, die ursprünglich keinerlei Verbindung zu der psychohistorischen Trilogie hatten. Sie finden auf den nächsten Seiten eine Aufstellung des sog. ERWEITERTEN FOUNDATION-ZYKLUS nach den Plänen des Autors resp. nach Auskunft seines Verlags, Doubleday & Company, Inc., Garden City, New York. Die meisten Romane sind bereits erschienen (auf deutsch zum Teil als HEYNE-Taschenbücher in der Allgemeinen Reihe), einer ist noch in Arbeit bzw. geplant. Der Autor hat sich kürzlich dahingehend geäußert, daß er durchaus Lust hätte, den Zyklus über die derzeitige Planung hinaus weiter auszudehnen.

Der erweiterte Foundation-Zyklus

1. THE COMPLETE ROBOT (1981)
   Alle Roboter-Geschichten (nicht bei Heyne)
   auch in: **Meine Freunde, die Roboter** · 06/20
2. THE CAVES OF STEEL (1953/54)
   Der Mann von drüben · 06/3004
   in ungekürzter Neuübersetzung:
   Die Stahlhöhlen · 06/71
3. THE NAKED SUN (1956/57)
   Die nackte Sonne · 06/3009
   in ungekürzter Neuübersetzung:
   Die nackte Sonne · 06/72
4. THE ROBOTS OF DAWN (1984)
   Aurora oder der Aufbruch zu den Sternen · 01/6579
5. ROBOTS AND EMPIRE (1985)
   Das galaktische Imperium · 01/6607
6. (ein noch nicht fertiggestellter Roman)
7. THE CURRENTS OF SPACE (1952)
   Der fiebernde Planet (nicht bei Heyne)
8. THE STARS LIKE DUST (1951)
   Sterne wie Staub (nicht bei Heyne)
9. PEBBLE IN THE SKY (1950)
   Radioaktiv ...! (nicht bei Heyne)
10. PRELUDE TO FOUNDATION (1988)
    Die Rettung des Imperiums · 01/7815
11. FOUNDATION (1951)
    Der Tausendjahresplan · 06/3080
    in ungekürzter Neuübersetzung:
    Foundation ↗ · 06/79
12. FOUNDATION AND EMPIRE (1952)
    Der galaktische General · 06/3082
    in ungekürzter Neuübersetzung:
    Foundation und Imperium ↗ · 06/79

13. SECOND FOUNDATION (1953)
Alle Wege führen nach Trantor · 06/3084
in ungekürzter Neuübersetzung:
Zweite Foundation ↗ · 06/79

14. FOUNDATION'S EDGE (1982)
Auf der Suche nach der Erde · 01/6401

15. FOUNDATION AND EARTH (1986)
Die Rückkehr zur Erde · 01/6861

HEYNE SCIENCE FICTION

HEYNE BÜCHER

Romane und Erzählungen internationaler SF-Autoren im Heyne-Taschenbuch.

06/4444

06/3572

06/4737

06/4769

06/4749

06/4763

06/4795

06/4756